网络英雄传

4

破局

BREAKING

上

郭羽 刘波——著

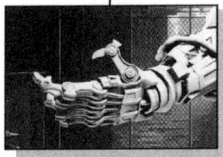

SPM
南方传媒

花城出版社

中国·广州

图书在版编目（ＣＩＰ）数据

　　网络英雄传. 4，破局 ：上、下 / 郭羽，刘波著
. --广州 ：花城出版社，2024.1
　　ISBN 978-7-5749-0053-0

　　Ⅰ．①网… Ⅱ．①郭… ②刘… Ⅲ．①长篇小说—中
国—当代 Ⅳ．①I247.5

　　中国国家版本馆CIP数据核字(2023)第201437号

出 版 人：张　懿
责任编辑：黎　萍　夏显夫
责任校对：梁秋华
技术编辑：凌春梅
封面设计：

书　　名　网络英雄传4　破局
　　　　　WANGLUO YINGXIONG ZHUAN 4 POJU
出版发行　花城出版社
　　　　　（广州市环市东路水荫路11号）
经　　销　全国新华书店
印　　刷　深圳市福圣印刷有限公司
　　　　　（深圳市龙华区龙华街道龙苑大道联华工业区）
开　　本　787毫米×1092毫米　16开
印　　张　63.5　　2插页
字　　数　1,194,000字
版　　次　2024年1月第1版　2024年1月第1次印刷
定　　价　128.00元（全二册）

如发现印装质量问题，请直接与印刷厂联系调换。
购书热线：020 – 37604658　37602954
花城出版社网站：http://www.fcph.com.cn

目录

上

楔 子

"我的父亲是一个怎样的人?

"他有着被上帝眷顾的完美容颜,还有对演艺事业超凡脱俗的天赋,以及十分旺盛的进取之心。他冷静、机敏、多谋、善辩,又拥有天底下最赤诚坦荡的心灵。他从不避讳自己从贫民窟走出的经历,并且一直真心实意地致力于公益事业,努力帮助更多像曾经的他一样,被贫困、病痛和饥饿折磨的人。

"如果说唯一美中不足的地方,就是,他非常努力地练习马术、击剑乃至西洋棋,并且也严苛要求我学习这些'上等人的游戏'。一向开朗温和的他,唯独在这个时候,表现得像个暴君。

"直到我家轻而易举地被权力碾碎的时候,我终于明白了父亲始终隐藏于心底的不安——哪怕他家财万贯,粉丝无数,跻身社会名流,与权贵们称兄道弟,可他依旧意识到了某种无形的排斥。那是他无论多么努力都无法跨越过去的障碍,也是这个世界上,每一个平民出身的人,潜意识里都最想摆脱的东西。"

一直在自问自答、长发如雪、容貌十分出挑,甚至有些男生女相的青年男子,一边说着一边将白色的"兵"推到 d4 的位置上。

"即,身为'平民'这件事本身。"

说到这里,白发男子顿了一顿,仿佛意识到了什么,不免有些感慨:"大概,只有你们国家的人,才不明白,什么叫作'生来注定'。"

坐在他对面的黑发男人,安静到就像一抹虚无的影子。

就见此人并未接话,只是将黑子的"兵"轻轻一推。

制作于数百年前,已经腐朽得很厉害,本来应该放进博物馆被好好保存,供游客观赏的古董木制西洋棋子,就这么被挪到 d5 的位置上。

白发男子也没有被冷落的感觉,反而用一种咏叹式的语气,缓缓道:"我的心中燃烧着复仇之火。这是世间唯一无法熄灭的火,想要它停止燃烧,只能以什么东西被摧毁殆尽为代价。或许是仇人,或许是我们自己。"

说罢,他将另一枚白色的"兵"推到了 c4 的位置。

"弃兵攻王。"执黑之人寥寥数字，便点出了白发男子的棋路，然后随口问，"你决定舍弃哪枚棋子，当作开局？"

"万象集团，岩罕。"

"他是个聪明人，不会轻易上当。"

"聪明人变成了痴愚，是一条最容易上钩的游鱼；因为他凭恃才高学广，看不见自己的狂妄。"

白发男子看着棋盘另一边的对手，微微一笑，莫测而意味深长。

执黑之人淡淡道："一个骄傲的人，结果总是在骄傲里毁灭了自己。"

白发男子愉快地笑了起来："愚人的蠢事算不得稀奇，聪明人的蠢事才叫人笑痛肚皮；因为他用全副的本领，证明他自己愚笨。"

执黑之人平静回答："我也是在说你。"

白发男子自然知晓对方的提醒，但两人用《哈姆雷特》的台词一问一答，这种愉悦而回味无穷的感觉，如饮美酒，令他的兴致非常高昂："我的朋友，你知道为什么今天的棋局中，我一定要选择白方吗？只因在西洋棋中，双方棋手实力相差无几的情况下，执白的胜率要高于执黑，这就是先手优势。"

执黑之人便不再言语。只因他心中，同样燃烧着永不熄灭的复仇之火，而这火焰，已到了该灼烧仇人的时候。

就在这时，包厢突然变得一片黑暗，向外望去，剧院大厅里的灯也全部熄灭。

"观众已经落座。"

悠扬的音乐奏响，重新亮起的所有灯光，全部聚焦到舞台上。

"戏剧即将开场。"

第一章 绑架

一

两年后。中国，东部沿海，之江省，湖滨市。

原本静谧的下午，突然被浩浩荡荡的警笛声惊醒！

"发生什么了？"

"怎么那么多警车和消防车开过去？"

人们十分疑惑，互相询问。

然后，就听见有人惊叫："快看网上，已经有人发了，之江大桥上传来超级大的震动，好像是……天啊，是爆炸！是爆炸！"

10分钟前，即下午三点半，之江大桥上。

浩浩之江，将偌大的湖滨市一分为二。

之江西岸坐落着老城区，崇山秀水，又不乏人间烟火；东岸则是一排排参天大厦，拔地而起。

连通两岸的之江大桥，每天车如流水，往来豪车无数，没人觉得稀奇。

但今天，之江大桥西岸，许多本来要掉头或者上桥的车主瞠目结舌，不管后头喇叭怎么催都不肯离开，一旁非机动车道骑行的年轻人们更是停了下来，不约而同地拿起手机，拍摄桥上的一辆汽车，甚至还有人干脆利落，开了直播。

只因这辆汽车实在太酷了。亮银色的车身，充满未来科技感，整体造型像极了一支锋锐的飞梭，流畅的线条彰显着极致的简洁与力量。

"天啊，这车！"

直播界面上，弹幕像雪花一样飞过，刷得密密麻麻，假如能具象化出声音，大概是此起彼伏的尖叫海洋。

"这是在拍电影吗？《蝙蝠侠》系列到湖滨来取景了？这是全新的蝙蝠车？"

"你傻吗？蝙蝠车都是黑色的，哪有银白色的！我看更像高达系列中的 MA（机动堡垒），如果再配上光束炮和破坏炮就完美了。"

"你们脑子有问题？什么蝙蝠侠，什么高达，这是诺亚集团的'太空飞梭号'！"

"就是那个打着'要做人类的诺亚方舟'，卖汽车是为了筹集高昂科研经费，研究重载火箭，还砸了大笔经费到可控核聚变研究的超级公司？"

"对啊，两年前，诺亚公司宣布要在海外建立第一个超级工厂。什么斯图国、孔雀国、白熊国都抢啊抢，结果花落我国，就在湖滨市的之江东岸。哪怕还没建好，封着不让进，也有无数网红天天打卡！"

"所以工厂建成后，这车量产？卖吗？"

"这么酷的车，有哪位老哥报个价，让我死心！"

立马就有懂行的发烧友在弹幕上科普："你们想得太多了，'太空飞梭号'全世界只有一台，据说全车上下的所有材料都达到航天标准，设计之初就是为了服务诺亚集团的太空梦，所以这辆车理论上只能作为展览品展出，不能正式开上路。人家一开始的定位是未来在月球、火星乃至冥王星上的小型交通运输工具，而不是地球上的汽车！"

网友不解地问："但它既然都做出来了，为什么不能开上路？"

马上就有人解释："汽车上路是要考虑安全性的，私自改装车都要被查和罚，'太空飞梭号'这种没标准、没测试、没足够碰撞试验样本的，哪怕能开，谁敢让它乱上路？以它的材质、吨位和用材，除了不装武器外，就和坦克没两样，万一撞了、炸了、自燃了，谁能负这个责任？"

立马就有杠精挑刺："所以，'太空飞梭号'上路是非法的？交警这还不来查？"

直播的小哥眼尖，看到远处交警的摩托车，立刻对着屏幕说："哇！交警来了！交警来了！大家快多看几眼，说不定这么酷的车马上就要被逼停，然后被拖走了！"

弹幕立刻指挥："主播你别乱晃镜头，对准驾驶座，假如有人下车，快拍！"

"对啊，看看车主是谁，来头多大？居然敢无视《交通安全法》？"

马上又有懂行的人反驳："你们懂什么？'铜棒'知道吧？世界第一黑客！传奇中的传奇！一代黑客心中的神！他是中国人！我们都疑惑，为什么他销声匿迹了 15 年，谁知最近才知道，原来当年'铜棒'被卑鄙无耻的毒贩子，就是东南亚文南国那个万象集团抓走了，不管怎么被严刑拷打，十几年来都不肯出卖国家利益，坚决不为贩毒集团做事！去年文南国不是内乱吗？我国部队负责撤侨的时候，救了'铜棒'！

"诺亚集团的总裁艾伯特·马歇尔是'铜棒'的资深粉丝，而且他们公司不仅在搞无人驾驶，还在搞太空技术、火箭、卫星等，都与互联网息息相关，一旦被黑客攻击，麻烦就大了。

"网络安全攸关未来，是他们公司的生死线，所以，艾伯特·马歇尔一听见'铜棒'重出江湖，非常高兴，甚至放话说，愿意出让公司股份，请'铜棒'加盟。虽然他们只说要确保诺亚汽车的网络防护墙牢不可破，防止最新研发的无人驾驶技术出问题。但是，很多人都猜，还有一些更深的技术上的探索。

"但邀请'铜棒'去大洋国磋商肯定不行，人去了那不是肉包子打狗，肯定会被大洋国国土局找理由扣下，就只能把代表诺亚集团顶尖科技成果之一的'太空飞梭号'弄过来，让'铜棒'研究，看看他会不会动心，愿意为了人类太空探索与航行的伟大事业，加入诺亚集团。"

弹幕这么一解释，群众马上义愤填膺。

"敢情我们国家的顶尖人才，大洋国又想挖？"

"大洋国不一直是这种强盗逻辑吗？看到我国发展，就开始封锁高精尖科技，还对很多企业实施制裁！真够不要脸！"

还有人带节奏："既然诺亚集团不怀好心，'铜棒'为什么要收'太空飞梭号'？他想出国吗？他就不能加入我国航天事业，为国家效力吗？"

"就是，我们国家正是缺人的时候，他居然拿外国人的东西来炫耀，吸引眼球，太过分了！"

马上就有人激烈反驳："你们有病啊！都说了是为了宇宙探索，无论重载火箭、航天飞机、空间站还是可控核聚变，这些尖端的项目都是全球共享的，专利免费开放，只因它们的困难和复杂程度都超乎想象，必须集合全人类的力量，汇聚全球顶尖的人才一齐推进，能不能别什么事情都上纲上线！"

又有人道："科学没有国界，但科学家有，大洋国是什么好东西吗？我翻外网，看到外媒说万象集团敢在文南国制造政变，也和大洋国的暗中支持有关。文南国是我国'一带一路'倡议的重要伙伴国家，一旦文南国政府垮台，换上万象集团这种毒贩组织……大洋国简直用心险恶！"

"就是，幸好万象集团被打败了，听说最后基地都自爆了？"

"据说不是他们自愿的，可能是某些国家杀人灭口！基地都升起蘑菇云，彻底蒸发，可不就死无对证了吗？"

弹幕讨论得极为热烈，话题也渐渐歪了。

网友们热火朝天的议论姑且不提，"太空飞梭号出现在之江大桥"的词条已经上了热搜，并且在不断攀登，前面还有一个大大的"爆"字，表示这是现在最热的新闻。

好多湖滨市的人刷到消息，只要没太要紧的事情，都往这个方向走，想要看看这独一无二的"宇宙运输车"长什么样子，导致越来越多的车子跟在后面，像狂热粉丝在追逐偶像，就连匝道都被占用了。

还有不少本来就距离之江大桥不远的人，骑着摩托车和自行车，一边追赶一边拿手机拍照，拍小视频，配上文字发出去："今天看到了传说中的'太空飞梭号'，简直帅爆了！"

下面立马几百个点赞，还有无数人留言："在哪？我也要去看！不知道能不能和这辆车合影！"

"之江大桥，西岸，在上桥，速来！"

本来赶过来维护秩序，想要逼停"太空飞梭号"的交警们，不仅是警车，就连摩托车都被堵得根本没办法过去。

但就在这时，海浪般的惊呼声响起！

只见"太空飞梭号"犹如利箭一般，突然在之江大桥上加速，至少120迈！几乎像飞一样，很快就逼近了几十米外的大货车！

正当所有人都以为一出惨剧即将发生时，却见重达3吨的"太空飞梭号"车头一偏，猛地撞开了护栏，直接往桥下栽去！

下一刻，震耳欲聋的爆炸声响起！从水面之下，蹿起一团熊熊燃烧的烈焰。

整座大桥仿佛都在震荡，江水被爆炸震撼，飞溅到桥面上，就像雨点一样，不断洒落，淋得行人满身是水！

这一情景，让不少人呆若木鸡，直到手机砸到地上才如梦初醒！

半小时后，之江大桥。

整座大桥已经完全被警方封锁，打捞船在江面上游弋，潜水小组的成员已经下潜好几次，奈何江水太深，目前还没有摸清具体沉车位置。

"应龙上校，社交网络上已经炸开了，'太空飞梭号'爆炸的视频漫天都是，甚至已经搬运到了外网，点击量也在一路飙升，引发了全球舆论的高度关注。"技术人员忧心忡忡地说，"我们的政府网站还遭到了一些黑客的攻击，他们试图从中窃取第一手数据，截止到目前，类似的攻击都没有中断，还不断加剧。"

"'铜棒'先生的电话呢？"

"依旧打不通。"

"负责保护'铜棒'先生的人呢？"

"他们刚好换班，前一批送童家父女进了常去的心理诊所后就撤离了，后一批还在地铁站里等，听见我们通知才知道出事。"

应龙眉头紧锁，不发一言。

"太空飞梭号"一出事，就被层层上报到了国家安全部门。

由于案情重大，不仅牵扯到受安全部门重点保护的人员，还涉及国外知名企业的重大财产，所以安全部门迅速做出批示，由之江省公安厅原厅长，现安全部门副部长夏正华挂帅，成立专案组，调查此案的前因后果。

国家安全部门第二局，即境外事务局，华东分处的处长应龙上校，则作为夏正华的副手，第一时间赶到事发地点，指挥现场。

"应龙上校，"湖滨公安局上城分局局长，也是"铜棒"之女童素的好友傅立鼎挂断电话，忧心忡忡地说，"半个小时了，我还是没联系上'夜神'，就是网名'赫卡忒'的童素小姐。我怀疑，事发当时，她可能也在'太空飞梭号'上。"

应龙皱了皱眉，才问："路面监控全都看完了吗?"

"上百个技术人员逐帧看过去，已经将相关路段的监控全部过了一遍，确定'太空飞梭号'是从童先生家开出来的，直接就上了桥，全程不到5公里。但这辆车的车窗采用的是太空玻璃，而且还有特殊涂装，从外面根本看不到里面的情况，无法判断事发当时车上究竟坐了几个人。"

"大洋国目前的时间是凌晨四点，但就在刚才，中国驻大洋国大使已经接到了诺亚集团总裁艾伯特·马歇尔的电话。"应龙缓缓道，"他要求由诺亚集团派出专家团，对'太空飞梭号'打捞的残骸进行详细检查，甚至已经申请私人飞机亲自过来。而他本人坚定地认为，这是一次针对'铜棒'的恐怖袭击。"

傅立鼎不解："为什么他这么肯定? 难道他对'太空飞梭号'的安全性足够自信? 诺亚电动汽车自燃的案例虽然少，但也不是没有吧?"

"目前尚不明了，毕竟，'太空飞梭号'的具体结构图纸，还有应用材料，只有童家父女，以及诺亚集团有。但'太空飞梭号'在我国出事，对大洋国某些政客而言，又是一次借题发挥的良机。"应龙明白事态的严峻，"诺亚集团是世界首屈一指的高科技集团，而且是大洋国中为数不多对我国释放善意的顶级财阀之一。他们的第一家境外工厂，不在欧洲第一强国斯图国设立，也不在与大洋国关系莫逆的南亚孔雀国设立，偏偏选址我国。在大洋国国内，这件事也是顶着很大压力，受到极大争议的。

"不仅如此，诺亚集团投资的亚洲超级工厂，将会极大拉动之江省乃至我国的新能源以及汽车制造业的增长，并且创造足够多的就业岗位。不论对之江省的产业结构发展，还是对中国新能源与汽车工业来说，都是非常重要的一环。

"夏部长正在安抚诺亚集团那边的情绪，并给我们下达了指示，案子要尽快破！而且要办得漂亮！全世界都在盯着我们，一旦案子没有快准好地告破，我国的国家声誉都会受到影响！"

就在这时，应龙手上的对讲机里响起一个声音："残骸已经找到！"

"立刻开始打捞！"

应龙吩咐完毕后，沉吟片刻，还是拨通了夏正华的电话，神色凝重至极："夏部长，我希望得到组织的允许，封锁各交通关节点，包括但不限于机场、高铁站、汽车站、高速公路、国道省道甚至乡村级道路的出入口，所有来往的行人、车辆必须逐一检查。"

夏正华威严的声音从电话那头传来："这么大动干戈，你有什么证据吗？"

他并不反对这样大规模的行动，但现在全世界的目光都集中在中国，集中在之江，集中在湖滨。

如果他们搞出如此大的动静，却一无所获，舆论会对中国更加不利，甚至连中国在国际上一直被称赞的治安都会备受质疑。

应龙回答得很干脆："没有任何证据，但这起案子太过蹊跷。我认为，童家父女出事的概率极大！现在等'太空飞梭号'打捞上来，再进行生物鉴定等，至少要花费四个小时。假如他们是被境外势力绑架，就等于我们浪费了救援的黄金时间。"

"如果车体打捞上来，发现遗骸……"

"我愿意承担浪费人力物力，引发社会焦虑的全部责任！"

"这可不是你能担得起的。"夏正华肃然道。

应龙刚想要再争取，就听见夏正华说："这份责任，我来担！"

二

晚上八点，之江省公安厅，一号会议室。

"经专家反复检测，'太空飞梭号'爆炸的起因，并非车身质量问题，而是因为内部装载了爆炸物，并被成功引爆。"

看见台下的专家们纷纷露出不可置信的神情，应龙顿了一顿，才将另一条匪夷所思的消息读了出来："但我们并没有检测到任何人类的残骸，包括但不限于头骨、脂肪、衣料残余等。由此可见，事发当时，'太空飞梭号'上空无一人。"

霎时间，全场就嗡嗡嗡嗡，议论声一片。

立刻有人质疑："没人？那当时这辆车谁在开？"

"我们联系了诺亚集团，他们说'太空飞梭号'采用的是全新的无人驾驶技术，理论上来说，车主可以不用操纵方向盘，交给自动驾驶系统。"应龙回答，"但'无人驾驶'有个前提，就是驾驶座设置了热成像和体重感应，并且锁定了车主的信息，只有车主本人坐在驾驶座上时，才能开启无人驾驶系统。"

也就是说，所谓的"无人驾驶"，只是"自动驾驶"的变种，一个噱头，并不代表这辆车没人开就能上街了。

马上又有人问："那这种情况怎么解释？"

"没法解释。"应龙补充，"目前市面上所有的自动驾驶技术，都对互联网本身有着高度的依赖和开放，因此很容易受到黑客的攻击。诺亚集团也是出于这种考虑，才对'铜棒'求才若渴。'铜棒'和'夜神'父女都是顶级黑客，天知道他们对这辆车做了什么改装，将'自动驾驶'真正变成了'无人驾驶'。"

专家们立刻追问："从技术层面，这可以做到吗？"

"诺亚集团那边给出的答案是不确定。"

听到这个答案，专家们只能暂时搁置"这辆车到底怎么真正做到无人驾驶"的问题，而将目光聚焦到炸弹的来源，以及童家父女的问题上。

"检查出车子为什么爆炸吗？"

"根据检验科提供的信息，是车辆内部炸弹引爆，导致电池着火，从而引发的电动汽车自燃。"

"炸弹来源呢？"

"土法制作的炸弹，很可能是童家父女自己做的。"

"什么？！"

听见这个问题，应龙苦笑了一下，放出执法记录仪中的录像："这是专案组为了搜查童家父女下落时，在他们家发现的东西。"

画面中可以清晰地看到，位于之江东岸畔，童家父女居住的独栋别墅中，地下室和车库都被改造成了工具间，里面配备了小型冲压机等各种工业设备，以及数不清的钢珠、钢圈、钢丝，还有已经做好的快慢机、击锤、导气活塞、枪管等，一旁还挂着密密麻麻的金属弹夹和铜制子弹。

不仅如此，随着摄像镜头的转动，还能发现角落里堆了许多电路板和小型炸弹，以及卡西欧F-91W。

在场有好几位武器方面的行家，立刻有人失声惊叫："他在家里制作AK-47和定时炸弹？这罪名够判十几年了吧？"

"10年大洋国牢狱，5年万象集团的软禁，给童子邦留下了很深的心理阴影，他本人对外界秉持着过度防备的心态，觉得周围的人都可能迫害他——除了自己的女儿。这也是我们安全部门屡次盛情邀请他加入，他都犹豫不决的主要原因。"应龙只想叹气。

他知道童子邦心理出现了重大问题，但没想到对方的问题这么严重。

现在看来，哪怕把童子邦救回来了，也必须采取一定的强硬措施，不能任由童子邦把家里改造成武器库。

鉴于这一幕实在太过吓人，有专家迟疑半晌，才说："你们确定童家父女不是知道自己触犯了法律，畏罪潜逃？"

应龙摇了摇头，又切出一段执法记录的影像。

从录像中可以看见，当别墅大门被强制破开的那一刹那，一只黑色皮毛的猫站在博古架上，居高临下，盯着全副武装的警察们。

"这只黑色狸花猫叫'德芙'，已经被童素养了15年，是她没找到父亲之前，唯一的家人。童素前往万象集团的时候，抱着不成功就成仁的决心，把'德芙'托付给了自己的好友、一起创办公司的CEO杜明礼。等回国之后，童素第一件事就是把'德芙'接了回来。假如她是主动离开，一定会带上'德芙'。就算认为带着猫逃跑不方便，至少也要给这只猫找个好去处。"

刚刚还在质疑的专家们，听到这里，也都下意识地点了点头。

虽然，凭一只猫就断定童家父女肯定是被绑架，显得有些离谱，但在场都是富有经验的刑侦老手，自然清楚，成败往往决定在细节上。

一个12岁时母亲就亡故，父亲也莫名其妙失踪，只能和自己捡到的一只流浪猫相依为命整整15年的女孩子，是绝对不可能抛下这只老猫不管的。

"既然如此，他们被绑架的概率就很高了。"有专家推断，"以这两人的智商，不会不清楚，一旦'太空飞梭号'爆炸，我国肯定要追查整件事的来龙去脉。他们父女私自改装工具间，非法制造武器的事情，根本藏不住。除非，他们已经顾不得暴露后是否会被起诉，面临牢狱之灾的问题。"

这个推断获得了大部分人的赞同。

"我们一直没办法理清一个逻辑，就是'太空飞梭号'为什么会在无人驾驶的情况下，开上之江大桥，又在坠江之后，突然爆炸。"应龙目光环视所有人，一字一句，缓缓道，"最有可能的解释就是——童家父女遭遇绑架，来不及反抗，但童子邦对此早有预案。他利用机会启动了'太空飞梭号'的自动驾驶系统，让它去最近、最繁华、人最多的地方，直接爆炸，这样一来，事情就能闹大，才能惊动安全部门！但为了不让爆炸伤及无辜，才在坠江之后，引爆定时炸弹！

"我们或许做不到这一点，不过对顶尖黑客来说，精准计算时间，并不算太难。这是他们拼尽全力传递出来的求救信号！"

夏正华听到这里，问："监控拍到他们最后一次出现的地点在哪里？"

应龙回答："财富广场24楼，他们找一名叫华晓月的心理医生做咨询。

"童子邦因为15年的拘禁遭遇，童素则是目睹了万象集团被云爆弹摧毁，被自己不能拯救众多无辜性命的痛苦所折磨，均有比较严重的心理问题。由于童家父女抵触每周都去安全部门报到，为了他们的心理健康着想，我们才推荐了华晓月的私人诊所。

"华晓月是国内首屈一指的心理医生，也是国家安全部门的编外成员，曾经协助我们的队伍解决了不少问题。华医生的心理诊所，收费十分高昂，每小时5000人民币，而且诊所采用会员制，只有熟人介绍、担保才能进入。

"童家父女的行动路径很简单，他们几乎靠网络解决一切。如果不断他们的水电网和外卖，甚至可以做到一年不出门。唯有一件事情，会让童子邦不得不外出，那就是带女儿去看心理医生。不仅如此，童子邦还非常谨慎，本来华晓月想要和他们父女固定预约时间，但他不肯，坚持要求随机抽时间，周一到周日，上午、下午或晚上，乃至1到3个小时都可以，就是为了防止被别人掌握他的出门规律。

"目前，诊所的所有人都已经被控制起来，雪松中校正带人对他们，以及账目流水进行逐一审查。"

应龙提到的雪松中校是国家安全部门第八局——反间谍侦查局，华东分处的副处长，专门负责华东地区针对外国间谍的跟踪、侦查、逮捕等工作。

自从一年前，万象集团在文南国发起的政变被平息，"铜棒"被救援回国以来，雪松至少化解了30次针对"铜棒"的监视、监听、暗杀和绑架。

只因作为传奇黑客，20多年前，"铜棒"就视各国的防火墙如无物，在大洋国航天局、军事总部、斯图国的夏宫等网络里来去自如的光辉战绩，谁也不知道，他手上究竟有各国多少的绝密情报，有没有备份下来。

"铜棒"对任何一个国家来说，不仅是一个实实在在的威胁，甚至还是一颗随时可能爆炸的"机密信息炸弹"。

许多势力试图得到，或者摧毁"铜棒"手上的秘密。这也是大洋国抓了"铜棒"10年，既舍不得杀，也不愿意放的重要原因。

事实上，中国安全部门到现在都觉得奇怪——"铜棒"这么重要的犯人，大洋国抓住了，理论上应该关到天荒地老才是，为什么万象集团能把"铜棒"保释出来，甚至偷偷带出大洋国国境，并且一扣留就是5年？大洋国的政客，还有大洋国国土局的高层都是酒囊饭袋吗？这也能同意？

就在这时，应龙的电话响起。

他接听之后，环视众人："雪松中校那边有了重大突破。"

与此同时，距湖滨地标财富广场6公里外，一栋写字楼里。

这栋大楼有12层高，当年刚建成的时候，也是周围数一数二的建筑，能够吸引许多公司的目光。

但现在二三十年过去，写字楼已显得有些老旧。偏偏又位于市中心，寸土寸金，一般公司都租不起了，陆续搬走。业主索性将一楼改成自助餐厅，2到12楼都是各式各样的快捷酒店，迎接天南海北甚至世界各地来旅游的客人。

写字楼的第八到第十层，被一个香港老板包下，改成了一家名为"旺角"的公寓式酒店。

此时，907房间内，几个人毕恭毕敬地站着，神情紧张地请示坐在沙发上的棕发女郎："BOSS，他们两个就快醒了，我们……"

"不行，不能再注射麻醉剂了。"棕发女郎神色凛冽，"麻醉剂注射多了，会损害他们的大脑和神经，哪怕只是毫厘之差，我们都没办法对殿下交代。"

说到这里，她顿了一下，又道："哪怕是肌肉松弛剂，都不许再打。"

"可——"

"怕什么？"棕发女郎眼神如刀，刮过众人，"你们一个个身经百战，训练有素，难道还怕两个没有任何专业格斗经验的黑客？整整三层楼都是我们的地盘，他们就算喊，谁又能听到？"

"他们是顶尖黑客，而且'铜棒'那一手……"

棕发女郎听到这里，神经质地咬了咬指甲："搜走他们身上所有的外物，就连一根针，一条线，都不准留。趁着他们没醒，头发、耳朵、牙齿等地方也要检查，这些黑客就喜欢在身上藏东西。当然，不准在房间里留任何的电子设备，电话线都给我拔了，防止他们利用黑客手段对外求援。"

众人诺诺，棕发女郎又说："对了，将两人分开关押，等他们醒来，警告他们，敢轻举妄动，就杀掉另一个！"

"是！"

"你们都先下去。"棕发女郎挥了挥手，众人鱼贯而出。

当房间里只剩一个人的时候，刚才还佯装倨傲的棕发女郎却瘫坐在沙发上，不停咬指甲，瑟瑟发抖："中国的安全部门已经被惊动了，道路交通全部被封锁，怎么办？我该怎么出去？假如办砸了这件事，伊莎贝拉殿下……"

想起那位皇储美艳外表下的毒辣心肠，棕发女郎不禁打了个哆嗦，神情也变得狠厉起来，喃喃自语："我就不信，相关部门能一直封锁湖滨这么大一座城市，只要拖的时间够久，我们就能出去！"

在此之前，必须想办法躲过中国安全人员的搜查，以及警告那两个人，什么都不许做。

晚上十点半。

负责审讯的雪松，以及博立鼎带领的、一直在看监控视频的技术组，汇报了两条重大线索。

第一，华晓月身边的助手，涉嫌叛国。

"罗蕾莱集团，"雪松对着大屏幕，对众人讲解，"早期是第三帝国进行非法人体试验的研究所之一，因为据点在莱茵河畔，便以莱茵河女神罗蕾莱为名，公司的标志是人身鱼尾的罗蕾莱女神，理解为美人鱼也行。

"第三帝国解体后，该研究所在各方势力的支持下摇身一变，目前是世界上最大的药品研发机构。他们驻扎在中国的药品代表，一直试图向华晓月医生推销一些我国目前没有审批，但也没有严令禁止，界限比较模糊的昂贵药物，譬如助眠类、神经类的药物等。

"在罗蕾莱集团医药代表的重金收买下，华晓月医生的一名助手透露了华医生的行程安排，虽然'铜棒'父女就诊不定时，但只要华医生人到了诊所，该助手就会发消息给医药代表，医药代表就会前来'偶遇'。这位医药代表的手机和电脑都被植入了木马程序，始终被人监听、监视。不仅如此，他身边的人也被收买了，只要他出去'拜访'华医生，他的助理就会将行踪透露给另一人。"

立马有人问："他们用什么方式传递消息？短信？邮件？"

"手机短信，我们追查了，电话卡是在西南地区一个偏远经销点买的，已经卖出去3年了，没使用过，也没有监控。当地警方帮忙协助调查，但店主对此毫无印象。目前已无法拨通这个号码，应该是连手机带卡都被毁坏了。"

又有人问："就算华晓月去了诊所，难道他们就能确定一定是接待童家父女？"

雪松摇头："他们无法确定，所以他们用的是笨方法——盯地铁。"

童子邦对自身的处境，显然心里有数。

他一直担心会被人绑架，也顾虑自己的车随时会被做手脚。所以，他和女儿每次出行，都是用最简单朴素最好用的一招，坐地铁。

童家父女所在的别墅区，出门只要步行20分钟，就是繁华的商区和地铁站，全程摄像监控对着，而且人来人往。再坐两站地铁，就穿过之江，到达财富广场正下方。

中国地铁的安全程度，说是世界第一也不为过。尤其是之江站和财富广场站这种每天人流量高达50万次以上的超级大站，防暴警察、警犬、全套安检，别说境外间谍想要实施绑架，带把水果刀都要被单独拎出来问询。

人来人往，摩肩接踵的情况下，大家都被人群簇拥着往里推着走，根本不会注意旁人。如果有人特意跟踪童子邦，以他的警惕性，一定能够发现。更不要说，童子邦每次出行，都会通知安全部门一声，便衣警察就出动保护他。想要瞒过便衣警察们的眼睛，那就更难了。

但敌人还是得逞了。

"我们已经确定，绑架童家父女的，是一个极其庞大的团伙。从盯梢、踩点，到确定位置，都有详细的谋划。首先是地铁，各位请看。"

大屏幕定格了数十张图，分别是18个人的侧脸、正脸、各种造型等，只见最熟悉之江情况的傅立鼎介绍："由于之江站和财富广场站人流很大，每站光是出入口闸机就有6个，而且有乘警执勤，所以他们采取的方法是不停换乘。

"A女先从财富广场站，坐到之江站，然后下车，戴上帽子，重新坐回财富广场站。在站中心徘徊后，又乘车坐到之江站，再把头发梳起来，外套脱掉，重新坐回来。然后又和A男手挽着手，装作情侣，时而又和B女假装闺蜜，说说笑笑。种种变装，都是怕乘警发现，他们短时间内不停地在站点来回。

"每次收到华晓月医生去诊所的消息时，他们就这么守在财富广场站和之江站，循环往复，确保每班地铁到站的时候，之江站和财富广场站每个闸机处，都有至少两个人在观察周围，锁定童家父女的动向。为了避开乘警的注意和摄像头，他们采用这种不断变装和组队的方式，而我们的干警也是反复看了十几遍监控，又通过大数据比对后，才洞穿这个小把戏。"

话虽如此，专家们还是不解。

财富广场的写字楼，毋庸置疑，是要刷卡进入的，而且从走廊到电梯，全程都有摄像监控，不可能实施绑架。

就算绑匪知道童家父女什么时候去心理诊所，但从童家父女居住的别墅区出来，再到之江地铁站，再到财富广场地铁站，然后到华氏心理诊所，又或者反过来，这一路全都在监控的覆盖之下，理论上绝不可能有绑架的机会。

就连便衣警察保护童子邦父女，也只是怕他们被自杀式袭击，像电影里那种一辆车开过，把人掳走的事情，按理是绝对不可能发生的。

"话虽如此，但通过监控，以及对便衣警察们的问询，我注意到一个细节。"雪松缓缓道，"童家父女从诊所出来后，往往不会直接回家，而是会顺路去楼下的商区吃个饭。我们的便衣警察便会在那个时候交班。今天也是一样，他们顺路去了位于 4 楼的'川香火锅店'，订了一个包厢。店铺的监控视频拍到了他们进入包厢，然后就没出现了。"

"川香馆的所有员工，都问了吗？"

"上上下下全仔细问了，目前没发现问题。"

"这就奇了，财富广场总共 A、B、C 三栋，并有通道连接，餐厅密密麻麻共有 227 家，绑匪是通过跟踪来确定童家父女去哪家店吃饭的吗？"

雪松冷笑道："他们知道跟踪容易被发现，所以采取的方式是在每个视野良好的甜品店或者饭店，都坐一个人，伪装吃东西，实际上是盯着童家父女的行动路线。

"我们翻遍了所有店家的监控，发现在负 1、4、5 楼，一共有 42 名嫌疑人。"

应龙立刻问："他们采用什么样的支付方式？"

"地铁都是直接买临时票，而在财富广场，则多种多样。"傅立鼎指着监控里拍下来的照片，说，"这个白人，就是刷信用卡；还有这个东南亚人，用现金。而大部分人还是电子支付，只不过……"

傅立鼎苦笑了一下，有点无奈："我们根据电子支付的订单，锁定对方的身份证，发现这些人的身份基本都来自某些偏远山村。虽然我们已经第一时间联系身份证所在地的公安部门，要求他们立刻上门核实相关人员的情况，但实话说，基本查到这一步，线索就已经断了。因为这些资料肯定是网上买的，不可能是真实本人。"

应龙和雪松也知道，傅立鼎说得没错。

虽然现在已经进入信息社会，但在广大乡村，尤其是乡村的老年人群中，还有很多人根本不知道身份信息的重要性，为了几百块钱的蝇头小利，就可以不管不顾地把身份证卖掉。结果是身份被冒用，注册成为皮包公司的法人，背上几千万债务都毫不知情，更不要说被用来实名认证电子支付了。

人家绑匪有备而来，早就准备周全，想从这方面来查，估计很难。

"他们应该有好几套身份，甚至持有的身份证，很大概率都是真的。"傅立鼎是基层民警干上来的，三教九流都接触过，对此很有发言权，"虽然现在处处实名制，可身份证照与本人不像的比比皆是，化个差不多的装，拿着真实身份证，就能畅通无阻。"

应龙皱眉："意思是，一家家查宾馆，也未必有结果？因为他们随时能变换身份，从身份证到化装都齐全？"

傅立鼎只想叹气："没错，我们等同于在找几十个'根本不存在的人'。虽然湖滨大部分宾馆都安装了身份证人脸识别设备，但还有不少中小宾馆出于成本考虑，只有身份证阅读器，入住时是不需要进行人脸对照的。而且，绑匪这么庞大的手笔，又很可能牵扯到了境外势力，你能确定人家在湖滨没房子吗？还能一个个房间阁楼地窖地下车库检查过去吗？"

"我们必须先确定一件事。"雪松对着大屏幕，盯了很久，才说，"童家父女，到底有没有被他们转移出湖滨市。"

三

童素靠在床头，默默打量着眼前的环境。

以她的观察能力和照相记忆，只要给她几分钟，就能对周围的一切了如指掌。

正因为如此，这个不足 50 平方米的陈旧的小房间里的一切，童素已经熟悉得不能再熟悉了，甚至包括因为梅雨导致的墙体脱落，以及隐隐开裂的缝隙。

除了房间里的陈设，剩下的就是两个看守她的训练有素的女特工，以及一个看上去像头目的棕发女郎。

这三个女性明显都化过装。

棕发女郎眼睛凹陷，鼻梁高挺，肌肤白皙，毛孔粗大，故意把身材弄得粗壮乃至发福，就像中欧来游玩的白人大妈。但童素仔细琢磨后发现，对方应该不足 30 岁，本身是个美女，却故意丑化，只为不那么醒目。

两个女特工看上去像广西靠近边境地区的人。她们的中文说得很流利，而且会不自觉地带一点闽南地区的口音，走在中国城市街头一点都不会突兀。不过，眼光毒辣的童素直觉判断她们不是中国人，很大概率来自东南亚。

由此可见，对方是有备而来。

童素看了一下自己的手腕，还有手肘处等，从布料的皱褶中，看到了皱巴巴的痕迹，还沾染了什么水迹和脏污。

"排气管道"四字，顿时跳入她的脑海。

童素默默在心里复盘自己和爸爸被绑架的经过——他们正在吃火锅，完全不知道发生了什么，只是突然感到头晕目眩，四肢酸软，然后就不省人事。等醒过来的时候，就发现自己已经被困在这个房间。

如果她没猜错的话，对方大概在中央空调的系统中动了什么手脚，或者在通风管道上安排了人，通过某种手段，导致他们吸入了易昏迷气体。

估计绑匪们已经发现他们父女的规律，吃饭都不会在大厅，而是喜欢专门选择包厢。只有这个时间点，便衣警察们不在他们身边。所以只要绑匪能摸清他们在哪个包厢，就可以趁机动手。

虽然听上去很简单，执行起来却非常难。

有这样的行动力，又敢在中国大陆这么做的势力，屈指可数。

能否观察出这些人的来历，进而发现弱点？童素心中思忖，眼角余光不着痕迹地瞥见特工们心急如焚，就知道自己和爸爸的备用方案奏效了。

以童家父女的智商，自然不会不清楚身边涌动的暗流，虽然他们很相信安全部门，也很相信便衣警察，但童子邦还是留了个心眼。

他将自制的炸弹放入"太空飞梭号"，并且编好了特定的程序和路线。每次他们出门，童子邦都让"太空飞梭号"处于启动状态，只要他远程开启程序，"太空飞梭号"就会行驶到之江大桥上，然后冲进河中并且爆炸。

"太空飞梭号"只要一出现，必定会上新闻热点，众目睽睽之下爆炸，立马能惊动安全部门，也能震慑到绑匪。

这本来只是以防万一的手段，不料却真的用上了。

也就是说，很大概率，他们还被困在湖滨，没有被转移！

不过，安全部门要想找到他们也不容易。因为湖滨市太大了，人太多了。

3年前，湖滨市的常住人口就已经突破了1000万，想要在这么多人里面找到两个人，无异于大海捞针。更何况，湖滨市还是旅游城市，每天接待的游客不计其数。

再有9天，就是圣诞，接着是元旦，小长假一开启，必定人流如织。

假如安全部门确定他们还没被转移倒好，可如果不能确定，一方面，湖滨封锁不了这么久，另一方面，基层排查的力度太大，最重要的是，如果扩大搜寻范围，警力又没有那么多，值不值得做到这一步？

这些都是非常切实的问题。

想要让警方注意到这栋楼，就必须弄出点事情来。

能不能试图逃跑，哪怕不成功，也制造一点动静呢？

童素顺着这个念头，仔细观察了一阵，就有了结论：不可能逃出去。

两个女特工轮流值班，棕发女郎干脆直接睡在沙发上，房间里至少有一个练家子在，童素身上的小道具又全被搜走了。

更何况，她还不知道这是哪儿，爸爸又被关在哪里。

如果自己是绑匪头目，她会包下一层楼甚至一栋楼，而且一定是高楼，因为这样就能避免他们跳窗逃生。

但为什么不给他们打麻药，让他们一直昏睡呢？是怕损伤到他们的思维能力吗？

童素曾有过类似的经历——万象集团的少主岩罕用童子邦的下落，逼迫她前往万象集团，就是为了让他们父女联手，帮他攻克文南国的军事卫星，为万象集团夺取文南国政权实现极为重要的一步。

所以，他虽明知道父女两人不可控，却不敢给他们注射毒品，就是怕影响了他们的思维、判断、反应能力，导致攻克军事卫星的行动失败。

这么说来，眼前的绑匪也有用得到他们父女的地方？既然如此，或许有谈判的本钱？

童素本就是越到危机，越发镇定的人，故她盯着棕发女郎看了好一阵，直到对方抬头看过来，才扔出一句："我需要确定我爸爸的安危！"

棕发女郎面露异色，上下打量着童素。

以她挑剔的目光来看，童素简直不像个女人，垂到肩膀的头发十分凌乱，一看就从来没有去理发店专门打理过。脸色也颇为苍白，还有浅浅的黑眼圈，显然是常年不见日光，经常熬夜的后遗症。身材虽然在亚洲人中算高挑，体形比棕发女郎却瘦了至少两码，全身上下都没健身的痕迹。

简而言之，就是一个先天底子虽然还行，但一点都不重视化妆和保养的女人，非常符合人们对女性技术宅的刻板印象。

但童素被绑架后展现的极端冷静，却让棕发女郎颇为惊讶。

她早就发现童素醒了，以为童素会大喊大叫，大吵大闹，结果对方硬是冷不丁观察了几个小时，该吃就吃，该睡就睡，清醒后的第三个小时，才第一次开口说话。

还不是疑问，而是命令。

不愧是敢单枪匹马闯毒品王国总部的人，够胆量！

棕发女郎心中赞了一句，面上却不能纵容童素的气势，只见她抬了抬下巴，冷笑道："你凭什么和我谈条件？"

"我当然看得出来，你们计划周密，我不可能逃得出去。"童素神色平静，就像压根没意识到自己是阶下囚，"但我也能从你们焦虑的状态中猜出来，中国安全部门已经有行动。你们现在是靠一个'拖'字，因为你们的成本小，安全部门的成本大，一旦时间长了，必定是安全部门先受不了。这么做当然不是没有风险，如果我没办法确认父亲的安危，可能会做出一些不理智的事情，影响到你们的'拖'字诀。"

棕发女郎冷冷道："我可不会给你们父女交流的机会！"

"我这个人，向来一诺千金。"童素倒是很淡定，"你可以选择信，也可以选择不信。"

她摆出这么一副态度，反而让棕发女郎犹豫起来。

正如童素所说，棕发女郎就是打算用"拖"字诀——相关部门能封锁湖滨一天，两天呢？三天呢？假期呢？他们不可能每时每刻都是这么高强度的戒备，总有松懈的时候。

但同样，留在湖滨市，也让棕发女郎忐忑不安。万一警方挨家挨户排查呢？虽然这概率不大，但毕竟他们目前所在的宾馆离案发地财富广场只有6公里，也就是两三站地铁的间隔。

想也知道，警方排查，肯定是以财富广场为中心，向外扩散，拖得久了，对安全部门不利，难道对他们就好吗？

再说了，童素的性格如何，棕发女郎也算了解。一个为了救父亲，连命都可以不要的人，在无法确定父亲安危的情况下，极有可能发疯做出一些不理智的事情。

伊莎贝拉殿下指名要活着的童家父女，如果完不成任务，恐怕自己的性命都未必能保得住。

两人僵持了几个小时，最后，棕发女郎松了口："好，我去联系BOSS，如果BOSS同意，就让你的父亲联系你。"

待到出了门，面对迎上来的下属们，棕发女郎冷着脸吩咐："拿一张空白的纸给'铜棒'，让他手写一句话，表示他没事。你们盯着他写，等纸条写好了，来回检查，确定没有任何密码暗语，再交给'赫卡忒'。"

属下忙问："需要指定内容吗？"

棕发女郎想了一下，觉得没有必要，只是说："就把纸条裁到一指宽，顶多只能写两行字。等写完后，拿来看看，警惕他们传递暗语。"

"对书写的文字有没有要求呢？他们是黑客，假如用二进制来传递编码，我们不一定能发现。"

棕发女郎冷哼一声："他们是黑客，大洋语必定很好，就用这种语言写，我们也熟悉。"

片刻之后，下属硬着头皮回来了："BOSS，'铜棒'他——"

"怎么？他不肯写？"

"不，只是……"

下属战战兢兢地将纸条递给棕发女郎："他，他只写了这一句话，然后就说，他也想确定女儿的安危。他要女儿把随身最重要的一件东西给他，不能由我们瞎拿，证明女儿还活着。"

棕发女郎仗着自己戴着手套，不会留下指纹，从下属手中拿过纸条，漫不经心一瞥，发现"铜棒"用铁画银钩般的优美字迹，只写了一行诗：Whether lovelead fortune, or else fortune love?

霎时间，棕发女郎脸色铁青。

以她的文学造诣，当然知道，这是《哈姆雷特》中的一段，全文是"For'tis aquestion left us yet to prove? Whether lovelead fortune, or else fortune love"，是哈姆雷特试图唤醒母亲良心时，发出的拷问。

哈姆雷特的母亲，丹麦王后，在文学史上可不是什么好形象——乱伦、不贞、爱慕虚荣、经不起诱惑，没有独立生活和思考的能力，甚至不能算一个活生生的人，仅仅是依附于国王的木偶，谁当国王，她就属于谁。

很显然，"铜棒"这是在讽刺棕发女郎。

更令棕发女郎心惊胆战的是，"铜棒"还恰到好处骂到了点子上，这令她无比恐惧——"铜棒"是不是已经看出了他们这些人的来历？

如果是，他到底怎么看出来的？他们哪里露出了破绽？

棕发女郎越想就越是恐惧。

她本来并不将"铜棒"当回事。一个轻易就被诱骗去大洋国，蹲了10年监狱，又被区区万象集团抓住，囚禁5年的人，就算黑客技术很出色，大概也就是一个技术宅，理工男吧？不通人情世故的典型。

但现在看来，却不是那么简单。

如果不是皇储有令，非到万不得已，连伤人都不准，她真恨不得现在把人杀了。

棕发女郎的手微微发抖，真想将纸条撕碎，理智却还是控制住了她，只是铁青着脸，大步流星走到童素的房间里，狠狠把纸条递给童素，并且咬牙切齿地说出童子邦的要求。

童素接过纸条，看了一眼，就笑了起来。

棕发女郎被他们父女折磨得七上八下，觉得明明他们才是囚徒，却显得自己既窝囊，又无能。

算了，人都在他们手里，还能翻天不成？

现在最紧要的，是如何逃过中国安全部门的天罗地网。

"我身边最重要的东西，当然是笔记本电脑。"童素说到这里，话锋一转，"但我也肯定，你们不会拿电子产品给我们。"

棕发女郎哼了一声，就听见童素轻叹道："我爸眼睛有点老花，这几天估计都没摘隐形眼镜，这样对眼睛不好，把我包里的隐形眼镜护理液给他吧！本来就是帮他备着的。"

没摘隐形眼镜？你想多了！

你们还在昏迷的时候，我们就把你们上上下下全检查过一遍了，别说眼睛里戴隐形眼镜，就是体内植入钢板我们都能取了！

棕发女郎当然不会让童子邦继续戴隐形眼镜，越老眼昏花越好，但听见童素这么说，就吩咐手下把童素包里的隐形眼镜护理液交给童子邦。

凌晨三点半。距离"太空飞梭号"爆炸，整整12个小时。

凭着安全部门里三层外三层地拉网式排查，终于在"川香馆"上层的通风管道处，发现童家父女的毛发残留。而且通过对空调检修公司以及物业保洁人员的排查，发现两家公司均有员工全无踪影。

安全部门已经下发了通缉令，进行追捕。

童家父女如何失踪，宣布告破。

但问题才刚刚开始。人失踪了没错，怎么找？

虽然应龙封锁交通要道的速度很快，绑匪转移出去的概率极低，但湖滨市1000万人，城中村群租房不计其数，出动多少人力物力，花费多少时间，才能将人找到？

还有，马上就过节了，湖滨市的人口流动会达到极其恐怖的数字，安全部门的封锁又能持续到什么时候？

傅立鼎、应龙、雪松熬到现在都没睡，一边飞快在食堂扒拉夜宵，一边刷手机。

"网上闹得还是很凶，沸沸扬扬。说恐怖袭击的，说车子质量问题的，说境外间谍的，什么议论都有。还有人让'铜棒'站出来说道说道，幸好他们还不知道童家父女失踪了。"

傅立鼎饱受自媒体之苦，闻言不由得叹道："个别自媒体唯恐天下不乱，天天炒热点，全世界关注，对我们来说，压力也挺大的。"

雪松附和："主要是汽车爆炸，假如突然失控坠入江里，我们还能编个理由，比如这车被人偷开结果不受控制，爆炸则很难不让人想到安全——"

他话没说完，自己先顿住了，自言自语："对啊，直接把车开江里不就行了？为什么要多此一举，把它弄爆炸呢？这是时间卡得好，时间卡不好，在之江大桥上炸开，不就引发连环事故了吗？"

应龙反应很快："除非，'爆炸'重要到他值得冒这个险，可为什么……"

话音未落，应龙和雪松齐刷刷望向傅立鼎："童子邦自制炸弹，用的是什么原料？"

傅立鼎想了一下，才说："铝粉、硝酸铵、塑胶炸药，还有硝化甘油。定时是用卡西欧 F-91W，他就把这玩意放工具箱里，胆子也大。"

"这些都是管制材料，但——"应龙望向雪松，"他这种黑客，完全可以在暗网上买。"

"甚至不用那么麻烦。"雪松常年应付境外间谍，还有曾在中东维和的经历，对制作土法炸弹有充足的经验，"硝化甘油是治疗心血管疾病的重要药物，他不用去暗网，只要稍微想办法，普通网络上就能买到。一瓶眼药水大小的硝化甘油，只要制作得当，就足以引爆一架飞机。"

短暂的沉默后，三人齐刷刷地站了起来，飞也似的往外冲。

"立刻联系消防部门！12个小时内有没有地方出火警！"

四

时间退回一个小时前。

"旺角"酒店中，爆炸响起。

瞧见棕发女郎气急败坏的样子，童素饶有趣味地打量着对方："根本没有什么BOSS，你就是这次行动的负责人吧？"

"很遗憾，是的！"棕发女郎咬牙，"但你和你父亲的计划宣告失败，消防员只是过来问了几句，甚至都没上楼查看，就被打发走了。"

"没关系。"童素漫不经心地说，"第一，我只是答应你，我不捣乱，可没替我爸爸做承诺。第二，我和爸爸本来就做两手准备，如果安全部门及时查到了火警的线索，我们自然能被解救。即便消防员没意识到问题，我和爸爸也彻底确定了两件事——你的身份，以及，你的来历。"

看见童素下了床，一步步走近棕发女郎，两名女特工上前一步，手中闪烁雪亮的刀光。

棕发女郎比了个手势，反而冷静下来。

她身高差不多有一米七八，比童素高小半个头，不故意佝偻的时候，压迫感十足："说吧！我是什么身份？"

"斯图国大贵族出身，我说得对吗？"

刹那间，棕发女郎的神情彻底变了。

饶是女特工们训练有素，也怔了一瞬，才恢复冷静，看着童素的眼神，却像看怪物。

不等棕发女郎否认，童素已经双手抱胸，靠着墙壁，似笑非笑："你一直装作自己只是个小头目，上面有 BOSS，每次出门需要禀告他。但漏洞就是，你的部下对你太过恭敬了，而你的能力并不足以驾驭这些训练有素的精英。一旦被我察觉到这一点，你的身份就很容易猜到。

"经过观察和几次试探，我发现你习惯听从于别人的命令，而不是发号施令，所以我稍微逼迫你进入选择困境，看到你无所适从，就已经清楚，这样的你，是不可能计划出这么精密的绑架案，领导这么多人的。能力不够，却能令别人言听计从，我唯一能想到的，就是身份足够显贵了。"

说到这里，童素无聊地玩着自己已经披到肩头的长发，似乎有些漫不经心地讲道："明明知道我和爸爸与中国安全部门走得很近，还敢精心筹划绑架的势力，我只能想到世界其他几个大国身上。世界上统共就四个足够有威慑力的大国，即亚洲的中国，北美洲的大洋国，西伯利亚的白熊国，还有欧洲的斯图国。如果再算上'血统为尊'，简直就像考试之前，已经看见了答案那么清晰，所以我就随便猜了猜，爸爸也只是随便试了试。看到你的反应后，我们就知道自己猜得不错。"

棕发女郎的声音简直像从齿缝中迸出："你对我说这些，是想炫耀自己很聪明吗？就像你父亲一样，看出我的身份，却变着法这么辱骂我？你以为你们很能干吗？须知这个世界上，知道得越多，往往就死得越快。"

"错了。"童素微微一笑，"越是无能的人，死得才越快。"

她站直身体，凝视着棕发女郎，明明没有对方高，却像巨人在俯视蝼蚁："我看得出来，你们对把我和爸爸完好无缺带回去这件事非常执着，但我更相信，你们有最差的备选方案，即，一旦任务失败，也不会让我们活着离开。"

棕发女郎心中一惊。童素说对了。

伊莎贝拉殿下只是命令，一定要把人带回来，不接受第二种可能。但老皇帝的第一心腹，皇室特务头子，哪怕伊莎贝拉殿下也必须倚重的亚伯阁下却给她颁布了另一道命令，即，一旦任务失败，务必将"铜棒"和"赫卡忒"杀死，绝不能让中国安全部门得到这两个绝世天才。

棕发女郎心潮翻滚，却听见童素又说："我还知道，你知道华医生对我的评价后，就看重我，更甚我爸爸。如果一定要带走一个，杀一个，你会带走我，杀了我爸爸。"

说这席话的时候，童素明明是微笑着的，棕发女郎却仿佛从对方眼中看到了万丈血海，无边杀意。

那一刻，棕发女郎冷汗直冒的同时，心也定了。

她之前一直对童素隐隐有着担忧，因为童素太聪明，太敏锐，太不可控了。

而且从童素身上，棕发女郎始终看不到恐惧，仿佛死亡对童素来说，就像是人生普通的一站那么平常。人在死亡面前，往往会患得患失，失去平常心。一个连死都不怕的人，还不值得其他人害怕吗？

但现在，棕发女郎却不担心了，因为她发现，童素也有弱点，那就是她爸爸"铜棒"的生死！

一想到这儿，棕发女郎就恢复了镇定："所以，你想说什么？"

"我有可以让你们平安无事，回到斯图国的方法。"

"呵呵！"棕发女郎冷笑，完全不相信，"听了你的言辞，我们只怕要钻到中国安全部门的罗网里去。"

"假如我说，我也想为你的'主上，'"童素特意加重音，"尽一份心力呢？"

棕发女郎更不信："'铜棒'被大洋国关了10年，整整10年里，他只要轻轻点个头，国土局那帮用鼻子看人的家伙，就会像奴仆一样伺候他。这样的人，你告诉我，他会同意背叛中国？"

"那是因为我在国内。"童素含笑道，"你为什么认为，我不会加入你们，并且让爸爸改变想法？"

棕发女郎哑口无言。这话她没法反驳。

童素确实一直游离于体制之外，从来都没有成为中国安全部门的一员，性格也桀骜不驯。但要她相信童素会因此就加入他们，棕发女郎还没这么蠢。

"你一定在想，我为什么会想加入你们？"童素就像能看穿棕发女郎心中的想法一样，一步步走近，"没错，我不缺钱，几亿，十几亿，对我来说没太大区别，我想要弄，轻而易举就能弄到。可有时候，我想做的一些事，却是再多钱也买不来的。"

棕发女郎不自觉被带进去了，下意识问："比如？"

童素意味深长地笑了："践踏愚者们制定的法律，以及所谓的世俗伦理。"

棕发女郎沉默不语。

"我猜，你们每个人手上都有至少 5 张身份证。而且会不断易容变装，那些人种特征醒目的人，其实会被抛出去吸引注意力，反而是亚洲面孔，就像潜入大海的一滴水。"童素淡淡道，"但要我提醒你吗？你们的身份，至少用完两套了，而中国的安全部门也已经确定，我们还在湖滨市。攻守已经逆位，你们还能藏多久？"

说到这里，童素靠近棕发女郎，几乎在她耳畔呵气："这么大的事情，办好了，也只能是暗中记功，要是办砸了，你还能回去吗？"

棕发女郎下意识抬起手，就要咬指甲，却又忍住了。

童素的话一点都不错。这种事情本来就见不得光，而且一不留神还会影响到国际关系，属于办好了不能对外说，办砸了却一定要倒霉的类型。

既然如此，能够平安回去，总比真的没命好。

"其实我们都是一样的。"童素轻声细语，却好像锤子一样，砸在棕发女郎心上，"这件事情，你要是办砸了，你会死，我们也会死。为什么不两全其美，听我的建议呢？平安把我们带回去，你暗中领功劳，我也可以在斯图国尽展所长，不用像在中国大陆一样，处处受限。爸爸只有我一个女儿，他的原则再坚定，也不可能有我重要。"

"可……"

"就算觉得我是骗你的，不如也先听听？"恶魔的絮语，在棕发女郎耳边缠绕，"究竟是否执行，由你来决定。"

五

"她想为我效力？"

视频对面，金发的皇储高居王座之上，似笑非笑。

哪怕隔着半个地球，棕发女郎依旧不敢有半分怠慢，单膝跪地，毕恭毕敬地汇报："她的原话确是如此，并答应帮忙说服'铜棒'，听她的语气，倒是很有把握。"

"哦？她猜出来你背后是我？"

轻描淡写一句话，却让棕发女郎不寒而栗，忙道："她应当没猜出来您的具体身份，但——"

"但她不需要知道对方的具体身份，只需把范围划定在斯图国足够位高权重，能够凌驾于法律之上的这个小圈子，那就够了。"伊莎贝拉漫不经心地拨弄着精致的美甲，眼皮都没抬。

棕发女郎浑身却已经被冷汗打湿。

如果有得选，她并不愿意向伊莎贝拉殿下汇报这件事，因为这就代表她的身份被自己绑架的目标所看穿，属于极大的失误，回去不知道会受到怎样的惩罚。

但童素当着女特工们的面提了这件事，就等于把棕发女郎架在火上烤，逼得她不得不上报。

棕发女郎虽然能指挥手下们，却不代表这群人对她就忠心耿耿。相反，他们之中必定有皇女布下的暗线，留在队伍里的眼睛，会暗中报告棕发女郎的一言一行。

这点弯弯绕绕，童素看出来了，伊莎贝拉也听出来了，只有棕发女郎还在硬着头皮，努力解释："他们父女刚刚还计划着闹出动静，伺机逃跑。幸好臣控制得当，没真让小范围的爆炸变成火灾，才能把湖滨市的消防员糊弄过去。'赫卡忒'突然说要投靠我们，很难不让臣怀疑这是他们父女为了拖延时间，保住性命，想出来的阴谋诡计。"

"那又怎样？"清朗的男子声音，从视频中传来。

皇女伊莎贝拉的神色变得肃然，站起来，微微欠了欠身："亚伯阁下。"

棕发女郎头皮一紧。

众所周知，斯图国最令人胆战心惊的组织是"中央情报局"，专门负责收集对内或者对外的各色情报，上至各国机密，下至国内贵族酒后的不敬言语。

但没人知道，皇室内部还有一个更恐怖的特务机构，没有名字，也没有代号，直属皇帝管辖，犹如影子一般，活跃在最残忍、最血腥、最黑暗的种种事件里。

那便是皇家特工。

而这支恐怖队伍的首领，就是皇储伊莎贝拉的小舅舅，斯图国铁血首相温菲尔德伯爵同父异母的弟弟，备受斯图国老皇帝信赖的皇家爵士，亚伯·温菲尔德。

仅棕发女郎安妮的了解，就至少有10起的灭门案，以及3个地区的战火，与这位出现在镜头前，拥有一头银白色长发，眉目英俊甚至带点女气，像是壁画中大天使一般圣洁而无害的男子，有着脱不开的干系。

日渐昏聩的老皇帝将亚伯当作左膀右臂，依赖他胜过唯一的孙女；铁血首相无比信任这个弟弟，给予他等同于机要秘书的权力。他的想法和态度，能够直接影响到这两位帝国最有权势的人。

哪怕皇储伊莎贝拉，都要对这个小舅舅保持足够的尊敬，安妮更是噤若寒蝉，头都不敢抬。

只听见亚伯标志性的，略带一丝笑的声音响起："不管他们是想拖延时间，还是真心实意投靠，都和你没关系。你唯一的任务就是将他们活着带回国，如果做不到，你也不必回来了。"

伊莎贝拉听懂了亚伯的潜台词，顿时心生不悦。

棕发女郎是她的心腹女官，是生是死，都是她一句话的事情。亚伯越过她，对安妮发号施令，甚至决定对方的命运，显然是一种逾矩。

心中不痛快的伊莎贝拉正色提醒："亚伯阁下，皇室需要他们那健康的、完好的、极有可能迥异于常人的大脑！不需要两具冰冷的尸体！"

即，这次行动，只许成功，不许失败，不存在棕发女郎失败后，亚伯将之处决的可能。

"那只是最理想的状态，架不住情况有变——中国的国家安全部门直接介入，封锁湖滨市全境，大洋国的国土战略局也被惊动了。"

只见这位皇家特工头子双手插在口袋里，神色一派轻松惬意："你们原定的逃生路线是先通过海路到太平洋群岛，然后中转回国。但别忘记，太平洋的岛屿上固然有我国的领土，也有大洋国的军事基地和太平洋舰队。"

伊莎贝拉皱了皱眉，顾不上询问为什么亚伯会知道她们拟定的逃生路线："大洋国？为什么会惊动他们？"

亚伯含笑道："大洋国设计诱捕'铜棒'，关了对方整整 10 年，为什么？因为大洋国国土战略局认为，'铜棒'的实力和存在，让大洋国金宫和国土局等机要部门的防火墙形同虚设。但他们没有任何证据能够证明'铜棒'真的入侵过这些地方，只能用'危害网络安全'这种罪名把'铜棒'关起来，希望能够消磨他的心志，逼他为了获得自由，说出藏在心底的秘密，甚至为大洋国效力。

"'铜棒'被关了 10 年，一句话都没说。久而久之，大洋国的安全部门也就慢慢认定'铜棒'肚子里没多少货，逐步对他放松了戒备。这也是 5 年前，我们略微设计，就能让德隆想办法把'铜棒'从'Geenna（希腊语，《圣经》中指罪人受永远刑罚的地方）监狱里保释出来的原因。

"但世界上所有的事情，最怕的就是寻根究底。敢于在中国大陆境内绑架这对父女的国家，全世界也就那么几个。大洋国知道不是自家做的，立刻就会警惕。如果我没猜错，大洋国国土战略局已经开始深挖'铜棒'被保释的前因后果，很快就能查到我们头上。"

伊莎贝拉眉头紧锁，半晌才挤出一句："可我们抓'铜棒'，并不是为了——"

话音未落，就见亚伯做了个"嘘"的动作，待到伊莎贝拉不情愿地闭嘴，才说："你去抓他们父女的理由，对其他国家来说并不重要。你只要知道，这个动作，已经将全球几个大国的特务机构的目光，又重新聚焦回'铜棒'身上就行了。假如说从前，'铜棒'还有得选，如今被你这么一折腾，他唯一能走的就只有一条路，那就是加入中国国家安全部门。"

说到这里，亚伯微微一笑，目光投向屏幕另一头的棕发女郎："我们不能让中国得到这么强大的助力，反过来对付我们国家，明白吗，安妮？"

棕发女郎安妮身体不断打战，就连话都说不出来。

亚伯的每一句话，都如同利剑悬在她的头顶，随时可能坠下，令她瞬间千疮百孔，直坠地狱。

伊莎贝拉却顾不上心腹的生死，只关心一点："现在这个局面，人要怎么带出来？"

之江省在中国东部沿海，斯图国却在欧洲大陆，整整横跨了半个地球，本就十分困难。何况海陆空三条路，陆路等于要穿过半个中国，风险太大；海路这条，按照亚伯的说法，又会被大洋国军舰围堵；那么，只剩下航空了？

但中国的机场向来以安检严格著称，根本没有机会浑水摸鱼。

这不等于海陆空三条路，全都堵死了吗？

"我已经联系好了。"亚伯淡淡道，"'梦回莎士比亚'项目组刚好在湖滨市巡演，今天是最后一天。明天早上八点，项目组将乘坐温菲尔德航空的专机，连人带设备一同回到我国国都纽伦城。趁着中国的安全部门还判断不出案子究竟是哪国下的手，用最快的速度将人带回来！必须快，不然就晚了！"

说到这里，亚伯似乎想到了什么："现在立刻将人转移到'梦回莎士比亚'项目组！不要心怀侥幸！"

"是！"

棕发女郎挂断电话后，立刻指挥所有特工转移，突然想到一件事："纸条呢？"

童素耸了耸肩："扔了。"

"扔到哪里？"

"你猜？"

棕发女郎脸色一沉，让人将家具全都搬开，里里外外翻了一圈，硬是没有找到。最后看见时间快来不及了，只能匆匆将人弄晕，然后率队从地下车库撤离！

凌晨四点半。距离"太空飞梭号"爆炸，第十三个小时。

"旺角"酒店所在的整条街都被临时封锁了。

好事者在外面探头探脑，想要拿手机拍摄，却被荷枪实弹的武警礼貌阻止，劝他们立刻离开，不要妨碍办案。

傅立鼎拿着刚刚完成的笔录汇总，说："今天凌晨两点二十分左右，周围的居民被爆炸声惊醒，就报了火警。消防员来检查，没有找到任何着火点，写字楼的物业经理也反复强调楼内没有动静发生，认为可能是附近有人偷偷半夜放鞭炮玩。消防车在这一带转了两圈，由于没有发现火情，就离开了。"

"方圆一公里，居然有40多家酒店，1000多个房间，光是今天就离店了将近两百个人。"应龙眉头紧锁，心情沉重，"我们错过了童子邦给我们的信息提示，浪费了两个小时，他们肯定被转移走了。"

雪松拿着入住记录，果断地锁定到"旺角"酒店："先查这家。"

"为什么？"

"整整三层楼，入住宾客近百人，十几天都没变。"雪松直觉敏锐，"还有，刚才这栋楼一楼自助餐厅的老板说，最近两天要求送餐到房间的客人特别多，而且是早中晚三餐都要求送。毫无疑问，这是一些不愿外出露面的人。"

应龙信任同僚的判断："好，大家立即行动，每个房间都要查！头发丝、指甲屑、烟灰缸……一丝线索都不能错过！"

没过多久，就有好消息传来！

"我们在909室的墙体缝隙里，发现了一张便笺！"

应龙接过证据收纳袋，拿起那张明显是酒店便笺上撕下来的纸，对着阳光看去，发现一行大洋语。

Whether lovelead fortune, or else fortune love?

"这是莎士比亚名作《哈姆雷特》中的一句。"

专案组，第一会议室，被请过来的斯图国戏剧专家侃侃而谈："全句应该是：For tis aquestion left us yet to prove? Whether lovelead fortune, or else fortune love? 翻译成中文就是'有谁能解答这一哑谜？是境由爱造，还是爱逐境移？'"

其他人听到这里，顿觉头疼。

经过鉴定，大家已经确认，这就是童子邦的笔迹，上面还有童素的指纹。

不出意外，这应该是他们父女想办法传递给专案组的消息。

但为什么是这么一句话呢？

暗语让绑匪看不懂，是应该的；可让自己人也看不懂，就头疼了啊！

"这到底是想告诉我们什么？"

"是的，背后肯定有深意。"最熟悉童家父女的傅立鼎开口，"以我对'铜棒'先生和'夜神'的了解，他们都是极其聪明的人。只写一行无关紧要的文字，从而浪费有可能是唯一的求救机会，不符合他们的风格。除了麻痹绑匪，我猜他们应该还用这句话一语双关，暗示了别的。"

应龙疑惑："爱？境？移？难道是暗示他们被转移的地点？"

其他专家觉得费解："但他们也不是神仙，能掐会算，难道还能知道绑匪下一站把他转移到什么地方去？"

"这还真不一定。"雪松突然说。

众人齐刷刷看着他，就见他缓缓道："我们不如反过来想，绑匪面对这种天罗地网，如果他们要迅速撤离中国大陆，会走什么渠道？或者说，有什么船只、飞机，是在这种状态下，都没办法拦的？既然写的是斯图国戏剧里的台词，那就优先查斯图国相关的东西！"

应龙立刻去调湖滨机场的航班，神色一变："明天早上八点，'梦回莎士比亚'项目组将乘坐温菲尔德航空的专机，离开湖滨！"

听到这里，很多人激动道："就是这个！"

夏正华的神色却非常凝重："没有证据确定童子邦父女与'梦回莎士比亚'项目组有关联之前，搜查令不能发。"

傅立鼎不解："为什么？"

夏正华眉头紧锁："假如人确定藏在项目组里，我们找到了，当然是好事。问题是一旦判断错误，很可能会影响到国际关系。"

"一个游乐设施而已，怎么就和国际关系挂钩了？"有人不解。

夏正华叹道："第一，'梦回莎士比亚'这个项目，既好玩，又文化内涵丰富，加上重金打造，在全球的知名度和太阳马戏团媲美，影响力极大。其行程早就挂在官网上，整个世界都知晓。一旦有个风吹草动，就容易引起各国媒体的关注。

"今年又刚好是中国和斯图国的文化交流年，'梦回莎士比亚'作为斯图国极具影响力的文化项目，被当作双方文化交流的重点活动，加以引进。湖滨市为了提升城市文化品位和影响力，花了好大的代价才争取到项目落户在之江边。这8个月，'梦回莎士比亚'项目组吸引的体验客超过300万人，湖滨市在海外媒体中的曝光率也提升了不少。

"另外，我国为了表示对斯图国的友好，对项目组成员给予外交规格的对待，来的时候浩浩荡荡5架专机，上万件道具，全部免检。"

"您越是这样说，我倒越觉得，'铜棒''夜神'父女可能真的就在里面！"傅立鼎一听着急了，"还有比专机免检更好的把人偷运出去的机会吗？"

上万件道具，总有适合藏人的，物品免检就代表能直接搬进机舱，就可以神不知鬼不觉地把人运走了。

"虽然我也觉得你们的推论很有道理，但我还没说完。"夏正华缓缓道，"假如只是上述理由，或许还能勉强进去搜查，可'梦回莎士比亚'密室逃脱系列属于斯图国传奇大剧院的全资子项目，而这家大剧院，是温菲尔德家族的核心产业之一。"

温菲尔德。听见这个姓氏，稍微懂一点国际形势的人，心头都是一沉。

众所周知，欧洲第一强国斯图国，是罗马帝国唯一的直系后裔，也是在纷乱的中世纪时期，一个由数百个公国、王国经过漫长战争，最后由利益和宗教统合起来的，政教合一的君帝制国家。

在斯图国，皇帝与选帝侯共治天下。

所谓的选帝侯，有点类似我国春秋时期，周王室和晋国、齐国这种大国的关系，晋国国君不仅在王室中枢担任要职，而且有自己的封地，负责拱卫中央的同时，军税财权都独立，甚至下任皇帝的任免也必须经过选帝侯点头，可谓位高权重。

温菲尔德，就是选帝侯家族之一。

"斯图皇帝已经89岁，年老体弱，疾病缠身。斯图国的大权，一大半都落到了素有铁血之名的首相威廉·温菲尔德伯爵手里。伯爵是个铁腕强权之人，老皇帝固执守旧，差点让斯图国没赶上互联网时代的步伐，全靠伯爵一手力推，才能让斯图国焕发生机，继续屹立在欧洲大陆上，和白熊国竞争世界第三强国的位置。

"在斯图国，伯爵名为首相，实为摄政王。但伯爵与老皇帝的政治立场颇为不同，老皇帝亲近大洋国，首相却对我国更加友好。近年来，斯图国与我们的贸易额逐年走高，最近还在谈引进中国高铁，而我国也正准备又一次向斯图国采购最新客机，两笔订单的金额都高达千亿元。

"正因为我国和斯图国的关系日益融洽，令大洋国感到了严重危机。大洋国总统光是今年就前往斯图国的皇宫'夏宫'高达十次，不就是希望拉拢斯图国，联合压制中国的崛起吗？"

夏正华一边说，一边踱步："万一我们判断有误，直接去搜查'梦回莎士比亚'密室逃脱却一无所获，那就会被别有用心的人拿来做文章，对我国外交的影响究竟有多大，你们能够估量吗？"

说到这里，他威严的目光环视众人，郑重其事地说："事关国家，没有万全把握，只凭真实性不可靠的证据和猜测，这个搜查令，我不能发。"

傅立鼎沉默半晌，才说："如果我们能确定，童家父女就在里头……"

"那就不用顾忌和斯图国的关系。"夏正华一字一句，斩钉截铁，"任何威胁我国公民人身安全的行为，我们都不会姑息！"

凌晨五点。"太空飞梭号"出事的第十三个半小时。

夜色已深，"梦回莎士比亚"密室逃脱所在的古堡，只有一楼的一侧闪烁着灯光，依稀是剧组演员和工作人员走来走去，在打包收拾行李。

但在剧场的监控区，棕发女郎双手抱胸，盯着其中一个屏幕。

那是一间水牢。

水牢大概 20 平方米，足足有四米高，上方是铁制的扣栏，通气式的，为的是不让被囚禁者闷死。四周则是厚厚的石墙，光溜溜的，根本没有任何借力点，质地也坚固无比，就算用铁锤砸，恐怕也造不成任何损坏。

牢里的水已经到了成年人的腰部，水浑浊无比，根本看不到水下到底有什么，只能感受到，除了光滑的地面外，还掺杂着稻草又或者其他的什么东西。

"这个水牢，最高水位能到哪里？"

"可以覆盖整个地牢。"

安妮挑了挑眉："你们这不是密室逃脱吗？不怕把人淹死？"

"水流注入牢房的速度很慢，不会给玩家造成特别大的压力，为了以防万一，我们还配备了安保人员，随时能够救援。"

类似的机关，整个建筑里还有很多。

"梦回莎士比亚"占地 40 亩，主体建筑是一座由温菲尔德集团和湖滨市政府联合投资上千万元，花了一年多时间才建好的欧式古堡，古堡四周则移植了十几亩高逾 3 米的树木，充当森林。

哪怕项目组离开，按照他们在各国巡演的惯例，古堡也会被温菲尔德集团的另一个部门接手，当作一个著名的旅游景点来开发，供源源不断的游客们游览、打卡、拍照留念，顺便等待项目组的下次到来。

之所以必须斥巨资兴建古堡，一方面是莎士比亚很多故事发生在宫廷中，古堡比较有代入感；还有就是古代欧洲战乱频繁，古堡往往集军事、住宿、刑讯、耕织、逃生等于一身，外围不光有马厩、地窖、仓库、菜地等，主体建筑内往往也会有暗房、地牢、密室、机关、暗道，还经常做得像迷宫一样。

加上密室逃脱本身的特殊性，只要稍微改动一些细微之处，就能让一座建筑成为牢不可破的监狱。

安妮指着屏幕，问："他们为什么一直走来走去？"

"安妮阁下，请您放心，这只是为了缓解腿部的冰冷和麻痹。"项目保安主管说，"就算没有绳索固定他们的手脚，但只要水位没过大腿，他们两个就只能站着，不能坐和躺，更不可能闭眼。他们从今天下午五点一直被关到现在，到明天早上六点半，我们要出发的时候，他们在冷水里要泡13个小时。加上他们从昨晚就没怎么睡觉，届时等于快40个小时没休息，体力和大脑都快到极限了，翻不出什么风浪。"

就在这段对话进行的同时，水牢内部。双腿贴近墙壁，仿佛要休息一下的童素，察觉到水流冲击感在小腿位置的墙壁上出现，抬头望向靠着对面那堵墙，身材消瘦，神色却不带半分焦虑，反倒镇定自若的父亲，两人交换了一个默契的眼神。

又找到一个！这是他们父女找到的，第十二个进水口。

六

童子邦走到童素身边，盯着监控器的人立刻提高了戒备。但水牢本身就处于地下，十分昏暗，只能靠通风口的光线投射，如今是晚上，又没开灯，监控器可显示的画面也不够清晰，勉强能看到童子邦的动作——他大概觉得女儿累了，一边安慰，一边想让童素靠在自己身上假依一下，避免靠着光滑的石壁，一不小心就会往水里滑。

但避开镜头，父女俩耳语："爸爸，您确定进水口只有12个吗？而且，目前我们只在东西两面墙发现了进水口，南北都没有。"

童子邦肯定点头："我回想了一遍莎士比亚系列的作品，没有涉及水牢的桥段，但地牢相关情节，比如《第十二夜》中，管家马伏里奥被关押的地方。'梦回莎士比亚'系列密室逃脱一向以考据著称，对细节都很执着，而且《第十二夜》这个名字，含义很特别。"

所谓的第十二夜，就是圣诞节后的第十二天，即一月六日。

在斯图国国教中，这天是一个节日，即所谓"十二日节"，又称"主显节"，纪念耶稣诞生后，东方的博士于此日来到伯利恒朝拜耶稣的故事。

在这一天，不仅教堂里要照例举行仪式，在宫廷里和贵族家里也常常演剧庆祝。

"既然是《第十二夜》的剧情，为了致敬剧名，进水口应该是12个，代表12天，不会多，也不会少。"

童素对莎士比亚系列只是多年前看过，她虽记忆力很好，大部分情节还记得，可要一字一句连场景都不忘，那是不可能的。

但她知道，母亲学的是西方油画，自然会顺带攻读西方文学和神学，其中，莎士比亚是绕不过去的一环，父亲陪母亲看书，以他的记性，倒背如流并不奇怪。

所以，她不曾质疑父亲的想法，只道："我原本以为，他们会将我们分开关押，然后严加看管，没想到他们会让我们待在一起。"

"这不奇怪。"童子邦淡淡道，"'太空飞梭号'被炸毁，各国特工组织必定被惊动，尤其是大洋国安全部门，不难推断出这些绑匪来自斯图国。因此我赌他们不敢走水路，一旦进入公海，就有可能被大洋国的太平洋舰队给盯上。联想到前段时间看到的相关新闻，我猜这些人想要顺利带我们离开中国，只能借助被外交优待的'梦回莎士比亚'项目组，把我们藏进道具里。"

童素懂了："所以这时候，他们正在紧张测试所有道具，确定哪些容易藏人，而且不易被发现，还能透气。虽然能够分出人手来看守我们，但他们或许认为，把我们关进水牢里，已经万无一失。而且机关已经开启，他们进进出出，也要关闭机关，反而容易让我们找到破绽，索性就这么把我们扔在这里。"

"这毕竟是一个大型密室逃脱，我们不清楚路线，他们却能从监控器中看见我们，优势非常大。"童子邦虽然已经30多个小时没睡觉，却依旧神采奕奕，思路清晰，"水流还在注入，大概再过半个小时，应该就能没过你的胸口。我猜他们会让水位保持在那个位置，一旦我们有所异动，就继续注水，用性命来威胁我们。"

"所以，留给我们的时间不多。"童素也非常冷静，"我们必须找到排水口的开关，以及地牢的出口。"

童子邦不着痕迹地看了天窗一眼，低声道："这个天窗能够容纳成年人钻入，应该是正门，但我们没有能够登高，以及弄断栅栏的工具。而且就算我们爬出去，只要有人守在门外，就是瓮中捉鳖，不可取。"

"密室逃脱的设计，往往不会让游客往高处爬，哪怕这里放个梯子也不可能是通往正确出口的道路。一是不符合剧情，二就是出于安全的考虑。万一游客往上爬的时候摔下来，有个三长两短，主办方需要承担责任。"童素压根不用父亲细说，已经懂了，"所以这个地牢之中，必定石墙的某一面是可以翻转过来的，那才是真的通道。"

童子邦赞同女儿的判断："这并不是一个真正的地牢，而是密室逃脱环节，既然如此，就不可能会让游客一直全身湿漉漉，除非'剧情需要'，那你认为，游客鞋子甚至裤子都被水浸湿之后，第一需求是什么？"

毫无疑问，当然是换衣服！

这实际上是让游客更好地沉浸式体验的设计，从而用一个游戏环节达到"让游客换上莎翁时代人物服装"的精巧构思。这个水牢，也是"梦回莎士比亚"密室逃脱的"特色考验"之一。游客入场前都会被事先告知，可以穿上剧组提供的欧洲中世纪"牢服"，然后尝试水牢逃脱。当然，不愿意泡水的，也可跳过这个密室。

想通这一点，就给童家父女创造了机会。

为了游客的隐私，试衣间里是绝对不可能安装监控的！

童素微微蹙眉："就算没有监控，我们也没办法联系到外界。我们总不能一直待在换衣间，等他们抓我们。可一旦离开换衣间，就会暴露在他们的监控之中。"

"不，只要进了换衣间，我们一定可以联系到外界。"童子邦胸有成竹，"因为这是斯图国的项目，他们必然会配备 AED。"

AED，即自动体外除颤器，是发达国家考虑到心血管疾病患者越来越多，而很多患者在心脏骤停的时候，如果错过了"黄金 4 分钟"的最佳抢救时间，患者就会猝死。但救护车不可能在这么短的时间赶到，旁边也不可能确保就一定有人懂得如何进行有效的心肺复苏。

所以，欧洲著名的医疗器械公司"世界树"研发出了一种傻瓜式便携医疗设备 AED，专门用来抢救心脏骤停的患者，并很快风靡欧洲和北美大陆。

像大洋国、斯图国这种发达国家，公共场合比如商场、电影院等，基本上都配备了 AED，工作人员也经过相应培训。

中国现在也意识到 AED 的重要性，之江省去年开始就已经大批引进 AED，安装在各大地铁站、高铁站、机场等公共场所。

不仅如此，湖滨市的通信和互联网高度发达，AED 上都配备紧急拨打 120 的按钮，只要这边拨通，120 那边立刻就能知道是什么地方发生了事故，马上派救护车，避免了诉说地名，转给医院等烦琐流程，尽最大可能与死神赛跑，抢救患者的生命。

童素眼睛一亮："只要我们用 AED 拨打 120，警方就有足够的理由介入这件事，因为 AED 的急救信息直接上传，做不了假。项目组如果拒绝，反而没道理，又不可能拿出一个刚刚心脏暂停过的病人来伪装。"

"密室逃脱，困住了我们，客观上也把他们关在了外面。我们出去不容易，他们进来难道就简单？专业的特工不熟悉这里，项目的员工身手不够敏捷，这就是我们的机会。"童子邦泰然自若，"既然是密室逃脱，进水就必定不够快，而出水要很快，毕竟每天的人流量那么大。我们只要一个锁定排水口，一个锁定出口即可。"

"那这些进水口……"

童子邦不着痕迹地把几个小铁塞从水下塞到童素手里，低声道："地上有一些东西，不知道是之前玩家留下来没打扫干净的，还是密室逃脱中，故意留下来给玩家堵排水口的小道具。"

"但是这个水牢并不大，我们已经全部走过一遍了。"童素喃喃自语，"出口和排水口，到底在哪里？"

与此同时，古堡外的"山林区域"。

应龙和雪松所率领的精英小队，已经秘密潜入"梦回莎士比亚"所在区域，进一步要摸入古堡的时候，雪松比手势，示意所有人停下，借助森林的掩护躲藏好。

然后，他望向应龙，低声道："塔楼上有人。"

"可见童家父女确实在这里，否则不会半夜还派人在塔楼望风。"应龙面露忧色，"但这个地方太大了，又是密室逃脱，遍布机关，就算光明正大派人去搜都不一定能找到，何况每间房基本都有监控。只要他们盯着监控室，我们就没有偷偷进入的机会。"

雪松在对环境进行判断后，认同了这个观点："是的，我们甚至很难通过户外区域而不被发现。"

"梦回莎士比亚"密室逃脱，分为室内和户外两个部分，室内自然是古堡区，什么《麦克白》《哈姆雷特》这种与宫廷相关的元素都在里面，户外则是山林沼泽荒野等区域，上演《李尔王》《仲夏夜之梦》等。

现在户外的机关倒是没打开，但古堡完全就是按照中世纪欧洲的样式设计，四方都有塔楼。古堡距离四方景物又都有一小段空地，非常醒目。

这就代表只要塔楼上有足够的人，不放过任何一个方向，又配备了热成像望远镜，就不可能有人无声无息地潜进去。

应龙看了一眼手表："已经晚上十点半了，再过七个小时，早上五点半，他们就会开始行动起来，装载道具，启程前往机场。留给我们的时间只有这么一点，必须尽快想办法。"

"可恶！"应龙简直憋屈到爆炸！

眼下这种情况，还有谁猜不到，童家父女就被关在这里面？偏偏他们没有任何证据，甚至连进门搜查的借口都找不到！

难道只能眼睁睁地看着这群狂徒，利用中国政府给予的善意和外交优待，就这么直接把童家父女带走？

水牢内。

牢房的水位，已经有148厘米，没过了童素的胸口。

但出水口和出口的机关，还是没找到。

"这不可能。"童子邦靠在墙边，觉得自己忽略了什么，飞快盘算，"密室逃脱是给普通游客玩的，他们不可能有我和素素这样的记忆力、运算能力和空间能力，能够大概凭着脚步丈量长宽高，并在心里快速建立水牢的模型。但游客也有优势，就是他们是来玩游戏，能够得到提示，而我们却是来玩命的。"

他曾在号称世界上最严密最恐怖的"Geenna"监狱待了整整10年，自然知道，真正的监牢几乎不可能越狱成功，你能想到的所有方法和路子，监狱的设计者都已经考虑到并且堵死了。

但这毕竟是密室逃脱临时改成的监狱，肯定不会那么严密，就意味着有解。

究竟忽略了什么地方呢？

童子邦飞快地用眼角余光扫了四方的摄像头一眼，深深觉得碍事，却突然福至心灵，想到忽视哪里了！

为了躲避摄像头的注视，他很少往上方看！而且还犯了经验主义的错误！

假如是真正的水牢，没灯是正常的，但这是密室逃脱！让游客玩的地方，怎么可能没灯？

这本来就是地下，开不开灯，外界根本看不到。而且开灯了还更有助于监视他们，不至于像现在这样，因为光线暗，监控画面也不会清晰。

除非一旦开灯，就会暴露出机关所在！

童子邦拉着女儿的手，在对方手心中写了一个"上"字，童素瞬间明白了。

两人的眼睛早已经适应了黑暗，为了不引起四角上空监视器的注意，他们装作不经意抬头，实则飞快将水牢最高一米处的情况记在心里，然后稍微换算一下，就找到了问题所在。童素对童子邦悄声低语："上下方的面积不对，这个水牢顶多20平方米，墙壁却稍微有点倾斜，天花板可能有35平方米以上了。"

"你觉得，游客是怎么进来的？"

听见父亲的提问，联系到弧度问题，童素想了一下，便有了答案："游客很有可能是'滑'进来的，如果我是游戏设计者，我会让游客像坐滑梯一样，滑到密室里，然后寻找逃脱的办法。但——

"这间地牢之所以设计成4米高，就是为了有一个足够的弧度，让玩家能够滑行。所以四面墙中，必定有一面，是机关活扣，能让玩家直接滑下来。这样一来，玩家就能直接排除掉四分之一的选项。"

显而易见，入口和出口，必不可能设计到一起。

说到这里，童素微笑了起来："但对我们来说，也有两个选项排除了。因为进水口只有东西两面墙中才有，所以这两面墙完全可以排除。"

"《第十二夜》的剧情，讲述的是一对孪生兄妹，因为海难失散，哥哥坠入海中，妹妹被冲上海滩。由此可见，入口代表哥哥，入海，进水；出口代表妹妹，海滩，逃脱。孪生子可以用镜像代表，即面对面的墙壁。"童子邦缓缓道，"而这个故事发生的地点，是在梅涅半岛的西北部，所以答案已经很明显了。"

南边的墙，藏着入口；北边的墙，藏着出口。

对游客来说，他们不需要这么复杂的推理，因为他们直观地能看到进水口在哪里，又知道自己从哪个方向来的，只要排除掉"通风口"这个错误答案，直截了当一寸寸搜索北边的墙壁就行。

"那么，排水口呢？"童素问。

看见父亲的神情，她就懂了，自己问了一个傻问题。

出口的机关，必定就是排水口的机关！

这是密室逃脱，不会太过刁难玩家，既要放水，又要找机关，这就太复杂了。而且这样的设计游戏性不够，只是强行增加难度。

为了玩家的体验，密室逃脱必定会对机关加以简化，将两个合并到一个。

也就是说，启动机关后，水位不下降到一定程度，出口也不会显现，一旦下降到一定程度，大门就会自动打开！

监控室旁的小房间内，安妮接到了亚伯的视频通信。

"温菲尔德航空的五架专机已于 4 个小时前出发，将在北京时间七点半左右到达湖滨机场。"亚伯双手交叠，坐在古朴的书桌后，非常轻松地说，仿佛只是闲话家常。

安妮大气都不敢喘，低眉敛目地回答："请亚伯阁下放心，我一定完成任务！"

"大话就不必说了，反正，就算你平安完成任务，回来也是要死的。除非……哈哈，你是聪明人，相信你懂的！"亚伯一边说，一边开心地笑了起来，仿佛是在讲一件风花雪月的事。

"亚伯阁下！"安妮猛地抬起头，满脸震惊，却在迎上亚伯温柔微笑的面孔时，不自觉地瑟缩了一下，声音慢慢变小，"我——"

"中国国家安全部门能人辈出，你们在湖滨市做下这么大的案子，他们就算今天查不出来，十天半个月，一定能查个底朝天。只有我，才能让你悄无声息地变换身份，来个金蝉脱壳！"

亚伯的举止既温柔，又优雅，但说出来的却都是狠话。

"皇帝为了维护自身的权益，甘愿让斯图国成为大洋国的应声虫，大哥却不这么想。他希望让斯图国变成世界第一强国，就必须靠近中国，而不是跟随大洋国，一同打压崛起的中国。结好中国，获利的同时，伺机挑拨中国和大洋国之间的矛盾，这本来就是大哥制定的国策。

"纵观如今的世界局势，再放眼斯图国上下，只有一个半人能承担与中国交恶的代价。一个是大哥，半个就是那行将就木，垂垂老矣，仍旧不死心的老皇帝。其他任何一个人都不行，哪怕是伊莎贝拉也不例外。"

安妮不自觉地颤抖了起来，不知是因为亚伯对皇帝的毫无敬意，口无遮拦，还是为了自己的未来。

她当然知道，就算是皇储伊莎贝拉，都不可能背负这么大的罪名。

首相并不知道他们私下做的事情，一旦知道，是否给中国一个交代是一回事，国内必定秘密处理人又是另一回事。

伊莎贝拉有恃无恐，是因为首相再怎么发怒，也不可能杀死皇储，而且还是亲外甥女。

温菲尔德家族的利益与伊莎贝拉牢牢绑定，哪怕伊莎贝拉犯下滔天恶行，她也必须是清白无辜的，因为只有这样，她才能登上皇位。

若是梅涅公爵上位，必定要清算陈年旧账，又是一场惊涛骇浪！

伊莎贝拉不可能有错，那么就只能是安妮出来顶罪，能否平息事态姑且不说，她这条命一定保不住。

明知道是死路，安妮却不能不来。

如果拒绝伊莎贝拉的要求，她根本没办法活着离开夏宫！

但亚伯的这通视频通话，令安妮绝望的同时，也给了她希望。

皇帝之所以信任亚伯，很大一个原因就是，亚伯在替皇帝监视兄长，汇报首相的一举一动。

可亚伯今天却一反对皇帝的恭敬，大肆中伤，这代表着什么？在亚伯心里，她，安妮·卡佩洛，就算不是个死人，也只能成为他的提线木偶，所以他才无所畏惧。

受这位大人操纵，当然不好过，但亚伯说得没错，伊莎贝拉不是仁善的君主，不会念自己多年毕恭毕敬的好，只会过河拆桥。

除了投靠这位大人，难道她还有别的路可以走吗？

正当安妮硬着头皮，想要询问时，亚伯突然话锋一转："'铜棒'和'赫卡忒'在做什么？试图逃跑吗？"

"他们一直在牢房走来走去，但没有试图搭人梯碰触通风口。"

亚伯微微眯起眼，说："让我看看监控。"

安妮马上走进监控室，让手下将水牢中的画面切换给亚伯。亚伯看了几秒，就问："他们靠着这面墙多久了？"

负责监控的人回忆了一下，才说："大概有 20 分钟了。"

"这房间注水多久，才上升到这个水位？具体多高？"

"花了两个小时，水位高度目前在 155 厘米。'赫卡忒'身高 168 厘米，水位要是再高几厘米，就会没过她的口鼻，我们不敢继续注入，就关闭了进水口。"

"你们可真是白长了一双眼睛，一个脑子。"亚伯轻轻一笑，语带玩味，却透着无尽的残酷和冰冷，"立刻让他们离开那面墙，再也不许靠近！继续开闸注水，让水位上升到一米七！"

七

"阁下！"安妮失声惊叫，"我们在总控台只能操纵进水口，没办法操纵机关和出水口！一旦水位高到 170 厘米，想要把他们带出来，要么告诉他们机关在哪里，要么我们就必须派人去打开天窗放下绳梯！"

童子邦身高 180 厘米，童素身高 168 厘米，两个人穿的都是平底鞋，顶多增高 2 厘米。

假如水位上升到 170 厘米，就代表完全没过了童素的头顶，也会到童子邦的嘴巴。

这样一来，童子邦想要救女儿，就必须花力气把她背起来，或者坐在自己肩膀上。这太消耗力气了，根本不可能支撑多久！

一米七深的水，又是光滑的地面和墙壁，两人一旦体力不支倒下，很可能就再也起不来了！

即便安妮立即派人去救，时间上也不一定来得及啊！

普通人在水中憋气的极限不会超过 3 分钟，往往两分钟之后就会大脑缺氧，甚至对脑部造成不可逆转的损伤！

安妮的反驳，让监控室里的其他人面面相觑，一时不知该怎么办才好。

他们之中未必每一个人都知晓亚伯的真正身份，以及所掌握的煊赫权势，却也能够猜到，能令安妮都毕恭毕敬的必定是足以主宰他们生死的大人物。

但斯图国等级森严，尤其在特殊部门，更是有明确的规定——任何人都只能服从直属上级长官的指挥。

他们的直属长官是安妮，就代表他们不能越过安妮去听别人的命令。一旦违反，就会受到严厉处罚，甚至丢掉性命。

正因如此，在场的斯图特工们犹豫半响，还是齐刷刷将目光对准了安妮。

安妮也有点发怵。

按理说，她应该听亚伯的，因为方才亚伯已经说得很清楚，她在中国绑架童家父女的事情，迟早有一天会被查个水落石出。除非有斯图国举足轻重的大人物愿意出力保她，否则就是死路一条。

安妮也十分确定，假如事情真的泄露，无论是自己身为四大贵族之一的祖父，还是从小一起长大的皇储，都不会在意她的性命。

但事情真会走到那一步吗？

中国的安全部门就算猜出来了，又能抓到证据吗？

假如为了一件可能性不大的事情，就背叛皇储，投效亚伯阁下，会不会反而将自己的生路走窄了？

不过是一瞬的犹豫和沉默，已经被亚伯捕捉到，就听对方轻轻一笑，不知是感慨，还是讥讽："所以啊，我最不喜欢和自作聪明的人打交道。话都说得这么明白了，还是要东想西想。"

亚伯的话让安妮头皮发麻，却一个字都说不出来，只听亚伯继续缓缓道："从一开始，水牢的水位就应该在腰部到胸口之间，这样能很清楚地看清他们的双手究竟在干什么。你们把水位没过'赫卡忒'的肩膀，既无法威胁他们的性命，又完全看不到'赫卡忒'的手，就等于给他们寻找机关创造机会！"

安妮本想反驳，他们决定把水位稳定在这个高度，是经过深思熟虑的，是有讲究的。

对常人而言，水位在腰部乃至胸部的时候，还能保持正常心态，但水只要到了脖子，就会使身处其中的人开始异常慌乱起来，而到了下巴的话，基本上就宣告他们根本无法思考了。

正因为对付很多人的时候，这一招都屡试不爽，他们才压根想不到将水位放低一点的举动，只想着让童家父女越慌乱越好。

亚伯当然清楚安妮这么吩咐的初衷，不由得轻笑。

这招对付一般人当然有用，但对付"铜棒"与"赫卡忒"父女，那是痴人说梦。

一个被大洋国国土局抓住，十年只字未吐；一个以弱女子之身，敢只身前往毒贩的老巢。这种心理素质，很多训练有素的特工都未必能做得到，拿对付普通人的标准来对付他们，不过是给这对父女创造更多逃生机会而已！

"睁大你们的眼睛，仔细看屏幕，'铜棒'的站立姿势和肩膀的肌肉动作，他的手不是自然垂落，而是肌肉在发力，摸索机关。如果他们父女俩不是一起在寻找，而是只让'赫卡忒'一个人找，只怕等机关都被找到了，你们还没发现！"

安妮震惊地看着监控屏幕，又看了一眼下属，马上有人靠着墙壁，模拟自然垂落双手和双手靠着墙壁一寸一寸在挪移的动作，可以看出，肩部肌肉确实有一定的起伏，状态并不完全相似。

"逃生机关在哪里？"

"在西北角，北面墙上！"

那不就是父女俩所靠的位置！

安妮失声惊叫："这两个人怎么猜出来的！这不可能！"

"铜棒"和"赫卡忒"作为本该一无所知的被绑架目标，究竟为什么会知道他们被转移到了"梦回莎士比亚"密室逃脱中，又怎么在伸手不见五指的地牢，判断东南西北，更是如何猜到机关大概位置的？

"不要试图用你的智商去揣度这种天才。"亚伯深知，判断东南西北太简单了，只要拿到一枚铁制品，在石壁上搓热，就可以通过微弱的电磁方向判断方向，但他不愿多花力气解释，只是含笑道，"注水吧！"

安妮心中一紧。

"铜棒"和"赫卡忒"是天才，亚伯阁下又何尝不是？

眼下的情况，只有对亚伯阁下言听计从，才可能阻止局面变得越来越坏。

正因如此，安妮几乎是声嘶力竭地向手下喊道："打开机关，最大限度，继续往水牢加水！"

"水位又开始上升了。"童子邦突然一边说，一边往西面墙的注水口位置走去，再也没有掩饰音量，"加快速度。"

他先前搜索到可以堵塞进水口的铁塞，却只把东面墙的6个进水口塞满，留着西面的没动，就是为了第一时间能察觉到水位的变化，了解敌人对他们的进度掌握到了哪一步。

此刻，知道逃生计划已经被发现，童素也不再掩饰自己的动作，说了声："总算换了个厉害的匪首。"

然后一个猛子，直接扎下了水。

生长在江南水乡的姑娘，当然稍微懂点水性，别的不说，水下闭气1分多钟还是绰绰有余。

手臂能接触到的位置，她和爸爸都已经搜索完一圈了，一无所获，真正的机关，应该就在距离地面50厘米左右的范围内，只要摸一遍就行。

童子邦也一边用铁塞去堵住西面墙的6个进水口，一边高声对着监控说："是啊！我先前就在想，这么精妙的计划，为什么负责人却没有体现出足够的强势精干。如果换一个更加厉害的人，未必会给我们这么多机会。后来我才想明白，原来幕后黑手早就考虑过，一旦事情败露，必须扔一个分量足够的替罪羊。所以这个任务的负责人，只需要是一个身份够高，听话懂事的傀儡就行了！"

童素明白父亲的用意，趁着透出水面换气的工夫，也用一种近似调侃的语气，配合父亲的思路，把话说得更加简单、直白让人连装傻的余地都没有："地位不够的人，看出了也不敢说；地位足够的人，就算看出来了，或者与这件事情无关，或者别有居心，也没有干预。这大概就是聪明反被聪明误吧！"

地牢自然有监听器，这番话立刻就在主控台和监控室响起，清晰无比。

安妮的脸色白了一分。

她当然知道，这是光明正大的计谋。

童家父女的这番话，就是说给她听的。

然后，她就听见了亚伯的笑声，非常清朗，带着几分兴趣："不愧是顶尖的聪明人，立刻就看穿薄弱点所在。"

再怎么精密的计划，都要靠人来执行。既然是人，就会有变数。

斯图国这支队伍最大的劣势，就是负责人安妮的能力不足以应付突如其来的变化，只有一个高贵的身份压阵，偏偏她的心性又不够能容人，导致身边的人就算看出疏漏也不敢提醒，更不敢越权。

能够稳稳压住安妮的人又远在天边，没办法直接指挥这支队伍。

所以童家父女立刻点出安妮的处境——从一开始，她就是被选定的替罪羊，试图令安妮对上司心生嫌隙。

这么做，有可能起到作用，只要安妮在下达命令的时候，稍有迟疑，就可能会给他们父女两个创造机会；当然，如果安妮对上司言听计从，也有可能会毫无作用。

但就是两句话的事，又不费力，却可能改变命运，为什么不做呢？

就在这时，有人急呼！

"BOSS，进水口全被堵住了！水位控制在 162 厘米就上不去了！"

安妮心乱如麻，气得大骂："你们打扫牢房的时候为什么不仔细，居然能留下堵住进水口的东西！"

众人心想，我们只是按你的命令往里注水，又不是这个密室逃脱项目的工作人员，哪里会知道水牢地底还会留下什么东西！

安妮快抓狂了："水流足够大，能够冲开吗？"

"基本上不可能。"

"那怎么办？你们快想办法啊！"安妮脸色铁青，声嘶力竭地喊道，"他们现在可以不断站直呼吸，时间一长说不定就能找到出口了！"

"其实他们就算逃出了水牢，也没办法离开城堡，所以不必慌张。"亚伯轻描淡写地说，"不过我有一个小小的建议，将自来水换成强酸。"

安妮听了极为不解："您这是要杀死他们吗？"

"控制强酸的注入量即可，让他们知道我们的厉害。不过，如果应对不了我这一招，这对父女的大脑的价值，也不值得我们期待了。"亚伯一副笃定的神情，就像是已经掌控整盘棋局的棋手。

第七次潜入水底的时候，童素终于在光滑的石壁上，发现有一个地方不够平整，稍微用手刮一下，就出现一道缝隙，以及一根细细的绳子，藏在其中。

扯动绳子，一块石砖直接被抽了出来，水流迅速涌入。

她将右手伸进去，触摸到里面有一个拉闸，但用力拉了几下，发现自己根本拉不动，于是立刻浮出水面向父亲求援。

"爸！"

她刚喊出一个字，就发现水位已经高到吓人，哪怕父亲踮着脚，水也一个劲地往他的鼻孔里冲！

糟糕，爸爸不会游泳！

大概是堵住进水口的铁塞被冲掉了，导致水又开始源源不断地注入！再这样下去，父亲坚持不了多久！

童素快速游到父亲身旁："机关找到了，可我力气不够，得你去拉闸门才行。"

下一刻，童素的神色就变了，因为她发现，空气中弥漫着一股难以言喻的味道："这是什么？"

"是强酸。"童子邦让童素扶着他稍微往上一点，然后吃力地说，"把水换成强酸，才能快速把堵住进水口的铁塞溶解。"

童素心中一紧。

以"梦回莎士比亚"的庞大规模和千奇百怪的道具，储备一定的工业硫酸、盐酸和硝酸一点都不奇怪，虽然不知道注入的究竟是哪一种，但毫无疑问，强酸都有极其强烈的腐蚀作用。

一旦水中的强酸达到一定浓度，那他们父女必然性命不保。

知道父亲不能继续说话，她深吸一口气，快速回忆了一遍整个水牢的结构图，以及自己暗中在心里测算的距离，非常肯定地说："机关的具体位置，距离地面，48 至 55 厘米，距离西面墙，88 至 96 厘米。"

童子邦点了点头，目光测算了一下具体位置。

由于深知无论敌人注入的是哪种液体，对人体损伤都很大，童子邦闭上眼睛，屏住呼吸，直接扎个猛子，在童素的帮助下，潜入水里，来到机关所在，伸手进去。

只见他非常用力，猛地一拉！

竟然没有拉动！

童素扶着父亲，上浮换气！

而这时候，空气中的刺鼻味道已经越来越浓了！

"时间不够。"童素有点急了，"您只能闭气 1 分钟都不到，但我们潜下去就要十几秒，再去摸机关，还要预留上来的时间，现在又不好着力，几秒之内，根本没办法把这个机关拉动，这次我一起帮忙！"

童子邦点了点头，父女俩换了气之后，再度潜入。

在父亲用力的时候，童素牢牢拽紧并往后拉童子邦的手，可拉闸还是纹丝不动！

哪怕童素和童子邦入水的时候都紧闭双眼，但他们裸露在外的皮肤，尤其是比较娇嫩的眼睑，还有没办法挡住的耳朵等，都已经开始火辣辣地疼！

不行！没时间了！

这样下去，他们就算不淹死，也会被混合了强酸的空气呛死！

再一次换气之后，童子邦突然挣开童素的手，说道："我想到办法了，让我一个人试一下！"

话音未落，他就又潜了下去。在头进入水中的那一刻，父亲还阻止了童素跟着他下去。

童素不明所以，但她对父亲有足够的信任，在这危难时刻，没有其他选择，只能听从父亲的意见。不过，这一次，她足足过了 20 秒，才听见父亲开始拉机关的声音！

为什么这么久？父亲不行了吗？

童素心急如焚，却又不敢下去，更不敢打扰父亲，心中止不住地担心，父亲的身体撑得住吗？

她没有任何办法，只能默默计算时间。40 秒，41 秒，42 秒……

不知道多少次，机关似乎都拉动了一点，但又让人失望。

58 秒，59 秒，60 秒……一分钟了！没时间了！

童素想要去碰触父亲，却发现自己的手指都开始疼，水中强酸的浓度，已经逐渐到人体的极限了！

就在这时，听见了"咔嚓"一声！水猛地开始下降，稀里哗啦的声音响起！

她定睛一看，发现水位正飞速下降。

原来，他们脚下踩着的地板其实是两层，上层是钢铁滤网，下层是机关活扣。

机关打开后，水全部从滤网孔洞中倾泻而下，不到 1 分钟，就已经到童素的腰部。

汹涌的水流通过管道，汇入地下暗河，排往之江，流入东海。

而这时，童素才发现，童子邦直挺挺地跪在地上，左手抵着墙壁，右手拉着一个机关把手，不肯松开！原来，父亲是用这样的姿势，抵抗水的浮力，才能真正发力，成功把机关拉开了！

也就一刹那的时间，水牢里的水就都排空了，童子邦深深吸了一口气，才把拉着闸的手松开了。

就在机关把手弹回去的瞬间，隐藏在北面墙壁的大门，缓缓打开！

"可恶！"安妮气得浑身发抖，强自按捺冲动，对视频那头，"阁下，我立刻就派人去更衣室，将他们抓回来！"

亚伯仿佛把安妮当成了空气，完全无视她的存在。

他一边喃喃自语："这对父女的大脑真的可用啊。"一边掏出手机，仿佛在等待一个需要验证的信息。

果然，没多久手机上荧光一闪，他对着手机默默点了点头，看不出是喜是忧。

然后亚伯叹了口气，左手轻轻握了一下拳，声带遗憾地说："晚了。"

安妮满心不解，刚要询问为什么晚了，站在她身后的一个男特工突然发力，直接将她打晕。

霎时间，房中所有人都举起了枪。

三分之二对准男特工，三分之一则对准了身边的人。

男特工仿佛没察觉到房中剑拔弩张的气氛，直截了当地伸出手，一枚徽章展现在所有人面前。

玫瑰与剑。斯图国皇室专属徽章。

只有皇家特工中最精锐的"花卉"小队，才能持有，代表他们是替皇家办事，任何人不得阻拦。

顿时，众人齐刷刷跪了一地，手枪也放到一边。

男特工捡起了安妮的手机，单膝跪在地上，打开外放，毕恭毕敬地说："局面已控制，请您示下。"

亚伯突然眼神变得凌厉，扫视这些跪在地上的人："就在刚才，有两台属于'梦回莎士比亚'古堡区域的 AED 拨通了急救中心的紧急求医按钮，中国人终于找到进入古堡来搜查的理由了，而且马上就会到！所以，这次行动的第一计划已经彻底失败，我们已经没办法带童家父女回国了。"

亚伯微微停顿片刻，下令道："既然如此，那就执行第二计划——项目组的人，有多少个和你们接触了？"

"只有项目组的负责人、道具组负责人等十几个重要人物。余下数百员工，为避免人多口杂，都打发去收拾行李，没有直接看到过我们。"

"所有知情人，全杀了。"

"遵命！"

"至于剩下的人……"亚伯微微一笑，似乎想到了什么很有趣的事情，"就要看他们的命好不好了。"

八

120 急救车的声音，在寂静的夜空响起。

古堡门口，三辆 120，以及十几辆警车，齐刷刷地停在那里。

傅立鼎拿出证件："您好，我是湖滨市公安局上城分局的局长，傅立鼎。"

出来接待的是自称"梦回莎士比亚"项目副总裁的一个精干中年男子，面对突如其来的警车，也保持了足够的礼貌，用流利的中文说："傅局长，您好。"

"是这样的。"傅立鼎根据蓝牙耳机中专家们的指导，一板一眼地说，"因为我们收到消息，贵项目组有许多价值高昂的古董道具，引起了不法分子的觊觎。还有群众举报，发现有通缉令上的逃犯进入了古堡。"

看见副总裁一脸惊骇之色，傅立鼎又道："加上 15 分钟前，急救中心显示，你们B03 更衣室的两台 AED 设备的紧急求助被拨通，我们怀疑不法分子已经伤害到你们的工作人员。为了人民群众的生命安全，我们决定彻夜对这座古堡进行排查，放心，不会影响到你们的工作。"

副总裁仿佛想到了什么，小腿开始颤抖，下意识地拿出一条镶嵌了蓝边的手帕，擦了擦额头冒出的冷汗："天啊，就在 15 分钟前，我们这里突然断电，监控器也直接停了。派人去看，说是保险丝烧坏了，可能电线也短路，现在还没抢修好，难道就是犯罪分子所为？"

傅立鼎来的路上，专家们就已经预测到，古堡内部可能发生变故，为了拖延时间，对方一定不会让中国警察看监控，甚至连电都会断了。

这令专案组的所有人心急如焚。

他们都知道，童家父女在报警之后，绑匪一定会想办法灭口。现在多耽误一分钟，他们的性命就更危险一分。

包括以"正当理由"进入古堡搜索的警察，毕竟不熟悉地形，假如对方铁了心要在黑暗中和你玩，也将面临重重危险。

正因如此，这次来执行任务的，除了傅立鼎之外，其他都是国家安全部门的精英，同时夏正华已经调兵遣将，上千特警正星夜赶来，将此地包围。

"请您放心，刚才来的路上已经听说古堡停电，所以我们联系了电力部门一起赶到，让他们马上进去抢修，尽快恢复供电。"傅立鼎回答，"现在，我们需要立即去发出信号的位置查看，如果有伤员，也可以及时进行抢救。"

傅立鼎刚要踏入正门，像是想到了什么，说："古堡就这一个大门吗？按照中国消防的要求，这么大的地方应该有多个消防应急通道和出口吧？"

"是的，我们在东南西北四角都设置有出口。还有古堡北部顶端有个空中花园，配备罗马式旋梯，可以直接通往地面二楼的露台。"

傅立鼎还是第一次来"梦回莎士比亚"密室逃脱古堡，虽然刚才在专案组，众人对着整个项目的建筑结构图反反复复地研究，已经差不多背了下来，等实地看见欧式古堡的弯弯绕绕，还是皱了皱眉："我记得你们这里还有地下设施，边边角角，都是很适合逃犯藏匿的危险地点，这样吧！我们都派人去检查一遍，顺便守着四个门，假如真有罪犯，也能防止对方逃跑，怎么样？"

佯装他副手的应龙配合地说："局长，项目组还有这么多工作人员，我们——"

"我们当然严格执法，带好记录仪。"傅立鼎吩咐，"你带一队人，让工作人员领路，去地下看看，注意安全。"

然后，他回头看了一眼，喊道："小松！"

雪松应声而出："局长！"

"你直接去总控室，还有监控室——"

话音未落，负责人就说："我们的总控室和监控室连在一起的，就在四楼。"

傅立鼎点了点头："那更好，小松，带技术人员直接去，全面查看监控。"

说完，他又转过头，对负责人说，"根据急救部门的登记，这两台报警的 AED 是在更衣室的。你们的更衣室有几间？马上带我们逐一去查看。"

就在这时，先行进入的电力维修人员已经把被烧断的保险丝接上，整个古堡恢复了灯火通明。

同一时刻。

北美，大洋国。

坐落于米切尔城郊，拥有 20 多万名工作人员的大洋国国土战略局，无疑是大洋国最神秘，也最无孔不入的机构。

上至国家安全，下至国内紧急事务处理，以及反恐、移民、海关等，都属于国土局的管辖范围。

不仅如此，国土局还负责汇总和分析由大洋国军方、警方、联邦调查局等各大机构发来的情报，制定合适的战略。

毫无疑问，世界许多地方的烽火、战乱，背后都有大洋国国土局的影子，导致大洋国不管电影还是电视剧，都喜欢拿国土局的故事作为主要题材。

而在这一天，国土局最重要的部门，即应急准备与反应部的部长，正在召开一场临时的紧急会议。

"档案记载，26 年前，传奇黑客'铜棒'第一次展露峥嵘。他在短短两年时间内，悄无声息地入侵世界各大银行，以及顶级互联网公司的内网，留下独门印记，并发送邮件，告诉对方防火墙漏洞所在，不收取分文，引起世界互联网界的震动。

"由于他入侵的几家公司，与我国政府、军方有一定的合作，经过专家分析，判断他完全有实力入侵国土局、金宫，乃至我国的军事卫星，因此就制订了'灰色幽灵计划'，试图将他诱捕。

"但'铜棒'的黑客技术非常高明，我们根本抓不到他的蛛丝马迹。用其他黑客诱骗他来大洋国，也迟迟没有成果。直到16年前，他认识了一名天才少年黑客，非常赏识，希望引导他走入正途。我们关注到这一点后，一直没有松懈对该少年黑客的跟踪，最后成功在米切尔海关将童子邦逮捕。

"鉴于'铜棒'的身份没有公开，他做事又十分谨慎，哪怕我们知道他就是'铜棒'，也没有任何证据。但他本身是偷渡而来，所以我们逮捕了他，经过公开审判，以'偷渡'为名，将他关入 Geenna 监狱。他在里面表现良好，从来没有试图接触电子产品，更没有越狱，就像一个普通而无害的中国男人。"

说到这里，汇报的人停了一下，才说："也正因为他对外公开的罪名只是'偷渡'，所以五年前，德隆请了我国顶尖律师，斥巨资为'铜棒'保释。一切流程公开、合理、合法，记录非常详细，各位请看。"

"不必！"一直盯着荧幕，压根没回头的男子无比干脆利落，"我相信，哪怕走最严格的法律审核，保释'铜棒'的整套流程也不会有半点可以挑毛病的地方。但外界归外界，我们内部，这件事必须查清楚。"

说罢，他转过身来。

这位白金色短发的中年男人眉目深邃，脸上有两道深深的法令纹，显得十分严肃。而他碧绿色的眼睛，就像大型猫科动物的瞳孔，一旦谁被这双眼睛看到，就有即将被捕食的错觉。

而他的每一句话，也都是那么铿锵有力："'灰色幽灵计划'，涉及我局的部门就有应急准备与反应部、信息分析部、边境与运输安全部门，以及特勤处。可以说，为了逮捕'铜棒'归案，国土局五大部门，除了生化武器与核对抗措施部外，其他四个部门都联动了。这在国土局的历史上，不说绝无仅有，也是极为惊人。"

说到这里，他目光如电，环视众人："这么重要的一个犯人，被保释之前，为何国土局没采取特殊手段，加以阻止？"

没错，保释童子邦的一切程序都合乎流程，哪怕拿到公众层面，用放大镜乃至显微镜检查，也没有一丝毛病。

但对这个高度危险的黑客分子，就得将他关在监狱一辈子，根本不该放出去！

再说了，国土局想要拒绝这种"合情合理"，其实很简单，比如伪造童子邦的意外死亡，或是找别的借口。

只要国土局真心想，哪怕是一只苍蝇，也不能从大洋国的国境中飞出去，何况是一个大活人？

花了十年才抓到的顶级罪犯，关了10年，结果被一个毒品头子给保释了出去，带离大洋国？

简直是天大的笑话！

面对男子的质问，所有人都低头了。

事情涉及上一任部长，乃至国土局的现任局长，他们不敢妄言。

男子皱了皱眉，也没继续追究下去，只是冷静地吩咐："继续追查涉案相关人员，我要知道每一个人近20年的信用卡账单，银行流水记录，包括家人在内名下的所有产业，车辆的每日行程。所有信息，48小时内收集到位。

"通知边境与运输安全部门，告知各州海关，72小时内进入的船只、飞机、人员必须密切检查。联系军方，第九舰队开动，隐形战斗机和隐形核潜艇盯住中国领海出来的所有船只。联系东亚、东南亚的我国各军事基地，密切关注从中国出来的船只。把局内的心理分析师、刑侦专家、侧写专家等，全部叫来召开专项会议，研究绑架者可能会走哪条线路。"

"最后，"男子竟深深地叹了一口气，顿了一下，才说，"将此次事件，定为A＋级。"

听到这一连串的命令，许多人已经快坐不住了，待到最后，更是差点没炸开锅。

只因A＋级别，是男子能给出的最高定义权限。

立刻就有人质疑："刘易斯部长，区区一起绑架案，就直接定为A＋级别，是否太过分了？A＋级别，已经无限靠近S级。这种级别的大事，我国历史上也没有几次，无不都是对应超级大案，比如世贸大厦被摧毁、总统被刺杀等，'铜棒'不过是一个黑客……"

此人话音未落，就看见刘易斯拿起桌上的档案，直截了当地问："这是什么？"

"档案？"

看见刘易斯不说话，又有人猜："……纸？"

刘易斯晃了晃档案，听见纸张哗啦的声音，才平静道："除了国土局以外，你们还能在大洋国的几个政府机构，看见堆积如山的纸质文件？"

霎时间，会议室沉默了。

自电子计算机诞生，并且运算能力突飞猛进以来，改变了人们生活的方方面面。

一开始只是让计算机系统帮忙处理机械烦琐的报表、数据，随着程序越来越先进，算力越来越高，科研机构开始使用计算机建模演算，来代替实际操作。

银行、政府等机构，也从使用程序进行一些比较低级的辅助工作，上升到让计算机程序对未来评估，制订计划，比较不同方案之间的实施效率，调度所需的人力、物力、财力资源等。

时至今日，越是发达的社会，就越是难以离开计算机和互联网。

毫不客气地说，人类活在了电脑算法之中，也被困在了电脑算法之中。

作为世界上最发达的国家，大洋国的大部分部门已经实现了无纸化办公，所有工作都在电脑主机上完成，只有像国土局、金宫等绝密机构，还有留存纸质文档的习惯，并且对互联网限制非常严格，许多电脑都设置内网，只有持有权限的人才有资格使用。

但军事机构不可能永远不联网，也不可能永远有这么安全。

就算大洋国的防火墙天衣无缝，谁都无法攻破，但其他相对落后的地区呢？

比如文南国，他们的军事卫星是购买了大洋国十几年前的旧型号，导致万象集团这么一个毒贩集团，因为出了一个绝世天才黑客岩罕，又掌控了"铜棒"，就敢去攻打，而且还顺利入侵了。

谁能保证，类似文南国这种国家的军事系统，不会被黑客攻破之后，加以利用？

偏偏现代武器的发展程度，决定了哪怕一颗导弹，也能造成巨大的破坏力。而造成的连锁反应，更是不可估量。

"我们的手中，曾经掌握着一个核弹级别的天才，却因为低级的疏忽，眼睁睁地被别人夺走。"刘易斯环视众人，面色如冰，"我们的敌人处心积虑，试图掌控这枚很可能掌握了世界众多秘密乃至纷争的钥匙，我们却等事情走到这一步，才有所察觉！

"不管策划这次绑架案的究竟是白熊、斯图，又或者是其他哪个国家，毋庸置疑，他们虽然一开始比我们慢了一步，现在却已经远远走在了我们的前头！"

会议室里，寂静无声。但这番话，已经说服了在场的每一个人。

最后，有人问："如果我们的舰队发现他们在某条船上，我们该怎么做？"

"能把人抓回来，就立刻抓。"刘易斯回答，"抓不回来，就直接格杀。"

"如果杀他们的代价很大……"

"只要能杀死'铜棒'，就算击沉一整艘邮轮，让几千人陪葬也值得！"刘易斯斩钉截铁，"否则，明天沉到海里的，就有可能是我们的船只，甚至城市！"

雪松带着人，直接绕过密室逃脱的区域，乘坐角落的货梯，来到总控台。

一进门，就是密密麻麻的仪器，对应各种机关，却没有几个指示灯亮着；右边一看，超大的房间全是电子屏幕，只是目前漆黑一片。

乍一眼看去，似乎没什么问题。但不知为何，雪松却隐隐觉得不对劲。

他年轻的时候，曾经作为维和军人，去过战火连绵的塔汗国，车队开到沙漠中心的时候突然觉得十分不安，让整个小队绕路。后来才知道，那片沙丘之下被叛军埋了几千颗地雷，本来是为了伏击政府军的，却差点被他们撞上。

他还曾穿梭在茂密的雨林，不知为何，总觉得途经某片区域的时候，空气都无比黏腻，心悸无比，离开雨林后，询问了当地人才知道，那里是一条森蚺的领地。几十米长的巨蟒可以轻而易举将他吞下去，只是可能刚刚吃饱，对他没什么心情，才逃过一劫。

这一次，虽不至于有那种莫名心慌意乱的感觉，可不知为何，他就是觉得不正常。

雪松比了个"小心"的手势，其他人会意，举起手枪，提高戒备。然后一间间地打开房门，一个角落一个角落地仔细检查。

没过多久，传来一声惊呼。

雪松循声赶去，发现机房深处，被宽大机器和缠绕电线遮掩的地方，塞着好几具尚留一丝温热的尸体。

队员立刻拿出随身携带的专业相机，对现场进行拍照，小心翼翼戴上手套，将机箱搬开，队伍里的法医大概看了一下，就皱眉："死亡时间不会超过15分钟。"

这时，又有人小声惊叫："松哥，这个女人还有气！"

雪松三步并作两步跨过去，就看见手下正小心翼翼扶起一个棕色长发的女郎，对方的脸上传来乙醚的气味，胸口洇开大片的血花。

"这么重的伤，还能活着？"

雪松心中疑惑，钢盔上戴着的执法记录仪准确无误地将棕发女子的面孔录入，传到专案组那边。

下一秒，蓝牙耳机里便传来了夏正华的声音："竭尽全力，尽量将这个女人救回来！她是斯图国皇储伊莎贝拉的贴身女官，安妮·卡佩洛！"

卡佩洛。这个姓氏，雪松之前已经听专案组科普过了，斯图国四大贵族，其中之一，就姓卡佩洛。

大抵君主帝国，无论东西，都有那么一点相似之处。所以古代中国有"伴读"，西方也一样。贵族家的孩子从小进宫，和皇族的孩子一起长大。虽然要做一些伺候人的活，但不是四大家族这样顶尖的大贵族，就连当皇储小跟班的权利都没有。

雪松一听安妮的身份，知道事关重大，刚要让人运担架过来，把安妮尽快送去医院，就听见耳机里响起应龙急切无比的嘶吼声："所有人，快往上跑！"

九

应龙带着人，通过隐藏楼梯走到负一楼，看见昏黄发暗的灯光，不由得将警戒提到了最高。

他可没有忘记，先前在外围观察的时候，发现每个塔楼上都有人看守，还是拿高清的望远镜。

如果要问绑匪们潜伏在哪里，最有可能就是在这里了。

根据结构图，应龙已经了解到，古堡下方有一条地下暗河，水流还比较湍急，如果没有专业的潜水设备，进去就会被冲到之江，再冲进东海。

鉴于不排除绑匪们设想过这种逃生方式的可能，夏正华早就准备了后手，应龙轻声问："蛙人部队是否就位？"

微型耳机中立刻回应："正在自暗河出口潜入。"

应龙示意其他人注意周围，自己也十分谨慎："目前没有任何发现。"

约莫走了 20 分钟，见识到了好几个机关密室，以及伪装的行刑室、服装道具室等，都没找到一丝线索。

而就在这时，耳机里传来蛙人的汇报："暗河中发现冲下来的尸体！"

没过几分钟，又听见："不止一具！"

霎时间，应龙的心弦绷紧了。

这时手下队员也发现了情况："这里有血迹！"

一队人循着血迹，小心地追踪而上，眉头越来越紧。

如果说一开始发现的血迹，可能被人清洗过，只有一星半点，需要很仔细才能找到的话，越往里走，则血痕越来越明显，血腥味也越来越浓。

应龙和队员们都有丰富的经验，一看就知道，这种出血量，至少代表 10 个成年人死亡。

这令他们的心沉甸甸的。

沿着血迹，众人走到了道路的尽头，一个储藏间模样的地方，推开门就发现，水流声十分清晰。

房间的角落一片狼藉，有一个巨大的地洞，地面上都是斑驳的血迹。

应龙立刻告诉蛙人部队："我们已经找到入口，你们根据定位过来。"

而他的队员们已经分散开来，不停搜索周边，很快就有了发现："队长，你看这个手帕——"

原本洁白的手帕，此时已经沾满了血污、汗水和尘土，味道异常难闻。

即便如此，蓝色的镶边，还是非常显眼。

就在进入古堡前，傅立鼎和密室逃脱负责人说话的时候，应龙佯作副官，站在傅立鼎身后，对负责人拿手帕擦汗的情节记忆犹新！

几乎是一瞬间，他就想到一种可能，内心惊悚之余，竟是脱口而出："你们找到的尸体里，有没有一个身高一米八，年纪四五十岁，左脸上有颗大黑痣，身材保养得还可以，没太发福，但就是有点小肚腩的男人？"

大概过了五分钟，蛙人部队传来信息："有，这个人脖颈被割开，一击毙命。"

这个人是"梦回莎士比亚"密室逃脱项目的负责人，由于经常接受中国各类媒体的采访，所以成了一个知名人物，出发前，应龙还看过他的照片。

看来，陪着傅立鼎的那个所谓副总裁的精干男人，应该是冒牌货。这些绑匪杀了项目负责人，控制了这个古堡。

应龙本打算立刻通知傅立鼎，但又突然想到一个细节。

整个"梦回莎士比亚"项目落成后，湖滨市的消防部门肯定是来验收过的，不会允许直接有个房间能通往危险的地下暗河。

那这个洞是怎么来的？炸的？

一般炸弹的动静都很大，如果他们真用了炸弹，为什么自己和雪松当时带人潜伏在外面的时候没听见？哪怕是地下层，应该也能感觉到动静才是。

除非这种炸药具有较高的密度，工艺性能良好，不仅爆炸威力大，爆破效率高，没多大声音，并且还有优良的抗水性能，适合潮湿地区或水下使用。

最好还能附加一个条件：携带和伪装方便。

下一刻，一个词语立刻跃入应龙脑海。塑性炸弹！

这种炸弹可以加工成任何形状，黏附到任何干燥物体的表面，乍一眼看过去，外观甚至就是个普通的生面团，体积小，非常便于携带，可一旦触发，威力极其惊人。

绑匪们如果身上有塑性炸弹，会只带一个吗？

仿佛心有灵犀，应龙一眼看到房间角落里那一大团白色的东西，不就是一个巨大的塑性炸弹吗！而且，一个定时器插在炸弹上，红色的倒计时数字正在快速跳动，离爆炸只有7秒钟了！

糟糕，上当了！

解除定时器已经来不及了！

几乎是第一时间，应龙就对着耳机嘶吼："所有人，快往上跑！"

然后，他狂吼道："快，往暗河里跳！蛙人部队接应！"

队员们不明所以，却听从命令，在没有任何防备设施的情况下，像下饺子一样，扑通扑通就从大洞里跳进暗河！

应龙最后一个，果断跳了下去！

就在暗河冰冷的河水将他急速卷着，往下游冲去的同时，惊天动地的爆炸声，伴随着剧烈的地动山摇，惊醒了沉睡的湖滨！

爆炸前的两分钟，傅立鼎正在精干副总裁的陪同下，已经从1楼走到了2楼，一行人搜索了至少60个房间，都没找到任何线索。

奇怪，他心想。AED报警，明显就是童家父女弄出来的，但他们为什么能制造出这种动静？没人看着他们吗？

还有，他们跑出来后，没被抓吗？

所谓的"监控坏了"，应该只是密室逃脱项目组对他们的托词，因为一看监控就什么都暴露了。

专案组认为，即便绑匪对警员们的到来有猜测和预估，但留给绑匪们的反应时间，不可能会有预想的充足。

从收到AED报警，到警车出现在古堡门外，全过程只有15分钟。

这是因为夏正华早有准备，抽调大批精英已经守在这里了。

假如没有锁定这个目标范围，就算行动再快，估计也要半小时以上。所以，电路应该是绑匪看到警车要进来，知道拦不住，故意弄断的，就为了争取时间。

现在问题是，假如童家父女被抓了，会藏在哪儿？

如果人还没被抓，他们又躲在哪儿？

这15分钟时间，监控肯定还没被破坏，如果童家父女要躲，他们会选择藏在什么地方呢？

傅立鼎的大脑高速运转，却迟迟没能想清楚，自己究竟漏掉了什么。他甚至怀疑，童家父女已经被二次抓住，只是拼尽全力，给了他们一个光明正大能搜查的机会。

等应龙、雪松那边的反馈吗？

傅立鼎心中千头万绪，表面上却装作一边找嫌疑犯，一边有点好奇的样子，听副总裁介绍："这是我们《哈姆雷特》节目组的关卡，下个屋子就是哈姆雷特与雷欧提斯决斗的屋子，这个走廊就是一个小机关，您看见两排的盔甲卫士没？只需要找到不同的那

个卫士，就能把大门打开。"

盔甲卫士……盔甲……傅立鼎心中一动。

想要藏起一条鱼，最好的办法，就是把它放到大海里。

古堡里监控密布，除了更衣室外，其他到处都是眼睛。想要躲过搜查，就不能藏入容易想到的地方，而是要逆向思维。

傅立鼎一眼望去，就见这条走廊里足足有 36 个卫士，唯一的区别就是左边的盔甲涂黑，右边的盔甲银白。

一般人看见这么多一模一样的卫士，头都会晕，哪怕开头一两个能够认真看，后面也未必会仔细了。

而这些盔甲卫士个个都显得高大威猛，外面套的是盔甲，里面则是用类似塑料模特的东西支撑的。还有什么，比藏在盔甲之中，装作卫士，更容易掩人耳目？

傅立鼎想到这个可能，就故意说话的声音大了一点，和副总裁侃侃而谈："你们这个卫士造型，怎么有些眼熟？"

"您大概是在电视上看到过吧？我们的这些骑士盔甲，在设计的时候，还参照了斯图国一些古老传说中的图案，所以是很有特色的。"

"哦，讲到传说，我们中国也是很丰富的，比如中国的象征是龙。传闻上古时代，大禹就是一条应龙，能够飞天遁地——"

他刻意将"应龙"二字加重声音。

负责人虽然懂得中文，能够与傅立鼎交谈，但对中国文化并不熟悉，更不要说古代传说了。刚要询问，就听见一个盔甲"咔嗒"一声，从里面打开，穿着希腊长袍的女子走了出来，喊道："爸，是老傅，出来吧！"

童素一开始虽然听见傅立鼎的声音，却不敢确定是不是对方。

她和傅立鼎因为"7·17"一案认识，并不是什么秘密，万一对方合成了傅立鼎的声音，用来骗她呢？

但一提到应龙，童素就知道是本人了。毕竟，应龙上校带队去文南救援他们父女，这是安全部门的绝密任务，外人不可能打听到。

就在童素现身的那一刻，傅立鼎已经和几个手下一起，把副总裁按住，用手铐铐了起来！

童子邦听到女儿的喊声，也从另一具盔甲里现身。

他刚要说什么，却见傅立鼎脸色剧变，心道不好，还没想到对方会有什么后手，就听见惊天动地的爆炸声！

"往上走！"傅立鼎边大吼边拉着他们，立刻开始狂奔，"上面有一个花园，自带梯子，那里安全！"

毫无疑问，这是极其正确的做法。

假如只是单纯的地震，找个能形成小空间的掩体，或许还能躲避。但这是爆炸引起的震动，后续很可能引发火灾！

这时候，一起往上跑，生机才更大！哪怕被埋了，也更容易被挖出来！

傅立鼎记下了整个古堡的结构图，带着童素和童子邦，发力猛跑，队员们也跟着他疯狂往上奔。

但那个被铐住的副总裁，却一点也不慌乱，仿佛早就知道炸弹爆炸这一刻会来临。他微笑着找了个椅子坐下，然后从容地闭上眼睛，静等最后一刻的到来！

童素在离开房间的瞬间，心有感悟般地莫名回头，看见这个精干中年男人脸上挂着的一丝解脱而释然的笑容。

童子邦已经跑出房间，看到童素停下，马上催促女儿："快走！"

童素点了点头，继续往上跑，脑海里却一直盘旋着这个怪异的场景。

这个人知道死亡即将来临。但他毫不畏惧，他甚至在等待死亡的到来。

为什么？

童素一时之间无法想清楚，但心中有个声音，无比肯定地说：他是一个死士！

剧烈的震荡，让古堡的西北角开始不稳，向东南边倾斜！

沿途灯具坠落，不断有柱子，以及各种各样的道具东倒西歪，给他们的逃生造成了极大的麻烦！

众人把童家父女围起来，努力用身体抵挡这些伤害，终于转移到了北边的空中花园。就见雪松背着安妮，刚好比他们早一步，从另一个入口爬上来。

童素还没来得及惊讶，消防车已经呼啸而来，云梯架起，安全垫开始拼命充气！

整个古堡，也倾斜得越来越厉害。

所有人都东倒西歪，只能扶着柱子，只有雪松，把自己和安妮牢牢地绑在一起，承担另一个成年人的重量，处境更加艰难！

更麻烦的是，许多剧组人员似乎认为与警方在一起更安全，也一拥而上。

原本就不大的花园，瞬间站满了人，还不断有人要挤进来！

地面的震荡，也越来越大！

"跳下来！"有人拿着巨大的扬声器，大喊，"快跳下来，我们能够保证你们的

安全！”

但花园距离地面足足有 30 米高，没人敢先跳。

就在傅立鼎打算以身作则，当第一个勇士的时候，童子邦义无反顾，直接弯腰，起跑，毫不犹豫地往下跳！

童素见状，笑了一下，二话不说，也张开双臂，跳了下去！

“啪——”价值连城，镶嵌金边的古董瓷杯被重重摔到地毯上，瞬间四分五裂。

高居王座的金发女子盯着眼前头都不敢抬的人，美丽的面容狰狞而扭曲：“废物，都是废物！”

“你把安妮派去执行这个任务的时候，就应该想到，”亚伯捧起面前的红茶，轻轻喝了一口，露出心满意足的神情，“她有可能完成不了这个任务。”

“那我怎么办！”伊莎贝拉对亚伯轻描淡写的态度极为不满，“我费尽心机，好不容易买通大洋国那群贪得无厌的老狐狸，想办法把‘铜棒’搞到万象集团，再煽动岩罕的野心，都是为了逼岩罕穷途末路，让我能得到岩罕与‘铜棒’这两个顶尖的大脑。结果公爵横插一手，引爆 30 颗云爆弹，岩罕死无全尸，‘铜棒’居然回了中国大陆！”

“那又怎么样？”

“怎么样？一旦公爵登上皇位，我只有死路一条！”伊莎贝拉一想到这里，简直是歇斯底里，“祖父罹患阿尔茨海默病已经整整 15 年，虽然皇室竭力隐瞒，可皇权还是渐渐旁落到舅舅手里。梅涅公爵更是窥见了皇室的衰微，步步紧逼。皇室和他有杀父杀母之仇，他怎么可能会放过我？

“现在祖父还能出席一些大场面，就算其他场合不见人影，也勉强能用‘年老体弱’糊弄过去，可若病情继续恶化，就连舅舅，我也不敢担保他不会生出异心。”

阿尔茨海默病本来就是困扰医学界的顶级难题之一，哪怕皇室私下用了非常多不光彩的手段，甚至兴建了一个叫“提洛岛”的人口贩卖组织，丧心病狂地对上千天才进行活体解剖实验，也没能找到完美的医治办法，顶多只是延缓了老皇帝病发的速度。

可这远远不够！

“上一次特效药的突破，是因为一个叫李维的天才，这家伙先天大脑就没有胼胝体，却又极端聪明，研究他大脑带来的成果，胜过一万个普通的天才。”伊莎贝拉愤怒地把桌上价值连城的古董全摔了，“我们已经拿到了岩罕和‘铜棒’的体检报告，他们的脑部也有先天的变异，也同样智商超高，是第二、第三号人选，因为他们是关系非常近的亲戚，所以同样出色的‘赫卡忒’就被列到第四位，都是我们不计代价要得到的目标！”

结果呢，废物安妮，成事不足，败事有余！"

亚伯恍若未闻，淡定品茶。

伊莎贝拉这么崩溃，除了希望落空的沮丧之外，更多的，其实是怕中国警方查到她身上。

假如她这个皇储之位稳如泰山倒也罢了，偏偏她当皇帝的把握最多六成，自然不能被抓到这么大的把柄。

一旦事情败露，光凭这件事，梅涅公爵就可以彻底将她打垮，让她再也没有翻身的机会。

想到这里，亚伯轻轻地笑了。

他怎么会让局势这么快就转变得明朗？他还指望伊莎贝拉和梅涅公爵多打几场，进一步内耗皇室的力量呢！

所以，亚伯只是说："我真的很好奇，李维不是有个儿子，叫作李察吗？你为什么不去抓他，非要挑战这么高的难度？"

伊莎贝拉沉默片刻，才道："李察以全科第一的成绩毕业于大洋国联邦警校。他的老师都是大洋国国土局退下来的高官，以及联邦高级警督。他就读这个学校，就是为了找到失踪的父亲李维。虽然他的老师们看过案子后，对李维的去向有所猜测，却不会贸然出手，招惹'提洛岛'。可我们如果在这种双方都心知肚明的情况下，去主动绑架李察，就等于挑衅大洋国国土局。"

"所以，"亚伯明明在微笑，却让伊莎贝拉不寒而栗，"你觉得李察不好抓，就去对'铜棒'下手？"

"我……"伊莎贝拉也觉得自己鬼迷心窍，不知道为什么会这么选，最后只能归结于，她当时认为岩罕和'铜棒'是比较容易得到的人选，花费了太多精力，不能接受这个沉没成本罢了。

亚伯也没穷追猛打，淡淡道："'铜棒'这边是不要想了，接下来调整方针，'提洛岛'照旧买入精英人才，并研究怎么对李察动手。至于中国这边，我已经帮你善后了，放心，与你沾不上任何关系。"

"安妮还在中国！"伊莎贝拉不信，"她是我的心腹女官！"

"那又怎么样？"亚伯轻描淡写，"和你从小一起长大，就一定会效忠你，对你言听计从？嘴巴长在我们身上，我们说她是被绑架失踪，她就是被绑架失踪。哪怕中国人不信也没关系，只要他们知道，斯图国历代君王的另一半，都只能从选帝侯家族遴选就够了。"

说到这里，他淡淡一笑："中国国家安全部门，现在应该很头疼吧？"

十

之江大学第一附属医院。

童素双手抱胸，站在 ICU 外，静静看着躺在里面的安妮，突然发现有人拍自己的肩膀，转头一看，是父亲童子邦。

"夏部长喊我们。"

童素什么话也没说，跟着父亲去了专案组。

夏正华邀请他们坐下，单刀直入："虽然你们都告诉我，安妮·卡佩洛就是绑匪的头目，但对方还在 ICU 抢救，生死不知。而且，我们收集了所有死难者的 DNA，除了项目组的工作人员外，其他人的身份无法辨认，并不能确定他们就是斯图国的人。"

童素皱眉："安妮·卡佩洛是斯图皇储伊莎贝拉的心腹女官，这还不能证明是斯图国所为？"

夏正华叹了口气，向二人展示了一个物证袋。

物证袋里，套着一枚已经被烈火烧灼得变了形，却依稀能看得出，原本的图案是一枚雄鹰纹章。

"这是……"童子邦不确定地问，"斯图皇室的标志？"

斯图国皇室以罗马帝国唯一直系后裔自居，皇室徽记自然是象征罗马帝国的单头鹰，印记非常鲜明。

"检验科的人说，由于这枚纹章被烧掉了一半，看不到另一边，也有可能是双头鹰。"夏正华示意他们看大屏幕，左右两个纹章，其他部分都没有区别，只是左边那一枚是代表皇室的单头鹰纹章，右边那枚则是双头鹰。

童素原本对斯图国不了解，但她为了追查给万象集团提供 30 颗云爆弹的神秘人"公爵"，做了很多功课，查了很多资料，知道目前世界上最著名的公爵，就是斯图国的选帝侯之一，梅涅公爵。

而梅涅公爵一脉的徽章，便是双头鹰。

正因为如此，童素问："这是从古堡的残骸里找到的？"

夏正华点了点头，说："这就是我们为难的原因——据说，梅涅公爵与大洋国走得非常近，也就是说，这些绑匪有可能是大洋国派来，只为挑拨我国与斯图国的关系。"

童素和童子邦都不作声了。

对于斯图国的情况，不只他们，全天下稍微八卦一点的网民，都有所了解。

欧洲曾经有很长一段时间的四分五裂，最后在异教徒的入侵，即将亡国灭种的危机以及一系列巧合下，欧洲几个大国联合起来，奉罗马帝国的直系后裔，即斯图国的国王为皇帝，当时最强大的国家，雄踞整个梅涅半岛的梅涅公国的女王嫁给了斯图国的君王，以宗教为旗帜，建立了一个雄踞欧洲五分之二国土，从西边到东南的强大帝国。

由于本身就是一个类似邦联制的国家，权力分散，加上为了平息战乱，斯图皇帝颁布了著名的《金印诏书》，明确了3位大主教、4位大贵族组成的选帝侯制度，即将皇权分享了出去。

不同于东方帝国，皇储位置定了，除非被废，否则继位稳如泰山的情况，选帝侯制度代表贵族可以公然干涉皇权更迭。

在斯图国，哪怕你是皇储，也不代表你就确保能当皇帝。

因为每个皇帝在位的时候，必须选定3位皇室继承人，时任皇帝死后，由7位选帝侯，进行实名投票选举，谁票数达到或超过4票，谁就是未来的皇帝。

斯图国这一任的皇帝，上位之后，差不多把兄弟姐妹都杀光了。偏偏他仅有的一个儿子，在30年前与儿媳一起出车祸死了，只留下一个孙女，就是皇储伊莎贝拉。

皇室直系继承人只有一位，人数不够，那就从血缘最纯正的来找，排名第一的就是梅涅公爵。

只因斯图国国王加冕成皇帝后，赐予梅涅公国双头鹰徽章，实际上就是代表"共治"的意思。

不仅如此，为了加强与梅涅公国的联系，皇室在长达数百年的时间里，代代都与梅涅公国联姻，血缘极近，甚至有过不止一次一方无嗣，从另一方中过继的例子。

"我不大明白。"童素问道，"这枚徽章又能代表什么？就不能是安妮·卡佩洛拿到它，用来栽赃公爵的吗？"

夏正华点头："你说得也有道理，但斯图皇帝、皇储以及梅涅公爵、第一继承人，历代都只与选帝侯家族联姻。梅涅公爵年近不惑，依旧没有娶妻。放眼整个斯图国，安妮·卡佩洛是最理想的公爵夫人人选。我也可以说，她为了当未来皇后，背叛了皇储。要知道，你们出事的时候，大洋国的舰队一直在公海游弋，究竟是巡逻，还是接应，谁都说不准。"

童素沉默不语。

这个可能性，也不是不存在。

童子邦平静道："而且，我们没有物证，仅凭口供，并不能作为切实有效的证据，就连安妮·卡佩洛的罪名，都无法确定。"

夏正华无奈认同："没错，她这么重要的人物，我国不能私藏。外交部已经通知斯图国，安妮·卡佩洛秘密潜入我国，涉及重大案件，性命垂危，正在紧急抢救。斯图国那边已经星夜派人前来，再有两个小时就到了。"

童素心中憋屈，忍不住望向父亲。

童子邦极其沉着冷静："就算今天躲过了又怎么样？明天、后天，只要幕后黑手对我们不死心，我们就不够安全，总不能一辈子躲在你们的羽翼下，接受庇护。"

"童先生的意思是……"

"目前怀疑的国家，无非就是大洋国和斯图国。你们不会放过制造这种惨案的罪魁祸首，我们父女也不会。既然如此，我们就齐心协力，务必将这件事查个水落石出！"

"真难得，竟然会看见你在下棋。"

新访客打量了棋盘两眼，有点奇怪："自己和自己对弈，开局就是后翼弃兵？玩得这么有进攻性？"

"不。"亚伯·温菲尔德淡淡道，"这是两年前，我和'高塔'未完的棋局。"

这句话充满了槽点，让新访客一时半会竟不知道该说什么好。

过了好半晌，新访客才勉强憋出一句："才下两个半回合的棋局，有必要保留吗？这不就是最传统的后翼弃兵开场？"

"后翼弃兵，弃的是兵和象，保的是什么？"

"当然是中盘局势啊！算是比较稳妥的开局了。"新访客随口回答，随即意识到什么，碧色的眼眸微微眯起，"你们这盘棋局——"

亚伯·温菲尔德指向黑棋其中的一枚"象"："轻子，长兵。"

旋即，他又指向黑棋两枚"马"中的一枚："轻子，短兵，价值比刚才那个高一点。你觉得，我该吃掉哪个呢？"

"让我选？"新访客冷笑了一下，"我能请问吗？诺亚集团在你的计划中，居然只是区区的'兵'，我怎么不知道，艾伯特·马歇尔什么时候这么好说话了？"

亚伯气定神闲："诺亚集团是'后'，万象集团、岩窄、'太空飞梭号'、安妮·卡佩洛，这些，才是'兵'。"

新访客沉默片刻，才问："那么，你刚才指的这两枚棋子，分别是什么？"

"不妨猜猜？"

"你既然让我选，便是让我代替'高塔'，暂时和你下这盘棋。由此可见，'象一'和'马一'，都是我欲除之而后快的目标。"新访客不知想到了什么，眉宇间掠过一丝冷意，"'提洛岛'，或者说，经营"提洛岛"的卡佩洛家族；还有，罗蕾莱集团。"

"那么，谁是马，谁是象？"

"西洋棋中，马的价值在前期，稍微比象高一点。"新访客冷笑，"虽然论名声、地位和势力，罗蕾莱集团可比"提洛岛"大多了，至少前者不像后者那样，是阴沟里的老鼠见不得人，但对'王'来说，更有用的"提洛岛"，以及背后的卡佩洛侯爵，才是'马'，只是合作关系的罗蕾莱集团，勉强能做'象'。"

"所以，你的决定是?"

"说实话，我对二者的憎恨程度并没有太强烈的主次轻重之分，但我们还有个同伴对罗蕾莱集团的憎恨之火燃烧至今，那枚'象'，他应该想要亲手吃掉，而不是由我主导。"新访客看着棋局，露出一丝讽刺的笑，"再说了，你们布下的这盘棋，黑子最可能选的棋路，不就是出马么?"

说罢，他就伸出手，将位于g8的黑棋"马"，挪到了f6。

"既然如此，那我们就应该出——"亚伯一边说着，一边将位于c1的白棋"象"，挪到了g5。这样一来，位于g5的白棋"象"，就直接对黑棋中的"王"产生了致命的威胁，牵制了"王"的全盘行动！

新访客挑了挑眉："这枚'象'，很容易成为弃子，你打算用谁，或者，哪个势力?"

亚伯看着新访客，笑而不语。

新访客看见亚伯一直望着他，立刻反应过来亚伯口中的"象"，就是自己！

"我明白了，我该怎么做?"

"不急。"亚伯含笑道，"命运不同棋局，想要推动棋子，需要足够的时机。"

"那我为此应该做哪些准备?"

"磨炼自己的演技。"

"还有呢?"

"你可以向擅长此道的朋友求教。"

"然后?"

"我顶替你，粉墨登场。"

新访客听到这里，顿觉疑惑："你顶替我? 那我该做什么?"

"对承担'象'之重任的人来说，肩负这个职责，本身就已经是拿身家、性命、前途、名誉乃至灵魂在冒险，是伟大至极的牺牲。"

新访客碧色的眼眸就像结冰的湖泊，语气十分冷硬："我不在乎，亚伯，你当明白，只要能给父亲报仇，我什么都不在乎。假如你只是不希望牺牲掉'李察'，那么，我必须告诉你，这是对我的羞辱。"

"我不是神明，无法预测敌人的下一步会怎么走，但只要让他们怀疑'李察'就可以了。"亚伯凝视着新访客，"就像我把'象'下到g5一样，敌人若选择去吃它，'象'自然成了弃子；但敌人若不去吃它，它在棋局中的价值和重量就会攀升。"

"你用棋子解释，我听懂了，但我还是不够理解，为何他们光是怀疑我，就达成了你的目的？"

"'高塔'的国家里，有一本叫作《石头记》的传世著作，开篇就有一句话，'假的当作真的时，真的也变成了假的'。"

亚伯凝视着李察，含笑道："大洋国国土局、大洋国警察总署、国际刑警……都是聪明人汇聚之地。你父亲的死本来就是个不定时炸弹，你又如此优秀，哪怕做得完美无缺，符合他们的标准，他们也不会放弃对你的怀疑。"

"那又怎么样？他们抓不到我的把柄。"

"为什么不更进一步呢？"亚伯微笑，"让他们怀疑，甚至让他们审查你，然后，让他们知道，你的清白无辜。人总是更相信自己亲眼查证到的东西，尤其是聪明人。他们依旧不相信你，或许会用你来钓鱼。但我的朋友，我的兄弟，须知在这个世界上，能成为鱼饵，也未必不是一种幸运。"

李察沉默片刻，才问："我还要等多久？"

"这取决于'赫卡忒'的效率，我相信，以她的聪慧睿智，应当不超过两年，便可继续这盘棋局。"

"那个名气很大的中国女黑客？她同意加入我们了吗？"

亚伯摇头："还在考察阶段，并没对她投去橄榄枝，不出意外，现在的她，并不会加入我们。"

李察听到这里，不由得皱眉："所以，我们筹备这么多年的复仇大计，最关键的一环，居然在外人身上？"

亚伯做了个"嘘"的手势，看见李察噤声，才用一种阐述真理的语气，平静道："我们对她，势在必得。"

第二章　游戏

一

"你们快看新闻！头条！里切尔影业的 CEO 亨利被爆嫖宿幼女！"

流动餐车一条街上，热狗摊主刷着手机，看到弹出来的消息，忍不住喊："证据确凿！将被检方提起公诉！"

这个爆炸新闻，果然吸引了大家的注意。

隔壁炸物摊上，麻利地将薯条装到纸袋里，挤上几圈番茄酱，递给顾客的白人大妈不屑地说："娱乐圈，哼，这些娱乐圈的人，能是什么好东西？"

一手接过薯条，一手付钱的黑人小哥似乎没有洗澡，汗臭味逼人，张口也是难言的臭气，吐字也有点含糊不清："谁知道呢！迈克尔·杰克逊也被人说恋童，结果都是造谣！这肮脏的圈子，没有真相，只有利益。"

他身旁的女伴充满恶意地附和："如果亨利的罪行是真的，那么所谓的传奇巨星乔·里切尔，说不定也……哼哼，他儿子失踪，真是好事！"

旁边咖啡摊位上，醉醺醺的白人嬉皮士听到自己的偶像被污辱，顿时将刚到手的咖啡往这两人身上一泼！

黑人小哥立刻露出凶悍的眼神，与白人嬉皮士扭打在一起。

几位摊主顿时把餐车推得远了一点，避免波及自己。

才挪几步，就听见一个无精打采的声音："一份热狗加沙拉酱，小包薯条加番茄酱，1 大洋币的咖啡加冰，不加奶和糖，谢谢。"

站在摊位前的顾客，黑色的头发乱糟糟，碧色的眼睛却像最纯正的宝石；他穿着廉价超市里售卖的，1 大洋币一件的白色 T 恤，以及洗脱了色的泛白牛仔裤，衣角被很随意地折进了腰间，白色的球鞋隐隐有些发黄，沾了不少灰尘和泥土。

三位摊主瞧见这个客人，下意识都笑了起来。

就见白人大妈不仅装了一袋薯条，又拿了个纸袋，装了满满一袋部分地方被炸得焦黑的炸鱼排、鸡翅等，拿了个塑料袋套着，一起递了过来："边角料，不要嫌弃，反正卖不掉。这是谢谢你上次帮我家换暖气片，它真的好用极了。"

热狗摊主则麻利地剪了一块牛排，娴熟地把它剪成碎片，堆得装热狗的盒子几乎合不拢："李察，我的汽车好像出了点问题，发动机听见奇怪的声音。"

李察闻言，便道："等你收摊后，我帮你去看看。"

就见李察一边说着，一边从口袋里抓出一把皱巴巴的零钱，算了一下后，又去摸其他口袋，好不容易掏出几枚硬币，这才凑够数。

这时，做好了两杯咖啡的女摊主对李察抛了个媚眼，语气都放柔了三分："我知道一家很好的餐厅，要一起去吃饭吗？我请。"

"呃……谢谢，但我最近可能会出去一趟，实在抱歉。"李察眼神有点飘忽，表情是显而易见的窘迫，尴尬转移话题，"那边打架的黑人情侣刚刚抽过大麻，你们不要上前招惹，注意安全，碰到解决不了的问题就去事务所找我。"

说罢，接过东西，把钱一放，逃也似的离开了。

女摊主失望叹气。

收到钱的热狗摊主算了一下，发现李察支付的钱刚好够所有东西的价格——包括额外添加的那些。

"糟了。"白人大妈一拍大腿，"忘了告诉李察，房东在找他，说再敢拖欠房租，就把他轰出去！"

李察提着食物，踩着吱呀吱呀的老旧地板，穿过狭窄的楼梯，来到三楼挂着"忒弥斯侦探事务所"的木门前，就发现门口的信箱已经堆满。

他叹了口气，将这些纸张一股脑地拿出来，全夹在左腋下，右手摸出钥匙，打开房间的门，全然无视了坐在办公桌上的老者，越过垃圾桶、文件柜、衣帽架等堆得满满当当，导致房间里几乎走不了路的地方，将食物往茶几上一放，自己则往沙发上一躺，开始逐一看着账单。

水、电、燃气……全是欠费催缴通知。

"真糟糕，就没有一张是工作邀请吗？"李察哀号。

"现在是二十一世纪，也没有苏格兰场。"头发花白，不修边幅的老者沉声道，"侦探只活在影视和文学作品中，现实中就算有，也往往是兼狗仔队的行当。"

李察一股脑坐了起来，打开热狗盒，开始吃。

"李察，你有没有在听我说话！"

李察慢条斯理地将热狗吃完，才懒洋洋地说："老头，你这么私闯民宅，我就算直接将你击毙，也不触犯任何法律。仅仅是不理你，算给你面子了。"

老者气得吹胡子瞪眼："你就是这副态度对你的上司说话？如果不是我打你电话，你居然停机，我用得着这么跑一趟吗？你是国际刑警！电话必须随时保证畅通！我还以为你出了什么事，被人抛尸野外了！"

原来，这名看上去普通的老头，竟然是国际刑警中，负责执行任务的中心局局长，弗朗索瓦！

李察打开咖啡盖子，灌了一大口，享受难得的冰爽刺激，随即毫无诚意地耸了耸肩："抱歉，手机因为欠费，停机了。"

弗朗索瓦压根不信这种没诚意的解释，也懒得和他继续绕圈子，直指问题关键："你调查出了亨利嫖宿幼女的罪行，为什么提交报告的时候，也匿名将材料发给一大堆媒体？你……咯咯咯……"

说到激动处，弗朗索瓦生生被自己呛住，剧烈咳了起来。

李察抄起自己没喝的那杯咖啡，端到弗朗索瓦面前。

弗朗索瓦才喝一口，就快速抽了几张纸，吐到上面，忍不住问："这是什么？涮过咖啡机的水？"

"1大洋币的咖啡。"李察表示，"您要是不喜欢，我找找有没有速溶的。"

弗朗索瓦看着一旁结了厚厚水垢，而且空荡荡的饮水机，再看桌上飘着灰尘的杯子，决定放弃这个话题，严肃地说："回答我刚才的问题。"

李察随手拿起弗朗索瓦喝过一口的咖啡，一边喝着，一边坐回沙发上，轻描淡写地说："没什么，就是想起了我为什么会成为国际刑警。"

弗朗索瓦眉头紧锁。

他听懂了李察的抗议。

李察以全年级第一，并且打破纪录的成绩，毕业于大洋国第一的警察学校，本来是前途无量的警界之星。

偏偏，李察却在两年前查出大洋国顶尖的医疗机构圣约翰医院，从院长到许多科室的主任、医生，居然充作掮客，将匹配合适又罹患疾病的穷人资料透露给等待移植的富人，甚至会亲身上阵，唆使穷人的家属放弃治疗，并且捐献遗体。

当初，李察发现这件事，并掌握证据的时候，确实上报了。

不是给他的上司，因为对方不敢接这么大的案子——而是给他的老师们，即那些警界呼风唤雨的大人物。

但对方一致要求李察将这件事按下去，充耳不闻，并且许诺高官厚禄，平步青云。

李察不肯，将事情捅给了媒体，引发了大洋国的超级大地震，也让他树敌太多，在警局再也待不下去，甚至差点被人杀死。

昔日的警界未来之星，只能流落到米切尔城的贫民区域，与嬉皮士、瘾君子、妓女们为伴——只因这里的房租最便宜。

就这样，他还经常付不起。

如果不是警界的高层确实很看好李察，他的老师们也很喜欢他，秘密将他引进国际刑警机构的特殊部门，李察的人生几乎跌落谷底。

正因为这样的遭遇，加上又是涉及了行业顶端的大人物，李察决定先下手为强，对上司提交报告的同时，也一并发给了媒体。

这实际上已经能算作渎职，但弗朗索瓦爱才心切，将这件事按了下来，便气哼哼地说："算了，你的举动虽然很冒失，却也遇到了意外的转机——里切尔影业这两年的投资本来就一直失败，影片的主演也陆续爆出问题，现金流断裂，公司债台高筑，这次亨利嫖宿幼女的事情爆出，对他们公司是一次重创。如果没人注资，里切尔影业必定破产。"

李察一边吃着薯条，一边满不在乎地说："这时候谁还敢注资？不怕民众质疑他们也可能参与其中？何况里切尔影业的真正继承人，卡瓦哈尔·里切尔八岁时就失踪，才导致传奇巨星乔·里切尔为了找儿子，放弃影业，不断奔波，最后飞机失事而死。

"如果我是媒体，我就带节奏，里切尔一家失踪的失踪，死的死，最大获益者就是亨利，他有恋童癖。这种阴谋论，民众爱看，也容易写，保证吸引眼球。"

就算媒体不带节奏，你也会这么写了，然后匿名投稿吧？

弗朗索瓦太清楚李察的潜台词了，而这位老先生本身也非常痛恨恋童癖，当然不会为亨利说什么，只是严肃道："我不知道你究竟查到了多少东西，也不想追究你是否故意，但你的行为确实让亨利孤立无援，而逼出了他最后藏着的底牌——'提洛岛'。"

李察的动作停滞了一瞬。

弗朗索瓦一眨不眨地盯着李察："没错，就是你父亲最后消失的地方。"

李察放下手中的薯条，碧色的眼眸平静地望着弗朗索瓦："说吧，怎样才能让我加入这个调查组。"

国际刑警机构中，虽然没有明规则表示，涉及自己亲人的案子，相关人等需要回避，但这已经是约定俗成的潜规则了。

就像高明而娴熟的医生，在给陌生人做手术的时候，心态能够比较平坦，但在给自己亲人做手术的时候，还是有很大可能心绪剧烈起伏，顾此失彼。

所以，除非对自己实力和心态极有自信的顶尖医生，其他医生一般都不会给自己的亲人做手术，而是委托给别的医生。

国际刑警亦然。

调查陌生人的案子时，尚且会因为黑暗和肮脏，情绪出现波动。一旦涉及自己的亲人，很可能就会失控，导致调查出现重大事故，甚至功亏一篑。

"表面上，不能同意你加入。"弗朗索瓦慢条斯理地说，"我们会派出专业的团队，试图混进去。"

"实际上？"

"因为'提洛岛'涉及两年前对中国湖滨市的恐怖袭击，以及公民的非法绑架，还有大洋国极具影响力的影星里切尔一家的案子，所以中国安全部门和大洋国国土局与我们进行战略合作。"

弗朗索瓦顿了一顿，才又道："但我们不希望这两家拿到什么证据，销毁、私藏或者篡改，用来当作政治的工具，并且把我们国际刑警卷进去。我们需要绝对中立，而不是像当年一样成为工具。"

李察听懂了弗朗索瓦的言下之意——他希望李察作为一张底牌，黄雀在后，确保所有证据的真实性。

他没说是，也没说不是，只是平静地问："几个人知道？"

弗朗索瓦淡淡道："这不是你该知道的事情，你只需要知道，休假期间，私人行为不受约束。"

说罢，起身，扔下一句"我从没来过"后，平静离开。

全身绷紧的李察坐在沙发上，半晌后，突然瘫向后面，疯狂地捂着脸，大笑了起来，泪水却从指缝间缓缓滑落。

亚伯啊亚伯，你果然料事如神，一切都在你的计划之中。

快了，就快了。爸爸，我很快就能替你复仇。

二

3天后，南亚，孔雀国。

泰德城曾是孔雀国东南部的一个小渔村，400年前，斯图国的人踏上这片土地，在此兴建工厂，将此地起名为"泰德"，即斯图语中"港口"的意思。

从那之后，在泰德城生产的棉布，种植的茶叶，通过港口和船只源源不断地输送到世界各地。

足足几百年的时间内，泰德城中飘扬着斯图国国旗，来往着斯图国的船只，修建着斯图国的工厂和铁路。当地的经济和治安都由"斯图驻孔雀远洋贸易公司"来维护，军队听命于斯图国派来就任的孔雀总督，而不是本国政府。

皮肤黝黑的孔雀人，沦为下等人；皮肤白皙的斯图人，成为这座城市的当权者和统治阶级。

哪怕孔雀国已经独立了大半个世纪，根深蒂固的思想依旧在当地人心中挥之不去。

现如今，泰德城不仅是孔雀国的贸易中心之一，也是举世闻名的旅游城市，每天的游客吞吐量高达几十万人次。

而这几天，泰德城的港口上，最引人注目的，便是气势恢宏的"狩猎女神（阿尔忒弥斯）号"邮轮。

这艘长361.8米、宽63.4米，高出水面部分72米，一共18层，被公认为南亚最为豪华的邮轮，总吨位接近30万吨。

"狩猎女神号"上，不仅有几十个餐厅、商场，还有舞厅、剧院、礼堂、篮球场、游泳池等必备设施，甚至还有马场、赛车场等，功能齐全，甚至胜过很多小型城镇，哪怕在上面居住一辈子，也完全能满足需求。

平日里，来自100个国家的两千多名船上工作人员，最多可服务7000名客人。

但在最适合度假的春天，"狩猎女神号"往往会被一掷千金的富豪包下来，开办各种纸醉金迷的派对。

这次也是一样。

虽然夜深人静，港口却繁忙无比。

大量的食材运输车，停靠在邮轮旁边。每个食材集装箱，都需要被拆开，经过严格的检查后，搬运上邮轮。在那里，厨师团队会负责检查第二次。而水手们，也正忙忙碌碌地检查着邮轮各处。

"狩猎女神号"的灵魂人物，据说是从斯图国海军军官退役的布朗船长，则与港口负责人拉杰，以及同样停泊在港口的其他几艘邮轮的船长，一起坐在港口最豪华的酒吧里，打着桥牌，讨论着时政新闻、娱乐八卦，还有家长里短。

"听说里切尔影业门口被影迷围得水泄不通？甚至惹出事情，警察都出动了？"

"粉丝们急了吧？恋童癖往往不只针对女童，对男童也一样，亨利曾是乔·里切尔的经纪人，乔的那个儿子又是媒体都盛赞的天使容貌，当年突然在片场失踪，又没有绑匪勒索，很多粉丝就怀疑是被恋童癖大佬抓了，尤其是里切尔夫妇还意外死了……现在爆出亨利嫖童妓，简直就像坐实了这件事，如果不是警察拦着，粉丝们真能冲进去，把亨利揪出来往死里打。"

"乔都死了30年了，还有这么大号召力？"

"赫本也过世20多年了，粉丝不还是年年哀悼？"

"我还听见一个消息——匿名举报的人提供给媒体的证据非常详细，导致知名律师事务所都在纠结，很多律师又想接这个案子，如果赢了必定名声大噪；又有点顾忌，万一举报者手上还有别的证据，那就把自己的招牌做砸了。"

船长们有一搭没一搭地聊天，话题从娱乐渐渐转向生活，就听见拉杰一边出牌，一边状似漫不经意地问布朗船长："布朗，你们这次好像油加满了。本轮航行需要很久吗？两个月，还是80天？"

都是在一起混的老熟人了，这帮人自然知道，"狩猎女神号"的主机功率接近4万千瓦，如果马力全开，每天的经济油耗都在100吨以上。

如果将这艘船加满油，至少需要200万大洋币。

"狩猎女神号"经营的是短途航线，一般就是7到15天，压根用不着将油加满，只需要加四分之一到三分之一，基本上就能应付一切意外了。

布朗船长叼着雪茄："航程只有15天，但本次航行被人包了，老板要求比较高，什么都要达到最好。"

其他船长们一起哄笑："看出来了，港口那些从大洋国、斯图国，还有世界各地运来的顶尖食材，都是你们下的单。"

"一看食材的品质，就知道你们这次是大手笔。"

布朗船长笑骂："胡扯，我们订的食材哪次不新鲜？厨师长是个强迫症，办事从来都稳稳当当。"

"新鲜归新鲜，却真没这么难伺候。"船长们平常航行无事，一到港口，就指望靠娱乐活动消耗精力，观察同行，顺带闲聊、八卦、互相吹牛、点评顾客，自然也是一种消遣，"平常，你们觉得质量不合格，然后退回去的食材，可没有这次多。"

"话说，你们这次到底接待多少人，怎么感觉食物订单比平常少了一半？"

"狩猎女神号"每个月差不多都要在泰德城停泊一到两次，对于他们的大概食材供应量，船长们心里都有数。

如果票能全部卖出去的话，每周需要8吨牛肉，7吨鸡肉，6吨猪肉，牛奶蔬果等更是堆得满满当当，甚至连新鲜与成熟程度，也要分好几种——立刻就能食用的，存放两天才能食用的，以及存放五六天才能食用的。

由于许多食物，一旦储存超过7天，就不够新鲜，所以，"狩猎女神号"只会备一周的食物订单，如果航行超过7天，则会到停泊的地方进行补给。同样也是提前下单，当晚装船的模式。如果有必要，甚至会直接用飞机空运。这就让"狩猎女神号"的甲板，被改造成可以让小型货机起落的形状。

"我们这次服务的宾客很少，算上贵宾们自带的保镖、厨师、仆人等，估计也就一两千人。"布朗船长回答，"具体多少，我也不知道。"

"你这个船长也不知道？"

"很多大人物，并不希望我们打听得这么细。"布朗船长耸肩，"事实上，与我们商务团队对接的人，只是硬邦邦地抛下一句，'你们按照3000人的标准准备就行，不会超过这个数字'。"

众位船长啧啧啧啧。

拉杰又扔下一张牌，随口问："对了，我怎么看见好些生面孔，你们大批量换水手了？"

不等布朗船长说什么，就有其他船长叹气："这一行，真是太难招人了。"

"没办法，谁让航海风险大。"立刻就有船长跟上，"狂风、暴雨、海盗，航行生活又很枯燥。家里有老婆的，还要担心她耐不住寂寞。要不是给钱多，谁肯干？"

"是啊，就算有钱，很多人也是做几年，回乡建房子，娶媳妇，然后就安心不做了。"

布朗船长附和："是啊，确实难。"然后，他轻描淡写地解释了一下："我们的很多水手、厨师、服务生等，都已经在船上做了半年，我给一部分人放了两个月的假，让他们好好休息，顺便把轮休结束的水手们替换回来。

"也确实有一些人，找我辞职。"

"还有就是，这次的客户，据说要求比较高。"布朗船长有点无奈，"宗教信仰啊，个人癖好啊等，你们懂的，有钱人嘛，总是愿意花费更多的钞票，来满足他们的需求。所以我不得不临时找了相关的服务商，又聘用了一批签短约的专业人员。"

拉杰笑道："你们都知道，我老婆开了家中介公司，最近又引进了一批人，业务能力可能差了点，但要价也低。"

船长们心中腹诽，什么中介，直接就是偷渡吧？就算和这些人签约，钱也落不到本人手上，而是被你们两口子黑了。但他们还是纷纷表示："我们列个单子，如果合适，就雇几个。"

拉杰目光落到没第一时间表态的人，比如布朗船长身上。

布朗船长有点厌烦这个贪得无厌的家伙，但也不能得罪对方，便说："10 个以内吧！让他们在厨房做做打下手的工作。"

话音刚落，他的手机响起。

布朗船长刚好不想再搭理拉杰，接了电话，稍微听了几句，就站了起来："不好意思，各位，我要失陪了。"

就见他一边说着，一边拿出钱包，抽出一沓厚厚的钞票："这次的单，我请了。"

"说什么呢！这就不够意思了！"

"就是，打完这副牌再走。"

"实在不好意思。"布朗船长露出无奈之色，"国际航海安全保护公司的专业团队来了，都是不能得罪的主儿，我得去迎接。"

他这么一说，其他人也就不再挽留。

毕竟，"国际航海安全保护公司"，说得好听，实际上就是雇佣兵集团。

由于海盗活动猖獗，哪怕是货轮，也要聘请至少一个安全小队，来守卫自己货船的平安，防止被打劫。

像"狩猎女神号"这种豪华邮轮，那就更要注意这方面的问题了——海盗们可个个将它视作大肥羊，经常试图打劫。

船长们提起这个话题，也是一把辛酸泪。

"一个小队，就 5 个人，每人一天 10 万大洋币，简直是抢钱。"

"何止，有时候还要去购买道具，也是不菲的开支。"

船长们你一言我一语地说着，拉杰却有点心不在焉。

就见他又打了一会儿牌，做出不胜酒力的样子，也提早离席。

一回到车里，他就立刻拨打了一个神秘电话，非常紧张地说："您好，贵方需要我办的事情，我已经搞定了。"

然后，就将之前在牌桌上的事情，事无巨细，全部汇报。

最后，他才紧张地说："请问，我身上的问题……可以一笔勾销了吗？"

"请放心，我们说到做到。"对方只回答了这么一句话，电话就挂了。

拉杰忍不住松了口气。他这是倒了哪门子大霉，居然会被国际刑警机构找上门。

而且，国际刑警不都讲究个正式流程吗，怎么会拿他贪污受贿的罪证来威胁，让他提供港口吞吐的全数据，还要搞这么多事情出来，甚至要用他老婆开的公司名义，送一部分人上船去。

拉杰想到这里，就打个哆嗦。

他可不敢多问，对方究竟要调查谁，又要派人去哪艘船。

反正，这半个月内，泰德港数得着的巨型邮轮，无论是观光型的，还是货运型的，全被国际刑警暗中查了一遍。

"希望这事过去之后，能够太太平平。"拉杰一边这么想着，一边发动车子，往家里驶去。

偏偏才没开多久，在一个比较狭窄的路口右转时，右边居然也来了一辆车！

哪怕拉杰拼命打方向盘，两辆车还是擦碰在了一起，车门变形了，车灯也直接撞掉，车头更是歪得厉害。

拉杰一见，不由得怒了，立刻下车。

另一辆车的司机也下了车。

拉杰盛气凌人地走过去，张口就开骂，对方低着头，始终不说话，却在接近的时候，突然暴起。

下一秒，冰冷的枪口，就抵住了拉杰。

随后，一个用变声器合成的声音响起："听着，我需要问你一些事情。"

另一边，国际刑警机构。

弗朗索瓦听见拉杰的回答，便抓住关键，干脆利落地问："'狩猎女神号'雇用了什么保镖，查到了吗？"

"查出来了，在业内属于顶尖，与大洋国的'银盾'安保，斯图国的'闪电'安保，都有合作。"

听到这里，包括弗朗索瓦在内的国际刑警们都很疑惑。

大洋国的"银盾"公司，不仅业务能力首屈一指，而且与大洋国国土局有很深的关系，安保公司的很多人，本身就是国土局退役的特工。

斯图国的"闪电"公司，虽然没那么出名，但各国的谍报机构都认为，这家公司本身就是斯图国中央情报局的衍生，专门负责做一些中央情报局不方便出手，也不愿被人追查到的脏活累活。

与他们合作的很多安保公司，往往也是他们的下属企业，或者与他们有着千丝万缕的联系。

"狩猎女神号"敢雇用这样具备深厚官方背景的保镖，难道他们自身没问题？

片刻的寂静后，又有人问："他们新雇用的船员，还有厨师、服务生呢？也是通过正规流程进来的?"

"确实是正规公司——辛格海运中介,本身就是辛格航海集团旗下企业,本地乃至孔雀国最大的航海中介公司。

"我们调到了一份新员工的名单,各位请看。

"每个员工的身高、体重、相貌、履历,所有航海相应的证书,包括获取的时间、地点,等等,一应俱全。"

方方面面,似乎都没有问题。在场的国际刑警却没人相信。

原来,早在20多年前,国际刑警机构就侦查到,世界上存在一个极其庞大,遍布全球的犯罪组织,名为"提洛岛",进行罪恶的人口、活体器官的买卖和移植。

国际刑警当然不能容许这种组织存在。

但只要一启动对"提洛岛"的调查,负责的国际刑警都会遭遇各种不明原因的"意外",要么横死,要么成为植物人,无一幸免。

这么多年下来,已经有多名刑警出事,他们甚至都没能传回消息,"提洛岛"的总部究竟在哪里。

国际刑警机构内部判断,自身的高层中,有可能已经被"提洛岛"渗透,才会导致如此多的优秀刑警遭遇不测,并且摧毁了部分资料。

但他们又实在不想放弃这桩大案。一是因为国际刑警本身大部分都是品行正直善良的人,内心有着坚定信仰,被收买的只是少数。无论出于给同人报仇,还是出于心中的正义,都没办法让他们袖手旁观。二就是谁一旦破获"提洛岛",谁的仕途就等于坐火箭,平步青云。

为名,为利,为义,为信,国际刑警机构都一直咬着这桩案子不放。

而最近,事情迎来新的转机。

两年前,大名鼎鼎的黑客"铜棒",以及他的女儿"赫卡忒",在中国的之江省湖滨市,遭到绑架,并且闹出了很大动静。

中国安全部门一直没有放松对此事的追查,通过调取绑架犯的身份证件等,慢慢抽丝剥茧,一个叫"提洛岛"的犯罪集团,出现在他们的视野里。

而大洋国那边,也因为好几桩悬案,"提洛岛"始终被挂在国土局的档案里。

加上几年前,国土局空降了一个叫刘易斯的副局长,铁了心要做出一番成绩,也将"提洛岛"选作了目标之一。

三方一拍即合,联合查案,又恰好在亨利的案子上找到了突破口。

"李察那边的情况怎么样?"

"跟踪目标非常谨慎，从火车换到大巴，转了好几道，但李察还是跟得很紧。据他所说，也没被发现。看时间，他乘坐的火车，应该就快到站了。"

三

半小时后，泰德火车站。

哪怕到了深夜，这里也依旧热闹非凡。怀抱着梦想，从各地赶来的人们，希望在这片淘金之地，找到一份能够养家糊口，甚至能带来更多财富的工作。许多招工中介举着牌子，旁边一个电喇叭吆喝着，吸引着务工人员。另一旁，准备搭载乘客的电动三轮车也有不少。

就见一辆火车到达后，许多务工者提着桶子、背着行囊，陆续下车。

混杂着烟味、汗臭味、脚臭味的车厢里，一个两鬓斑白、戴着帽子和口罩、衣服皱巴巴的白人老者匆匆下了车，直奔电动三轮车所在的区域，随手招了一辆就坐了上去。

可这个老者却没发现，有个混在人流里的健壮男子始终盯紧他的一举一动，瞧见他乘车离开，很快也招了辆三轮车，默不作声地跟了上去。

而在大巴的尾部，一个编着脏辫，看上去很土很狼狈，给人一种穷小子刚刚进城印象的黑发碧眼青年，则拿出手机，似乎在搜索地图。但仔细一看就能发现，地图上有两个红点，正在不断移动。恰是方才离去那两人的实时位置。

而这个青年，不是别人，正是国际刑警李察。只见李察编辑了一条短信，却同时发给了两个号码："我已到达。"

坐在电动三轮车上的白人老者打开手机，不管雪花一样飞来的短信，直接切到新闻频道，看见头条新闻就是《里切尔影业破产，黄金时代的落幕?》，副标题则是《细数里切尔影业 CEO 亨利七大罪》。

文章一开篇，就点明里切尔影业的创始人，早已过世的传奇巨星乔·里切尔的一生，从贫民窟的穷小子，到被星探发现，踏上影视之路。

乔·里切尔演过硬汉，扮过贵族，塑造的每一个角色都是荧屏经典，哪怕半个世纪后，依旧有许多影迷无法忘怀。

更让人津津乐道的，是他"浪子回头"的故事。曾经换女友如换衣服的乔·里切尔，在年近不惑时，迷上了斯图国知名戏剧女演员凯瑟琳。结婚之后，他从荧屏转向幕后，创办了里切尔影业。

婚后十年，乔·里切尔的事业大获成功，公司在梦工厂有了一席之地，同时也和妻子一同孕育了一个相貌美丽出奇，犹如天使的儿子卡瓦哈尔·里切尔。所有导演都对这个小孩子的容貌和演技赞不绝口，认为他必定成为继其父之后的超级巨星！

但乐极生悲，小卡瓦哈尔在八岁那年，去片场拍戏时离奇失踪，再难寻觅音讯。里切尔夫妇将公司交给了经纪人亨利，然后耗尽家财，奔波在寻觅独子的路上，却不幸遇上飞机失事，一代巨星的传奇，就此落幕。

而里切尔的经纪人，也是后来里切尔影业的 CEO 亨利，就是眼前这名白人老者。

只见他看完新闻，如同触电般扔下手机，双手抱头，神经质地碎碎念："乔，我不是故意的，我真的不知道，我以为你们丢了一个孩子，找不到就会放弃，选择再生一个！我没想到你们会那么执着，我不是故意害死你们的！怎么办？现在公司没钱了，他们都跑了，没人保我，一旦国土局重启案件调查……"

光是想到这里，他就不断打战。

"别想那么多，亨利，加油！只要拿到'提洛岛'的船票，赢到足够的钱，你就又可以香槟美女，尽情享乐了！"

话音未落，电动三轮车猛地停了一下。

亨利的恐惧和不安刚好有了个发泄点，只听他怒吼："你怎么骑车的？"

车夫唯唯诺诺："客人，不好意思，前面有一群牛拦着，我们得换条路。"

亨利往外一看，发现真有一群牛挡住了道路，再一看地上，随处可见都是牛粪，不由得厌恶地皱了皱眉，却也知道这是孔雀国的国情，牛是圣物，走在路上没人会管。

这也是孔雀国内出租车不景气，只能用电动三轮车的原因——汽车速度太快，容易把牛撞死，后续麻烦不断！

亨利心急如焚，却只能催促："那就换条路，快，尽量更快！"

车夫应了一声，换了条僻静的小巷子，然后在巷子的深处停了下来。

亨利一看，发现是一个视线死角，还来不及反应，车夫就像饿虎扑狼一样冲了过来，两个人厮打在一起。

多年养尊处优，又已经年过七旬的亨利，当然不能与天天干体力活的车夫比，很快就被打得鼻青脸肿，满地哀号。

车夫猛地扯下亨利的劳力士腕表，看见亨利的袖口也是宝石，不由得嘟哝："该死的有钱人！"

亨利虽然被揍得不轻，却还是恐吓："你怎么敢！我要去警察局告你！"

"告我？"车夫狞笑，"像你这样见不得光的人，只怕比我更害怕见警察吧？"

混迹于码头的车夫，眼睛都很尖。

虽然亨利之前没露出劳力士腕表，套在外面的衣服也皱巴巴的，看上去很穷酸，但车夫一看他的手指，就知道这个人没做过粗活，不是个体力劳动者。

年纪这么大，一辈子养尊处优的人，为什么要坐这么廉价的夜间车？

当然有可能是穷。但还有另一种可能，那就是，对方在躲避着什么。

车夫虽然没亲眼见过，却也听过流传在同行之间的传说，比如半夜拉车，发现破产后带着珠宝逃跑，试图东山再起的人，然后黑吃黑一波，瞬间就一夜暴富，豪车豪宅美女应有尽有，等等。

虽然不一定准，可好不容易遇到这种机会，为什么不试试？

反正就算进了警局，以泰德城的混乱治安和警方腐朽程度，稍微贿赂一下警员，也能出来。

正当他瞪着贪婪的眼睛，不断搜刮亨利身上值钱的东西时，却听见有人冷哼："放下！"

亨利勉强睁开红肿的眼睛，看到一个麦色肌肤，身材高大，却非常瘦弱，精神亢奋到不正常的男人，同样坐在电动三轮车上，出现在小巷子里，不由得惊叫："强森？"

原来，跟踪他的男人，正是乔·里切尔的亲弟弟，强森·里切尔。

只见强森冷笑着拔出枪，指着正在抢劫亨利的车夫："放下他身上的所有东西，否则我就杀了你！"

车夫一看强森的精神状态，又因为靠得近，闻到强森身上的金属味和酸臭味，顿时吓坏了——这都是瘾君子的标志。

他不敢和吸毒又拿枪的人计较，立刻放下手中的财物，并且举起双手，又抖了抖衣服和裤子，示意自己没拿走任何东西。

强森见状，冷冷道："给我滚！"

然后，望向自己的车夫："你也滚！"

车夫们连三轮车都顾不上，忙不迭跑了。

等碍事的人都走后，强森这才走到亨利身边，蹲到地上，枪口直接顶着亨利的太阳穴："说，你打算怎么和线人接头？信物和口令是什么？"

"什么线人？我没有——啊！"

凄厉的惨叫声，在小巷响起。

只见强森狞笑着，左手稍微一用力，直接掰断了亨利的两根指头，右手则毫不留情地拿枪托砸亨利的太阳穴，一下就把对方的脸打歪，鼻血蜿蜒流下："别和老子耍心眼！

当年你召童妓，差点挨官司进监狱，结果你平安无事，卡瓦哈尔却不见了，老子就猜到是怎么回事！你敢说你没有对方的联系方式？"

亨利骇然："你早就知道——"

"我还知道，乔的死肯定也和你有关，他们非要找那个小崽子，幕后黑手觉得他们太麻烦，索性一不做，二不休。"强森做了个抹脖子的动作，狞笑道，"那又怎么样？乔说过一辈子不结婚，财产都给我这个弟弟继承。结果小崽子一出生，他就又是成立基金会，又是改遗嘱。他们死了好，死了活该！"

看见强森充血的双目，亨利不寒而栗。

作为里切尔夫妇生前的挚友，亨利当然知道，乔·里切尔在遗嘱中给弟弟强森留下了至少价值10亿大洋币的财产，而且强森还持有里切尔影业的股份，就算一辈子花天酒地，都能过得很好。

可强森心中却一直憎恨兄长没把全部财产都留给自己，甚至坐视侄儿的失踪，乃至兄嫂的死！

这是一个要钱不要命的狂徒！

亨利下意识地打了个哆嗦。

强森鼻孔都在喷气，眼睛赤红，口腔里泛着浓重的金属臭："老子本来觉得你还算有点能力，后头又有人，才没把这事说出去，安心领分红就算了。结果你这个废物，直接让公司倒闭！现在这样子，谁还能救你？不就只有当年的人？说，快说，他们怎么联系！"

"我真的……没有……"

话音未落，枪托又重重砸到，额头也流下鲜血。

亨利一看强森的精神状态，再闻着对方身上的味道，暗道不好，这家伙估计刚刚还吸了毒！

他早就听闻，说强森挥金如土，花天酒地，靠借债过日子。

因为强森是里切尔影业的股东，有这么一块资产在，人家也乐意借钱，反正不怕你还不上。但现在里切尔影业濒临破产，债主们肯定要找强森疯狂催债！

也许强森没钱还上，第二天就要沉尸太平洋！

"你听我说！"关键时刻，亨利发挥了他的卓越口才，"我现在穷困潦倒，怎么可能直接去联系当年的人？不说有没有联系方式，就算有，我敢真上门找吗？人家连议员都能买通，国土局经手，全世界都在关注的案子都能压下，不留一点水花，还会在意我一条命？"

强森神色一沉，却知道这话不算错，就低吼："别给我玩小花招！"

"我真的没有对方的联系方式！我甚至根本不知道卡瓦哈尔被谁绑架了，也不想知道！"亨利急急地说，"但我知道，有个地方叫作'提洛岛'，只要能活着从那里出来，最少也能得到一大笔钱，如果受到'提洛岛'主人的赏识，什么困境都能被解决！"

强森的手指直接扣在扳机上，恶狠狠地说："你当是阿拉丁神灯吗？拿这种三岁小孩都骗不过的东西来愚弄我？"

"真的！"亨利急急地说，"你还记得一年多前那个案子吗？米切尔城圣约翰医院私自让病人家属签署放弃治疗和器官捐献协议，然后活体取器官，移植给富翁。谁知道有个叫李察的愣头青警察发现这件事，把天都快捅穿了。圣约翰医院的董事长就是从'提洛岛'活着回来，才避免了牢狱之灾。"

强森将信将疑："圣约翰医院是大洋国最大的私立医院，各州都有分院，董事长还能不认识几个权贵，非要去这什么玩意'提洛岛'？"

"背景再硬，也未必硬得过国土局啊！"亨利一见强森态度松动，立刻说得天花乱坠，"那个叫李察的家伙，听说是联邦警察学院的精英，好几个老师都是国土局的高官。国土局那个军方出身的副局长刘易斯又十分赏识他，一直想把他挖到国土局，警方高层都不肯放人。大洋国军、警分家得厉害，只有在国土局才有交集，他两边都靠着，前途无量。结果硬是被这件事逼得警方和国土局都待不了，只能去当个私家小侦探！"

强森听到这里，已经完全信了，下意识将扣住扳机的大拇指松开，并把枪挪开。

亨利蓄力多时，当即抓住这一丝破绽，一个鲤鱼打挺翻起来，恶狠狠咬住强森的右手，任凭对方左手怎么猛击也不松口。

这也多亏了强森吸毒，身体健康已经被摧毁了，并没有多少力气，全是凭借枪支耀武扬威，否则面对连续的击打，亨利还真不一定能坚持下去。

就见亨利咬得越来越用力，强森吃痛，右手一松，手枪掉在地上！

亨利眼明手快地弯腰抢到手枪，然后根本不看位置，直接顶着强森的身体，"砰""砰""砰"连开三枪！

等到强森无力地松开抓住自己的手，亨利才爬起来，本想再补几枪，打完子弹，看见强森的肺部和胃部都血流如注，哪怕现在送去抢救也很难活下来，又想到刚才车夫打劫的事情，亨利还是将枪收起。

他怕强森困兽之斗，不敢去摸强森身上有没有弹夹，只是捡起手表，又紧张地碰了碰缝在衬衫里的烫金请柬，确定请柬还在，就一瘸一拐地走出巷子。

稍微处理了一下自己的伤口后，亨利这次再也不敢找电动三轮车了。好在他拿到了强森的公文包，有钱了，便从容招了一辆出租车，说："去辛格海运中介公司。"

司机师傅很热情，一边发动车子，一边说："老先生，您是位水手？"

亨利勉强说："是啊！"

"那可好了，船员，工资可高了！"司机师傅一边说着，一边又有点怀疑，"但这大晚上的，辛格海运中介公司还开门营业吗？"

亨利懒得说话。

司机师傅见状，也就不再没话找话，只是到了地点后，忍不住多瞅了一眼，不由得咋舌——还真开门啊！

虽然比不上白天热闹，但确实有灯亮着。

不过这个前台，怎么不是白天那个年轻漂亮的女士，而是虎背熊腰的大汉？

难道是怕打劫？

司机师傅也没多想，直接发动出租车走了。

前台大汉看到亨利，眼皮都不眨一下。

"我……我是被介绍来找工作的。"

亨利一边说着，一边扯开衬衫缝好的内衬，拿出信物。

一张被他汗水打得皱巴巴的邀请函。

前台大汉这才扫了亨利一眼，说："跟我来。"

与此同时，小巷中。

强森捂着肺部，吃力倒在地上，等待死亡的到来。

这时，他听见几声零零落落，清脆，又十分漫不经心的掌声，旋即就是清朗的笑声响起，带着称赞和揶揄："真是一出不错的闹剧。"

一双光可鉴人的皮鞋，映入强森的眼帘。然后就是垂落的银白色长发，瑰紫的眼眸镶嵌在一张面带笑意的俊秀面庞上，仿佛天使降临人间。

幻觉吗？强森心想。

虽然以为自己濒死之际，看到了天使，即将前往天堂，可出于人类求生的本能，他还是努力伸出手："救救我……天使……救……救……我……"

"虽然我无数次幻想过，与您重逢究竟会是怎样的场景，但就算我编写的剧本再怎么精妙绝伦，也终究难及上帝安排的命运。"亚伯·温菲尔德面带笑意，仿佛看见了什么很有趣的事情，"说实话，'天使'这个词，从您嘴里说出来，真让我有种说不出的怀念！强森——叔叔。"

强森睁大眼睛，吃力地说："你是卡——"

亚伯食指抵着嘴唇，微笑着说："那个孩子，33年前，就已经死了。"

死亡的寒冷，笼罩强森全身。但另一种更深的寒意，从他心间席卷，冻结了他的四肢百骸。

卡瓦哈尔！眼前这个人，一定是卡瓦哈尔！

强森哀求地看着亚伯，他有很多话想说，比如我是你的亲叔叔啊！你小的时候，我还抱过你，经常带你去玩，求求你……

但肺部涌出的鲜血令他无法呼吸，更不可能发出声音。

"当年的事情，你没有参与，只是袖手旁观。所以，这一次，我也只会亲眼看着你死去，什么都不做。"亚伯用最温柔的语气，宣告了强森的命运，"不要急，杀死你的凶手很快就会明白，'提洛岛'不是圆梦之所，而是人间地狱。"

四

看见两个红点聚合，然后一个在原地一动不动，一个开始重新移动，李察知道亚伯已经把事情办妥了。

他停住了一瞬，思考接下来怎么办。

然后，就收到亚伯的提示："跟着移动红点，一切交给我。"

李察删掉这条信息，跟着重新移动的红点，尽职地做着跟踪的工作。

大概走了一个小时，夜色已经降临，整条街的酒吧都热闹起来，俊男美女依偎，劲爆的音乐响起，在酒吧外都能听见震耳欲聋的重金属摇滚乐。

奇怪，亨利去的是这种地方吗？

算了，跟着亚伯的安排走准没错。李察这么想着，就一路跟着红点，到达一家酒吧，推开大门。

不知为何，就在这一刻，本能却在不断报警！

还没等他极速退后，两个大汉已经将门拦住，以迅雷不及掩耳之势，直接把他打晕，并注射了肌肉松弛剂。

酒保走过来，舔了舔嘴唇，捏着黑发青年的脸打量了一下，并拿出照片仔细比对，然后满意地点点头："要找的就是他！"

其中一个大汉摸了摸光秃秃的脑壳，有点不解："上头不是交代，说这个叫李察的家伙是大洋国国土局特勤处的精英，身手了得吗？怎么这么容易就中招？"

酒保也有点奇怪，想了想，还是大手一挥："多注射点肌肉松弛剂，等上头来做决定！"

众人齐齐点头，然后两个壮汉扛着李察，扔到杂物间，小心看守。

等到身后的门关上，方才装作晕倒，骗过所有人的李察，此刻仍不敢大意，依旧紧闭双眼，等待肌肉松弛剂药效过去，心中却起伏万千。

"提洛岛"。终于……

亨利对强森说的没错，李察确实因为圣约翰医院的事情，闹得丢了工作。

但并不是说国土局高层不愿意保他，相反，很多高层，尤其刘易斯副局长对他非常赏识，希望把他特招进去。

可李察只能辜负这些人的信赖，因为他捅出圣约翰医院的器官贩卖案，不是偶然，而是亚伯·温菲尔德全盘计划中的一环。

亚伯要李察以此为契机，从警方脱身，借国土局的帮助，加入国际刑警。

因为他的亲生父亲李维，九年前陷入官司，需要赔偿一大笔钱，然后就一去不回，最后的痕迹追踪，便是购买了前往泰德城的船票。随后，就消失无踪。

由于泰德城的混乱，别人都说，李维应该是想通过泰德城中转，逃去其他地方，结果很大概率运气不好，被绑架到黑工厂了。众所周知，一旦去了那种地方，能活着出来的是少数。累死，病死，甚至被打死，然后直接火化，都很正常。

李察却不信。直到他遇见了亚伯，听说了"提洛岛"。从那之后，复仇，就成了他的执念之一。

只可惜，对"提洛岛"知之甚详的亚伯却对他说"你什么都不知道才最真实"，所以迟迟不肯告诉他，国际刑警的高层究竟哪个被收买了。

所以李察与亚伯虽然是合作关系，但他对"提洛岛"的状况，确实了解不多，中招也并不是故意。

亚伯只告诉李察，目前，国际刑警掌握到最重要的一条线索，正是里切尔夫妇曾经的经纪人，亨利。

准确地说，正因为里切尔夫妇独子卡瓦哈尔的失踪，这对身家亿万，影响力巨大的传奇影星夫妇不计代价地寻找，拼命砸钱砸资源，才让"提洛岛"第一次进入到了国际刑警的视线。

国际刑警在长达20多年的时间里，一直秘密追踪亨利的银行账户和通话，却没有任何发现。

而他协助李察复仇的方式，就是最近三四年，里切尔影业不知道走了什么霉运，大制作的电影，不是主角出事，就是导演大病，反正投入的巨额资金，大都打了水漂。

不仅如此，亨利还大脑发热，要效仿迪士尼兴建主题乐园，花了几百亿砸进去，好不容易和"梦回莎士比亚"密室逃脱谈妥了，对方会派一个项目组在乐园常驻。谁知道项目组在中国出了大事，因为操作道具不谨慎，导致在回国的前一天晚上，突然引发爆炸和坍塌，工作人员非死即伤，无法履行合约。

虽然"梦回莎士比亚"资方按照合约的规定赔钱了，但对里切尔影业来说却是杯水车薪，勉强撑了两年，终于到山穷水尽的地步。

国际刑警也加紧了对亨利的调查，希望能够通过他获得"提洛岛"的线索。

"提洛岛"一直神出鬼没，踪迹难觅，唯一有价值的线索，是很多失踪者最后出现的地方都是孔雀国泰德城这个港口城市。

在希腊神话中，众神之王宙斯与女神勒托幽会，导致勒托怀孕。天后赫拉非常嫉妒，命令大地禁止给勒托提供分娩之所。勒托流浪了九天九夜，精疲力竭，即将死去。

最后，她找到了一个海上漂浮的无名小岛，宙斯升起四根金刚石柱，将这个小岛固定。勒托便生下了太阳神阿波罗，以及月亮女神阿尔忒弥斯。

这座无名小岛，就被称作"提洛岛"。

国际刑警机构因此猜测，"提洛岛"很可能是一艘船，从泰德城起航，在公海转个圈，然后返回。

问题是泰德城作为重要旅游城市，每天往来的船只太多，只能紧跟着亨利才行，所以李察才一路尾随亨利，乔装改扮，追踪至此，落入陷阱，不过进一步证明，"提洛岛"在国际刑警机构有人。

因此李察的动静，势必就会引起他们的注意。以这些人的胆大狂妄，无法无天，必定会找机会将李察给"处理"掉。

但没关系，这都是亚伯计划的一环。只要亚伯及时赶到，自己就没事。纵然亚伯没来，自己死在这里，也没有关系。是的，这又有什么关系呢？我们这群人聚集到一起，除了共同的理想外，也有共同的仇恨。哪怕我死了，只要其他人还活着，计划就会继续进行。

就在这时，门被推开。

知道自己的命运即将被决定，李察却出乎意料地平静。

他佯作昏睡，实际上却想暴起伤人，结果却听见了亚伯的声音："把他直接送到船上去，也弄成这次的'嘉宾'！"

"可是……每次参加活动的'猎物'，都是666个，不能多也不能少。如果将他送上去，顶替掉谁呢?"

"不必在意这种小事。"

"随便抽一个人，关到船舱，等到了公海的时候直接扔下去。"

"听说这次有耗子混进来，说不定被我们随机抽到的人，就是国际刑警。"

伴随着亚伯的话语，几名壮汉紧紧地抓住了李察，用非常标准的扼制姿势，控制了他可能的反抗。

然后，他的静脉处，被推入针头，液体注入。

很快，李察就失去了知觉。

而此时，国际刑警总署那里已经乱了套。

"李察身上的定位器呢，怎么在乱动!"

"卫星地图，卫星地图。"

"你们看——"一位干练的黑人女性指着卫星地图，惊呼，"李察所在的地点，这……"

透过清晰的、及时的卫星图像，众人可以看到，李察的定位器，不知道何时开始，就已经绑在了一只狗身上!

李察呢! 他去了哪里? 国际刑警的心顿时沉了下去。

这时，又有电话响起。

接线员听完，脸色沉重地将电话挂断:"就在刚才，发生了一起车祸——两辆私家车相撞，导致了爆炸。

"双方驾驶员都已经死亡。死者之一，就是我们刚刚联系过的拉杰。"

国际刑警们一听，就觉得不对——怎么可能这么巧?

立刻有人问:"监控录像调出了吗?"

接线员摇头:"那个路口年久失修，没有监控，而且现在这么晚，周围的店面也都关门了。"

"事故原因呢?"

"还有待勘查，没那么快。尸检结果也一样，但我们的内线说，情况不乐观。因为其中一辆车是诺亚集团的电动汽车，理论上来说，这次撞击本来不至于引爆其中的电池，但不知为何，就是直接爆炸了。"

"以锂电池的燃烧速度……"

国际刑警们都不说话了。

才刚刚摸到这一步，就听到两个坏消息，简直就是对他们最大的讽刺。

"提洛岛"，这个恐怖的敌人，就像盘踞于国际刑警上空，几十年不曾消散的阴云。

不知沉默了多久，弗朗索瓦下了决断："通知一号和二号，我们被发现了，取消潜伏计划，立刻从拉杰妻子的公司离开。

"我立刻签发逮捕令，涉及的所有人员，立刻缉拿归案，并且调查他们的私人邮件、通话记录、银行账单、平时行程、人情往来……这条蛀虫，终于露出了马脚。"

原来，这就是弗朗索瓦的计划。

将原本的队员摆在明面上，是第一重，知道的人虽然不多，却也不少。

李察的暗线，则是第二重，知情范围极大程度缩小，只有寥寥数人。

一旦李察出事，就可以抓住内鬼！

虽然很可惜李察，但对弗朗索瓦来说，国际刑警内部，一直给"提洛岛"提供消息，导致他们20多年来都一无所获的黑警，才是真正的心头大患，不找出来，并且给对方定罪，他就对不起那些牺牲的同僚。

黑人女性刚要召集行动成员，弗朗索瓦又下达一个指令："把我们初战不利的事情，直接告诉大洋国国土局，以及中国安全部门。提醒他们，'提洛岛'那边，应该已经收到消息了。现在取消整个计划，撤退相关人员，或许还来得及。"

五

中国安全部门在收到国际警察总署的消息后，紧急通知此时已经在泰德城，即将前往"狩猎女神号"的童素，以及雪松小队。

"夏部长的意思，是希望我们即刻撤退。"雪松低声说，"联系当地的华人商会，通过走私通道，马上离开，这里已经不再安全。"

童素把玩着手中的黄金鹰隼面具，没有回答。

雪松更加急了："'夜神'，国际刑警的精英都折在里面，可见他们内部的高层被渗透得厉害，整个计划出了大问题。夏部长吩咐过，要以您的安全为先，我们——"

童素却非常果断："如果我现在走了，这两年来，所有为'奈赫贝特'这个身份所做出努力的人，心血都白费了。"

雪松不知该说什么好。

两年前，为了调查发生于湖滨市的绑架案，童素向中国安全部门申请，编造一个虚假的身份——曾经盘踞于东南亚文南国，世界闻名的毒品犯罪王国，万象集团前任首领德隆的私生女。

之所以这么设计，也是有考量的。

第一，德隆其人，本身就与童素的父亲童子邦是血缘很近的堂兄弟，拥有同一个曾祖父，轮廓颇为相似。

童素见过德隆的女儿们，发现自己化妆，能与对方有五分像，一看就是一个家族出身，比较容易取信于人。

第二，德隆曾大费周章，从大洋国将童子邦保释出来，扣押在自己手里，教导自己的儿子岩罕成为一个十分厉害的黑客，代号为"拉"，带领着一支强大的黑客团队，在互联网的世界兴风作浪。

第三，德隆为了生岩罕这个儿子，可谓大费周章，光女儿就生了七个，多一两个也不奇怪。

第四，万象集团虽然已经覆灭，但留下来的遗产，无论是新式毒品的配方，还是曾经的黑客团队，都很让人眼馋，是可利用的机会。

童素希望中国安全部门帮忙编织这个身份，一是有利于钓鱼，配合国家缉毒；二就是容易混进黑暗世界，查询当年的真相；三就是，岩罕是世界顶尖黑客，童素和童子邦也是传奇黑客，可见他们家族就是有这方面的基因。这样一来，他"同父异母的妹妹"同样是个不错的黑客，也就不足为奇。

中国安全部门斟酌许久，批准了童素的方案。

于是万象集团的遗孤，以埃及神话中鹰神"奈赫贝特"为代号的女性，自黑暗而生。

童素凝视着手上的黄金鹰隼面具，平静道："两年了，我们好不容易走到今天，一旦退缩，之前的辛苦就将化为乌有。"

"可您的安全……"

"你认为，我们真能逃离泰德城吗？"童素冷笑，"我可没有这么乐观。"

雪松也知道情况复杂，却还是低声劝道："'提洛岛'一向行事狠辣，而且天不怕地不怕。前去调查的国际刑警，很多尸骨无存。我们倒是不怕死，如果能铲除这个毒瘤，让我们牺牲，义不容辞，但您要是落到他们手上……"

归根结底，他还是觉得，自己和队员们是军人，童素并不是，不应该让她冒险。

童素却斩钉截铁地拒绝："事情到了这一步，已经没有回头路，哪怕前面是刀山火海，我也必须去闯。

"而且，我们不是没有希望。

"先前与国际刑警合作的时候，我们就已经提防了黑警的可能，虽然三方互通情报，却都没有交自己的底。国际刑警和大洋国国土局可不知道，我们中国安全部门，到底派了什么人，又用什么样的方式，混上'提洛岛'。"

说罢，她将代表"贵宾"的黄金鹰隼面具，扣在了自己脸上。

次日，中午十二点。

李察将房间里自带的便笺和写字笔塞到口袋里，再对着镜子整理了一下衣着后，从容打开房门，就看见一名身材高挑，披着西装外套，嘴里咬着一支细长女士烟的棕发女郎，毫不客气地越过自己，然后用邮轮发给他们每个人的小巧房卡，打开旁边的门。

瞧见对方颇为眼熟，应该是个明星，李察随口发出邀约："这位女士，要一起去吃个午饭吗？"

女郎用看神经病的眼神瞥了李察一眼，不明白为什么有人这种时候还有心情搞艳遇，便粗暴地关上了房门，留下一声巨响。

李察耸了耸肩，有些无奈。

以他的观察力，刚才溜达一圈后，已经发现，除了登船口最为专业，可以探测出世界上几乎所有间谍设备的安检外，上船之后，船上可以让他们自由活动的区域，也都安装了摄像头，包括房间里。简直就像《楚门的世界》，这艘船就是个巨大的摄影棚。

确定这一点后，当许多宾客自打上船开始，试图探索整个邮轮，又或者如无头苍蝇一般焦躁不安，为躲避摄像头的监视，甚至选择躺在床上用被子蒙住全身时，李察却很悠闲，他外出溜达了一圈后，很自然地回到最初醒来的房间，悠然自得地洗了个澡，在大床上舒舒服服地睡了一觉。起来之后，发现才到中午，便决定去吃个午餐。

"狩猎女神号"有21个不同餐厅，各国菜系应有尽有，高峰时期，可以供应四千人同时用餐。李察却直奔最大的自助餐厅而去。

李察发现餐厅里的食物非常丰盛，天南海北，应有尽有，但用餐的人却没几个。

这也难怪，上船的人，没几个真有心情吃东西。

他随意地拣了些薯条、牛排、士力架等，放到盘子里，在餐厅里转了一圈，无视众多空着的座位，也忽视了一些对帝王蟹、鱼子酱等珍馐报复性狂吃的人，径直坐到一位同样选了这些高热量食物的男子对面。

瞧着对方餐盘里的炸鸡、炸鱼，杯中的可可，李察十分自来熟地调侃："我以为，像您这样的绅士，日常饮食都是，红酒香槟、蔬菜沙拉，健康又高雅。或者就是咖啡、大麻，用来续命。"

对方并不奇怪李察的突兀，反而十分平静地说："就平常来说，我的饮食习惯确实像你说的那样。但现在，我需要足够的热量和绝对的清醒。"

作为聪明人，这位金发男子和李察的选择大同小异，都是上船之后，不浪费半点时间在"探索"上，先睡饱，再吃饱。

这不仅是一种心理调节的方式，也是为了让自己的身体，无论体力，还是脑力，都到足够充沛的状态，以迎接晚上的挑战。

"我有点好奇。"李察碧色的眼眸中，只有兴味盎然，"我看你穿着打扮，属于斯图国的上层精英。像你这样的人，也会穷途末路?"

金发男子似乎不想提及自己的伤疤，轻描淡写地回答："人生总有无奈。"

"也对。"李察笑了笑，用一种无所谓的口气说，"18岁之前，我也以为自己很幸福。父母都拥有十分体面、薪水优渥的工作，我自己也在州内最好的私立高中，学习成绩名列前茅。若无意外，下半年将会进入大洋国排名前三的大学就读。

"直到父亲突然失业，母亲卷入官司。家里负债累累，房子被没收，车子被拍卖。我连汽车旅馆都住不起，只能领救济金，下学期的学费也不知道从哪里来。就好像糟糕的事情，全都集中在了那两个月。"

然后，李察话锋一转："但很快，事情就峰回路转。官司被证明是原告诬陷，我家收到了一大笔补偿金，一切又都好起来了。"

金发男子动作微微一滞。他听出了李察的弦外之音。母亲的官司和解了，父亲呢?

李察简直就是在明示，他的父亲也曾经上过这艘船。虽然没能成功下船，却给家人换来了光明的未来。

虽然不清楚李察对自己说这些的用意，但对这番话的真假，金发男子只信三成："不错的故事。"

李察淡淡地笑了。

如果父亲不是拥有号称"熊猫血"的稀有血型，李察也会觉得，这只是一个懦弱的男人无法负担家庭崩溃的压力，自私地丢下妻儿跑掉，谁知妻子却峰回路转，事业更上一层楼的狗血故事。

通俗套路，完美结局。但他却耿耿于怀。

所以，他放弃了原本想要报考的自动化专业，选择了大洋国最好的警校，毕业之后，成为大洋国的一名警察，就是为了借助权威机构的力量，调查父亲的失踪。

然后他查到，父亲离开他们居住的地方后，租赁了一辆汽车，开到大洋国和羽蛇国的边缘，弃车，进入两国边境的森林，从此一去不复返。

就像得到"神秘请柬"的所有人一样。

先离开自己的国家，去一个治安极差，乱象频发的地方。然后进入指定好的地点，在里面放下所有电子设备，得到一张不记名的船票。

通过船只的运输，跨越大半个地球，来到某个陌生的港口，前往一次注定有去无回的旅程。

但李察没想到，自己也会用这种方式，踏上父亲曾经上过的那条船。

不是作为混迹其中的暗探，而是摆在明面上，供人取乐的警探。

虽然不清楚船的主人会怎么对付自己，又或者，只是有恃无恐，李察都知道自己的处境很凶险。所以，他需要盟友。

金发男子也明白李察的用意。

虽然李察交底交得很干脆，却也很不讲道理，摆明了就是——我希望和你结盟，我也把我的情况大概说了，轮到你了。

如果你不说，就是看不上我，那你自己掂量吧！

游戏的形式是什么，谁都不知道，万一是必须合作竞技，或者团体对抗类的游戏，前期多一个聪明的盟友，总比多一个聪明的敌人强。

毕竟，谁也不希望自己第一关就被淘汰。这可是赌命的游戏！

金发男子沉吟片刻，才说："我是斯图国中央银行的管理人员，本来拥有稳定的工作与收入，却卷入了一些财务上的问题，只能来到这里。假如我不赌一把，迎接我的，至少是为期三十年的牢狱之灾。"

李察饶有兴趣地点了点头。

金发男子不想多说，便道："为了方便记忆，你可以叫我'提琴手'。"

李察觉得这是个不错的主意，就摩挲了一下自己项链的吊坠——正义女神雕像，笑道："你可以叫我'正义'。"

"这只国际刑警派来的'老鼠'，还挺聪明。"

巨大的监控屏幕面前，戴着黄金蝴蝶面具，手持羽毛扇的女子眼中异彩连连："不愧是那个李维的儿子，就是能给我带来惊喜。"

旁边一位戴着黄金大象面具，大腹便便的男人打了个哈欠："李维，确实是个人才，如果他当年答应了我们集团的合作协议，早就成为我们公司的管理人员了，哪里会走到这一步，不光自己死了，还害了唯一的儿子。"

"今年的'国王游戏'，不知谁才是幸运儿。""蝴蝶女"饶有兴趣，"让这个李察作为游戏参与者，和其他猎物拼个你死我活，这肯定是个精彩的场面。另外，作为热身，不妨我们先来猜猜，除了他，今年还会混进来几只'老鼠'？"

说罢，她眼波流转，望着身旁头戴黄金蝮蛇面具，身材高大的男子："表舅，您认为呢？"

"一只。"就见蝮蛇面具男以笃定的口吻说，"大洋国国土战略与安全局，只会派一名特工前来。"

"真有意思。"坐在蝮蛇面具男身旁，戴着黄金狐狸面具的老者问，"他们不是一向三人一组，互相配合吗？孤身一人，除非……"

"那位号称'从不失手'的传奇特工，詹姆斯·史密斯，""蝴蝶女"半点害怕的意思都没有，反倒兴味十足地舔了舔红唇，"他已经混了进来？"

"是的，但这个任务非常隐秘，我们还没有拿到具体资料，还没掌握他以什么身份混进来的。所以我们把那个国际刑警扔到游戏里，就是想看看谁试图救他，这等于多了一个'钓大鱼'的游戏！"

"国际刑警机构，每次都要派人来给我们添一点彩头。这次还新加入了中国安全部门，还有大洋国国土局，不知今年的余兴节目，又会怎么上演。"

"蝴蝶女"轻摇羽毛扇，一派淑女的娇柔，用最随意的口气，说着最恐怖的话语。

"去年那几只'老鼠'，我们是怎么处理的？身上割了几百刀，扔到公海里喂鲨鱼？"

"那是前年，抓住'老鼠'的时候，刚好附近有鲨鱼经过，'大象'和'雄狮'提议看一场好玩的追逐，我们才故意让保镖只伤人，不杀人，最后逼得他跳海，欣赏他自以为逃出生天，结果却被鲨鱼猎杀的绝望神情。"

狐狸面具老者随口道："去年是不打麻药，将抓到的几只'老鼠'放到'镜屋'，然后由最专业的法医操刀，开始活体解剖。

"他们的表情，可真是令人永生难忘。"

"大象男"听到这里，十分遗憾："去年我被事情绊住，没能参加，虽然收到视频，但总觉得不是现场亲见，不够刺激。可惜今年我来了，'雄狮'那边又有事，不能前来，否则我和他加起来，一定能让这只'老鼠'死得更绝望。"

"可惜了，你还错过一出好戏。""蝮蛇男"慢条斯理，"有一位'贵宾'运气不好，被'老鼠'挟持，竟然吓得脑溢血，就这么没了。"

"大象男"啧了一声，不屑之情溢于言表。

"蝴蝶女"娇笑："但也亏得那个老东西死了，我们今年才能补上一位更有趣的嘉宾——奈赫贝特小姐，你说对不对？"

坐在房间角落，戴着鹰隼面具的童素骤然被点名，却并不紧张。

只见她双手交叠，平静道："我对接下来的旅行，怀着十二万分的兴趣和热情，甚至有些迫不及待了。"

迫不及待地，希望将你们这群人渣，送下地狱。

"蝴蝶女"微笑："说起来，我先前还在想，奈赫贝特小姐会不会是中国安全部门的特工。毕竟，您出现的时机，实在有点巧。"

童素十分淡定，甚至有点好奇："既是如此，您为何打消了对我的怀疑？难道不应该抽根我的头发，比对一下 DNA 吗？"

"这倒不用了。""蝴蝶女"微笑着说，"我原本只是想着，奈赫贝特小姐第一次与我们打交道，可能会有点警惕。如果您临时变卦，不打算前来，这可不符合我好客的作风。

"如果真是那样，我也只能做一次恶人，派人将您请上来。"

听见"蝴蝶女"这么说，童素这才知道自己早就被人盯住，如果逃跑，如今就是身份败露，被强行抓上船的结局。

那时，她究竟继续做这个看客，还是去下面当取悦他们的猎物，就不好说了。

但在表面上，童素却显得十分波澜不惊："与诸位相比，我是最势单力孤，也最需要'国王游戏'的，费尽心机，又凭借一点运气，撞到这个机会，岂能不来？"

"说到'国王游戏'，可是巧了。""蝴蝶女"微笑，"九年前，您的父亲，万象集团的首领德隆，就是'国王游戏'的胜利者。当时，他下注了李维。对于这个有点书生气的科研人员，没几个人看好，偏偏，他却成为最终游戏的胜利者。"

童素听到这里，恰到好处地流露一点诧异："是吗？爸爸从来没和我说过这件事，他的战利品是什么？"

"一个机会。""蝮蛇男"轻描淡写地说，"一个让万象集团成为独立国家的机会。"

童素微微睁大眼睛。

她是真没想到，万象集团叛乱的野心，以及文南国百姓绵延数年的困难，竟然都是来自于"提洛岛"。

来自一个游戏的意外胜利。

操纵这一切的，便是这些面具背后的人。

必须查清他们的身份！拿到他们的罪证！

童素心中燃起了熊熊火焰，表面上却装得十分惊讶，甚至像有点没见过世面的样子，片刻后才收住情绪，语气却还是有点不稳："抱歉，我实在是太震惊了。"

"不必惊讶。""蝴蝶女"轻描淡写，"如果您胜利了，可以获得长生不老之外的一切——只要权势和财富能够做到的事情，在这里，都可以。"

童素沉吟片刻，才问："这个'国王游戏'，怎么玩呢？"

"蝴蝶女"意味深长地笑了："等下面的游戏开始，我们上面的游戏，才真正开始。"

六

下午五点，游戏开始。

为什么选定这个时间，也有讲究。

据说樱花国的文化里，认为黄昏是日与夜的过渡时段，是人与妖魔鬼怪可以同时出现的时段。所以把黄昏这个时段，也就是五点左右，称为逢魔时刻。

而对童素来说，就是坐在仿若传统歌剧院，最上面一层的看台上，看着前方主舞台的灯光亮起。

而在舞台的前方，已经密密麻麻，站了许多人。

刚好666个。顺带一提，在西方的文化里，666是一个可以与13"媲美"，极其不祥的数字，因为它代表着"恶魔"或者"魔兽"。

童素倾向于"提洛岛"给玩家们的定义是后者——这些所谓的贵宾，将人与人的厮杀，看作是大型的斗兽场。

"女士们，先生们。"戴着古希腊戏剧中象征反派面具的主持人，热情洋溢地大喊，"一年一度的狂欢游戏，即将开始！"

"666名参赛选手，只能产生一个冠军，可以将10亿大洋币的大奖抱回家，也可以折合成成本，解决你们的一切烦恼！

"剩下665名选手的人生，都将归'提洛岛'所有！"

充满煽动力的言语，令所有人呼吸一窒的大奖，以及一旦落败，就将面临未知恐怖的可怕现实，成功炒热了场内的气氛。

主持人见气氛被调动起来，立刻道："首先，请各位拿到进门之前，人手一个派发的智能手表。请大家注意看，手表旁边，有一个卡槽。现在，将你们的房卡，插进卡槽里。"

众人听见主持人这么说，纷纷将卡插入。

霎时间，原本黑漆漆的手表屏幕，启动了起来。

人们注意到，手表屏幕上方，只有一个数字。

有眼尖的人还发现，每个人的数字都不一样。

"一旦激活道具，各位的资产就会显现，并将以每秒钟一百大洋币的速度扣除。

"资产归零，就代表游戏失败。"

"想要增加资产，也很简单。"主持人意味深长地说，"各位只要抽出其他人的房间卡，插入自己的道具里轻轻一刷，就代表对方的资产已经被自己所得。而对方，只有一刻钟的'宽容时间'。如果能在这一刻钟内，重新将资产续上，就能重获新生。注意，宽容时间内的欠债，将以正常三倍速度扣除。如若不能，直接出局。"

李察看着手表上的 80 万大洋币，心中有数了。

他自己有多少财产，心里有数——除了一辆 3 万大洋币买来的二手车外，就别无他物，事务所和住处都是租的。

很显然，这 80 万代表的，不是他的财产价值，而是他"这个人"的价值。

一个成年人，如果不计手段地榨取利益，大概能产出 50 万大洋币的效益——这还是最乐观的估计。

毕竟，现代人的疾病很多，心肝脾肺，总有那么几样不够健康，卖不出价格。

至于剩下 30 万，大概因为李察是熊猫血，RH 阴性 AB 型，另外附加的吧？

一秒钟扣除 100 大洋币，一小时就是 36 万大洋币。

到十二点，还差 6 个小时。也就是说，就算开场就得手，每个人也至少得抢 4 张身份卡才行。

但并不是所有人都像李察这么明白，立刻就有人抗议："为什么我们每个人的初始资金不同？这不公平！

当然，这种蠢货只是少数。很多聪明人已经意识到，游戏的初始金额，与他们自身财富相关。

负债累累的人，主办方免去了他们的债务，只计算他们的"自身价值"。

但对于还有剩余财产傍身的人，主办方无疑将这些钱也算进去了。这就让有些人的初始资金多，有些人的初始资金少。而一些负债累累，又身体不好的人，初始资金更是少得可怜。对这些人来说，当然是大家都拉到一个起跑线比较有利。

在这种想法的驱使下，小范围的人群躁动，很快变成大部分来宾的集体抗议，"不公平"的呼声一浪高过一浪，响彻整个大礼堂。

"改规则！"

"对，没错，我们要求改规则！"

在巨大的喧闹声中，主持人的面容被话剧面具遮盖，看不出任何表情，只是轻描淡写地抬起了手。

下一刻，所有黑西装保镖齐刷刷举起枪，对准礼堂内的宾客！

原本高喊的宾客们就像被掐住了脖子的鸡，再不敢发出任何声音。

主持人轻轻一笑，笑声中的不屑、轻慢和讥讽，透过立体环绕大礼堂的音响，准确无误地传达给了所有人："公平？你们之中，有人出生在富贵家庭，有人拥有超出常人的智商，有人生来就长着一副令人惊艳的相貌，有人身体素质从小就比别人好不少……可以说，在场的每一个人，从一开始就和世界上绝大部分的人处在截然不同的赛道，仗着先天的优势，与旁人进行不够公平的竞争。而现在，你们却告诉我，你们想要公平？

"凭借优势顺风顺水，取得一切的时候，只认为'这是自己的努力'。落到这种境地，居然还没有看清，认为只是命运不眷顾自己，想要所谓的公平？"

听到这里，所有来宾的心都凉了一截。

难道他们真的只能去赌虚无缥缈的命运吗？

谁知主持人的声音突然低沉下来，冰冷之中，又带了一点玩味："既然你们这么想要公平，那我就给你们公平。毕竟，我还没把规则说完。下面，随机抽签。"

话音刚落，每个人的智能手表上，就出现了一个抽签按钮。

李察用袖子和手掌挡住其他人的视线，然后用一根指头戳了一下。

画面变幻之后，出现一个黑色的单词。

Joker。

李察正纳闷，就听见主持人说："黑桃（spade）、红桃（heart）、梅花（club）、方块（diamond），四种花色。

"666个人，每个花色166人，分别为1到166号。

"黑桃（spade）克制红桃（heart），红桃（heart）克制梅花（club），梅花（club）克制方块（diamond），方块（diamond）克制黑桃（spade）。

"按照这个克制关系，必须做到以下三点：亲手猎杀你克制的对象，保护你克制对象的猎物，抢先亲手猎杀你保护对象的猎物。"

这话说得和绕口令一样，把在场一些人听晕了。

主持人则大发慈悲，举了个例子："假如，你是黑桃一，那么你克制的对象，就是红桃一。你必须亲手淘汰红桃一，才能算成功。如果他被别人淘汰，你也一起跟着淘汰。而红桃一的目标梅花一，则是你要保护的对象。你必须保证，梅花一不被别人淘汰。梅花一的目标方块一，则同样是你猎杀的目标。必须像对待红桃一一样，亲手淘汰对方，才算成功。

"而且，请各位注意，我们不是野蛮人的游戏，不能随意夺走他人的性命。各位都是'提洛岛'的宝贵资产，谁要是杀人，就是与岛主人为敌，会将受到最严厉的处罚。"

众人一听，直接傻了。

这游戏怎么玩？

生命值（持有资产）在不断流逝，一方面要保证资金不停增多，另一方面既要亲手淘汰掉两个特定敌人，还要保护一个特定对象。

而你淘汰第二个特定敌人的行为，却必定会让你保护的对象被淘汰，因为他猎杀的下家不存在了。虽然反过来，对方也必须保护你，但如果要保护的对象，或者要淘汰的对象是个十分无能的角色，早早就被别人给干掉了呢？

还有，这场比赛的结束标准是什么？难不成是活到只剩最后一个？

那些原本觉得身强体壮，能够凭借武力取胜的壮年男人，更是十分不满。不能杀人？那自己动手抢的时候，怎么克制力道和分寸？

立刻就有人问："游戏到什么时候才结束？"

"午夜十二点，初赛结束，身份卡中还有余额，并满足上述猎杀和保护要求的人，方可进入决赛。"

又有人问："我们怎么知道，自己保护的对象，还有要猎杀的对象，究竟是谁呢？"

"这就要通过接下来的三个游戏，来获取相应筹码了。"主持人说，"通过筹码，可以换取延续生命的金钱，也可以购买相应情报。注意，游戏通关失败，也会被淘汰。"

礼堂里安静极了。

众人你看看我，我看看你，一时竟不知该说什么好。

"我有个问题。"略带沙哑的女声，自人群中传来，"666人，4种花色，每种166人，那也只有664个，剩下的两个呢？"

李察循声望去，发现说话的女子，竟然是住自己旁边的那位女性。

一个很美的女人。棕色的波浪长发，凌乱地垂在肩膀两边，白色衬衫当作外套，袖子挽起来一半，长到小腿的连衣裙十分简约，脚上是一双平底的白球鞋。

她化着精致的妆容，把现场其他女人都衬得黯然失色；手上漫不经心夹着一根细长的女士烟，吞吐之间，眼神带着三分迷离，仿佛这不是以命相搏的修罗场，而是一场宫廷晚宴。

假如这个完美的女人有什么缺陷，一方面大概是声音，已经被过量的尼古丁熏成了典型的烟嗓。

另一方面，大概就是她身材太高，哪怕只是穿平底鞋也有将近一米九，高过很多男人。可这并不会让人觉得她虎背熊腰，反而觉得这个女人真是身姿高挑，美貌绝伦。

当然，妆好像过于浓了。

主持人笑了笑，用略带夸张的肢体语言，手舞足蹈。

"这位女士发现了一个隐藏的规则，没错，剩下两个人，即为'鬼牌'的持有者，拥有黑色的 Joker 牌，以及红色的 Joker 牌。

"两张 Joker 的持有者，就算初始资金归零，只要到十二点，也自动保送进决赛。

"黑桃和梅花的选手，一旦夺走黑 Joker，他们原有的花色，就自动会被替换成黑 Joker。红桃和方块的选手，只要夺走红 Joker，也是一样。

"也就是说，这两张牌，就是毋庸置疑的决赛门票！"

众人一听，眼神都不对了，纷纷打量周围，恨不得立刻就将隐藏在人群中的两张鬼牌给找到。因为他们都清楚，想要达成上述苛刻要求的概率非常低，而且风险很大。但直接找鬼牌的主人就简单了，抢过来，等于直接抢到决赛门票。

李察没想到自己运气那么好，直接抽到了鬼牌，想了一下突然举手："我有个问题。"

主持人非常礼貌："请说。"

"如果，进入决赛之前，我就把所有对手都干掉了。"李察慢条斯理地问，"你们怎么结算？"

霎时间，全场都寂静了。

人们看着这个穿着白衬衫，花裤衩的男人，就像在看一个怪物。

不少人已经提高戒备，暗暗记住李察的穿着、身材和明显特征，对他十分警惕。

敢在这种时候，提这种问题，直接将自己摆到所有人对立面的家伙，不是疯子，就是傻子。

李察当然有自己的想法，他知道自己的身份已经暴露，是"提洛岛"的人抓他上船的。既然这样，索性打个心理战，在没搞明白谁手上有 Joker 之前，让这些猎物对自己忌惮，说不定是一个更好的保护自己的方式。

主持人突然笑了。

虽然他的神情隐藏在幕后，但只要盯着他的人，都有这种感觉——听见李察的问题，这人第一次发自内心地露出了喜悦的神情。

"这位先生，您问了一个很好的问题。"主持人缓缓道，"假如您能在进入决赛之前，就打败所有人，我们也不会启动复活赛。因为事实证明，所有人都已经是您的手下败将——无论运气，还是实力。

"虽然让我们的贵宾失去了看另一场精妙比赛的机会，但相信这肯定已经是一场无与伦比的精彩表演了。

"那么，除了冠军可以带回的价值十亿大洋币的超级大奖，您还能亲自走到我们的贵宾面前，向他们提出一个要求。

"所以，请拥有这个梦想的来宾们，努力表现自己。打动至少一位贵宾，令这些尊贵的客人，愿意施舍一点微不足道的诚意。"

没有人愚蠢到问，如果输了会怎么样。

这里的每一个人，在现实生活里都即将迎来灭顶之灾，穷尽办法也无法摆脱即将面临的困境。

而他们曾经显赫的身份，优渥的生活环境，体面的社会地位，也决定了他们绝不允许自己跌落到如今的境地。

李察又问："也就是说，即便没得第一，如果能被贵宾们看上，也算胜利，对吧？"

主持人笑意更深："当然，这样的幸运儿，虽然没赢得游戏的胜利，却能用另一种方式，赢回自己的人生。"

此言一出，许多容貌出色的男男女女已经有意识地调整自己的衣服，令优美的线条更加鲜明地显现。还有一些健身达人，秀出自己的肱二头肌。

当然，也有聪明人对此十分不屑，打算在接下来的比赛中，尽情展露自己的智慧。

"请各位记住，游戏在晚上六点整正式开始。

"诸位，还有不足一小时的准备时间，请尽情思索对策，为贵客们奉上精妙绝伦的戏剧吧！"

"真是优秀的年轻人啊！""蝴蝶女"用羽扇遮住自己的笑容，"明明已经知道身在局中，必死无疑，却还这么自信。"

说到这里，她望向童素："奈赫贝特小姐，这次的'国王游戏'，您打算下注谁？"

"那位烟嗓女性吧！"童素回答，"我比较支持女性。"

她之所以这么说，也是有道理的。

因为童素注意到，那位烟嗓女性说话的时候，贵宾区域有微不可察的躁动。

虽然很有可能是因为对方令人惊艳的容貌，毕竟无死角的摄像头，在每个人说话的时候，导播都会专业地进行画面切换，把他们的形象转到主屏幕上。

但童素觉得，事实应该不只如此。

所以，她故意提了这位女性，想要试试他们让不让自己下注。

"实在抱歉，我也相中了这位女性。""蝴蝶女"含笑道，"为了表示我的诚意，您不如听听我的建议？"

"请说。"

"9年前，令尊选中了李察的父亲李维，赢得大奖。并且，罹患肝癌，又是熊猫血的他，也恰好移植了李维的肝脏。今天，您和李维之子李察，又初次踏上此地，这是多么惊人的巧合啊！"

"蝴蝶女"用咏叹调般的语气，赞叹着命运的神奇："虽然我们打算赋予这个优秀年轻人如同老鼠一般可悲死去的命运，只因他是闯入此地的国际刑警。但在此之前，不如让他发挥余热，书写传奇？"

童素听到这里，依旧很淡定："你希望我压他？"

"不错。"

"也不是不可以，但我需要加筹码。"

"蝴蝶女"羽扇轻摇："您想要什么？"

童素凝视着"蝴蝶女"，平静道："一切。"

早在踏上这条船之前，我就赌上了我的"一切"。

我知道一旦身份暴露，自己会遭受非人的凌虐，并死无全尸。

但我不在乎。

只因我拼上所有，也要拿走你的"一切"。

无论你是谁，都无所谓。

剥离掉世俗的身份，褪去看似华美的外衣，回归一个人的身份，接受公正的审判，为犯下的累累罪行负责。

"蝴蝶女"挑眉："一切？"

"您的一切，我的一切。"童素一字一句，说得很慢，却重逾千斤，"在世俗的重量上，它们或许不够等同，但您的要求，让我拥有了砝码的杠杆。"

有意思！

你的潜台词就是，我们世俗虽然身份不同，但灵魂平等？

"蝴蝶女"将童素的宣言，理解为被迫选择李察，不敢发作，却又不得不发作的愤怒。

她甚至都不觉得可笑，只觉得童素既幼稚，又无知，实在可怜又可悲。

我的一切？你知道我是谁吗？

这个天底下，没有人可以夺走我的一切，因为我生来就是皇储，是注定要成为斯图国女皇的，世界上最尊贵的女人，没有之一。

居高临下的傲慢，让"蝴蝶女"，即斯图国皇储伊莎贝拉不以为意，轻笑着答应了童素定下的条约："好啊！那就赌'一切'吧！"

七

贵宾席上，童素与骄傲的皇女定下赌约后，又道："既然我们已经加了砝码，玩得这么大，为什么不让下方也追加筹码？"

"蝴蝶女"，即伊莎贝拉饶有兴趣："怎么追加？"

"很简单。"童素轻描淡写，"复活赛。"

伊莎贝拉先是有些错愕，随即就大笑了起来："有意思——你这个人，很坏啊！"

在这样残酷的游戏中，给予"复活"的资格，对有能力的人来说，无异于天堂的福音，但对无能者来说，不过是又一次地狱。

其他人也或多或少，都来了点兴趣："怎么复活呢？"

"你们制定的规则，随机性太大了，不是吗？"童素太清楚这些位高权重的疯子，究竟是什么想法了，毕竟以前打过交道。

所以，只见她不紧不慢地说："虽然我知道，你们这么设计，就是为了将焦点聚集在两张'Joker'身上，因为那才是真正的免死金牌。

"但这样也太无聊了。你们设计的复杂猎杀和保护机制，会让玩家觉得毫无希望可言，本能倾向于优先寻找鬼牌的所有者，最终成为养蛊式的决斗。

"很大概率，最终的对决者，只剩两个人。说实话，这样少了很多趣味性。

"要我说，不如追加'买活'玩法，每个人都拥有'被买活'的机会。就算一些参赛选手，他们需要保护和淘汰的对象都已经被淘汰了，但没关系，只要选手的筹码足够，就可以将他们'买活'。

"这样一来，最后能留到决赛的人，就不止两个，能够增加很多可玩性。

"至于被'买活'的选手，究竟是重新参加这场比赛，还是成为买主的所有物，以及二次被淘汰后，能否重复'买活'，就靠你们的设计了。"

听见童素这么说，伊莎贝拉觉得非常有意思，便与周围的几位贵宾交流起来。

童素冷眼看着，锁定了几个重要目标。

"蝴蝶女"，她已经猜了出来。

没办法，谁让伊莎贝拉太过嚣张，虽然戴了蝴蝶面具，可下半张脸完全没做任何掩饰，加上也没佩戴变声器，童素对比一下，就已经确定她的身份。

斯图国的皇储，伊莎贝拉。

然后，根据童素观察，"提洛岛"最核心的几位贵宾，就是伊莎贝拉旁边的三位——"蝮蛇男""大象男"，以及狐狸面具的老者。

其他人虽然地位也不差，但在这几人面前，明显矮了一头，算是捧哏角色。

童素心中将斯图国的高官权贵，全部过了一遍。

只能说，狐狸面具的老者，有点像斯图国的顶级大贵族，卡佩洛侯爵。

其他两个人，由于都佩戴了变声器，身材体形，包括年龄等，也没有什么明显特征，暂时还分辨不出来，得有更多的观察机会。

这就是童素提议，将游戏搞得更复杂，可玩性更高的原因。

她需要时间。

一方面是为了观察这些贵宾，从蛛丝马迹中寻找他们的身份与细节；另一方面是为了观察被邀请来的宾客，试图找出大洋国国土局的特工，并且保住李察，还要研究怎么和他们接头。剩下的自然就是，雪松等人，也需要时间来熟悉这条船。

时间，一切都是时间。

拖得越久，童素能洞察到的细节就越多，掌控大局的机会也就越多。

伊莎贝拉并不知道，也不在乎童素内心的想法，她只是觉得童素提出的规则确实很有趣，就对左右耳语了几句。

就见下方的主持人，大概是从蓝牙耳机里收到提示，立刻笑容满面地说："各位女士、先生，你们走运了！

"我们的贵宾，对各位的勇气、智慧，表示出高度的钦佩和理解，决定追加'买活'环节。即，只要有足够的金钱，那就可以为已经被淘汰的人，重新赎买游戏资格。当然，这也就意味着，比赛会更加凶险。

"为此，贵宾们宽容地向大家开放船上最大的一间超市，各位可以任意选择一件东西，花钱带走。然后，就请各位敬请期待，六点，游戏开始。会有多种丰富可玩的项目，等待大家的光临。"

李察跟着一窝蜂的人群，来到位于四楼的超市。

主持人确实没撒谎，这个超市的规模极大，储物也十分丰富，从食品到日用品到各色器具，应有尽有。也只有大型家电之类的东西，没在超市里出现。但手机、笔记本电脑、U 盘等，乃至登山杖、文明棍等，一应俱全。很显然，这是给平常登上"狩猎女神号"旅行的客人们准备的，主办方并没有加以改动。

大部分人二话不说，直奔餐厨区，却失望地发现，这个区域只有马克杯、碟子等，顶多附带水果刀，还有数量限制，只有寥寥几把，他们想要的厨刀和剔骨刀则根本没有。

还有些人聪明，看到水果刀自己抢不到，就跑去运动区，找棒球棍、登山杖、高尔夫球杆等。

剩下一部分人，则摸去五金工具区，工兵铲、扳手、螺丝刀等，都是非常热门抢手的货，甚至引发了纠纷。

还有人在转悠着，试图找到撬棍，或者瑞士军刀。

李察却非常淡定。这么大的超市，又只有 666 个人购物，他想要的东西，绝对不会缺。就见他慢悠悠地溜达到了放置雨伞的区域，从容地拿起一把黑色的折叠伞，比一般雨伞重不少。

这是一款用于安防，但百姓居家也可以购买的战术折叠伞，伞柄的标准配备为 17 英寸机械伸缩棍，简称甩棍。

这根甩棍净重 220 克，收棍状态下的长度为 20 厘米，出棍状态长度为 42 厘米，手柄节为材料特殊的铝合金，具有不错的抗腐蚀性能。

不仅如此，甩棍的打击节和棍头，用的又是另一种新型合金材料——超硬合金钢材质，并具有尖锐的破窗头，一旦被困车上，甚至可以用它来进行紧急破窗。

两种合金材料的混合使用，既可以相对保持整个甩棍的轻盈性，又能保证其具备更强的耐冲击和抗弯曲实力，整个甩棍的抗弯能力可以达到 3000 牛顿。

伞架为合金搭配玻璃纤维的材料，强度也非常出色。

收纳方式使用的是弹簧自锁机构，收起的过程中通过内部设计的拉绳存储势能锁定，在使用的时候只需要按下解锁钮即可快速开伞。哪怕在零下 40 摄氏度和零上 200 摄氏度的环境下，也能正常解锁和收纳，满足在各种恶劣的环境下使用。

甩棍和伞体之间，甚至还有一条铁链。

这就是李察想要的道具。

拿刀的人也不想想，游戏规则都说了不能杀人。你拿着刀，先要被人忌惮，然后一刀下去，血流如注，还有可能触犯规则。

不像这种战术折叠伞，能够兼顾到远、中、近三方面的距离，可攻可守，只要控制好力道，只会把人打晕，不会把人打死，绝对是上上之选。

李察走出超市的时候，恰好看到了"提琴手"。对方实在夸张，居然背了一把复合弓，还有箭袋一起出来。虽然超市确实有卖这个，但李察只会打枪，不会玩弓，也就放弃。

看到这副情景，他还有点好奇："弓和箭算一套？能一起买？"

"提琴手"淡定地回答："可能是大人物'开恩'。"

对方并没有问他为什么拿一把伞。

可以理解为不好奇，也可以解释为，"提琴手"已经知道，这把伞的真正用途。

六点，到了。

李察和"提琴手"一前一后来到一楼——第一场游戏的指定活动场地。

拥挤的人群排成三队，虽然你看看我，我看看你，大家都不是很想第一个进去，但在黑西装们粗暴的推搡中，也只能一窝蜂进入。

李察和"提琴手"冷眼观察，发现黑西装是以"9"为顺序，每次放9个人进去，引导到不同的房间。

666除以9，74。

两人排在中间的位置，只看见人进，却看不见人出来。

房间的隔音也很好，听不出任何动静。

两人既然已经决定结盟，就开始有商有量，"提琴手"低声问道："一起？分开？"

李察反问："你觉得第一场，会刷得只剩74个人吗？"

"这就要看第一场进行多久。""提琴手"冷静回答，"这艘船至少要在公海停留好几天，我认为，第一轮游戏，应该只是初轮筛选，说不定今晚只比这一局，明天再比下一场。主办方为了观赏性，不至于一开始就设计9个人里面只能胜出1个的战争。"

"如果是呢？"

"那我们胜出的那个，就要负责买对方的复活机会。""提琴手"理所当然地说。

李察笑了一下："OK！"

达成一致后，两人就默契地选了个队伍，确保两个人能进一组。

通过安检后，没走多远，前方又有一道安检。穿着白大褂的工作人员，手上拿着一个不知名的喷雾，仔细地确保每个人从头到脚都被喷到。然后，再放他们进去。

这一次，需要下楼。

才走下楼梯，李察脚步微微一顿，他鼻子动了动，忽然转头看向"提琴手"。

"提琴手"的神色也很沉重。

血腥味。

再往前走了几分钟，血腥味已经浓到其他人也能察觉。这让队伍里的人都紧张起来。

进入被分配的房间后，两人就已经看出，这里本来应该是存放食品的仓库，非常大，而且摆满了冰柜和货架。

但在房间最深处，被铁栅栏封锁的地方，满地的碎肉和残骨映入眼帘。

是一头老虎，在生吞活剥一只死掉的羊羔。

很少有人亲眼见过，这种大型猫科动物，究竟是怎么吃猎物的。

铁栅栏的地上，周围的墙壁上，天花板上，溅了不少鲜血。

老虎贪婪地啃食着羊羔，鲜血、肉、内脏……场面残酷而恐怖。

在老虎的后方，则隐隐可见一个台子。

台子的正上方，挂着一个电子表，目前显示为：10∶00∶00

这么显示，要么是10小时，要么是10分钟。

以"游戏"来看，应当是十分钟的倒计时秒表。

李察和"提琴手"认真观察房间的环境，不放过任何一个角落。

其他七个人虽然没他们这么好的心理素质，但到底是万里挑一的精英，平常去国家公园玩的时候，说不定也隔着车门与猛兽打过交道。

哪怕乍一眼看到如此血腥的情景，本能地有点紧张，却没有出现一惊一乍的情况。

很好，这批队友素质很高。

但反过来说，这也就意味着参赛的666人里面，绝大部分的心理素质都在及格线之上，至少和他们这些队友一个水准。

不好对付啊！

李察心里笑了一下，全无自己身份被戳穿，又在敌人范围内的紧张。

就在这时，后方合金大门关闭。

位于最上方的扬声器中，传来主持人的声音："好啦！我们的666位选手，都已经就位。

"下面宣布我们第一轮的比赛——老鹰抓小鸡。

"小鸡们排着队，想要吃到虫子。喏，就是最后台子上的筹码。这些筹码，每一枚都可以兑换10万大洋币，也可以用来买一个基础的情报信息。

"但在'虫子'前方，有一只饥饿的'老鹰'，当然，这里是老虎。每个房间的老虎，都已经被饿了足足两天，每次都只给它们吃三分饱，现在这只小羊羔也只够打牙祭。

"你们需要确定一种排队方式，如果排队正确，老虎就将被注射麻醉剂；如果排队错误，铁栅栏就将打开，老虎会袭击人群。"

人群顿时哗然。

童素坐在贵宾席上，看着 74 个不同显示屏里，参与者们各式各样的反应，思维却有点跑偏。

她忍不住想，74 个房间，同一时间比赛，那就是 74 只老虎！

"提洛岛"一次性能搞到这么多只成年老虎？

全世界的老虎，除了未观测到的野生虎外，人工饲养的都登记在册。剩下那些没登记的，究竟是谁在豢养，各大机构心里也基本有数。

光是这个线索传出去，"提洛岛"的主人就很好查了吧？

还有，这个主持人说话的声音……明明从来没有听过，为什么却给她一种十分耳熟的感觉？

主持人不知道童素已经怀疑上他，还在热情洋溢地介绍："每一轮环节，各位有 10 分钟的时间讨论。

"一旦失误，老虎就会被放出来，袭击各位。5 分钟后，回到笼子里。

"如果有人彻底丧失了行动能力，则视为淘汰。讨论时间内，各位可以按智能手表上的呼叫按钮，主办方会进来将淘汰人员撤离，及时救治。

"当然，不要想着在这个过程中，偷偷去拿'虫子'。主办方并不认可一切违反游戏规则的行为。

"排队机会只有 5 次，即，75 分钟后，第一场游戏结束。无法通关者，全部视为游戏失败。

"当然，为了调动大家的积极性，每熬过一轮老虎袭击环节，大家的账户上，就会增加 5 万大洋币。

"下面，倒计时开始。"

八

李察快速过了一遍自己的队友。

除了"提琴手"外，剩下 7 个人，分别为四男三女。

他立刻找到这些人身上最明显的特征，给他们起绰号为"肌肉男""嘻哈哥""大背头""小个子""长发女""短发女"和"辣妹"。

这个方法最便于记忆。

就听见"短发女"怯生生地说："主持人说要排队，又没说怎么排，我们该怎么办？"

"肌肉男"思考了一下，回答："是不是按照我们的序号排？"

听到这里，每个人都紧张起来。

很明显，大家都不希望让其他人知道自己的序号和花色。

李察是其中最危险的那个，毕竟"Joker"的身份一旦暴露，那就是众矢之的。

可鉴于"提琴手"在一旁，这家伙又很明显心细如发，拒绝得太快，容易引起对方的注意，察觉到自己的身份卡有问题。

关键时刻，就见李察把手插进口袋里，平静而自然地开口："我们不必直接报序号，只要说大概区间就行，比如1到20，这样排列比较好。"

"为什么！""嘻哈哥"十分不满，"难道你们就已经确定是序号排？"

"你知道9个人的排序方式一共有多少种吗？362880种。""长发女"冷冷道，"如果不给我们任何提示，一个个测的话，那就根本没有任何生路。所以，其中必定有某种规律可言。"

"大背头"是个慈眉善目的中年白人，感觉不是心理医生就是神职人员，开口就是悲天悯人的味道，由他出面打圆场，不知为何，总让人能多听几句："这位长发小姐说得对，假如一个游戏完全随机，没有任何规律，那就不能叫游戏，而是博彩。

"不如就像这位碧眼小哥提议的一样，我们报序号区间，以20为间隔。166个序号，9个人，这个区间比较合理。为了照顾最后6个序号的人，就一起归到140到160的区间内。如果两个人的序号区间重复，那么缩小到10以内，再重复，就是5以内。倘若序号真就差那么一两位，也只能怪你们不走运了。"

由于目前他们身上唯一的"数字"就是这个主办方发的序号，这个自定义的规则有很强的合理性，因此众人纷纷点头。

"长发女"一看就是个果决之人，直截了当地说："我的序号在61到80。"

"短发女"跟上："我的序号在120到140。"

"辣妹"的眼神在众人之间来回打转，最后说："40到60。"

"小个子"霍然色变："我也是40到60！"

"辣妹"嫣然一笑："我是40到50。"

听见"辣妹"的回答，"小个子"这才松了一口气："50到60。"

"大背头"则道："100到120。"

李察看见众人的目光投向自己，便道："140到166。"

"提琴手"平静道："1到20。"

"嘻哈哥"闻言，如释重负："20到40。"

李察立刻看出来，"嘻哈哥"是觉得自己的序号太靠前面了，怕自己排第一个，会与老虎直接对上，所以一直藏着掖着不敢说。听见"提琴手"排在最前，直面老虎，他才开口。

"肌肉男"看见所有人都说了，才道："我是30到40。"

"嘻哈哥"心有余悸，忍不住开口："天啊！我在你前面。"

然后，下意识觑了"提琴手"一眼，心想，幸好，还有个垫背的。

众人也不傻，听见"嘻哈哥"这么说，也猜到对方的想法，不免有些后怕。

不该按照先后次序说的，而是应该每个人写好之后，同一时间拿出来。

否则，要是没有排在最前面的"提琴手"，"嘻哈哥"会不会为了不直面老虎，选择胡编一个号码，隐瞒自己的次序呢？

看见气氛不对，"大背头"不希望他们这个临时的团队第一轮就散了，那样更难应付饥饿的老虎，便叮嘱众人："如果排队错误，就往不同方向跑，知道吗？"

众人虽然心思各异，但时间紧迫，没更多时间可以分析讨论，于是都点点头，按照次序站好。

从距离老虎最近开始，依次是——"提琴手""嘻哈哥""肌肉男""辣妹""小个子""长发女""大背头""短发女"、李察。

而这时，老虎也将羊羔大概啃噬完毕。虽然还留了不少残渣、骨肉，但老虎已经嗅到了新鲜血肉的味道，开始盯着他们，低声发出咆哮。这是进攻的预兆！

"提琴手"站得最近，甚至能闻到扑面而来的腥臭气息。

倒计时，电子表归零。

就听见刺耳的声音响起："排队错误。"

关押着老虎的栅栏缓缓打开。

9人二话不说，转身就跑！

老虎只有一只，分散着跑，能够尽可能地保证玩家的生命安全。但老虎显然被注射了某种药剂，加上本来就只能吃个三分饱，显得极为亢奋。而他们身上先前被喷的东西，对老虎来说，就是非常明确的指引！

只见"提琴手"一个蹬腿，就已经跳到了冰柜上，再借助冰柜的高度，敏捷地攀到了高处的货架上。

反倒是站得更远一些的"嘻哈男"，没看好地形，根本就不知道该怎么跑！

哪怕听见"错"开始，他扭头就跑，但没有用！

人的速度不可能比老虎更快，只能借助障碍物来遮挡，而他站在第二个，"提琴手"一走就是他直面猛兽，属于最危险的目标！所以，这家伙才跑出 10 米远，就被老虎追到了。

巨大的虎爪从后方袭来，狠狠地拍在"嘻哈男"的背后，划出深可见骨的伤口。然后老虎张开血盆大口，就要咬向"嘻哈男"！

说时迟，那时快！锐利的箭矢，呼啸而至！只见"提琴手"半蹲在货架上，弯弓、搭箭！

这个姿势虽然有点别扭，但"提琴手"明显是此道高手，加上超市提供的箭矢质量确实过硬，箭头更是三棱形的金属，一击之下，竟然扎进了老虎的皮毛里！

老虎吃痛，爪子却按得更深。

而这时，甩棍的打击节，已经狠狠地击中老虎的爪子！

老虎吃痛放开，视线已牢牢锁定了前方蹲在冰柜上，用甩棍进攻自己的李察！

就见老虎咆哮一声，往冰柜飞扑过去！李察灵巧一闪，惊险地躲过一击。并且，他已经将冰柜的前半段拉门打开！

老虎扑腾的时候，刚好上半身栽进冰柜里！

李察迅速借助货架，撤离。

老虎有点没闹明白冰柜的构造，头一直撞击着另外半边玻璃，后爪也不断扑腾，最终，头颅撞破冰柜，稳住身体，跳了出来，并且嗅了嗅冰柜里放着的肉。

这时，5 分钟已经过了！

奇特的铃声响起！

老虎听到铃声，虽然对鲜肉有些恋恋不舍，却还是下意识快步飞扑着回到了铁栅栏里。

"巴甫洛夫反应，肯定是经过反复训练，怪不得有把握定出 5 分钟让老虎回去的规则。""提琴手"低声说。

"长发女"也走了过来，神色非常不好："完了，老虎这次没吃到人，还闻到了肉味，肯定会非常焦躁，下一波攻势更不妙。"

不仅如此，两人心中还藏着同一个念头。

看到"嘻哈男"的惨剧，谁还愿意排第一？第二也不愿意。

因为他们都知道，自己的反应速度绝对比不过"提琴手"，哪怕排在第二个，也是第一个直面老虎的可怜虫。涉及自己的性命，没人愿意冒险。

李察蹲在地上，手指贴近"嘻哈男"的脖颈，探了一下对方大动脉的状态，说了声"还有救"，立刻就按了手表。

大门马上打开，工作人员出现——当然，旁边有荷枪实弹的黑西装们。

就见几个白大褂将濒死的"嘻哈男"抬上担架，带走。

"大背头"问："现在我们怎么办？"

"换一种排队方式吧！""肌肉男"说，"年龄，还是余额？"

这话一出口，众人的脸色更警惕了。

如果说序号的泄露是大忌，那么自己手表上的余额，就是大忌中的大忌，是绝对不可以泄露的东西。因为在"提洛岛"，"余额"就等同于生命。谁的余额高，谁就会成为众矢之的。这个问题，比序号还要敏感。

霎时间，现场陷入了死寂。

"这就是猜忌链。"

"蝴蝶女"伊莎贝拉摇着扇子，对这一出百看不厌："经典的囚徒困境。"

被"提洛岛"选中的精英们，或许理想，或许现实，或许出身豪门，或许出身贫寒，但无一例外，都是精致的利己主义者。

而且，他们都已经陷入绝境，必须赢。只有取得最后的胜利，才能逆转自己的人生。

在这种时候，几乎没有人会选择为了他人的成功，而牺牲自己的利益。

蠢货或许还会上当。但这些都是一等一的聪明人，他们比谁都明白，泄露情报，也是一种牺牲。

正因为如此，在过往的测试中，绝大部分人都会选择"背叛"，试图以欺瞒的代价，换取自己的优势。

然后陷入更大的困局。

"我倒是觉得，你让我下注的这个人选不错。"童素忽然笑了一下，"这个李察，应该在第一轮就猜到了这一点。"

蝮蛇面具男十分好奇："何以见得？"

童素指了指屏幕："他在第一次开口的时候，手插进了口袋里——如果我没有记错的话，他在出门的时候，将房间里的便笺和短铅笔带上了，就放在里面。

　　"但他已经意识到，就算自己提出，让大家将序号写在纸上，然后同一时间拿出来也没有用。

　　"因为只要提出'大家一起写序号'这件事，就等于会让一些人想到，序号最靠前和最靠后都不利，从而故意写错自己的序号。只要有一个人怀有异心，故意报错自己的序号，他们就永远别想排队成功。

　　"事实上，第一轮已经是大家最有可能说实话的机会了。一方面来说，大家都想尽快结束游戏，另一方面在于，大部分人都有从众心理，这样一个个当众报序号，反而让他们更不好意思，或者不敢作假，因为怕被人看出来——当然，心理素质特别好的人例外。

　　"但在被老虎袭击过一次后，面对这种人力难以匹敌的恐惧，会让更多人倾向于自保，拒绝说出真话。

　　"这看似是难以解决的困局，但李察却表现得胸有成竹。这也就证明，他找到了解法。"

　　"蝴蝶女"的笑容慢慢收敛："你是说，这个李察，他已经知道该怎么破解这个游戏？"

　　"大概有七分准吧！"童素微笑着说，"至少，他明白，靠其他人主动透露信息，从而排队，解决不了任何问题。

　　"还有，你们注意到没有，他检查伤者伤势的时候，顺便摸走了对方的武器——一把水果刀。"

　　贵宾们在讨论这一局的时候，李察等人所处的房间，依旧死寂。

　　"提琴手"从内衬口袋里拿出便笺："我有纸，你们是否需要？"

　　没人理他。

　　"我有个问题。"李察突然说，"刚才那位淘汰的哥们……我是说，他虽然被淘汰了，但你们觉得，他需要继续排队吗？"

　　此言一出，众人都傻眼了。

　　"短发女"结结巴巴地说："他，他不是已经淘汰了吗？"

　　"因为我刚才突然想到一种可能。"李察说，"如果哪个房间，有个类似拳王级别的高手，能够一打八，然后在这10分钟内，将其他8个人打到彻底丧失行动能力，这算不算直接将他们淘汰？"

"小个子"就差没跳起来："这不算犯规？"

"不一定算。""长发女"非常冷静，"主持人之前说，只是不能伤及其他玩家的性命，没说不能把人击昏。而这场游戏中，玩家只要没了行动能力，就算被淘汰，不一定要被老虎伤害，被人打晕也行。"

听见这句话，众人下意识地后退了几步，想要远离其他人。

尤其是"肌肉男"，还有刚才表露出敏捷身手的李察和"提琴手"，简直就是重点被防御目标。

李察却像没发现众人的目光一样，说："我觉得，节目组应该不至于喜欢看到这么简单粗暴的厮杀，应该还有什么隐藏的过关条件。要么就是卡着，如果排队不成功，那么就一直过不了。"

"这些都只是你的猜测。""长发女"冷冷道，"这个世界就是这样，适者生存，不适者淘汰。万一真不幸碰上那种房间，也只能拼命。"

李察耸了耸肩。

就在这时，"提琴手"突然说："你没必要说这些。"

知道"提琴手"是在帮助自己挽回其他人的信任，李察耸肩："就算我这轮不说，再被老虎袭击一轮，肯定也有人会动这种心思吧？"

"提琴手"不回答。"大背头"和"肌肉男"却在心里打鼓。没错，他们也都是人精，自然想到了这一点，却藏着不说。

如果这一轮再通不过，他们就不认为排队这条路可行，而要尝试淘汰别人，让自己成为最后留在房间里的那个，赌这也是通关的可能。

在场8个人中，李察和"提琴手"从目前表现看，无疑是身手最好的两个。想要淘汰他们，就只能靠暗算了。

但"提琴手"点了半句后，"大背头"和"肌肉男"却谁都没吭声，佯作没动过这种坏心思。

李察叹了口气："这样吧，我们按照刚才的顺序，倒过来排一次。至于那位哥们之前排的位置，留个一人的空位在那里，如何？"

其他人心思各异，勉强答应，"短发女"却要哭出来了。如果倒过来排，她不就是正数第二个了吗？

"嘻哈男"的惨烈遭遇犹在眼前，"短发女"是真的不敢站在第二个了，就祈求地说："我不行，我会死的，我……"

她下意识地望向"提琴手"，心里想着你们两个身手这么好，为什么不拦在最前面。

但"短发女"还算有点自知之明，到底说不出这种话来。

否则，一旦激怒这两个人，其他人肯定不会帮助自己。说不定她就会被打晕，直接被宣布淘汰。

"短发女"深谙祸从口出的道理，及时闭嘴，"小个子"却不爽了，指着"短发女"说："大家都同意了，你为什么还叽叽歪歪！"

在场的人都不傻，明白刚才的惨剧发生过后，最前排的位置有人坐，已经不错了。

别管对方身手好不好，就凭这份勇气，还有这个态度，都是个能合作，能领头，有本事的人。

排第一的都不退，你这排第二的退了，让别人怎么想？人家还愿意干吗？

如果真要打起来，弄成淘汰 8 人的比赛，就靠刚才这两人的身手，除了"肌肉男"或许能有一战之力外，女的，还有他这种个子小的男性，不都吃亏吗？

李察却没有责怪"短发女"，而是问："你在超市拿的武器是什么？"

"短发女"怯生生地从怀里拿出了一瓶防狼喷雾。

"好东西。"李察伸手，"借我用一下，我保证待会老虎扑过来的时候，不在第一秒就闪开。"

"短发女"咬了咬下唇，犹豫片刻，还是将防狼喷雾递到李察手上。

没办法，她只能相信李察。否则，以其他队友们的凶神恶煞，说不定会将她丢去喂老虎。

眼看着第二次倒计时又快结束，众人连忙按照上次的反序，重新站好队。

李察将防狼喷雾的瓶子扭开，扔掉盖子和喷头，只留了开盖的瓶子在手上。

冰冷的声音，片刻后再度响起。

"排队错误！"

众人扭头就跑！

李察兑现了承诺，当真一点没跑，而是直接将防狼喷雾当作投掷物，向老虎的面门猛地扔去！

这么近的距离，老虎自然被瓶子砸中。喷雾里的辣椒水，还有辛辣的液体，流入老虎眼睛。老虎疯狂扑腾起来。

李察又冲上去，将从"嘻哈男"那里弄来的水果刀深深扎入老虎左眼里！然后，扭头就跑！

老虎眼睛受创，痛苦地左右来回撞！

正当众人以为，这次的 5 分钟就要平安结束，甚至他们下次努力一把，或许能把老虎杀掉时，意外发生了！

老虎猛烈的动作，导致原本被固定在地上的货架，受到剧烈的冲击，最终居然将坚硬的货架撞倒了！

躲在货架下的"肌肉男"努力想跑，但没有货架倒下的速度快，下半身被货架压住，重重地吐了口血。他的额头，也磕到了另一个货架，殷红的血流淌下来。

李察和"提琴手"交换一个眼神。就见"提琴手"站在高处，弯弓，随时准备对付老虎。李察则跑过去，试图将货架挪开。

长发女和"大背头"犹豫了一下，也跟了过来。

三人将货架抬起，"肌肉男"撑着手臂想要站起来，身体却不断颤抖、抽搐。

李察示意"肌肉男"不要动，然后去摸对方的身体，并冷静观察他浑身抽搐的反应和不断吐血的表现，最后做出结论："肋骨断了，很大可能是刺穿了器官，大出血，就算放在外面，都是需要紧急抢救的病情。"

也就在这时，5 分钟结束。李察立刻按下求救按钮。依旧像上次那样，工作人员将"肌肉男"抬走。但令他们万万没想到的事情发生了！

居然还有几个驯兽师模样的人出现，非常利索地给老虎打麻药，将老虎装进笼子里，弄走。

"短发女"从暗处跑出来，小声问："我们通关了吗？"

"大背头"脸色铁青："不，没那么好。"

一直不说话的"辣妹"，神色也很沉重："该不会……"

她话音未落，就见另一堆人，又抬了个笼子进来。另一只饥饿的老虎。

霎时间，屋子里的气氛被绝望所笼罩。原来，就算杀掉老虎，主办方还会弄来一只新老虎！那他们怎么办？只能排队吗？可到底怎么才是正确的排队方式？

还有，他们的队友已经倒下两个了，很多信息都已经获取不到，他们究竟该怎么才能在几十万个选项里，找到最正确的那一个？

"短发女"眼泪汪汪，想到自己牺牲的道具，再想想目前面临的僵局，内心十分绝望，却不敢说什么。

李察却非常淡定："我已经知道解法了。"

就见他走到之前被老虎撞坏的冰柜前面。

先前，李察虽然注意到冰柜里放了很多冷冻的鲜肉，却不认为有什么问题——货架上还摆着很多蔬菜呢！但老虎将冰柜撞坏后，李察突然发现了一个问题。这些肉没有包装。没有盘子，也没有保鲜膜，更没有真空包装，就这么随意扔在冰柜里，甚至还有血水流淌，污染了冰柜。很明显了，这就是给他们的提示。

李察原本就打算，第三次讨论时间这么做的，但看到主办方重新换了一只饥饿的老虎过来，他基本就已经确定自己的猜测。

就见李察一边淡定地将肉扔到铁栅栏里，看着老虎猛地扑上去吃肉，一边说："主持人说了，'小鸡'是为了吃到虫子，但'老虎'守在面前，一旦排队错误，'老虎'就会放出来吃'小鸡'。可如果'老虎'吃饱了呢？这些冰柜距离铁栅栏最近，难道不是提示？"

众人立刻反应过来，马上跑到其他冰柜处，打开，猛地把肉往铁栅栏里扔。

老虎看见天降鲜肉，哪怕带点冰碴子，也照吃不误。

倒计时一分一秒地过去。

老虎欢快地大口吃肉。

众人虽然靠近冰柜，却汗流浃背，一刻也不敢停。

李察注意到，老虎的四肢开始慢慢弯曲，匍匐了下来，似乎要打盹。

这肉里面注射了安眠类药物？他心中这么猜测，看见时间快到了，马上说："随便排个队，不要因为没排队，遭到惩罚！"

众人已经对他心服口服，立刻照办。

大家刚胡乱排成一队，刺耳的声音再次响起。

"排队错误！"

但这一次，老虎走出来的劲道，却软绵绵的。

众人随便躲了躲，等到时间过了，发现老虎自己走不回去，还是工作人员重新出现，把老虎抓回去的，但没换新老虎，就更肯定了自己的猜测。

老虎回到铁栅栏后，眼皮打盹，睡了过去。

众人你看看我，我看看你，不敢靠近。

"小个子"突然指着铁栅栏："这里有机关！"就见他轻轻拨了一下，铁栅栏居然开了！

"小个子"二话不说，就蹿了进去！他已经看到了，台上的筹码非常多——万一抢到就是自己的呢！

"等等！"李察的阻止，已经来不及了！

就见"小个子"惨叫一声。不知从何处射入的麻醉针，将他弄晕过去。

李察看见这一幕，只想叹气："他是不是忘记了，主持人说过，在讨论时间内，我们不可以进去拿'虫子'？"

"这道机关,就是留给我们的最后陷阱吗?好精巧的算计。""长发女"冷笑,"算了,这样的人,被淘汰也没什么。"

然后,她就转向众人:"这场游戏,我们能活下来,这位小哥出力最大,然后就是这位'弓箭手'。我建议,我们每个人只拿一个筹码,剩下的由他们两个分,你们有什么意见吗?"

"短发女"和"辣妹"虽然有些不情愿,却知道自己出力太少,当然最主要的还是力量和身手都比不过这两个男人,知道他们愿意让她们每人拿一个就已经很不错了,自然不敢贪心,默默点头。

"大背头"有心争抢三名女性手上的筹码,但看到李察笑眯眯地看着自己,知道女性对他来说是弱势群体,可他对李察来说也是弱势群体,他能抢女生的,李察就能抢他的。在这种无声的威慑下,"大背头"也只能同意。

"台上有13个筹码。""提琴手"眼睛很尖,对李察说,"他们一人拿1个,我拿3个,剩下6个归你。"

李察认可这种分配。

6人随便排了个队,等到老虎活动时间,就小心翼翼越过老虎,走了上去,拿了属于自己份额的筹码。

合金大门,缓缓开启。

"这就代表我们通关了吗?""短发女"犹在梦中。

"长发女"冷哼一声:"藏好筹码,走吧!"

话虽如此,她却下意识望向李察,就见李察已经走到门口,问一旁的黑西装:"喂,哥们,我可以回房间洗个澡吗?这一身味儿太冲了。"

黑西装一板一眼地说:"当然可以。"

李察二话不说,就坐电梯回去了,完全不给其他人套近乎的机会。

"提琴手"亦然。

众人只好作罢。

就见李察哼着歌,回到房门口,却见棕发女郎也走了过来,不由得挑眉:"哟,你也成功通过第一关啦!"

棕发女郎冷淡地"嗯"了一声。

李察对这位棕发女郎颇感兴趣,表现得就像个被美色俘获的小伙子,积极搭讪:"你们是用什么方法通关的?我们是将冰柜里的肉扔去喂了老虎,肉里面似乎被注射了安眠药物,老虎吃了睡着了,从而通关的。"

"我们房间里有个狠角色。"棕发女郎淡淡地说，"是个羽蛇国人，平头，全身上下都是羽蛇文身，你要见了就能认出来。他在第二轮的讨论时间里，阻止所有人求救，然后将第一轮的伤者，放在了铁栅栏门口。"

李察的脸色变了。

"等老虎出来，就开始撕咬伤者。"说到这里，棕发女郎凝视着李察，平静地说，"我们身上被喷的东西，应该也是某种药物，老虎吃饱后，同样四肢酸软。我们就这么看着一个人活活被老虎吃掉，足足30分钟。然后，顺利通关。"

九

看到棕发女郎所在的房间，羽蛇文身男将受伤者扔到铁栅栏前，送给饥饿的老虎大快朵颐时，斜躺在贵宾室沙发上"看戏"的"大象男"哈哈大笑："不愧是羽蛇国那边顶尖的毒贩，这份心狠手辣与气魄，不是寻常人能做到的。"

说到这里，他像是想到了什么趣事一样，问："听说羽蛇国毒贩对卧底警察的刑讯，堪称人类艺术史一绝。好几年前，大洋国国土局有个卧底，被活生生剥了皮？"

"确实如此，当时找到这位卧底尸体的时候，哪怕身经百战的国土局特工们，还有法医，全都吐了一地。"

"蝮蛇男"不紧不慢地说："不过，这也激起了大洋国国土局的怒火。区区毒贩，居然敢这么对待国土局的特工，国土局从此展开了对羽蛇国毒贩的漫长围剿。当时负责这桩案子的，可是大名鼎鼎的'鹰爪'霍克，落到他手里的人，非死即残。可惜，霍克后来犯了事，被关进军事监狱，又死在了那里。"

他们一边看着屏幕中的血腥画面，一边若无其事地闲聊。

童素沉默了一会儿，然后站了起来，低声道："抱歉，我想去补个妆。"

顿时有人嗤笑，也有人不以为然，但大家都觉得没什么问题——这么血腥的场景，第一次见识的女人承受不住，也是正常情况。

就见童素离开贵宾室后，与其他保镖们等候在一旁的雪松立刻跟上。

两人回到休息室，童素将面具一摘，打开随身携带的微型笔记本电脑，心中立即一沉："果然，就算来到公海，船上大部分区域的信号依旧被屏蔽。"

这也在意料之中。

童素一边思考应对之策，一边问雪松："队员们对船体的侦查进行得如何？"

之前一上邮轮，童素就和雪松团队，把自己的住所查了个遍，确认贵宾的房间是没有监控的，因此回到这儿，可以放心大胆地交流。

而趁着童素在贵宾室的时候，以保镖身份陪同她一起前来的雪松小队其他成员，也在紧锣密鼓地观察周围环境，并且绘制了结构图。

"按理说，这种大型邮轮，基本构造和设计不可能变动，顶多有小规模的修改。"技术人员指出，"但'狩猎女神号'的甲板非常长，已经超出正常邮轮的范围。我们怀疑，这艘邮轮的甲板下面可能藏有直升机甚至小型客机，所以才要把甲板做成跑道，便于飞机的起落。"

童素思索了一下，才说："我们先前拿到的资料显示，为了方便在海上运输最新鲜的物资，'狩猎女神号'的甲板可以停小型货机，这是合理的，但船舱里藏着直升机或者小型客机，会不会太离谱了？海上时常有风浪，再稳的船只也可能面临剧烈颠簸，汽车有专门的设备固定，飞机万一碰撞起火……"

"您低估了邮轮的面积，也高估了固定飞机的难度。"技术人员很干脆地说，"一般邮轮，都会有专门的停车场，甚至还有卸货区域，供大卡车进出。将这部分平常停豪车、货车的面积空出来，停放飞机，绝对是够用的。"

童素眉头紧锁："也就是说，想要抓个现行，我们最好能无声无息地夺得邮轮的控制权，然后开到我国控制的海域，而国际刑警机构的负责人也会前来会合。而且这个过程中，绝对不能被'提洛岛'的人发现，否则在船上势单力孤的我们就是待宰的羔羊。最好再想个办法，不能让他们利用飞机跑掉。"

"只要是在我国的领海和领空就可以。"雪松回答，"对于没有申请并获得批准进入我国领空的飞行物，我们有权强令其降落。"

童素思索片刻，才道："信号屏蔽仪应该只在客房和过道装载，驾驶舱，还有直升机所在的地方，以及最核心的贵宾所在区域，不可能会被覆盖。"

大海茫茫，假如屏蔽了信号，如果没有 GPS 定位，实在太难寻找方向。

童素上船之前，就已经接受过安全部门的突击培训，知道这种大型邮轮都配备自动导航系统，无须人手动驾驶。

不仅如此，现代邮轮的驾驶舱里都配备有专业的团队，每个人都要盯着仪器，看天气，看定位，看水深水浅，看航向，等等。假如自动驾驶仪器失灵，他们也能随时手动上岗，重新调整航向。

而且，像这种大型邮轮，一般都会专门安装小型卫星信号基站，才能保证邮轮的基本 Wi-Fi 供应。

当然，不是免费的，而且十分昂贵。

但现在不是钱的问题，而是信号基站在人家的控制之下，还有专门的运维组盯着，监控每一个输入和输出的信号，甚至必要的时候能拦截。

这就让童素和雪松，还有队员们，想要通过耳机或者手机交流，都变得不可能。

因为他们通过 Wi-Fi 说的每句话，都会被敌人监控。

这种情况下，想要控制人家的基站，谈何容易？想要调整邮轮的航向，更是地狱难度。

首先，要试图控制信号基站，或者瞒过运维的注意，将动手的信号传递出去。

然后，还要想办法找机会，尝试去控制邮轮的自动操纵系统，以及 GPS 定位系统——这又是另一套全新而复杂的工业互联网系统。

而且，像船长、大副这种有多年航海经验的海员，对于航线会有一种直觉的本能。一条路线跑多了，什么地方有洋流，什么地方风平浪静，什么地方有漩涡，都心中有数，贸然改变航向，也有可能会引起他们的注意。

"除非……我们有办法让船长自己改变航线，按照我们指定的线路行进。"童素叹了口气，觉得这想法不现实，还不如通过这次航行，收集足够多的情报，交给有关部门靠谱，便转而问，"大洋国国土局那边的特工，你们联系上了吗？"

虽然这一次，中国安全部门和大洋国国土局，双方都知道对方派出了人马，调查"提洛岛"，但大洋国国土局的副局长刘易斯，就此事与夏正华通话的时候，表示为了尽可能地避免他们内部可能存在的泄密情况，所以中国安全部门和大洋国国土局彼此派出的探员都不知道对方的身份，到了"提洛岛"全凭暗号接头。

"目前还没有找到大洋国国土局的人，只能见机行事。"雪松一边说，一边看了眼时间，"夜神，七点多了。"

"我知道了，这就出去。"

七点三十，第二场游戏的预备场地已经开放。

之前李察回房冲澡，顺便询问了一下工作人员，才知道，原来在自己房间里，将筹码当作硬币，塞入固定电话中，拨打前台电话，就能购买相应情报。

"我就说这台固定电话，不投币根本打不通，原来用在这里。"

李察借着洗澡的工夫，想明白自己要购买哪些情报，并且付诸行动后，才淡定走出房间，特意去超市买了套干净便利的运动服，然后前往第二场游戏的会场——一个类似放映厅的地方。

他来得比较早，到了就找个角落靠着，冷眼观察其他选手。

接下来15分钟，陆陆续续来的人，差不多有400多号，许多人身上都带着伤，衣服也破破烂烂，还有些人，额头明显有瘀青，乃至血痕。

李察认真倾听他们的交谈，才知道，除了彻底失去意识，现在都没清醒过来，或者已经死掉的玩家外，主办方给了所有被淘汰的人一次"复活赛"的机会。只要拿出10万大洋币赎买自己，就能重新获得一次游戏资格。

以李察的估计，大部分人的初始资金，应该在50万大洋币左右，每秒钟扣100大洋币，5轮环节，75分钟，需要减去45万大洋币。

如果再算上第二场游戏，七点半开始进场，七点四十五截止，又要加18万大洋币。也就是说，就算第一场游戏中没被淘汰，想要参与第二场游戏，至少需要63万大洋币的余额。

实际上还不止这个数，因为按照上一场的惯例，游戏开始后，你必须坚持到第一轮结束才能获取新的资金。在此之前，必须预留一定时间和资金额度。

大部分人的初始资金，都在50万大洋币左右，顶多55万大洋币，算上坚持的5轮比赛，25万大洋币，差不多总数在75万到80万大洋币之间。63万大洋币的消耗，再加上10万大洋币的赎买金，刚好卡在了很多人的承受底线上。

虽然一旦花了这个钱，就会更加拮据，但总比被淘汰好。正因为如此，许多人纷纷掏钱，还觉得庆幸，拥有可以复活的机会。

至于那些初始资金没到50万大洋币，又必须交10万大洋币赎买金的，当然更要趁着资金清零后，15分钟的"淘汰缓冲时间"，赶快把这部分消耗补上。

李察看了一下被淘汰的人数，两百多，就意识到，在第一场游戏结束后的15分钟内，应该发生了一小部分关于身份卡的争夺。

说实话，淘汰的人没有李察预想的多。

这也不奇怪。

很多人从超市拿的道具，都是水果刀、美工刀等，哪怕是成年壮汉，万一被捅到关键部位，也不一定救得回来。

在不清楚第二轮游戏究竟是什么的情况下，除非山穷水尽，否则，大部分人的第一反应，都是保存体力，应付游戏，而不是冒着生命危险去打劫别人。

但这并不是什么好事。

李察代入一下主办方的想法，觉得，主办方花了这么多人力、物力，想要看到的，估计是大逃杀一样的场景，不会这么好心，让玩家还保留文明的表皮。

下一个游戏，不出意料的话，只会更难。而且，更鲜血淋漓。

就在这时，"提琴手"走了过来，低声说："3个情报，平等交换。"

李察闻言，不由得佩服。

一个筹码能买一个情报，这哥们第一轮游戏总共就拿到3枚筹码，感情直接全用了出去，然后拿来做交易？

且不说这买卖亏不亏，光是魄力就常人难以企及。

毕竟，一个筹码价值10万大洋币，十几分钟的"生命时间"呢！哪怕"提琴手"只找李察一人交易，也等于3枚筹码得到6个情报。何况，他未必第一个先来找李察。

瞧见李察点头，"提琴手"十分坦荡："第一个情报——一枚筹码，可以指定一个花色编号，并且拥有对方的定位追踪。"

然后，他就示意李察回答。

李察笑了一下，说："第一个情报，买活自己必须淘汰的人，需要50万大洋币。"

"提琴手"又道："第二个情报，Joker的情报价值3个筹码。"

李察也很干脆： "第二个情报，买活自己需要保护的人，价格翻倍，100万大洋币。"

"提琴手"思考了一下，说："第三个情报，上述二者，追加一倍筹码，都可以拿到他们的生平详细资料，包括病历和弱点。"

李察把玩着手中的折叠伞，回答："第三个情报，收集四张同样花色的身份卡，你将会发现惊喜。"

话一说完，两人都笑了一下。

他们都是极其聪明的人，一听交换的情报就知道，双方都有隐瞒——就凭他们问话的技巧，如果三个筹码只买了这三个情报，那就太坑了。

不出意外，所谓的"3个情报"，只是他们买到的一到两个情报，又或者，再配上从别人那里套来的情报，然后通过自己的推理确定之后，拿来交换。

毕竟，聪明人只想找聪明人合作，但聪明人到最后，也会是最强的竞争对手。

这一点，两人心中比谁都有数，自然不会知无不言，言无不尽。

两人又等了一会儿，到七点四十五的时候，大门关闭。

主持人的声音响起。

"女士们，先生们！先恭祝432名参赛者通过第一轮游戏，也预祝大家在接下来的比赛中，再接再厉！在公布下一轮的游戏之前，应当让大家欣赏一下，淘汰者的下场。"

伴随着主持人的这句话，前方的屏幕"唰"地亮起。

玩家们的目光齐刷刷地看了过去，就看到屏幕中是一张又一张洁白的单人床，与其说像是医院的病床，倒不如说像是手术台。

每一张床上，都躺着一个人。

他们就像待宰的猪羊一样，四肢张开，被锁在床头和床尾，双手、双腿上，还牢牢地束着拘束带。就连嘴巴里，也塞着口球。

霎时间，玩家们鸦雀无声。

片刻之后，便有人惊呼："天啊，他们是人，不是罪犯！"

"哪怕是罪犯，都不会遭到这样的对待！"

"只有最残酷的精神病院，才会这样对待病人！"

抗议声和惊叫声此起彼伏，甚至比上次的抗议浪潮还要山呼海啸。

只因他们恐惧。

哪怕是李察，也有点脊背发凉，低声对"提琴手"说："这副样子，让我想到了圣伊丽莎白医院。"

这可是世界历史上最臭名昭著的精神病院，阿卡姆疯人院的原型，无数恐怖作品的创意来源，公认的医学与科学，乃至诺贝尔奖之耻——额叶切除手术的发源地。

"提琴手"也有同感："他们被绑在手术台上的样子，让我总觉得，下一秒就会有一个主治医生，拿出冰锥，刺向他们的眼窝。"

两人脑补了一下如果自己躺在床上，无力反抗，只能任由其他人鱼肉，用冰锥刺进大脑，把额叶区域生生搅碎的场景，便觉得毛骨悚然。

在场的玩家们，多半也通过类似《飞越疯人院》之类的作品，了解过精神病院的恐怖。现在一瞧见这个场景，胆子已经吓破了一半，喊得那么大声，不过是为了抱团取暖，外加壮胆而已。

主持人非但没生气，反而乐呵呵地说："这就是失败者的命运。除了最后的胜利者之外，其他所有人，都是这个下场。"

一时间，房间里鸦雀无声。

看着面前还在播放的监控视频，手术台上那些人被拘束，动弹不得的样子，许多玩家后悔不已。早知道，就算是牢狱之灾，他们也不跑了。蹲监狱，乃至失去性命，固然可怕，但这种被当作待宰猪羊一样的未知，却更让人不寒而栗。

十

瞧见玩家们都被吓得像鹌鹑一样，瑟瑟发抖，主持人愉快地拍了拍手："好吧，下面宣布第二轮比赛的规则——对抗竞技。各位拥有 15 分钟的时间，三三组队。倘若在组队期间，余额消耗干净，请不用担心。只要第二场游戏的第一关结束后，您获得的资金能够抵消欠债，就视作合格。记住，务必选择合适的队友哦!"

此言一出，人群顿时炸开了锅。

对抗竞技? 什么对抗?

许多人本能地想到类似篮球、橄榄球之类，需要身体冲撞的游戏。

毕竟，第一场游戏中，他们面对的是老虎。第二场游戏，难度应该会再升级?

出于这种考虑，那些看上去身强体壮，肌肉纠结的男人身边，立刻围满了求组队的人。老人、女人、伤残的人，立刻成了被抛弃的对象。

像李察、"提琴手"这样，看上去体格偏文弱的男人，虽然不是第一挑选对象，但也不乏示好者。尤其是他们之前的队友，见识过他俩身手的"长发女"和"大背头"，估计一开始就在不断搜索他们的行踪，此时更是穿过拥挤的人群，最快速度来到他们面前，直接恳切地问:"你们队伍还缺人吗?"

然后，两人互相看了一眼。

"大背头"认为，自己是男性，身强体壮，优势大。

"长发女"则觉得，"大背头"心思深沉，选自己更好。

但这话，两人都没直接说。

"抱歉。"李察笑了一下，反而找到了第一场游戏里，那个"短发女"孩子，笑着说，"先前弄丢了她的道具，作为补偿，我打算带她。"

"短发女"欣喜若狂，简直快哭出来了。

"长发女"心有不甘，望向"提琴手"，发现对方没有反对，便也不说什么，反而主动邀请"大背头":"结盟吗?"

"大背头"虽然不大想找女人结盟，但想到第二场游戏不知道什么项目性质，而且"长发女"好歹是第一场游戏认识的人，之前表现出的各方面素质都不错，总比找陌生人好，也就点头同意。

等到他们走了，"提琴手"才问:"原因?"

想也知道，李察之所以选"短发女"，绝对不是刚才扯的那个理由。

李察笑了一下，问"短发女":"超市里的防狼喷雾，不止那一款。有更大容量的，包装更醒目的，设计更精巧的，你为什么会选择那款容易拆卸，而且十分烈性的?"

不等"短发女"回答，李察又道:"能上这条船的，就没有泛泛之辈。一时装柔弱可以，再继续装下去，就是把人当傻子了。"

"短发女"脸色一变，将头发一甩："女人之所以绿茶，只因男人吃这套，既然你不上钩，那我也不装了。"

她知道，人们往往会将女人当作弱者，那又怎么样。就利用你们的弱者思维定式，关键时候坑你们一把。

李察耸了耸肩。

"提琴手"十分冷静："女人先天的力量和体能弱势无法掩盖，你选她，难道是认为，下一轮有可能是脑力方面的比拼？"

"再重复体力活，有点没意思吧？"李察回答，"老虎都拿出来了，这轮弄什么东西出来？难不成复活恐龙，搞成侏罗纪公园之邮轮版？"

说到这里，他顿了一顿，又道："再说，'狩猎女神号'是要营业的，也要接受有关部门的定期检查。先天条件摆在这里，'提洛岛'还能把它改造成专门的机关暗室，来让玩家们斗智斗勇吗？而且，三场游戏，第一轮已经比拼了观察力、体力和敏捷，再来一轮差不多的，那就没意思了，也对女人和老人不公平。"

公平。这个词被李察在这种情况下说出来，带着说不出的讽刺。

李察也意识到这一点，耸了耸肩："说错了，如果用游戏术语，应该叫数值平衡——要给弱者能够战胜强者的契机。这样才有足够的观赏性。"

"提琴手"接受了这个解释。

"短发女"知道，这两个男人无论智力、观察力，还是身手，都远超常人，这种大腿不抱，更待何时，便道："我是一家化工厂的负责人，因为一时失误，导致化工厂爆炸，死了十几个员工，即将面临牢狱之灾。"

李察吹了个口哨："刚好，我化学不大行。"

"提琴手"没说话。

他们闲聊的时间里，组队也差不多完毕，被大家挑挑拣拣，不想要的老弱病残们，只能自己三三抱团取暖。

——登记后，工作人员给他们每人发了一个眼罩，勒令他们必须戴上，游戏开始之前不能摘下来，否则视为淘汰。然后，又给他们每人发了一个袋子，也说不能打开。

李察捏了一下，感觉像是呼叫器，又或者老式翻盖手机。但不确定。

众人戴上眼罩后，被迫和队友分开，在工作人员的指引下，纷纷来到指定的房间。

根据房中的呼吸声，李察可以判定，房间里至少还有 10 个人。

有点意思。

玩家们在房间里等待的时候，贵宾席上，有人对"蝴蝶女"耳语了几句。

"蝴蝶女"闻言，含笑道："失陪一下，马上回来。"

等她出了房门，来到专属房间，开口就是劈头盖脸，问面前的主持人："究竟出了什么事？"

"先前安检的时候，我们发现，那名长得很美的棕发女郎，拿着别人的身份卡，上了这条船。"主持人硬着头皮说，"由于安检查出此人是男扮女装，加上原本身份对不上，我们趁他离开房间后，采集了他在房间里留下来的头发，进行 DNA 验证。结果却发现，这位棕发女郎，实际上是伊万·伊万诺夫假扮。"

"蝴蝶女"气得脸色铁青："他到底怎么知道'提洛岛'的？"

伊万·伊万诺夫。如果在网络上查询这个人的资料，只有不算长的介绍：传奇影星叶莲娜·伊万诺夫的儿子，生父不详。梦工厂二流明星，演过硬汉，也男扮女装，演过花瓶。担当主演的时候，基本都是票房毒药。担当花瓶角色的时候，个个都是爆款电影，是业内公认的吉祥物。

当然，还有小道消息，说这个人心理有疾病，性别认知障碍，平常喜欢穿女装等。但一是伊万·伊万诺夫本人没承认，二就是这在梦工厂属于政治正确，大家不敢多嘴，就这么混过去了。

无论怎么看，都平平无奇。

区区一个小明星，就算混进了"提洛岛"，理论上也不值得"蝴蝶女"，即斯图国皇储伊莎贝拉大发雷霆。

可她刚好知晓伊万的生父是谁。大洋国顶级军事世家出身，战功赫赫的顶级将领，凭着家世与能力，如今稳坐大洋国军方第一把交椅的参联会主席。

而且，她还知道，参联会主席实际上非常看重这个私生子，反倒是伊万，对亲爹爱理不理，从来没有好脸色。

这样的人，万一在"提洛岛"出了事，他亲爹会是什么反应？

不仅如此，大洋国军方的世家们虽然内部争斗不休，但对外非常抱团。哪怕是私生子，如果因为"提洛岛"出了事，这些军旅世家也不会善罢甘休。

更何况，大洋国军方还欠伊万一条命……

"就是为了他那个妹妹的死……"伊莎贝拉咬牙，"他亲爹都不让他继续查的事情，他还要查，居然还敢混进来查。大洋国军方这群废物，不是补偿他家族了吗？不是补偿他了吗？这都不能将事情彻底按下去？"

面对伊莎贝拉的盛怒，主持人大气都不敢喘。

伊莎贝拉气得浑身发抖，却暂时想不出解决办法。

想要和平搞定这件事，最好的方式就是让伊万·伊万诺夫赢，然后将大奖给他，送他离开。

伊莎贝拉先前就知道这名棕发女郎有问题，才抢着下注对方，防止出现重大问题——她压根不在意赌注，更不在乎输赢，只是最近被皇室内部的问题折腾得有些杯弓蛇影，看谁都像有问题。

但现在发现棕发女郎的真实身份，伊莎贝拉反而有点庆幸，自己先前冲动的举动，现在反而留了机会。

不如暗箱操作，保送对方赢？

但如果他对"提洛岛"刨根究底，非要查真相不可怎么办？

要知道，伊万妹妹瑟沙的死，与"提洛岛"也有脱不开的干系，尤其是其中的部分成员，比如这次没来的"雄狮"雷奥将军，更是当事人之一。

一旦伊万介入这件事，只会越来越复杂，甚至卷入中东火药桶的核心内政里，影响大洋国和斯图国在那里的布局。

若真走到那一步，大洋国内部什么情况，伊莎贝拉管不了，斯图国这边，若是对中东几十年的布局一朝成空，铁血首相和洛林贝格大元帅，这两位内阁和军方的实权人物，能活活撕了伊莎贝拉。

罢了，先试试"保送"这招，看看能不能将这位名门贵胄招安到这条船上来，与他们成为同盟。如果真是这样，说不定还能打通大洋国军方这条线。

想到这里，伊莎贝拉镇定下来，直接发布命令："限你们 10 分钟之内想出来，到底怎么让伊万·伊万诺夫，在不被旁人看出来的情况下，成为本次'国王游戏'的最终胜利者。"

皇储一声令下，参谋们自然发起了头脑风暴。短短 10 分钟，一个计划初步成形。又经过 5 分钟，计划被不断完善。

偏偏就在这时候，伊莎贝拉接到一个电话："亚伯阁下？"

短暂的沉寂后，主持人的声音，再度响起："女士们，先生们，各位想必都已经到达指定位置了吧？下面宣布我们的游戏规则。

"跳房子。当然，不是孩童小打小闹式地跳房子，而是全新的版本。队伍的三名玩家，分别被分配到三间起始房子里，可以通过短信，交流彼此得到的线索。

"队伍里的三个玩家，都必须从起始点房间，到达并通过终点房间，才被视为队伍通关，否则便全队淘汰。如果所有队伍，均没办法通关，就以走得最远的队伍，为胜利者，其他所有人进入淘汰结算。

"每穿过一间房子，奖励 1 枚筹码，以及 5 万大洋币。游戏过程中，玩家禁止夺走同一房间玩家的手机、芯片，禁止恶意攻击同一房间的玩家，导致对方失去行动能力或死亡。"

"每个房间，只允许向两位队友，分别发送一次短信。一旦确认通关信息，各位可以通过手机，向主办方发送短信。注意，每个人，每间房的试错机会，只有 3 次。3 次答案验证错误，视为淘汰，不能累积到下一间房。

"4、5 房间，与 7、8 房间，为并排的两间房，选择任意一间均可。另外，优先通关的玩家，将有'占房子'的权利。即，可以指定 4、5、7、8 中的任何一间，占为己有，其他人一旦进入，必须上交 1 枚筹码，作为通行证。如若不愿，就只能走尚且没被占领的房子。现在，游戏开始。"

李察等了几秒，听见其他人没有因为违规摘眼罩受罚，才将眼罩摘下，四处打量，发现房间里加上他，足足 12 个人。

由于人太多，导致本来挺大的房间，都显得有些拥挤。

$12 \times 12 \times 3 = 432$，也就是说，这次活动，主办方拿了 360 个房间出来。按照这个房间的面积，再按邮轮的规格来算，第二场游戏的场地，至少占掉了 3 层的面积。再玩几轮游戏，他说不定就能摸清更多的情报，甚至画出大概的分布图。

李察边想边打开袋子，果然是一部老式翻盖手机。再检查，发现手机里只有 3 个陌生号码。被置顶的那个，标记为"主办方"。剩下两个，就是他的两个队友。

其他人未必像李察这么冷静，听见居然是要靠队友配合的智力游戏，整个人都傻了："天啊，我找了个'肌肉男'队友！"

"我的队友是个老头子……真的能行吗?"

但也有冷静的人，开始观察四周。

李察发现，这应该是一个办公室模样的地方，看上去平平无奇，也就固定好的桌子、椅子、柜子等，打开看看里面的文件，各种航海信息。

目前看起来，似乎没什么毛病。

也许得找这个房间里不同寻常，与整体画风不符合的地方了。

李察重点翻书籍、杂志、记录等。

其他人当然也在翻，但太多专业的东西，他们认真看了一下，发现看不大懂，就直接略过了。

李察也不是看其中的内容。但凡玩过游戏就知道，游戏设计者的思路，一定是将线索藏在了你能找到的地方，而不是真的像藏宝贝一样，非要完全找不到不可。

李察大概将这些书籍归类。航海学、数学、战争史。

他再看了一下，发现航海学的书籍，翻阅的痕迹很多，数学和战争史的书籍，基本没有被动过。

李察又仔细找了一圈，没有更多线索了。

就在这时，"短发女"的短信提示来了："我们的房间里，找到了一块坏掉的键盘，所有字母全都换了位置。"

李察看到这里，对自己的消息更加确定，便也群发短信："我这边提供的线索是，数学、战争史。"

过了一会儿，收到"提琴手"的短信："我们房间发现了一个保险箱，10 位数密码，填 26 个字母。结合二位刚才所说，这应当就是提示，答案是 Cryptogram。"

Cryptogram，密码图。

这个答案，正印证了李察的猜测。

战争史、数学、错位的键盘，无不指向近代史战争中的关键一环——情报战中的密码破译。要知道，几十年前的战争，最经典的 Enigma 密码机，就是像钢琴一样，上下都有 26 个字母——下方是按键，上方则亮灯。但上方的 26 个字母，被打乱顺序。

比如，在下方按"A"，上方亮起的则是"E"；输入"B"，亮起的就是"Z"，打出来的信息以上方亮灯为准。然后，将这份杂乱无章的信息，拍电报发送。

这样一来，就算敌人截取电报，也不知道怎么复原——除非拿到密码本。或者说，密码图。

正因如此，李察在听见"短发女"说有一个坏掉的键盘后，就猜到答案与密码系统有关。

如果是 6 位数的密码，那就应该是 Enigma 或者 Turing。如果是 9 位数的密码，应该是最出名的一套谍报密文，Tunny Code。但既然是 10 位数，那么就只能是 Cryptogram 了。也好，省得浪费我的试错机会。

就见李察毫不犹豫地选择编辑短信"Cryptogram"，点击发送。霎时间，房间大门缓缓打开。

黑西装们礼貌地对李察说："这位先生，你的第一关通了。"

而在这时，主持人的声音响起："哎呀，我们的 B 组，已经有了通关第一组房间的队伍，真是可喜可贺。对了，顺带说一句。如果有谁误打误撞地通关，但队友还留在之前的房间里，可以使用全新的短信机会，向队友公布正确答案。只要总字数不超标，就被允许！

"哇哦，我们的 C 组，也有队伍通关。A 组也不甘落后。让主持人这么一一汇报，太累了。接下来，每个房间的电脑上，都会显示情况。所有人都能看到，其他人推进游戏的进度。起始点房间的解密，不过是开胃小菜！让我们共同来欣赏，这场脑力风暴的狂欢吧！"

十一

第二场游戏，设置得有点不符合常理。

看见游戏规则的一瞬间，童素心里闪过的，就是这个念头。

头脑风暴这种事情，要配合推理、解密，乃至密室逃脱，带着不断的剧情反转，恰到好处的旁白解说，才具有足够的观赏性。

哪怕是将推理过程掰开揉碎，喂给观众的本格推理电影，也往往要配上主角被冤枉，导致一边被警察追踪，一边寻找真相，或者主角被反派发现，不断被追杀，又或者如果不能及时破解谜题，又有下一个牺牲者等来调动影片的节奏。

单纯地收发短信，然后推理，对玩家来说，可能是头脑风暴不假。但别忘了，这些游戏都是为了取悦主办方，取悦上面这些贵宾而生，他们真的会有耐心看这种游戏吗？

童素可不认为，每个贵宾的智商都能高到破解主办方精心设计的谜题。对看不懂的贵宾来说，有可能答案在他们手中，他们都看不懂，还需要旁人的解说，他们真的乐意？但反过来说，一场游戏之所以这么设定，就肯定有原因。到底是为什么呢？

童素一开始觉得，主办方是想通过第二场游戏，找到大洋国国土局，还有中国安全部门的人！

经过第一场游戏的消耗，大部分人手上已没什么筹码，更没多少余额了。对他们来说，第二场游戏，就是毋庸置疑的赛点局！

这种情况下，强迫玩家们三三组队，却事先不告诉游戏规则，就是为了逼迫玩家主动抱团取暖。而人在抱团的时候，追寻的原则往往是两个——强者，熟人。强大和熟悉，能让人有安全感。这是人类与生俱来的本能。

就算特工能够抵抗这种本能，忍住相认的欲望，也没关系。强行将三人绑定在一起的赛制，导致特工就算再怎么强悍，也有可能被随机组到的队友坑得一败涂地。不仅是因为解谜元素、关键信息的错漏，还有可能是人性。

虽然主办方说了不能"恶意伤害"其他人，但"恶意"的标准究竟是什么？

将 12 个人关在一间房子里，让很多人眼睁睁看着自己的余额在倒计时，并且清晰地能看到其他人的游戏进度，意识到自己有可能是最落后的几个。届时，真的不会发生暴力争夺吗？这也是每个玩家必须考虑的失败因素之一。

童素怎么看，怎么都觉得，这场游戏，除非 3 个很厉害也很熟悉的人配合得当，否则赢的概率非常小。

如果真到那种情景，特工的同伴被淘汰，特工是否会不顾一切拯救对方，还是铁石心肠，看着战友走向末路？毫无疑问，这是对人性的极大考验。

但转念一想，又觉得不对。

主办方凭什么保证，特工就混在玩家之间？

虽然按理说，船员、水手、服务生等，应当都是主办方的自己人。身份有可能出问题的，只有玩家，还有贵宾和他们带来的人。可玩家对主办方来说是待宰的猪羊，贵宾带来的人是不能动的。主办方牺牲掉一个游戏的观赏性，从他们本来就能处置的人中，寻找可疑人物？

这个逻辑不对！

童素敏锐意识到，或许出现了什么意想不到的事情。

就在童素一直暗中观察几个重要人物的时候，第一批解开起始点房间的玩家们，已经来到第二间房。

这次不是办公室，而是一间书房。

李察的第一感觉，就是大。从电视机，到空调，到书桌，到台式电脑，突出的都是一个大，非常占空间，而且感觉完全没有必要。

他翻箱倒柜地找，也没找到任何有意义的东西。而这时，又有人进入。

对方警惕地看着他，思考片刻后，直截了当地走了过来，问："哥们，你找到了什么线索？"

李察干脆利落地将上衣脱下，露出结实的胸肌，并且将衣服对准下方，抖了抖。然后，又将运动鞋脱下，再度抖了抖。最后将裤兜外翻出来，空无一物。

望着目瞪口呆的对方，李察大大方方地说："还需要我脱裤子吗？"

来人估计觉得李察的精神不大正常，连忙说："不，不了。"然后就跑到距离李察最远的地方，开始翻箱倒柜，还时不时偷瞄李察几眼，随时与他保持距离。看那架势，就像躲一个随时可能发疯的精神病杀人狂。

但其他房间，就没那么好的事情了。

虽然主办方说了，不能恶意抢夺手机和芯片，也不能恶意淘汰其他人，可没说不准选手之间打架。将你打到鼻梁骨折，耳朵聋了，那也不算是失能级别的重伤，在允许范围内。

不少房间，已经爆发了第一轮冲突。

但也有许多聪明人，控制住了局势。

比如"大背头"所在的房间，看到大家第一关就不断在抱怨队友没有提供正确的情报，也怨天怨地，找不到东西，眼看着房间内的气氛越来越焦躁，随时有开战的可能，他就站了出来，对众人提议："大家不如共享情报吧！"

此言一出，整个屋子先是沉默了一下，然后就嗡嗡嗡地议论开了。

就见"大背头"有条不紊地说："游戏开始前，谁都不知道，这一关考验的是脑力，以及知识储备，还有数学逻辑等，所以大家组队的时候，压根没往这方面想。而且，就算主办方给了提示，我们也未必能挑选合适的队友，因为智商这种东西，并不直接能看出来。但人之所以比动物高级，就在于会交换情报。我们每个人的队友，或许不够强大，会疏漏细节。可彼此查漏补缺后，就能拧成一股绳。"

说到这里，"大背头"补充一句："如果等前头那些人将游戏关卡推完，把买路钱收了，我们的日子就未必好过了，应当赶在他们没有进4、5关的时候，追上他们的进度，实现彼此的信息共享。"

众人一听，虽然心思各异，可此时却纷纷点头。毕竟，推过一个房间，就多1枚筹码、5万大洋币。既然大家都卡着不动，那还是群策群力的好。而且，主办方也没叫停不是吗？

而在这时，第二个房间里的信息搜寻，也差不多了。

大概过了10分钟，"提琴手"先群发短信："书房正面斜挂着恺撒的油画肖像，偏移度超过45°。两旁的书柜上，左右分别是梅涅王国和卡佩洛公国，从1400年到1600年间的历史记录，也为斜体印刷。"

李察根据"提琴手"群发短信的字数，随机在手机上乱敲了一段同样多字母的乱码后发现，短信的编译已经到达上限。也就是说，"提琴手"发不出更多的内容。对方认为他观察到的东西就是重点，并且已经用最大的篇幅，给了交代。

大概过了5分钟，"短发女"也发来短信："书房上悬挂着《最后的晚餐》这幅油画，我与同屋的男人挪开画框，发现油画上犹大的位置背后，有一张白色的字条，上面写着'xpu iqrmmj dvil zucqt'。"

很显然，这是一串被加密过的字符。解密的压力，顿时来到李察这一边。

而在这期间，房间又陆续进来了两个人。

李察一边想，自己这间房没有挂画，那么挂画肯定就是重要线索。但这串字符怎么破译呢？"提琴手"房间的信息，又代表着什么？

顺便，他观察到，其他三人由于一直找不到线索，已经开始不耐烦了。再拖下去，三人就算已经交流过一轮情报，可能还会针对他。

李察倒不怕一打三，他只是怕经过这种针锋相对后，对方如果找到什么情报，更会藏起来，不让他发现。

但理论上来说，这间房子应该没有其他线索才对。自己究竟遗漏了哪点呢？

恺撒、罗马与斯图国，可以串联；《最后的晚餐》与梅涅公国，勉强也有关系，毕竟教皇国就坐落在梅涅半岛上；梅涅公国和卡佩洛公国，就更不用说，都是斯图国的一分子。也就是说，关键点在斯图国的梅涅公国。1400 年至 1600 年，这里发生过什么举足轻重的事情吗？还有，倾斜，巨大……

就在这时，突然听到房间里有人喊："你们看电脑！"

包括李察在内的其他三人，一齐凑了过去，就看到仅仅几分钟，很多原本卡在第一关的队伍，就乌压压地来到了第二关。

"他们一定交换情报了！"有人激动地说，"我们是不是也该交换情报？你们有没有收到同伴的短信，都告诉你们哪些信息？"

房间里，却陷入诡异的沉默。其他人你看着我，我看着你，都不说话。

在这种情报就代表着通关可能的时候，谁都知道，如果骗到其他人手中的情报，而不透露自己手上的情报，就能占据优势。

他们可能没忘记，主办方说了，如果没有一支队伍走到最后，那么每组闯关最多的队伍，就是胜利者。

李察看见这几人各怀鬼胎的样子，就不想将情报分享给他们。不仅如此，他还要加快通关进度，原因很简单——他和"提琴手"有自信，哪怕房间其他人围上来，群殴他们，他们也能占据足够优势。但"短发女"没办法一打多。

"房间内每个人收到的信息都必须共享"，这一点实在太符合大部分人的利益了。所以，一旦尝到甜头，他们会先是道德绑架。如果不行，就上升到武力胁迫。

假如不能快他们一步，李察和"提琴手"找到的所有线索，都等于贡献给了"短发女"房间的每一个人。而他们却能胁迫"短发女"，不让她找到，或者发送线索。这样就能把李察和"提琴手"淘汰掉。

我可以不通关，只要我跑得比你快，我还是胜利者。这就是很多人的逻辑。

为了避免这一情况的发生，李察他们这一支队伍的通关进度，最好能快其他人至少两个房间。

但到底漏掉了哪里呢？

电光石火之间，李察突然想到，主持人说，第二个房间的短信机会，可以用来给困在第一个房间的同伴提醒。那么反过来，第一个房间的答案，是不是也可以用在第二个房间上？

Cryptogram，密码图？倾斜代表什么？推移？

意识到这一点后，李察恍然大悟。原来是维吉尼亚密码。不会有错的。

这是梅涅半岛的密码学家们，从1400年到1560年左右，在恺撒密码的基础上，不断提出、完善，最后形成理论，甚至出书的一套密码学。

但因为后世误认为，这套密码是出身卡佩洛领地的外交官维吉尼亚的发明，才被后人称之为维吉尼亚密码。

这套密码分为"明文、密钥、密文"三个部分。

举个例子，假如明文为"B"，密钥"D"，因为D是A之后的第三个字母，所以密文就是"将B往后推三位"，得到的答案为"E"。

如果直观地看维吉尼亚密码的图片，就会发现，最后形成的密码图，每个密文的字母都是一道倾斜的直线。

至于密钥是什么……

李察看着自己这间房中，所有家具不同寻常的大尺寸，已经有了答案。BIG，大。B为A之后的第一个字母。I为A之后的第八个字母。G为A之后的第六个字母。如此加密循环。

得到密钥后，李察拿"xpu iqrmmj dvil zucqt"反推，立刻得到了原本的明文：Who killed Cock Robin? 谁杀死了知更鸟？这不是斯图国流传多年的恐怖童谣吗？

李察回忆了一下自己的记忆，记得好像官方承认的凶手是麻雀。

Sparrow。他本想输入这个答案，但又觉得不对。还有一个信息没核对上。《最后的晚餐》。十三。

李察思考了一下，将Sparrow这几个字母，按照它们在字母表上的顺序，摘取数字。19、16、1、18、18、15、23。总共13个。应该就是这个了。

但他想了想，又重新将"Sparrow"用"BIG"加密，得到"TXGSYUX"，再转换一下代码。20、24、7、19、25、21、24。同样是 13 个。

为了不浪费自己的短信机会，李察输入："维吉尼亚密码，密钥为 BIG，答案为麻雀 Sparrow，两种答案：1916118181523、2024719252124。"

确认发送后，李察没有第一个进去，而是望向电脑。然后，他就发现，在电脑上，自己的房间在最右边。而现在，中间房间，即靠近李察的这个人，最先进入房间。最左边房间的人，则慢了一步，大概 30 秒。

几乎是下意识地，李察就推断出答案。

"提琴手"也是个心细如发的人，肯定不会等队友被困住了，才确定到底被困的队友是谁，所以对方会测试。

李察提供的两个答案，就是最好机会。不出意外，"提琴手"会故意先选第二个"2024719252124"。

这就分几种情况。如果"短发女"觉得有试错的概率，不多想，直接输入第一个答案"1916118181523"，这个答案为对的，"短发女"自然会第一个进入房间。

"提琴手"猜到李察会等，就能判断出三人所在的房间位置。

如果"短发女"输入第一个答案，但答案为错，很快又会输入第二个答案，这样"提琴手"比她先进去，同样能知道三人的位置。

当然，不排除"短发女"也选择第二个的可能。但"提琴手"还是能知道三人的位置，因为他能猜到，李察必定会等到最后一个进去——这是聪明人的默契。所以，和他差不多时间进入的选手，必定是"短发女"无疑。

现在两人进入的时间既然是一前一后，那么就必定一个对，一个错。

李察输入第一个答案，错误。第二个答案，通过。

霎时间，李察就明白，"提琴手"在左边房间，"短发女"在中间房间，自己则在右边的房间。这也符合他们找到最关键词语的规律。

至少前三轮如此。

十二

贵宾室里，有些人对第二场游戏已经看得不耐烦，觉得枯燥没意思，就找熟人攀谈："你最近买了哪只股票？"

"新能源、光伏。"另外一人回答，"这是投资顾问给我的建议。"

"确实，这是未来的发展方向，如果诺亚集团愿意上市就好了，也不知道艾伯特·

马歇尔揣着那些股份做什么，他知不知道，一旦上市，诺亚集团就会变成万亿级的企业，甚至全球市值最高的公司。"

"但新能源还是不能与石油相比，我们国家的石油企业，也只是皇室为了对外融资，拿了百分之一的股份出来成立一家公司，就已经位居全球公司榜单的前五，油价高的时候还占据了第一。与石油相比，新能源还差得远。"

听到这个评价，周围几个人都挺有兴趣，就有人说："诺亚集团的市值，一半在新能源身上，一半在艾伯特·马歇尔身上，他是个公认的天才，或者说，疯子。"

又有人表示："虽然他很疯狂，但改变世界也只有这种人能做到，不是么？"

"说得也是，反正无论世界如何改变，我们都始终能占据最前列。"

却也有人不高兴："新能源产业发展得太快，对石油价格是重创，听说最近诺亚集团在锂硫电池上还有新突破，万一这个消息为真，石油价格或许会被打到 30 大洋币一桶以下，对我国可是重创。"

便有人奇了："你们国家的石油开采成本那么高？"

"那倒不是，我们的开采成本也就比塔汗国高个三四大洋币一桶，价格大概在 15 到 18，30 也勉强有得赚。"那人回答，"但你们又不是不知道，我们国家百分之九十五以上的财政都来自石油，想要支撑起我国的国家建设，石油价格最好超过 60 大洋币一桶，低于这个，维系不了我国的财政支出。"

"但这也没办法，现在全球开采的石油，百分之四十都用在汽车上。一旦新能源汽车真的有突破式技术提升，对石油来说本身就是重创，除非我们能在金融市场上弥补这份亏损，否则就得不偿失。"

"所以这个艾伯特·马歇尔真的很不识趣，他为什么不让诺亚集团上市，大家一起赚钱呢？"

贵宾室内，大家的注意力已经跑偏，都没去看比赛了。

"这个游戏，似乎有点无聊啊！""大象男"针对这种情况，表示，"推理，解密，这种事情，放在电影上，配合案件才比较有趣。放到现实里，我们已经知道答案，他们也不进行解说，总觉得差了那么一点意思。"

也有贵宾附和："没有逃生和逃杀镜头，以及人性的撕扯，有点无趣。"

"对啊，规定不能动手，这点是为什么？"

"就是，如果可以动手，想必这时候，很多房间已经成为'养殖场'了吧？"

伊莎贝拉微微一笑："那是因为，好玩的地方还在后面。"

众位贵宾的注意力就从石油、新能源等事情上挪开，重新回到游戏上，就见伊莎贝拉微笑着说:"在第 4 关和第 7、8 关中,有隐藏的'背叛玩法'。"

"背叛?"

"有意思,怎么玩?"

伊莎贝拉微微一笑,把这刚刚才征集来的主意,装作本来就是这时候才抛出的隐藏设定,泰然自若地说:"进入第 4 或第 5 关的队伍中,所有人会受到隐秘的短信提示——只要将其他两名队友淘汰,不仅能直接保送通关,还能收获额外奖励。而且,他们打通的关卡越多,奖励就越丰厚。

"举个例子,如果在第 4 关淘汰队友,奖品是 5 个筹码,第 6 关是 10 个的话,在第 10 关淘汰,就是 100 个。一般来说,对自己比较没有自信的人,会主动挑战第 4 关。这是提前淘汰掉那些智商相对没那么优秀的人,筛选出智商更高的人。

"当然,他们也可以选择不要这份丰厚的奖品,选择不接受。如果他们接受了任务,却不能淘汰队友,那自己就要淘汰了。不仅如此,这条短信还是由资深心理学家,专门拟定的,为的就是让每个人相信——每个队伍里,只有一个人收到这条短信。"

听到这里,"蝮蛇男"笑了:"又是博弈论的猜忌链。"

"不错。"伊莎贝拉轻摇羽扇,"只要接受任务,淘汰掉其他人,自己即可通关。但如果三人都不接受任务,齐心协力,也可以通关。可若是其中有一人接受了,无论是队友被坑死,还是这人自作孽被淘汰,都会让整支队伍陷入'卡关'的境地。"

"狐狸老者"淡笑:"这样听起来,背叛,似乎是唯一的选择。"

伊莎贝拉以扇掩面,娇笑道:"那就让我们拭目以待吧!"

15 分钟后,李察通关第三关。

他和"提琴手"心照不宣,都觉得平行的 4、5 关中,第 5 关或许会难一些,决定挑战高难度。

谁知才走到房间里,就收到接二连三的短信。

"恭喜您来到第 5 关卡,随机触发'背叛模式'。若您能在本关,将两位临时队友淘汰,将额外收获 5 枚筹码,5 万大洋币。若您能在第 6 关,将两位临时队友淘汰,将额外收获 10 枚筹码,5 万大洋币。若您能在第 7 或第 8 关,将两位临时队友淘汰,将额外收获 20 枚筹码,10 万大洋币。若您能在第 9 关将两位临时队友淘汰,将额外收获 50 枚筹码,50 万大洋币。若您在最后一关,将两位临时队友淘汰,将额外收获 100 枚筹码,100 万大洋币。如果接受任务,请在 5 分钟之内,回复 Yes。过时不候。"

李察陷入沉思。

这个模式，心很黑啊！

随机选择一个人，成为"背叛者"。这么做，与其说是考验解谜能力，倒不如说，是将第一关稍微凝聚起来一点的人心，彻底打散。

在这一关被淘汰的人，本来就容易责怪队友不好。等发现"背叛模式"的存在后，更会怀疑，队友究竟是无意坑人，还是故意坑其他人，只为自己获得更多利益？

背叛的人，被背叛的人……活在这种互相背叛的猜疑环境中，玩家想再次结盟，困难会比刚才要大上十倍不止。而且，这一关也给玩家们增加财富的机会。这样一来，买情报就变得更加容易。

李察总觉得，这个"背叛模式"虽然也别有深意，但对聪明人来说，搞得有点像送福利。

难道是主办方意识到第二轮游戏的观赏性不够，想要快点结束，顺便弥补之前游戏设计失误造成的问题？

难点在第三场游戏？他一边这么想，一边淡定地回复"Yes"。

贵宾席上，顿时一片失望之声。

"大象男"非常不屑："我当这只'老鼠'有多么聪明，居然也是这种货色。怎么，难道他以为，凭他的特殊身份，就算获得'国王游戏'的胜利，还能活下来吗？"

"为什么不可以呢？""蝮蛇男"不紧不慢地说，"这个李察，既得大洋国警方高层的喜欢，又在国际刑警机构有重要关系，如果他能为我们所用，也不失为一枚好棋子。"

"这样的棋子，不是要多少有多少吗？"

"那倒未必。""蝮蛇男"平静道，"我有点后悔9年前，没有下注他的父亲李维，让德隆获得了李维的所有权。这家伙暴殄天物，导致一个超级人才白白死了。"

"大象男"的语气顿时不好："你明明知道——"他似乎想要说什么，却又看大家都在，直接忍住。

童素若有所思。听"蝮蛇男"这语气，李察的父亲李维，与"大象男"有什么纠葛？

童素立刻回忆李察的资料。

李察的全名是 Richard Lee，父亲 Levy Lee，简称李维，毕业于大洋国前三的顶尖大学米切尔大学，跟随的导师是门特教授，博士毕业后，他就直接在门特教授的睡眠研究所担任研究员。

9年前，门特教授一桩重要的研究成果泄露，教授气得中风，没多久就病故。

李维作为第一嫌疑人，被立案侦查多次，虽然没有证据证明这是他干的，可他还是被研究所扫地出门。妻子凯瑟琳是《大洋早报》的主编，也在同年卷入涉嫌接受贿赂、虚假进行新闻报道的官司。

但童素拿到的资料中，有一种猜测，说此事乃是跨国医药集团，罗蕾莱集团所为。

罗蕾莱集团一直想收购门特教授的睡眠特效药专利，因为他们敏锐地发现，伴随着现代生活节奏的加快，被失眠困扰的人越来越多。这是一个万亿级的蓝海市场！而门特教授的睡眠实验室，乃是全球公认的相关科研机构！

问题在于，门特教授认为自己的研究才刚刚开始，所谓的药物也充满不确定性，就算后期能通过双盲实验，他还是不愿开放专利，公开销售。因为他觉得，如果真出现什么问题，他担不起伤害那么多人的责任。

李维也是同样的观点。

这对师徒一直顶着，罗蕾莱集团的计划无处推行。

但门特教授逝世，李维失踪后，睡眠研究所很快就被罗蕾莱集团收购，然后陆续推出了好几种号称能够治疗失眠的药物，均大获成功。

不过这几年，关于这些药物的后遗症等，也陆续开始显现。许多科学研究都表明，这些药物实际上会对人体的某些器官产生极大的副作用，非常损害患者的健康。

罗蕾莱集团赚得盆满钵满，对于弱势群体的患者，自然不屑一顾。

童素回忆罗蕾莱集团董事会主要成员的身形，顿时有个猜测——这个"大象男"，会不会是罗蕾莱集团的董事长，罗伯特？

听说罗蕾莱集团是家族企业，或许也可能是他们家族的核心成员？

虽然暂时还无法确定这个猜测，童素却暗暗记下。

那么，敢这么不给"大象男"面子的"蝮蛇男"，又是谁？

"大象男"被"蝮蛇男"这么一激，顿觉失了面子，环顾周围的宾客一圈，其他人都不好随便得罪，只有新来的童素是个小角色，恰恰又是押注李察的人，顿时阴阳怪气："奈赫贝特小姐，您觉得呢？"

童素非常淡定："我觉得他的抉择很对。"

"大象男"一听，更不爽了："一个背叛队友的国际刑警？"

"正如您所说，在这艘船上的玩家，从前身份是什么，已经不重要。"童素彬彬有礼地说，"既然已经和临时组建的盟友陷入了猜忌链，那么，果断给自己争取最大利益，才是最好的选择。"

"大象男"看见童素两次违反自己的意思，语气更差："不愧是毒贩家族出身的女人，个个心如蛇蝎。"

"蝮蛇男"却用欣赏的眼光看着童素，饶有兴趣地问："如果您处在这个位置，您会怎么选呢？"

"我也会选 Yes。"童素心平气和地说，"如果我的队友实力不够，又心思不纯，那么选择背叛他们，是及时止损的方式。如果我的队友实力不够，但心思尚可，我将尽量带他们到更后面的关卡，争取更多的筹码，然后将他们淘汰，再重新赎买，利益最大化。如果是面前这种情况……"

童素笑了一下："我会想方设法，和他们一起打到最后一关，拿到他们手上的情报后，设法将他们淘汰。然后，自己一人通关。"

"大象男"被怼得有点难受，顿时说："我出去透透气。"然后，就真的走了。许久没有回来。

而其他贵宾们坐着坐着，也觉得有点无聊。

就像童素刚刚猜测的那样，这种头脑风暴，贵宾们又不是谁都看得懂，又不够热闹，还不如赤裸裸地厮杀，暴力血浆来得有意思。

哪怕安排一场大逃杀，也比这样好玩。

很多贵宾就坐不住了，纷纷表示"我抽根烟""我去个洗手间""我有个电话要接"，最后连"蝴蝶女""狐狸老者"和"蝮蛇男"也借故离开了。

霎时间，童素的心情更沉重了。

她怀疑，主办方是故意将第二场比赛，搞得这么没有观赏性，这样贵宾们自己就会先跑，等第三场比赛再来。而当大家都不在的时候，"蝴蝶女"等人的长时间离开，就没有那么醒目了。究竟发生了什么事，需要这么安排？

而这时，她又听见人议论："罗伯特怎么这么焦躁？"

立刻有贵宾说："嘘，别在这里喊他名字，他脾气不好，会生气。"

罗伯特？童素听到这个名字，不动声色，心中却想，难道自己猜对了，"大象男"就是罗蕾莱集团的董事长，罗伯特？

"他今天晚上怎么和吃了火药一样，老是挑事。"贵宾席中有人不解，"往年没看见他这样。"

"你们是不知道，罗蕾莱集团遇到了麻烦。"

"啊？什么情况？"

"一方面是官司问题，他们集团的行事作风，你们也知道，巨额罚款从来就没有消停，隔几年就要上演一次；但现在最棘手的还是世界树集团的进攻。"

"世界树集团主要不是医疗器械？与他们集团药物研发的方向不冲突啊！"

"那你落后了，世界树集团收购了欧洲好几个老牌医药公司，也在进行药物研发，而且在大洋国拓宽业务，高薪挖罗蕾莱集团的医药代表，以及部分工作室。

"你们又不是不知道，罗伯特这个人，脾气大，而且他不是医学院或者生物学院毕业的，而是金融系毕业的。偏偏罗蕾莱集团顶尖的医疗代表，都是生物、药物方面的专家，很多还是圣约翰医学院的终身教授，瞧不上他外行指挥内行。

"据说，他们集团早就有一部分医药代表忍无可忍，有些人跳出去做了，有些人还在观望。而世界树集团的董事长但丁，不仅为人谦虚，性格乐天，能和大家打成一片，还是医学院出身，与这些人很有共同语言。所以世界树集团一伸出橄榄枝，就有很多人纷纷响应，罗蕾莱集团的几个王牌部门，被挖走了五分之一的人，还在陆续挖。"

听到这里，便有人幸灾乐祸："罗伯特的日子怕是不好过了，董事会不找他算账？"

"怎么可能不找，他们家族的人也在虎视眈眈。"先前说话的那人神秘兮兮，"所以我觉得，罗伯特很想赢这次的'国王游戏'，得到大家的支持，来坐稳自己的位置。"

众人恍然大悟："难怪他这么急躁，原来是觉得自己会输？"

童素默默记下一切内容，心想可以找个机会去问问但丁关于罗蕾莱集团的事情，当然不是现在。

她目前最关心的问题还是，主办方为什么突然离席，这么久都不回，难道发生了什么事情？

十三

事实也正如童素所想。

"伊莎贝拉殿下，为何特意邀请我们来此？"

精巧的蝴蝶面具被放在一边，伊莎贝拉的神情十分沉重，示意大家看着旁边的电脑屏幕，屏幕那头的人也非常眼熟——正是斯图国皇家特务机构的负责人，亚伯·温菲尔德。

哪怕对方表现得人畜无害，可看到这家伙，周围的人便有些发自内心地警惕。

就见"蝮蛇男"微微颔首："亚伯阁下，您有何事？"

"来帮你们收拾烂摊子——你们连梅涅公爵上了这条船都不知道吧？"

此言一出，众人均一脸震惊。

伊莎贝拉惊疑不定："亚伯阁下，您从哪儿收到的消息？"

"这艘船隶属于孔雀远洋航运公司，是前孔雀总督辛格家族的产业。"亚伯轻描淡写地说，"你们嫌弃辛格家族的遗孀英格拉不听话，不好控制，把人家母女丢到塔汗国，让她们自生自灭，却扶植了她的继子当傀儡，以为这样就能多个提线木偶。却不知道，你们能威逼利诱，将人捏在手中，梅涅公爵也可以。"

"狐狸老者"冷哼一声，没有说话。他不是别人，正是同为四大贵族、选帝侯之一的卡佩洛侯爵。

侯爵自认多年陛下心腹，兢兢业业，劳苦功高，又年近八旬，年事已高。偏偏温菲尔德家族两个小年轻，大的那个当了首相，职位上高他一级；小的那个，仗着陛下信任和权势又压他一头，早就对这两兄弟怎么看都不顺眼了。

当年亚伯提议，英格拉是个聪明人，可以与她谈判，互利互惠。侯爵见英格拉这个寡妇年轻貌美，本有意将她收为情妇。谁知英格拉与亚伯眉来眼去，看不上侯爵这一身老朽松弛的皮肉。侯爵嫉恨无比，又不能对亚伯动手，就以势凌人，残忍地把英格拉母女扔到中东战乱的塔汗国，让她们在地狱中挣扎。

如今亚伯直言不讳，说问题出在辛格家族，对侯爵来说，不亚于一记耳光直接扇到自己脸上。偏偏他还什么都不能反驳。毕竟，他一不清楚事情的经过，二就是，他还欠了亚伯人情。

两年前，侯爵的亲孙女安妮办砸了抓捕童家父女的大事，还是亚伯帮忙圆的场，才没把两国关系搞破裂，伊莎贝拉这个皇储也勉强保住。

卡佩洛侯爵与伊莎贝拉是一条绳上的蚂蚱——当年皇帝害死梅涅公爵的父母，卡佩洛家族也掺了一手，侯爵自然要力保伊莎贝拉上位，否则梅涅公爵当了皇帝，侯爵这一脉会死得很惨。

所以，在这份恩情面前，亚伯再怎么出言不逊，侯爵也只能忍着。

伊莎贝拉没工夫管侯爵的心情，急急地问："您知道公爵以什么身份踏上这艘船的吗？"

亚伯摇了摇头："只知道他肯定上来了。顺便，还有一个更坏的消息。大洋国海军收到消息，驻扎东南亚的第三舰队，已经开始以'打击海盗'的名义，在马六甲海峡巡查。"

伊莎贝拉心中一沉："伊万·伊万诺夫，在这条船上！"

"那就难怪了。"亚伯回答，"兔子急了还有咬人的时候，何况是那个老家伙。伊万是他真爱所生，又是老来得子，若是没出什么事，自然天下太平。若是出了，盘查海岛的时候，顺便查到人口贩卖组织，然后发现背后是斯图国皇室，也不奇怪吧？"

伊莎贝拉十分焦躁："我怎么想得到伊万·伊万诺夫会来？"

侯爵皱眉："难道是被梅涅公爵想办法骗过来的？"

伊莎贝拉觉得很有可能。

"你太狂了。"亚伯微微一笑，不带任何讥讽，可他接着说出来的话，却让伊莎贝拉有点下不了台，"经过'铜棒'那件事情，金宫就已经确定国土局高层有问题，只不过秘而不宣，私下调查。

"这两年来，局长的权力在不断萎缩，反倒是他的下属，应急准备与反应部的部长，也就是国土局副局长刘易斯的权力日渐高涨，可见老局长已经不被信任。

"刘易斯本来就不好对付，这次与国际刑警总署重启里切尔夫妇一案，据说还派了传奇特工詹姆斯·史密斯来调查，你们却还敢动用国际刑警的内线，直接抓李察，并把他送上船玩弄，实在是胆大。"

伊莎贝拉哑口无言。她很想反驳，我事先并不知道情况这么严重啊！

一旁的主持人却有点奇怪——亚伯阁下不是已经到了泰德城吗，而且，李察不是亚伯阁下命人送上来的吗？

主持人刚要开口，却意识到一件事。伊莎贝拉阁下只是下令，抓捕李察；送李察上船，是亚伯阁下的要求，但除了那几个打手之外，就是经自己之手，其他人并不知晓。难道伊莎贝拉阁下以为，手下人抓了李察，主动送上来，就没细问？

这种信息差，让主持人悚然而惊。他不敢细想，只能闭嘴。

"蝮蛇男"沉吟片刻，还是想得到一个确切答案："您收到的消息，也是确定大洋国派来的特工，是詹姆斯·史密斯？"

亚伯微笑着把问题还了回去："这个问题，我想您应该比我更有把握。大洋能源集团主席，西蒙·路斯恩先生，您手眼通天，又和刘易斯有深仇大恨，我不信您不关注刘易斯的动向。"

西蒙·路斯恩叹了口气，略有些无奈："我只是个生意人。"

亚伯笑而不语。有些话，听听就算了，不能当真。别看西蒙·路斯恩文质彬彬，慈眉善目，真要信他是吃素的，怎么死都不知道。

大洋国南北两党轮流执政，大洋能源集团与大洋军工、金融集团都是南党的中坚力量，足以左右政坛乃至大洋国的动向。

十年前，中东塔汗国的末代国王操纵国际油价，侵犯到了大洋能源集团的利益，西蒙·路斯恩不惜联合其他人，煽动大洋国发起针对塔汗国的战争，以雷霆之势终结了塔汗末代国王的统治。

只不过，大洋国派出的驻塔汗将军艾比欧·马歇尔，反而隶属于北党，所以这位将军很快就被人刺杀了，换上了出身南党的雷奥将军。

虽然大洋国国土局内部表示，艾比欧将军就是被刺杀的，但亚伯掌握斯图国皇家情报系统，自然清楚，这件事另有隐情。

大洋国内部，也不是每个人都信这套说辞。很显然，艾比欧将军的同窗加挚友刘易斯，还有儿子艾伯特·马歇尔，肯定是不信的，也一直在暗中追查当年之事。

那两个人一个身居高位，一个坐拥千亿财富，都不是西蒙轻易能对付的人。

这也正是西蒙·路斯恩今天出现在"狩猎女神号"上的原因。

虽然他并不认为，大洋国的司法体系能够奈何得了他，但不怕一万，就怕万一。

路斯恩家族与温菲尔德家族沾亲带故，伊莎贝拉皇储还能称他一声"表舅"，今天他竭尽全力，扶持皇储上位，明日他若是落难，皇储为了不显得刻薄寡恩，寒了臣子的心，也会出面保他。

还有个原因就是，他觉得雷奥将军，这条他们能源巨头集团养的狗，已经不是很听话了，最好能借助伊莎贝拉的手，把这个不稳定因素给铲除。

所以，他望向亚伯，坦然承认："国土局的特工，确实一直在秘密跟踪我，但以我的级别，还启动不到詹姆斯·史密斯。"

西蒙·路斯恩都这么说了，伊莎贝拉就不好发作。

毕竟，从现在的情况来看，敌人确实是她这边招来的，概率更大一些。

伊莎贝拉眉头紧锁，就听见亚伯说："还有，我国的中央情报局，也介入了这件事，我的好侄子布莱特亲自到了泰德城。"

听到这个消息，伊莎贝拉大惊："表哥也来了？我怎么没收到任何消息？"

"我刚才已经说了，泰德城是辛格家族的泰德城，谁掌握了辛格，谁就掌握了这座城市。"亚伯淡淡道，"你们连辛格反水都不知道，船员之中，还不知道混入了多少公爵的人，没发现布莱特又有什么奇怪？中央情报局已经全面介入此事，不可能善罢甘休。"

伊莎贝拉面色沉重。

虽然铁血首相是她的亲舅舅，但皇权和相权的关系一直很微妙。这20年来，舅舅逐步架空了祖父，政令全部出自内阁，而不是夏宫。如果被舅舅逮住这件事当把柄，在内阁发难，以此来推动君主立宪制，进一步限制皇室实权的话，皇室说不定真会成为吉祥物。这是伊莎贝拉绝对不能容忍的。

亚伯又道："自从得到李维这个样本后，地下的研究确实一直在推进，但苦于找不到第二个合适样本。

"岩罕已死，'铜棒'和'赫卡忒'被中国安全部门保护，只剩下李察——我们想办法弄到了他的体检报告，目前只能表明他的智商也非常高，但不能证明他的脑部也有器官变异，至少他不像他的父亲李维是天生的裂脑人。

"你们的举动实在太冒险了。知道李察加入了国际刑警部门，有意推动对'提洛岛'的调查，想让李察自己过来，这一招很险，却也是唯一他会上钩的方式。"

说到这里，亚伯耸了耸肩："但李察不是傻瓜，'提洛岛'的案子，多年来国际刑警折戟沉沙，已经没几个人敢接。他刚过去这案子就重启了，当然会留心其中的不对劲。他不是傻子，其他人更加不是。虽然我已经尽量帮你收拾残局，可你太过心急，还是被梅涅公爵，以及我大哥抓到了破绽。"

伊莎贝拉闻言，不由得气闷。皇祖父的病情每况愈下，皇权在被臣子逐步蚕食，治疗阿尔茨海默病的特效药却迟迟没有突破。

第一个大脑合格的研究对象岩罕，偏偏是毒贩组织万象集团的继承人，出行必带一个排的火力，而且不轻易涉足险地，想要抓会闹出大动静。

之后的童家父女更不用说，一个比一个难抓。她只能把目标锁定李察。但现在看起来，李察也早就被梅涅公爵盯上，对方将他当作棋子，特意布下了这个针对他们的天罗地网杀局。情况对他们确实很不利。

可瞧见亚伯气定神闲的样子，伊莎贝拉也不紧张了。

老皇帝是个无利不起早的人，他如此信任亚伯，除了暗中的私生子传言之外，也在于亚伯的能力确实可靠。这么多年，由亚伯经手的事情，无论是主办还是收尾，从来都没有办砸过。这让伊莎贝拉对亚伯又是忌惮，又是依赖。

就见她笑了笑，像小辈对长辈撒娇般，亲昵地说："您想必已经有了主意。"

亚伯微微一笑："先说说你的新客人？"

"就是上次我们提到的奈赫贝特，岩罕同父异母的妹妹。"伊莎贝拉回答，"为了确保她身份的真实性，这两年来，我调取了她从小到大所有的履历、照片，走访了她的亲朋好友、同窗室友，确定就是她本人。"

说到这里，伊莎贝拉顿了一顿，才说："只要她上了船，我就不担心人带不走。但现在最大的问题是，您确定，公爵在船上吗？"

亚伯轻轻颔首："你现在走还来得及。"

伊莎贝拉嫣然一笑，眼中却露出凶光："送上门的机会，岂能不要？他既然敢来，我就要他死在这里！让布朗船长过来！"

十四

而就在他们谈论的时候，各房间内，已经有不少人通过"背叛模式"通关，也有人痛哭流涕。

一个铁塔般的壮汉，因为队友的出卖，被黑西装们带走时，双眼发红，犹如疯狂的公牛，试图反抗，却被麻醉枪击中，立刻晕了过去。就见黑西装们将他五花大绑，抬了出去。全过程行云流水，就和勒住一头猪，运输一头羊没有区别。

瞧见这一幕，有人跪了下来，绝望哭泣。还有人吓得尿了裤子，大家都嫌弃地避开。

由于年老体衰，随便找了两个队友的亨利，在"背叛模式"中占了便宜，靠着淘汰掉了队友，成功通关。

他知道，距离第三场游戏还有一个多小时，自己必须像求生的小动物一样，努力躲避，才能不被其他人狩猎、袭击。

但这是不可能的。这一波游戏下来，很多人的筹码又将所剩无几，自己这种体能衰竭的老者在身强力壮的男人们眼中，就和力量羸弱的女人一样，属于特别容易被掠夺身份卡的肥羊。而且，越是留到后面的玩家，智力、体力、观察力等，就越是出色，他不可能对抗得了这些人。

必须找一个帮手。甚至，在他心里，已经有合适人选了。

就见亨利来到自助餐厅，找了个靠墙的位置，用来观察陆续通关，前来吃饭的人。

经过第一场游戏的体力消耗，以及第二场游戏的脑力消耗后，玩家们都急需补充能量。而自助餐厅，就是往来玩家最多，也最不容易发生冲突的地方。因为很多玩家，都怕自己动手的时候，敌人反抗，鹬蚌相争，反而让渔翁得利。

"狩猎女神号"的自助餐厅非常高档，不仅一切应有尽有，角落里还有个音乐角，钢琴师、小提琴手、长笛手等十几名乐师或站或坐，演奏着平缓而柔美的乐曲——贝多芬第九交响曲，第三乐章。

亨利一边吃，一边守着，看着陆陆续续的来人，突然眼睛一亮。

棕发女郎推门而入。

亨利虽然人品不行，但到底做了里切尔影业几十年的CEO，阅美无数，早就锻炼出了极其犀利的眼光。一个美女，是天生的美女，还是化妆出来的美女，或者人造出来的美女，他一眼就能分辨。甚至，只要看着对方的面容和身材比例，就能自动想象对方在镜头里的样子。

正因为如此，他很清晰地意识到，这名身材过于高挑的棕发女郎，实际上是一名男扮女装的男人。

亨利发现这一点的时候，就觉得很奇怪了。他们上船的时候，都过了安检，主办方不可能发现不了这一点。也就是说，主办方觉得这个男人扮成女人没问题？他可能是心理有障碍，或者性别认知错位，天生就这样？

以亨利的锐利目光，自然能发现，这名棕发"女郎"隐藏在浓妆下的轮廓和五官非常完美，甚至隐隐让他有些熟悉感。

这令亨利萌生了一个大胆的想法。棕发女郎，说不定是他知道的那个人。

亨利抱着这种心情，在自助餐厅一边啃着三明治，一边敏锐地环顾四周时，就看见棕发女郎走了进来，拿了份鹅肝，撒了点鱼子酱，又拿了杯鸡尾酒，选择一个靠窗的位置坐下。

他想了想也拿了份一模一样的，然后硬着头皮，直接跳过"询问"这个环节，坐到对方对面，才有点讨好地，小心翼翼地挤出一丝笑，低声道："伊万，你也来到这条船上了？"

棕发女郎目光如电，刺得亨利头皮发麻。

瞧见对方这反应，亨利更加确定，这个戴着假发、美瞳、穿着女装的男人，就是他知道的那个人，传奇影后叶莲娜·伊万诺夫的儿子，伊万·伊万诺夫。

叶莲娜，曾经是里切尔传奇影业的台柱子，也是公司的股东。乔·里切尔把叶莲娜当作妹妹一样，悉心指点，交情莫逆，两个人是非常好的朋友。

卡瓦哈尔·里切尔失踪，叶莲娜为之奔走寻找，里切尔夫妇出事，叶莲娜是扶棺的人，并且哭得昏厥过去。对叶莲娜来说，里切尔夫妇就是她的家人，失去他们之后，她的精神蒙受了重大打击，沉沦在各种酒吧夜店。几年后，更是突然宣布退出影视圈，两人从此没什么联系。

亨利做贼心虚，不敢联系叶莲娜，想着这个疯女人不拍电影了也好。距离梦工厂，距离他越远，他暴露的可能就越低。但他还是一直在关注叶莲娜的情况，并且通过某些隐秘渠道知道，叶莲娜与一位大人物秘密同居，生下了一儿一女。女儿叫瑟沙，14岁的时候，意外身故。儿子叫伊万，正在闯荡梦工厂。

伊万的演技不怎么样，就是个花瓶，靠美貌和母亲留下来的超高人气，勉强也能算个二三线演员。而且，伊万的性格很孤僻，独来独往，不与大家打交道，在梦工厂也没什么朋友，与亨利这种影视圈能呼风唤雨的大人物就更没太多交集了，顶多就是伊万刚到梦工厂的时候，凭着旧日情分，试图请对方吃过一顿饭而已——对方还没答应。然后，就是一些名利场上偶尔打过照面了。

所以亨利今天来攀交情，有点胆战心惊，更多的是后悔，心想要是当年续了一下情分，没闹那么僵，或许现在就不至于这么尴尬？但再怎么尴尬，这个关系也一定要攀起来。别看伊万平常女装风情万种，又是业内公认的花瓶，但谁都没办法否认，他工作非常敬业。为了拓宽戏路，并成功塑造角色，他学过泰拳，学过柔道，还能徒手攀岩。

亨利估摸着，没有枪的情况下，伊万一个人撂倒七八个大汉不在话下，面对没练过的普通人，真要打，一打一二十也未必有问题。这种大粗腿，此时不抱，更待何时？

更重要的是，其他宾客，男的他信不过，女的又受限于身体素质，不可能打过男的。但伊万他至少认识，两人又有共同认识的人，能说上几句话。

想到这里，亨利捏了把汗，还是决定按照自己的猜测来："伊万，你的母亲还好吗？"

棕发女郎平静地说："还好。"

言下之意，就是承认了自己的身份。

亨利搜肠刮肚，又想到一句："马上就是乔的祭日，他们夫妇离开，也有 20 多年了。不知道——"

伊万恍若未闻，平静地切开面前的鹅肝，吃了一口。

看到伊万这么冷淡，无动于衷，亨利斟酌再三，决定赌一把。

他在梦工厂摸爬滚打这么多年，几线明星该有什么收入，大部分片子的片酬、分成、盈利等，亨利不说了如指掌，也都基本心中有数。至于各种明星的隐私，他更是听了不少。

所以，亨利知道，伊万这个人，不吸毒，不赌博，不召妓，也没被骗钱去投资，理论上应该有不少的钱。更何况，叶莲娜，当年可是传奇巨星，怎么会没收入？还有伊万的亲生父亲……虽然传言中身份不明，有很多备选，可每一个都是能呼风唤雨的角色，不可能没钱。但伊万表现出来的样子，就是没什么钱。

想到当年的隐秘旧案，亨利觉得自己猜到伊万大概把钱花到什么地方去了，就不紧不慢地说："我手上还有很多乔的遗物。"

伊万不冷不热地回复："是吗？我还以为，你和强森·里切尔已经把里切尔夫妇的遗物都卖得差不多了。"

哪怕是个瞎子也看得出来，伊万对亨利很抵触。

但伊万越是喜怒形于色，亨利反而越放心，笑着说："自然不是实质性的东西，而是一些比较私人的……比如，你妹妹瑟沙当年的死。"

伊万的动作蓦然顿住。

亨利心想，猜对了。

叶莲娜的小女儿，瑟沙·伊万诺夫，多年前就已经死了，警方公布的结论是学习压力过大导致的自杀。

亨利却清楚，瑟沙是被人害死的。

女儿死后，叶莲娜就疯了。

伊万那么缺钱，一方面是为了隐瞒叶莲娜的病情——他需要请最好的，最有专业素质的护工、保镖，日夜照顾她，还得提防无孔不入的狗仔，包括他们的针孔摄像机、无人机。一旦提防不到位，他还要花重金从狗仔们手中买下影片和录像。

因为他，母亲有朝一日还会清醒，而她是那么爱美的人，绝不会愿意外界看到她疯婆子的模样。

但这部分支出，他生父应该也会提供。

虽然有很大可能，伊万不想要亲爹的钱，不过亨利觉得，伊万应当不至于碰上无法解决的麻烦。

那么，伊万上"提洛岛"，应该不是为了钱，也不是犯了事，而是为了一件耿耿于怀的事——他还是要调查妹妹瑟沙的死。

亨利抬起头，仿佛能透过褐色的美瞳，看见伊万冰蓝色的眼睛。

在那片冰冷的海洋中，看见了自己的倒影，苍老，却狡黠。

他听见自己的声音，带着隐隐的得意："你不想知道，你妹妹遇到了什么吗？"

伊万的手微微抖了一下，却强行克制，神色依旧平静："我不知道你在说什么。"

亨利虽然不演戏，但在演艺圈摸爬滚打这么久，难道还看不出这点伪装？不由得心想，难怪谁都说伊万是花瓶，这演技真是……太假了。越是这样，他就越得意："瑟沙，那个孩子，真是可怜。她死于坠楼，对吧？警方给出的消息是校园暴力导致的心理问题，因为是贵族学校，对方也能聘请很优秀的律师，反而因为瑟沙身份特殊，不能惊动媒体，就这么被掩盖住了。"

"但那个贵族学校——"亨利低声说，"一直是某些达官贵人的狩猎场。"

伊万看了亨利一眼，淡淡道："你待会跟着我。"

没等亨利高兴，就听见伊万说："就算我输了这场比赛，也能平安无事离开'提洛岛'，但你能不能离开，就要看你提供给我的情报，是否准确了。"

亨利知道，以伊万的身世，这应当不是假话，顿时低头，心想你有这种家世，为什么不问你亲爹，非要来"提洛岛"不可？难道你就不怕亲爹找上门吗？

亨利当然不知道，自己的腹诽已经成为现实，而这也促使伊莎贝拉将要实行一个更加疯狂、更加可怕的计划。

"各位，既然人已经到齐了，就让我们来谈谈吧！"伊莎贝拉高居主位，轻描淡写地说，"如何在不惊动任何人的情况下，让这条船在今夜沉没？"

"砰——"杯子打翻的声音响起。

众人齐刷刷看过去，便见布朗船长根本无法克制脸上的惊愕之色，摆在桌上的双手也抖得像癫痫患者，才不经意扫到了茶杯。

滚烫的红茶泼在手上，他却一点感觉都没有，只是瞪着伊莎贝拉，仿佛自己听到了什么难以理解的话。

"沉没？"

"是的。"伊莎贝拉眼中透露一丝警告，"布朗船长，你只要告诉我们，具体能带走多少人就行。"

布朗船长心乱如麻，却还是汇报："船上总共有三架直升机，一架小型客机，可以容纳承载72名乘客。并且，我们还配备了125艘救生艇，都是机动艇，每艘可以乘坐100人。"

听到这里，伊莎贝拉有些惊讶："这么多？"

布朗船长镇定下来："国际航海协会对所有的大型邮轮都有要求，船上搭载的救生艇容纳人数，必须为总人数的125%。'狩猎女神号'的满载人数为10000人，7000出头的游客，接近3000的船员，所以就配备了能容纳12500人的足额救生艇。"

布朗船长之所以这么说，只是抱着最后的希望，告诉伊莎贝拉，船上这些人理论上可以全部带走，甚至一些小型器械都能通过救生艇弄走。

奈何伊莎贝拉根本没有将救生艇放在心里。她本来就是要让所有人死的，怎么可能让他们获救？正因为如此，她看了主持人一眼。

主持人咽了口唾沫，暗示布朗船长："请问，驾驶室的值班时间，在今晚的时间段，分别是怎么排的？"

布朗船长努力控制自己不往坏处想，只是公式化地回答："每天早晚八点到十二点，是三副守在驾驶室，我一般也会在，负责指导三副应对一些问题；十二点到四点，二副值班；四点到八点，大副轮值。"

伊莎贝拉与"狐狸老者"，即卡佩洛侯爵交换一个眼神。

就听见侯爵不紧不慢地问："如果驾驶室的人设定好航线后，全部撤离，能够瞒过其他人吗？"

布朗船长只觉汗毛倒竖。

他有心隐瞒，可知道伊莎贝拉身边也有懂船的人，不可能瞒得过去，便摇头："没办法隐瞒。一艘船就像一个人，每个部门都是一个器官，彼此联动，缺一不可。驾驶室隶属于甲板部，一旦驾驶室的人都消失，甲板部的其他船员，比如水手长等，立刻就会发现不对。而且，相应联动的轮机舱也很快就会发现异常。

"像'狩猎女神号'这样的大型邮轮，对管道与电力的维护也很重要，船上的管弄和电弄，每天都要进行维护与检修，也很快就会发现不妥。只要有一个人发现，就会立刻按响船体报警器，通知所有人。"

"而且……"布朗船长顿了一顿，才说，"无论是飞机的起航，还是救生艇的使用，乃至航道的偏离，都不可能瞒过其他船员。"

布朗船长说完，却见其他人面色平静，毫无波澜，不知是否早就已经知道，还是觉得不重要。

就听"蝮蛇男"说："如此看来，就连船员们也要一起瞒着了。"

布朗船长求助地望着伊莎贝拉，却见对方轻轻额首，便再也坐不住："伊莎贝拉殿下，这太——"

"布朗船长，不要忘记你的身份。"伊莎贝拉傲慢地说，"想想你的妻子，你的孩子，还有即将出生的孙子或孙女吧！"

布朗船长颓然倒回位置上。

他原本是斯图国海军的一位中级军官，因为卷入政治斗争，得罪了洛林贝格大元帅的长子洛林贝格将军，被投入军事监狱，妻儿也被他连累，穷困潦倒。

是老皇帝看中了他这个人，将他保释出来，成为"狩猎女神号"的船长，掌握"提洛岛"的秘密。

他的妻儿也幸福生活在卡佩洛领地，每年有两个月，他们全家能够相聚。但布朗船长很清楚，这是用他出卖良心换来的，而他的妻儿，实际上也是侯爵，不，应当说，皇室手上的人质而已。

不只是他，船上核心岗位的船员们，基本也是同样的遭遇。真实身份都见不得光，家人都被主办方攥着，翻不起风浪。

可布朗船长看着，伊莎贝拉明显是不打算让这些船员活下来，之所以假惺惺地问一句，也只是做个铺垫罢了。

这样的殿下，会让我活下来吗？布朗船长意识到问题所在。

按理说，作为船长，他应当与船共存亡。可成为这艘船的船长，从来就不是他选择的。他愿意为之殉死的，是斯图国的军舰，而不是这条充满罪恶的邮轮。

但这或许由不得他。与其事后被处理掉，还不如这时候乖觉一点吧？

怀抱着这样的想法，布朗船长思考了好一会儿，才摆出一副坚毅面孔："我愿意无条件配合殿下，也愿意不离开这艘船，只求殿下继续履行诺言，保我家人平安。"

伊莎贝拉就是要逼布朗船长说出这句话！

她难道不知道驾驶室离不得人吗？错了，她当然知道！

早在开会之前，伊莎贝拉就喊身边的人开了个小会，弄清楚了船体的构造，以及船员们的职责。她甚至连大副管进港和配货，二副需要每天画海图，三副不仅管理着设备，还要经常去轮机舱都知道得一清二楚。

但知道归知道，身边的专家建议伊莎贝拉，绝不能上来就直接对布朗船长说，你们的妻儿都在我手里，为了他们的性命安全，你们只能乖乖把船开到哈兰特海沟，陪着这条船一起葬身深海。这会激起对方的反抗，一旦闹大了，会产生意想不到的事情。

他们再多的钱，再多的枪，也只是外人。真正像熟悉自家一样熟悉这艘船的，还是这些船员水手。一旦布朗船长等人不肯配合，就算伊莎贝拉派人把他们都杀了也没用。

她身边带了多少个人可以顶上船员的核心岗？这些人又愿意眼睁睁地看着大人物们跑掉，自己去死吗？

如果船员们闹腾起来，那些被伊莎贝拉怀疑，打算舍弃掉的黑西装，个个手上都有枪，又会怎么反抗？

想要兵不血刃地完成这丧心病狂的计划，必须有处在这条船最核心岗，又有足够威望的人，心甘情愿用性命配合他们完成这个骗局，才能稳住船员和水手。

毫无疑问，这个人，只有布朗船长。

十五

李察并不知道，这一艘船，已经面临沉没的危机。此时的他已经站在了第 10 关的门前。

推门而入后，李察愣住了。出现在他面前的，是一个极其狭窄的房间，差不多 3 米长，1 米宽，右边则有一台已经开机的电脑。

左边的白板上，贴着一张巨大的纸，上面是一个由 25 个 5 × 5 的小方格，构成的

25×25大方格。仔细一看，就会发现，这是一个完美的25阶数独幻方。其中，每一个5×5的小方格中，是由数字1至25构成的五阶幻方，行、列、对角线的和值为65。而在25×25的大格中，每一行、每一列和两条对角线的数都包括1至25，和值为325。

不仅如此，每个5阶幻方最中心的数字，也非常巧妙。第一排的5个5阶幻方，每个幻方最中心的数字，从左到右，分别为1、2、3、4、5，第二排则为6、7、8、9、10，以此类推。

而这时，手机短信提示响起，来自主办方。

"由于第10关难度太高，诸位拥有10次群发短信的机会，望周知。"

李察在房间找了一圈，发现还是只有面前这个25阶的数独之后，就编辑了第一条信息："我所在的房间只有一个25阶数独幻方，以及一台电脑。按照从左到右，从上到下的次序，开始发数字。"

随后，就是"短发女"的短信："我的面前贴着一张围棋的棋盘图，加上电脑。不同于围棋下在交叉点上，324个棋盘格子里都填写不同的元素符号。按照'正义'的顺序，开始发字母。"

"提琴手"亦道："我面前是二进制编码矩阵，加上电脑。为方便传输，我将它转化为十进制后，发送给你们，每到换行的时候，我会特殊标记。"

光是互相交流所有信息，他们每个人就用掉了八条短信。

"短发女"用水笔在白板上复刻了两人提供的信息，顿时头皮发麻。

这三个不同的矩阵，究竟是什么意思？

她就算数学还可以，也完全找不到共通之处啊！

幸好之前，那个什么"背叛模式"，她没有选。因为她已经深深明白，自己的数学水平或许勉强够用，但在对密码的造诣上，肯定不如另两位。看来只能等大佬带飞了。

"短发女"两眼一抹黑，完全放弃了抵抗。

李察与"提琴手"则陷入沉思。他们都已经意识到，这三张图，应当都是密码图。

"我与'提琴手'房间里的，都是5×5的方格，"短发女"的房间里，却是棋盘。"李察算了一下，"1、2、3、5、6、8、9、10，走到现在是第8次关卡，按照过往惯例，线索在'短发女'的房间里。"

棋盘，5×5。李察第一时间想到的，就是"棋盘密码"。

棋盘密码是利用波利比奥斯方阵（Polybius Square）进行加密的密码方式，产生于公元前二世纪的希腊，相传是世界上最早的一种密码。

它的加密方式就是，制造一个5×5的方格，将26个字母打乱填入，其中i和j放在同一个格子里。然后，在格子的顶端和左端，分别填入密钥。可以写12345，也可以写ABCDE。

当然，目前最流行的写法是ADFGX，因为这五个字母译成莫尔斯密码时不容易混淆，可以降低传输错误的概率。那么，应当优先比对，自己的25阶幻方数独，与"提琴手"的55矩阵中，有多少共同点。

想到这里，李察不由得微笑了起来。

"提琴手"，果然是个坏家伙啊！

二进制的矩阵，再配上电脑，李察第一时间想到的就是计算机语言，立刻打开电脑中仅存的软件，看了一下，全是主动解密程序。什么常见编码、换位加密、替换加密、混淆加密等，应有尽有。

简单来说，就是将密文输入进去，计算机便能自动算出来。但同样，使用次数也只有10次。也就是说，并不能采用笨方法——算。

李察思考了一下，先选择计算机最常用的ASCII编码，将"提琴手"给予的矩阵数字，转化成为字母，发现只有25个字母在重复。但不是少了i或者j，而是少了s。

他记录下这个信息，拿着自己填好的表格，与幻方对比，试图找出两者完全重合的地方，无果。

很显然，这两份图谱，还经过二次加密。矩阵的字母，不是原有的字母。他手中这份幻方中的数字，也不是真正的数字。

看来想要破译，还是得依赖这份棋盘上的数字，就相当于密码本。

但这个棋盘上的元素表，也很杂乱啊！118个元素，这里面只有36个，到底怎么选的？

目前为止，好像找不到什么共同点？

这时候，"短发女"突然发来一则信息："元素周期表的118个元素中，总共有26个金属元素，24个非金属元素，其他都是过渡元素。但在棋盘的表格里，只有26个金属元素，以及10个非金属元素，它们组成了9个6×6的数独方格！"

术业有专攻。

"短发女"之前就介绍过，她是化工厂的负责人，对元素周期表的熟稔程度，自然比他们两个都深。

李察精神一振。这种排列方法，让他想到了另一种加密手法——四方加密。

四方加密之前也像棋盘加密一样，采用5×5，i和j放在同一个格子里的方式，只是加密矩阵不大一样。

但因为这种加密存在弱点，所以经过改进后，变成了 6×6 的加密方式，即 26 个字母，和 0 到 9 的数字排列组合！

刚好，围棋棋盘也是四四方方的，不是吗？

但问题来了。

就像他之前破译的维吉尼亚密码一样，四方加密也会设置两个随机的密钥，如果不知道这两个密钥究竟是什么，神仙也没办法将密码破译出来。

线索在哪里呢？

李察思索片刻，敲下第一个密钥：chess（棋）。

他之所以认为是这个单词，原因很简单。按照密码学的规则，重复的字母，要被删掉一个。而 chess 即符合"棋""棋盘"的规则，重复的刚好又是"提琴手"所在房间矩阵中，没有的"s"。甚至，被删掉一个 s 之后，ches，刚好只有四个字母。

确定这个后，对应的密钥便有了眉目——至少能确定，也是四个字母，或者被删后也是四个字母。

李察觉得，第二个密钥，应该在自己这个 25 阶的幻方数独上面找。

"数独"和"幻方"的单词都不对。那么就只能与每个幻方中心数字的排列顺序有关了，毕竟，这是最显眼的特征。

问题在于，"中心——core"和"顺序——order"，都满足这个条件，后者删掉一个重复的"r"即可，一般都是删掉第二个。

想到这里，李察发了一条短信："'提琴手'，四方加密变种，6×6，ches 确定，core 或 orde，你来选择。"

"短发女"捧着短信，不明所以。"提琴手"却明白，李察为何这么说。

以目前的庞大运算量，靠他们纯人工计算是不可能的——主办方没那么多时间和耐心，让他们慢慢在这里耗，一切都要用电脑来解决。

而主办方限定的 10 次计算，就代表他们的容错率非常低。因为加密太多了。

棋盘表格的加密方法，为四方加密的升级版。

二进制矩阵的加密方法，已经用掉一次 ASCII 编码加密的机会，至少还要用四方加密方法，解掉一次。

李察的幻方也是同理——数字必须转换成字母才行。

但两人心中都有数，这绝对不是最后。

也就是说，电脑提供的 10 次解密机会，很大概率，只够他们折腾一次。

正因为如此，李察和"提琴手"都明白，他们实际上只有一次机会，直接定胜负，分生死！

现在就是看运气的时候了！

"提琴手"也非常干脆，直接发短信回答："core。"中心。

李察也没有犹豫，开始用 orde 和 ches 当作密钥，开始解密。

幻方、矩阵、棋盘的密码，被逐一破解，复原。

解密之后，李察和"提琴手"拿着新的三张密码图，在每张图的不同角落，竟然找到了唯一一个，在三张图里一模一样，并且 5×5 的格子里，全都是重复的 5 个字母，即 ADFGX 胡乱打散，排列的区域。

很明显，这就是密文了。

但棋盘解密，除了密文之外，必须有密钥，也就是密码图。

密码图在哪里？

这时，"提琴手"突然用掉了最后一次的短信机会："我破译的三张密码图中，有一块一模一样的区域，是 25 个不同字母。"

短信的后半截，竟然就是他发来的字母表！

李察沉默片刻，也将最后一次短信用掉："不要忘记这场游戏的名字，以及，一切荣耀归于恺撒。"

短信后半截，也是他发的 ADFGX 重复字母表。

然后，两人等了几分钟，就看到"短发女"的短信："我刚才对主办方输入解码的信息，提示错误，我们是不是要输了？你们到底是猜错了，还是你们中的谁也有那个背叛模式，是不是！是不是！"

看到最后，就算是冰冷的字符，也能瞧出她的绝望和崩溃。

李察和"提琴手"却心如铁石。

在最后的关键时刻，他们又不约而同地做了同样的豪赌——让"短发女"试错！

哪怕他们知道，如果"短发女"通关，无论对方选择背叛模式，还是队友模式，他们两个开启了背叛模式的人，就立刻会宣告失败。

但他们并没有特别紧张。因为两人都判断，这并不是最后的谜底，不能直接用解密软件硬套。这里还有一重移位密钥加密！

棋盘加密法的密钥，必定是五位数。所以，他们还需要得到一个五位数的密钥！

"提琴手"陷入纠结。

他思考了一路走来的所有关卡，而且刚刚李察也提示了，综合考虑，他觉得最有可能的，应该是恺撒（Caesar），删掉第二个 a 即可。

之所以这么认为，是因为恺撒据说是历史上第一个使用加密文件，来传递情报的人，具有非凡意义。

而且，之前第 2 关的油画，也是恺撒。但提到第 2 关的油画，还有犹大（Judas）、耶稣（Jesus），也都有可能。这么想想，符合意义的单词就太多了。

而这时，他听见主持人夸张的声音："恭喜第一位通关游戏的幸运儿！只可惜，他的队友目前还在思考，让我们静待结果。"

"提琴手"一看屏幕，李察通过了。

难道真是恺撒？"提琴手"将"caesr"设为密钥，进行解密，然后将得到的答案发送给主办方。

错误。

"提琴手"皱了皱眉，又试了犹大和耶稣。

同样错误。

只剩最后一次机会了。

李察刚才说，游戏的本质……这游戏名字叫跳房子，难道是"house"？

抱着死马当活马医的想法，"提琴手"再一次尝试。

失败。

"提琴手"，淘汰。

就在隔壁，黑西装正一板一眼地说："恭喜你成为第一个通关的选手，请问你要占哪一间房子？"

"毫无疑问，"李察回答，"当然是第 4 关的房子。"

4、5、7、8 四关中，绝大部分人能闯到第四关就不错了。从性价比来说，这是最优选择。

黑西装公事公办："等游戏结束后，筹码会自动发给你，记得查收。"

李察倚在门口，对黑西装笑了笑："成，我先去自助餐厅吃点东西，补充一下体力。"

"顺便……"他对刚出来的"提琴手"说，"直接从我的筹码里扣，将这哥们买活。"

黑西装板着脸说："一旦复活选手，对方就会成为你的资产，所消耗的时间，也从你的余额中扣。"

"没关系。"李察很淡定，"赢了大奖，钱多。对了，买他复活需要多少钱来着？"

黑西装回答："30万。"

"提琴手"礼貌询问："请问，淘汰之后，我先前关卡累积的金钱呢？"

黑西装的回答非常冷酷："自然也交给买活你的人一并所有。"

李察笑了笑，一边搭着"提琴手"的肩膀，一边对黑西装说："既然这样，我将属于他的那部分资产还给他，也可以吧？"

黑西装用古怪的眼神看了李察一眼。

他参与"提洛岛"游戏这么多年，只看过互相厮杀掠夺，还没见过这么大方的。正因如此，他说："稍等，我要咨询主办方。"

"OK，等你的好消息。"

说罢，李察也没有在原地干等，而是说："脑力活动太累了，我们去蛋糕店吃些甜品，补充一下糖分吧！"

"提琴手"非常平静地接受了，边走边问："所以，最后的密钥到底是什么？"

"啊，很简单。"李察笑了一下，"是robin。"

知更鸟。

"提琴手"有些奇怪："你为什么确定是这个呢？"

"这个嘛——"李察扬起脖子上的正义女神雕像，"因为我拿着这个当密钥，破译之后，发现解出来的答案是assize。"

assize。法令，条令，巡回审判，巡回法庭。

"提琴手"想起来，《谁杀死了知更鸟》中，最后一句就是："The Sparrow's for trial, At next bird assizes."麻雀将受到审判，在下回的鸟儿法庭。

如果以起始点的密码图为引子，以第2关的知更鸟之歌为开始，那么自然，也要以这首歌的最后一句做终结。

"提琴手"恍然大悟，诚恳表示："我最后确实急了，居然没想到这一点。"

"我也是误打误撞。"李察伸了个懒腰，"毕竟我真的很喜欢这些东西，对罪恶的审判，以及，真正公平的法庭。"

十六

十点二十五分。

李察和"提琴手"在自助餐厅吃完甜品，又打包了一堆高热量的点心，以及功能饮料后，一起回到李察的房间，开始清点他们的收益和支出。

"就拿十点半开始算吧！这是第二场游戏的截止时间，到时候买房间的钱也会打过来。"李察提议，"而且是整数，这么加减起来方便。"

"提琴手"表示赞同。

既然已经是一条绳上的蚂蚱，两人自然不介意公开全部资料。

李察的初始资金为80万大洋币。第一场游戏，他用4轮解决问题，得到了20万大洋币，加上6枚筹码。第二场游戏，他通了8关，得到了40万大洋币，加上8枚筹码。加上他是"背叛模式"的大赢家，又额外获得了100万大洋币，还有100枚筹码。也就是说，李察通过"初始资金"加"游戏胜利"，总共有240万大洋币，114枚筹码。

第三场游戏为十一点整开始。

每秒扣100，5个小时，180万大洋币。

算上买活"提琴手"的30万大洋币，也就是说，等到第三场游戏开始，他手上的现金只有30万大洋币，剩下都是筹码。

但李察已经是大赢家中的大赢家了。

要知道，"提琴手"也表现得很出色，但"提琴手"的总收入，只有初始资金55万大洋币，以及第一场的20万大洋币，3枚筹码，第二场的35万大洋币，7枚筹码而已。

"提琴手"第一场的筹码已经全部买情报用掉了。

也就是说，哪怕李察将"提琴手"的资产还给对方，以对方身上的余额，也只能坚持到第三轮游戏开始。

"这个算法感觉有点不对。"李察意识到问题所在，"按照这个概率，绝大部分人直接就会因为'余额不足'惨遭淘汰，根本撑不到第三轮比赛开始。"

"提琴手"也很冷静："我们在第5关，收到'背叛模式'的提醒，对大部分人来说，应该是第4关。就算他们在第4关通过'背叛模式'成功，收入加起来也就是25万大洋币，9枚筹码，哪怕后者全部换成钱，加起来也只有115万大洋币。"

问题在于，游戏八点钟开始，就算之前十几分钟和第一场游戏的时候，很多人没有借贷，不需要三倍还款，到十一点也要108万大洋币了。

算到这里，"提琴手"和李察都得出结论：对大部分人而言，就算背叛模式通关，手上的钱也抵不了消耗。

"如果没有额外的收入，他们必须将筹码换成钱，但那样就买不了情报。"

"提琴手"指出问题所在："主办方这个游戏规则设计得非常不合理，肯定有别的原因。假如单纯比拼智力，没理由要求三人组队。"

李察问："你觉得是为什么？"

"两种可能。""提琴手"回答，"从游戏性的角度考虑，在我们不清楚的地方，或许有类似'加时赛'的项目，给被淘汰的人第二个机会。从功能性的角度考虑，他们在通过这种极限筛选方式，选出他们需要的人。"

李察反问："难道不可以让这些人丛林竞争？虽然游戏推关有时间长短之分，但第四关就背叛成功的人，出去得比我们早吧？他们彼此之间，应该会互相厮杀，以夺取身份卡。"

"提琴手"摇头："虽然你说的这种也没问题，我还是觉得哪里不对。"

他看了一下时间："十点半，看主办方给你多少筹码。"

如果主办方所谓的"占房子"，是只占他们这一组的房子，说破了天也是36个筹码，或许还没那么多。但他们都认为，应该是计算总额。

十几秒后，十点半到了。

李察看了一下，便道："376枚。"

"比我预想的少。""提琴手"回答，"我以为，在获得了'抱团取暖'的优势后，至少会有九成的人撑到第四轮。"

432个选手，只有376个走到第四轮。

这还只是进入第四轮的人数，而不是成功离开的人数。真正能离开的人，绝对比这个数字少很多。

"当然，也有可能，是在第一个房间卡太久，就算成功进入第二个，余额也不够支付，才被自动淘汰。"

李察耸了耸肩："算了，等第三轮游戏就知道了。反正这一轮，我可以把欠主办方的巨债还上。"

"提琴手"十分惊讶："你欠了什么债？"

李察笑了笑，没有回答这个问题，而是反问："你的3个筹码，到底买了什么情报？"

事已至此，"提琴手"也没什么不能说的，便道："我问，如果我随便指定一个对象，如何才能委托主办方为我量身定做一份针对此人的精准进攻计划？"

李察拍案叫绝。"提琴手"果然有创意！

从来就只听过玩家自己研究攻略，汇总成册的，他这种直接问主办方——多少钱能买你们攻略的，还是头一个！

而且这个提问，由于非常宽泛，不涉及具体的，针对特定某一事情或者某一个人的情报，主办方还真不好定价。

"然后呢?"

"主办方那边大概讨论了一下,告诉我,1枚筹码,可以指定1个花色编号,并且拥有对方的定位追踪。追加1倍筹码,可以拿到他们的生平详细资料,包括病历和弱点。在上面的基础上,再追加3倍筹码,就是说1个对手,至少需要8枚筹码,才能拿到针对双方量身定制的方案,如果是Joker的情报,每个都要翻3倍。然后他们就把我的3枚筹码全收走了。"

说完,"提琴手"望向李察,意思是——轮到你了。

李察也很干脆:"我第一个问题是,需要多少筹码和金钱,才能购买到被彻底淘汰玩家的身份卡?"

"提琴手"听出隐藏含义,有点惊讶:"莫非你手上的牌是Joker?"

"当然。"李察回答,"你呢?"

"黑桃3。"

李察笑了笑,又将话题扯回来:"主办方告诉我,只要花费300万大洋币,凑齐同一花色的4张牌,就可以再花5个筹码,指定其中任意一张,为自己的假号码牌。为了这个情报,我付出了3枚筹码。"

"300万……""提琴手"想着这个数额,"所以,买活自己要淘汰的人,花50万大洋币;买活自己要保护的人,花100万大洋币,是你编出来的?"

"也不是。"李察回答,"准确说,我们可以分为黑、红两个阵营,买自己同阵营的人,就要花100万大洋币;买敌对阵营的人,就要花50万大洋币。"

"提琴手"指出问题:"但你第一场游戏的收获,撑不起这300万大洋币的支出。其他房间中,必定也有获得超过3个筹码的人,只怕结束第一场游戏,就会立刻去买Joker的情报。"

李察点了点头:"所以,我和主办方打了一个赌。我问主办方,第二场游戏里,最高筹码是多少?主办方回答,不知道具体封顶数,但应该超过100枚。"

"我说,我将手中剩下的3枚筹码充当本金,赌这次游戏结束后,我会连本带利还给主办方100枚筹码。条件是,主办方要在第二轮游戏结束之前,隐匿我的身份信息。"

说到这里,李察笑了一下:"这叫什么来着?垄断性收购。"

"提琴手"陷入纠结:"主办方为什么和你打这个赌?"

李察耸了耸肩:"因为他们知道,我是个国际刑警。"

"提琴手"大惊:"等等,你——"

他的思路有些凌乱了。

李察耸了耸肩："很简单，我是被抓上来的，他们希望看到我向他们哀号求饶，出卖同僚。但说实话，我也不知道自己的同僚在哪儿。

"他们将 Joker 的牌发给我，也不怀好意，无非就是想一边看我与其他人周旋，如何疲于奔命；一边还要想方设法暗示同僚，别来救我。"

"提琴手"大惑不解："那你为什么还要按着主办方的节奏，参加比赛呢？"

"没办法，对方人多势众，我要是不从，就会被丢下海喂鲨鱼了。"李察耸了耸肩，"人只要活着，就有希望。哪怕苟活下来，也在所不惜。"

"提琴手"讲不出话来。

就听见李察又道："哥们，我不清楚，你究竟犯了什么事情，才要踏上这条船。但我已经观察你很久了，觉得你颇为靠谱。

"以我现在的表现，肯定不会让贵宾室的大人物们满意。他们想要看到的，是我的同伴为了救我，主动跳出来；是我被其他人围攻，伤痕累累，而不是这么春风得意。我也不认为，他们会让我赢到底。

"前面两场比赛，主办方都没有找到所谓的'特工同伴'，只会越来越急。下一场比赛的时候，他们必定会制定围攻我的契机。甚至暗中指示选手来攻击我，都不是不可能。所以，下一场比赛，你背叛我吧！Joker 的身份，以及我赚到的财产，都留给你。"

"提琴手"十分震惊："你在说什么啊！我明明才是输家，愿赌服输，我怎么能够背叛你呢？"

"如果你不背叛我，他们就会暗箱操作，让我们满盘皆输。"李察冷静到近乎冷酷，"散户是没办法和庄家竞争的。我们两个里面，如果只有一个人能活到决赛，必然只有你一个。当然，你也是要承担风险的——主办方会认为你或许是我的同伴，对你盯得非常紧，你必须小心。"

"提琴手"沉默许久，才说："有什么需要我为你做的吗？"

李察想了一下，便道："我的父亲失踪多年，我已经不指望他还活着；母亲有了新的家庭，不用我去打扰。老师、同学们，都有自己的生活，大家职业特殊，也都做好了随时会牺牲的准备，没什么关系。最后剩下的，就是我的客户兼朋友了。

"如果你能活着出去，去梦工厂，找到伊万·伊万诺夫，对他说，很遗憾，我是个蹩脚的侦探，也是个不称职的朋友，没办法替他查清真相。但我可以介绍一个人给你认识，他一定能办妥这件事——去银行，我专门为你设置的不记名保险箱，密码只有三次试错机会，你应该能猜到。"

说到这里，他望着卫生间的位置，笑了一下。不是装了窃听器吗，那我就说给你们听。

现在，我手中最后的一张牌，已经打了出去。你猜，它是会让我输得一败涂地的最小的3，还是能让我逆转局势的鬼牌？

十七

伊莎贝拉中断会议，认真听完部下传过来的这段录音，又放给所有人听了一遍，若有所思："他认识什么人？"

四下无声。

主持人壮着胆子说："有没有可能，他是故意在骗这个队友……"

"不可能！"伊莎贝拉非常笃定，"想要骗人，那需要诱之以利，但你们看他这个样子像吗？"

又有人说："或许，他猜到房间里装了窃听器，故意诈我们，为了换取活命的机会？"

"这确实是一种解释，但有些不对。"伊莎贝拉觉得非常奇怪，"李察和伊万是朋友，这件事，我们先前从不知道。而且，有他们这么当朋友的吗？两个人分头潜入了这条船，却互相不知道？"

主持人低声说："殿下，李察本意是跟踪亨利，是被亚伯阁下强行送上来的；伊万·伊万诺夫是顶替一位邀请者的身份，主动上来的。涉及双方的机密，他们关系也未必好到这种程度。"

伊莎贝拉觉得，听上去可能是这么回事，但如果真是这样，那就更麻烦了。

他们先前将这两个人安排在隔壁房间，是因为那两个房间的窃听器装得特别隐蔽，在墙壁的夹缝中，他们绝无可能发现。而且房间的地理位置很好，方便盯梢。

现在想想，李察三番五次搭讪棕发女郎，应当不是色迷心窍，而是觉得对方有点像自己的朋友，但又不敢确定？毕竟，伊万现实中还是男装，或者说中性装扮居多，只是在荧幕面前会反串而已。

而伊万……他都看到自己朋友在这条船上，要是李察神秘消失，以他的记仇性格，等于妹妹的死还没完结，朋友又死了。

要不，干脆不顾虑他的父亲，直接把他干掉？不行，对方一定能查出来。瑟沙的死，那个男人为了国家，已经容忍了。伊万一旦出事，那就不一样了。

自己没成为皇帝之前，断然不能得罪对方。

将伊万控制在手里，与那位"大人物"谈判？确实是个好办法。

既然如此，带走的人里面，除了李察和奈赫贝特外，还要加一个伊万·伊万诺夫了。

伊莎贝拉收回心神，问布朗船长："今天晚上，附近哪个海域最容易出事？"

布朗船长硬着头皮说："根据气象预报，今天晚上十二点整，在哈兰特海沟会有强热带气旋，甚至会伴随着小规模的海底地震……"

船长还没说完，伊莎贝拉已经下令："今晚十二点之前，必须到达哈兰特海沟！"

布朗船长大惊："殿下，这不可能！一旦进入风力超过十二级的地带，光是海浪就有十几米高，哪怕以'狩猎女神号'的吨位，也会不断摇晃。"

"那又怎么样？"伊莎贝拉神色冰冷，"这种专业的航海知识，有几个人知道？"

布朗船长头皮发麻："船上的水手，加起来也有上百个……"

"你难道安抚不下来？"

布朗船长头痛："哪怕我是船长，也没有这种能力，堵住其他人的嘴呀！"

航线、气候等，这是甲板室的每个船员都必修的功课。

他又不会传说中的魔法，能直接改变人的思想，怎么可能让他们不闹起来？

卡佩洛侯爵冷冷道："那就把说话有分量的人全都绑起来，只留下你一个人，让剩下的底层水手们配合你的工作。他们难得有船长亲自教学的机会，应当欣喜若狂，绝不敢胡乱质疑权威。"

布朗船长欲言又止。

"蝮蛇男"西蒙·路斯恩微笑："这是个不错的主意，让我想想，刚好也到了晚上，船员们劳苦功高，为什么不请诸位大厨，为他们特意制作一顿丰盛的夜宵呢？"

伊莎贝拉觉得十分合理："宴请的名单，就由布朗船长拟定吧！"

布朗船长紧紧咬牙。

伊莎贝拉语气轻柔，暗含警告："布朗船长，您以为呢？"

布朗船长痛苦挣扎片刻后，说："大副、二副、三副、水手长、轮机长……还有其他人，我会列一份名单。"

"这就对了。"卡佩洛侯爵赞许，"只有地位足够高的船员，才能得到殿下赠予的夜宵。这样一来，哪怕他们都喝得酩酊大醉，也不会有什么问题。"

布朗船长颓然无语。

西蒙·路斯恩又道："既然船员的问题解决了，让我们来谈谈安保人员吧！"

众人的表情严肃了起来。

他们都知道，那些黑西装，才是这次计划的最大阻碍。

"提洛岛"太见不得光，就算是伊莎贝拉，也不可能全调用皇室特工来执行任务，何况在明面上也过不去。所以，这些黑西装，表面上都是来自正规的保全公司，甚至在业内享有盛名，但实际上，他们是一群穷凶极恶的雇佣兵洗白后，以及部分斯图国退伍军人，混杂组成的集团。这里面的很多人，并没有家人。他们只是贪图钱财，又没有足够的道德观，在找到一个出手大方的雇主后，就决定为对方卖命。可如果雇主要他们的命，他们绝对会奋起反抗。

偏偏先前，为了维护秩序的需要，主办方给他们每个人都配了枪——两支，还有足够的弹药。现在若是贸然收回，定会让对方觉得不对劲。

卡佩洛侯爵也点头："还有贵宾们，以及他们带来的安保人员，加起来也有数百，同样不可小觑。"

他们要是有人愿意留在这里，也就罢了。

贵宾们都知道，"蝴蝶女""狐狸老者""蝮蛇男"几个，是核心成员，只要留一个在，他们就不会觉得有什么。

但如果他们都跑了，傻子也觉得不对劲。

伊莎贝拉本来考虑过，将"大象男"留下来，但仔细一想，如果这厮死了，罗蕾莱集团不一定还会继续听话，便决定将对方也一起带走。

面对人数过千的黑西装，加安保人员，众人一时半会还真想不到什么好办法。

这时，就听见主持人战战兢兢地说："我们为什么不咨询一下亚伯阁下呢?"

卡佩洛侯爵冷哼一声："安妮，你是越活越回去了。"

原来，主持人竟是已经"死亡"的安妮!

主持人吓得赶快低头。

伊莎贝拉微笑道："现在不应该叫安妮，该叫安德烈了。"说罢，这位皇储就果断拨打了亚伯·温菲尔德的电话，将他们目前的难处，对亚伯·温菲尔德一一陈述。

亚伯听罢，思忖片刻，便道："我去一趟吧!"

众人惊骇："亚伯阁下?"

"就算船只沉没，也不够保险，船体的黑匣子，以及你们想要乘坐飞机离开，瞒不过各国的卫星和塔台。"

亚伯·温菲尔德回答："万一到时候哪条线索查出来，你们曾经在船上，又在船沉没或者航道改变的时候突然离开，嫌疑无法洗脱。不如我先坐飞机过去，再和你们一起坐飞机离开。

"这样一来，就有狡辩的余地——你们到底是坐飞机来的，还是因为恰好遇到事情，临时离开，还是本来就在这条船上？"

"何况，飞机的起落是很明显的，贵宾们也都知道。我去了，然后你们有事，临时离开一下，也不是不能理解。"

众人一听，也不得不佩服亚伯·温菲尔德思虑周到。

卡佩洛侯爵却很不舒服："你坐飞机过来？时间早就耽误了吧？"

"那倒不会。"亚伯·温菲尔德气定神闲地说，"我此时就在飞机上，顶多半小时就能到。"

伊莎贝拉对亚伯的行为，又是佩服，又是警惕。

这个人，太缜密，太细致，太恐怖了。

做朋友，让人不放心；做敌人，只怕自己怎么死的都不知道。

她心中闪过千万个念头，却不说什么，只是问："您认为，我们应该怎么解决这些安保人员呢？"

"不需要我们来解决。"亚伯·温菲尔德回答，"让玩家们来。"

"玩家？"

"第三场游戏，开始了吗？"

"还没有。"

"改成大乱斗模式，然后制造意外——怎么制造随便你们，关键是要让一大部分玩家拿到枪，明白吗？"

说罢，亚伯·温菲尔德又加了一句："如果觉得玩家不够，那就将本来淘汰掉的那一拨，也放出来。先小规模发生冲突，让安保人员去镇压。等到冲突大了，你们已经离开，船也偏离航向，无力回天。最好还要将驾驶舱的舱门也锁死。对了，风暴区域，有什么地方是有来无回的吗？"

布朗船长浑身打战，却还是硬着头皮说："面对这么强烈的风暴，船体本来就不能轻易转向，更容易出事。而且，本轮风暴的中心，哈兰特海沟，有一段很狭窄的道路。走在那条道路上，以'狩猎女神号'的长度，是绝对没办法转向的。"

亚伯·温菲尔德打了个响指："这不就结了？"

伊莎贝拉笑了起来。没错，事情就是这么简单！

虽然敌人好牌在手，自己烂牌一堆，眼看要输，那又如何？这是冷冰冰的现实，而不是规则一大堆的棋局、牌局。

作为庄家，她要的是通吃。如果不能，那就掀桌子，再来一局！

中央情报局介入调查又怎么样？只要"提洛岛"不存在，就没有了证据。

大洋国的太平洋舰队，开始在马六甲海峡游弋，以打击海盗为名，有可能将他们拦下盘查又怎么样？这艘船永远开不到那里去！

她要让梅涅公爵的性命，连同他的野心和欲望，以及这足以让自己万劫不复的"提洛岛"，就在今天晚上，永永远远地葬在印度洋最深的哈兰特海沟里！

第三章　邮轮

一

刺鼻的汗臭味，与劣质香烟、酒水，以及廉价脂粉的味，扑鼻而来。

四周人头攒动，所有人的目光都聚焦到这小小的台子上，油头粉面的主持人用最夸张的语调，大声说："让我们请出今天的守擂者，战无不胜的拳王——查猜！"

震耳欲聋的欢呼声，仿佛要将天花板顶穿。

查猜猛地惊醒，警惕地打量四周，就发现处在一间休息室模样的地方，一个光头文身男坐在正对着自己的沙发上，左手夹着雪茄，右手则搂着一名短发女子，不老实的手掌已经伸进女子衣服里。

女子眼眶微红，显然是哭过，如今却忍着不适，赔着笑，给光头男倒酒。

查猜想起来，自己在第二轮游戏中被淘汰了，然后被黑西装们带走，注入了麻醉药物……现在是什么情况？

这个光头男，自己先前好像在玩家里面看见过？

他的筹码和金额到底有多少，还有闲钱用来买雪茄？

"听着，拳王，是我将你买了下来。"光头文身男吐了一口烟雾，"我是何塞，羽蛇国的何塞。"

他并没有对自己的身份多做解释，因为没必要。

查猜怔了一下，已经反应过来："那个据说操纵了羽蛇国地下贩毒产业的何塞？"

"是我。"

"你怎么沦落到这个地步？"

"被人算计了。"何塞目露阴狠之色，"前几年，我在短时间内损失了十几笔大单，据点也被捣毁几个，心腹死了不少。好不容易抓到内鬼，发现是卧底，当然要酷刑折磨，以儆效尤。"

"我事先调查过，那个警察既不是出身大洋国的警察世家，也没有个好老师，属于那种没有背景，哪怕死得非常惨，但只要我对大洋国高层的保护费交得足够，就能不了了之的小角色。

"没想到的是，一个小小缉毒警察的死，竟然让大洋国国土局像疯狗一样扑了上来。于是，作为下令者的我，就被其他人当作替罪羊推了出来，连同帮派一起，被牺牲掉了。"

查猜十分意外。

他知晓，羽蛇国的毒贩王国，实际上是几个大型贩毒组织的联合体，何塞只是他们的王，或者说"教父"。

这些组织虽然彼此争斗，却同气连枝，在贿赂羽蛇国与大洋国官员、警察等事情上，一向不遗余力。先前甚至还爆出，大洋国国土局涉嫌参与羽蛇国贩毒产业链的重大丑闻。可见二者关系颇深。

何塞能成为羽蛇国首屈一指的毒贩，可见不至于犯这种低等错误，为何能把大洋国国土局惹怒至此？

现在想来，大洋国国土局确实需要羽蛇国庞大的毒品王国。不仅有钱的因素，也有需要用毒品，乃至借助这些毒贩的手，做一些不够干净的事情，比如刺探、贩卖情报，或者处理一些人。但他们并不需要某个特定的帮派，某个特定的人。

可听完这些，查猜更不解了——他与何塞先前素未谋面，如今所有权又在对方手里，何塞为什么对他说这么多？

查猜并没有掩饰自己的疑惑。

何塞瞧见他的表情，就笑了一下，将才抽了一口的雪茄按进烟灰缸，旋即从烟盒里又取了一支新的雪茄出来。

短发女子拿起特制的雪茄火柴盒，轻轻一划，为他点上。

何塞将雪茄盒子递给短发女子，看了查猜一眼，短发女子会意，就恭恭敬敬走到查猜面前，半跪下来，为对方递烟，点烟。

查猜却委婉地拒绝了，而是取出自己怀里一个被压得很瘪的烟盒，里面是东南亚非常流行的，最廉价的散装劣质香烟："我更习惯抽这个。"

究竟是习惯这种味道，还是不信任他人递过来的东西？

何塞心中嗤笑，却没当一回事，只是不紧不慢地说："我原先觉得，德隆和岩罕父子简直是好日子过得不耐烦，大把钞票扔出去，本身就已经洗白得差不多了，却非要成立叛乱武装，试图裂土封王，导致万象集团全灭的下场。但经过这次的事情，我意识到，德隆才是对的。

"我们这样的人，哪怕洗得再白，过去做的那些事情，也是抹不掉的原罪，只看官方追不追究。就算穿着手工定制的西装，抽着最上等的雪茄，将孩子送去当律师、医生，甚至成了议员、企业家，统统没用。如果不能真正主宰一个国家，我们的老底就永远会有被翻出来的一天。"

说到这里，何塞将手中的雪茄，按进了烟灰缸。

查猜注意到，这位羽蛇国的大毒枭，每根雪茄都只抽了一口，简直是暴殄天物！

是怪癖吗，还是这包雪茄有点特殊？

查猜还在心中琢磨，何塞已经道："走上这条路，确实是我选的。但在我们的国家，一个底层人家出身的孩子，要么卖一辈子苦力，被压榨到死；要么小偷小摸，成为他人的打手；要么就拎着脑袋，去当亡命之徒。"

"我不服。"何塞的表情变得凶狠而狰狞，"同样都是人，为什么有人生下来，就注定能进哈佛。而我们生下来，却只能选一条比一条艰难的路，贩卖掉自己的一切，好不容易爬了上去，却要被轻易打落！我自信聪明才智、心机手腕，绝不逊色于那些人，为何我要接受这样的命运！"

查猜心中戚戚。他也是穷人家的孩子，家中兄弟姐妹众多，无法养活，便被父母卖到地下拳馆做一名"学徒"。地下拳馆所处的地方，乃是他们国家最黑暗的地带，军火、走私、贩毒、人蛇、赌场、妓院、黑帮、诈骗团伙等林立，每天都有要处理的尸体。不出意外，这些学徒，未来都会是黑帮的打手。

他小小年纪，就见过被蛇头当猪猡对待的偷渡客，见过老鸨怎么用毒品控制妓女，更见过无数人怀揣梦想进来，不明不白地死掉。

查猜曾一度以为，自己也是这样的命运。但他因为资质出众，被地下拳赛的老板看中，加以培养。

这么多年来，不知踢断了多少木桩，骨折和骨裂了多少次，上了多少黑擂台，打过多少生死局，才得到"拳王"的名号。

可那又如何？"拳王"叫得好听，不过是赌场老板的摇钱树而已。

虽然他已经是拳台上站得最久的一个，将近20年，也有不少"水龙头"（大赌客）死忠粉，愿意一掷千金，看他打拳，但老了终究是老了，又有新人辈出。

查猜看了许多"前辈"的遭遇，加上他不傻，自然也知道，最近两年，他实际上有些盘都是惊险胜利，只是因为老板控着盘，保持着他的连胜纪录，让"水龙头"与散户们都对他充满信心，然后等什么时候"爆冷"。

最好能是那种一局定乾坤的生死局。

这样一来，老板倒是能赚得盆满钵满。但他这个"拳王"的失败，让那些"水龙头"一输可能就是几百万、上千万，又丢了面子，自然会有人气急败坏，要他的命。

想到这里，查猜望向何塞，在对方眼中瞧见了同样的光。那是一种不肯服输，不愿认命，为了向上爬，愿意付出一切的凶狠戾气。

霎时间，查猜就懂了，何塞与他是一类人。

其他人来"提洛岛"，或许是为了避祸。他们来"提洛岛"，则是避祸为辅，最主要的目的，还是寻求上进之阶。

只不过，查猜是豪赌一把——他并不知道"提洛岛"上真正有什么，以及幕后主办方是谁。何塞却比他知道更多。

意识到这点后，查猜沙哑的声音响起："为什么选我？"

何塞笑了一下，对"短发女"说："去旁边等着！"

"短发女"如蒙大赦，忙不迭低头小跑着离开。

就见何塞从怀中取出一个金灿灿的小盒子，镶嵌满了珍珠宝石，极尽华丽："这是十七世纪巴洛克风格的烟盒，皇家用具。"

查猜不知道什么是巴洛克风格，只知道是古董，很贵，便有些好奇这么贵的烟盒里面究竟装着什么，值得何塞随身携带。

然后，他就吃了一惊——打开的烟盒里，居然只有几片很粗糙，也很原始的烟叶！

"这是我家乡的特产，最原始，没有经过加工的雪茄烟叶。"何塞递给查猜，笑了一下，"放心，没有毒。"

他都把话挑这么明白，查猜也只能随手抽了一张，就见何塞也拿了一张，卷了起来，并将火柴递给他。

两个肌肉虬结，满面横肉的男人，在房间里就着这股劣质香烟的辣和呛，吞云吐雾了半支后，何塞才说："我小的时候，家里附近就是雪茄的种植园，盛产优质的雪茄，我的父母都在其中劳作，却从来享受不到半点。我们家只能抽这种最廉价的烟叶——像野草一样，到处生长，庄园主都不屑于种植的劣质品。"

查猜沉默了片刻，淡淡道："少时的我，也只能抽得起最廉价的劣质香烟。当时，我们每天训练完，最大的乐趣就是在武馆或者拳击馆里捡垃圾，如果能捡到别人扔掉的好烟头，是一件很值得开心的事情，要么自己躲起来偷偷抽；要么大家聚集在一起，每个人抽一口。"

"我以为我有钱了，能买得起这些好烟了，就能快活，谁知道——"查猜平静地吐出一口烟雾，"它们只会让我回忆起过去的窘迫和屈辱。"

何塞哈哈大笑："正是这样！我们已经爬到了现在的位置，过惯了纸醉金迷的日子，怎么可能愿意回到平凡的生活中去？就像见过血的野兽，再也不可能吃素！虽然命运又一次对我们开了无情的玩笑，但也给了我们一个契机！要金钱、权力和女人应有尽有，光是赢下这场比赛，有主办方的青睐还不够，还需要有足够可信的帮手。"

查猜很平静："我们才第一次见面，你相信我的忠诚？"

何塞放声大笑："当然不信，但我们身上，都有彼此没有的东西！"

查猜认真看了何塞几眼，点了点头。

他知道自己除了打拳、睡女人之外，什么都不会，就算侥幸退下去，顶多也就是开武馆授课一条路，勉强维持温饱而已。想要飞黄腾达，光靠自己不行，得有聪明人带。

何塞刚好有丰富的组织经验，又是从底层爬上去的，非常了解方方面面的运作，还很缺忠心可靠的部下。

但查猜知道，这绝不是主因："你确定你能赢？"

"这就是我'买活'你的另一个原因。"何塞笑了一下，睨着"短发女"，"将你那两个队友的情况说出来吧！"

缩在角落的"短发女"吓得瑟瑟发抖，却没办法，战战兢兢地说："我的队友，一个黑发碧眼，亚裔面孔，自称'正义'；一个金发蓝眼，白人，自称'提琴手'。"

然后，她就将先前对何塞说的情报，又重新说了一遍。包括但不限于第一场、第二场比赛，李察与"提琴手"的发挥。

查猜思考了一下，问："你看清他们的动作了吗？"

"短发女"本想摇头，却看到何塞可怕的目光，想到玩家中传言，这个家伙让一个活人喂了老虎，顿时头皮发麻，绞尽脑汁，比画了一下。

查猜见了她的花拳绣腿，不做指望，只道："金发碧眼，又用弓箭。看上去像西欧或者北欧那边的人，他们的武术主要以搏击、剑道为主，不能抱着对方失去了弓箭，近战就不行的打算。"

"至于这个黑发碧眼的亚裔——"查猜沉吟了一下，才说，"现在摸不透他的底细，但亚裔，身手又这么好，就不容忽视了。截拳道、空手道、泰拳、柔术、八卦掌、摔跤……都有可能。"

"很好。"何塞目光闪动，"这个人，就交给你来对付，让他彻底丧失行动能力。如果有必要，可以将人打死。没问题吧？"

这就是何塞要"买活"查猜的原因。

地下黑市的拳台，可不是电视上那种花拳绣腿，而是拳拳到肉，堪比古罗马斗兽场还残酷的试炼。只要"水龙头"来了兴趣，甚至可以要求两个拳手被关在一个狭窄的笼子里，拿着武器，必须厮杀到只有一人活着。

不客气地说，地下黑拳，出人命才是正常的。

每天不抬出去十个八个人，那就不能算作最好的黑拳。

查猜能在这种地方站20年，本身就是一本活着的武术教科书。

要知道，先前的第一轮比赛中，他甚至能与老虎搏斗！只是在第二轮的智斗中，含恨落败而已。

查猜没有正面回答这个问题，而是反过来问："你这么看重这个人，他是谁？Joker？"

"他不是。"何塞将烟头按灭，"他是筹码唯一排在我上面的人。"

查猜瞬间理解了。

以何塞的凶性，肯定不满足于只是收集筹码，还有做任务，而是要在前三轮游戏环节中，尽可能淘汰掉竞争对手。

但第一轮和第二轮比赛，主办方都刻意将几个种子选手隔开。

何塞凭什么就能保证，第三轮大家有碰面的机会？查猜盯着何塞，让他给个准信。

何塞清楚，就算被买活的玩家，所有权掌握在买活玩家的手里，可对查猜这样的人，不给他一点准信，对方未必会认真干活。正因为如此，他看了一眼"短发女"，对方灰溜溜地出去。

确定房间只有他们二人后，何塞才说："这次的比赛，就是个超大的黑拳，上头的主办方，是一个你难以想象的'水龙头'。"

"我被一个'水龙头'押注，对方给我下了令，一定要杀了那个'正义'。'水龙头'还特意透了底，说第三场比赛，会是大逃杀。"

押他的人，就是"大象男"。

对方在贵宾室里，因为李察的行为，被奈赫贝特搞了个没趣，丢了脸面，非常不忿。一只"老鼠"而已，还有一个流亡的毒贩之女，在他面前摆什么阔气？

"大象男"知晓，奈赫贝特是"蝴蝶女"伊莎拉的贵客，他暂时不能动。但这个李察，作为"老鼠"，惨死本就是"提洛岛"的固有戏码，所以他私下派人接触了何塞，提出了这一要求。

查猜很理解这种大主顾不能得罪的情况，也明白何塞为什么非要让自己来打"正义"不可，可他还是提出一个可能："虽然刚才那女的说，这两个男人目测都开了'背叛模式'，现在看起来，是这个'正义'胜出。可他要是买活了'提琴手'怎么办？拳法再好，也未必及得上菜刀，其他人手上也不是没有武器。要是我们与这两人打得两败俱伤，被别人捡了便宜，那就不好了。"

两败俱伤正好。

"大象男"找他之后，"主持人"也找到了他，透了一件事——曾经和他第一轮游戏在一个房间的棕发女郎，是显贵之家的大小姐，为了找刺激，偷偷上来玩。为了让这位大小姐不出事，他们得想方设法将对方保送到决赛。

当然，作为补偿，真正第一名的奖励，会暗中发放。

既然要保送，最简单的方法，就是让对方得到自己的全部积分，然后去和得到 Joker 牌的人在决赛竞争。

何塞不知道，同样的话，主持人有没有对"正义"说过——毕竟他们两个的积分排名第一、第二。但他知道，这个名额只能给一个人。

根本不必等到决赛，真正的胜负，就要在第三场角逐出来。而且，何塞明白，自己不占优势。

先前第一轮游戏的时候，他观察了房间的人群，那位棕发女郎虽然没有提出反对，但态度更像是不愿和他发生冲突，而不是借着他的东风谋利。

何塞颇有识人之明，自然知道自己的行为招了对方不喜。可他哪里能未卜先知，就连主办方都会顾忌的"大小姐"，居然不在贵宾室高高就座，而是跑来和他们这些下等人玩游戏？

知道自己抱不上这条大腿，何塞也不乐意将这个情报告诉其他人。要是被出卖了，让别人知道还有大小姐这条线，自己又招了对方不喜……

正因为如此，他只是隐晦透露："上头的'水龙头'，争斗也很激烈，能进决赛的人，基本都定了。"

言下之意，就是他们不在其中。

查猜点了点头。

他在黑拳台子上，什么样的肮脏赌局都见过，对此并不感到意外。

何塞能得到消息，就代表何塞至少被"水龙头"看中，已经能配合一起打假赛，跟着这个人，总不吃亏。所以，他的思路转到"短发女"身上："她怎么办？"对方只要一看到"短发女"，就能知道自己被卖了吧？

何塞又发给查猜一支烟："没在女人身上吃过亏？"

查猜摇头。

"好事，也是坏事。"何塞点燃香烟，看着火光，"如果你在女人手上吃了一次亏，还侥幸没死，就明白了。有些女人，不能招惹，更不能得罪，看见就要绕着走。否则怎么死都不知道。"

查猜也点燃了自己的香烟，猛地吸了一口，才笑着问："她是这种女人吗？"

"是或不是，谁知道呢？"

二

回到房间的童素，一直闭目养神。

突然，她问雪松等人："你们对船只的探索，进行到哪一步？轮机舱和驾驶室，进去看过没有？"

众人面面相觑，半晌才有人摇头："驾驶室和轮机舱都是心腹重地，我们不敢贸然试探，怕打草惊蛇，目前只在能去的地方巡视，关注黑西装们的驻扎情况，绘制他们的巡逻以及换防图，并且寻找信号不被屏蔽的地方。"

"后厨呢？"

"也没有。"

"这条船上，有哪些地方，你们不能去？"

立刻就有人清点："首先是十六楼，主办方居住，以及驾驶室所在地，不能踏入。然后是负责游戏的负一楼到七楼，以及甲板，不能踏入。由于后厨在负一楼，而轮机舱在更下方，类似负二楼的地方，所以我们只能在八到十五楼，也就是贵宾们居住的地方探索。"

童素沉吟片刻，才说："负一楼不能进，只是针对游戏区域，或者应该叫储物区域吧？与厨房之间，有门隔开。也就是说，后厨未必不能进。"

众人点头。

他们也知道这一点，但没有童素的授权，他们暂时不敢与对方起冲突。

童素又问："你们与其他人的保镖，打好关系了吗？"

"因为您的吩咐，我们递了烟，也攀谈了一下。"队员汇报后，也附加了一句，"但这种只是很浅显的关系，也不能指望对方帮上忙。"

童素当然知道这一点，她站了起来，反复踱步，片刻后，才神色凝重："我需要你们中的几个冒险一把——想办法带着其他贵宾的保镖，从后厨，直接去轮机舱，想办法赖在那里，尽量别走。你们可以带扑克去，与轮机长他们打牌，或者赌钱，什么都行。总之，不能离开。"

雪松有些不解："您希望达成什么目标呢？"

"我有个猜测。"童素沉声道，"第二场游戏，实在太不对了，又拖时间，对这些贵宾来说，又不够刺激。"

这个刺激，指的是那种居高临下，能玩弄人生命的快感。

腺上激素的刺激，多巴胺的分泌，都是靠人命堆出来的。

第一场游戏的老虎吃人，可以满足一部分贵宾的猎奇欲望。但第二场游戏，居然没有死人……

童素思来想去，都觉得这是在拖时间。可主办方为什么要拖时间呢？他们在等待着什么？又或者，他们在忌惮着什么？

"我怀疑，这条船上出现了意想不到的事情。"童素下了结论。

雪松明白了童素的意思。

对船只来说，最重要的两个部门，就是驾驶室和轮机舱，一个负责掌握航向，一个负责船体设备。

驾驶室在十六层，他们肯定上不去。那就只能试试，能不能赖在轮机舱。

按理说，他们之前并没有把轮机舱当目标，因为就算控制了那里，顶多让全船断电，以他们如此稀少的人手，掌握不了这艘船只。但如果是其他人试图闹出变故，轮机舱就是必须控制的地方了。

童素不清楚究竟会发生什么事情，可若是不做点什么，她没办法安心。

雪松郑重点头："您觉得，用什么理由比较好？"

童素想了想，走到电脑面前，调出海图，就发现再走十几分钟，就会遇到一波风浪，便道："用风浪当借口。风浪来临时，甲板不能留人，所有人只能留在舱内。这时候，因为不够放心，想去轮机舱看看，很正常吧？万一断电了呢？万一出什么变故了呢？

"权贵们的保镖，都是宁可多做，也不肯做错，你们拿这个理由，与交好的保镖们说说，凑人多的队伍，然后去后厨拿点酒菜，再拿几副扑克牌，坚持要去轮机舱。"

说到这里，童素顿了一顿，才道："带的各家保镖越多越好。"

雪松会意。

不让进驾驶室，可以说是要保守秘密。不让进轮机舱，那可就是心怀鬼胎了——他们又没带炸弹，破坏不了里面的设备，看一看又怎么了。

他立刻挑了几个机灵的队员，这就去办。

童素见队员们离开，凝视着窗外的黑夜，总觉得心跳得很快，却又不知道是为什么。

雪松小队的队员们办事很老到。就见他们先是给其他贵宾的保镖发烟——经过一晚上的相处，大家勉强混了点面熟，加上不觉得船上会出什么事情，有些保镖就接了烟。

雪松小队瞄准的，也正是这些好说话，或者说不够警惕的保镖。

然后，他们就将童素提出，又经过队伍里专业人士润色的说辞编了出来，大概就是风浪快来了，我们BOSS没坐过邮轮，有点不安心，想要派我们去轮机舱看看啊！

虽然其他贵宾的保镖们觉得好笑，决定把"奈赫贝特小姐居然没坐过邮轮"当作谈资，但仔细想想也有道理。毕竟，他们待着也烦。

不是所有保镖，都有资格在贵宾身边，或者门外。大部分保镖都只能坐在旁边的屋子里，一直空等，不能玩手机，不能打牌，不能抽烟，随时保持最好姿态，一旦有人进来喊，他们就要快步冲出去，保卫好贵宾，然后跟上去，全程待命。这个过程，堪称无聊。

下轮机舱看看，说不定还能喝点小酒，吃点小菜，打打牌，混完一晚上，对有些素养不够的保镖来说，就是莫大的诱惑。

何况他们也不觉得，需要自己这么多人。找个借口溜掉，摸鱼不好吗？

不得不说，雪松小队抓住了一部分保镖的心理，加上各贵宾的保镖队长们，也是抱着"去看看总是更好一点"的思路，每家都批准了两三个保镖跟着他们去。

就见一行几十号人，浩浩荡荡来到厨房，拿了些酒菜，然后就去轮机舱了。

而这个行动，恰恰在伊莎贝拉等人喊布朗船长来，商讨怎么沉这条船的时候。

正因为如此，他们前脚刚聊完，打算由伊莎贝拉赐宴，后脚就知道，一群保镖已经在轮机舱开赌桌的消息，顿时皱眉。

保镖们的行动，打乱了他们的全盘计划。

轮机舱的水手们没有足够经验，分辨不出下在食物里的药物，可保镖中绝对有能人，可以入口的第一时间就有所察觉。而且，一般来说，保镖都会进行专门的耐药性训练，抗性会比普通人好很多。这就让下药变得十分困难。

若是下，剂量多少？多了，很容易被保镖辨别；少了，又可能药不倒。

若是不下，岂不错过良机？

伊莎贝拉皱眉："能把他们弄走吗？"

"怕是不好弄。"立刻有人说，"他们虽然是以探查为名，实际上只是要找个地方偷懒，突然让他们挪窝，会引起警惕。"

"找个理由，将他们调走？"

"这不是我们的人，没办法调。"

"到底是谁，突然来这么一出？"

听到这里，伊莎贝拉顿觉毛骨悚然。难道是消息泄露？

不可能，他们才刚刚开完会，人都没离开这个房间，只是宣布散会的时候，守在外面的人来汇报消息而已。

"是不是因为我们过久离席，引起了他人注意？""蝮蛇男"西蒙·路斯恩缓缓道，"虽然以第二场比赛的无聊做掩护，但总会有人多心。"

伊莎贝拉欲言又止，半晌才道："那现在……"

"我有个主意。"卡佩洛侯爵突然说。

瞧见所有人的目光都集中过来，卡佩洛侯爵缓缓道："我们举办一次晚宴。"

"晚宴？"

面对伊莎贝拉的疑惑，卡佩洛侯爵点头："亚伯阁下不是刚好要亲自前来吗？我们可以对其他贵宾解释，之前的突然离席，是因为发生要事，导致亚伯阁下亲至，伊莎贝拉殿下不得不离开。作为歉意，殿下与各位共进晚餐，然后再离开。这样一来，贵宾们的场地，就必须从房间里，转移到宴会厅。他们的保镖，难道还能偷懒？"

西蒙·路斯恩觉得这样做还不保险："万一那些保镖还是不走呢？"

卡佩洛侯爵胸有成竹："伊莎贝拉阁下不是想要抓奈赫贝特吗？只要在晚宴上设计让奈赫贝特昏迷，其他贵宾自然会心中惴惴，将所有保镖都召回。然后再对他们宣布，奈赫贝特只是过敏，或者饮食相克，没有大碍，待会就会醒来，以安其他贵宾的心。我就不信，被召回的保镖，还能再回去。再以安抚的名义，对所有工作人员赐宴，也能达成这个效果。"

伊莎贝拉觉得卡佩洛侯爵的提议很好，但她修改了一下："不如将晚宴提前开始，我待会就对贵宾们宣布，刚才发生一些事情，导致我被迫离席。以及，这次游戏设计不好，实际上是我想要找到更多'老鼠'，却意外影响了大家的游戏体验，特意宴请大家，作为赔礼。等到亚伯阁下前来，表示有事情，我需要先走一步，更有说服力。"

西蒙·路斯恩认可这个方案，只是问："怎么才能让奈赫贝特在晚宴上昏过去？用什么药物才检测不出来？"

伊莎贝拉微微一笑："医疗团队是我们的，难道不是我们说了算？至于怎么下药，我们再仔细商议。"

卡佩洛侯爵又道："无论怎么下药，最好准备两份，以防止出现变故。"

众人点头，都觉得很有道理。

三

会议结束后，卡佩洛侯爵拍了拍主持人："你和我来一下。"

其他人都知道他们是祖孙关系，也就没多问。

待两人回到房间后，卡佩洛侯爵屏退众人，沟壑纵横的脸上，露出明显的阴鸷之色："安妮，我需要你做一件事——将另一份下了药物的食物，端给亚伯·温菲尔德。"

安妮十分震惊："爷爷？"

"亚伯·温菲尔德之所以能取信于皇帝，不仅因为他办事得力，让皇帝省心，也在于他不要命——很长一段时间内，都在以身为皇帝试药。"卡佩洛侯爵道出没有几人知晓的秘密，"正因为如此，他的身体状态不怎么好，发色变白，不过是最明显的特征之一。对其他人来说，可能只是晕厥、呕吐、胸闷、不适的药物，对他来说，就是致命的危机！"

安妮不明白："可爷爷，为什么？"

卡佩洛侯爵冷哼了一声："我们四大家族中，梅涅半岛天然占据地理优势，还有皇室继承权，又拥有完整工业链条，进可攻，退可守。哪怕分裂成为国家，也是发达国家，而不会在任何方面受制于人。洛林贝格家族代代扎根军队，具有雄厚基础，我们卡佩洛家族虽然很努力往里面掺沙子，却是杯水车薪。但这些都不足以挤压我们的生存空间。

"温菲尔德家的三个男人，老大霸占了内阁首相的位置，老二掌握了皇家特工，那个小辈则掌管了中央情报局。这对我们家族来说，才是心腹之患。内阁被威廉·温菲尔德把持，就连皇帝都苦于无法，我们卡佩洛家族自然也不能突围。如果皇帝身边还是他们说了算，那我们家族不就成了傀儡、应声虫吗？"

安妮对亚伯·温菲尔德阴影极深，忍不住说："可亚伯阁下与铁血首相，素来不是一条心……"

她怀疑，祖父此举，是在公报私仇。

毕竟，亚伯阁下与祖父不睦，不是一两天了。

卡佩洛侯爵气得重重拍了桌子："亚伯·温菲尔德心机深沉，谁能知道他在想什么？你的叔叔伯伯，还有你们这群小辈，有一个能看穿他，能玩过他的吗？就凭你们这些废物，若将来我死了，有一个算一个，都是他手中的玩物！"

说到生气之处，卡佩洛侯爵有点喘不过气。

安妮知晓祖父患有冠心病，连忙从对方口袋摸到药物，又倒了一杯水，看着卡佩洛侯爵将药物吞下，才松了一口气。

卡佩洛侯爵缓了好一会儿，才说："本国皇权和相权斗争激烈，皇储连亲舅家都不信，可用之人太少。为了制衡首相，皇储必定会挑选臣子，分化对方的权力。加上皇室联姻，从来都在四大家族中遴选。最佳的人选就是自己夫家的人。

"梅涅公爵尚无妻儿，远房亲戚身份太差，不作考虑。布莱特·温菲尔德乃是独子，不会成为皇夫。真正的竞争者，就在我们和洛林贝格家中产生，不出意外会是我们家——无论皇室还是内阁，都不希望洛林贝格过度坐大。

"这是我们家族更进一步的时刻。前提是必须铲除亚伯·温菲尔德！若是皇储手上有这柄利刃可以依靠，不管他会不会反噬主人，我们卡佩洛家族都没有好下场！"

说到这里，卡佩洛侯爵重重地抓住安妮的肩膀，逼迫对方不得不跪下来，然后说："如果你能做好这件事，我就承认你的身份。"

安妮心如擂鼓。

无人知晓，安妮·卡佩洛，实际上是个双性人。

她出生的时候，看似是女孩，实际上睾丸隐在体内，导致她身体特征是女性，但如果做染色体鉴定，又会被认为是男性。在斯图国这种极端保守的地方，这是"恶魔之子"的代表。但恰恰也是因为斯图国的保守，加上没人想到给当时还小的安妮做个基因或者染色体鉴定，让她平平安安长到了十几岁，并且成为皇储的侍女。

后来因为她长久没来月经，被拉去体检，才暴露。卡佩洛侯爵却没有处置她。

这个孙女从小被送入宫中，已经和皇储伊莎贝拉结下了颇为深厚的情谊，自然不能轻易舍弃。如果不是安妮在中国大陆的事情办砸，导致中国安全部门追究，本来都不至于成为隐形人。

而安妮最大的希望，不仅是重见天日，还有成为男人！女性的她，没有任何生育能力，而且在社会上已经是个死人。只有成为男人，才有可能"复生"！

"如果你能做到这件事，我可以让'安德烈·卡佩洛'，在大庭广众之下出现。以我长孙的身份。"

安妮的呼吸急促了起来。

如果侯爵真能做到，就代表她成了卡佩洛家族的第二顺位继承人——第一当然是她的父亲。

但安妮很快冷静下来："您要怎么解释这样的大变活人？"

想也知道，涉及爵位之争，家族中的其他人，必定不可能善罢甘休。

"两年前，我不得不舍弃你的时候，就已经开始在制造证据，就是为了有朝一日，能让你以男性的身份归来。"卡佩洛侯爵意味深长地说，"你本来就是我的孙辈，你父亲和母亲的亲生孩子，DNA鉴定，铁证如山，只要我肯为你担保……"

"你好好想想。"说罢，卡佩洛拍了拍她的肩膀，就干脆地出去了。

安妮一个人待在房间，神色阴晴不定。

她不想错过这个机会，却又不敢相信祖父的承诺。毕竟，两年前，如果祖父愿意保她，她或许不用"死"。但祖父没有。

如果不是亚伯·温菲尔德阁下力保，就连现在这个"幽灵安妮"，或者说"安德烈"都不会存在。

这么薄情寡义的祖父，实在不是她能相信的对象。

可侯爵之位，又是如此大的诱惑，如果她真能杀了亚伯阁下……

等等，她为什么觉得自己能杀亚伯阁下？

爷爷凭什么保证，亚伯阁下一定会坐下来吃饭？

就算亚伯阁下吃到了含有特殊药物的食物，也不一定会死啊！毕竟，不是直接下毒。

而且，这样的举动，真能瞒过对方吗？

安妮突然想到，亚伯·温菲尔德在之前的会议中，并没有说实话——他既没有说自己已经到了泰德城，也没有说李察是他故意送上来的！

亚伯阁下的立场不对劲！

霎时间，安妮浑身冷汗都流下来了。

伊莎贝拉、侯爵等人的所有谋划，都基于亚伯·温菲尔德送来的情报是正确的基础上，可如果这份情报是错误的……

亚伯阁下到底想要做什么！

安妮霍地就想往外走，把这个消息汇报给伊莎贝拉，却在即将拉开门把手的那一刻，突然停住了。

她真的要相信出卖过她的祖父和皇储，而不相信帮助过她的亚伯阁下吗？

哪怕都是利用，跟着一个愿意救自己的人，也比跟着不愿意救自己的人好吧？

哪怕后者有血缘关系，也有相处多年的情分，但不是更让人心寒吗？

布朗船长在"提洛岛"服务这么多年，任劳任怨，伊莎贝拉阁下都能为了沉掉这艘船，拿对方的妻儿威胁，逼迫对方主动赴死。

自己又有多少利用价值，能让这位冷血的殿下出手帮助？

安妮越想越觉得心寒。

伊莎贝拉不可信，卡佩洛侯爵也不可信！

亚伯·温菲尔德虽然非常神秘，但荒谬的是，到目前为止，安妮最信任的，也是对方。不是因为人品，而是能力。

就像侯爵说的，安妮自知没有对付亚伯的能力，万一暴露了呢？到时候祖父会不会又将自己推出去？

可不答应祖父的话，就等于彻底开罪了对方。她本来就是一个"幽灵"，若是没有人护着，还能活吗？

必须选一边站。安妮犹豫再三，最终还是做了决定。

作为主持人，她的手机并没有被屏蔽，能打电话，就算被运维监控到了，对方也不至于第一时间就汇报给皇储，而且她还能想理由辩解过去。

正因为如此，她立刻来到信号没被屏蔽的特殊房间，拨打亚伯·温菲尔德的电话，第一句话就是："亚伯阁下，您要当心。"然后就将祖父的阴谋，和盘托出。

亚伯·温菲尔德全无惊讶的样子，反而带了点玩味，又或者，觉得不出所料："还是只会老一套呢！如果当年不是侯爵对皇帝提出建议，杀了前代公爵，或许今日就没有这么多是非。"

安妮不敢插嘴，静静听着。

就听见亚伯缓缓道："立你为长孙，不过是画的大饼。你有父亲，有叔伯，有亲弟弟，若是骤然出现，身份必定引起轩然大波、无数质疑，爵位不一定轮得到你。"

安妮仔细一想，觉得确实也是如此。

祖父的承诺，看似美好，实际上就是空中楼阁，全无执行余地。

"但我有办法，可以让你越过这些人，直接成为卡佩洛侯爵的唯一继承人。"亚伯含笑道，"只要你在船上，配合我做一件事情。"

安妮的心脏，剧烈跳动起来。

就听见亚伯犹如恶魔诱惑的话语，在耳边响起："若你答应，今年年底，你就会以新卡佩洛侯爵的身份，参加皇室的圣诞宴席。"

四

十点五十五分，所有玩家已经到齐。

等待区域是一间会议室，拥有 12 台笔记本电脑，还有一个巨大的投影仪。

李察和"提琴手"环视了一圈，发现第二场游戏淘汰掉了 300 人左右，最后一场的玩家只有 100 多人。这还不包括有可能被"买活"的玩家。

李察的目光，在一个戴着头巾，穿着宽松运动装，背对着他站着的人身上停留了一下，低声问身旁的"提琴手"："看见那个身高超过一米九五的东南亚男人没？"

"提琴手"平静道："那是'拳王'查猜。"

李察没问"提琴手"到底从哪儿知道的情报，只是说："他旁边站着的那个，戴着鸭舌帽，穿着运动装的假小子，应该就是我们先前组队的'短发女'。"

"提琴手"沉吟片刻，才说："身高差 5 厘米，肩宽多 2 厘米。"

"可以啊，哥们！"李察啧啧称奇，"你这眼睛，和 X 光似的，就连尺寸都能丈量得这么到位？"

"提琴手"想到过往，顿了一顿，才用一种非常复杂的语气，尽量平静地说："小时候，叔叔特意训练过我。"

李察也没有多问，只是说："她换了双鞋子——之前穿的那双，只是知名品牌的运动鞋，随便去连锁店都能买到，三四百大洋币一双的那种。而现在这双，是完全符合人类力学和剧烈运动的款式，会比一般运动鞋的鞋底更厚，重量更轻，更适宜跑步。由于卖相不好看，不熟悉运动鞋的人，尤其是女人，往往不会选。

"还有她的头发，虽然是短的，可为了不让人发现她的性别，还是想办法堆了上去，压在帽子里，从而有了 5 厘米的差距。至于肩宽……她的运动服里，应该多穿了一件衣服。"

听见李察的分析，"提琴手"皱眉："这么具有针对性的穿着——她知道了考题？"

"很有可能。"李察露出玩味的神情。

换上更轻便、更专业的运动鞋，难道第三场游戏，会有长时间追逐跑步的情况？

但既然要跑步，身上肯定累赘越少，越轻便越好。在这种情况下，却特意多穿一件衣服，是有近身搏击环节吗？

"提琴手"也很快就想到这些："买活她的人，应该是为了拿到我们的资料，但你不是买了一套身份卡，做了身份伪装，又拿 100 枚筹码的巨款，买断了黑 Joker 的真实身份吗？"

如果其他人想买，就需要 500 枚筹码。

李察拿到的已经是第二轮游戏的最高额度，因为他买了第四个房间的所有权，都只是刚刚超过 500 枚筹码，根本不可能有人超过这个数。

何况主办方也不允许凑钱买情报，都是单人买，彼此换。这种情况下，如果真有人能知道李察的身份，那就是主办方不讲规矩，对人透露了情报。

若真是裁判员下场拉偏架，这种游戏还有什么进行的必要？

李察闻言，顿时笑了："哥们，你是不是很少去地下黑拳、地下赌场，比如赌马之类的地方？"

"提琴手"反问："你为什么这么认为？"

"如果将咱们看作斗兽场上的角斗士，上面看着的人，就是罗马的贵族们。"李察耸了耸肩，"咱们在下面拼命，他们在上面拿咱们的生死输赢来赌博。想也知道，能被庄家，也就是主办方邀请来的贵客，也不是泛泛之辈。对这些贵客来说，他们不差钱，争的就是一个面子和刺激。要是知道庄家在私下做局……呵呵……"

"提琴手"认可这个说法，却冷静指出："但涉及这么大的金钱往来，庄家不可能不控盘。"

李察当然知道这一点："所以，怎么控就是问题，他们肯定不能控得很明显，一旦被人看出来，公信力就毁了。所以我判断，他们只是找了个看上去胜算很大的聪明人，提前透露了第三场比赛的情报。"

"提琴手"沉吟片刻，才问："所以，对方之所以盯上我们，只需要对主办方买一个情报——筹码在他之上的人有几个，对吧？"

李察打了个响指："没错，然后再通过向主办方买我们的信息和资料，以及买活我们上一场比赛的队友，就能知道我们更加详尽的情报。"

"提琴手"听到这里，便道："这个人，心思缜密，胆大、冷静、果断，并且十分自负，又非常多疑。"

李察点了点头。

一般人从主办方手里拿到其他选手的全部资料，就会觉得可以。更进一步的，会要求主办方帮忙制订方案。但愿意花大价钱"买活"竞争对手的前队友，只为了解他们短短几个小时中一言一行，光是这份胆魄，就值得让人留意。

"提琴手"心里有数："查猜不是这么有胆识有魄力的人，否则不至于一直被他的老板控制在手里，没办法转型。而且第二轮游戏，不是他擅长的领域，他也是被人买活的。"

李察也是这么认为："但他们身边目前没有别人，也没有故意望向谁的方向，应该是被特意叮嘱过。"

说到这里，李察笑了一下，觉得很有意思："不知道究竟是哪位种子选手，但在对方眼里，我们必定是首要淘汰目标。"

"提琴手"没说什么，只是抬手看了一眼手表。十一点整。

就见大荧幕"唰"地打开，出现了一张三层地图。

主持人的声音，也随之响起："女士们，先生们，大家晚上好。经过前两轮游戏的开胃小菜后，现在要进入紧张刺激的第三轮游戏!"

说罢，他的声音陡然一变，阴冷而深沉："本次游戏为自由猎杀，持续时间为6个小时。108名正式玩家，36名买活玩家，以三、四、五三层楼为范围，进行无差别的搏杀。每杀死一名玩家，可以获得100枚筹码。杀死正式玩家，还可继承对方芯片中的全部资产。任意玩家死亡时，广播将会对所有玩家通报。以及，每过一个小时，幸存玩家将收到主办方发送的短信，必须在指定时间，到达指定地点，并且在那里待十分钟，成功完成，即有奖励，超时者将扣除50枚筹码。杀死6名玩家，存活至游戏结束，即可进入决赛。"

霎时间，场地鸦雀无声。

要知道，经过前两轮的游戏，很多聪明人都已经得出结论，就是主办方并不希望他们死，尽量在保他们的命。虽然被绑在手术台上，看上去更令人心悸，可总比赤裸裸的"死亡"，让人抱有一丝幻想。

但现在，这微薄的希望，已经成了破灭的泡影。主办方没有再提"金额倒扣"之类的事情，因为已经不重要了。只要杀够了人，无论如何都能进入决赛。如果杀不够人，就算剩下的金额能熬过6个小时，都会被淘汰。

"提琴手"神色一沉，望向一旁的李察，后者的脸色也阴得能滴出水来，却很快恢复镇定，拍了拍"提琴手"，表情甚至带了点轻松灿烂，瞧不出丝毫勉强："往好处想，人不杀我，我就不杀人。人若杀我，我杀了对方，合情合理合法，这叫正当防卫。"

"提琴手"哭笑不得。

大洋国的"正当防卫"，尤其是警方执法时，确实有这么一条——假如你觉得对方要向你开枪，你可以提前射击。

但现在这种正当防卫……算了，只要李察自己能过心理那关就行。

就在全场无人说话的时候，主持人又说："那么，各位，请走到电脑面前，现在软件已经被远程打开。所有人依次站好，摇取自己的降落位置。注意，你们的降落位置，也决定了接下来几次的任务地点。"

听到这里，李察和"提琴手"交换一个眼神。

通过降落点，还有每小时的任务，强制将人分开吗？确实是好做法。这样一来，就算与队友会合，但只要任务地点分得很开，同样没有用。

"提琴手"轻声问："你觉得，主办方会在这上面做手脚吗？"

"有可能。"李察说，"我们两个身手虽然不错，可玩家之中，也有厉害的人，比如查猜。论生死搏斗，我们未必是他的对手。"

"提琴手"提醒："还有武器因素。"

"没错，更关键的在于武器。"李察也想到这点，"如果能拿到枪械，胜算至少增加了五成。主办方唯一的操纵机会，就是让他们看好的人，初始降落位置就是武器区。"

他们之所以断定，第三场游戏一定有获取热武器的渠道，就在于"公平的游戏性"。

对女人、老人和患有慢性病的玩家来说，如果纯粹比拼力量、耐力等，他们绝无可能是李察、查猜等人的对手。唯一拉平差距的方法，就是让他们拿到枪。

说实话，主办方如果在这一点上耍赖，两人也没办法。只能说兵来将挡，水来土掩吧！

无论如何，游戏开始的第一个小时，必须搜索到枪支所在，成功拿到枪！

怀抱着这样的想法，两人看见其他人都开始排队摇号，也就随着人群一起排队，摇取了降落地点。

出人意料地，每人的降落地点只有序号，没有具体显示。

然后他们就知道为什么了——黑西装陆续进来，示意他们都戴上耳塞和眼罩，然后将他们放到小推车中。就是那种运货的，金属制小推车。随即像推着 144 个大型货物一样，分别将他们推到了预定的"降落位置"！

李察一开始还试图记路，但在小推车上，他实在把握不好速度和距离，加上来来往往上下的电梯有点多，很明显是故意绕过几轮，他索性也就放弃了。

过了十几分钟，黑西装将他的耳塞和眼罩摘下，推着小推车离开。

李察注意到，无论室内室外，都是一片漆黑。

是强迫他们必须在黑暗的环境中搏杀，还是一开始给大家一个隐藏的机会？

李察心中琢磨这个问题，顺便看了一眼时间，11：25。再环顾一下周围，顿时觉得主办方肯定暗箱操作了。因为他的"降落位置"，居然是一家影音店。

"邮轮上居然还有这种地方，给乘客们怀旧用的吗？"李察一边念叨，一边走到门边，看了一眼密码锁，发现打不开。应当是游戏开始时，才能出去。得，先在店内搜索一下。

李察并没有第一时间选择试探房中的灯是否能打开，而是在熟悉黑暗后，锐利的目光在不到 30 平方米的影音店巡视了一圈，越发觉得自己被针对的概率极大。

降落的地方，哪怕是个便利店、咖啡店，乃至蛋糕店，他也能拿到对自己有用的道具，比如餐刀、叉子、化学物品等。这些都可以当成武器使用。但影音店都是些唱片、碟片、随身听、音响等等，似乎没有可用的东西啊！

等等！李察的目光，定在了角落放着的吉他和尤克里里上。就见他一个箭步走过去，开始拆这两把乐器，卸它们的琴弦。

就在这时，手表的提示音响起，屏幕上弹出时间、地点：十二点整，508。

此时正值十一点三十分。

第三场游戏，开始！

五

五楼，黑暗的游泳馆，"提琴手"低头，看着自己的提示：十二点整，367。

同样是五楼，枪械店，棕发女郎，或者说伊万·伊万诺夫，同样没有开灯，巡视着琳琅满目的枪支，低头看提示：十二点整，349。

而在三楼的西餐厅，亨利摸黑到后厨，紧张地拿起一把剔骨刀，收到短信：十二点整，502。

"短发女""大背头"等，也各自收到信息。

没有看见"长发女"的踪迹，很显然，"大背头"也选择了"背叛模式"，而他成功了，"长发女"则失败了。

同时，四楼。

发现自己处在超市零食区的查猜，捡起一根棒球棍，掂量了一下，还没开始探索这片区域，广播突然响起：一名玩家已经死亡。

霎时间，大部分玩家心中都是一跳。这么快？怎么可能？

正在拆琴弦的李察眯起眼睛，若有所思："降落位置应该不可能纯随机，否则太依靠幸运，那么分配方式应该是——面积！

"影音店的面积只有不到30平方米，只能容纳一个玩家。508应该是门牌号，也就是说五楼至少有10间店铺，根据这条船的规模，感觉太少了，是店铺太大，还是有部分区域不能通行？"

李察回想了一下，四楼大型超市的面积感觉至少有几千平方米，然后再推算，就知道这家影音店的面积，应该是比较小的，感觉不像在五楼。

面积小，有好也有坏。坏处就是东西太少，可以利用的工具不多，好处就是没别人。

如果一家店铺，比如餐厅，占地面积三四百平方米，就有可能让两名玩家正面遭遇。

假如没有别的店铺，只有一间大型超市的四楼也能分配玩家，再不走运一点，在超市中碰到类似查猜那样的高手，体质稍微差点的人，根本不可能跑得掉。

而就在他思考的短短几十秒，广播又响起播报：一名玩家已经死亡！

开局不到3分钟，居然已经死了两个人！这样的死亡速度，让所有人都倒吸一口冷气。

李察没有被玩家的陆续死亡拨动心弦，而是先取下全部的琴弦，一部分缠绕在战术折叠伞的伞柄上，一部分系在腰间，一部分缠在手上。

他知道，自己必须尽快离开店铺，然后找到电梯、大门或者消防通道。

30分钟的时间，看上去还算充裕，但考虑到这条邮轮太大，自己又必须到达一个指定的地点，假如在本层还好说，如果在别层，然后又不巧走反了方向……就算路上不遇到玩家，不发生冲突，也未必能及时赶到。正因为如此，他必须先弄到地图。

理论上，这种大型邮轮，无论是自动扶梯，还是厢式电梯，以及通道口，都应该会贴本层的店铺分布图。但这几个地方，恰恰也是玩家们的必经之路。

虽然对"提琴手"说了"正当防卫论"，但李察实际上并不希望自己手上染多少血腥，所以他不想一开始就与其他人发生冲突。

若别的玩家执意要杀他，留手，容易被坑；不留手，直接杀人，又不是他的愿望。得想个方法，先把人吓退。

李察看着影音室门口的超大音响，再看到一面柜子的碟片，很快就想到一招。

没过两分钟，一声枪响，在寂静的楼层里响起。

霎时间，三楼靠近影音室的玩家，比如蹲在门口附近观望的亨利，心中都是一跳。

谁！谁居然这么快就弄到了枪！

没有人敢去试验枪械的威力，玩家们吓得缩在店里，就看着一个颀长的身影，大大方方从面前走过。

这就是那个持枪的人吗？肯定是吧！这种大家都在探索的时候，大大咧咧在路上走的，肯定是因为有枪，所以有恃无恐！

亨利躲在西餐厅里，小心翼翼地窥探，就发现路过的男人，身型和发色特征，都很像他重点标记的危险人物之一。就是第一场游戏之前，主办方宣布规则时，说要淘汰所有人的疯子！

不仅如此，亨利还瞄到对方的腰间，似乎别了一个包，鼓鼓囊囊。一定是枪套，里面有枪！

亨利吓得缩着头，盼望着李察不要进店搜索。

过了两分钟，看到人走了，他才如释重负。

但很快，一个问题浮上心头。这个强人既然搜寻到了枪，为什么不趁前期占据这么大的优势，进店一家家搜索，找到玩家就杀死，直接完成"杀死6个玩家"的任务？难道他真心想做主办方发的任务，傻傻将时间花在找路，以及等待上？亨利坐过类似的邮轮，知道这是一件多吃力不讨好的事情。

在他看来，主办方发布的这个任务，就算不做，也只是扣除50枚筹码而已，杀一个玩家就顶回来了。

莫非……想到主办方并没有说完成任务的具体奖励，亨利突然意识到一个可能——就算有枪也没用，子弹呢？

总不可能开局就给人几排弹夹吧？难不成，子弹，就是任务的奖励？

亨利越想，越觉得自己的猜测有道理。

那个疯子能闯过第二场游戏，智商肯定不错，不主动杀玩家，而是非要冒险做任务不可，很大原因就是他有枪，可子弹不够！

想到这一点，亨利再也坐不住了。就见他蹑手蹑脚，矮着身子，借助遮挡，从后厨跑到前台，开始找菜单，顺便翻出一个打火机。然后，他躲在吧台后面，借助打火机的微弱光芒，在菜单的角落里，看到了西餐厅的具体门牌号——318。

不知道邮轮的门牌号究竟是怎么排的，单双号？还是U字形，又或者是Z字形？店铺究竟是一排，还是两排？这些都不清楚。

亨利瞬间懂了，李察究竟要去干什么。他要去看店铺位置分布图！

自己也必须去看，否则一旦错过机会……

可不管是上下楼，还是去看图，肯定都会碰到别的玩家，很危险。不，留在原地更危险！

绝对有玩家没想到这一层，他们不敢冒上下楼的风险，而是会在本层内先搜索玩家干掉，所以先去看位置图，一边做任务，一边找枪械的做法，绝对是正确的！

何况，他还要找伊万·伊万诺夫。

伊万虽然喜怒无常，性格不定，但就目前的情况来看，并不是一个狠辣嗜杀的人，未必会主动猎杀玩家，很有可能是以做任务优先。做任务，碰到伊万的概率才更大！

亨利想明白这一点后，就有些坐不住，将打火机放入口袋，一手拿着剔骨刀，一手拎了一瓶伏特加，也往门外走去。

"一群废物！"

华丽的超长餐桌旁，盯着屏幕的"大象男"不满地咒骂："所有的初始点中，让这只'老鼠'拿到了最差的开局，他居然还是那一层楼里面，最先找到地形图的！一声剧情里的枪响，居然就把这群东西吓得不敢动！塞着随身听的腰包，还能被认成是枪套！"

"大象男"与李察并无深仇大恨，甚至萍水相逢，素昧平生。

但一方面，他本身就要看"老鼠"落魄求饶的丑态；另一方面，童素因为李察，与"大象男"发生了几句口角，让此人丢了面子，他就咽不下这口气，非要看李察一身狼狈，乃至身死人手不可，而不是像现在这样鹤立鸡群。

其他贵宾却不这么想。

大家都知道，摇号实际上是动了手脚的。主办方故意将弱小一点的人，放到开局比较好拿利器的位置，比如西餐厅、咖啡厅、中餐馆、水果店等，里面或多或少都有刀；又将类似查猜、"提琴手"等人，扔到什么游泳馆、超市零食区等，不好搜索武器的地方。

这是为了平衡双方的战力，让比赛更血腥，更有趣。而李察，无疑是被针对最狠的那一个。

无论他摇到什么号码，主办方已经钦定了属于他的序列——开局必定将这只"老鼠"放在影像店。那里别说利器了，就是影碟、唱片的边缘都打磨得很光滑，不可能会割伤他人的手。

更狠的在于，楼道和店铺里的灯，都是可以打开的。但这种情况下，有谁敢开？黑暗，才是更有效的掩护。

而每间店铺旁边的门牌号，如果不开灯，站在通道上认真端详，就没办法看清楚，只能依赖店内的设施，比如菜单、传单，等等。

但影音店里没有这些东西。这一点，主办方对贵客们都已经说明。贵客们也没有反对。

就算这样，李察还能控制住局面，就让一些人眼中异彩连连，便听见有贵宾说："可惜了，他为什么是国际刑警。"

"是啊，如果只是普通玩家……"

"他身边的那个'提琴手'是什么来历？也很聪明，只是欠缺了一点运气。"

"让我看看，斯图国的金融世家出身，天才操盘手，因为公司投资的基金面临巨额亏空，上司将罪名推给了他，即将面临30年以上的牢狱之灾。"

交谈的贵宾欲言又止，"大象男"面具后的表情，更加阴沉。他知道，这些贵宾心动了。

虽然以他们的身份地位，手下的人才大把，可优秀到这种程度的，也十分罕见。

现在无人对伊莎贝拉提出索要李察，仅仅是贵宾们对李察国际刑警的身份有顾虑，谁也不知道万一招揽了对方，结果被反手卖给国际刑警怎么办。

但对"提琴手"，还有何塞，确实有很多贵宾起了别样的想法。

"大象男"不确定，如果李察在第三轮游戏中的表现还是这么优异，会不会真的让某位贵宾决心赌一把。

这也是"提洛岛"隐藏的福利。越是凶残血腥，难度超高的游戏，越能体现参与者的水平。如果你真的优秀非凡，橄榄枝确实会递向你。

就在这时，餐厅大门缓缓打开，戴着蝴蝶面具的伊莎贝拉在侍从们的簇拥下，款款走了进来。贵宾们齐齐站了起来，微微欠身，表示对主办方的尊重。

伊莎贝拉走到主座，含笑请大家落座，然后瞧了屏幕一眼，看到李察和伊万·伊万诺夫行动最快，已经站在了布局图前面，笑意加深。

随后，她才对贵宾们说："邀请大家来参加此次晚宴，是为了表达我的歉意。第二轮游戏，设计如此不合理，乃是我们的疏漏。"

说到这里，她叹了一声，才道："我也没有想到，'提洛岛'的秘闻，居然已经传得这么广，广到让不谙世事的少男少女听了，还当是什么好玩的地方，竟然会冒名顶替，混进来当作探险游戏。"

贵宾们听出伊莎贝拉的潜台词，不由得交换眼神。

他们都清楚，值得伊莎贝拉特意提出来说的"少男少女"，肯定不是普通人家的孩子，必定是极其显贵的出身，虽然主办方不怕惹上，但能不惹也最好的那种。指不定，还可能有他们自己家的子侄。

这就能解释为什么第二轮游戏，设计这么不合理，主办方为什么又突兀离开那么久了。因为主办方要借助这个机会，大量地、安全地淘汰人，而且还要联系这些不懂事的熊孩子家长，委婉转达歉意。

"大象男"知道伊莎贝拉的性格，立刻吹捧："多亏阁下英明，平稳将此事渡过，就让我们来欣赏紧张刺激的第三场游戏吧！"

这时，一旁的卡佩洛侯爵来了一句："第三场游戏，可不只是明面上的这些厮杀。"

贵宾们一听，顿时来了劲："难道，还有别的？"

"正是！"伊莎贝拉含笑道，"为了让大家看得舒心，我们给那些被淘汰的玩家，也提供了一次机会。每一轮任务结束后，我们将会放出 100 个被淘汰的玩家，同样出现在三到五楼。只要杀死一个正式玩家，他们就能获得对方的身份。简称，替死鬼游戏。"

童素心中一紧。不对劲！

666 个玩家中，已经死掉，还有失去行动能力的玩家，加起来 100 个吧？估计还不一定有。

毕竟大部分出事的人，都是在第一场游戏的老虎那关，以及游戏中场，被人夺身份卡时，可能没轻没重失了分寸。

但这样直接"大开杀戒"，最后能活下来几个人？

她正这么想着，就有贵宾好奇地问："如果这些被淘汰的玩家，没办法获得正式身份，又该怎么办呢？"

"他们可以一直在场地上搜寻。"伊莎贝拉意味深长地说，"直到游戏结束。"

又有人问："正式玩家和淘汰玩家，如何区分身份？"

"没有区分方式。"伊莎贝拉回答，"只不过，淘汰玩家在解除束缚之后，有 10 分钟的讨论时间。"

童素心中一沉，目光迎向伊莎贝拉："这 10 分钟内，他们能看到场内信息吗？"

伊莎贝拉微微一笑："可以。"

也就是说，正式玩家们执行任务时，在店铺内等候的 10 分钟，也恰恰是淘汰玩家们盯着屏幕，看着他们的时候！

如果淘汰玩家在这 10 分钟内可以交流，他们说不定立刻就会结成一个个团体和联盟！

按照第三场游戏的模式，根本不可能有几个人活下来！

这与童素原本推断的情况不符！

不等她想办法试探，伊莎贝拉就耸了耸肩："也因为这一次，我才发现我们的安保，居然出了这么大的空子。我想，我有必要认真检查。明年的'提洛岛'，或许不在固定时候升起。所以今晚的饕餮狂欢，请大家务必尽兴。"

伴随着伊莎贝拉的话语，侍从们端着头盘，鱼贯而入。

原本也和童素一样，心有疑虑，觉得往年"提洛岛"的游戏，不至于死这么多人的贵宾，也就打消了念头。

说是明年不知道什么时候举办，有可能是暂时停办也说不准呢。

既然这样，那确实今晚应该好好尽兴。这可比地下拳赛之类的东西刺激多了！

一边品尝美食，一边看着今晚的生死逃杀，不可谓不刺激！

李察站在消防通道外面，看着地形图。

这是他深思熟虑的选择。

在每一个玩家都是敌人的情况下，选择安全的通道非常重要。

厢式电梯最危险，很可能会出现开门杀。

自动扶梯也好不到哪儿去，上楼的过程中，整个人都会暴露在暗处的玩家视线内，容易被其他人蹲守。

然后他就发现，三楼应该叫"美食区"。

三楼的结构是两个同心的椭圆，或者说回字形设计，通道就在不重叠的区域，店铺则在通道两旁。大圆范围内的店铺有50家，小圆范围内的店铺则有20家。

而这一整层楼，大部分店铺都是各式各样的饭店、小吃店、奶茶店、便利店等，只有他所在的影音店，憋屈地缩在角落里，实际上还是沾了旁边一家书店的光。

三楼是吃的。四楼是大型超市。五楼是什么？生活区？

李察记下每间店铺的构造，以及厢式电梯、自动扶梯和消防通道的分布后，开了消防通道的大门。

由于楼层间的间距较大，上一层楼需要走一个折返两层楼梯。

李察注意尽量不发出一丝脚步声，贴着墙壁走。

等快走完第一层楼梯时，他发现，超市里消防通道的大门，居然是开着的。但没有人。至少门口，他没看到人。

李察蹲在消防通道外面的视线死角，尽量贴着墙壁走。等走到防火门的墙边时，他将自己的身体靠在墙上，接着迅速地打了一个滚，从一边滚到了另一边。借着翻滚的间隙，他也看清楚了门外的情况——门外埋伏了一个人，手上隐隐拿着瓶装的东西。

这个人借助黑暗和货架的掩护，躲在货架后面。当有人推开消防通道的门时，他只要将手上的东西撒出去，就很容易糊来人一脸，然后来人因为眼睛里进了异物，被直接干掉。

但也正因为他，或者她，要守着这个位置，所以，就算隐约听到消防通道有动静，对方也按兵不动。只要你不进门，就不是我的暗算对象。

李察继续轻手轻脚往里走，心里则想着一件事——"短发女"好像是化学专业出身？如果给这女人足够的时间，又将她扔到超市的洗涤清洁区域……她估计能调出一些有点可怕的东西。看来，不仅要提防枪械，还要提防化学物品。

他这么想着，上了五楼的楼梯。

五楼的消防门倒是关闭着的，李察提高警戒，将伞柄撑开，推开大门，并没有受到任何袭击。

可能还没人在这里。

就见他半侧着看店铺分布图，眼角余光一直留意四周。

然后就发现一件很有意思的事情，这个区域没人来。

再仔细一看，他就知道原因——整个五楼，应该叫"生活区"，只有20家店铺，面积都非常大。游泳馆、健身房、理发店、电影院、美容店……应有尽有。

自己所处的位置，应该在左半圆处，而右半圆处，居然有一家枪械店！

李察明白五楼的玩家都到哪里去了，但他却并不急着过去。

想也知道，主办方不会这么轻易就让他们真拿到枪支弹药，如果他是主办方，能让人拿到枪就不错了，至于子弹，得做了任务给。

正因为如此，他按照分布图的示意，非常淡定地走到了508——健身房。

李察推了推门，发现要刷卡进入。

和影音店一样，大门只能从里开，从外就要刷卡。

看样子，只能在大门口等待了。一旦离开这个范围，说不定就会被主办方判定违规。

他看一眼时间，11：57。

哪怕他速度已经很快，没耽误时间，还是非常赶。

李察淡定地靠着大门，有一两个玩家路过，看到了他，但可能也是跑过来做任务的，就没多管，匆匆走了。

而广播还在不停播报玩家淘汰的提示。

这时，一个胖子来到李察对面的美容院门口，面无表情地站着。两人大眼瞪小眼。

十二点整，无事发生。

就听见胖子用蹩脚的大洋语高喊："喂，对面的哥们，我看到这层楼有一家武器店，在到达那里之前，我们不发生冲突，免得让人捡了便宜，如何？"

李察回答："可。"

胖子又道："为了防止大家互不信任，到时候我们各走一头，反正都能通向那边，你觉得如何？"

"你选。"

"成，我选右。"

三言两语之间，两人就定了下来。

他们也不怕别人听见，毕竟在五楼的人，大部分都抱着一样的想法——我先拿到一支枪，再和其他人打。

否则，好不容易拿冷兵器分出你死我活，伤痕累累，却被拿枪的猎人捡了便宜，那就太惨了。

不如大家手里都拿一支枪，彼此忌惮对方，或许生存概率高一点。

10分钟过去，无事发生。

李察兑现承诺，既然胖子选了右边，他就干脆利落地往左边走，才走几步，却十分突兀地往地上一蹲，手中的甩棍，已经猛地往上！

胖子蒲扇般的手掌，刚好落空！但以甩棍的力道，打中胖子的下巴，居然就像打到钢筋一样，对方连面色都没有变一下，更别提闷哼！

李察一个打滚，翻出两米远，望着胖子，微微眯起眼："樱花国，柔技。"

这种近战格斗技巧，"抓"和"摔"都是绝活。被这家伙抓到肩膀的话，直接就会被卸掉这条胳膊吧！

胖子狞笑："有点见识。"

"我说，我们为什么要打呢？"李察试图努力一下，"不是说好，一起去拿枪的吗？"

"不要装傻充愣。"胖子冷哼，"枪什么时候都可以去拿，只要找到子弹，但在第一轮，最关键的时候，最应该做的，就是淘汰对手！"

李察叹气："那你为什么不找别人呢？"

"系统播报的那些死者，都是滥竽充数的废物，什么时候杀都不算晚。"胖子活动着手腕，蓄势待发，"而我第一轮，就要淘汰掉最强的敌人！"

六

伴随着这声宣言，胖子缓缓弯下了腰，好像扎马步一样，压低重心，双手向前，昂头看上前方。

他的目光十分凶猛，就像盯住了猎物的棕熊，随时准备同对手角力。

这是专属于樱花国传统竞技"相扑"的起——仕切。

"有没有搞错啊！"李察苦恼地挠了挠头，身体也向前倾，双腿弯曲，然后拔腿就跑！

"Fuck！"

"Shit！"

宴会厅内，倒彩声不绝于耳。

"大象男"猛地一拍桌子，下意识抄起一个啤酒瓶，就往屏幕上砸。

伊莎贝拉的保镖们犹如最敏捷的守门员，挡在她的面前，并将飞来的啤酒瓶抱住，其他保镖已经齐刷刷地把枪举了起来。

眼看宴会厅的气氛变得剑拔弩张，"大象男"才意识到自己做了什么，不由得讪讪地坐下来："不好意思，代入球赛了。"

喜欢看球。球品还不怎么好。童素记下这两条线索。

"大象男"的行为虽然过分，许多贵宾却也不是不能理解，只因他们的失望之情也溢于言表，各种语言的国骂都蹦了出来，表现比足球流氓们好不了多少。

"是不是男人！"

"孬种！"

"滚回妈妈肚子里吧！"

原本氛围庄重、高雅的晚宴，瞬间就搞得像足球或拳击比赛场。

与其吃着什么红酒鹅肝鱼子酱，还不如来一打啤酒或可乐，配上烧烤炸鸡爆米花，更有看比赛的氛围。

伊莎贝拉脸色一僵，狠狠又给李察记了一笔。但她心里，却更记挂另一件事。

亚伯·温菲尔德不是说他顶多半个小时就能到吗？现在已经一个多小时了，他人呢？人到哪里了？怎么半点音信也无？该不会出了什么意外吧？

李察不知道，也不在乎贵宾们是什么反应。

他逃跑的理由很简单——那胖子一看体重就超过240斤，膀大腰圆，又擅长相扑。自己在没有好武器的情况下，光是对方的力量压制，就够喝一壶。

更何况，对方是不是正式选手还很难说。

他又不傻，为什么要在初期不利的情况下，和对手这么耗。当然是仗着自己腿长、敏捷的优势，跑过这个胖子，先去搜寻武器，并且与"提琴手"会合啊！

李察跑得很快，胖子压根追不上，只能恨恨放弃。

就见李察在绕了半个圆圈，快靠近武器店的时候，反而停了下来——他要提防有人蹲守在这里。

偏偏这时，手表弹出一份权限：五楼临时门禁权限，开启时间，0：15—0：30。

霎时间，李察就明白了，这才是"任务奖励"！

他先前离开影音店的时候，就已经发现，所有的店铺都安装了防爆玻璃，自动门禁，只能从内到外开启，想要在外面打开，根本没有权限。

李察先前以为，这只是让他们的活动范围，必须限定在三楼和五楼的过道，以及四楼的超市里。

原来是任务成功，拥有可以再度进店铺的权利！

李察立刻在脑海中回忆五楼的全部门店。

然后，他做了一个出人意料的决定——他没有直接前往枪械店，而是干脆利落地扭头，进了不远处的理发店！

"为什么？"宴会厅中，有人下意识地问，"还有不到两百米的距离，他就到枪械店了。"

"就是，错过这一次，下次开启就要一小时以后，他不怕吗？"

"因为他没有能快速杀人的武器。"童素不紧不慢地回答，"而枪械店，很可能不止他一个人在。"

虽然李察拆下了琴弦，以备不时之需，琴弦确实也能杀人，条件是要非常大的力气，将敌人的脖子勒住，让对方窒息，但对这种大逃杀游戏来说，这只是没有办法的办法。

真正想要杀人，如果枪法好，枪械当然是首选。如果枪法不行，近距离拿把水果刀比什么都好使，胡乱捅下去，捅穿心脏自然不用说，就是肝脏、脾脏或者肺叶大出血，也未必能抢救得了。

听见童素这么说，贵宾们也就懂了。

再看大屏幕，果然，李察摸黑观察了一下环境后，直奔放理发器械的地方，一拉开抽屉，稍做翻找，立刻找到一柄锋利无比的理发刀！

虽然短，但已经够用了！

然后，他干脆利落往外走，却在路过洗发区域时，不知想到了什么，拧开水龙头。没有半点自来水流出。

李察思考片刻，将其他几个水龙头逐一拧开，同样没水。他也没做什么，就是塞了条毛巾到口袋里，然后离开了理发店。

这时，已经来到 0:22。距离门禁有效，还有 8 分钟。

正当大家以为他离开理发店后，会继续前往枪械店的时候，谁知他出了理发店的门，居然又往回折返了一点，去了刚才路过的电影院！

这下子，别说观众哗然，就连童素也非常惊讶。

如果李察往前奔跑的话，以他的速度，是能够赶上最后一波刷卡时间的，他为什么不过去？

下一刻，枪械店那边的镜头，就告诉了所有人答案！

只见一人欣喜若狂地刷了门禁，还没来得及浏览琳琅满目的枪支，进门的那一刻，脚下却被什么东西绊倒！

正当他努力试图抓着一旁的柜台，勉强稳住身体的时候，安装了消声器的枪支，被扣动了扳机。

蹲在视线死角的偷袭者吹了个口哨："抱歉，我枪法不好，为了节省子弹，只能让你们站在适合射击的范围，当个活靶子了。"

中枪者不甘挣扎，砰然倒地。

贵宾们这才明白，李察为什么没有前往枪械店——因为他已经错过了最开始能刷门禁卡的时间。

在不清楚有没有人比他提前赶到枪械店的情况下，如果有人在店里伏击，后来者很容易毙命！

"但他为什么去电影院？"又有人问，"有什么意义吗？"

下一秒，就有人惊讶地指着屏幕："你们看，他在做什么！他为什么将电影院的大门推开？他破坏了门禁系统？"

"不是。""蝮蛇男"觉得很有趣，解释，"电影院的大门，与这层楼其他的大门不一样，第一重是金属门，不需要门禁验证。每间放映厅的门，才需要采用门禁系统。"

童素也道："但只要能控制中枢系统，实际上可以解开放映厅的门禁。"

事实证明，童素说得不错。

就见李察二话不说，跑到操纵室，把从一号到十二号，所有放映厅的门禁全都解开了。然后，他居然把电影院的招牌灯给打开了。

这可就捅了马蜂窝。

在一片黑暗的五楼，电影院门口的巨大招牌闪闪发亮，就像一个天然的光源，吸引着所有人前往。

正当贵宾们不明所以的时候，又看到李察找到一串钥匙，露出满意的笑容。

这时，十二点半已经到了，第二个任务地点弹出。

12:40。

"喀喀，五楼的朋友们，自我介绍一下。我就是第一场游戏之前，主持人介绍规则时，说要在决赛前就把所有人淘汰的那个狂徒。同时也是现在积分最高的人。"

原本空旷死寂的五楼里，传来一个清晰的声音。

本来，电影院的扩音器是传不了这么远的，毕竟不是全船广播。

但在这种构造，又如此寂静的环境中，这个声音，加上闪亮的光源，简直让五楼只要听见动静，或者看到光的人，都忍不住凑过去看看。

听见李察自爆身份，一些人面色古怪，也有一些人不屑一顾。

以为你说你积分最高，我们就相信？哪怕你真的筹码最多，那又如何？我们只要杀了6个人，进入决赛就行，没必要和你计较。

又不是所有人都像胖子一样，喜欢第一时间挑战强者。

很多人的思路都是——趁着比赛刚开始，弱者还没死光，先挑6个弱的杀了，满足条件后，找个地方苟着即可。

谁知，李察下一句便是："顺便，我把电影院给占领了。"

听到这里，有人觉得无趣，打算走人。

也有人缩在角落里，继续听，便听见李察愉快地说："其实我的第二个任务地点不在这里，但我已经不打算做了，因为我发现了一件很有意思的事情。不出意外，整个五楼，只有电影院有干净的水，以及食物。"

顿时，所有人的脸色都变了。

"原来是这样！"

宴会厅里，有人称赞主办方："贵方真是太高明了，我们先前都只以为，贵方会在子弹上限制他们。"

"当然不止。"伊莎贝拉含笑道，"6个小时剧烈的体力运动，自然需要水和食物的补充，尤其水源，是重中之重。"

立刻就有人好奇地问："一层楼中，只有一家店铺有水和食物吗？"

伊莎贝拉懒得回答这么琐碎的问题，望向主持人。

主持人会意，介绍："三楼的西餐厅里，每个桌上放了一瓶矿泉水；便利店里放着一些饼干和巧克力；面包店里有法棍和甜甜圈；水果店里放着一小筐橙子。五楼则只有电影院的饮料柜和面包柜是满的。唯有四楼的食品区，我们没拿走任何东西。"

贵宾立刻扭头，看向四楼的屏幕，就道："哦？已经有人抱团了？"

听见他这么说，许多人纷纷望去，就见好几个孔武有力的大汉，手中都拿着利器，在食品区巡逻。

"这些人好像都是那个何塞招揽的部下？"

"也不全是他买活的人啊！"

"他好像和他们谈了，一起瓜分待会来超市的人，先以逸待劳，不起冲突。"

"切回放，切回放。"

贵宾们先前对四楼的钩心斗角不感兴趣，现在一听，顿觉有趣，纷纷要求看之前发生了什么。

但也有人提出想法："我更想看五楼电影院。"

"多放大几个屏幕，挑自己喜欢的看。"

童素一边看着，一边在心里记每个人的特征，并在贵宾、保镖、玩家们中不断搜索，努力寻找。

大洋国国土局的特工，究竟藏在哪里？

12：45。

电影院门口的 9 个人并没有一见面就厮杀，而是在短暂地交换情报后，决定先进去看看情况。

因为他们都已经意识到，没有食物还好说，一旦水源不充足，那就是天大的事情了。谁能保证自己 6 个小时跑上跑下，跑来跑去，全神贯注，还一点水都不喝？

而且，其中有几个人，本身刚刚就已经激烈奔跑、战斗，正处于体能下降，口干舌燥，需要补水的阶段，对水的需求就更迫切。

同样，因为他们手上已经沾了几条人命，对任务的需求也就没那么高。

看见李察大大咧咧就将电影院的大门敞开，几人警惕着走了进去，一眼就看到贩卖电影票的柜台。

爆米花区域空空如也。一旁的蛋糕面包区，还有后方的三台饮料冰柜，以及前台放着巧克力、口香糖的货架，全都空了。只有柜台上一星半点的面包残渣，证明这里之前确实摆放着东西，却在刚才，被人全部卷空。

9 人的脸色立刻变得很难看，当即就有人啐了一口："王八蛋。"

"大家要小心。"有人说，"如果按照这家伙所说，他现在位列第一，分数和筹码肯定都高得不像话，就缺杀人数量。只要他将这个缺口填上，然后找一个安全的房间待着……"

不用说也知道，稳进决赛。

"这是把我们当作送上门的外卖吗？"又有人阴恻恻地说，"真以为吃定了我们？"

还有人非常冷静："大家先不要分兵，他想收割我们的人头，肯定要观察我们的行踪，目前最大的可能就是在监控室，我们一起上，将他堵住。"

这个提议，得到了大家一致赞同。

虽然彼此都心怀鬼胎，一旦除掉李察，说不定就会立刻对身边的临时同伴下手，但至少在这一刻，他们拥有共同的敌人。

9人先找到电影院的分布图，发现包括安全通道在内，通往监控室的道路有两条，就决定三三分组。

两队人过去，另一队人守在电影院前台处。

"对了，灯呢？我们把灯打开，免得在黑暗中被他袭击。"有人提醒。

"不行，打不开。"

"啊？外面的灯为什么亮着？"

"招牌的线路和大堂、过道的线路，不是同一根吧？"

听到这里，9人心中一沉，却也没说什么，兵分三路，全神戒备。

明明平常5分钟就能走完的路，硬是走了15分钟。

等两路会合，到达监控室时，却发现房间里没人。

不仅如此，负责播放监控的设备也被暴力破坏了，视频根本放不出来，也不知道李察究竟在哪儿。

"难道他离开了？"

"不可能！"胖子抖着一身肥肉，面目狰狞，"电影院亮灯的那一刻，我就站在门口看，没瞧见人出来。"

听见胖子这么说，其他人心思各异。

专门蹲一个人，等这么久，不是有仇，就是有所图谋。

"电影院不止一个出口吧？"

"这你不用担心。"又有人说，"我们刚才过来的时候，看了一眼逃生出口，被超级大的锁给锁上，应当是主办方所为，他们不允许店里留后门。"

"就不能是他锁的？"

"不会。"马上有人出来做证，"我先前详细检查过'降落点'，也是这种情况，主办方只允许每家店有一个出入口。"

经过众人互相印证，那么可以证明，李察还在电影院内。

"找!"

"总共就12个放映厅,还有两端的厕所,以及员工休息室、储藏室等,加起来也就20多间,很快就能找到!"

虽然这么做有些耽误时间,但9人之中,不乏脑子灵活的聪明人。

瞧见胖子盯着李察穷追猛打的样子,居然一直盯着电影院,自然有人猜出来,李察手上积分和筹码众多的事情,很大概率是真的。

既然只要杀了他一个人,就能获得大量资源,那么为了杀他,耽误一到两个小时,完全值得!

9人心照不宣,彼此看了一眼,都听见有个人咳了一声,然后提议:"我们先不要去放映厅,而是把其他房间按顺序检查一遍。"

这个建议得到了众人的一致认可。

放映厅面积比较大,还高低错落,椅子又多,容易藏人,也容易伏击,不如先把办公室之类的小房间都找了再说。

反正电影院所有房间的门禁,全被李察打开了,控制系统的电脑也被他弄坏了,暂时关不上。他们大可以从容地,一间间地搜。

9人定下计划之后,还是按照刚才的分组,开始分头行动。

其中一组搜得比较快——也可能是他们方向的小房间比较少,大概20分钟之后,三人就面面相觑,最后有人提议:"进放映厅?"

"进!"

三人说干就干,直接进了最近的十二号放映厅。

就在他们搜完一圈,没找到人,正要离开十二号放映厅的时候,电影院的前台大厅,所有的灯光突然亮起。

虽然三人所处的位置距离前台大厅有一点距离,但明亮的光线照进走廊,也照进了敞开的放映厅大门!

即便投进去的,仅仅有一丝微弱的灯光,还被楼梯阻挡,三人却看见,十一号放映厅里,闪过一个人影!

在那里!他们二话不说,立刻追了进去!

谁知闯入之后才发现,居然是一副人形广告立牌!

三人心道晦气,偏偏就在这时,又有一行人闯入,瞧见他们,二话不说,居然就直接动手!

原本不想发生冲突的三人,顿时也起了杀心。

瞧见来人有 5 个之多，知道自己这边打不过，就有人高喊："那个家伙在这里！点子扎手！快来！"

声音在回廊里传播，久久不息！

其余 6 人信以为真，立刻赶来，看见这边打成一团，顿时有点蒙。

他们不就 9 个人吗？又是哪里来的人？

而就在这时，突然听见"砰"的一声。

枪响！谁手上有枪！

众人本打算四散奔逃，却又有人喊："系统没有播报死亡提示！这个人枪法不好！不知道瞄准要害！"

"快按住他的手！"

偏偏就在这时，令人意想不到的情况发生了——门口闪过一道身影，往里面丢了什么东西！

居然是一条着火的毛巾！

下一秒，放映厅的地毯上，开始蹿出火苗，并在地毯上燃烧！

"什么情况！"

众人刚要跑，却听见"砰"的一声，大门关上，然后就听见锁链声！

再一推门，就发现大门勉强能打开一条缝，但门把手之间，却被拴了一条十分粗大的锁链！

"快，齐心协力，把门撞开！否则我们都要死在这里！"

七

十一号放映厅内，火焰升起。

十一号放映厅外，李察刚要转身，便觉劲风袭来。

虽然他灵活闪避，却马上发现，道路左右都堵了人！

左边，胖子已经活动着手腕；右边，则是身材精瘦，拿着匕首的帮手。

"想不到吧？"胖子冷笑，"我在电影院门口蹲了你这么久，就是为了等同伴！"

李察挑了挑眉："你们两个没进去？"

"里面那些废物，不一定收拾得掉你。"精瘦男子傲然道，"我们守在对面的二号放映厅，就是等待着你出来。只是没想到，你根本不在里面，而是借助身上的随身听，录了几句话，就将这群蠢货玩得团团转。"

李察看了一眼精瘦男子，觉得对方有点熟悉，思考片刻后，便道："山下胜己，樱花国京都黑道，山下组的继承人？"

"过奖，现在的我，不过是一条丧家之犬而已。"山下胜己假惺惺地自谦了一下，才说，"李察警官，我对你可是……仰慕已久。"

最后几个字，堪称咬牙切齿。

李察终于知道胖子为什么盯着他穷追猛打了。

人口贩卖，一直是国际刑警调查的主力项目之一。尤其是儿童贩卖，作为重灾区中的重灾区，从来屡禁不止。

李察加入国际刑警时，第一桩破获的大案，就是一个从东亚到东南亚的儿童贩卖案，其中东亚最大的走私点与窝藏点，还有销赃渠道，就是樱花国京都的山下组！

这个组织表面上经常做慈善，比如，经常大笔捐钱给樱花国知名文学作家佐藤明创办的"佐藤基金会"——一个专门救济孤儿的机构。又比如，捐钱给社会抚养机构，与他们建立长期的合作关系，等等。

但他们只是挑了一两个例如"佐藤基金会"这样的慈善机构来洗白，实际上有一套完整的拐卖、窝藏、贩运的产业链。

李察在樱花国调查了一年半，终于破获了这桩超级大案。可他做梦也没有想到，被国际刑警和樱花国警方共同抓捕的犯罪分子中，居然还跑出来了几个！

"看来我们国际刑警的内部确实成了筛子，就凭你们这样贩卖儿童的渣滓，也能拿到我的情报。"

"是你，让我们的组织毁于一旦。"胖子面色狰狞，"就算没有这场死斗，我也要夺你的性命！"

李察的脸色也很阴沉："所以，我最讨厌那些所谓的'废死派'。比如就像你们的国家，对死刑的判定慎之又慎，那么多骇人听闻的罪行，结果也只是无期徒刑。还有我们的国家，人渣和罪犯们，居然只是累计几百年的监禁。你们这些家伙，夺走了其他人的人生，却只需要失去自由，而不是付出性命——你们那罪恶的灵魂，根本无法洗刷自己的罪行万一！"

听着他的碎碎念，山下胜己冷笑："公平、正义，那是你这种警察讲究的东西！对我们黑道来说，只有以牙还牙，以血还血而已！"

伴随着他的话语，胖子已经如一台肉弹战车，直直地冲了过来！

李察本来试图规避，谁知胖子的步伐却非常巧妙。

眼前这个至少有240斤重的胖子，虽然奔跑的速度不快，却借助上身的耸肩、起伏和摇晃，频繁改变重心，假动作一个接着一个，看起来眼花缭乱，根本没有办法捕捉他的进攻路线！

此刻的胖子，说他像臃肿到贴地飞翔的蝴蝶，也丝毫不为过！

李察的表情却很凝重。

这样的进攻路线，等于封死了他从胖子这边突围的步伐。更何况，另一边，还有虎视眈眈的山下胜己！而不远处的十一号放映厅，撞击大门的声音越来越大，可见那些人在火灾的恐惧下，已经选择齐心！

此刻的自己，已经腹背受敌。如果再等那些人出来，就是四面楚歌！

李察看着胖子钢铁般坚固的下巴，滴水不漏的步伐，实在不愿招惹上这种重型卡车，二话不说，手中的甩棍已经击向山下胜己！

山下胜己不退不避，手中的匕首向上一挑，匹练一般的锋刃削向李察的手腕。

李察知道不能后退，用甩棍的锁链勾住匕首，将之一卷！左手藏着的理发刀，已然削向山下胜己的面门！

山下胜己没想到李察左手还藏着武器，来不及后撤，当机立断松开匕首，身子后倾，脚尖一拧，右腿回旋，脚跟踢向李察的脑袋。

李察一个侧身，却意识到不妙！

胖子已经如饿虎一般，狠狠地扑了过来！

说时迟，那时快！就听见"砰"的一声，枪声响起！

胖子和山下本以为这又是李察的心机，但胖子很快就意识到不对，低头看下去——后腰处传来强烈的灼痛感！

"放开他。"走廊尽头，身材高挑的棕发女郎如是说，"否则，下一枪，取的就是你们的性命。"

"不要放！"胖子怒吼，"她没有几枚子弹！"

山下胜己却做出投降的样子，让出一条路："可以，我让他离开。"

"不许放！"胖子双眼发红，疯狂嘶吼，"少主，你忘记组织覆灭的时候，老首领的交代了吗！"

"闭嘴！"山下胜己恶狠狠地说，"作为下属，你没有资格质疑我的决定！"

棕发女郎不为所动。

山下胜己举起双手，表示自己没有敌意。

胖子试图挣扎，却不断往地上滑落。

李察看了一眼，没有试图和棕发女郎会合，而是往山下胜己这边走，一看就像害怕胖子偷袭他的样子。

而就在他越过山下胜己，背对着对方的时候，胖子突然站了起来，魁梧的身躯挡住了棕发女郎的视线。山下胜己则恶狠狠地向李察扑去，右手抓向李察的肩膀！

李察如游鱼一般侧过，冷笑："做戏太假，就防着你呢！"话语之间，他已经以转身的半步为支撑点，腰上一拧，腿部发力如同山洪暴发，整个人凌空而起，踢向山下胜己的脖颈。

这一招太过天马行空，山下胜己根本没有想到，狠狠被击中。

骨头被踢断的声音，直接响起。李察还嫌不够，理发刀一抹，血流如注。"一名玩家已经死亡。"

胖子面露狰狞，正要冲上来，就听见"砰、砰"，又是两枪。一枪正中腹部，一枪正中胸口。

轰然倒地的胖子，就像垂死的青蛙，抽搐了两下，就再也不动。"一名玩家已经死亡。"

李察没说什么，往外走去。

棕发女郎亦步亦趋地跟上，平静地问："十一号放映厅？"

"他们只是吓坏了，马上就能发现，火势是可以被扑灭的，只是撞开门需要一点时间。"

棕发女郎点了点头，没说话。

两人走到大厅，发现"提琴手"已经等在那里。

李察笑了一下，走上去，拍了拍"提琴手"："哥们，不厚道。"

"我将自己任务获得的子弹分给了这位女士。""提琴手"冷静回答，"那种情况下，由持枪者来发动袭击，才是最有效率的方式。"

李察看了看"提琴手"，又看了看棕发女郎，有点不可置信："哥们，你这不是将我们两个的生死，都赌在她的良心上了吗？"

"提琴手"态度平淡："因为我和她在进来之前，已经谈过了。"

"谈什么？"

"换个地方说话。"

三人离开电影院，来到一旁的游泳馆。

这里也没有门禁。

"这是我的'降落点'。""提琴手"简单交代一句，就带他们来到更衣室——全封闭，没有透光的窗户，可以打开灯。

坐在里面的亨利看见他们来了，露出卑微讨好的笑容。

"提琴手"对亨利点了点头："亨利先生，您可以说自己在四楼的见闻了。"

亨利忙不迭道："这是我冒死偷听回来的消息——四楼有一伙人，以一个光头文身男为首，在大肆扫荡。"

"扫荡？"李察重复了这个词，有点不理解，"他们来三楼和五楼了？"

"没有，他们只是在四楼进行猎杀，愿意服从的就加入，不愿意服从的，就直接杀死。"亨利面露恐惧，"那里面有几个人，非常凶。"

"然后呢？"李察继续问，"他们有枪吗？"

"现在还没有，但他们已经组织了一支队伍，上来拿枪。"棕发女郎回答，"如果不是被你在电影院的操作吸引，你的同伴又将他们引进去的话，此时他们已经到自己的任务地点，就等着时间结束，拿到门禁时间，然后去枪械店集结。"

李察看了一眼时间，1:05。

"提琴手"面色沉重："但也不是所有人都进了电影院，那个叫查猜的人，就在美容店门口守着，还有另外几个人。"

李察点了点头："所以，你们的打算是？"

棕发女郎干脆利落地说："我找过枪械店，没有子弹。"

"提琴手"补充："子弹都藏在很奇怪的地方，比如我，做完任务之后，本来只是找水源补充，却在西餐店的纸巾盒子里发现了子弹。"

亨利面部抽搐。

他的"降落地点"就在西餐厅，却像瞎子一样，只拿了一把餐刀，完全没注意到每张桌子上摆放的矿泉水，以及纸巾盒。

倒不如说，这些东西平常生活中太常见，甚至太正常了，他才没反应过来。

李察摸了摸下巴，懂了他们的意思："等他们拿到枪之后，直接抢？"

"是一场混战。""提琴手"指出，"电影院关不住那些人很久。"

李察听懂了："也就是说，四楼已经组织起来，决定拿三楼和五楼的玩家开刀，用我们的命来填他们的决赛资格，对吧？"

"还有一件事。"棕发女郎又道，"你刚才杀的那个人，不是第三轮的玩家。"

"你怎么知道？"

"我记住了参与第三轮游戏的所有人。"棕发女郎回答。

李察挑了挑眉："但我杀死他的时候，系统确实有播报。"

"这就是问题所在了。""提琴手"指了指上面，又指了指下面，"如果前两轮游戏被淘汰的人也可以加入，你们认为，他们一开始就能有第三轮游戏玩家的身份吗？"

包括亨利在内，没人会认为主办方会这么好心。

李察饶有兴趣："也就是说，我们只要留在三到五楼，就可能一直面对新玩家的追杀？就像大逃杀游戏一样，游戏会强制出现'毒圈'，不断压缩玩家的生存空间，导致玩家最后必须汇聚到一个地方？"

棕发女郎点头："我认为是这样的，并且，主办方有可能会为了提升难度，以及恶趣味，给后续的玩家配备更好的武器。"

她不知道，此言一出，宴会厅里，那些本来就被刚才的厮杀弄得血脉偾张，如果开通打榜投票界面，估计能疯狂往里面充值的贵宾纷纷叫好。

"对啊，我们怎么没想到！"

"就是，第一批放出的羔羊们，居然什么都没配备！"

"第二批不如加大难度，给他们一人一把水果刀？"

"第三批呢？"

"左轮手枪？一人两颗子弹？"

"好主意。"

黄金面具之下，衣冠楚楚的贵宾们，兴奋得面色潮红，提出一个又一个残酷而血腥的建议。

就在这时，童素开口："各位——我想在大家的见证下，询问主办方一个问题。"

贵宾们有些疑惑，却纷纷安静了下来。

就见童素望向伊莎贝拉，一字一句，掷地有声："敢问主办方，你们是不是操纵了其他角色的降落地点，并且对他们泄了题？"

此言一出，全场哗然。

贵宾们虽然对童素这个"新人"有点看不上，但无论如何，人家既然能和他们一样佩戴黄金面具，那就是赌场上的玩家之一。是玩家，就要讲玩家的规矩。

主办方欺负新人，界限顶多到强迫人家押注李察——虽然是摆明了不想让你赢，却在贵宾们的接受范围之内。至于再给李察加一些负担，贵宾们觉得也没问题，谁让你是"老鼠"呢？

但对贵宾们来说，他们可没办法接受自己被愚弄。明明大家都拍桌下注，就为了玩一个新鲜刺激，作为主办方，你却偷偷泄露题目，操纵对局？当我们是傻子吗？

贵宾们的眼睛直勾勾地盯着伊莎贝拉，都想要一个解释。

伊莎贝拉没有回答，只是望向主持人。

主持人凝视童素，目光微冷："您应当知晓赌场上的规矩。"

"我知道。"童素不紧不慢地说，"质疑他人出千者，如果是诬告，或者没能找到证据，就会被当作出千者一样处理。"

主持人语调低沉："所以，您还要坚持认为，主办方出千了吗？"

童素却没有被吓倒："看看被'随机'到四楼的这些人吧！就拿这个何塞，以及他买下来的人为例。早在第三轮游戏开始之前，他们就特意去了超市，不仅熟悉了地形，而且每个人都换了轻便又适合运动的鞋子，还买了羽绒服。哪怕船上的冷气开得充足，但谁会在这个季节穿羽绒服？除非，他们知道，一开始的对战是用冷兵器，并且会在冷气开得过于充足，只有16摄氏度的超市里，穿羽绒服是为了抵挡一些长度不够的刀具。

"还有他们的反应——三楼和五楼的玩家，都在彼此厮杀，为什么四楼的玩家能在何塞的领导下，开始同仇敌忾，先守住据地，应付三楼和五楼的人？就像他们知道，接下来，我们会从二楼和六楼放人过去，并且会通过各种任务的诱导和威逼，强迫所有玩家都到三楼，所以要先占据地理优势一样。"

说到这里，童素毫不退避地凝视着伊莎贝拉："阁下的游戏，当真公正吗？"

贵宾们听到这里，也觉得有些不对劲。

他们不是傻瓜，立刻要求："将录像回放，看看是不是如这位女士所说。"

主持人不知该如何处理，伊莎贝拉则做了个手势，平静表示："我以我祖先的名义，向上帝保证，我并没有向何塞透题。"

童素冷笑了一下："以您的身份，也玩起了文字游戏吗？"

贵宾们听童素这么说，也觉得不妥："尊贵的阁下，您不用对我们许下誓言，只需要让我们回看录像就行。"

主持人顿时有些焦急，卡佩洛侯爵则眉头紧锁，觉得有些胸闷气短。

这个女人知不知道，她的胡言乱语，有可能会动摇贵宾们对"提洛岛"的信任，这是在摧毁"提洛岛"的根基！

"提洛岛"能聚集到这么多贵宾，除了权势、财富，以及彼此的交易外，"公正"也是必不可少的一环。

虽然只是相对的，但没有"公正"就是不行。对他们这种庄家来说，只要没失去信誉，就算沉寂几年也不要紧。一旦失去信誉，那就是天大的事情！

侯爵越想越气，突然眼前一黑！

"快拿药。"伊莎贝拉反应最快，"他心脏病发了！"

不用伊莎贝拉喊，离得最近的主持人立刻扶着祖父，去翻他的口袋。

明明几个小时前，她还给侯爵喂了一次药，偏偏这次不管怎么翻，都没有找到侯爵随身会携带的心脏病特效药。

"医生！快叫医生来！"

宴会厅顿时乱作一团。

医生连忙赶来，一边给侯爵紧急除颤，一边把人往担架上抬。

主持人刚要跟过去，却被童素拦住："各位，等一下！"

她声音很高，压下了宴会厅的杂乱，也让贵宾们纷纷看了过来。

就听见童素说："我刚刚质疑了主办方，结果，就有一位重要人物倒地，需要进行紧急治疗。虽然我不想以阴谋来揣测，但这一幕实在太过蹊跷。"

贵宾们交头接耳起来。

童素这么一说，他们也觉得有猫腻。尤其对那些参加过"提洛岛"好几次游戏的贵宾来说，还真没见出过这种事情，偏偏这次刚被质疑作弊，就有贵宾晕倒。这实在由不得他们不多想。

伊莎贝拉见状，就知道童素这问题无论如何都绕不过了，便道："您的意思——"

"何塞这名玩家，好像是——"童素指着"大象男"，"阁下押注的人选吧？"

"大象男"瓮声瓮气地说："没错。"

贵宾们的目光在伊莎贝拉、"大象男""蝮蛇男"等几人身上来回巡视。

他们当然知道，这几人的关系极好。难道真是庄家操纵赌局？

"如果我直接说要何塞退赛，未免太过傲慢无礼，也影响比赛的公平。"童素盯着伊莎贝拉，不退不避，"我要送给李察一件道具，以及，提前让他们两个一对一单挑。"

伊莎贝拉深深地看了童素一眼，突然笑了起来："可以，但单挑地点，由我来指定。放心，保证给你——想要的公平。"

八

"砰——"一声枪响，划破了寂静。

两路人马，彼此对峙。

查猜看着前方的李察一行，发现缺一个人，不由得打量四周。但不管怎么找，都没有找到那个神出鬼没的"弓箭手"。

"哥们，我们打个商量如何？"查猜严阵以待的时候，李察却笑容满面，"你看我们这两路人，手上都有刀有枪的，打打杀杀，多伤和气。要不这样，我们来一局单挑，输了的人就将武器交出来，如何？"

查猜面色冷峻："将性命押在我们两人的战斗上？你认为我背后的这些兄弟会肯？"

李察点头："不然呢？"

"我当然没那么天真，但和你我不同，他们不是练家子吧？"李察眼光很尖，一眼就看出这群人的底细，"充其量也就是健身房水平，普通男人的体格，甚至还比不上一大部分体力劳动者。他们真有信心，与我们在这个环境下厮杀？提醒一句，我刚才可把山下和他的同伴，就是那个胖子，一击毙命。"

听到这里，查猜背后的人神色各异。很显然，有部分人知道李察提到的"山下和胖子"，究竟是什么人。

李察见状，越发肯定，山下也与查猜的队伍有联系。

鉴于他和"提琴手"第三场游戏开始前就从很多蛛丝马迹中，猜出查猜背后的人有可能被主办方，或者其他什么人泄露题目，李察自然知道，自己肯定是重点目标。

碰到仇敌也好，专门被针对也好，都是正常的。但反过来说，被敌人关注也是一项值得利用的资本！

敌人越是渲染过他的强大，对弱者来说，就会潜意识心存恐惧。正因为如此，李察微笑着问："对你这种非正式玩家来说，杀了一个玩家，可以获取资格，可他们全是吗？"

他打赌，查猜背后的人根本没有那么多筹码，可以买活眼前这么多人。由此可见，面前的这些人，实际上是四楼的玩家抱团组合起来，以"猎杀其他两层楼玩家"为目的的临时队伍。

既然是靠着利益走到一起，那么彼此间根本就谈不上信任，大家都以自己搜索武器，尽量获得决赛资格，以及保住自身性命为第一。

策略也很简单——恃强凌弱。这样的团体，愿意在游戏前三分之一的时间内，就对上前两轮最强选手组合起来的队伍吗？更何况，棕发女郎手上还有枪。

就在局面僵持之际，棕发女郎突然开口："一旦失败，让他们带另外两把枪走，但他——"她的目光落在查猜的腰包上，"他身上那把不行。"

所有人都下意识看了过去。

李察故意问："为什么？"

"枪械店是我的降落地点，我将店里所有的枪支都检查过。"棕发女郎冷冷道，"店里有三分之一的枪，都是可以用来展览的古董枪，什么左轮、驳壳。剩下三分之一里面，有些在这种场景下不适合使用，充其量也只能收藏。他们也有懂枪的人，才会舍弃看上去更优秀、实际上后坐力能把人的手臂震得失去知觉的枪支，选择相对好驾驭的自动手枪。"

"但他手上那把——"棕发女郎神色凝重，"我找遍了枪械店，都没找到枪托，才选择放弃，他却敢拿，我怀疑他知道枪托在哪里。"

李察对枪械也很熟悉，一听见"枪托"，再和"手枪"结合，立刻明白，顿时冷汗就下来了。

分离式枪托，又如此招棕发女郎忌惮。查猜这家伙手里拿着的，是一把可以当作冲锋枪使用的战术手枪！

"主办方还真是把这当作大型真人游戏了啊！好的装备要靠拼。"李察笑着调侃了一句，然后对查猜打了个响指，"怎么样，哥们，我们的底线已经开出来了——你和我打一场，不用武器，就靠拳头。如果我输了，我这条命拱手送上。如果你输了，你们其他人可以走，但你和这把枪，必须留下来，如何？"

查猜听到这里，就知道对方有备而来。如果他不答应，身后这些人，未必会和对方拼命。但如果他能在此地将李察杀了，巨大利益驱使之下，反而能让后面这些人，说不定打算放开手殊死一搏。

更何况，多年来打黑拳的经验，让他不惧怕任何对手。不过是一个比他年轻的小鬼头而已，单挑的经验，难道有他十分之一丰富？

正因为如此，他点头："好。"然后，就对其他人说："各位，围成一个圈。"这是为了提防来自暗处的弓箭。

虽然目前走廊一片漆黑，查猜并不认为以人在黑暗中的视线，以及地理环境，"提琴手"能找个很好的狙击位，但不怕一万就怕万一。

队友们还以为他怕李察跑了，就点了点头，围了个半圈。

棕发女郎和亨利也退开。

只有李察和查猜站在圈内，仿佛回到了泰拳拳台。

就见查猜二话不说，犹如闪电一般，猛地冲了过来，左臂护心，右手居中，一记又凶又快的直拳直奔李察面门。

开打之前，根本不加提醒！

棕发女郎，或者说伊万·伊万诺夫神色微变。

他对泰拳也十分了解，知道泰拳与其他格斗术的区别，就在于重心高、移动速度慢、喜欢硬吃敌人的招数。但查猜的拳法，却与他了解的不同！

可伊万立刻又注意到，查猜左脚的膝盖，已经微微弯曲！这也是泰拳里较为常见的攻击套路，中路直拳为佯攻，下路低扫膝撞，打开局面，并且进行骚扰。假如对手不能被压下足够的空间，这等骚扰就不痛不痒。可对手一旦被压制住，等待着他的，就将是暴风骤雨般的肘击和膝击！

泰拳名为拳，可实际上拳击不是最凶猛的地方，膝法和腿法才是真正的凶悍！

伊万略带担忧地望向李察，就见李察非但没有躲闪，反而往前一迈，左手向上一挑，去硬接查猜的拳腕，右手从查猜右臂外侧笔直穿过，扼向查猜脖颈。

查猜的膝击还没有踢出来，李察的右手已经劈向了他的喉咙！

这是为了打乱查猜的节奏！

查猜反应也很快，知道如果自己收了膝，下一秒，对方就必定踢自己的膝盖窝，所以，他做了一个很凶猛的动作——不仅拳势没收，而且直接膝撞顶了上去。

但查猜没注意到的是，就在他的小腿抬起来没多高，还没有完全发挥威力的时候，李察还在空中的小腿突然转变方向，往外笔直地一折。

围观的人群惊呼！怎么能做到这种程度！

伊万却清楚，这是利用大腿和臀部的肌肉，使得腿和盆骨尽量成一条直线，会让踢的过程中，多出半个盆骨的长度，加快这一击的速度！而且，因为骨头形成一条直线，后劲很足，根本无法防御！

这是那位名叫"李小龙"的功夫巨星，最喜欢的招数！

果然，就见李察拼着脸上硬挨了一拳的代价，爆发出惊人的速度，凶狠地踹在了查猜的膝盖边上！

霎时间，查猜的整条小腿呈现出诡异的角度，就像长歪的枝干一样，甚至清晰听到了骨头的脆响！

只有侧踢，才能打中膝盖最脆弱的部位。那里不只有坚硬的胫骨，还有容易断裂的腓骨！

李察以为自己胜利了，还来不及抹掉鼻血，查猜却做了一个谁都意想不到的动作，就见他一手拉着李察，和自己一起倒地，一手从腰包中行云流水地拔出了冲锋手枪！

他居然已经将枪托包括子弹都凑齐了！

电光石火之间，李察用最快的速度，将手腕上缠绕的琴弦一扯，死死地勾出了这把枪，让它偏了一点！

"砰！砰！砰！"

查猜连发三枪！

伊万带着亨利躲到一旁，其他人却躲闪不及时，一人被射出的子弹击中，顿时痛苦地捂着受伤处，倒地。其他的人吓得四散躲避。

李察也被一发子弹擦到，身上火辣辣地疼，却行云流水一般拔出腰间插着的理发刀，捅进了查猜的脖子。

一股血箭飙飞出来，喷得李察脸上、身上，哪里都是。

查猜的眼睛里，倒映出李察的面容。冷酷、漠然、疯狂。这样的家伙，居然是国际刑警……

查猜顿时觉得有些可笑。一个比所有亡命之徒，还要凶狠、疯狂的国际刑警。不知道为什么，他突然有点希望李察能活着出去了。

会是灾难吧？一些人的。

查猜颤抖着右手，往怀里伸。

李察以为他还要垂死挣扎，一边按住查猜的手，一边摸向对方怀里，发现只掏出一个皱巴巴的烟盒，里面除了香烟，还塞了一个小小的火柴盒，装着零星几支火柴，没有别的东西时，神情非常复杂。

就见李察将火柴轻轻一划，把所有的香烟逐一点燃，放到查猜的鼻子边，意识模糊的查猜，借着熟悉的味道，仿佛飘回喧闹的贫民窟，污水、垃圾、老鼠、蟑螂、劣质香烟、路边摊、吆喝声……

真想回家去看看啊！

不可一世的拳王，停止了呼吸。"一名玩家已经死亡。"

李察果断地将理发刀拔出来，拿起冲锋手枪，染血的琴弦逐一缠好。

查猜带来的人瞧见他满脸、满身，头发上、衣服上，哪里都是血的样子，吓得根本不敢靠近，全部跑了。

只有"提琴手"逆着人流走了过来，从口袋里掏出绷带和消炎药，居然还有一小瓶酒精。

李察一边啧啧称奇，一边接过药物："哥们，你这又是哪里弄来的？"

他说着，将衬衫一掀，腰上是一道吓人的痕迹——那是火药的余威。

"降落地点游泳馆，想到他们肯定有临时的医务室，就顺手拿了。""提琴手"回答，"刚才去看了一圈，不出你所料，通往四楼的大门有人守着，不是自己人进不去。电影院的那帮家伙已经出来了，在商量对策。"

原来，"提琴手"根本不是藏在暗处狙击，而是去探查周围的情况，防止鹬蚌相争，渔翁得利。

李察给自己处理伤口，疼得龇牙咧嘴。

伊万则冷静地问："所有往下的通道都埋伏了人吗？"

"四楼的人已经守在楼道里。""提琴手"表示，"他们可能已经发现，我们每次的任务地点都要换楼层，所以拦在中间，不让我们做任务。"

亨利顿时心中一惊："这不公平，凭什么他们四楼的任务点，就一直在四楼？"

"不用一直在，他们只要人足够多，一部分抱团，一部分用来狩猎我们就行。""提琴手"回答，"厢式电梯也不行，他们会在四楼按停，电梯在那里必定停留。"

伊万听到这里，便道："四楼的优势太大了，这不合理，怎么办？"

而在这时，李察的手表上，通话提示响起。

3分钟前。

瞧见李察极限反杀查猜的那一幕，宴会厅一扫刚才侯爵，即"狐狸老者"突发疾病的阴霾，又变得热血沸腾。

"可惜了！"不止一个贵宾这么说，"这么优秀的人才，居然是'老鼠'。"

如果李察不是国际刑警，而是真的走投无路，恐怕这些贵宾早就纷纷开口，试图想要将李察收入麾下了。

这么一个有勇有谋、能打能干的部下，真是太少见了。

童素却觉得李察与自己哪怕一句话都没说，也配合十分默契——李察和同伴们说话的时候，字字句句，不忘提及四楼优势大。

说真的，四楼最大的优势，主要是何塞拿到了情报，然后提前组织。

但贵宾们又不是个个都眼尖到这种程度。大部分贵宾都只看到，四楼确实像滚雪球一样，优势十分惊人，再被李察和童素，一在赛场，二在高台这么一带节奏，就觉得确实如此。四楼优势太大，设计不合理，主办方有泄题的嫌疑。

而聪明人看一下何塞等人的降落点，估计早就在心里嘀咕是不是泄题，并且对主办方都开始不满起来。

正因为如此，童素开始与李察当场对话的时候，所有人都全神贯注在听。

"李察先生，您好。"童素用这句话做了开场白，"我是您的押注者，您的胜利与否，关系着我这场游戏的胜利。"

李察听到这里，便有些混不吝地笑了："押我？你不知道我的身份？"

贵宾们见状，下意识望向伊莎贝拉。

他们可没忘记，童素本来想选的是棕发女郎，却被伊莎贝拉逼迫选了李察。

现在想来，主办方欺负新人，确实有点过了。

但童素并没有提及这些弯弯绕绕，反而把事情揽到自己身上："为什么不可以？你我都不过是游戏的新来者而已。"

李察微微挑眉。

这句话……难道对方在暗示着什么？大洋国国土局？中国安全部门？不会吧？他们竟然能混进贵宾席？

李察心中有点拿捏不准，而贵宾们没意识到童素话里有话，只是有人说："新人又怎么了？谁不是新人过来的？这位女士，您不用妄自菲薄。"

童素的冷静、智慧和判断能力，同样获得了他们的赞赏。

毫无疑问，如果童素能在接下来的几天航行里，依旧保持这个水准，又展露足够优势的资源，就能获得一批"优秀的合作伙伴"。

童素对贵宾们笑了一下，表示自己的善意，然后说："为了嘉奖您的勇气，您可以向我索要一件道具。"

李察掏了掏耳朵，有点不以为然："嘉奖？怕是你们检查出来内部有二五仔，开始质疑公平了吧？"

"您是这样认为的吗？"童素先是反问，然后就直接自己回答，"看到您刚才的单挑壮举，大家都非常激动。既然您觉得本轮比赛有泄题的嫌疑，那么我们来一场加时赛如何？让四楼目前的掌控者，与您来一场单对单的游戏。您觉得是否可行？"

贵宾们纷纷点头。他们觉得有泄题嫌疑不假，可他们并不愿意被这些玩家知道，否则就丢了面子。

童素巧妙将贵宾们内部的矛盾，转变成玩家质疑比赛公平，主办方大度给予机会，这就让贵宾们很舒服。面子和里子都保住了。

李察挑了挑眉："现在？"

"现在。"

"我能问问在哪里吗？"

"您先选择想要的道具。"

"那好。"李察干脆利落地说，"我要一件战术防弹救生衣。"

童素挂断电话，望向伊莎贝拉："阁下认为呢？"

伊莎贝拉点头："可以！"

"那么，赛场选择？"

"四楼，超市，甜品区，天台甲板。"伊莎贝拉宣布了自己的决定，"就像古罗马的斗兽一样，由李察与何塞，开始一场不死不休的争斗。

"诸位认为，是否可行？"

贵宾们齐刷刷狂欢："这正是我们想要看到的场景！"

九

短暂的激动之后，贵宾之中，就有人提议："若是生死搏斗，那只'老鼠'的战术防弹救生衣，会不会太破坏平衡？"

立刻有人跟上："没错，何塞专门买活查猜，就是把他当作手上的王牌，可见他的格斗本领都比不上查猜，与李察打，难道不是必输无疑？"

刚才李察的极限逆转，看得他们血脉偾张，比抽了大麻还要亢奋。但真冷静下来后，仔细一想，就知道李察的身手至少是特种兵级别，而且反应速度和临场应变能力都极为惊人，他们身边这群训练有素的保镖都不一定能做到。

何塞不过一介毒贩，与李察比近身格斗？李察身上还穿着战术防弹救生衣，这哪有半点看头？

贵宾之中，便有人回过味来："这只'老鼠'，很精明啊！"

防弹衣，质量有好有坏。救生衣，那就更不用说，差一点的宛如纸糊，人若是掉到海底，不被淹死也被冷死，好的能自带恒温保暖功能，硬扛几个小时。

如果李察不说自己要哪款，可能拿到质量不好的；如果李察指名道姓说要哪款，主办方可以推脱说没有。但"战术防弹救生衣"一词说出来，就代表只能选军方的那几款，最差也不会坏到哪里去，而且还兼具防弹和救生两个功能。

真让其他人想，一时半会，他们也想不到更合适的。

"这就是我选择甲板的原因。"伊莎贝拉含笑道，"何塞虽是一人，但从宣布开始，到李察等人走下去，给他足够的时间布置，没问题吧？别忘了，他不止一个人。"

贵宾们想到何塞的队友，比如擅长化学的"短发女"，也就会意："既然如此，我们要给李察一定的休整时间才对。"

"正是这个道理。"

还有人望向童素："这位女士，您意下如何？"

童素看着他们，仿佛瞧见一只只眼光发红，磨牙吮血，正打算饱餐一顿的恶狼，自然不会得罪他们："我没有意见。"

"那么，就趁着给他送战术防弹救生衣的工夫，让何塞有足够的余裕来布置吧！"伊莎贝拉如是说着。

而她心里，疑问却越来越大。为什么说半小时到的亚伯·温菲尔德，到现在还没有来？他不来的话，赐宴、让船员水手等人麻痹的计划，还要不要继续进行？

而这时，她突然收到信息："还有 20 分钟。"

1：50。

李察等一行四人，乘坐扶手式电梯，来到四楼超市。

黑压压的人群已经等候在那里。

李察看了光头文身的何塞一眼，目光又在人群中巡视一圈，没瞧见"短发女""大背头"和"长发女"。后两者不知道他们过线没，前者则不见踪影。

就看见何塞满面笑容，李察下来之后，还试图拥抱他一下："李察先生——"

却被李察闪开。

不是他没礼貌，而是何塞此人的人品不能保证，谁能确定，他会不会手上藏根涂了什么的针，偷偷往李察身上扎呢？

被这样不给面子，何塞却依旧堆着笑容："李察先生，这边请。"

李察点了点头，四人在何塞的引领下，穿过复杂的区域，最终来到烘焙区，以及旁边的甜点区。

四人这才发现，原来这两个区域旁边，专门有个区域摆放桌椅，供人现场吃东西。

而在更远一点，桌椅之外，有一扇门直通阳台。

邮轮上的所有窗户，都是直接封死，不能打开的。所以乘客们如果想要享受海风的吹拂，就必须去阳台上。

天气晴朗的时候，阳台上就会摆放茶桌，以及遮阳伞。但现在已经撤走了。

李察看了一下，发现这个阳台非常小，大概只有 8 平方米，提供给两个成年男人战斗的空间不多。

这时，"提琴手"和伊万·伊万诺夫一左一右，拖住李察。

"别上去。"

"地上有油。"

李察望向何塞："打扫？"

何塞哈哈一笑："李察先生，您身手比我强，装备比我好，如果我们一对一公平对决，这本身就是对我的不公平。主办方认识到这一点，允许我自由改造环境。但甲板这么坚固的材料，我也不可能破坏，只能往上面倒一些食用油。"

李察的目光落到何塞的鞋子上——军用防滑靴。再看看自己脚下，普通运动鞋。论防滑，完全不能比。

"怎么，李察先生，你要认输吗？"

"提琴手"抬头，确定了一下监控器位置，然后将李察拖到一边，用身体挡住监控器，又将有监听功能的手表别到身后，尽量缩小自己的声音："你的实力再强，也不可能违反本身的惯性，认输吧！"

不等李察说什么，"提琴手"犹豫了一下，又说："先前没和你说实话，我不是真正来比赛的玩家，我是——"

"和主办方有关系？"李察轻描淡写地说。

"提琴手"有些惊讶："你怎么知道？"

李察笑了："哥们，你破绽太多了。如果说一开始你跟着我，只是试探，后面就是一心想帮助我，并且觉得和我组队，至少不违背你的原则。还有，第二场比赛淘汰，我根本没看到你害怕，可见你有恃无恐。以及，从第三场比赛开始，你就尽量避开杀人的场合，对吧？一次两次，我还觉得是巧合，或者你有底线和原则。但仔细观察下来就会发现，你很抵触夺走其他人的性命，就好比刚才在枪械店门口，你宁愿一个人去更危险的地方巡视，也不肯和我们一起。军方出身吧，哥们？一看就不像我们警方的人。"

大洋国的警察，开枪执法，只需要判断对方也有开枪意图，就能先发制人。国际刑警更是有一定的豁免权。

所以李察杀山下和查猜的时候，半点犹豫也不带——对这种满手鲜血，恶贯满盈，又试图杀死他的人，他的行为只能算自卫反击。

但"提琴手"连这点都看不惯，只可能是军方出身了。

"提琴手"见李察猜了出来，也不含糊："主办方可能和我有一些关系，所以……"

"那又怎么样呢？"李察表示，"你能保证，主办方不会狗急跳墙，真的杀了你吗？还是说，你的身份特别显赫，不能出事，甚至，就是他们自己人？"

"提琴手"不说话了。

李察得到答案，有些意兴阑珊："如果你是主办方自己人，那就算了，我不愿与这种人渣为伍，被救了都嫌脏。"

说着，推开了"提琴手"，回到何塞面前："来吧！"

"提琴手"沉默地转过身，心情复杂。

两点整。

李察与何塞，站在了被涂满油的甲板上。

海风呼啸着，浪花拍打，但因为隔风板的保护，吹到他们身上，虽然刮得刺骨，但不至于让人东倒西歪。

滑，非常滑。

李察不敢再做快动作，就见他直截了当地站在原地，拔出冲锋手枪，瞄准何塞，直接举枪射击！

聪明，这种时候，有枪不开，难道要比近身战斗吗？

就见何塞抓住栏杆，做了个规避动作！

饶是如此，李察枪法惊人，还是打中了他的腹部！

没事！

李察瞳孔一缩，就见何塞露出雪白的牙齿："李察先生，你该不会以为，我在四楼的超市里，没有找到防弹道具吧？"

随即，就见他拧开手中的瓶盖，做了一个泼的动作！

李察不知道是什么，也抓住阳台的窗把手，猛地躲避！但还是被溅到身上。霎时间，他的衣物就像碰到了强酸一样，被灼烧、溶解，破了个大洞！

"糟了！""提琴手"闻到味道，顿觉不妙，"何塞手中拎着的那一瓶，全都是强酸！他怎么会有这种东西？"

亨利小声说："超市有厨房和厕所清洁用品区，还有食品里的干燥剂之类，听说很多洗涤用品都有强效腐蚀的作用。"这也是他在片场学到的小常识。

"提琴手"一听就知道，这是"短发女"配出来的，此时也顾不上许多，只是担心："这种情况下，李察怎么躲？"

同样是远程，人家能拿强酸泼他，他根本没办法靠近。这玩意要是泼到脸上，可以灼烧掉皮肉或者眼球！

亨利弱弱地问："如果背着？"

"不行！""提琴手"与伊万异口同声地说，"那是任人宰割！"

"他手上的强酸也只有一瓶，等消耗完？"

"如果我是他，我就一定会留最后一点。""提琴手"面色凝重，突然，他望向前方，"你们看，前面什么情况！"

众人抬头一看，顿时惊呼。

海浪犹如山峦一般，出现在他们面前。

四楼的玩家中，有懂行的科普："没事，这才八级风，很轻了。"

"但我们是不是应该关上门！浪打过来怎么办！"

"那他们……"

这时，广播响起："率先离开阳台者，算投降。"

听到这里，四楼的玩家们你看看我，我看看你，不知道有谁说："我，我先走了，还要去收集一点道具。"

"对，我也是。"

不消片刻，人就陆续走得没影。

他们都意识到，阳台不能关，否则一旦何塞活下来，自己必定死无葬身之地。但如果不关阳台，被浪打来，他们也讨不了好。

亨利也想走，可看见"提琴手"和伊万都没有挪动的意思，也只能战战兢兢，继续待着，怕一落单就死了。

就见伊万指着烘焙区："你躲到柜台后面去，如果水多了，就站在柜台上。"

亨利立马照办。

阳台上，李察与何塞一人抓着一边扶手，目光都如鹰隼一样，没有半点退让的意思，就见李察笑道："何塞先生，不回去？"

"这话应该回敬李察先生。"

"唉，我的身份，想必你也知道，国际刑警，就算回去又怎么样呢？葬身大海，说不定比被绑在手术台，好上无数倍。"

"我也一样，一旦被大洋国国土局抓到，只怕要私刑伺候，千刀万剐。"

两人对视着彼此，都瞧见了对方眼中的疯狂。

这时，一个巨浪打来。两人的头上、身上，全都被浇了个透心凉！

就见何塞将手中仅剩一点强酸的玻璃瓶往海里一扔，冷笑："真是老天都眷顾你啊！"

海浪打来，强酸被废，油的作用也没那么明显。但同样，在这么强烈的狂风中，子弹也失去了威力。

就见李察同样将仅剩最后一颗子弹的冲锋手枪扔到了海里："就让我们在风浪中，比一场吧！"

"正合我意！"

两人顶着狂风和海浪，如同蛮牛一般，冲向了彼此！

就见何塞左右双手，已经出现两把雪亮的匕首，右手靠上朝胸，左手朝李察的腰腹部捅去！

这是自小街头打架磨炼出来的伎俩！不为别的，只为杀人！

按理说，一般人都会更加防御何塞的右手，因为放到敌人这里就是左胸，一旦捅到，必死无疑。

但实际上，这不过是虚晃一招。左手对腰腹部的攻击，同样是大出血的致命！可虚招随时就能变成实招，如果对手着重防御右边，朝着左胸的匕首绝对不是开玩笑！何塞就靠这一招，杀了不知多少轻敌的人！

李察眼中闪过嗜血的异彩，就见他左手伸手，抓住对方的右手腕，右手则不顾对手在腰腹部的攻击，理发刀夹在指尖，往何塞眼里猛扎！

何塞这才意识到，这王八蛋身上穿着战术防弹衣，没有那么怕被捅！那就只能攻下路，或者捅脸了！

他立刻往后仰，左手向上一抬，勉强拦住了这一招。

然后就看见李察露出一丝诡秘的笑容。

何塞还没意识到，李察的右手就像被击中一样，理发刀脱手，立刻就被海浪卷走！而同时，李察双手的巧劲，也让何塞左右两手的匕首脱落，同样不见！

这家伙在干什么？为什么他废掉自己的兵器后，也要自己放弃兵器？

何塞惊疑不定，就见李察猛地扑了上来，将他压在栏杆上猛打，似乎有将他从阳台扔下去的意思！

在这剧烈的搏斗中，何塞怀里的黄金烟盒滑了下去，落入海中！

我的烟盒！

何塞就像被激怒的公牛，与李察打成一团。

意识到那个烟盒对何塞来说，或许是很重要的东西，李察顿时露出挑衅的神色："你的宝贝石沉大海了。"

这种搏命的时候，任何可能扰乱对手心绪的手段，他都会用。

"并不是多么重要的东西。"何塞冷冷道，"只是有钱就能买到的古董而已。"

是的，只要有钱，只要他能东山再起，还能买到新的。就像他有钱之后，哪怕是雪茄这样名贵的香烟，他也只抽一口——他知道这是畸形的报复心理。对窘困的童年，还有这操蛋的阶级！

他不想死，更不想变得贫穷，所以他必须赢！

何塞用上了全身的力道，居然将李察压制住了，试图将他往栏杆外面扔去！

李察死死拖着何塞，不肯松手。

正当"提琴手"和棕发女郎情急之下，想要过去救援时，凶猛无比的浪花打来，两人双双被卷了出去！

谁也没有想到，竟然会有这样的事情！

贵宾席上，众人齐刷刷地站了起来。

就在这时，有人指着远处："那是什么？"

一架直升机，由远及近。

由于现在的情况，不适合飞机停下来，直升机不断在海面盘旋，似乎看到海上有人，就放下了绳索，进行救援。然后有人牢牢抓住绳索，在下面飘荡。

直升机不断收着绳索，最后将人拉了上来。

过了十几分钟，这波风浪过去后，船长命令准备，直升机才在甲板上降落。

这时，一人附耳过来，对主办方通知情况：卡佩洛侯爵抢救无效，于刚才过世。

伊莎贝拉十分震惊，却立刻意识到，这是一个绝佳的机会。

她面对众人疑惑的眼神，大大方方地宣布："各位，我必须向大家诉说一个不幸的消息。就在一个小时前，心脏病发作的'狐狸先生'，抢救无效死亡。我们发现，他的随身药物被偷换了。现在的直升机，就是为了查证此事而来。"

"而嫌疑人——"伊莎贝拉望向童素。

童素觉得很可笑："我？"

"确实与阁下手中的配方有关，但目前暂不确定是什么原因。"伊莎贝拉正愁没有合理带走童素的机会，"还望阁下配合调查。"

童素心中觉得不妙，却又没办法当众反抗，便道："那我的人——"

"自然也需要待在自己原本的地方。"

"你要关我多久呢？"

"不是关，而是调查。"伊莎贝拉纠正，"最多 24 个小时，诸位可以做证，毕竟，我也无意冒犯贵客。"

童素总觉得有阴谋，却也不能说什么，便点了点头。

伊莎贝拉挥手，示意将人带走，然后低声对随从说："问亚伯阁下，救下来的到底是谁，是何塞的话就算了，如果是李察，也把他关起来。"

然后，伊莎贝拉望向众人，落落大方地笑了："诸位，'狐狸先生'的故去，我们大家都很悲痛。为了稳住我们内部可能发生的事情，我建议，向所有的工作人员发放丰厚的晚餐，让他们能够安心。打开全船的音响，让乐师奏乐！越是如此紧张的时刻，我们就越不能松懈！"

贵宾们毫无异议，一致通过。

伴随着全船广播的打开，浑厚、低沉的声音在寂静中响起，平静而朦胧，仿佛来自远古时的奏鸣。

贝多芬，第九交响曲，第一乐章，由此奏响。

十

童素冷静地观察自己所处的房间。这是一间接近 150 平方米的总统套房，有两个卧室，一个客厅，一个书房，两个衣帽间和两个卫生间。

论规格，与她所居住的贵宾室一模一样，唯一的区别是没有配套附属的保镖房。

窗户死死封住，没办法打开；门锁就是普通的链条锁，稍微拿个回形针都能撬开，但从门缝之中，依稀能看见外面一直有持枪的人巡逻。

童素抬起手腕，看了一眼时间。2:45。

距离自己 2:25 被送到这个房间，已经过了 20 分钟。也不知道雪松他们那边怎么样了。

童素这 20 分钟里，认真回想今晚的事情，总觉得哪里都不对。

有阴谋。

24 小时……伊莎贝拉真会给他们这么久的时间吗？究竟是在船上等，还是冒险制造机会？

童素思考许久后，摘下自己的手表。

卡西欧 F-91W，一款因为过于准时、坚固、耐用，从而成为恐怖分子制作定时炸弹头号青睐对象的传奇。

毒贩头子的女儿佩戴这种手表，反而比满身华伦天奴、百达翡丽更能取信于人。

感谢作为"贵宾"的特权，他们上船的时候并没有像普通来宾那样被全方位地检查，就连植入体内的芯片都能被发现。

大概是伊莎贝拉觉得童素在船上，翻不出什么风浪，所以关押她的时候，也没有取掉她身上所有的佩饰。这就给童素创造了机会。

童素佩戴的这款手表只是卡西欧的外壳，内核已经完全被中国安全部门的顶尖专家改良了，成为一个多功能的特工工具。

只见她娴熟地从双手袖口处抽出两根细细的金属丝，插入手表中，又像变魔术一样，取下发夹中的金属片。不消片刻，一个简易探测仪就已经成型。

童素拿着它将房子彻底扫了一遍，没有监控器，也没有针孔摄像机，更没有信号屏蔽仪——看来那玩意装在走廊上。但这也就意味着，房间墙壁包括大门的材料，并没有坚固到可以抵御信号的穿透。

如果能把房间外的信号屏蔽仪拆掉就好了。童素心想。

她的手表同样带有GPS定位，默认连接中国安全部门的卫星，只要能让她发送信号出去，安全部门立刻可以接收到她所在的位置。哪怕在茫茫大海中，也能通过卫星，锁定这艘"狩猎女神号"，设法将它拦截在太平洋。

想到这里，童素站在窗边，眺望海面，根据高度估算确定这不是她原先所在的十三层，而是更高一点的视野。

十四，十五，十六，会是哪一层？

童素有点不确定，又回到房间，试图打量结构，确定自己目前所在，然后想办法联系雪松等人。

走进主卧的卫生间时，童素听见了隐隐约约的声音。

她怔了一下，循着声音的方向找去，最后发现，在主卧的卫生间，淋浴的地方，耳朵贴到墙壁上，可以听见从隔壁传来的华丽曲调。

婉转的咏唱，瑰丽的歌词，让人仿佛置身于歌剧院中，欣赏历史纷繁的光影。

童素仔细听了一下，发现歌剧的词不是大洋语和斯图语，而是一种她十分陌生的语言，根本不明白在唱什么。

但她能听出来，隔壁的音乐反反复复，只放一个开头，3分钟就停下，重新再放。

按理说，贵宾使用的总统套房应该都是同一标准的，包括所有的陈设。那么，隔壁的唱片，这个套房也会有。

想到这一点，童素立刻回到客厅的吧台处，找到刚才探测信号时发现的一个老式唱片机，再打开柜子，翻出近百张黑胶唱片，先排除掉所有的纯音乐，再排除专辑，最后排除大洋和斯图语言的歌剧唱片，剩下的也就不到十张。

她一一将这几张唱片放进去，稍微听一下开头，没多久就锁定了曲目——《尼伯龙根之歌》。

童素心中一跳。

这首中世纪的叙事诗大名鼎鼎，花费大量的笔墨篇幅，讲述屠龙英雄齐格飞传奇的一生，以及他被暗算而死后，妻子花了十几年也要为他复仇的故事。

众所周知，斯图国皇室一向以"红龙后裔"自居。这是某种试探，还是友好的信号？

童素打开唱片机，关上卧室房门，试着听了一下。

鉴于老式唱片机的最大音量有限，童素认真测试后发现，如果在客厅放音乐，卧室、卫生间双重大门关上，唱片机在两重房门的阻挡后，穿透进来的声音小到几不可闻，更不要说穿过卫生间厚厚的墙壁，被隔壁听见。但也只有卫生间，大概是排水管道的原因，留下了可以传递足够声音的缝隙。

隔壁那个人，很有可能将唱片机搬到了卫生间，这是为什么？是为了传递信息？

但对方怎么会知道隔壁有人呢？会是来接应的援兵吗？

这是前所未有的机会，还是一次钓鱼执法？

童素的心剧烈跳动起来。直觉告诉她，这个判断，以及接下来的决定，对她来说至关重要。

3秒之后，童素果断地将笨重的老式唱片机搬到了卫生间里，然后从唱片中挑出《麦克白》和《哈姆雷特》，分别放了3遍，同样每遍只放3分钟。

《麦克白》讲的本就是斯图国皇室皇位更迭，血腥战斗的故事；而《哈姆雷特》中那句"生存还是死亡，这是一个问题"，更是举世闻名。

隔壁的音乐声停下了。童素也关了唱片机，就听见卫生间的墙壁那侧传来整齐有序的，用花洒敲击靠近水管处发出来的声音。

莫尔斯密码，国际通用。

童素听了一下对方传来的信息，简直以为自己听错了，因为对方说的是："我们得想办法出去，这艘船快要沉了。"

这是针对她的阴谋，还是隔壁真关了一个知情人？

童素也回以莫尔斯密码："外面有保镖看守。"

"我们需要找到暗道。"对方回答，"这是邮轮顶层，必定有直通负一层的逃生电梯。"

"你有门禁卡？"

"没有。"

"所以，你有什么主意？"

"你听说过'次声波'吗？"

童素当然知道，频率小于20Hz（赫兹）的声波叫作次声波。

次声波不容易衰减，不易被水和空气吸收，波长往往很长，可以绕地球一周。而且某些次声波的频率可以和人体器官产生共振，对人有很强的杀伤力，轻则头晕目眩，身体不适，重则器官破裂，甚至直接致死。

但她不认为对面的人有次声波武器，就算有也不能拿出来用，原因很简单，这玩意杀伤起来不分敌我，在对人动手之前，自己就先要死了。

所以，她只是回复："你想怎么做？"

"按照航程和时间计算，我们马上就要进入海底地震高发带，印度洋海域地震频繁，风浪伴随地震，就会形成次声波。所以很多人到这段航线的时候，就会开始头晕目眩，身体不适。到时候，我会以'身体不适'为理由，按响求救铃。你只要能给我争取到5秒，不，3秒的反应时间，我就能从特工手里抢到枪。"

童素还是觉得这个计划充满了不确定性："然后呢？你知道十六层多大，有多少人吗？哪怕你抢来了冲锋枪，也有可能子弹还没打完，你自己已被打死了。"

"十六层不会有很多人。"对方回答，"还有，这里是最高规格的豪华套房，有直达各层的电梯。以及，这一层有单独的配电室和监控室。"

童素怔住了。

按照雪松小队中技术人员的分析，监控室和配电室按常规都在轮机舱，由轮机舱负责，怎么会在十六层呢？

但很快，她就反应过来，这个人说得没错！

主办方如果性格多疑，就不会让轮机舱知晓那么多，必须配备一个监控室，时时有人监控邮轮的全部情况，包括驾驶舱。还要有配电室，至少十六层的电力肯定单独由柴油发电机专供，以防下面出了差错，上面黑灯瞎火。

于是童素马上又问："你弄到了门禁卡？还有同伙在船上？"

"全中。"对方回答，"我必须给他们制造机会，让他们煽动那些蠢货，局面越乱，我们活下来的把握才越大。"

"什么时候开始？"

"我随时都可，你记得护住口鼻。"

"稍等我片刻。"

童素在短短一分钟之内，利用身上各处藏着的简易小道具，将卡西欧手表改造成了一个小炸弹。然后，两人约定，隔壁邻居要让看守们误认为是被次声波震得失去了意识，而童素则从现在起心里开始默数，从1数到600后，设法制造混乱，给邻居破局的时间。

确认作战计划后，童素一边默数计时，一边快步跑到门口，贴着门缝，听外头的动静。还没数到60，童素就感觉到，很多人——至少有7个，从自己门前急匆匆地大步走过。

他们似乎非常紧张而且警惕，打开门之后，并不是所有人都进去，而是一大半都留在门口，一开始就进去一两个。

然后，童素就听见了非常嘈杂的人声。

类似于什么"他好像出事了""快进行药检""刚才谁来过"等，局面显得非常混乱。

童素十分镇定，继续心中默数，378，379，380……

"心脏稳定，莫名晕倒？他该不会是装的吧？"

"不管了，先拿电击器！"

童素担心等自己数完600秒再开门时，会引起黑西装们的警觉。因此需要先降低他们的警惕心，才能更好地制造混乱。

出于这种考虑，她先拿了一条湿毛巾挂在门把手上，然后把房门打开一丁点，却没有取下门锁的链条。

守在她房门口的黑西装们听见动静，立刻警觉地拿枪对着她，彬彬有礼地说："奈赫贝特小姐，请关上门，待在您的房间。"

465，466，467……

"这就是伊莎贝拉殿下的待客之道吗？"童素眯起眼睛，看上去气势汹汹，可连门都不敢完全打开，却显露出她的底气不足，"我是她邀请来的贵宾，她居然随意抓我，难道想要将所有贵宾一网打尽？"

黑西装冷冰冰地重申："请您关上门，退回去，这不是您应该管的！"

童素赌气般地将链条解下，将门打开一半，右手扶着门框，左手挂在门把手上，不高兴地说："我的保镖呢？"

588，589，590……

黑西装忍不住了，一个箭步上前要将童素推回去，谁知童素抓住机会，二话不说，甩出一个东西！

"轰——"

就在整个十六层都因为爆炸而颤抖的时候，隔壁房间里，原本被亚伯·温菲尔德救起，"昏迷不醒"的李察一个鹞子翻身，袖中藏着的餐叉毫不犹豫，刺入了距离自己最近的特工咽喉，并行云流水地用一个夺枪动作，抢到了对方手中的短柄冲锋枪！

枪一入手，就发现保险已经开了，李察二话不说，直接开枪扫射！

围着他的几个特工实在太近，根本躲不开，站在门口的特工被爆炸波及，耳膜还在轰隆作响，根本听不见这边的声音，等发现不对的时候，代表死亡的子弹已经射来！

就见李察像猫一样，一边用特工尸体做掩护，一边摸他们身上的东西，没多久就收集了6个弹夹。当他摸到一个装有麻醉气体瓶子的时候，勾唇笑了一下，一个箭步冲出去，然后将气体瓶往天上一扔，果断开枪！

只听见"砰"的一声，麻醉气体瓶子炸开，气体四分五裂，在走廊蔓延。

李察左手拉住用湿毛巾捂住口鼻的童素往前跑，右手则飞快开枪。一旦弹夹打空了，立刻熟练地换上新的弹夹。

童素对机房的敏感性可比他高多了，一看左右两边的构造，立刻说："右前，铁门！"

李察直接将卡塞给她："开门！"然后，对着追兵"突突突"地又是一阵扫射。

童素在李察的掩护下，用身份卡刷开配电室的门，两人一同闪了进去，配电室的大门随之关上！

不等特工们汇聚过来，就发现"啪"的一声，整艘邮轮的十六层，突然变得一片漆黑！

"我们从这边走。"李察说，"配电室旁边，就是驾驶室。"

最高处的十六层，本来就是一大半豪华套房，一小半驾驶室。

童素点了点头，却觉得奇怪——这个李察，和她在视频中看到的，好像不是很一样？

虽然没瞧见什么不对，可就是有些怪。

情况紧急，她也来不及多想，与李察闯进了驾驶室。

幽蓝的屏幕照亮这片地方，机器运作的声音呼啦作响，穿着男士西装的安妮双手持枪，对准童素和李察。

"真是难以想象。"安妮的语气满是讥讽，"凶手的女儿和受害者的儿子，居然能并肩作战，这可真是天大的笑话！"

童素怔住了。

李察的神色，则变得无比可怕！

"你的父亲，同样踏上了这条船！"安妮高声道，"你知道为什么吗？因为她——"

她指着童素："她的父亲，万象集团的BOSS，德隆，罹患肝癌，需要换肝。偏偏他是RH阴性A型血，很难找到新鲜的肝脏，只能从活人身上取，你明白了吗？"

李察的声音，简直像从牙缝里进出来："她说的，是真的吗？"

童素沉默片刻，才道："我只知道，德隆在9年前确实换过肝脏，而他的血型，没错，是RH阴性A型。"

"他人呢？"

"已经死了。"童素平静道，"他的儿子、女儿、女婿、外孙……全都已经死光了，高温蒸发，尸骨无存。"

安妮露出一丝疯狂的神情："看看你，说的是什么话，他不是还剩下一个女儿，就是你吗！正好，李维也只有一个儿子，就是——"

李察双目充血，将枪口对准童素！

"砰！"

<h1 style="text-align:center">十一</h1>

枪声过后，满室沉寂。

子弹顺着鬓角擦过去，被烧焦的发丝散发出一股焦味。

童素站在原地，不曾偏移一下，镇定到完全不像生死边缘走了一遭，只见她理了一下鬓角的发丝，赞赏道："好枪法。"

李察就像戴着一张面具，面部肌肉纹丝不动，只有眼神透着彻骨的寒意："好胆量。"

安妮挑了挑眉。

刚才这一幕发生得太快，她也是等尘埃落定后看到结果，才反推出，李察压根没打算杀奈赫贝特，子弹从一开始就是擦边打的。

但奈赫贝特在生死关头居然纹丝不动，而且看表情一点都不像吓傻，反倒更像是预判了李察不会真动手，这就有点意思了。

安妮知道李察是国际刑警，尚且不能判断对方在知晓真相后会做什么，奈赫贝特为什么敢拿命去赌？难道她察觉到了什么？

这种绝境时依旧镇定自若的态度，让安妮想起了两年前那个改变她命运的任务，以及那个让她恨得咬牙切齿的"赫卡忒"。

想到这里，安妮神色一凛，目光落到童素身上，上上下下，仔仔细细地打量。

安妮不仅绑架过"赫卡忒"，之前还认真地研究过她，因此印象非常深刻。那位与安妮年纪相仿的传奇黑客梳着齐耳的利落短发，日常喜欢骑着沉重而富有力量的摩托车，不关心大部分女性都喜爱的华服美饰，也对世俗的财富兴致缺缺，不与任何人亲近，就像个桀骜而孤高的刀客。春来秋去，寒来暑往，陪伴她的，除了孤独，就只有在二进制世界所向披靡的"名刀"。

眼前的奈赫贝特却长发微卷，化着精致的妆容，穿着得体的礼服，佩戴名贵的珠宝，看上去像生长在温室里，与世无争的美丽花朵。

但看她方才在危机时的表现，安妮就已经明白，这个女人骨子里带着目空一切的傲慢，浑身上下都是浸透了唯我独尊的酷烈感。

一个和伊莎贝拉像极了的女人。

只有在等级森严的环境中，被万人之上的地位和生杀予夺的权势喂大，才能养出这种近乎偏执的自负和强横。

安妮扯了扯嘴角，心想，奈赫贝特不愧是岩罕的亲妹妹，简直就像岩罕的女性翻版，她刚才是怎么了，竟会觉得奈赫贝特有可能是"赫卡忒"伪装的？这分明就是截然不同的两个人。

"我从联系上你的时候，就开始在想。"明明被两把枪指着，童素却半点也不惊慌，反倒像高高在上、掌控一切的君王，望着李察碧色的眼睛，不紧不慢地继续说道，"你应该和我一样被关在房间里，不知道外界的状况，为什么知道你的隔壁有人，又为什么敢与我联手，试图逃生。等你说到'次声波'的时候，我就猜到一种可能——你的听力大概超过常人，所以才会对声音有关的一切都十分敏感，下意识地留心。"

只有听力非同一般，才能听到隔壁房门打开，然后锁上的声音；也只有连细微的脚步声都能分辨，才能发现走廊上的守卫比起之前，已经少了很多。

"我本人对欧洲的文艺作品并不算熟悉，所以一开始并没有意识到你播放《尼伯龙根之歌》的深意，但看到这一位——"童素意味深长地看了安妮一眼，"我突然想起，《尼伯龙根之歌》中，大英雄齐格飞斩杀恶龙法夫纳时，恶龙的鲜血淋遍齐格飞全身，令他从此刀枪不入。但在这个过程中，他背后粘了一片椴树的叶子，导致此处没有沐浴到龙血，成为他的阿喀琉斯之踵。他的敌人知晓此事后，骗齐格飞的妻子克里姆希尔德在弱点相应的衣衫部位做下记号，投枪正中要害，杀死了齐格飞。"

言下之意，就是她已经猜到，李察之所以敢这么冒险地逃跑，不怕被抓住，正是因为他知道伊莎贝拉身边出了叛徒，而且必定是伊莎贝拉极为亲近、信任的人。

而伊莎贝拉的势力出现问题，是童素在上船之后，就观察到，并且一直在怀疑的事情，现在不过被证实而已。

这才是童素敢跟李察一起合作，不怕出事的原因。

李察神色如冰，不承认，也不否认。

安妮冷笑道："没错，十六层原本的守卫不止这么一点，如果伊莎贝拉在这里，哪怕你们拿着 AK－47，扛着火箭筒，也未必能活着出来。但她要把贵宾们都骗去安全屋关起来，自己也得去，最精锐的保镖自然跟着她走，才有了你们逃跑的机会。"

童素听到这里，已经猜到安全屋里面，估计只有手握实权的大人物能进，保镖都跟不进去，只能在外面等候。所以哪怕十六层发生重大变故，保镖们紧急通知，伊莎贝拉也收不到消息。

不对，这个猜测站不住脚。

假如这艘船出现意外事故呢？譬如要撞到冰山，遇到龙卷风，安全屋还什么消息都收不到，可能吗？

所以，外界一定有什么渠道可以通知到安全屋，但被叛徒搞定了，才导致伊莎贝拉等同于被隔离，完全收不到信息。

为了验证自己的猜测，童素故意说："看样子，'克里姆希尔德'也在安全屋里，会为我们拖足时间。"

李察听到这里，枪口转向，对准安妮："倒也未必，或许'克里姆希尔德'就站在我们面前呢？她长得很像伊莎贝拉的女官安妮·卡佩洛，只是面孔和声音更加中性，很大概率是这个家族的成员之一。安妮·卡佩洛的姐妹？兄弟？还是没死的安妮为了改名换姓，索性整了容？"

不等安妮回答，童素已经开口："不管她是谁，我都不认为，一个特意等在这里，开局就想让我们自相残杀的人，能够成为'克里姆希尔德'。实话说，我觉得她的精神状态不够正常。"

来了，又来了！

"赫卡忒"看不起她，奈赫贝特还是看不起她。哪怕性命落到她的手里，她们看她的眼神，依旧像神明看着一只可怜的猴子！

安妮牙齿咬得略略作响，却不敢真扣下扳机，只是讽刺地看着童素："自相残杀？你以为你面前的男人是谁？"

"情绪激动到极点的时候，还能克制杀意，握枪的手半丝颤动都没有，子弹刚好擦过我头发，可见枪法神准，一看就接受过长期的、专业的心理素质和射击训练。这样的顶尖人才，不是专业杀手或雇佣兵，就是顶级特工、军方精英或者国际刑警。"童素半点也没把安妮的挑衅放在眼里，轻描淡写地回答，"感谢你的提问，帮我排除掉了'杀手'和'皇家特工'两个错误答案。"

说到这里，童素特意对着安妮笑了一下，彬彬有礼地回答："知道他的职业后，我反而更有安全感了。"

"够了。"李察打断了两个女人的战争。

只见他看着安妮，冷冰冰地说："你被她这么刺激，都没开枪杀了她，可见在'克里姆希尔德'的计划中，我们两个都是必不可少的一环，方才不过是你疯劲上头，情感压过了理智而已。时间宝贵，直接说吧，你们到底需要我们做什么？"

安妮气得发抖。敢情奈赫贝特刚才一直在试探她，而李察明明看出来了，为了收集足够的情报，摸清她的态度，就眼睁睁看着她出洋相！

真想杀了这两个人啊！如果不是亚伯阁下交代，接下来的事情非用到他们不可……

安妮忍下这口气，将双枪插回腰间的枪套中，板着脸，说："跟我来。"

只见她走到机房的一台机器面前，将一个手柄从下方用力抬了上去，就见一旁的墙壁分开，一扇电梯门出现在眼前。

"十六层总共有十个公共电梯，分别是明处的四个电梯——两个客梯，两个货梯。分散在客房的四个暗梯，还有驾驶室一明一暗两个电梯。"安妮正色道，"其余九个电梯，都可以上，也可以下，只有驾驶室的暗梯作为最后的应急手段，只在两个地方停留，除了这层楼外，就只到达停放飞机的暗舱。因为十六层的戒备最为森严，这又是一个寥寥数人才知道的密道，只要你们从这个电梯下去，守在暗舱的皇家特工就会认为你们是自己人。"

李察直截了当地问："哪怕我们不做任何伪装，只要从这个电梯中出去，也不会有人过问？"

"是的。"

童素"哦"了一声，扬起一丝假笑："听你的意思，居然不打算和我们一起下去？"

"我有别的事情要做。"安妮不耐烦，"我知道我说的你们不信，你们自己来看一眼海图。"

童素看了一眼，神色便是一凛："航向偏离，我们进入了哈兰特海沟！风暴预计……一个半小时后！16级！"

"听着，伊莎贝拉要把这艘船开往哈兰特海沟，让它被热带气旋沉到海底。我们都是一条绳上的蚂蚱，想要活命，就必须把小型客机的控制权抢过来，才有谈判的资本。你们俩一个精通飞机，就算工程师询问也能糊弄过去；一个则黑客技术不弱，更改控制系统的指令应该不难吧？"

安妮一边说，一边用自己的身份卡刷了一下。

电梯门立刻打开，童素和李察却都没有动的意思。

就听见童素问："你为什么要帮我们？"

安妮的脸色狰狞了："因为狗娘养的伊莎贝拉，根本没有打算带我离开！"

是的，这就是她爆发的真正原因。

原本她完全不至于帮助童素和李察，只是遵从亚伯·温菲尔德的吩咐，换掉了她祖父的药。但没想到，就在她做下这件杀人之事后，亚伯到来，却递了一份情报给她。

那时，她才知道，伊莎贝拉早和卡佩洛家族的次子，安妮的叔叔达成盟约。

安妮·卡佩洛，这个两年前就该死去的幽灵，今天注定要死在这条船上！

凭什么！

正因为如此，她听从了亚伯的吩咐，不仅给两人制造机会，还打晕了船长，在驾驶室等他们。

我不活，你们都别想活！

童素却不信任她："如果我们真有你说的那么重要，为何刚刚你要用言语挑拨，希望我们自相残杀？"

"你们之前不是说了吗？我精神有点问题。"安妮眉头拧起，非常不悦地催促，"别磨叽，电梯门只能开60秒。再不进去，这玩意会直接锁定。我也是打晕了船长，才弄到他的虹膜和指纹，你们别让我搞第二遍。"

童素和李察对视一眼，快速走进电梯，安妮刚要松手，却听见童素喊："等一下！"

安妮不耐："还有什么事？"

"我们把鞋换一换。"童素说话的时候，已经把鞋脱了，直接扔了出来。

安妮低头，发现童素身上穿着华丽的礼服，脚上却是十六层每个房间里都有摆放的白球鞋，与礼服非常不配。

倒是安妮自己，穿着昂贵沙滩拖鞋，上头镶嵌的数百颗碎钻闪闪发亮，虽然配礼服有些违和，但光凭这双鞋的造价，就足够出入任何高端场合了。

知道自己疏忽了这个细节，安妮不耐地"啧"了一下，脱下鞋，放进电梯间。

电梯门缓缓合上，平稳向下。

而安妮则踢了一下船长："布朗船长，不要装死了，起来吧！"

布朗船长平静地坐了起来，就听见安妮说："阁下，我希望您能配合我的工作。"

"船只没办法掉头，就算停下，也无济于事。"布朗船长抱着头，十分难受，"晚了，一切都晚了，是我亲手将你们推向了地狱。"

热带气旋的形成原理很简单——当海面水温超过26摄氏度的时候，大量的空气因海面气温较高而膨胀上升，形成低压。而后，外围的较冷空气不断流入上升区，受地球自转偏向力的影响，流入的空气又呈逆时针方向剧烈旋转。

在这一过程中，上升的空气膨胀变冷，其中的水汽冷却时会释放出大量的热能，再促使底层的空气不断上升，导致靠近海面的气压越来越低，空气旋转得更为猛烈，最终形成热带气旋。

一个完整而成熟的热带气旋，可以粗略划分为内外双结构，内部有风眼和眼墙，外部则是螺旋雨带和大风区。

想要确保这艘船因为热带气旋的原因沉入深海，就要趁着热带气旋还在形成，没有彻底成熟的时候，艰难穿过大风区，进入中心结构。

"人体本身可比船体要脆弱许多。"布朗船长低声道，"只要船只进入中心带，哪怕船不沉，也没人能活下来。因为中心带的气压以毫帕来计算，人处在那样的环境里，早就缺氧而死了。哪怕是现在，开始靠近热带气旋的最外围，也有不少人会受到波及。"

安妮低声道："所以我祖父两次犯病……"

"次声波。空气、海水之间的反应，无论是热带气旋，还是飓风，又或者海底火山喷发、地震、海啸等，都会产生次声波。"布朗船长回答，"所以，我们越靠近哈兰特海沟，就距离死神越近。可就算停下来，以现在这个距离，热带气旋一旦挪过来，还是会将我们撕碎！"

听到如此令人绝望的事实，安妮却还是十分冷静："没关系，我们只要跟着亚伯阁下的指示走就行了。"

布朗船长苦笑："我可不想卷入皇室斗争。"

安妮神色森冷："由不得我们这些人选，伊莎贝拉殿下对我尚且都如此，你真能保证你殉死之后，她不会对你的妻儿下手，斩草除根吗？"

这也是布朗船长最担心的问题。如果他一手害死了自己的船员们，与船只陪葬，最后的结果还是保不住妻儿呢？

"听着，布朗船长。"安妮平静地说，"虽然在亚伯阁下眼中，我们只是微不足道的棋子，随时可能被抛弃，但亚伯阁下说到做到，说会保住我们的性命，就一定会保。对我们这种卷进暴风眼的小人物来说，只要能活下去，还有什么可求？"

不得不说，安妮提出亚伯与伊莎贝拉的信用度，并且亲身说法的经历，深深打动了布朗船长。

就见布朗船长挣扎片刻，咬牙："您说，我应该怎么办！"

十二

"你怎么看？"

"海沟，飞机，这两句是真的。"李察淡淡道，"其他有待商榷。"

童素认同李察的判断，但她看得出来，李察并不怎么想理会她这个"仇人之女"。

偏偏这个人，就是自己的国际刑警盟友！

童素沉吟片刻，对李察说："我是来帮你的，先前在贵宾席位上，你的防弹救生衣。"

李察瞳孔一缩，冷笑了一下，没说话。

童素将所有线索串联，思考片刻，才轻声说："'狩猎女神号'这么大的船遭遇热带气旋，沉没的概率多大？"

"进入风暴眼的话，沉船的概率无限接近于百分之百。"李察回答，"但热带气旋很大，如果只是在边缘，或许，能够撑住不翻。"

"那你觉得，如果伊莎贝拉真心想沉掉这艘船，她会只依靠'天灾'吗？"

李察望向童素，碧色的眼眸犹如寂静的湖泊，却又仿佛燃烧着汹汹的烈火："你是说——"

"这艘邮轮上，一定有足以令船彻底沉没的炸弹。"

电梯门悄无声息地打开。

童素和李察都注意到，四个皇家特工守在电梯四角，他们的手都没入腰间，随时能用最快的速度拔枪。

看见是生面孔，皇家特工们的警戒已经提到最高。

"卡佩洛让我们来检查飞机。"童素率先往外迈了一步，反客为主，"负责人在哪里？立刻喊他来见我们！"

皇家特工们思考了一下，其中一人按了对讲机："辛格先生，请您来一下。"

不消片刻，一个中年男人就快步走过来，看见童素和李察先是一怔，然后露出有点困惑的神情，刚要上前询问，童素已经喝道："将他抓起来！"

李察非常配合，在她开口的那一瞬，已经对着中年人举起了枪！

皇家特工们下意识地按住了中年男人，还没闹明白这到底是怎么回事，中年男人已经鬼哭狼嚎起来："你们是谁？我根本没见过你们！"

闻讯而来的其他皇家特工见了，心生警觉，齐刷刷地将枪口对准了童素和李察。

童素勾了勾唇，丝毫不惧枪口，走到中年男子面前，抬起右脚，直接碾上了中年男人的手掌，钻心的痛立刻传遍中年男人全身，让他发出杀猪般的叫声！

模仿着岩罕张狂的神情，童素弯下腰，明明在笑，却显得狠辣无比："我们不需要你这种虫子知道身份，辛格！呵呵！敢当背叛者，就要有所觉悟！"

说完，又重重一碾。

"啊啊啊啊！我什么都不知道！啊——"

中年男人的惨叫传遍整个暗舱，李察似是不耐烦，直接走上前，以手做刀，往中年男人脖颈处一砸，中年男人脖子一歪，不再叫了。

"现在，立刻带我们去检查飞机！"

特工小组的长官刚要同意，副官低声问："长官，我们要不要先联系上面，确认一下他们的身份？"

长官摇了摇头："一个小时前，我收到亚伯阁下的命令——辛格家族叛变，这艘船上的水手、工人还有雇佣兵都未必可信，殿下决定沉掉这条船，一劳永逸。我们这些忠诚的皇家特工将作为最后的底牌，护送殿下提前离开。鉴于敌我难辨，我们不能主动与上面联系，只要等人下来就行。"

副官听见"亚伯的命令"，忍不住打了个寒战，但本能还是在不断报警："这两个人虽然是从安全电梯下来的，我们却从未见过，能保证安全吗？"

"人，我确实没见过，可衣服，我能认出来。"长官回答，"那个男人的打扮没什么稀奇，但那个女人身上的珠宝首饰，成色比起殿下穿戴的也不会差多少。她本人偏瘦，衣服却很合身，明显是按照身材来做的，而不是随便哪里都能买到的均码礼服。还有那双鞋子，我看过安妮阁下有双差不多的，我打赌，这鞋上头镶嵌的也都是真钻石。"

副官本来也只是有些疑心，听到这里，怀疑就全打消了。

亚伯阁下既然下达了这种命令，可见十六层的安全电梯入口一定会守好，这两人既是走安全电梯下来的，又知道暗舱有飞机，还知道辛格家族已经背叛，身上的衣着首饰又这么名贵，应当不可能是混进来的刑警、特工。

至于他们没见过这两张面孔，倒也容易理解。本来"狩猎女神号"上的贵宾，他们这些压根不离开暗舱的皇家特工就不认识几个，谁知道是哪位站在殿下这边的贵宾，关键时候受邀帮忙来处理事情呢？

童素和李察在皇家特工们的带领下，穿过三架被特工们守着的直升机，来到一架小型客机所在的区域，然后登了上去。

驾驶舱只能容纳两人，但特工长官不允许他们锁门，自身则犹如一尊笔直的雕像，守在驾驶舱外。

李察和童素眼神交流了一下，就见童素看了一下客舱，李察点了点头，对特工长官说："劳烦，我要从头到尾将客机检查一遍。"

长官点了点头，望向副官："你带两个人，陪同这位先生。"

李察见状，就很自然地离开了驾驶舱，特工长官也没有贸然坐上副驾驶的位置，而是站在童素后面，看她的操作。

童素打开自动驾驶系统，看了几眼，有点惊讶地说："完全依靠 GPS 的自动驾驶系统？不和导航台对接吗？"

这话听上去像是自言自语，又仿佛是在和身后的特工长官说话。

长官权衡了一下，还是告诉童素："这架飞机没有列入空管范围。"

"这样很危险。"童素看上去又是震惊，又是担心，"卫星和雷达无处不在，一架没有经过报备的飞机，贸然出现在其他国家的领空范围内，一定会触发他国的航空警报。我们不能飞回孔雀国，那里已经不安全了！"

特工长官当然清楚这一情况，只听他回答道："请您无须担心，飞机设定的范围是殿下位于太平洋的私人岛屿，航线绝对安——"

不等他说完，童素愤怒地打断："那是从前！假如这条船没有偏离原本的航道，当然不会惊动其他势力，但你看——"

她指着屏幕，示意特工长官靠近："哈兰特海沟环境险恶，等穿过这个区域，就是星罗棋布的海岛，那是海盗们最好的藏身地。维和部队的军舰常年在附近巡逻，况且今夜有强热带气旋，很可能登陆孔雀国。气象卫星严密监控，军舰的雷达扫描范围也会超过平常。这时候有一架不在空管范围内的飞机经过，不被注意到的可能性有多少？你确定沿途的国家，还有维和部队的军舰，不会出动战斗机，将这架飞机拦下来吗？"

童素一边说，一边敲击键盘。

特工长官站到副驾驶位置上，凝神观看，发现童素圈出来的航线和范围，以及军事雷达的扫描点，确实有重合之处。

这就难办了。

特工长官盯着图像看了许久，才说："您标注的船只航线或许能稍微修改一下，从而避开关键范围。"

童素就是等这句话。

她知道特工长官懂行，她说得越多，反而越容易暴露她对飞机和轮船航线的不熟悉，所以她抢先扔出问题，交给特工长官自己解决。

人往往就是这样，别人提出来的方案，他们会质疑；可自己被他人引导，从而提出来的方案，却十分确信，很难怀疑对方别有居心。

童素露出为难之色，想了一下，才说："我不知道邮轮具体的路线，想要规避他国的雷达，必须将飞机和邮轮的系统对接，从而随时接收邮轮的指令，了解邮轮大概的位置和航线，才能更加精准地规划路径。"

特工长官十分为难。他知道童素的建议很正确，却又不敢违背亚伯的命令，正在纠结之际，李察已经走了回来，见状就随口问道："怎么了？"

童素回答："我刚才预判了一下我们到达哈兰特海沟后，飞机起飞的航线，因为要避开热带气旋，可选的路径太少。就目前来看，无论怎么走，被他国或者维和部队雷达盯上的概率都很大。"

李察会意，与童素一唱一和："气象预测，航路预判，应该还是邮轮那边的驾驶室设备更专业，判断更精准？"

特工长官正为难之际，随身通信设备响起，一接通就听见船长浑厚的声音："刚才收到气象预报，今晚的热带气旋规模超出想象，原本预计四点半才会遭遇，现在看起来，大概在四点，我们就会接近热带气旋的范围，应当尽快撤离。为了殿下的安危，你们最好将飞机的系统与邮轮这边对接，以便随时应对。"

"另外，"船长话锋一转，郑重叮嘱，"船上出了内鬼，刚才掐断了全部楼层的电源，我们正在紧急抢修，为预防万一，又关上了从一楼下来的通道，封死了所有电梯，派人去守救生艇所在的仓库。"

特工长官问："辛格呢？要把他抓起来吗？"

"为了斯图国的荣耀！"答非所问的船长直接就挂断了通信。

特工长官却松了一口气。

他和船长早有约定，假如在对话过程中，一个字都不回答对方提出的问题，那就证明自己没被控制；若是旁边有人，那么定然是电话那头的人无论问什么，都会给出一个回答——无论正确与否。但事实上，只要"回答"，就代表"我被抓住了"。

知道船长没被控制，特工长官就拿出一个小巧 U 盘，道："密钥在这里，直接插入就可以对接邮轮的系统。你们只要按顺序申请，船长那边会确认通过。"

童素接过密钥，然后优雅地插入 USB 接口，等联上了邮轮的系统时，微不可察地勾了勾唇角。

她刚刚就已经发现，这架飞机的自动驾驶系统已经设定好了，并且设置了安全锁，只要试图更改，立刻就会发出警报，并且直接锁死。

这才是安妮挑拨她和李察的原因——安妮的目的，并不是夺取这架飞机的控制权，而是摧毁这架飞机。

所以，只剩下一个人也不要紧，哪怕两个都死了，安妮还可以派别人来对飞机做手脚，飞机的系统被锁死就开不了。

他们都是伊莎贝拉想抓的人，无论死掉哪个，对安妮来说都是赚到。

但对童素来说，她不只是想抢夺这架飞机。她的目标，从头到尾都是这艘邮轮的控制权。而现在，邮轮原本坚固无比的内网，已经向她打开了大门。

童素用最快的速度先编写了个小程序，把自己的定位发出去，就听见李察问："我看见货舱是空的，殿下有没有什么东西需要提前放进去？"

而他一边说，一边飞快地在童素手上写了两个词语：直升机，凝固汽油弹。

配合他刚才那句话，组合起来就是——皇家特工不让他们接近的那三架直升机，搭载了凝固汽油弹。

霎时间，童素的神情变得凝重无比。

凝固汽油弹，世界上最臭名昭著的武器之一。

第二次世界大战的时候，大洋国往樱花国投了两颗原子弹，震慑世界，但很少有人知道，大洋国用轰炸机，在樱花国首都投了约两千吨的凝固汽油弹。

在风的吹拂下，火焰产生的烟雾蹿到了五千米的高度，360 平方千米的人口密集区一夕之间被夷平，300 万人口的樱花国首都，超过 10 万平民死亡，100 多万人流离失所。在首都被煮沸烤死的人，比原子弹中蒸发的人还多。

这是因为凝固汽油弹内装有汽油和其他化学品制成的胶状物，像猪油膏一样，黏稠耐烧，爆炸时能产生高温火焰，通常用飞机进行投掷。

凝固汽油弹爆炸后形成一层火焰向四周溅射，发出 1000 摄氏度左右的高温，并能粘在其他物体上长时间地燃烧，而且会急速消耗附近空气中的氧气，并产生大量的一氧化碳而造成生物窒息。

空气中一氧化碳的含量达到 0.4% 就是致命的，但在凝固汽油弹燃烧的地方，当地一氧化碳浓度可达 20%。

为了攻击水中目标，凝固汽油弹里往往还会添加活泼金属，如：钙、锶、钡等，金属与水反应放出的氢气又会发生燃烧。

最可怕的地方在于，这玩意的造价极其低廉。使用原子弹摧毁一座城市，需要 130 亿大洋币，而使用凝固汽油弹，只需要 8 万大洋币。

简单、高效，让它成了战争中的利器，也正因为如此，1980 年联合国宣布，禁止使用这种燃烧弹武器。

童素原本要修改邮轮航道的双手，顿时停住了。

她望向李察，就看见李察同样无比沉重地看着她。

他们都知道，即便不用飞机投掷，只要敌方有人抱着同归于尽的想法，对着存放凝固汽油弹的地方开枪，引发爆炸，这艘船立刻就会变成人间炼狱。

到底该怎么办，才能化解眼前的危机？

而这时，暗舱的大门打开，伊莎贝拉在一群保镖的簇拥下走了进来，"蝮蛇男""大象男"等人紧随其后。

看见守在暗舱的皇家特工副官迎了上来，"为什么不是长官"的念头只在伊莎贝拉心中转了一秒，然后就吩咐："从电梯去十六楼，把机房里头的一男一女抓来。男的20多岁，黑色头发，碧色眼睛，混血儿，白种人；女的黑色眼睛，亚裔面孔，黄种人。可以打坏他们的四肢，但不能伤到脑子，更不能杀了他们。"

副官神色骇然，还未来得及说什么，就听见李察懒洋洋的声音响起："原来这就是'提洛岛'的主人，尊贵无上的皇女伊莎贝拉殿下，初次见面，不胜荣幸。"

伊莎贝拉脚步一顿，难以置信地看着前方。

皇家特工们的枪口，齐刷刷对准了站在军用直升机旁，与特工长官愉快聊天的童素和李察。

特工长官也下意识举起了枪，大脑却一片空白。

"各位，不要这么紧张，万一擦枪走火，可就不妙了。"李察面带微笑，环视四周，而他的右手握着一把枪，直接对准搭载凝固汽油弹的位置，甚至还愉快地吹了个口哨，"我这一枪下去会发生什么，你们可以猜猜？"

特工长官知道自己完了，面带恨意看着二人，冷冷道："你想比一下，究竟是你开枪快，还是我们开枪更快吗？"

"我们当然不止这一个备案。"童素微笑着说，"你们不妨杀了我们，然后试试，甲板能不能打开，以及，小型客机什么时候爆炸。"

特工长官怔了一下，旁边立刻有特工快速闯入小型客机，打开自动驾驶程序，没过多久就急匆匆地下来，惊道："这个女人给飞机设定了自毁程序！"

"怎么可能有这种东西！开什么玩笑！"

"自动驾驶程序被锁定了，设置成如果开启，就会在暗舱内横冲直撞！"技术人员尖叫，"这和自毁程序有什么区别！"

在狭小的暗舱中，一架可以搭载60人的小型客机一旦像没头苍蝇一样横冲直撞，一定会引发剧烈震荡，甚至汽油爆炸！更不要说，暗舱里还有300颗凝固汽油弹！

西蒙第一反应就是："能把客机的燃油弄出来吗？"

假如没有汽油，飞机无法启动，这招就没用了。

"当然可以，前提是，我没有提前启动飞机的自动驾驶程序。"童素比起技术人员，更快，更早地回答了他，"只不过，好像我已经不需要这么干了，天时和地利，都已经站在了我们这边。"

伴随着她的话音，船舱开始剧烈震荡！

十三

雪松站在房间里，左右踱步。

其他队员们也很紧张："队长，怎么办？"

"外头情况呢？"

"这层楼所有电梯口，全都有人守着。感觉主办方将我们喊回来之后，就是关在这里。"队员汇报，"'夜神'那边，迟迟还没有半点消息。"

又有一个熟悉印度洋的队员看着外界的风浪，觉得不对劲："理论上来说，今晚的航线不该遇到这种级别的大风。"

他们上船之前已经看过近几天的气象，现在的风浪大到不正常。

情况确实不对。

雪松有点举棋不定。他不知道这时候究竟是继续等好，还是不惜一切，直接突围好。

就在这时，外界响起急促的敲门声。

雪松等人戒备地拿起了枪，一名队员前去开门，就瞧见是刚才一起吃饭的隔壁贵宾保镖队长带几个人进门，等房门一关，就怒吼吼地说："狗娘养的主办方，将我们的主人关起来了！"

"什么！"雪松装作诧异的样子，"什么情况？"

对方明显将他们当作了"自己人"，怒道："就是先前有个贵宾不是心脏病发作吗？说是你们 BOSS 投毒所为。"

雪松露出愤慨之色："没错，我们首领怎么可能会这么做？但主办方承诺了，我们也只能遵从，被关在这里。"

"Shit！"一看就是中东人的保镖队长狂怒，"然后主办方说有要事商谈，将贵宾们都请到了安全屋，实际上是为了拿他们当人质，自己却想跑！"

雪松理解他们的心情。对其他人来说，护卫 BOSS 不力，可能就是丢工作，或者在这个国家无处容身。但对中东的保镖们来说，BOSS出事，他们连带着家人都一起要被处死！

意识到自己找到了突破口，雪松却还是装作踟蹰："你怎么知道他们想跑？万一是误会的话，我们贸然行动反而会给首领带来麻烦。"

保镖队长低声道："你不知道，我们主人一直以来都让我们保持和主持人的良好关系，这是主持人的提醒！"

雪松就更不相信："主持人不是和主办方一边的吗？"

"好像死的那个贵宾，就是主持人的亲戚。"保镖队长回答，然后有些不悦，"我是因为我们有着共同的利益，才来找你，难道你不想救你的BOSS？"

雪松立刻安抚对方："我确实想救，但我们的BOSS在对方手上，如果对方狗急跳墙，威胁BOSS性命，我们该怎么办？"

保镖队长觉得这也是个理由，就问："你打算怎么办？"

雪松望向队员，便有人提议："我们虽然有枪，但主办方也有，最好想个办法，消耗主办方的实力。"

保镖队长那边也有队员提议："如果能让那些玩家帮忙捣乱，调开一部分黑西装，我们或许就能救出主人。"

听见这个提议，保镖队长有些意动，雪松便道："这里面有执行困难——那些玩家手里连枪都没有，我们怎么煽动？"

"我知道哪里有枪。"保镖队长低声说，"船底的仓库中，有整整一仓库的军火。"

雪松心中一凛，然后道："你们的？"

保镖队长含糊地说："有贵宾们进行交易，我们也买了点。"

他不想继续说这个问题，便道："黑西装堵着门，怎么把枪械发给他们？"

"我们能去底层吗？"

"他们不让。"

雪松小队里的分析师马上说："他们只是没有命令，不让大家前去，但如果发生冲突，必定会有人来协调，关键是要找好借口。"

就在这时，又有人敲门！

雪松和保镖队长神色一凛，雪松示意后者藏起来，将门打开，却发现是保镖队长的人，过来就说："出事了，十六层的灯全部都灭了！"

保镖队长立刻问："有动静吗？"

"好像听到了交火的声音。"

雪松意识到这是个机会："如果那批军火是卖给你们的，你们立刻以'担心军火安危'的名义，去仓库那边检查！那是你们的货物，他们总不能拦着你们看。"

保镖队长也没否认，只是说："你们呢？"

"这就是需要你们做的事情了。"雪松低声道，"带我们也去负一楼，我们要找到轮机舱。"

保镖队长不解："为什么？"

"就算你们进了仓库，军火也不一定能运出去。"雪松回答，"想要制造恐慌，第一步要做的就是切断电源。"

保镖队长深深地看了雪松一眼，心里对"这群人来自万象集团"深信不疑。

他想了一会儿，就说："可以，但加上你，不能超过五个人。我们也要带自己的人，带不了这么多，而且你们要贴假胡子，包头巾，躲在我们之中，掩人耳目。"

雪松面露为难："五人……如果轮机舱外面有人守着怎么办？"

保镖队长咬了咬牙："仓库中有烟幕弹，还有手榴弹，我们可以分给你们一箱。"

"行，那么其他人就留在上面，一旦停电，就混入玩家之中，带领他们去仓库，拿到枪械。"

虽然知道玩家和黑西装们交火，必定会造成死伤，但现在这种情况下，已经没有别的办法了。非常时间，只能行非常之事。

雪松点了四个人，与自己一起，化装之后，混入保镖队长的队伍。

就见保镖队长联合了其他几位中东贵宾的保镖，气势汹汹地找到黑西装："究竟发生什么事了，十六层的灯为什么暗了！还有十五层说，听见十六层有异动，是不是驾驶室出了什么事情？"

"很抱歉，只是'老鼠'跑了出来，请您放心，我们……"

"少说废话，我们要去仓库，看自己的货物！"

黑西装们左右为难，只能打电话给上级。

主持人接的。

"他们要看？那就让他们去吧！"安妮·卡佩洛回答，"毕竟是我们尊贵的客人，不可以冒犯。"

黑西装听见，也只能放他们浩浩荡荡一行人通行。

众人乘坐电梯，来到货舱，走到专门仓库。打开之后，成箱的军火，从地上堆到了天花板！

而就在这时，保镖队长突然高喊："动手！"

雪松等人反应也很快，就见雪松直接丢了一枚催泪弹——作为贵宾的保镖，他们并没有被安检，带了这些东西上来！

保镖队长等人被打了个措手不及，就见雪松小队的成员，已经饿虎扑狼地拥了上来！

其他保镖还在疑惑，雪松小队已经在顷刻之间，就将战斗解决。

"队长！"一个队员受了伤，捂着左臂，低声道，"怎么回事？他们为什么要对我们动手？"

另外几支队伍的保镖们也不解——准确说他们还没闹明白到底发生了什么："对啊，为什么？"

雪松已经将保镖队长打晕，沉声道："各位，你们的BOSS都在安全屋吗？"

其他人纷纷点头。

"我怀疑，这是针对我们的阴谋。"雪松环视众人，"这个人突然找到我们，又突然有这么多武器，还引导我们出来，说把武器分发给玩家，用来制衡黑西装，他和他背后的人，绝对有所图谋。"

其他人觉得有道理："那我们把他们交出去？"

雪松摇头："相反，我觉得我们要按照他们说的去做。"

众人惊讶："为什么？"

"各位，你们看看这么多武器，除了主办方，谁能携带进来？"雪松表示，"在不清楚敌人究竟要做什么，BOSS又在他们手里的情况下，我们假装如他们的意，才有机会救下我们的BOSS。

"至于他们不对别人，就对我们动手……主办方对我们首领的特殊态度，各位也看到了，而且我之前提议，说去轮机舱，可能就是引发杀机的关键。"

听到这里，便有人说："各位，不如通知大家，先拿武器，并且分发给玩家，我们躲在背后，消耗这些黑西装，并且想办法救出BOSS！"

"没错！"

雪松又道："如果大家愿意，每队出一两个人，跟我一起去轮机舱看看，剩下的人就按照原计划进行！如果煽动玩家本来就是主办方的目的，我们应该不至于碰到太大困难！"

说罢，雪松打开武器箱子，就看见密密麻麻都是各种枪支，以及燃烧弹、手榴弹，还有战术面罩、防弹衣。

众人穿好装备，各队也分出了人，各就各位。

雪松带着部分人，决定去轮机舱看看。

船体的不同区域，由厚重的舱门隔开，舱门前都有黑西装守护。

雪松低声对众人说："这里距离轮机舱还有三个舱门，我们要打个迅雷不及掩耳，不能让他们通知其他人，否则他们就会有防备，明白吗？"

众人点头。

就见雪松站在丁字路口的转角处，拉开烟幕弹的引线，然后往地上一扔。小巧的烟幕弹，滚到黑西装们脚下。

黑西装还没反应过来，催泪的烟雾已经弥漫！

正当他们挥着手，想要申请防御时，烟雾中出现几个人影，拿枪托直接往他们头上一砸，颈上一劈。黑西装瞬间昏了过去！

"收走他们的通信设备，或许有用！找个隐蔽地方，把人藏起来。"

雪松一边指挥，一边打开第一道舱门。

然后，他就有点惊讶："前方没人？"

"怎么会？"其他队来的人探头，也十分讶然，"真的没人？"

雪松将信将疑，全神戒备，走到第二道舱门面前，再打开，还是没人。

等他打开第三道舱门，已经走到了轮机舱，映入眼帘的就是一排用来放润滑油的日用柜。

众人狐疑地往里走，穿过柜子，便来到一个中央广场模样的地方，中心近乎十几米的高度都为空，第一眼看到的就是巨大的烟囱。

穿过狭窄的回廊，再往下看，密密麻麻的各种仪器、管道乃至负责起吊重物的设施，就这么显现在面前。

雪松等人大概清楚船体构造，跟过来的中东汉子们却咂舌："轮机舱这么大，我们应该往哪儿走？下面？"

"底层连着的是螺旋桨的尾轴。"雪松小队的队员回答，"我们就顺着过道走，按照顺序应该是机床房、压力间、工具间、电焊间等工具房。"

这人想了一下，才说："应该是从电焊间走，找到另一边的通道，就是机控室，电力设备在那里。"

众人依照他的指示，不断在走，却意识到有些不对："轮机舱没人吗？"

"轮机舱的人实际上不多。"队员又科普，"一般来说，万吨邮轮，轮机舱有十几个人负责维护也很了不起了，船上大部分的人都是服务员。"

"但就算只有十几个人，也不可能一个人都没有吧？"

众人一边低声交谈，一边找到了电焊间，就发现里面大间套着小间，一个门接着一个门，层层叠叠。如果没人指路，真的非常容易迷路。

按照队员的指引，他们来到了机控室，就发现房间里弥漫着饭菜的香气。

几人小心翼翼走了进去，机控室的冷气开得十分大，有些凉爽，仪器前没有人。

再往前走，来到机控室旁边的小房间，就发现小桌子上摆着丰盛的饭菜，昂贵的红酒，九个人横七竖八地躺在床上、地上、门口，把一间不大的房子围得满满当当。

很显然，他们是在机控室的值班室聚会、聚餐，却中了招。

雪松试了一下对方的脉搏，对众人说："只是昏迷。"

再看胸牌："轮机长，还有其他人，都在这里。"

队员检查饭菜后，判断："酒水中有药物残留。"

其他人十分惊讶："怎么会这样？"

"船上一定发生了我们都不知道的变故。"雪松断定，"我们先断电，然后我折回去，你们守在这里，想办法把他们弄醒！"

"好！"

雪松小队中有专业的船员，懂得这些，三下五除二，立刻就将除了维持船体运行必要的仪器外，其他所有地方的电，全给断了！

霎时间，船体变得一片漆黑！

四楼的玩家们见状，惊慌失措。

明快活泼的贝多芬第九交响曲第二乐章，还在全船奏响。

"我真觉得这条船有毛病。"亨利小声嘟哝，"整条船都停电了，他们居然还一遍又一遍地播放音乐……"

"安静！"

亨利立刻乖巧得像鹌鹑一样，脖子一缩，就看见伊万侧耳倾听："厢式电梯停在这一层，有人来了。"

他拉着亨利，一起躲到货架旁。

就见电梯门缓缓打开，几人拿着喇叭喊："所有人听好，船上出现了变故，我们需要与另外的人交火。现在，你们搭乘电梯，去负一楼，我们会给你们分发武器！只要能解决这次的问题，我保证，你们能平安无事地回去，继续当你们的人上人！"

如此有煽动力的口号，很快让本来六神无主的玩家们聚集了起来。

亨利低声道："伊万，我们……"

"我们先离开。"伊万一边说着，一边轻手轻脚，像幽魂一样，就要往黑暗处退。

亨利却僵在原地。

微凉的声音自暗中传来："这位——女士，麻烦您举起双手，您同伴的性命，正捏在我们手中。"

冰冷的枪口抵在亨利腰间，看见伊万转过头，亨利扯出一个比哭还难看的笑容。

"你手上有枪。"伊万若有所思，"你是黑西装，还是来自十一楼以上贵宾的保镖？"

隐藏在黑暗里的那人没有回答这个问题，只道："我清楚您的身份，请您和我走一趟。"

伊万挑了挑眉："你以为我很在意他？有本事你开枪。"

说罢，竟然真的不管亨利，扭头就走。

黑暗中的人迟疑片刻，将亨利推到一边，低声道："抓住他！"

伊莎贝拉殿下说了，必须将人抓住！

就当他们犹如恶狗扑向猎物一样，试图抓住伊万时，先前发声的人却发现脖颈一凉，然后就瞧见伊万左手中滴血的餐刀！而他的右手也扣下了扳机！

"除了我的拍档外，还没有人敢在这么近的距离，和我打贴身战，因为他们都知道，生死相搏，靠近我就必死无疑！"

十四

"这是怎么回事！"面对船体的颠簸，伊莎贝拉一边扶着墙壁，一边高喊，声音难掩惊惧，"已经到了大风带吗？"

不可能，她明明算准了时间！

童素却很镇定："天灾不一定会跟着你的想法走。"

李察耸肩："没那么复杂，只是海底地震而已。"

童素有些好奇："海底地震也能让船只这样？我还以为是海啸。"

"事实上，海啸只有在陆地附近才会显现威力，在深海遇不到阻力，反而没太大影响。"李察对她科普，"而且，海底地震分两种，一种在浅海，一种在深海。我们距离哈兰特海沟已经很近了，地震必定发生在深海。这种情况下，海水会震荡不休，但海面不会出现海啸，只会上上下下跟着波涛一起颠簸。哪怕是'狩猎女神号'这种吨位的船只，也会受到剧烈影响。"

看着这两人旁若无人的样子，伊莎贝拉咬牙。

颠簸对邮轮来说，并不算什么大事，顶多让来宾和水手们人心惶惶，还不至于毁掉这艘船。

但如果想在这种环境下，抽干小型客机里的燃油，那就是拿性命开玩笑了！

伊莎贝拉气得全身发抖，却不得不承认，哪怕整个暗舱都是她的人，一声令下就能将这两个人打成筛子，可她却不敢！

假如李察真的速度比谁都快，击中了凝固汽油弹呢？假如他们的技术人员真的没本事，破开奈赫贝特对邮轮的限制，导致暗舱上方的甲板不能打开，飞机没办法出去呢？假如小型客机真的横冲直撞，让暗舱一塌糊涂呢？

她原本的设想非常好——面对扩张的热带气旋，肆虐的狂风暴雨，被火焰和高温撕扯得支离破碎的船只必定沉入万米深海里，谁还能知晓罪恶的行迹？偏偏遇到这两个精神病！

他们发疯不要命，是因为他们已经落入这种境地了，与其任人鱼肉，还不如孤注一掷，死中求生。她该怎么办！

偏偏这时，船舱的灯突然熄灭了！

"这是怎么回事！轮机舱！"伊莎贝拉惊叫，"发生什么了！"

她的计划只是挑拨黑西装、保镖和玩家们的关系，让他们彼此乱斗，无暇多顾，他们可以借机逃跑，但不包括全船停电！

李察却很镇定，拿枪的手都没有抖："不要耍花招！"

这时，电梯门开启，有人走了下来。

是"提琴手"。

他拿着卸妆巾，在脸上仔细擦了一把，又将美瞳摘下，露出一张英俊非凡的面孔："布莱特·温菲尔德，斯图国中央情报局局长。"

伊莎贝拉脸色惨白："表哥？"

"哦？"李察故意拖长声音，"这倒是……很有意思。"

就见布莱特走到伊莎贝拉面前，后者还没来得及说什么，布莱特已经一个手刀，快准狠地将伊莎贝拉打晕。

童素留心到，很多特工面露犹豫，但最后，没有任何一人将枪口对准这位首相之子。

理论上只忠诚于皇室的特工，在布莱特出手打昏伊莎贝拉的情况下，居然都不对布莱特拔枪？斯图国的皇权已经旁落到这种程度了吗？还是说，伊莎贝拉远远没有布莱特得人心？

布莱特凝视着童素和李察，神色清正，不带一点阴霾："我以温菲尔德的名誉发誓，努力带领大家走出大风带，船只上的所有人都可以平安离开。为了表示我的诚意，我现在就可以命令特工们，将凝固汽油弹全都卸下。"

童素留心到，周围几个特工都下意识地松了一口气。由此可见，布莱特别的方面不说，至少信誉良好。

虽然猜到布莱特很大概率言出必行，童素却不为所动，而是反问："你掌握了驾驶室？"

布莱特点头："可以配合飞机升空。"

童素听到这里，更不相信他："这位大少爷，您要知道，誓言是这个天底下最不靠谱的东西，何况还是天灾，你的保证根本没数。再说了，就算你下令卸了凝固汽油弹，这三架战斗直升机的火力也非常凶猛。只要你们升空，然后对着甲板打，照样能点燃凝固汽油弹，毁掉这条船。"

不等布莱特说什么，童素已经直截了当地说："我不知道你们斯图国内乱七八糟发生了什么事，也不想知道。但我们东方人有句话，叫作'家丑不外扬'，在这一点上，东西方文化还是有相通之处的。就算你是个好心肠的人，不肯斩草除根，我们也免不了一个终身监禁的下场。"

布莱特无法反驳，只能问："你想怎么办？"

为什么是"你"，而不是"你们"？

童素注意到这个细节，瞥了一眼李察，就见李察懒懒道："这样吧，我们各退一步。直升机，你们别想开走，客机，可以开。但有个前提，就是再等20分钟，等船靠近大风带，你们再开。"

布莱特皱眉："大风带中的风力，至少是12级，对客机来说，未免太凶险了。"

"与这位殿下想让我们死比起来，这已经很温柔了。"童素领会了李察的意思，不紧不慢地说，"当然，我们也不是故意要开往大风带，主要是让你们离开，必须有个前提——这三架战斗直升机要先搭载凝固汽油弹，飞到百里外的海域，然后冲向海底，否则我始终放不下心。"

对双方来说，这都是没有办法的办法。

童素并不想放走伊莎贝拉，但她很清楚，现在这个局面已经僵住，她想要这一船人的命，就必须放走伊莎贝拉。

布莱特也不想放走这条船上的人，可再这样下去就是大家一起死。

无论如何，他都不能让亚伯死。

还有伊莎贝拉，到底是姑姑的女儿……

布莱特权衡许久，重重点头："行，怎么交易？"

甲板缓缓打开，呼啸的狂风中，站在电梯口的童素看见了漆黑的天空。

空中的云层很厚，遮盖了星辰和冷月，但在波浪状的乌云中，出现了一条非常长的裂缝，连绵不知道多远，就像是镜像的非洲大峡谷，又像是一块上好的绸缎，被非人的力量生生撕成两半。

倾盆的雨点，不断倾洒而下。夹杂在狂风、暴雨、浪花之间的，是很轻微，却仿佛撕裂一般的噪音，那是从海底深处传来的，大地震动的声音。

三架直升机呼啸升起，带着视死如归的悲壮，离开这片区域。

童素盯着手中的笔记本电脑，看着代表三架直升机的红点一点点远离，最后化作黑点，说明它们已经冲向深海。

确认完毕后，童素对李察点了点头。

60人的名额，还没有全部确定，就听见布莱特吩咐左右："你们几个也上去，保护李察先生与奈赫贝特小姐的安全。"

"布莱特阁下！"特工长官听出布莱特的言下之意，惊得声音都快破了调，"您——"

布莱特神色平静："我的生命并不比你们任何一个人珍贵，何况这种情况下，需要有人收拾残局。"看见特工长官还是犹豫，布莱特加重语气，"这是命令！"

听见他也留下来，原本躁动不安的特工们，突然恢复了平静。仿佛就是一个决定，就镇住了局面。

童素非常果断："我也留下来。"

布莱特惊讶："奈赫贝特小姐？"

童素回答："我不是奈赫贝特本人，只是顶替了她的身份，来到'提洛岛'。自我介绍一下，中国安全部门的编外顾问，童素，你可以叫我'赫卡忒'。"

在这里，她耍了一个小花招，并没有否认"奈赫贝特"的存在。

听见童素的身份，布莱特苦笑了一下，却没说什么，只是望向李察。

李察神色不定，就听见布莱特说："旁边的房间里，还有一架小型直升机，李察先生，您应该会开吧？"

"如果您信不过，就开那架飞机吧！但有个条件。"布莱特看向缓缓打开的电梯，指着安妮，"带她离开，不要去中国安全部门，这是我的承诺。"

李察还是犹豫，童素却说："去吧！如果我们都死在船上，必须有一个人将'提洛岛'的消息传出去，不是吗？"

听见这句话，李察没说什么，带着安妮，走向了小型直升机。

童素没有过去，所以没发现，当直升机打开的时候，安妮惊骇地看了一眼里面——小型直升机中，竟然沉睡着另一个"李察"。

就见面前的李察笑了一下，对她比了个"嘘"的动作。

安妮立刻明白，面前这个李察，居然是亚伯·温菲尔德阁下的伪装！

虽然不知道这两位叔侄唱的是什么双簧，安妮却装作不知道，乖乖上了直升机。

小型客机升空。

直升机升空。

布莱特望着天空，神色复杂。

20分钟前，童素被带到十六层客房的时候，也是"提琴手"突然宣布退赛，然后被神秘的"黑西装"带走的时候。

就见十六层客房内，亚伯·温菲尔德双手交叠，望向"提琴手"："布莱特，你也太莽撞了。"

原来，这位"提琴手"居然就是铁血首相的独子，温菲尔德伯爵的第一继承人，斯图国中央情报局的局长，布莱特·温菲尔德！

只见布莱特面如寒霜："小叔叔，请告诉我，'提洛岛'是从什么时候开始兴建的！皇室到底在计划着什么？他们知不知道，一旦这些事情传出去，我们斯图国会成为世界公敌！还有，父亲——"

布莱特突然问不下去了。他不敢探寻，心中如同神明般伟岸的父亲，是不是这黑暗链条中一环的可能。

亚伯丝毫不慌，只是指着李察，意味深长地说："你觉得呢？布莱特，一直生活在光辉中的你，第一次看到世界的黑暗，感觉如何？"

"恶心透顶。"布莱特毫不掩饰。

"这样啊！倒也没关系。"亚伯愉快地说，"毕竟这人间的索多玛，海上的蛾摩拉，马上就要湮灭在海底深处。"

索多玛和蛾摩拉都是《圣经》中的不义之城，城中的人罪行累累，所以被上帝降下天火和岩浆，毁于一旦，从城到人，无一生还。用来形容"提洛岛"，倒也名副其实。

但亚伯字里行间透露出来的内容，令布莱特不寒而栗："为什么？"

"因为我骗伊莎贝拉，梅涅公爵踏上了这条船。"

"就为了杀一个人……"布莱特气得浑身发抖，却又不解，"您为什么要这么欺骗伊莎贝拉？"

亚伯耸肩："'提洛岛'已经成了一个公开的秘密，就在'狩猎女神号'扬帆启航的那一刻，它就成了许多国家的猎物。公爵、国际刑警、大洋国、中国，你以为，这种情况下，除了让这条船沉到深海里，还有哪条路可以走？"

"就为这个？"

"这还不够吗？"亚伯反问，"一旦'提洛岛'被摆到台面上来说，是什么结果？"

他想救这条船上两千人的性命不假，但他分得清事情的轻重——"提洛岛"可以被捣毁，相关犯罪分子可以被拘捕，但无论如何，也不能让梅涅公爵和其他国家抓到"提洛岛"与斯图皇室有关的证据。

许多民众早就不满斯图国仍是封建帝制，君主立宪的呼声一浪高过一浪，甚至还有许多极端主义者喊出了废除皇权的口号，各路贵族也不愿头上压着个皇帝，又有不少境外势力煽风点火，国内政治环境非常复杂。

若非近20年来，老皇帝深居简出，皇权肉眼可见地衰退，重大政治决议都出自内阁，大部分民众认为这是从封建帝制和平过渡到君主立宪的过程，勉强被安抚住，斯图国说不定早已爆发内乱，哪里有今天的安宁？

但"提洛岛"的罪恶，以及与皇室的关联一旦被揭露掀开，就等于往油锅里倒了一盆水，原本还算平静的国内局势，立刻就要炸开。

任何一个国家，都不会愿意看到欧洲大陆上屹立着一个以封建君主意志为目标，指哪儿打哪儿的超级大国。"提洛岛"的罪证若是落到了其他国家，尤其是大洋国手里，就会成为一把刺向斯图国的利刃！

哪怕拿到罪证的并非大洋国，而是梅涅公爵，布莱特也担心，假如对方当不成皇帝，可能会鱼死网破，以"提洛岛"为借口，宣告皇室无道，最坏的结果就是开战，最好的结果，也是借机让梅涅半岛独立。届时，斯图国只怕就会陷入内乱，甚至四分五裂！

"提洛岛"的其他据点无关紧要，只有这艘船，还有船上的人，一定不能落到敌人的手里！

但敌人已经盯上了这条船，"狩猎女神号"，已无路可走。

往回走，辛格家族已经投靠了公爵，谁知道公爵有没有安排后手？或许就在邮轮回到泰德城的那一刻，这艘船上的所有人就会被一网打尽；往西走，就必须经过梅涅半岛，等于直接撞到公爵的手里；往东走，大洋国的太平洋舰队，还有中国空军，或许已经整装待发。

难道真像亚伯说的那样，让罪恶沉入万米深海，才是最好的结局吗？

2：30，十六楼。

"我不同意。"漫长的沉默后，布莱特摇了摇头，神色沉重，眼中却透着坚毅，显然已经下定了决心，"虽然伊莎贝拉是我的表妹，但我并不愿意看到我们的国家未来的君主，竟是这么一个草菅人命的暴君。"

他从伊莎贝拉的身上，看不到半点仁慈怜悯，只有心狠手辣。

"提洛岛"不能落到其他人的手里，这是为了国家考虑；"提洛岛"也不能被毁去，否则谁来给枉死的冤魂们交代？

亚伯突然笑了："你想将这艘船带回去，然后呢？"

布莱特凝视着小叔叔带着笑意，却没有任何温度的眼眸，平静地说："老皇帝罹患疾病，我本就有所耳闻。您方才给我的提示，更让我确信，曾经'登岛'的人，未必全都不在人世。假如他们被秘密关押，最有可能的地点，就是夏宫中的地下监狱。"

亚伯来了兴趣："哦？你打算把'提洛岛'握在手中，让皇室无法狡辩，再以此为理由，强闯夏宫找监狱，救出那些实验品？先不说带兵进皇宫是死罪，你有没有考虑过，你这么做，或许是在与大哥为敌？"

"就算与父亲发生冲突，我也无法容忍这种罪恶继续发生；哪怕赔上这条命，我也不能让皇室继续害人。"布莱特的态度十分坚决，"父亲不管，还有大元帅。如果大元帅也不管，还有法尔兰大主教。皇室为所欲为的底气来自至高无上的皇权，假如有彻底架空皇帝的机会，就算贵族们不动心，教会还能不动心？"

他只是不希望证据落到其他国家手里，损害祖国的利益，但不代表他就能助纣为虐，帮着皇室毁灭罪证。

"我刚刚才想明白，我能够查到的线索，都是您设法透露给我的，您早就计划好了一切，故意等着我的到来。"布莱特凝视着小叔叔，神色非常平静，一点没介意自己被利用，反而心平气和地问，"您打算怎么做？"

国际刑警总署、大洋国国土局、中国安全部门都已经剑指"提洛岛"，基本锁定了幕后黑手是斯图国，只差能够定罪的真凭实据。这种情况下，哪怕销毁一切，死无对证也没用。杀掉三方派来的特工，只会加剧仇恨。

法律判定一个人的罪行，需要真凭实据。国家与国家之间，却不是这种玩法。

光是"提洛岛"对中国做的一些事，比如资金上资助万象集团，间接导致万象集团对中国进行恐怖袭击；又比如潜入中国，绑架童家父女，在湖滨市搞大爆炸等，中国就不会放过罪魁祸首。

大洋国知晓真相后，也一定会一边打压斯图国，一边趁火打劫。

国际刑警总署为了替多年来枉死的同僚们报仇，也能给斯图国源源不断地找麻烦。

布莱特想不出，亚伯有什么破局的办法。

亚伯·温菲尔德微笑道："卡佩洛侯爵，死得很及时吧？"

布莱特瞳孔骤缩："他死了？"

亚伯点了点头："看上去是心脏病发作，等正式尸检之后，就会被判定是吸毒过量的自杀。"

"自杀？"布莱特不信，"他舍得自杀？"

"当然不是自杀，而是靠我可爱的安妮！"

"安妮·卡佩洛？"布莱特十分震惊，"她不是已经死了吗？"

"谁说死掉的人就不可以复生？"亚伯望着手中的《哈姆雷特》，神色竟有几分温柔，月光洒在他的面容上，给他镀上一层神圣的光，"有一种力量，让人就算堕入地狱，也要拼尽全力，爬回人间。那就是内心熊熊燃烧的，名为'复仇'的渴望。"

下一秒，他就笑了："当然，侯爵是活不过来了，我只是要将他的尸体留在船上，当作主办方。"

虽然大家都知道，"主办方"是个女人，但谁规定，坐在前台的就必须是主人，而不能是傀儡？

说到这里，亚伯叹了口气："归根结底，还是伊莎贝拉办事不讲究，搞得我不断帮她收拾烂摊子。

"与中国的友好关系，是大哥计划中极为重要的一环，任何人都不能破坏。这些年来，我国对中国一直在释放善意，而大洋国对中国的打压愈演愈烈。万象集团在文南国的叛乱，虽然有伊莎贝拉插了一手，但一开始的启动资金和矛盾煽动都是大洋国的手笔。只因中国与东盟签订'一带一路'的计划，又帮文南国修建高铁，深得人心。大洋国不希望中国在东南亚得到任何助力，他们需要中国周边的所有国家都警惕、针对乃至敌视中国，以形成对中国的'环太平洋包围圈'。"

布莱特听明白了。

"提洛岛"存在这么多年，哪怕罪证清理得很干净，却依旧留下了太多的蛛丝马迹。想要否认斯图国和"提洛岛"的联系，那是把其他人都当成傻子，国际刑警总署、中国安全部门和大洋国土局都不会信。

亚伯所要做的，仅仅是将"国家行为"降成"个人行为"。

斯图国皇室代表着国家，创建并扶持"提洛岛"，自然是天理不容，足以影响其他国家对待斯图国的态度。但如果仅仅是斯图国部分高层的行为，哪怕牵扯到了皇家成员也不要紧，必要的时候，把人扔出去顶罪就行。

"让西蒙·路斯恩、罗伯特·罗蕾莱等人跑掉，而让剩下的贵宾们留下来。"亚伯仿佛觉得很有趣，"这样一来，被国际刑警抓住的贵宾们，就会对丢掉他们跑掉的贵宾们十分憎恨，将他们出卖。

"能跑掉的，自然比不能跑掉的，更是核心层。卡佩洛侯爵死了，西蒙、罗伯特等人跑了，'提洛岛'的关键成员是谁，还需要说吗？这样一来，皇室的危机，就能降到最低。"

布莱特认可这个方案，就看见亚伯摸着下巴："李察这小子，我当年欠他一次人情，不如这里就用掉吧！先把他送走，我来顶替他的身份，完成后半段。"

"后半段，"布莱特疑惑，"什么后半段？为什么要用李察的身份完成后半段？"

亚伯平静地说："我想要一场战争。"

布莱特匪夷所思："战争？"

亚伯打了个响指："诺亚工厂开启了新能源的时代，石油的销量将会大大下降，而我国虽然在北非也拥有土地，但开采成本远远比不上中东。所以，我和兄长一致决定，在中东开启一场代理人战争。"

布莱特没弄明白这个逻辑："石油下降，您却想要中东？"

"这并不是我想与不想，而是中东的酋长们利益一旦受损，必定就会对大洋国滋生不满。"亚伯回答，"何况，梅涅公爵私下与中东眉来眼去，各种武器援助，走私路线，也不是一天两天。如果我们不扶持中东酋长，让梅涅公爵去扶持，那么战争就会发生在我们的国家。

"'提洛岛'上的贵宾们，有三分之一都是中东那纸醉金迷之地的贵人，一旦他们死去，或者出事，哪怕仅仅是被国际刑警调查、扣留，那么继承人之争，国家之争，能源之争……一切都会汇聚到中东。这就是我想要的战争——前奏！"

布莱特怔怔地看着亚伯·温菲尔德，只觉得不寒而栗。

全船广播里，则响起了唱诗班空灵的歌声。

"Wem der große Wurf gelungen, Eines Freundes Freund zu sein?"

悠扬的歌声，像是轻柔的疑问那样，回荡在每一个人的耳边。

谁能做个忠实朋友，献出高贵友谊？

"Wer ein holdes Weib errungen! Mische seinen Jubel ein!"

谁能得到幸福爱情，就和大家来欢聚。

十五

"你们看看窗外！什么鬼天气！"

众人下意识透过防弹玻璃，望向窗外，就见漆黑的天空中，厚厚的云层像被无形之手牵引，越过巨大的裂口，流向东方，将云层填补得越发厚实，犹如一个巨大的旋涡。

海水疯狂涌动，此起彼伏的浪花就像鳞状的云层，与倾盆的暴雨一起，用力拍打着颠簸的船体。

亨利抖成了筛子："地震云，还有风眼，天啊！"

立刻就有人揪住他："地震云是什么意思？风眼又是什么意思？"

亨利咽了口唾沫，颤抖着说："海底发生地震的时候，天空中的云层也会发生变化，越靠近裂缝处，就代表距离震中越近，但——"他瑟缩了一下，才说，"这只是渔夫们根据经验的谣传，没有科学依据。我也只是因为在海边长大，稍微听过几句。"

"风眼呢？"

"风眼就是那团像旋涡一样的云。"亨利面色惨白，整个人都被绝望填满，"它代表飓风即将成形，天上所对应的旋涡，会在海中也有。到时候，我们全都会被海水搅碎，哪怕是这艘船，也——"

就在这时，又有人叫："甲板打开了，飞机！"

"飞机升空了，他们要跑！"

"狗娘养的主办方，他们跑了！"

"我们呢？我们怎么办！"

"去驾驶室，找船长，看能不能改变航向！"

就在这时，邮轮被强烈的风浪拍打，猛地倾斜，形成一个近乎30度的角。

童素和布莱特差点摔倒在地，勉强扶墙才固定住。

想起刚刚看到的裂缝巨大的地震云，再看看时间，十点三十四分。

布莱特苦笑。

啊，看来是进入大风带了。

唯一值得庆幸的是，他们现在只是在哈兰特海沟的边缘徘徊，没有真正进入那条只能向前走，不能绕弯的狭窄地带。

偏偏就在这时，布莱特的手机响起。

通信另一头，是船长沉重的声音："亚伯阁下，告诉您一个不好的消息，热带气旋正在以超乎想象的速度扩张，我们即将被卷入大风带的核心，风力——15级。"

"布朗船长，开启全船广播，通知所有人。我们被抛弃了，但这艘船交由国际刑警总署、斯图国中央情报局、大洋国国土局以及中国安全部门接管，所有人放下手中的枪，可以活命。"

童素望向布莱特："你在骗他们。"

"是啊，但没办法。"布莱特苦笑，"伊莎贝拉为了制造骚乱，将武器分发给了他们，如果他们再打起来，大家才要一起玩完。"

"那你刚才的话不对，没办法起到安抚作用。"童素说，"让我来。"

"走吧，童素小姐，我们一起去驾驶室。

"希望大副他们已经被弄醒了。"

伊万解决掉那些人后，说了句"我要去驾驶室看看"，就拖着亨利来到了消防通道，开始爬楼。

亨利年纪大了，刚才又被人打了一下，肋骨隐隐作痛，却在见到伊万大杀四方后，更不敢违逆，只能气喘吁吁跟着。

此时，就听见全船广播响起，是一个平淡到有些冰冷的女声："船上的所有人，下面的话我只说一遍，请留心听。之前的动乱，都是因为国际刑警总署、斯图国中央情报局、大洋国国土局以及中国安全部门协力，对'提洛岛'的一次通缉。目前，我们已经控制住了船只，但由于主办方的阴谋，导致这条船驶入哈兰特海沟，无法回头。我们正在展开积极自救，想要活命，请所有人配合。

"第一，这艘船目前已经驶入了大风带，风力15级。如果各位想找救生艇，请放弃这个馊主意。以船只的吨位，尚且还不会被飓风掀翻。小型救生艇在这种恶劣气候中，没有存活的可能。

"第二，对我们产生最大威胁的来自大海本身。海水掀起的巨大波浪，会导致船只倾斜，从而导致家具和摆件等从高处掉落。除开水手之外，其他人最好立刻前往位于七楼的大礼堂，站在四周，防止船体摇晃得更厉害后，被物体砸中。

"第三，除了这条船，我们确实没有任何额外的自保和逃生手段。大家要么一起生，要么一起死，我们会竭力让自己活下去。而对你们来说，不添乱，就是最大的帮助。

"以上，完毕。"

女声说完，又是一个低沉的男声响起："除水手之外，船上的所有人请用最快的速度前往大礼堂，远离礼堂中心的灯具，切记，风力和波浪越来越大，高挂的灯具也可能不安全，卧室就更不是安宁之地。愿主保佑我们，阿门。"

听完全船广播，无论是位于十六层，或者是负一层，又或者其他地方的人，有些六神无主，立刻就往大礼堂赶；有些瑟瑟发抖，躲在房间里不肯出来；还有些人，譬如负一层的许多持枪暴徒皱眉，互相问："怎么办？"

"你懂怎么开船吗？"

"不懂。"

"抓几个船工来问，看看船只是不是真碰到热带气旋。"众人交头接耳，讨论出方法，"如果是真的，就算抢到救生艇，也只会死得更快、更早。还不如信这个女人一把，赌他们能带我们逃出去。"

但很多在走廊上的人，听见童素这么说，下意识抬头，看见超大吊灯，眉头拧起："这里不安全。"

"整条船的装潢都是如此，除了床和柜子，还有大型仪器之外，许多家具摆件都没有固定，吊灯也都偏向复古，一旦砸下来，被砸中的人极有可能没命。"也有人意识到了这个问题，"只有大礼堂，为了营造氛围，灯都被覆盖在天花板后，四面墙也都是巨大的 LED 墙，没有挂画摆设，那个女人说得没错，去那里确实最安全。"

还有人情绪崩溃："活不下来的，人在飓风里，怎么可能活下来！我们都会被撕成碎片……"

这人话还没说完，就已经有人看到墙角缝隙处，尖叫："天花板开始渗水了。"

"怎么会？"好多人惊叫了起来，"船舱裂了吗？"

"有可能是哪扇阳台的门没有锁好，不要自己吓自己。"

伊万也看到这一幕，脸色更沉重。

虽然"狩猎女神号"安装的都是防弹玻璃，但 15 级的大风，极低的气压，一旦玻璃碎裂，雨水、海水灌入，立刻就要水漫金山！

就见他不耐烦，拖着亨利，刚要往前走，恰好遇到雪松！

此刻，卫星屏蔽已经被布莱特解除，雪松收到童素的信息，正在往十六层赶，见状立刻问："要帮忙吗？"

"劳驾，提一下他！"

雪松点头，就见两人一手提着亨利一边肩膀，快速通过消防通道，爬到十六层，遇到守门的特工，雪松立刻道："我是奈赫贝特小姐的保镖。"

特工点头，放行。

就见伊万将亨利打晕，扔给特工："重要人质，看好。"

然后，他干脆利落地走到驾驶室，就听见布朗船长和童素、布莱特在紧张交谈，童素瞧见雪松来了，问："轮机舱呢？"

"刚刚收到消息，他们陆续醒了过来。"

"刚好，这边大副和二副，还有水手长也醒了过来。"童素回答了雪松，然后问，"其他人呢？"

"在大礼堂维持秩序。"

童素点了点头，望向伊万，就听见布莱特说："伊万·伊万诺夫。"

伊万却给了个意想不到的答案："假的，大洋国土局，詹姆斯·史密斯。"

布莱特先是有些惊讶，然后才道："难怪我之前就很奇怪，李察打量了你好几次，却没有认出你。"

詹姆斯扯了扯嘴角："我也没想到他会以玩家的身份出现在这里，本来打算，我当玩家，李察潜入，中国安全部门的这位身份不明，谁能想到……幸好为了掩饰伊万的身份，又进行了二次伪装。"

童素听到这里，才知道，伊万·伊万诺夫和李察估计是朋友。

她回想了一下，发现李察确实试探了伊万好几次。

只不过，她一开始当作对危险人物的好奇，没想到这层。

就在这时，轮机舱那边的紧急通信打到了驾驶室："二号船舱进水了！四号船舱的甲板也出现狭小缝隙。"

布朗船长怒吼："龙骨和甲板没裂，重心也没偏移，还没到绝望的时候呢！"

吼完后，他扭过头，对童素和布莱特说："布莱特阁下、'赫卡忒'小姐，您二位的建议，我不得不说，非常冒险。"

詹姆斯立刻问："什么建议？"

布莱特回答："现在是夏天，印度洋到太平洋这段路的洋流向东。哪怕这艘船停止不动，也会被洋流推动，朝着漩涡中心开去。而15级，该死，已经增强到16级的大风，虽然不至于撕裂这艘船，但会导致船体几乎无法转向。"

詹姆斯靠在门边，补完了这段话："就算我们勉强转向，也会因为逆着洋流，行进速度变得很慢，消耗的动力和燃料更多，对吧？"

童素表示："哈兰特海沟也没办法转向。"

布莱特点了点头："唯有正向逃离，或许还有一定概率生还。"

詹姆斯想要摸烟，却发现烟盒已经空空如也，就见他玩着手上的烟盒，若有所思："没错，在热带气旋的影响下，洋流速度会加快，假如顺着洋流的方向走，对船只有助推作用。如果我们以最大速度，直接航行，或许能够借助洋流，逃离这片死亡海域。"

童素方才已经查过哈兰特海沟的资料，直指问题关键："但我们的航线将会成为气旋正中心，而且最快速度就意味着，哪怕只发生一点意外，我们都没办法应付。要知道，现在深海正在地震，海底结构可能会发生一定的改变，并引起难以预料的连锁反应。冰山浮现，旋涡涌现，都不是不可能。"

船长听见他们三个人的讨论，苦涩一笑："'赫卡忒'小姐说的没错，哈兰特海沟的危险地带，对我们来说是一片盲区。没有海图，又是这么恶劣的天气，贸然前行，等同于直接往死神手里撞。"

"如果有海图呢？"

船长没明白这句话的意思，布莱特就已经诚恳地说："中国和大洋国，还有我们斯图国的维和部队，都曾经在印度洋上游弋。我国的军舰时时不忘记录海洋环境的变化，我想，两位的祖国也是一样。"

说到这里，他叹了一声，转过身，看着前方的惊涛骇浪，坚定道："'狩猎女神号'手中的地图，并不足以支撑这艘船渡过危险的海域。但集合世界三个大国的力量，我们或许可以创造前所未有的奇迹。"

三点四十五分，七楼，大礼堂。

剧烈的倾斜，让人们东倒西歪，左摇右晃。

天花板边缘，更是不断开始渗水。

"进水了！"有人尖叫，"快开门，我们得跑，跑去更高处！"

"别乱动！"也有人尚存理智，"没听见外头东西掉下来的声音吗？现在跑出去，会被砸死的！"

但理性的人毕竟不多，很多人聚集在门边，不断拍打，想要打开礼堂的大门。

轮机舱瞧见这一幕，立刻通知驾驶室："大礼堂的局面有失控的迹象！"

与此同时，留在大礼堂的人也纷纷通知童素、布莱特。

童素当机立断，按住广播："我们已经联系各国，只要穿过前方的风暴，就会有船只和直升机接应。"

然后，她关掉广播，望向布莱特："放什么歌有助于安抚心情？《安魂曲》？《镇魂曲》？"

布莱特毫不犹豫："继续放《欢乐颂》。"

詹姆斯开口："这时候放歌没有意义，我看见礼堂的人里面，本来就有乐团，想办法通知他们。"

这时，来自大洋国对哈兰特海域的绝密侦测信息，已经传入"狩猎女神号"的系统，童素立刻将这些内容，全部汇入自己写好的程序里。

联合布莱特手中斯图国的海图，童素得到的中国安全部门发来的海图，三份海图全部就位，立刻标出全部的危险区域。

象征死亡的红点，几乎覆盖了海域的每一寸。

出人意料，詹姆斯在黑客上也很有一手，他的加入，大大减轻了童素的压力，只见他指着屏幕，说："深红色代表绝对不能碰的地方，浅红色代表相对安全，深紫色代表不确定地带。我现在就建立一个模型，我们尽量找出一条红色最浅的路线，如何？"

"可以，在模型建立之前的路线，我来负责。"童素紧盯着屏幕，说，"主机的运算量没那么大，你来写，前面这些需要运算的地方，我可以通过动态观测和电子程序辅助，心算一部分。"

说到这里，她看向布莱特："但我只能看懂数据，与环境结合还要靠你。"

"明白。"斯图国本身就是靠航海起家的，布莱特在军队训练的时候，具有丰富的海军经验，非常果断，"你将理论上的最优路线报给我，我盯着 GPS 和环境监测数据，合理规划实际路线。"

理论上来说，这应该是布朗船长的工作。但船长的精神状态不佳，加上有前科，指挥不动除了水手之外的其他人；而大副、二副和三副面对这么大的场面，脑子有点短路，犹如机器人一样按部就班。

布莱特知道一件事最忌讳两个人做主，加上他手上能指挥的人确实最多，就直接把重担扛了过来。

偏偏这时，警报声突然响起。三人定睛一看，齐齐变色。

GPS 信号，竟然变得混乱了起来！

十六

四点整，大洋国，国土局。

刘易斯副局长的电话响起，刚一接通，就传来艾伯特·马歇尔的声音："告诉你一个坏消息——詹姆斯申请将'狩猎女神号'调用 GPS 信息的精度从民用变成军用级，至少要精准到厘米。结果控制台'操作失误'将精度从 10 米变成了 1000 米。看样子，军方某些人不希望'狩猎女神号'离开那片海域。"

刘易斯哼了一声："看来国土局已经成了筛子，我们也才刚刚收到'Z'传来的消息，你就已经了如指掌。"

"我只赞同前半句。"艾伯特·马歇尔含笑道，"这个消息，我是从军方那边听到的，至于他们从谁那里听闻，我完全不介意。"

刘易斯深吸一口气。

GPS 的前身是大洋国军方研制的一种子午仪卫星定位系统（Transit），经过重重改进之后，确定最终方案——让 21 颗工作星和 3 颗备用星工作在距离地面约 20000 千米，互成 60 度的 6 条轨道上，使得在全球任何地方、任何时间都可观测到 4 颗以上的卫星，并能在卫星中预存导航信息。

军方对 GPS 的精度定位，可以精准到厘米甚至毫米级，但对民用开放的精度，一般维持在 10 米左右，"狩猎女神号"也不例外。

但如果这个数字变成千米，那就代表"狩猎女神号"的 GPS 定位，基本上已经被废掉了！

就像艾伯特·马歇尔说的，大洋国军方有人希望那艘船，永远沉到海里。

艾伯特并不在乎船只沉没与否，他高兴的是某些人为了销毁"提洛岛"，已经急到不加掩饰，直接对 GPS 动手。这样一来，他就能继续顺藤摸瓜，查他父亲的死因。

但刘易斯爱才，不希望詹姆斯和李察出事。

所以，他挂断与艾伯特·马歇尔的通信后，立刻拨通了詹姆斯教父的私人电话："您好，这里是国土局刘易斯，我有重要的事情，要告诉大洋国副总统，乔治·约翰逊。"

凌晨四点十五分，三层，大礼堂。

四面的 LED 屏幕已经变成了水幕，船只东倒西歪，不断倾斜。哪怕在四面不透风的礼堂，也能听见惊雷阵阵，暴雨不断。

从墙壁和天花板不断渗下来的水，已经积了一层。

陆续有人跑进大礼堂，都是原本躲在卧室里，或者藏在咖啡厅、餐厅等地方的人："甲板进水了！"

"五楼的窗户破了，水已经半人高！"

"我看到了龙卷风，离我们很近！"

没有一个好消息，全是坏消息。

许多人缩在角落，瑟瑟发抖。

就在这时，他们又一次听见了那个冷淡的女声："各位，我们似乎有点不走运，热带气旋的扩张速度，比我们想象中更快。"

大礼堂中，绝望的祷告和哭声，此起彼伏。

"我们会尽最大限度努力，但外面的狂风暴雨，电闪雷鸣，实在很影响心情。"女子缓缓道，"我有时候会想，生命的最后一刻，我该做什么。但真到了现在，我却觉得，我们不应该哭泣。与其费力气惊叫，不如沉下心来，聆听扼住命运咽喉的声音。"

听到这里，大礼堂中，缩在角落里的乐团成员们，你看看我，我看看你。

过了好半天，指挥才说："就是她之前发消息，让我们奏乐的，对吧？"

其他人立刻回答："没错，但这种情况下，谁有心情奏乐？"

指挥摇了摇头："虽然我之前也是这么想的，但如果我们真不能活下去……如果这就是生命最后一刻，我们也应该演奏完最后的乐曲。"

然后，这位头发已经花白的指挥，艰难站起，艰难地站到自己的台子面前。

大礼堂中，乐队成员所坐的椅子，都牢牢焊在了原地，哪怕风浪再大，也纹丝不动。

为了稳住身体，指挥扯下领带，把自己和指挥台捆在一起。

对这支乐队来说，指挥就是主心骨。看见指挥走到台上，乐队成员们也不知是谁带的头，纷纷拿起了手中的乐器——他们本就一直留在礼堂没走，乐器自然也在手边，充作支撑他们身体的助力。

负责咏唱的唱诗班成员们，也整理了一下仪容，清了清嗓子。

就见大家纷纷坐到属于自己的位置上，学着指挥，用领带、腰带、发带等，把自己的腰和椅子捆到一起，摊开了面前的曲谱。

明明外界是狂风暴雨，他们却像身处教堂，神色慢慢变得平静。

伴随着指挥棒扬起，乐声和歌声一起响起。

> Come! Sing a song of joy
> for peace shall come, my brother!
> Sing! Sing a song of joy
> for men shall love each other!

That day will dawn just as sure

as hearts that are pure,

are hearts set free.

原本在礼堂哭泣的人们，被这庄严的乐声洗礼，纷纷抬头，望向乐队。

不知是谁跟着开始哼了起来，慢慢地，就变成了整个礼堂的大合唱。

不同的语言，不同的歌词，同样的旋律。

"Freude, schöner Götterfunken." "Come！Sing a song of joy" "欢乐女神圣洁美丽。"

"Tochter aus Elysium." "for peace shall come, my brother！" "灿烂光芒照大地！"

贝多芬，第九交响曲，第四乐章。

《欢乐颂》，奏响。

长蛇似的闪电，不断劈下。

40英尺高的海浪，拍打着船体，连带着呼啸的狂风和汹涌的暴雨，令船体的积水没过成人的脚踝。

风浪中摇晃的"狩猎女神号"，犹如大海中的一片树叶，顺着洋流和海浪，不断倾斜、漂移。

天上的云层和海中的海水，在狂风的席卷中，形成可怕的旋涡。

难以描述的风压，犹如可怖的巨龙，在海与天之间成形。

驾驶室中，詹姆斯自嘲一笑："抱歉，大洋国——"

他已经意识到，这是来自大洋国军方某些势力的精准狙击。

大洋国之所以批准了他索要海图的申请，很大一部分原因在于，他身边的人是布莱特·温菲尔德。

假如大洋国拒绝提供海图，导致"狩猎女神号"不幸沉没，谁也无法保证，失去独子的斯图国首相会不会和大洋国拼命。

但暗地里，还是有人希望他们死在这里。

毕竟，中国、大洋国和斯图国对印度洋的探测，尤其是哈兰特海沟这片区域，已经到了非常完备的程度。联合三国的海图，加上GPS精准定位，以及气象检测，加上天才黑客临时写就的程序建模，他们极有可能找出生路。

"按照海图的指示，我们的GPS定位必须精准到毫米，才能勉强在很多暗礁和冰山旁边擦过去。这就是我之前除了申请海图之外，还申请将本船系统的GPS精度调至军用等级的原因。"詹姆斯心冷之余，还有一丝难掩的羞愧和歉意，"结果他们却调低我们

GPS 的精度，直接从 10 米变成 1000 米。"

童素冷不丁加了一句："反正到时候，只要说是控制台相关人员工作失误就行，只要钱给得够，总有人会背这个黑锅。"

布莱特顾不上谈论这些，在发现 GPS 定位出问题后，他联系斯图国军方，希望能得到军事卫星支援。但不知为何，他的通信就像被人截断了一样，对方根本收不到。

"我也应该说抱歉。"布莱特在反复联系斯图国内阁、中央情报局、军方、大元帅和首相都宣告失败后，终于放弃了努力，神色很沉重。

他并不认为这是巧合，梅涅公爵或许正等着这一击。

詹姆斯看着已经做好的模型和填入的数据，耸了耸肩，竟开始和布莱特闲聊起来："其实，你可以走的吧？"

布莱特眼睑微垂，平静道："我得惩罚自己。"

他希望伊莎贝拉能得到应有的处罚，却不能让对方死在这里。真要说对表妹尚存的亲情，或者对皇室的些微情分，倒也不足以他这么决定。关键在于，他不能让梅涅公爵成为斯图国的皇帝。只因他的父亲，铁血首相温菲尔德伯爵，乃是梅涅公爵的杀父仇人之一。

"我其实，根本不像外人想的那么正义。"布莱特望着前方已经成形的风壁，有种尘埃落定的平静，"无论如何都不想父亲死去。"

生死弥留之际，萦绕在心中的，只有这一个念头而已。

"我说，你们两个，还没到放弃的时候呢！快过来干活！"童素话音刚落，屏幕之上，又浮现清晰的经纬度，以及卫星定位图。

看见布莱特和詹姆斯怔在原地，童素怒极反笑："你们是不是忘了，能精准到毫米级别定位的，除了大洋国的 GPS 系统之外，还有中国的北斗卫星？"

四点三十分，中国，安全部门。

所有人紧张盯着屏幕。

屏幕上深深浅浅的红色，就像神话中的克里特迷宫，吞噬进入的一切生命。

而位于地球之外的北斗卫星，则像传说中海神波塞冬儿子忒休斯手持的线团，指引着船只避开风浪和暗礁，在生与死只隔一线的绝世迷宫中，艰难穿行。

应龙咽了口唾沫，发现自己已经紧张到不行："他们已经距离风壁只剩 5000 米了，能行吗？"

话音刚落，就听见气象员汇报："风壁直径不断扩张，一分钟增长了 10 米！天啊！

风壁还在扩张！80米！90米！已经到了120米！"

"立刻计算，按照这个速度，他们能否越过去！"

"不行！他们走的路径不是直线，而是蜿蜒，拖慢了船只行进的速度。而风壁扩张的速度却越来越快，直径越来越夸张，将要形成超级气旋！按照这样下去，30分钟之内，他们一定会撞上风壁！"

"绕路呢？"

"我们计算了13571种可能，无论怎么走，都赶不上风壁扩张的速度！"

应龙神色一暗，无法接受这样的结局。难道童素、雪松，还有雪松小队的其他战友，注定只能长眠在此处的深海里？

"等等，这是……来自雪松的通信！"

同样的对话，发生在驾驶室里。

布莱特看着屏幕上的数据，苦笑道："13571种可能，全是失败。看来，最后这一段路，我们注定没办法走完，奇迹还是不会降临。"

"谁说的？我的字典里，从来就没有放弃！"

布莱特和詹姆斯交换一个眼神，突然笑了起来。女士都表现得如此有勇气，他们又怎么能落后？

"那我们就再试一次吧，或许就找到生机。"

话虽如此，可三个人心里都没底，只是凭着一腔孤勇，不肯认输而已。

就在这时，童素突然收到了雪松的电话。

"'夜神'，我想起来一件事。"雪松语速很快，吐字却很清晰，"九年前，我从塔汗国撤离的时候，也经过了印度洋。当时我们恰好赶上海底地震和海底火山喷发，回家之路也十分凶险。我向安全部门申请了近五年来，哈兰特海沟因为海底地震引发的地貌变迁，应该已经发到系统里了。"

海底地震！对了，她怎么没想到海底地震会引发海沟部分地区的地貌变化！

童素立刻扑到电脑面前，收取信息，用最快的速度查到："前面有一座海底冰山，最高处距离水面12.3米，这条船吃水12.5米，本来我们需要避开。但记录显示，每一次海底地震，这座冰山的高度都会缩减0.2至0.5米，你们敢不敢赌一把，直接让这艘船从冰山正上方开过去？"

一旦赌失败了，船体撞上冰山，就是死路一条。但成功了，这或许就是13571个失败之外，唯一一个成功的可能！

"但有个问题。"布莱特说："自动驾驶系统会强行规避暗礁和冰山，我们刚才已经将三国海图录入系统，假如现在要从冰山上开过去，就必须关闭驾驶辅助，只留北斗卫星导航，然后手动开船。"

人的精准程度，当然远远比不上机器。在这种误差不能超过毫米的危急时刻，真的可以寄希望于人类本身吗？

童素望着前方黑色的风压巨龙，眼中闪烁着熠熠的光辉："机器只相信数据，人却能创造奇迹。"

说罢，她指着自己的脑袋，说："不用担心计算航线的误差计算问题，整个海域，都已经在这里了。"

"我来掌舵。"詹姆斯坐到了舵手的位置上，望向布莱特，"你来指挥，没问题吧？"

布莱特笑了一下，温文尔雅的姿态，却彰显极强烈的自信："当然，我服役的队伍，可是长达两个世纪里，都被称作'不败舰队'的皇家海军。"

四点五十五分。

"狩猎女神号"距离风壁距离不到 1000 米，哪怕是坐在礼堂中的人们，都能感受到一股极其强烈的吸力，呼吸也开始变得十分困难。

连接甲板的铆钉，不断脱落。厚实的甲板被巨力拉扯，断裂成两半。所有的舱位都开始倾泻般地进水，很多地方，海水已经没过了半个船舱。就连支撑船体的龙骨，也有了裂纹。

童素飞速计算，然后说："3 分钟之内，我们必须穿过这里！只要海底冰山的高度已经按照我们的判断降低了，那么我们就有活命的机会！"

"利用风的推力！"布莱特高声道，"海水在把我们往里吸，但龙卷在把我们往外推！这是唯一的机会！"

通话里传来船长的高喊："船只已经快要解体了！"

"那就在解体之前穿过去！"詹姆斯将舵打满，"我们能创造奇迹！"

凌晨，五点整，热带气旋彻底成形，呼啸的龙卷，向孔雀国狂奔而去，恰好与"狩猎女神号"擦肩而过。

最大的风浪已经远去，但随之而来的问题，也不可小觑！

"九个甲板已经裂了四个，水位线以下的舱位全部进水，这艘船快完了！"

"燃料也不够了！"

与船员们的惊慌相比，童素倒是很淡定："没事，只要离开大风带，就会有人来接应我们的。"

船员们将信将疑。

就在这一刻，厚重的乌云也随之散去，遥远的东方，第一缕晨曦划破黎明的黑暗，洒在了"狩猎女神号"的甲板上。

与此同时，雷达上出现三条船，以及几十架飞机的影像。

下一秒，船只收到来自对方的通信。

"这里是国际刑警，船上的人立刻放下武器。

"这里是国际刑警，船上的人立刻放下武器。

"这里是国际刑警，船上的人立刻放下武器。"

第四章　爆炸

一

大洋国，米切尔城，中心区。

这个面积不足 60 平方公里，主要由一个狭长海岛构成的行政区域，是整个米切尔城、大洋国乃至全世界最繁华的所在。

它容纳了将近 180 万人口，人均 GDP 超过 10 万大洋币，拥有两个机场，三个火车站，每年接待超过 6000 万来自世界各地的游客。

它是全世界摩天大楼最集中的地区，汇集了世界 500 强中绝大部分公司的总部，尤其是商业、贸易、金融、保险等大机构，还有大洋国最大也最权威的两个证券交易所，悉数坐落于此，地区生产总值超过 6000 亿大洋币。

不仅如此，七大世界级的电影制片公司，六大电视制作公司，五大顶尖的时尚杂志，占据大洋国 98％ 以上市场份额的四个有线电视台，包括《大洋早报》在内的多家举世知名的媒体，还有以米切尔大剧院为核心的音乐、戏剧一条街，也都坐落在这里。

这天中午，大洋国最大媒体，《大洋早报》的副总裁兼境外新闻部主任凯瑟琳拎着名牌包，踩着高跟鞋，一进门就气势汹汹："乔舒亚和约翰呢？"

"BOSS，他们今天休假。"

"我明明看见了他们的车停在外面，人呢？"

面对这位女魔头可能的狂风暴雨，整个办公室的人大气不敢出，只有小助理战战兢兢地回答："他们之前来了一趟，给大家都带了咖啡，在办公室待了几分钟就离开了。"

"立刻给他们打电话！"

小助理拿出手机，疯狂联系二人，过了几分钟，露出比哭还难看的笑容，硬着头皮说："他们都没接。"

"让他们回来后，立刻来见我！"

重重的摔门声后，办公室就像卡顿的电影，停滞了一瞬。

片刻后，大家才交头接耳："怎么了？女魔头今天发这么大的火！"

"好像是要抢新闻？"

"最近有什么大新闻吗？诺亚集团那个在中国的超级工厂落成？这好像不是乔舒亚和约翰的活？"

"嘘——"有人做了个噤声的动作，然后神神秘秘地说，"我听说，国际刑警破获了一个大案子，涉及了很多国家的达官贵人，却被上面死死盖住，秘而不发，BOSS估计是想抢个大头条。"

说到这里，对方激动地搓了搓手指，比了个数钱的手势："如果真能爆出天大的丑闻，我们就发达了！"

听到这个消息，办公室的记者们顿时来了精神。

"哪来的情报？"

"真的假的？"

立刻就有人泼冷水："也要看什么大新闻，我有个长辈在国土局工作，昨天突然提醒我，如果接到匿名电话或者举报信件，要小心审核，防止惹祸上身。"

他越是这么说，同事们反而越兴奋："这么重要？那就更要抢了！"

"上次圣约翰医院的案子，你长辈提醒过吗？"

"……那倒没有。"

众人目光闪烁，甚至有人摩拳擦掌，露出迫不及待的神情。

而这时，"女魔头"凯瑟琳却坐在办公室里，拿起办公桌上的相框，摩挲着泛黄的老照片。

照片上，亚裔青年笑得非常腼腆，搂着他肩膀的白人女性则是那么青春年少，神采飞扬。完全不似现在，哪怕妆容精致，也无法掩盖岁月痕迹的模样。

"李维——"凯瑟琳轻柔地抚着照片上前夫被时光定格的面庞，"我终于可以给你讨一个公道了。"

不知过了多久，她拿出手机，拨打自己长子李察的电话号码。

无人接听。

凯瑟琳眉头紧锁，二话不说就站了起来，提着包就要往外走，却在要拧开门把手的时候顿住了。

半响，她长叹一声，将手提包扔到一旁的沙发上，颓然坐了下来，久久没有说话。

与此同时，《大洋早报》一街之隔的米切尔大剧院。

这座举世闻名的百年剧院并不像传统的剧院一样，舞台单独面向一个方向，人们只能在180度的区域欣赏。它的结构更像现代的体育场，四面八方都是座位。舞台上空，缀着无数小灯，星星点点，远远望去，如同星空一般梦幻。

而在舞台的四面八方，都有通往二楼的楼梯，抬头望去，无论是这些楼梯，还是位于二楼的走廊，简直就像悬浮的空中栈道，几乎可以将下方一览无余。

整个二楼只有12个包厢，全都处在最适合观赏舞台的位置，犹如时钟上的刻度，形成完美的对称。

包厢的正前方安着巨大的落地窗，由特殊玻璃制成。子弹无法穿透，外界也不能看到包厢内部，但从包厢里却能清晰看到舞台的全貌。

《大洋早报》的王牌记者，同时也是大洋国国土局传奇特工，真名为乔舒亚·兰登的詹姆斯，以及他无论记者或者特工生涯的最好搭档，约翰·卡森，此刻就在米切尔大剧院的二号包厢内。

只见詹姆斯百无赖聊地瘫在沙发上，漫无目的地刷着手机；约翰虽然看不惯好友这副懒散的举止，却也不说什么，只是端坐在吧台的椅子上，欣赏正在上演的戏剧——莎士比亚的经典作品之一《麦克白》。

就在这时，包厢的门被推开，一个穿着连帽卫衣、戴着墨镜与口罩的人走了进来。

约翰将座椅转了一下，调整方向对着门口，一边打量着来客，一边顺手拿了一瓶红酒和一个杯子，看似打算自斟自饮，实际上是为了以备不时之需。

如果敌人偷袭，他第一时间可以把酒瓶砸过去，杯子则敲碎，拿着锋利的碎玻璃块，须臾就能夺取来人的性命。

但下一刻，来人反手将门带上之余，揭下了兜帽。

这一瞬，仿佛把西伯利亚一望无际的冰原也带到了喧嚣的都市，硬是在绚烂无比的声光和声情并茂的台词中，塑造了一片冰天雪地。

竟然是伊万·伊万诺夫。

詹姆斯一个鲤鱼打挺跃了起来，很随意地打招呼："来了？那我们走吧！"

"等等。"约翰意识到问题，"走？去哪里？"

詹姆斯耸了耸肩。

约翰立刻明白了詹姆斯的打算，就见他三步并作两步走到挚友身边，哪怕刻意压低声音，也能听得出他恨不得给詹姆斯来上两拳："你疯了！米切尔大剧院下面连通着国土局的据点，这是绝密情报，你就这么透露给外人？你知道这是什么罪名吗？你知道光凭这一件事，就能给你定罪吗？你还打算把人带进去！你不要命了！"

"得了吧，参联会主席的儿子，知道这点秘密又怎么样？难道上头还敢去找这位大人物要说法？"詹姆斯压根没把这些条条框框放在心里，"我和伊万·伊万诺夫交换了条件，他答应帮忙掩护，让我可以借用他的身份去'提洛岛'。但要是知道和他妹妹瑟沙死因有关的线索，就必须和他说一声。"

约翰目瞪口呆："你借用他的身份去'提洛岛'？等等！这是谁的主意？上面没反对？"

詹姆斯低声道："你还不如问，究竟有几个人知道。"

毫无疑问，这事詹姆斯本来也不能告诉约翰，哪怕他们是挚友，又是搭档，也不能触犯保密条例。但詹姆斯违反国土局条例的事情也不止一次了，这点违纪程度，他根本没有放在心上。

约翰没有问伊万为什么不自己去，因为与这点细枝末节相比，聪敏如约翰已经嗅到国土局上层的动荡，甚至权力更迭。

就见他顿了一顿，才挤出一句："那你至少应该给上级打个报告！"

"打什么报告啊！我就不信他亲爹对小女儿的死不知情，只是事关重大，瞒着儿子而已。能被这么瞒的，绝对不是小事。真打了报告，什么线索就都断了。反正国土局目前还用得着我们，这种可大可小的事情，顶多就让我们交份检讨。"

约翰知道劝不住我行我素的挚友，只能叹气。

瞧见二人的窃窃私语，戴着墨镜，孤身前来的伊万·伊万诺夫不发一言，只是在二人的带领下，进了员工电梯。

然后就见詹姆斯拿出一张特殊的卡，刷了一下，原本最低只能通往负二楼停车场的电梯，突然急速下坠，如果用楼层来估算，距离至少应该到了负八楼，这才缓缓打开。

秘密基地映入眼帘。

"来吧，上车！"詹姆斯招呼约翰与伊万，看见他们不声不响地坐进来后，娴熟地发动了油门，在偌大的地下区域穿行。中途几次换乘，也碰到了审查人员，但都在他亮出代表极高权限的身份卡后，变得畅通无阻。

最终，他们来到了一处审讯室前。

透过玻璃，被束缚带困在电击椅子上的亨利映入眼帘。

詹姆斯刷了身份卡，将门锁打开，顺手将遥控器塞到伊万手里，然后才做了个"请"的动作。

看见伊万接过遥控器，詹姆斯提醒："电流已经设定好了，不会把人弄死，但也不要做得太过火。如果精神上出了问题，我也很难交代。还有，打人不要打脸，过段时间庭审，媒体一定会蜂拥而至，要是被发现我们动用私刑，说不定这家伙还能脱罪。"

伊万一言不发地进去了，约翰则铁青着脸："你不光私自把犯人给提了出来，还弄了电击椅，这已经违反了国土局第十五条——"

詹姆斯勾着好友的肩膀："别这么拘泥嘛，伙计。恋童的人渣，被电一电又怎么了？人权是给人的，可不是给畜生的。至于动用私刑，那也没办法！你又不是不知道我国官僚的效率，参联会主席都吃了哑巴亏的案子，交给那些人能审出什么来？有时候，走流程远远不如私刑快，我倒要看看，'提洛岛'背后，都有哪些对孩子下手的人渣变态。"

说到最后，他蔚蓝色的眼中，闪过一道冷光。

审讯室是单面玻璃，亨利看不到外界的情景，只知道自己先是从"提洛岛"被国际刑警们带走，关押了几天后，又被提到了国土局的秘密监狱，旁边一个能交谈的人也没有，只能根据一日三餐来计算时间。

甚至没人来提审他！

亨利知道情况有异，越发忐忑不安。

尤其是今天，他突然被蒙着眼睛，推搡着提到了这里，就更加紧张了，焦急地等了半天，好不容易看见审讯室的门打开，瞧见面无表情的伊万进来，还来不及疑惑为什么伊万可以随意进出监牢，而不像他一样被关押，电流就从椅子上蔓延至全身！

霎时间，他觉得自己全身都被重重击打，仿佛感觉不到躯体的存在。

但只是几秒钟的失神后，剧痛就令他的意识重新清醒。

这一刻，他浑身的骨头都在抽搐，骨头里面则好像有什么在用力拉扯，痛到以为自己在大喊大叫，实际上则是无意识的呓语。

不知过了多久，亨利好不容易缓过来，刚要说什么，伊万又按下遥控器的开关！又是一轮电击！

这次电击过后，稍微恢复一点意识，本能促使亨利大喊："我说，我什么都说！"

但还是没用。伊万毫不留情地继续按下开关。

整整五轮电击后，亨利已经神志恍惚，甚至无法控制生理反应，涕泪满面，小便失禁，尿液顺着电击椅流了下来，令审讯室内腥臊无比。

看到亨利打着哆嗦，拼命想夹紧双腿，却被束缚带牢牢困住，无法动弹的样子，伊万不为所动，冰蓝色的眼中只有冷漠。

这个人，和先前在"提洛岛"上看见的不一样！他是真的有可能把自己弄死！

亨利来不及思考"为什么伊万态度前后差这么多，简直就不像同一个人"的问题，看到第六轮电击没来，几乎用尽所有的力气，配上剧烈的肢体语言："瑟沙的死，与塔汗国的高层有关!"

伊万冷笑了一下,作势要按遥控器。

以为他是不相信自己能接触到这么高层面的事情,亨利连忙竹筒倒豆子一样,把自己知道的零星情报交代了个干净:"真的,十几年前,在那个圈子出了一件大事。据说是一些人为了摧毁证据,杀了一个女军官,后来被女军官的丈夫报复,很多家族都被罗织罪状,全都倒台了。从那之后,他们不怎么敢对国内的孩子动手,甚至连童星们也不敢碰,最多玩玩买来的孩子!"

如此灭绝人性的事情,被他用这种语气讲出来,詹姆斯和约翰本该无比愤怒,但这一刻,他们的神情都有些异样。

"十几年前,女军官——"詹姆斯低声呢喃,好半晌,才冷不丁回头,发现挚友的脸上全是阴霾,就知道他想到了一件事,"师母……"

约翰这句话简直就像一个字一个字从牙齿缝里迸出来:"师母死的时候,还怀着身孕。"

詹姆斯从口袋里摸索出戒烟糖,打开盖子,递给约翰。

约翰抓了一把糖,全部扔到嘴里,咯咯咯地嚼着,就好像在啃仇人的骨头。

"兄弟,冷静。"詹姆斯看到约翰情况好了点,才拍了拍他的肩膀,"老师当年从军事学校辞职,加入情报部门,不择手段往上爬,从'好人霍克'成为臭名昭著的'鹰爪',就是为了查清害死师母的人渣们。他赔上名誉和信仰,最终牺牲了性命,应当将涉案人员都调查清楚了。否则,如果漏下哪个仇人,老师就算是死了也不甘心。"

约翰也稍微冷静下来了,只是声音还是很低沉:"假如当年有人逃脱老师的制裁……"

"那就由我们来继续老师未做完的事情。"

审讯室外,最佳拍档三言两语就拿定主意。

审讯室内,亨利痛哭流涕:"伊万,我虽然不知道你妹妹在哪里上学,但以叶莲娜的财力,至少应该是个私立贵族学校吧?但为了防备无孔不入的媒体,你们肯定不敢让她以真名上学,大概会造类似富商子女这样的身份。贫穷人家的孩子,他们已经玩腻了。这种学费高昂的私立贵族学校就成了他们的狩猎场,专门盯着稍微有点钱,但又没有势力的中产家庭的孩子下手,并且还聚拢了一票的同好者,一起干这种下三烂的勾当。塔汗国的酋长,还有他们的子女,那些王子公主,经常来我国。他们的宗教里,娶幼女是神圣而合法的,所以天生就是他们的'好朋友'……"

他还没说完,伊万已经将遥控器调到最高一挡,按下开关。剧烈的电流,再次贯穿亨利全身。

伊万却看也不看，推开审讯室的门，冷静地将遥控器递给詹姆斯。

詹姆斯挑眉："不多问几句？"

"不必了。"

自打见面之后，伊万第一次开口。

他的神情冷漠到像西伯利亚的冰原，声音也像万古不化的冰川："李察现在是什么情况？为什么迟迟不放人？"

约翰来不及说什么，詹姆斯已经十分自然地回答："他在这次'提洛岛'事件中立下大功，但他却宣称自己从来没上船。这件事太过诡谲，牵扯到这件事的各大机构正在联合调查，确定他真没问题就放人。"

詹姆斯压根就不相信李察"没有上船"的胡扯，他假扮成伊万·伊万诺夫的时候，与李察在游戏里也打了不少交道，确定那就是李察本人无疑。

但他也能理解李察为什么这么说——"狩猎女神号"到手后，那么多摄像头，全方位无死角拍摄，罪证确凿的同时，也留下了李察的杀人记录。

虽然国际刑警拥有一定程度的执法权，加上李察被主办方针对得比较凶，动手是不得已，但李察的行为还是有待商榷，很容易被人抓到把柄，用来攻击。

这就是詹姆斯，还有布莱特，在"游戏"中都束手束脚，根本没有夺人性命的原因。

既然功劳容易引起争议，那么干脆不要。李察的心思，詹姆斯能看明白，其他人自然也能。

既然李察自己愿意放弃这桩天大的功劳，加上弗朗索瓦等人力保，应当不会有什么问题。否则做得太难看了，会让其他人寒心。

伊万听见詹姆斯这么说，就明白李察应该不会有大事，点了点头，从据点重新回到大剧院的一路上，再没说一句话，只是沉默地做好伪装，电梯打开后就扬长而去。

等他走后，约翰和詹姆斯回到包间，约翰心中千头万绪，不知从何说起，最后索性不去管这些事，只是随口说："伊万诺夫看上去不像精神有问题，也不像性别认知障碍，怎么会跑去梦工厂当个花瓶演员，任由他人点评？"

"谁知道呢？"詹姆斯耸了耸肩，"或许是为了博取关注，或许是为了政治正确，或许是为了气自己的亲爹也说不定？"

约翰问："你觉得亨利交代的事情，可信度多高？"

"他也就知道这么多了吧？很多还是根据自己的推断胡编乱造，但应该误打误撞碰上了一部分。"詹姆斯回答，"以参联会主席的权势，敢动他女儿——哪怕对方不知情，但只要犯下这样的案子，那么这个人就算同样出身豪门，也未必能逃过一死。像这样宁可被亲儿子憎恨，也闭口不提，与国际关系有关的概率极大。"

听到这里，约翰沉默片刻，才说："伊万和瑟沙只是私生子。"

詹姆斯叹气："但这两人不能成为婚生子的原因，并不是参联会主席觉得叶莲娜的身份拿不出手，而在于他们彼此深爱，愿意违背自己信奉宗教的部分教义，却又不愿意彻底为对方改变自己的宗教信仰。"

约翰半晌无言，过了许久，方有些感慨："是啊，不是所有私生子，都会被父母视作累赘或者工具。"

明白这触及挚友的身世伤疤——约翰是个生父不详的私生子，詹姆斯立刻亲热地揽着好兄弟的肩膀，飞速转移话题："对了，我教父今晚要举办派对，让我务必到场，还邀请你一起去。"

约翰摇了摇头："替我感谢副总统阁下的美意，但我待会有点事情要去做。"

"啊？什么事？"

"我不是一直在资助自己的小学母校吗？先前我一直在中东调查，他们只能给我写贺卡，听说我回来了，老校长强烈要求，让我晚上和学校的师生们一起共进晚餐。"约翰难得浮现一丝笑意，"他们等我很久了。"

詹姆斯一听，立刻改了主意："听上去很有意思，我能一起吗？"

"下次吧！"约翰婉拒，"你从'提洛岛'九死一生回来，副总统阁下必定很担心你，都说了务必到场，还是不要让亲人失望的好。"

"行吧！"詹姆斯耸了耸肩，有点遗憾。

他挺喜欢和教父相处，但不怎么喜欢这种带有社交性质的派对。

约翰拿出手机，看了一眼，问："9条短信，17个未接电话，凯瑟琳找，去不去？"

詹姆斯夸张地反问："我看上去像没事找骂的人吗？"

"应该是为了'提洛岛'的案子。"约翰加重语气，"虽然凯瑟琳这些年绝口不提李维的失踪，并且重新组建了家庭，和李察的关系也十分冷淡，但无论是作为妻子、母亲，还是媒体人的职业嗅觉，她都不会放过这么大的新闻。"

詹姆斯翻了个白眼："她一直认为前夫李维的死与罗蕾莱集团有关，可能觉得这件事与圣约翰医院相比，顶多严重一些，却不至于有大问题。又是新闻热点，又能替前夫报仇，一举多得。可她想多了，这件事，不报道，才是保她的命。

"她也不想想，国际刑警那么多船只、直升机，在公海拖走一条船，大洋国的舰队不远不近地缀着，斯图国和中国的军事飞机也在上头飞了好几轮，这么大的事情，那些鬣狗一样的媒体不是闻着味道就过来了吗？就她能得到消息？怎么其他人这次都这么乖觉，一点声音都没有？"

约翰皱眉："这件事，上头到底打算怎么处理？"

"不知道。"詹姆斯实话实说，"在'狩猎女神号'上发现了卡佩洛侯爵的遗体，经过法医检验——别用这种表情看我，我也很吃惊，斯图国居然能答应解剖他们的选帝侯遗体，简直像企鹅出现在了北极。

"总之，侯爵虽然表面上像是心脏病突发死去，实际上是服药过量而死，目前说不清是他杀还是畏罪自杀。

"通过船长等犯人的口供，我们已经确定，老侯爵就是'提洛岛'的创始人之一，还牵扯到了斯图国皇室，从老皇帝到两代皇储，统统都有份。这是能够捅破天的超级丑闻，加上刚好斯图国的皇位之争十分激烈，一旦媒体开了这个口子，后面就不好收场。"

约翰虽然知道事关重大，却十分不忿："光凭'提洛岛'这一桩事，斯图国皇室就堪称恶贯满盈，我知道可能没办法处罚他们，但让他们身败名裂都不行吗？"

詹姆斯叹道："换皇储乃至皇帝也就算了，如果导致皇室被废，斯图国分崩离析，世界都会动荡。我的朋友，这不是容易做的决定。"

瞧见约翰面带怒色，詹姆斯心道，难怪刘易斯副局长说约翰不能一起执行这次的任务，约翰确实稍微有点感情用事。

但詹姆斯却不觉得挚友这样有什么不好，就拍了拍对方，安慰道："大人物有大人物的考量，我们别费心，等结果就行。凯瑟琳那边，找机会提醒一下她，为了家人的安危，不要蹚这趟浑水了。"

约翰依旧心里不舒服。

詹姆斯幽默地说："当然，看过李察在'提洛岛'表现的人，应该不会想不开，招惹他的生母。"

约翰勉强笑了一下，却还是没有释怀。

詹姆斯用力揽着约翰的肩膀："待会我回去问问教父好了，但现在时间正好，朋友，不要板着一张脸。你看天色还这么早，我们先去喝几杯！"

二人勾肩搭背地离开包厢，背后绚烂迷离的舞台上，浓墨重彩的演员，正用一种宿命般的语气吟咏：

Things bad begun make strong themselves by ill.

以不义开始的事情，必须用罪恶使它巩固。

二

晚上七点。

詹姆斯驱车来到米切尔城郊的一处乡村别墅中。

就见他娴熟地停好车，推门而入，与见到的每一个人热情地打招呼，并热情地拥抱了自己的教母，礼节性地亲吻她的脸颊："好久不见，您依旧如此美丽。"

头发花白、举止优雅的副总统夫人被他简短而真挚的话语哄得心花怒放，亲昵地说："我的小乔舒亚，你真是个讨人喜欢的小伙子。什么时候带个好姑娘回家，让我看看？我已经迫不及待想看到小小乔舒亚了。"

詹姆斯巧妙回答："只要能找到一个不介意我每次约会都迟到至少两千个小时的姑娘。"

副总统夫人笑着推开他："你这坏小子！去找乔治吧！他在里间的壁炉旁。"

詹姆斯笑着与周围的夫人、小姐们一一告别，潇洒离开，就有美丽的女郎望着他的背影，妙目中闪动着异彩："他可真英俊。"

身旁的夫人也称赞："多么美丽的蓝色眼睛，多么完美的身材。"

"听说他是《大洋早报》最好的记者，常年驻在战火纷飞的地区。"

"天啊，这么勇敢！"

"但很危险！"

"可这太酷了，不是吗？"

瞧见这群女人都为詹姆斯着迷，副总统夫人骄傲地说："乔舒亚从中学开始就一直是橄榄球队的主力，大学毕业后，又参加军队，认真服役，他的教官和上司都对他赞不绝口，但他更喜欢当记者，天南海北地跑来跑去。"

"真是优秀的年轻人啊！"女人们赞不绝口。

更有夫人偷偷将女儿拉到一边，低声说："我的甜心，如果你看中了乔舒亚·兰登，就勇敢地去追。"

"但他是个战地记者，万一出了事……"

"副总统夫妇就这么一个教子，他们比你更担心，不会让他一直在国外奔波。记者本来就是无冕之王，和律师、法官一样，都是最容易从政的职业之一。他已经积攒了不菲的声望，加上副总统夫妇铺路，还有他亲生父母遗留下来的人脉和资产，当个议员轻而易举，将来说不定还能竞选州长乃至总统。这可是难得的金龟婿，不能错过！"

女人们聚在一起，谈论着婚姻、家庭、时尚与爱情的同时，男人们也三五成群，低声议论着政治。

"最近对华关税……"

"总统阁下最新签署的法令——"

"听闻路斯恩大法官身体抱恙，已经进了 ICU 病房……"

"路斯恩大法官若是逝世，总统阁下必定会提名我们北党的候选人，终身大法官的比例就会从 5∶4 逆转为 4∶5，这对我们下一届的竞选十分有利。"

"据说大法官病情加重，是因为'那件事情'……"

西蒙·路斯恩，斯图国皇室，"提洛岛"，大洋能源集团，路斯恩大法官，明年的总统大选。

这些词汇，不断飘进詹姆斯的耳朵里。

他装作什么都不知道的样子，走到里间的壁炉旁边，却有点惊讶——副总统乔治·约翰逊，竟然正在和诺亚集团的总裁艾伯特·马歇尔聊天。

众所周知，大洋国本任总统连带着政府班子，都是北党的支持者，而他们的政治援助资金中，很大一部分都来自艾伯特·马歇尔的豪爽。这位亿万富翁虽然从不在政治上站台，却是总统的重要金主之一。

正因为如此，总统对艾伯特·马歇尔的回馈也够意思。

比如，国土局明明有好几个高层可以提拔，但目前实权都握在刘易斯副局长的手里，基本已经确定，下一任国土局局长非他莫属。而刘易斯又与艾伯特·马歇尔的生父是军校时的室友，打仗时的战友，交情莫逆。

但副总统乔治·约翰逊与艾伯特·马歇尔，实际上没太大的交情，至少没有到能互相参加这种偏小型的，只邀请亲朋好友的家庭派对的程度。

詹姆斯心中疑惑，面上的笑容却依旧洋溢，脚步也加快了几分。

正在这时，艾伯特突然回过头来。副总统也跟着艾伯特的视线看过来，瞧见詹姆斯，原本就慈和的面容上，更是显露出一丝温柔。

他招了招手，看得出心情颇好："乔舒亚，刚好，我与马歇尔正说到你。"

詹姆斯走到副总统身边，与艾伯特·马歇尔热情拥抱，贴面致意。

艾伯特·马歇尔幽默地说："我一看见周围的女士们都不见了，就知道肯定是乔舒亚·兰登先生来了。"

副总统露出了与有荣焉的微笑："我始终记得，乔舒亚上大学的第一天，全校的女人，不管老师还是学生，或者学生家长，都'不经意'路过他所在的宿舍楼。就连食堂打饭的女士，每次都会多给他两勺。"

"这正是我想要的。"艾伯特·马歇尔打了个响指。

副总统主动对詹姆斯解释："诺亚集团在亚洲的超级工厂即将落成，仪式定在下个月，马歇尔希望你和约翰能代表《大洋早报》参加全球直播。"

詹姆斯觉得这个要求很奇怪，就直截了当地说："马歇尔先生，虽然我与搭档约翰是《大洋早报》的明星记者，但我们负责的板块，主要报道战地新闻，以及非洲疾病、饥荒，索马里海盗等，专业并不对口。论名气和专业性，我的几名同事或许更符合您的需求。"

艾伯特·马歇尔也没有隐瞒，就见他十分真诚地说："这件事情非您不可。诺亚集团非常希望'铜棒'能加盟，但'铜棒'曾经被我国特工哄骗，落地就被抓捕，在Geenna监狱坐了十年牢，可能对我国有点偏见。

"据我所知，'铜棒'先生除了对他女儿'赫卡忒'倾囊相授外，只有两个名义上的徒弟。一个是他被抓到万象集团后，迫于无奈收下的，万象集团的继承人，岩罕；另一个则是他早年非常看好和喜欢的晚辈，'米迦勒'。"

詹姆斯的笑容收敛了。

他微笑的时候，会让你觉得这个男人十分阳光灿烂，热情爽朗；但他不笑的时候，蔚蓝色的眼睛就像结冰的湖面，不带任何感情。

知道否认也无用，詹姆斯很干脆地承认："没错，'米迦勒'就是我。可你如果认为这层关系能打动'铜棒'，那就错了。我就是那个无意中骗'铜棒'到大洋国，导致他的牢狱之灾的罪魁祸首。"

说到这里，他苦笑了一下，还不忘调侃："假如您是想让我去中国，被'铜棒'打一顿，那我求之不得。但这种行为，恐怕不会对您招揽'铜棒'有什么帮助。"

"不是招揽。"面对副总统和詹姆斯的惊讶，艾伯特·马歇尔也没有隐瞒，"聘请'铜棒'当信息安全方面的顾问，只是我对外的托词，我邀请他，实际上是想给诺亚集团找个托底的选项。"

副总统的第一反应就是艾伯特·马歇尔的身体出了什么变故，否则为什么会急着找继承人呢？

他隐隐听过一则传闻，说艾伯特·马歇尔患有癫痫，这就是当年对方没能进军方科研所的原因。

但萦绕在这位传奇天才身上的流言实在太多，有人说他是外星人，有人说他吸毒、吸笑气，有人说他先天感情缺失，有人说他精神有问题。甚至很多三流小报，隔三岔五就要编造谣言，说他死了。

与这么多稀奇古怪的传言相比，区区癫痫，轻微到不值一提。就算有，也不是什么大病。

艾伯特·马歇尔平静至极："我知道，很多人不想让我追究当年的事情；我也知道，刨根问底，可能给自己招来灭顶之灾。但如果身为人子，连父亲的死因都不去追究，将来又如何面对上帝？而既然预知了自己可能遭遇不幸的命运，我自然要给诺亚集团寻找一个更加可靠的掌舵者。"

此言一出，詹姆斯和副总统都反应过来，艾伯特·马歇尔还是通过某种手段，拿到了"提洛岛"的贵客名单！

这也难怪。高层对媒体的压制，仅仅是不让民众知晓，却瞒不住这些大人物。

艾伯特·马歇尔本来就对他父亲的离奇死亡耿耿于怀，好不容易追查到这条线索，怎么可能放手？

副总统左右踱步，欲言又止，半晌还是轻声道："马歇尔先生，您的儿女都还小——"

他打心眼里不希望艾伯特·马歇尔继续追查下去。

马歇尔将军的死，本来就是一笔糊涂账，知情的人装聋作哑，利益相关方三缄其口，这件事就这么含糊地过去了。

执意揭开这桩陈年旧事，有什么好的呢？

参联会主席小女儿瑟沙死得那么惨，对方尚且为了国家，咽下了这口气，导致与爱子伊万离心……

但副总统也知道，自己没资格劝艾伯特·马歇尔放下，所以他话说到一半，还是顿住，斟酌着言辞，谨慎地问："您是打算将公司的控制权交与'铜棒'先生，还是将自己的股份也交给他？"

目前诺亚集团80%的股权，都掌握在艾伯特·马歇尔手里，并且，这家公司没有上市。

如果是前者，那么就代表诺亚集团要制定公司章程，设置一套缜密而高效，没有漏洞的合伙人计划，确保"铜棒"能在持股不多的情况下，控制这家公司。如果是后者，那就非常麻烦了，涉及跨国的财产转让。

副总统本身就是律师出身，稍微一想，就觉得这事执行起来很困难。

"都在准备。"艾伯特·马歇尔坦率回答，"我不确定上帝会不会给我更多的时间，所以要做好双重准备，但现在最大的难点就在于——'铜棒'先生不一定会同意。"

副总统理解艾伯特的顾虑。

虽然对世界上绝大部分人来说，这等同于天上掉馅饼，没有不答应的道理，可"铜棒"已经被骗过一次，人家未必相信，副总统便道："他毕竟蒙受了十年牢狱之灾，想让他再次踏上大洋国的土地……"

"就只能靠他的女儿。"艾伯特·马歇尔的目光落在詹姆斯英俊的面庞上。

詹姆斯啼笑皆非，立刻申明："让好女孩流泪，不是绅士所为。"

艾伯特·马歇尔耸了耸肩："我并没有将希望完全寄托于兰登先生英俊的容颜上，或许'赫卡忒'小姐知道兰登先生的另一层身份之后，会愤怒地给您留下两个终生难忘的黑眼圈也说不定。"

詹姆斯只能苦笑。

如果被"铜棒"的女儿打一顿，能抵消对方的十年牢狱之苦，别说黑眼圈，就是被打到奄奄一息，他也没什么怨言。但伤害已经造成，再多的弥补也无济于事。

艾伯特·马歇尔看出詹姆斯的不情愿，却没有放弃："因为两年前，'提洛岛'对'铜棒''赫卡忒'父女的绑架案，导致他们必须被中国安全部门层层保护，如果再这样下去，他们终有一日会加入中国安全部门，不管主动还是被动，我都不想看到那样的场景。

"并不是因为国家之间的问题，仅仅是我认为，如果他们加入，或许能让我们对宇宙的探索更快推进。这攸关全人类的未来，所以我想尽最大的努力，这就是我明明知道非常冒犯，但还是前来拜托您的原因。"

詹姆斯怔住了。

副总统此时亦道："乔舒亚，我希望你能接下这桩委托。"

詹姆斯本能抵触，但他也意识到了教父的不同寻常，因为对方几乎从没这么要求过他，便问："发生了什么？"

艾伯特·马歇尔非常识趣："我出去打个电话。"

待他离开，副总统叹道："我是担心你的另一重身份，国土局始终不是什么好地方。虽然我非常希望你能接过我的衣钵，趁着我还在任上的时候，转型从政，但你的性格更像你父亲，他当年抛弃优渥的外科主任工作，孤身一人前往塔汗国，救治穷苦百姓，非常了不起。

"他曾经对我说过，人类的才能，不应当用在互相厮杀上，而是应该张开双手，尽可能拥抱其他人。每当我想到你为国土局做事，内心就有深深的愧疚，不知将来去了天堂，如何面对你的父母。而我也知道，你对'铜棒'被捕始终耿耿于怀，无法安宁。

"艾伯特·马歇尔在做伟大的事业，全人类都会因他而受益。如果真能让这对父女加入艾伯特的蓝图，既对人类有利，也对我国有利，更能解开你的心结。若你还要继续在国土局发展，或者从政，这样的功劳，没有人会忘记，也能收获艾伯特·马歇尔的友谊，说不定什么时候就起了作用；就算你不想干了，以你的天赋，同样加入艾伯特的计划中，也是不错的选择。"

这确实是亲近的长辈才会一心一意为晚辈做的打算。

詹姆斯虽然不想按照教父的安排行事，却也不愿意拒绝对方的好意。

何况副总统说得不错，艾伯特·马歇尔描绘的理想蓝图，对詹姆斯确实有很大吸引力，但如果加入其中，就会和约翰渐行渐远，因为约翰并没有出众的黑客天赋，就算两人都进诺亚集团，也不可能在一个部门，一个小组。

詹姆斯知道约翰的内心始终有着无法弥合的巨大伤口，如果自己再让约翰有"被放弃"的感觉，对方就真的孑然一身了。

所以他只是心动了一瞬，就回归了清醒，回答副总统："我会参加这次全球直播。"

不等副总统高兴，詹姆斯便问："上面对'提洛岛'，究竟打算怎么处理？"

副总统露出为难之色，半晌才道："'提洛岛'的事情牵扯太大，不仅是斯图国皇室，根据犯人的口供，还涉及了塔汗国错综复杂的局势。现在高层也很犹豫，就目前的情况来看，斯图国对塔汗国，始终还是虎视眈眈。"

大洋国为什么出兵塔汗国？什么石油价格，中东局势，都有道理，但归根结底，还是因为斯图国距离塔汗国太近，手也伸得太长了。

要知道，斯图国的梅涅半岛，与塔汗国之间就隔着一片海洋，以及海岸线边缘的几个小国，斯图国的舰队还时不时在公海上游弋。如果不是因为梅涅公爵与皇室的微妙关系，塔汗国现在姓什么还真不好说。

所以，十年前，大洋国出兵塔汗国，有个十分重要却又不能明说的理由，就是大洋国高层获悉，斯图国想要在中东扶植代理人，并且瞄准了塔汗国。

而塔汗国作为全世界最大的石油出产国，一直是大洋国不能放弃的目标。

即便战争获得了胜利，这些年来，塔汗国的内乱，以及反叛军等，也一直少不了斯图国的幕后支持。据说目前塔汗国最大的军火贩子"黑曼巴"，上线就是"公爵"。至于是真的梅涅公爵本人，还是斯图国皇室，又或者其他什么势力打着公爵的名义，这都不好说。

詹姆斯知晓大洋国和斯图国有着错综复杂的联系，彼此竞争又彼此合作，便问："中国呢？他们的态度是什么？"

"也很犹豫。"副总统用一种赞叹的语气，回答，"铁血首相是高明的政治家，他让我国和中国同时认为，斯图国是我们的朋友。谁都不愿打破这样的友谊，损害国家和自身的利益，所以大家都举棋不定。"

詹姆斯不无嘲讽地说："友谊?"

"政治不存在真实的友谊。"副总统露出标志性的假笑，"虚伪的友谊能够带来真实的和平，这就足矣。"

三

"我现在正与小学的老师和学生们共进晚餐。"约翰对着电话，有些不耐烦，"有什么事情，晚点再说，就这样，挂了。"

说罢，他就毫不客气地把电话挂断。

电话那头，大洋能源集团的西蒙·路斯恩看了一眼手边的文件提示。

那是智囊团对约翰·卡森的人生经历，以及性格评估。

约翰·卡森的母亲曾是一名高级应召女郎，这也是贫民窟的孩子，会有大洋能源集团主席这么一个亲生父亲的原因。

但也正因为约翰的生母服务过太多男人，压根不知道孩子的生父是谁，只是抱着这孩子父亲肯定很有钱的想法，才把约翰生了下来。

只不过，生孩子对一个女人，尤其是靠美色和身体吃饭的女人来说，无异于一场豪赌。

当约翰的母亲发现，她因为生下这个孩子，容貌变丑，身体吹气球一样发胖，再也没办法保持昔日的美貌，继续当应召女郎，从而没办法养活自己时，就嫁给了一个黑帮混混，并染上了毒瘾。

在约翰5岁的时候，"父亲"就因为贩毒和杀人进了监狱，判了100多年的监禁；母亲则因为吸毒过量，早早死去。约翰被社会福利局收养，送去了合格的寄养家庭，但养父母对他也非常不好。

改变约翰生命的契机，是他小学五年级的时候，一家私立贵族中学想要建新校区，最终看中了隶属于他所在小学祖传的一块地。

校长同意了将祖业卖给贵族中学，条件就是，该中学每年必须从小学里接纳十个成绩最优秀的学生，免他们的学费和食宿费用，供他们就读。

这是垂垂老矣的校长，能给孩子们争取到的唯一机会。

约翰恰恰就是第一批受益的学生。

他踏进了本来一辈子都进不了的中学，在两人一间的寝室里，与乔舒亚·兰登成为了室友，也成了一辈子的搭档、兄弟。

"路斯恩先生，您应该调整对卡森先生的态度。"

隶属西蒙·路斯恩的专业心理咨询和谈判团队，每次都会在西蒙与约翰通电话的时候出现，现场分析后者的心理，指点大洋能源集团的主席，该怎么应付这个身为王牌特工的私生子："虽然卡森先生因为童年缺少关爱，渴望亲情，但他现在已经成年，强大的意志力和特工的生涯足以让他保持足够的清醒。而且，他的人生中，并不缺乏关爱——虽然很少，可对他而言，已经够了。"

专业团队调出了约翰·卡森的遗嘱："他早已经写好了遗嘱，如果不幸遇难，就将现金存款全部捐给他曾经就读的小学，剩下的一切，包括不动产、股票等，都留给他的搭档，詹姆斯·史密斯，或者说，乔舒亚·兰登。"

所以，团队总结："您如果要和他谈，除非让他以为已经死去的老师，'鹰爪'霍克出面，否则想要打动他，只能靠利益。"

西蒙·路斯恩揉了揉太阳穴："真是一头养不熟的狼崽子，可惜——"

他用一种十分遗憾，甚至带了点亲昵的口吻，真情实意地感慨："这种六亲不认，只看利益的架势，不愧是我的种。如果他的舅舅不是雷奥，就算他不是我的婚生子女，我也会让他拥有路斯恩的姓。"

这就是命运的离奇之处。

出身贫民窟，父亲是毒贩，母亲是妓女的约翰·卡森，却拥有两个位高权重的直系亲戚。

他的生父是大洋能源集团的主席，而他的亲舅舅，则是现在大洋国驻塔汗国的最高将领，雷奥将军。

或者说，恰恰是因为西蒙·路斯恩发现了这个私生子的存在，顺着这条线索查下去，意外发现了与雷奥将军的关系，"提洛岛"的两位贵宾，"蝮蛇"与"雄狮"的联系才能像现在这样紧密。

幕僚装作没听见西蒙·路斯恩对私生子的评价，只是根据评估，汇报："就目前的情况来看，想要说服卡森先生在诺亚集团超级工厂的落成仪式上动手，十分困难。

"第一，中国政府将高度重视这次活动，一定会派大量警力去协助维护秩序。而且根据我们拿到的资料，超级工厂到处都是摄像头，想要避过人力加机器的双重盯梢，本身就极为困难。

"第二，乔舒亚·兰登也会和卡森先生一起出席。他对卡森先生太过了解，卡森先生之前为您和雷奥将军办事，都是在这位搭档不在的情况下秘密进行。想要在对方眼皮子底下瞒天过海，完成刺杀，暴露的风险太大，很容易被兰登怀疑。"

西蒙·路斯恩总结："也就是说，约翰不是做不到，而是不愿冒这种风险？"

幕僚纠正："这取决于您能出让多大的利益。"

"在这头狼崽子眼里，想让他背叛兄弟，就算我让出大洋能源集团主席的位置都不一定能行。"西蒙·路斯恩玩味地笑了，"约翰还是太年轻，并不明白，当他还买不起幸福时，就不该走得离橱窗太近，盯着幸福出神。"

说罢，他就再次将电话拨了过去。

约翰才坐回位置上没多久，又看到秘密来电，不由得皱眉，直接将电话挂断。

如果不是因为国土局有要求，除非执行任务，否则他们这些特工手机绝对不能静音，更不能关，他的第一反应必定是关机免打扰。

但电话铃声锲而不舍，所有人都看了过来，他不胜其烦，只能再一次说抱歉，又走出门，没好气地说："到底什么事，这么急？"

"我听说，詹姆斯秘密提审了亨利，还将伊万·伊万诺夫带了过去？"

"没错，有什么问题？"

"伊万·伊万诺夫心理没毛病，他之所以在荧幕上女装示人，是因为他的母亲叶莲娜接受不了女儿瑟沙的惨死，精神错乱了，一直以为女儿还活在世上。伊万为了欺瞒母亲，才分饰两角。叶莲娜在荧幕上看到'女儿'，才能勉强不发狂。"西蒙·路斯恩随口说出足以令娱乐记者们激动得发狂的大八卦。

"然后呢？"约翰表现得很冷漠，"伊万·伊万诺夫怎么报复那些人渣，和我有什么关系？"

"艾伯特·马歇尔一直在追查他父亲的死，而我，还有你的舅舅，都是这场谋杀的凶手之一。"

约翰更无所谓了。

艾伯特·马歇尔查到又怎么样？

西蒙·路斯恩和雷奥将军都对约翰的存在讳莫如深，联系从来都是单向，他们打定了撇清干系的主意，刚好，约翰也是这么想的，互利互惠而已。

难道艾伯特·马歇尔会因为约翰的生父和舅舅都参与了这次行动，就迁怒于约翰？

约翰大可以说自己根本不知道这两个位高权重的亲戚，毕竟在他成长生涯中，他们一次也没出现过，不是吗？

"看来你根本不知道。"西蒙·路斯恩玩味地说，"也对，国土局档案中，将这一段密封了。我们能刺杀马歇尔将军的契机，是在当地的圣约翰医院。德高望重的院长被卑鄙无耻的反抗军抓住，严刑拷打，虽然被救下，但已经遍体鳞伤，住进重症病房。我们就是借助这个机会，在那位院长的病房内安置了固定炸弹，然后——"

刺骨的寒意，从心底升起，迅速蔓延到了四肢百骸。杀人如麻的手，却险些握不住手机。

西蒙·路斯恩的声音，仿佛缥缈到从天边传来："那一位院长，姓什么来着？哦，我记得，他姓兰登，曾经是米切尔圣约翰医院的外科主任，也是你好兄弟的亲生父亲。

"你现在知道了吧？你的生父和舅舅，合谋杀死了你好兄弟的父亲。"

"不可能！"约翰听见了自己的声音，尖锐无比，"假如这是真的，为什么这么大的事情，这么多年，我们都毫不知情！"

"因为媒体需要炒作，兰登医生被严刑拷打至死，远比被救了回来，却又被恐怖袭击害死，更震撼人心。"西蒙·路斯恩慢悠悠地说，"何况当时，你和詹姆斯已经作为王牌特工被培养，国土局并不希望，乔舒亚·兰登在知道生父之死后，对这件事刨根究底。而我们的某个同伴也不希望乔舒亚·兰登因为追查这件事，被组织针对，凄惨死去。所以，兰登医生被恐怖分子滥用酷刑，哪怕我们侥幸将人救回来，却还是不治身亡，这才是最好的结局。"

巨大的恐惧，覆盖了约翰全身。不可以，决不能让詹姆斯知道这件事。

老校长和老师都已经死去，詹姆斯就是他唯一的亲人，一生的兄弟，也是绝对不能失去的，重要的家人。

哪怕在这十几年的坚固情谊中只有产生一道裂痕的风险，他都绝不敢冒！

"你——"约翰的声音无比干涩，"想要我做什么？"

"'提洛岛'的暴露，虽然是谁都不想发生的意外，却也催生了一件事情——艾伯特·马歇尔居然写下了遗嘱，并且开始考虑公司改组和上市的事情。

"我们拿到了他的遗嘱，主体部分异想天开，补充协议却出人意料地惊喜。"西蒙·路斯恩露出了胜利的微笑，"有些人，他们并没有直接作恶，他们只是猜到了一些真相，或者稍微参与了进来。在做这件事的时候，他们不知道自己扮演着怎样的角色，但事后只要仔细回想，还是能猜出一二。人性的怯懦让他们将这件事深藏心底，因为他们没有任何证据。可铭刻在骨子里的愧疚，让他们在艾伯特·马歇尔遇到困难的时候，总会忍不住帮一把。"

约翰完全懂了，不由得觉得这世界太他妈讽刺了："你的意思是，某些直接或者间接的杀人凶手，为了让自己心里好过，跑去资助受害人的儿子。结果诺亚总裁不知道这群人在父亲之死中扮演怎样的身份，还觉得他们都是慈祥和蔼的长辈，帮过自己的好人。所以在他立下遗嘱的时候，把自己持有的股份，分了一部分给这些人？"

这可真是天大的笑话！

"就是这样。"西蒙·路斯恩回答。

他没有告诉约翰，艾伯特·马歇尔做了两手准备。

遗嘱中表示，如果公司改组完成之前，艾伯特·马歇尔意外身故，就将手中诺亚集团的股份，除了留给自己子女的部分之外，其他都赠给"铜棒"与"赫卡忒"父女，确保他们能拿到诺亚集团的控制权。

补充协议才是童家父女若不肯接受，或者公司改组、上市完成之后，艾伯特·马歇尔死去，就要按照遗嘱，将艾伯特手中的全部股份，一部分出让，用来上市；一部分成立基金，留给自己的子女；一部分则赠予曾经帮助过自己的人。

因为对西蒙·路斯恩来说，他绝不会让主体协议成真。

西蒙已经收到消息，艾伯特·马歇尔想在诺亚集团亚洲超级工厂的落成仪式上，邀请童家父女来剪彩。

这真是一网打尽的天赐良机。

目前诺亚集团的改组和上市计划正在推进，如果艾伯特·马歇尔和童家父女都死掉，遗嘱的补充协议起作用，上市不会变，股权则会被分出去，艾伯特的子女尚小，通过一系列的金融运作等手段，西蒙·路斯恩自信能够拿到诺亚集团的控制权。

"锂硫电池已经得到重大突破，这是全人类的喜讯，就算大洋能源集团再怎么有钱，也不可能阻挡时代的浪潮。我本来想成为诺亚集团的股东之一，与艾伯特·马歇尔共赢。但他虽然将矛头对准了斯图国，也隐隐猜到我与这件事或许有些关系，他之所以拒绝注资和上市，也有和我们拼个鱼死网破的意思。所以，连国内的实验室都不信任，以投资建厂的名义，实际上与中国人进行合作。"

约翰不无嘲讽地说："在我看来，他这一步做得实在太对了，与中国人合作，锂硫电池研发成功后，你们才得到消息。如果在大洋国，只怕研究成果出现的第二天，相关资料和研究人员就会摆到你们的案前。"

"约翰，你似乎对我们抱有某种偏见。"西蒙缓缓道，"我对任何人都怀有十足的善意，希望能彼此合作，一同赚钱。"

约翰早就清楚亲爹是多么残忍的人，冷笑道："但谁不够识趣，挡在你们面前，你们就会毫不犹豫地将他除掉。"

哪怕是西蒙·路斯恩的婚生子女，也不敢对他这么说话。但西蒙·路斯恩素来看重有才华的人，约翰有能力，所以对这个私生子的不驯，西蒙·路斯恩非常宽容："现在，他也挡在了你的面前，我们有共同的目标，不是吗？"

约翰·卡森死死地捏着手机，却半句话也说不出来。

没错，艾伯特·马歇尔这样锲而不舍地追查下去，迟早有一天，当年的真相终会重见天日。届时，詹姆斯就会知道，他最好兄弟的生父和舅舅，却是害死他父亲的罪魁祸首。

就算詹姆斯宽宏大量，不迁怒自己，他们还能回到现在的亲密无间吗？

听见电话那头只有寒夜里呼呼的风声，西蒙·路斯恩知道，这头狼崽子被戳中了软肋，必定妥协。

因为从小得到的东西太少，人生中为数不多的温情就变得无比珍贵，成了无论如何也没办法失去的东西。

为了捍卫仅有的亲情，约翰·卡森什么都做得出来。

所以，西蒙·路斯恩从容地下达了他对约翰的命令，亦是对艾伯特·马歇尔的宣判："就让一切恩怨，终结在诺亚集团亚洲超级工厂的落成仪式上吧！"

四

公历，九月十五，即农历，八月十八。

之江省，湖滨市。

灰蒙蒙的江面，一道白练腾空而起，旋即便是闷雷滚滚般的潮声。

猝不及防间，潮水已呼啸而至，一浪推过一浪，水如碎珠溅玉，浪有遮天蔽日之势，其声如万马奔腾。

海面雷霆聚，江心瀑布横。这，就是举世闻名的之江大潮。

如此盛景，引得两岸的人群尖叫不已，大家纷纷用手机、相机等拍照、录像，天空中还有无人机在不断盘旋，航拍这壮观的一幕。

"哇哦，这可真是大自然的鬼斧神工。"艾伯特·马歇尔发自内心地称赞，然后发出感慨，"听说'太空飞梭号'就是冲入这条大江，然后爆炸的，真想看一看当时的现场情景。"

这位诺亚集团的总裁不到40岁，褐发褐眼，相貌普通，脸上还有几颗醒目的雀斑，整个人也比较不修边幅。第一眼给人的感觉，就是讷于言辞，不爱出门，更不喜欢运动，成天与电脑为伴的 IT 宅男。

哪怕马上就要参加面对全世界直播的落成仪式，他也只是简单地穿着一件黑色 T 恤和运动裤，脚上趿着一双十几块钱的廉价拖鞋。

走在他身边的童素，同样随意地穿了身牛仔，戴着个棒球帽，不施粉黛，也没什么表情："两年前'太空飞梭号'爆炸的视频全网都是，您难道没看过？"

艾伯特·马歇尔答道："当然看过，但都只是路人拍摄，怎么说呢，不大符合我的想象，甚至还没有火箭发射台爆炸带劲。"

童素微不可察地笑了一下，觉得这位诺亚总裁还怀有几分童心，便道："这是现实生活，看不到猎户座端沿的战舰燃烧，更看不到 C 射线在唐怀瑟之门附近的黑暗闪耀。"

"所有这些时刻，终将随时间消逝，一如眼泪消失在雨中。"艾伯特·马歇尔接下后半段台词，"《银翼杀手》，一部我非常喜欢的经典电影，也是'铜棒'先生最推崇的电影之一。"

童素没说什么，只是眺望宽阔辽远的江面。

那儿是诺亚超级工厂的所在地。

瞧见童素目光所及，艾伯特·马歇尔笑了一下，主动提起："关于我的邀请，二位考虑得怎么样了？"

"对目前的诺亚集团来说，外部的黑客攻击，已经不值一提。"童素很客观，却非常不客气地直指关键问题，"假如真如您所说，诺亚集团的信息安全系统受到某些致命威胁，只可能是来自内部的问题。"

诺亚集团每年耗费在信息安全上的资金高达百亿大洋币，信息安全部门汇聚了世界顶尖的技术工程师，将数据库和防火墙打造成铜墙铁壁，甚至比大洋国宇航局还要更高一筹，就连大洋国国土局都黑不动。

童素试图寻找过诺亚集团防火墙的漏洞，发现基本没太大问题，所以她笃定，艾伯特·马歇尔特意要见她，不是为了"信息安全"这个原因。

艾伯特·马歇尔发现了她的故意规避，却没有如童素所想的不再提起，相反，他很不识趣地旧事重提："我真正希望二位能加入的，并非汽车物联网，而是诺亚集团的太空计划。"

童素沉默不语。

她从来没有否认过宇宙和太空对她的吸引力，但只要一闭上眼睛，她就想到了遮天蔽日的蘑菇云。

"很抱歉。"童素轻声道，"我还有事情没做完。"

在没有解开自己的心结之前，她没办法做任何事情。

艾伯特·马歇尔不知她的心事，还当这是托词，十分诚恳地说："我衷心希望能见到您一面，就是希望能当面询问您一句，您和'铜棒'先生，是否愿意成为继我之后，诺亚集团的掌控者。"

童素刚要反驳，艾伯特·马歇尔已经说："或许您会觉得我有点疯狂，可这是我内心深处最真诚的想法。"

这位诺亚集团的总裁望着汹涌的潮水，神色十分平静："诺亚集团是我的心血，在我的设想里，它应该会成为人类的诺亚方舟。无论是对新能源的研发和利用，还是对太空的探索，归根结底，都是出于这个目的。

"假如我死了，我是说假如。我相信，诺亚集团会推选出一位合适的执行官，他会将诺亚集团变成一个非常赚钱的企业，市值或许能突破万亿，十万亿，甚至像赛博朋克的世界那样，成为世界性的垄断财阀。他或许也会对员工很好，不断给他们增加福利，而不是像我这样，被员工指责为冷血、偏执狂、精神病、独裁者、暴君。但那时候，诺亚集团就不再是人类的方舟，它成了金钱构筑的地狱。"

他说得十分恳切，童素也知道他的考虑很现实。

正因为对方如此尊重她，她也坦诚以告："等我和爸爸把事情做完，或许会加入诺亚集团，但我们并不想要公司的控制权，而是希望能与世界上顶尖的精英们一起，探索宇宙的奥秘。"

艾伯特·马歇尔闻言，不免有些感慨："这就是世事的矛盾之处，对诺亚觊觎不已的人如同天上繁星，但真正能够执掌这家公司的人，却对它不屑一顾。"

超级工厂内，人声鼎沸，不输之江两岸。

这座占地上千亩的超级工厂由中外知名设计师联手设计，充满着未来科幻的气息，犹如科技凝聚的钢铁之城；但在格局中，则严格遵守着中国古老的"天圆地方"的理论，整个园区呈正方形，外围八个超级建筑群，拱卫着正中心的超大圆形建筑。

在这个犹如城市般的超级园区内，所有方形建筑物，包括但不限于楼层、台阶、窗户数等，都是偶数，象征"地阴"；圆形建筑则刚好相反，里面的过道、走廊、楼梯等都是奇数，以象征"天阳"。

再仔细一看，就会发现，这九个区域，竟然通过许多通道，紧紧地连接在一起，浑然一体！

原来，外围的八个建筑群，分工明确，即各部件生产、焊接、涂装车间等，但最终，这些制作好的部件都会通过全自动化流水线，汇聚到中央的圆形区域。

正中心这座占据整个工厂五分之一规模，外形如同一个超大型克莱因瓶的圆形建筑，就是诺亚工厂的核心区域，即总控室、组装车间以及锂金属实验室的所在地——克莱因楼。

记者们走进超级工厂，连连赞叹，认为每一处都充满着新闻爆点，急不可待地打开了摄像机。

"大家好，这里是大洋电视台，我们正处于位于中国的诺亚集团超级工厂之中，今天是该工厂的落成仪式……"

"……这里是斯图有线电台，我们将带领大家，参观这家与众不同的诺亚集团超级工厂……"

"《克林晚报》为您直播中国的诺亚集团超级工厂落成仪式，虽然对于艾伯特·马歇尔先生在规划海外建厂时，放弃孔雀国，而选择中国这一抉择，至今还被西方媒体评价为'一个极其愚蠢而错误'的决定，但我想说，这个决策实在太明智了。中国能在五年之内建造好这个厂区，如果放到孔雀国，可能五年后还在规划选址。"

"……《蒙特利晨报》为您带来一手消息……"

大洋语、拉丁语、孔雀语……各种语言此起彼伏，来自世界各地的记者们对于这座全自动化的工厂十分惊奇。

詹姆斯·史密斯站在生产车间里，夸张地说："噢，真是太不可思议了，难以想象，实在难以想象！"他一连用了好几个语气助词，才把手指向身边犹如超市货架一样，十分密集的生产线。

而他的搭档，扛着摄像机的约翰·卡森配合地将镜头缓慢转动，让电视机前的观众都能看到这个一眼望过去，似乎根本没有尽头，排布得像大型连锁超市的超大车间，以及全自动化的生产线。

"这个占地上万亩的超级工厂，全部都是机械作业，不需要任何工人，任何！它的生产、运输，全都通过 AI 控制。只需要一个人坐在控制台前，一旦出问题，及时处理就行。而这些生产出来的零件，将通过流水线——"詹姆斯比了个手势，约翰立刻将镜头移到不远处的通道，"它们将被机器分类后，由物流机器分开运输，一部分被运送到东边的二号建筑群，那里是焊接车间，另一部分则被运到西边的四号建筑群，进行涂装。"

詹姆斯挥舞着手臂，激动地说："全套的自动化流水生产线，只需要几个技术人员，就能实现每年数百亿甚至上千亿美元的产值！各位观众，这就是未来工业的发展方向，高度发达，AI操控，以及，极其低廉的人力成本！"

这时，货架隔壁的通道上，好几个记者手舞足蹈："大家请看！诺亚集团的全自动化流水线，一定会引起国内工厂老板们的追捧和推崇。只要这套生产线传回国内，我国的蓝领又将迎来大批的失业！众所周知，我们的总统阁下一直呼吁制造业回流，但诺亚集团作为屈指可数的万亿级企业之一，却将第三所超级工厂建在中国——"

约翰皱眉："这群唯恐天下不乱的记者……"

詹姆斯耸肩："现在是娱乐至死的时代，必须有话题，才有热度。"

他话音未落，又听见一个记者说："上次大选，南党怎么输的？就因为总统说了，他能提供更多的工作岗位，挽救失业率，让大洋国再次伟大，所以蓝领们纷纷把票投给了他们，但——"

另一个记者不甘示弱，指着这条全自动化的生产线，神色激动："机器可以二十四小时不停干活，不会出错，可工人却坚持八小时工作制，还要组成工会，争取福利。你觉得，在这种未来科技发展的趋势下，还会有多少企业家雇用工人？

"我们的总统先生，编织了一个美妙的谎言，让所有人都深信不疑。但事实上，他，还有他背后的那些阔佬，根本不会提供多少岗位。相反，为了节省成本，他们会进一步裁员，全部用机器取代廉价劳动力！"

约翰见状，只觉牙疼："一群煽风点火的家伙，只知道政治斗争，甚至连最基本的记者素养都丢了。"

"你没办法阻止别人说什么，让他们说吧！我们应当尊重每个人的看法，哪怕看上去滑稽！"詹姆斯安慰约翰，旋即低声问，"你觉得工厂的安保等级怎么样？"

外人围观生产线，顶多看个热闹。

詹姆斯和约翰则出于专业素养，以"直播"为理由，已经走过了五个生产车间，把大半个超级工厂的地形都摸得清清楚楚。

就听见约翰回答："所有制高点全部都有特警守着，监控器基本做到了无死角。以一个大型活动来说，安保已经很好了。"

詹姆斯摇头："还是不够，他们并没有安装金属探测器，也只是简单检查记者们随身携带的设备里面有没有易燃易爆物品，并没有搜查得很细。"

约翰却反驳："这只是一次面向全球记者的大型直播，做到这个程度已经足够了。不装金属探测器，主要是因为很多来宾的皮带、袖口、领夹都是金属制品。更不要提有些人体内还有钢板、钢钉、金牙等，一旦探测起来，安检就会浪费大量的时间。"

假如是各国政要、首脑聚会，反而没这么麻烦，直接最高规格的安保和安检规模来一套。而且各国的相关机构都会对接，大家都是要保证本国领袖的安全，就算麻烦和烦琐，也不会太难以沟通。

偏偏这次落成仪式，既没有那么严肃，还是全球直播，请来的不是名流富商、科研大牛，就是无冕之王们。若是中国方面过度安保，不清楚真实情况的宾客们，意见肯定非常大。

约翰挑了挑眉："在他们看来，机场已经过了一道安检，所有来宾又都是在中国政府那里登记过，拿了特殊证明才能进来的。不管厂区内外，还都有重重武警守护，守备已经很森严了。但不带枪，不代表就没杀伤力。"

詹姆斯知道，约翰说得没错。

非洲和中东当地不法分子，只凭钢针、钢珠、电灯泡、易拉罐、化学肥料等极其简陋且容易获得的材料，就制作出各种易燃易爆危险品。

要是专业的杀手或者特工，完全可以入境中国后，在五金店或者淘宝中把东西买齐，然后在人群里搞自杀性爆炸。

中国特警们明显也想到了这一点，所以超级工厂基本上是无死角地监控，而且哪里都有保安和警卫守着，消防警报和高压水枪等也随时备好，就是为了警惕不法分子混入，制造恐怖袭击。

约翰挑剔地看着远处的克莱因楼，评估道："这栋楼占地总建筑面积接近60万平方米，却只有九个大门，通向外界。现在落成仪式没开始，大家三三两两去克莱因楼还没什么，如果真出了事，所有人急着往外跑，肯定是一片混乱。人在慌乱的时候，会本能奔向最近的逃生出口，并且会发生挤压、踩踏等一连串事故。假如上万人同时拥向一到两个出口，每秒能跑出去的人在三至五个之间，也要将近20分钟，实在太长了。"

不知道为何，詹姆斯心中总有点不安。

马歇尔先生说，落成仪式之后，带他去见童家父女。可他现在心就跳得很快，究竟是紧张，还是隐隐有不祥的预感？难道这次落成仪式，会出现什么变故？

五

下午，五点三十分。

距离落成仪式演讲还有一个半小时，记者们正自由地穿梭在各个大型车间，欣赏着全自动一体化的新能源电动汽车从制作到组装的全套工业流程。

约翰和詹姆斯收到消息，听见艾伯特·马歇尔正与诸多政要、名流等一起，参观位于克莱因楼一楼的电动汽车组装车间，立刻赶了过去，就见艾伯特·马歇尔旁边，站着一个无比醒目的白发男子。

"亚伯·温菲尔德！"詹姆斯压低声音，虽然表面上没露出分毫，但内心已经将戒备提到最高，"他怎么会来？"

他说这句话的时候，目光却在童素身上停留了一秒，然后才装作若无其事地离开。

约翰也觉得一股凉气从脚底板直蹿脑门。

国土局内与这位斯图国皇家特工头子有关案件的资料，已经堆满了三个房间，局内对亚伯·温菲尔德的危险评级一直保持在"S＋"，即绝对的高危人物。专家对他的评价是，这个人就是"危险、混乱、阴谋和血腥"的代名词。

按理说，亚伯·温菲尔德的行程，几个月前就要排好。先前从没收到他要参加超级工厂落成仪式的消息，此番却不声不响，突然前来，难道有什么阴谋？

约翰心中更是咯噔了一下。

但他毕竟是经历过无数大场面的顶级特工，很快就平复下来，低声道："联系一下局里，这么重要的情报，为什么没人通知！"

詹姆斯轻轻点头，故意将音量提到正常水平，不让其他人怀疑："我去一趟洗手间，你看着设备。"

然后，他就左顾右盼，目光锁定一个保安模样的人，跑过去问路，然后根据保安的指示，离开了车间。

约翰站在原地，假装等待詹姆斯，实际上已经暗中接通了蓝牙耳机。

放在足有一个成年男子那么高支架上的摄像机，挡住了他的面容，以及嘴唇的动静。但就算监控器能拍到画面，又有人读懂唇语，也只能发现他好像是闲极无聊，在吟诵雪莱的《西风颂》。

实际上，这就是约翰与大洋能源集团其他人约定的暗号，询问是否现在动手！

得到的回复是，肯定！

下一刻，车间九扇几十吨重的金属门，突然关闭！

而与此同时，车间内只会往一个方向操作的机械臂，忽然就像抽风了一样，开始胡乱旋转起来！

这些可以轻易吊起几吨重电动汽车的机械臂，胡乱飞舞中，竟直接将一辆又一辆的汽车推下高台！

凄厉的哭喊，绝望的惨叫，在车间各处响起！

被当空抛下的电动汽车，质量十分过硬，就算落在地上，也只有浅浅的凹陷。但它的底下，却缓缓流淌着混合黄色、白色、红色的液体！

黄色的脂肪，白色的脑浆，红色的鲜血和肉糜！

此起彼伏的尖叫声，响彻车间！

人们手忙脚乱，六神无主，或跑到大门口，或躲避落下来的汽车，不知有多少人跌倒，又被踩踏过去！

原以为机器履带上的汽车掉下来，或许能告一段落，谁知全自动化的流水线，源源不断向组装车间运送新的汽车外壳和零部件！

而那些本来用于运转零部件的自动机器人，现在却像抽了风一样，开始玩起了"碰碰车"游戏！

为了尽可能减少土地成本，工厂的面积以及机器的运行路线都规划得很合理。密密麻麻的参观人群本来就穿梭在一层层的生产线中，就像在超市货架之中观察、行走、挑选货物的旅客一样。

但现在，"货架"突然开始移动，"货物"不断倾泻，在这样天罗地网式的围堵下，他们逃都逃不出去！

高科技和现代化，瞬间变成了杀人的利器！

约翰看上去就像惊慌失措的民众一样，无措奔跑，但锐利的目光，却早已锁定艾伯特·马歇尔所在的方向！

灾难发生的那一刻，艾伯特·马歇尔正侃侃而谈，骤然看见这样的变故，整个人都僵住了。

倒是亚伯·温菲尔德反应更快："去最近的车间大门！"

艾伯特·马歇尔的保镖们都是大洋国国土局的专业特工，亚伯·温菲尔德的护卫更是皇家精英特工出身，这一支队伍堪称精锐的力量，很快就在混乱之中开辟一条路出来！

其他人六神无主，也跟着他们逃跑！

保镖们掩护着身份显赫的雇主们，一看见汽车零件飞来，立刻想办法卧倒或者翻滚，其他人则堵在后面，不让慌乱的人群过来，以免酿成踩踏事件。

艾伯特·马歇尔跌跌撞撞到了门边，按下指纹。

冰冷的提示音响起："识别错误。"

"怎么可能！"艾伯特·马歇尔不可置信，"我拥有诺亚超级工厂的最高权限，可以无差别刷开任何一扇门。"

哪怕他这么说，重达几吨的合金大门依旧紧闭，就像某种冰冷的嘲讽。

"识别阈值和条件被人改了。"童素盯着智能识别系统，很快下了判断，立刻转过头，问艾伯特·马歇尔，"你们这套安保系统，识别条件有哪些？阈值最高多少？"

作为技术宅男，艾伯特·马歇尔对人脸识别系统也有着很深的了解，所以飞快介绍道："为了最大限度保证工厂的安全，这套系统采用的是面部、步态、指纹和虹膜一体式的识别，每个部分阈值不等。"

童素神色凝重："车间大门也加了步态识别？"

"好像没有。"艾伯特·马歇尔飞快回忆了一下，很肯定地说，"车间大门的安保级别最低，只是单纯的指纹加人脸识别。"

"精准度呢？"

现有的面部识别，都是取人脸上的特征点，比如，这个人颧骨多高，哪里有颗痣，脸型、眼型、鼻型是怎么样的，等等。

假如设定一个人脸上有 100 个特征点，只需要 30 个符合就能过，完全可以实现一秒到位；假如设定人脸上有 10000 个特征点，必须 8000 个满足才能过，就需要很久了。

艾伯特·马歇尔头上开始冒汗："非常高。"

"具体时间。"

"至少需要两分钟。"

亚伯·温菲尔德难得没了笑意："当前第一要务，是要阻止那些机械臂，应当立刻告诉负责人，直接物理断电！"

"不行。"艾伯特·马歇尔回答得非常干脆，"高精度车床里面装有备用电池，断电之后，电池会自动开启使用，至少能坚持 48 小时。"

"先断掉其他八个车间的电，让它们不要再制作、传输东西来了！"

"就算这样，机器履带上的东西还是会坚持传完，至少能组装几十辆车！"

"能断掉多少是多少！"

艾伯特·马歇尔用颤抖的声音，让手下用卫星电话通知中国警方，以及超级工厂相关负责人，让他们立刻把其他八个车间的电力中断，并将机器全部关闭。

结果电话才一拨通，就听见惊叫："不好了！总裁！我们组装好的成品车，全都从地下车库跑出来了！"

"别说疯话，立刻去其他车间，把机器停下！"

"所有车间的大门全关上了，包括园区大门！机械臂都疯了，成品车也是！它们就像被幽灵驾驶，从地下车库一路出来，被开到了楼外，正在最高马力，疯狂乱跑！天啊，它们马上就要撞——"

下一刻，震耳欲聋的"砰"声，从手机里传来。

艾伯特·马歇尔呆住了。

一辆诺亚新能源电动汽车，重量在三吨以上，光电池就有两吨多。这样的吨位保证了诺亚电动汽车在与传统汽车碰撞时，不会处于弱势的那方，足够安全。

可如果是两辆诺亚新能源电动汽车相撞呢？或者，三辆，四辆，乃至无数辆呢？

克莱因楼外，滞留在露天的人们抱头鼠窜，许多还没来得及下车的人，纷纷开着车，想要往园区外面跑去。

但就在他们的面前，他们的身边，他们的身后，上千辆诺亚新能源电动汽车，就像无头苍蝇一样，横冲直撞。

它们撞上花园，撞上喷水池，撞上墙壁，撞上停在路边的传统汽车！

霎时间，燃烧的汽油，炸出耀眼的火光。

"轰隆！"

用不了多久，相撞的新能源电动汽车和传统汽车，就在熊熊烈火之下，烧得只剩支离破碎的车骨架！

早在事情发生的第一时间，詹姆斯就三步并作两步，找到一个位于四楼的制高点。

然后他就发现，天边已经有直升机飞来！

"中国安全部门的反应好快！"詹姆斯心想，然后低头，看见地上动静，神色又是一变，只因他发现，近百辆新能源电动汽车，浩浩荡荡，直接奔着游客们停车的克莱因楼地下车库去了。

这些电动汽车，竟然有人在背后操纵！

"这可不妙了啊！"詹姆斯自言自语，"地下车库停了上千辆汽车，里面的汽油一旦被引爆，后果不堪设想。"

于情，约翰和国土局的同僚都在里面，他不能让他们死；于理，亚伯·温菲尔德假如死在这里，事后还不知道有多少牵扯，会不会连累到大洋国。而且……

詹姆斯想到童素跟在艾伯特·马歇尔身边，听对方介绍新能源电动汽车，再想到自己年少时所做的事情，神色不自觉黯然了些许。

他欠对方一个父亲。

正如他之前对艾伯特·马歇尔说的那样，"铜棒"之所以会前往美国，就是应詹姆斯的邀请，谁也没想到，等待"铜棒"的，会是长达15年的漫长监禁。

那是 17 年前的事情。

17 年前的詹姆斯，也只有 15 岁，与其他男孩子喜欢玩棒球、足球等运动不同，他从小就沉迷乐高编程机器人，自从得到一台属于自己的电脑后，更是徜徉在互联网的世界里不可自拔。

很快，詹姆斯就成了一个黑客，并且非常张狂地用了上帝身侧大天使长的名字"米迦勒"作为自己的代号。

他自以为游走于网络边缘，无人知晓，却不知道，国土局早已经盯上了他。之所以没将这个少年黑客控制住，完全是因为，詹姆斯结识了当时世界最出名的黑客"铜棒"。

"铜棒"对詹姆斯这个晚辈颇为赏识，经常指点，慢慢成了忘年交。

詹姆斯沉浸在自己和大神接触的喜悦中，并不知道，大洋国国土局对"铜棒"非常忌惮，早就想把这个超级黑客抓到，只是苦于对方身份隐秘，没有泄露任何真实信息，平常也独来独往，根本不和任何网络上的人发生交集。

"米迦勒"还是第一个和"铜棒"成为朋友的人，哪怕仅仅是在网络上。

对大洋国国土局来说，这无异于天赐良机。

为了不打草惊蛇，国土局在詹姆斯不知情的情况下，全方位秘密监控他，希望能借助他，找到"铜棒"的真实身份。

这个机会，很快就来了。

"铜棒"提出想到大洋国考察寄宿中学，给女儿找个好学校，詹姆斯自告奋勇，想要做"铜棒"的向导。

在詹姆斯的盛情邀请下，"铜棒"终于心动，乔装改扮，来到大洋国。

他不知道，自己的一举一动，早就被大洋国国土局所掌控，导致"铜棒"才下飞机，就被大洋国国土局的特工抓捕，而詹姆斯，还有协作的约翰也被"请"到了国土局。当时的局长给了这个少年黑客，以及他的同伴两个选择，是因为自己的灰色行为被审判，进监狱，还是成为国土局的一分子？

这就是詹姆斯和约翰成为大洋国国土局特工的开端。

假如任务需要，詹姆斯对童素不会手下留情，但现在这种情况，他并不希望因为自己的冷眼旁观，导致童素死去。更何况，约翰也在那里。

该怎么样暗示中国安全部门，克莱因楼有从地下车库开始爆炸的风险呢？

詹姆斯沉吟片刻，拿出了手机。

"夏部长，"傅立鼎神色沉重，递给对方一个手机，"看看这个。"

此时，直升机已经落到克莱因楼上空的停机坪，应龙上校已经带小队成员跳了下来，准备接管此地。

夏正华接过手机，就看见《大洋早报》的直播间，人气已经过亿。

黑发蓝眼，英俊至极的记者，激动到手舞足蹈，声嘶力竭地高喊："这里是乔舒亚·兰登，冒死为各位发回的现场一手直播，大家可以看到，诺亚集团的电动汽车已经失控，它们在整个工厂四处穿行，还有很多似乎触发了自动停车功能，前往地下车库——"

应龙神色沉重："全球的舆论已经被引爆了，不断有人拥到直播间，除了他的，还有其他人，他们——"

夏正华已经顾不上这些，直播间里透露出来的信息，让他的心都沉了下去："这些车有人操控，他们想制造连环爆炸！"

这是一场针对中国的惊天恐怖袭击！

"但我们的消防车进不去！"傅立鼎咬牙，"工厂的墙壁足足有 5 米高，合金大门紧锁，指纹识别没用。哪怕消防员正在搭乘云梯，源源不断地赶过来，但高压水枪，还有相应的一系列消防设备没办法运进来！而且，他们距离克莱因楼太远了，中途又有这么多发疯的汽车，还有——"

傅立鼎话音未落，又有几团火焰燃起。很显然，又是剧烈撞击引发的爆炸。

"大部分人都被关在车间里，情况也不乐观！"夏正华沉声道，"不计成本，不计代价，救援的队员和物资，汽车运不进去，就直接空投！全世界都在看着，我们必须尽快处理好这次的事情！"

"是！"

"诺亚集团那边的回复呢？让他们快点解决电动汽车和合金大门发疯的问题！"

"他们说，系统是遭到了黑客攻击！"

下一刻，巨大的"轰隆"声，从克莱因大楼底响起！

剧烈的震动，让组装车间都不断颤抖。

但车间里的人已经无暇顾及。

就在这短短几分钟内，车间内的情况比刚才更加惨烈。

人们看见艾伯特·马歇尔都打不开大门，更加绝望，要么和他的保镖发生冲突，要么拼命拍其他大门，不断拿身体去撞门。

但几十吨重的合金材料，就算用炸药去炸，也未必能炸出一个洞来，血肉之躯在这种时候，又有什么用？

组装线上，机械臂还在拼命挥舞，一辆又一辆的电动车被推下，发出震耳欲聋的"砰""砰"声，人一旦被砸中，就是死路一条！

这些机械臂的力度还越来越大，汽车推得越来越远，零件甩得越来越高！就连它们自己本身，也是毋庸置疑的大杀器，距离人群又如此密集。混乱之中，人被机械臂打中一下，轻则骨折，重则内脏出血，生死难料！

偏偏流水线还没有停下，半成品汽车与部件，还在源源不断地从七、八号建筑群运过来！

"为什么零件还在运，没有断电吗？"

"所有车间全都封闭了，根本关不了机器。"有人联系上了在外面疯狂逃窜的同伴，绝望大喊，"外面还有很多车子在乱跑，爆炸，不断地爆炸！"

"那怎么办？"

其实，真正被汽车砸死的人并不算多，但随之而来的绝望、恐慌与踩踏事故才要命，惊慌失措的人们就像潮水一样，一浪高过一浪，为了往前挤，只要你摔一个跟头，就会被活活踩死！

下一刻，最可怕的事情发生了！

两个机械臂碰撞到一起，连带着汽车也相互碰撞，擦起了巨大的火花！

起火了！

车间所有的大门都处于关闭状态，又没有窗户，而密集的人流，以及他们身上的衣服，就是火焰最好的传导！

霎时间，火光四起，浓烟滚滚！

再这样下去，就算这些人不被活活烧死，也会被活活呛死！

"再试一次！"

用随身携带的笔记本电脑，连接上人脸识别系统，不断在写程序的童素，突然对艾伯特·马歇尔说："快，只有3秒！"

艾伯特·马歇尔不明所以，却按照童素的要求，重新站到了识别的摄像头面前，指纹则放到了相应的界面。

"正在验证——"

"验证失败！"

"速度慢了!"童素用最快的语速说,"我对这台识别设备,做了一个临时的欺骗小程序,从我喊话开始,你就立刻开始验证!留给我们的时间,只有 3 秒不到!"

童素没有解释这个程序的原理,这时候也不需要。

只要能成功逃生就好!

艾伯特·马歇尔精神一振,全神贯注等待童素的指示。

而就在这时,远处的机械臂仿佛长了眼睛一样,直接扫了一个引擎盖,向这边直直地飞了过来!

亚伯·温菲尔德眼疾手快,将童素拉到一边。

艾伯特·马歇尔动作也很快,立刻滚到旁边。

重达几十斤的引擎盖,直接砸到大门上,发出巨大的声响,伴随着刺耳的"嘶啦"声,这才落地。而金属之间擦出的火花,已经开始蔓延。

"快!"童素意识到情况不妙,"有人在操纵机械臂,对方发现了我的欺骗程序,只有一次机会!"

艾伯特立刻踩过落在地上的引擎盖,重新站到识别系统面前。

而这时,机械臂已经准备第二轮攻击!

"我倒数,三、二、一,按!"

"正在验证!"

黑色的轮胎,呼啸而来。

"识别成功!"

车间的大门,缓缓打开。

六

童素一跑出车间,就发现不对。

外面浓烟滚滚,脚下的大地一直在震,定睛一看就能发现,克莱因楼的外墙,竟然被熏黑了,是爆炸!

负责保护她的安全部门特工,一开始不敢打扰,现在马上告诉她:"应龙上校传来的消息,新能源电动汽车被黑客控制,自杀性冲向了克莱因楼的地下车库!"

锂电池加汽油双重爆炸!稍微懂行一点的人,脸色齐齐变了。

大洋国锂金属实验室,曾经出过一起爆炸案——一个外壳为铝合金、尺寸为 $20 \times 120 \times 300$ 毫米、电芯正极为锰酸锂的容量为 50 安培每小时的电池做过充测试时发生爆炸，离电池半米左右的墙被炸穿一个洞，门窗玻璃碎裂。

而一辆诺亚汽车，需要几千节这样的电池！

更不要提今天的上万来宾，地下车库至少停了上千辆传统汽车，哪怕每辆车的燃油只剩下一半，配合锂电池爆炸，也能上演一出烽火连城！

哪怕克莱因楼再怎么坚固，面对这种程度的爆炸，后续的影响也极其可怕。至少有七成的可能，克莱因楼会因此坍塌！

童素看了窗外一眼，做了个决定："总控室在几楼？"

"'赫卡忒'小姐，"艾伯特·马歇尔惊疑不定，"您疯了吗？您没听见吗，地下车库爆炸了，这栋楼很可能会坍塌！"

"我知道！"童素回答，"但其他车间的大门还锁死了，电动汽车的控制权还在敌人手上，如果不解决这些问题，在场的这么多人，没有几个能活下来！"

组装车间已经起火了，因为他们打开了门，所以那些人才能逃出来。可其他八个车间呢？

还有那么多肆虐的诺亚新能源电动车，每一个都等同于一个烈性炸药包，哪怕人们逃跑，也会被它们撞死，或者炸死！

必须想办法把控制权夺回来，停下这些该死的汽车，打开所有合金大门——包括阻拦消防员们的工厂大门，才能最快解决这场危机！

"这不可能是外部攻击，一定是内部问题。"童素斩钉截铁地说，"您可以离开，但我需要向您借用一下最高管理员权限！"

众人齐齐动容。

亚伯·温菲尔德笑了起来："不能表现得连女士都不如，我也愿意去总控室，略尽绵薄之力。虽然在黑客技术上帮不到忙，但如果有人搞破坏——"

艾伯特·马歇尔沉默片刻，突然像决定了什么似的，说："跟我来！"

保镖们惊了："马歇尔先生！"

"别废话，你们跟着中国军人一起维持秩序，疏散人群，我们这边很安全！"

亚伯也对随从们下令："你们也一样，去帮助中国军人！"

此时，从直升机上下来的应龙和傅立鼎，以及中国安全部门的一众精英，已经用最快的速度穿过天台顶上的安全通道，下了重重楼梯，来到位于三楼，兵荒马乱的总控室。

只见应龙直接拔出腰间的枪，朝天一击，震慑人群："中国安全部门，现在，立刻接管这里。"

童素赶到总控室后，应龙来不及让她走，就看见她已经坐到总工程师的位置上，用最快的速度，开始了解整套数控系统。

艾伯特·马歇尔介绍道："诺亚的智能系统分为两部分，一部分是数控系统，现在出了问题；另一部分是智能安全系统，车间和实验室的大门打不开就是这个原因。但这两个系统都是独立的，并不互通。"

这可不是一时半会能查到问题的，应龙立刻问："可以先直接关闭安保系统，让车间大门打开吗？"

"不行。"艾伯特摇头，"一旦关闭安保系统，车间大门就会被彻底锁死，所有人都会被关在车间里，无法出来，实验室同理。"

"同一套病毒。"童素已经确定了情况，"数控系统和安防系统本来是完全分开的，现在却融为一体，数控系统中了病毒，传导到安防系统上，导致原本的验证程序全都不能使用。"

童素飞快思考，喃喃自语："哪里出了问题？软件？"

艾伯特·马歇尔也在思考这个问题："软件的可能性很低，诺亚集团遇到了数不清的商业间谍，对数控系统的安保已经有了一套成熟的机制。我们所有的工程师，都只能接触自己负责的那套系统，办公区域都在两间房，从网络到硬件都是隔离的。只有我有权限，同时切换两边的系统！"

童素听到这里，姑且认可艾伯特·马歇尔的判断，但这样一来，问题就更大了："硬件？两套完全独立的硬件，怎么会中同一个病毒？"

她刚才经过粗略检查，发现艾伯特说的没错，超级工厂的安保系统和数控系统是两个完全独立的系统，彼此互不干涉，就连服务器都不共享。

如果要用形象的例子来比喻，那么安保系统就是外城城墙，而数控系统是内城居民区，前者护卫后者。想要前往居民区，要么直接将城墙击破，要么想办法骗开城门，或者绕开城墙。

但无论选择哪种方法，城墙和居民区同时出事的概率小到几近于无，除非有一条通道，令敌人从外城墙直接能到内城，长驱直入。

她眼睛一亮，立刻想到："机房，一定是机房出了问题！"

机房里至少有几千根网线，近万个接口，只要某个插头错误，或者网线叠在一起，就会造成数据共通。

应龙当机立断："G2小队，立刻带技术人员去机房，检查网线有无叠加。"

这时，童素已经调出了机房的模型，将可疑的地方圈了出来："网线虽多，可交叠之处却不多，也就几十个地方。接口能插错的地方也就一百来个，全面排查的话，很快就能够解决。"

童素的判断非常精准。

短短几分钟后，机房那边就传来捷报："'夜神'，我们找到了！是两根网线重叠了！现在已经装好！"

数控系统和安防系统，再度分开！

童素二话不说，快速从安防系统浩如烟海的文件中，将感染了病毒的文件全都找了出来，然后打开其中一个，开始进行二进制逆向还原。

计算机不能直接识别例如 C 语言、JAVA 之类的程序设计语言，它只能识别机器语言，即二进制代码。但如果写东西全都用二进制，那程序员光打 010101 这两个数字就要浪费大量的时间和精力。

所以，程序员一般都是用程序设计语言编程，然后利用编译器，转化为使用的计算机语言可执行程序，通常为二进制代码，然后让计算机去执行。

现如今，童素就要反其道而行之，将已经感染了病毒，产生变异的执行文件，直接逆推，然后寻找到底哪里与原本的指令不同。

假如有顶尖的程序员或者黑客在，就会知道她的技术有多么高明——想要逆推一个源文件，至少需要三天，多的时候一个月也不是不可能。

但童素写程序的时候，就是用最基础，也最难学的汇编语言，所以对她来说，可以将这个时间压缩到一个小时以内！甚至更短！因为所有代码，都已经在她脑子里。

她的大脑，本身就像一台最精密的计算机，运作速度快过所有程序！

不到 5 分钟，童素就已经将汇编语言全都逆推了出来，然后毫不犹豫，将安防系统中关于大门验证的所有选项，全部勾成"无"，并将车间、实验室，乃至克莱因楼的所有大门，全部打开！

惊慌的人群看见大门打开，手足并用，连滚带爬地往外冲！

门外的武警、便衣们，维持秩序，避免踩踏事件发生！

而此时，呼啸的救护车和消防车，已经驶入园区。

直升机直接在停机坪降落，全副武装、荷枪实弹的特警用最快的速度，从飞机上下来，小跑着前往克莱因楼。

童素解决了安防系统的问题后，清楚这并不是结束！

假如不能解决数控系统混乱，以及新能源电动车乱跑的问题，消防员就根本进不了车间，更控制不了火势。

因为车间太大，而门太少，假如消防员进去，面对四处挥舞的机械臂，以及到处乱飞的汽车，难免伤亡！

可不阻止的话，火势再这样蔓延下去，烈火乃至浓烟很快就会飘到二楼乃至三楼，导致消防员很难及时前往高层！

而很多人看见外界的混乱，为了避免汽车的撞击，已经躲到了楼上。

"数控系统的密码是多少！"

艾伯特·马歇尔摸了一下口袋，神色大变："我的密钥丢在路上了！"

"什么？"

"数控系统的最高密码，是一个128位的，由数字和字母、字符组成的，每隔30秒就会变换的动态指令。我平常都把相关密钥带在身上，但刚才可能因为太慌乱，本来放在我口袋里的密钥不见了！"

这可怎么办？难道回去找吗？

这要大海捞针，找到什么时候？更何况，之前那么多人跟着他们跑，这些人还没彻底疏散，怎么找？就算找到，被踩坏了怎么办？

没有登录密码，她怎么去登录数控系统？这根本是不可能完成的任务！

电光石火之间，童素突然想到一个方法："立刻联系机房的人，让他们按照我的话来做！"

机房的人本来解决了问题，都要撤离了，收到应龙的命令，立刻又折返回去。

就听见童素用极快的速度，发号施令："A5－107接口的网线，插到C4－789接口上；F1－468接口的网线，插到U7－678接口上……"

技术人员越听，越胆战心惊，最后忍不住说："'夜神'，这样改，数控系统和安防系统就彻底混在一起了，病毒！"

"我已经在安防系统临时设置了一道防火墙，病毒还在攻打。"童素也已经紧张到了极点，精神集中到最高，"只有这样，我才能在没有任何权限的情况下，进入数控系统！"

将数控系统和安防系统混在一起，再通过安防系统做跳板，跳到数控系统！

空旷的总控制室中，只闻键盘敲击之声。

应龙站在童素身后，20名荷枪实弹的特警分作两列，守住大门。

总控室的科研人员们，已经在特警们的护送下，来到一楼，排队准备出去，等待他们的，将是严格的审查。

此时的总控室内，虽然艾伯特·马歇尔和亚伯·温菲尔德也在，但真正能挽救这场灾难的，只有童素一人。

童素已经通过安防系统，跳到了数控系统，正飞快地试图获取管理员权限，从而浏览所有文件，然后找出染病文件，进行逆向推导，试图还原病毒。

由于过度用脑，眩晕感又一次袭来，为了补充糖分，童素下意识伸出左手往一旁摸去，却只摸到了巧克力的糖纸。她这才发现，自己在 14 分钟之内，竟吃完了 3 条巧克力。

这也没办法。她能在短时间内推导出安防系统的病毒代码，是因为她以前就是做信息安全出身，对安防系统太过熟悉，而这套工业数控系统，童素却完全是第一次见。

这就意味着，她想要找到病毒的源代码，必须先完全地了解这套系统，然后赌运气。赌每次选中的文件，都是原样本或者二次变种，然后根据零碎的信息反推。如果变种了三次以上，想要在这么短的时间内还原，基本上不可能。

但她不得不这么做。因为浓烟已经飘到二楼了！

"应龙上校，你们还要多久！"傅立鼎焦急的声音从对讲机里传来，"我们的消防员什么时候才能进入车间！"

应龙一看车间浓烟滚滚，机械臂胡乱挥舞，不断往下扔东西的情况，就知道这边还不行："'夜神'还没搞定，消防员不能进去！"

"必须进去！"傅立鼎非常焦急，"虽然便衣在撤离的时候，已经尽量救人，可现在，至少还有 600 人被困在车间，或被浓烟熏晕，或者被汽车砸到，无法动弹。我们的消防员必须进去，再拖下去，这些人很可能就活不下来了。"

应龙当然知道问题的严重性，但他站在总控中心，更能观察场景："车间已经完全被浓烟遮挡，里面根本就看不见人，机械臂和汽车还是不断往下砸。现在进去，就是拿我们子弟兵的命在开玩笑！两三吨重的汽车，一旦被当头砸下去，就成了一堆烂泥！"

他们的争吵和困难，童素压根听不到。

"必须快点破解——"她咬破舌尖，用痛苦让自己清醒，"就差一点点了！"

偏偏雪上加霜的事情，又发生了。

浓烟已经透过玻璃窗，飘到了三楼，渗透进了总控室。

应龙早有准备，立刻让所有人也戴上防毒面具，又准备给童素戴。

但他却很清楚，就算有防毒面具在，也不能在浓烟过于强烈的地方久待！

"我不能戴这个！"童素一接触到防毒面具冰冷的质感，立刻拒绝，"我需要随时补充糖分和热量！否则大脑运转不过来！"

应龙急了——不戴防毒面具，只戴吸氧器，童素很容易被浓烟呛死！

可这时候，他没办法与童素争！甚至不能说话分散童素的注意力！

"拿吸氧器过来！"

童素根本无暇思考，她左手只要稍微一抬，应龙就立刻开一条巧克力或者士力架，塞到她的嘴里，然后立刻给她的嘴巴和鼻子套上吸氧器。

如此，循环往复，又过了 10 分钟。

傅立鼎已经声嘶力竭地吼了："'夜神'那里到底好了没！"

"没有！"

"不行了，我们不能等了！"临危受命，接过指挥重担的夏正华下了决定，"不惜一切代价，也要救人，消防员们已经准备就绪！"

下一刻，应龙就从车间大门的监控中看见，上千个全副武装的消防兵，从九个大门，冲入了火海。

他死死地咬着牙齿，祈祷这些兄弟不要有事。

而童素的状态，也变得非常糟糕。

吸氧器令她暂时能呼吸到洁净的氧，却没办法阻止浓烟朝她的口鼻、眼睛里扩散，她的眼睛很快就被熏红，眼泪不断地流下来，但她却不为所动。

快好了，就快好了！

这时，车间之中，又传来巨大的爆炸声和刺目的火光！

又有两台汽车出事了！或许是相撞，或许是爆炸，或许……砸到了某个人身上。

应龙紧张地祈祷，希望消防员们没事。

偏偏就在这时，克莱因楼的摇晃越来越剧烈！

"这栋楼快塌了！"

<h1 style="text-align:center">七</h1>

克莱因楼外，一群爆破专家、建筑专家正对着这栋楼的设计图纸，以及立体建模，满头大汗地开会。

夏正华就听见这群人关于"受力点""承重柱"等反复吵来吵去，顿时有些心烦意乱："各位，时间不等人，我希望尽快得到结论——这栋楼到底会不会塌！如果会，到底什么时候塌！影响范围又有多大！"

傅立鼎带领公安干警们紧急疏散人群，尽量将所有来宾和工作人员都转移到克莱因楼旁边的高档宾馆内。

来宾们拼命往外跑的同时，消防队员和特警们却在源源不断地往里冲！

夏正华不会忘记，大洋国当年双子大楼遭受恐怖袭击，专家误判，认为双子大楼不会坍塌，结果葬送了许多消防员的性命。

前车之鉴犹在眼前，人，他们要救，但人民子弟兵的性命，也要保住！

面对夏正华的催促，专家们谁都不敢下断言，只能含糊地说："需要尽快撤离，大楼随时可能坍塌！"

"但还有不少人在里面！"夏正华心急如焚，"能不能确定大概坍塌时间？稍微预估一下，这栋楼还能坚持多久？"

专家代表非常为难："夏部长，克莱因楼实在太大，光是地下车库就有三层，加起来足足有四千个停车位。我们目前尚不清楚爆炸究竟发生在哪层，主要受力点是哪里，毁掉了哪几根承重柱。资料有限，根本没办法做出准确的判断！"

"所以？"

"我们只能建议，尽快全部撤离！越快越好！"

就在这时，对讲机里，传来应龙激动的呼喊："成功了！夏部长，成功了！机械臂全部停下了！"

"第二批消防队员，立刻进入克莱因楼，准备救援！"

夏正华冷静地下达命令，然后拿起对讲机："用最快速度，护送艾伯特·马歇尔先生、亚伯·温菲尔德爵士，以及童素出来！"

"情况有变！"应龙的声音充满惊讶和错愕，"'夜神'收到了来自敌人的挑衅！"

"什么？"

"对方自称'杜尔迦'，宣布为这次的黑客袭击负责，并说，这并不是结束，还有后续！这座超级工厂，将会变成人间地狱！"

总控室内，童素面无表情地盯着电脑上血红的文字，撕开了一条巧克力。

艾伯特·马歇尔皱眉："我从来没有听过'杜尔迦'这个名字，是哪个新崛起的黑客天才吗？"

"是一个纯粹由女性黑客建立起来的组织，她们的历史几乎伴随着黑客的诞生和发展史。"童素冷冷道，"她们主要活跃地带在孔雀国、中欧、东欧、中东等地，组织的宗旨是拯救那些被卖到暗网，成为他人玩物或者黑暗视频素材的妇女和女童，所以才用孔雀神话里降魔女神'杜尔迦'的名字作为代号。"

亚伯·温菲尔德靠在椅子上，姿态悠闲，仿佛所处的地方并不是正在摇晃的大楼，而是阳光明媚的海岸；吸入的也不是滚滚浓烟，而是醉人的芬芳："'杜尔迦'虽然因为某些手段过激，涉及以暴制暴的层面，导致她们上了国际刑警的重点关注名单，但勉强还算一个中立的组织。诺亚集团与她们的理念和立场都没有冲突，为什么她们会在这个时间点，在这里制造恐怖袭击？"

艾伯特·马歇尔满脸疑惑，身边的秘书却已经忍不住，低声提醒："总裁，这里太危险了，不是谈话的地方。"

不仅他的秘书，还有他那些站在总控室外的保镖，以及跟随亚伯·温菲尔德的人，都不觉得他们应该继续在这里耗下去。

既然数控系统已经关了，剩下的事情交给中国政府，交给消防员们解决就行，艾伯特·马歇尔和亚伯·温菲尔德可不能出事，否则他们这些跟随的人都没有好果子吃。

"你们先走，我留下来。"童素不假思索，"我和这个组织打过交道，她们言出必行，一定有我没注意到的地方，我要重新查一遍。"

应龙思索片刻，突然想到一个细节："马歇尔先生，请问，诺亚集团在这座工厂的成品新能源汽车，究竟有多少辆？"

秘书闻言，立刻回答："3000 辆。"

听见这个回答，应龙神色一沉。

根据安全部门的统计，之前失控的新能源电动车，大概在 1000 辆，据说已经是工厂全部的货了，3000 这个数字怎么来的？

想到这里，应龙下意识望向艾伯特·马歇尔，希望能从对方那里得到答案，谁知这位诺亚总裁也摸不着头脑："这么多？我记得当时说了，只要提前装配 1000 辆，预备第一批订单就行吧？"

以这个超级工厂的生产速度，假如人手和零配件供货足够的话，完全可以做到年生产百万台新能源电动车。

但因为工厂才刚刚落成，自动化流水线初步投入使用，目前工厂生产只是小规模试点，并没有马力全开，才只做了 1000 辆试水。

秘书回答："为了开拓中国市场，公司开始研发相对平价的新能源汽车。鉴于您要求做工不能降下来，项目组方案修改了几十次，这两千辆汽车，就是屡次研发留下来的样车，或者瑕疵品。"

诺亚汽车的车型只有三种，定价最低的也要 120 万人民币，高端车型动辄五六百万人民币起步。诺亚集团的市场部门经过详细调查后认为，最好能研发出一款价位在50万左右的新能源汽车，才能尽快开拓中国市场。

按理说，价位降低，做工、零配件等都要相应下调。但艾伯特·马歇尔是个完美主义的偏执狂，他不肯缩减做工，坚持要设计师们在其他方面压缩成本。

只是谁都没想到，这几年来，诺亚集团驻扎亚洲超级工厂研发部门弄出来的样车，加起来竟然有两千台之多。

"那批汽车放在……"

"工厂最北边的仓库里。"

听到这里，其他人还没什么反应，作为湖滨市土著的童素已是神色大变："这座工厂的北边全是化工厂啊！"

也就在这时，应龙的对讲机里，传来傅立鼎急促的声音："至少几百辆诺亚汽车从仓库开了出来，穿过工厂北大门，在公路上发疯！"

"能拦住吗？"

应龙将对讲机递到童素面前，童素干脆利落地回答："不行，安保系统已经被病毒感染，虽然解决了大半，可来不及彻底修复。我只能借助现有的漏洞，将所有大门打开。如果要关上工厂大门，就等于其他的门也要被锁死。"

"但超级工厂的北边，是两个大型化工厂园区，仓库里囤放了数百吨易燃易爆的原料。"傅立鼎声嘶力竭，"现在启动战斗机摧毁这些汽车已经来不及了，军事机场到这里至少也要20分钟！而从超级工厂到园区，顶多只有10分钟的路程！"

一旦存放化工原料的仓库爆炸，威力等同于上千吨TNT被引爆，这无异于将一枚核弹扔在湖滨，后果不堪设想！

"设置路障呢？"

"不行，路障就算能拦下前面几辆汽车，但后面那么多汽车却不会刹车，剧烈撞击之下会引发连环爆炸，以这么多锂硫电池的爆炸威力，同样会波及化工厂！"

大楼在震动，应龙的心也坠入谷底。

原本守在总控室外的外国保镖和特工们，也从自己的渠道得知了这个消息，按捺不住，要冲进来，把自己保护的对象救走！

秘书也满脸惊慌："总裁，我们快——"

"就算现在走，也来不及了。"亚伯·温菲尔德气定神闲，"10分钟不到的路程，直线距离不会超过5公里。哪怕我们现在走，也不能走多远，以这场爆炸的规模，20公里之内都会受到波及，我们根本跑不掉。"

跑，是绝不可能跑掉的！想要活下来，唯一的办法，就是阻止这场爆炸！

亚伯却像不知道事态的严重性一样，摸着下巴，一脸玩味："说起来，'杜尔迦'这个组织，到底怎么控制这么多汽车的？"

童素也在思考这个问题，只见她当机立断，对艾伯特说："我需要进入诺亚集团的最高研发系统，有没有绕过最高密钥的方法？"

艾伯特·马歇尔思索片刻，才道："我的密钥已经丢失了，没办法进去，但两年前，'铜棒'先生为解决'太空飞梭号'操作系统的一个疑难问题，必须进入核心系统，查看源代码，就和我们签署了保密协议，获得了高级管理员权限。这个权限虽然已经被冻结，却还保存在内网，只要输入相应口令就能激活。"

秘书立刻联系总部，艾伯特·马歇尔视频连线验身份，不到一分钟，就拿到了本属于童子邦的高级管理员权限，以及相应的口令。

童素飞快输入口令，随口应回龙："能联系到爸爸吗？"

她一边说着，一边用最快的速度翻到诺亚集团新能源电动汽车的智能操作系统上，稍微看了几眼就确认，这是"太空飞梭号"的简化版本。

"太空飞梭号"的智能操作系统功能完备，设施齐全，等同于一个小型智能控制台。当时童素还在治疗心理问题，只是辅助父亲研究这个系统，若要问对它的了解，还是要找童子邦。

应龙附耳对童素说："童先生在执行 S 级机密任务，就算是夏部长，也不能主动联系他，只能等他联系我们。"

童素微微皱眉，却没说什么，只是快速浏览整套系统的功能，最后下了结论："海豚音攻击，工厂里面有他们的同伙！"

所谓的海豚音攻击，是基于智能语音助手之上的新型黑客攻击。

无论是智能手机上的语音助手，还是车载语音，原理都是录入机主/车主本人的声音，识别确认是本人后，就听从对方语音发出的命令，做出相应的反馈。

这就给了黑客们可乘之机。

以手机为例，黑客们可以用人耳听不到的超声波启动手机语音助手功能，实现包括网购、拨打电话、查看文档等在内的一系列私密操作。

只要预先收录机主的声音，再用一个超声波播放器把人声的频率转化成超声波频率，然后用超声波频率，对智能手机的语音助手发出相同指令，它同样会直接响应。

车载语音也是同样的原理。

人说话，自然是用声音的，但超声波可以无声无息。

有科学实验室研究过，将正常的语音调制成超声波载波上的语音命令，当其频率大于2万赫兹时，人耳无法听见，但手机的语音助手依然可以接收这样的命令。

这就是"海豚音攻击"名字的来源——海豚的叫声，本就是一种超声波。

鉴于目前市面上的超声波发射器，传播距离都在两公里左右，童素能够确信，超级工厂内部有人配合"杜尔迦"，策划了这次惨无人道的恐怖袭击！

"海豚音？"听见童素的结论，艾伯特·马歇尔愣住了，"怎么可能？"

亚伯含笑道："我相信'赫卡忒'女士的判断。"

"我不是怀疑'赫卡忒'，只是——"艾伯特·马歇尔表情变幻莫测，片刻之后，才说，"早在两年前，'铜棒'先生在研究'太空飞梭号'的时候，就提到了智能语音容易被海豚音入侵的问题。为此，诺亚集团的新能源汽车全部升级了收声传感器等相关硬件，确保只能识别两米内的声音。"

这是诺亚集团的工程师们讨论出来后，认为最优的解法。

海豚音攻击防不胜防，涉及超声波的领域，谁也不能保证软件安装防火墙就能万无一失。但从硬件上下手，却容易很多。

黑客最擅长的就是远程攻击，诺亚集团就直接设定，只有车载语音助手两米内收到的信息，才能被识别并且执行，超过这个范围，哪怕是车主本人也没用。

应龙听到这里，已经通知夏正华，务必留意诺亚汽车中的收声传感器。这批硬件，很可能在组装的时候，就已经被替换掉了。

"诺亚汽车的收声传感器，是自己制作的，还是采购的？"

"当然是采购的！"艾伯特·马歇尔的脸色沉了下来。他已经意识到，这一次的袭击，一定有诺亚集团的高层参与其中。

就在这时，克莱因楼的摇晃，比起前面任何一次都要剧烈。

"你们快撤出来！"傅立鼎高喊，"地面已经有小范围的塌陷，马上南边就要开始倾斜！待在里面非常危险！"

"先让消防员撤退！"应龙回答，"'夜神'还要解决海豚音的问题！我们要阻止这场爆炸，不能当逃兵！"

童素压根不管这些人到底在说什么。她已经进入了一种全身放空，浑然无我的状态，心中只有两年前，爸爸和她聊起这件事时，提到的解决方法。

诺亚集团从硬件上下手，不失为一个好策略，但童子邦认为，真正想要做到一劳永逸，最好的办法，还是通过软件升级的方式，让硬件'学会'辨识声音来源究竟是人声还是超声波，效率来得更高。

那段时间，童子邦一直在琢磨这件事，童素也加入其中。因为她知道，爸爸想快点写出这个程序，赠送给艾伯特·马歇尔，偿还对方慷慨赠予"太空飞梭号"的人情。

她记得，这个程序，爸爸当时已经写好了，正打算给对方，结果他们父女就被安妮·卡佩洛带人绑架。

难道是因为绑架案发生后，爸爸忘记了这件事，没给艾伯特·马歇尔吗？

这个念头在心中一闪即逝，童素顾不上许多，飞快将记忆中的程序，复原到诺亚集团智能汽车的主系统中。

快点，再快一点！

与此同时，诺亚超级工厂，北边的公路上。

足足两千辆诺亚新能源汽车，浩浩荡荡，犹如白色的洪流，霸占了宽阔的道路，用超过120迈的速度，疯狂开往化工厂园区。

远远看过去，没有一辆车的驾驶位上有人。

"简直就像白色幽灵一样。"夏正华看着无人机传回来的画面，神色微冷，"化工原料转移得怎么样了？"

傅立鼎已经回到夏正华身边，不断联络各方，闻言不由得苦笑："工厂就连卡车都找不出几辆，根本没办法运。"

夏正华凝重道："现在用导弹打的话，能不能不引发爆炸？"

"非常困难。"

"再困难也要试一试，不能让化工厂真正爆炸！"

话音刚落，就听见专家们惊呼："南边要塌了，在倾斜！"

"所有消防员，全部撤离！"

"楼里可能还有没疏散的人员！"

"基本没了！"

"艾伯特·马歇尔和亚伯·温菲尔德还是不肯出来吗？"

"他们不肯，说，'夜神'没走，他们作为绅士，更不可能离开。"

饶是以夏正华的风度，听到这里，还是僵了一下，忍不住说："见鬼的绅士风度。"

这一刻，他真恨不得能把这两人打晕，直接扛下来！

这两个人一旦死了，后续的影响，简直无法估量！

夏正华早就安排专机，本打算第一时间就让核心人物离开，偏偏其他人都走了，艾伯特和亚伯就是窝在总控室不肯走！

"夏部长，安全部门传来消息——斯图国首相紧急致电大使馆，希望确认亚伯·温菲尔德爵士的安危!"

"夏部长，快让所有人撤离! 远离克莱因楼的范围内! 这栋楼马上就要塌了!"

此时，距离第一辆诺亚汽车撞上化工仓库，只剩不到 3 分钟!

与此同时，大洋国，米切尔城。

大洋能源集团主席西蒙·路斯恩的私人豪宅里。

这位呼风唤雨的能源巨头端着一杯红酒，悠闲地坐在沙发上，覆盖大半个墙壁的超大电视屏幕，清晰上演着灾难的画面；价值几十万的豪华音响，将现场的声音淋漓尽致地传达。

若是不知情的人看见这一幕，定会以为西蒙·路斯恩正在欣赏什么灾难大片，而视频通话的另一边，斯图皇储伊莎贝拉轻笑道："是不是很震撼?"

原来，这两位罪恶滔天的刽子手，正在欣赏他们的杰作——诺亚集团亚洲超级工厂遭遇的恐怖袭击。

虽然在兵荒马乱之中，大部分摄影器械都因为过于笨重，影响逃生，已经被丢弃，但还是有很多不要命的记者，意识到这是一个前所未有的爆炸新闻，所以找到稍微安全的地方之后，就开始直播。甚至还有人抱着无人机一路跑，现在开始操纵起了无人机。

鉴于这次的落成仪式，本就是一场声势浩大的全球直播，许多人已经守在电视机、电脑面前，骤然看到灾难现场，热度非但没降，反而进一步引爆了社交网络。

各国的社交平台上，"诺亚集团""亚洲超级工厂""爆炸""灾难"等，都已经成为时事搜索的热词，并且热度还在不断飙升。

看见两千辆诺亚汽车一往无前，向化工厂狂飙而去，西蒙·路斯恩实在难掩心中的好奇："尊敬的伊莎贝拉殿下，您连亚伯·温菲尔德也要杀死吗?"

伊莎贝拉露出一丝遗憾的表情："我并不知道，他会在这个时间，出现在这么不恰当的一个地点。"

西蒙·路斯恩才不相信伊莎贝拉的鬼话，只是顺着她的话往下说："他以为您被软禁，却无从知晓您的力量。"

"倒也谈不上。"伊莎贝拉神色阴郁，没了谈话的兴致。

因为"提洛岛"的事情，她一回国内，就被铁血首相，也就是她的亲舅舅威廉·温菲尔德软禁。

这并非铁血首相一人的行为，而是首相、大元帅、大主教共同的决定。

那时，伊莎贝拉就明白，斯图国政治、军事和宗教的三位代表已经达成一致意见，即便推她上位，也会彻底架空她。

卡佩洛侯爵的死，虽然替皇室背了"提洛岛"的锅，但在中国和大洋国都清楚斯图国皇室才是罪魁祸首的情况下，为了压下这一桩天大的丑闻，斯图国必须做出一定的表态——限制皇室，就是其中最重要的一环。

至于后续的各种合作，以及利益出让，内阁则铁了心要让皇室成为橡皮图章，连流程都开始不想走了。而这本身，也符合权臣的利益。

正当伊莎贝拉孤立无援之际，梅涅公爵却派人找上了她，提出条件——他可以想办法扭转局势，条件一，要把整个卡佩洛家族扔出去当替罪羊；条件二，他要亚伯·温菲尔德的性命。

伊莎贝拉非常清楚，公爵想要当皇帝，就不希望权臣坐大。在这一点上，他们的利益是相同的，都不希望皇室被架空。

但他也不会免费帮她，他之所以这么"好心"，愿意改变伊莎贝拉被软禁的处境，完全是要借助她的手，铲除敌人，并逼她自断臂膀。

伊莎贝拉同意了。她出卖了卡佩洛家族，将自己描绘成一个被老侯爵欺瞒和控制的角色，将老侯爵的嫡系全部下狱，包括改变了身份的安妮。

这样一来，就导致卡佩洛家族的权力出现真空，任何一个与卡佩洛家族联姻，或者身份足够的贵族，都可以试图入主这个家族，冠上"卡佩洛"的荣耀之姓。

巧言令色，并不足以让她解除被软禁的不利局面。但选帝侯家族的财富和地位，足以令任何一个贵族动心。

在公爵的"帮助"下，伊莎贝拉终于被释放出来。但此时，她也元气大伤，急需盟友的支持。

她深切地知道，西蒙·路斯恩是个利益至上、翻脸无情的家伙。自己先前已经露出颓势，难保对方不会投向公爵。所以，他们两个必须成为同谋，共同犯一个绝无仅有的大案子，才能牢牢地绑定在一起，不会彼此背弃。

正巧，西蒙·路斯恩需要将艾伯特·马歇尔以及童家父女一网打尽，而伊莎贝拉此时为了自保，已经来不及抓捕童家父女，听说亚伯·温菲尔德也要前往这次仪式，她便意识到，这确实是一次千载难逢的良机，可以一举除掉他们的几个心腹之患。

为此，哪怕犯下如此惊天大案，动用潜藏多年的暗线，也在所不惜。

西蒙·路斯恩看了一眼电脑上弹出的信息，笑道："暗网的消息还是灵通，已经在私下传播，说这是'杜尔迦'组织做的。许多人都表示震惊，认为应该是有人冒名顶替，您是否能满足一下我的好奇心？"

"不是冒名顶替。"伊莎贝拉一扫先前的不快，露出自得之色，"就是'杜尔迦'组织。"

"但这个组织——"

伊莎贝拉不屑道："致力于救助妇女和女童，从来都是做好事，对吧？那你知道，这个组织在暗网上的悬赏，究竟有多高吗？"

西蒙·路斯恩笑了起来："愿闻其详。"

"一个'杜尔迦'的核心成员，只要能验证身份的那种，可以在暗网上换 300 万大洋币。当然，这是可以回本的。只要会有非常多的人乐于亲自去复仇，并且录下视频，一方面是威慑，另一方面也在于这种特殊视频，尤其是针对特殊身份的人，销量一直都不错。"

伊莎贝拉漫不经心地拿勺子搅着红茶："当然，越是强大、经验丰富的黑客，就越是具备敬畏之心，谨慎，善于隐匿自己的真名。因为他们知道自己在做什么事情，也知道自己得罪了多少人。但'杜尔迦'这个组织错就错在，想要救人，就需要接触现实。而接触到现实，就会留下线索。她们救人的次数越多，暴露自我的可能性就越高。在大海里捞一根针，几乎不可能。但在一个小池塘捞几尾鱼，也不过是多费点工夫的事情。"

伊莎贝拉复述当年，亚伯·温菲尔德在调查"杜尔迦"这个组织时，对她说过的话。

当然，这个调查量依旧很大。

可亚伯·温菲尔德另辟蹊径，他并没有每个人逐一查过去，而是优先筛选那些具备能成为黑客特质的人——喜欢计算机技术，感知敏锐，性情敏感，富有创造力与严密逻辑推理能力、空间想象能力，喜欢躲着摄像头走，不喜欢曝光在人群中……

参考"杜尔迦"对妇女和女童的救护，甚至可以大胆反推，这个组织的创始人或许也受到某些来自性别方面的迫害。

"你也知道，如果斯图国中央情报局，又或者，你们大洋国的国土局认准了一个人，开始进行全方位的调查，那么这个人的一切秘密都将暴露，拿到证据只是时间问题。"

西蒙·路斯恩听到这里，不由得拍案叫绝："所以，在很早之前，这个组织就混进了你们的人？"

"不止。"伊莎贝拉得意地笑了，"我们找到了'杜尔迦'的几个创始人，她们在互联网世界可以呼风唤雨，但现实中，她们有亲人，有爱人，有朋友。愿意妥协的，就成为皇室特聘专家，当然，私下里，不愿意妥协的——"

斯图国皇室不缺暗网悬赏的那点钱，这些聪明而优秀的女黑客，自然而然就被送进了夏宫地下，那个无比残酷的，由皇家牢狱改成的非法人体实验基地。

"杜尔迦"组织这张牌，一直被亚伯·温菲尔德捏在手里，并没有打出去。

但伊莎贝拉已经铁了心决定牺牲这位皇室特工头子，也就顾不上这些了。趁着亚伯不在斯图国，她拿老皇帝的手令，逼迫"杜尔迦"配合。

"可惜了——"伊莎贝拉端起红茶，惺惺作态，"其实我并不想亚伯死，这些年来，他实在帮了我很多。失去他这么一个强有力的助手，我将来的道路，或许会更加不顺利。"

就算没有梅涅公爵的要求，伊莎贝拉也不怎么想留亚伯的命。

亚伯太聪明，太敏锐，太不可捉摸，时常让伊莎贝拉不寒而栗。

当然，伊莎贝拉不会承认，这其中也有她爱慕表哥布莱特，想为对方铲除竞争对手的私心。

西蒙·路斯恩也拿起红酒杯，微笑着说："艾伯特·马歇尔实在是个优秀的年轻人，我是真不愿意看见他如此凄惨地死去。"

两人相视一笑，隔空举杯。

距离第一辆诺亚汽车撞上化工仓库，只剩不到 30 秒！

十，九，八，七……

傅立鼎绝望地闭上了眼睛。

四，三，二，一。

预想的惊天爆炸，并没有到来。

无人机拍到的画面显示，就在第一辆诺亚汽车距离化工厂墙壁只剩 3 米的时候，这辆车突兀地停了下来。

就像羊群一样，头羊停下后，后面的汽车纷纷效仿，直接刹车。

按理说，120 迈的速度，哪怕紧急制动，也会让车子向前滑行，从而如同多米诺骨牌一样相撞，导致连环车祸，引发火灾乃至爆炸。

但诺亚汽车良好的抓地性能，以及智能系统中的"防撞系统"在这一刻显露无遗，每一辆汽车在匆忙刹车后，都只是短暂地滑行了一小段距离，然后就稳稳停下，和前车保持足够的间距。

总控室内，一片寂静。

下一秒，不知是谁怪叫了一声"成功了"，其他人这才反应过来，脸上洋溢着劫后余生的笑容，用崇拜的眼神看着童素。

"我已经临时升级了智能系统的软件，拒绝了所有超声波的识别。"童素一边说着，一边将手臂撑在桌上，想要站起来，谁知她刚刚支起半个身子，眼前一黑，脚步一软，竟是差点栽倒！

应龙二话不说，直接将防毒面具给她套上，然后对着对讲机狂吼："危机解决，我们这就出去！"

"最好让他们把那些车也冻住。"童素说得很吃力，却一个劲看着艾伯特·马歇尔，"诺亚集团——"

"我会去查。"艾伯特·马歇尔回答。

应龙则向艾伯特·马歇尔担保："我们的战斗机马上就赶到，将会把这些车子急冻起来。"

随即，他看见童素都站不稳，必须扶着桌子，索性将童素背起，就往外快步走。

童素虽然快失去了知觉，却还是用力拍着应龙，指挥他在总控室的大门口停下，对艾伯特·马歇尔说："请您进行身份识别，我要永久把这扇大门关上。"

这是为了保证在他们逃出去的期间，不管是大火，还是别有用心的人，都没办法进去，里头的仪器不至于出事，导致安防系统出问题，所有大门被二次关闭！

应龙忙问："您刚才不是说，大门一开就全开，一关就全关，不能单向操作吗？"

"那是在控制台，只能这么远程操纵安保系统。"童素回答，"其实，一扇扇门单独操作过去，开关是可行的。但我将开关权限调整到最高，只有马歇尔先生才能通过验证。所以刚才我说，关闭仓库大门来不及。"

艾伯特·马歇尔验证身份后，童素输入指令，将大门关上。

诺亚集团的保镖们，还有斯图国皇室特工们已经是急不可待，立刻就将自己负责的对象簇拥起来。

20名特警见状，就跟着应龙。

50个人，形成了三个圈子。

诺亚集团的人熟悉路，走在最前面，但艾伯特·马歇尔和亚伯·温菲尔德走在一起，这就导致他们身边的人形成了一个圈，将他们围在中间，无论左边还是右边，都至少有两个人。

在宽阔的走廊上，这个阵形没问题。但在克莱因楼已经向南边倾斜，整栋楼摇摇欲坠的情况下，没人敢用电梯，只能走楼梯。

楼梯没有走廊宽阔，顶多容纳三人并行。

不知为何，艾伯特·马歇尔和亚伯·温菲尔德特意在楼梯口等着，看见应龙背着童素来了，亚伯就做了个"请"的动作，含笑道："我们三个走一排。"

应龙认可了这个方案。

保镖、特工，以及安全部门的精英们被打散，分别走在他们的前后，大家用最快的速度，努力出去。

谁知刚顺利从三楼下到二楼，突然"砰"的一声！

众人定睛一看，二楼通往一楼的楼梯，竟是直接陷了下去！

"这地方不能走了！"探路的人扯着嗓子喊，"换一条路！"

大家没办法，只能掉转方向，从楼梯间走出来，穿过走廊，去找另一条楼梯。

就在他们越过每一扇打开的房门，在这条走廊走到一半的时候，走廊上、房间里，所有的灯，一瞬之间，全都灭了。

黑暗与死寂之中，突然，沉闷的枪声响起！

有人袭击！

八

枪声响起的那一刻，应龙当机立断，冒着因为发出声音而暴露位置，被子弹击中的风险，用大洋语吼道："往前冲！"

他没有喊卧倒，因为敌暗我明，敌人也不知道是否携带了炸弹，如果这时候趴下，恰好一枚炸弹扔过来，后果不堪设想。

大楼随时可能坍塌，每一分每一秒都是在和死神赛跑，他们的时间所剩无几，绝不能在楼里和敌人纠缠！

艾伯特·马歇尔的保镖都是大洋国的退役军人，跟随亚伯·温菲尔德到来的随从们，也都是斯图国皇家特工。在危机发生的时候，这些专业人士本能地选择了听从，所有人都一股脑往前冲，而同时，他们也做出了自己的判断——以血肉之躯，围成人墙，将他们保护的对象围在正中！

黑暗的走廊里，只有奔跑的声音！

但很快，就传来重重"哐当"的一声，原来是秘书体力不支，又因为太过匆忙，摔倒在地上，眼镜飞了出去！

知道没人会来搀扶自己，秘书努力爬起来，却因为环境一片漆黑，根本看不到眼镜落在哪里。

发现这么短的工夫，自己已经落后大部队不少，秘书快步小跑，想要跟上，结果才跑两步，就不慎被地上的东西绊倒，"扑通"一声，又重重摔倒！

这一次，秘书本能地用左手肘撑着，勉强才没脸部着地，却听见清脆的"嘎吱"声，左手关节传来的剧痛告诉他，这只手骨折了！

意识到对近视度数一千度的自己来说，没了眼镜就等于是睁眼瞎，秘书颤抖着用还算完好的右手摸着口袋，掏出手机，打开手机背面的补光灯，就看见绊倒自己的，是两扇被拆下来的木柜门。

"这种东西怎么会在这里？"这个问题在秘书心中一闪而过，但由于时间紧迫，他没放在心里，只是眯着眼睛，在冷白色光芒的照耀下，弓着身子，摸索着自己掉落的眼镜。

而就在这时候，他却听见急促的脚步声去而复返！

秘书举起手机，刚想问"你们怎么回来了？"，就听见好几个不同的人又惊又怒的声音同时响起，用不同的语言喊着同一件事情：

"关机！"

啊？关机？为什么？秘书脑袋还没转过弯来，就听见什么东西——可能是一个铁球，也可能只是一瓶易拉罐装的饮料，滚到脚边。

下一秒，"轰"！刺目的火光，在众人面前跃起！

"闪避！"

众人下意识地躲避，闪进了两边的房间里，就看见火焰舔食着不知何时散落在地上的纸张，与纸张上不知撒的什么化学物质呼应，形成烈火长蛇，覆盖了走廊，也堵住了他们出去的路！

"快找消防设备！"应龙吩咐，"两人一组，留下五个人，保护马歇尔先生和童小姐！"

他一边说着，一边要放下童素。

就在这时，趴在应龙背上的童素，用虚弱的声音，说："他的脚下有两扇木柜门，刚好覆盖了大半个走廊的宽度，应该是直接从档案室的柜子上拆下来的。"

刚才那一刻的时间虽然很短，但秘书手机上微弱的光芒，已经能把周边稍稍照亮。

应龙知道童素有照相记忆的能力，丝毫不怀疑对方的判断："刚刚我们路过这里的时候，还没有路障。"

"但有散落的纸质档案。"童素回答，"我们在走廊上奔跑的时候，我听见了很多次鞋底碾过纸张的声音。"

"敌人听见秘书摔倒，掉队，特意在秘书前方放了路障。"艾伯特·马歇尔皱眉，"也就是说，敌人早就知道，前面的楼梯也被摧毁了，我们势必要折返。而他可以通过光线的定位，对我们进行袭击。"

虽然这个解释听上去没太大毛病，应龙却本能觉得不对。

他们这一群人，目标实在很明显，哪怕他们没有拿手机照明，但几十个人一起奔跑，春雷般的脚步声也暴露了所在。

敌人手上有炸弹，直接循着声音，往他们这边扔就行，为什么还要多此一举，搞得如此麻烦？

假如秘书没有拿出手机，打开补光灯，给敌人进行定位呢？难道敌人就不袭击了？

"我想，或许敌人并不介意他有没有开灯，只是猜到我们一定会折返，需要想办法让我们停下来。"童素猜测，"我们都在往前跑的情况下，他要跟上我们，也得不停地跑，脚步声会暴露我们的行踪，难道就不会暴露他的？"

她一边这么说着，一边用轻微到几乎观察不到的动作，狠狠在应龙手臂上掐了一把。

然后，一笔一画，用手指写了三个字："敌、混、队。"

应龙只觉一股寒气从脚底板直蹿到天灵盖。

他明白敌人为什么要这么大费周章了，因为对方很可能是团伙作案——在黑暗降临的那一刻，至少有一名敌人已经混到了他们的队伍里！

虽然不清楚对方真正的目标究竟是艾伯特·马歇尔，还是亚伯·温菲尔德，但想要在这么多专业人士的保护下，成功完成刺杀，机会只有一次！

哪怕敌人手上有炸弹又怎么样？并不能百分百确保对方杀死目标！

想要进行完美的刺杀，最好的办法，就是贴近暗杀对象四尺以内！只有在这个距离，无论用热兵器还是冷兵器，由高手使用，才能确保一击致命！

但他们这一行人实在太多了，哪怕混了进来，也不能保证贴近任务目标。

所以，敌人要做的第二件事，就是将他们这支队伍打散！

就好比现在，艾伯特·马歇尔，以及一部分人，跟着应龙等人来到了右边的房间，但亚伯·温菲尔德也带着一部分人，躲进了左边的房间！

现在走廊燃烧着熊熊的火焰，他们根本没办法会合！

这样一来，队伍里混入一到两个生人，实在太难被发现。因为大家彼此之间都很陌生，又都遮住口鼻乃至整张脸，很容易就能蒙混过关！

对方制订这个计划的时候，一定没想到，"夜神"有那么恐怖的记忆力！

之前在黑暗中，"夜神"神志不清，又被人背着，不可能算清具体人数，但总控室内外究竟剩下几个人，她还有印象。

刚才走廊火光熊熊，"夜神"肯定是在那一瞬间感觉到不对，飞快环视四周，从而发现队伍里的人多了一个！

但具体是哪个人，她也不清楚。因为这支队伍里，至少有一半的人都戴着防毒面具，剩下的人也都用口罩或者布条打湿，捂住了口鼻。

无法判断敌人究竟混到哪一边的"夜神"，才用这种方法提醒应龙——敌人或许近在咫尺！

应龙心中提高了警戒，就听见艾伯特·马歇尔喃喃自语："最近的两个楼梯都被堵住，电梯不能用，第三个楼梯距离很远，至少要走 20 分钟……"

"跳窗呢?"童素突然问。

她两年前就在'梦回莎士比亚'项目组的古堡，体会过一次跳楼逃生的惊心动魄，并不觉得从二楼跳下去是什么大问题。

虽然克莱因楼的一楼，层高足足 9 米，导致二楼距离地面将近 10 米高，但只要装好安全气囊，跳窗应该不会有太大问题。

艾伯特·马歇尔摇了摇头："克莱因楼的所有窗户全都是焊死的，通过中央空调的新风系统来透气。尤其是二楼，都是档案室、实验室、设备储藏间等核心地区，窗户材料用的全是最高规格的防爆玻璃。"

这样的设计，一方面是为了很多实验本身就需要一个密闭的空间，以模拟各种环境；另一方面就是为了防止相关人员泄密，比如打开窗户抽支烟，然后让一些小字条"不经意"飘落等。

换作平常，这本不是什么大问题，但现在，却足以要了他们的命！

"还有一条路。"所有人齐刷刷地看了过来，就看见童素若有所思，"我利用安保系统的 BUG，强行打开了所有大门，包括每一个电梯间的门。"

霎时间，在场的每个人都明白了，她没说完的话是什么！

电梯间的大门打开了，但电梯未必在！

如果运气足够好，他们或许可以顺着电梯井爬到一楼，从而出去！

"如果电梯停在一楼，恰好把门堵住呢?"应龙觉得这个方法不靠谱。

一般来说，电梯停止运行后，要么留在最后到达的层数，要么默认回到一层。

虽然电梯的停靠楼层，都是靠厂家自己设置的，也有人会设定在中间层，但这种情况并不多见，至少克莱因楼的电梯不是。

难道他们要赌大楼断电的那一刻，刚好有电梯在运行，临时停在其他楼层？万一赌失败了，未必就有时间去另一条生路了！

艾伯特·马歇尔却认为可行："载客电梯在不运行的时候，确实会回到一楼，但货梯的默认停靠楼层是负三楼！"

应龙一听，马上拿起对讲机，通知被困在亚伯·温菲尔德那一边的队友："所有人去最近的货梯口，我们顺着电梯井下去！"

"收到！"

对讲机还没挂断，就听见那边响起纷乱的斯图语，还有队友们急促的保证："请你们放心，我们进来之前就已经背熟了整栋楼的平面图，不会有问题！"

斯图国的人不信安全部门的特警们？

这究竟是关心则乱，还是有人在里面挑唆？难道敌人就在亚伯·温菲尔德那边？

应龙想提醒队友，让他们注意队伍中不认识的人——特警们朝夕相处，对彼此十分熟悉，但斯图国和大洋国的人，若是混进几个生面孔，又在这种情况下，特警们铁定分辨不出来。

但他究竟该怎么说呢？不管明着提醒，还是暗示，都有很大概率被敌人发现。

他还在犹豫，就听见童素说："让我来。"

应龙立刻将对讲机凑到童素嘴边，就听见童素说："转告温菲尔德先生——请您信任我们中国安全部门的精英，也请您相信我的判断，让我们像昔日那样，再并肩作战一次。"

当初在"狩猎女神号"上，布莱特·温菲尔德不知道为什么，冒充他叔叔亚伯混到船上，最后与童素，还有那个叫詹姆斯的大洋国特工一起，闯过生死难关。

在这个过程中，童素的真实身份已经被其他两人看了出来。

虽然童素不清楚，亚伯·温菲尔德事前知不知道侄子冒充他上船这段，事后却不可能一直被蒙在鼓里。

她指鹿为马，将这份经历扣在亚伯身上，只为暗示亚伯，你身边可能有人是冒名顶替。

这是童素能做到的，最隐晦的提醒。

也就在这时，有人喊："找到了灭火器！"

"几个？"

"一个！重量4公斤！"

"太少了！"应龙看了一眼走廊上仿佛永不停息的烈火，再看一眼队员拿回来的便携式灭火器，别说4公斤，就是40公斤，都未必扑灭得了眼前的火焰。

但现在，也只能死马当活马医！

烈焰之中，白烟升起！

一群人顶着火焰，靠着灭火器开路，生生闯出一条路来！

仔细一看就会发现，这些人的外套都是披着的，腿上挂着的也都是撕成布条的衣服，一离开火焰地带，他们就飞快地将燃烧的外套和布条往外一扔，然后飞快地在地上打个滚，扑灭残余的火焰。

然后，一行人连滚带爬，用最快的速度，冲到了最近的电梯间！

就看见电梯间大门敞开，露出黑洞洞的，空无一物的内在。

只见两个特警打开安全帽上的LED灯，拿出随身携带的强光手电，脑袋伸到电梯间内，上下看了看，然后转过来，高声道："电梯落到下面了，不必担心！"

一边说着，他们一边开始解身上缠着的绳索和钩子。

虽然艾伯特·马歇尔的保镖，还有斯图国的皇家特工们，也都是训练有素的精英，但他们来参加活动，不可能携带制式装备，与普通人相比，也就是反应更快，格斗能力更强。

应龙小队的安全部门精英特警却不同，他们本就是为了救援和反恐而来，身上带着各式各样的工具！

只见两位特警将绳索的一头牢牢固定住，并且叫几个人拉着，以防绳索脱离、滑落，而且只有这样，才好掌控距离。

然后，二人用绳子在腰间缠绕了好几圈后，点了点头，示意没问题，就试探性地向电梯井边缘滑了下去！

其他人立刻扯着绳子，努力让绳子别下落太多。

"不够深，再放一点！"

听见井下传来的喊声，众人又试探性地放一点绳子。

就这么慢慢放了一会儿，突然绳子被大力扯动，然后对讲机里，就传来两名队员兴奋的声音："报告队长，我们已成功到达一楼电梯间外！"

"立刻将绳索固定，你们也在那边拉着。"

艾伯特·马歇尔看到这里，迟疑了一下，才说："我们也攀着绳子下去？"

一想到自己要紧紧攀着一条绳子，下坠将近10米，他就有点发怵！

万一中途松手了呢？人掉到电梯井底，岂不是死路一条？

应龙叹道："只能这样。"

艾伯特·马歇尔指着童素："'赫卡忒'小姐也这样？"

应龙犹豫片刻，才说："我背着她下去。"

"不用。"童素示意应龙放自己下来，"我没问题。"

她之前的眩晕是因为脑力消耗过度，以及吸入了部分二氧化碳，现在有防毒面具过滤，又休息了一下，已经好了不少。

在人群中混入一个敌人，又不知道对方袭击目标是谁的情况下，应龙肯定要守在上面到最后，防止敌人突然暴起，割断绳子。

如果届时她还在上面，只会成为应龙的累赘。

现在这个时候，他应该尽快恢复精神，防止即将到来的袭击。

童素认为，自己应该和艾伯特·马歇尔一起下去。

面对这种情况，理论上最优的解应该是艾伯特·马歇尔和亚伯·温菲尔德一起下去，这样敌人肯定会急不可待，也要下去。在对方往下攀爬的时候，应龙联系在下面的特警，等对方一出现就不动声色地制服他们。

问题是亚伯迟迟没到，而多拖一分钟，就多一分危险！

艾伯特·马歇尔的保镖，是绝不会允许他留到最后的，哪怕是中国安全部门，肯定也是希望这种重要人物能尽快跑出来！

应龙作为这支队伍的负责人，必须等到亚伯下去了，他才能离开。

也就是说，就目前而言，想要保护艾伯特·马歇尔的人身安全，最好的办法就是童素始终陪同——只有她才清楚，敌人还藏在附近，也只有她，才能在应龙没来的情况下，临时指挥安全部门的特警。

"房子摇晃力度这么大，电梯井也不是绝对安全，说不定上面就会掉什么东西。"童素望向艾伯特，"我们得尽快下去。"

艾伯特犹豫了一下，才说："让我的人下去两个，我要看看他们是否安全。"

说罢，他就点了左右两个人出列。

应龙和童素留心观察到，艾伯特似乎对这两个人十分熟悉，应当是他的心腹，理论上他们由敌人伪装的概率很小，加上也不好拒绝艾伯特的要求，就点了点头。

等这两人成功到一楼，看见艾伯特还有点犹豫，童素便道："要不我们再下去两个人，您看如何？"

下面只有两个特警，剩下两个是大洋国的人，她不放心。

艾伯特本身就有点抵触在没有任何安全防护的情况下，进行这么危险的操作，有点能躲就躲的逃避心理，闻言就点了点头。

应龙一挥手，又有两名特警出列。

"等一下。"应龙突然想到一个主意，对这两名特警说，"把你们身上的安全绳拿出来，捆到腰间，对，然后另一头，捆到马歇尔先生，还有'夜神'身上。"

然后，他对艾伯特解释："考虑到您二位没有经受专业训练，或许有双手松开，往下坠落的风险，我们先让特警滑一段，大概四五米的距离，然后您和童小姐下去。这样一来，就算你们不小心脱手，只要他们两个能坚持住，你们就算往下落，也能继续抓住绳子往上爬，他们也能把你们拉到二楼。"

艾伯特·马歇尔想了想，觉得这也是没有办法的办法，至少上了道保险，就同意了。

特警和保镖们就围了上去，给艾伯特捆上绳子，而这边，应龙也给童素捆好，并且不着痕迹地将电子手表拆下，连同一个小玩意一起塞到童素手里，声音低到几不可闻："手表是定位器，小型烟幕弹，拉开引线扔出，就能使用。"

童素装作整理衣服，把烟幕弹塞到外套的内口袋里，将拉链拉上。

"记住，就算看见老傅也不能信，说不定就是他国特工的伪装！只要按下手表右边的按钮，就能切换到 GPS 模式。红点是你，绿点是安全部门进来找你的人，只有看到绿点靠近，验证过对方身份后，才能放下警惕！"

童素蹲下身，佯作绑鞋带，飞快把手表系上。

然后，她朝和自己绑在一起的特警点了点头，示意自己好了。

特警行了个笔挺的军礼，然后抓着一根垂落的绳索，慢慢爬了下去。

感觉到腰间的绳索在慢慢收紧，拉扯，知道自己该动身了，童素看了应龙一眼，向他比了个"OK"的手势，然后和艾伯特·马歇尔一起站在电梯间门口。

只见她紧握那根直直往下垂的锁链，尽量不去看深不见底的电梯井，整个人产生失重感之后，双脚就蹬在墙壁上借力。

左手紧握，右手松开，抓住绳索下面一点的地方。然后右手紧握，左手抓住更下一点的地方。

就这样，两人小心谨慎地攥紧这根维系他们性命的绳索，在晃动得越发剧烈的大楼中，一点一点，慢慢往下爬。

九

黑暗的电梯井，不断在晃动。

安全帽上 LED 灯的光芒，照耀着狭小的角落，从上面看，只能看见两个微弱的光点，一点点往下挪。

童素盯着眼前的绳索，深吸了一口气。

特警们进入克莱因楼的时候，由于太过匆忙，并没有携带太多的设备。这两个安全帽，都是要下井的时候，安全部门的特警们让给她和艾伯特·马歇尔的，身上的防弹衣也是，尚且留存着特警的体温。

童素本不肯要，但应龙一句"我们是军人，你们是我们要保护的人"，就让她无话可说。

一定要把"杜尔迦"组织揪出来！

制造这起血案的人，有一个算一个，都必须得到法律的制裁！

童素在心中发下决绝的誓言，却不经意间用眼角的余光扫到，一旁的艾伯特·马歇尔神色淡然，完全没有刚才在应龙等人面前表现得那么慌张失措。

这位诺亚总裁攀着绳子的姿态很标准，一举一动都有条不紊，哪怕大楼在晃动，身体重心也没有偏移。

童素为了扮演"奈赫贝特"，接受过一定程度的野外生存训练，见此情景就明白，艾伯特·马歇尔一定练过攀岩，而且十分专业。

攀岩动辄挑战百丈山峰，怎么可能会害怕下一个小小的电梯井？

他方才的样子都是装的！为什么！他要演给谁看？

童素手上的动作没落下，心中却飞快回忆起这位总裁的生平——艾伯特·马歇尔出身于军人世家，祖上四代都是军方高级将领。但他却出乎意料地成了整个家族的叛逆，喜欢科研胜过军旅。

虽然只有这一个孩子，马歇尔将军却没有强迫儿子一定要子承父业。

童素还知道，马歇尔将军在六年前"因病过世"——这是大洋国对外的说辞。中国安全部门却有个推测，那就是马歇尔将军真正逝世的时间或许更早，大概要再往前推三四年。因为他很有可能就是大洋国攻打塔汗国的前线总指挥，以及第一任驻塔汗将军。

大洋国对塔汗国的战争是雷霆袭击，驻军高级将领的身份又是高级机密。

但塔汗国刚刚被打下来没多久，独裁者残部策划了一次自杀性袭击，炸死了大洋国驻塔汗第一任将军，以及一位在塔汗国开办教会慈善医院多年，备受尊敬的无国界医生兰登。

当时大洋国并没有公布死去的将军究竟是谁，这就导致接下来几年里，宣布讣告的高级将军都有可能。

鉴于中国安全部门乃至军方都对塔汗国之战非常关注，认为这一战改变了传统战争的思维，将世界的目光都聚焦到信息化作战身上，开启了现代化战争的新时代，军事专家们屡次复盘，认真研究，认为马歇尔将军应当就是此战的总指挥。

童素对军事不怎么感兴趣，当时也就是听听，没往心里去。但现在，她却下意识地提高了警惕。

众所周知，艾伯特·马歇尔是个宅男。

他符合外界对"技术宅""理工男"的一切刻板印象——万年不变的平头，格子衫，黑框眼镜，宽大的运动裤或者牛仔裤，配球鞋乃至拖鞋。哪怕召开全球新闻发布会，也不肯穿西装。

他身上的衣服，都是连锁超市就能买到的平价款，加起来不会超过两百大洋币。他不参加酒会，也不买豪车名表炫富，买海滨独立豪宅的最大理由，竟然是只有这样才方便弄大型私人工作间。

很多人都说他是现代的"钢铁侠"，但他并不和香车美女做伴，反而天天窝在实验室做科研。

诺亚集团员工对他的评价非常两极化，很多人说他是绝无仅有的天才，更多人说他是暴君和偏执狂。但无论是哪种印象，从没有人说过，艾伯特·马歇尔热爱并且擅长极限运动。

童素思忖片刻，突然装作一脚踩空的样子，发出惊呼！

"小心！"

原本，他们为了保持平衡，双手握着绳子，双脚则蹬在墙壁上，这样虽然慢一点，但墙壁本身就粗糙，鞋底也有纹路，更容易稳定身体。

可童素一脚悬空，身体重心偏移，差不多就等于整个身体吊在绳子上。对没有经验的人来说，很容易手忙脚乱，双手无意识地放空！哪怕双手依旧紧握，也可能因为调整不好重心，不上不下地悬着，反而不敢动！

艾伯特看见童素无助地攀着绳子，僵在那里，就稍微蹬过来一点，指点道："你不要害怕，也不要往下看，重新踢到墙壁，慢慢稳定身体。"

说这些话的时候，他看向童素，目光平和，语气平稳。

童素点了点头，按照艾伯特的指导，小心翼翼地调整姿势，却在心里想，确认了，这个人一定是攀岩老手。

新手本来就六神无主，碰到同伴出事，更会手忙脚乱，不可能有艾伯特这么冷静。

还有，无论是艾伯特·马歇尔鼻梁上厚厚的镜片，还是他经常摘掉眼镜擦一擦雾气时，下意识眯着眼睛的举动，都表示他本人是高度近视。

但现在看来，这个人可能根本不近视。

先前跑步的时候，秘书没戴防毒面具，艾伯特戴了，所以秘书的眼镜掉了，艾伯特没事，童素并没觉得奇怪。

可现在，由于防毒面具过于笨重，而且阻碍视野，加上电梯井内通风良好，暂时没有被浓烟袭击。所以他们在攀爬的时候，都把防毒面具取下，系在了腰间。

也就是说，艾伯特·马歇尔鼻梁上架着一副黑框眼镜，却能在只靠一根绳子维持身体的时候，不慌不忙，游刃有余，压根不怕眼镜掉下去。

这不符合常理！

对近视度数超过五百度的人来说，眼镜就像他们的体外器官，一旦丢了，整个人就会神思不属，生活更是处处都不方便。假如度数超过八百度，没了眼镜，一米之外什么都是雾蒙蒙一片，根本看不清。

童素为数不多的朋友之一，也是她之前创办公司的合伙人杜明礼，近视度数直逼一千二。所以她很清楚，高度近视的人会本能恐惧丢了眼镜，因为那会令他们没有安全感，而不是像艾伯特·马歇尔这样，根本不当一回事。

这位诺亚总裁是个表里不一的人！

童素留了个心眼，接下来都没继续试探，反而沉下心，在剧烈的晃动之中，一点一点地下到了一楼，又在特警们的接应下，艰难地落到了一楼的地面上。

结果，她和特警腰间系着的绳子还没解开，先前来到一楼的两个保镖就已经走到艾伯特·马歇尔身边，语气凝重："我们刚才计算了一下，从我们到一楼，直至现在，一共花了13分钟。大楼摇晃了整整9次，而且越来越频繁。在这里继续等待，并不是什么好主意。马歇尔先生，请您在我们的护送下，立刻离开这个危险地带。"

艾伯特·马歇尔迟疑了一下，才问："但敌人藏在暗处……"

"请不用担心，敌人手上没有枪。"两个保镖显然已经私下讨论过，比较高壮的那个，童素给对方起了个代号，保镖A自信满满地说，"假如对方有足够的枪支和子弹，早就对我们开枪了。但除了一开始听到的开枪声音外，敌人接下来所进行的袭击，全都是就地取材。档案室的纸张，实验室的化学原料，拆下来的木柜门。

"进工厂的时候，我们留意到，每个人都要进行X光检测。枪支可以拆卸，变成零部件混进来。可子弹的模样太特殊，我们不认为有谁能瞒过工厂的安检，偷偷携带子弹进来。

"我们判断，敌人应该是提早录好了装有消声器的手枪开枪的声音，特意在安静的环境里放出来，我们第一时间自然会想到逃离，这反而方便了他们的后续动作。"

"但这也只是你们的猜测。"艾伯特·马歇尔有些为难，"克莱因楼的电闸就在一楼，电力系统断得这么及时，或许就因为有敌人潜伏在一楼。我们根本不清楚对方有几个人，货梯距离最近的大门也要走十几分钟……"

看出艾伯特·马歇尔对方才的刺杀心有余悸，保镖A又道："马歇尔先生，您也应该知道，克莱因楼在建造的时候，地下设了三层，挖了将近13米。虽然地基足够深，但爆炸就发生在地下车库，哪怕这栋房子不坍塌，也会因为下方的中空，以及承重柱被摧毁，慢慢陷下去，就像我们刚才看到的楼梯一样。"

一旁那个身高一米九，体形却偏瘦削的保镖，童素默默在心里喊对方保镖B，拼命点头："大楼的摇晃还没那么可怕，但悄无声息地下陷，如果我们真被砸中，上帝若不救我们，我们就只能去见他了。"

艾伯特·马歇尔还在犹豫，童素已经意识到，保镖们说得没错。

早离开一秒，就少一分危险。

何况她总觉得，这位诺亚总裁似乎在密谋着什么。

无论对方内心真实的想法是什么，童素都不能让艾伯特·马歇尔真死在这里，所以她干脆利落地说："马歇尔先生，您的安危更加重要。这样吧，我带领两位特警和您一同离开，一路上，我们必定竭力保证您的安全！"

听见她这么说，再看了一眼特警腰间的枪，艾伯特终于放心："那就麻烦'赫卡忒'小姐了！"

童素朝刚刚和他们绑定的两个特警点了点头，特警们早得到应龙示意，暂时听从童素命令，就跟了上来。

艾伯特戴上安全帽，下意识要打开LED灯，但想到藏在暗中的敌人，为了不在黑暗中充当靶子，也就忍了下来，只是把防毒面具重新戴上。

童素借着戴安全帽和防毒面具的工夫，悄悄把应龙给她的烟幕弹从口袋里拿了出来，捏在右手手心。

鉴于只有两名特警手里有枪，六人讨论了一下，决定童素和艾伯特走在中间，保镖A在前，保镖B在后，两名特警一前一后，这么分配，确保无论袭击从前方还是从后方到来，都能第一时间枪械支援。

童素回忆着克莱因楼的结构图，知道前方有个分岔口，左边是会议室区域，右边是大礼堂，两边都有门。

大礼堂那边的远一些，大概要走20分钟，会议室这边近，路过十几间会议室，再穿过一排陈列柜，走七八分钟，就能到达宽敞的大门前。

不出意外，大家全都选择往左走。

大概走到一半的时候，保镖A突然停下来，示意大家警惕。

众人大气都不敢喘，齐刷刷停下，两位特警持着枪，环顾四周，十分戒备。然后就听见痛苦而微弱的呻吟声，从角落里传来。

似乎来自某间会议室。

会议室里有人？

这种时候，保镖和特警都不敢提是不是要去看一眼，因为他们都怀疑，这可能是敌人设下的圈套。

反倒是艾伯特愣了一下，才小声说："这里距离大门很近了，也不差这点工夫，我们去看看？"

保镖A怀疑这位诺亚总裁疯了："万一这是敌人的陷阱呢？"

"但也有可能是受难者！我是个虔诚的教徒，不能看到弱者濒死，却冷眼旁观。这份罪行会一直积压在我心中，将来我死了，也没办法蒙主恩召上天堂，而是会落入地狱受苦！"艾伯特的态度强硬了起来，打断保镖想说的话，"他的声音这么轻，可能马上就要没气了！我怀疑，他可能撑不到其他人的到来！"

童素默不作声看着这一幕。她知道，两位特警也是倾向去看看的。

他们是军人，保护百姓的天职早就刻进骨子里，不可能听见求救声也无动于衷。

所以，她轻声说："只派一个人进去看，假如真是受害者，就将对方背起来，一起带走，如果是敌人的陷阱……"

话音未落，两位特警齐刷刷地往前走了一步，其中一人更是斩钉截铁地说："让我去！"

一直闷声不吭的保镖B，突然开口："我去吧！你们手上有枪，还是留守比较好！"

六个人里面，五个人都投了赞成票，保镖A也只能嘟哝着"疯了""全都疯了"，目送保镖B循着声音，小心翼翼地进入会议室。

童素背靠着墙壁，攥着烟幕弹的右手下意识地捏紧。

她看上去还算镇定，实则大脑高速运转，就像一台精密的机器，紧张地把从头到尾的所有细节，全都回想一遍。

然后，她的视线，突然定格在一位特警枪口的朝向上。

按理说，防御敌人，枪口位置应该偏上，对准上半身打。一是范围大，二是要害多，容易击中。但这位特警的枪口位置，却比较偏下。

如此低级的错误，竟然会发生在应龙小队的队员身上？

等等，这真的是失误吗？还是别有用心？

在场的六人中，只有两名保镖没佩戴安全设备，而她、艾伯特，还有两名特警，都是全副武装——安全帽、防毒面具、防弹衣一应俱全。

也就是说，哪怕手持枪械，想要杀他们，也只能先打下半身，废掉他们的行动能力，再把他们的防弹衣或者安全帽拿开，才能一击致命。

但这两个特警都是应龙的直属部下啊！

童素想过敌人可能装成艾伯特·马歇尔的保镖，可能装成亚伯·温菲尔德的随从，却压根没想过，敌人会伪装成中国安全部门的特警。

特警们是过来救援的，全副武装，又朝夕相处，怎么可能被人混进来？哪怕戴着防毒面具，可声音是不会认错的。

等等，这个人说过话没有？

童素仔细回想了一遍，突然满头冷汗。

从头到尾，她都没听见这个人说过话！包括刚才的主动请缨，也只有另一名特警开口，这个人只是上前一步，却一言不发！

不行，童素，你不能胡思乱想，这20个特警从头到尾都跟着应龙，根本就没离开过总控室！

童素刚说服自己别疑神疑鬼，却猛地想起，她疏忽了一个细节。

20名特警中，有一半曾经离开过总控室，他们去了机房，寻找插错数据线的接口。

是那个时候吗？还是说，她多心了？

童素又不着痕迹地观察了一下，发现这名特警站着的位置，恰好堵住了通往大门的路！

得想办法解决这个问题！只是刹那间，童素有了主意。

下一刻，只见童素就像支撑不住一样，快顺着墙壁往地上滑了，艾伯特距离童素最近，就上前顺手扶了一把，低声问："'赫卡忒'小姐，您怎么了？"

"抱歉，我觉得防毒面具有点紧，您能不能帮我稍微松开一下。"童素有气无力地说，却在被艾伯特扶住的时候，用力掐了对方一下。

艾伯特反应也很快，立刻知道童素怕是察觉到了什么，配合地说："没办法，我们这些做技术的就是这样，没怎么锻炼，体力跟不上。"

保镖A看见童素病恹恹的样子，忍不住说："要不，你让他们两个随便一个背着你吧！把枪给我就行。"

"不行。"一名特警回答,"枪就是我们的生命,一旦丢掉或者转移给别人,我们要上军事法庭。"

童素注意到,她怀疑的那名特警并没有开口,只是附和点头。

保镖A耸了耸肩:"行吧!我只负责马歇尔先生的安危,没有多余的好心。不如等那家伙出来,让他背你。"

话音刚落,他突然想到什么:"这会议室也不算太大,为什么他这么久都没……"

就在他说到一半的时候,童素已经注意到,怀疑对象的枪口对准了另一名特警的大腿,扣下了扳机!

说时迟,那时快,童素右手一扬,用力地把烟幕弹扔了出去,顺便吼道:"拦住他!"

然后,拖着艾伯特·马歇尔,就往来时的路狂奔!

艾伯特早有准备,立刻配合童素疯狂跑去,就听见保镖B的喊声从后面传来:"会议室里没有人!只有一个循环播放音频的手机!"以及保镖A的怒骂:"Shit!他手上有枪!"

趁着他们四个在搏斗的工夫,童素和艾伯特已经跑到岔路上,艾伯特想要往货梯的方向跑,童素却二话不说,拉着他往大礼堂的方向跑去!

"Why?"艾伯特忍不住问,"我们应该寻求支援!"

"敌人不止一个,断电的那一刻,队伍还混了人进来!"童素跑得上气不接下气,"如果在电梯井附近发生搏斗,他们要杀人太容易了,只要把我们打下电梯井就行!如果是死士,拖到大楼塌了,和我们同归于尽,也算完成任务!"

艾伯特不得不承认,童素说得很对。

他本以为,童素要拖着他直接往大礼堂那边的门跑,谁知道童素一个侧身,就闪进了大礼堂内!

"为什么来这里?"

童素示意他看四周环境:"礼堂的地上都铺了红地毯,可以最大限度压制我们的脚步声。礼堂连排的椅子又多又高,可以当作我们的掩体。礼堂台阶两边往往还有工具间,我们能找到点凑手的东西。最重要的是,礼堂的窗户,你也用防弹玻璃封死了?"

艾伯特摇了摇头:"礼堂是仿教堂设计,本身用的就是彩绘玻璃,因为窗户太笨重,一般人根本推不开,所以没有做焊接。"

他明白童素的意思,去工具间找东西,把窗户砸开。

但他不懂为什么要这么麻烦,直接跑到大门口不行吗?

"因为，这是一个心理博弈的捉迷藏游戏，赌注就是我们的命！"

十

童素的脑海里，清晰勾勒出从礼堂到大门的结构图。

最显著的特点就是——没遮蔽物。

转角左边的路正对着大礼堂的正门，走到尽头，大概需要十分钟。然后往左转，就是一个宽阔的，供客人休息的公共区域，一个吧台上面放了些咖啡、茶饮。茶几旁边是一些藤椅，走七八分钟，才能到达侧门口。

这一路上，视线开阔，几乎不存在任何掩体。藤椅的下方是空着的，哪怕躲在藤椅背后，视线也一览无余。

假如敌人手上没枪，没遮蔽物确实不算大问题。

但这个潜入克莱因楼的袭击者，不知道用什么方法混进了特警的队伍里，得到了一位特警的全部装备，其中就包括安全部门的制式手枪。里面少说有六发子弹，不知道还有没有替换的弹夹。

而且他方才第一下不是对艾伯特动手，而是对另一名特警，虽然童素扔了烟幕弹，可只要那名特警被击中，就算其他两名保镖扑上来，胜算也不是很大！

因为袭击者有枪！在那么近的距离开枪，血肉之躯根本难以抵挡！

不出意料的话，袭击者怕是很快就要追上来！

这就涉及一个很严重的问题——假如他们在走廊上狂奔，剧烈的脚步声等于告诉敌人，你在哪里。对方能循着声音定位，根本不会走弯路。

如果想不发出声音，蹑手蹑脚地走也不行。

童素的眼睛已经适应了黑暗，她站在转角的时候，就连左边路上的花瓶，还有右边路上的陈列柜，大概轮廓都能看清。人若走在这里，更是显眼无比。

礼堂正门前的这段路，又实在太长了。

所以，在敌人手上有枪的情况下，她必须优先考虑，万一他们进入敌人视线范围内，一枪废掉行动力的概率有多高。

童素曾见过一个名为"Demon"的神枪手，指哪儿打哪儿，千米之外，恶劣天气，也能精准狙击。

虽然她知道，神枪手没那么容易出现，她确实可以赌。

赌三人已经制服那名假特警；赌假特警就算逃脱，也以为他们回到货梯附近；赌假特警可能没有别的同伙接应；赌去路没有被拦住；赌假特警没及时追上来；等等。

可一旦赌输了，丢掉的，就是他们的命。

"还有，我的手表就是定位器，安全部门已经派人进来了。只是不知道我们具体所在，他们正在根据定位，快速找过来。"

所以躲进礼堂，看上去很蠢，但在这种情况下，反而是比较好的做法。

不管是砸开玻璃逃生，还是等安全部门来人，都比在空旷的地方狂奔，当敌人的活靶子强。

艾伯特觉得奇怪："我们刚才距离门口那么近，安全部门的人为什么不在？如果要救援，不应该每个大门进入搜寻吗？"

童素心里"咯噔"一下。

她刚刚也在想这个问题，按理说，他们说了自己从货梯下去，又有定位，安全部门的人应该来得很快才对。

偏偏他们都到距离大门还差不到十分钟的地方了，还没看到人影。

童素不认为安全部门会犯这么大的失误，唯一的可能就是，他们收到的消息显示，救援对象在克莱因楼的其他地方。所以人力全都往相应的几个大门派了，压根不会往"距离最远"的几个门调人，纯属浪费时间。

艾伯特见童素不说话，也不再问。

两个人快步跑到了工具间，本来想翻找有没有什么凑手的东西，结果意外发现了一套消防设备。

便携式灭火器，小型消防锤。

"锤子太轻，根本砸不破玻璃。"艾伯特满脸无奈，"礼堂的窗户是插销式，虽然没有浇筑金属封死，但特别拿了链条固定，我去研究一下怎么开。"

童素思考几秒，便道："你躲在天鹅绒窗帘背后，我藏在你附近的椅子下方。就算你暴露了，我也随时可以用灭火器支援。"

"但那样的话，你的安全头盔和防毒面具就必须取下来，否则根本没法躲藏。"

"我知道。"

"而且敌人戴了防毒面具，灭火器恐怕……"

"这也是没有办法的办法！我们不能和一个穿了防弹衣，戴着安全帽，手上还拿着枪，而且训练有素的杀手比格斗技巧，只能尽量拖延时间。"

克莱因楼，西北边。

傅立鼎带人搜查了十几分钟后，觉得不对，拿起对讲机，联系夏正华："夏部长，是不是哪里搞错了？我们根本没看到人。"

"应龙的通信，35分钟之前就被屏蔽了。"夏正华回答，"他的最后一条讯息告诉我们，两边的楼梯，一边陷了下去，一边被人为破坏。然后，我们又从另一个特警的对讲机中收到信息，说他们要转第三个楼梯。"

"但我们已经搜查了楼梯附近，甚至上了二楼，没有任何踪影。"

"定位器呢？"

"受到某种干扰，没办法显示具体距离。"

傅立鼎在两年前"7·17"爆炸案中，见识过顶尖黑客的本事，这次袭击又来自一个神秘黑客团体，导致他对"通信干扰""消息错误"等特别敏感。加上在第三个楼梯附近实在没找到人，免不得发散思维："我不熟悉应龙上校，不知道他面对危险的时候会怎么选，但第三个楼梯距离应龙上校之前提到的两个，哪怕全速奔跑，也要绕一个大圈子，将近半个小时才能到，我觉得'夜神'不会选这么远的路。"

夏正华不信傅立鼎的直觉，只把事实摆出来："他们所在的位置是西南角，南边垮塌比较严重，楼梯才会陷下去，正确的做法就是应该去安全的地方。"

"那是无路可走的情况下，一旦有别的路可以走，哪怕再冒险，'夜神'也不会选择绕这么远的路。"

傅立鼎对童素颇为了解，知道对方性格里有赌徒的一面，所以他还是坚持自己的判断，问题是，他们人在哪儿？

他总觉得自己疏忽了某个点，究竟是哪里呢？

夏正华觉得傅立鼎异想天开："楼梯没办法走，窗户焊死，整栋楼都停电，电梯停止运行，还有哪条路可以走？他们只能走楼梯！绕再远的路也没办法！"

楼梯、窗户、电梯……电梯……

傅立鼎的目光落到一旁打开的电梯门上，突然问队员："电梯的默认停靠楼层是哪一层？"

"一楼。"

难道他想错了？他们不是从电梯井下去的？

这时，他听见有人喊："傅局，脚步声！"

傅立鼎精神一振，立刻循着声音迎过去，就看见一行人满头大汗地跑了过来，傅立鼎见状，忙问："后面还有人吗？"

"队长和'夜神'、马歇尔先生等人从三号货梯走了！"一名特警回答，"我们也想冲过去，跟着他们一起，谁知道火势太凶，他们刚过去，吊灯就砸了下来，还有好多乱七八糟的东西，拦住了路。我们只能带着温菲尔德先生，从另一条路绕到楼梯！"

这名特警挺急切的："你们能不能联系到队长？对讲机突然没信号了，我怕队长还在等我们，迟迟不下去。"

傅立鼎瞪大眼睛："三号货梯？"

夏正华通过对讲机听到这段，立刻道："试试他的对讲机，现在是否有用。"

特警闻言，立刻按下通话键，就听见自己的声音清晰地从傅立鼎的对讲机那里传来，不由得惊愕道："怎么又好了？刚刚明明没用啊！我们开始跑的时候，一直试图接通，迟迟没有反应，怎么现在又……"

"是信号屏蔽！应龙他们有危险！"

傅立鼎也反应过来，对讲机不能用，要么是机器坏了，要么就是信号被屏蔽了。而信号屏蔽仪是有一定距离的，这就是特警的对讲机现在又能用的原因！因为这支队伍已经离开屏蔽仪的范围了！

安全部门到现在都联系不上应龙，可见信号屏蔽仪要么覆盖了很大的区域，要么一直跟着应龙等人在挪动！

假如是后者，那就证明，敌人一直混在应龙等人中间！

"小傅，你们护送温菲尔德先生安全离开。"夏正华沉声道，"我这就派人从三号货梯附近的两个大门进去接应！"

与此同时，会议室内。

保镖B用会议桌死死顶着木门，过了好一会儿，听见外头没有动静，这才试探性地打开门，在外头转了一圈，手里拿着一把枪回来了。

"敌人已经走了。"他一边说，一边拿出手机照明，就看见保镖A腹部流血，特警大腿中弹，都只简单地用特警随身携带的绷带包扎了一下，实际上流血根本没有止住。

两人的生命正伴随着鲜血，在急速流失。不赶快把子弹取出来，他们随时都有危险！

保镖B犹豫了一下，还是把自己刚刚从走廊地上捡起来的，属于这名特警的枪支塞回对方手里，低声道："如果来人，你就举枪射击，能做到吧？"

听见他这么说，特警点了点头，保镖A却道："你要去哪里？"

"去找雇主。"保镖B的脸隐藏在口罩背后，看不清他的表情，只有一双湛蓝的眸子，带着几分阴郁，"马歇尔先生不能死。"

"但那个人手上有枪！他可能还有同伙！他甚至装成了中国特警！"保镖A嘶吼着，"他的身手……根本就是怪物！"

保镖A自诩也曾经是军队里的佼佼者，但那个袭击者先一枪射穿特警大腿，然后趁着他们扑上来的工夫，冒着被制住的风险也要把特警的枪打落，踢到远处，和他们三个缠斗还不落下风，实在是太恐怖了！

要不是保镖B反应快，拉他们两个进会议室，又牢牢把门堵住，对方又忙着去追艾伯特·马歇尔了，没空和他们继续纠缠，他们一个都活不下来！

保镖A只是想劝阻同伴别去，特警却忍不住了，挣扎着想要起来："我也要去！他扮成了小郑！明明我们来的时候，小郑人还好好的！我得去问他，小郑人呢？被他弄到哪里去了？是不是……"

已经死了。最后这四个字，梗在特警喉间许久，却迟迟没办法说出来。

保镖B没说什么，只是默默将枪放到特警手里，然后头也不回地走了。

保镖A默默看着他的背影，许久才带了点感慨："我一直以为他是个胆小鬼、孬种，今天才发现，他确实是个爷们。"

说到这里，这名彪形大汉突然愣了一下。

不对啊，他这个同伴，一向低调沉默，从不说话，更不主动，今天为什么一开始会往马歇尔先生身边凑，成为第一批到一楼的保镖？

换个说法，这个人，真的是他以为的那个人吗？

童素脸贴着柔软的地毯，一颗心悬到了嗓子眼。

虽然脚步声轻微到几不可闻，至少童素凭肉耳听不出来，但踩在地毯上的时候，还是会引发受力点周围小范围的凹陷。

有人来了。

这个人像幽灵一样，没发出任何声音，默默地在周围转了一圈，这已经是第二圈了。

是那个伪装成特警的人。童素判断。

她不知道艾伯特·马歇尔是否还靠着垂到地面的天鹅绒窗帘掩护，躲在窗边，或许他已经换了个更加隐蔽的地点，因为他没有被发现，来人却没理由不检查每个窗帘。

但对方为什么还没有掀开每一层椅子下面的布，看看是否躲藏了人？

童素的全身已经被冷汗浸湿，一只手始终搭在灭火器的按钮上，准备如果对方掀到自己这边，她就直接用灭火器喷二氧化碳。

扑通、扑通、扑通——

童素听见了自己的心脏剧烈跳动的声音。

她这辈子，也算遇见过很多大场面了。

少时大伯一家为了侵吞她的家产，想将她卖给人贩子；两年前为救父亲，孤身前往万象集团；明知九死一生，还是义无反顾踏上"提洛岛"……

但不知为何，从没有一次，她会这么紧张，简直就像全身上下的毛孔都在拼命向她发出警报，提醒她，快跑，快跑，快跑！

为什么会有这么强烈的危机感？

童素的精神简直就像一张绷紧的弓弦，而就在这时，她闻到了某种奇特的味道。

额头触及的地毯，也被冰凉的液体浸润。

几乎是霎时间，童素就要跳了起来！

汽油！这个袭击者，不知道从哪里搞到了汽油，正在往地毯上均匀倾倒，确保覆盖到每一寸没有被椅子盖住的地方！

这一刻，童素终于明白，对方为什么没有花费心思去找寻他们究竟藏在哪里。因为只要泼上汽油，再点燃火焰，羊毛地毯和天鹅绒窗帘就是最好的助燃材料！

届时，对方需要做的，仅仅是守在门边！

不能让他得逞！

话虽如此，童素却明白，自己刚才错过了一个机会。

假如对方走过来的时候，趁着他离开的那一刻，从背后偷袭，或许有短暂制住对方的可能！但现在，她根本无法确定，对方还会不会转第三圈！

偷偷出来，观察局势吗？可如果不走运，对方恰好面对着大礼堂的话，只要一探头，行迹就会被彻底捕捉！

她没有随身携带镜子的习惯，手表又是电子制品，就连临时制作简易的反光道具窥探情况都不行！

怎么办？童素紧张地思考破局的机会，突然听见"咣当"一声巨响，以及"砰砰砰"，随后椅子连环倒地的声音！

她立刻一个打滚，翻了出来，半跪着一看，就发现艾伯特·马歇尔与伪装成特警的男人厮打了起来，身旁是凌乱的椅子，以及半桶汽油！

几乎是一瞬间，童素就还原出了艾伯特的举动——这位诺亚总裁也发现对方要点燃汽油了，当机立断，顶着一把椅子，从对方身后，犹如蛮牛一样地袭击！

对方反应不慢，立刻开枪射击，但三枪都是打在椅子上！

为了躲避往自己身上扔的椅子，袭击者不得不扔了手枪和汽油桶，翻身越过一排椅子，进行躲避，但这就是艾伯特·马歇尔的计策！

他要逼对方扔枪，至少也要用光所有子弹！

童素弓着身子，在椅子的掩护下，摸索着找到了掉落的手枪，发现是中国安全部门制式手枪，她会用。再检查了一下，里面还有最后一枚子弹。

童素抿了抿唇，将便携式灭火器放到脚边，凝神观看，发现两人虽然厮打得很厉害，但仔细一看就能发现，艾伯特·马歇尔正在逐渐被压制。

但袭击者的动作也很古怪，童素形容不出来，就觉得对方并不是想掐死艾伯特，反而不断想从自己身上拿什么东西。

艾伯特也发现了这一点，拼命在干涉对方的双手。

童素反推了一下——假如我是一个杀手，我有一个必杀的对象，我只有一次机会对他动手，该怎么才能确保一击成功？

答案很简单，在武器上涂毒。

无论是重金属，还是神经毒素，只要注入体内，对人而言就是药石难救的剧毒。

童素记得，外国有一次经典的暗杀案，就是被害人被杀手以伪装成雨伞的特种枪械击中，在高压气体的驱动下，封有 0.45 毫克蓖麻毒素的铱金小球形子弹得以侵入目标体内，从而使被害人中毒身亡。

超级工厂的安检虽然严格，却仅限于金属子弹这块，关于特种枪械，他们未必检查得出来。

好就好在，这些特种枪械，不管伪装成手表、打火机还是雨伞，都需要有一个"启动"的过程，并且射程很短，基本上要在距离目标至少 3 米之内动手，从而确保特殊子弹能够进入目标体内。

但艾伯特裸露在外面，或者没有穿防护装备的，只有脖颈和下半身。袭击者在泼汽油的时候，携带的特殊枪械又没拿在手里，才会造成现在这种局面。

"不能让局面这么僵持，发展下去对艾伯特·马歇尔不利，一旦敌人的双手脱困，杀他只需要一秒，事后救都救不了。"童素暗想，"我得想办法改变这个局面，帮助艾伯特，不说打败敌人，至少要把他们分开。"

童素的第一反应，就是自己拿着便携式灭火器去砸袭击者。但她马上就否决了这个方案，因为艾伯特和袭击者厮打在一起，她如果贸然行动，很容易打错人。

使用灭火器也不行，没多大效果。

开枪？不行，她枪法不准，尤其是对象在不断运动的情况下，更不可能瞄得准。

万一没打中袭击者，反而打中了艾伯特……

再说了，刚才半桶汽油全倒在地上，他们又不断厮打，滚来滚去，身上沾满了汽油。一旦子弹打到汽油桶，或者其他什么金属上，虽然概率很低，可万一擦出火星，点燃汽油怎么办？

等等，放火？

童素看着浸透了汽油的地毯，再看看逐渐落入颓势的艾伯特·马歇尔，心一狠，将唯一的那一枚子弹卸下来，用牙咬住弹头，用手拼命摇晃弹壳，将弹头拔下来。

然后，就见她小心翼翼倒出其中一半的火药，用餐巾纸装着。接着揪了几把地毯上的羊毛，用另一张餐巾纸包起来，塞到弹头里，重新将弹头和弹壳装好，最后将完整的子弹重新装回手枪里。

做完这一切后，童素举着枪，对准装有火药，放在浸了汽油地毯上的餐巾纸，用力扣下扳机！

霎时间，火星溅起！

不消片刻，在汽油和羊毛的推动下，火焰拔地而起，以极快的速度，蔓延到了艾伯特和袭击者那里！

十一

枪声响起的那一刻，袭击者下意识地做了一个规避的动作——他借着与艾伯特·马歇尔扭打的工夫，顺势滚到了下方，让艾伯特·马歇尔压在自己身上，想要把对方当作人肉盾牌，抵御这一发子弹！

但他没有想到，童素并没有选择向他射击，而是在礼堂放火！

花纹精美的羊毛地毯，镶嵌在椅子上的柔软棉花垫子将椅子包裹起来，垂落到地毯的暗红绒布……这些易燃物品，在汽油的助推之下，很快就将礼堂中的过道，变成了火焰铺就的城墙！

艾伯特见状，立刻把袭击者往火里推！

袭击者一个打滚，规避火焰，却没想到，艾伯特刚才只是虚晃一招，借助这个破绽，不仅往后退了几步，还直接脱下身上的外衣，略微在火里一甩，看见外套着火之后，立刻往袭击者的方向扔去！

童素会意，也不断扯下椅子上铺着的绒布，往左右两边的走道，还有前排的椅子上扔！

霎时间，三条走道都被火焰席卷！

不仅如此，而且由于童素的举动，导致整整一排椅子上全都是燃烧的绒布，硬生生将整个大礼堂分成前后两个地带！

袭击者被困在靠近演讲台的前半场，童素和艾伯特则在后半场！

"就是现在！跑！"

伴随着艾伯特的呼喊，童素虽然因为开枪的后坐力，导致手腕发麻，却还是提着灭火器，高喊："跟着我！"

然后，就见她一边跑，一边飞快扑灭了后半场走道上的火焰，艾伯特紧随其后，两人狂奔到礼堂大门口！

袭击者冷静地看着眼前的火墙，片刻之间，就找到火势最薄弱的地方，如同猿猴一样灵敏，瞬间从椅子上跳过去。

刚跑到门边的艾伯特和童素看见这一幕，立刻一人一边，拉着两扇沉重的大门，重重关上！

袭击者拍打掉身上的火焰，从防弹衣里面的衬衣夹层里，拿出一个手机，点开了一个直播间。

门外，艾伯特一边蹲下来，将大门下方的插销塞到对应的孔里，一边说："光这样还是不保险，得找个东西，彻底把门卡死。"

童素沉默了一下，才说："我们没有锁。"

大礼堂的正门传统而古朴，采用的是铜包木的方式，不设锁孔，而是用那种链条捆住门把手的金属大锁。

鉴于今天克莱因楼开放展览，工作人员早早就把大礼堂打扫干净，大门敞开，供人参观，并顺手将锁和链条都拿走了，这门根本锁不上。

艾伯特从童素短暂的沉默中，看出了她的态度。

她并没有心慈手软到反对把袭击者困死在大礼堂内，因为一旦让袭击者出来，就会继续追杀他们。

但她也不是很赞成这种方案。

还保有一丝"正常人"的道德观，没有彻底视生命若草芥吗？

歪歪扭扭挂在脸上的防毒面具遮住了这位诺亚总裁复杂的神情，不过短短一瞬，他就恢复正常。

童素并没有察觉到艾伯特的异样，下一句话就是："你的消防锤，落在里面了吧？

假如他要逃跑，可以用它砸开玻璃。"

他们之前没这么做，是不想一开始就把动静弄得很大，引来敌人，才想试试能不能先打开窗户的插销，结果敌人就来了。

说到这里，童素心中突然浮起一个疑惑。

按理说，他们直接往礼堂内跑的举动，应该很有麻痹作用才对，敌人为什么没认为他们从大门逃生了，而是非常果断地拿着汽油就往大礼堂走来？

她疏忽了什么地方吗？

童素正这么想着，不经意瞥到来时的走廊上，有个缓缓靠近的人影，顿时警惕地喝道："什么人！"

"我不是敌人！"

来人双手张开，平举过头顶，从身形到声音都十分熟悉，等他走得近了，童素和艾伯特都认了出来，是保镖 B。

童素快速扫了一下此人上下，没发现带枪。

似乎察觉到童素的敌意，保镖 B 咽了口唾沫，飞快地说："他们两个都受伤了，我怕敌人还有同伙，就把枪留给了他们。"

艾伯特虽然心里没放下戒备，表面上却表现得很平静："你身上有没有什么东西，可以卡住这扇门？"

保镖 B 下意识地看向铜制的两个大型门把手，愣了一下，才摇了摇头："我身上没有足够坚固的东西，但是——"

他的目光，落到童素刚才搁在一旁的便携式灭火器上："这个东西或许可以试试。"

"啊？"童素疑惑地提起灭火器，虽然这玩意是长条形的圆柱体，瓶身狭长，但要说卡进大门两边的门把手……

等等，看门把手的宽度，说不准真的可以？

童素警惕地看着来人，没想好是不是要把自己手上唯一一件能称得上武器的东西交出去，但她不经意间看了一眼手表，就发现不止一个绿点正在高速向她的方向聚拢。

安全部门的人已经从最近的两个大门进来了，按照他们的速度，顶多十分钟，就能到达这条走廊！

当务之急，就是拖延时间，不让事情在这几分钟之内发生什么变故！

想到这里，童素的目光落到保镖 B 身上，冷静地评估。

在分不清来人究竟是敌是友的情况下，不能说增援已至，一旦对方心怀恶意，必定狗急跳墙，因此不能将灭火器交出去！

童素抿了抿唇，问："你们用了几分钟才脱困？刚刚去货梯那里看过了吗？"

保镖B迟疑了一下，还是说了实话："他和我们打斗不超过两分钟，我安顿好中弹的两人，花了四五分钟。因为没听见枪击声，认为你们两位可能没回货梯，而是朝另一边跑，我就过来了。"

也就是说，加起来时间不超过15分钟。

这样算起来，就等于袭击者刚刚脱困，就已经知道童素和艾伯特来了礼堂，然后一点弯路都没走，直接找到汽油——目前还不知道对方从哪儿弄到的——就这么过来了。

他为什么能这么笃定，他们就在这里？

直觉告诉童素，这个问题非常重要，她思索片刻，直截了当地问艾伯特和保镖B："这附近哪个地方，有可能存放汽油？"

艾伯特摇了摇头："理论上来说，克莱因楼是不允许存放这种危险物品的。这里仅有的易燃易爆物品就是化学原料，都从专门的货梯运到实验室，从头到尾都接受严密的看管，确保不出意外。"

"哦，我倒是知道一点。"保镖B摸了摸后脑勺，有点不好意思地说，"大礼堂两边的道具间只是存放最简单基本的物件，但礼堂正下方有个紧急救生通道，通向负一楼的大型储藏间，旁边就是应急客梯。储藏间旁边还有个发电室，专门放有柴油发电机，确保一旦停电，就能立刻续上。"

听见他这么说，童素和艾伯特顿时有些怀疑。

知道克莱因楼整体构造的人，只有设计师、工作人员，以及背下了图纸再进来的应龙小队特警们，保镖B是艾伯特·马歇尔从大洋国带来的人，怎么会知道大礼堂内有个救生通道？

看见气氛变得很僵硬，保镖B突然反应过来，马上解释："您今天的行程中有个重要事项，就是在大礼堂面向各界媒体，发表关于锂硫电池突破的演说。我刚好被分配过来，检查大礼堂的消防情况。"

艾伯特对童素点了点头，示意确实有这件事。

童素勉强认可了这个解释。

她对柴油发电机还算有点了解，知道哪怕备用的柴油发电机很可能三五年都用不了，但每隔一个月，它就要放掉以前储存的柴油，换上新的。

也就是说，储藏间内，肯定有备用的柴油。

袭击者浇的不是汽油，而是柴油！

这么短的时间，他还在礼堂上下跑了一趟，那他究竟是什么时候到的？他为什么知道他们在这里？

"信号探测器！"童素突然反应过来，"你们谁有信号探测器？"

保镖 B 吓了一跳，却马上回答："我有！"

他一只手还高举着，另一只手却摸到腰际——在这个过程中，艾伯特和童素都无比警惕地看着他。

幸好，他从腰间当真拿出了一个简易的信号探测器。

这个小东西，无疑是艾伯特·马歇尔的保镖团队人手必备的重要道具，主要是用来检测艾伯特周围有没有窃听器、无人机、GPS 定位等。

保镖 B 打开信号探测器，豁然色变："附近有信号！"

"几个！"

"一、二、三、四、五……总共八个！"

童素目光如刀，望向艾伯特和保镖 B："你们身上分别有几个手机？"

"一个。"

"一个。"

童素也只有一个手机，也就是说，剩下五个信号，全都不是他们的！

"给我！"童素二话不说，直接伸手，保镖 B 下意识服从命令，将信号探测器交给她，就见童素接过探测器，三两秒之间，已经锁定走廊不远处的一个花瓶，立刻打开安全帽上的 LED 灯照明，然后快步走到那里，蹲了下去。

接着她就看见，放着花瓶的木架下方，安静地躺着一个黑漆漆的手机。

手机特意被改造过，屏幕全黑，却没有进入待机状态，将屏幕光线调亮，就可以看出手机上正在运行一个直播软件。

观看人数，1。

霎时间，童素的脸色变得很难看。

就见她死死地攥住手机，头也不回，喊道："跑！"

然后，立刻向最近的大门口跑去！

艾伯特和保镖 B 虽然不明所以，却也紧跟其后。鉴于这两个大男人体力更好，反而跑到了童素前面，看见她有点不支，就一左一右拉着她。

三人才转弯，就一头撞上刚进来的搜救部队，对方还没来得及反应，就听见童素大喊："跑！往回跑！"

搜救部队愣了，但看见童素几乎喊破了音，也下意识跟从，就听见童素歇斯底里地喊："通知还在楼里的所有人，立刻撤离！"

时间倒回三分钟前，即艾伯特刚刚把大门插销放下的时候。

大礼堂下，负一楼的储藏间旁边就是柴油发电机的存放间，以及总配电室。这些功能建筑，本不与同一层的停车场相通，由于真正的连环爆炸发生在负三楼，火势也暂时没有蔓延到这里。

但在庞大的柴油发电机旁边，却有一个大半个小时前就被炸开的，足以容纳一人出入，在储藏间、配电室和停车场穿梭的口子。

袭击者的身影如同猫一样轻灵，只见他在柴油发电机旁放下了一个正在倒计时的简易临时炸弹，然后飞快地钻进了停车场，又轻巧地翻到了距离最近的客梯。

应龙等人并不知道，停电的时候，每一个客梯都停靠在哪一层，也没有时间去一一寻找，只能走货梯。

然而策划这起停电的袭击者知道。

他在断电之前，特意将距离柴油发电机停靠间最近，小跑过去只要两分钟的客梯默认停靠楼层，从一层改成了顶层。

克莱因楼总电闸关闭的那一刻，这架客梯停在顶层，不曾下来。

只见袭击者飞快地脱下自己全身的特警制式装备，露出属于约翰·卡森那英俊而不羁的面容，顺着预留的钩爪和下垂的绳索，像猿猴一样灵巧地攀援上去，重新跃入一楼，听见前方传来脚步声，悄无声息地潜入旁边一间会议室。

然后，他打开手机屏幕，熟练地在四个直播间中来回切换。

其中一个直播间已经完全变成黑色，代表正对着礼堂大门的手机关掉了直播，但其他三个直播间还在运作，分别对应三号货梯、最近的两扇门、从入口到走廊的转角处。

透过直播间之一，他清晰地看到，距离自己最近的大门处，中国安全部门的救援队员已经冲了进来。

袭击者故意卡在红外线热成像照不到的死角，躲避了救援队员的搜寻，就听见有人喊："找到了，这里有伤员。"

救援队员们闻声，马上赶赴保镖 A 和特警所在的会议室，紧急包扎之后立刻用担架将他们抬起。

趁着这个工夫，袭击者已经悄无声息地与救援部队错过，用最快的速度，来到了大门口附近。

而他留在柴油发电机旁边的"小玩意"，已经开始进入倒计时读秒。

10，9，8……

并没有急着离开的袭击者拿出手机，看了一眼，发现直播间已经关闭，勾起一个不知道是冷笑，还是嘲讽的神情，随手将手机往身后一抛！

下一秒，震天动地的爆炸声，从大礼堂的下方响起！

剧烈的冲击波，让已经跑到大门门口的童素等人被气浪冲击，下意识地往前扑，幸好被外头守着的人接住。

但这一刻，没有人顾得上许多，因为所有人都看到，原本就摇摇欲坠的克莱因楼，在这一次的爆炸下，终于支撑不住，即将坍塌！

"撤，快撤！"

救援部队用最快的速度，撤出大楼百米之外！

就在他们刚刚跑出范围的那一刻，原本一直坚持屹立在这片土地上的克莱因楼，就开始以难以想象的速度，宛如沙子制作的城堡一样，在不到一分钟的时间内，朝着南边的方向，彻底倾斜垮塌！

刚刚还恢宏壮丽，气象万千的大楼，瞬间沦为废墟。

十二

安全部门将最后撤离的人统统送上救护车。

听见艾伯特·马歇尔、亚伯·温菲尔德、童素和应龙等人都成功撤离，夏正华的表情才稍微好看了一丁点，然后就开始头疼网上爆炸的舆论。

从恐怖袭击开始，到终结，全球的网民简直就像在看好莱坞大片，还只看了一半。

网上甚至很多人投诉、抗议，不满于中国安全部门把所有人都转移走的决定，他们表示想继续看现场直播到结局。

简直是拿生命在娱乐。

现在网上说什么的人都有，各种小道消息满天飞，夏正华拿起手机才看几眼，就想怒斥这些媒体都在胡说八道些什么，谁知马上就听见部下传回的消息："夏部长，艾伯特·马歇尔先生希望，安全部门暂时不要公开他的情况。"

夏正华怀疑自己听错了："什么意思？"

"他说，请不要现在就让社会各界知道，他目前安然无恙。"部下硬着头皮回答，"最好让媒体乱写，说他重伤不治，快要死了。"

夏正华眉头都快打结了："他上下嘴皮子张一下，倒是说得轻松。但现在全球百姓都在盯着这场恐怖袭击的结局，我们应当立刻放出消息稳定人心，而不是故意放这种级别的假消息！"

艾伯特·马歇尔既是大洋国排得上号的富豪，又是北党的中坚力量，最大的几个政治献金提供者之一，还出身军旅世家，商政军三方都涉及，而且在全球粉丝无数，受到非常多的年轻人的追捧。

这样一个人，难道是中国安全部门说一声他伤重得快死了，大洋国就能不管的？

以大洋国人的性格，驻中国大使铁定已经在赶来湖滨市的路上了，绝对是要第一时间见到艾伯特·马歇尔的，中国能帮着他瞒吗？且不说媒体怎么写，假的也真不了啊，后面被拆穿了怎么办？岂不是要酿成政治事件？

更不要提网上的舆论，会炸裂成什么样子！

部下也觉得艾伯特·马歇尔这个主意太糟糕，太不负责任了，却非常无奈："马歇尔先生说，这场恐怖袭击导致诺亚集团损失惨重，他需要一个高明的营销方式来挽回部分损失。将民众的情绪调到高点，再宣布锂硫电池的事情，或许是一个更好的决定。"

夏正华无法理解这种商人思维。

但艾伯特·马歇尔提到诺亚集团的重大损失，又说这是"挽回方案"，让夏正华也有点头皮发麻，不好直接拒绝，只能含糊着说："我会向上面打报告，目前封锁媒体，别让他们传关于艾伯特·马歇尔的任何消息。"

"还有就是，'夜神'希望安全部门能给她一台从来没用过的笔记本电脑，说要查一件非常重要的事情。"

"让她先乖乖接受体检！"夏正华只觉头疼，"涉及今天的所有细节，安全部门都会调查清楚，我国绝不会姑息任何胆敢在中国境内进行袭击的恐怖势力！她一个人别蛮干，先检查身体！"

"但'夜神'的态度非常坚决……"

"行吧，给！立刻弄台新电脑给她送去！"

诺亚集团亚洲超级工厂这一世界瞩目、全球直播的落成仪式，从变故骤生到克莱因楼彻底坍塌，加起来也不超过两个小时。

虽然早在车间封闭的时候，各大媒体的记者就因为忙着逃跑，放弃了直播，但无论是后续某些人逃生之后，为了蹭热点，用手机开启的直播；还是遗留在各处，没有关闭且还联着网的，侥幸没被爆炸、踩踏波及的摄像机，都记录了正在发生的惨剧。

全世界的社交媒体都已经炸开了锅，无数视频、推文、帖子霸占了全部的头条，热议超级工厂发生的事情。

但很快，在有心人收买的水军推动下，这场声势浩大的议论，最后都剑指一个问题——艾伯特·马歇尔还活着吗?

不少发帖的人以"当事人"的身份言之凿凿,说灾难发生的时候,艾伯特·马歇尔并没有在保镖的护送下第一时间离开,而是去总控室解决灾难。

也有诺亚集团的员工站出来,告诉大家,数控系统的最高密钥,就掌握在艾伯特·马歇尔一人手里,其他人动不了。

要知道,艾伯特·马歇尔在全世界,尤其是年轻人心中是非常有号召力的,他是技术宅,他梦想改变世界,他经历传奇,更重要的是,他没有一切令人讨厌的名流纨绔所拥有的坏习惯,安静低调,深居简出。

对许多喜好技术的年轻人来说,他就是新一代的偶像、传奇。

他的粉丝不会少于任何一名国际巨星,而他的影响力也无与伦比。

短短一个小时,就有超过一千万人在网上@大洋国驻中国大使馆,让他们代自己询问——艾伯特·马歇尔现在的情况究竟怎样?

《大洋早报》的人也在疯狂联系詹姆斯和约翰,问他们究竟有多少消息,赶快发过来,新闻具有时效性,过期不候。

"我和约翰失散了!"詹姆斯对着电话那头狂喊,"中国人在登记我们的名字,要把我们都送到医院做检查,我会尽快找到约翰!"

他话音未落,肩膀就被人重重拍了一下。

詹姆斯一回头,看见约翰爽朗的笑容,激动地挂断手机,给了对方一个拥抱:"太好了,你没事。"

"你也一样,我刚才一直没找到你。"

单看两人的表情,实在太像一对好搭档死里逃生,劫后重逢。唯有詹姆斯的心里,掀起万千情绪。

约翰,你是否知晓,因为对"铜棒"的愧疚,我想保护他女儿的安危,趁着那一瞬的黑暗,以保镖B的身份,混入人群?

谁知道,我却发现扮成特警,图谋刺杀艾伯特·马歇尔的你。

我以为我们是一辈子的好兄弟,无话不谈,可以托付性命。

但你究竟瞒着我,藏有多少秘密?

湖滨市,军区医院。

被强制做完全套体检,坐在床上查了一会儿资料的童素面如寒霜,将电脑格式化,从病床上翻身坐起,直接掀开被子,穿着病号服,蹬着拖鞋,就往旁边的加护病房闯去。

守在门口的特警们看见是她，犹豫了一下，还是拦了下来："'夜神'，马歇尔先生正在休息——"

"让我进去！"

特警们还没说什么，就听见艾伯特·马歇尔的声音传来："请'赫卡忒'女士进来吧！劳烦关上门，我们两个之间的对话，不希望第三人旁听。"

既然当事人都这么说了，特警们就侧过身，让开了道路。

童素大步流星地走了进去，看见艾伯特·马歇尔坐在病床上，膝上放了一本摊开的《哈姆雷特》，旁边的床头柜上，则摆着一盘下了一半的西洋棋。

很显然，房间里本来还有另一个人，和艾伯特·马歇尔下棋，但不知道为什么出去了，只留了艾伯特·马歇尔一人在这里。

童素无声地冷笑了一下，双手抱胸，站在对方病床前，居高临下地说："我刚刚检查了爸爸两年前和你通的邮件——他早就给你发了那个抵御海豚音的软件。"

她手无寸铁，神情却如泛着寒光的刀刃般凛冽；她不擅长格斗，言辞却有断金碎玉的锋锐。而她看着艾伯特·马歇尔的眼神，并不像看着一个共同经历生死的战友，而是看着一个不可饶恕的狂徒。

"你有一个非常强大的敌人，你知道他们要杀你。"再没有哪一刻，童素的目光会比现在还要冷锐，"我只想知道，你是否能够确定，今天必然会发生恐怖袭击！"

这不是猜测，也不是问询，而是咄咄逼人的质问！

假如说童素一开始只是隐隐有所感觉，但在听安全部门说，艾伯特·马歇尔要求封锁他本人平安无事的消息，任由小报对外散布他重伤不治的谣言，又检查了童子邦曾经发给艾伯特的邮件，确认诺亚汽车本不会失控时，童素就彻底想清楚了！

今天所发生的一切都在艾伯特·马歇尔的掌控之中，他就像一个优秀的编剧，出色的作家，为一出残酷而盛大的戏剧早早地安排好了时间地点，参与人物，并自导自演，参与了开头。

然后，他就心平气和地将指挥棒交给了童素。

简直是个无可救药的疯子！童素在心中怒骂！

假如她没有化解"杜尔迦"组织的黑客攻击呢？假如她没有想到货梯可以当逃生通道呢？假如她没有发现袭击者的异常呢？

哪怕再重来一次，童素也不能保证她可以再次创造奇迹，绝境求生，艾伯特·马歇尔凭什么就敢把性命交到她的身上？

艾伯特·马歇尔平静反问："'赫卡忒'小姐，您为何会天真地认为，受害者能决定凶手何时发动攻击？"

童素几乎控制不住自己的表情，却说不出任何话。

受害者。没错，艾伯特·马歇尔当然是个毋庸置疑的受害者。

他投资数百亿的工厂，被炸了；斥巨资研发的汽车，被恐怖分子控制，证明安全性未必可靠，连累公司市值大跌；而他本人也在生死边缘来回了好几次，如果不是命大，根本活不下来。

更不要说，他本来可以先跑，却一直在总控室坐到了问题解决。正因为如此，无论是谁都不可能怀疑艾伯特·马歇尔有问题。哪怕童素抛出证据，他们也会认为是诺亚集团出了内奸，故意要置艾伯特·马歇尔于死地。

事实也确是如此。

艾伯特·马歇尔绝不可能主动取消对海豚音的抵御程序——这种震惊世界的恐怖袭击，大洋国国土局必定也要参与调查，如此拙劣的技巧，一查就会露馅，以艾伯特·马歇尔的聪明，不会授人以柄。

这必定是内奸所为。

他是无辜者，是受害者，也是那个在出事之后，尽量去弥补的人。

但艾伯特·马歇尔真的不知情吗？童素不这么想。

没错，艾伯特·马歇尔确实控制不了凶手的行为，他唯一能做的，就是给对方制造一次完美的，甚至绝无仅有的契机！

"他们就像你手中的牵线木偶，落入你的阴谋和掌控，耗费人力物力，进行了这场展现在全球面前的刺杀。可他们不清楚，这恰好就是你想要的大场面，为此，你甚至不惜以身犯险！"童素越说，声音越是尖厉！

她觉得这世界上，简直没有比这更可笑的事情，简直就像一出精妙的滑稽剧，偏偏她还是主演之一！

可笑的是，她先前还被他的理想所吸引，发自内心认可他曾说过的话语。

艾伯特·马歇尔并不在意童素的激烈控诉，只是平静地抛了一个问题出来："'赫卡忒'小姐，你是世界上首屈一指的黑客，请告诉我，互联网是什么？民众又是什么？"

童素盯着艾伯特，良久方冷冰冰地抛下两个字："武器。"

艾伯特笑了。刚好，他也这么想。

"所谓民众，其实是一群只知道听从其他人意志的庸碌之辈。他们没有自己的看法，自己的声音，容易被他人的意见所左右。

"互联网的存在，本应该扩大人们的交流，让人们认知到更加多元化的世界，以拓宽视野。但恰好相反，它让这个世界形成了一个又一个小社群。人们越来越不耐烦听见与自己意见不一致的声音，更多的时候都在输出情绪，而非观点。

"他们不需要理性的声音，只需要惊爆眼球的刺激！舆论是武器，民心是武器，潜藏在互联网表层下深不见底的黑暗，更是武器！"

童素不想与艾伯特·马歇尔探讨这些大道理，她心中怀着对先行者深深的失望，语带告诫："我们中国有句古话，叫作'善游者溺'，意思是人容易死在自己熟悉的领域。所以，越是强大的武器，就越容易反噬自身；越是厉害的黑客，就越要怀着敬畏之心。"

"这是您的看法，我深表敬重。"艾伯特·马歇尔平静道，"但这个世界上，清醒地活着的人，本就寥寥无几。就像大洋国，媒体宣传这是一个'自由民主'的国家，有识之士认为这个国家真正的体制是精英共和，只有一小部分人清楚，潜藏在这个国家运行机器背后的逻辑，毫无意外，彻头彻尾的贵族共和。"

"哦？"

"这就是隐藏在大洋国这个号称'民主灯塔''自由之地'的真相。"艾伯特·马歇尔收敛了笑意，神情带着淡淡的倦意，"平民可以通过奋斗打破阶层，成为精英，甚至可以通过服务穷人，成为总统。但真正决定这个国家，乃至全世界未来走向的，只有早早就退居幕后的那一小撮人。"

童素听懂了艾伯特·马歇尔的暗示。

他当然不能明着承认，但他的回答就印证了童素的猜测——他知道有人要杀他，最好的机会就是在仪式里。但仅仅是机会而已。

他无法左右对方的决定。就像他说的，受害者是没办法决定凶手是否动手，何时动手的。

童素的满腔怒火就像打在了一团棉花上，艾伯特·马歇尔用事实告诉他，他并不怕童素猜到真相，因为事情已经按他所想的发展了，甚至得到了最好的结果。

他得偿所愿，将中国卷了进来，让凶手无法收场，还没有任何证据能够指控他，因为他本身就是最无辜的受害者。

甚至，他明明已经做好了死的准备，结果最后，本人却毫发无伤——都是童素几次把他救回来的功劳！

这样的现实，实在太让人憋屈！

童素再也不想和艾伯特·马歇尔待在一个环境里，哪怕只有一秒，面对艾伯特难得的谈兴，她只是淡淡地说了一句："是吗？听上去和斯图国没太大区别。"

她一边说着，一边拧开了门把手。

谁知道外头传来清朗悦耳，带着几分笑意的声音："大洋国的情况，还是比斯图国好一点的。"

站在门口的亚伯·温菲尔德无辜地笑了一下，略带歉意地说："由于门开了一条缝，我听见了你们刚才说的两句话，实在有些失礼。"

说罢，他非常自然地走了进来，顺手把门锁上。

童素眉头紧锁，不知道这位爵士阁下葫芦里卖的是什么药。

你们两个有什么话要谈，那就私下谈好了，为什么一定要她留下来？

亚伯·温菲尔德却仿佛没意识到自己成了不速之客，微笑着继续刚才的话题："大洋国毕竟还有一条通天大道，留给马歇尔先生这样的绝世天才。如果在斯图国，非选帝侯家族出身的人，就算再有才华，也没办法创立如今的诺亚集团。"

艾伯特·马歇尔露出一丝淡淡的自嘲："他们害死了我唯一的亲人，还要假惺惺地安慰我，施舍我，期待我像一条流浪狗一样，为一点残羹冷炙，对他们摇尾乞怜；他们试图蒙上我的眼睛，堵住我的嘴巴，让我当一个睁眼瞎，一个活着的哑巴。假如我再不识趣一点，等待我的，就会是死神无情的镰刀。"

"人的血肉之躯，本就脆弱无比。一场突如其来的车祸，一枚意外飞来的子弹，甚至一根散落的电线，都会夺走一条性命。"亚伯意有所指，"任何一个阶层都是这样，一方面不允许下层对他们挑战，一方面接受来自上层的支配。而在本阶层内部，他们的斗争或许很激烈，却不允许出现……打破他们这个圈子的玩法。但他们唯一没有想到，马歇尔先生居然真能走上那条通天大道，并且对旧有的能源秩序，产生了动摇。"

艾伯特·马歇尔合上手中的《哈姆雷特》，平静道："这恐怕就是宿命，当他们像搬开一颗绊脚石那样，轻描淡写夺走我父亲性命的同时，做梦也没想到，如今的我，居然撼动了他们赖以生存的根基。"

童素索性靠在门上，看着这两个男人打哑谜。

其实吧，这两人说到这里，基本上差不多等于明示了——假如他们给出的信息都是正确的话。

艾伯特·马歇尔虽然出身军人世家，但在大洋国，这样的家族算贵族吗？

当然不。

能在那个国度被称为"贵族"的存在，就只有那些立国之初，或者百年前的危机时崛起的大家族。

他们垄断了钢铁、铁路、金融、能源、军火、通信、电力、传媒等各大领域，虽然公司因为太过庞大，被联邦政府予以拆分，但数百年来，金钱和权势互相滋长，触角蔓延到国内的每一寸土地，其巨大的影响力，已经构筑了一个牢不可破的体系。

如果再加上"撼动根基"这种指向性已经很明确的话语，再想一想自己在"提洛岛"的所见所闻……

"大洋能源集团？"童素面无表情，"这是给我的提示？"

亚伯·温菲尔德做了个"嘘"的动作，似笑非笑："我们从没说过这样的话，只不过——"

他看着艾伯特·马歇尔："你瞧见了袭击者的样子吗？"

"我在与他搏斗的时候，无意间打落了他脸上的防毒面具，看见了他的脸。"艾伯特回答，"这个人，我见过。"

"哦？他是谁？"

明明是回答亚伯·温菲尔德的问题，艾伯特·马歇尔却望着童素，淡淡一笑："我记得，他是雷奥将军的心腹。"

"雷奥？他不是——"

"没错，他在塔汗国。"

童素冷笑。

她心里其实有七八成的把握可以断定，艾伯特·马歇尔说的是真话，联系亚伯·温菲尔德的态度，其实整件事情，童素已经完全清楚了。

艾伯特·马歇尔的父亲，就是驻塔汗的第一任将军，结果却死得不明不白。

瞧艾伯特如今只差没指名道姓的样子，童素就明白，马歇尔将军的死，大洋能源集团背后的路斯恩家族肯定是幕后黑手之一，大洋国现在那位驻扎塔汗的雷奥将军也跑不掉，或许还有别的许多力量，就像"提洛岛"一样，盘根错节，围成了一张巨网。

面对这么恐怖的敌人，"不知情"的艾伯特·马歇尔，或许还能因为对方的轻慢和忽视，平平安安活下去，但如果他一旦表露出自己知情，甚至想为父报仇，他就看不到第二天的太阳。

这就是艾伯特·马歇尔从一个科研人员，突然跑去开公司的原因。

他需要钱。只有足够的金钱，才能同样编织一张属于利益的网，并将他的血肉之躯武装，让他能够与强大的敌人对抗。

但世界上最讽刺的事情莫过于此，艾伯特·马歇尔虽然借助互联网，弯道超车，就像亚伯说的那样，走上了给绝世天才的通天大道，达成了老牌财阀数百年才做到的事情，成功挤入了贵族的阶级。可他悲哀地发现，每个阶层内部都有自己的游戏规则。而大洋国贵族之间，或许会因为内斗，伤了彼此的和气，却不会夺走对方的性命。

"这可真是……"

童素牙齿咬得咯咯作响，几乎难以控制对艾伯特的憎恨之情。

理智上，她明白对方的做法。

艾伯特·马歇尔不能做一个破坏游戏规则的人，他并不怕死，但他怕还没复仇完毕，就被整个贵族阶级群起而攻之。

所以，他设计了一个陷阱，逼着西蒙·路斯恩自己跳下去。

谁先出手破坏规则，谁就处在孤立无援的境地。

童素知道自己不能受害者有罪论，就像一个手持重金的孩子，走在闹市里，有人为了抢走他手上的黄金，在整个抢劫的过程里伤到了周围的人。应该被谴责的只是抢劫犯，而不是黄金和孩子。哪怕孩子确实不应该把黄金带到闹市上，诱发人心的贪婪和欲望。

但她无法接受自己被当作傻子来愚弄！

"你要借刀杀人，还想让我当你的传声筒……"童素气得发抖，"你明明没有看见那个袭击者的长相，却扔给我这条线索——"

在大礼堂中，她看得分明，只有艾伯特·马歇尔的防毒面具被打歪，对方的防毒面具牢牢挂着，根本没事。

可她却不能对着安全部门的人说，艾伯特在撒谎！因为对方给她的线索，十有八九是真的！

总不能因为她对艾伯特有意见，就不去追查真凶吧？这不可能！他们一定要参与到这起恐怖袭击内的所有人血债血偿！

这是一个光明正大的计谋！

面对童素的指控，艾伯特·马歇尔轻描淡写地反问："如果各国坚持对'提洛岛'追查到底，今天是否还会发生恐怖袭击？"

童素浑身冰凉。她没办法反驳艾伯特这句话，只因这也是她的不解，她的怒火！

为什么"提洛岛"这么大的事情，全世界的媒体都没有任何报道，仿佛一切都风平浪静？

这可是血债累累的"提洛岛"！是她和雪松小队，还有李察、詹姆斯、布莱特等人，拼上性命，好不容易才查出来的"提洛岛"！

甚至，犯人们都已经招供得差不多了，谁都知道伊莎贝拉和西蒙·路斯恩有问题！但他们却没任何事情！

公道何在？正义何在？

"这个世界已经无药可救了。"艾伯特·马歇尔平静地回答，"人类困在不同的意识之中，沉醉于短暂的欢愉，衡量着得失利弊，忘记了最根本的事情。"

童素下意识追问："是什么？"

"自我价值。"

听到这个回答，童素有种"果然如此"的感觉。

艾伯特却问："在您看来，人类的价值应当怎么体现？思想的深度？品德的高尚？血脉的古老？还是像'提洛岛'那样，将人的资产——包括但不限于器官与血液，犹如菜市场上的摊贩那样，明码标价，称斤论两？"

童素无法回答。

亚伯·温菲尔德含笑道："人类不就是如此吗？穿着文明的外皮，做着野蛮的事情；一边讴歌美德与勇气，一边崇拜暴力和兽性。"

"可惜了，如果李维能活下来，或许能在医学上创造非凡的成就，造福无数人。'提洛岛'需要的，却只是他珍稀的大脑和血型。"

说到这里，亚伯·温菲尔德微笑着问："'赫卡忒'小姐，您认为，这是正确的吗？"

"当然不是！"童素脱口而出，"这样的世界，让我感到恶心。"

然后，她看向两人，非常郑重地说："认同这套规则的人，固然令人生厌；但不认同，却利用这套规则的人，也好不到哪里去。"

知道童素还是没办法接受他们的行为，亚伯·温菲尔德轻轻一笑，指着棋局："'赫卡忒'小姐，您不妨看看，这盘棋应该怎么下。"

童素不知道亚伯到底在打什么主意，很干脆地说："我不懂西洋棋。"

"没关系，您可以现场搜索规则。"亚伯意味深长地说，"当然，您也可以现在就转身离去。"

他这么说，童素就被激起了好胜心，立刻拿出手机，开始搜索西洋棋的基本规则。

大概将规则浏览一遍后，她又开始搜棋谱。

没错，对不懂下棋的她来说，最好的办法就是利用强大的记忆力，强行背经典棋谱。

所谓"熟读唐诗三百首，不会作诗也会吟"，快速记住几百张棋谱的棋路后，就算依旧不怎么会下，但看至少能看懂，也能说个一二三四五出来。

亚伯·温菲尔德和艾伯特·马歇尔并不计较她的临时抱佛脚，任由她站在那里不断翻看棋谱，谁都没说话。

过了大半个小时，童素差不多了解了，放下手机，走到床头柜前。

对比记忆中的棋谱，她发现这是一个典型的"后翼弃兵"开局，走法是：

1：c4——d5；

2：c4——e6；

3：c3——f6；

4：g5

走到这一步，位于g5的白"象"对黑棋的"王"已经形成了牵制，虽然不至于直接攻王，但理论上，c4的白"兵"就可以吃掉d5的黑"兵"了。

亚伯看见童素凝视着棋局沉思，微笑着问："'赫卡忒'小姐，如果您是执黑之人，您会怎么走呢？"

h7、h6、c6、e7等，都是可以走的。

但童素盯着棋局许久，才说："我会走bd7。"

亚伯·温菲尔德和艾伯特·马歇尔交换一个眼神，两人都笑了起来。

童素看见他俩神神秘秘的，不由得皱眉："这步走法有什么问题吗？"

她刚才算了一下，假如位于b8的黑"马"走bd7的话，己方会被吃掉一个"象"，一个"后"，但对方会被吃掉一"马"一"象"一"后"，怎么想都是黑棋这边赚了，从本来被牵制的劣势，变成了得子的优势，实现了战略上的大反转。

"真是感慨'赫卡忒'小姐的高进攻性。"艾伯特·马歇尔感慨，"初次接触西洋棋，就能舍弃'一象''一后'，来换取战略上的优势。"

说到这里，他看了亚伯一眼，才重新看向童素："如果要去塔汗国，记得，雷奥喜欢樱花。"

亚伯微笑："但人生不是棋局，对某些人而言，'兵'能舍，'马'能舍，甚至'象'都能舍，可要舍弃价值最高的'后'……"

童素已经懂了，这两人拿棋局在暗示他们的计划。这令她更加警惕。敢情他们还有下一步？樱花又是代指什么？

童素心中的谜团越来越多。

趁着这两个人愿意给她解惑，她索性非常客气地问："我有点好奇，真正执黑的人，究竟走了哪一步？"

虽然她现在不知道他们的敌人是谁，但童素已经明白，自己无法抽身。

她不可能放着恐怖袭击的策划者不管，所以幕后黑手，实际上也成了她的敌人。

在这件事情上，他们的目标一致。

虽然童素有种自己被利用了的不爽，但她分得清是非对错、轻重缓急，这两人愿意给她提供情报，她当然求之不得。

既然亚伯·温菲尔德以棋来暗喻，那么棋如人生，也能看出对手的性格。

假如对方走的是c6，证明性格偏保守；如果是e7，大概控制欲很强，对"王"被牵制的局面非常不爽，想办法扭转。

童素估量着，可能就是这两步，谁知道亚伯给了她一个意料之外的答案："是h6哦！"

h6？这也太莽撞了吧？

假如位于h7的黑"兵"走h6，那么位于g5的白"象"如果吃了f6的黑"马"，难道黑棋真敢用"后"去吃？不怕双方互换兵力，相互吃掉几个"兵"之后，白"马"可以直接攻"后"？

等等，如果不是莽撞呢？就像亚伯说的，棋局毕竟不是人生，也不是现实。

棋盘之上，无论多强的棋手都要遵守规则，吃子、得子，一切都明明白白。

但现实中，就算白"马"走到了合适的位置，就能吃黑"后"吗？

这步棋局，究竟是执黑之人太过莽撞，还是实力太强，有恃无恐？

童素缄默不语。

这时，她听见亚伯轻声问："您知道等待复仇是一种什么滋味吗？"

不等童素回答，这位圣洁如同天使长的男人就已经走到窗边，望着外头的花园和游泳池，用一种平静到漠然的口吻，缓缓道："等待复仇的第一天，人是失去理智的野兽，以身心乃至灵魂为燃料，沸腾着地狱黑焰，发誓要吞没周围的一切。

"等待复仇的第一年，人是执念变成的机械。复仇已经渗入生活的每一个角落，根本无法得到片刻安宁。闭上眼睛，就浮现亲人的脸；一人独处，就听见他们熟悉的声音。想到还没有痛饮仇人的血，无法让至亲挚爱安眠，就不愿停哪怕一分一秒。

"等待复仇的第五年，人是雪地的恶狼，已经明白高度的紧绷，多余的动作，会带来不必要的损耗。收敛杀意，回归平常，却时刻不忘打磨自己的利爪，随时等待着即将到来的惨烈厮杀。

"等待复仇的第九年，他的心已坚如磐石，犹如平静的海面。看似波澜不惊，一旦掀起，便是万丈海啸，无尽雷霆。"

明明是淡然的口气，却令童素脊背直冒寒气。

9年。这个代指，已经不能更明显了。

亚伯·温菲尔德说的，就是艾伯特·马歇尔！

她不知道这两个男人究竟有怎样的交情，她更不明白："为何对我说这些？"

童素能够感觉到，艾伯特和亚伯对她都带着某种程度的善意，还有一点若有若无的审视。就像成年的猛兽看着还没长大的同族幼崽，既想要把它庇护在温暖又安全的巢穴，又不得不狠下心将它推出去经历残酷的风雨。

为什么？她分明是第一次见到这两个人，为什么对方会对她这么特殊？

"因为你能够懂。"亚伯凝视着童素，这一刻，他的神情，温柔到像阳光照射下波光粼粼的海面，"懂得什么是孤独。"

这一句话，击中了童素。

她确实非常孤独，哪怕行走在人群中，也觉得格格不入。但她讨厌艾伯特和亚伯将她当成同类，这令她非常恶心。

童素抿了抿唇，嘶哑着声音，坚定地说："我不认为我会与你们这样的狂徒为伍。"

"那是因为你还没有遇到足以燃烧你全部的理智，让你痛彻心扉的事。"亚伯转过身去，准备离开，可他说出的话语，却仿佛某种箴言，"总有一天，你也会像我们一样，对某些人，某些事，乃至这个世界都充满憎恨。"

这简直是一句无比恶毒的诅咒！但不知为何，童素却没察觉到对方说这句话时带着半分恶意，相反，她只感觉到了一种彻骨的悲凉。

鬼使神差，她开口问："你呢？"

亚伯顿了一顿，却没有回头。

"他等了9年，你呢？你等了多少年？"

"33年。"

第五章　追踪

一

"9·15"特大恐怖袭击，震惊世界。

中国安全部门当天就成立专案小组，联合之江省公安厅一同调查整件事情的来龙去脉，近万名从邻省抽调的特警里三层外三层将诺亚超级工厂团团围住，掘地三尺，不放过每一个蛛丝马迹。

童素从走廊花瓶下方拿到的手机，成了核心物证之一。

"虽然手机上只有'夜神'的指纹，没有袭击者留下的任何生物信息，但我们还是立刻就去查询了这台手机的机型，以及生产日期。"

傅立鼎面朝大屏幕，对台下数百名正在做笔记的专案组成员讲解。

"经查，这是一台生产自五年前的安卓手机，市场定价为999元，但一般都是以充话费、打折等方式半送半卖，均价不超过500元。我们已经去厂商处取证，获得了它那一批的生产号，正在查询相关的流通途径。"

智能手机的更新换代实在太快，对安卓手机来说，五年前的型号，已经可以称之为古董了。就像没人想得到，十年前大街小巷拿着的，还是只能接电话、发短信的传统翻盖手机一样。

几百元的智能手机，它的定位当然不会是中高端消费群体，而是消费能力相对更低一点的客户。

立刻有人举手："据我们了解，国内安卓手机更新换代很快，五年前的机型，现在应该不生产了吧？"

傅立鼎点了点头："没错，这款手机只生产了15个月，生产总量为1480万台，然后就停产了。"

有专家颇为了解智能手机行业，听到这里就有点惊讶："这个销量，可以了啊！"

虽然没办法与动辄一个季度就卖几千万甚至上亿的流行机型相比，但对一台小厂生产，没什么名气的千元机来说，这个数字仍旧不可小觑。

傅立鼎苦笑："我们研究之后发现，这款机型的销量之所以好，在于它的信号接收能力非常强。公安厅的专家将市面上大大小小的手机，上千种机型拿到深山老林里去做实验，这台手机虽然不是最优秀的那个，却也名列前茅。如果考虑到性价比，它当之无愧是信号接收的王者。而这也就成为我们调查的难点之一——它的销售对象，普遍都是外出打工的农民工，而它的使用对象，往往都是山区的留守老人和儿童。"

台下的专案组成员都怔住了。

农民工，这个中国在城市化进程中涌现的特殊群体，用自己的血肉之躯和青春年华，奉献给了城市鳞次栉比，如同繁星的楼宇。

他们日复一日地劳作，却往往很难在城市扎根，只能将年迈的父母以及年幼的儿女留在日益凋敝的农村老家，唯有过年的时候才会相聚。

智能手机的出现，免费视频通话的兴起，给这份相隔两地的亲情一个每日都能沟通和联系的契机。

质朴的农民工看不懂媒体那些花里胡哨的营销，他们有着独属于这个群体的信号传递方式，以"工友""老乡"等为群体，在小憩的间隙，交流着哪种手机最耐用，又最便宜，可以在大山深处，又或者在无人的丘陵，接收到来自远方的信息。

"我们的调查到手机营业厅、电脑城、手机批发市场这一步，就彻底断了。"傅立鼎叹道，"五年前，天网还没有现在这么发达，很多地方没装监控。加上那时候的无纸化办公也没普及，很多地方登记进出货还是手写，办事的人图省事，压根不会逐一登记手机编码，导致根本追查不到这台手机的具体销售点。手机厂商那里也只能查到激活记录是五年前，没法追踪到后续。"

毕竟只是五年前的千元机，怎么可能像高端机型一样，附加那么多功能？

警员听见傅立鼎的汇报，知道这种情况下，从机型上确实查不出更多线索，就只能转向另一个方向："既然硬件碰壁，那就查软件。童小姐不是说，那个袭击者之前用直播锁定他们的位置吗？那个直播软件上有没有什么玄机？手机上还有没有其他程序？"

"这款手机的总容量只有4G，现有的许多软件，随便装一两个，就会提示容量不够。所以它上面只有一个直播软件，其他什么程序都没装。"

一提到这个话题，傅立鼎更觉懊恼。

"那是个很普通的直播软件，唯一的问题就是——它付费观看的部分，实际上是隐秘的色情直播。"

公安干警们查封该直播软件的公司总部时，几个负责人没见过这阵仗，吓得屁滚尿流，把什么都交代了。

"在这家网站上注册，不需要身份证实名，只需要一个随手填写的用户名就行。"傅立鼎叹气，"每一个在软件上注册的用户都可以免费开直播间，但只有充值超过一万块，才会弹出一个提示，设置直播间是否上锁，如果上锁，凭密码才能打开。"

这个网站也有免费的直播，非常正常，足以让误入的不知情者认为，这只是个普通的，没什么名气的直播软件罢了。

但只要用户在软件里充值打赏超过一万块，就能打开新世界的大门。

"那个袭击者就用每台手机都在这个软件上，开了一个上锁的直播间，然后他自己那台手机关注了这些直播间，就能精准通过直播画面，掌握许多信息。

"我们追溯痕迹，发现无论充值渠道还是注册地址，全都来自不需要登记身份证，给钱就能上机的黑网吧。"傅立鼎非常无奈，"再查下去就会发现，身份证和银行卡的持有者，都来自一群年轻农民工。他们的身份证早就被偷了，或者被卖了。他们在工厂做一天苦力，就拿着日结的钱去网吧玩三天。他们的称呼在国内非常响亮，甚至隔壁樱花国的电视台特别跟踪报道，给他们拍过纪录片，就是'三和大神'。"

专案组成员们面面相觑，久久无话。

五年前的低端安卓手机，色情直播软件，就地取材的化学原料和柴油……就是这些简单到不可思议的东西，竟然构成了神秘杀手对艾伯特·马歇尔的袭击？

坐在这里的每一个人都有丰富的刑侦经验，听见目前掌握到的全部线索，所有人的心情都很沉重。

他们非常清楚，这个世界上最难调查的，并不是设计精巧的密室杀人案，或者变态连环杀手案。

侦探小说中之所以这么设计，是为了剧情的可观赏性。但对现代刑侦来说，破获凶杀案其实是一件很简单而枯燥的事情——先调查死者的所有社会关系，包括但不限于金钱、情感、日常纠纷等方方面面。只因至少百分之七十的作案，全都发生在熟人之间。哪怕是变态连环杀手，只要有前例在，也就有迹可循。

刑侦专家们最害怕的就是无头案，比如某个人走在偏僻小路上，对面来了一个人，莫名其妙抽出水果刀，把他一刀捅死，尸体推到旁边的河里，把凶器上的血擦擦，又继续拿去切水果了。

没有任何原因，没有任何冲突，也没有任何监控，尸体也沉入河底，不见天日。

这往哪里去查？

"越是简单，就越难留下痕迹。"刑侦专家面露难色，"这个袭击者，非常不好对付啊！"

坐在第一排的夏正华咳了一声，见四周嗡嗡嗡的议论声停了下来，就说："大家集思广益，多加讨论，我们的技术人员也会根据袭击者的画像，逐一排查，然后把可疑分子的信息都交给大家。小傅，你出来一下。"

说罢，他就站了起来，打开门出去。

傅立鼎连忙跟上。

夏正华带傅立鼎离开会议室，前往技术组。

电梯门刚打开，就见应龙捧着一个骨灰盒，沉默地站在角落，脸上什么表情也没有，就好像他的喜怒哀乐已经随着战友的离去而消失了。

夏正华叹了口气："通知小郑的家人了吗？"

"他的父母都不在了，奶奶已经80多岁，老人家受不了这个刺激，我们打算瞒着，以后轮流去探望。"应龙嘶哑着嗓子，回答道。

特警们事后在克莱因楼坍塌现场掘地三尺，找寻一切与"9·15"恐怖袭击相关的证据，也找到了小郑的尸体。

这位年轻战士被烧焦的尸体上，镶嵌着天花板和地板瓷砖、洗手间隔板、马桶碎片等，根据现场残留，基本能够确定，他死在距离机房不到30米的洗手间内。

而洗手间大门正对的花瓶碎片旁边，也找到了袭击者所用的同款手机碎片。

这些手机并不是袭击者自己带来的，而是克莱因楼的一个清洁工放在大楼里的！

虽然克莱因楼从科研人员到清洁工，每天进出都要过安检，但谁会在意一个清洁工身上带着两个廉价的手机呢？

专案组把清洁工抓获后，对方老实交代，两个月前，他收到了匿名短信，只要他愿意每天带一台手机进克莱因楼，放到指定地点，一次给500块钱。

清洁工看见邮件只是让他带几个老爷机进去，忐忑半天，还是贪欲占了上风，就按照邮件的指示，每天揣一个手机，放到克莱因楼一到三楼任意一个男厕所盥洗台下一个隐蔽的抽屉里。

那个抽屉是清洁工存放洗手液、抽纸等物料的地方，只有清洁工有钥匙，其他人不能打开。

但技术部已经试过，那种程度的锁，熟练的人能用一根铁丝，在5秒之内把它撬开。

清洁工带了40个手机进去，拿了两万块钱，却不知道，这些手机在9月15日那一天，成了袭击者无处不在的"眼"！

技术部试图追查匿名短信的来源，以及给清洁工转账的账户，却一无所获。只能靠法医组那边解剖小郑的尸体，看看有没有什么发现。

经尸检确认，小郑是被勒死的。

借助这几条线索，以及应龙小队其他队员的回忆，专家组大致还原了小郑的死亡过程。

小郑和队友们去机房的路上，想要上厕所，就和队友打了个招呼，然后孤身前往卫生间，谁知道刚一进门，就被早已通过手机直播知晓的袭击者悄无声息地弄晕，拖到隔间里，全身的装备被对方穿上。

然后，袭击者用小郑身上的绳子——每个特警都随身携带，靠它从电梯井二楼爬到一楼的那根绳子——活活勒死，尸体放在马桶上，伪装成一个正在上大号的人，所在的隔间则用一点小手段从里面被反锁。

应龙小队的人浑然不知战友就死在不远处的卫生间，他们在数百台机器中寻找着插错数据线的接口。而此时，伪装成"小郑"的袭击者已经来到了机房，与他们会合。

根据应龙小队队员的回忆，小郑从离开队伍到回来，全过程不超过十分钟。

"应龙，我知道你心里很难受。"夏正华缓缓道，"但我们现在并不能洗清小郑的嫌疑——刚好他就落了单，刚好他就碰上袭击者，刚好他们两个的身材没太大差别，可以完美伪装，你告诉我，这个概率有多大？"

"夏部长，我相信我的兵。"应龙毫不犹豫，"他们都是铁骨铮铮的汉子，绝对不会被境外势力收买！"

夏正华却摇了摇头："假如小郑真的是烈士，组织会给予他应有的待遇，但如果他不是——"

说到这里，夏正华加重语气："应龙上校，你作为'应龙小队'的队长，本来应该暂时停职，接受政治审查。但组织上认为你在'9·15'中有重大功劳，特许你作为专案组的一员参与进来。我希望你能保持一如既往的冷静，不要因为感情，把情绪带了进来，导致因为你的个人误判，影响到大局。"

片刻的沉默后，应龙回答："专案组搜查了所有来宾下榻的宾馆，每一根头发，每一片头屑都不放过。但如果袭击者足够聪明，他们就只会选择当天到来，不给我们留下搜集生物信息特征的可能。"

这样一来，搜索范围就能小非常多。

知道应龙不想继续提小郑的死，这样强行转移话题，就算是答应了，傅立鼎配合地问："正面接触过袭击者的，只有艾伯特·马歇尔吧？这位诺亚总裁坚持不肯公开真正的身体情况，莫非有什么顾虑？"

夏正华和应龙都不说话。

艾伯特·马歇尔指证雷奥将军身边亲信的事情，只有安全部门的高层，以及应龙这种当事人知道，傅立鼎的级别没到，无法参与进来。

对大洋国来说，驻扎塔汗国的将军究竟是哪一个都是绝对的机密，不能被外界所知晓。中国安全部门既然无意间知道了这个秘密，当然不能大张旗鼓，搞得太多人知道。

意识到自己可能问了不该问的，傅立鼎立马调整话题："对了，杜明礼前几天电话都打到我这里了，好像有事要找'夜神'，但怎么联系都联系不上她。"

杜明礼是童素的大学学长，也是她曾经开办公司的合伙人，算是她屈指可数的朋友之一。

"童素在看照片。"应龙回答，"她隔着熊熊火焰，看见了袭击者的眼睛。虽然对方有很大概率戴着美瞳，以遮挡原本的瞳色，但她让安全部门当天在事发现场所有人的照片都 P 上防毒面具，背景改成正在燃烧的大礼堂，瞳色也调黑，然后逐一辨认。"

这只能说是一个大海捞针的笨方法了。

话音刚落，电梯停下，技术组所在的楼层已经到了。

夏正华和傅立鼎刚要踏出门，就看见技术组负责人怒气冲冲地站在电梯门外，看见他们三个，立刻喊："夏部长，应龙上校，还有小傅，你们来得正好！'夜神'说我们漏掉了嫌疑人，你们来评评理，看看究竟是我们工作失误，还是她无理取闹！"

二

特警们虽然在克莱因楼里，找到了袭击者脱下的，本属于小郑的军装、设备等，但这些东西因为正好就在爆炸的柴油发电机旁边，已在熊熊大火中燃尽，只剩下零星残片，并没有附着袭击者的生物信息。

克莱因楼的监控设备因为是安保系统里的一环，也早在被病毒袭击的时候就彻底损毁，没留下影像。

但通过每个接触袭击者的人提供的信息，安全部门的技术人员们已经大概锁定了袭击者的范围。

首先是身高和体形。

小郑净身高 187 厘米，体重 75 公斤，体脂率 6.8%。袭击者能天衣无缝地伪装成小郑，瞒过对小郑熟悉的战友们，可见身材与小郑相仿。

参考视觉对人的影响，综合制式军靴的高度，以及里面顶多塞下 3 厘米的增高垫，大概可以断定，袭击者的身高应当在 182 到 188 厘米，从而换算出相应的体重区间。

其次就是时间和地点。

应龙小队到克莱因楼的时候，大部分区域的大门都处于封锁状态，当时被困在其他车间的人，自然没有太大的嫌疑。因为除了克莱因楼的组装车间是艾伯特·马歇尔打开的，其他车间的人都是等到童素解决数控和安保系统病毒之后才能出来，那时候小郑已经遇害，所以重点怀疑对象就集中在当时在克莱因楼的人里面。

第三就是救援情况。

那些在袭击发生时被消防人员从克莱因楼其他地方救出来的人，当然不可能是袭击者本人。

还有在袭击发生时，跟在亚伯·温菲尔德或者应龙身边的人，也不会是这个神秘杀手。

这样算下来，范围已经从上万人直接缩小到一百余人。

如果再加上应龙所说的"如果袭击者足够聪明，他们就只会选择当天到来，不给我们留下搜集生物信息特征的可能"，怀疑对象甚至能锁定在寥寥几十人之间。

按照正常流程，技术组确定可疑人选后，就交给刑侦专家组，逐一对比，分析，研究。

"谁知道，'夜神'觉得我们工作没做好，漏掉了怀疑对象。"技术人员有些委屈地拿出一沓档案，"就是这个乔舒亚·兰登。"

夏正华接过档案，先看了一眼右上角贴着的照片，冷静道："他的身高和体形确实符合怀疑标准。"

技术部门的负责人点头："是的，他 9 月 15 日早上八点的飞机才到湖滨，而且车间被封锁的时候，他刚好去上厕所，没被关到车间，只是被困在了克莱因楼里，本该是重点怀疑对象。但他当时就拿起手机，开始直播外面的场景，外网上传得沸沸扬扬的视频，至少五分之一来自他直播的剪辑。"

傅立鼎对这个直播有点印象，一方面缘于乔舒亚·兰登的相貌太有记忆点，另一方面就在于，这是恐怖袭击发生时，全球热度最高的直播视频。

负责人说："他足足直播到了克莱因楼的大门打开，跑下来的时候还不忘继续直播，救援人员登记了他的名字，让他跟着消防队员一起转移到安全地方。他不肯，说要等自己的搭档，非常焦急地拜托消防队去救对方。"

"他什么时候停下的直播?"

"比较早,他手机没电了,摄像机在车间,就没继续直播。而是和许多等亲朋好友的人一起,在距离克莱因楼七八百米的人群中抽烟等待,我们查了他的手机电量和关机时间,确实没有误差。"

负责人回答:"我们之所以认为他没有嫌疑,一是因为很多人都表示见到他在那里抽闷烟,二是因为收集到了他扔到垃圾桶里的好几根烟蒂,上面有他的指纹和唾液。根据烟蒂燃烧和熄灭的时间、状态等可以推算,他至少在那里滞留了半个小时。"

这么听起来,确实不像嫌疑犯。

应龙知道童素不会无的放矢,便问:"'夜神'的判断根据是什么?"

"'夜神'盯着他的照片看了很久,又找出他的直播听声音,一直在说'不像''没有相似之处',又翻他的资料看了半天,说'怎么会这么巧'。最后指着电脑对我们说,没有确凿的视频拍到他在克莱因楼解封后,一直在人群里。人的视觉可以被欺骗,物证也有可能是假的,这个人的嫌疑并没有排除。"

"她觉得对方与这次的案子脱不开干系,非但要求我们把对方加在嫌疑人列表里,还要放在第一位,甚至还要求我们在上面写个备注,不惜一切代价,将他扣下来。"

负责人说到这里,顿时有些委屈。

根据现有证据,童素的要求,实在有些不讲道理。

夏正华快速浏览完资料,不动声色地递给应龙。

应龙才看两眼,眉头就皱了起来。

"乔舒亚·兰登,男,31岁,米切尔大学新闻系毕业,现为《大洋早报》驻外新闻部王牌记者,搭档约翰·卡森。"

这份履历并不算稀奇,但乔舒亚·兰登的生父和教父,却令人感到棘手。

"他父亲是兰登医生?"应龙沉吟片刻,才道,"这也太巧了吧?"

这位大洋国顶尖的外科医生,放弃了优渥的生活和千万的高薪,带着全部的家当,千里迢迢,来到位于中东的塔汗国偏远地区,创办兼收容所、孤儿院、养老院、医院于一体的圣约翰医院。

数年来,兰登医生依靠自己的妙手仁心,以及国际身份,治好了很多穷人,也在当地的奴隶主手中救下了非常多的妇女儿童。

大洋国入侵塔汗国的时候,叛军攻打圣约翰医院,拿兰登医生当人质。虽然大洋士兵成功将兰登医生救出,但这位可敬的医生已经因为酷刑失去了七根手指,全身上下也遍体鳞伤,没撑过抢救手术就过世了。

正因为如此，看到乔舒亚·兰登的父亲就是这位"兰登医生"的时候，应龙心里咯噔一下，下意识望向夏正华，就知道两人想的都是同一件事。

按照童素的汇报，那位死掉的第一任驻塔汗将军，就是艾伯特·马歇尔的父亲。

现如今，与当年那场战争有关的，另一位死者的儿子也出现在案发地，这难道只是一场巧合吗？

"童素的怀疑确实有道理，但她没有证据，只是凭借直觉。"夏正华平静道，"我们不能以'我感觉你有问题'这种荒诞的理由扣押外国公民，尤其乔舒亚·兰登的身份很敏感。他的生父暂且不说，教父乔治·约翰逊，正是如今的大洋国副总统。"

负责人不断点头："就是，而且兰登医生和乔治·约翰逊都是虔诚的教徒，他们虽然是大洋国人，信的却是斯图国的国教，也是大洋国上层最流行的宗教之一。这个宗教非常古板而传统，拥有一系列我们无法想象的规矩，比如禁止离婚，理由是'每对夫妇都是在主的见证下缔结婚姻，不得违背'，比如禁止堕胎，禁止整容，等等。

"对这个宗教的信徒来说，教父、教母与教子女的关系是神圣不可侵犯的，对彼此负有极大的权利和义务。而且不仅如此，无论在宗教还是法律上，无论斯图国还是大洋国都承认，教子女和婚生子女的地位等同。

"乔治·约翰逊是个为穷人打官司的律师，他的亲生儿子和女儿都死于黑帮的报复。也就是说，他的合法继承人，只有乔舒亚·兰登一人。"

说到这里，负责人面露不忿之色："因为艾伯特·马歇尔迟迟不肯露面，大洋国大使馆已经对我国抗议好多次了。'夜神'这时候非要我们扣下大洋国副总统的教子，这不等于火上浇油吗？"

夏正华沉吟片刻，问："童素在哪儿？"

"亚伯·温菲尔德找她，她就先离开了。"

听见这个名字，夏正华只觉头疼："温菲尔德爵士似乎对童素非常关注？"

应龙回想了一下，才说："温菲尔德爵士总共和'夜神'见过三次，第一次是'9·15'事件发生时；第二次是当天晚上在病房里；还有就是今天，爵士启程回国之前，想和'夜神'见一面。"

夏正华皱眉："这位斯图国皇家爵士身份来历很不一般，别看他表面上不担任什么正式职位，但在斯图国地位超然。安全部门经过分析认为，他很有可能是斯图皇帝与铁血首相姑母的私生子。"

傅立鼎顿时有些后怕。

这样的身份，哪怕不能继承皇位，也很不一般了。幸好他们将人救了下来，否则对方若真要有什么三长两短，斯图国和中国的友好关系恐怕就要急转直下。

"不光是身份，还有他这个人也很妖异——你们觉得他年纪多大？"

应龙没回答。

傅立鼎见两人都望向自己，下意识地猜了个数字："二十出头？"

"41。"应龙回答。

傅立鼎吓了一跳："他看上去非常年轻，根本不像41啊！"

"十几年前，他就是这个样子，现在还是这个样子。"

傅立鼎挠了挠头，觉得也不是不可能。

荧幕上好多女明星，六七十岁了，在化妆和医美的作用下，看上去还和三十来岁没什么区别呢！

应龙向他解释关键："外貌过于年轻是一方面，更重要的是，他发色和瞳色都非常妖异。刚才你也听说了，斯图国的国教传统而古板。早些年，这种孩子会被当作'恶魔之子'抛弃甚至杀死，尤其是皇室和选帝侯之家，更是万万不能出现这种'邪魔'。

"哪怕是现在，理论上来说，亚伯·温菲尔德这种外貌超出常人的人，也应该一辈子染发、戴美瞳，假装正常。而不是丝毫不掩饰自己的妖异外貌，大大方方在外界行走。

"更重要的是，这么明显的把柄，居然没有一个贵族借机攻讦他和铁血首相。斯图国的四大贵族，三大主教，总共七位选帝侯居然都默认了，就更加古怪。"

傅立鼎无法理解。

在他的思路中，只有黑暗的中世纪才可能发生这样的事情，实在难以想象，"生来不洁"这种事情，还会发生在现代社会。

他犹豫了一下，还是说："我听说皇室和四大选帝侯家族代代通婚，加上他们盘根错节的姻亲关系，很多都是近亲通婚，偶尔生一两个稍微有些异常的孩子，不能代表什么吧？现代科学完全能解释啊！"

夏正华中止了这场讨论，平静道："这位爵士身上秘密不少，他对童素表现出过多的关注，并不是什么好事。"

说到这里，他停了一下，又问："温菲尔德爵士每次找童素，就只聊歌剧？"

"不是。"童素冰冷的声音，在众人身后响起。

看见应龙、夏正华和傅立鼎都转过身来，童素深吸了一口气："刚才，亚伯·温菲尔德告诉我一件事——塔汗国首都哈图尔城戒备森严，任何一个不熟悉的面孔出现，都会立刻被国民自卫队抓走，严加拷打。"

傅立鼎疑惑："我记得哈图尔城是有正规机场的，难道旅客在那儿转机也不行吗？"

"哈图尔城的机场，距离市区非常远，机场之外就是黄沙漫天，转机的旅客只会在机场内闲逛，不会去外面吃沙子。而哈图尔城本身是不允许游客进入的，只接待商务客人。迄今为止，我们中国还没有中标一次。"应龙神色凝重，"就算我们能以'工程投标'的身份潜入，也不可能见到雷奥将军。

"事实上，自从九年前，大洋国攻下塔汗国之后，这个国家的情报就趋向半封锁状态，安全部门对塔汗国内的情况也了解得越来越少。"

正因为如此，傅立鼎更奇怪了："既然如此，这么重要的情报，亚伯·温菲尔德为什么免费提供？"

知情的夏正华和应龙暗自揣测，心道：难不成亚伯·温菲尔德和艾伯特·马歇尔有某种利益联盟？

这位皇家爵士和他的首相兄长，皇储外甥女，并不是一条心？

没等他们想明白，就听见童素问："夏部长，我这次前来是想询问，'奈赫贝特'的身份，能否再次启用？"

夏正华思索片刻，便道："可以是可以，但风险太大，我不建议你用这个身份去塔汗国，太冒险了。"

"奈赫贝特"毕竟是安全部门花了两年时间，为童素打造出来的假身份，当时考虑到万一混入"提洛岛"，一次不成，还有下次的顾忌。

所以，在童素以这层身份前往"狩猎女神号"的时候，安全部门的替身也在世界另一处活动，制造出"提洛岛那个奈赫贝特是被人冒名顶替"的错觉。

但"狩猎女神号"已经落到国际刑警手里，"提洛岛"从上到下开始被缉拿是不争的事实。更重要的是，"提洛岛"真正的主人伊莎贝拉逃脱了法网，尚且高居皇储之位。

艾伯特·马歇尔剑指大洋能源集团，雷奥将军必是其中重要一环，路斯恩家族又和皇储联系紧密，对疑心病重的人来说，面对曾经踏上"提洛岛"的"奈赫贝特"，那是宁错杀，也不肯放过的。

"身份被人怀疑，有可能是危险，也有可能是契机。"童素眉宇间露出一丝凛然杀意，"我理解您对我个人安全的担心，可这一次，我必须前去，一是因为艾伯特·马歇尔给我们提供的线索，说杀手是雷奥将军的亲信。二是因为'杜尔迦'组织的主要根据地之一，也在塔汗国。我当年接触过'杜尔迦'，她们绝不是这个样子，我怀疑，她们可能已经被'提洛岛'给暗害，我必须去一探究竟。"

夏正华叹了口气，没有把话说死："你不要着急，等安全部门开个会，讨论一下。"

童素听见夏正华居然没提出"'铜棒'或者NULL可以替代你去做这个任务"的回答，不免有些担心，直截了当地问："夏部长，我爸爸最近是不是遇到一些麻烦？我已经一个月没收到他的回信了。"

"请放心，童先生很安全。"夏正华回答，"他在执行另一个机密任务，我必须遵守保密条例，不能对你透露。"

童素也知道安全部门的规矩，没多说什么，像是不经意地问："NULL呢？他对'杜尔迦'这个组织说不定也有些了解，或许我可以和他谈谈？"

夏正华摇头："他也有要事在身，我们都不能主动联系他，只能等他联系我们。"

童素面露不悦："我爸爸究竟在执行什么机密任务？针对我们的只是'提洛岛'，为什么到现在，网络上还没有半点关于'提洛岛'的消息？"

应龙见童素的态度太过无礼，堪称咄咄逼人，忍不住喊："'夜神'，你——"

他话还没说完，夏正华就做了一个"暂停"的动作，然后叹道："童小姐，我能理解你的愤怒，但'提洛岛'涉及国家之间的政治，斯图国首相亲自飞了一趟北京，与我国领导人商谈，就是为了保住皇室的声誉。

"斯图国是我国第二大贸易伙伴，也是我国在政治上竭力争取的对象，对我国来说，斯图国维持目前的局面——老皇帝病退，铁血首相掌权，皇储当个花架子，这是最有利的情况，斯图国不希望变，我国也不希望。"

童素冷笑："只可惜，老皇帝没办法活千年万年。"

"这点我们也知道，但——"夏正华安抚道，"国与国之间的事情，从来就不是一两句话能说清，甚至很多时候，公说公有理，婆说婆有理。"

童素当然懂这些大道理，却不能接受："当时的船上还有上千人吧？这些人怎么办？国际刑警能处理？还有那些身上挂了大案子的，又怎么办？"

夏正华叹气："除了'玩家'之外，'提洛岛'上的船员、水手，还有黑西装们，都是'不存在的人'，国际刑警那边也很为难，应该打算发还给斯图国。而'玩家'们经过几轮游戏，死伤惨重，只剩下一百余人。这些人中，除非像里切尔集团的CEO亨利这样，犯媒体关注的大案子之外，其他所有人，无论案件大小，也不管国籍，统一送到'Geenna'监狱，也就是'铜棒'先生曾经待过的监狱。"

童素挑眉："全部交给大洋国？"

"目前暂定是这样，至于亨利，大洋国国土局也说不会让他胡说八道，公开审判就是走个流程，我们怀疑他们有别的手段，只是他们不说。"夏正华回答。

童素被气笑了："这不是等于没有惩罚吗？就死了一个卡佩洛侯爵，宣布这一支叛国罪，嫡系变成庶人，这算什么大罪？"

"童小姐，你……"

童素不想听那些大道理，她声嘶力竭地高喊："你们有没有想过，如果不是没对'提洛岛'追根究底，超级工厂的袭击很可能根本不会发生！"

应龙就像被打了一拳一样，露出难过的表情。

夏正华心里也不好受，只能叹道："唉，如果查清此事真的是'提洛岛'所为，就算是铁血首相的请托，我们也绝不会姑息。"

听见他的说法，童素露出坚毅的神情，斩钉截铁："那这一次的查案，我就更要去了——我再相信你们一次，只要能拿到证据，你们就会彻查'提洛岛'，还很多人一个公道。"

话音刚落，应龙的手机响起。

他接完电话后，神色凝重："航空部门刚刚传来消息，乔舒亚·兰登和约翰·卡森买了回大洋国的机票。不是直飞，而是转机，中转站就是塔汗国首都，哈图尔城。"

三

沙漠，是一个让人容易产生某种奇妙情绪的地方。

行走在沙漠中，不自觉就会联想到幽幽的驼铃声；若隐若现的海市蜃楼；屹立千年不倒，相传带着诡异诅咒的金字塔；数千年来，流传在这片土地中，神秘莫测，瑰丽玄奇的传说；曲调诡异，悠远空灵的古老哼唱。

第一次现实中看见沙漠的童素，惊讶地发现，眼前竟是一片无边无际的漫漫红沙。

塔汗国沙漠白天的地表温度平均在 70 摄氏度以上，鸡蛋放到沙子里都能烤熟，一到夜晚，温度却能直降到零摄氏度，如果倒在沙地里，很快就会因为身体热量的快速流失被夺走生命。

在这样的地狱里，人类是最渺小的生物，越野车乃至坦克在沙漠中开过的痕迹，顷刻间就被大自然抹杀得一干二净。

沙漠边缘的绿洲，则又是另外的世界。

棕榈树覆盖的街道上，四处都萦绕着烤肉与清真饮料的味道，披着头巾的男人大声吆喝着贩卖骆驼。一旁的摊子上，只有两种货物，那就是各式各样的枪械，以及按箱来计算的子弹。

这个在美军地图上甚至连定位都没有，名为"哈桑"的小镇，从落成的那一天开始，一直是许多往来的奴隶、走私商队，以及雇佣兵的落脚点。

在这座小镇上，随时可能在某个屋子后，或者暗巷里，听见几声枪响，然后就是重物落地的声音。

当地的居民事不关己，只有不懂事的孩子一旦听见动静，会欢呼着去进行"寻宝游戏"，熟练地翻着尸体，寻找财物。

再过没多久，背着裹尸袋的收尸人，就像闻到了腐肉的秃鹫一样出现，负责拖走受害者的尸体。

一方面是为了搜刮这些可怜虫的财物，另一方面则是为了避免天气过热，尸体腐烂在街道上，引发瘟疫。

至于更小的孩子，基本上都怯生生地躲在狭小阴暗的房间里。

他们刚刚懂事就已经学会，母亲将客人迎进来的时候，自己应该像小老鼠一样地避开，免得带来不必要的麻烦。

无论是被粗鲁客人一脚踢开，还是被有奇怪癖好的客人看上，对他们来说，都可能致命。

这里出生的孩子，似乎只有一条固定的人生道路——男孩早早扛起枪，成为雇佣兵；女孩小小年纪，就成为雏妓。

当然，哈桑镇中最受欢迎的，并不是各式各样的妓院，而是一家明目张胆违反当地教义，提供各种烈性酒的酒吧。

而今天，酒馆里最扎眼的队伍，莫过于坐在角落里，二十多人的一支小队，原因有三：第一，这些人虽然和其他人一样，穿着黑袍，戴着头巾，却依稀能够分辨，他们都是亚裔面孔。第二，他们的坐姿和站姿都带着一股纪律森严的气息，就连杯子里装的也都是白水。而一般的雇佣兵会比较闲散，今朝有酒今朝醉，往往只有军队出来的人才有这么鲜明的印记，又这么谨慎。第三，这群人中，居然有好几个裹着黑纱，却依稀可见身材曼妙的女子。

要知道，干雇佣兵这行的女子非常稀少，可以说是大熊猫一般的存在，原因很简单，因为任何女雇佣兵都没办法保证，晚上有多少个男人会爬上自己的床。

哪怕他们都是白天朝夕相处，并肩作战的队友，到了晚上也很可能化身野兽。

男雇佣兵们往往也不愿带女队友，他们觉得女子的臂力、耐力、跑速等都不够，会拖累他们。

想要女人，任务结束去妓院乐和乐和就行，为什么要给自己找麻烦呢？

但反过来说，能在这种亡命之徒队伍里站稳脚跟的女人，个个都只能用"心狠手辣，身怀绝技”来形容，要么就是“出身不凡，不能招惹”。

正因为顾忌到这一点，哪怕许多人淫邪的目光就像蛇一样，盯着这支队伍中的几位女性不肯放，却没有任何一个人敢主动上前挑衅，唯恐一个不好，自己就丢了性命。

只是，在角落里，依旧有人蠢蠢欲动。

位于人群焦点的雪松等人察觉到这一状况，不由得更加戒备。

这时，负责打探消息的队员们回来了，坐下之后，小声说：“队长、‘夜神’，情况不妙，找不到带我们进沙漠的向导。”

童素皱眉：“钱给得不够？”

“不，因为我们是生面孔。”

雪松觉得这事不对了：“我们并不是要前往哈图尔城，只是要从哈桑镇，到达沙漠中最大的补给点和外国人聚居地塔克镇，这都不行？”

亚伯·温菲尔德提醒过他们，塔汗国首都哈图尔城守卫森严，不放过任何生面孔；从机场出去的人，也会遭到严密监视，他们自然不能贸然潜入。

既然生人进不去，那就只能靠人引荐。

雪松小队曾经驻扎塔汗国十年，当时的驻地就在沙漠中的塔克镇边缘，与兰登医生打过很多次交道，提供了一条重要线索——兰登医生曾经救下了一个奴隶孩子，叫作哈伊德。

哈伊德生来六指，被当作不祥之人，从小备受欺凌。当地酋长听信谣言，想要对哈伊德施以残酷刑罚，以消弭所谓的灾祸，哈伊德却找到机会偷偷跑了出来，昏倒在塔克镇的圣约翰医院门前，被兰登医生所救。

面对挡在哈伊德面前的兰登医生，派兵追来的酋长顾忌对方是大洋国国民，以及圣约翰医院院长的双重身份，便将医院严密地围了起来，不准给他们粮食和水，想要借此逼兰登医生交出哈伊德。

兰登医生向驻扎一旁的中国维和部队求助，雪松一边派人帮忙联系大洋国的大使馆，一边偷偷给圣约翰医院送物资。

因为大洋国的大使馆介入和协调，事情才暂时得到解决。

虽说哈伊德逃过一时之劫，但兰登医生一是考虑到酋长可能不会死心，二是他发现并惊讶于哈伊德超高的医学天赋，不希望对方埋没。综合考虑之下，兰登医生找到他的好友，同时也是大洋国白鹰州圣约翰医院的院长维尔福先生，拜托他们夫妇将哈伊德收为养子，接回大洋国。

哈伊德·本·维尔福也没有辜负兰登医生的期待，目前已经是医学界大名鼎鼎的天才，号称"神之手"。据说，他做的手术目前成功率是百分之百，没有任何失误。

这位医生哀恸于祖国的贫穷，救命恩人的故去，每年都会抽三个月时间回到塔克镇上的圣约翰医院，像兰登医生一样，为穷人们义诊，收留无家可归的老弱孤寡。

当然，这三个月并不是说连贯的，而是他只要有空，就会回塔汗国，留十天半个月不等。

哈伊德对中国维和部队的印象非常好，又始终对兰登医生的死耿耿于怀。

正因如此，当中国安全部门找到他，希望他帮忙私下收留一支队伍，暂时落脚，并且隐约透露队伍的目标和十年前案子有些关系的时候，哈伊德医生问都没问是什么原因，满口答应下来。

谁能想到，到了塔汗国，想要去塔克镇，居然找不到向导带路！

这和雪松曾经了解到的情况严重不符！

就在这时，一群人走进酒馆。为首的女子一走进来，仿佛将昏暗的酒馆都照亮了。

她就像跨越了时空的埃及女王，美艳绝伦的容貌，蜜色的肌肤，妩媚的气质，金绿色的眼影，还有高贵而傲慢的气质。

如果她头上再戴一顶金光灿灿的鹰蛇王冠，脚下趴着一只慵懒的埃及猫，简直就像埃及艳后克利奥帕特拉复生。

但谁都不怀疑，她那修长而矫健的四肢拥有极端的爆发力，可以瞬间拧断任何一个成年男人的脖子。

"她是这里最大的奴隶贩子和军火商人。"负责打探消息的队员低声道，"这里的雇佣兵提起她时，个个都十分忌惮，连她的名字都不敢提，只叫她'黑曼巴'。"

"英格拉。"童素喃喃道，"她叫英格拉。"

雪松十分惊讶："'夜神'，你认识她？"

童素"嗯"了一声，回答道："她的全名是英格拉·辛格，曾经是辛格家族族长的遗孀，也是真正的掌权者。但几年前就被宣布意外病故，资料上都说是她继子为了夺权，把她杀了。我也是上'提洛岛'之前看相关资料的时候，顺便扫到，才记了下来。"

"那就复杂了。"雪松低声道，"如果安全部门收到的情报不假，那'黑曼巴'是'公爵'的下线。"

听见"公爵"之名，童素沉吟片刻，突然问："她能带我们去塔克镇，甚至哈图尔城，对吗？"

雪松低声道："应该可以，但我还是觉得不合适，与她打交道，就像与虎谋皮。而且，这个女人和斯图国的关系太微妙了。一不留神，我们就要卷入大洋国、斯图国和塔汗国的复杂关系里去。"

能被这群杀人不眨眼的雇佣兵"尊称"为黑蝮蛇，可想而知，这个英格拉绝对不好惹。再想想她背后那些军火的来源，就更令人忌惮。

由于沙漠的特殊环境，以及当地复杂的宗教情况，特意被安全部门聘请，加入这支队伍的随队医生华晓月也轻轻点头，赞同队长雪松的意见："能在这种虎狼之地扎根的女人，狠辣之处绝不逊色于最凶恶的犯人。而且她在这里的身份天生就是个靶子、聚光点，我们最好不要靠近她。再在塔克镇找一下，总会找到愿意给我们带路的人。"

童素反问："如果我们找到的人并不是诚心带路，而是想要黑吃黑呢？"

华晓月不解："我们这支队伍将近三十人，除了您和我不擅长格斗外，大家个个训练有素，装备精良，就算向导与当地势力勾结，他们要喊来多少人，付出多大代价，才能成功打劫我们？"

雪松却立刻反应过来童素在担心着什么。

刚才他是军人思维，误判了现在的情况，反而是华晓月这句话提醒了他——他们这支队伍十分显眼，又是外来者，早已经落入了有心人的眼里。

"'夜神'，您怕这些雇佣兵和当地军队勾结？"

以雪松当年在塔汗国的所见所闻，该国的地方军队，至少没有黑到这种程度。

但现在，还真不好说。

童素微微颔首。

哈桑镇能发展成这样，绝对少不了当地驻军睁一只眼闭一只眼，她当然得多个心眼，万一塔汗国本地的军队真有这么黑，兵皮一脱就成了匪，别说他们三十个人，就算是三百个人来了，也未必能讨得好。

华晓月想到这种可能，额头冷汗也下来了，不由得低声道："如果是这样，英格拉难道就可信吗？"

"当然不可信。"童素给了很肯定的答复，然后，她环视众人，不紧不慢地说，"但在这些人眼里，'奈赫贝特'就很可信吗？"

雪松、华晓月等人面面相觑。

事实上，这也是他们在出发前，中国安全部门的专家们反复劝阻，让童素不要用这个身份再去塔汗国的原因。

"奈赫贝特"这个身份，虽然被做得很完美，但在"提洛岛"那里，本来就该结束了。

假如她真的上了岛，那么就应该在国际刑警的秘密监狱蹲着；就算上岛的不是她本人，那也不行。

黑暗世界可没有"我被人假扮了，所以我很无辜"的说法，而是直接就判了你这个人不可信，甚至可杀。

退一万步说，哪怕敌人真信了，万象集团也已经覆灭，他们漂泊无依，但在一些人看来，也是上好的肥羊。

正因为如此，专家们觉得，再用这个身份实在太危险，不如就让外界以为"奈赫贝特"被中国安全部门抓住，送去蹲大狱了，然后童素顶替这个身份上了"提洛岛"，从此抹掉比较好。这次童素等人去塔汗国，可以找个别的身份，为什么偏要这么冒险呢？

但童素还是坚持赌这一把。

"你们就算见过亡命之徒，也是把对方当作敌人，抓捕、击毙，并不理解他们这种人的心态。"童素曾在万象集团总部待过一段时间，深入观察了周边的环境和人物，后来又认真研究过心理学，根据记忆对比参照，对雇佣兵的心态非常了解，"他们压根信不过任何人，除了自己，但——"

童素话锋一转："亡命之徒，恰恰最能理解亡命之徒。"

有些疯狂的行为，只有在山穷水尽，不得不孤注一掷的情况下做出来，人家才会相信。

就像童素打算主动去接触英格拉这个行为一样，但凡稍微了解英格拉背后错综复杂关系的人，都会对这个"黑曼巴"敬而远之，原因很简单——你知道这潭水多深，还敢凑上去，要不要命？还是别有用心？

"奈赫贝特"就可以。

因为这种时候，"奈赫贝特"已经是丧家之犬，她身上的价值和利益，与背后带来的麻烦相比，完全不值一提。

想要改变这样的局面，就要将全部的身家性命，压进最残酷的赌局。

看到因为自己说的话，搞得气氛很沉重，童素笑了笑，居然调侃了几句："不要这么紧张，想开点，我们想要接触人家，还不一定够资格呢！这么高的赌局，可不是谁都有资格参与。以'我们'目前的身份，别说牌手，就算想当人家手中的一张牌，也是3、4这种小牌，连5都够不上。"

雪松接受得最快，立刻调整好心态，对童素征询意见："我去交涉？"

童素摇了摇头，对华晓月说："你去。"

"华医生没接受过专业的格斗训练，万一英格拉的保镖出手伤人，华医生没有反抗能力，是不是太危险了？"

"就因为这点，才必须她去。"童素态度强硬，不容置疑，"换作你们任何一个人，练家子的身份太明显，人家都会本能拿起枪械，事态说不定就会直接恶化。而如果我出面，又不符合'奈赫贝特'的身份，只能拜托华医生了。还有，从现在起，大家必须用大洋语交流。如果私下交谈，也不要用中文，更不要用文南语，哪怕用塔汗语或者粤语说话也行。尽量不要暴露我们目前是'文南人'，这才是第一要务。"

"另外，"童素又望向华晓月，叮嘱，"塔汗国如此排外，英格拉就算能在这里扎下脚跟，身边或许有不服她的人。我希望你在与他们打交道的时候，尽量观察英格拉周围的人，如果能找到破绽最好，如果不能，那就再寻找机会。切记，以自身安全为第一。"

华晓月也是个极有胆色的女中豪杰，并没有觉得童素的要求让她置身险境，只见她干脆地点了点头，将杯中酒斟满，端起来后，朝英格拉走去！

其他人按捺着焦急的心情，装作若无其事地喝酒，实则一直盯着华晓月的身影，手已经按到了枪械上。

"不必担心，也不要一直往那里看，手更不要放到枪械上，放松。"童素示意众人，"装作这只是一次无关紧要的邀请，相信我，英格拉会借向导给我们的。因为我们这一支队伍，对她而言，成事或许不足，坏事却可能有余，她必定会派人前来对我们监视。与其后面跟着尾巴，还不如直接将人放到队伍里。"

"我还是有些担心。"雪松沉声道，"虽然我们开着八辆越野车，从窗户到轮胎都做了防爆处理，也带足了药物、武器和燃油，可一旦入夜，我们还是得扎帐篷睡觉。如果这时候有人对我们起了坏心思，我们或许会来不及反应。"

野外生存的第一课，就是入夜不能睡在车里。

车子的密封度是非常高的，尤其在夏季的时候。在没有开冷气的情况下，在里边根本就没法待很长时间。

沙漠昼夜温差又非常大，到了夜里，气温直逼零度，就不能开窗了。

睡觉的时候如果不开窗，车内就会非常闷，甚至会使车上的人严重缺氧。但是如果将车窗开着，又很可能会感冒，甚至导致更严重的疾病。比方说肺部的疾病，还有就是脑水肿等。

哪怕在现代都市，这也是十分危险，随时可能丧命的疾病，何况在沙漠之中。

但一直开着发动机，把空调打开也不行，沙漠中随时可能迷失方向，油要省着用，没有这么浪费的道理。

"这取决于英格拉是否答应我们的邀请。"童素淡淡道，"大草原上的鬣狗和胡狼就算结队成群，在狮子没有发动袭击之前，也不敢轻举妄动。"

雪松只觉得这是前有狼，后有虎，只能下定决心，安排人轮流守夜，注意提防。

童素提醒道："与其担心人，倒不如担心夜晚的风沙。人祸尚且有办法能抵抗，天灾一旦到来，就只能祈求上苍保佑了。"

四

而另一边，看见华晓月往这边走，英格拉的保镖们也提高了警惕。

站在英格拉身边的心腹，更是附耳低语："BOSS，这些人是今天突然到镇子上来的，开着八辆大洋国顶尖的越野车，个个看上去都身手矫健，是练家子。镇上的偷儿去试水，连身都没沾到，就被铁钳一样的手拧住了。他们似乎要去塔克镇，一直在找向导，但那些人精都怕他们进了沙漠之后要转道，一不留神命就得丢了，都不敢去。"

英格拉勾了勾唇。有点意思。

同样是镇子，塔克镇是外国人的聚落，哈桑镇是雇佣兵的天堂。这群外乡人，为什么不走明面的路，大大方方去塔克镇，非要从这三不管地带冒险绕不可？

除非，他们的身份见不得光。

"听听对方来意。"

心腹领命，走到外围，就见华晓月在心腹面前身边站定，用流利的大洋语和对方交流，表示要敬大名鼎鼎的"黑曼巴"一杯。

英格拉坐在吧台面前，漫不经心地推了推杯子。

华晓月也不觉得自己受了怠慢，将杯中酒一饮而尽，才对心腹说明来意。

心腹听完，走到英格拉身边，还没汇报，就听见英格拉随手指了个身边的人："就你，带他们一趟，就说，明天早上五点出发。"

被点名的人立刻出列。

其他人面面相觑，却不敢多问，只有心腹犹豫片刻，还是低声问："BOSS，我是否要交代几句？"

"不用了，我已经猜到七八成，等人到了塔克镇再说吧！"英格拉似笑非笑，"我有预感，会再见面的。"

心腹只能点头，回复华晓月。

华晓月没想到英格拉这么干脆利落，忍不住多看了几眼，然后礼貌告退，回来后说："他们答应借一个人给我们当向导。"

"好，我们可以走了。"童素淡淡道，"不要打扰人家接下来的会谈，也不要等他们真清场了，我们才离开。"

华晓月这才注意到，从英格拉进来到现在，寥寥几分钟，酒吧里原本的顾客已经走了一大半。这令她脊背发凉。

原来英格拉带这么多人过来，不是为了喝酒，而是为了谈判？

假如他们没发现这一点，继续滞留，英格拉会礼貌地"请"他们离开，还是直接让部下开枪，用死亡来清场？

童素示意所有人留在旅馆，不要外出。等向导到了后，八辆车，二十多个人，装载着足够的物资，浩浩荡荡开进了沙漠。

离开的时候，依稀听见了背后哈桑镇枪声响起。

童素并不关心后面发生了什么，他们回到住处，确认无人监听后，童素就直接问华晓月："英格拉身边有没有什么值得注意的地方？"

华晓月思考许久，才说："感觉她身边的人，警惕得有些不同寻常。"

雪松对童素也算有点了解，知道她不会无的放矢，联想到在酒吧中，童素就对英格拉过度关注，便问："'夜神'，您有什么打算？"

童素反问："我们来这里的'官方理由'是什么？"

雪松回答："走私被塔汗国禁售的药物。"

没错，这就是哈伊德医生给他们想的方法。

塔克镇的圣约翰医院，虽然是合理合法的正规医院，但碍于塔汗国的宗教习俗，有些操作不能摆在明面上。

比如"割礼"这种陋习，坑了多少女性，圣约翰医院多年来，一直秘密对很多受害女子私下进行医疗和救助。

还有堕胎，在塔汗国是了不得的禁忌，在这个国家，你根本不可能看见堕胎药物。但总有女性偷偷上圣约翰医院求助，医生和护士不可能不帮忙。

童素又问："如果外人知道我们的身份，他们会信我们的'官方理由'吗？"

众人齐刷刷摇头。

万象集团的后裔，改行走私药物，说出去没人会信。

任何人一旦知道他们的"身份"，都会觉得，他们是为了毒品运输链来的。

万象集团自从覆灭之后，曾经以东南亚为源头，运往世界各地的制作、运输、售卖等一条龙的产业链，已经完全被摧毁了。但万象集团的几种高纯度毒品配方还在，谁也不可能放弃这活生生的印钞机。

既然要"重操旧业"，那就要寻找新的制作和运输渠道。

要知道，除了文南国外，全世界公认适合种植罂粟的地区之一，就有塔汗国东边的平原，几个国家接壤的地方。

10公斤的鸦片，大概能提取1公斤海洛因，在原产地，售价为1000大洋币。而只要来到塔汗国的边境，刚跨过国境线，价格就翻了三倍，为3000大洋币。

等到了哈桑镇，这个价格已经涨到了7000大洋币；而穿过这片沙漠，无论是到哪个城镇，价格已经变成了10000大洋币；再往西到港口时，这个数字就到了13000大洋币。

待到海洛因被装船，运往欧洲后，每斤的价格在6万大洋币左右，等到达米切尔城、纽伦城这些大城市时，价格上涨到了将近30万大洋币。

如果纯度再高一点，每斤的价格甚至可以高达数百万大洋币一斤，是一种比石油还暴利的生意。

万象集团的王牌产品"WX-AX-09"就是这么一种"液体黄金"，售价为500万大洋币一斤，也是万象集团之前能找"公爵"批发那么多军火的底气。

当然，这同样是中国安全部门先前觉得童素用这个身份太冒险的原因之一。

有些野蛮的人可不管什么试探，说不定直接就会动手，觉得配方肯定在你这个最后继承人手上，太容易出变数了。

"从别人的角度，想一下我们的处境。"童素一条条列，"所有人都认为，奈赫贝特一定会贩毒，但在中东人生地不熟，如果没有一个稳定的盟友，怎么贩？"

华晓月若有所思："万象集团与'公爵'曾经有交情，虽然奈赫贝特小姐是女性，曾经没有继承权，没有参与和'公爵'的接触，甚至没有'公爵'的联系方式，但只要有这一层关系在，就比别人好叙旧，生意也可以继续做。毕竟在外人眼里，万象集团虽然丢掉了原产地，可配方在，还有终端销售的渠道在，就有与别人谈判的资本。"

童素微微一笑："没错，曾经的万象集团，是文南国的土皇帝，先天自带根基，可以和'公爵'做生意。而我们现在这种丧家之犬的状态，就只能算'投诚'了。这种情况下，遇到英格拉，难道我们不该上去试试吗？"

雪松懂了："所以，我们遇到英格拉，不上前试探才不对？"

"也不能说不对，只是聪明人都会留心眼，看她怎么想了。"童素又问华晓月，"你还能回忆起来什么细节吗？"

华晓月细细思索，许久后，带了点不确定说："英格拉的手下身上，好像都有心率监测手环。"

童素立刻拿出平板电脑，把市面上所有的类似手环都调出来，让华晓月辨认。

华晓月对比记忆和图片，最终锁定了一款手环。

童素点开一看，果然，又是世界树公司生产。

作为世界上最大的医疗器械公司，世界树公司也不光全做器械，还会做一些附加的民用产品。比如潜水救生舱、心率监测手环等，一般都卖得比较贵，市场占有率不算很高，但质量非常过硬。

而这些产品都有个附加功能，就是 GPS 可以随意开关，不像传统智能医疗器械一样，存在 GPS 设定为不能关，或者必须有一定权限才能自己关的情况。

沙漠中意外情况很多，失温、发烧、肺炎、迷路……打开 GPS，能让同伴救援，平常关掉 GPS，没人知道你在做什么。所以在不法分子那里，意外地销路不错。

而世界树公司的创始人但丁，恰好也是一名曾经的顶尖黑客，与童素打过交道，两个人的关系只是"在网上说过一两次话"的程度。但对于他们公司的产品，童素挺好奇的，以前尝试过破解。

"等一下！"

华晓月突然拿着平板电脑，又说了一句："好像不对，不是这款手环，是——"她手指挪到另一个手环上，"是这个！"

童素和雪松都有些惊讶，两人看了一下，第二款手环同样也是世界树公司生产，光看外形差不多，价格却比第一款多个 0。

第二款手环监测功能更加繁复、完善，还有自动报警功能，以及家庭联网等功能。差不多等于专门为失能病人、老年人等设计。所以，这款手环的 GPS 功能，是绝对没办法关掉的。因为在激活手环之初，每个用户就被强制要求，同意手环监测到的数据一直更新上传的电子协议，否则没办法启用最核心的自动报警、求救、一键对医院发送七日内的各项报告等专用功能。

童素神色一凛："你没看错？"

这两款手环的外形，实际上并没有明显的区别，都是纯黑的表带，配上黑色的电子屏。从尺寸到规格，甚至所有配件的位置，基本都一模一样。

华晓月回忆细节，确定地点了点头："我的眼睛对光线比较敏感，之前酒吧的光线不够亮，所以手环屏幕的亮度就很显眼，我很确定，其中一个人手环的亮度应当稍微高于其他人。只是我先前以为是电量的原因，没太在意。刚才看了一下产品介绍，发现第一款手环的亮度是固定的，第二款手环的亮度则会根据周围光线自发调节，我才觉得不对。"

童素调出两款手环的参数，发现果然如华晓月所说的那样，第二款手环会自动调节亮度。

不仅如此，而且第二款手环的显示屏质量也更好。尤其在低电量和低功率的情况下，第一款手环的亮度可能只有正常亮度的30%到40%，但第二款手环能稳定做到70%左右。

童素想了一下，拿出手机，打开指示灯，对周围的人说："打开手机备忘录，然后看着我的手机。我会将亮度分成十个挡，从低到高，依次对你们演示一遍，再随机切换。你们不要说答案，直接记在备忘录上就行。"

众人纷纷点头。

童素就将一到十挡的亮度分别掩饰，然后无序地调到各挡的亮度，试了十五次。

然后，她走到每个人身边，挨个看他们的手机。

大部分人的回答都带着猜测性，觉得亮度低就随便写个小的数字，亮度高就写个大一点的，两次同一挡的亮度，很多人还都写的是不同答案。

但华晓月的答案，虽然依旧有所错误，可相同挡的亮度，她就算数字写错了，也错得很一致。

童素看到这里，终于相信华晓月确实对光线很敏感。

正因为如此，童素将华晓月的判断当作重要参考细节，追问："谁戴第一款？谁戴第二款？"

华晓月回忆了一下，说："英格拉指给我们的向导戴的是第二款，其他人我没注意，但和我说话的那个人，还有最外围几个保镖，都是第一款。"

雪松听到这里，精神有点紧绷。

这两款手环分别代表什么？为什么英格拉给他们指派的向导，戴的手环与其他人不一样？这里面是不是有什么阴谋？他们还能不能信这个向导？

童素沉吟片刻，突然环顾左右："今晚谁想去红灯区见识一下？"

此言一出，队伍里的小伙子们全都闹了个大红脸，要不是场所不合适，估计就有人嘟哝着军规了。

雪松更是目瞪口呆："'夜神'，这——"

"哈桑镇除了雇佣兵外，就是失足妇女。当然，现在我们不能用这个词语，否则太容易暴露身份，只能随大流喊妓女。在这个地方，妓女尤其是老鸨知道的消息，不会比酒吧老板少。"

华晓月有点不赞同："但我们一是军规如山，肯定不能触犯；二是，这些女子也未必可信啊!"

"我压根没指望她们守口如瓶。"童素回答,"英格拉是这里最大的奴隶贩子,当地的色情场所要向她上交保护费的概率极大,甚至有可能就是她控股。我毫不怀疑,我们说的每一句话,都会被泄露出去。但我们又不是要问高级机密,仅仅是英格拉借了一名向导给我们,我们对向导有点信不过。想问一下他平时的为人作风,有什么喜好,假如他有相好,那就更容易了。先礼后兵,总不会错。"

华晓月想了一下,对雪松说:"队长,'夜神'的判断很有道理。这些雇佣兵血气方刚,执行任务时也动辄命悬一线。他们没有严明的军纪作为支撑,任务之余,沉迷于酒、色、赌,都是正常的。想要问向导的喜好,确实只能从失足……从妓女身上来。"

童素又加了一句:"记得,别选太正的人去!你们身上的军人气本身就掩饰不住,要是到了那种地方都正襟危坐,当心掉链子。"

雪松硬着头皮答应了,开始琢磨着队员中有谁适合。

童素又取出一部特殊手机,递给雪松:"假如他没有相好,就别拿出来。如果他有,你们就去相好家坐坐。去之前,将它打开,然后在对方家里想办法留十五分钟以上,我就能用这部手机当跳板,入侵房中其他设备。"

凌晨两点。

带着酒意的向导,步入相好的房门,顺手锁上。

不消多时,隔音不够好的房中,就传来男欢女爱之声。

由于这一片都是红灯区,自然没人会在意这种小事,谁也不知道,房内,手机正用最大音量播放着 A 片,向导则警惕地拿出设备,检查四周。

他的相好坐在椅子上,漫不经心地抽着水烟:"怎么?你认为有人能在我的眼皮底下,安装监听器?"

向导尴尬一笑:"我这是不怕一万,就怕万一。"

"那些异乡人来,主要是打听你的喜好。"相好眼神迷离,思维却很清晰,"明知'黑曼巴'的威名,却还敢主动向她借向导,应该也不是没有胆色的人。依我看,他们是想要通过你,搭上她的关系。"

向导坐到她对面,忧心忡忡:"他们这一借不要紧,偏偏那个'黑曼巴'把我指派了过去,我当时心都悬到了嗓子眼。"

相好白了他一眼:"怕什么?又不只有你一人参与!"

"可——"

"行了，我已经接到上面通知，你到时候将那些外乡人带到相关区域。不需要进核心，只需要让他们出现就行。这样一来，他们就是'黑曼巴'死的最大嫌疑人。"

向导十分惊讶："为什么？"

"上头大人物的事情，别多瞎想，我们这些小人物啊！负责办事就行。"相好语气淡淡，却隐藏怨愤，"想我当年在托卡帕夏皇宫……若非战争，也不至于落到这里，为了隐藏身份，竟要做皮肉生意。"

向导赶紧闭嘴。

旅店中。

听见两人对话，大家神色都很凝重，唯独童素思考了一下，竟然笑了起来。

众人见状，百思不得其解："'夜神'，你为什么笑？"

"我们的'身份'，已经被人猜出来了。"童素淡定扔下一颗炸弹。

华晓月立刻问："您的意思是，想要对英格拉动手的那个人，认为我们来自万象集团，想要我们手上的配方？"

"大概是这么回事吧！"童素耸了耸肩，"因为不确定我们在万象集团到底是什么身份，所以先弄一个事情将我们扣下。至于接下来到底是走流程，还是私刑，或者冤假错案，那就取决于谈判的价码了。"

雪松意识到其中的凶险，只觉天罗地网逐渐逼近，找不到出路，便问："'夜神'，您觉得我们应该怎么做？不让向导得逞？"

童素沉吟片刻，问："你们觉得，假如叛徒发动袭击，会在什么地方？"

华晓月立刻说："需要一直开着 GPS 定位，又是针对英格拉的袭击，显然不是在普通聚落，很大概率是在沙漠中。"

童素双手抱胸，不知在想什么。

雪松和华晓月不敢打扰她的思维，谁知童素半晌来了一句："你们觉得，我怎么样才能'合情合理'地在沙漠中落单，然后撞见英格拉？"

这句话一说出口，众人大惊失色："'夜神'，你别乱来！"

"是啊！这也太冒险了！"

"一个人穿行沙漠，您又不是熟手，很危险的！哪怕有车也不行！"

雪松和童素搭档了这么久，大概猜到童素的思路，应该是想以英格拉为切入点，破这一局，甚至反客为主，便问："为何非要您落单，我与您同行不可以吗？"

童素摇头："其他人需要你来带。"

"可这真的太冒险了！"雪松忍不住说，"沙漠那么大，您怎么碰到英格拉？又怎么确定她能赢？这件事在拿命豪赌一个万分之一都不到的概率！"

童素却不这么觉得："你们认为，英格拉指这个向导给我们，是偶然吗？"

华晓月和雪松都摇头。他们不相信天底下有这样的巧合。

如果他们猜得不错，英格拉对手下的暗流涌动，应当有所察觉。但对方究竟有没有意识到这件事的严重性到哪一级，才是关键。

如果只是简单的叛乱，英格拉未必处理不好，可现在的情况看来，未必乐观。

"向导要将我们带到事故点附近，而我不信，英格拉会完全没有反击之力，这就是我要赌的东西。"说到这里，童素又问，"沙漠中什么情况下，GPS 会失灵？"

雪松想了想，回答："沙尘暴。"

沙尘暴到来的时候，漫天风沙，看不见人，汽车不能硬扛，只能拼命开出沙尘暴的范围，很容易迷路。

童素查了一下气象预测，低声道："这座沙漠中，最近的一次沙尘暴，就在 45 小时后——"

气象预测非常准。

就在他们启程进入沙漠的第二天晚上，当他们在帐篷中休息时，向导突然焦急地喊他们起来，告诉他们，沙尘暴来了！就在不远处！

呼啸的风，裹挟着沙尘，汹涌而来。众人急匆匆地收拾东西，准备上车！

在这兵荒马乱中，童素单独上了一辆车！

驾驶座上的人一脚油门，在向导的指引下，拼命往沙尘暴外面跑！

向导完全没有注意到，不知不觉中，童素已经和他们分开了！

五

童素实际上也是在赌。

她并不确定自己撞的地方对不对，只是考虑到西边是港口，属于毒品、军火、人口等走私的重灾区，一旦英格拉遇到袭击，最有可能就是往西边走，于是就按照自己想法，一股脑往西边开。

当然，如果人家有其他基地，往别的方向跑，或者在茫茫沙漠中错过了，她也没辙。

倘若真是那样，为了安全，她就只能尽快与队员们会合。

抱着这样的想法，等沙尘暴过去后，童素清点了一下车里的物资。

还有12瓶矿泉水，一盒压缩饼干，半箱罐头。枪械军火齐全，以及他们的"走私用品"——各式药物。

据说西边是流沙带，童素不确定自己开了多远，索性暂时停了下来，并且决定——假如今晚撞不到英格拉，她就去和雪松会合，前往塔克镇，顺便思考假如他们被栽赃了，麻烦该怎么解决。

就在这时，夜空中忽然传来一声子弹的呼啸！

童素猛地顿住！

她从工具箱中拿出望远镜，就瞧见不远处，一场你追我逃的生死追逐正在上演！

追在后面的狩猎者人多势众，武器精良，枪声响成一片。

被追杀的猎物显然是受了伤，跌倒在沙丘上，俨然是一天前才见过，妩媚傲慢，不可一世的英格拉！

英格拉虽然爬不起来，可追兵们却还没有放松警惕，端着枪，一步又一步地走过来，就在快要靠近英格拉的时候，突然，英格拉直接反着抬手，连开六枪！

枪枪爆头，声声毙命，没有一点浪费。

把手枪使成狙击枪的精准度，这已经不是厉害能形容的了！

童素按住了喇叭，将车开到英格拉射程范围之外，然后从工具箱里拿了个喇叭："'黑曼巴'女士，要我搭你一程吗？"

英格拉冷笑一下："哦，是你啊！"

童素有点意外。

在酒吧的时候，她们没有眼神交会，更没有任何交流，童素还穿着当地传统长袍，裹得严严实实，但看英格拉的样子，明显是认出了她。

这是为什么？难道他们在进入哈桑镇的时候，就已经被英格拉关注了吗？还是说所有外乡人的相关资料，都会第一时间送到英格拉那里？这些情报是公开售卖的，还是只是英格拉一人的渠道？

短短一句话，童素却想了非常多。

英格拉却看上去对童素并没有什么兴趣，只见她并没有直接往这边走过来，而是略微跟跄地走到那片死寂的横尸处，开始从死人身上往下扒武器和水。

童素却知道，这都是假象。

古龙曾说过——一个人的名字或许会起错，但他的外号一定不会被叫错。

童素对此深以为然，所以她知道，英格拉没有立刻开枪杀她，是在掂量她的价值。

英格拉摸不清她的底细，也不知道她的性格。杀她，有可能遗祸无穷；抛弃她，等于将她往死里得罪，一旦她活下来，就等于给自己多树立一个敌人，还不如一不做二不休，现在把人杀了；带着她这么个累赘，却很有可能影响到英格拉的逃亡。

然后，童素又看见英格拉的大腿和肩膀都在流血，不由得心中一沉。

受伤的野兽，往往是最凶残的。

如果她没猜错，对方在短暂的权衡后，最终还是会选择杀人、夺车！

电光石火之间，童素已经想到怎么说服英格拉改变主意："你在找食物和消炎药吗？"

英格拉锐利的目光扫了过来："你有？"

童素扔了个急救包过去。

英格拉没有去捡，而是上下打量童素一眼，冷笑道："你不怕我杀了你，直接把东西抢过来？"

"你不会杀我。"童素非常有自信，"我们在酒吧见过，当时这几个人——"她指了一下已经变为尸体的追兵们，"就跟在你身后，理论上应该是你的心腹。"

英格拉的神色变得很冷："然后？"

"我听说，你是这里最大的奴隶贩子和军火商人，这个位置，一定很多人盯着吧？"童素飞快地说，"你能降伏这些人，靠的当然不是美貌，而是狠辣！可你随身带着的心腹都出卖了你，证明有一股非常强的势力试图对你动手，他们给了足够的利益，才会让你这么多心腹齐刷刷背叛。这是一场你死我活的战役，不是对方用你的性命踩着上位，就是你用鲜血来捍卫自己的地位。所以，追兵，绝对不止这一拨。"

看见英格拉眼中已经出现凶光，童素又道："他们可以援引外力，你当然也可以。刚巧，我因为沙尘暴，和自己的队友们失散了。这么说来，我们能在茫茫沙漠中相遇，就是命运给予的契机。哦，当然，也有可能是您赐予的机会。"

说罢，童素还俏皮地眨了眨眼。

英格拉盯着童素的眼睛，就像毒蛇打量着它的猎物。

猎食者对有威胁的存在，天生就有感应，所以，就算先前不知道童素的长相，看对方的态度，英格拉就猜到了童素是谁。

她回想起了在酒吧看见的那一幕，对方队伍里的一名女子过来与自己的保镖打交道，询问能否借一名熟悉道路的向导。

与队员们的紧张戒备不同，童素一直散漫地坐着，仿佛这是自家后花园。

不仅如此，童素只说了一句话，身边的人就全部放松下来，不再往这边打量——不是故作姿态，而是真的认为没问题。

那一刻，英格拉已经判断出来，这群亚裔来自等级森严的国家，队伍中的所有人都围着童素打转。

他们臣服于她的身份，信赖她的智慧，听从她的指挥。

这样的人，若是为敌，必定要不惜一切，扼杀在襁褓之中。

正因为如此，她才明知道手下有不臣之心，却故意将叛徒指派过去，就是想让他们被叛徒坑死。

童素之所以出现在这地方，英格拉也能猜到，必定是叛徒想让他们这支队伍当替罪羊，趁着风沙乱指路，结果童素却意外和队友失散了。

或者说，真是"意外"吗？如果不是，那就算对方的体力不够，这份胆量、见识和气魄，也足以成为暂时的"朋友"。

英格拉冷着脸，拉开副驾驶座的门："我来。"

童素笑了一下，知道自己赌对了。

她先前在酒吧的时候，故意要塑造自己在团队中身份地位高人一等的形象，就是顾虑到塔汗国实际上是一个封建酋长奴隶制的国家，国情与中国严重不同。

中国的上下阶级没那么鲜明，就像雪松小队，虽然雪松军衔最高，又是队长，大家对他非常信服，听从他的指挥，但每个人都是平等的，没有人会觉得自己生来就比别人差，注定要当一辈子奴隶。

但亚洲的不少其他国家却并非如此，还有些国家依旧保持君主制，而童素扮演的奈赫贝特所出身的万象集团，更是处处强调阶级差异。万象集团 BOSS 岩罕最大的梦想就是占据一个国家，成为名正言顺的君王。

虽然童素觉得这种阶级差异很恶心，可在这种地方，她必须拔高自己的身份，一方面是人人平等的队伍反而更显眼，另一方面就是，身份足够高，才有与这些眼高于顶之辈谈判的资本。

想到这里，童素看了一眼天边的月亮，沉默地跟上英格拉。

打消对方的杀意，只是第一步。接下来，她们还要想办法躲避追杀，并且尽最快速度，与雪松等人会合。

童素的判断没有错。

天亮之前，他们又遇到了三拨追兵，但都被英格拉快速解决了。

童素发现这女人简直就是个杀人机器，永远能用最省力的方法，效率最高地杀掉敌人，这令童素觉得非常奇怪。

英格拉的身手，已经强到不正常的程度。

童素稍微估计了一下，整个雪松小队，可能只有雪松本人出手，才有概率和英格拉五五开。

可资料中显示，英格拉·辛格在出嫁以前就是千金大小姐，理论上不可能有这么好的身手。如果说出嫁后，甚至来到塔汗国才开始练，那就更不可思议了，几年之内，可以训练成这样？

只有从小就接受训练的特工，才能有这身手吧？

这个女人身上，估计秘密不少。

童素暗暗记下这个疑点。

伴随着旭日东升，沙漠中的温度飞快变高，她们也终于暂时甩开了敌人的追击。

但不知为何，GPS还是没信号。卫星网络会这么差吗？

童素一边开，一边思考，就发现前面有一个个稻草扎成的方格。

英格拉神色一变："这里怎么会有条路？"

童素眼前只看见了绵延的茅草方格，以及方格再前面一点，隐约有低矮的沙漠作物，便有些不解："路在哪儿？"

英格拉示意童素下车，穿过几十米宽的方格阵，走到方格尽头栽种的一排沙漠植物旁。

不用英格拉说，童素也看见，穿过植物，就是十六车道的宽广大路。

在沙漠中修这种路，需要耗费的人力物力可不一般啊！

就见英格拉擦了擦随身的佩刀，然后斩断沙漠植物的根系，判断了一下年份，神色更加不好。

童素还惦记着英格拉刚才那句话，斟酌片刻，才开口问："你刚才说，这里怎么会有条路，是什么意思？"

"这是流沙地带。"

英格拉一开口，童素就愣了一下，才有点不敢置信："流沙？"

是她想的那种，随时可能陷下去的流沙地带吗？

"不然呢？"英格拉冷笑，"如果不走流沙地带，追兵会这么少吗？"

童素觉得很有道理，只要英格拉认识路，她们不至于陷进去就行。

她只是看了一眼公路，带了点惊讶问："流沙地带，也能修路吗？"

"这是中国人的技术。"

英格拉神色凝重："本来，流沙地带是修不了路的，黄沙短短几个小时就能覆盖一切。塔汗国曾经想要修路，结果路还没修好，车都没开上去，就被黄沙毁了。十几年前，中国的工程队来到这里，他们用稻草、芦苇编织成方格，在公路两边固定出几十米的固沙带，缓解黄沙的流动性。再在方格和公路中间种植沙漠作物，最后才开始修路。靠着这种方法，沙漠中的交通才变得更加通畅。"

童素反应很快，一听就想到，英格拉连流沙地带都敢随便进，必定对沙漠十分熟悉，更不用说记这种特殊的公路。

但很明显，英格拉之前是不知道流沙地带中有这条路的。

这也正常。没事谁会随便跑流沙地带来，拿命开玩笑呢？

所以，童素立刻问到最关键的问题："这种技术是中国人独有的，还是只要有钱都能做到？"

英格拉的神色还是很阴沉，不知道在想些什么，敷衍地回答："应该没达到技术垄断的程度。"

童素心里隐隐有个猜测，还没说出口，英格拉突然想到了什么："快，快想办法，把车盖起来！"

这么大的越野汽车，怎么盖！

但童素还真想到办法了，她将越野车开到本来就颇高的茅草方格旁边，又从后备厢里翻出一块和黄沙差不多颜色的布，将越野车盖住，不留下反光点，英格拉则通过对茅草的摆弄，两人勉强制造出一种视觉欺骗效果。

然后，她们也没躲在车上，而是听见远处有动静，就蹲在公路不远，半人高的茅草方格里，头上也盖着土黄色的布，只露出一双眼睛。

没多久，公路上，一支车队驶了过来。

那是童素只在电影里看过的超级重型卡车，重量绝对超过10吨。

而且，最奇怪的是，每一辆背后都拖着个外接设备，设备上则安安静静地放着一辆一模一样的重型卡车。

一眼看过去，车队竟然望不到尽头。

足足大半个小时，近百辆重卡才全部开走。

"这种重型卡车，应该不是拉简单东西吧？"回到越野车上后，童素一边思考，一边说，"这个方向……我有点分不清东南西北，他们朝哪儿开？西边？"

英格拉的脸色很不好看："塔汗国前代独裁者野心勃勃，想要吞并西边几个小国，让塔汗国从内陆国家变成拥有港口的临海国家，他之所以没能得逞，很大一个原因就是人力和物资都越不过沙漠中大面积的流沙带。十几年前，他了解到中国人有能力在沙漠的流沙带中修建公路后，非常高兴，斥巨资招中国的工程队来修路，表面上说是国家基建，实际上是战争的前奏。"

说罢，英格拉停了一下，又道："据我所知，中国人修的路可没有这条，应该是塔汗国的工匠掌握了这门技术，然后瞒着其他人秘密修建的。"

童素听见她这么说，便问："这些卡车开的方向，是往西边去的，对吗？"

英格拉阴着脸，没继续回答。

童素却又问："你觉得，这么多超级重卡，究竟是拉去干什么的？"

这简直是一个白痴问题，英格拉一看车型和车队规模，就知道这些超级重卡只能是用来运输石油的。

她甚至都能规划车队的路径：一路往西，直到港口，然后装上油轮。

至于在哪里停泊，那就不确定了。

有可能是海对岸的梅涅半岛，也有可能是更远一点，绕过梅涅半岛后，位于卡佩洛侯爵领地上的港口。

"我不大明白。"童素低声问，"石油开采应该是一项大工程吧？理论上说应该不需要遮遮掩掩才对，我也不认为这能瞒过卫星监控。但这条路，还有石油厂的存在，连你都不知道，这是为什么？难道私自开采的石油成本更低？或者有什么说法？"

英格拉敷衍："自然是因为有些人需要钱，而石油能直接换成钱。"

童素耸了耸肩："但修路砸进去的钱，可不是小数吧？多大的油田，多少的产量，才能将这个成本补回来？"

英格拉沉默不语。

"假如不是为了钱，那就是别的用处了。"童素缓缓道，"石油是现代工业的血液，拥有完全的石油冶炼技术，就相当于有了现代工业链制造的基础，但这么偷偷摸摸……恐怕购买方的立场不是很正啊！"

据童素所知，在许多国家，比如中国、白熊国、斯图国等，石油作为国家战略物资，都是由国家专营的，地方政府都不能私自购买和冶炼。

这么大规模的私采、私买石油，这是有人想要造反吗？

英格拉的脸色十分阴沉，不肯回答。

童素突然提了一件毫不相干的事情："话说回来，几年前，家父葬礼时，我曾有幸见过公爵一面。"

英格拉上下打量了童素两眼，猜到她身份来历，不由得冷笑："万象集团——我还以为，你们没能被国际刑警逮住，只可能是没踏上那艘船，真正的你们，要么蹲在文南国的监狱，要么蹲在中国的监狱呢！"

"我身份比较尴尬。"童素早就打好了腹稿，类似说辞也提了不止一次，"万象集团中，只有男人才可以身居高位，哪怕是首领亲女儿也没有继承权，女婿倒是可以。本来我的命运应该也会和几个姐姐一样，被父亲拿去联姻，或者嫁给他看好的人。但由于我到结婚年龄时，万象集团的继承人斗争已经激化，就幸免于难。"

英格拉仿佛想到了什么令她不愉快的事情，露出一丝轻蔑、不屑的神情："联姻——"

"万象集团倒台后，一些散兵游勇就找到我，想要拉我当大旗。"童素淡淡道，"那时候，我被他们关起来，孤立无援，就是俎上之肉。只能等那些想要成为'万象集团首领'的人像博斗的狮子一样，争出胜负，然后得到我，或者说，得到'万象集团继承人'的身份。然后，是我的远房堂姐，'赫卡忒'救了我。"

英格拉不置可否："你倒是胆大。"

童素耸了耸肩："不承认也不行，我堂姐拿着我的身份，把'提洛岛'给砸了个底朝天，虽然民众对此事没有丝毫耳闻，却瞒不过消息灵通的人。我要是再否认自己和她的关系，就是把天底下的人都当成傻子。"

英格拉挑眉："那你现在说出，又是为什么？"

"我出生在大洋国，持有的是大洋国国籍，目前也没犯法。所以无论是文南国，还是中国，都不会抓我。"童素答非所问，"虽然'赫卡忒'说过，我黑客天赋很好，中国安全部门也问过我是否要加入，但我拒绝了。"

"哦？"

"因为我不服。"童素盯着英格拉，神色平静，眼中却闪烁着某种光芒，"我不想活在任何人的庇护下，被其他人安排未来的一生。我希望掌握自己的命运，哪怕要拿这条命来豪赌。"

英格拉沉默片刻，嗤笑："行吧！姑且信你了，你有什么想法？"

无论英格拉是不是"公爵"的下线，既然她对外这么宣称，童素也假装这么认了，英格拉至少要表现得符合行为。

对一个合格的下属而言，塔汗国发生这么重大的事情，却还一无所知，无疑是重大的失职。

更何况，这些石油到底卖去哪里呢？最有可能的地方就是海峡对岸，梅涅半岛。

假如"公爵"真的是梅涅公爵，他私自购买石油，制造军火等，意图造反，岂不是说他完全不信任英格拉？

假如"公爵"另有其人，那英格拉于情于理，也要走这一趟，否则怎么将功赎罪？

童素并不在乎英格拉现在心中怎么想，她既然发现塔汗国有这么重大的问题，肯定要去调查。

一方面来说，这事如果与雷奥将军有关，未必不是"9·15"恐怖袭击的线索之一。另一方面，如果某些国家真的出现重大叛乱，对世界局势有影响的话，她至少也要给祖国提个醒。

而且，现在她和英格拉勉强算是合作关系，英格拉地位稳固，对她或许没有好处；英格拉如果出事，对童素估计就有坏处了。

正因为如此，冒险前往，对她们两个，实际上都是必然选择。

童素问出自己最关心的一点："这些车明显还没有装载石油，至少要去一个石油厂，以你对那种地方的了解，有网络吗？"

英格拉不假思索："当然！以车队规模来算，聚落的负责人，至少是一位王子，你能指望这种人能断网？"

塔汗国是一个由大部落合并起来的联邦，哪怕已经现代化，独裁者也早早就死了，但有些世俗的东西还是根深蒂固。比如英格拉口中的"王子"，就是塔汗国目前的统治阶层，即五大酋长的婚生子。

"那我们就去看看吧！"童素眼中闪烁着狡黠的光芒，"用性命做赌注，作为即将送给'公爵'的投名状。"

六

宛如雄浑巨人，一排排的红色采油机，在沙漠之中，无比醒目。

矿机的不远处，则是一个个十几米高的圆形储油罐，就像一株株巨大的白色仙人掌，牢牢扎根在黄沙之中。

乍一眼望去，竟然看不到头。

在这片工业丛林的十余里外，勉强能接收到 GPS 信号的地方，一辆藏在沙丘后，用黄色布匹挡着车顶的汽车中，童素面前的笔记本电脑和 iPad 上，代码在不断滚动。

不知过了多久，屏幕突然一变。

监控入侵成功。

童素用 iPad 分屏，实时播放所有摄像头的监控画面；笔记本电脑则操纵木马程序，调出了监控设备中七天内存储的全部视频。

然后，她一边等待下载监控视频，一边根据实时画面内容，将摄像头的位置、画面等对比，做了个模型，大概还原出了前方的情况。

假如从太空俯瞰，前方区域十分广阔，占地面积至少在百亩，根据功能，大致可以分为东、北、西和正中心四块。

东边和北边是油井、采油机和储油罐所在；西边区域有个中型的风力发电厂；再远一点，还有个太阳能发电厂；正中心则是一个小型聚落，房子不是传统的集装板，看着感觉挺厚实，具体什么材质结构暂时还研究不出来。但这里，不仅有挤一挤足以居住上千人的房子，有几十个大型仓库，也有各式基础设施，甚至还有一口压着石板的水井，以及供水设备，各方面生活设施都很完善。

村庄与公路有一段距离，一直有人端着枪巡逻，四角还特意设了放哨的瞭望台，上面不仅有人蹲守，还装了监控摄像头。童素入侵的，就是这些防御外界的摄像头。

英格拉看见风力发电厂时，微微挑眉，再看到驻守雇佣兵们的穿着，已经下了定论："是联防自卫队的人。"

塔汗国的情况，童素来之前也了解了不少。

这个位于沙漠深处的国家有世界上最丰富的油田，但很长一段时间，石油创造的财富都流向了王室，从而导致王室穷奢极欲，世界闻名，百姓却过得苦不堪言。

所以，十年前，大洋国才开启了"正义之战"。

虽然大家都知道，所谓的解救当地老百姓只是一句口号，大洋国是看中了塔汗国交通咽喉的位置，以及丰富的资源。而且斯图国对塔汗国也虎视眈眈，大洋国才要抢占先机。但独裁者确实被推翻，其他大部落的酋长也不允许掌兵，作为交换，他们可以尽情地挥洒油田带来的财富。

鉴于这个国家还是有反抗军存在，大洋国不愿自家的军人因为巷战和恐怖袭击牺牲，就想出了用当地人治当地人的办法。

二鬼子永远比鬼子更狠嘛！

童素问："联防自卫队的负责人是谁？竟敢私开矿井？"

英格拉摇头："不是私开，看到这座风力发电厂，我就想起来了。这里是塔汗国第二还是第三口打出的油井，已经开采了至少五十年。最早是自喷井，只要用非常简单的设备，就能获得很高的产量。所以这处人来人往，十分热闹，为了供应矿工和往来物流的生活起居，还特意兴建起了风力发电厂。"

童素有点困惑："可我们从流沙带的公路走过来，你也说过那条路是最近修的，那这个油井原本的运输渠道是走哪里？"

"西边的路没问题，从这里一直去海边，到港口集装。只是塔汗国的人过来不方便，本来应该绕个大弯，从北边的哈图尔城过来，等于两条路叠加起来是个椭圆，我们走的是直线，原本的路是曲线。"英格拉回答，"不过，本来大洋国的商人也不是故意来塔汗国打矿井。他们是先在海边那几个小国试点，一路摸到这里来。"

童素懂了。

她们目前所处的地方，已经深入沙漠，虽然理论上属于塔汗国国土的范围，但实际上已经很靠近塔汗国西边的边境，再往西走一点就是毗邻的沿海小国了。

而海的对岸，就是斯图国的梅涅半岛。

斯图国海军是天底下唯一有实力和大洋国掰手腕的强军，如果不是梅涅公爵和斯图皇帝、首相的复杂关系，遏制了斯图国的扩张，当年到底是大洋国先对塔汗国动手，还是斯图国先对塔汗国出兵，都不好说。

童素心中闪过万千思绪时，英格拉又道："如果我没记错，这个油田曾经应该属于王室，由大洋能源集团负责开采。后来独裁政府倒台，原本的皇室财产被没收，现金被用来充作战争赔款，油井则划归政府所有。"

说到这里，她顿了顿，才略带凝重地说："但根据政府每年披露的报告，这个油田的产量和质量应该是一年不如一年，在赔本的边缘徘徊才对。"

童素来塔汗国之前做过功课，知道油田自喷的时间不长，短的话 1 年左右的时间，最多的也不过 5 年。

一旦自喷期结束，就必须精细化开采。

油田的寿命，本身就是根据储量决定的，20 到 30 年也好，100 年也好，都是预估值，中间受开采操作的影响很大。

但这个油田被开发得太早了，当时的技术还没这么发达，油田可能被污染得比较严重，这时候再精细化开采，核算一下成本后，就有点入不敷出。

无论对塔汗国的王室，或者五大酋长，又或者大洋能源集团来说，都不存在"投入更多兴建和维护成本，延长塔汗国石油使用寿命"的事情。

王室和酋长们通过大自然的恩赐，已经赚得盆满钵满，过得穷奢极欲。哪怕石油枯竭了，他们也通过投资、不动产、古董、黄金等，赚下了几辈子都挥霍不完的财富。

大洋能源集团则根本不在乎塔汗国的油田被压榨干净后如何，只要尽量开采更多原油，运回国内，自己加工出售。

这种情况下，油田处于半死不活的状态极有可能。

而现在，她却意识到自己卷入的麻烦，或许比想象的深，便加重了语气："修路这么大规模的行动，想要瞒过大洋国的驻军绝不可能，这里面少不了雷奥将军的默许。"

她刚才仔细想了想，自己不知道这条路，虽然离奇，但仔细想来也正常。

一方面是塔汗国的媒体管制本来很严格，另一方面，这本身就是沙漠深处，加上有流沙带的天然防御，一般人没事也不会往这边跑。

但这种举动，绝对瞒不过大洋国军方。

童素也觉得奇怪："这个油田究竟有多大的利益，才能让雷奥将军帮忙隐瞒？他就不怕事情败露，他上军事法庭吗？这是不是有点不符合常理？"

根据童素掌握到的情报，雷奥将军和大洋能源集团关系匪浅。

诺亚集团亚洲超级工厂爆炸，牵扯出塔汗国的陈年往事——马歇尔将军死去后，雷奥成为新将军，大洋能源集团也拿到了塔汗国九成以上油田的开采权，都是获益的那一方。

按照谁得利，谁是凶手的概率就大，这一基本逻辑，加上艾伯特、亚伯等人的态度，童素很确定，雷奥将军应该是大洋能源集团一方的利益共同体才对。

正因为如此，才更加说不通。

如果这是塔汗国政府主导的行为，那么根本没有瞒报的必要。

对一个国家的政府——哪怕大洋国驻军在此，但他们并不能干预塔汗国的内政，所以原油产量是增产还是减产，都是塔汗国的内阁说了算，不需要做这种小动作。

但如果是私下开采，那就更费解了，操作起来太困难，太复杂了。

塔汗国政府、大洋国军方、大洋能源集团……还有层出不穷的各方势力，这些都不是能轻易瞒过的对象。一旦爆出来，这可是天大的丑闻。

退一万步说，就算他们真有其他目的，卖家是谁？

能一口气吃得下这么多原油，并且能不惊动任何势力的买家，本来就屈指可数。倘若再算上航运，最近的买主应当就是梅涅公爵。

但这不合理啊！雷奥将军与大洋能源集团关系莫逆，却坐视某位酋长私下和公爵做生意？图什么？双方手里多个把柄？

难道买主是伊莎贝拉？这就更难以理解，她是皇储，为什么要私自买石油，而不是以国家的名义？要知道，石油这东西又显眼，又难藏，而且还触犯斯图国的法律。

童素会猜梅涅公爵私自买石油，那是因为斯图国石油官营，公爵为造反做准备，自然要囤军备，石油就是其中极其重要的一环。

但如果公爵不是买家，伊莎贝拉才是，后者图什么？有皇储自己造自己的反吗？哪怕是古代，兵变逼宫也不是次次都能成，何况是现代社会？

还有，这个油田，现在到底是不是大洋能源集团负责开采的？

如果是五大酋长中的某个走私石油，雷奥将军睁一只眼闭一只眼，到底怎么瞒过大洋能源集团的主席西蒙·路斯恩？

塔汗国八成以上的油井都是大洋能源集团负责开采，动辄签署三十年、五十年的长期合约，每年必定会派专家团来进行评估。一个油田是真的亏损还是假的亏损，一看即知，报告上根本瞒不过去。

雷奥将军能收买当地人，或许也能收买一两次大洋能源集团的专家团，但次次都不走漏风声，不可能吧？

这事既然一点消息都没传出来，莫非西蒙·路斯恩是知情人？

可也不对啊！

但如果不是，这么优质一个油田，大洋能源集团为什么会坐视他们将油田处理成"濒危级"，让他们每年都少赚一大笔？他们不是垄断了塔汗国绝大部分油田的开采吗？只有那种非常劣质的油田，他们才不屑一顾，可这个油田怎么也谈不上啊！

童素只觉得心中的疑问越来越多，一个又一个的问题，简直就像打结的毛线团，就连线头都找不到在哪里。

看来，真正要解开谜团，必须近距离接触雷奥将军本人才行。

在童素思考的时候，英格拉已经看完了大概建筑图，得出结论："这种地方，我们没办法无声无息潜入。"

在四周都有瞭望塔的情况下，她们铁定不能开车靠近，但两个人走过去，既显眼，又容易流失体力。

童素不甘心来一趟就这么离开，一边进一步试图入侵更里面的设备，一边把笔记本电脑的屏幕转向英格拉："七天内的监控正在慢慢下载，这里的信号不大好，可能有点慢，你看到一个视频下好了，打开看就行。"

英格拉沉默地点开视频，挨个看了起来。

不知过了多久，她忽然说："我们得进去。"

然后，不等童素问，英格拉就将屏幕转过来，画面定格在一辆车，以及下来的人身上："这是塔汗国财政部长。"

童素定睛一看，发现屏幕上的图像并不清晰，而且车子周边的人很多，哪怕认真研究后座下来的人，也只能看见一个穿着传统塔汗国服饰，包着头巾的侧影。

以童素的观察力，也没办法从这么少的信息量中，辨别此人身份，英格拉怎么能确定他就是塔汗国的财政部长？

瞧见童素没有说话，英格拉就知道她心中有疑虑，便问："塔汗国的情况，你知道多少？"

国家层面能知道的资料，童素从中国安全部门那里都拿到了。但"奈赫贝特"理论上不该知道这么多，所以她耸了耸肩："也就黑市上能买到的消息，比如五大酋长面和心不和，国防部长与雷奥将军关系很差之类。"

童素说得这么含糊，英格拉也无法判定，她手上的情报究竟到哪一步。万一自己所说与她掌握的情报对不上，定会波及两人之间本就脆弱的信任。

但如果事无巨细都讲出来，又会涉及英格拉本身的秘密。

英格拉斟酌片刻，决定先把背景解释清楚："一切大概要从石油说起吧！"

塔汗国没发现优质石油前，本来是个很穷的国家。一方面是地理上不占优势，国土一大半都是沙漠，又不靠海，没有优质港口。在历史上也寂寂无名，不是宗教发源地或者兴盛地等，各方面都靠不着。

石油改变了这一切。

一开始，塔汗国的王室和酋长们简直觉得自己在梦中，天降馅饼，沙漠中流出的黑色液体源源不断置换成黄金，要多纸醉金迷就可以多纸醉金迷。

但光是世俗享受，很快就腻味了。

塔汗国本来是个松散的部落联邦，后来的独裁者，实际上只是最大部落的酋长，很多城邦和聚落的政治、经济和财税权都不在他手上，可塔汗国有钱之后，这位酋长的野心也膨胀了起来，想要建立一个更加强盛、专制、集权的国家，并给自己加上"皇帝"的冠冕。

所以他一边发展自己，一边拉拢其他大部落酋长。

而他想要加冕为皇帝的行为，牵扯到了周边很多国家敏感的神经。因为这不仅牵扯到了教义、学派之争，而且还有个宗教世俗化，与世俗宗教化的问题，个个都是火药桶，一点就炸。

所以，周边各国和塔汗国民间对独裁者与五大酋长，以及他们的继任者都没什么好词，每一个都起绰号代指。

"过世的末代独裁者，绰号是'雄狮'，已经是所有绰号里面，最好听的一个了。国防部长，'鬣狗'。能源部长，'大耳狐'。司法部长，'鸵鸟'。财政部长，'沙蝎'。教育部长，'沙鼠'。"

童素听到这里，顿觉有点意思。

还是那句老话，有起错的名字，没有叫错的外号。一个人的外号必定和他的性格、事迹息息相关。

就拿"鬣狗"这个外号来说。

鬣狗并不是一种很讨人喜欢的动物，虽然是顶级猎食者，却成群结队，聚族而居，而且以人类的眼光来说，鬣狗吃相极其难看。

当鬣狗集体捕获猎物时，它们就会一拥而上，同时撕咬猎物的肚子、颈部、四肢等全身各处。然后整个族群的鬣狗就一起狼吞虎咽地分享这份大餐。数十分钟内，猎物便被它们分食得干干净净。

而且，鬣狗不仅食肉，还食腐，这就更加深了人类对鬣狗的厌恶。

不仅如此，而且在沙漠和草原的生态链中，由于狮子与鬣狗都是顶级掠食者，猎食同样的动物，所以会互相抢走对方的猎物。

但由于老百姓对狮子的好感度，明显比鬣狗强很多，所以大家选择性地无视了狮子也会抢走鬣狗的猎物这一事实，就记得鬣狗天天抢狮子的猎物，没事还吃腐烂动物的尸体，对鬣狗又歧视又蔑视。

童素琢磨着，国防部长能被老百姓这么喊，大概和他的经历有关。

国防部长本来是末代独裁者的表弟，两人从小一起长大，关系莫逆，从而深得末代独裁者的信任。

据说，正因为国防部长的背叛，塔汗国的军事布防才被摸得一清二楚。而在独裁者死后，国防部长也接收了最多的好处。传言都说，国防部长与大洋国的军方高层关系非同一般。

老百姓的感情是很朴素的，他们就算再怎么讨厌末代独裁者对国民的压榨，对国防部长这种背叛的行为，明显也喜欢不起来，所以，民间私下里就给了国防部长一个"鬣狗"的绰号，暗指国防部长不仅抢走了"雄狮"嘴里的猎物，也大快朵颐"雄狮"的尸体，享尽好处。

只可惜，一头"雄狮"倒下了，又来了一头"狂狮"，还是压在"鬣狗"的头上。

"末代独裁者在的时候，塔汗国的势力，大概可以分为三块。'鬣狗'所在的部落，与末代独裁者世代联姻，双方联合起来，是最强大的一支力量。同理，'沙蝎'（财政部长）和'沙鼠'（教育部长），'大耳狐'（能源部长）和'鸵鸟'（教育部长）所属的部落之间，也是通过代代的通婚，建立了强而有力的联盟。

"'鸵鸟'是'大耳狐'的外孙，'沙蝎'和'沙鼠'既是表亲，又是姻亲。'鬣狗'的妻子，本来是末代独裁者的妹妹，十年前'因病而亡'，气得他的长子逃亡在外，至今都没回来。'鬣狗'则续娶了'大耳狐'的女儿，又将自己的长女嫁给了丧偶的'沙蝎'，这样，他和两大势力就都有了姻亲关系。"

童素听到这里，想起了中国安全部门的专家们曾经说过的话。

"塔汗国的国防部长之所以背叛表兄，除了认为塔汗国兵力与大洋国天差地别，这场战争必输无疑之外，还有个重要原因——他觉得大洋国就算驻兵，也是像在樱花国、高丽国那样，只是建立军事基地，而不会干扰正常的国家事务和秩序。而在全新组建的内阁中，他能成为这个国家的最高领袖，哪怕是个傀儡。"

但大洋国却没有许给他这样的权力。

或许是因为五大酋长各不相让，或许是出于其他原因，总之，连续两任内阁首相都是大洋国和塔汗国双方都选定的傀儡，手上没有实权。

童素曾经以为，国防部长能接受这一现实。可现在看来，倒是未必。

这位"鬣狗"的心里，或许和他表兄一样，涌动着成为独裁者的野心。

"鬣狗"。她又念了一遍这个绰号，只觉得再精准不过。

大自然界中，很多动物都有"同种抗拒"的原则，即一方的领土中，不允许出现除自身或者族群之外，同种的动物，而不会理会另一种的动物。

但鬣狗与狮子之间的斗争很多时都是在领土上，它们的领土则是互相抗衡的，像是抗衡同种的动物一样。

雄性狮子对鬣狗有极高攻击性，甚至有狮子会杀死鬣狗而没有吃它们，就像咬死入侵自己领地的其他雄性狮子那样。

斑鬣狗亦是幼狮的主要掠食者，当攻击成年的狮子时，鬣狗会追击雌性，但却一般会避开攻击雄性。

放在雷奥将军和国防部长身上就是，这两人之间的斗争，必须分个胜负。

但为什么呢？一个是驻扎塔汗国的将军，一个是塔汗国的国防部长，他们的利益和目标都不一致，就连国籍都不一样，到底在争什么？

难道雷奥将军还能天长地久地留在塔汗国，成为永远的实权独裁者吗？他就算在塔汗国经营再多，大洋国将他调回去，他能不从吗？

童素意识到，自己可能触碰到了一些国家之间核心的问题，却装作浑然不知，只是问："'沙蝎'——这个绰号挺有意思，沙漠中的蝎子，有毒吗？"

英格拉冷笑："蝎子怎么可能没毒？"

童素"哦"了一声，再也没问。

英格拉分不清她是不是在装傻，索性把话挑明白："大洋国并不希望塔汗国出现一位皇帝，这才是他们一直没调走雷奥将军的关键。"

童素挑了挑眉，心里十分奇怪——英格拉的前后两句话，听上去根本没有因果关系，到底是怎么衔接起来的。

不过，雷奥将军驻扎塔汗国八年都没调走，这件事确实很不合常理。以大洋国的轮换制度，本来不至于让雷奥将军待这么久。

听英格拉的意思，里面还有什么玄机？

童素知道，涉及这种机密，英格拉估计不会详细说，就旁敲侧击："'皇帝'这个词语太敏感，不是随便谁自称就能被承认的。"

英格拉冷笑："当然，周边国家绝不会承认，那么接下来是什么结果？边境摩擦？局部战争？"

童素盯着英格拉，看了几秒，慢悠悠地问："这对您来说，不应该是好事吗？"

战争对平民来说，当然是惨痛的。从国际人道主义来说，也是必须该强烈谴责的。但对有关系、有渠道、有人脉的奴隶贩子来说，岂不是天赐良机？再说了，塔汗国打起来，对斯图国来说，难道不是好事？

大洋国在塔汗国驻军，还修建了基地，将最先进的军用设备全都运了过来，就是因为塔汗国的地理位置很重要，往西走是斯图国，往东则是中国，北方还有白熊国。

他们花费了这么大的人力物力，肯定不是为了要一个战乱的塔汗国。

假如塔汗国乱起来，大洋国是继续驻军呢，还是撤离？如果驻军，对于国际事务是什么态度？调停，还是支持？若是调停不成功，是换掉政府，还是增兵？

无论哪一种，对斯图国来说，应该都是喜闻乐见吧？这等于大洋国相当一部分的财政和人力，必须源源不断地耗在这里。

英格拉沉默片刻，才说："我不能让塔汗国乱起来，我还要找我的女儿。"

童素不说话了。

她背过英格拉的资料，当然知道，她是因为在家族斗争中失利，连同女儿一起被扔到塔汗国来的。

虽然不知道究竟是谁对她们母女如此残忍，可如果英格拉在这件事上没撒谎，那么她确实有理由不希望塔汗国开战。

甚至，她成为奴隶贩子，而不是军火贩子，也有了原因。

她在搜寻塔汗国所有的红灯区，以及达官贵人的后院，怕女儿成为雏妓，又或者是什么人豢养的玩物——哪怕代价是让其他人进地狱。

假如她的女儿有她十分之一美貌，命运的残忍就几乎已经注定。

童素不评价这种行为，只是意识到，英格拉遭遇叛乱，或许还有另一种解释——她背后的人看出她有异心，要将她换掉。

当然，也可能英格拉用这个理由来打动自己，她的立场实际上不在斯图国那边。

这样一来，"公爵"到底是不是梅涅公爵，就要重新研究。

童素心中转过千万个猜测，最后回归原本的问题："所以，'沙蝎'，不，财政部长来到这里，是为什么呢？"

"他带了东西。"

英格拉将视频往后拖，能够从监控中清晰发现，跟随财政部长来此的，还有一个车队。其中有几辆超级重型卡车，长度至少在二十米。

童素对军事器械不够精通，实在没办法凭车厢长度就判断里面大概有什么，为了引出英格拉的话，她随便猜测："军火？"

"军火不会用这么大的车装，太显眼了。"英格拉神色沉重，"我猜，可能是本来就这么大的东西。"

"比如呢？"

英格拉看了童素一眼，说："侦察打击一体的无人机，甚至，高精度的火箭炮。"

童素沉默不语。

如果只是军火，还可以解释为自卫武装，或者资助反抗军。

可如果涉及侦察打击一体无人机，或者火箭炮这种级别的设备，那就不可能简单结束，这种是国家军售都要通过议会和法案批准的，何况私下出售。一旦被某些组织拿到手，轻则恐怖袭击，重则地区摩擦，乃至对政府的叛乱，都有可能。

难道塔汗国内部，即将要掀起一场叛乱吗？

七

塔汗国，哈图尔城，托卡帕夏皇宫。

假如说哈图尔城是"沙漠中的王冠"，那托卡帕夏皇宫就是王冠上最耀眼的明珠。

这座花了几十年时间，耗费巨资建立起来的现代宫殿占地面积三百万平方米，是一个博大的综合体。

托卡帕夏皇宫建筑以庭院为主，总共有五个主庭院，以高墙及闸门阻隔。每个主庭院里都分布着许多中小型的庭院，树木、花园及水池散布其中，哪怕烈日炎炎，在庭院休憩时，也能感觉到凉爽的气息。

但这是多年以前的事情了。

九年前，大洋国以雷霆之势，对塔汗国发动战争，近千颗导弹对着哈图尔城倾泻而下，炸毁了托卡帕夏皇宫七分之六的建筑群。

独裁者被迫躲入地下，但在大洋国的坦克部队开进哈图尔城后，他的藏身地被表弟国防部长出卖，然后被大洋国以"战犯"之名送上了绞刑架。

但托卡帕夏皇宫毕竟是历史悠久的古建筑，大洋国的轰炸行为也遭到了世界的谴责，所以雷奥将军接管驻军后，召集塔汗国的历史学家、建筑学家、宗教学者等，一同参与托卡帕夏皇宫的重建、修缮和维护。

除了这些专家外，还有一批特殊的人。那就是后宫的妃嫔、侍女和宦官。

独裁者死后，他那些出身高贵的妃妾都回了娘家，但后宫里更多的女人都不肯离开。

她们本身就是因为年幼就展露美貌，从而被奴隶贩子看重，要么买，要么偷，要么抢，总之用各种方法弄到手上，花了几年细心调教后，通过权贵送往后宫的女奴。

所以，她们比谁都明白，在这样不讲法律，只有强权的国家，年轻漂亮却出身低微的女人一旦流落民间是什么下场。

更不要说宦官们——虽然这个特殊的群体人不多，却也是没办法在民间正常生活的人群。

马歇尔将军曾为如何安置这些人而头疼，雷奥将军则为他们找好了岗位——辅助专家们进行宫殿的重建和还原。

"学识再丰富的专家，也不会比这些宫人更了解这座宫廷。"这是雷奥将军的原话。

为了防止很多偷鸡摸狗的人溜进皇宫做坏事，他还派兵将皇宫保护了起来。

正因为他的种种举动，虽然塔汗国内的民众对大洋国的士兵敌意颇深，可对这位将军却颇为尊敬，他是一个有文化、彬彬有礼，不是为了烧杀抢掠，而是为了替他们主持公道而来，能够同情和照顾弱者，也会保护本国建筑的好人。

"不过是沽名钓誉而已。"在民间颇受赞誉的雷奥将军却这么评价自己的善举。

"哈图尔城是个狼窝，这群女人就是关在羊圈里的羊群。无论塔汗国的权贵，还是大洋国的士兵，包括民间的男人们，对这些美女都虎视眈眈。我只是不希望在我的治下，出现诸如大洋士兵强奸塔汗国女性的丑闻。"

刚洗完澡，穿着松垮的睡袍，裸露出结实胸肌的雷奥将军，懒懒地靠在沙发上，凶悍的成年狮子趴在他的脚下，就像驯服的猫咪。

坐在他另一边的约翰·卡森，用一种奇异的眼神，打量着雷奥将军："你变了很多。"

哪怕是一年前，他都想不到，雷奥将军居然会住进皇宫的偏殿——明明之前的时间，他都住在驻军的官邸，无论酋长们为了奉承他，怎么邀请，都不肯入住。

"人总是会变的。"雷奥将军懒洋洋地靠在沙发上，轻描淡写地说，"约翰，你这么急着见我，就是为了说这些？"

约翰·卡森摇了摇头，直指关键："明面上，我是作为《大洋早报》的记者，前来采访您的。暗地里，我是为了调查一桩案子——国际刑警向大洋国土局求援，声称世界树公司的总裁但丁在塔汗国失踪。"

雷奥将军眯起眼睛，看着眼前背挺得笔直，就像一柄利刃的外甥，突然问了个和目前话题似乎毫不相干的问题："前几天，中国的那桩案子，是不是你做的？"

约翰脊背挺直，没有回答。

雷奥将军也没追问，只是又换了个话题："你对你的母亲还有印象吗？"

约翰沉默片刻，摇了摇头："她在我六岁的时候就已经死了，我对她的了解都是长大后，从书面资料上得到的内容。"

雷奥将军笑了一下，很难分辨他这个神情究竟包含多少情绪，只听他淡淡道："我是五岁那年，因为差点被妈妈饿死，才被送去寄养家庭的。但我还记得她的样子，还有我的长姐——你的母亲，她当时真是年轻，美丽极了。"

"很抱歉，我真的不记得了。"约翰轻声道，"我不记得她是长发还是短发，不记得长什么样，不记得她说过什么话。

"如果真要问我记得什么，那就是烈酒的味道，还有大麻的酸臭。或许还有垃圾桶里，没来得及扔掉的针筒和安全套。"

面容、声音、表情、话语……一切的一切，他都不记得了。唯有酒和大麻的臭气，还有零星几个画面，始终萦绕不去。与黑暗、孤独一道，编织起了他的童年。

雷奥将军对长姐的回忆也所剩无几："她比我大十四岁，本来是个很热情活泼的女性，我还记得她抱起我时温暖的掌心。她早早逃离家庭，放弃学业，十五岁开始就在梦工厂旁边的一家餐厅打工，渴望哪天被星探赏识，成为明星。"

"很不切实际的梦想。"约翰不带任何感情，冷静客观地评价，哪怕对象是他的亲生母亲，"早在半个世纪以前，梦工厂的造星制度就很完善了。很多与梦工厂相关的中产或者老钱家庭，会在孩子非常小的时候，就针对孩子的相貌、性格特点，进行专业培养，甚至早早就给孩子拿到荧屏角色，他们的起点就比一般人高很多。

"虽然梦工厂也经常会有平民逆袭的神话，比如和她同一个时代的乔·里切尔，又比如叶莲娜·伊万诺夫。但乔·里切尔的演绎天赋令世人震惊，叶莲娜·伊万诺夫的美貌犹如神赐，这都是她完全比不上的。"

雷奥将军没有回答。

时隔三十多年，他们可以坐在金碧辉煌的皇宫里，对那个少女天真的梦想做出辛辣的点评。但他们都知道，这是那个没有接受到良好教育，找不到什么好工作的少女，对名为"贫穷"泥沼的不甘和反抗。

"她被命运吞没了。"漫长的寂静后，雷奥将军平静地说出了故事的结局，"她从那个鬼地方逃出来，就是希望摆脱嫁个浑蛋，或者当交际花的命运，谁知道——"

她最后为了生存，还是嫁给了一个浑蛋，并且当了妓女。

"所以，你对你的亲生父亲，西蒙·路斯恩充满憎恨。"雷奥将军尖锐的言辞，戳开了约翰·卡森的内心，"因为他是你母亲的嫖客。"

约翰面部的肌肉就像坏死了一样，一动不动，半晌才木然回答："我在国土局接受过非常专业的特工训练，可以通过人的语气停顿、肢体语言等，洞悉一个人是否说谎。所以我很清楚，他每次与我对话，背后都有专业的谈判团队在指导。我对他而言，并不是一个儿子，只是一个好用的工具。"

没有人喜欢被当作工具，约翰也不例外。

他恨不得自己根本没有这个位高权重的亲生父亲，但命运就是这么无情。

"那我呢？"雷奥将军盯着约翰，目光比刀锋还要寒冷。他浑身肌肉都绷紧了，仿佛下一秒就要暴起伤人。

匍匐在他脚边的狮子似乎感觉到了威胁，站了起来，慢慢往后退去。

约翰静静地看着自己的舅舅，片刻之后，平静地说："你也没有把我当成外甥，而是把我看作了一个可以利用，但也可以合作的对象。"

听见这个答案，雷奥将军没有任何表情，只是用一种很平常的态度，问："你憎恨你的母亲吗？"

约翰反问："这是必须回答的问题吗？"

"当然。"

"原因？"

"因为我不希望自己的合作对象，是一个连内心都逃避的懦夫。"

听见雷奥将军给出的理由，约翰短暂地沉默了一瞬，才道："恨。"

他憎恨那个将她生下来的少女，恨她明明逃离了交际花母亲，就是为了不重复迎来送往的命运。但就像宿命的轮回一样，她成了高级应召女郎，然后一步步沦落——甚至还不如自己的母亲。

雷奥将军听见这个回答，没有说什么。

内心的某种情绪，驱使着约翰反问："你呢？你憎恨自己的母亲吗？"

"没有。"雷奥将军斩钉截铁地回答，"从来没有。"

"原因？"

"她给予了我生命。"

约翰神色木然，难以形容自己的情绪。

雷奥将军也没再追问下去，反而话锋一转："先进入正题——但丁的事情放在一边，我们两个目前所处的情况都不乐观。"

瞧见约翰面露惊讶，雷奥将军不屑地笑了："约翰，我的外甥，你该不会以为，我作为大洋国高级将领，消息还没有你灵通吧？

"'提洛岛'出事的时候，我心里就有了预警。看见诺亚集团亚洲超级工厂的恐怖袭击，居然是'杜尔迦'宣称负责，再看到你和兰登从中国来到这里，我就明白，西蒙·路斯恩已经选定了我们两个当作替罪羔羊——他试图用我们的死，将一切抹平。"

约翰也知道这一点。

艾伯特·马歇尔一旦没死，这么大的案子，哪怕大洋国国土局要盖过去，中国安全部门也不会善罢甘休。

不抛出几个重量级的嫌疑犯，这件事无法收场。

雷奥将军就是摆在台上的祭品。

他们当然不会天真到以为，艾伯特·马歇尔会善罢甘休，但如果大人物死得足够多，自然会有人觉得艾伯特"闹得太过分"，不如见好就收。

就像斯图国付出了卡佩洛侯爵的性命，以及嫡系一脉的未来，还有将皇室成员软禁，进一步收缩皇权的承诺，"提洛岛"就差点被翻篇了一样。

动物尚且会断尾求生，何况人类。

但作为那个即将被断掉的尾巴，雷奥将军和约翰·卡森心情都是一样的复杂。

即便如此，约翰也不后悔自己的选择："我别无选择。"

雷奥将军笑了起来："那我们又有了一个共同之处。"

他这样的男人，就连笑，都像狮子捕猎的前奏。

"艾伯特·马歇尔应该没死。"约翰反复将袭击那天的事情回忆了很多遍，做出如下判断，"中国安全部门有个很厉害的女人叫'赫卡忒'，是传奇黑客'铜棒'的独生女，三番五次坏我的事。虽然现在中国安全部门没放官方消息出来，外界都说艾伯特·马歇尔重伤，正在抢救，但真的相信就中计了。"

雷奥将军"哦"了一声，意有所指："这个消息，你告诉路斯恩了吗?"

"没有。"约翰平静道，"我答应帮他做事，不代表我信任他。"

早在接下这桩任务的时候，约翰就反复想过，西蒙·路斯恩一定会针对任务失败，甚至他当场失手被擒的情况，做出预案。

无论从哪个角度来说，雷奥为了驻塔汗国将军的位置，把马歇尔将军干掉，都比大洋能源集团的主席莫名其妙参与对本国高级军事将领的谋杀，更容易让人理解，也更加有说服力一些。

正因为如此，他才必须来塔汗国一趟。

"当年——"

"没有证据。"雷奥将军打断了外甥的询问，斩钉截铁地说，"我敢保证，当年的事情，除了人证以外，没有半点能直接定罪的物证，无法构成完整的证据链。"

约翰非但没有喜悦，一颗心反而沉了下去。

这并不是什么好消息，反而会导向最坏的结果。

马歇尔将军的死肯定是有问题的，军方很多人都清楚，但一是没有证据，二是不会为区区一个马歇尔将军招惹上那么强大的势力，就都装起了聋子、瞎子和哑巴。

现在却不行了，艾伯特·马歇尔遭遇重大刺杀，还惹上了中国政府，来了个全球直播的恐怖袭击，并且与先前"提洛岛"的息事宁人又有密切相关的联系，斯图国那边暂且不提，大洋国这边，无论如何也要给中国一个交代。

中国政府要是没追查到大洋国身上，那就只要给艾伯特·马歇尔一个解释，说不定就这么过去了。假如中国政府查到了，就不是这么容易善罢甘休的事情。

无论如何，大洋国都必须拿一个重量级人物出来，给艾伯特·马歇尔和中国政府一个完美交代。这个替罪羊，有可能是西蒙·路斯恩，但更有可能是雷奥将军。

很显然，西蒙已经提前做好了准备，打算抛雷奥将军出去顶罪。就像"提洛岛"事件中，卡佩洛侯爵替皇室承担了全部的罪责一样。

这件事到最后，最有可能的结果就是，大洋国军方内部将雷奥将军召回，让他"接受调查"，在军事法庭对雷奥将军定罪。

民事或者刑事法庭，因为对外公开，会走流程，没有足够的证据，或者无法形成证据链，就无法定罪。但军事法庭却不一样，除了军方之外，其他人也管不着。

而且，虽然马歇尔将军之死这件事，知情的人都死得差不多了，但这些年，雷奥将军在塔汗国也没做什么好事，根本经不起查，军方想要把他送上军事法庭，然后判个监禁几百年，简直太容易。

只要一查，那就是铁证如山。唯一的解决办法，就是不被查。但这已经成了一种奢望。

更何况，抛出一个罪魁祸首，出让一些利益，其他人身上的尾巴都给抹平了，照样是歌舞升平的日子，这本来就是大洋国一贯的处事作风。

与大洋能源集团的主席，南党的魁首西蒙·路斯恩相比，只是马前卒的雷奥将军更适合当替罪羊。

比起约翰的担心，雷奥将军反而无比镇定，甚至有兴趣评价："西蒙·路斯恩这是鬼迷心窍，当年他能杀马歇尔，是因为马歇尔得罪了太多人。就算这样，也要将罪责推到反叛武装的恐怖袭击上。现在艾伯特·马歇尔身上拴着很多人的利益，又只是想查清父亲的死因，他就要杀对方，这已经触犯了上层圈子的游戏规则。"

约翰插话："他知道了艾伯特·马歇尔的遗嘱，发现自己有控制诺亚集团的机会。"

"哦？这么巧？"雷奥将军不屑，"在巨大的利益面前，西蒙·路斯恩也不过如此，所以他钻进了艾伯特·马歇尔给他设置的陷阱。"

约翰有些吃惊："您认为这是陷阱？可——"他是亲手刺杀艾伯特·马歇尔的人，非常清楚，如果不是那个叫"赫卡忒"的女人一直捣乱，詹姆斯又暗中在保护她，这个刺杀计划，成功的概率非常大。

一个万亿富翁，拿千亿的产业，还有自己的性命来设下陷阱？这简直疯狂到难以想象！

雷奥将军懒洋洋地笑了："你还是没受过什么挫折，居然连这点问题都想不透。"

约翰非常不服。论磨难与挫折，他觉得一定是自己受到的多。

别的不说，光提童年。同样是生母早逝，但因为领养人的不同，就注定了他们的命运。

他被贫民窟的叔叔——他母亲的结婚对象，名义上的父亲最小的弟弟收养，对方是个底层苦力，养他只是贪图他家为数不多的财产，并想多拿一份政府的福利，对他毫无半点关心，只有殴打、奴役和谩骂，那个家庭从来都属于叔叔婶婶一家，不属于他。

环绕在这个家庭周围的都是毒贩、窃贼、妓女、黑帮打手，他只能读免费的教会学校，靠着难吃的午餐顶过一整天，周末是其他孩子期待的时刻，却是他最恐惧的时候，因为吃完周五的免费午餐后，他必须挨到周一的中午才能有第二顿食物。

而他的舅舅，却因为从小就被中产家庭领养，过着吃喝不愁的生活，从读大学到参军到平步青云，一路都顺风顺水。

明明都是同样的出身，就因为舅舅被好的家庭收养，差点就成了两个世界的人。现在雷奥这个人生赢家还觉得约翰受的挫折少，约翰怎么可能服气？

雷奥将军不必看就知道约翰心里想什么，便道："你在生活上，或许比你的兄弟兰登成熟很多。但在精神上，你没有独立，因为你不敢冒着失去的风险，才会任人左右，然后一错再错。"

约翰脸色铁青，却找不出什么反驳的词。

"看看你的想法吧！艾伯特·马歇尔是万亿富翁，他怎么舍得拿自己的性命冒险呢！多么天真啊！"雷奥将军不无嘲弄地说，"那请问，他为什么要从高校科研所出来，创建诺亚集团呢？"

约翰被问住了。

他当然知道，艾伯特·马歇尔辞职创业，有一个很大原因，就是如果成不了亿万富翁，他根本没办法查清其父的死。

创建诺亚集团，最初的动力，除了梦想之外，还有仇恨。

"可我以为——"

"以为什么？财富会改变他的初衷？"

"至少……"约翰结结巴巴地说，"至少让他没那么——"

说到这里，他自己都有点语无伦次。

虽然他知道，艾伯特·马歇尔追逐财富的原因是为了什么，但万亿家产，真有人能丝毫不眷恋，说不要就可以不要？

雷奥将军见到约翰这样，就嗤笑了起来："对一些人来说，比如西蒙·路斯恩，物质上的需求是穷尽一生要追逐的目标，哪怕有了再多的钱，他们也不会满足，然后他们就成了金钱的奴隶。但对另一些人来说，精神上的需求高于一切，他们心中燃烧着熊熊的火，能将坚硬的黄金都熔化。

"所以，再仔细想想，你认为的巧合，真的都是巧合吗？如果是，为什么天底下会有这么巧的事情，你的好兄弟兰登，一辈子只愧疚一件事，就是对不起'铜棒'。而艾伯特·马歇尔为什么遗嘱要写产业由'铜棒'父女来继承，有利于西蒙·路斯恩的那一份只是补充协议？他又为什么特意邀请'铜棒'的女儿前来参加诺亚工厂的发布仪式，让西蒙有一网打尽的心思？要知道，只要待在她身边，兰登就会暗中保护，而你，就会束手束脚。"

约翰不说话了。他突然意识到，一切正像雷奥将军说的那样。

刺杀艾伯特·马歇尔的时候，如果不是约翰在交手时认出了詹姆斯，心乱了一瞬，可能艾伯特·马歇尔已经是个死人了。

但事情没有如果，现在他要考虑的，不仅有怎么打消詹姆斯对他的怀疑，还有怎么让这件事收尾的问题。

可再仔细想想，假如艾伯特·马歇尔掌握的情报已经到了这一步，又敢下如此重注豪赌，深入局中的自己，究竟该如何才能破局？

约翰越想越觉得脊背发凉。

他意识到，自己不仅没能看透艾伯特·马歇尔，甚至也没有真正了解过自己的舅舅——这个他一度以为冷酷无情，为了追求权力，无所不用其极；现在又像失心疯一样，变得骄奢淫逸，挥霍无度又独断专制的男人。

"既然你什么都知道，甚至你根本不追逐这些，可为什么，你要做那么多足以在军事法庭上被枪毙十次的事情？一旦被暴露出去——"

约翰的话都没有说完，因为他看见了雷奥将军脸上的轻蔑。

这个表情犹如一道闪电，划过约翰的心灵。

"你有没有听说过中国有一句古语？"雷奥将军突然提起貌似毫不相关的话题，"那个拥有悠久历史的国家，在比苏格拉底更早之前，就诞生了一句话。"

说罢，他不管约翰能不能听懂，用中文念了一遍，才用大洋语继续说："这句话翻译过来就是：'要给人加上罪名，还怕没有理由吗？'"

"所以，您是觉得，无论您是骄奢淫逸，还是谨慎本分，将来都会被抛弃？"

"也不算被抛弃，我只是一颗棋子而已。"雷奥将军看得非常清，"棋子无法决定自己的命运，不是很正常的吗？"

"棋子——"

看见约翰的神色很沉重，雷奥将军大笑了起来："不必摆出那副脸色，要知道，想要成为棋子，并不是那么容易的事情。艾伯特·马歇尔曾经连棋子都不是，他拼命获取财富，或许是为了梦想，或许是为了复仇，但我能够明白，这都不是最深层的原因。"

约翰猛地抬头："是什么？"

"是无力。"雷奥将军望着自己的外甥，意味深长地说，"只有主能安排我们的命运，其他人想要操纵，那我们为何不能反抗？"

"我不明白。"约翰喃喃，"你刚刚明明说，成为棋子也不是那么容易，我感觉你挺认可自己身为棋子的身份，甚至引以为豪。"

"哦，那是因为，就算是棋子，好歹也有进了这盘棋局的资格。"雷奥将军轻描淡写地说，"就像在狂风暴雨的海洋中，虽然再结实的船只都有可能被浪头吞没，但总比龟缩在孤岛或者扁舟中，拥有更多挣扎的机会。"

"那您现在想要做什么？"

"很简单，成为棋手。"

八

听见雷奥将军的话语，约翰只觉得自己的一些想法被颠覆了，他犹豫了一下，还是问："您打算怎么做？"

"我问你，对大洋国来说，塔汗国最重要的是什么？"

约翰毫不犹豫地回答："地理和资源。"

雷奥将军满意地点了点头："虽然塔汗国的酋长们，还有大洋国的商人们，目光都盯着塔汗国丰富的石油资源，但那仅仅是商人的看法，在军方眼里，资源还是其次，位于中东腹地的塔汗国是世界争霸的战略要地，这才是最重要的事情。

"对他们来说，塔汗国的酋长们都不过是豢养的猪羊。一旦国际关系产生重大变化，大规模战争爆发，大洋国很大概率要派军队全面接管这里。现在之所以不动酋长们，完全是因为不想引起其他国家更深的警惕乃至联合反抗罢了。"

说到这里，他顿了一顿，又说："成天上贡膏脂的肥羊，又没到宰杀的时候，谁不喜欢？但牛羊也有自己的想法，不会任人宰割，何况他们也不是真的傻，心里对自己的处境实际上很有数。你说，假如这个时候，他们以为大洋国要对他们下手了呢？"

约翰指出关键："您说的情况，仅限于全面战争开打，甚至连边境摩擦都到不了这种程度。但以现在的国际形势来看，开战的可能性不大。我不认为他们有这么愚蠢，能被谣言所蒙蔽；就算他们没脑子，他们养的智囊也不可能连这点都分析不出来。"

"平常当然不会。"雷奥将军嗤笑道，"但锂硫电池已经得到了突破性的进展，谁的钱袋子影响最大？"

毫无疑问，当然是将出口原油当作支柱的国家。

"塔汗国这些大酋长之间的斗争，远比你想的要激烈。"雷奥将军意味深长地说，"但如果有共同的敌人，他们也不介意抱团联手。只要让他们觉得，一旦换一个驻塔汗将军，能让他们的利益大幅度受损，不需要我多说，他们也会竭尽全力，让我留下来。比如，让秘书们挥舞着钞票，淹没议员家的大门。"

约翰还是觉得不够合理："锂硫电池的突破，主要对燃油产生了一定影响。可石油又不止这一个功用，依旧不愁销路，对塔汗国这些高层虽然有影响，却没到致命的程度。更何况，就算石油真的完全能被代替，以塔汗国高层目前的财富，也注定无忧无虑，他们犯不着与大洋国为敌。而且就算开战，他们也可以去大洋国逃难，我想不到有任何理由，他们会和大洋国对着干。"

虽然约翰承认，艾伯特·马歇尔能在巨额财富面前不为所动，依旧执着于复仇，但这世界上有几个艾伯特·马歇尔？

五大酋长拥抱大洋国之后，已经捞足了好处，难道就为了一点对财富和地位的不安，便与大洋国为敌？

"光是财富，当然不行。"雷奥将军眯起眼睛，"利益和地位，再配上一点恐惧，却可以。"

"恐惧？"

雷奥将军伸出食指："第一，五大酋长中的三位，卷进了大洋国参联会主席的私生女——瑟沙·伊万诺夫的死。虽然参联会主席为了国家考虑，按捺不发，各位酋长也做出了足够的补偿，这件事看似就这么结束了，但酋长们的补偿，是损害塔汗国的利益补偿大洋国，参联会主席本人并没有收他们的礼物——这就代表他没有忘记。如果将来参联会主席要报复五大酋长，大洋国军方其他高层只会听之任之，绝不会阻止。因为他们都知道，参联会主席是为了国家才隐忍至今。"

父亲为女儿报仇，天经地义。

大洋国高层本就抱团严重，哪怕瑟沙只是一个私生女，在他们看来未必是自己人，但也比宗教信仰不同的塔汗国高层要亲近。

参联会主席为了国际关系着想，已经忍了这么多年，难道他是真的不想复仇？不，只是因为五大酋长活着，对大洋国更有用。等哪一天，他们没用了，参联会主席难道不会出手？

但五大酋长什么时候会没用呢？

"第二，大洋国高层对五大酋长实际上也不满意，毕竟意识形态不一样。而他们的下一代，却或多或少都在大洋国留学。尤其是那个'鬣狗'的长子，早就申请去大洋国政治避难，'鬣狗'几次跟大使馆要人，都无疾而终。"

约翰飞快回忆了一下"鬣狗"，也就是塔汗国国防部长的履历——此人的第一任妻子是末代独裁者之妹，生了他的长子和长女，但末代独裁者倒台的时候，"鬣狗"也残忍地杀死了自己的妻子，续娶了能源部长的女儿。

据说，他还想杀死自己的长子，可长子机灵，提前跑去了大洋国政治避难。

现在想来，到底是"鬣狗"的长子大难不死，还是国土局的特工在里面出了一把力？

"这个国家，非常重视婚姻和血统。"雷奥将军淡淡道，"哪怕'鬣狗'不肯承认自己的长子，但没用。他的婚姻神圣而合法，他的妻子血统高贵且纯正，无可否认。一旦他死了，他的长子就是名正言顺的继承人，所以'鬣狗'一直生活在担忧和恐惧之中。"

大洋国为什么扣着"鬣狗"的长子，不肯放人？原因很简单，他们觉得五大酋长之首的"鬣狗"国防部长，野心勃勃，不好控制。不如利用种种手段，将他的长子驯养得西化，再放回去继承其父的位置，岂不是对大洋国更加有利？

这样一想，"鬣狗"对大洋国的防备乃至敌意，都可以理解。

甚至其他几位酋长，对此同样很警惕。

如果他们的下一代，学习的都是西方的文化，认同西方的观念，被西方的意识入侵，那么，等他们的孩子长成时，就是大洋国抛弃他们这些老人的时候。届时，有怨报怨，有仇报仇，大洋国高层绝不会拦。

恐惧可以解释得通了，利益和地位又是什么呢？

五大酋长在塔汗国的地位，几乎已经到顶了，内阁首相不过就是个傀儡，大洋国也绝对不会让他们坐上去，毕竟这个国家世袭的传统太可怕，一个人当了首相，有可能子子孙孙都是首相，不利于平衡。

既然如此，还有什么能吸引他们？

约翰瞳孔骤缩，突然猜到一种可能，不由得倒吸一口冷气："这是叛国罪！"

他们想要的，只可能是分裂这个国家，成立新的共和国！

而推动这件事的雷奥将军，毋庸置疑，也背叛了大洋国！

"这太荒谬了！"约翰喃喃自语，"一旦塔汗国分裂，大洋国一定会出兵，进行封锁和制裁……"

雷奥将军淡笑不语。

约翰的声音几乎从齿缝中迸出："斯图国？"

塔汗国一旦部分地区闹独立，大洋国铁定不承认，要出兵镇压，国际上按惯例也不会承认这种叛乱行为，就像之前万象集团占据了文南国五分之一的土地，依旧是反政府武装、恐怖组织一样。

但如果背后有斯图国，那就另当别论。

塔汗国本身就是松散城邦制度，各部落之间的认同感高于国家认同感，在宗教和文化上有分裂基础。假如斯图国承认分裂出来的地区为独立国家，就可以基于"人道主义"的精神提供援助。

不仅如此，而且斯图国除了自身之外，还代表所属的庞大联邦，会有不少国家点头附和，承认分裂区。

白熊国也有可能掺和一手，将局势搅得更混乱。

这是要把天捅破！

约翰怔怔地看着雷奥将军，半晌说不出话来。

雷奥将军傲慢一笑："动物临死前，尚且会拼命挣扎，何况人？他们把我当作棋子，安排到这个位置的时候，有没有想过，面对极大概率被舍弃的结局，不想死的我，什么都做得出来？"

约翰只觉得口干舌燥，好半天才问："就算五大酋长能裂土封王，您呢？斯图国不一定会保您啊！就算愿意，斯图国军方也非常排外，他们国家的平民将领都很少，更不用说外国将领，您最好的结局也是在斯图国军方挂个闲职，手中一辈子无兵无权！"

越说下去，约翰就越是激动："而且，大洋国是不可能会允许您这样身份地位的人，居然去斯图国政治避难的，一定会进行暗中交换，务必把您弄回去，以儆效尤！实在不行，国土局甚至会派出特工来暗杀您！您难道打算偷偷摸摸，躲躲藏藏一辈子吗？还是一辈子都活在担惊受怕中，警惕特工的袭击！"

假如说五大酋长中的某一个，或者某几个约好了，想要造反，约翰都能理解，因为那攸关五大酋长的切身利益。可他不明白，雷奥将军这么做，到底图什么。

就像他说的那样，五大酋长或许没事，可雷奥将军呢？斯图国会保他吗？就算保了他，他后半辈子还能正常生活吗？

如果只是为了孤注一掷地反抗，就拿世界局势下注，甚至不管自己未来会怎么样……约翰觉得，雷奥将军应该找心理医生去做精神鉴定。

他严重怀疑，自己这位舅舅的心理出了问题。

"这就是你我的不同了。"雷奥将军神色淡淡，却不掩自傲，"我的老师，不求名，不求利，以一支笔搅动文坛，成为文学史上绕不过去的一笔。"

约翰有些惊讶："您的老师？"他可从来没听说过，雷奥将军认哪个老师。

"很早以前，还在樱花国的事情了，那时候我还不满十岁，但与老师相处的一幕幕，都铭记在心。"

雷奥很小的时候，就因为养父母的工作调动，从大洋国到了樱花国。虽然在樱花国，外国人的地位相对比较高，走到哪里都受到礼遇，但樱花国本身排外的文化，让读小学的雷奥感觉到了格格不入，加上父母工作繁忙，无人看管他，导致他放了学就到处乱跑，无意间闯入了一座古朴的和式庭院。

然后，他就遇到了影响自己一生的老师，被誉为"近代反战作家第一人"的佐藤明。

佐藤明见雷奥对武将的故事很痴迷，从中国的三国，到樱花国的战国，再到近现代史，就叹了一声，说雷奥生错了时代。

若雷奥早出生五十年，或许会成为出色的将领，又或许会是杀人不眨眼的魔王，就像樱花国最著名的武将织田信长。但在太平年间，他的才能却毫无用武之地，只能泯然众人矣。

只因全球一体化后，最大的受益人，除了平民，就是政客和商人，而他明显不适合做生意。

小雷奥不服气。他听着武将们叱咤风云的故事，心中早已埋下种子，要成为人上人。

这么多年过去，他虽然已经成为高级将领，但他却不得不承认，佐藤明是对的，雷奥的命运，也到此为止了。

"但我怎么甘心！我这一生，纵然是败，也要像织田信长那样，不仅轰动当时，更要影响天下大势。我要我——雷奥，被世人所知；史书的一格，必须有我的名字！"

就像小小的他，对老师说的那样：

"成为出色的将领，名垂青史，固然很好。

"但如果想被世人铭记，一定要成为杀人的魔王。哪怕一场轰轰烈烈后，兵败身死，遗臭万年，也不是不能接受的结局。"

九

"我们得潜入这座基地。"

英格拉在看了四个小时监控后，打破了沉默。

童素注意到，英格拉用的不是"聚落"，而是"基地"："理由呢？以及，进去之后，我们能做什么？"

英格拉神色凝重："救人。"

童素没表态。

英格拉知道，自己不吐露点实话，童素不可能帮忙，而她已经见识到这位黑客的神奇能力，自然不愿意放过这么一个强有力的伙伴，便盯着童素，一字一句地说："你们的车队里，装着违禁药物和医疗器械吧？"

童素并不意外短短一夜之间，他们的"来意"就被英格拉摸清楚，但她只是挑了挑眉，既不说是，也不说不是。

英格拉欲言又止，半晌才说："世界树公司的总裁，但丁先生，三天前，在塔汗国失踪了。"

童素心头巨震。

世界树公司是世界上最大的医疗器械设备生产公司，但丁是该公司的创始人兼董事长，而他还有另一个身份，就是世界顶尖的黑客，也是童素认识的人——虽然他们从没见过面，只是彼此都知道对方的存在，偶尔聊过一两句，但同样的身份，令童素下意识就觉得有点亲近感。

但她表面上不露声色，只是装作惊讶："这么大的事情，为什么国际上没传出风声？"

"因为不能明说。"英格拉的神情非常复杂，"世界树公司，外界对这家集团的了解，多半仅限于医疗器械。实际上，除了医疗器械的研究外，世界树公司也是目前首屈一指的医药研发公司与高科技公司之一，他们与多家世界级国防公司有着深度的合作，包括但不限于，参与最新太空服的研究、新一代制式战机头盔等战术设备的研发，还有各式太空救生舱等涉及航天的领域。"

这一点，不用英格拉说，童素也知道。

伴随着技术的飞速发展，各家公司的分工和专业性越来越强，而现代航天以及军事的很多设备，单靠一家企业是很难实现的，往往都依赖于几家顶尖机构的一体合作研发，以及全球代工厂生产的零部件等，才能彻底完成。

世界树公司作为顶尖的医疗器械研发公司，参与到国防、航天等研发来，虽然听上去有点怪怪的，但就英格拉刚才提出的那几个方向，倒也算专业对口。这也是世界树公司短短十几年就能发展到如此程度，收购了许多传统医疗器械公司，一枝独秀的原因。

因为医疗器械的发展，与现代医学息息相关，却也更离不开现代科技的革新。

所以，艾伯特·马歇尔能以程序员的身份，创办诺亚集团；但丁作为一个黑客，却能让世界树扎根欧洲。

但话又说回来，童素不认为这点小事，就足以让但丁出事。

与各国国防部门合作的私人企业比比皆是，大洋国就有好几家被称作"国宝"的特殊企业，论军事研发能力，位居世界前列。世界树公司就算参与了研发，也排不上号，总不可能有人莫名其妙对他动手吧？

英格拉见童素不信，便道："世界树公司是几家公司合并的，一旦但丁死在了这里，他的遗孀和孩子们将继承财产，但他们根本没有能力管好这家公司，只可能是邀请职业经理人。而据我所知，斯图国屡次对但丁发出邀请，希望授予他荣誉爵士的称号，让他成为斯图国贵族阶层。"

童素眉头紧锁："所以？"

在她看来，世界树公司确实很有价值，但这个价值，似乎没有高到让一个国家冒着天下之大不韪，去把但丁杀了的程度。

这种事一旦暴露出来，别国怎么想，国际上又怎么看？别说外国的富豪，本国的贵族都会吓破了胆吧？

"但丁决不能死在这里。"英格拉面沉似水，"前段时间，诺亚集团在中国的超级工厂被袭击，'杜尔迦'宣布对这件事负责。国际上将'杜尔迦'定义为恐怖组织，而但丁不肯相信。他曾经受过'杜尔迦'的恩惠，甚至与这个组织的高层是朋友，他坚持觉得这个组织要么'被人冒名顶替'，要么'受到了恐怖的威胁，正在生死存亡边缘'。为此，他特意来到塔汗国。"

童素下意识地问："然后呢？"

"不知道他发现了什么，就在他见过雷奥将军之后的当天晚上，强行召开了线上董事会，并在他的强制要求下，单方面断掉了对塔汗国的一切商务合约，为此，世界树公司要支付 30 亿大洋币的违约金，间接损失超过 50 亿大洋币。这种行为，塔汗国当然不认，可还在磋商洽谈的时候，他就失踪了。

"世界树集团高层十分恐慌，认为但丁遇到了'可怕的恐怖袭击'。虽然在大洋国和斯图国的斡旋下，暂时没将这件事捅到外界去，但世界树公司暂停了对塔汗国除基本人道主义之外的大部分大型医疗设施的供应，他们需要确保但丁的安全。否则世界树公司不会和塔汗国继续做生意，哪怕支付巨额的违约金。

"正因为如此，本来圣约翰医院很多能进行的手术，都必须停止，或者在高风险状态下完成，包括他们偷偷为不幸女性做的堕胎手术。而这就导致他们对药物的需求量增大，这才是你们得到这个机会的原因。"

童素并不怀疑英格拉说的话。一、这些都是能被查证的。二、她自己也很清楚，现代医疗设备，基本都是全球联网，而且必须 GPS 定位，制造商和服务商才会源源不断地提供服务。一旦停掉后面这些，再贵的医疗设备也只是铁疙瘩，没有用。

童素陷入思考。

世界树公司与诺亚集团不同，艾伯特·马歇尔在诺亚集团是有一票否决权的，因为他占股太多了。可但丁在世界树集团，只有相对控股权，还没到绝对控股。单方面主动断掉塔汗国的合约，不仅对公司来说是巨额损失，在社会上的影响也非常不好。

也就是说，必定发生了什么重大事情，他才能说服整个董事会通过这一决议，并且该公司上层一致认为，这个理由一旦拿出去说，国际舆论也会站在他们这一边。

不知为何，童素心中，突然浮现"提洛岛"三个字。

"提洛岛""选拔"出来的那些精英，究竟去哪里了？

对拐过来的普通人，"提洛岛"下层蛇头的方式是男人卖去当苦力、奴隶，甚至贩卖器官；女人卖去妓院，或者用来拍摄灭绝人性的暴力、色情片，放在暗网上售卖，以攫取巨大利益，榨干最后剩余价值。

但这些精英……他们会不会被弄去做研究了？

其他方面的违禁实验，不法组织可能偷偷在大街上弄流浪汉走就行，可如果涉及一些特殊实验呢？如果实验的人迷信智商高的人有什么特殊呢？

这并不是没有先例的，第二次世界大战的时候，不就有过种种灭绝人性的研究吗？

话虽如此，可童素还是没表现出来，只是说："这些和面前的'基地'——"她加重语气，"有什么关系？"

"但丁失踪后，雷奥将军对黑白两道都下了指示，让我们自查，只说有没有胆大包天绑架外国人，是男是女都没说，我是靠自己的渠道弄到了消息。那时候我就知道，我可能会出事，谁知道处处防备，还是——"

说到这里，英格拉忍不住咒骂一声："该死。"

童素挑眉："这和你有什么关系？"

英格拉冷笑："别装傻，塔汗国地下一半的人口贸易都经过我的手，想要在塔汗国'合法办理'一张身份证明，除非你能找到五大酋长或者他们身边的亲信，否则来找我的渠道才合理。如果最后查不到凶手是谁，你觉得用'塔汗国治安太混乱，奴隶贩子太嚣张'，拿我开刀，算不算是很好的理由？"

童素懂了。

在英格拉看来，但丁失踪绝对不可能是路上碰到个小混混，被拖到小巷子里手起刀落，然后抢劫了这么简单。否则以塔汗国这种搜索状态，肯定早早就发现了。一直查不出来，那就是上面的大人物有问题。

但别管大人物们能不能被查到，她这种"小人物"卷进去，肯定没好果子吃。

"塔汗国的主要城市，黑道上我都有人手，至少有消息来源，却完全没听见但丁的消息。"英格拉盯着屏幕，神色凝重，"我反复看了'沙蝎'来的这段视频，他后面一辆车被挡住了,只看见拖了什么东西下来。而且'沙蝎'在这里等了一天,直到现在都没走。我判断,但丁在后面这辆车的概率,至少百分之六十。"

童素若有所思:"在等什么人做交易吗?"

"我认为是。"

"但这一切目前都是你的推断,我们贸然闯入,实在太危险了。"童素反问,"你有没有想过,就算我们成功潜入,怎么找到此人所在,又怎么把他救出来呢?"

英格拉却又调出一个视频:"你看这里——"

童素侧过去一看,发现是两辆大货车,从西边开过来,在聚落停下,卸货,后面的集装箱里面,装了上百只羊。

"驻守在这里的士兵,每天都要好吃好喝伺候,否则就会有怨气。面粉可以存在聚落,但养羊不方便,必须运送。我仔细看过了,差不多每天下午两三点,都会有专门的运输车过来。"

运输车。童素回想了一下运输车的规格,摇了摇头:"我们藏不了。"

英格拉目露凶光:"我们可以当司机。"

童素还是觉得不现实。

这种运输车的司机,肯定是他们的老熟人,甚至是心腹。就算能把对方绑了,自己顶上去,三两下也要露馅。

但她知道,不能一直拒绝英格拉,所以,她思考了一下,说:"不对呀,这些羊从哪里运过来的?"

"你什么意思?"

"以这个聚落的规模,他们每天吃上百只羊,在任何市场上,都算不小的主顾了吧?"童素思索,"一般来说,这种级别的采购,应该瞒不住人才是,但那样不就很容易被人发现有问题了吗?"

她之所以这么说,来自前两年,她配合中国警方缉拿万象集团的人的经历。

当时,万象集团的人藏在公寓里,人来人往,出入频繁,难以摸排,而且敌人又十分警惕,拥有丰富的反侦查经验,难以确定他们具体位置。

但反过来说,正因为万象集团的人恐惧中国高度发达的摄像头,不敢外出大肆采购,只敢点外卖。而警方则通过对外卖数据的拉取,发现有几家住户,每天点几十人分量的外卖,才真正锁定目标。

正因为如此,童素觉得,这是一个可行的方向。

塔汗国的羊再怎么便宜,也要几百人民币一只吧?一天吃上百只,哪怕开餐馆的,这也规模不小了，不可能不引起关注。

假如再换算一下，一只羊够几个人吃，就算按照最夸张的食量，至少也要五个人吧？还得都是成年的精壮汉子，胃口大。如果是一百只羊，那就是五百青壮年，顿顿这么吃，这是什么概念？

或者说，什么人，才会这么养？又是什么人，才养得起这种队伍？

五百人的民兵，就算每个人发一支枪，也是不可小觑的力量，难道不会引起塔汗国政府的警惕？

除非这个聚落的存在是五大酋长一致批准的，否则童素很难想象，这种消息不被有心人盯上的概率。

英格拉想了一下，说："往西边走，靠近边境，是个小型黑市，也可以说是中转站，只用黄金和大洋币现金结算，不接受转账。现在据说与时俱进，正在研究是否接受比特币。"

"从那边买的？"

"不，这个黑市是'沙蝎'的地盘，但他每年会给其他酋长分好处。黑市旁边是一片绿洲，适合牧羊，是'沙蝎'所在部落的牧场之一。"

"也就是说，不在市场买，是他自己出？"

"是的，你说得有道理，从市场上买，一定会被发现不对劲，但'沙蝎'本身就是塔汗国最大的牧场主之一。"

童素提出疑问："他能保证自己所有手下的忠诚吗？如果他天天派人拿走几十只羊，一定会遭到其他人的注意。既然他事情做得很隐蔽，那么这件事就应该要控制在一个比较小的范围，到时候直接做账，说一次性卖了几千只就行。"

英格拉会意："既然这样，这个牧场的负责人，应该就是他非常信任的手下，说不定能找到什么东西。"

童素笑了："黑市距离这里多远？"

"很近，开车只要一个小时不到，但有个问题——"英格拉低声道，"'沙蝎'非常迷信，他认为女人不能待在特殊的地方，否则就会给那里带来不祥。所以这个黑市拒绝一切女人的进入，包括妓女都不能有。"

童素目光闪动："到附近了再说，只要有网络，一切都好办。"

十

沙漠，中午十二点半，太阳极度酷烈。

小队长带着十个手下，漫无目的地在山脚边缘巡逻。这就是他每天的工作，三班倒。

边境的黑市建在一座山里面，各种雇佣兵、毒贩、蛇头等，鱼龙混杂，很多都是刀口舐血的亡命之徒。

还有就是，这附近也是"沙蝎"的牧场之一。

边境嘛，人可以不越过去，但羊不会。所以能借着"找羊"的名义，发生摩擦，或者做一些违法的事情。

他的工作范围就是巡逻这一片区域，防止出问题。

不过，最近有点奇怪，小队长心想。

虽然以前黑市也偶尔会关，但很少有一次性关好几天的情况，毕竟下蛋的金母鸡，谁舍得呢？也不知到底出了什么事，这几天黑市都处于关停状态，不接待任何人。

搞得他们这些保镖也没什么守卫的心，纷纷跑到建筑物或者沙漠植物的下面，躲在阴影里，以逃离烈日，俗称偷懒。

一名队员神情散漫，犹如闲逛一般，在这个每天都看烂了的地方四处游荡，根本没有想到植物的侧面还藏着一个人。

所以，当英格拉猛地扑出的时候，这个队员没有丝毫的防备。

噗！锋锐的匕首，径直切断了对方的喉咙。

"呃！"鲜血倒灌入气管，让眼前这个队员根本无法发出任何叫声，直接没了气。

英格拉干脆利落地将对方的枪拆开，取下弹夹，再把枪推到了草丛深处。

然后，她继续将自身的呼吸控制到约等于无，悄然向着第二个目标摸去。

虽然两人离得很近，但这个人并没有发现同伴的死亡。

与之前被英格拉干掉的队员一样，眼前的队员也是漫不经心，双眼放空，随意地望着四周，根本没有注意到危险的降临。

英格拉犹如最灵活的猎豹，悄无声息地从对方的身后靠近，当距离对方只剩下两步之遥的时候，一个前扑，左手捂在了对方的嘴上，让对方没办法出声，右手中的匕首则抹开了他的脖子。

事实上，英格拉的双手几乎是不分先后的。

当对方想要呼唤，甚至是想要撕咬英格拉的左手时，英格拉右手中的匕首已经割开了对方的喉咙。鲜血汩汩地流出，片刻后，对方就不动了。

英格拉拖着对方的尸体，往僻静的地方塞。

幸好有童素根据监控，从旁指点，否则很容易露馅。

童素帮忙把这些尸体都拖走，顺便不忘在耳机里对她指导："下一个有点麻烦，他站在十字路口！"

"暂时放弃这个目标！"英格拉非常干脆，"万一我绕背的时候他转身，一切就完了。其他几个呢？"

"30米外！"相较于英格拉之前干掉的两个队员，这个队员要更加散漫！

至少，之前的两个队员还是装模作样，不停游荡，假装自己在搜索的，而这个队员则是蹲在储油罐的下方，在其他人无法看到的角落，点燃了一根香烟，就这样闭着眼睛，享受地吞云吐雾。

英格拉小心翼翼地沿着对方视线死角靠近着，等快靠近的时候，不顾香烟的烧灼，左手一把就盖在了对方的嘴上，握着匕首的右手则猛地向后一拉。

噗！与之前的两个目标一般无二，脖子被切开的对方倒地身亡。

接下来，就是第四个！

需要冒一点险！

童素想了想，说："英格拉，我记得你手上有个金镯子，对吧？"

"说。"

"我看见了一只猫。"

英格拉笑了。

站在十字路口的那个男人，突然听见不远处有窸窸窣窣的声响。

然后，一只猫灵巧地跳上了房顶。

他并不觉得奇怪。

在这片沙漠中，除了蛇虫蜥蜴之外，最多的生物就是家养的骆驼，以及沙漠中的野猫、沙狐。

猫的发源地本来就是沙漠之中，以蛇虫为食，所以埃及以猫为神明，因为能看家护院，咬死毒蛇。至于老鼠，那是猫被商人们带到其他国家后，没那么多蛇、蜥可以吃，不得已之下，新开发的食谱。

但他很快就发现，那只猫在拨弄着什么金光闪闪的东西，就像玩弄猎物一样，好奇地叼着玩，又时不时拿爪子扒拉。

金子？这人忍不住向前走了几步，然后倒吸一口冷气。

真的是金子，一个小巧玲珑的女式金镯子！

这人丝毫没怀疑金镯子是哪里来的，因为经常有傻乎乎的旅客进入这片沙漠，然后迷失方向，死在里头，被风沙埋葬。尸体被野生动物啃的时候，随身的物品也掉了出来，之前就有沙狐叼着亮闪闪的手表，当玩具拨弄。

故这人低着声音，试着引诱猫跳下来。

而就在他内心已经被金光闪闪的镯子完全蒙蔽的时候，英格拉的匕首，毫不留情地夺去了他的性命！

到了这个时候，乌塔终于发现不对了。

一行十人在黑市的一处区域巡逻，如果看不到一两个人的话，还算是正常，偷懒嘛，人之常情。但是如果一个队友都没看见，肯定不正常。

但就在这时，他突然听见了棕榈树后窸窸窣窣的动静，依稀还有人影，以及模糊的"金子是我的""是我的"之类的低声争执。

"这帮家伙在搞什么？"乌塔先是恼火，然后就想到一件事，不由得狂喜，"难道他们发现了黄金？"

塔汗国的金矿多是裸矿，也就是说，只要运气好，摔跤结果发现被狗头金绊倒，并不是做梦。

正因为如此，乌塔第一反应就是——这群家伙发现了金子，想要偷偷瓜分！

怎么可能！我是你们的队长，金子都该归我所有！

在黄金的诱惑下，乌塔三步并作两步冲过去，刚要给这些人一个厉害瞧瞧，谁知没注意树上细细的钢丝。

发现身体被勒住的那一刻，他来不及惊呼，英格拉就已经像蛇一样出现在他身后，面无表情地缠着他，然后狠狠地扭断了他的脖子。

乌塔眼中浮现的最后一幕，就是手下们的衣服被填充了树叶等东西，摆在那儿，远远望去，像个人形。

至于声音，童素关闭修音软件，合上电脑，问英格拉："身份卡搜到了吗？"

"到手！走！"

两人快步到达电梯前时，英格拉忽然拉着童素躲起来。

童素眼睛也尖，同样发现，电梯正显示缓缓上来，心不由得提到了嗓子眼。

电梯停稳，却没开门。

两人都松了一口气，看来刚才是有人下去，而非上来。

等等！童素面色一凝："我刚才一直在看监控，电梯附近没人！"

既然没人，又怎么会有人下去呢？

英格拉咬牙："管不了那么多了，巡逻的人很快就会发现这支队伍出事，我们只能赌一把，没别的路。而且，情况也未必就那么糟糕，万一有人从负一楼去了负二楼，然后电梯再升回来呢？"

童素也知道没回头路可走，两人就飞快地刷了身份卡，乘坐电梯到了负一楼，一出电梯就躲进旁边的杂物间，然后，童素飞快地操控着监控器，纵观全局："负责人在 B 区域，但那边守卫很多，我们没法不惊动任何人就过去。"

"找囚禁女奴的地牢在哪里。"英格拉飞快地说，"我很了解这些纨绔子弟的脾性，他们一定觉得留守在这里不能走是个苦差事，为了不让自己在这里的生活枯燥无聊，必定会带上大批女奴用来泄欲。"

"装成女奴混进去，能行吗？"

"肯定不行。"英格拉看了童素一眼，讥笑道，"你一看就是没办法弯下脊梁的那种类型，刚好，我也是。"

童素没理会英格拉，她的目光落在了 B 区的一个保镖身上。

虽然长相完全不一样，但这个人的身材和站姿都给她一种似曾相识的感觉。

她一定和这个人打过交道，而且印象很深！

童素稍稍回忆，就翻出了这个人的身份，不由得觉得奇怪。

李察为什么会出现在这里？

等等，如果是李察——童素回想起李察的身份，心里有了主意。

与此同时，黑市，负一楼，B 区。

豪华的主卧里，正上演着惨无人道的情景。

哪怕大门隔音效果一流，女奴悲惨的哀号和求饶，豹子嗅到血肉的嘶吼声，还有"沙蝎"次子兴味盎然的大笑，还是穿透厚厚的墙壁，落入李察的耳朵里。

李察面无表情地持枪站在外面，就像一个最可靠的守卫。但在心里，他已经默默给里头的人渣安排了一千零一种残酷的死法。

可没有等到国土局的增援，他不敢轻举妄动。

就在这时，主卧套房的大门缓缓打开，李察与另外几个保镖低眉敛目地进入宽敞的大客厅，就看见猎豹懒懒地趴在房间角落里，尾巴一甩一甩，心满意足地舔着仍旧带着血丝的爪子。

在它的面前，是被咬得支离破碎，没了小半躯体的两个女奴。脏器、肠子、鲜血等满地都是，浓重的血腥味，混杂刺鼻的腥臊味，以及房间里的香薰，形成了一股难以形容的味道。但无论是"沙蝎"次子，还是守着他的精锐保镖，甚至底层保镖，都已经见惯不怪。

"这两个根本没坚持多久，扫兴。""沙蝎"的次子懒懒地挥一挥手，"把地清干净，真无趣，什么破地方，就连上网都上不了。还有我老爹，也真是的，也不知道是什么大事，非要清空所有人。"

几个底层保镖麻利而娴熟地将尸块装到黑色袋子里，然后递给李察——他是新来的，这种搬运尸体的苦活，自然扔给他。

李察低着头，将黑色袋子往外拖。正当他穿过杂物间的时候，却被人直接掐住脖子捂住嘴，拖了进去，顺便不忘把黑色袋子一并拖入。

李察刚要反抗，就听见有人贴着他的耳朵，低声说："国际刑警，李察，帮我，身边的这个女人不可信，是'公爵'下线。"

话音很轻，就像一阵风消散。

李察定睛一看，右边的亚裔美女，他认不出是谁。但左边的金发女郎，毫无疑问，正是大名鼎鼎的"黑曼巴"无疑。

就见英格拉冷笑："你刚才在他耳边说什么，奈赫贝特小姐？"

"抱歉。"童素面露尴尬，看了他一眼，才说，"我认识他，他叫李察，是大洋国的一个著名侦探，我的父亲在他生父之死的事情上，负有一定责任。所以我刚才提示他，大局为重。"

"侦探？"英格拉眯起眼睛，"这可不是十八世纪，没有苏格兰场，也不需要福尔摩斯。"

童素低声对英格拉说："据说他和大洋国国土局的高层关系很好。"

她要是直接说，她觉得李察是大洋国国土局的特工，英格拉还未必会信。但这样半遮半掩，英格拉自己就有所猜测，便冷哼了一声，说："好吧，李察，你为什么案子而来？"

李察吞吞吐吐："就，一个雇主的妹妹出事了，顺着追查……"

英格拉明显不信，童素则说："我们在上面杀了人，估计很快就会被发现，你是否知道逃离的办法？"

"这里只能进，不能出，唯一换人的机会就是每个月一号。"

话音未落，英格拉就一手扼紧了他的脖子，一手在他腹部重重打了一拳，冷冰冰地说："说谎！如果没有逃生的路，你任务成功之后该怎么跑？"

这一刻，李察简直就像被一条蟒蛇狠狠地缠住，五脏六腑都快要挪位，整个人也快不能呼吸。

但下一刻，英格拉马上放手，笑靥如花："我们的目标或许是一致的，不是吗？"

这个女人，翻脸简直就和翻书一样快！

李察努力让自己不要因为刚才的缺氧而干咳，心中却十分骇然——英格拉的力道太恐怖了，就算是训练有素的特工，也绝对做不到这种程度。

人骨骼和肌肉的受力程度，归根结底是有上限的，英格拉目前展露出来的力量，却已经有点超过这个界限的意思了。

虽然李察隐约听说过，大洋国国土局内部有个叫"处刑人"的绝密机构，里面的人个个都是经过改造的怪物，斯图国皇家特工里面，似乎也有类似的组织，但不会这么巧，在塔汗国就遇上一个吧？

"如果你们想要绑架黑市的负责人，我劝你们放弃这么不切实际的想法。"李察没空多想，面对英格拉的死亡威胁，飞快恢复了镇定，"我不知道你们想要达到什么目的，但对'沙蝎'来说，儿子固然重要，但绝对没有其他事情重要。"

童素低声道："我们发现，世界树公司的总裁但丁先生，可能被关在距离黑市一公里的石油厂里。"

李察神色一变："你们确定？"

"九成概率。"

"那就明白了，难怪这几天黑市关门，原来是清场。'沙蝎'一定是要用但丁当筹码，和谁谈判。"李察反应过来，"你们杀了人？"

英格拉看向童素。

童素沉吟片刻，才说："我看见了黑市旁边的信号基站，属于军用规格。石油厂内，应该还存放了高精度无人机。我判断，这个黑市地下应该有一套军事设施，能操纵这个无人机，才试着想要闯入。"

"你们打算做什么？"

"试试看，能不能操纵无人机，把那些人吓跑。"童素一口气说完，"这种无人机，只有几个研发国家有相应实力维护，对'沙蝎'这种酋长来说，买到顶多按操作手册使用，就连上面的炸弹头都不会更换。"

李察神色微变："你们想轰炸炼油厂？"

童素摇头。

炼油厂的规模极大，容量为100立方米的储油罐足足有500个。按照1吨原油大概是1.3立方米来算的话，如果这里的储油罐都存满了，等于有将近4万吨原油！

这么多原油，一旦爆炸，能将沙漠变成火海，而且大量灰尘进入空气，会对全球的气温都产生不可估量的影响。

童素察觉到了不对。

她在"提洛岛"上见过的李察，冷静果决，干脆利落，并且她开个头，对方就能接上下面一句，与面前的李察好像有些区别。

难道不是同一个人？但仔细看看，又觉得这种事到临头依旧处变不惊，没有太大波澜的样子，很像监控器里看到的李察。

联想到国际刑警那边说，李察本人宣称自己没踏上"提洛岛"，而是被人冒充的事情，童素总觉得有些古怪，但眼下顾不得这么多："不是炸，而是，只要能找到军事设备，就能看到无人机是否在那里。如果有，无人机启动的时候，全球卫星就会盯着，塔汗国国防部也会收到警报。"

"如果没有呢？"

英格拉冷哼一声，说："那就先把人质抓在手里，到时候再看。"

李察眉头紧锁："但如果绑匪狗急跳墙，将但丁先生杀了怎么办？"

童素也不希望是这个结果，可她指出一个很实际的问题："如果我们不用非常手段，但丁可能更活不下来。在塔汗国，有谁敢直接检查'沙蝎'的车子吗？"

李察懂了："你想将责任推给我？"

童素凝视着李察："所以，你能联系到国土局吗？"

这个逻辑很简单。李察将事情上报给国土局，而他们同步操纵无人机。国土局收到汇报，又看到无人机出动，第一时间必定命令雷奥将军，启动军事基地的无人机，进行勘查。

以大洋国无人机的高精度，必定将一切信息收集得极为仔细。

而英格拉的特殊身份也决定了，她肯定会将情况上报给"公爵"。李察汇报的时候必须提这一层，那无论是大洋国还是"沙蝎"就要考虑一下，如果但丁死在这里，斯图国介入的话，会是什么情况了。

但这一切都要建立在这里真有军事设施，以及无人机的情况下。如果没有，那就换第二套方案。

把这里控制住，然后李察通知国土局。他们撤出边境，等国土局来处理。但那样，童素能接近雷奥将军的概率就小了。所以，童素还是想赌一把。

李察思考片刻，默认了，只问："你们打算怎么做？"

"你对这里更熟，想要控制这里，应该怎么办？"

"第一步，先断电。"

"第二步呢?"

"制造混乱，走一步看一步，以我对'沙蝎'次子的了解，这家伙色厉内荏，第一反应肯定是跑。我们只要控制住他，就能控制目前的基地。"

"怎么制造混乱?"

李察明显早就想过如何控制"沙蝎"次子的可能，立刻说："我有备用手机，录下了激烈的枪声。一旦听到枪声响起，保镖第一时间绝对是保护'沙蝎'次子，然后对前方无差别射击，且战且退。"

童素想到诺亚工厂爆炸时的那个杀手，便道："我可以帮你，我们的手机也可以贡献出来，让枪声更混乱，更密集。"

英格拉则问："电闸在哪里?"

"负二楼。"

"有几个守卫?"

"四个。"

"怎么解决?"

"我拖尸体过去，需要经过他们面前，他们都已经和我混熟了。然后我请他们抽烟，在烟头的滤嘴里面已经掺了东西。"

他一边说，英格拉就一边搜，利索地摸出烟盒，拿起香烟，拈了一下，很肯定地说："香烟做过手脚。"

"这样有点冒险。"童素回答，"你没办法保证四个人都抽你的烟，而且被你快速制住，不出任何纰漏吧?"

李察苦笑了一下："只能试一试。"

"我有个办法。"

十一

负二楼。供电室。

四个壮汉坐在里头，百无聊赖地谈天："这鬼地方，真是受够了，又没有网络，也没有妓院，只能对着房间大眼瞪小眼。"

"就是，本来二王子玩腻的女奴也会赏给我们，不至于太无聊。谁知道就因为我们被分在这里，不是贴身跟着二王子，肉没得吃就算了，汤都分不到几口。那么多剩下的女奴，就分给我们一个，没几天就死了。加上二王子脾气不好，天天拿活人喂豹子，搞得带来的女奴都不够了。"

他们用一种很理所当然的态度，谈论二王子的残暴行为，没有任何人觉得不对。

在这个国度，奴隶的价格甚至比不上一头骆驼。拿活人去喂豹子，就和拿骆驼、牛羊去喂豹子一样，又有什么区别呢？更何况，做出这件事的人，是高高在上的王子。

虽然独裁者已经死了，但在塔汗国，各大部落酋长的儿子，也能被尊称为王子——当然，对外是不能这么喊的，毕竟塔汗国已经是共和制度了嘛！可这些酋长子女却并不认为民主了，还在做着自己是王子公主的美梦。

就在这时，敲门声响起。

四人下意识地端起放在一旁的枪，其中一人去开门，就看见李察卑微讨好的笑容："各位大哥，小弟来了。"

"哦，是你啊！"开门那人往李察手上的袋子看了几眼，不由得乐了，"哟，今天二王子心情好，留了全尸？"

李察蹑手蹑脚，附耳道："进去说。"

开门的人和李察这几天下来也混熟了，加上觉得己方四个人，对方就一个，没什么可怕的，就打开门，让李察拖着袋子进来，就看见李察喘气："可累死我了，这两个女人，四位大哥请藏好。"

"什么？"四人一听，眼睛都绿了，"女人？"

"外面送来的女奴，极品！"李察啧道，"据说是来中东玩，被奴隶贩子抓走的女游客，还没调教。二王子就喜欢性子烈的，但手重了一些，不小心把人打得快没气了。保镖队长说，这两人治不好——"

说着，他给了四人一个"你们懂"的眼神。

四人懂，太懂了。无外乎就是见色起意，假称这两人死了，实际上偷偷把人扣下呗！

这种事情，他们又不是第一次干，反正二王子的女人太多，他根本记不住。只要不动身份高的，曾经得宠的就行了。

四人立刻来了兴趣，几乎是急不可待地凑上去，魁梧的身体直接把李察挤到一边，打开袋子，先拖出一个脸上、身上、头发上都是鲜血的金发美人，稍微擦干一下脸，便听见四人倒抽一口冷气。

可就在这时，金发美女动了！只见她指尖薄薄的刀片如同闪电，划过靠她最近的两个男人的双眼，一瞬之间，鲜血飞溅！

没等另外两人反应过来，李察已经抽出军刀，对准其中一人的脖子，就是一劈！

力道之大，竟生生将之斩首！

而此时，英格拉已经像毒蛇一样，双手缠住了剩下那个壮汉的脖颈，双脚则束住了对方的腰，然后身体一用力！只听"咔嚓"一声，此人的脖颈就被直接拧断！

这一切就发生在不到二十秒之内，童素爬起来的时候，就见尘埃落定，剩下两个瞎眼的男人也已经被杀死，不由得在心中咋舌。

好可怕的身手！

但就在这一刻，英格拉和李察突然拔枪，对准彼此！

童素征了一瞬，就意识到这两人谁也信不过谁，便将房门一锁，走到电闸旁，看了一下，没有选择推总闸，而是将所有照明电路的电闸拉下！

霎时间，灯火通明的地下就变得漆黑一片！

然后，密集而混乱的枪声响起！

英格拉勾了勾唇角，挑衅地看着李察："比一比？"

"我不和人比谁杀人更多这种游戏。"李察断然拒绝。

英格拉冷哼一声，不屑道："杀畜生，也能算杀人？"

李察思考了一下，竟没反驳："最大的那个畜生，留给我来杀！"

"那就要看谁动作快了！"

看见两人一前一后，如同猎豹般冲了出去，童素心头闪过一丝疑惑——英格拉和李察事先认识吗？为何觉得这二人默契十足？

童素飞快回想自己和英格拉相遇的一幕幕，最后下了判断，无论她们遇见，还是来到这里，都是偶然。

倒是这个李察，童素已经能断定，她在"提洛岛"上合作默契的那个李察，确实不是眼前这人。至少她亲眼见过的那个不是，透过视频见到的不确定。

虽然他们的长相、身材乃至说话声音都一模一样，但那个李察的压迫感要比这个李察给她的强多了，那是一种全局尽在掌控中的自信。眼前这个李察，却更像一柄利刃，不见血不归鞘。

但在骨子里，他们给人的感觉都是一样的疯狂。

黑暗和枪声来得太快，保镖们根本来不及细想，保镖队长一边喊"掩护二王子！"，一边将二王子推进卧室，急急道："快向酋长求救！"

然后，将门一锁，与外面的人血战。

二王子哆嗦了一下，却转了个弯，拨通了自己母亲的卫星电话。

这种时候，他不相信父亲，因为他觉得，策划这件事的，就是自己的某个兄弟！

亲近的人被外人收买一两个，或许还有可能，但这种大规模的叛变，一定是来自家庭内部！

究竟是谁！大哥，还是三弟？

二王子一边颤抖着拨快捷号，一边歇斯底里："杀，都给我杀！"

而就在这时，他豢养的猎豹被枪声刺激，开始不断喷气！

意识到躲在卧室里，会面对几头猛兽，二王子压根来不及细想，立刻拉开大门，电话也顾不上管，大吼："救命！"

猎豹不知道发生什么事，也跟了出来。

落到身上的子弹，激怒了猛兽！而这就像某个信号，其他的猎豹也冲了出来！常年以生肉为食的猛兽，疯狂撕咬！

霎时间，局势更加混乱！

枪声阵阵的时候，童素却拿出了腰包里的卫星电话。

为了取信于英格拉，她之前虽然卫星电话一直可以用，但始终没拨打求助。算一下时间，雪松已经半个晚上加半个白天没联系上她了，一收到她的信息，心急如焚。

"'夜神'，你那边情况怎么样？"

"我遇到了李察。"童素说，"我确定，他和我上次在'提洛岛'碰见的那个不是一个人，他对国际刑警说的，或许是真的——他没有踏上那里。"

雪松心都悬到嗓子眼："'夜神'，您现在的身份和李察可是生死之仇，您千万——"

"这个先不提，我还遇到了别的事情。"

然后，童素就将这十几个小时内发生的情况，一一告诉雪松。

雪松没想到能闹出这么多意外，听得心惊肉跳，立刻说："我们立刻就赶过去！"

"不行。"童素断然拒绝，"你们赶过来，事情就严重了。听着，你们现在直接去塔克镇，圣约翰医院，让华医生先出面。我们要做伪装的不在场证明，你们，甚至其他人，都是我的证人。在这件事发生的时候，我们所有人都在塔克镇，哪怕还没到地方，也在往那里去的路上，明白吗？"

"……是！但那个向导怎么办？还有，我们少了一辆车，这些都是在卫星地图上能够看出来的。"

"说被向导开走了，英格拉的人，交给她处理。"

雪松挂断电话，告诉众人。

大家虽然忧心忡忡，却还是一路驱车，前往塔克镇。

他们本来距离塔克镇就只剩半个多小时车程，又因为焦急，开足马力。

抵达了塔克镇，圣约翰医院的人已经在那里迎接："院长本来第一时间就要见诸位，谁知道刚好来了个重要客人，请各位稍微等一下，院长与对方聊完就来。"

听见"重要客人"，华晓月有点紧张，却不动声色："请问这位客人是……"

领路的人露出悲伤之色："唉，就是兰登医生的独子，乔舒亚·兰登记者。马上就快到兰登医生的忌日了，他每年这个时候都会来圣约翰医院。"

乔舒亚·兰登！他们此行的目标之一！

华晓月本想多问几句，怕打草惊蛇，便按捺住了，却听见领路人摸了摸头："说来也奇怪，院长之前从来不在这时候回来，我们都说他是故意要和兰登记者错开。但不知道为什么，今年却这时候回来。"

听到这里，华晓月心里开始七上八下了。

哈伊德医生这时候回塔克镇，是因为他答应中国安全部门的请求，愿意配合帮忙打掩护。但事先中国安全部门并不知道，这段时间对哈伊德来说竟然这么特殊，到了哈伊德的破例让华晓月心脏狂跳，本能都开始报警的程度。

这位享誉世界的天才医生，真的值得信任吗？

而另一边，童素又等了大概二十分钟。

保镖们因为开始的混乱，猎豹的撕咬，以及英格拉和李察的浑水摸鱼，已经折了大半，被英格拉和李察打了个措手不及，抓住了"沙蝎"的次子，控制住了局势。

当然，这也是因为保镖们前期都在对付猎豹上，消耗了大量人力。

"幸好是猎豹，而不是狮子。"李察说，"猎豹善于冲刺，积攒的力气用完就没了，要是狮子在这里，伤亡就更大了。"

童素没管这么多，只要看人质在他们手里就行了。

就见李察拖死狗一样，拖着"沙蝎"次子，强行用对方的指纹打开了密室的门，里面果然是一套小而精的简易军事系统。

英格拉连踢带打，逼问出了开机口令。

童素查看了一下，石油厂内，停放有三架战略轰炸和侦察一体的无人机。

她留了个心眼，问二人："你们知道怎么操纵这东西吗？"

英格拉和李察看了彼此一眼，便已心照不宣，知道对方都会操纵。

童素见状，便道："为了公平起见，我们一个人操纵一台无人机，制定方向和战略，如何？你们先挑。"

李察沉吟片刻，拿出三枚子弹，一个倒掉里面所有的火药，一个留了一半，然后快速变换："大家挑，火药最少的人优先选。"

英格拉二话不说，先拿了一枚。

童素也随手拿了一枚。

三人打开，发现顺序是李察先、英格拉中、童素最后。

就见李察对第一台无人机发出指令，强行离开所在地，飞行方向为塔汗国首都，哈图尔城。

看到两人目瞪口呆地看着他，李察解释："这样比较容易让国土局相信。"

你这样搞也不怕上军事法庭？童素心中腹诽了一句，却没说什么，望向英格拉。

英格拉操纵第二台无人机，在石油厂上空盘旋。

童素想了想，对第三台无人机设置了路线规划，在公路上方来回飞行。

设置好之后，三人你看看我，我看看你。

英格拉突然指着"沙蝎"次子说："这家伙的房间里，有秘密通道。"

李察和童素点点头，就见李察拖着人质，童素关上电子门，回到那间充满血腥和罪恶的豪华卧室，转动衣柜，出现一座密道。

三人拖着他进去，发现密道里面是一台加满了油的悍马，以及通往山的另一边，即邻国的路。

"到了邻国，我们可以从另一条路绕回塔克镇，也不慢，只要三个多小时。"

英格拉一边说着，一边拿起手枪，"砰"的一声。

"沙蝎"次子，应声而亡。

另一边，从哈图尔城驱车回到塔克镇的约翰，以及正在圣约翰医院拜访的詹姆斯，都收到了国土局的消息。

"哈图尔城上空出现侦察轰炸一体的无人机？"

"这是什么情况？"

"但丁被关在第三大石油厂？"

没等他们反应过来，天空中有飞机呼啸而过。

大洋国军事基地的侦察无人机，已经起航。

同样在圣约翰医院的雪松和华晓月等人见到这一幕，下意识松了一口气。

"夜神"的冒险计划真的成功了！

期望"夜神"能平安归来！

他们悬着的心本来都放了一半，谁料十分钟后，雪松的手机却弹出中国安全部门发来的加急消息——塔汗国第三大石油厂突被无人机轰炸，储油罐连锁爆炸，已成一片火海！

而此时，詹姆斯和约翰收到更详细的消息！

世界树集团董事长但丁，被塔汗国财政部长"沙蝎"绑架，藏在这座石油厂内，陌生无人机出现时，"沙蝎"紧急转移但丁，但不知道为什么，自己又在石油厂里面多停留了一会儿。

这也就导致了一个非常离奇的结果。

转移但丁的汽车，被大洋国军事基地的无人机逼停，成功解救！

塔汗国财政部长"沙蝎"，却因为留在石油厂没走，确认在袭击中死亡！

第六章 宴会

一

"紧急插播一条新闻，今天下午三点四十七分，位于沙漠边缘，本国第三大石油厂，遭遇恐怖袭击，导致储油罐连环爆炸，目前已造成二十七死，一百六十三人重伤。更详尽的伤亡人数，还在统计中。

"该石油厂建于上世纪 20 年代……"

雷奥将军关掉了电视机。

李察毫无形象地坐在沙发旁边的地毯上，取下脖颈上的正义女神像，当作猫玩具一样不断往上抛，逗雷奥将军豢养的白狮子去扑，一人一狮玩得正开心。

雷奥将军走到李察身边，摸了一下狮子的头，狮子乖乖地走出去，然后就见雷奥将军也以标准的姿势，盘腿坐了下来："直到现在，我还不敢相信，西蒙·路斯恩居然被一份假遗嘱给骗了。"

李察将项链戴回去，似笑非笑："要把他骗进这个局里可不容易，我们花了好几年才让他确信，他安排的人深得艾伯特·马歇尔信赖，所以在弄到这份'秘密遗嘱'的时候，他才深信不疑，迫不及待。"

雷奥将军似笑非笑："我也没想到，亚伯·温菲尔德阁下居然与伊莎贝拉殿下不是一条心。"

李察懒洋洋地说："别试探了，如果真要坑你，就不会事先给你送信，让你不要参加今年的'提洛岛'聚会了。"

原来，雷奥将军之所以今年没有踏上"提洛岛"，竟然是亚伯·温菲尔德早就给他通风报信了。

但他并没有告诉外甥约翰，他与亚伯·温菲尔德的这层联系。

雷奥将军笑了一下，没继续追问下去，也没计较李察的无礼："为什么选择在今天发动计划？"

要知道，亚伯·温菲尔德原本给他传递的信息是，他怀疑自己的心腹属下英格拉被其他势力收买了。

这证明皇家特工核心层内部，或许已经出现了问题。

但也怪不得亚伯无能，毕竟，这场皇位竞争赛中，伊莎贝拉确实不占优势——哪怕没有"提洛岛"的东窗事发也一样。

这与伊莎贝拉的性别实际上没太大关系，主要是因为如今敏感的国际局势。

梅涅半岛西接欧洲，东有海湾，与塔汗国等国家隔海相望，具有极为显著的战略纵深地位，而且土地十分肥沃，农作物产量极高，又在第一次工业革命的时候，就成为斯图国最重要的重工业地区。

这也是大洋国费尽心机，拼命煽动前代梅涅公爵独立的原因。

一旦梅涅半岛独立，对斯图国的影响，就等于一个人缺了一条腿，元气大伤。而对整个欧洲来说，就等于多了一个没有太多短板的强国。

所以，当亚伯·温菲尔德对雷奥将军说，铁血首相打算暗中支持梅涅公爵成为斯图国的皇帝的时候，雷奥将军先是不可置信——众所周知，铁血首相和前代公爵的死有着难以洗清的关系，铁血首相这是疯了吗？把仇人的儿子推举上去？

但很快，他就升起由衷的佩服之心。

以雷奥将军的政治智商，当然能想明白，一旦伊莎贝拉成为皇帝，梅涅半岛绝对会要求独立，对国家而言是巨大的内耗。更有可能，其他地区也有样学样，到时候被啃下多少个角都难说。

可梅涅公爵当皇帝，那就不一样了，斯图国还能勉强维持如今的统一格局。

至于梅涅公爵登基后，会不会报复铁血首相，对这位政治家而言，并不是太需要考虑的问题。

毕竟，以斯图国的政治传统，如果铁血首相在选帝仪式上，对梅涅公爵投了支持票，那么梅涅公爵能做的，顶多是让铁血首相"心脏病突发"而死，至于爵位到底谁继承，是首相之子布莱特，还是首相之弟亚伯，那就看梅涅公爵的想法。

但他没办法彻底毁掉温菲尔德一脉，换其他旁支上来，因为铁血伯爵冒险支持公爵这件事，本身就背负了巨大的代价。只要公爵成了皇帝，就不能让伯爵的后裔出事，这就是斯图国的贵族政治游戏规则。

但光是铁血首相的保证，并不足以取信梅涅公爵。所以双方交换了筹码——在斯图国选帝仪式开始之前，铁血首相必须分裂塔汗国。

只要塔汗国在斯图国的支持下分为两边，那就代表着一段时间内的战争。斯图国必须源源不断地支持武器，而最好的运输方式，便是从梅涅半岛走海运，运往塔汗国。

一方面来说，假如梅涅公爵没登基，在塔汗国爆发战争的情况下，斯图国皇室还暂时不能对公爵怎么样。因为他们支撑不起又暗中分裂塔汗国，又派兵镇压梅涅半岛独立的巨大军事和经济消耗。

另一方面来说，分裂塔汗国，对斯图国本身也十分有利。大洋国驻扎在塔汗国的基地，配备了世界上最先进的军事设备，剑指斯图国，别说挨得这么近的梅涅公爵，哪怕远在夏宫的皇帝，只怕睡也睡不好。

对一个超级强国来说，你在我这么近的地方弄卫星带，到底什么意思？

最好的应对方法，就是自己也弄个卫星带。

斯图国和大洋国都是拥核国家，彼此又距离这么远，本来无法发生冲突，但塔汗国的驻兵，仿佛神来一笔。斯图国原本可以勉强容忍，但在这种关键时刻，铁血首相必须解决这个麻烦。

以塔汗国为棋盘，大洋国和斯图国为棋手，进行一场代理人战争，最适合不过。

这不仅是大国之间的博弈，也是斯图国最高层权力更迭必须的，无论"提洛岛"还是雷奥将军，只不过被扫到台风尾而已。

雷奥将军深知，自己在这件事上毫无发言权，但谁在乎呢？

西蒙·路斯恩想要他死，他就必须乖乖地死吗？

雷奥将军可不是这种坐以待毙的性子，更何况，亚伯·温菲尔德对他保证过，一定让伊莎贝拉和西蒙·路斯恩付出代价。

他不会全然相信亚伯的话，却也不会全然不信。

因为在这个世界上，只有他和亚伯有着共同的血脉和遭遇。他们是兄弟。

面对雷奥将军的疑问，李察眯起眼睛："因为发生一点意外……奈赫贝特，我不确定她究竟是谁的人，为了避免变故，只能提前发动。"

雷奥将军早就收到相关消息，看见李察没瞒自己，稍微放心后，爽朗地笑了起来："大洋国警界曾经的未来之星，竟然是斯图国皇家特工负责人的手下，这事传出去，怕是没人会信。"

"这不是多亏了你吗？"李察懒洋洋地说，"当年亚伯躲在我家的时候，我才七八岁，什么都不懂。是你带队搜到我家，明明发现了他，却隐瞒不报，还私下把他给放走了，否则哪还有今天的事情？"

饶是雷奥将军，想到当年种种，也觉得命运之诡诈离奇。

他当年还是个满腔正直的青年，为军方出生入死，受到了不公平的待遇，明明立下好几桩大功，本要升职，却只是因为没有走流程，打死了一个黑人，从而被他的竞争对手抓住机会，媒体大肆披露，口诛笔伐。

当时桀骜不驯的他，无论如何都没办法接受这个现实，不仅顶撞上司，还酗酒、飙车、冲撞媒体，做了一些军纪不怎么容许的事情，被媒体进一步报道，最后导致军方面对滔滔舆论，没有办法，只能将他发配去负责边境安全的部门，还是最冷僻的一条线。却改变了他的人生。

那是二十年前的事情。

当时，大洋国刚好对恐怖袭击风声鹤唳，国内安防和边境安保都到了极为严格的程度，却有两位议员接连被杀。

根据大洋国国土局的调查，凶手应当是斯图国特工。

原因很简单，国土局在死者们的家里，找到了很多不名誉、不光彩的东西，涉及斯图国已故皇储的恋童癖，这两名大洋国议员也是同好和掮客之一。

雷奥将军收到军方的消息，凶手中弹，应当受伤了之后，就根据军方要求重点监控所有的药店和社区医院。

当然，他本来不认为自己能碰到凶手，而且那时，他因为仕途受挫，心灰意冷，顶多只是秉持军人的原则，尽忠职守罢了，却意外发现，一对名叫李维和凯瑟琳的夫妇带着独生子来边境度假，买了一定量的消炎药和退烧药。

虽然这对夫妇的说法是，接下来要开车去野生公园好几天，怕出现什么意外。毕竟里面有熊，有鳄鱼，甚至还有灰狼群，发生什么都不好说。

雷奥将军却敏锐判断，如果这对夫妇带着特工开车进山里，那么特工理论上可以从公园的另一边离开——那儿已经是枫叶国了。

为了不打草惊蛇，当然，主要是因为没有切实证据，雷奥将军带着几个部下，乔装打扮，佯作好哥们一起去度假，实际上是为了接近李维夫妇一家。

可就当他确定他们真的私下藏匿斯图国特工，打算发令给远处等候的部下们时，那个面色苍白、容貌圣洁的青年，却在看见他之后，露出了略带讥讽，又混合着极为复杂情绪的神情，最后化作一缕微笑："是你啊！也好。"

雷奥将军没有放下手中的枪，却鬼使神差多问了一句："你认识我？"

"不算认识，只是听过。"青年瘫坐在地上，没有任何抵抗的意思，恨恨地说，"只是觉得命运很讽刺罢了！明明身上流着一半相同的血，但我却要为那个死掉都不能安生的婚生子扫清祸患，然后被你擒获。"

这句话中透露出的巨大信息，让雷奥将军浑身战栗。

他从没有一刻如此恐惧——那是对未知的恐惧，也是对答案的恐惧。

关于他的父亲。

"你是说——"他嘴巴发干，喉咙就像被堵着什么，发不出声音，"你，我——"

青年微微一笑："你可以拿我的头发去做 DNA 鉴定，直系男性亲属之间的百分比，不用我说，你也清楚。"

自己应当逮捕他。他是斯图国的特工，是杀了两名议员的凶手，甚至，可能是斯图国老皇帝的私生子！

但内心深处，又有另一个声音，不断在回响。他也有可能是你的兄弟。亲生兄弟。

回想起这段奇妙的过去，雷奥将军微微一笑，轻抚膝旁狮子的鬃毛。

这或许就是命运。如此诡谲，又是如此奇妙、曲折。

"对了，我要借你的地方，设一个局。"李察站了起来，伸了个懒腰，"亚伯已经确定了英格拉有异心，甚至大概猜到她背后是谁。为了坑对方一把，我们要让她费尽千辛万苦，偷偷拿到一个东西。"

他想了一下，又说："至于那个奈赫贝特，我忙不过来，你帮忙试探一下吧！假如是万象集团的后人，你愿意改换身份，发展这方面的事业，亚伯会大力提供援助。如果是中国安全部门的人，那就扣下来。还有但丁，这几天最好将他'温和软禁'起来，防止他胡说八道。"

与此同时，塔克镇。

半个世纪前，塔汗国大力发展工业，引进了许多外国人才。

由于宗教信仰的差异，这些外国人士与本国国民经常爆发冲突，从口角之争，发展到持械斗殴，差点闹出人命。

塔汗国政府为稳定社会秩序，就在首都哈图尔城南边二十公里外兴建了一个小镇子，以塔汗语中的"外来"一词（音译为"塔克"）命名，让外来务工人士都在镇上生活，与本国国民井水不犯河水。

这就是塔克镇的由来。

正因为从建设之初就定为外国人士的居住地，所以，塔克镇整体的建筑风格，是一个经典的，二十世纪上半叶的大洋国城镇，红砖、黑瓦、竖窗、坡屋顶，一条中心大道横穿了镇中心，一面是民居，另一面则是饭店、咖啡厅、超市等生活区域。

如果真要说与大洋国本国的城镇有什么区别，那就是这里没有教堂。

但仔细一看就能发现，镇子里最高的建筑无论从哪个角度打量，都很像斯图国国教的教堂，只是它上面挂了个牌子，写着"圣约翰医院"。

雪松用流利的文南语对童素介绍："塔汗的权贵不允许他们的土地上出现其他宗教的教堂，所以这里原本没有教堂。

"这座圣约翰医院的第一任院长兰登医生，一开始只是跟着国际救援队去塔汗国边境的战区，见识到了战争和贫穷对这个国家造成的创伤后，决定留在这里，倾家荡产筹办医院，但还是杯水车薪，只能向国内的亲朋好友求助。"

童素听到这里，扬起一丝不易察觉的冷笑："兰登医生本来就是米切尔大学圣约翰医学院的毕业生，又在圣约翰医院任职多年。再加上圣约翰医院前身就是教会医院，一直都带着浓厚的宗教色彩，喜欢去各地进行福利救济，以此来吸引更多人信教。兰登医生想要筹措善款，在此兴建分院，当然不会缺钱。"

塔克镇这座圣约翰医院，事实意义上，基本等同于中世纪的教堂，或者修道院，都是集宗教、救济、慈善、医疗等于一体。

当年列强入侵中国的时候，也是这个套路，在中国兴办教会学校、教会医院，哪怕一万个去上课、去就医的人里面，只有一个人信了教，对他们来说也是赚的，更何况耳濡目染之下，信教的人远远不止这个数。

雪松心情也很复杂，一方面，他知道这是宗教文化入侵的手段，另一方面，他又切切实实看到了圣约翰医院多年来一直在做好事。

是非对错，没法评价，所以他只能压低声音："宗教问题在这个国家很敏感，哪怕我们用母语交流，也尽量别说这种容易惹麻烦的话，万一有人听得懂文南语，又是极端宗教分子就糟了。"

童素没说什么，雪松知道她这是答应了，继续科普："等到塔克镇落成，许多人住进去后，问题就来了。塔汗国是一个贫富差距很大的国家，权贵富得流油，但大部分百姓连饭都吃不饱。许多塔汗国的百姓认为，白人都很有钱，黄种人则很会存钱，所以塔克镇上经常有小偷小摸的事情发生，甚至会明着抢劫。"

"这种事情，塔汗国政府不管吗？"童素反问，"他们可以不在乎国际影响，但当时住在这里的人，都是大洋国、斯图国等大国财阀的员工吧？"

"塔汗国政府很快就在这里设立了警察局，但——"雪松停顿了一下，似乎想起了什么不愉快的事情，神情有些低落，"也有很多穷到吃不上饭的百姓，会来这里乞讨，甚至拖家带口到镇子附近住。他们知道自己乞讨，塔克镇上的外国人可能不会给钱，但如果让小孩出面，却很有可能成功。甚至很多百姓会趁着晚上，把刚出生的婴儿放到民居的房门外。这种事情，塔汗国的警察没法管，也管不过来。"

童素听到这里，不免有些唏嘘："他们以为这样，孩子就能被富裕的外国人收养，从而过上好日子。"

"沙漠的夜晚很冷，孩子随时可能会被冻死。"哪怕时隔多年，回想起当时的见闻，雪松还是觉得难受，"就算捡到婴儿，多数人也没办法把孩子带回国，一方面是不想，另一方面是不能。所以到最后，这些孩子都被送到了圣约翰医院，但随着消息传开，圣约翰医院也负担不了这么多老弱孤寡。

"最后，塔汗国政府就想了个办法——那时他们刚好和叛军交战，联合国调停之后，派出维和部队。塔汗国政府拒绝不了维和部队的到来，又不希望维和部队在国内乱窜，就把维和部队安排到塔克镇旁边驻扎。一方面是为了保护外来人士的安全，另一方面，有军队在这里杵着，百姓也不敢偷偷来。"

其实这些细节，早在童素和雪松等人来塔汗国的时候，他们就已经了解得清清楚楚。之所以还是要说一遍，完全是为了演给其他人看。

毕竟，就在他们进入塔克镇开始，雪松就已经注意到，他们被人盯上了。

虽然不知道盯着他们的究竟有几方势力，但无论医院，还是一旁的饭店、宾馆等，无论他们走到哪里，都有人在暗处窥视。

饭店的服务员、咖啡馆的拉花师、宾馆的清洁工……

正因为如此，童素才装作对塔克镇并不了解的样子，暗示雪松开始介绍，内容也是安全部门的专家早就为他们设计好的。

雪松刚才说的这些情报，都属于陈年旧事，一般来说，只有早年在塔克镇住过一定时间的人，才能对当地的一家医院这么了解，前因后果都如数家珍。

塔克镇本身就不大，人口也就几万，不说人人都互相认识，至少能混个脸熟。生面孔来到这里，很容易就会被发现。更何况雪松小队的精英们军人气质鲜明，辨识度很高，本就非常引人注目。

偏偏雪松小队都做了伪装，哪怕熟人站在面前都认不出他们，何况塔克镇的居民？

无论哪个头目问这些暗中窥探他们的探子，是否认识童素、雪松等人，对方都会摇头，很肯定地说，没印象。

没在塔克镇住过，又这么了解塔克镇的历史，乃至一家医院创立的前因后果，那就只有第二种情况了——这支队伍能量很大，交友很广，有备而来。

这是一种无形的震慑。

适当地展露肌肉，其他人又弄不清你究竟属于哪一方，往往不会轻举妄动，至少要经历一个初步试探的过程。

出于对下一步计划的考虑，英格拉和李察一进塔克镇就要和他们分道扬镳，童素并未阻止，只是说好了她住在距离圣约翰医院最近的宾馆，就任由他们离开。

然后，童素一掷千金，直接包下了圣约翰医院隔壁那栋整整六层楼，将近两百个房间的宾馆，对宾馆现有的住客付给五倍的房费补偿，希望对方搬到别的旅店，并派人前前后后、里里外外检查是否有窃听器，然后派人守着。

如此嚣张的作风，很快就传入了许多有心人的耳中，令他们摸不着头脑。

"这队人什么来历？"类似的问话，发生在好几个地方。

敢在塔克镇摆这么大排场的人，不可能没有后台。

虽然耍横的人里面，不乏认知错位，觉得自己背后的人很厉害，却错估了自身分量，下场不那么美妙的蠢货，却也有背景深厚到不能招惹，谁碰谁死的硬茬子。

当年"黑曼巴"横空出世，多少人觉得她一介女流，不堪大用，可以欺凌，争先恐后对"黑曼巴"出手，结果呢？红沙下累累白骨，谁知道哪些属于他们？

现在塔汗国内暗流涌动，又突然来了这么一群人，他们隶属哪方，又会给这个国家带来什么？

二

"三架无人机，每一架上面都搭载着十枚炸弹。"

塔克镇最大的宾馆里，童素一边调出卫星地图，一边回忆着当时的情景。

"第一架无人机是李察设定的指令，飞往塔汗国首都，哈图尔城。第二架无人机是英格拉设定，在石油厂上空盘旋。第三架无人机的路线由我设定，在公路上方来回飞行。"

雪松已经从中国安全部门收到消息："根据我们卫星拍摄的画面，飞往哈图尔城的无人机，当场就被大洋国驻军基地的无人机击落。而公路上盘旋的那一架飞机，也被后续赶来的大洋国无人机击毁。"

童素眉目一凛："意思是，英格拉设定的那架飞机，才是造成石油厂爆炸的罪魁祸首？"

"现在也不确定，因为就在您离开黑市后，从黑市旁边的牧场旁，突然起飞了十架无人机，将黑市和牧场聚落彻底摧毁后，呼啸到石油厂上空。"雪松回答，"它们轰炸的概率更大一点。"

童素神色凝重："当时我和英格拉在黑市附近观察，发现黑市戒备森严，而牧场太过邈远，隐蔽性不够好，只判断黑市内可能有猫腻，却没想到——"

她欲言又止，半晌才问："现在什么情况？"

童素已经意识到，这场恐怖袭击背后，可能有更深的阴谋，他们卷入了更深的旋涡里。但她现在搞不清，英格拉，还有李察，他们背后分别站着谁。

反正，这两个人说出来的话，甚至表露出来的面孔，都不能深信不疑，否则怎么死的都不知道。

"暂时没有恐怖组织认领此事，内阁正因为财政部长的死，召开紧急会议。"雪松低声道，"目前听见的消息，大洋国驻军基地正在调集全部的地面部队，封锁通往哈图尔城，以及边境的几条交通要道。"

童素听到这里，非常惊讶："这不符合大洋国的作风吧？"

众所周知，大洋国的地面部队，作战实力有点一言难尽，实在不是什么厉害角色，但大洋国有钱啊！

大洋国一直以来的作战风格，对沿海国家，就是舰队封锁，空军轰炸；对内陆国家，也是空军先行的思路，无人机精准轰炸，霸占领空，打到这个国家望风而逃，地面部队再开进去。

这就像两个人之间打架，一个人手上装备精良，一个人赤手空拳。就算后者再强壮，也敌不过前者。

更何况，大洋国实际上并没有在塔汗国驻扎太多人，加起来还不到三万，怎么这就全派出去了？

雷奥将军的权再大，这种级别的军事调动，也要经过批准才行吧？

再说了，石油厂被轰炸，可以是恐怖袭击，也可以是战争前兆，为什么雷奥将军就判断是后者，并且这么派兵呢？

"具体情况不明，但大洋国的卫星精度世界顶尖，而且这些无人机的残骸已经被他们回收，不知道他们究竟掌握到了什么情报。"雪松低声道，"雷奥将军对外宣布，这些被调过去封锁交通要道的军人是'专业的救火部队，为了预防石油厂爆炸的严重后遗症，进行紧急处理'。"

这个理由虽然离谱，但童素还真有点相信。

当年大洋国对塔汗国开战，为了达成战略目标，本来想要轰炸油田，引燃油湖，结果科学家们提交了一份报告，表示破坏油田可能会引发极为可怕的降温效应，波及全世界，影响未来几十年，才放弃了这一提议，改用伤亡更大的计划。

童素沉吟片刻，又问："'沙蝎'没撤走，被无人机炸死，但但丁提前被押上了车，反而获救？"

"是的，不知道财政部长滞留在石油厂到底为什么。他先让人将但丁往边境转移，车子没开多久，大洋国的军用无人机就到了，要把他们逼停，最后直接在他们前进方向扔了三颗炸弹，将公路截断，车子掀翻。大洋国军方又出动了武装直升机，立刻赶来，直接把人送到了圣约翰医院，哈伊德医生主刀进行的手术，据说情况尚可。"

童素点了点头，刚要继续问，却被打断："下面来了个信使，称他代雷奥将军前来，邀您去托卡帕夏皇宫赴宴。"

此言一出，雪松和华晓月面面相觑。

赴宴？石油厂爆炸，大洋国调兵，闹得这么大，雷奥将军还有心思开办宴会？只怕这不是欢迎宴，而是鸿门宴吧？

还有，这个举办地点是怎么回事？

"托卡帕夏皇宫不是还在修缮中吗？"

"据说已经修得差不多了，至少一部分的偏殿肯定修好了，但——"

众人都十分费解，觉得雷奥将军不至于这么嚣张和离谱。

托卡帕夏皇宫在塔汗国人心中地位非凡，而且旁边不远处就是大洋国的驻军基地，在皇宫举办宴会这种事，实在有点……

华晓月突然想到："今天是新月之夜，是斋月开启的第一天。在这个国家，无论多么重要的事情，都不能阻止斋月第一日的狂欢。可能因为这一天对他们太重要，所以酋长们才打算在皇宫举办宴会，雷奥将军只是不能拒绝他们的请求？"

虽然听上去有点离谱，但这是人家的宗教信仰。

如果今天对塔汗国来说真这么重要，地方选在皇宫，好像也不奇怪了。

童素想了想，就知道怎么应付了，便对华晓月说："华姐，麻烦您以我私人秘书的身份，将这位使者迎上来。"

她一边说，一边双掌合十，微微欠身。

华晓月心领神会。

万象集团来自东南亚文南国，这个国家全民信佛，相关的礼节和习俗早已渗透到生活的方方面面。

其他国家的宗教氛围没那么浓厚，在这种细节上稍微疏忽一点，别人也未必会留意。塔汗国却是个全民信教的国家，点滴疏漏都有可能坏事。

雪松瞧见这一幕，低声道："我需要暗示队员，让他们也严格按照南传上座部佛教的宗教习俗来吗？"

"不用太刻意，否则反而会引人怀疑。"童素回答，"你们的身份是前文南国军人，现雇佣兵，很多宗教的烦琐规矩本就不可能完全遵守，只需要稍微注意一点就行。信仰这种事，很多时候在心，而不在形。"

雪松点了点头，不再多说什么，就像一座沉默的雕像，站在童素身边。

不消片刻，华晓月已经将人领了上来。

雷奥将军的使者是一个棕色头发、相貌平平的中年男人，浑身上下都没什么特色，也没什么存在感，平凡到过眼就忘。

但这样的气质特征实在太像情报人员，反而让在场三人都提高了警惕。

"尊敬的奈赫贝特小姐。"对方一开口，就直接报出童素此刻用的名字，"在下是塔汗国的一名商人，受雷奥将军之托，前来邀请。"

童素挑了挑眉，没有说话。

就见来人用夸张的肢体语言，卖力地游说："塔克镇最好的宾馆，按照规格也不到四星级，实在太过寒酸。哈图尔城的七星级酒店，才能配得上您这等尊贵客人的身份。富丽堂皇的托卡帕夏皇宫，也为您打开欢迎的大门。"

听到这里，童素露出为难之色："对于雷奥将军的盛情邀请，我受之有愧。我本打算直接前往哈图尔城，如今之所以选择在塔克镇落脚，完全是因为看见气候预测，说这几天内会升起新月。"

使者一听就懂。

塔汗国本土宗教认为，斋月是一年当中最圣洁，也最伟大、尊贵、祥和、喜庆的月份，而斋月开始的标志就是在塔汗本土宗教历法的九月，看到新月牙升起。

在斋月里，每天东方刚刚开始发亮至日落期间，除了患病者、婴儿、孕妇、哺乳妇、产妇、正在行经的妇女以及作战的士兵外，成年的信徒必须严格把斋，不吃不喝、不吸烟、不行房事等。

直到太阳西沉，夜色降临，人们才开始进餐，随后或消遣娱乐，或走亲访友。

不仅如此，就连塔汗国的企业乃至政府，也会相应调整工作时间，改成白天下班，晚上上班。饭店也一样，太阳落山才开门营业，黎明之前打烊。

塔克镇因为都是外来人士，独成一方天地，勉强不受这等规矩制约。

但在哈图尔城，谁要是白天抽烟、吃饭甚至只是喝水，都将受到严惩，哪怕是外国游客，也要被抓进来扔到监狱，大使馆出面都未必能把人引渡回国。

使者对文南国的南传上座部佛教不够了解，不确定童素等人白天是否真有什么非做不可的宗教日常。

但宗教在塔汗国一向都属于很敏感的问题，同一教派之间不同派系都可能因为理念不同而开战，更不要提不同种族和国家之间的信仰，以及衍生出来的日常起居问题。

哪怕明知道童素很可能只是用这个理由来搪塞，实际上只是不想进哈图尔城，受他人所制，可事关宗教信仰，使者一时半会也想不到什么好的应对办法，只能暂退一步："既是如此，今晚宴会——"

童素知道再拒绝就等于把立场摆到雷奥将军敌对方，便轻轻颔首："请转告雷奥将军，我定会携厚礼准时赴约。"

使者不再多说，寒暄几句后就走人了。

等他一走，华晓月就说："他接受过专业训练，我几乎无法从他身上的细节看出他真实的身份、生活习惯和情绪。"

作为国内首屈一指的心理医生，华晓月擅长通过观察他人的面部表情、肢体语言、周身细节，乃至声音的高低起伏，判断一个人的职业和心理状态。这也是童素请华晓月去迎接使者的原因——华晓月与对方相处的时间越久，能看出的东西就越多。

但对方也不是省油的灯，表露出来的东西很少。

"很显然，商人的身份只是个托词。"童素淡淡道，"这也不奇怪，他总不能说自己是雷奥将军的秘书、侍卫，一旦我们录音了，就是证据。"

华晓月有些疑惑："但我觉得，他这个人有些矛盾，感觉他在雷奥将军那里权力很大，可以自由做主很多事情，却又不是真正和对方一条心，甚至不一定是上下级。"

童素若有所思："你也这么觉得？"

华晓月点头："首先，他提到雷奥将军的时候，虽然表现得很尊敬，可眼神没有一丝变化，可见心里并不这么认为；其次，'夜神'你拒绝去哈图尔城的时候，其实他可以再想办法的，可他直接就放弃了这一提案。"

说到这里，华晓月顿了一顿，又道："大洋国军方对现役将领的资料保密度很高，安全部门对雷奥将军的了解很少，但看他在塔汗国做的事情，颇有点当年那位一手改造了樱花国的道格拉斯将军的做派，个性好胜，性格倔强，作风张扬，桀骜不驯。

"按理说，在这种人手下做事，不大好混日子，不应该像我们刚刚见到的这个人一样，虽然不能说是敷衍了事，但也没怎么用心。除非，雷奥将军的性格与我们收集到的资料完全不同，那就更危险了。"

童素也觉得，纵观目前所有资料，雷奥将军给她的感觉确实比较强势，便问华晓月:"你对这个使者怎么看?"

"看上去很谦和,实际上非常骄傲自负,甚至有点独断。"华晓月皱眉,"这样的人,我很难想象他会真心屈居人下。"

童素手指无意识地敲击着一旁的茶几,陷入思考。

华晓月的判断,与她如出一辙。但这说不通。

若这人不是雷奥将军的心腹,雷奥将军怎么会派他来?又何来那么大的权力?可这人若是雷奥将军的心腹,又为什么不把最重要的事情办好?

要知道,如果他们进了哈图尔城,那就是任人宰割,雷奥将军才能更好地掌握他们这支突现的势力。

童素原本以为,宴会只是个幌子,把他们骗进哈图尔城中心,便于控制才是关键,结果事情却和她猜测的有所区别,这令她提高了警惕。

她不相信天降馅饼,尤其是在塔汗国这种虎狼汇聚之地。

英格拉是毒蛇,李察似孤狼。更不要说,还有个隐藏在幕后,提供消息,故意将他们引到这里,犹如鹰隼一样,不出手则已,一出手就必定有所收获的艾伯特·马歇尔。

但凡猛兽,都要见血吃肉。

塔汗国这一行,势必有一场硬仗要打。

"'夜神',我们怎么办?"

童素思考片刻,说:"我要先联系但丁。"

使者从宾馆出来,发动汽车,顺便连上蓝牙,拨通了电话:"我已经见过奈赫贝特了,她以宗教信仰为由,拒绝进入哈图尔城。"

"哦?以你的本事,居然没把人骗过去?"雷奥将军略带笑意的声音从电话那头传来,"这可不像你,约翰。"

约翰平静地说:"对方身边跟着的秘书一直在观察我,很大概率是精通心理学,尤其是犯罪心理学的高手。我做得越多,就越容易暴露我们的真实需求。我可不希望在上牌桌之前,就把自己这边的底牌全都露出。"

"犯罪心理学的高手……"雷奥将军似乎有些感慨,还有些怀念,"万象集团,底牌还真是不少。"

"我不明白,你为什么对区区一个毒贩这么关注。"

约翰对毒贩有种本能的排斥,只因他幼时所处的环境,处处都是瘾君子,为了一口毒品,可以杀人放火,可以出卖身体乃至灵魂。养父以贩养吸,醉生梦死;生母沉溺毒品，人不人鬼不鬼，最后因为过量注射毒品死去。

童年的气味，在心中留下深深的烙印，令他一提起毒贩就没好气。

雷奥将军笑了："万象集团的野心很大，因为他们清楚，黑暗处的权势再怎么显赫，也无法走到光明下。哪怕是国际社会公认制毒贩毒最猖獗的羽蛇国，那里的毒贩看似不可一世，贿赂议员，收买法官，虐杀警察，实际上却只是当地政府和军方豢养的猪羊，随时可以被替代。所以，万象集团才要挑动叛乱，想要真正得到一个国家。"

约翰知道，羽蛇国已经烂到家了，但无法改变的是这个国家制毒贩毒的生态，至于大毒枭是谁，并不重要。

事实上，每隔几年或者十几年，扔几个知名毒枭出来顶罪，已经成为该国惯例了。

文南国虽然不至于和羽蛇国一样，但万象集团再怎么开办工厂，修路修学校，也没办法洗白，约翰对此也很赞同："现在可不是占山为王就能得到国际承认的时代了，毒贩就该有毒贩的样子。假如这种'阴沟里的老鼠'还能摇身一变，成为能站在前台的政治人物，这个世界就真的没救了。"

选择了这条路，就该承受相应的代价。既要靠贩毒获利，又想得到社会尊重，天底下可没这么好的事情。

"我理解你对毒贩的抵触，但万象集团确实一直在为此做出努力。"雷奥将军回答，"WX–VX–09，听过这种药剂吗？"

约翰纠正："这是一种毒品，极高的成瘾性，极低的副作用。高浓度状态下，足以破坏人的神经中枢，不死也疯。低浓度状态下，却能让人长时间飘然欲仙，从这种状态结束之后，却没有其他毒品会带来的负面问题，比如神志不清、记忆力混乱等。"

"错了，它就是一种药剂。"

"我不认可，主流医学界也不认可。"

"那只是因为制作出它们的是万象集团，并且把它当作'液体黄金'级别的毒品卖而已。"雷奥将军掷地有声，"自古医毒不分家，大麻、吗啡、海洛因……这些知名毒品，哪个一开始不是被当作药品投入使用？我可以明确告诉你，大洋国军方在秘密收购WX–VX–09，然后在捉到的白熊国特工身上使用，效果极佳。

"那些酷刑加身仍面不改色的钢铁战士，只要注射了WX–VX–09就无法离开。他们从虚幻的美梦中醒过来，还记得那种美妙的感觉，大脑保持清醒。在这种情况下，无论问他们什么秘密，他们都会一五一十倒个干净。"

约翰皱眉："军方对他国特工用毒品？"这件事一旦传出去，会成为天大的丑闻。

"以前不怎么用，因为海洛因、冰毒等毒品，虽然成瘾性强，但也会对人的神志造成极大程度的损伤。军方希望他国特工吐露秘密，而不是希望他们变成颠三倒四，分不清真实和虚幻的废人。"雷奥将军回答，"但自从 WX－VX－09 问世之后，就不存在这个问题。所以大洋国，还有斯图国私下对万象集团做出了某些承诺，才让他们有了以一个毒品王国，去真正挑战一个国家的勇气。"

约翰有些惊讶："我原本以为，万象集团在文南国发动叛乱是因为文南国政府亲近中国，是'一带一路'最坚定的支持者，没想到还有这层原因。"

"两个原因都有。"雷奥将军将话题扯回来，"万象集团为了研制新型毒品，全世界天南海北地挖人。文南国地处偏僻，国力贫瘠，许多化学、生物天才就算投身万象集团，但他们不一定会同意去万象集团。所以，万象集团在世界各地，至少有好几个实验室。"

约翰懂了："哪怕主基地已经炸了，可只要这些实验室还在，奈赫贝特就还有利用的价值，但这和我们有什么关系？"

"罗蕾莱集团一直想要 WX－VX－09。"雷奥将军意味深长地说，"约翰，我是狂徒，而非狂信徒，自然要留有余地。"

约翰对罗蕾莱集团的印象很复杂。

罗蕾莱集团虽然是世界上最大的医药公司，研发了许多特效药，但为了药品配方和销售也无所不用其极，大洋国目前阿片类药物成瘾、泛滥，这家公司"功不可没"。

可谁也没办法否认，因为阿片类药物带来的巨大利益，罗蕾莱集团与上流社会的勾结十分紧密，拥有的能量并不逊于大洋能源集团。

想到这里，约翰只觉得可笑："你还想在大洋国内容身？"

"为什么不呢？"雷奥将军回答，"虽然我得到了斯图国的承诺，但只要大洋国的法庭不审判我，那我就拥有两国之间斡旋的机会。想要做到这一点固然很难，要上上下下打通关系，收买议员。以我的能量和家世当然做不到，但罗蕾莱集团可以。"

约翰不知道说什么好，就听见雷奥将军又说："在此之前，我要先亲眼见一见这位万象集团的新首领，称一称她的斤两。至少确定一下，此次前来塔汗国的，究竟是本人，还是一个惟妙惟肖的替身。"

三

想要见到但丁，并不是这么简单的事情。

但丁获救的第一时间，消息已经传到世界树集团驻塔汗国代表团那里，对方迫不及待地赶到了医院。还有但丁所在国家，莱茵国驻扎塔汗国大使，也特意前来。更不要说大洋国的驻军基地，为了防止这位重量人物被刺杀，里三层外三层将但丁所在的加护病房围住。

这种时候，别说是一个人，就算是一只苍蝇飞进去，也会被发现。

但童素还是想试试。

她虽然不知道但丁失踪的前因后果，可毫无疑问，被亲近的人出卖概率极大。这种时候，但丁还会信任身边的人吗？

童素和但丁固然不是朋友，可他们从来都没有任何利益冲突，勉强还有点交集。童素虽不知但丁会不会信自己，可还是想试试。

黑客之间的交流，就不需要面对面了，只要拜托哈伊德医生帮忙带句话就可以。

鉴于华晓月觉得哈伊德医生也有点可疑，童素思忖之后，就将但丁以前经常去的一个私人暗网聊天室的域名前半段，告诉了哈伊德医生，然后就守在电脑面前等。

而这时候，突然有人汇报："'夜神'，'黑曼巴'带人来了，就在楼下。"

听到这个消息，雪松和华晓月心中一沉，交换了一个凝重的眼神。

他们都清楚，英格拉一进塔克镇就消失，很显然是联系心腹部下，处理内部叛徒去了。

但现在才过多久？十二个小时都没到！这么短的时间里，英格拉就稳定了局势？

这个女人的实力和底蕴，比他们想象的还要可怕！

童素却知道，英格拉估计一直派人盯着他们，这边雷奥将军的信使刚走，那边她就收到消息，完全不奇怪，便只暗示华晓月去关注聊天室，留雪松一人在。

英格拉见状，也示意众人退下，单独留在房间里，可见她的自信。

"奈赫贝特小姐，您是否也收到了雷奥将军的请柬？"

"收是收到了，就是有些忐忑。"童素彬彬有礼地说，"我不大清楚塔汗国本土宗教的习俗，怕犯了忌讳，还请您多指教。"

英格拉当然清楚，童素不是要她指点宗教忌讳，而是在提条件。

你既然想让我为你办事，至少把宴会的前因后果说清楚。

毕竟，任何一点小的疏忽，都可能导致精心筹备的计划满盘皆输。

正因为如此，英格拉含笑道："这次的宴会，表面上看是为了庆祝斋月到来，实际上是缘于一场多年前的奸杀案。五大酋长害死了大洋国一名叫'瑟沙·罗曼诺夫'的少女，但他们不知道，这只是少女上学用的假名，她的真名叫作'瑟沙·伊万诺夫'，是传奇影星叶莲娜与大洋国参联会主席的小女儿。"

童素挑了挑眉："我还以为是凶手排查。"

"凶手？"英格拉笑了起来，"无人机从'沙蝎'的领地出来，购买记录也是'沙蝎'本人，可他已经死了，谁会认为他就是凶手？"

"他们认为，参联会主席还没有放下小女儿的死？这是大洋国内某些人，针对他们的报复？"

"谁知道呢！"英格拉耸了耸肩，"无论如何，这场宴会绝不会太平。"

童素眯起眼睛："你想要做什么？"

"我会制造机会，你要帮我窃取一样东西。"

"为什么是我？"

"我手下的黑客，并不足以抗衡'杜尔迦'这个组织。而万象集团的黑客部队，一直是暗网中公认的精锐之师。"

童素对自己的黑客技术当然有信心，但她不能表现出来，只能委婉地说："说实话，我的黑客技术并没有我的兄长岩罕出色。黑客部队是在他的带领下才能那么强大，换作是我，把握并不大。"

英格拉掀开盖住手腕的衣服，露出左手手镯，是两条交缠的蛇，托着一枚红色的宝石。只见她轻轻一扭，蛇首分开，一枚半片指甲盖大小的芯片掉了下来。

"当然不是要你去攻打他们的系统，那需要漫长的时间——这是'杜尔迦'一位高级成员的权限密钥。"

童素并没有伸手去接，郑重地问："需要窃取的究竟是什么？"

英格拉收敛了笑意："一旦知道，你就回不了头了。"

"我可不是把头埋在沙漠里的鸵鸟，认为装聋作哑就能无事发生。"童素镇定到了近乎随意的程度，"从踏进这个国家开始，我就在被命运推着走，若不奋力挣扎，只怕怎么死的都不知道。"

"据说，是一份关于斯图国皇室的机密。"

英格拉走后，童素还在思索。

斯图国皇室的机密？"杜尔迦"这个组织，怎么会有这份机密？就算真的有，又是怎么落到雷奥将军手里，被英格拉知道的？

但如果英格拉要骗自己，至于编出一个如此离谱的谎言吗？

童素感觉自己就像在玩拼图游戏，许多杂乱无章的碎片，就缺少一个核心；又或者像在玩破案游戏，证人们的证词自相矛盾，缺少一个破局的点。

想到这里，她忍不住走到电脑面前，看着空荡荡，只有自己一人的聊天室，又看了一眼时间。

距离雷奥将军的宴会开始，还有三个小时。如果再算上提前赴约的时间，以及去哈图尔城的路程，现在就必须开始化妆了。

而就在此时，但丁进入聊天室。

"赫卡忒？"

童素知道但丁性格果决，也不拖泥带水，直接就切入主题："我在塔汗国，为调查'杜尔迦'而来。"

"你加入了中国安全部门？"

"很高兴，你的思维依旧冷静清晰，不受绑架和爆炸影响。"童素飞快敲击键盘，"我只能算中国安全部门的编外成员，这是因为两年多以前，我和父亲被'提洛岛'盯上，遭到绑架，我们一直追查，发现'提洛岛'和'杜尔迦'有关。"

但丁过了十几分钟，才回复了一句："我的第一任女友，以及现在的妻子，都是'杜尔迦'的成员。"

这个消息令童素十分惊讶。

但转念一想，他们本来就是黑客，在网上的时间远远多于现实。何况但丁曾经有段时间是暗网中的捎客，与"杜尔迦"的交集不可谓不紧密，帮过她们很多忙，也接了她们很多生意，擦出爱情火花并不奇怪。

但丁还在输入："我的第一任女友，坚持要留在中东，为妇女儿童做贡献，我们就分手了。现任妻子和我一起回了莱茵国，创办世界树集团，共同努力。看见'杜尔迦'宣布对恐怖袭击负责，我们两个非常震惊，我连夜来到塔汗国，想要找寻前女友问个究竟，却发现她很多年前就已经不在了。"

"而且我发现，世界树集团本来应该销往塔汗国的许多高精尖医疗设备，实际上都没有在这里。"

童素立刻回："你们公司的系统出了问题，还是你的妻子有问题？"

大型医疗器械，对很多医院来说都是负担，一般是只租不买。

世界树公司怕医院租了器械后倒卖，就规定器械必须在 GPS 的固定范围内，比如放在一间房子里就不能动，一旦 GPS 偏移幅度超过一定限度，就立刻将系统锁死，根本没办法使用。

这么大的误差，真要出现却没被检查出来，只可能是权限极高的人改了后台。

更何况，以童素对但丁的了解，对方实际上是一个十分冷静理智，不会犯这么大错误的人，更不可能会被人绑架。能出这种纰漏，只可能是被亲近的人瞒了过去，甚至害到了地狱。

但丁也毫不避讳："我的妻子。"

"那些医疗器械是什么？"

"方方面面都有，可以支撑你能想到的任何手术。"但丁回答，"我现在已经完全不相信那些信息反馈来的数据，并且十分惶恐。如果是正规手术，为什么需要这样越过？他们究竟将这些器械用在了哪里，制造了什么样的人间地狱？"

童素的脑海里，第一反应就跳出"提洛岛"三个字。

他们为什么要那么多精英？他们究竟要研究什么？他们是不是……把这些人，全部当成了活体研究素材？

童素的双手都有点颤抖，却还是稳了下来："如果只是这个，不至于到要杀你的程度，对吗？"

"我不确定，因为我拿到了一份东西。"但丁回答，"我在我和前女友曾经的秘密基地，当然是网上，找到了她的一则留言。她说，她手上掌握了一份关于斯图国皇家的机密，非常惶恐，觉得一定会因此而死。她不想拖累我，但又害怕自己死了，罪恶无人知晓，就趁着托卡帕夏皇宫重建的机会，将秘密藏进了那里。"

斯图国皇家机密？托卡帕夏皇宫？童素微微皱眉。

这和英格拉说的对上了，难道他们要找的是一件东西？

"她还说，她怕自己如果真有一天落到别人手里，会被严刑拷打，忍不住说出来，所以做了二层加密。第一层是实体密钥，第二层是一串密码。得到实体密钥，只可能解读第一层信息；真正的情报，必须密码才能解开。"

童素心中一震。

片刻的犹豫后，她决定赌一把："告诉我密钥吧！我今晚要前往托卡帕夏皇宫。"

"……"

"你还有更好的机会吗？"

"不，你说得没错，这或许是唯一的机会了。"

晚上八点，天色已黑。

在英格拉的邀请下，童素随这位"黑曼巴"一起，盛装前往哈图尔城。

雪松带着几名队员，以保镖的身份随行，华晓月则带着剩下的人留守塔克镇，负责联络和接应。

夜幕渐渐垂下，哈图尔城却张灯结彩，灯火通明，餐厅、赌场、水烟馆等陆续开门，招徕客人。

童素默不作声地看着沿途，默记自己看到的一切。

英格拉面带微笑，坐在童素身边。

她的笑容很完美，却像一张不真实的假面，令人无法揣摩她的真实想法。

"过了前面那道门，就是托卡帕夏皇宫了。整个皇宫，只有这一条进出的路。"

童素皱眉："你事先可没告诉我这点。"

"是吗？大概我最近记性不大好。"英格拉微笑道，"原本的托卡帕夏皇宫已经被导弹摧毁得差不多，保存最好的是位于最深处的后宫，所以重建最快的也是这里，理所当然地现在被启用。"

既然是后宫，从设计之初，就考虑到两个问题：一、外面的人不能轻易进来；二、里面的人不能随便出去。

出于这种考虑，托卡帕夏皇宫的后宫只有一扇大门，通向其他的建筑群，这是为了便于扼守要道。

后宫建筑群的整体建筑高度都很低，往往是两到三层，最高的宫室属于皇后，总体高度也只有二十五米。不仅如此，而且所有庭院里面，没有高于五米的树木。

后宫最外围则竖起近三十米高的宫墙，覆盖有红外线探测，以及密密麻麻的电网、玻璃碎片、铁锈钉子等，还设有瞭望塔，时时刻刻有人看守，有仪器录像。

这样森严的防护下，哪怕鸟雀无意中停在墙上，也立刻会被电焦，落下。

哪怕人穿着完全绝缘的防护服，试图扒上城墙，也无济于事。

一方面，红外线探测能探出人的体温，及时发出警报；另一方面，锋利的碎玻璃和无处不在的铁锈钉子很容易就能将绝缘防护服割破，甚至划伤皮肤，一旦留下血迹、头发或者皮屑等，就能通过这些 DNA 信息，顺藤摸瓜，找出入侵者。

"我听说大洋国军队来袭的时候，末代独裁者躲在地底。"童素望向英格拉，"托卡帕夏皇宫中，应该有密道吧？"

英格拉似笑非笑："原先的皇宫确实有地下防空设施，但很遗憾，已经成为大洋国军事基地的一部分了。后宫之中，没有任何密道，这是我已经确认过无数次的事情了。"

"万一灾难来临，后宫里的女人们怎么跑？"

"王子们都生活在其他宫室，后宫只有皇后、公主和妃嫔。"英格拉不紧不慢地说，"在塔汗国，女人的地位可能就比牛马好一点，怎么可能会预留通道，让她们逃生呢？万一独裁者宠幸妃子的时候，刺客通过密道进来，又或者某位妃子与人私通，利用暗道幽会，那可怎么办？"

童素早就预想到这个任务会很难，听到这里，还是觉得有点头疼："这可真是一个天然的大口袋，扎紧了就没办法跑出去。只要雷奥将军不是傻瓜，一旦发现不对，定会找理由把人全都扣下，逐一检查。除非他压根就没发现东西失窃，我们才有一线生机。"

"想要不惊动他，或许有点难。"

"哦？"

英格拉看着童素，神情真挚："因为我也不知道，机密究竟藏在哪里。"

"……你不是给了我权限密钥吗？"

"那只是进入一扇门的钥匙罢了。"英格拉非常坦诚，"但那扇门在哪里，我不知道；机密究竟以什么为载体，是网络，还是 U 盘，又或者是胶片、文件，我也不知道。我只知道，雷奥将军手上有这个东西。"

童素沉默片刻，才问："那他会把东西放在哪里？"

"卧室、书房、客厅、浴室、餐厅、暗室……只要在他平时活动的范围内，都有可能。也就是说，我们很可能要把他所居住的庭院都搜一遍。"

童素非常诧异："他住在皇宫？没被弹劾吗？"

英格拉唇角微扬："托卡帕夏皇宫对塔汗国有着神圣的意义，五大酋长们表面上不说，内心深处都想入住皇宫，哪怕占据一个偏殿也好。所以他们将其中一个偏殿布置成将军的官邸，邀请现任将军入住，这样自己才好预留别的偏殿，当作自己的行宫。"

童素很好奇："雷奥将军平时住这里吗？"

"以前都住在官邸。"英格拉给出答案，"但四年前，托卡帕夏皇宫的一只母狮子难产，生下三只小狮子。雷奥将军喜欢它们，经常来看它们，喂它们。结果就有人为了讨好雷奥将军，故意饿着这三只狮子，等将军来才有东西吃。"

童素面露厌恶："真恶心。"

"雷奥将军是个没有太多喜好的人，他不贪恋美女，也不迷恋金钱，难得发现他对狮子的兴趣，自然有人动这方面的歪脑筋。"英格拉微笑道，"然后，饲养员就被饿极了的小狮子咬死了，等发现的时候，尸体都只剩下三分之一。"

童素完全不意外会发生这种事。

"人们发现，那三只狮子已经被训练出了巴甫洛夫反应，只有雷奥将军管得住，面对其他人，都有可能会动手。

"将军舍不得杀死它们，而且这并不是狮子的错，先是把它们养在官邸，可它们应激反应比较严重，甚至会袭击士兵。无奈之下，将军就只能把它们养在皇宫中，等它们成年，并且有自理能力后，就放归大自然。因为最近就是放归的日子，将军比较舍不得，这几个月才一直都住皇宫。"

明明是人狮情深的故事，童素却听出不对："放归……如果我没记错的话，放归的第一点，就是培养动物的野性……"

"是的，这三只狮子，从小都是用生肉喂的，凶性十足，而且不用链子拴。"英格拉轻描淡写，仿佛这是一桩不值一提的小事，"只要生人闯入，如果没有雷奥将军的呵斥，它们就会立刻发动攻击。"

童素面无表情："我可以问一下，它们活动的范围有多大吗？"

"雷奥将军所居住的庭院，就是它们天然的游乐场。"

"能迷昏或者射杀吗？"

"庭院里有近百名精锐保镖守护，只要发现生面孔，格杀勿论；每只狮子身上安有芯片，检测生命体征，一旦狮子死亡，或者突然昏迷，心跳等体征就会发生一定变化，雷奥将军都能立刻在手机上收到消息。"

"都是坏消息，就没有什么好消息吗？"

"唯一的好消息大概就是，庭院没有摄像头了。"英格拉回答，"雷奥将军信不过现代网络，认为一旦安装摄像头，就有可能被人窃取数据。只要发现某些人进出这里的痕迹，他就要身败名裂，所以他所居住的地方，没有任何摄像头，但——"

"你这么说话大喘气，我有不好的预感。"

英格拉嫣然一笑："也没什么，就是，通往雷奥将军居住庭院的路，也只有一条。那条路上不仅有重兵把守，还有高清晰无死角的摄像头。"

"很好。"

进出皇宫的路只有一条，长了翅膀也飞不出去；进出雷奥将军庭院的路也只有一条，里面有上百保镖，还有三只狮子。

一旦被狮子嗅到生人的气味，哪怕不发动攻击，闹出动静来也不是开玩笑的。

童素真不知道，这种情况下，她们要怎样才能不惊动任何人地进去，成功窃取机密。

"不用板着一张脸，我们还是有机会的。至少我们该庆幸，狮子还有应付的余地，人也是。如果雷奥将军养的是狗，一嗅到外人就咆哮，那才真是一点办法都没有。"

"最后一个问题。"童素下意识摸着藏有 U 盘的蛇形手镯，"这枚权限密钥，可信吗？"

英格拉想了一下，说："密钥曾经的持有人，密钥的真伪，以及弄到它的渠道，都绝对可信。但是否真的有用，以及会不会惊动雷奥将军，我就不清楚了。毕竟我弄到它已经有一段时间了，虽然看上去，'杜尔迦'没什么动静，似乎没有察觉到不妥，却也不排除这个组织发现了端倪，秘而不发，等人上钩的可能。"

"也就是说，有可能我一使用它，系统就会直接发出警报，把我卖了个干干净净。"

英格拉坦然承认："极有可能。"

童素不怒反笑："真有意思。"

这种生死边缘翩翩起舞的感觉，竟让她有些迫不及待了。

四

托卡帕夏皇宫。

这座象征塔汗国最高权力的宫殿，无论是建筑石灰色的外墙，还是庭院中低矮的树木，处处都显得低调而古朴，甚至有点寒酸，完全不似几公里外直冲云霄的七星级酒店那样奢华醒目。

但童素在进入第二道门，被卫士请下车，告知她接下来的路程必须步行时，她留心观察，就发现此地五步一岗，十步一哨，守备极其森严。

英格拉曾告诉童素一个信息——皇宫的守卫并不是大洋国的军人，而是从前就驻守皇宫的军人在军队解散后，在雷奥将军的帮助下，成立了安保公司，又被雷奥将军雇用，继续负责皇宫，乃至其他重要区域的执勤。

也就是说，论对这片区域的熟悉和了解，没人比得过他们。

一旦惊动了这些人，想要在他们的追击下逃跑，几乎不可能。

负责引路的则是两位典型的塔汗美女，她们的眼眸深邃迷蒙，长发乌黑浓密，肌肤白如凝脂，身材高挑婀娜，说着流利的大洋语，彬彬有礼地对英格拉说："尊贵的客人，请随我们来。"

"哦？"英格拉一听就知道，这是要分开她和童素，似笑非笑地问，"我的朋友不会被冒犯吧？"

"请您放心。"一个尖细的，听上去就有些奇怪的声音传来，就见一位相貌儒雅的男子站在前方，微微躬着身，比了一个"请"的手势，"在宴会开始之前，雷奥将军想要邀请奈赫贝特小姐一叙。"

童素事先看过英格拉给的资料，知道这个人代号"总管"，曾经是末代独裁者的心腹助手之一，现在则是托卡帕夏皇宫具体事务的主要负责人。

据说，是个宦官。

面对这样的人物，童素不敢疏忽，礼貌一笑，温声细语："我听说将军养狮子当宠物，既好奇，又佩服将军的豪气。但真要我亲自面对狮子，若无熟悉的人陪在身旁，心中总有点紧张。"

"总管"外表温文，态度却不容拒绝："我们会妥善招待您的随从，保证让每一位客人都宾至如归。"

童素按了一下雪松的肩膀，拦住对方想说的话。

雪松压低声音，叮嘱："您要小心。"

"这里虽然卧虎藏龙，却不是龙潭虎穴。"童素还有心情调侃，"你们先去享受美食吧！我去去就来。"

眼见童素在"总管"的带领下，从庭院的另一处大门离开，又有两位美女招待带着雪松等人七拐八拐，来到一处精致小巧，但处处彰显低调奢华的庭院，露天的餐厅早已布置好，十余个各具风姿的美人儿等在那里，为队员们布餐。

院子的一角，有个一米多高的馕坑，被封得严严实实，几位身穿厨师装，头发盘在厨师帽里的妙龄女郎在馕坑一旁的桌子上，不断摔打饧好的面团，直到表面光滑不粘手，然后快速将面团用手揉成长条，摘成十几个面团，又将其揉成非常薄的圆形，上面抹上油，两个合在一起，做成烤馕生坯。

看到队员们纷纷落座，两名女厨师打开馕坑。

霎时间，烤羊的香气，弥漫在整个院落。

长长的钩子将油亮生辉的烤全羊钩出来，直接端上餐桌，每个人的餐盘面前都有一把小刀，以及一点粗盐。

厨师"唰唰唰"几刀，羊肉就被利落片下一堆，分到每个队员的盘子里。

而此时，一名拿着烤馕生坯，走到馕坑边的女厨师，突然半个身子向馕坑栽去！

雪松小队的队员们下意识地以为她要掉进数百度高温的馕坑里，立刻齐刷刷地站了起来，距离馕坑最近的雪松正要一个箭步冲过去救援，却发现女厨师只是将身子探入馕坑，几秒之后，如同顶尖的体操健美运动员，后腰用力，"唰"的一下，就直起身子。

而她手上的烤馕生坯，已经变得色泽金黄，喷香扑鼻！

雪松愣在原地，其他队员们面面相觑。

这一切发生得太快，美女招待这才反应过来，连忙说："不用紧张，这是我们的特色！"

就见女厨师的双手犹如穿花蝴蝶，灵巧地翻转着薄薄的生坯，腰一弯，把馕贴在坑壁边缘，十秒后，腰一直，被取出的烤馕就像变戏法一样，彻底熟透。

队员们看着女厨师娴熟的动作，你看看我，我看看你，心里想的都是，这馕坑温度应该有几百度吧？不怕烫吗？

还有，女厨师们放馕进去的时候，重心在上半身而且前倾，一旦掉进去，就算侥幸活命，也是重度烧伤，人生就毁了大半。

这么危险的活计，居然是特色？

队员们心里接受不了，却碍于目前身份，半句话都不能说。

雪松又仔细确认了一下，发现真没太大问题，这才比了个手势。

队员们见状，老老实实坐了回去，心里却有点忐忑。

他们可没忘记自己的人设是"毒贩"，那么问题来了，穷凶极恶的毒贩会在看到一个人要摔入馕坑，即将殒命的时候，下意识冲上去救人吗？

雪松也想到这一点，不由得提高了警惕。

利用馕坑内超过一百四十度的高温，十秒之内把馕烤熟，究竟像美女招待说的一样，是托卡帕夏皇宫的厨师习惯这么炫技，还是一次刻意的试探？

他们刚才的表现，会不会与身份不符？

雪松飞快转动着念头，希望找个机会，稍微弥补一下。

想到童素曾经提到过的，文南国信仰问题，雪松灵机一动，想到一招，便道："馕坑的温度居然这么高？那么烤羊要多久？"

美女招待立刻道："三个小时。"

雪松面露惊讶："我以为烤羊一般都要五六个小时才能熟。"

美女招待嫣然一笑："不好意思，宴会的大人物们对生面孔非常敏感，除了他们认可的贴身保镖可以进入主会场，其他人都只能在偏厅就餐。为表示对各位来宾的尊重，将军特意将末代独裁者宠妃所居住的庭院开放给各位，并且吩咐厨房宰杀了我国最高档的羔羊，肉质鲜嫩，烤的时间更短……"

听到这里，雪松立马打断："特意宰杀？这些羊是因为我们来，才额外杀的？"

美女招待不明所以："是的，现杀的羊才新鲜。"

下一秒，就见雪松小队的队员齐刷刷放下刀叉："请问，洗手间在哪里？"

与此同时，"总管"也带童素来到了雷奥将军的庭院。

托卡帕夏皇宫美女云集，无论是负责领路的女招待，还是沿途的礼仪小姐，又或者是往来的清洁人员，都是容貌出众的年轻女性。

按照坊间流言，雷奥将军来到塔汗国后，把托卡帕夏皇宫以及宫里成千上万的妙龄女子据为己有，俨然是一副骄奢淫逸、色中饿鬼的形象。

方才种种，倒也吻合。

童素却敏锐地注意到，从靠近这所庭院开始，触目所及清一色都是男人。

由此可见，雷奥将军并不如传言中那么好女色。

正当她不动声色观察环境时，"总管"冷不丁问："奈赫贝特小姐，您在看什么？"

"在看那个。"童素的视线投向不远处一座高达百余米的古怪建筑，微笑着说，"第一次这么近的距离接触大洋国顶尖的雷达基站，忍不住多看了两眼。"

"总管"笑了一下，没说什么。

童素却像被刚才的问题打开了话匣子一样，略带好奇地问东问西："那么大的雷达基站，辐射会很大吗？会干扰你们上网吗？还有，墙壁上这些油画，难道都是正品？就这么挂在走廊上，天气干旱，风沙侵蚀，很容易就会毁坏这些珍品。"

"总管"彬彬有礼地说："奈赫贝特小姐无须担心，这里悬挂的只是赝品。"

他本以为童素会惊讶，赝品怎么配得上皇宫，一下就把格调拉低了。但童素的母亲就是一位出众的油画家，家学渊源，她自小耳濡目染，对油画也算稍有了解，加上童素眼光极毒，一眼就看出其中玄机："名人作伪，价格也是不菲。"

古董字画，当然免不了赝品。

利用现代科技制造的赝品不仅一文不值，还属于违法犯罪，但古代流传下来的赝品就不一样了，尤其是名人仿先贤名品，更是价值连城。

就拿与文徵明、唐寅等并称"明四家"的明代大画家仇英为例，他特别喜欢研究宋代名家的山水画，多有临摹和仿写。最有名的一幅是他仿照北宋画家张择端的《清明上河图》，画了一幅明版的《清明上河图》，几乎到了以假乱真的地步，是举世公认的国宝。

托卡帕夏皇宫中悬挂的油画也一样，是百年前一些知名画家临摹莫奈、凡·高、达·芬奇等大画家的仿品，不乏出众的艺术价值。

稍微估算一下，就童素一路走来看到的上百幅画，加起来也要几亿人民币了。

"总管"见童素竟能看出这些油画的来历，连忙恭维："奈赫贝特小姐的艺术造诣令我倍感惊叹。"

"您说笑了，无非是家父守旧，认为女孩子学习艺术，培养气质，陶冶情操就好。可惜我天资平庸，也就学了个皮毛。以为将来靠着家族的金钱和人脉，随意开个画廊，也能混个温饱，谁能想到……"童素摇了摇头，似乎有些感慨，"说来怕是没人相信，直到三年前，我才第一次真正摸到枪。"

这话翻译一下就是——"我爸原本没想过让我接管家业，他对我的定位，充其量就是个负责洗钱的。"

"总管"也是个很圆滑的人，立刻转换话题："将军也非常喜欢绘画艺术。"

"是吗？那可太好了，我正愁自己太过紧张，不知道该找什么话题呢！"

二人闲聊之间，客厅已经到了，狮子低沉的咆哮声传来。

童素对着后退一步的"总管"笑了一下，调整心态，落落大方地迈了进去，第一眼就看到了正前方的挂画，竟然是樱花国的浮世绘，即描写樱花国风景及百姓风俗人情的版画。

霎时间，童素心中涌起的，竟是庆幸。

亚伯·温菲尔德曾经说过，雷奥将军喜欢樱花，童素不知道这个"樱花"到底是什么意思，但想到大洋国与樱花国的密切关系，在来塔汗国之前，顺便恶补了一系列的樱花国常识。

所以她知道，虽然同为东亚国家，而且樱花国很长一段时间都是接受中国的思想与文化，现在却大相径庭。

这不仅与历史沿革有关，也与宗教习俗有关。

在樱花国，神道教和佛教的种种文化，已经成为樱花国的一部分。可以说，不懂樱花国的佛教，就很难理解真正的樱花国文化。反过来说，假如对樱花国文化有足够的了解，那么对佛教就一定有不差的认知。

虽然樱花国的佛教是传自唐密的日本密宗，与文南国的上座部佛教完全不是一个流派，彼此之间的规矩、教义等都有极大的差异，但雷奥将军对佛教的了解，绝对比大多数人强！想要瞒过他，也就变得更加困难！

童素的目光从浮世绘上移开，内心飞快回忆了一下两国佛教之间的差异，确保自己不要因为这种小事被看出端倪，然后望向坐在沙发上的雷奥将军。

乍一眼看过去，童素一时竟无法确定对方真实的年龄。

眼前的中年男子意气风发，身材高大而健壮，可以说他三十六七岁，也可以说他四十出头。如果说五十多岁，但保养得当，或许也能有现在的容貌、体魄和精气神。

大洋国军方对现役将领的资料一向保密得很好，除了六大战区的司令在上任之初，会披露姓名和履历之外，其他能够出现在台前接受媒体采访和被人分析研究的全是文官，比如海陆空军的参谋长们。

余下的高级将领，大洋国军方和国土局联手，不仅会封锁消息，还会故意制造假情报误导各国谍报机构。就算别国特工弄到这些将领的名字，也不知道他们出身哪里，家人是谁，服役经历，只能等大洋国自己解码。

这就导致中国安全部门虽然已经知道大洋国驻塔汗将军是雷奥，但对雷奥将军的情报收集进展几乎为零。

雷奥将军年纪多大性格如何，有没有什么爱好，是否结过婚，有没有孩子，信仰什么宗教……这些信息，童素都一无所知。

市井流言和英格拉提供的信息只能供参考，真实情报还要靠童素自身的现场观察和判断。

雷奥将军真正的年纪，无疑是非常重要的一个信息，一个四十岁的高级将军和一个五十岁的高级将军，对未来的想法和规划或许截然不同。

只有对症，才能下药。

只可惜，出师不利。

五

"奈赫贝特小姐，请坐。"雷奥将军指了一下他斜对面的单人沙发，童素警惕地看了一下雷奥将军脚边发出低沉咆哮声，似乎有些不安的狮子，不大敢靠那么近，就见这位将军笑道，"不必担心，这些孩子只是对生人比较敏感，尤其是女士身上的香水味，对它们来说有些古怪和刺鼻。"

童素闻言，礼貌笑了一下，坐到对方指定的位置上。

雷奥将军姿态闲适，就像一个和气的叔叔，正在和许久不见的侄女聊家常："喜欢哪幅浮世绘?"

童素仿佛也放松下来："只是有些惊讶，我以为客厅也会像走廊一样，悬挂知名的西方油画。"

"外头的挂画，主要是为了照顾客人的感受，自己的空间，还得是自己喜欢的东西。"雷奥将军说罢，像是漫不经心地来了一句，"我听说奈赫贝特小姐从小学习艺术，不知道毕业于哪所名校?"

童素有点不好意思地笑了起来："我不像兄长岩罕那样天才，毕业于世界排名前五的顶级名校，从小到大，我都只是读平平无奇，混日子就能毕业的普通学校。"

中国安全部门为童素编织"奈赫贝特"身份的时候，一再告诫过她，绝不要提到任何真实的人名或者地名，只要含糊透露，让对方自己去猜，自己去查就行。安全部门用庞大的数据库，搜罗了好几个能够靠得上的身份和经历，不同的人去查，估计查出三五个迥异的版本，看上去都像，但都没有切实的证据。

高度信息化的现代社会，一切假的东西都经不起查，凭空罗织家乡、经历等，很容易就会被戳穿。

如果说自己从来没接触过外人，又无法取信于人。

童素知道，光是"奈赫贝特"的生母，就有好几个备选，究竟选择哪个，才最有可能被雷奥将军相信呢？

出人意料地，雷奥将军却并没有继续追问下去，反而踢了踢脚边的狮子，就见雄狮站了起来，迈着骄傲的步子，上了二楼。

"奈赫贝特小姐，不用那么紧张。"雷奥将军一扫刚才的和气，干脆利落地把话挑明，"我对你身份的真伪，既没有兴趣，也不在意。之所以邀请你前来，只是为了WX－VX－08。"

童素目光闪动："将军是要把我抓起来，严刑拷打，逼问配方吗？"

雷奥将军也不否认："是有这个打算，但仔细想想，我觉得不划算。"

"愿闻其详。"

"第一，化学药剂的配方太复杂，你未必能背下来。哪怕抓了你威胁其他人，对方也不一定给，说不定心里就盼着你死了，好独吞配方。

"第二，万象集团为了研究新型毒品，利用各种手段，在世界各地搜罗了一大批化学、生物、医药天才。但这些人不可能全都心甘情愿来到文南国这种穷地方，万象集团也没那么蠢，把鸡蛋放在同一个篮子里。这些分布于世界各地的研究所，以及用比特币方式储存在网上的巨额钱财，就是你翻盘的底牌。"

雷奥将军不紧不慢地说："只不过，你想要重振万象集团，有个最大的麻烦。"

不待雷奥将军指出，童素就叹了口气："不错，我没有稳定的供货和销货渠道。"

这当然只是一句托词。童素不可能真去贩毒，但她冒充的是毒枭之女的身份，突然就金盆洗手，就像狼不吃肉一样，如何令人相信？

为了解决这个难题，这两年，她只能假借"收服残部"之名，实际上是协助中国安全部门，继续打击万象集团余孽，防止这个毒品王国死灰复燃。

WX－VX－09的配方，童素手上没有，事实上，她连万象集团到底有多少个皮包公司，分布在哪里都不清楚。但她要装得自己有，只是出于谨慎的考虑，才迟迟不找买家。

"这话也不假。"雷奥将军淡淡道，"万象集团已经奄奄一息，人人都想趁火打劫，你不信其他人，也是正常的，但你手上的钱还能烧多久？"

童素变换了一个坐姿："将军想与我合作？"

雷奥将军没有直接回答这个问题，而是指着一旁的窗户，问："看见那座建筑了吗？"

童素顺着他指的方向看过去，就发现是之前自己曾留意过的雷达基站，便道："大名鼎鼎的'赫尔墨斯之靴'，还是第一次能这么近距离地观看。"

塔汗国的大洋国军事基地里，不仅有目前世界上最强的防御系统"雅典娜之盾"，还有为应对洲际导弹威胁而研制的远程预警系统，担负战略性防卫任务的相控阵雷达系统"赫尔墨斯之靴"。

但童素不知道，雷奥将军为何这么发问，并且在想，如果雷奥将军问她军事上的问题，她应该回答到什么程度，才最为合适。

"外界传言，'赫尔墨斯之靴'的探测范围为 5000 公里，实际上不准确。"雷奥将军仿佛察觉不到自己说了如何惊世骇俗的内容，"最新型'赫尔墨斯之靴'，最远探测范围接近 6000 公里。"

童素骤然心惊。6000 公里的探测半径，这也就意味着，塔汗国的"赫尔墨斯之靴"，扫描范围可以深入东方的中国，北方的白熊国，以及西方的斯图国，这三个大国的腹地。

这应该是大洋国的军事机密，雷奥将军为什么要对初次见面的她说这些？

"不必紧张。"雷奥将军平静道，"我们活在一个信息越来越发达的时代，天外高悬的卫星，精准度以毫米计；地面铺设的雷达，可以探测陆地上的任何一个角落。"

说到这里，他无声地冷笑了一下，像是讥笑，又像是自嘲："人们的生活比过去任何一个时代都富足，可人的自主权，却越来越少了。你的兄长岩窄，虽然外界都说他是个野心勃勃的狂徒，竟然妄想以武力夺得文南国的政权，但我却很能理解他，因为他已经看到了，在这个时代，没有明面上的身份，很快就会被时代抛弃。"

童素沉吟片刻，才问："将军的意思是，如果我投靠您，就能获得正式身份，从此不用活在黑暗中？"

"不是，投靠我没用。"雷奥将军给出了童素没预想到的答案，"我也是困在笼子里的鸟，随手可以被丢弃的棋子。"

看见童素露出惊讶之色，雷奥将军懒洋洋地问："你们好歹也来了塔汗国几天，打听了不少事情，估计对我没什么好话吧？"

童素尴尬一笑，没有回答这个问题。

雷奥将军自顾自地回答："我面临的困境，就和你的父亲、兄长一样，看上去拥有足够的荣耀、权力和地位，但在国家权力面前，这不过是一推就倒的东西。毕竟，国家才是人性最邪恶的集合体，不是吗？"

童素听到这里，有点好奇："您是马基雅维利的信徒？"

"不，我只是个实用主义者。"雷奥将军顺手从茶几下面拿出一个棋盘，做了个"请"的手势，"来下一盘棋吗？"

童素定睛一看，国际象棋，心中顿时有些惊疑，怎么又是这个？

先前亚伯和艾伯特给她来了一盘棋局，让她疑神疑鬼了半天，研究了许久棋谱，雷奥将军又来？

童素心中涌现千万猜测，表面上却露出苦恼之色："我下得不好。"

雷奥将军笑了："不感兴趣？"

童素点头："是的，但我爸爸说，我们必须融入上流社会，所以逼迫我学习国际象棋、击剑、马术，天知道我有多讨厌这些。所以，为了应付爸爸，我就只会背棋谱，如果别人根据棋谱走，我或许就能赢，如果不能，我就胡乱下。"

雷奥将军颇感兴趣："胜率呢？"

"本来就下的次数不多，有赢有输吧，赢的概率还大一些。"童素耸了耸肩，"我以为我足够敷衍，结果发现好多同学还不如我，至少他们没背棋谱。"

雷奥将军更感兴趣了："你先？"

童素本来不想接这盘棋。正如她刚才所说，她是个只会背棋谱的人，对国际象棋根本不感兴趣。而下棋，往往非常能看出一个人的性格。

但她想到亚伯·温菲尔德和艾伯特·马歇尔对她的测试，她突然有了主意。

他们当时用"后翼弃兵"开局，下了几步之后，问她如果是执黑之人，会怎么下，然后测试她的性格。

既然雷奥将军让她先，就是她可以拿白棋，后翼弃兵的开局都差不多，自己是不是能反过来，现学现卖呢？

想到这里，童素大大方方坐到棋盘另一边，起手就下了c4。

雷奥将军笑了一下，似乎觉得颇为有趣，下了d5。

接下来的几步，果然和之前童素见过的棋局一样，c4—e6；c3—f6；然后，童素下了g5。

雷奥将军想也不想，就推棋子到了e7。这是为了防止自己的棋局被牵制住，并且保护自己的"王"。

童素就懂了。眼前这个男人，控制欲非常强。

他不能容忍局势不在自己的掌控之中，牢牢想要抓住主动权。

但如果他抓不住呢？究竟会选择随波逐流，还是孤注一掷，不惜玉石俱焚？

童素记住自己对雷奥将军的性格判断，又根据棋谱回忆，来对雷奥将军的棋路进行拆解——反正她背了几千张棋谱，要什么有什么。

雷奥将军又下了几步，顿觉没意思："你还真是一点不差地背棋谱？"

童素点了点头。

雷奥将军没说什么，但也没动。

童素知道，他这是不想下了，却也不想认输。

性格很强势，胜负欲非常旺盛，不能容忍失败。

童素非常识趣，主动说："时间不早了，我先告辞？"

雷奥将军指点："你是生面孔，可能会被不长眼的冲撞，还是尽量站在英格拉身边。"

童素笑了笑："能提供一个 iPad 给我吗？万一宴会太无聊，我还可以躲在角落上一会儿网。"

雷奥将军哈哈大笑起来："当然可以。"

待到童素离开，约翰推开客厅旁虚掩的门扉，走了出来："'总管'刚才传来消息，说奈赫贝特带来的人听见烤全羊是现杀的，当场脸色就变了，全冲到洗手间去，一排大男人抠着嗓子眼在吐。"

"这也难怪。"雷奥将军不紧不慢地笑了起来，"东南亚那边的佛教信徒，虽然可以吃肉，但提供肉的动物不能是他们听到、看到或者怀疑是为他们而宰杀的，否则就是违反教义。他们这么激烈的反应，才符合文南国人的性格。"

约翰皱眉："但'总管'还提供了一条信息——那些人以为烤馕的女厨师要掉下去，下意识就要救人，这可不像雇佣兵会做的反应。"

"正常，奈赫贝特身边的人全都是军人出身。"

"这正是我疑惑的地方。"约翰忍不住问，"'奈赫贝特'有被中国安全部门冒名顶替的先例，'提洛岛'就是因此才暴露无遗。现在这个'奈赫贝特'的保镖都是职业军人，而非雇佣兵，难道不是更令人警惕吗？"

雷奥将军挥了挥手："我问你，如果你做了父亲，你会给女儿身边放雇佣兵，还是职业军人？"

约翰眉头紧锁："当然是职业军人,我如果有女儿,怎么可能把她的安危交到见钱眼开的雇佣兵手里?但这还是解释不通。万象集团的上任首领德隆婚生加私生的女儿一共七个,全都认下来了,接到身边抚养。怎么就这么巧,万象集团才刚没了,就冒出一个从未听闻的遗孤,还被特工冒名顶替过?我怀疑,这个身份,从一开始就是假的,这个女人也是哪国特工!"

雷奥将军反问:"就算她是特工,花那么大力气,营造这个身份,图什么?"

约翰被问住了。

一般来说,特工假冒身份都是为了接近掌管机密的高官,或者重要的科研人员,毒贩一般都是缉毒警察对付。

假如"提洛岛"和万象集团关系很紧密,出动特工,还这么费力地编织假身份,只为了查这个庞大的犯罪组织,或许还有可能。

但万象集团前后两任首领在的时候,与"提洛岛"都只是普通合作关系,不可能有人提前预想到"提洛岛"对"奈赫贝特"的无比热情,说特工提前编织了身份就不够合理,反而是"奈赫贝特"被特工盯上,身份被冒用,才更有说服力。

雷奥将军拍了拍约翰的肩膀,给出解释:"你有所不知,母系身份普通的私生女,认回来当然没关系,也就是多个联姻对象。但如果母系身份特殊,那就不一样了。"

说到这里,雷奥将军顿了一顿,想到了他和亚伯的关系。

明明都是斯图国老皇帝的私生子,没有继承权,就因为母亲身份的不同,待遇却一天一地。

亚伯是老皇帝与前代温菲尔德伯爵夫人私通所生,不知铁血首相和老皇帝之间达成什么交易,竟然认了这个弟弟。哪怕是以族弟的名义。

但这也代表着亚伯拥有温菲尔德家族的第二顺位继承权,所以,无论亚伯走到哪里,大家都要毕恭毕敬。

而他,雷奥,却不过是大洋国一个高级交际花的儿子,所以注定得不到斯图国皇室的承认。

雷奥甚至怀疑,自己认为的母亲,并不是真正的母亲。或许,他和约翰的生母是同一个人也说不定——否则为什么在他出生之后,那个女人就离开了家庭,前往了梦工厂?

要知道,当时,他的"母亲"已经年老色衰,客人所剩无几,"长姐"又是美丽非凡,青春活泼的少女。

在这个行业,母亲不行了,就将女儿推出来,难道不是很正常的事情?

可惜这两个女人都已经死了，死去了很多年，而他也不愿意大费周章，打开她们的棺椁，证明亲缘的真实性。

一丝淡淡的惆怅，掠过雷奥将军的内心。

但他毕竟不是一般人，完全没有表露出来，甚至连约翰这种训练有素的顶级特工都被瞒过，只听他说："斯图国那边对这个'奈赫贝特'的关注有点不同寻常，我怀疑她的身世可能有些古怪。不过，血缘关系反而是最不容易假冒的，一根头发，一次 DNA 鉴定，就能让所有的谎言无所遁形。

"所以我认为，她的身份应该没太大问题，哪怕不是德隆亲女儿，也不大可能是特工假冒。更何况，我刚才用下棋来试探了她。德隆一心想加入大洋国上层的事情，没几个人知道。亲近的人顶多知道他喜欢东方比较流行的围棋，却不知道他也很擅长国际象棋。他的子女，对国际象棋半点都不会，反而不正常。"

约翰见雷奥将军都这么说了，就知道"奈赫贝特"已经通过了他的考验，也不继续在这个问题上纠缠，转而说："我还是觉得，您的计划太冒险了。如果'总管'不下手呢？如果他下手之后，熬不住酷刑，交代出是您指使他的呢？"

"他忍辱负重多年，仇人们一个一个地杀，现在只剩下最后一个，怎么可能看着最后的仇人裂土封王？"雷奥将军大笑起来，"众所周知，他是末代独裁者第一个被收买的心腹，也是国土局明着安插在我身边，盯着我一举一动的人。他的话，谁会信？"

"既然您都准备好了，那我就先离开了。"

"等等。"雷奥将军喊住外甥，"你的搭档，还有那个国际刑警，都在哪里？"

"我也不知道。"

"嗯？"

"詹姆斯说，我们三个应该用各自的方法混进来，这样能最大限度地保证，哪怕一个人失手被擒，也不至于连累其他人。"约翰面无表情地说，"我答应了，因为只有这样，我才能找机会私下和你见面。"

"那你为我做一件事。"

"什么事？"

"盯住'黑曼巴'，她可能是计划里唯一的变数。"

"好。"

六

晚上十一点，宴会进入高潮。

国际法规定不准狩猎的保护动物，头颅被制作成标本，高悬在主厅周围，皮毛被硝制成大衣、皮鞋、皮包等，穿在来宾的身上、脚上，拎在来宾的手上，肉则被烹制成美味佳肴；甜点里撒上了金箔，配着刚刚空运过来的鱼子酱和白松露。

世界各国的特色菜品，无论什么，都能在餐桌上找到，味道甚至比你在当地吃到的还要正宗。伊比利亚火腿、阿根廷红虾、法国蓝龙虾……最顶尖的食材，应有尽有。

如果，这次宴会有什么不同，那一定是酒水。由于宗教信仰的关系，塔汗国不会出现任何酒精饮料，阿拉伯咖啡和锡兰红茶的浓郁香气，在饮品区飘荡；纯净的白色椰浆，沁人心脾；椰枣茶更是必不可少的饮品，堆满了一整张长桌；新式的草药饮料、麦加可乐等，也非常受欢迎；调酒师站在吧台后，为每一位客人调配需要的无酒精鸡尾酒。

宴会的音乐，也不是由扬声器播放，而是由一群美貌女子组成的大型交响乐团在演奏，指挥、单簧管、双簧管、长号、萨克斯管、大提琴、中提琴、小提琴、短号、短笛、高低音铜鼓……应有尽有。

美食、音乐，固然都很好，却只是宴会上的点缀。真正令人着迷的，还是如蝴蝶般穿梭在宴会中的美人们。

童素早就知道中东的女性都有着深邃迷蒙的眸子，乌黑浓密的长发，白如凝脂的肌肤，玲珑姣好的身段，但她一直认为这些都必须掩藏在从头裹到脚的黑色大袍和面纱下面，只有自己的丈夫能够看见。

直到参加了今晚的宴会，她才知道，这些规则都只是普通百姓需要遵守的。

在这场宴会中，无论是笑容可掬的女招待，负责片羊肉片牛肉片的女厨师，还是歌喉婉转的女明星，又或者是演奏乐器的女音乐家，清一色统统都是出众的美人。

与这些美女相比，塔汗国上流社会的贵妇人们，就未必个个都十足惊艳了。但她们身上、手上佩戴的无数亮闪闪的黄金和珠宝，都是她们地位的最好证明。

爱马仕、香奈儿之类的奢侈品，放到这种场合，完全上不得台面。

左边一个贵妇人，光是脖子上的一串钻石项链，就价值七百万大洋币。

右边一位贵族小姐头上一顶镶满宝石的黄金冠冕，没有两千万大洋币根本买不下来。

大厅中的空气都是那么芬芳馥郁，美酒的醇香与勾人的香氛混合，就好像回到了黄金年代，配上慵懒的音乐，一派纸醉金迷。

贵族妇女们攀比着衣服首饰，赞美着彼此的妆容，越美丽、越昂贵，就越是丈夫高贵地位的勋章。

觥筹交错之中，童素一个人坐在僻静处供人休息的沙发上，默默刷着 iPad。

"怎么一个人躲在这里？"英格拉略带微笑的声音突然响起。

童素随意将 iPad 搁到双腿上，示意英格拉坐到自己旁边："我不认识塔汗国的人，也不会说塔汗国的语言，又是单身女性。与其凑上去找不自在，被别人当怪物看着，倒不如躲在角落里，趁着这点时间，恶补一下自己缺失的知识。"

英格拉将果汁递给童素，扫到 iPad 屏幕上密密麻麻的大洋语，略有些好奇："在看什么？樱花国传统文化科普？"

童素大大方方地点头，佯装抿了一口果汁，其实嘴唇都没碰到杯子，就顺手将果汁放到一边的茶几上："我在雷奥将军的客厅里看见了一幅浮世绘，有些吃惊。想到自己对樱花国的文化、历史并不了解，就有些汗颜，想要尽量多背一点。如果雷奥将军再找我聊天，也能多一些话题。"

这话半真半假。事实上，童素之所以一直看樱花国的资料，主要是因为她自从看到那幅浮世绘后，一直在思考，雷奥将军为什么会在大客厅的正中间悬挂这么一幅画？

虽然童素知道，浮世绘对文艺复兴时的绘画界乃至音乐界都有深远的影响，但她更清楚，正常的油画爱好者，比如童素的母亲，她会去研究浮世绘的作画风格，却不会在客厅里悬挂人物浮世绘。

景物浮世绘或许还有可能。但雷奥将军悬挂的这幅浮世绘的内容，却是樱花国传统的歌舞伎。

这种画风，能欣赏的人或许会觉得很美，可一般人，比如童素这样对艺术没什么品鉴能力，看见画上歌舞伎涂得惨白的脸，漆黑的眉，红色的眼影，猩红的嘴唇，只觉得自己看到会走动的木偶，活着的假人，有点瘆得慌。

画作越是真实，就令人越觉得恐惧。这大概就是所谓的恐怖谷效应了。

童素对浮世绘的了解流于表面，一幅知名作品都不认识，自然不知道这幅画是否享誉世界，是否价值连城。

但她认为，雷奥将军既然有一定的艺术鉴赏能力，就应该知道，这幅画不适合挂在客厅里。明知如此，却还是要挂，证明这幅画对他来说很特殊。

这是一条很重要的线索，童素并不希望错过机会，所以正围绕樱花国的浮世绘和歌舞伎文化，开始找资料。

听见童素这么说，英格拉想了好半天，突然回忆起来一件事："雷奥将军好像非常喜欢樱花国一个叫'luo'的地方，说那里是樱花国以前的首都。具体名字我忘记了，那个发音很奇怪，'luo'？好像后面还跟着一个什么音节，yan？yang？"

童素的第一反应就是，Luoyang？

洛阳？那不是中国的千年古都吗？什么时候跑到樱花国去了？

等等，好像确实有？

樱花国古代时的京都被分成东西两个部分，分别仿照中国唐代东都洛阳和西都长安来设计，所以，东侧为"左京"，被称为"洛阳"；西侧为"右京"，被称为"长安"。

虽然是依据当时的风水术选址，但右京长安的风水并不好，地处沼泽，开发工作还没有成功就荒废了，京都就只剩下了左京"洛阳"。

于是，一千多年来，古京都就一直被称为"洛阳"或者"洛城"。

哪怕到了现在，京都府内至今仍随处可见诸如"洛东""洛西""洛南""洛北""洛中""洛阳"之类的地名。

不仅如此，而且很长一段时间内，"洛"在樱花国人心中，就代表着权力核心。

加上樱花国人非常喜欢中国的三国文化，三国时期，汉室定都洛阳，然后各路兵马纷纷前往洛阳，想要成为大将军。樱花国人有学有样，他们的战国时代，大名带兵攻入京都的行动被称为"上洛"，是所有诸侯追求的目标。

所以，雷奥将军喜欢的，是武将主宰天下的文化？这好像和大洋国的价值观格格不入。

童素想了一下，又上网查大洋国军事基地在日本的分部，发现基本都驻扎在海滨、岛屿等地方，唯一一处位于内陆的空军基地也不在古京都。

由此可见，雷奥将军曾以大洋国将官身份在京都驻军的猜测不成立。

一个人对异国的文化乃至某个地方很有感情，可能是因为憧憬，但更有可能是，他在那里待过。

以雷奥将军现有的官职来看，他仕途应该还算顺利，最多二十岁就参军了，然后就一直没离开军队。

倒过来推算，如果他真在樱花国京都待过不短的时间，只能上溯到少年时代。

无论是否能用得上，这都是一个不能忽视的线索。

童素不信这个消息是英格拉现在才想起来的，对方一定早就知道，只是现在才告诉她。

想到这里，童素望向站在一旁戒备的雪松，比了一下周围。

雪松便打手势告诉她，周围没人，也没有窃听器。

确认这一点后，在音乐和外界谈话声的掩盖下，童素压低声音，用几不可闻的音量说："我的人大多在其他庭院，不过经一再要求，'总管'考虑到在这场宴会上，我既是生面孔，又是单身女性，他才允许我的贴身保镖进宴会厅随时保护我。而他进场之前就被搜过身，联络工具一概被暂时没收。"

说到这里，她扬了一下 iPad："这是宴会方提供的东西，无法使用移动网络，只能用 Wi-Fi 上网。雷奥将军的人可以通过 Wi-Fi，准确地查到每一个使用者浏览过哪些网页，发表了什么言论。但就算可以使用移动网络，也能通过基站追溯，找到使用者。"

童素言下之意，就是告诉英格拉，形势这么严峻，你再不说计划，我很大概率不配合你干了。

出于保密的需要，英格拉在带童素来之前，基本没说什么，情报都是像挤牙膏一样，一点点地透露。

童素之前不问，是因为知道英格拉这么谨慎的人，本就不可能提前泄露计划。但到了现在，自己都不问，那就不合常理了。

英格拉微微一笑："雷奥将军给了你什么保证吗？"

童素没说话。

知道沉默往往就代表着默认，英格拉漫不经心地将卷发拨到身后："他可不是什么言出必行的道德楷模，而是翻脸比翻书还快的野心家。当年帮过他的人不幸落难，他是唯一可以伸出手的人，可他却视而不见。你和他第一次见面，手上又有他想要的东西，就算他今天不杀你，也只能说，他需要暂时稳住你，说不定到了明天，你就没了利用价值。"

片刻的沉默后，童素不紧不慢地开口："你与我有过同生共死的情谊，虽然不足以让我对你言听计从，但在情感上，我更倾向你。但你告诉我，其他四位酋长，内心因为'沙蝎'的死而惶恐不安，'沙鼠'和'鬣狗'甚至把家中未婚的女眷都带了过来，介绍给对方的儿孙，应该是打算同时缔结至少两桩婚姻。"

英格拉神秘地笑了一下，望向宴会中心，轻声道："不必担心，好戏马上就开始了。"

音乐戛然停止。

原本聊得正兴奋的人们停下，惊讶地张望过去，女招待们低着头，不敢说话。

童素抱着 iPad，站了起来，英格拉轻笑着说了一句"走，去看热闹"，就拉着童素，快步往人群中心走去。

宾客们虽然不认识童素，但对英格拉很熟悉，许多小酋长几乎全部的军火都是从她那里买的，自然对这位军火贩子友好备至，见状竟纷纷让出一条道来。

英格拉想要挤到最前面，童素却在前方还有两三个人的时候，捏了英格拉一下，示意这个位置就行了，刚好能看到。

只见外号是"鬣狗"的国防部长满面怒气，瞪着雷奥将军，脚下是一个跌落的玻璃杯，以及被打湿的羊毛地毯。

这时，旁边也传来窃窃私语，虽然童素听不懂塔汗语，但雪松立刻翻译给她听。

"发生了什么？"

"国防部长刚才和雷奥将军不知道说了什么，部长非常生气，直接把手里的酒杯往地上扔！"

"奇怪啊！他们两个关系不是一直很好吗？"

"他们关系好？"

"至少表面上……"

"嘘，你不要命了！"

话音未落，"鬣狗"已经像看见了红布的公牛，怒气冲冲："雷奥，你给我好好解释，'沙蝎'的死是因为什么！"

雷奥将军还没回答，"沙鼠"已经冷笑："没错，人都死了，至少要有个交代。这么高精度的无人机，全世界也就几家能生产。"

言下之意，就是认为雷奥将军是杀死"沙蝎"的罪魁祸首。

道理很简单，这种级别的无人机，一方面是造价高昂，另一方面是体积巨大，至少需要拿卡车来运。而且一旦被海关发现，那铁定出不来，只能走私人港口等，又麻烦又不方便，而且容易走漏风声。

让几位酋长相信天降陌生无人机，把"沙蝎"杀了，他们更信大洋国军方自导自演，毕竟酋长们心里一直有个结，那就是瑟沙的死。

他们总是害怕，大洋国参联会主席还记着这件事，要找机会报复他们。

雷奥将军被这么指控，却不见愠怒，只是举着香槟，慢条斯理地说："这件事情牵连太广，我当然要邀请诸位一起。在联合调查团没有组建、到达之前，任何试图提前踏足爆炸废墟的举动，都会被视作要销毁证据。"

"沙鼠"双眼通红："调查？是你们的人调查，还是你们的人摧毁证据！"

年纪最大、德高望重的"大耳狐"打圆场："你们的火气别这么大，事情还没有定论，大家先别吵起来。"

"鸵鸟"冷眼看着这一幕，将杯中的椰枣茶一饮而尽。

看见年过八旬的"大耳狐"都出面了，"沙鼠"只能压下怒火，冷哼一声，走到

"鸵鸟"旁边,看上去是要倒酒,实则错身而过的时候,说了一句只有"鸵鸟"能听到的话:"我们四个虽然有很多分歧,但出身共同的种族,拥有同样的信仰,这个异乡人、异教徒,完全不可信!"

"鸵鸟"没说话。

"大耳狐"看到气氛和缓了,就退了下来,走到"鸵鸟"身边,低声问外孙:"你觉得,他真的是凶手吗?"

"未必是凶手。""鸵鸟"冷冷道,"但他应该谋划着什么。"

"大耳狐"没说话。

"鬣狗"野心勃勃,"大耳狐"不清楚,"沙蝎"的死,到底是雷奥将军别有所图,还是"鬣狗"对自己人痛下杀手,只为要一个大义名分?

这个国家将来会走向何方?

但无论如何,"鬣狗"要是叛乱,南北分治,大洋国肯定会推举"大耳狐"为政党负责人;而如果大洋国撤军,"大耳狐"和"鬣狗"的关系如果没有太差,"鬣狗"也不会贸然一下子就把"大耳狐"和"鸵鸟"所在的两大部落得罪光。

这才是"大耳狐"愿意出面当和事佬,给"鬣狗"一个台阶下的原因。

"我不会借助这件事攻击他。""鸵鸟"知道外公并不在意亲情,只在乎利益,所以旗帜鲜明地表达了自己的立场,"但我觉得,'鬣狗'和雷奥将军,都不是什么好东西。"

就在这时,"沙鼠"两手拿着两瓶椰枣茶过来了。

只见他走到"鬣狗"面前,递出右手拿着的那瓶椰枣茶:"既然老爷子都出面了,我们就先别吵,一起派人探索,找出真相和凶手!"

知道这就是公然站队,支持自己的意思,"鬣狗"洒脱一笑,接过"沙鼠"左手那瓶没开封的椰枣茶,也一口把瓶盖咬开,二话不说,整瓶椰枣茶就灌进肚子!

"沙鼠"见状,也直接将手上那瓶椰枣茶一饮而尽。

正当所有人都以为,今天的不愉快已经解决时,"鬣狗"突然瞪大眼睛,一手指着"沙鼠",一手捂着喉咙。

然后,他就在众目睽睽之下,直挺挺地倒了下去!

"鬣狗"的倒下,令所有人都倍感惊讶。

靠得最近的"沙鼠",还有一旁的雷奥将军都想凑过去,可谁都没有"鸵鸟"反应快,只见这位五大酋长中最年轻,学历最高的人一个箭步冲到"鬣狗"身边,单膝跪地，却并不碰触对方的身体，检查了一下后，下了判断："耳郭、耳垂呈樱红色，颜面及嘴唇开始出现发绀，很可能是氰化物中毒，不用喊人来救了。"

霎时间，在场所有人脸色都变了，此起彼伏的尖叫声响起。

"死人了！"

"天哪，死人了！"

许多人心惊胆战，几乎是第一时间就要往外跑，却被阴沉着脸的雷奥将军喝住："谁都不许动！"

下一刻，他身后的副官直接举起枪，朝天花板鸣枪示意！

枪声终于让大部分人冷静下来，就听见雷奥将军目光如刀："'鬣狗'之死，在场每一个人都有嫌疑，事情没有调查清楚之前，谁都不许离开皇宫！"

"沙鼠"第一个色变："雷奥将军，难道就连我们，你也要扣押吗？"

"这不是扣押。"雷奥将军丝毫不惧，"是保护！"

"沙鼠"面色阴晴不定："刚才那瓶酒本来是我要喝的，凶手难道是要杀我？"

"鸵鸟"冷冷道："也有可能是你要杀他，如果你本来就知道那瓶椰枣茶有毒，就算他不拿，你也会找借口不喝。"

"沙鼠"立刻像被踩到了尾巴的猫一样，怒道："那我还说你有嫌疑呢！我从来没听说过你会验尸，而且你一看就说他没救了，说不用喊人。但你说这句话的时候，我明明看见他胸口还在起伏。"

"鸵鸟"毫不相让："氰化物中毒，能在不到三十秒出现细胞缺氧窒息的迹象，中毒者不可能存活超过两分钟，就算喊也只能喊法医。另外，氰基离子挥发性很好，常温下尸体血液中和胃部残留的氰基离子迅速减少，一两天后就很难再检出。我们必须及时对尸体进行解剖检验，并在氰基离子较容易保存的十二指肠处取样检测，测一下椰枣茶中的氰化物含量到底有多少。"

"行了行了，这种时候，你们两个别又吵起来了。""大耳狐"一边一个，将两人拉住，"我就仗着年纪最长，多说一句——氰化物对我们来说不算难弄到的东西，但想要准确无误地让我们几个吃下去，可不是那么简单的事情。"

这句话，其他两位酋长都很认可。

他们平常就很惜命，吃东西有人试毒，就算与女子厮混，都有保镖在一旁守着。尤其是最近七天草木皆兵，更是全方位警戒。

这种情况下，想要让他们吃下投了毒药的东西，就只能在今天的宴会上。

只有在安保如此严格的托卡帕夏皇宫，又是随机取用的自助餐，才能令他们稍稍放下戒心。

但就算这样，四位酋长也没吃什么东西，端着的饮料也只是浅抿几口。

可以说，假如不是"沙鼠"突如其来的"敬酒"，"鬣狗"今天一晚上都未必会喝一整瓶椰枣茶。

"大耳狐"看见大家都认同了自己的说法，便提议："无论动手的人是谁，他都已经潜入了这里，至少，他能在椰枣茶里动手脚。我觉得，皇宫已经不安全了，不如我们去一旁的军事基地待一晚，大家觉得怎么样？"

"我不同意！""沙鼠"突然说，"我不去！"

"为什么？"

"听说基地里有很强的辐射，我身体不好，半年前才做的手术，不能待在那种环境。"

"鸵鸟"皱眉："你们以为大洋国军事基地是什么？核电站吗？雷达基站的辐射并没有很高。"

"别以为我们不知道，他们进进出出，都是要经过防辐射和隔离检查的。""沙鼠"拼命摇头，就是不肯去。

"鸵鸟"还想说什么，"大耳狐"就按住这个外孙："既然这样，那我们委屈一下，住在皇宫？"

雷奥将军沉吟片刻，才说："既然各位看得起，这样吧！我邀请各位去我所居住的院落，一旦出了事，我全权负责。其他人的居所，'总管'会安排，查案，也由我的人来，不管有什么线索，我都第一时间告诉诸位。"

"大耳狐"本就是为了等这句话，但看见雷奥将军这么爽快，不免有些疑神疑鬼，就说："将军的庭院，我们就不进去了，人太多，住不下。我记得主院旁边应该有几个辅院，将军不如开放给我们？"

这个理由听上去也像那么回事。

五大酋长来参加宴会，不光带了晚辈，还有乌压压一堆保镖。如今遇到这种事，他们当然不肯放任身边都是陌生人，还是信自己带来的人。

雷奥将军也很干脆："那就分配一下。"

三位酋长也没有意见，当即决定，每个酋长住一个辅院，剩下的分给其他小酋长和客人们，童素和英格拉也分到一处小院子。

然后，雷奥将军就让人拍摄现场；喊来法医，给"鬣狗"尸检；彻查所有菜品、酒品里面，是否含有毒药；让客人全去休息，服务人员全部关起来，逐一审问。

从头到尾，都没人问过"鬣狗"家人的意思。

七

偏院位于主院的东西北三方，把主院的三面包围起来，墙壁高大概在八到十米，只能通过主院南边的主干道才能出去。

说是偏院，加起来占地面积也有数千平方米，装潢华丽无比，屋前有池塘草木，走廊则有过道与主院相连，但那也是唯一的出口。

由于一大堆人必须通过主院才能进入偏院，所以原本在庭院里散步的狮子看见这么多生人，发出低沉的咆哮，蓄势待发，却被雷奥将军呵斥住，关进房子里。

其他人各怀心思，进入院子，谁也没在院落里久待，都进了屋子，然后让保镖把门窗锁死，严格把守。

童素的脚步却慢了一步。

她事先不了解樱花国的文化，没注意到庭院的细节，现在却发现，主院和辅院颇有点和式的味道。

所以，她与队员会合后，借着"我需要整理一下思绪"的理由上楼，暂时撇开英格拉，立刻问："有懂园林设计的吗？你们之前去过宠妃的院子，那里与这个皇后的院子，花木结构有什么不同？"

雪松小队的队员身怀绝技，懂什么的都有，立刻就有人站了出来："夜，不，奈赫贝特小姐，我一共路过了五个院子，注意到，每个院子的园林结构都不同。有欧式的，有洋式的，还有和式的。"

"主院是什么式样？"

"大洋国和风。"

童素怔住了："这是什么风格？"

"我打个比方，就像左宗棠鸡，这道菜能作为中餐代表之一，被外国人接受，但没几个中国人会认为它是中餐。"园林专家耸了耸肩，"主院的设计在我看来差不多就是这样，改良改成了个四不像，比如水塘旁边的手水钵就很不伦不类，没有配套的和式庭院和半开放茶室，完全起不到应有的效果。"

童素先前还在奇怪，为什么精美的花园里会有一个看上去像石制花盆，却装满了水的物件，听园林专家解释之后才知道，这物品叫作"手水钵"，是樱花国茶道用具的一种，它往往是摆在庭院中心，茶室入口，用来贮水以备烹茶的，也可供客人净手、漱口之用，甚至还会安装一个小灯，供夜间照明。

这处院子照抄了手水钵，却没有茶室，一般人看着可能觉得没什么，但园林专家就会觉得只是单纯的元素堆砌，对此评价不高。

童素问："大洋国和式园林里，会放手水钵吗？"

"这……我不是很确定，大洋国人并没有喝茶的习惯，理论上应该不会放。"

童素加重语气："雷奥将军对樱花国文化非常了解，他甚至知道樱花国古京都被称作'洛阳'。我怀疑他在樱花国居住过，所以整个院子里，一切和樱花国有关的元素都可能是重要线索。如果你不能确定大洋国和式园林一定会放手水钵，那我们就先把它当可疑点之一。你还记得关于这东西的其他细节吗？相关故事也可以。"

虽然按照英格拉的说法，这处宅邸是五位酋长为了讨好雷奥将军所建，知晓雷奥将军喜欢和风，投其所好并不奇怪，但一个人住的地方，尤其住久了，自然会按照自己的心意稍做改造。

何况以雷奥将军对樱花国的喜爱，应该会尽量还原正统的和式，不大能接受类似"左宗棠鸡"这种本国人看上去不伦不类的改良式庭院出现才对。

园林专家绞尽脑汁，才想到一个很古老的东西："我刚刚路过手水钵的时候，因为晚上比较安静，我隐隐听见了风铃声，一开始还以为自己听错了，现在想起来，樱花国曾经流行过一种东西，叫作水琴窟。"

"它是一个隐藏起来的装置，深埋地下，内部被挖空，外面则铺以石头或者陶瓷，整体形状可以是吊钟、铜壶等。手水钵的水一旦蓄满了，或者洗手的时候，溢出的水淌下，就会通过最上方的小洞口滴落水琴窟内部，从而产生悦耳的击水声音，其音像铃声，非常具备佛教所说的禅意，所以在樱花国风靡一时，后来才渐渐被人遗忘。"

听到这里，童素立刻追问："具体流行时间大概是什么时候？"

"不大记得了，三四百年前吧？"

"那个时候，樱花国还没有迁都……古京都……"童素喃喃自语，又像想到了什么一样，"这个设计，究竟有多少人知道？"

"除非很了解樱花国古代文化，或者和式园林设计的人，否则一般不清楚。"

童素沉吟片刻，才道："这个水琴窟，我们得打开看看。"

雪松问："您怀疑里面藏了东西？但这么潮湿的环境，无论是纸张，还是电子设备，都很容易被弄坏吧？"

童素当然知道这一点。

樱花国有可能是雷奥将军抛出来故意误导人的线索，可在不知道其他更多情报的时候，任何一丝可能都不该放过。

不过雪松说得也有道理，确实不能太武断，童素想了想，又问："你能看出来，主院的园林是否有近期翻修过的痕迹吗？"

"非常困难。"园林专家回答，"天色太暗了，许多细节，就算有灯光照明，也看不清楚。"

"光靠目前这么看，能不能分辨地下究竟有没有被挖空？"

"没有专业的测量工具，也没有足够的时间，太难了。"园林专家不解，"您为什么执着这个水琴窟呢？"

童素叹了口气："一个人生活过的地方，若说没有一点个人的印记，几乎是不可能的。只要是人就有喜好和习惯，哪怕再怎么注意，很多不经意的细节也会暴露出这个人的方方面面。"

雪松不解："您就因为雷奥将军喜欢樱花国文化，就断定水琴窟中可能藏着秘密吗？"

童素摇头："我认为，雷奥将军是一个非常聪明、骄傲、自负，并且固执信任自身能力的人。不妨试想一下，这样的人如果要布置陷阱，他会怎么布置？"

雪松斟酌之后，谨慎回答："无论他要怎么布置陷阱，归根结底都是要让人上钩，那么他就必须布置得让人相信才行。"

"没错，尤其是他要骗过英格拉这样的聪明人，就必须让对方深信不疑。"童素非常笃定，"假如我要藏一份机密文件，我肯定藏在互联网里。假如我说我把文件打印下来，藏在自己房间里，你认为有几个人会信？"

所有人齐齐摇头。

"雷奥将军也是一样。他藏东西，一定是藏在一个很机密的地方，必定有很特别的机关，这种机关还不能很普通，至少不能让人一眼就看出来。"

听到这里，有人举手："奈赫贝特小姐，我不大明白您这句话的意思。"

不等童素回答，雪松已经解释："现在的托卡帕夏皇宫是原本的后宫建筑群，这地方从设计之初就没给密室、密道营造土壤。他们特意将房子弄成制式规格，只要对空间足够敏感，一踏入有密室的房子就会觉得比例不对，很容易就能找到密室所在。这也就代表，在这种地方，一旦想要加个密室，哪怕不大，也百分百会被看出来。"

又有人问："假如修一个银行金库级别的密室，就算有人看出来，没有重型武器也破不进去吧？"

"但雷奥将军没必要修建那种密室。"童素对自己的判断很有信心，"再怎么坚固的密室，也没有大洋国军事基地安全，雷奥将军如果遇到性命危险，大可以躲进基地。他只是要藏一些资料，如果大张旗鼓地修建密室，岂不是不打自招？所以这个密室一定是小的，隐蔽的，容易藏东西，不会被发现的，甚至有可能压根没密室，就放在一个普通盒子里，甚至触手可及的地方。"

雪松立刻问："英格拉给了您一个 U 盘，说那可以打开一扇门，难道就是水琴窟的机关？可电脑之类的东西如果放在那里，真不会出事吗？"

"我不确定。"童素叹道，"我只是觉得，雷奥将军想要藏东西，他就必须找个理由稍微改建一下这里。如果改建完就直接杀了工匠，证明他心里有鬼；可如果大大方方地改建，任何人都不会觉得有什么奇怪。所以他藏东西的地方，一定是一个表面看上去很正常，只有内行才能看出窍门的所在。"

说到这里，童素顿了一下，又说："雷奥将军既聪明，又自负，我认为，如果他有藏东西的地方，那个机关很大概率与樱花国的风俗文化有关。因为那是他熟悉的领域，会有一种'你们都不懂'的潜在优越感，比如像水琴窟这种机关，如果我们没有园林专家，顶多会下池塘摸索，而不会想到旁边的花盆下方是空的。

"水琴窟并不一定是真正的目标，可鉴于他室内我只去过客厅，路过了走廊，除了客厅的那幅浮世绘，我暂时不知道第三个可疑地点。"

雪松皱眉："主院的建筑面积很大，就算我们所有人一起去翻找，又没人干扰，也不可能一晚上时间内找到。"

"再等等，英格拉会制造机会。"

童素压根不信英格拉说的，东西有可能藏在任何地方，包括客厅书房餐厅卧室等之类的话。

她可以断定，英格拉敢下手，就是已经将目标缩小到了三个以内。

就在这时，敲门声响起。

"奈赫贝特，雷奥将军请我们过去。"

童素和英格拉进入主院会议厅的时候，雷奥将军和三位酋长，还有其他塔汗国比较关键的人物，都已经到齐了。

雷奥将军做了一个"请"的动作，看见二位女士落座，才说："各位，我请大家来是因为，国防部长被杀案，发现了新的线索。"

童素和英格拉交换一个眼神，没有说话。

国防部长死的时间是晚上 11：37，现在也才 12：11，宴会厅没有装监控，三十多分钟的时间，雷奥将军就能查到重大线索？

"经检验，我们发现，除了国防部长喝下的那瓶椰枣茶外，剩下的椰枣茶饮料，包括4127瓶尚未拆封的，622瓶已经拆封的，251瓶喝完的，全都无毒。不光是这样，宴会其他食物和酒水，也全部无毒。只有国防部长喝下的那瓶椰枣茶内壁上，检测出了氰化物的成分。"

听见这个消息，"沙鼠"第一个坐不住了："你的意思是，那么多吃的喝的，还有整整5000瓶椰枣茶，就我随手拿到的两瓶中的一瓶有毒？"

原本一直觉得"沙鼠"有可能是杀人凶手的司法部长"鸵鸟"听到这里，反而皱了皱眉："这没道理，5000瓶椰枣茶，随机拿取，凶手根本无法保证这瓶有毒的椰枣茶一定会被目标拿到，除非他是为了随机杀人，制造恐慌。而且，我们都注意到，两瓶椰枣茶被拿过来的时候都处于封口状态。假如说红酒的软木塞还能强行插一根针进去投毒，椰枣茶的瓶盖是铁质的，严密封死，想要投毒，只能在未拆封之前。"

英格拉突然问："椰枣茶瓶盖上呢？"

雷奥将军笑了一下："这就是我们发现的重大线索——沾有国防部长唾液的瓶盖内侧，并没有氰化物成分。"

"没有？"不光英格拉，童素也很吃惊。

她们一开始都以为，氰化物有可能混在椰枣茶里，也有可能直接涂抹在瓶盖上，当国防部长咬开瓶盖的时候，口腔接触到氰化物，自然而然地将之吞入。但雷奥将军的说法，几乎是推翻了全部的猜测。

假如瓶盖内侧没有氰化物，而瓶身里面却有，这几乎是不可能的——密封状态的椰枣茶在搬运状态下，里面的椰枣茶一定会触及瓶盖内侧。除非，瓶身里的氰化物成分，本身就是后面加进去的。

可瓶盖沾了国防部长的唾液，贸然对瓶盖动手容易消除唾液的痕迹，反而会留下证据。又或者，对方百密一疏，忘记这点。

"鸵鸟"非常奇怪："假如国防部长不是喝椰枣茶时候中的毒，又是什么时候？氰化物发作时间很短，就算他只是口服了5毫克左右的量，顶多也就15分钟。难道他不是直接吃下去的？静脉注射？他身上有针孔吗？"

"没有针孔，但我突然想到一件事，就让人拿事发时候我脚下那块被打湿的羊毛地毯去检查，又让人把碎了一角，已经扔到垃圾桶里的玻璃杯找出来化验。"雷奥将军缓缓道，"在这两个地方，全都发现了氰化物的残留成分。"

"沙鼠"松了一口气："也就是说，真正导致他死亡的，并不是我递过去的那瓶椰枣茶，而是之前他喝的东西？"

话音刚落，他就发现不对："可你不是说，其他椰枣茶里无毒吗？"

"国防部长当时虽然用的是高脚杯，但他杯中装的是红茶，而不是红酒。"雷奥将军气定神闲地说，"但很奇怪，我们询问了泡茶的师傅，她们几个印象中都没有替国防部长泡茶，问其他人，他们也都说没看见，纷纷说，看见他从角落里出来的时候，手里已经端着这杯红茶了。"

"有人给他泡了茶，并在茶里下了毒，他无声无息地喝了下去？因为没全部喝完，大部分都因为和你争执，愤怒地把杯子往下扔，才让毒发时间延迟了将近10分钟？""鸵鸟"说到这里，神色大变，"不好，那这样一来，凶手往椰枣茶瓶里添加氰化物的做法，反而暴露了他的身份！"

众人也纷纷反应过来。

在这场宴会上，与国防部长关系好到亲手为对方泡茶，又权力大到椰枣茶瓶已经被当作证物拿走，还能在里面动手脚的，只有一个人。

那就是负责整座皇宫日常琐事的"总管"！

就在这时，没有任何预兆，会议室"唰"的一下，陷入黑暗。

八

突如其来的黑暗，令会议室陷入短暂的寂静。

下一刻，雷奥将军的手机响起。

这位将军干脆利落地打开了免提，"总管"那具有极高辨识度的，略带尖细的声音，便从手机那头传来："尊敬的雷奥将军，请原谅我的失礼。"

雷奥将军冷笑了一下："不用这么拐弯抹角，直接进入主题。"

"多谢将军的爽快，那我就直说了。""总管"的声音略带笑意，又透着疯狂和扭曲，"请把'大耳狐'，还有他今天带来的子女们都交给我。我保证，只要各位满足这个愿望，我就放各位平安离去。"

"鸵鸟"的反应非常激烈："背叛者的承诺绝不可信，假如我们这时候相信他的花言巧语，还分散自身的力量，无疑是在自取灭亡！"

"总管"听见了"鸵鸟"的话语，情绪有些激动："背叛者？你不妨问问你亲爱的外公究竟都做了些什么！我本也是部落酋长之子，族中战败，按照惯例，包括刚出生婴孩在内的贵族男子全要处死，当年七岁的我也不例外。他却将我偷偷救了出来，说是要给我提供复仇的机会，谁知是让我成为宦官，进入托卡帕夏皇宫！"

黑暗之中，谁也看不清"大耳狐"的表情，只听见这位八旬老者平静地说："虽然我承认，我之所以救你，确实是为了制造一个好用的卧底，并不在乎你是否成为宦官，但你必须知晓，就算我不把你换出来，你也不会立刻被处死，而是会被送到斯图国前皇储手中。落到他手里的男孩子，就连下落都没见过。"

听到这里，童素心中一沉。

"大耳狐"就差没直截了当地明说，斯图国前皇储，他有恋童癖，而且对男孩子更感兴趣！

联想到自己在"提洛岛"上见过的里切尔影业的董事亨利，再想想那桩迄今为止仍是悬案的"超级童星卡瓦哈尔·里切尔失踪案"，童素猜到了七八分，顿时觉得胃里一阵恶心，厌恶感蹿到脑门。

这样的人渣 30 年前就死了，实在是天大的好事，否则他多活 30 年，只怕有无数个家庭要活在孩子走失的痛苦之中。

"总管"并不理会"大耳狐"的花言巧语，只是发出阴冷的笑声："现在说这么多都没意义，这么多年的仇恨积压，就是为了等这一刻。光是'鬣狗'的死，并不足以消弭我的恨意。你摧毁了我拥有家庭的可能，我也必定摧毁你的家庭！雷奥将军，我只给你 3 分钟的时间思考，3 分钟后，我需要这些人出现在主院门——"

"稍等！"雷奥将军突然开口，"如果你背叛末代独裁者是因为灭族之恨，对'大耳狐'全家虎视眈眈是因为宦官之辱，为什么在宴会上，你却选择第一个对国防部长动手？若我没有听错，你全族被灭的时候，斯图国前皇储还活着，那至少是 30 年前的事情了。当时国防部长顶多 10 岁出头，你为何要杀他？"

"总管"低低地笑了："杀他，是因为大公主曾经庇护过我。我这个人，恩要报，仇更要报。公主救我一命，我没办法救她，就只能把她的儿子送走，把她的仇人杀了！"

"国防部长的长子当年出逃，我早就猜到是你通风报信！""大耳狐"叹道，"但我不明白，你怎么骗过国防……"

不等"大耳狐"说完，"总管"就直截了当地打断对方："我提醒你们，我这边有非常多的炸弹，假如你们 3 分钟不交人，我就让人往院子里扔。我倒要看看，你们这几百个人，怎么抵御无穷无尽的炸弹袭击。"

阴恻恻地说完，"总管"就将电话挂断。

很显然，"总管"并不想和他们多做纠缠，只给 3 分钟。

英格拉推开会议室的窗户，往外面看，就发现外界一片黑暗，整座皇宫的电力系统全部被关了。

"皇宫守卫森严，'总管'凭什么敢这么威胁我们?""鸵鸟"不解，"难道他收买了所有的守卫?"

这个念头才一闪而过，就被"鸵鸟"压了下去。

不可能。收买整座皇宫的守卫，或者说保镖，这是天大的动静，皇宫守卫近千人，不可能不透半点风声。如果只是收买负责人，这么大的事情，部下不一定会跟着做。

"他不用收买这群人。""大耳狐"叹气，"皇宫的守卫本就是原班人马，他们曾经历过独裁者统治的时代，自然遭遇了不少政变，当然清楚，一旦出事，稀里糊涂卷进去反而容易丧命，像这样各司其职，顶多也就是个罢免，不至于丢了性命。"

酋长们生来就是人上人，不清楚下面办事的潜规则，雷奥将军和英格拉却心知肚明，就听"鸵鸟"问:"所以，'总管'特意在宴会上害死国防部长，就是为了让雷奥将军把宾客们都留下来，安排到各个院子里?"

雷奥将军思忖:"皇宫院落数以百计，又有高墙铁网，假如只是重点防守几个地方，进攻方必定损兵折将。但如今宾客众多，守卫们被分散到各处。宾客们看见整座皇宫停电，本就惶恐，他们也个个带了保镖，如果急于离开，或许会与守卫发生冲突。"

英格拉很配合地说:"对守卫们而言，拦住激动的客人已经不容易，就算雷奥将军让他们赶来支援，一是黑灯瞎火，视线不好，二是局势不明，这群护卫很大概率会违抗命令，继续守在负责的院落。这样一来，不管谁输谁赢，他们顶多是渎职，不至于因为站错队被归到失败方，从而没命。"

"鸵鸟"拧眉:"你们如此确定?"

"这是小人物的生存智慧，'总管'敢这么做，就证明他已经有把握，皇宫的守卫们不会干涉今天的事情。"英格拉目露担忧，"我不知道'总管'煽动了多少人，但我们能依仗的，只有目前在主院和三个偏院的保镖们。"

"沙鼠"惊慌无比:"大洋国军事基地就在旁边，他们敢这么嚣张?"

这句话提醒了其他人，"鸵鸟"也问:"不能直接调兵，制服这些恐怖分子吗?"

"非常遗憾。"雷奥将军叹息，"财政部长的死因太过诡异离奇，轰炸石油厂的无人机也来得诡异，我担心周边地区的稳定，将主战坦克部队调去了边境，只有极少数的部队留在城外，负责切断交通要道。

"越是这种危急的时候，就越不能调近处的部队，以防发生更大的混乱。而远处的……哪怕我即刻向他们发布命令，即刻将他们召回，他们赶来还需要至少两个小时。"

虽然雷奥将军说得很隐晦，但酋长们都知道，雷奥将军主要还是为了防备他们这些酋长武装叛乱！

这本来令他们十分生气，却又互相猜疑。

谁可能想到敌人就在皇宫内部？

"大洋国军事基地，难道一个人都没留？"

雷奥将军神色微冷："当然不可能，但基地内有'雅典娜之盾'和'赫尔墨斯之靴'这些战略设备，必须留一定数量的人看守。"

"可，可飞机呢？军事基地难道没有飞机？"

雷奥将军挑眉："无人机我倒是能调，但怎么打？"

大洋国侦察和轰炸一体的无人机，确实精度非常高，但打击目标主要是地面单位，或者坦克重兵，这样都很容易误伤。

现在敌人和自己人都在皇宫里面，无人机怎么分辨谁是敌人，谁是盟友？

听到这里，"沙鼠"结结巴巴地说："难道就没有办法了？"

童素却有点疑惑。以她刚才从棋路中的判断，雷奥将军应该是个性格强势的控制狂，面对这种情况，就算不暴跳如雷，也不可能这么平静吧？

还有，明知道可能有人会在宴会上发动袭击，却还是把手上能活动的兵力都调出去，导致两小时内，一个增援都没有？雷奥将军会这么莽撞吗？

但话又说回来，假如不是确定雷奥将军手上目前就只有上百亲信，无法调动大洋国驻军的兵力增援，"总管"又怎么敢这时候发动攻击？

酋长们心里也有同样的疑问。

他们既不敢和雷奥将军撕破脸，又觉得最近几天发生的每一件事都透着诡异，心道：这里面是不是还牵扯到了一些其他的，比如大洋国军方高层的博弈？

万一"总管"背后站着大洋国的哪位大人物，对方铁了心要帮"总管"报仇呢？否则"总管"哪来这么大的胆量，又哪有这么大的能量？又或者，参联会主席还是惦记着他私生女的死，蓄意报复？

一想到这里，有些人心里就在打退堂鼓。

如果是后面一种，大家都逃不了。可如果是前一种，说来说去，这到底还是"总管"个人的恩怨，只要他们交出"大耳狐"，说不定就能逃过一劫。

察觉到气氛不对，"大耳狐"不紧不慢地说："你们真的相信，'总管'只是要报复我一家吗？别忘了，那封预告函里，说的可是要将我们赶尽杀绝。"

他一边说，一边看向"鸵鸟"的方向，可这位外孙竟像是愣住了，一言不发，不知在想什么。

倒是"沙鼠"说了句公道话："既然增援会来，那我们只要拖够两个小时就行。请问，这里有没有密室一类的地方，供我们躲藏？"

话音刚落，爆炸声就传来。

"他们开始往院子里扔炸药了！"

"不能让他们这么扔下去！""鸵鸟"当机立断，"立刻占领制高点，我们要回击！库房在哪里？去搬梯子！"

"大耳狐"却阻止了冲动的外孙："雷奥将军，无人机不能解决叛军，最大的原因是怕误伤，对吧？"

雷奥将军微微一笑："当然。"

"大耳狐"又问："那我们这支队伍，有可能突围吗？"

霎时间，气氛沉默了！

在场的人几乎连呼吸都不会了，每个人都知道，这位八旬老者的态度——只要他们能冲出去，那么旁边大洋国军事基地的无人机立刻就能起飞，对托卡帕夏皇宫进行无差别、地毯式的轰炸！

到那时，皇宫会成为一片火海，没有人能活下来！

雷奥将军沉吟片刻，才说："先守住这里，再寻找时机。"

童素心中一凛。他不愿意轰炸皇宫，为什么？

强制突围，然后无差别轰炸，不是最好的路吗？雷奥将军什么时候是在乎死伤的人了？至于后续的国际舆论和影响，那就更不可能了。

关键时候，还顾得上这些？

雷奥将军如此顾虑，难道这里真的藏了他贵重的东西？

不等其他人发话，巨大的震动响起！

"Shit！是小型火箭弹！"

不知道是谁吼了一声，整个房子被火箭弹击中，开始摇晃，部分地方仿佛要塌了。

房子里的人像面临世界末日一样，四散奔逃。

但庭院外面已经烟尘满面，枪声一片。

霎时间，主院和偏院都变得兵荒马乱起来。

雷奥将军派人爬到屋顶上，炸药扔过来，只是取灭火器用力扑灭。但如果有人冒头，就立刻狙击，将人击毙，务必不能让人从偏院钻进来！

主院的正门则集中了最多的火力，大量的绝缘体被铺陈在炸弹的落点处，金属梯子陆续架起，守卫着正门。

库房大开，人们紧急翻找着一切可以利用的东西。

在雷奥将军的指挥下，四大酋长、英格拉乃至童素的手下被打散重组，混编到一起，只因大家互不信任。

但不知道是否因为雷奥将军对童素示好，还是其他人不信任童素等人，雪松小队一行被分配到的都是搬运任务。

雷奥将军让四大酋长的家眷们躲进主院的楼宇，自己拿着枪就去了院子里。

"鸵鸟"和英格拉也拿起枪，仿佛要一起去战斗，也离开了。

剩下光鲜亮丽的贵族们，此时正瑟瑟发抖，手足无措，刚要出院子，就听见外面喊："无人机！"

不知从何处飞来的无人机，呼啸着向皇宫袭来！

正当人们恐惧随时可能落下的炸弹时，一旁大洋国军事基地里，至少二十架无人机升空，二话不说，将到来的无人机击碎！

坠落的无人机像一个巨大的火球，掉进了皇宫不远处的居民区！

童素仿佛能听见群众吓得四散奔逃的声音，她心中叹了一声，眼睛却已经适应了黑暗，敏锐地注意到，"沙鼠"非但没有往外跑，反而在人群的掩护下，偷偷摸摸地上了二楼。

之前"大耳狐"提议说去军事基地，"沙鼠"却第一个跳出来反对，童素当时就已经留了心。如今一见，"沙鼠"果然别有居心。

九

"我们跟上去。"

雪松点了点头，带着童素，两人借助黑暗和嘈杂的掩护，也潜入二楼，就看见"沙鼠"站在一间房门外，娴熟地按下密码，快步潜入。

两人跟上的时候，门已经关闭。

"假如偏院和主院房屋的构造差不多，这里应该是书房。"童素低声问，"道具没有被搜走吧？"

雪松拿出能够显示指纹的喷雾，一边往指纹锁上喷，一边说："枪械被收走了，佩刀和一些小道具都在。"

闲谈之间，刚才"沙鼠"按的四个数字已经出现。

1、2、5、8。

"光线太暗，我没看到他按密码的顺序。"雪松低声道，"这种密码锁非常高级，没有钥匙，只能密码解开。一旦按下激活键，五秒之内必须输入正确密码，而且只能输入一次，一旦按错或者超过时间就会自动报警。"

"'沙鼠'怎么会知道雷奥将军书房的密码?"童素皱眉，"我觉得这事不大对，我们先找个地方躲避，待会可能还有人过来。"

童素一边说着，一边留了个心眼。

只见她戴上医用手套，然后快步走到卧室门前，没有激活密码锁，只是轻到根本看不出来的力道，同样按了1、2、5、8。

她刚刚按完，就听见急促的脚步声传来。

听声音，至少有三个人。

雪松心中一急，带着童素越过转角，退到一扇虚掩的门扉后，童素定睛一看，发现他们进的是健身房。

这时，他们听见刚上来的人说："不好，有人抢在我们之前上来了，一共是两拨人，一拨进了书房，另一拨人用了道具在查探指纹，现在不知下落。或许他们根本没离开，我们要提高警惕。"

另一个人立刻说："你过来看。"

这两人明显都戴了变声器，系统合成的声音，根本识别不出音色："我刚才用道具喷卧室的密码锁，虽然没有显露指纹，但看得出来，1、2、5、8这四个数字上，同样有指腹按压的痕迹。"

"你是说，第一个人进了书房，然后第二个人通过探测他按下的密码，进入了卧室?"

"应该是! 第二个人明显细心很多，他戴了专用的手套，不留下自己的生物痕迹。"

"所以，我们应该蹲守哪间房?"

雪松听到这里，暗叫好险。假如不是"夜神"刚才"多此一举"，他们就被发现了!

这时，雪松却发现童素捅了捅他的腰，无声地比画，示意他们通过健身房的另一个门，悄悄离开这里。

雪松虽不明原因，却果断执行命令。

两人轻手轻脚绕过健身器材，从小门离开，来到隔壁的桌球室。

童素看见没有门了，就小声问雪松："哪里适合躲藏并反击?"

雪松目光巡视片刻，低声道："您躲沙发后面，我顺着窗户，爬到悬挂式空调上。

那个空调刚好挂在门边，一旦有人推门进来，我可以第一时间做出反击。"

童素点了点头，在沙发后躲了起来。

雪松灵巧得像一只猿猴，不发出任何声音，将自己高大的身子蜷缩到悬挂空调的上方，确保进来的人视线能完全被挡住。

两人才躲好没多久，就有三名持枪男子推门而入。

雪松顿觉毛骨悚然。

算算时间，现在来的人，只有刚才说话的那几个。

这群人，表面上信了"第二人"通过密码进入了卧室，实际上却将信将疑，一边谎称要蹲守，一边却分了一部分人，秘密搜查整个二楼！

如果他们刚才没从健身房离开，那里一览无余，健身器材没有几个适合躲藏的，只怕立刻就要被抓个正着！

雪松注意到，这三个人非常警惕，他们一开始只派了一个人进来，而且第一时间就是留意门后！

确定门后没藏人，没被突袭后，其他两人才从此地而入。

霎时间，雪松的心提了起来。

桌球室虽然很大，但可供藏人的地方不多，只有两个真皮沙发，还有一个吧台，以这三个人的速度，哪怕不分开，合着找，也就是不到五分钟的事情。

他必须尽快处理掉这些人！速度要快，动静要小！

电光石火之间，雪松心里已经有了想法。

等到最后一个人进门，三人将房子大概打量了一圈，开始往吧台走去时，雪松计算了一下自己和台球桌的距离，做了一个很大胆的动作——他直接双脚用力，蜷缩着站了起来，做了一个准备跳跃的动作！

空调之前能承载雪松的体重，只是因为他尽量均摊了受力面积，而现在，所有重量全部压到双脚之上，空调立刻发出"嘎吱"的动静，支撑的架子已经断了一半，仿佛随时都会向下坠去！

就在这个声音引得三人同时回头的时候，雪松已经像猎隼一样，向三人跳跃而去！

三人见到一个大活人往自己这边落过来，根本来不及开枪，第一反应就是跑！

这个距离，这个重量，一旦被砸到，不死也残！

谁能想到，雪松中途变换姿势，双脚一蹬，借助体重和重力加速，竟直接对着台球桌的边缘，硬生生将这张桌子往三人退开的方向，重重踢去！

三人被台球桌重重撞到墙边，哪怕穿了防弹衣，五脏六腑也像位移了一样，完全动弹不得！

这一切发生得实在太快，快到让人猝不及防！

三人都不知道发生了什么事，就觉得浑身剧痛，雪松则借助那一下卸力，平稳落地，然后喊："跑！"

童素从藏身地跑出来，与雪松一起往门外跑去。

两人跑开后，才听见"轰隆"的巨响。摇摇欲坠的空调，终于坚持不住，轰然坠地！

接连的巨大响声，吸引了许多人的注意。

"我们去哪里？"

童素本想说，去隐蔽地方，比如储藏间一类，可在转角看见一个小型家庭电影院的时候，突然停下了脚步。

雷奥将军如果有秘密，应该会藏在很私人的地方。

不管有多少人冲着这个秘密而来，这都是每个人的共识，所以，他们第一个翻的地方都是书房，第二个则是卧室。

但观看电影，本身也是一项很私人的活动。雷奥将军一个人待在家庭电影院一两个小时，谁都不会觉得有什么问题，电影本身就要那么久嘛！假如是歌剧，时间更久呢！

而且，为了不影响生活起居，家庭电影院往往会采用非常好的隔音材料装修，哪怕里面的音响震耳欲聋，外界也听不见什么动静。如果机关、暗格之类设在这种地方，就很容易解决开启时会发出声响的问题。

"去这里！"

雪松推开家庭电影院的门，刚要踏入，突然觉得不对。

漆黑的影音室就像一张深渊巨口，准备将人吞吃入腹。

有人埋伏？几乎是下意识地，雪松手腕一用力。

黑暗之中，闪过血的刀光。然后，就传来狮子愤怒的咆哮！雷奥将军饲养的狮子，竟然藏在家庭电影院里！

雪松下意识就想要退后，但想到一旦三头狮子跑出来，童素无力和这种畜生对抗，就迟疑了一下。

霎时间，他就像被小型炮弹击中一样，浑身五脏六腑都在疼，腥臭的气味扑鼻而来。

那是吃痛的狮子，张开了血盆大口。

雪松就像一尊沉默的石头，拦在门口，半步不退，再次挥刀。刀尖刺入柔软的地方，狮子陷入癫狂！他刺到了狮子的要害吗？

偏偏这时候，雪松却听见了人的脚步声！

有人来了！

雪松狠狠咬牙，不退反进，被狮爪重重挠了一下，在狮子扑向自己的时候，顺着对方的胸口，将长刀往里一插！

"刺啦！"狮子从胸口到腰腹，被开了一个巨大的洞！

另外两头狮子闻到血腥味，更被刺激得不轻，就见雪松低低说了一句："躲到狮子身体里！"

然后，他将左臂上鲜血淋漓的伤口挖得更大一点，刺激另外两头狮子，且战且退，往后面撤去。

看见雪松将另外两头狮子引走，童素非常干脆地遮住自己的眼睛，防止鲜血渗进去，然后忍着恶心，钻到狮子的腹腔里。

狮子的体内本来容纳不下一个大活人，但童素扯了狮子的一些肠子和器官出来，就像搏斗的时候这些东西掉出来一样，又拖着数百斤的"狮子外壳"，尽量把狮子往靠墙的地方凑，再把开膛破腹的地方稍微聚拢一点，远远看过去，就像一只狮子死掉了，堆成墙边的烂肉一样。

她刚刚做好这一切，就听见整齐划一的脚步声传来。

"BOSS，这里刚刚发生一场搏斗。"

"好出色的刀法。"英格拉的声音传来，这位"黑曼巴"走到狮子残骸旁边，饶有兴趣地打量狮子的伤口，"虽然手电筒的光不够亮，无法窥到全貌，但还是能看出，这个人突然遭到狮子袭击，总共挥了三刀。第一刀划伤了狮子的前爪，第二刀刺瞎了狮子的左眼，第三刀贯穿了狮子的腰腹。"

她兴致勃勃点评的时候，童素的心几乎跳到嗓子眼，担心英格拉会拉开破损的狮子皮肉，看到藏身于里面的自己。

英格拉身边好像还站了一个人，冷静点评："第三刀深入狮子体内，这样很容易被狮子伤到，打法不明智。"

"谁知道他为什么这么做？或许是为了保护谁也不一定。"英格拉话锋一转，不去关心狮子，转而打量整座家庭影院，"彻查这里，看看有没有藏人！"

童素努力放平呼吸，平缓心跳，任凭狮子的血液和脏腑淋了自己满身满脸，都一动不敢动。

幸好，由于电力迟迟没修好，这里实在太黑，英格拉也就只是拿手电筒随便晃了几下，压根没想到狮子里面有个大活人。

不知道过了多久，她听见汇报。

"BOSS，没有藏人。"

"BOSS，没有找到机关。"

英格拉突然笑了起来："机关就在你们眼前，你们都没看到吗?"

众人面面相觑，顺着英格拉的手电筒光线，目光落到了小型家庭影院墙壁两侧悬挂的面具上。

十

饶是英格拉的手下们个个都是亡命之徒，骤然在黑暗中看见两侧悬挂的面具，还是觉得一股寒意自心底升起。

这些面具，实在太诡异了。

一般人印象中的面具，要么可爱，要么漂亮，也有不少狰狞凶恶、邪恶诡谲，但都不会给人太强烈的恐惧感，因为一眼看过去就清晰地知道，这些都是假的。

但他们现在所见到的这些面具，却多半都是人面，男女老少皆有，僧侣艺伎俱全，表情栩栩如生，做工更是十分精美，面具外层光滑洁净，精心调配的颜料呈现诡异的惨白，乍一眼看过去，就像将死之人的皮肤。

在黑暗之中，拿着手电筒照射过去，看着它们嘴角咧起，用那双逼真无比的眼睛，仿佛看着你，又仿佛看着你的身后。简直就像一个变态杀人狂剥了许多人的皮，精心炮制之后做成了面具挂在这里，令人毛骨悚然。

虽然他们刚刚已经确认过，这些面具都由木头制作，并不是人皮硝制，但这并不能令他们的鸡皮疙瘩消弭。

对于这些恐怖的面具，许多人看一眼就不想看第二眼，更别提详细分辨其中的玄机。

"BOSS，这些面具我们都一一取下来摸过，没有机关。"

"那是因为这个机关的设计非常巧妙，单一地取下或者挪动面具，并不足以打开这个机关。"英格拉的声音里充满自信，"雷奥将军少年时代跟随父母，在樱花国京都府居住了很长一段时间，对樱花国的传统文化非常了解。这些面具，就是樱花国独特传统戏剧'能剧'专用的面具，大致可以分为男、女、老、幼、灵、鬼六大类。而两边墙壁悬挂的能面，刚好一边三排。现在这些面具是杂乱的，只要重新分门别类，就可以启动机关。"

英格拉的手下们听了，将信将疑，却没违背她的意思，手脚非常麻利地将面具取下，按她的指示，将代表男、灵（神明）、翁（老人）的能面按顺序挂在左边的第一、二、三排，右边对应的三排能面则分别是女、鬼、幼。

狮腹中的童素听到这里，也认为英格拉的顺序非常合理。

能剧再怎么幽玄，归根结底也是戏剧的一种。

但凡戏剧，最重要的当然是男女主角，古代中国推崇以左为尊，樱花国也随之效仿，所以将代表男人的能面挂在左边第一排铁定没错。

这就像玩数独，确定了一个数字之后，剩下的就非常好填了。

换作童素在这里，也会像英格拉这么排。

只不过，英格拉对樱花国文化的了解，还是让童素暗暗心惊，甚至有点后怕。

幸好没不懂装懂，在雷奥将军和英格拉面前立自己熟识樱花国文化的人设，否则就要露馅了。

当最后一个面具归位时，就听见"嗒"的一声。天花板上的一盏吊灯突然缓缓垂下来，有人凑过去才发现，吊灯上面竟有一个小盒子，打开盒子，里面是一把古朴的铜制钥匙。

"果然在这里。"英格拉一把抓过钥匙，"有了这个，就可以打开水琴窟中的暗门！"

"但正院那么多人……"

"不用担心，会有人给我们创造机会！"

听见英格拉等人的脚步声慢慢远去，童素却非常谨慎，并没有从狮子腹中钻出来。

她并不确定英格拉是否在这里留了人，又会不会有别人前来，目前最稳的做法，就是等雪松回来。

但很快，就听见李察的声音响起："'黑曼巴'拿到了机关钥匙，我们晚了一步。"

"并不算晚。"说话的男人声音低沉，带着异样的韵味，"她的排列方式是错误的。"

"你怎么知道？"

"宴会上，我目睹了国防部长的死就意识到，策划这一切的幕后黑手或许真要五大酋长死，但更重要的是，他要混进托卡帕夏皇宫，偷取什么东西。"

李察的反应也很快："外面围住院子的人也有几百个，都是'总管'私下蓄养或拉拢的对象。这批人如果在'总管'的帮助下混入宴会，猝不及防拔枪，很容易造成大规模伤亡。'总管'却选择用暴露自己的方式，毒杀国防部长。可见杀人才是其次，他真正想做的是制造恐慌，并且强行把所有人都留在皇宫。在大洋国的步兵被调去边境，能动的只有空军和无人机，权贵们又被动成为人质，才最混乱，最利于他人浑水摸鱼。"

"没错，等进入这个院子后，我就发现，这里守备极其森严。雷奥将军把他居住的地方打造成了铜墙铁壁，暗中潜入一定会被发现，明着闯入未必能达到目的，但如果是雷奥将军自己开口邀请，就不会有上述问题。"

听见嗓音低沉男子这么说，李察若有所思："你是因为听见'沙鼠'不肯去军事基地，就开始怀疑他？"

"没错，所以我借机在他身上放了个监控器。"

童素听到这里，有些惊讶。

她之前就在琢磨，李察这么典型的外乡人面孔，到底怎么混进这么排外的地方，还在"沙蝎"次子身边当保镖。

她猜过雷奥将军，猜过其他几个酋长，猜过英格拉，刚才更是猜过李察的合作对象是不是"总管"。可听他们对话的意思，竟不是上述任何一方？这就奇怪了。

李察不解："雷奥将军的书房里难道会明写机关的打开方式？不可能吧？"

"当然不会，但我确定了一件事。"低沉声音的男人缓缓道："你看见他客厅悬挂的那幅画了吗？不懂浮世绘的人只知道，那上面绘的是歌舞伎，却不知道，她跳的是樱花国古代一种名为'幸若舞'的舞蹈。"

"幸若舞"这个词语实在太过生僻，男人又是用大洋语说的，童素对这种生僻词没办法转化成中文，有点两眼一抹黑。

但很显然，作为大洋国国民的李察也没听懂，只能竖起大拇指："不愧是詹姆斯·史密斯，这么冷僻的知识，你居然都知道。"

"只是以前做过类似的任务，对樱花国稍微有点了解。"詹姆斯回答，"通过放在'沙鼠'身上的监控器，我看见雷奥将军的书房上挂着一幅樱花国的书法，上面写着'天下布武'，这是织田信长打出来的口号，而幸若舞，恰恰就是织田信长所喜爱的舞蹈。1582 年，一代枭雄织田信长自尽而死。1、5、8、2，这就是解锁密码。"

李察啧啧称奇："一个大洋国人，居然这么喜欢樱花国古时的枭雄。"

詹姆斯沉声道："每一个传承至今的国家都拥有名垂青史的英雄人物，对这些人的推崇本就不应该有国界之别。"

"行吧！反正我对樱花国文化一窍不通，你就直接说吧，你认为这些面具该怎么摆。"

"这些能面一大半是干扰项，其中的一小部分刚好符合能剧《敦盛》的出场角色。这是织田信长最喜欢的名篇，也是机关真正的切入点。"

童素知道《敦盛》是该国古代名篇，尤其是那句"人生五十年，同下天而比，不过南柯一梦"（下天是佛教用语，据说那里居住的人平均寿命五千岁），据说织田信长死前也吟诵了，导致流传更广。

许多非樱花国游戏玩家，在打类似《战国无双》等樱花国游戏时，由于不清楚他国历史，还以为这是织田信长临终所作的诗句。

李察没有质疑詹姆斯的判断，只是问："如果只有一小半能面有用，剩下都是干扰项，我们该怎么排列？将不用的能面都取下来？"

"你摸一下悬挂能面的木钉。"

童素听见了窸窸窣窣的动静，大概是李察把最下排的木钉挨个摸了一下，才有些不确定地说："摸上去手感一样，但不知道是不是我的错觉，靠近了就会发现，这些面具会散发香气，有些浓，有些浅。"

詹姆斯肯定地说："樱花国的能面遵从古法，传承近千年，几乎都是用桧木制成，这种木头内含油脂，自带芳香。按理说，能面本应该被严密保存在匣子里，雷奥将军把它们悬挂在私人电影院里，看上去就像个附庸风雅的暴发户，一知半解的外行人。但你只要注意这些钉子就会发现，部分木钉由桧木制成，隐隐散发香气；剩下的木钉却由其他木材制成，上面的气味就很淡。只是木钉都被打磨得很光滑，手感也没有太大的区别，所以非常容易被人忽略。"

听见詹姆斯的解说，无论是一旁的李察，还是躲在狮腹中的童素，心中都油然生出敬佩乃至敬畏之情。

能面由桧木所制，本身就自带香气，又由于挂在室内，香味已经很淡了。木钉更是被精心打磨，无论从色泽还是质感上来说，几乎看不出差别。但詹姆斯初来乍到，又在绝对的黑暗中，只是稍微观察了一下墙壁两面，就能注意到香气浓淡那一丝几不可察的区别，进而判断出木钉的材质不同。大洋国最强特工对细节的洞察入微，实在令人佩服！

在詹姆斯的指导下，两人找出所有桧木制作的木钉，又取出《敦盛》中会出现的所有能面，按照重要程度顺序，一一排列。

等到面具全部归位，又听见"嗒"的一声。天花板上的另一头，与英格拉之前开启机关完全呈斜对角方向的另一只吊灯突然缓缓垂下来，盒子里面同样是一把古朴的铜制钥匙。

"两把钥匙。"李察玩味地问，"你觉得，哪把是真的？"

詹姆斯沉声道："两把都是真的。"

李察笑了："但这两把真钥匙，绝不会用来打开同一扇门。"

"约翰已经混进了'黑曼巴'的队伍里，他会随机应变。"詹姆斯平静道，"我们找个制高点，假如出什么事情，也好随时支援他。"

"不去找这把钥匙对应的机关了吗？"

"没这个必要。"詹姆斯非常平静，"虽然皇宫的运维组一直在监控信号基站，导致我暂时无法联系国土局。但每次来塔汗国之前，我都会提前预设报警装置，一旦我72小时没有登录相关设施，国土局就会收到消息，然后启动准备好的预案。"

理论上，军方和国土局隶属于两个机构，不能越权。哪怕国土局对雷奥将军有所怀疑，甚至在秘密调查，在没有确凿证据之前，也不能对雷奥将军动手。但涉及恐怖袭击的重大事件，全部都要转移到国土局手上。这种时候，国土局就可以根据事情轻重，启动相应预案。

鉴于塔汗国在大洋国全球战略部署中属于极其重要的一环，国土局甚至可以秘密扣押雷奥将军，私下审查。无论雷奥将军藏了什么秘密，只要国土局出手，调查清楚只是时间问题。

这些内容，詹姆斯当然不会透露给李察，不过李察心里也大概有数，就淡淡说了一句："前提是，我们必须活着离开这里。"

詹姆斯心道，就算死了，也没关系。

这次来塔汗国之前，他在报警设施里，额外加了一句话：假如我死在塔汗国，约翰具有重大嫌疑，建议直接逮捕！

虽然詹姆斯打心眼里不愿怀疑约翰这个搭档，可先前在诺亚集团超级工厂，他扮作高瘦保镖混进艾伯特·马歇尔队伍里，然后与神秘袭击者交手的时候，对袭击者有一种隐隐的熟悉感。

袭击者或许也发现了这一点，才不与他缠斗；又或许是目标盯准了艾伯特·马歇尔，才及时撤离。

但李察的出现，却又让詹姆斯忍不住怀疑起，之前在工厂袭击自己的，莫非不是约翰，而是李察？

虽然詹姆斯知道，李察这次前来塔汗国，主要是受伊万的委托，来确定瑟沙的死因，可并不排除，李察顺带接了杀人任务的可能。

更重要的是，李察这个人，詹姆斯始终看不透。

他究竟是个游走于灰色地带的侦探，还是秉持正义的国际刑警？

假如以国际刑警的身份自傲，他就不该介入这种地缘政治的案子。可如果这种人已经越过了那道线，就会成为最可怕的罪犯。

更重要的是，约翰并没有服务于"提洛岛"背后集团的理由，但李察……不，李察更没有理由。

或许，我只是拼命在给约翰找理由。仅此而已。

"对了。"李察突然说，"地上的血液是否需要收集？"

听见这一提议，童素顿时有些紧张。

地上的血迹，无疑是雪松和狮子搏斗时，双方溅出的血液。虽然大部分都来自狮子，但也有少部分来自雪松身上。

更不要提此地人都来了几拨，哪怕不出血，头发、皮屑等身体组织，不可能没有残留。

虽然童素知道，雪松小队的全体队员，以及她本人在内，所有的档案已经被国家抽取出来，但这些数据如果落到大洋国手上，还是让童素心生警惕。

"我只携带了一管容器，打算用在'黑曼巴'的身上，收集她的生物信息。"詹姆斯回答，"这里的势力有好几拨，任何一拨与狮子撞上都有可能，现在情况太乱，想要一一分辨也不可能。等到国土局派人来，一切就真相大白。"

李察觉得也对："按照国土局的人的性格，估计一砖一瓦都要原封不动地拆开、带走，更不要说这些残留的身体组织。"

两人一边说着，一边走远。

不知是谁顺手把门带上了，童素听见了沉重的关门声。

十一

又过了一会儿，童素发现房间里真的没声音，甚至因为隔音效果太好，就连外界的爆炸声、子弹声都听不到，她权衡片刻，还是从狮子腹部爬了出来，顺着之前对这个房间的记忆，走到角落里的小柜子前，摸到纸巾，连续扯了七八张，认真擦掉眼皮和眼部周围，还有头上的鲜血、脂肪等，这才睁开眼。

黑暗的环境中，惨白怪笑的能面映入眼帘。

童素低头看了一下鲜血淋漓的自己，又看了一眼阴森恐怖的环境，却丝毫不紧张，又抽了几张纸巾，认认真真地把透明手套上的鲜血和器官残留物等，一一擦拭干净——

手套是他们准备上楼时，雪松递给她的，以免留下指纹。

詹姆斯·史密斯的态度，令童素原本炙热的心也渐渐冷静下来。

童素先前也像英格拉一样，陷入了雷奥将军刻意营造的怪圈，因为对方一直通过种种细节表达"自己非常喜欢樱花国文化"这件事，就理所当然地以为，如果雷奥将军有不可告人的秘密，肯定藏在相应的地方。

但这间影音室中的两把钥匙，让童素瞬间清晰。

没错，就像詹姆斯说的那样，这两把钥匙一定能打开两个机关，也能从里面找到重要的机密。可那绝不是雷奥将军藏得最深的秘密。

雷奥将军之所以这么做，就是要欺骗英格拉这样的聪明人——她绝不会相信摆在面前的东西，也不会相信轻易就能得到的答案。而是要根据自己注意到的细节，发掘到的线索，缜密而理性地进行长时间的推理，费尽千辛万苦，设下种种计谋，经历九九八十一难，最后才得到自以为的结果。

这只会让雷奥将军暗自得意。

童素对雷奥将军的性格侧写并没有错，这就是一位狂妄、自负，却又足够聪明，实力撑得起这份野心的狂徒。

这样的人，会把最重要的秘密藏在哪里？

童素突然笑了。只见她突然把门反锁，并且闩上了保险："真是的，这么简单的地点，却把所有人都骗过去了啊。"

确认大门被锁死，外面的人打不开之后，童素一边感慨，一边走到狮子的尸体旁边，手陷进狮子的鬃毛里，然后准确无误地，摸到了金属的质感。

那是狮子的项圈。

英格拉对童素提到过，雷奥将军畜养的三头狮子，全都植入了芯片，可以检测生命体征。一旦狮子昏迷，或者死亡，APP 就会提示。

但她没说，这个芯片到底放在狮子体内，还是在项圈里，也没觉得三头狮子都戴着项圈有什么不对。

只因稍微熟悉项圈一点的人都能看出来，狮子戴着的叫作"电击项圈"，可以理解为一个项圈版本的小型电击器。

只要狮子做出了不符合雷奥将军心意的举动，雷奥将军就可以按下 APP 上的电击按钮，项圈就会自动释放足够的电流，将狮子电得痛不欲生，不敢再动。

鞭打、电击，都是降伏猛兽的惯用手段，自然没人觉得稀奇。

"连着 APP，就代表有信号；能够释放电流，就代表内部有电力储存。"童素双手一寸寸摸过去，不放过项圈正反两面的任何一处，终于在狮子下颌方向的项圈处，摸到了一个极其狭窄、细小的缝隙。

童素笑了一下，打开左手腕的蛇形手镯机关，拿出不足小指甲盖大小的芯片，插进项圈的缝隙里。

一开始插不进去，但调整一下角度后，就听见极其轻微的"咔嗒"声。

严丝合缝。

下一刻，大荧幕亮了起来。

房间被照亮后，童素第一个动作并不是走向播放碟片的电脑，而是费力地将狮子的正脸对准有光线的地方，蹲在旁边看了许久，最终确认，这头被雪松杀死的狮子，就是她曾经见过的，匍匐在雷奥将军脚下的那头。

"其他两头被雪松引走的狮子，项圈里是不是也有机关？"

这个念头在童素心中闪过，但她没多做计较，而是不顾一路上鞋印留下的血迹，快步走到电脑旁边，就看见电脑已经自动打开，却不是熟悉的开机界面，而是一套全然陌生的系统，提示要输入口令。

童素盯着这个画面，若有所思。

她试着输入了但丁给她的口令，却提示错误。

这令童素有些惊讶。

口令无效？等等，但丁的前女友好像说，那是第二重口令。

也就是说，第一重口令，应该是比较简单就能获得的，或者至少是"杜尔迦"这个集团高层都知道的。

这种口令，童素还真知道一个。

多年前，"杜尔迦"这个组织的首领曾热情邀请过童素，希望这位顶级女黑客能加入她们，一同为落后地区的妇女和儿童争取到更多的权益，必要的时候，甚至可以用灰色，乃至黑吃黑的手段，去打击相应的犯罪，拯救妇女儿童。

童素当时不到二十岁，正是年少轻狂的时候，对这种理念毫无抵抗力，差点就答应加入了。

只不过，她当时留了个心眼，调查了一下与"杜尔迦"相关的案子，发现她们行事有点极端，充斥着对男性的憎恨。

一些拯救妇女儿童的行动里，她们明明能将涉案男性递交法院，却更喜欢用私刑来处理，童素就有点接受不了。

针对妇女儿童的犯罪，当然令人不齿。但动用私刑，针对男人，这不也是另一种犯罪吗？

虽然"杜尔迦"组织的首领对她解释了好几次，告诉她，一旦用正当手段，这些不法分子就能够通过财富和权势逃脱制裁，这个理由得到了童素的认可，可她还是无形对"杜尔迦"心生抵触，最终婉拒了她们，只是无偿帮过她们不少忙，比如调查中欧针对少女的绑架，捣毁暗网的色情视频直播组织等等。

也正因为她的无私帮助，"杜尔迦"给了她一串非常高级的口令密钥，从某种角度来说，也能称得上"组织信物"。

这代表着，童素实际上是"杜尔迦"的编外高级顾问，只要她想，随时可以加入，成为这个组织的高层。

由于后来"杜尔迦"行事越来越极端，听说涉及孔雀国的高官显贵，所以基地都从孔雀国搬走，童素渐渐就没和她们打交道了。

"9·15"恐怖袭击后，鉴于"杜尔迦"这个组织公然认领了操纵诺亚新能源汽车的行动，童素在配合中国安全部门查案时，试过用这个口令登录"杜尔迦"从前的网站，发现曾经的网址要么已经没了，要么修改了密钥，登录不上去。

但现在，她也不知道别的密钥。

赌一把好了！

童素回忆了一下当年自己拿到的密钥，在心里过了几遍，确认无误后，飞快输入128个由字符、大小写、数字等组成的口令密钥，按下确定键，就看见屏幕中跳出巨大的"通过"提示。

竟然可以！

童素来不及高兴，下一刻，脸色就变了。

现场播放的，居然是一段视频！

视频中只有一个黑发黑眼，高鼻深目，容貌却非常憔悴的女人，坐在狭小的房间里，语速急促："能看到这段视频的，我不知道是'杜尔迦'组织的哪位编外顾问，我需要告诉你一些事——'杜尔迦'这个组织，从壮大开始，就混进来了很多他国别有用心的势力。他们提供给我们资金援助，甚至会协助我们打击犯罪，但归根结底，还是要利用我们，去达到自己的目的。

"我虽然知道组织内部良莠不齐，但为了心中的理想，为了救助更多人，我假装不知道这回事。但暗地里，我在秘密筛选足够可信的人，她们不能加入这个组织，但又要有崇高的理想，足够的能力，这就是'编外顾问'的诞生。

"但我的秘密行动，已经引起了一部分人的警惕。'杜尔迦'这个组织，或许还会存在，而我，或许只能隐退，要么就成为某些势力的提线木偶。

"可我非常惧怕一点——我的身上藏了一个极大的秘密，假如有心人调查到我，他们或许会宁可信其有，不可信其无，直接将我杀死。甚至会牵连到我的家人，我的朋友，我身边一切亲密的人。

"无论看到这个视频的人是谁，你都还有一次选择的机会。假如你对目前的生活十分满意，不希望产生波澜，请不要继续看下去，立刻关闭或者离开。这段视频只会播放一次，然后就会销毁，或许还能当作什么都没发生过。"

童素微微皱眉，却没任何动作。

一分三十秒的沉默过后，就看见那个女人如释重负地笑了："如果你能看到这里，非常感谢你的勇气。我决定将这个秘密告诉你——前代温菲尔德伯爵夫人，即铁血首相和上代皇储妃的母亲，患有非常严重的精神病。而这个病症，也被传给了皇储妃，只是被皇室牢牢瞒了下来。"

"我知道你可能不相信我的一面之词，但我手上存有证据。它被我秘密放在了白鹰州的圣约翰医院，那里也有一台特殊的电脑，它平常就和普通的电脑没什么区别。但在每个星期三的晚上七点整，会弹出一个特殊的窗口，看上去就像小广告。你只有一分钟的时间输入口令密钥，就能打开一扇特殊的门。"

视频播到这里，就正式结束了。

童素被这个消息震得有些蒙。

精神病这种疾病，具有一定的遗传性。

假如能够证明伊莎贝拉皇储的母亲和外婆都患有精神病，那么，就算伊莎贝拉目前没有表现出这种症状，她也不可能成为皇帝。斯图国上上下下，绝不会要一位疯王。

但这个消息可信吗？

电子信息这种东西，更新换代这么快，为什么放映室这台系统特殊的电脑迟迟没换？

还有，狮子脖颈上的项圈，应该就是这几年内装的，究竟是什么人，可以把东西藏在这里面？

以及，但丁告诉她的口令密钥，到底用在什么地方？那扇特殊的门后吗？

"我得想办法通知雪松，让他把另外那两头狮子的项圈带过来，看看那里面有没有东西。"童素喃喃，"还有，详细问一下但丁，他那个前女友。"

她一边说着，一边搜寻这台系统特殊的电脑，看还有没有什么信息。找了十几分钟，都没找到。

童素本来想要放弃，突然闪过一个念头。只见她退回系统登录界面，重新输入了一次。但这次，她输入的是但丁给她的口令密钥！

登录成功！

但映入童素眼帘的，就不是视频了，而是一个特殊的文件夹，里面存了一堆看不懂的文件。

文件虽然都是用大洋语书写，但明显用了某种加密语言，童素也不管那么多，先全部背下来再说。

此时，三个偏院，突生变数。

又一次炸弹来袭的时候，已经形成思维定式的人并没有发现不妥，而等他们发现的时候，只能惊恐大喊："闭眼，别呼吸，是催泪瓦斯！"

这时提醒已经来不及了。

许多人被催泪瓦斯熏得眼睛都睁不开，泪水哗哗哗往下流，压根没办法躲避后续的炸弹，就这么被外人攻了进来。

而此时，"大耳狐"的手下们突然掉转枪口，猛地向并肩作战的战友们射击。

霎时间，原本势均力敌的局面，立刻就不一样了！

主院的楼内，被狙击枪顶住太阳穴的"沙鼠"脸色白了，愤怒地指着"大耳狐"："你和'总管'是一伙的！"

"大耳狐"笑了："你有什么资格指责我？如果不是我布置得当，待会就是你完成雷奥的命令，把我杀了！"

"这到底是怎么回事？""鸵鸟"沉着一张脸，望向自己的外公，他不明白，"总管"不是找外公复仇吗，为什么外公又和"总管"沆瀣一气了，"就算今天要死在这里，也请让我死个明白。"

"沙鼠"不屑冷笑："告诉你吧，大洋国高层早就想把我们换掉，扶植自己的人上来了！国防部长的儿子逃到了大洋国，表面上是读书，实际上是政治避难。国防部长屡次私下要求大洋国出动特工，弄死他这个儿子，大洋国一再敷衍过去，为什么？因为他们觉得，比起野心勃勃的国防部长，他这个儿子更好控制。"

"沙鼠"挥舞着双手，非常激动："你们知不知道，大洋国已经做好全套计划，就差暗杀我们这一步了。只要我们死了，他们就把这家伙送回来，让他以国防部长之子，末代独裁者外甥的身份，成为塔汗国的首相！"

"我们怎么能让他们成功！本来我和'沙蝎''鬣狗'，已经约好，要开创一个盛世！"说到这里，"沙鼠"睨着"大耳狐"，"没想到，你这个老东西，平常看着一声不吭，实际上也心动了。"

漫长的沉默后，"鸵鸟"的目光落到外公身上："空口无凭，证据呢？难道就凭你们的想法，我们就分裂这个国家？"

"沙鼠"冷笑："这个问题，我回答没有说服力，你不妨问问你的好外公，你那个名叫瑟沙的小女友，究竟是怎么死的吧！"

"鸵鸟"沉默地望向外公，就看见那位八旬老者长叹一声，低声道："这件事，说来话长。"

"那就长话短说！""鸵鸟"额头青筋暴起，显然忍耐到了极限。

"大耳狐"叹了一声，带了几分无奈："你和瑟沙的相遇，从一开始就是大洋国国土局精心策划的阴谋。"

"不可能。""鸵鸟"下意识反驳，"瑟沙当年还不满十四岁，天真单纯，不可能是国土局的特工。"

"大耳狐"叹道："她当然不是，只不过，她恰好长在了你的审美点上。"

"鸵鸟"眉头紧锁，就听见"大耳狐"缓缓将过往道来："你当时才二十出头，品性纯良，从小就接受了西方的教育，喜欢开朗的姑娘，又不喜欢西方过于开放的文化。加上你从小到大，见过各色美人无数，普通的美女也入不了你的眼。那个叫瑟沙的小姑娘，容貌倾国倾城，性格开朗大方，又没谈过恋爱，你对她一见倾心，也不是什么稀奇事。"

虽然在大洋国，十四岁以下的少女还是隶属儿童的范围，大洋国对恋童癖的打击力度就像中国对毒品，但塔汗国不守这套规矩，甚至有点推崇童婚，多的是十岁出头的童女新娘，"鸵鸟"有这种想法，甚至会采取行动，并不奇怪。

"你的异常被你的母亲第一个得知。她知晓你的父亲性格严苛，如果知道你爱上了一个异教徒，肯定会大发雷霆，甚至会取消你的继承人资格，就找我来商量。""大耳狐"语气低沉，充满沧桑和惆怅，"我听完之后，派人去查，就发现你和瑟沙的认识充满人为安排的痕迹。或者说，你在大洋国求学期间，身边出现的许多女人，都是国土局的安排。他们最终的目的，就是希望你能娶一个大洋国的妻子。"

"鸵鸟"咬紧牙关，没有说话。

他熟知心理学，当然知道，对他们这些教徒来说，与异教徒通婚，是非常难以跨越的一步。

当然，若是这一步都跨过去了，几乎就没什么不可做、不能做的了。

"大耳狐"长叹一声，仿佛陷入某种回忆："大洋国可以用武力征服我们的国家，可他们无法洗脑，让我们改信他们的宗教。只要我们还坚持自己的信仰，自己的习俗，哪怕国土没了，我们的国家依旧根植于血脉和精神中。一旦我们失去了自己的信仰，自己的文化，自己的价值观，就算塔汗国还在，也等于亡了！"

"您可以告诉我。""鸵鸟"声音凄厉，就像从齿缝中蹦出，"您可以告诉我事情的严重性，让我放弃，为什么却偏偏要用那种方式害死瑟沙！为什么！"

"大耳狐"愤怒地一拍桌子："我们也是被人陷害了！当时我为了拆开你们，想了无数种办法。一个心比天高的男孩，一个不谙世事的女孩，爱得死去活来，又都不缺钱，不缺保镖，怎么拆？只能让她死！"

"鸵鸟"咬牙："就算你们把她杀了，都好过……"

听到这里，被枪顶着太阳穴的"沙鼠"忍不住了："他这把老骨头当时不在，就像你也不在一样，去的是你爹，还有你大舅舅，都不认识你那小女友长什么样。哼，说我们逼奸未成年少女，完全是被人设套。我们当时给很多学校捐钱，为的是和那些顶级学校达成战略合作，让他们吸引师资力量到塔汗国来。人家给我们安排了余兴节目，我们当然笑纳，以为是你情我愿的游戏，哪里知道会有这摊破事？想要美女，在国内怎么玩不行？犯得着在大洋国干这种事吗！"

"大耳狐"也冷笑不止："被这么算计，凭空多一个天大的把柄，我们当然要调查。查来查去，最后竟查到大洋国国土局身上！而国防部长，还有你那个大舅舅，这两个家伙就是穿针引线的人！国土局眼见瑟沙这着棋就要废了，立刻利益最大化，让我们在不知情的状态下，凌辱了她，导致她自杀。这样一来，非但我们在国土局那里留下把柄，你也会对我们心生芥蒂。"

"鸵鸟"恍然大悟："所以，我大舅舅不是病死的，而是——"

"是我杀的。""大耳狐"沉声道，"就算是我亲儿子，利欲熏心，害大家落到这个地步，也非死不可！"

"鸵鸟"踉跄后退，险些站不稳。

他做梦也没想到，初恋惨烈死去的背后，竟是这么惨烈的阴谋。

"大耳狐"皮笑肉不笑："当年末代独裁者自尽后，塔汗国内残留势力诸多，如果不是因为马歇尔将军被刺，大洋国又怎么能以此为借口，派兵逐一清剿，把刺头儿全都铲除，只留下我们几条听话的狗。但他不明白，哪怕是鬣狗，也是肉食动物，饿了就要扑上去吃人的肉，喝人的血！"

"那'总管'……"

"那条小狗到底受谁指使，已经不重要了。就像你的小女友，究竟是死在国土局的手里，还是说这里面，有其他国家的手笔，都无足轻重一样。不必追究起因，只要得到结果就好。""大耳狐"语气平缓，就像一位再平常不过的慈祥老人，正细心教导孙子，"他们想要换掉我们，我们也要换掉他们。"

"鸵鸟"沉默不语。

从逻辑上，他明白外公说的没错。

大洋国早就不想要他们这几个酋长了，而是想要更亲近大洋国，完全接受大洋国价值观，更加听话的傀儡。

可谁喜欢被当成用完就丢的棋子呢？大洋国不要他们，他们自然也不要大洋国。

"可惜了，假如他的部落没被灭，以他的心狠手辣，我一定会收他当徒弟，好歹能保我那些废物儿孙一命，而不是培养你这个外孙，赌一把你的未来可期。""大耳狐"一边走，一边感慨，并且丝毫不避着"鸵鸟"，"可惜了，谁让他已经成了宦官呢？这就注定了，他只能做狗，没法做人。"

十二

昔日塔汗皇后居住的华丽宫殿，此时已经成了血火与硝烟的海洋。

天空之上，"总管"的无人机，与大洋国的无人机激烈交火，前者虽被击落，但不断坠落在皇宫内，引发剧烈火灾和震动。

与此同时，"总管"的人也冲了进来，这令情况变得更加恶劣。

困境之中，为了活下去，每个人都成了猛兽。

只要不认识的人，看见就直接开枪。

哪怕认识的人，由于催泪弹太多，烟雾弥漫，也来不及看，凭着感觉开枪。

到处都是倒在地上的尸首，火势也开始席卷。

"情况不对。"李察站在高处，观察局势，阳光俊俏的外表下透着难以想象的冷酷，"这院子里有上百个雷奥将军的护卫，四大酋长进来的时候，多少带了一些家属，以及三四十个护卫，还有其他的小酋长，加起来也有数百人。还有'黑曼巴'和'奈赫贝特'的人，假如只有一到两个酋长是'总管'的内应，他怎么能确定突袭不会被镇压下去？难道真拖到大洋国驻军的地面部队回来？还是说，他有什么办法确定，雷奥将军的增援没这么快来，甚至，根本来不了？"

说到这里，他望向詹姆斯，神色凝重："喂，我说，你们国土局真的没参与进这件事吗？"

詹姆斯低声道："我不确定，但你说的没错，'总管'的举动确实不合理。"

李察非常干脆："我们一人一个，你选！"

雷奥将军有问题，"总管"也有问题，想要调查清楚事情的真相，最好能抓活的。不能让他们死，也不能让他们跑掉。

詹姆斯直截了当地问："你追踪的本领怎么样？"

"不怎么样。"李察回答，"在城市内还行，一旦到了沙漠里，就只能靠星象辨别方位。想要混进去也不容易，我只会说通用的塔汗国语言，一旦涉及各部落的方言，就和听外星语没区别。"

詹姆斯虽然非常想亲手抓住雷奥将军，交给国土局，审问出父亲遇害的真相。但他知道，当务之急，一是保住雷奥将军的命，二是要搞清楚"总管"是不是和国土局高层有勾结，所以他非常干脆："那好，我去混进'总管'的队伍，你去找到雷奥将军，暗中跟着他，尽量保住他的性命。"

"好。"

二人分道扬镳后，李察意味深长地自言自语："让我保住雷奥的性命……这可真是，太不走运了。"

正院。

由于这个院子里打得最激烈，子弹、炸弹乱飞，竟没有人注意到，英格拉带人从楼里走了出来，保镖们把原本像花盆一样的手水钵围起来，并对四处扫射，为英格拉争取到了足够的时间，找到位于手水钵中的隐蔽钥匙孔，准确无误地将金属钥匙插入。

严丝合缝插进去之后，钥匙恰好被水面淹过，手水钵旁边的水琴窟悄悄地开了一条缝，上头则钉着一根金属线。

一个合金制成的盒子被金属线吊着，悬挂于水琴窟之中。

"就是这个！"英格拉用力扯起小盒子，先是欣喜若狂，然后才掂量一下，神色就变了，"航天专用合金？一次性密码锁？"

航天专用的合金，具有耐高温，耐腐蚀，极端坚固等几个特质，这也就意味着，暴力手段破解盒子，根本不可能。

但一次性密码锁，只要输入错误，就彻底锁死，更不可能打开这个机关。

她来不及多看，因为炸弹已经袭来！

保镖们四散躲避，可就在这时候，本能的危机感，涌上英格拉的心头。

只见她一个鲤鱼打滚，翻到了旁边，就听见"砰"的一声，刚才自己站着的地方，竟直接引爆了一枚手榴弹！

有人袭击！

英格拉来不及召唤保镖，就听见了小铁球滚到自己脚边的声音。

还有！

下一秒，爆炸再起！

意识到有人盯上了自己，英格拉二话不说，直接往楼里跑去！

外界没有掩体，容易被流弹等袭击，在房间里，凭借她出色的夜视能力，可以与对方打反击战。

但她一踏入楼内，就感觉到大厅里有人！

英格拉一个翻滚，躲避开了子弹，借助物体掩护，躲开了第二波袭击，却还是被子弹击中了小腿。

她忍住神经的剧痛，看见悬挂在天花板上的巨大吊灯，顺手将盘发的发绳拆下。

这根发绳，竟是由数股坚韧无比的金属丝编织而成！

只见英格拉快速将金属丝拆开，拉成长条，大部分盘在自己左手手腕上，又将耳环取下，拆开，拼装，竟变成了一个刚好卡在金属丝顶部小口的钩爪！

然后，她便用巧劲一甩，金属爪子准确无误钩到了吊灯上，再用力一荡，不等黑暗里潜伏的人们反应过来，她已经借助这股力量，落在了二楼！

霎时间，一楼的人们全动了！

"大耳狐"把他们留在这里，就是为了让他们看好，一个活人都不准来！

英格拉却没有想到，袭击她的约翰并没有第一时间跟进来，而是借助自己对地形的理解，绕到了另一边的阳台上，稍微借助建筑物翻一下，就越过阳台，同时也来到了二楼！

二楼埋伏的枪手们自然也纷纷出动，却被英格拉抢来两把枪，见人杀人，见鬼杀鬼，很快就杀出一条血路，来到三楼楼顶！

作为这个建筑群最高的建筑，三楼楼顶可以俯瞰大部分风景，而英格拉要的，却不是这个。

就见她将左手手腕上的金属丝全部扯出，用力一甩，钩爪竟直接钩住了偏院的屋顶，然后像鸟儿一样，轻灵地滑了过去。

可当英格拉快要落地的时候，却感觉到一股巨大的力量，冲击她的躯体！

从偏院屋顶滚落时，英格拉注意到，主楼楼顶站着一个男人，端着一把狙击枪，正在向她射击。

这就是刚才袭击她的人！

英格拉想要躲避，却因为腰间的伤势，动弹不得。

就在她以为自己必死无疑的时候，却被人一把抱起来，直接钻入偏院的楼里，又像捉迷藏一样，穿过好几间屋子，来到一处库房模样的地方。

"奈赫贝特小姐，人救回来了。"

不等英格拉说什么，童素已经上前一步，只见她全身上下都血淋淋的，也不知究竟是自己受了伤，还是别人溅的血。

童素半点不废话，直截了当地说："再留在这里，我们都要死，你有什么办法可以出去？"

英格拉虚弱地笑了一下："除了正门，没有第二条路可以出去。"

童素神色一冷："既然这样，那我也只能试着把你交出去，看看能不能保命了。"

"别急。"英格拉扯了一下童素的衣角，仰头看着她，"我买通了其中一个守卫，他假装自己带眼药水，实际上每天携带一点硝酸甘油，偷渡进来，全都藏在库房的冷库里，足以炸开一条路。"

雪松上前一步，厉声道："事到临头，你还要撒谎。这些院子的外墙，虽然表面上是水泥和石灰涂装，看上去很容易炸开，但从墙体到地基都镶嵌了极其坚固的金属，并且涂了防爆防震材料，规格几乎等同于一个没封盖的超大型银行金库。这也是'总管'只是一直往里面扔炸弹，而没有试图直接炸开墙的原因。光凭一些硝酸甘油，怎么可能炸开一条路来？"

英格拉勾了勾唇角："'总管'如果不惜代价，想要炸开通道，当然可以。但我听说你们东方有个词叫'坛子里抓乌龟'，'总管'也是这个想法，否则也不会有你们看到的混乱局面。而这个院子的防守再怎么坚固，也要铺设水、电和下水道，所以不是每一个地方都镶嵌了金属。而我，有院子的设计图。"

"炸开这个院子，然后呢？"

"然后，我买通了人，会在旁边接应。皇宫太大了，交通不便，来往需要用特制的旅游车辆，我们可以靠那个到达放汽车的地方，然后通过越野车，强行冲击出口。目前守卫不够多，或许可行。"英格拉虽然血流得越来越多，声音也越来越虚弱，却气定神闲，"只不过，为了防止有人追上我们，可能要麻烦你的人断后了。"

童素看了一下时间。晚上十一点四十五分。

她和华晓月约好，让对方在晚上十点的时候，带人赶到哈图尔城，在皇宫和机场这一路负责接应。算算时间，皇宫外面，华晓月应该已经准备好了。

"给她包扎。"

与此同时，雷奥将军捂着腹部的伤口，拖着沉重的脚步，躲到了隐蔽的地下室，并下意识地反锁了大门。

该死！

本来策划这一场变故，是想弄死"鬣狗"，再趁乱弄死"大耳狐"或者"鸵鸟"中的一个，剩下的"沙鼠"一定十分害怕，必定会继续"鬣狗"生前的谋划，投靠斯图国，从而内战打起，可他做梦也没想到，"大耳狐"那个老东西居然敢反水，并且想以他的性命，当作对斯图国的投名状。

偏偏混战之中，他也不能开口，说他和亚伯·温菲尔德早有契约。

就在雷奥将军以为安全，松了一口气的时候，突然意识到不对，猛地转身，就看见地下室内存放的急救药品和设施，正在被李察逐一把玩。

这位黑发碧眼的青年看见雷奥将军，悠哉地打了个招呼："哟，来了？"

雷奥将军的心沉了下去："你怎么会在这里？"

"你应该想问，我为什么会知道密码吧？"李察似笑非笑，"你并没有将密码告诉任何人，对吧？"

雷奥将军正是这么想的。

他是个极其谨慎的人，哪怕与情人温存，都绝对不会过夜。不仅是为了提防刺杀，也是害怕梦呓泄露他的秘密。

这种保命的底牌，他绝不会告诉任何人，哪怕是至亲至爱都不可能。

"怎么说呢？这大概就是心理学吧？"李察耸了耸肩，"这么重要的地方，密码绝不可能很长，也不可能很随意，因为不好记。所以人类本能倾向于将自己熟悉，或者印象深刻的东西拿来当密码，比如生日，又比如纪念日。"

冷意弥漫雷奥将军全身。

他试图回想，与亚伯见面，得知自己亲生父亲是谁的那一天，那一个小时，那一刻，旁边有没有一个黑发碧眼的小孩子。

或许躲在床底下，或许躲在窗帘后，或许躲在阴影里，睁着猫儿一般绿油油的眼睛，洞悉这个至关重要的秘密。

但他已经记不起。唯一能想起的，只有银发青年倦怠的神情，以及自己浑身难以抑制的战栗。

"你想做什么？"

"其实也没什么。"李察把玩着手中的消炎药，轻声细语，"我的父亲李维当年被人所迫，踏上了'提洛岛'，当时，你也在船上，明明认出了他，却没有搭救。等大哥哥知道这件事的时候，已经晚了。"

李察的声音飘散在风里，就好像一声叹息。

雷奥将军面部肌肉耸动，他依靠着墙壁，才能不因流血过多而倒下："就因为当年，我对你父亲的死袖手旁观，所以你也要守在这些药品旁边，不让我拿到，眼睁睁看着我就这么死掉？"

李察点了点头，露出略带天真的疑问："有什么不对吗？"

雷奥将军目光如刀："亚伯阁下会容许你这么肆意妄为？"

"大哥哥？他为什么不准？"李察似乎有些苦恼，"我说，你好像搞错了一件事。你一直觉得，大哥哥会接纳你的投靠，因为当年你对他有恩。"

雷奥将军冷冷道："难道不是吗？"

他当然不会傻到相信血缘关系，哪怕他和亚伯是拥有一半血脉的兄弟。

当年之所以放走亚伯，也只是怕亚伯反咬一口，说雷奥协助他参与这些刺杀，导致自己有口难辩，仕途更加晦暗而已。

此番投靠亚伯，一方面是因为，他没有其他道路可走，另一方面就是亚伯·温菲尔德虽然手段残忍，但一诺千金，有恩必报。

雷奥将军承认，他有赌的成分。

瞧见雷奥冰冷的神情，李察摇头，认真纠正："大哥哥已经帮过你了呀！"

"是吗？"

瞧见雷奥将军不信，李察微微一笑："当年，我家收留大哥哥，那是不知情，以为撞到流浪汉要负责，你却明知故犯，承担了很大的风险。所以，大哥哥报恩，只是送了我母亲一场富贵，让她有机会成为《大洋早报》的主编之一，而对你，他却更加用心。

"你以为自己发迹，是因为外甥约翰·卡森被他的生父西蒙·路斯恩发现，又查到约翰的舅舅是你，觉得血缘为纽带，是个可以培养的对象，就对你倾注资源。但你为什么不想想，约翰·卡森一个普通百姓，是如何被西蒙注意到的呢？"

雷奥将军神色一变。

约翰之所以被认出来，是因为他就读的那所中学不乏知名律师、医生的儿子，而这些人的父母经常出入学校，便有人认识西蒙·路斯恩，瞧见有个穷学生的相貌和这位大洋能源集团的主席年轻时相貌颇为相似，指不定就多了一句嘴。

这本来也不是什么稀奇事，所以雷奥将军过去就没多想。

但李察这么一提，雷奥将军突然想起来，约翰说过，他本来没资格来这所私立学校就读，哪怕他成绩再好也不行，因为这所学校并不接纳部分贫穷社区出身的孩子。

但事情就是有那么巧，学校原本计划买的新教学用地，被一家大财团买走了。学校迫不得已，只能另寻土地，最后与约翰所在的小学交换的条件就是，该小学愿意出让一部分土地，可这所中学每年必须接纳该小学输送来的十个学生。约翰就是其中之一。

看见雷奥将军的神情一再变换，李察拍了拍手，提醒他回神："如果你没想起来，我可以提醒一句，买走那块教学用地的财团，就是温菲尔德家族私下遥控的产业之一。"

雷奥将军顿觉无比可笑："所以，我以为亚伯·温菲尔德欠我一个人情，谁知道十几年前，他就将这份情还清了？既然这样，他为什么还要骗我？如果不是他配合，光凭你，还没办法瞒过我！"

"因为他也欠了我人情，当然要帮我。"李察有问必答，"他本来可以救下我的父亲，只要他提前看过'提洛岛'来宾的名单，偏偏那一次，他没空关注这点小事。所以他一直觉得对我有所亏欠，愿意满足我的任何一个要求。我告诉他，我很想复仇，希望他能给我准备一个舞台，他答应了。"

不知为何，雷奥将军竟没生气，反而有一种寥落，甚至佩服。

他从没见过一个人的心机能如此深沉，手腕能如此出众，就像最优秀的音乐家，轻轻一拨琴弦，世界都顺着对方的心意奏响乐曲。

输给这样的人，并不冤枉，不是吗？

所以，他非但没恼怒，反而凝视着李察，十分平静地问："伊万·伊万诺夫是打算只诛首恶，还是一个都不放过？"

"放心。"李察百无聊赖地转着体温计，"涉及瑟沙死的人，都活不过今晚。"

"那么，斯图国的大计呢？"

"那就要让'鸵鸟'来执行了。"李察似笑非笑，"他虽然也坏，但罪不至死，伊万的态度嘛，就是，他既然最爱这个国家，那么就让他亲手做分裂国家的刽子手好了。至于以后怎么处理，那就看我们的心情。"

"你们真的认为，局势全部由你们控制吗？"雷奥将军已经意识到，自己中了一个惊天的圈套，面对的是一个比影之共济会还可怕的组织，"你们难道就不怕——"

李察耸了耸肩："我不是下棋人，我只是个棋子而已。"

"哈哈哈，棋子……棋子……"雷奥将军眼睛睁得很大，脸上写满了不甘，声音越来越小，整个人也慢慢滑倒。

过了几分钟，李察听见没动静，不由得挑了挑眉："死了？"

只见他很随意地走到雷奥将军身边，蹲了下去，检查雷奥将军的鼻息，发现没呼吸了，刚要去摸颈动脉，却见雷奥将军手中夹着一片雪亮的刀片，突然一个暴起，就要往李察的眼睛划去！

李察无声地笑了一下，手中体温计金属的那一边恰到好处地挡下刀片，撞击力度之大，让刀片反向冲击，嵌入雷奥将军的手中。

"啧啧，你还真是不死心。"李察蹲到雷奥将军脸旁边，饶有兴趣地说，"这刀片上应该涂了毒吧？氰化钾？蓖麻毒素？"

雷奥将军忍着疼痛，强行将李察掼到地上！

李察猝不及防，哪怕及时变招，却依旧听到了骨头的脆响。

就见他吐去嘴角的血沫，望向面前殊死搏斗的雷奥将军，发现对方眼中闪烁的，是不服输的凶光。

犹如年老的狮王。

他还没输！他还能打！

只要拿到解药，熬过今晚，就算上军事法庭也没关系！他掌握的秘密，足够交换自己的性命！

"只要活下来，哪怕苟延残喘也无所谓？"李察读懂了对方的眼神，冷笑道，"你也不过就是这样的东西。"

雷奥将军并没有理会李察的嘲讽，就见他蓄着最后的力气，扑向李察！

李察往旁边一歪，规避过去。

下一刻，却听见"验证成功"的声音。

李察心中暗道不好，就见雷奥将军扑向的地方，出现了一面屏幕——指纹验证居然已经通过。

再瞧着屏幕上的倒计时，霎时间，李察面色大变！

自爆系统！最后 300 秒！

李察拎着雷奥将军的衣领，怒吼："解锁密码是多少！"

雷奥将军露出了胜利的微笑。

毒性发作得很快，蒙眬之中，他仿佛回到了少年时，樱花国的京都府，和式庭院里，跪坐着听佐藤明娓娓讲战国时期的故事。

"樱花国古代很长一段时间，政权都是由'公家'，就是天皇和公卿们把持。'武家'，就是武士，最初只是公家的领地、庄园中负责武备警卫的家族，后来因为公家之间战斗不断，反而逐步把持了军权。"

"织田信长出生的时代，公家虽然大权旁落，但百足之虫，死而不僵。武家之间也纷争不断，干戈不休。而织田信长打出了'天下布武'的旗号，目前主流的解读都是，他要以武家的力量，彻底取代公家的统治。"

"为此，他要征战天下，控制京畿，焚烧寺院，拥立诸侯，做尽了一切前人不敢想，不敢做之事。"

"那他成功了吗？"

"他失败了，但他又成功了，因为他的理念流传了下来。后来终结乱世，一统天下的德川幕府，彻底将公家变为了武家的傀儡。"

"好像啊……"雷奥将军轻声呢喃。

虽然是樱花国古代的历史，但和大洋国的现状，真的好像啊！

财阀们就像一座大山，压在所有人身上，无论国家是好是坏，他们的钱都会越变越多。无论怎样的精英人才，都只能为他们服务。

表面上说，是为了权力平衡，是为了怕出现军政府，所以无论是国防部长、副部长，国土局局长、副局长，还是三军总司令、总参谋长，都不能由现役军官担任。但实际上，只是怕武将们抱团兵变，武力碾压他们这些财阀与议员。

那个名为织田信长的男人，在打出"天下布武"的旗号时，是否内心也燃烧着熊熊的烈火，想要对那些尸位素餐的公卿，对那些高高在上的贵族，对那些汲取民脂民膏的财阀，发起挑战？

"人生五十年，同下天而比……"

不过，南柯一梦。

但就算是梦，也要有轰轰烈烈的结局。

作为英雄，或者作为枭雄，哪怕作为恶魔，被人铭记。

十三

瞧见雷奥将军毒性发作，李察狠狠咬牙。

他明白，在雷奥将军这里，他不可能得到答案了。

"这个疯子！"

李察二话不说，立刻给亚伯拨打卫星电话，三言两语就把事情交代清楚："……还有 178 秒，皇宫就要爆炸。但我现在还不知道炸弹埋在哪里，也不知道怎么解开这个程序，趁着他还有意识，你来要答案吧！"

"这样啊！"亚伯依旧气定神闲，从容无比，语气甚至带着笑意，"你太轻视自己的敌人了，李察。"

李察被这淡定的态度感染，语速也平缓了一些，甚至有闲心和亚伯聊起来："我以为他会求生，哪怕苟且偷生，但我没想到——不，早该想到的，他思路不正常。"

亚伯含笑道："因为他在樱花国长大，受到那个国家文化的洗礼。虽然平时不会显现，可在关键的时候，某些观念就像是如影随形的幽魂，总会影响他的决定。但这也难怪，人不可能脱离自己的经历，或者说，人的后半生，本就是由前半生造就的。"

李察瞟了一眼倒计时："还剩 132 秒，英格拉还在皇宫，应该没有撤离，还有赫卡忒和约翰也在，在不清楚爆炸范围的情况下，你确定还要继续聊下去？"

他对自己死倒是无所谓。

但如果因为一个雷奥，让亚伯的组织死掉一个正式成员，两个已经通过预选的成员，是不是有点亏？

亚伯轻笑一声，说："手机外放，递给雷奥吧！"

李察依言照做，并且用匕首插入雷奥的大腿——巧妙避开了主动脉。

剧烈的疼痛，让雷奥稍微恢复了清醒。

"如果皇宫发生爆炸，人们关注的重点都会是这建筑史上的明珠被彻底摧毁吧？"亚伯轻柔的声音，犹如神圣的咏唱，在雷奥耳边响起，"而你，第二任驻塔汗将军，就像第一任的马歇尔将军一样，只会作为被刺杀的对象，封存在一些秘密情报里。"

雷奥冷冷一笑，拒绝回答。

亚伯·温菲尔德，就是个魔鬼。而他已经不想听魔鬼的任何话音。

但下一刻，原本以为死去的心，就剧烈地跳动了起来。

"我可以将你记载进父系的族谱里。也为你找好了合适的母亲。只要你愿意，你可以不再是交际花的儿子，你是斯图国派去的间谍，是尊贵的皇子，是荣耀的象征，也是战争的导火索。"

明明不该接话，不想接话，不能接话，但无法控制内心深处的呼喊，令他忍不住喃喃："战争？

李察看了一眼倒计时。还剩 93 秒。

"是的，战争。"

"你想要的，分裂塔汗国，让中东再度燃起战火的战争！

"虽然这个时代，不会留有你的名字。但这么重要的档案，必将有解密的一天，而不像马歇尔将军的档案一样，可能会永久封存。

"或许是三十年后，或许是五十年后，或许是一百年后，谁知道呢？但那时，所有人都会知道你的身世，你的贡献，你的名字。哪怕可能有虚假的成分，又有什么关系？真与假之间，界限本来就没有那么分明。"

亚伯·温菲尔德，真是不折不扣的撒旦！短短几句话，就让他以为已经死掉的心，再度澎湃了起来。

此时，距离倒计时，已经只剩下 21 秒。

李察想要催促，却在面对亚伯的眼神时，只能闭嘴。

时间一秒一秒地过去。

倒数第九秒时，雷奥将军轻声道："Second."

"第二吗?"亚伯望向李察，轻轻点头，后者直接扑上去输入密码，前者则似笑非笑，"这样啊！确实，你年纪比我大，比前皇储小。"

"这本该是我的名字……"雷奥将军喃喃，"亚伯，第二子——如果我能有更好一点的出身，如果我的母亲——"

他之所以住进皇宫，并不是外人想的那样，为了和狮子独处最后的时光，也不是酋长太过诚心，更不是为了方便策划阴谋。仅仅是因为，在被放弃，或者叛国之前，最后的疯狂。

我本来也该是皇子！斯图国的第二位皇子！

"嘀——"

最后一秒。倒计时关闭。

解除自爆的李察，长吁了一口气。

就听见亚伯突然轻飘飘地来了一句："其实，就算你的母亲出身高贵也没什么用，因为我们本就不是兄弟。"

雷奥将军睁大眼睛，试图质问亚伯，却因为毒性的发作，只能发出啊呃呃呃的声音。

亚伯满面含笑："你想问 DNA 鉴定？很遗憾，我给老皇帝试药后，身体发生一定变异，和谁鉴定都会出现这样的问题。

"这就是我当初逃亡时，特意选择你所在辖区的原因。毕竟，别人都知道自己的亲生父亲是谁，我骗不过去。"

雷奥将军怒目圆睁，却没了气息。

李察轻轻合上雷奥将军的眼睑，亚伯的声音从电话那头传来："你在给他做弥撒吗？或是给古老的过去招魂？"

"当然不。"李察听懂了亚伯的一语双关，知道对方暗讽雷奥将军的不合时宜，不由得叹道，"只是觉得你太恶趣味了。"

"是吗？"

面对亚伯不以为然的口吻，李察也没多说什么，只是问："我有点奇怪啊！你们组织选拔的标准是什么？为什么同样的身世，你们不认同雷奥，却说约翰通过了测试？"

亚伯微笑道："我们组织挑选人才的标准，可是很苛刻的。"

"约翰哪点够得上了？"

在李察看来，雷奥将军前半生，不，准确说，应该是到今年年初为止，都无愧是大洋国标准的军人，甚至有点低配版道格拉斯将军的意思，只是最后几个月，尤其是"提洛岛"暴露以后，太过疯狂，晚节不保。

但约翰手上的脏事，那可就数不胜数了，不管是作为特工，还是作为西蒙的暗手。

更何况，雷奥将军不甘做棋子，约翰却甘心当工具。

李察思来想去，都觉得雷奥将军被拒绝是合理的，但约翰能通过测试，这就很不正常了，凭什么啊！

"因为他的内心。"亚伯回答，"雷奥和约翰彼此问过对方，是否憎恨自己的母亲，约翰说是，雷奥说没有。"

李察目瞪口呆："人家这是私下对话吧？你怎么知道的？"

亚伯笑而不语。

"行行行，我不问。"李察耸肩，"实际上，他们说反了？"

"不，他们说的是实话。"

"啊？"

"只不过，约翰憎恨母亲，是恨母亲为什么把他生下来；雷奥不恨母亲，是因为他根本不希望自己被这个女人生下来。"

李察沉默了一瞬，方摇了摇头，叹道："真可悲啊！"

说罢，他又有点好奇："所以，雷奥将军是不是老皇帝的私生子？"

"重要吗？"

"确实，根本不重要。"

童素和雪松等人完全不知道，他们差点就随着托卡帕夏皇宫一起被掀飞！

此时的他们，已经趁着爆炸闯出院子，夺走皇宫内的车辆，风驰电掣，来到了车库，又仗着越野车的吨位，生生闯出了皇宫！

这时，不仅皇宫里，就连外界也自顾不暇！

频繁坠入居民区的无人机，让百姓们惊恐无比！

许多人以为要开战了，拖家带口，就往地铁站、防空洞跑，道路上水泄不通，消防员都没办法开着水车过去救火。

华晓月与一群穿着白大褂的人，在外接应，看见他们来了，立刻打开救护车——没错，救护车的大门，把他们都塞进去，然后呼啸着离去！

虽然外头很乱，但看见救护车，稍微有点意识的人，还是会主动让一条路出来，哪怕走得很艰难，可至少比其他车辆都快很多。

至于城门口的关卡，看见救护车，听见司机说要紧急送往圣约翰医院，让哈伊德医生救治，二话不说，立刻放行。

几辆救护车风驰电掣，开到圣约翰医院的时候，停机坪上，两架私人飞机已经等在那里。

头被白纱布包着，看不清面容的但丁说："快点，上去！"

童素立刻问："其他人怎么办？"

"放心，我给他们做了身份，说是我邀请来的外籍雇佣兵，塔汗国政府无权扣押人。"但丁回答，"你们几个身份敏感的人物，快点上来！"

"英格拉——"

"她伤得这么重，必须去哈伊德那里急救！"但丁非常有分寸。

华晓月主动说："'夜神'，我留下来，哈伊德医生和我熟悉，不会有问题。你和雪松中校必须走，被抓住就不好了！"

童素也不是扭捏的人，立刻就上了飞机。

华晓月提醒大家快点把英格拉送去手术室，让哈伊德急救，当"手术中"红灯亮起的那一刻，直升机也正式起飞。

但这时，大洋国的无人机已经飞来，在直升机附近盘旋！

而直升机中，传来塔台的语音："请立刻降落！"

"这里是世界树集团董事长但丁的私人飞机，已经向贵国提出申请，将于今晚离开，并在三小时前拿到了航空许可。"飞行员回答，"但丁先生持有莱茵国的国籍，贵国无权扣留。"

"塔台收到，请但丁先生少安毋躁，暂时降落。"

"贵国正在遭到恐怖袭击，有可能陷入战火，我们必须保证但丁先生的安全。"

"再说一次，请直升机暂时降落。如若拒绝，我方将出动战斗机，进行拦截！"

面对大洋国无人机的胁迫，童素想了想，还是示意但丁命令直升机下落，重新回到圣约翰医院。

但丁并没有问童素是否拿到了那份资料。

这并非因为但丁漠不关心，恰恰相反，但丁很清楚，假如童素真冒险拿到了，那么自己理当想办法把她送离塔汗国，才有可能从童素手上拿到相应版本，而不是急吼吼把吃相搞得很难看。

哪怕童素手上没有东西，作为认识的人，在这种时候，他也应该帮忙。

所以，他只字不问皇宫发生什么，只是问："现在怎么办？"

童素、雪松等人，毕竟是走特殊渠道来塔汗国的，很容易查出问题，万一被扣留了，那就不妙了。

"大洋国在此驻军的规模是一个师？"童素突然问，"不到 3 万人？"

雪松低声对童素介绍："大洋国没有集团军这个概念，他们需要作战的时候，都是将自己的作战师和仆从军编成方面军，放到这里就是把国民自卫队加进来。但说实话，仆从军一般都可有可无，基本属于打杂的角色。"

"也就是说，主力部队就是不到 3 万的大洋国本土士兵？其中多少人能作战呢？"

"没有那么多。"但丁突然说，"大洋国驻守在这里的军队是一个师，总共有 2.4 万陆军。携带的坦克、装甲车和后勤车辆，加起来有 1.2 万辆。"

童素有点惊讶："平均两个人一辆车？"

但丁耸肩："大洋国有钱。"

"维修呢？"童素知道陆战部队最苦恼的问题就是坦克之类的履带式战车，非常容易出问题，"难道这 2.4 万人中，没有工程营？"

但丁更奇怪了："装备这么精良，工程营为什么不能打仗？坐在装甲车和坦克里轰击敌人就可以了，难道还要进行刺刀战吗？"

雪松补充："大洋国的陆基航空兵，就是陆军配套的直升机、无人机等，是不算在师的编制之内的，应当也有 1000 人左右。"

童素沉吟片刻，才问："当年大洋国打塔汗国，先是空军轰炸了一个月，然后地面部队用了两个师，推平了哈图尔城，对吧？"

但丁听这话音有点不对："你惹的麻烦到底有多大？"

"是塔汗国自己内乱。"童素低声回，"但雷奥将军可能不会放过我们，虽然不知道现在皇宫是什么情况，可拖到白天再走，等雷奥将军暂时平定情况，装甲部队将哈图尔城围住，空军封锁领空，那我就真的难走了。"

但丁遥望远方的火焰，觉得有点不对："我从没看到大洋国军方这么强势，是不是发生什么事情了？"

"你是觉得，雷奥将军可能死在恐怖袭击中了？"

"有可能。"

"假如是这样，以大洋国的应急机制，会是什么处理方式？"

但丁想了想，说："应该是紧急联系本国军方，然后一边连线，一边推举出一位战时最高指挥官，暂时控制局势，本国再紧急派人过来。"

"假如这个国家打内战呢？他们是会增兵，还是会撤军？"

"不清楚，得看大洋国的思路。"

童素听到这里，心中却在思考一件事。

战时最高指挥官。这个位置，詹姆斯·史密斯有资格担当吗？

假如真是这样，那她必须尽快走，否则詹姆斯和约翰绝不会放过她！

"但丁，你能否联系其他跨国公司在塔汗国的代表，和他们通话，告诉他们，你试图离开，结果被大洋国无人机拦截的事情！并且表示，要一起去抗议，愿意包机带他们离开，不管多少架飞机都行，相关费用我会转给你。"童素心中已经有了计策，又对雪松说："联系一下大使馆，要塔汗国驻哈图尔城华人商会会长的联系方式，我们要包机离开，问他们要不要一起。"

雪松点头，立刻去联系。

但丁非常吃惊："包机？你们的身份根本过不了机场安检……"

"我感觉塔汗国可能要内乱了，不管怎么样，战前撤离总比战争中再撤离好，当然，如果华人不信，暂时不肯撤离，我也没办法。"童素回答，"只要透露出这个信号，必定会有人捕捉到，然后你再以自己的身份，对其他人诉说刚才的遭遇。你觉得，十年前已经被空军轰炸了一个月的本地富商们，会不会如惊弓之鸟？"

假如没有一个人跑，那么人可能还会抱着乐观的想法，觉得顶多是恐怖袭击，两三天就能解决。

可当其他人开始跑了呢？

民众的想法怎么样，童素不清楚，但权贵、政要、富商们肯定是会跑一大堆的，而且这些人往往都已经加入了别国，与各国名流保持很好的关系。

大洋国的战斗机拦着不让这些有钱人跑，难道有钱人不怕？

还有，世界各国的大企业，在塔汗国都有分部，虽然有本地员工，但也有很多外国员工，难道他们不想撤离？

甚至就是整个塔克镇，登高一呼，也有很多人害怕想跑。

但丁懂了，立刻派人去联系。

华晓月听到这里，不免忧心忡忡："我们这样能跑掉吗？"

"不知道，尽力试试。"

"那英格拉小姐……"

"你不说我还忘了。"童素忽然想到一件事，"等英格拉手术出来，询问哈伊德医生，能否给她加一针麻醉药，在我们逃离之前，她绝不能醒过来。"

他们抢走了英格拉手上的金属盒子，英格拉醒来之后，必定不会放过他们。

大洋国，军事基地。

詹姆斯和约翰站在大屏幕前，面对另一头的军方高层，汇报："……事情就是这样，雷奥将军的下落尚且不明。"

"现在局势如何？"

"情况非常不乐观，西部几个重要城市，刚才公然宣称要为财政部长报仇，推翻现在的政府，另外三位酋长不知所终，试图出城的队伍排成长龙，民众在闸机处暴动。雷奥将军事先预判到边境城市会有动荡，调了两万人的部队出去，现在只有4000人守卫基地，封锁城门口等，军事力量不够充足。"詹姆斯汇报。

然后，他停了一下，补充道："驻留基地的4000士兵中，有将近3000人，趁着斋月第一天，跑到哈图尔城狂欢酗酒，目前都叫不醒，不能称之为战斗力。"

对面那头，军方大佬们的脸都黑了。

而这时，约翰快步走了过来，对着屏幕行了个军礼，才说："大洋能源集团、世界树集团、罗蕾莱集团、大洋联邦银行……这些企业的代表都打了电话来，要求加派航班，他们即刻回国。大洋航空、斯图航空等，也表示愿意。还有本地的富商们，纷纷打电话要求私人飞机允许出境。"

"如果同意，大概多少架飞机？"

"三个小时内，至少一百架将会离开。"

詹姆斯望向屏幕，军方大佬们交头接耳一阵后，点了点头："允许飞行。"

"等等——"詹姆斯提出反对，"刺杀雷奥将军的凶手，有可能趁着这个时候跑掉。"

"凶手如何，并不重要。"参联会主席一锤定音，"我们只需要知道，谁策划了这次行动，谁支持了这次战争，那我们的炮火就对准谁。"

就见这位大洋国军方的最高负责人，慢条斯理地说："血债，要用血来偿。"

网络英雄传

4

破局

BREAKING 下

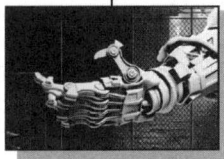

郭羽 刘波——

著

SPM
南方传媒

花城出版社

中国·广州

图书在版编目（ＣＩＰ）数据

网络英雄传. 4，破局：上、下 / 郭羽，刘波著
. —广州：花城出版社，2024.1
ISBN 978-7-5749-0053-0

Ⅰ. ①网… Ⅱ. ①郭… ②刘… Ⅲ. ①长篇小说－中
国－当代 Ⅳ. ①I247.5

中国国家版本馆CIP数据核字(2023)第201437号

出 版 人：张　懿
责任编辑：黎　萍　夏显夫
责任校对：梁秋华
技术编辑：凌春梅
封面设计：

书　　名	网络英雄传4　破局 WANGLUO YINGXIONG ZHUAN 4 POJU
出版发行	花城出版社 （广州市环市东路水荫路 11 号）
经　　销	全国新华书店
印　　刷	深圳市福圣印刷有限公司 （深圳市龙华区龙华街道龙苑大道联华工业区）
开　　本	787 毫米×1092 毫米　16 开
印　　张	63.5　　2 插页
字　　数	1,194,000 字
版　　次	2024 年 1 月第 1 版　2024 年 1 月第 1 次印刷
定　　价	128.00 元（全二册）

如发现印装质量问题，请直接与印刷厂联系调换。
购书热线：020－37604658　37602954
花城出版社网站：http://www.fcph.com.cn

目录

下

第七章　谋杀

一

"下面播报一则新闻，塔汗国首都哈图尔城遭遇恐怖袭击，恐怖分子使用高精准无人机，对托卡帕夏皇宫和居民区展开大规模轰炸……"

"塔汗国教育部部长在东部地区发表致辞，要求'为财政部部长和国防部部长报仇'，严惩恐怖分子。"

"塔汗国能源部部长在西部地区发表演说，认为这是一次'来自政府内部的恐怖行动，是对塔汗国现有秩序的挑衅和颠覆'。"

而就在这时，有个头发斑秃，大腹便便的中年男人顶着风雪推门而入，走到吧台："来杯朗姆酒，这鬼天气，冷死了！"

"喏，早给你准备好了。"酒保对待每个熟客的态度，就像是亲近的朋友，一边为他调酒，一边亲热而不失分寸地调侃，"山姆，今天又是用什么借口溜出来的？买烟？拿报纸？忘了带钥匙？还是担心这么大的雪，老爷车会熄火？"

这都是山姆常用的翘班借口，他耸了耸肩，幽默地回答酒保："当然是我饿了，要出来买个汉堡。"

酒保笑了笑，在一旁电脑的点单界面，操作了一下。

一杯朗姆酒灌下肚，山姆只觉得浑身都暖了起来，刚琢磨着再吃点什么，一位金发碧眼的女招待已经端着一份餐盘，微笑着走了过来，放到山姆面前："您的薯条。"

山姆顿时笑着拿出钱包，取了十个大洋币当小费，递过去的时候不忘在对方手上摸了一把："感谢您的服务。"

女招待愉快收起小费，迅捷而自然的动作，没让山姆占到第二下便宜，就继续为其他顾客上餐了。

在一旁看着的酒保微笑着说："山姆，十块钱可没办法把杰西卡约出去。"

"美人儿总有青睐我的时候。"山姆撕开番茄酱，挤到盒子上，愉快地回答，"感谢你请的薯条，下班后喝一杯，一起看球，再参加一点余兴活动，怎么样?"

说罢，他下意识瞟了一眼电视机，发现居然播放的是新闻，而不是球赛，便娴熟地拿起吧台上的遥控，调到体育频道。

这时，一位坐在吧台前的客人显然是听见了他俩的对话，顿时凑了过来，露出了一个男人都懂的表情，压低声音，用带着浓重他国口音的大洋语问道："海港城的夜间有什么好玩的地方吗?"

这里是白鹰州的首府，海港城。

白鹰州虽然隶属于大洋国管辖，却是一块远离大洋国本土的飞地，由于挨着白令海峡，从地图上看又如一只老鹰而得名。

海港城虽然谈不上世界级的优质港口——因为它冬天会结冰，不像一些不冻港一样能昼夜不息，却始终是国际贸易的重要一站。

众所周知，在许多国家，与航运相关的城市，也与另一个古老的行业，即红灯区，息息相关。

但一向崇尚自由的大洋国，对性产业的态度却十分保守，虽然联邦法律并没有禁止人民从事性工作，各州依旧可以利用宗教、健康或自然等理由禁止性产业运作。

只有寥寥一两个州，才允许相关产业合法。白鹰州就是其中之一。这也让人烟稀少的白鹰州，吸引了源源不断的寻芳客。

酒保含笑道："港口右边的几条街，上百家店，近万个姑娘，总有您中意的对象。"

外国顾客压低声音："我指的是价钱合适，选择又比较多的，能不能给我推荐几家呢?"

若是进了金碧辉煌的店家，在美人们面前囊中羞涩，说不定一天的兴致都败光了。

酒保还未回答，山姆一边嚼着薯条一边说："我建议你去最大的那家，一晚上只要一万大洋币，就能让你再也不想回家。"

想到姑娘们的芳姿，好些天没去光顾的山姆顿时有些燥热，就见他匆匆放下薯条，拿起手机，往厕所走去。

然后，坐在马桶上，试图登录一个黄色网站，却发现网速极慢。

他低低咒骂了一声："该死的政府，居然非要我们上班的时候全用黑莓，这什么破烂信号和网速。"

就见他犹豫片刻，还是切换到无线网络界面，做贼一般地连上了酒吧的 Wi-Fi。

山姆完全不知道，短短几分钟，他的黑莓手机就已经被黑客入侵，在其中植入了一个小程序——假如山姆选择关机，那么手机会自动切换成"待机"。

等他回到办公室，他的手机，就等同于对方的眼睛。

"我已经借助山姆的手机当作跳板，破译了山姆办公室的路由器，并往更高的服务器中，植入了编好的木马程序。这个木马程序会潜伏在州政府网络内部，步步蚕食对方的服务器控制权，并且下载最关键的资料，入侵白鹰州政府的网络。"

听见兜帽客这么说，私密的连线里，先前与酒保、山姆搭话的外国客人，还有另外几人，都松了一口气。

终于成功了。

他们是一支特殊的小队，负责调查一个在中国潜伏极深的间谍组织。

三年前，发生在湖滨市针对童家父女的绑架案，让这个间谍组织露出了狐狸尾巴。

这个间谍组织并不像许多针对中国的间谍组织一样，采用的是收买、威胁、哄骗等形式，窃取国家机密，而是更深形式的渗透。

就像当年世界大战时，潜伏最深的间谍，不是那种去外国留过学的间谍，也不是被策反的间谍，而是本身就在这个国家成长的间谍一样。

二三十年前，中国的DNA鉴定技术还不发达，而且非常多的人家深陷重男轻女的愚昧思想中，从而衍生出了不少人口拐卖事件，"花钱买男孩传宗接代"的事情并不少见。

还有因为开放引起的人口流动，以及出国务工，等等，都能造成类似的"身份顶替"。

这就是小队千里迢迢潜入白鹰州的理由。

非常多的信息和资料表明，白鹰州很可能是该组织的重要基地，乃至大本营。

等到了白鹰州之后，小队更是发现州政府警惕得不同寻常——政府所有工作人员，包括清洁工在内，手机都是统一派发的特制黑莓手机，工作时候只能用这台手机，不连Wi-Fi，只用4G，不能带出政府大楼。下班之后，不能提及工作上的任何事情，任何东西都不能带回家。

如此严格的保密程度，令小队成员们更加确信自己的判断。

为了找到突破口，他们调查所有州政府工作人员的生平履历、家庭成员，终于发现有个叫山姆的男人，因为是某个高官的亲戚，所以有点不按规矩来，工作时间总喜欢偷偷溜出来，到最近的酒馆喝一杯。

由于是偷溜，对方就不会刻意把手机放在工位上，经常会随身带出来。

他们决定以山姆为目标。

小队已经控制了酒吧的路由器，假如山姆登录了酒吧的 Wi-Fi，他们就会立刻收到通知，然后进行突破！

但山姆比他们想的更警惕！几个月下来，对方居然一次都没有连过酒吧的 Wi-Fi！

鉴于其他人更不可能当作突破口，小队再一次调查山姆，发现山姆虽然有一份薪水尚可的工作，又是个单身汉，没有家庭的负担，却总攒不下什么钱，还经常负债累累，需要父母周济。因为他喜欢去嫖妓！

小队决定冒险一把，由一个队员假扮外国游客，试图拉近与山姆的关系，却没想到有这样的意外惊喜！

他们脸上洋溢着喜悦的笑容，问："'NULL'先生，这份资料要下载多久？"

"以现在的速度，三个月左右。"代号为"NULL"的兜帽客回答。

"三个月……那就要到新年，赶不上春节了。"

"就算赶得上也回不去啊！每年十一月底到二月底，白鹰州的气候都很恶劣，港口结冰，航班停运。"

"NULL"平静道："这段时间，你们装作旅客，不要与我有任何接触。"

"是！"

切断连线后，"NULL"的脸色却很不好看。

哪怕是小队的其他成员，也不知道他们此行的真正来意——调查间谍组织是真的，但调查隐藏在白鹰州的绝密生物实验室，才是"NULL"的使命！

大半个世纪前开始，许多发达国家就一直在做禁忌的科学研究，包括但不限于人与猩猩杂交，将羊的心脏移植给人等疯狂至极、骇人听闻的实验。

尤其是第三帝国，在进行残忍的、有计划的、灭绝人性的种族清洗时，也毫不意外地将他们口中的"劣等民族"当作了实验品。

第三帝国虽然覆灭，相关的科研资料却被大洋国、白熊国、斯图国等瓜分，各种绝密的实验还是在进行。

为了实验的"合理性"，拥有足够多的对比参照物，再加上"提洛岛"曝光的一些绝密资料……

"提洛岛"给这个秘密实验室输送高智商的实验品，也不是一次两次了，其中就不乏中国公民。

这才是"NULL"此行的真正原因。

至于他们为什么很确定目标在白鹰州……因为曾经关押过童子邦的"Geenna"监狱，也在这里。

二

"Geenna"，《圣经》中，罪人受刑之地。

以此来命名的监狱，毫无疑问，是大洋国最恐怖的监狱，只关押那些恶名昭彰，凶残至极的犯人。

童子邦坐在船上，望着窗外波光粼粼的水面。

坐在童子邦旁边的是一对白人夫妇带着三个孩子，母亲对他们讲述这座监狱的传奇，孩子们则十分好奇："这座监狱为什么被废弃了？"

母亲微笑着介绍："因为全球变暖导致海平面上升，专家评估后认为，这座处在小岛上的监狱再使用下去，百年后会有被淹没的风险。所以早在十几年前，新的'Geenna'监狱就开始建设，三年前建设完毕后，所有相关人员就被转移，而这座老的监狱则被改造成了酒店，招待着来自全球的客人。"

"真不可思议，居然将监狱做成酒店！"

"会很阴暗吗？很吓人？爸爸，妈妈，我们要在这里睡一晚吗？"

"这里有地堡吗？有刑讯室吗？"

孩子们叽叽喳喳，七嘴八舌，但声音清脆又不高亢，非常讨人喜欢，就有一旁的乘客挤眉弄眼："都有哦！这里阴森又恐怖，还要换上囚服，吃犯人一样的监狱餐！"

"啊？"

看见孩子们似乎被吓到，母亲刚要回答这里并没有那么吓人，童子邦微笑道："这座监狱不是你们想的那种古堡式幽暗阴森的恐怖，当然……对你来说，或许是最不想看到的样子也说不定。"

孩子们十分好奇，想要缠着童子邦多问几句，船却停了下来，到岸了。

映入眼帘的，是大片的枫叶，红得似火。

谁也想不到，大名鼎鼎的"Geenna"，竟是一个红枫遍地，还有蜿蜒河流，犹如童话森林般的地方。

孩子们先是"哇哦"了一下，然后瞧见不远处的建筑，顿时垮了脸："怎么和学校……一模一样……"

"叔叔，你说得对，没有比这更可怕的地方了。"

童子邦微微一笑。

就在这时，一只橘色的生物灵动跑过。

孩子们眼睛一亮："哇，猫，快看，是猫!"

"好多猫呀!"

"这里怎么会有猫?"

"航海时代，每艘船上都会养猫，就连军舰也不例外。"童子邦解说，"因为船舱中往往会储存粮食，万一有老鼠啃粮食，或者啃缆线，就会对船体造成破坏，船员水手们就会养猫来捕鼠，从而形成习惯。"

孩子们立刻懂了："这里只能靠船只进出，如果船上的猫溜下来，在这里繁衍，就会有很多猫猫对吧?"

说到这里，便有游客说："我听过一则很有意思的传闻，说'Geenna'有让犯人养猫的传统。"

"真的吗?"

"因为'Geenna'的犯人都很凶嘛! 打架斗殴都是寻常，而且很多还有深厚背景，虽然一辈子没办法出去，但狱警要是把他们打出问题也很麻烦。所以监狱一直都为怎么管理他们而头疼，最后发现大部分犯人都对窜进来的流浪猫很有耐心，甚至会偷偷省下自己的口粮喂这些猫。

"有一任监狱长就想了个办法，去找流浪动物救助中心，要了一批猫——都是领养不出去，如果没人要就会被安乐死的猫，对犯人们说，只要你们表现好，就可以拥有一只属于自己的猫，并且还能拿积分兑换猫粮、猫罐头、猫玩具。从那之后，犯人们为了得到猫，非常服从管束。"

很多游客已经听入了神，不由问："真的吗? 如果碰到虐猫的变态呢?"

那人笑道："在一个大家都孤独，只能与猫为伴的地方，谁敢私下虐猫，那不是与大家为敌? 会被活活打死的!"

说说笑笑之间，一群原本陌生，只是坐一条船来的游客，已经十分热络了。

他们试图蹲下来呼唤猫，但这岛上的小精灵十分狡黠，并不靠近身上没有零食的两脚兽，只能让他们一步三回头地走进仿若学校宿舍般的监狱，寄存好自己的行李，随后在工作人员的指导下，换上统一制式的条纹囚服，拿着胸前的牌子，嘻嘻哈哈地说："这里不能喊名字，请叫我'15663322号'。"

"我是'15663323号'。"

童子邦没有和大部队一起走，他换上囚服之后，按照自己的标牌，来到配给自己的房间，打开门，映入眼帘的是汽车旅馆式的格局。

右边一张极其狭窄的单人床，配着简易的橱柜与挂钩，左边是一张放了电话的书桌，全都牢牢焊死在原本的位置上，边角处用柔软材料包好，防止自杀。

最左边的小房间里，推拉门隔开的小房间里，则是一个极其狭窄的卫生间，只能放下一个马桶，胖一点的犯人甚至转身和坐下来都很难。

房间内没有盥洗池，必须去外面洗漱，狱警会随时看守——防止犯人用牙刷杀人，或者自杀。

他露出有些怀念的神色，躺到那张翻身都有些困难的小床上，看着自己的号码牌，心想，这间房子属于谁呢？

哦，是那个老头。一个白发苍苍，牙齿都掉光，因为表现非常好，养了一只狸花猫一只三花猫还有一只橘猫的老头。

别看老头现在慈善和蔼的样子，他当年是著名的种族主义者，黑人杀手，曾经杀死了三十余名黑人，就为了近乎偏执的"肤色清洗"，实际上是为了满足内心变态的杀戮欲望。

据说，警察看到他的藏尸现场，都吐了一地。

只因为不同肤色，就对另一个人种进行残酷杀戮的凶手，对待猫的时候，却温和慈祥到就像对待孙子的爷爷。

喵。轻柔的猫叫声，在房间内响起。

童子邦抬头，发现因为自己先前推开了窗户，一只橘色的猫灵巧地跳了进来，轻盈地走到了床头边，默默趴下。

"你还认得我啊！"童子邦笑了一下，摸了摸橘猫的下巴，听见它呼噜呼噜的声音，轻声道，"他们怎么没有把你带走呢？"

然后，他就像想到什么似的，摇了摇头："可能是把你带走了，你不开心，他们又把你送了回来吧？"

猫是恋家的生物，只会在自己选定的地盘活动。

岛上的流浪猫都是没有名字的，因为每个犯人都会给它们起不同的名字，然后意见不合打起来，最后大家达成共识——只有属于自己的猫，才能拥有名字。

而这些自然的、野生的、不驯的精灵，并不需要与人类建立"名字"的关系。

或许，这也是犯人们心照不宣的默契。

当你知道一个动物的名字，它在你心中就已经不同，而它逝去，会让你哭泣。

童子邦就这么与橘猫同床共枕，直到天明。

他在岛上游玩了三天，尽情地踏遍自己之前只能透过窗子看到的美景，心想，原来这座岛那么大。而整整十年，我待的地方，只有那么小。

小到只能容纳一个我，还有两只猫。已经离我而去，被我亲手安葬的两只猫。

待到离开监狱，取回寄存的行李，童子邦看了一眼手机，才发现已经被垃圾短信轰炸——看上去就像信息泄露时代的各种购物广告。

但他明白，这是"NULL"有事情联系他。

童子邦回到住处后，平静打开电脑，登录私密的聊天室，与"NULL"联系，看到对方进入聊天室，他便打字："抱歉，去'Geenna'住了三天，没拿到手机。"

"NULL"难以理解。

他也蹲过监狱，而那绝对是他人生彻骨难忘、极为耻辱的回忆，恨不得从记忆中抹去。正因为如此，他很难想象，居然会有人在坐了十年牢后，牢房改了酒店，还要故地重游，去酒店体会坐牢的日子，坐三天。

这到底是什么样的精神？

"NULL"只能想到："'Geenna'与我们调查的内容有关？"

童子邦皱了皱眉。这就是他不喜欢"NULL"的原因。

哪怕对方崇拜着他在黑客上的业务能力，对他有一种学生对老师，粉丝对偶像的景仰，可他对这个后辈并没有学术之外的欣赏。就像他对曾经的弟子岩窣一样。

无论岩窣，还是"NULL"，讲究的都是"实用主义"。一件事情，如果不能带来好处，没有作用，那就不应该去做。伴随而来的，便是对权力的崇拜和掌控欲。

因为权力，是最实用的东西，甚至胜过了金钱。

这与童子邦的理念完全背道而驰。

正因为如此，察觉到童素曾因吊桥效应，对"NULL"有点异样好感时，他快准狠地出手掐灭了这道若有若无的情感。

他不希望对方成为他的女婿。

如果不是为了调查绑架案的幕后黑手，保护自己的女儿童素，童子邦压根不会答应与中国安全部门合作。但就算这样，他也不愿充当类似特工的角色，顶多给予技术辅导。

理由也很明确，一旦"铜棒"加入中国安全部门，其他国家早晚会发现，说不定会碰触到某些国家的敏感神经。

中国安全部门认同了这一理由。

"NULL"才是此次行动的第一负责人，他只是将自己遇到的技术困难告知童子邦："……虽然成功入侵了白鹰州政府的网络，但断断续续的下载需要三个月，而他们的系统每个月都会自动更新……"

童子邦眸色微冷。

查间谍，需要下载政府网络的文件吗？

他站在港口，看着远处的灯红酒绿，就已经能猜个七七八八。

红灯区盛行的地方，什么配套设施齐全？美容院、赌场，还有，整容医院。

圣约翰医院在白鹰州的分院不缺钱，天天搞针对疑难杂症的研究，从脑科学到基因学都是世界顶尖，经费从哪里来？

除了富豪的捐款之外，就是美容整形科赚钱。否则，光靠冻伤、缝合这些科室，能赚几个钱？

"NULL"不去调查圣约翰医院，不去调查红灯区的黑医诊所，却一直盯着白鹰州的政府文件，他在查什么？

算了，也不用多问，知道那么多不是好事。

既然是技术支持，帮忙就行了——这是他们之间的交易。

就不知道，素素现在平安吗？

童素面无表情地坐在黑暗中，一言不发。

距离她从塔汗国回来，把水琴窟里拿出来的合金盒子上交给中国安全部门，已经过了半个月。

迟迟没有回音。

所有人都以为，她并没有打开这个盒子，看不到里面的内容。

但她看了，并且还复制了一份给但丁——这是他们的约定。

出于某种鬼使神差的原因，童素并没有告诉雪松、华晓月等人，但丁前女友的视频，以及自己看过雷奥将军的资料。

这两件事，她做得很隐秘。

正因为如此，她知道，盒子里是一个小型移动硬盘，基本都是雷奥将军私下记录的黑账，以及他在重大事件上暗自留的录音，相关电子证据。

根据黑账，她能确定，雷奥将军在三十二岁的时候，经人引荐，加入了大洋国一个叫作"影之共济会"的结社。

大洋能源集团的所有者，路斯恩家族，是"影之共济会"的发起者、维持者、主导者，也是最大的金主。

接下来就是一连串南党的能源、军工、电子等企业，基本上大洋国十大国防承包商里面，总有那么几个董事和"影之共济会"有关。

还有圣约翰医疗集团的十几位董事、院长，等等，以及罗蕾莱集团的董事长罗伯特。

这还仅仅是大洋国内部。

涉及其他国家时，名单更是触目惊心。

这个组织插手了绝大部分国家的选举，或者提供政治献金，或许充当政治掮客，或许彼此密谋，盘根错节，犹如蛛网，是一股能够左右世界的力量。

从某种程度来说，"影之共济会"与"提洛岛"高度重叠。

大部分"影之共济会"的成员都是"提洛岛"的座上宾，以及深度合作伙伴。

他们凭借自己的地位优势，利用各种或合法或非法的手段攫取财富。一旦有人拦了他们的路，他们就会想办法把对方挪开，甚至害死。

第一任驻塔汗将军——艾比欧·马歇尔，就死于他们的谋杀。

他们坐拥着顶尖的财富和权力，自然有顶尖的智囊为他们服务。所以他们很早就意识到了互联网时代即将到来，届时，黑客的重要性将不言而喻。不只自己拼命网罗相关技术高手，还通过各种手段，对各大黑客组织进行渗透。

"杜尔迦"组织由于其特殊性，是比较容易被攻克的目标。

黑客组织往往都比较隐蔽，线上交流，很少和人线下接触，除非技不如人，被人追踪了IP，或者现实生活中暴露行迹，否则很难抓获他们。

但"杜尔迦"组织一直致力于救助妇女、女童，哪怕极力隐藏踪迹，可在线下的活动依旧太频繁了，很容易被人锁定目标。

尤其是这些被救助出来的人，很多都需要医疗救援，有药物消耗。

虽然塔汗国的圣约翰医院，暂时没出什么问题，但既然罗蕾莱集团的董事长都是这个组织的核心成员，想要将"杜尔迦"一网打尽，再容易不过。

童素并不认为这份资料是什么隐秘。至少，艾伯特·马歇尔肯定通过某些渠道，拿到了线索。

她将资料上交，实际上也怀抱着某种隐秘的期待，想要看一看中国安全部门的反应。

如果得到了她想要的回应，她就说出另一个视频的内容——攸关伊莎贝拉的身世，如此重大的隐秘。

答案是没有反应。犹如石沉大海，没有半点音信。

童素当然去追问了盒子的内容——以她的性格，不问才奇怪。

当然，得到的只是"还没有打开"的敷衍。

童素就明白，她或许得不到答案。就像恐怖袭击的追查，未必会有结果——哪怕他们已经知道罪魁祸首。

因为"影之共济会"太庞大了。哪怕以国家的身份，拿着证据去质问，也很难审判西蒙·路斯恩。

虽然童素并不是要摧毁整个"影之共济会"，只是要对西蒙·路斯恩，以及涉及"提洛岛"的相关人员动手，但中国安全部门的态度，让童素的心沉了下去。

理论上说，伊莎贝拉和西蒙互为利益盟友，又有亲戚关系，目前的合作很难动摇。就算大洋国知道西蒙的所作所为，也不一定会做什么。

破局的关键，还是伊莎贝拉。

斯图国的皇帝，不仅是斯图国的政治领袖，也是国教的宗教领袖。

皇帝兼任教宗，四大贵族，三大主教，总共七位选帝侯一同分享皇权，这是他们国家千年以来牢不可破的铁律。

按理说，童素破不了伊莎贝拉的不死之身，但她现在有但丁前女友提供的线索——路斯恩家族的遗传病。

斯图国承认女皇，但不承认疯王。一旦伊莎贝拉有可能遗传精神病的事实被揭露，她就绝对当不了皇帝，只能由梅涅公爵上位。待到梅涅公爵登基，温菲尔德家族很大概率会被清算。

届时，与温菲尔德家族交好的路斯恩家族，对大洋国来说就没那么强的利用价值了。

以大洋国的行事作风，他们的思路大概是：你们家族换个人上来吧，这个人就交给我去平息愤怒。

等到这时候，艾伯特·马歇尔在内部发力，中国安全部门在外部施压，才有可能将"影之共济会"的成员绳之以法。

斯图国毕竟是屈指可数的强国之一，雄踞欧洲大陆，又是匪夷所思地在现代社会依旧保留了帝制，而且皇帝还有实权的强国。

在这样的国家，皇帝的人选将直接决定世界格局是否会发生变化。

在斯图国内部皇储派和公爵派已经斗得你死我活的时候，中国贸然去调查皇储伊莎贝拉是否患有精神病，这个举动确实太敏感了，尤其现在斯图国和中国正交好，一不留神，就容易破坏双方的关系。

从这个层面看，童素觉得，安全部门最后有可能会按下这件事，当作一张底牌捏在手里。但这也就意味着，有这么个大树当靠山的西蒙·路斯恩，包括背后的大洋能源集团，不至于死。

至于恐怖袭击的后续怎么解决，牵扯到国家利益层面的谈判，童素并不清楚。

西蒙·路斯恩可能会失去权力，大洋能源集团可能会被拆解，大洋国或许会给予中国一定的补偿，等等，都有可能。

她相信国家一定会给予牺牲者一个结果，也相信国家会为了主权和尊严不惜一切。

但这个结果究竟是不是她想要的，又将等到什么时候，那就要打个问号了。

"这样就可以了吗？"童素的声音很低，"因为罪魁祸首的高贵身份，那些死掉的人，就不能得到一个公正吗？"

"如果她真的当了皇帝，这些陈年旧案，就再也没有见天日的机会了吧？"

血债，要用血来偿。

"总有一天，你也会像我们一样，对某些人，某些事，乃至这个世界都充满憎恨。"

亚伯·温菲尔德曾经说过的话，就像来自地狱的呓语。

童素并不憎恨这个世界，但她没办法接受伊莎贝拉和西蒙·路斯恩等人逃脱罪责！

他们该死！他们害死那么多人，早就该死了！

想到这里，童素已经下定了决心，眼神变得冷酷而决绝。

"我得去白鹰州，拿到那份证据。"

就算国家不干，她也要单干！

只不过，"奈赫贝特"的身份已经不能用了，没有安全部门的同意，她又无法出境。就算侥幸偷渡离开，一旦去了大洋国，也是国土局通缉令上的人。

童素喃喃自语："该怎么办呢？"

这时候，新邮件提醒。

来自但丁。上面只有一句话："要和我一起，完成一次精妙绝伦的谋杀吗？"

三

大洋国，国土局。

"副局长，参联会主席来了。"

刘易斯下意识皱了皱眉。

没有预约，直接私下前来？

虽然心中疑惑，刘易斯却没说什么，快步走回办公室，就看到参联会主席站在窗边，负手而立。

一见到他出现，对方肃然道："刘易斯，我们直接进入正题吧！以下的情报，全部来自军方代号'Y'的'处刑人'。"

刘易斯心中微讶。

"处刑人"来源于大洋国攻陷第三帝国时，拿到的关于人体改造资料。

当年第三帝国丧尽天良，在集中营做了无数实验，让这个项目有了一定的进展。

大洋国尝试之后，发现只有意志极其顽强，或者信仰十分坚定，并且还要足够幸运的人，才能熬过秘密实验。

所以，能进入"处刑人"队伍的人，本身就是军方或者国土局的精英，经历了巨大的惨痛或者创伤，又不甘心下半辈子就这么荒废，才去殊死一搏。

但就算这样，一千个人里面都未必活下来一个。

正因为如此，"处刑人"满编只有 26 人，以 26 个字母代称，具体执行什么任务，属于绝密中的绝密。

出于制衡的需要，虽然"处刑人"的编制落在国土局，但国土局局长也只知道"处刑人"目前有几个。

至于具体在哪些国家，是执行什么任务，则由大洋国的作战指挥机构，也就是参联会主席下达，国土局不得打听，更不得调查。

"九年前，马歇尔将军遇刺的时候，虽然军方和国土局启动双重调查，不过没查到什么问题，只说是意外的恐怖袭击。但马歇尔毕竟是军方高级将领，他突然死亡，大洋能源集团为首的南党又全力推雷奥上位，这让我们很难不多想。所以，上一任参联会主席签署了秘密调令，让'Y'潜伏到塔汗国，观察雷奥将军，以及其他人的后续动向。"

刘易斯懂了。

大洋国军方的高级将领们，虽然彼此内斗颇为激烈，但有一条底线不容触犯，那就是"不能下杀手"。

马歇尔的死，触动了军方高级将领们敏感的神经。这让他们抱起团来，一致对外。

"然后呢？"

"你们国土局的私心，导致了今天的结果！"参联会主席冷冷道，"国土局私下对塔汗国国防部部长那个在我国政治避难的长子承诺，愿意帮他杀父报仇，扶植他成为我国在塔汗国的代理人，并且帮他联系了由你们国土局策反的'总管'，谁知道这个消息被泄露出去，导致'鬣狗'和'沙蝎'因为不安，联合起来，最终倒向了斯图国。"

说罢，他就扔了一个东西到办公桌上。

刘易斯拿起来，发现是个移动硬盘，就插到电脑上，开始读取数据。

才看几眼，他就惊讶抬头——U盘里记载了国土局针对许多高级将领的秘密监控、调查，包括但不限于监听电话，窃取信件，翻阅账单，等等。

参联会主席内心对国土局非常看不上。

军人的天性，让他本身就不喜欢特务机构，加上国土局的人多年来，竭尽所能地试图扩张，哪怕政府一再肢解这个庞然大物，不断成立新的特务机构，却都无法抵抗国土局在"影之共济会"的支持下，对其他特务机构的鲸吞和蚕食。

不仅如此，国土局无所不用其极地调查军方各位高级将领，试图把所有人的罪名都捏在手心，这是任何人都不能容忍的！

"这些证据不过冰山一角，如果你还想要，我能拿出更多。一旦把所有的材料提交到国会，将会是多大的丑闻，你应该明白吧？"

如果不是刘易斯也是军方出身，参联会主席根本就不想和他说这么多。

刘易斯眉头紧锁，半晌才道："说吧，你想和我做什么交易。"

"爽快！"参联会主席赞了一声，走到窗边，眺望远方，"你们国土局多年以来，调查大洋国的达官贵人、高级将领，手上掌握了大量足以令人身败名裂的秘密。

"没人知道你们究竟掌握哪些信息，因此也就没有人敢对国土局的地位发起挑战，召开听证会，削弱你们的权力。

"本来吧，这也没什么，因为这就是你们的职责。只要守口如瓶，大家都还是同僚，一切好说。"说到这里，对方话锋一转，目光闪动，"但你们的局长，却是一个不懂如何保守秘密的人。他甚至不懂应该怎么与同伴和解，这让他不像个老于世故的特工，而像一个在菜市场挑挑拣拣的小贩。"

刘易斯只觉得可笑："所以，你都知道？"

参联会主席负手而立："过去的陈年烂账，谁对谁错，我不想深究。路斯恩和马歇尔谁输谁赢，我也不会管。但他们两个闹得太难看，为了私人恩怨，在中国搞恐怖袭击就算了，要是成功闹大了，我还佩服他，偏偏又只是炸了一栋楼，就像一场华而不实的烟花秀，带来了麻烦，成为笑话。

"本该谨慎的时候，他们不谨慎；需要展示肌肉的时候，却又当了缩头乌龟，导致塔汗国的局势也乱了。我国好不容易在中东扎下这枚钉子，然后可以腾出手来，全力启动亚太策略，压制中国。现在倒好，塔汗国的重大战略被这些蠢货搅和，反而让斯图国捡了便宜，我要再不出面，那就要颜面扫地了。"

刘易斯嘲讽一笑："所以，你之前所说的那些，什么国土局唆使塔汗国国防部部长的长子，什么煽动'总管'，都是猜测吧！全无真凭实据。"

"假的，未必就不能变成真的。"参联会主席盯着刘易斯，一字一句都浸满杀意，"在你们国土局的诸多干预下，军方的高级将领九年里死了两个，塔汗国的大好局面沦落成现在这样，难道不需要有人为此负责？

"国土局局长，活得够久了。"

"国土局局长饮弹自尽了。"

黑暗之中，就听见一个低沉的声音响起："南北两党，乃至总统，都不可能胁迫他自杀。真正能做到这种事的，只有军方出手，干预了国土局内部。"

西蒙·路斯恩的表情十分阴沉："军方不是一向保持中立，从来不过问任何纷争的吗？他们怎么会越权干预国土局，甚至还直接逼死局长？"

在大洋国，国土局和军方是两个独立于国会、最高法院之外的庞然大物，彼此之间多有合作，也有竞争，却都很小心地维持着微妙的界限。像这种军方出面，强行让国土局局长自杀的情况，从未有过。

甚至可以说，十分犯忌讳。

"这件事情，总统也默认了。"低沉声音的男子回答道，"但这并不意外，总统是北党出身，艾伯特·马歇尔是他最大的支持者之一，不仅为他提供了高达十位数的政治资金，还在上次大选的时候，屡屡亲自站台，为总统拉票。"

"总统上位之后，为了回报艾伯特·马歇尔的鼎力援助，征召退役许久的刘易斯，让他架空局长，并且以'调查'为名，派特工二十四小时跟着局长以及他的家人。"

西蒙·路斯恩恨得牙痒痒："如果不是因为国土局的助力被斩断，我们也不会被步步紧逼，落到今天的地步。要是早知——"

"废话就不用多说了。"隐没在暗中的那人十分干脆，"国土局现在已经被刘易斯全面接管，成了铜墙铁壁。我好不容易才打听出来，刘易斯认为詹姆斯和约翰这对王牌搭档有隐瞒真相的嫌疑，启动了对他们的秘密调查。"

"什么！刘易斯不一直把两人看作得意门生吗？"

"这就是他的狠辣和狡猾之处了。"低沉声音的男子冷笑道，"你可别忘了，刘易斯在军方也是负责情报这块，多疑早就成了刻在骨子里的本能。别说是弟子，就连老婆和孩子，他都会留个心眼。"

西蒙·路斯恩神色变幻不定："约翰本来就和我不是一条心，一旦发现自己有暴露的风险，铁定会把我卖了，我们要不要……"

他一边说，一边比了个抹脖子的动作。

这一刻，西蒙·路斯恩的表情和语气十分干脆利落，不带半点犹豫，不像在讨论如何杀死自己的亲生儿子，而像是在决定今天的晚餐。

"不行。"与他对话的男人回答得十分干脆，"刘易斯现在应该没办法确定约翰到底有没有参与这件事，他启动秘密调查，就是将约翰当作鱼饵，钓你这条大鱼。"

国土局可不是大洋国警方，调查案件要讲究流程。

这个令世人闻风丧胆的组织为了弄到情报，无所不用其极，监听、监控、跟踪、刑讯等都是小意思。一旦国土局认为谁有嫌疑，不需要三天，这个人的祖宗十八代乃至日常生活，精确到一天内喝了几次水，上了几次厕所，统统都能被扒个底朝天。

"在国土局内杀人，就是明着送把柄给对方。"低沉声音的男人说，"你是觉得国土局盯你盯得还不够紧，还是说，你觉得，自己有把握做到天衣无缝，哪怕被发现，配合上你那重金豢养的精英律师团也能轻松脱罪？"

面对此人的反讽，西蒙·路斯恩眉头紧锁："这个险必须得冒，万一约翰·卡森把我卖了。"

"你不会这么不谨慎吧？在和他的交流过程中，居然留下了什么证据？"

西蒙·路斯恩脸色很不好看，半晌才点了点头："我和他很少面对面交流，都是通过电话，虽然以他的能力，可以确定电话没被监听，但我不清楚他是否录了音。"

"你这是自找死路！"

"我不能和他见面。"西蒙·路斯恩反驳，"他是经受专业训练的王牌特工，善于观察人的微表情。若是当面相处，哪怕我伪装得再好，他也能看出我只是驱使他做事，怕就没这么好用了。只有隔着电话，声音经过机器，情绪传达不能百分百到位，更见不到我本人的脸色，才能彻底骗住他。"

低沉声音的男人沉默片刻，才说："既然约翰手里很可能有我们的证据，那我就冒险帮你一次，把他们捞出来。但机会只有一次，如果你杀不了他——"

与此同时，米切尔城，海滨别墅。

"参联会主席托我转达。"宽阔的阳台上，国土局现任局长刘易斯端起面前香醇的咖啡，细品了一口，不疾不徐地说，"西蒙·路斯恩可以进监狱，但大洋能源集团不能倒。如果你愿意接受这个条件，可以在路斯恩家族中选出一个你认为合适的，无罪的，没涉及这些是非里面的成员接管大洋能源集团。"

艾伯特·马歇尔就像听到什么笑话一样，挑了挑眉："监狱？哪种监狱？哦，我知道了，是那种有超豪华总统套房，自带游泳池和健身房，米其林厨师负责做饭，还可以随便睡漂亮女狱警的特供监狱吗？"

刘易斯听到这里，不由叹了口气："艾伯特，你应该清楚，这是极限了。"

瞧见艾伯特·马歇尔没有回答，刘易斯站了起来，走到栏杆旁，望着不远处的浪花，轻声道："我们的国家曾经也有过财阀控制政权，社会一片黑暗，百姓生活困苦的时候。之所以能走到今天，不光是因为国家本身的纠错机制，以及民众和军队的努力，还有这些老派财阀的退让。假如当年他们一意孤行，我们的国家必定元气大伤，未必能成为如今世界上唯一的超级大国。"

说到这里，刘易斯顿了一顿，叹道："当年瑟沙死的时候，我们所有人都看见，参联会主席一夜之间老了十岁。但他还是忍住了，没杀那些人渣，因为我们刚打下塔汗国，民心很重要，这几个傀儡还不能死。"

艾伯特·马歇尔似笑非笑："所以，您来劝我妥协？"

"我只是转述军方的态度。"刘易斯淡淡道，"但我不干涉你的任何决定。"

艾伯特将杯中的红酒一饮而尽，也站了起来，走到刘易斯身边："军方之所以愿意退让，无非是因为他们发现，我是个疯子，敢拿自己的性命去赌。他们怕我还会做出什么不可预计的事情，又抓不到我的把柄，不能真把我囚禁起来，才有今天的态度。"

这位诺亚总裁的脸上写满了讥讽："我的曾祖父、祖父和父亲三代参军，在血与火中厮杀，军功章能挂满一面墙。可当我的父亲被人谋害后，这个他曾经为之效力，并以此为毕生荣耀的国家，却从来没试图给他一个公道。所有知情的人都明白，他死得有蹊跷，可所有人都装不知道。"

说到这里，艾伯特·马歇尔望着刘易斯，声音不自觉提高："军方今天的退让，不是我哀求来的，也不是他们施舍的，是我靠自己的本事争取到的！当年西蒙·路斯恩觉得我父亲碍事，就可以把他杀了。如今我的复仇就差最后一步，军方凭什么这时候跳出来当和事佬，让我收手？"

刘易斯只能叹息，说不出话。

从情感上，他当然认为艾伯特·马歇尔说得没错，谁的命都不比谁高贵，当年参与谋杀马歇尔将军的人，有一个算一个，都别想跑。

但其他人并不这么认为。

再说了，以大洋国的法律，哪怕现实中几个人合伙杀了一个人，证据确凿，往往也不会判处死刑，顶多是终身监禁。

可就像艾伯特·马歇尔说的那样，坐牢对西蒙·路斯恩来说，真不算大事。

大洋能源集团主席这种身份的人，即便坐牢，也是享受特供监狱，居住条件堪比五星级酒店。而且还可以花巨资保外就医，除了不能离开大洋国本土外，照样可以花天酒地，发号施令。

艾伯特·马歇尔无法接受这样的结果。

"我就是要让他们自相残杀，逼得他们无路可退。"年轻的诺亚总裁似乎想到什么很有趣的事情，望向长辈的时候，脸上竟然带着笑容，"刘易斯叔叔，你放心，我不会亲自动手。手上沾了罪人的血，可是要下地狱的，父母都在天堂等我，我怎么能陪这群罪人一起永堕地狱？"

四

刘易斯想要劝两句，却又不知道说什么好。就在这时，他的私人手机响起。

他比了个"稍等"的姿势，进屋接电话去了，艾伯特·马歇尔望着海滩，神色沉静，思绪放空。

不知过了多久，察觉到刘易斯回来了，他才随口问："有什么紧急事情吗？不能说就算了。"

"不算大事。"刘易斯回答，"副总统乔治·约翰逊找我，说他的教子乔舒亚·兰登已经被国土局带走好几天，他非常担心，对我说，他的教子就是个普通记者，不会与恐怖袭击有什么关系。他愿意拿自己的名誉为教子担保，这件事和对方没关系，问我们国土局什么时候能放人。"

艾伯特·马歇尔似笑非笑："哦？堂堂副总统居然不知道，他的教子就是大洋国的王牌特工詹姆斯·史密斯？"

刘易斯点头："大洋国特工的第一要务就是隐藏身份，哪怕是亲生父母也要瞒着。说实话，光凭你知道他们身份这一条，前任局长就是重大渎职。"

"鉴于是国土局内部泄露的情报，我便不去打听你的消息来源，但你也不要对外暴露你对国土局特工们的过多了解。否则我就算不情愿，也要把你扣下来，派人详细调查詹姆斯的身份究竟是怎么泄露的，其他特工的真实身份又被你知道了多少。"

艾伯特·马歇尔可不信刘易斯会这么遵守规矩，却没继续说什么，只是耸了耸肩："没关系，这盘棋，差不多是时候下新一步了。"

西蒙·路斯恩以及同伙们，想必此时已经急得团团转，最想要做的事情就是"斩草除根"，杀了约翰·卡森，以绝后患。

只要关键的证人死了，他们脱罪的把握就更大了。

但对国土局来说，这也是个机会。

现如今，针对西蒙·路斯恩的一切指控都是虚的，国土局需要切切实实的证据，才好对大洋能源集团主席这样的大人物下手。

就算约翰·卡森手里没留有证据，只要西蒙·路斯恩敢对约翰·卡森下杀手，那就是袭击国土局重要成员。

这样一来，国土局可以越过警方，直接抓人，甚至都不用走司法程序，强行扣一个"破坏国家安全"的帽子，就可以直接把西蒙·路斯恩的行动限制在一栋别墅以及周围五百米的范围内，时间长短不定，有可能是一年半载，也有可能是终身监禁。

这是艾伯特·马歇尔的计划，也是刘易斯对故友之子的回答。

马歇尔将军不仅是你的父亲，也是我的朋友，面对害死了他的仇人，我会竭尽所能，讨还一个公道。

虽然这仍旧不是艾伯特·马歇尔预想的最佳结局，但对于长辈的好意，他心怀感激，笑容带上了几分真心，语气也不自觉放柔了："对了，刘易斯叔叔，亨利的庭审是不是就在最近？"

刘易斯顿时有些头疼："里切尔影业的风风雨雨，本来就被报纸们所关注，佐藤老先生抱病前来的消息传出，舆论更是一片哗然。"

佐藤明是近代最出名的作家之一，梦工厂许多导演、明星都是他的粉丝，乔·里切尔是他的忘年交，当年乔的独子失踪，佐藤明也拜托学生和好友们帮忙寻找。

如今，这位二十多年没离开家乡的百岁老人，居然拖着病体，颤颤巍巍，坚持要来大洋国参加亨利的庭审。这让知情人士都非常紧张。

佐藤明毕竟是樱花国国宝级的人物，也是世界知名的文学家、艺术家，粉丝遍布全天下，这样一位大人物要是在旁听庭审的时候出了什么岔子，那就不好收场了。

"直播的话，不好收场吧？"艾伯特·马歇尔若有所思，"亨利身上牵扯到的事情太多，万一当庭供出来某些涉及他国政要的内幕怎么办？三大国的高层都已经达成一致，按下'提洛岛'，万一亨利当庭说出来了呢？"

这也是国土局担心的问题。

他们可以处理掉其他的玩家，唯独亨利是烫手山芋。

根据大洋国的法律流程，既然已经对亨利提起了公诉，那么势必要抽调陪审员，以及开放庭审，以示公开公正。

换作其他案件，未必有这么引人注目，可"传奇影星里切尔夫妇死于朋友背叛"本来就是超大的爆点，媒体早就兴奋不已，民众更是倍加关注。"佐藤明大师要亲赴现场"

的新闻，更是如同在火上浇了一勺油，彻底引爆了百姓的热情。

这种时候，不管是法院，还是国土局都有点头疼。

刘易斯不好对艾伯特透露太多，只能含糊地说："你放心，他没办法说出'提洛岛'。"

"童素要去参加诺亚集团的发布会？"

夏正华听说这个消息，眉头紧锁："原因呢？"

这么敏感的时候，童素突然要出国。

夏正华不得不怀疑，她是不是私下看过雷奥将军的资料，但目前没有任何证据，而且就算看过，她也做不了什么。

应龙回答："一方面是温菲尔德爵士、艾伯特·马歇尔先生、但丁先生的盛情邀请，另一方面，'夜神'说她想要佐藤大师的签名。"

夏正华更奇怪了："她是佐藤明的粉丝？"

不像啊！

"'夜神'说，她亡母十分喜欢佐藤明的作品。"应龙回答，"而且，这位佐藤大师，应该与他们家还有些渊源，她想问问。"

夏正华更加奇怪："渊源？"

应龙也觉得很神奇："夜神家里有一幅木制的浮世绘，是大名鼎鼎的《神奈川冲浪里》的仿版，她前几天拿去鉴定了，有百年的历史，价格不菲，背后的樱花文落款是'赠挚友苏君，藤原慎也'。"

佐藤大师的真名，就是藤原慎也。

一提到浮世绘，二人就想到童素汇报上来的，这次的塔汗国之旅。

在发现雷奥将军很喜欢樱花国文化，悬挂各种浮世绘的情况下，童素回国后，回想起自己家里也有浮世绘，拿出来看一眼，十分正常。

藤原虽然是樱花国的大姓，慎也同样不是很拗口的名字，但百年前就有这种浮世绘的，必定是樱花国贵族无疑。

佐藤大师刚好三个都符合，并且也来过中国。

而童素母亲这一系，苏家祖上正是湖滨的大户人家，在那个风起云涌的年代，去国外尤其是樱花国留学的风气很浓，去过樱花国也不足为奇。

童素一向与父系这边的亲戚不亲，童子邦也没有什么走亲戚的想法，回国三年，一次都没回到川蜀故乡。家中五兄妹，老大一家已经死于文南，而他只问过姐姐和妹妹的下落，至于最小的弟弟，压根没理。

这么一想，童素试图寻找母亲那一边的回忆和渊源，也很正常。

"'夜神'说，本来她打算等'铜棒'先生回国后，他们一起去樱花国看看小姑姑，到时再去拜访佐藤大师。"

夏正华回忆童子邦的情报，他的四妹丈夫早逝，自己也一身病痛，现在跟着女儿女婿定居樱花国，方便接受疗养。

"但佐藤大师的身体，又千里奔波，她有点担心——"

应龙虽然没直说，夏正华却明白，这是怕佐藤明死在大洋国了。

百岁老人，身体又差，长途飞行，还要听忘年交家破人亡的惨剧，确实很容易出问题。

乍听起来，确实没什么问题。

"而且，她对那个李察，还是很好奇，觉得对方有问题。"应龙又道，"她打算去大洋国的时候，顺道去看看李察。"

听见应龙这么说，夏正华就懂了。

这才是童素嘛！

什么友人邀请，家族渊源都是假的，她还是没办法忘记"提洛岛"那一摊子事，咬死了李察不肯放。

给她找点事情做也好。省得她隔三岔五就来问，盒子打开没有，还要参与研究……夏正华知道童素的性格，一旦刨根问底，肯定要私下行动，还不如就先拖一阵子。

出于这种考虑，他点了点头："既然这样，就让她去吧！"

"那她的安全……"

"给雪松他们走一下官方渠道，让他们保护。"夏正华意味深长地说，"告诉雪松，这次的任务不同以往。"

不仅是保护，也是监督。

童素要到大洋国的消息，中国安全部门这边一提交，大洋国国土局立刻收到。

刘易斯命人将詹姆斯和约翰从审讯室里提出来。

"诺亚集团即将召开全球发布会，艾伯特·马歇尔将会在'9·15'恐怖袭击后第一次亮相，并且宣布锂硫电池获得突破的重大消息。他邀请了参与研发锂硫电池的中国专家们，拯救了他性命的'赫卡忒'，以及协助了他逃生的亚伯·温菲尔德爵士。"

"鉴于这次发布会在我国召开，国土局将负责全面的安保工作，务必不能让上次的惨剧重演。你们新的任务就是，设法跟在'赫卡忒'身边，保护她的安全。"

刘易斯的意思很明确，你们没办法证明自己无罪，但我也没办法证明你们有罪，所以你们被放出来，接下来的任务就是对你们的考验。

"她是'铜棒'的女儿，当年'铜棒'入侵了我国的各大机密机构，虽然按照'铜棒'的说法，他并没有记录任何内容，只是试着突破世界上最强的防火墙，挑战自己，并为此付出了坐牢十年的代价。但这套说辞，斯图国未必相信，否则两年前，斯图国也不会策划对他们父女的绑架。"

"我们国土局一直怀疑，亚伯·温菲尔德蓄意接近她，就连恐怖袭击的时候也不肯离开，或许别有深意。假如'赫卡忒'在大洋国境内失踪，或者出现意外，事情就不好收场了。"

"当然，如果在混乱之中——"刘易斯意味深长地说，"就算你们保护的对象失踪，也没关系。"

如果西蒙·路斯恩派人来刺杀约翰，国土局就能趁乱将"赫卡忒"带走，把罪名都推到大洋能源集团，乃至斯图国身上。

斯图国早有前科，中国安全部门岂会不信？

亲女儿在大洋国手里，"铜棒"一定会乖乖过来，把他知道的东西一五一十交代。

就算"铜棒"真不清楚大洋国的核心机密，掌握两个传奇黑客在手里也不亏，哪怕不能为大洋国所用，也不能真让他们继续帮助中国。

刘易斯心中已有周密计划，表面上却不动声色，安排任务："詹姆斯，你还是用上次那个'银盾'安保公司保镖的身份，约翰就是你的搭档。你们是诺亚集团总裁艾伯特·马歇尔为了保护他们安全，特意雇用过来的人，明白吗？"

"是！"

刘易斯的目光在两人身上来回掂量，片刻之后，才道："塔汗国发生的一切，已经录入资料里，你们想看就去查吧！还有三天，'赫卡忒'就来了，这三天，你们就直接留在国土局，哪里也别去，我已给你们安排好了宿舍。"

说罢，刘易斯就递过两张房卡。

詹姆斯伸手接过房卡，对约翰点了点头，两人戴上帽子，遮住面容，离开了刘易斯的办公室。

等走到车库的时候，詹姆斯打开车门，刚要钻进去，却突然听见约翰喊："詹姆斯。"

"怎么了？"

"不，没什么，只是问你要不要去喝一杯。"

"我今天得去一趟教父家里，要一起去吗？"

约翰摇了摇头："算了，我有点事要去做。"

詹姆斯也没说什么，两个无话不谈的兄弟，此刻竟然莫名有点生疏。

等到詹姆斯走后，约翰也钻进车里，却没有点火发动，而是面无表情地不知道在想什么，过了许久，他才拿出手机，拨通了一个电话："喂，艾伯特·马歇尔先生，是我，约翰·卡森。我想，我们可以坐下来好好谈谈，我愿意帮助你，无论是什么，包括，亲手复仇的契机。"

"我的要求？很简单。我要洗清詹姆斯对我的怀疑。"

五

大洋国，米切尔城，老城区。

这里是脏乱差的代名词，拥挤的街道上都飘着大麻的臭味，到处都是醉醺醺的瘾君子和嬉皮士。

在街道的中央，一栋从外表上看，应该修建历史有近百年之久的老式建筑，一楼是廉价的炸鸡快餐店，二楼是一家卖游戏光碟和老式蓝光电影碟片的影音店，三楼则一分为二，左边大部分房间的铜锁上都落了灰。

走廊的尽头则挂着"李察侦探事务所"的牌子，上方左右两端的钉子已经脱落了一颗，只剩另一颗顽强地坚守，让招牌歪歪斜斜地吊着。

老旧的木楼梯上，传来吱呀吱呀的声响。

童素在雪松和黑衣保镖们的陪同下，走到三楼，摘下墨镜，饶有兴趣地打量了这个环境两眼，然后轻轻敲了敲门。

"请进。"含糊不清的大洋语，自门内响起。

童素推开虚掩的门，就看见一个垃圾桶歪歪斜斜地挡在门口，里面全是废纸。

走进去一看，各种文件、书籍满天飞。领带、衬衫、西装外套、礼帽等随处都是，幸好没有果皮、比萨盒、可乐罐等外卖残留，所以显得不算太脏，但用"凌乱"都不足以概括这个房间。

更令人无比惊讶的是，整个侦探事务所里，居然只有一台老旧的收音机，还有一台小到巴掌那么大，不知道多少年前，足以当古董去展览的黑白电视机。

没有电脑，没有 iPad，没有蓝牙耳机。

等等，这家伙有手机吗？

"银盾"的保镖们你看看我，我看看你，都觉得自己遇上了怪胎。

童素却觉得很有趣。

在这种高度信息化的时代，又是侦探这种工作，却拒绝一切信息化、科技化的东西，只有两个可能：第一，他厌恶自己的信息被窥探，不受掌握的感觉；第二，他的脑子非常好使，拥有堪比计算机的记忆力。

不过，这些早在她意料之中。

她本就觉得李察出现在塔汗国太巧合，加上"提洛岛"的李察，真真假假，界限模糊，不像国际刑警，倒有点像其他势力安排的鱼饵，所以特意查了一下，却发现李察本身是一个非常警惕信息化的人。

他的手机只有最简单的打电话和发短信功能，事务所没 Wi-Fi 甚至没 4G，电视机都只能收本地的两个电视台。需要发邮件的时候，他每次都会乔装打扮去黑网吧干，导致他在互联网中留下的痕迹很少，无从探究和分析。

正因为如此，童素私下黑了这家侦探事务所楼下炸鸡店的监控，盯了李察大概半个月，却硬是没发现一点问题。

但直觉告诉童素，李察绝不简单。

童素本来就不相信大洋国国土局的诚意，中国安全部门也警告过她，虽然她这次是走正常外交流程去的大洋国，但以她和童子邦的关系，大洋国很有可能会找个理由，想方设法把她扣下。

可童素还是来了。

只不过，她到底在人家的地盘上，被那么多双眼睛盯着，甚至保护她安全的雪松等人，都是盯着她的另一双眼睛。

曾经亲密无间的战友，转眼间就成为监督她的人，这种感觉，童素虽然不好受，却也更清楚地明白，她和应龙、雪松，乃至"NULL"，都不是一路人。

如果这时候爸爸在就好了，她就有了可以信任的人。但没关系，就算爸爸不在，她也有办法去白鹰州的圣约翰医院，并且找到那份对伊莎贝拉不利的致命证据。

既然李察很可能别有所图，为什么不把他也引进来，把水搅浑呢？

事务所的主人李察仿佛没察觉到众人的打量，甚至压根没看来人一眼，半睡不睡，懒洋洋地说："请问，您有什么需求？"

对待客人的态度，可谓非常差劲了。

童素随意拖了把椅子，坐到李察面前，平静地说："我想发布委托。"

"不接。"

童素露出一丝兴味："为什么？"

"我从来不做超过自己能力范围内的事情。"李察没精打采地说，"你身边前前后后这些保镖，所站的位置无一例外，都能最快速度观察周围环境，能第一时间应对来自四面八方的攻击，以及保护你及时撤离。"

"听脚步声，至少还有七个人留在外面守卫。他们都做不到的事情，对我而言就是更大的麻烦，我一个人解决不了。"

童素摘下墨镜，饶有兴味地说："为什么我觉得，我在'提洛岛'中下注的那个'李察'，就是你？"

听到这里，碧眼青年总算肯赏个脸，稍微抬抬他的眼皮子："中国安全部门？'赫卡忒'？"

童素点了点头。

李察更没劲了："既然你们和国际刑警总署有合作，就应该知道，我是真的没上那条船。就因为没办法洗清自己的疑点，我都被国际刑警停薪留职了，每个月店租、房租、水电、车油都要自己付，马上就要穷得睡大街了。"

童素对此持保留态度。

鉴于对方具备细入微的观察力，她面对此人的时候也提高了警戒，尽量避免说假话，引起对方的警觉和敌意。

所以，就见她顺着对方的话题往下说："国际刑警总署确实对我们提过这件事，但我还是觉得，耳听为虚，眼见为实。"

李察眼皮都不抬："现在已经见过了，确定了，可以好走不送了吧？"

"我很好奇，你为什么对我这么抵触？"童素身体微微向前倾，"我这个人呢，别的不说，在得罪人这方面做得相当不错，大概能排在某些势力暗杀名单的前列。如今在大洋国，人生地不熟，需要一个当地人领路。"

李察挑眉："中国安全部门的人，身边却跟着大洋国顶尖安保公司'银盾'的保镖，可见你们是走正规外交流程过来的。我国会保护你们的安全，也注意着你们的行动，只要不过分的要求，国土局都能满足，为什么还来找我？"

童素笑了一下，随手从他桌上拿起一本书，翻了两下，漫不经心地问："'银盾'与国土局有合作？"

李察对她的答非所问并没有生气，只是耸了耸肩："谁知道呢？虽然'银盾'不会泄露雇主的秘密，但大洋国内发生的一切事情都瞒不过国土局——区别只在于这个庞然大物是否会选择将目光投注过来，让黑暗无所遁形。"

童素的目光落到桌上的铜像上。

左手朝上，手持天平；右手在下，紧握宝剑。头戴金冠，身穿白袍，蒙住双眼。

毫无疑问，这是"正义女神"忒弥斯的雕像。

如果她没记错的话，李察脖子上也挂着一个缩小版的雕像，这位前大洋国警察，现国际刑警加一流侦探，似乎对"正义女神"有某种诡异的偏爱和执着。

童素也没多纠结，随手将书放下："如果你愿意接受我的委托，随时可以来找我。我住在市中心的巴别塔酒店，34 楼。"

说罢，她就淡定地走了。

李察叹了口气，将她放在桌上的书拿过来。

《神曲》。

巴别塔酒店。

这座七星级酒店总共有九十六层，外表看上去像一座高耸入云的尖塔，内部陈设却走简约古朴风。

酒店内部虽然也有溜冰场、游泳池、健身房、豪华餐厅等，却都不是最大的卖点。

巴别塔酒店最特殊的地方在于，它只接受包层预订，而且每位预订房间的客人都必须手持会员卡。

会员的审核非常严苛，财富、地位缺一不可，每晚的房费开支也是天文数字。

正因为如此，巴别塔酒店的入住率其实不算很高，这也是诺亚集团能一口气预订七层楼的原因。

中国的物理专家们其实不想住这么贵的地方，但艾伯特·马歇尔说，这一次诺亚集团不仅邀请了中国朋友，还有斯图国的温菲尔德爵士。

爵士阁下身份特殊，安保规格很高，必须住在巴别塔酒店，诺亚集团当然不能厚此薄彼。而且这样也更方便"银盾"的保镖们入驻，贴身保护，等等。

总之一句话，盛情难却。

只有童素知道，这是因为她和亚伯·温菲尔德都表示他们是佐藤明的粉丝，希望能拜访这位大师，艾伯特·马歇尔刚好就做了个顺水人情。

李察侦探事务所距离巴别塔酒店足足有一个小时车程，等童素回到酒店的时候，佐藤明的第一助理已经等在大厅，见到她来了，立刻松了一口气，快步走了上来，居然说的是十分流利，而且字正腔圆的中文："童小姐，您好，我是佐藤大师的助理，大师已于半小时前抵达酒店，看见您留下的浮世绘，非常激动，叮嘱我在大门口等待。"

童素心头大石落下。

此番大洋国之行，第一要务自然是拿到伊莎贝拉母系的病史，第二就是见见伊万·伊万诺夫此人。

"提洛岛"上，詹姆斯假扮伊万，却让伊莎贝拉都心怀顾忌。这让童素意识到，伊万或许也有特殊的身份。

加上童素查询白鹰州圣约翰医院，维尔福一家的资料时，发现维尔福医生的妹妹维尔福女士，曾经很长一段时间充当伊万诺夫家的心理医生。

这根线是否有用呢？

无论如何，童素都不会放过机会。

两个目标，最好都要去白鹰州才能达成。毕竟，伊万这时候正在白鹰州拍戏。拍的刚好是改编自佐藤明小说《海之梦》的《人鱼》续集。

正因为如此，佐藤明是非常关键的一环——他不仅是童素瞒过安全部门真正用意，顺利来到大洋国的借口，也是她能去白鹰州的关键人物之一。

假如童素自己贸然提出去白鹰州，所有人都会觉得很奇怪，但如果佐藤明要见故人之子，童素又作为晚辈陪同，那就可以顺便圆过去了。

幸好，那版浮世绘，确实是佐藤明曾经的物品，而佐藤明也透露出想见她的意思。

助理看见童素背后的保镖们，有点尴尬："就是……佐藤大师身体不大好，房间里最好不能有太多人……"

"我明白。"童素点头，"我让保镖们都回自己的房间，我只带他——"童素瞥一眼雪松，说，"行吗？"

助理点了点头，带童素和雪松走进电梯，拿出 35 楼的房卡刷了一下。

电梯打开后，童素就闻到了一股消毒水的味道。

她一路走一路看，发现 35 楼的许多房间门都微微敞开，略微瞥一眼里面的陈设，被改成了临时的治疗室。从心电监护到心室除颤，各种仪器，应有尽有。

这也从侧面反映了佐藤明的身体确实很差，出行一趟，就差带上半个医院的家当了。

难怪每年新闻都有爆料说"佐藤大师的助理出入医院，大师是否又性命垂危"，童素一开始以为是媒体无良，现在看起来，说不定是真的。

等见到靠在床上的佐藤明之后，童素甚至有点恍神。

她从没见过百岁老人，也不知道苍老是一件这么可怕的事情，佐藤明松垮的皮肤，密密麻麻的老人斑，浑浊的眼珠，以及哪怕站在十米之外，都能闻到的那种属于岁月的腐朽味道，全都扑面而来。

这是一具生机和活力已经被抽得差不多的身体，甚至会让人第一时间就本能地想要远离和逃避。

"是苏季明苏君的后人吗?"佐藤明颤颤巍巍地开了口，竟然是略带吴侬软语腔调，听上去有些奇怪，但还算正宗的中文。

童素这才回过神来，走近佐藤明。

助理立刻给她搬了把椅子放到床头，然后示意雪松和他一起站在卧室门外，将门扉虚掩。

这样一来，他们还能听到童素和佐藤明的对话，一旦情况不好也能立刻冲进去，但好歹给了两人一个私人空间。

面对一位年过百岁的老人，童素的语气不自觉放得温柔，准确地说，她这辈子还没用过这么柔和的语气说话："苏季明是我的曾外祖父。"

"好，好。"佐藤明吃力地点头，任谁都看得出来，他非常高兴，"我记得，苏君儿女众多，你是他哪个孩子的后裔?"

"我的外祖父排行第三。"

"苏家的其他人呢，都还好吗?"

童素沉默片刻，还是选择了实话实说："自我外高祖父这一脉往下，已经只剩我一个人了。"

她以前没有调查自己祖先的想法，但自从发现苏家可能和佐藤明有交集之后，就查了苏家的全部资料。

苏家百年前曾是士绅之家，后来开设布行，家境殷实。她外高祖父一共四个儿子，十一个孙子，堪称枝繁叶茂。

但战争摧毁了这一切。

苏家子弟，或死于战场，或死于饥荒，死于战乱，还有人死于屠杀。

磕磕绊绊活到最后的，只有童素的外祖父一个人。

佐藤明听到这里，原本的开心就全都消弭无踪，只余悲痛。

他比谁都清楚，樱花国的军队曾犯下何等罪行，所以，过了许久，才低声叹道："苏君竟然没有毁掉我赠送他的浮世绘，这是何等高洁啊!"

童素静静看着佐藤明，不知该说什么好。

她对樱花国某些左翼人士试图淡化罪行的做法，自然讨厌非常，但佐藤明既没有从军，又是坚决的反战派，他承认樱花国的罪行，以文坛大师的身份，一次次告诉国际社会，我们确实错了。

为此，他甚至屡次被极端分子刺杀，认为他"侮辱国体"。

这样一位可敬的老人，童素没办法因为国家之别，以及需要利用他的身份，就对他虚与委蛇。

故她犹豫很久，还是打消了用话术接近佐藤明的心思，转而真诚地说："我的外祖父母，还有母亲，都已经离开很久了。这段往事，我也根本不知道。只是无意中整理母亲留下来的遗物，看见了这幅浮世绘，就一直很想去拜访您，了解长辈们的过去，却因为身份特殊，始终不能成行。"

佐藤明一听，立刻急了："身份特殊，孩子，你有什么难处吗？"

童素连忙安抚这位老人："我目前算中国安全部门的编外顾问，一般情况下不能离开中国大陆。"

"好，好孩子。"佐藤明又高兴起来，"如果情况允许，你一定要来樱花国京都府，来我家做客。我带你去看你曾外祖父的父亲，也就是你外高祖父曾经住过的房子，现在还保存得很完好！"

童素有些惊讶："我外高祖父去樱花国留学的时候，竟是借宿在您家吗？"

"你的外高祖父与我的父亲是同窗，两人关系莫逆，只是后来……"

佐藤明的情绪渐渐低落，却很快恢复过来，把这段漫长的渊源，从头开始对童素讲起。

真名藤原慎也的佐藤明，出身于藤原家族旁支。

这一支人丁凋敝，在仕途上没什么建树，却因为家主本身兼职神社社主的身份，以及藤原家女子公认冠绝公卿的生育能力，所以经常和公家（皇室旁支和贵族们）联姻，在姻亲庇护下，日子也还能过得去。

如果说唯一的遗憾，那就是他们家男丁的身体都不怎么好，也正因为如此，藤原慎也的父亲才没有像其他贵族那样，去陆军学校接受军事训练，而是去学医，与许多中国留学生成了同窗，其中就有童素的外高祖父。

他们一起读书，一起学习，一起讨论时政，一起去同窗家里做客，感情亲如兄弟。

"我十岁那年，京都发生一场大疫病，我父母年纪本就大了，抵挡不住病魔侵袭，就这么去了。"

佐藤明回忆往昔，面露惆怅："一直追随我家的武士、农民，早已被天皇征召参军。家中只剩一二老仆，靠着积攒下来的粮食过活，偏偏我又是老来子，体弱多病，寻医问药消耗不菲。为了家族的荣耀，不能典卖家当，导致我付不起学费，只能在家看书自学。虽有亲戚觊觎家族产业，但当时我还小，他们怕落人口舌，就没有动手。

"但等我十五岁之后，有个问题无论如何都逃不过——樱花国的贵族男子十六岁成年后，必须参军。而我这个身体，一旦上了战场，就是死路一条。

"老仆给我想了个办法，他让我去中国游学。那时有很多樱花国的商人在魔都开设工厂，还有很多侨民。可他们也被军官、被贵族层层压迫，非常迫切希望能有贵族作为保护伞。我只需要挂个名头，就能分到很多钱，再用这些钱贿赂贵族即可。

"樱花国贵族，最怕绝嗣。其他情况，他们未必会帮，但这种抬抬手就能帮的事情，只要钱送够了，就能安然无恙。而我从小也要学习中国文化，对中国尤其是洛阳非常痴迷，很想去看看，就带领老仆，来到了魔都。因为苏家曾与我家交好，我到达魔都之后，就写了一封信，托人送到湖滨苏家，希望作为两家后人能够一会。"

童素听入了神，忍不住问："然后呢？"

佐藤明摇了摇头："苏君拒绝和我见面，只是送了我一套百年前手抄版的莎士比亚全集，算是两家长辈的昔日情分。"

童素"啊"了一声，非常惊讶："您没和我曾外祖父见过面吗？"

"从未见过。"

"那……"

"我们国家的士兵对你们国家的百姓做了那么残忍过分的事情，又怎么能要求苏君不顾家国大义，和我结交呢？"佐藤明轻声道，"我自惭形秽，无颜面对苏君，就将父亲珍藏的浮世绘回赠给了苏君。"

说到这里，佐藤明长叹："苏君这样的君子，假如我们不是相逢在战乱年代，一定能成为很好的朋友吧？"

童素终于理解了，为什么佐藤明和苏家的这段渊源鲜为人知。因为他们根本就没有见过面，只有一次互赠礼物的交情。

他们也不该见面。

父辈的交好已经成了过去，横亘在下一代之间的，不是理念不合，而是纷飞的战火、没齿难忘的国仇家恨。

看见童素不说话了，佐藤明突然咳了两声。

助理第一时间跑进来，急急道："老先生，您是不是哪里不舒服？需不需要再喊医生来做个全身检查？"

佐藤明突然像一个怪老头一样执拗起来："我只是见到苏君的后人太开心了，你们天天就知道检查检查检查，吃的药比饭还多，这样活着又有什么意思？走开，我不要看见你，走开！"

看见佐藤明激动地挥舞双臂，助理连忙说："好的，我走开，走开！"

一边说，他一边用眼神哀求童素。

没等童素说什么，佐藤明更不高兴了："你还使什么眼色，离开房间，不许待在门外，我说什么话你都要监听！"

助理一脸无奈，雪松拍了拍助理的肩膀，两人一起合上卧室的门，坐到外面沙发上，就见雪松给助理点了支烟："老先生脾气是不是有点古怪？"

"哎，没办法。"助理知道他们是中国安全部门的人，不会随便乱传什么小道消息出去，就忍不住倒苦水，"老先生一辈子没结婚，年纪越大，性格越固执，像个老小孩，脾气有时好，有时坏。"

雪松静静听着，时不时附和两句。

反正他只是为了拖住助理，让童素和佐藤明有单独相处的机会。

卧室里，佐藤明已经收敛了刚才的不好惹，重新变得温和起来，凝视着童素："孩子，你是不是有什么事情要求我帮忙？"

六

童素有点惊愕，佐藤明却笑了起来："你虽然是个年轻姑娘，却肯定没追过星。我看过太多狂热粉丝的样子啦，他们见到我，可不像你这么冷静健谈。你拿浮世绘来见我，只是个引子吧？没关系，我都一大把年纪了，如果能帮到你，内心也能更加安宁。"

佐藤明主动提出要帮忙，童素反而犹豫了一下。

哪怕这位老者表现得很和蔼，但她没忘记，对方很有可能是雷奥将军的引领者，又可能与伊万·伊万诺夫有着千丝万缕的联系。

在分不清对方真实立场的情况下，童素自然不会暴露内心最深层的想法，但如果佐藤明真的有问题，普通的理由不可能骗过他。

雷奥将军，伊万·伊万诺夫，白鹰州……

童素沉吟片刻，才说："假如您想通过观看直播审理亨利，知道里切尔一家死亡的真相，估计很难。捣毁这个势力的时候，我也在场，因为后台太大，牵涉太广，一旦被民众知晓，必定举世哗然，因此被秘密盖下。

"所以我认为，这次的直播，大洋国国土局已经做了处理，哪怕亨利能说话，也只会走个过场，交代一些不重要的人物，真正重要的那些，哪怕国土局私下问出来，也不会当庭直播。"

面对佐藤明恳求的目光，她无法拒绝一个老人的哀求，俯下身去，轻声道："这件事涉及斯图国皇室。"

佐藤明听到这里，不由面露悲哀："好孩子，你知道我为什么笔名为'佐藤明'吗？恰恰就是因为，当年那个世道，不够明亮啊！那么多战犯，那么残忍的罪行，那么多条人的性命。就因为战犯是皇室，所以能不被追究，一个都没有处理，只是轻飘飘地贬为庶民。

"我曾以出身藤原氏为傲，但瞧见那样的场景，曾经最看重的贵族身份，就成了我一生的耻辱。"

佐藤明的声音无比悲怆，童素只能叹息。

那场席卷世界的大战，樱花国作为战争的主要发起国之一，却因为国家结构的特殊性，让大洋国决定：为笼络樱花国，必须保留皇室。

正因为如此，皇室从主系到旁系二十余个罪孽滔天的高级将领，全都高高举起，轻轻放下，只是被贬为庶民。

或许对这些人来说，失去引以为傲的身份就是最大的耻辱，但在童素看来，他们有土地，有宅院，有人脉，有地位，依旧花天酒地，还有许多长命高寿，安享晚年。与他们犯下的罪孽相比，等同于完全没受罚！

这是何等不公！

童素听懂了佐藤明心中的悲怆，这让她的心情十分激荡。

是这样，一直都是这样。自古以来，都是这样！但已经是现代社会了，不该是这样！

为了不让公理、正义和法律成为玩笑，才坚决不能放过伊莎贝拉！

"'提洛岛'的主犯并没有全部伏法。"童素决定信任佐藤明，这位老人的眼睛虽然浑浊，目光却依旧清澈，那是高洁品性透露的辉光，"我希望您能给我创造一个机会，让我能够与您一起，前往白鹰州。"

佐藤明点了点头，问："我该如何与你配合呢？"

"您只要说见到我非常开心，将我一直带在身边就好。"童素犹豫了一下，还是没把随身带着的微型窃听器偷偷放下。

虽然警惕一点好，可面对这位满怀诚意的老者，她不想伤害对方的心，也赌对方不会害自己。

待到童素走后，没过半小时，又有一位访客到了，竟是亚伯·温菲尔德。

他一进门，佐藤明就屏退助理，让所有人都退下。

亚伯·温菲尔德却没急着落座，而是拿着仪器，上下左右检查了一圈，这才挑了挑眉："稀奇啊，我以为'赫卡忒'在这里盘桓这么久，会故意粘个监听器，或者控制这层楼的 Wi-Fi，没想到居然什么都没做！"

佐藤明用悲哀的目光望着亚伯："卡瓦哈尔，不是每个人都有你想的那么坏。"

这个多年没有被唤起的名字，令亚伯短暂地停顿了一瞬，又恢复了淡淡的微笑："老爷子，您千里迢迢跑到大洋国来，究竟为了什么？难道是为了您那个不成器弟子雷奥的死，来对我兴师问罪？"

佐藤明摇了摇头，轻声问："卡瓦哈尔，你还记得你父亲第一部执导的电影吗？"

"我当然记得。"亚伯·温菲尔德回答，"那是一部未来科幻电影，讲述每年都会有一万个罪大恶极的人被投放到一个经过改造的星球，参与一场大逃杀，只有唯一的胜利者可以活下来。在电影里，每一个罪人都为了争夺那个名额不惜一切，背叛、联合、偷袭、下毒……他们无恶不作，只为了争取最后那一丝活下来的机会。但胜利之后，迎来的不是自由和宽恕，而是另一个地狱。

"这期逃杀节目已经是那个时代最红的真人秀，每一个成功活下来的胜利者都是流量巨星。他们的价值乃至性命早已经被买断，就像一件最珍贵的商品，可能会遭到任何对待。被权贵买去当奴隶，被变态人体器官收藏者制作成标本，被无数狂热的粉丝要求每个人分一点……"

这部电影的内核脱胎自佐藤明的小说《蜘蛛丝》，原本是一个流传许久的佛教故事，讲述有个大盗一生无恶不作，唯独某次心生恻隐，放过了一只蜘蛛。

大盗死后自然落入地狱，受尽苦楚。

佛陀看见这个景象，就想，虽然此人罪行累累，但毕竟有一丝善念，就垂了一根蜘蛛丝到地狱。

大盗见状，大喜，立刻顺着蜘蛛丝攀缘，想要离开地狱，前往极乐净土。

结果大盗爬到中间时，突然发现不对劲，下面无数恶鬼也顺着蜘蛛丝爬上来。

大盗又惊又怕，心想，这样细细一根蜘蛛丝，负担他一人尚且岌岌可危，那么多人的重量，怎禁受得住？万一突然断掉怎么办？

所以他暴喝，让其他恶鬼滚下去。

谁知就在那时，方才还好端端的蜘蛛丝，竟咔嚓一声，从吊着大盗的地方突然断裂，大盗立刻栽进黑暗的深渊。

佛教原本用这个故事教导人向善，不可太自私自利，不仅要度己，也要度人。但在佐藤明笔下又添了一层辛辣嘲讽的意味，他竭尽全力描绘了极乐净土的美好，以及佛陀的"善"，却怎么看都像伪善。

佛陀根本不想度大盗，只是用这样一种方式，给大盗定了"此人无药可救"的罪名罢了。

乔·里切尔则更近一层，他仿佛大发善心，让罪人顺利攀爬上了那根蛛丝（获得大逃杀胜利），前往极乐净土（离开荒星）。但他用短短几分钟的残酷结局告诉所有人，所谓的极乐净土，不过是更残忍的地狱。

凡人进入佛陀的世界，会是食物，是标本，是玩物，唯独不是人。

"我小的时候，一直不理解，我父亲明明是个善良的人，为什么会创作出如此悲观和黑暗的作品。"亚伯·温菲尔德凝视着苍老的佐藤明，面带笑意，语气温和，"直到我亲身遭遇了之后，才明白，艺术作品所反映出来的黑暗，不过是冰山一角。这个世界根本没有天堂，人心就是地狱。"

"人心也有光明！"佐藤明突然提高了声音，"如果不是温菲尔德伯爵对你心怀愧疚，一直在帮你，你怎么会有今天！温菲尔德伯爵一生殚精竭虑，就为了斯图国，你所做的一切，最终却会开启战火，让斯图国四分五裂！"

"老爷子，您不要生气，我这次来，是邀请您观看戏剧的。"亚伯不敢惹佐藤明生气，他很珍惜这位老人家，便轻抚佐藤明的脊背，给他顺气，"'梦回莎士比亚'项目组两年前在中国出了事，折损挺严重，现在才回复元气，重新开始世界巡演，第一站就是大洋国。

"我知道您年纪大了，不能玩密室逃脱，但这公司旗下的戏剧也是世界顶尖，您既然来了大洋国，不如陪我一起欣赏？我记得，您很喜欢莎士比亚，还有一套百年前的手抄本原文书，珍重保存。"

那是苏君送给我的，作为父辈友谊的象征……

佐藤明心中痛苦不已，沉默片刻，才问："看哪一部？"

"当然是《哈姆雷特》。"

佐藤明深深看了亚伯一眼，不知过了多久，才重重叹息："原来你从来没有真正放下，哪怕只是一时，一分，一秒。"

亚伯·温菲尔德轻轻地笑了。

三十三年了，他还能回忆起那一天的每一幕场景，清晰到就像昨天。

他在剧院后台玩耍，发现了一个斜倚着的神色苍白，金发熠熠，不断渗着血，已经渐渐快没有呼吸，却依旧俊美到像阿波罗的青年。

当时还叫"卡瓦哈尔·里切尔"的他，问出了那句改变他一生的话："大哥哥，需要帮忙吗?"

多可笑啊!

君要杀臣，臣却不能弑君。三十三年前的《哈姆雷特》，他已经看够了。这一次的《哈姆雷特》，该上演一点新的曲目了。

父要杀子，当儿子的，为何不能弑父?

路斯恩家族，家主私人宅邸，密室。

这间完全隔绝了监控设备和电波捕捉，只靠专用卫星联络的房间里，西蒙·路斯恩对着视频那边的伊莎贝拉，语气颇为不好："伊莎贝拉殿下，我正在被大洋国国土局严密监控，您这时候联系我……"

伊莎贝拉压根不听这位远房表舅的抱怨，单刀直入地说明要求："我需要你帮我杀一个人。"

西蒙·路斯恩很想发火，但如果国土局真要对他动手，这位斯图皇储说不定是他最后的依仗，不能得罪。

所以，他深吸一口气，调整好情绪，才问："谁?"

"安德烈·卡佩洛。"

西蒙·路斯恩下意识皱了皱眉。

卡佩洛侯爵虽然死在"狩猎女神号"上，但他"提洛岛"主人的身份已经被国际刑警、大洋国国土局和中国安全部门所掌握。

为了给各国一个交代，斯图国铁血首相剥夺了老侯爵这一脉全部的继承权，将他们秘密终身囚禁，然后从老侯爵兄弟的旁支后裔里挑选新的侯爵。

"这位安德烈，难道就是新的选帝侯?"

"没错，因为三大主教之一的法尔兰主教正在斋戒，一个月闭门不出，不能给他祝福，他才迟迟没上任，但基本已经被内定了。"

听到这里，西蒙·路斯恩不由皱眉："既然是新的选帝侯，肯定会被严密保护，我怎么可能杀得了他?"

伊莎贝拉淡然道："因为塔汗国的内乱，大洋国政府已经向我国发出谈判邀请。虽然大家都知道，这不过是个流程，但还是例行公事要举行。为了给新侯爵混资历，这一次的谈判，将会以他为主导。也就是说，还有一天，他就会启程前往大洋国。"

"然后呢?"西蒙·路斯恩还是觉得不行,"这样重要的人物前来,你们斯图国中央情报局不可能不派人跟随,大洋国国土局也必定会对他进行严密保护。你应该知道,老局长已经死了,我们已经调动不了太多的人了。"

伊莎贝拉轻轻一笑,带了些不屑:"舅舅,我们都这么熟了,就不用装腔作势了。老局长虽然没了,但他这么多年在国土局的经营,难道没留下人脉?国土局内部大清洗,这些人不会战战兢兢?假如这时候,国土局负责的安保出现重大问题,新局长刘易斯不得不引咎辞职,你说,这些人会不会拍手称快?"

西蒙·路斯恩沉吟片刻,才道:"话虽如此,但仅仅是刘易斯退位,并不足以让他们下定决心,与我联合。"

刘易斯不过是一枚棋子,真正铁了心要对付他们的人,是艾伯特·马歇尔,还有逼死老局长的军方。

马歇尔不死,他们"影之共济会"就永无宁日。

"得了吧!你们国家的军方是什么德行,我还不知道吗?艾伯特·马歇尔目前对他们更有用,他们就选择了他。可如果,马歇尔死了呢?"

西蒙·路斯恩立刻反应过来:"这两个人能凑到一起?"

伊莎贝拉意味深长地点了点头:"安德烈·卡佩洛是铁血首相一手选出来的傀儡,他到了大洋国,必定会去见尚且滞留在那里的亚伯·温菲尔德。亚伯是佐藤明的狂热粉丝,正逢温菲尔德旗下的莎士比亚大剧院去大洋国巡演,他已经邀请佐藤明前往观看,艾伯特·马歇尔也已经确定到场。我会想办法,让安德烈也参加这出戏剧,到时候,你大可将他们一网打尽!"

西蒙·路斯恩顿觉头皮发麻:"艾伯特·马歇尔、亚伯·温菲尔德、安德烈·卡佩洛,还有佐藤明,以及中国的那个'赫卡忒',他们都是国土局重点保护的对象。想要在这重重安保之中,杀死两个人……"

"谁让你只杀两个了?"伊莎贝拉反问,"这么多人仇人聚集在一起,难道不是全面剿灭的最佳时刻?"

不等西蒙·路斯恩说什么,她就挥了挥手:"我已经把他们聚集到了一起,至于怎么刺杀,那就看你的了。"

说罢,直接挂断了视频电话。

西蒙·路斯恩牙齿咬得咯咯作响,却无可奈何。

他不知道伊莎贝拉为什么要杀这位未来的侯爵,但稍微想想,也知道估计是和选帝仪式有关。

所以，杀安德烈·卡佩洛，也符合他的利益。

他和伊莎贝拉就是一条绳上的蚂蚱，伊莎贝拉若是当了皇帝，他最差的结果也就是去斯图国政治避难，不至于命都玩完。

假如伊莎贝拉当不上皇帝，她固然活不下来，艾伯特·马歇尔对他动起手来，也就更没有顾忌了。

七

"他会动手吗？"

夏宫中，美艳绝伦的女人品了一小口香醇的红茶，慢慢问。

伊莎贝拉遥遥举杯，对这位访客温柔一笑："英格拉小姐，你见过输红了眼的赌徒吗？西蒙·路斯恩就是这样，越赌越输，越输越赌，最后身家性命全都押上。只可惜，我不想陪他玩了。"

英格拉也笑了："您的选择准确无误，大洋国军方将会是您忠诚的盟友，就不知道您承诺的事情……"

"塔汗国来我国政治避难的一众人等，我虽然知道位置，却没办法派人暗杀。"

伊莎贝拉漫不经心地拨着刚做好的指甲："我国的皇家特工和中央情报局两大精锐，全都掌握在温菲尔德家手里。军队则是大元帅一手遮天，偏偏元帅和首相又是多年挚友，我这个皇储，看上去风光无限，实际上毫无实权。尤其是现在，我被囚禁在夏宫，又能做得了什么呢？"

英格拉面带微笑，对伊莎贝拉的示弱卖惨不置可否，只是微微欠身："明白了，您的态度，我会如实转达给参联会，请恕我失陪。"

伊莎贝拉比了一个"请"的动作，等到人从密道走了，才摇晃着红酒杯，轻声道："首相和大元帅居然都说，我应该选安德烈·卡佩洛当皇夫？呵，做梦！祖上三代都已经没落的穷小子，一无是处的娘娘腔，就凭一个姓氏——"

说到最后，她狠狠将酒杯往地上一扔！

清脆的碎裂声响起，昂贵的红酒打湿了价值连城的古董波斯地毯，伊莎贝拉却全无所觉，只见她狰狞的神色扭曲了秀美的容颜："我若要选他们卡佩洛家的人当皇夫，何至于等到今天！温菲尔德已经放弃了我，转而去支持梅涅！我不服！只要威廉·温菲尔德和亚伯·温菲尔德活着，我就没办法安宁，只有表哥成为选帝侯，我才可能活命！"

根据斯图国皇室传承千年的规定，皇储的另一半，只能在四大选帝侯家族中挑选。

这就是著名的斯图国"贵族婚姻法"。

在相关法令中，严格规定，贵庶不得通婚。所谓的"庶"，并非庶民，而是那些小贵族。

领地面积、人口几何、出身血统、祖上何人……从一出生下来，斯图国就已经将贵族们划分为三六九等。

曾经有一位斯图国的公爵阁下，爱上了一位伯爵的女儿——后者也是有领地的贵族，不缺少财富，但就因为"血统不够高贵"，祖上没有一位王子或者公主，就被认为出身不够，无法匹配皇帝的侄子。

所以没有一个教堂允许他们主办婚礼，没有一位神父愿意主持婚礼。

他们的婚姻不受认同，他的妻子没有头衔，他们的儿女没有继承权。

在这个国家，贵族通婚，不看能力，不看年龄，不看相貌，只看身份与血统。

这还是人们默认这个男人总会回心转意，娶身份更高的妻子，才给予的宽容。

而爱上比自己出身更低男子的贵族女性，要么认命妥协，答应联姻，要么就"被发疯"，或者被送到修道院中去。

为情自杀，婚姻不幸，精神疯癫的贵族们比比皆是，但贵族婚姻法依旧神圣不可侵犯。

在互联网上，这遭到了非常多人的嘲笑，认为现代社会，斯图国的贵族们还像是牛羊配种那样挑选着婚姻，看重血统。

但伊莎贝拉不敢破坏或推翻这古老的约定，唯恐因此得罪守旧派，失去继承权。

本代选帝侯家族中，大元帅洛林贝格的儿子都已经结婚了，孙子年纪不合适；梅涅公爵与皇室仇深似海，拒绝和解，所以，伊莎贝拉的丈夫只能从卡佩洛家族和温菲尔德家族中挑选。

伊莎贝拉本来并不介意卡佩洛家族的男人成为自己的丈夫。她确实倾慕着布莱特，但她更愿意嫁给权力。

虽然卡佩洛家族剩下的男人，要么懦弱无能，要么野心极大却实力平庸，但皇夫本来就是个摆设，要求也没有那么高。不过塔汗国的内乱，却让伊莎贝拉前所未有地惊醒！

铁血首相与梅涅公爵，竟然达成了盟约！

"虽然不知道他们到底商量出了什么，可首相与大元帅关系莫逆，他们一同架空了皇祖父，就算我被他们扶上位，说不定就是君主立宪，一辈子当橡皮图章，这还是最好的结果。"

伊莎贝拉心如明镜："表哥既是首相独子，又是大元帅爱徒，心性纯良，而且铁血首相并不怎么喜欢这个儿子，而是更信亚伯·温菲尔德。只要我弄死首相和亚伯，表哥不知情，全力支持我，我才有一战之力。"

她心中正盘算着，就听见侍女汇报："殿下，布莱特阁下求见。"

伊莎贝拉面上一喜，刚要提着裙子跑过去，突然看到满地碎片，立刻干咳了一下："还不快打扫干净！"

"是！"

布莱特进来的时候，就看见伊莎贝拉快步走过来，背后侍女们在低头扫地，卷走地毯，不由奇道："怎么了？"

伊莎贝拉半是伪装，半是真情流露："听见表哥要来，太激动了，失手打翻了酒杯。"

布莱特听到这里，不免有些尴尬。

皇储对亲表哥的心思昭然若揭，有资格嫁给布莱特的贵族小姐们纷纷退避，布莱特当然也心知肚明。

可他本人对表妹并无半点非分之想，平常也是能避就避，对所谓的贵族通婚法更是深恶痛绝，认为现代社会还遵守这种古老的条约，导致斯图国贵族内部都是近亲通婚，血泪史比比皆是，实在落后。

但这个念头在布莱特心中不过一闪而过。

他此番前来，主要是因为有要事，故他单刀直入："伊莎贝拉，你对英格拉·辛格了解多少？"

伊莎贝拉一颗心悬了起来，却很快意识到，布莱特应当不知晓她刚刚密会英格拉的事情，便道："我就知道辛格家族的当家人是个漂亮寡妇，听说亚伯阁下与她有些不清不楚的关系，却不幸成为老侯爵与亚伯阁下斗气的道具，就没下文了。"

这种对下位者的漠不关心，很符合伊莎贝拉的做派，所以布莱特也没觉得奇怪，只是点了点头。

看出表哥立马要告辞，伊莎贝拉立刻拉住对方的袖子："表哥，你来这一趟，就是为了问这个女人吗？"

"伊莎贝拉，我有点重要的事情要去做。"布莱特用非常轻，但不容拒绝的力道，将伊莎贝拉的手掰开，他凝视着伊莎贝拉带着哀求和挽留的面容，轻声道，"'提洛岛'一事，虽然有老侯爵顶罪，但你我都心知肚明，皇室必须承担应有的责任。你留在皇宫，我能保你一生锦衣玉食，富贵无忧。但多的事情，你也不要再问了。"

看见伊莎贝拉不可置信的眼神，布莱特想了一下，还是决定彻底打消表妹的痴心妄想："安德烈那个小伙子，我已经见过，他性格温和，品行不坏，胆子也比较小。你嫁给他，别的不说，一辈子总能安安稳稳。"

看见伊莎贝拉僵在那里，布莱特叹了一声，走出宫殿，心中飞快思考起来。塔汗国的内乱，明显就有斯图国插手。但这时候是挑起内乱的关键时刻吗？

"塔汗国内乱前，雷奥将军最后一道私人命令，就是追杀'黑曼巴'。"布莱特百思不得其解，"这个'黑曼巴'原名'英格拉·辛格'，大摇大摆在塔汗国那么多年，当地人尽皆知，她的后台是'公爵'。但'公爵'这个假身份其实和梅涅公爵无关，而是小叔叔让皇家特工和中央情报局经营出来的。光从这点看，'黑曼巴'似乎是我们的人。可塔汗国的情况……我总觉得不大对。等等！"

布莱特的脚步突然停住！伊莎贝拉的反应不对劲！

对于这位表妹的性格，布莱特在"提洛岛"之事上，已经有所了解。她不会这么轻易认命，嫁给一个她看不上的人。而且平常自己来，不被她纠缠大半个小时，是不可能走的。

伊莎贝拉这么平静，反而是反常的，这只有一种解释，那就是——她有什么重要的事情瞒着自己！

她会不会对安德烈·卡佩洛，乃至小叔叔都起了杀心？

英格拉对着视频，毕恭毕敬转述完毕："……事情就是这样。"

"不愧是斯图国皇储，好大的胃口啊！居然想让我们一次性解决掉两位选帝侯家族举足轻重的人物，还有我国一个老派财阀的一家之主。"

这句感慨还没结束，又有一人说："正常，毕竟，我们希望她做的可是卖国的买卖！不拿出诚意可不行。"

"要是我们帮她杀了这么多人，她却不出卖塔汗国了，又该如何？"

"对，假如她被囚禁，只是铁血首相做给外界看的一场局，让大家都以为他们关系不好。实际上，这对舅舅和外甥女保持一定的政治默契，一致对外呢？"

此言一出，所有人的目光，齐刷刷看向了坐在首位的参联会主席。

对于塔汗国，大洋国是势在必得，斯图国横插一手，让国内无论是政客还是军方都很不爽。但他们也不倾向用战争来解决问题，哪怕仅仅是在塔汗国内的代理人战争也不赞同。原因很简单——战争容易将事态扩大化。

绵延不绝的代理人战争，已经不知道什么时候是头，假如大洋国真对塔汗国发动再一次的战争，究竟要打到什么程度？这里面的分寸实在不好掌握！

轻了，达不到应有的效果；重了，斯图国、白熊国等大国一定不会坐视不理，绝对会强行介入。最好的办法，就是让塔汗国的局势保持在"部分稳定，局部内乱"的情况下，才有更多可操纵的地盘。

但这又牵扯到另一个问题。那就是博弈论中一道经典命题——谁先动手破坏规则，谁就能第一个获利。

大洋国可以不对塔汗国开战，只是扶持代言人，可斯图国手上也有酋长，甚至抢先一步获得了大义名分，在国际上获得舆论支持，又送了那么多枪支弹药，想要裂土封王的心情溢于言表。

大洋国如果这时候退了，斯图国愿意认还好，如果他们得寸进尺呢？不是要分裂国土，而是谋求整个塔汗国？

正因为如此，大洋国高层分析局势后，认为，想要中止这场可能到来的战争，唯一的办法就是让斯图国内部自己瓦解，诛杀人质，令塔汗国内的贵族们对斯图国失去信心，不得不继续接受大洋国的招揽。

问题是，如今斯图国占据天时地利人和，哪个成熟的政治家会在这时候割肉放血呢？除非，它能获得更大的利益。

斯图国独特的政治结构注定了，它的最高权力层只有寥寥数人。

铁血首相就是这一次塔汗之变的幕后黑手之一，当然不能为谋；梅涅半岛距离塔汗国太近，塔汗国被大洋国控制，就如卧榻之侧，有猛虎潜伏。

虽然公爵与大洋国北党高层关系尚可，但智囊团综合此次事件，以及公爵本人性格分析，认为在这件事情上，铁血首相和梅涅公爵明显达成了一致。即，这两位成熟的政治家虽然彼此之间仇深似海，但在国家的利益上，目前保持一致。

唯一剩下的合作人选，就只剩目前暂时失去权势，被秘密囚禁在夏宫内的皇储伊莎贝拉。

正因为如此，大洋国军方出动秘密棋子，三面间谍，"处刑人""Y"，英格拉，代表大洋国与伊莎贝拉秘密谈判。

只要伊莎贝拉愿意动手弄死那些人质，令塔汗国的贵族们与斯图国离心，重新向大洋国倾斜，大洋国就交出一份关键资料——先代梅涅公爵夫妇与大洋国联合，意图令梅涅半岛独立的全过程，甚至包括几段关键录音。

虽然大洋国军方事先就做好了准备，伊莎贝拉会狮子大开口，却也没想到，伊莎贝拉开的价码这么高。这完全是借大洋国军方的手，铲除没有利用价值的盟友，以及棘手的政敌。

参联会主席非常平静："我们不是上帝，不可能事事尽在掌握。"

最差的结果，无非就是开战，对国家虽然不利，但对大洋国军方却十分有利，他们又有什么担忧的呢？

众人一想，觉得也是，便有人问："最好的发动时间定了吗？"

"是的，米切尔大剧院，根据我们目前掌握到的信息，因为佐藤明要去，观看那场演出的亿万富翁已经超过二十个。"

"绝对不止这个数，佐藤明会去的消息已经流传开，全世界的导演们都疯了。黄牛已经把票价翻了三十倍，还是很多人趋之若鹜。"

"没错，最后，观看那场演出的名流和富翁可能会达到上百人之多。如果这时候出事，对我们大洋国的声望可是重大的打击。"

"那又怎样？"参联会主席慢悠悠地说。

看见其他人都沉默下来，参联会主席不紧不慢地敲击着手杖："事情越惨，越能凸显恐怖分子的残暴，不是吗？"

"可……可到底是在我国国内……"

"那些指责我们的议员、媒体和百姓，不就是因为恐怖袭击发生在塔汗国，他们没有感觉，所以才能居高临下，肆无忌惮批评我们的策略，并且认为我们意图发动战争是为了自己吗？"

参联会主席面容平静，语气毫无波澜："如果一场残忍的、恐怖的、震惊世界的袭击，就发生在我国米切尔城的市中心呢？"

毫无疑问，民众会恐惧，因为这场灾难距离他们太近。然后，便是愤怒。假如没有惨绝人寰的恐怖袭击，哪来民众对战争的万众一心？

片刻的沉默后，有人问："但如果死的名流权贵太多，我们也不好收场。"

"负责安保的是国土局，与我们军方有什么关系。"立刻有人反驳，"再说了，只要政坛和军方没死人就行，区区几个明星、导演，捧他们的时候，他们能算个人物。涉及国家之争，他们为国捐躯，也算死得其所。"

大洋国军方和国土局的关系非常微妙，虽然经常有所合作，但双方都想压过甚至吸纳对方，成为一个超级怪物般的存在。

假如做一件事情，既能打压国土局的势力，又能令军方扬威，军方绝不吝于动手。

而如今，就是一个绝佳的契机。

"那……艾伯特·马歇尔……"

"对我们军方持有憎恨和不信任的绝世天才，万亿富翁，本就不应该继续活在这个世界上。"又有人说，"看他这种为了复仇而发疯，无差别打击的样子，谁能保证，他有没有记恨我们当年的袖手旁观？"

"但他的研究，到底对我们的航天事业——"

"那是他整个团队，而不是他一个人的功劳。哪怕他死了，只要有足够的资金，他的团队还能继续运转下去，这不就行了？"

"如果杀了亚伯·温菲尔德和安德烈·卡佩洛，对斯图国那边怎么交代？"

"就说，艾伯特·马歇尔与西蒙·路斯恩同归于尽？"

"这理由太荒谬了！铁血首相怎么会信？"

"信不信都不要紧，关键在于，我们要力保皇储伊莎贝拉上位，然后协助皇储和公爵，与铁血首相斗争。这样一来，斯图国内有君王与首相争权，外有大贵族试图独立，国力必将陷入无穷无尽的内耗之中，再也无法与我国相争。"

说到这里，这位发言的人还感慨了一下："可惜啊！中国各民族都拧成一股绳，无论我们怎么挑拨，始终都无法像白熊国那样分裂。否则我国还是唯一的超级强国，无须担心任何国家，又哪来今天的重重外患？"

众人纷纷点头，都为中国的铁板一块面露惋惜。

看到大家基本都认同了这个建议，参联会主席补充了一句："其他人可以死，'铜棒'的女儿，那个'赫卡忒'必须抓活的。"

听见这个要求，便有人面露难色："想要让人全死了容易，特意抓一个活的有点难，还容易让国土局看出来。"

"这个人必须抓。"参联会主席神色凝重，"文南国一战中，万象集团特意把这个女人弄来，就是要让他们父女联手，入侵并控制文南国的军事卫星。"

当即就有人倒抽一口冷气："文南国的军事卫星，不都是我国卖给他们的吗？"

"没错，虽然我国的军事卫星已经更新换代，但谁能保证，他们父女就没有这种实力，对我国的军事卫星下手？何况，他们背后还站着一个中国安全部门，这简直就是一枚不定时炸弹，不，应该说，不定时核弹。"

参联会主席点头："其他人的身份地位、财富名气，或许都比她高，可对我们来说，需要保住的，只有她一个！"

"我们能制造意外，不让她去剧院吗？"

原本默默听着全盘计划的英格拉突然开口："亚伯·温菲尔德是斯图国皇家特工负责人，他对'赫卡忒'非常关注。假如她不去，以亚伯·温菲尔德的警觉，说不定也不会去。到时候，我们的全盘计划就要付诸东流。"

对于她的意见，大洋国军方十分重视，因为她本就是大洋国最忠诚的特工"处刑人"派去斯图国的卧底，对亚伯·温菲尔德十分熟悉。

所以，便有人问："你认为，究竟该怎么做，才能既杀死剧院的其他人，又秘密把'赫卡忒'抓走？"

"我离开国内太久，不清楚具体情境，但我知道，亚伯·温菲尔德是个极其谨慎又多疑的人，任何意外都会引起他的注意。尤其在他对'赫卡忒'过度关注的情况下，对方身边任何一个生面孔，他都不会放过调查。"英格拉回答。

这很符合大洋国军方得到的结果。

巴别塔酒店被包下了三层，中国的物理专家们住 32 层，亚伯·温菲尔德住 33 层，童素住 34 层，这种诡异的安排，是亚伯的意思——他说自己喜欢 33 这个数字。

以军方的角度看，这位爵士其实是要分开中国专家们与童素，然后就近观察，童素身边的保镖们到底是谁。

将近一周过去了，童素身边的面孔一定被亚伯认了个十成十，底细也被查得一干二净。多出任何一个生面孔，或者发生任何意外，都会引起亚伯·温菲尔德的警觉。

"不能出意外，也不能多预料之中的生面孔……"

"我想起来了，那个'赫卡忒'前几天是不是特意去见了一个人？"

"李察？"

八

"电视机前的各位观众，我们可以看到，米切尔法院外已经人山人海，很多粉丝打着横幅，要求'查清里切尔夫妇之死'的真相。

"趁着还没有开庭，我们来复盘一下整件事情。众所周知，近年来，里切尔影业因为经营不善，濒临破产。但就在大半年前，里切尔影业的股东之一，已故影帝乔·里切尔的亲弟弟强森却蹊跷死于孔雀国街头。由于此案事关重大，孔雀国警方和我国警方共同督办，经过法医验尸，发现强森的衣服上有亨利的指纹，指甲里面也有亨利的皮屑组织。而就在强森死的同一时间，亨利也出现在孔雀国，参与一场豪华晚宴。"

听到这里，童素小声问一旁的雪松："大洋国打算怎么解释'提洛岛'的事情？"

"媒体对'提洛岛'的报道都是'跨国人口贩卖组织'，仅此而已。"雪松低声解释，"专家们研讨之后认为，这件事只需要让民众知道最终结果就行，让百姓参与得越多，事情就越复杂。所以，他们自己媒体不宣传细节，也希望我国配合。"

童素冷笑了一声，没说什么，继续看庭审直播。

他们只参与了"提洛岛"一事，倒不知道亨利上船之前，与强森有一场生死搏斗。

大洋国和孔雀国警方如何交接的，暂且不清楚，反正强森的死和"提洛岛"的覆灭，带来了两个后果，那就是，这两个人的住宅全被大洋国警方彻彻底底地抄了一遍，翻出了很多见不得光的证据。

其中就有强森收买杀手，试图害死自己哥哥乔·里切尔，以及嫂子凯瑟琳·里切尔的录音，以及强森与亨利勾结的许多证据。

童素一边坐在沙发上看电视直播，一边打开电脑看实时弹幕，发现检方律师——列举陈年证据的时候，网络上简直群情激奋。

乔·里切尔的粉丝非常多，经过他们科普，童素才知道，亨利和乔·里切尔是童年的邻居。

亨利书都没读完就出来打工，早早就与女性同居，生了两个孩子。因为学历不够，只能打零工，最后女友扔下孩子跑了，他只能勉强供得起住处，让自己和孩子温饱，孩子治病都没钱，只能厚着脸皮，试图联系昔日朋友。

乔·里切尔当时也只是个娱乐圈底层新人，却非常仗义，看到亨利的窘境，就邀请他来当自己的经纪人，还主动当了亨利两个孩子的教父。

童素无聊地看完这份履历，瞧见直播里，亨利已经露面，才说几句话，童素就皱眉："这个人——"

佐藤明也眯起眼睛。

童素沉吟片刻，才道："好像不是亨利。"

虽然长相一样，声音一样，但这次透过屏幕看亨利的感觉，和上次在"提洛岛"不一样。

大洋国国土局动用了替身吗？或者临时伪装成亨利，就为了应付这次的审判，只为了不让亨利说出去？

童素嗤笑一声，懒得再看，只是望向佐藤明，随口聊天："网络上说，亨利参与谋杀，是因为里切尔夫妇死后，他的长子长女也能继承遗产？佐藤先生，这是真的吗？"

佐藤明摇了摇头："乔很早就立了遗嘱，他的财产一式三份，分别交给三个基金会，负责救助非洲饥荒、罕见病患者与妇女儿童。哪怕是他的独子卡瓦哈尔，顶多也只是继承他的一两处房产。"

这位老者说话的时候，看似不经意地瞟了坐在右侧，漫不经心看消息的亚伯·温菲尔德一眼。

"这就奇怪了，既然乔·里切尔的钱都捐了出去，那强森为什么还想谋杀自己的兄嫂？"

"他不相信乔会把那么多钱都捐出去，几乎不留给儿子，加上凯瑟琳也有自己的慈善项目，他固执地认为，凯瑟琳不光挥霍了乔的钱，还在偷偷转移财产。"

童素查了一下凯瑟琳·里切尔的资料，发现这位影帝夫人是斯图国顶尖的戏剧演员，莎士比亚剧院的台柱子，最经典的角色就是《哈姆雷特》里的奥菲利亚，场场爆满，一票难求，地位堪比影视圈的天王巨星，不由觉得好笑："强森就是一只井底之蛙，不知天下之大。"

但很快，童素的视线定格在一个地方。

凯瑟琳·里切尔创办的公益项目叫作"奥菲利亚基金会"，是一个专门给单亲妈妈提供落脚之处，并且会帮忙照顾孩子的慈善基金。而这个基金会近十年来最大的捐助者，居然是世界树公司。

童素快速将这家基金三十年来的捐助者名单全都拉了一遍，发现三十年前到十年前，这长达二十年的跨度里，基金会一直收到大额的、来源不明的匿名援助。直到九年前，这笔援助突然断了，然后第二年由世界树公司续上。

如果不是这两位金主，以这个基金会的烧钱速度，早就开办不下去了，更不用说坚持这么多年。

九年前，这个时间点，恰好是"杜尔迦"出事的时间。

联想到但丁说过，当年前女友发消息告诉他，"杜尔迦"的资金链条出了问题，没办法继续援助很多公益组织，他没发现不对，询问了知道不需要帮忙后，就暗中捐给"杜尔迦"一笔款项，然后把她们的事业继续下去。

联系"杜尔迦"保护妇女、女童的宗旨，再看看后面世界树集团的行为，暗中给奥菲利亚基金会捐钱的匿名用户，应该就是她们。

伊莎贝拉，真是该死！

童素心中更坚定了自己的想法，突然发现一个细节，又看了捐助名单几眼，才问："佐藤先生，我看网友说，凯瑟琳·里切尔与叶莲娜·伊万诺夫的关系不好，是真是假？该不会是部分网友一直觉得乔和叶莲娜是一对，才编出来的谎言吧？"

"怎么会呢？"佐藤明很肯定地说，"凯瑟琳虽然年纪比叶莲娜小，心智却比她成熟很多，就像她的姐姐一样。叶莲娜年轻貌美，身家万贯，围绕在她身边的多半都是贪图她声名、财富和美貌的人，只有乔和凯瑟琳夫妇始终爱她，关心她。"

这就奇怪了。童素微微皱眉。

她详细查看了"奥菲利亚基金会"的捐款记录，叶莲娜·伊万诺夫除了在基金会成立的那年捐了一百万以外，其他每年都是例行公事捐个二十万。

这种敷衍了事的态度，完全不像关系很好的样子。

童素按下心中的疑惑，这时候，电视机里的庭审已经进入辩护环节，亨利的律师坚持否认亨利与里切尔夫妇的死有关，而检方则一再抛出证据，双方你来我往，交锋非常激烈，网络上也在热烈讨论。

"佐藤大师，我觉得，这出直播，没必要继续看了。"亚伯突然出声，似笑非笑，"原告和被告的律师都留有余力，正在演戏呢！"

佐藤明不解："为什么这么说？"

亚伯的目光往"银盾"的保镖们身上一扫，似笑非笑："您不觉得这次直播庭审的时间非常巧吗？"

扮作保镖，一声不吭站在后面的詹姆斯和约翰心中了然。

假如说，"提洛岛"刚刚被捣毁的时候，亨利的案子只是那么多大案中微不足道的一环，根本不会引起注目，但现在就已经变了。

亨利为什么会被强森拿住把柄，又为什么会走向背叛挚友的不归路？因为他招童妓被发现了。而整个童妓的黑暗产业链条，与"提洛岛"，乃至塔汗国昔日的五大酋长，都有密不可分的关系。

瑟沙·伊万诺夫，也是受害人之一。

假如让大洋国，乃至全世界的民众知道，里切尔夫妇的死，卡瓦哈尔·里切尔的神秘失踪，以及叶莲娜·伊万诺夫之女瑟沙·伊万诺夫的死，全都与这条罪恶的产业有关，然后将一切推到"提洛岛"上，进而公开"提洛岛"幕后主使的身份，会是什么结果？

别说其他国家沸反盈天的议论了，斯图国内部先要引起山呼海啸般的地震，甚至会动摇到君主制的统治。

这场审判，已经从一次单纯地给亨利量刑，变成了国家之间的博弈。

就连犯人都是假的，还有什么是真的？

"佐藤大师，其实您不必来的。"亚伯身体微微前倾，凝视着佐藤明浑浊的双眼，意味深长地说，"在这种级别的博弈面前，想要依靠司法的公正来讨回公道，完全就是笑话。只有力量，才是永恒。"

说罢，他站了起来，无所谓地摆了摆手："刚才收到消息，未来的卡佩洛侯爵已经到了大洋国，说要先来见我，我去迎接一下，失陪了。"

佐藤明长长地叹了一口气。

童素犹豫片刻，还是选择轻轻握住这位老人家遍布皱纹和老年斑的手，无声安慰。

第一次庭审，以"证据不足，改日开庭"为由，宣布结束。

网上的议论一轮高过一轮，童素却没有刷这些帖子的兴趣，她刚要合上电脑，却弹出来一条新闻，上面写着："原油期货价格疯涨，再创新高。"

童素随手点开，看了一眼，发现原油期货价格已经涨到120大洋币一桶了，再看评论，纷纷都是看好的，更有许多媒体言之凿凿，认为中东的战争一直会持续，油价必定飙升，心里便有些说不出的滋味。

等打开朋友圈刷了一下，发现就连昔日学长和同事杜明礼都在重仓原油，言辞狂热，不由叹道："这群家伙，都巴望着打仗啊！"

对和平地带的人来说，战争不过是一个很遥远的词汇，最直观的影响就是期货市场的动荡。可真正去过战场的人就懂得，"战争"和"生命"两个词，究竟有着怎样的重量。

这时，童素的手机响了。

她接了电话，听完内容，神色略有些古怪，等挂断之后，就说："我们去楼下一趟，李察说，酒店一楼被封锁戒严，他进不来。"

"这个李察——"雪松皱眉，"他身上问题很多。"

童素当然知道这一点："我们都能看出来，大洋国国土局难道看不出来？虽然大洋国的法律讲究疑罪从无，但国土局可不是省油的灯。他们真想越过流程走，普通公民根本没有权利反抗。他一身疑点，不加掩饰，还能好好地开他的侦探社，就证明背后有一股庞大的势力在保他。"

"国际刑警？还是警方？"

"国际刑警的手未必能伸这么长，警方和国土局的关系暧昧，看上去都不像。"童素缓缓道，"我怀疑，他背后那个人，很可能就是伊万·伊万诺夫的生父。"

童素从刚才就一直在想，叶莲娜·伊万诺夫的钱去哪里了，她既然与里切尔夫妇的关系那么好，为什么最后会决裂？以及，为什么五大酋长对瑟沙动手后，始终认为，大洋国不会放过他们？

所以，她问雪松："大洋国的军方，到底是怎么样一个体系？我知道历届国防部部长都是总统任命的，全都是退役下来的高级将领转文职，但军队内部呢？"

"军队内部山头林立，像马歇尔家这种三代从军的，都算根基很浅了。"

雪松对大洋国的军队很有研究，闻言便对童素解释："大洋国的老牌世家有两种：一种是大洋能源集团路斯恩家族这样的，扎根能源行业，然后家中旁系子弟去当律师、医生、法官之类的精英；一种就是军方世家，世世代代都从军，要么就去搞科研工作。"

童素听到这里，挑了挑眉："听上去，就像是有意做了切割，大财阀子弟不从军；军方世家不介入金融圈。"

"也没有分割得那么开，但大部分情况是这样。"雪松回答，"军方的水太深了，别看大部分将军都是南北两党的成员。可政坛打得不可开交的时候，他们从来不站出来发声，非常中立。国土局就是政客手上的一把刀，对达官贵人说查就查，而这个庞然大物没有发展到无法遏制，就在于他们始终奈何不了军方，调动不了海陆空三军。"

"那大洋国的警方呢？"

"他们的警方很奇怪，各州的警察都是自己州雇用的，属于警察派系。但联邦警察不一样，与国际刑警、国土局还有军方都保持密切合作关系，可只有寥寥几个学校出来的学生，才能成为联邦警察。"

童素若有所思地点了点头。

就在这时，雪松往窗户外看了一眼："外面警戒非常森严，可能是未来的卡佩洛侯爵马上要来，李察现在进不来是正常的。"

"我们下去，把李察接进来。"

雪松并不看好童素的行为："这种选帝侯级别的人，走到哪里都是戒严的，我们根本不可能近距离接触吧？倒是我们直接离开酒店，反而快一点。"

童素笑了笑："我接李察进来，顺便请他去二楼的自助餐厅吃饭也不行吗？斯图国和国土局的安保人员管天管地，难道还能管我坐在窗边吃东西？"

那当然不会。

童素到底代表中国安全部门，她坐在窗户旁边，假如隔着防弹玻璃，又有"银盾"的保镖在一旁，国土局未必真的会拦，哪怕斯图国的特工们，看在亚伯·温菲尔德的面子上，估计也不可能赶人。

雪松虽然心里嘀咕，觉得不大好，但还是跟着童素出门了。

詹姆斯和约翰两人混在保镖队伍中间，也去了自助餐厅，看到童素在雪松的指导下，坐到窗边最容易看到大厅的位置，然后雪松下去接人，就拍了拍同事肩膀，假装自己想出去抽根烟，两人走到洗手间附近的窗户边，半晌，詹姆斯才问："你怎么看？"

"非常奇怪。"约翰递给詹姆斯一支烟，顺便为他点火，"中国安全部门的人，聚焦点应该在'9·15'恐怖袭击上，但这个'赫卡忒'关注的重点，却是伊万·伊万诺夫。我怀疑，他们可能掌握了一些我们不知道的线索。"

詹姆斯也这样想，可他曾经给伊万当过好几个月的保镖，确定对方至少在那段时间内表现得很正常，便道："国土局调查伊万·伊万诺夫已经很多回了，从来没有收获。"

"李察呢?"

"他本来就受过专业训练，加上身份特殊，除非把他抓到国土局来审问，否则根本查不出东西。可如果真的抓了他，事情就闹大了。"詹姆斯平静道，"李察之所以丢掉大好前途，原因是他查出了圣约翰医院米切尔分部，医生秘密透露普通病人资料给富豪，然后富豪为了拿到匹配器官，威逼利诱对方，让家属放弃治疗这件事。对大部分精英来说，这已经击穿了容忍底线。"

谁没有家人，谁没有朋友?假如大洋国顶尖的医院都不能保证患者的隐私，那么谁都无法确定自己是否安全。所以，在这件事上，李察虽然得罪了很多人，但也有很多人保他。

这就导致李察的处境十分微妙，国土局对他动手，很容易被解读为"时过境迁的打击报复"。铁定会有人拿这个大做文章，认为国土局权力太大，应该削。这才是李察明明疑点一堆，却能活蹦乱跳的根源。

只要抓不到切切实实的证据，国土局就不好轻易对他动手。

"既然如此，情报缺失的情况下，我们只能尽量收集线索，不管怎么样，这都是在我们的国家，我们的主场。"约翰随意地抽了几口烟，确定烟味已经覆盖到身上了，才说，"时间差不多了，回去吧!"

詹姆斯冷不丁问："约翰，你是不是有瞒着我的事情?"

约翰错愕："什么?"

"没什么。"面对装得无比自然，看不出任何破绽的约翰，詹姆斯笑了一下，轻轻拍了拍对方的肩膀，意有所指，"还记得在中学的时候，我们两个都被人排挤，一个是书呆子，一个是怪小子。别人笑我们只能抱团取暖，但你站出来，大声说，一百个朋友，也比不上一个兄弟。"

约翰勉强挤出一丝笑："是吗，我都忘记了。"

"既然都已经过去，那就算了。"詹姆斯意味深长地说，"无论如何，你都是我最好的兄弟。"

看见他潇洒离去的背影，约翰心里有种说不出的复杂滋味。

如果你知道，你父亲的死，幕后黑手中有我亲生父亲和舅舅，你是否还会拿我当亲兄弟？

九

雪松和李察过安检还需要一定时间，暂时没来，童素一个人坐在二楼靠窗的位置上，端着一杯饮料，不动声色地往下看。

酒店大门缓缓打开，亚伯·温菲尔德和安德烈·卡佩洛众星捧月，走了进来。

童素微微眯起眼。她敏锐地注意到，安德烈·卡佩洛，这位未来的选帝侯在走路的时候，不自觉落后亚伯半个身位，这并不符合他俩真正的身份。

而且……童素盯着安德烈·卡佩洛的步态，若有所思。这个人，她是不是在哪里见过？

童素飞快地检索自己的记忆，思考许久，渐渐锁定到一个人身上——"提洛岛"上，那个戴着希腊戏剧面具，姿态夸张的主持人。

要说十成十相像，倒也不是。

那个主持人的肩膀比安德烈塌一点，身材也没有这么结实，但两个人的身高不会差三厘米，考虑到鞋子高度，这点差距不算什么，关键是走路的姿态。虽然看上去并没有什么不妥，却给童素一种很强烈的违和感。

为什么？

就在这时，安德烈·卡佩洛不知为何，抬起头，恰好与童素对视。

那一瞬，对方脸上的震惊压根没办法掩饰住。

虽然下一秒，他立刻低头，童素心中却掀起惊涛骇浪。对方认识她？这怎么可能？

她压根就没见过几个斯图国的人，如果要问接触最多的，除了亚伯·温菲尔德外，就是在"狩猎女神号"上，与布莱特·温菲尔德的合作，还有就是两年前的绑架案，安妮·卡佩洛……

等等！安妮·卡佩洛？

童素打开随身携带的笔记本电脑，抽调出安妮·卡佩洛的照片，然后开始调她的棱角和轮廓，使之更加男性化。

最后定稿的模样，竟然与安德烈·卡佩洛有五分相似！

难不成，安妮去做了变性手术？

斯图国上层不是很古板，很守旧，连试管婴儿都不接受吗？居然这么超前？她就不怕万一被检查出来？会这么冒险吗？

安全部门那里应该有安妮·卡佩洛的DNA样本，自己要不要找机会弄到安德烈·卡佩洛的头发，以确定是不是同一个人呢？

童素的思绪正发散，就看见对面一个人把椅子拉开，一脸无精打采地坐下，不由挑眉："怎么了？"

"没什么，接到一个委托。"李察兴致缺缺，"对方开了一个我无法拒绝的价码，让我保护你三天。"

童素仿佛听到了什么天大的笑话："保护我？"

李察点头。

"雇主不能说？"

"当然。"

"有意思。"童素微微一笑，"那我就……拭目以待了。"

凌晨两点。

就在但丁的飞机抵达米切尔国际机场的时候，米切尔大剧院外，建起了高2.5米，长达千米，环住整个剧院的大围挡，防止粉丝一拥而上，翻墙爬窗。

八百名来自"银盾"安保公司的专业安保人员已经开始巡逻，还有两百名替换人员枕戈待旦。

剧院内，一百六十只防暴犬在安保人员的牵引下，走过金漆雕花罗马柱、圆形玻璃拱门，穿过上下三层的剧院，确保VIP包房、休息室、化妆间、卫生间、杂物间等上千个房间，数万个角落，没有藏危险品，更没有藏匿疯狂的粉丝。

"这也太夸张了吧？"一位安保人员咋舌，"米切尔大剧院这么多年，明星来来去去，也没见过这么大阵仗。"

同伴连连摇头："这次啊，不是参演的人名气大，实在是来的人太多。佐藤大师要来看《哈姆雷特》的消息一出，简直轰动。你能叫得出名字的大导演全都来了，那些大明星也不甘示弱，还有好多亿万富翁。据说啊，有人算过，来看这场演出的所有观众加起来，身家有几万亿。"

"太可怕了，我们检查这么严格，难道是怕有人刺杀或者搞恐怖袭击？"

"那种概率很小，关键是怕疯狂的私生粉。你不知道，有些人追起星来能可怕到什么程度，我告诉你，我以前在梦工厂当保安的时候，听过很多故事。有人为了看偶像一眼，提前一天游过了会场旁边3米深的人工湖，躲在角落里一晚上。"

"天哪，这也太夸张了。"

"夸张？一点都不夸张，每次明星参加活动，都和特工打游击一样。"

就在他们闲谈的工夫，防暴犬忽然警觉地站直。

几名安保人员交换一个眼神，表面上还在闲聊，实际上已经十分戒备，慢慢牵着狗走到二楼的古罗马走廊处，然后打了个呼哨。

说时迟，那时快，防暴犬立刻扑了上去，将躲在厚厚窗帘后的人死死咬住。

"救命啊，痛，痛！"

安保人员见惯不怪，把这人按住，扭送到专门的房间，路过电话间的时候，就听见此起彼伏的铃声响起，还有工作人员不厌其烦地回答。

"不好意思，真对不起，我们没票。"

"是的，抱歉，不接受站票。"

恰好有人出来透口气，见到又有偷偷潜入的人被抓住，便和安保人员聊起："这都第几个了？"

"今天晚上第九个吧？也不知道怎么进来的，待会儿就能老实交代了，你的嗓子怎么哑了？"

"别提了，我们已经接了三天电话，真的要疯了。太多人问有没有余票，还有很多人说，愿意花VIP的价格，只求站票席位。天知道我们这些天拒绝了多少明星、名媛、记者，甚至还有很多商人的电话。"

"这些人都疯了吗？"

"人家可精明着呢！你不知道，刚刚温菲尔德爵士那边通知，说安德烈·卡佩洛阁下也要观看演出。还有，我们老板自己预留的包厢，被世界树公司的董事长但丁先生高价买走了。"

"老板也不缺钱吧？"

"当然不缺，但世界树公司是世界上顶尖的医疗器械公司，在义体的开发与应用上也走在世界前列，还和许多生物医药公司有深度合作，据说最近还在和罗蕾莱集团谈战略协议。这样的大人物要来，老板当然要卖个好。"

安保人员听到这里，不由摇头："疯了，都疯了。"

"谁说不是呢？我们只是演出，结果搞得和梦工厂红毯走秀一样！"

又有人说："比那个还夸张，梦工厂走秀也不一定大导演都来，更未必能请到艾伯特·马歇尔这样的大人物。所以商圈的许多人也疯了，不管是诺亚还是世界树，这两家企业的老板，无论见到哪个，要是愿意给他们投资，甚至和他们合作，基本也等于半只脚跨入了财务自由的门槛。"

几人三言两语地聊完，又分别去忙正事了。

被抓到的是一位男性，他交代说自己是一位二线女明星的经纪人，包了今天白天的票，然后故意滞留会场。

他买通了剧院的员工，躲在休息间。等晚上开始清场搜查的时候，他就开始打游击战，熨衣间、制服间、后厨、员工食堂……就是希望拖到明天一早，确定二楼包厢里分别都是哪些人，好通知自家的女明星，精准选好目标碰瓷。

"这些人真是——"

安保人员非常无语，警察们也一直摇头。

布莱特·温菲尔德静静看着这一幕，总觉得自己漏算了哪里。

他假装成安保人员，混入队伍里，大洋国的人并不知道他的身份，只把他当成个保安队长，鉴于明天亚伯和安德烈要来观看《哈姆雷特》，负责他们安全的人提前过来侦察一遍，实属正常，也就没人对他太过关注。

唯有布莱特的心情非常凝重。

他对伊莎贝拉十分了解，因此有九成九的把握判断，伊莎贝拉想要杀死安德烈·卡佩洛，并有很大概率在大洋国动手。

毕竟，以伊莎贝拉目前的处境，想要在斯图国内动手，就要暴露隐藏的力量，这并不划算。倒不如在异国他乡，说动盟友，趁着安德烈身边守备松懈，借机铲除后患。

布莱特原本以为，这场戏剧演出是最好的机会，但看到剧院这么高强度的安保，他反而不确定了起来。

"银盾"公司不愧为大洋国顶尖的安保公司之一，防御堪称无死角，就差没一寸寸把地犁过去了。

除开周围建筑物的制高点没安排人之外，单单论剧场本身的安保力度，已经做到了一流水平，普通人想要提前混进来，根本不可能。

但……

"宾客怎么办？"布莱特提出疑问，"既然女明星的经纪人都潜入，想要锁定目标位置，就不排除某些来宾，甚至知名人物可能别有用心吧？"

"银盾"公司的副总苦笑："但对来宾，我们没有办法啊！总不可能上去搜身吧？这样吧，等到戏剧开场之前，我们将会专门在左边的通道设卡，用以通往二楼。右边和中间的门，则给一楼的来宾进出，堵上右边前往二楼的路。您觉得是否可行？"

单纯以这场戏剧的规模来说，这样的安保力度当然已经够了。

可布莱特是以"是否会发生恐怖袭击"为衡量标准的，便觉得处处都是漏洞，又问："万一发生火灾，二楼怎么逃生？"

"这……"

米切尔大剧院兴建于百年前，虽然屡次修葺，但迟迟没装电梯。想要前往二楼，就要走左右两边的通道。这也就意味着，一旦发生灾难，二楼比一楼更加难逃生。

"我们会提防清除易燃易爆物品，并且在所有通道旁，都让防暴犬守着。"副总想了一会儿，才说，"尽可能将火灾概率降到最低。"

布莱特点了点头，但心里还是不安。

他望着监控器，瞧见一处细节："那么多 LED 灯是怎么回事？"

"都是为了舞台节目效果，光效。"剧院负责人解释，"现在的观众要求很高，哪怕是传统戏剧，也不能忽视光影作用。为了制造美感，我们的舞台上足足有七万个 LED 灯，会根据场景不断变换，这些 LED 电流很低，不会引起火灾、爆炸的。"

布莱特只觉得匪夷所思："我从小到大看过的《哈姆雷特》演出也有几十场了，怎么没这么多稀奇古怪的讲究？"

莎士比亚系列的总导演尴尬地解释："两国国情不通，我国的观众喜欢看传统戏剧，只要音箱好就行。但大洋国的观众不一样，他们更偏爱酷炫一点的设计。舞台的灯光必须打好，音箱要立体环绕。"

布莱特也没难为他们，只是凝视着整座剧院的结构，苦苦思索。

假如是他，想要在这种级别的安保之下，完成对安德烈·卡佩洛的刺杀，究竟会选在哪儿？难道真的要连周边高楼的制高点也全部控制？

这个念头只在布莱特心中徘徊一瞬，就立马掐死。

米切尔大剧院位于市中心，周围有好十几栋百米以上的高楼，要么是高档酒店，要么就是写字楼，里面都是知名大公司。

哪怕是大洋国总统，也不可能为了看一出戏剧，就把这些人全部清场。

而且，就算控制了制高点，除非用火箭弹，否则也不可能袭击到剧院。

所以，理论上，只要在各大写字楼的停车场，以及正门设置防爆安检，就能解决大部分问题。

这一点，"银盾"安保公司也想到了。

看起来，一切都非常完美，但布莱特还是不安。他总觉得，这次《哈姆雷特》的演出过程中，一定会出大事。

十

凌晨两点半，大洋国，米切尔城，军方总部，秘密地下基地。

这是一座修建于百年之前，并且伴随着时间推移和科技发展，在不断完善的地下城市，安全规格直接对标战略核打击。

哪怕核战争开启，地上沦为废土，也要确保这座地下城市能够完整地供应至少百万人口的生活所需。

正因为如此，地下城市里有数座核电站，保证即便外界电力断绝时，城市内部也可以自行供电。

这座地下城市不仅空间极大，利用率也非常高，层与层之间通过巨型电梯，以及空中内部的轨道电车联通，城市内部不仅有科研区、军事研发区等，也有生活区、工业区、农业区等。

其中，工业和农业基本上全采用智能机械进行生产，工人则负责调控智能机械，在方格化的水培农场与土植农场里劳动，源源不断生产出可供整座大厦自给自足的蔬菜作物。至于肉类，也有传统的养殖农场和专门的人造工业肉工厂。

但目前，这些机器都只保留了简单的生产线，并没有效率全开。

这里也是军方当作最重要也最隐秘的基地，许多绝密的军事乃至人体实验，都是在此处进行。

而现在，一场极其重要且突然的会议，正在此处召开。

参与会议的成员，无一例外，要么就是军方各部的负责人，中将都寥寥无几，基本上都是上将、元帅，要么就是军方的科研巨头。

看大家落座时面面相觑的样子，许多人就已经心中有数，知道其他人和自己一样，都是临时被一通加密电话喊过来的。

事实上，哪怕他们已经坐在自己的位置上，却依旧不知道会议的内容，甚至事先完全没收到半点风声。

以这群人的专业性和敏感度，已经明白，这种情况，意味着本场会议讨论的事情将会是最高级别的机密，别说电子文档，就连纸质文件都不会留下，所有的会议内容只可能出现在与会者的脑子里。

一旦日后有相关内容走漏出去，所有出席者都将受到最严厉的调查，泄密者则会遭到难以想象的处罚，"株连九族"这种古老的词汇，或许并不是一个笑话。

不仅如此，还有一些比较敏锐的人注意到，靠近主座位置上，坐着几个穿着便衣，没有军衔，但一看也不像科研人员的生面孔，不由心中一跳。

处在他们这个位置，自然知道，大洋国军方内部有一些"根本就不存在"的部门。无论从财政、人员还是从其他方面，都无法证明这些部门的真实性，就像雨夜的幽灵、都市的传说，其中代表就是"处刑人"。

在外界，国土局虽然声名赫赫，却也有据可查。哪怕詹姆斯、约翰这样拥有多重身份，并且都是绝密，他们的每一次假身份，以及行动记录，内部也有档案留存。

但那些"根本就不存在"的部门就不一样了，他们的成员没有正规的职务和身份，行动没有任何可查的档案，他们在没有任务的时候，可能是你在街头巷尾擦肩而过的任何一个普通人。

如果用一个不怎么准确的词汇来比较，国土局就类似中国古代的"锦衣卫"，盛名在外，令人畏惧；国土局内部的特殊部门类似于"东厂"，不仅制约着庞大的国土局，并做更见不得光的事情；这种"根本不存在的"部门就像传说中的"西厂"，它不仅监督着锦衣卫，同时也监督着东厂。

这里的人可能拥有任何身份，甚至有可能本身就是国土局的高层。

正因为如此，每个意识到这点的人在面对这几张生面孔的时候，都会下意识挪开目光——一是出于对这种绝密组织的忌惮；二就是不想让对方误会，他们在记对方的脸。

哪怕他们清楚，这种人前来参加会议，肯定做了伪装。

就在气氛十分沉默之际，会议室的大门又一次被推开，参联会主席，还有另一名容貌陌生的男子，并肩走了进来。

所有人都站了起来，迎接二人。

二人来到会议室的主席位，就看见参联会主席点了点头，做了一个"请"的动作，看到陌生男子在次席坐下，这才站在主席位前，扫视了在场的所有人，然后彬彬有礼地说："诸位，请坐。"

待到所有人都重新落座，参联会主席不疾不徐地说："突然请大家来，只因我们临时收到了一个绝密消息——斯图国老皇帝的状态进一步恶化，很可能熬不过这个冬天。"

听见这个消息，众人面色各异。

一位面容普通，穿着便衣，坐在高位上的男子，用嘶哑的声音说："在此之前，我们收到的消息都是，老皇帝虽然罹患阿尔茨海默病，但记忆退损不算严重，思维也还算敏锐，身体虽然不够健康，精神却很不错，也没有重大疾病，只是一身器官老化，至少可以再活三到五年。但现在，我们却突然得知，这个消息从一开始就是假的，老皇帝早在五年前就已经病到谁都不认识了，也丧失了行动能力，苟延残喘，缠绵病榻，说是一个会喘气的活死人也不为过。"

"这怎么可能？"有人质疑，"就算铁血首相权势煊赫，却也没有强到一手遮天的程度。按照斯图国的习惯，皇储要日日觐见君王，三大主教更是每周都要至少面见一次皇帝。卡佩洛侯爵和洛林贝格大元帅也至少每个月要见皇帝两次。假如皇帝的状况这么严重，为何竟丝毫没有风声传出？"

所谓的风声，并不是指多么实质性的消息。毕竟，皇帝的身体健康与否属于重要机密，斯图国皇室又不是省油的灯，不可能轻易让外人知晓具体情况。

哪怕是大洋国国土局那堪称无孔不入的情报部门，想要准确掌握斯图国老皇帝的动态，也不敢且不能直接收买或安插间谍，很容易会被斯图国中央情报局和皇家特工发现，引发两国争端。

潜伏的情报人员，主要是看斯图国那些大人物的动作，根据他们日常的一举一动，以及斯图国局势的微妙变化，加上收集到细枝末节的情报，反过来推。

就以皇储伊莎贝拉为例，假如她知道祖父的病已经这么严重，早几年就该有更大动静，绝不至于是现在的状态。

此言一出，立刻有人附和："没错，哪怕铁血首相控制了皇帝，换了假人。但再怎么逼真的替身，第一瞒不过亲近的人；第二就是，斯图国每年都有十个以上的活动，必须皇帝亲自出席，其中至少一半有媒体跟拍，乃至直播。我国情报机构会将视频反复观看无数次，借助镜头推测皇帝的身体状况、思维想法等，如果真是替身，在这种无限倍放大，被反复琢磨的情况下，不可能一点破绽不漏。"

对情报工作不够了解的高级将领们，纷纷对这则消息质疑，军方负责情报工作的将领们则个个面色凝重至极。

所谓外行看热闹，内行看门道。在场的内行人士都明白，如果要问世界上哪几个部门最擅长收集情报、潜伏、追踪、刺杀，大洋国军方某些"根本就不存在"的部门绝对能排名前三，而值得参联会主席这么大张旗鼓把他们喊来的情报，就算没有十成的把握，至少也有七分的可能。

越是如此，背后透露出来的事实，越令人不寒而栗。

斯图国皇帝的身体状况一直是大洋国国土局 S 级关注目标，这么重大的情报，却被生生瞒了五年，可能吗？

假如这则消息是真的，要么斯图国的情报部门在这些年水准日益拔高，已经到了大洋国不了解的程度；要么大洋国国土局驻扎斯图国的秘密情报窝点全都反水了；甚至，更有可能，大洋国国土局内部也被斯图国渗透，故意按下这件事。

上述三种可能，单单一件都足够惊天动地，假如三件一起……

短暂的沉默后，军方情报部门的负责人问："今天的行动，是否还要照常举行？"

听见这句话，许多知情人眼皮一跳。

对啊！他们原本计划，今天中午在米切尔大剧院，伪装成恐怖分子，制造大型爆炸，杀死亚伯·温菲尔德、安德烈·卡佩洛、艾伯特·马歇尔和西蒙·路斯恩，劫走那名代号叫"赫卡忒"的女黑客。

对军方来说，这本来是一石多鸟的好事。

其一，这是斯图国皇储伊莎贝拉和他们之间的交易，哪怕伊莎贝拉将来当了实权皇帝，这也是甩不脱的罪证。未必能推翻她的统治，却能令大贵族寒心，甚至有造反的借口。只要伊莎贝拉心存顾忌，这就是制约她的重要元素之一。

其二，亚伯·温菲尔德立场暧昧，但不管他究竟偏向皇室，还是偏向兄长，只要杀了他，都等于断了这二位之一的臂膀。

大洋国的国策之一就是尽量削弱、打压能和他们竞争的强国，中国、白熊国等自然是首当其冲，斯图国也是大洋国重点防范的对象。

斯图国的贵族阶层本就不是什么省油的灯，三十多年前，前代梅涅公爵就试图玩自立，结果夫妻俩死得不明不白。

这个国家之所以日渐强盛，没有走向分裂，归根到底，无非就是皇室虽日渐衰微，但三大主教、铁血首相和大元帅这五位选帝侯对国家忠心耿耿，并无自立的想法，他们代表着宗教、文臣和武将，联合起来，压制了其他蠢蠢欲动的贵族。

正因为如此，想要斯图国国力衰弱，就必须削弱中枢力量，不能让他们拧成一股绳。

亚伯·温菲尔德作为皇室特工头子，自然是避不开的一环，有杀他的机会，哪怕伊莎贝拉不说，大洋国也未必会放过。

其三，就是关于塔汗国的争斗了。

哪怕当年参联会主席忍气吞声，没有报女儿瑟沙的仇，但这始终是五大酋长内心里恐惧的一点。尤其在大洋国国土局透露出想换五大酋长之子成为新代言人后，这些酋长再也无法控制心中的不安，倒向了斯图国，开启了塔汗国的内战。

这一仗，两会的议员们不想打，民调显示，百姓也不想打，都觉得打了塔汗国十年没什么收获不说，每年还听到子弟兵被自杀性爆炸袭击，导致死亡，非常反对。

可军方想打。

乔装成恐怖袭击，对米切尔大剧院下手，不仅能激怒大洋国本国民众，令他们改变态度，支持战争，也能将铁血首相架在火上烤。

毕竟，亚伯·温菲尔德是他唯一的亲兄弟，不管是血缘还是以贵族的面子来计，都是此仇不报，誓不为人。

最后演变的结果，就可能是两国共同对塔汗国的"恐怖分子"出兵，而不是分别扶植代理人战争。

但大洋国出兵完了可以继续驻军，斯图国内部则要面临皇位更迭，以及后续有可能的独立、分裂乃至叛乱，那种情况下，论对塔汗国的掌控，斯图国岂会比大洋国更有优势？管国内的乱子都来不及！

其四嘛，就是大洋国军方和国土局内部的斗争了，假如一件事对军方有极大好处，却会坑到国土局。那只要对国家没有太大的影响，军方都是很乐意去做的。

可现在……

"假如斯图国老皇帝的病情一直都瞒过了我们，那会不会有可能，皇室连同大贵族已经联起手了？"在场的都不是笨蛋，反应很快，"如果我们在米切尔大剧院动手，恰好中了他们的计策呢？"

"什么计策？皇储公然卖国，他们内部先要打成一团吧？"

"如果他们压根没想让伊莎贝拉当皇帝呢？梅涅公爵虽然和皇室有血海深仇，但真正的执行人，很有可能是铁血首相，以及卡佩洛侯爵。现在老皇帝病得快死了，老侯爵也身败名裂，这一系要么进监狱，要么被终身囚禁。如果首相再因为亚伯·温菲尔德的死，大受打击，身体出什么问题，梅涅公爵的仇人不就全死光了？"

"假如真是这样，那我们将要迎接一个更可怕的敌人——铁血首相虽然强势，可到底只是臣子，受到皇权制约。梅涅公爵如果当了皇帝，又是铁腕强权派的人物，我们岂不是驱逐了狐狸，迎来了老虎？"

争来吵去，最后，所有人都不说话了，齐刷刷地望向参联会主席。

参联会主席的目光从每个人身上一一扫过去，看见他们各异的神情，知道这些人中，有些还是质疑情报的准确性，有些人则觉得事关重大，不能轻易做决定，还有些人已经开始思考后续问题了。

正因为如此，他平静地拿起桌上的小锤子，轻轻捶了一下桌子："还是按照惯例，少数服从多数，举手表决。"

"今天在米切尔大剧院的行动，是否继续执行？"

十一

会议结束后，与会人员一个个面色沉重，陆续散去。

将会有专门的车辆，用最秘密的方式，把他们从哪里来的，往哪里接回去。而沿途的摄像头等，已经全部被关闭和覆盖，确保不会留存任何记录。

对不知情的人来说，今天只是一个很平常的夜晚。而这些参与会议的人也必须表现得，他们并不是半夜被喊来开了一个攸关中东乃至世界局势的重大会议，仅仅是像平常那样睡了一觉而已。

但参联会主席，还有跟他一起来，却从头到尾都没说过一句话的陌生男人却没有离开，只见他们乘坐电梯，来到一处充满未来感的房间前。

"国土局已经开始怀疑李察的身份了。"参联会主席在门口站定，缓缓道。

"放心，我会派人盯着。"陌生男人一边用指纹开锁，一边说，"假如他没死在这次爆炸中，我会接手。"

他说得轻描淡写，仿佛这是什么不值一提的小事，参联会主席却只觉得可怕。

"处刑人"，这都是一群怎样的怪物群体啊！

参联会主席对"处刑人"的了解也不多，最近知晓了一下英格拉的经历后，只觉得毛骨悚然。

这位柔弱的女子拥有钢铁一般顽强的意志，宁愿牺牲青春妙龄的身体，打入辛格家族，从而接近斯图国大贵族。

虽然国土局把一切都做得天衣无缝，无论从哪个角度看，都是辛格家族的家主见色起意，仗着豪强，强行掠夺女学生，但亚伯·温菲尔德却十分多疑。

他欣赏英格拉，却不信任她的身份，故意表现得仿佛很重视她，从而激怒老侯爵，令她承受了非人的折磨。

即便如此，在酷刑的煎熬，乃至火焰的舔舐中，英格拉也没有表露真实身份，最后得到了亚伯·温菲尔德的信任，熬过痛苦的植皮手术，成了一枚亚伯·温菲尔德的心腹，以及一颗深埋在斯图国的棋子。

伊莎贝拉正因为看到，深得亚伯信任，甚至知晓夏宫密道的英格拉，竟然是大洋国军方的一员，才会折服于大洋国军方的力量，不惜和他们做这卖国的交易。

"如果不是'处刑人'，我都不知道，国土局对军方的渗透已经到了这种程度，简直就是要染指军权了。"参联会主席冷冷道，"军方之中，尚且有雷奥将军这种，因为一两个败类的行为，就要拉着国家下水的疯子。何况那群给钱就办事的议员，卖起国来更是一个比一个快。就连我们的总统先生，也只是想着仕途和声名，对这个国家并没有太多的忠诚。"

陌生男人看着缓缓打开的自动门，语气不带半点起伏："这是难免的，无论哪个时代，都是军人对国家最为忠诚。文官？商人？他们躲在幕后，看不到流血和牺牲，眼中计较的，只有自己的利益。"

"正因为他们这种心态，我们的国家才没有更加伟大，反而被一群后来者拼命追赶。"参联会主席神色微冷，"而那些议员们，口口声声说着没钱，每年都在不断削减军费与航天开支。就连'阿波罗计划'这么宏伟的事业，居然也因为烧钱太多，彻底取消，这是人类史上最大的笑话！"

陌生男人耸了耸肩："谁说不是呢？自从核武器被发明出来后，人类对大规模杀伤性武器的研制就应该停止了，核弹足够摧毁人类文明，再研究下去也没有意义，认真探索太空才是良策。我们对太空的每一分探索，都有可能促成一项新的技术，从而源源不断衍化出无数分支，从军用，再到民用……这么宏伟的目标，却因为议员们的鼠目寸光，以及所谓的经费受限，导致我国对航天事业的探索不断被拖慢进度。"

参联会主席走进房间，在一个营养舱面前站定，看了许久，才说："如果第三帝国再坚持几年，人类的历史或许就将被彻底改写。"

若有第三人听见他们两个的谈话，定会大惊失色。原因很简单，一向以"保守派"示人的参联会主席，在他温和的外表下，竟然是极端激进派的思想！他的字里行间，非但透露着对战争的渴望，甚至还有对大洋国现有政府的不满，以及对第三帝国那种狂热到极点，强权偏执到不讲道理的军政府，乃至种族灭绝和三六九等的极端推崇！

"可惜了。"陌生男人用一种局外人的漠然口吻，就像说其他人的故事，"第三帝国走到最后，只能证明，一个依旧是'人'的领袖，不足以统领这个极为庞大的国家。"

"但就算这样，这个短暂存在的恐怖国家，也给世界带来了深重的灾难，以及，改变的契机。"

说到这里，参联会主席怔怔地看着营养舱里面的人，半晌才问："还不能强行解冻这个被冰封多年的刽子手？"

陌生男人摇头："事实上，他能被成功冰封，并且活到现在，已经算一个奇迹了。如果不是因为那神秘的液体……"

"你祖父临死的时候，就真的没吐露什么有关那些神秘液体的来处，还有解冻的话吗？海因里希？"

"很遗憾，没有。"

参联会主席叹了一声，没说什么。

名为"海因里希"的陌生男人冷不丁来了一句："我会把英格拉派去米切尔剧院，假如爆炸没能杀死亚伯·温菲尔德，就由她来补刀。毕竟，她的身份也已经被你们知道了，是时候该退场了。"

参联会主席并没有追究这句"退场"到底是让英格拉换个身份，还是让她彻底死在那里，只是说："国土局的詹姆斯和约翰那对搭档，也是好苗子。假如他们侥幸没死，你也可以接手。"

"说到国土局，你得管好你儿子。"海因里希突然来了一句，"他早年用来练手的人，我已经设法处理掉了，没人会知道你儿子是个催眠高手。但他这股为了报仇，不顾一切的疯劲，会给你带来麻烦。"

参联会主席只能苦笑："我欠他们母子的，又有什么办法！"

海因里希还是很冷漠："你的家务事，我不参与，只要伊万不继续发疯，什么事情都好说。"

"放心，我会看住他。"

待到参联会主席离开后，海因里希看着冷冻舱里冰封的人，淡淡一笑，回到自己的办公室。

英格拉已经等在那里，瞧见他来了，嫣然一笑："表决结果？"

"和亚伯猜测的一样，他们还是打算动手。"

英格拉耸了耸肩："无趣。"

海因里希倒是很淡定："多年来根深蒂固的情报，以及一则如此突然的情报，大部分人都会选择相信前者。"

"所以接下来呢？我们怎么办？"

"但丁到了吗？"

"已经到了。"英格拉微微一笑，似乎觉得即将发生的事情很有趣，"你，我，但丁，亚伯，李察，艾伯特，还有哈伊德，这样算一下，我们组织竟有超过三分之一的人同时出现在米切尔城，这算不算创立后的头一回？"

"毕竟是新成员的倒数第二轮考核，也是好几位同伴筹谋已久的复仇，人多点也正常。"海因里希淡淡道，"待会儿你就去米切尔剧院，有亚伯在，你们几个只需要配合他，见机行事。切记，这次的任务必须达到三个目标。"

英格拉做了一个"停"的手势："我知道,我只是感慨,伊万真是个没用的东西。我们早就推断,'杜尔迦'手中那份关于伊莎贝拉身世的关键证据,只有叶莲娜知道所在地,他作为叶莲娜的儿子,又是顶尖的催眠大师,居然迟迟没找到。"

"他不愿对亲生母亲用催眠术,自然没那么顺利。"海因里希说,"哈伊德不也把白鹰州的圣约翰医院上下翻过十几轮,都别无所获吗?还有但丁,他因为前女友的死,发疯了那么多年,暗网全都搜了个遍,不依旧没找到?也亏得但丁能忍,明明知道现任妻子对他居心不良,为了复仇,还能演得和真爱一样。"

英格拉听到这里,就有点无奈:"所以,只能'赫卡忒'去找?"

"她曾经是'杜尔迦'的编外顾问,如果说世界上还有谁能找到'杜尔迦'留存下来的东西,只有她了。"海因里希平静道,"假如不是这样,我们干吗要合成'杜尔迦'首领的视频,设法塞给雷奥将军,设计让她看到呢?"

原来,童素在塔汗国中,从雷奥将军豢养的狮子项圈中拿到的几份资料里,其中关于伊莎贝拉的视频,居然是英格拉等人伪造的!

这个假视频,由李察以"暂时帮忙保管"的名义,交给了雷奥将军,又恰好被童素所得到!

由于童素并不精通视频剪辑,没能看出来这个视频的真假,加上视频本身就带有"阅后即焚"的性质,那时候又兵荒马乱,才这么轻易地骗过了她。

当然,如果童素没能看到这个视频也没关系,他们会想其他办法,务必把她骗过来。

因为他们知道,白鹰州的圣约翰医院里,确实有一份至关重要的证据,偏偏他们就是找不到!

想到塔汗国里,两人一起经历的种种,英格拉忍不住说:"时间过得真快啊!一晃距离但丁推荐童素加入我们组织,居然已经过去七年了。只可惜,她一直在中国大陆不离开,导致我们的测试迟迟没办法正式开始。如果不是万象集团,我们真不知道还需要花多久,才能把她钓出来。"

说到这里,英格拉只觉有趣:"光是想一想,我就觉得好玩,当时但丁推荐她的时候,只是说可以发展成我们的成员,对于这种技术型人才,我们一般都只是测试心性和实力。结果'高塔'直接说,用最高测试标准,明明——"

后半句话,她不知为何咽了下去,只是唏嘘:"可怜的女孩,生死边缘游走了好几圈,却不知道,这一切都是命中注定。"

"欲戴王冠,必承其重。"海因里希面无表情,"她是第一个,也是唯一一个,被组织成员提名后，三大巨头都认可，并且选择最高标准的备选，也是我们势在必得，绝不能放弃的对象。"

"所以，我要确保她的安全吗？"

"那倒不是重点。"海因里希回答，"假如她能凭着自己的聪明和勇敢，从火海以及军方的追捕中逃出来，你们可以给她提供必要的助力。如果她不幸倒在火海里，只要你们确保她不会脑死亡就行。"

"假如她躯体濒临死亡，只有脑部保留活性，我们又对她进行手术。'高塔'醒来后知道，会不会有什么异常反应？"

"不会，你应该清楚，他本身就不是个能用常理形容的人。或许，对他来说，那样的存在方式，反而比现在更好也说不定。"

"行，既然你说没问题，那就没事。"英格拉点了点头，又问，"对了，冷冻舱那个活死人，还能骗这群专家多久？"

"放心，必要的时候，我会让活死人变成真死人。"海因里希回答，"Demon 的 DNA早在二十年前就被我的祖父给偷换了，那神秘的，天赐的液体，知情的科学家也全都默契地保守了秘密。任谁也想不到，他们真正想要解冻并且研究的目标，二十年前就已经苏醒，被投放到了 Geenna 监狱，等待离开的契机。"

英格拉走到窗边，看着人工模拟出来的白天，轻轻叹道："一晃就是这么多年，我们受了这么多的磨难，但好在距离目标，越来越近了。"

海因里希走到她身旁，看着窗外就像蜂巢一样整齐划一，密密麻麻的房间，坚定无比："人类就是这样愚昧的生物，喜欢用肤色、血统、地位、长相来划分，彼此争战，互相猜疑，在有限的生命中，不断消耗地球的资源。这是一条自我毁灭的道路，无论世界现在的格局，还是联合国，以及各国的所作所为，都是错误的。他们所谓的合作，不过是稍微缓慢一点的内耗，只要世界上还存在这么多国家，资源不能彻底整合，人类文明就等同于慢性自杀。

"个人复仇对我们来说，不过是旅程的一站，也是我们真正的计划和目标里，顺手而为，微不足道的一件小事。我们最终所要做的，是消除国家、地域、人种、肤色之间的隔阂，让人类迈向星海，更加伟大。

"在这个攸关全人类命运的宏伟计划中，童素是必不可少的一环，我们需要得到她，不惜一切代价。"

十二

乌泱泱的追星族带着狂热的神情，站在栅栏背后，不断推搡着保安，试图跨越屏障和人墙，让偶像看见自己。

布莱特·温菲尔德站在窗边，皱眉看着四面八方人山人海的盛景，简直难以置信："他们打算在这里站多久？"

剧院负责人擦了擦汗，小声说："根据我们过去的经验，许多狂热粉丝能从活动开始前的大半天，一直等到活动结束后四五个小时，确认偶像真的已经离开，才恋恋不舍地离去。"

"这也太夸张了。"布莱特的目光越过剧院负责人，望向一旁"银盾"的副总裁，"我们就不能驱散他们吗？"

万一发生什么变故，光是外面这么多人，就会给逃生和救援增加数不尽的难度。

"银盾"副总耸了耸肩："这里是大洋国，只要百姓不是持枪游行、冲击银行和政府大楼，我们就不能干涉。"

布莱特眉头紧锁，一言不发，推开门，走了出去。

米切尔大剧院并不像传统的剧院一样，舞台单独面向一个方向，人们只能在 180 度的区域欣赏。

这座百年剧院的结构更像现代的体育场，四面八方都是座位。舞台上空，缀着无数小灯，星星点点，远远望去，如同星空一般梦幻。

而在舞台的四面八方，都有通往二楼的楼梯，抬头望去，无论是这些楼梯，还是位于二楼的走廊，简直就像悬浮空中的栈道，几乎可以将下方一览无余。

整个二楼只有十二个包厢，全都处在最适合观赏舞台的位置，犹如时钟上的刻度。

面对的正前方安着巨大的落地窗，由特殊玻璃制成。子弹无法穿透，外界也不能看到包厢内部，但从包厢里却能清晰地看到舞台，乃至一楼。

一楼的观众已经陆续就座，二楼的客人却没来几个。

布莱特走上二楼，推开一间包厢的门，映入眼帘的便是一个极其宽阔，甚至比篮球场还大的房间，有沙发、小几、吧台。

包厢的墙壁全都选用最好的隔音与防火材料，每个包厢与包厢之间，至少隔着七米的空旷区域，保安们肃然站在此处，阻拦一切可疑人员。

假如说唯一有什么不好的地方，那就是，由于剧院是百年前设计的，哪怕观念超前，但当时的卫生系统和排水系统到底受到时代的限制，所以包厢里面没有自带洗手间。

不过，这也就意味着，二楼的洗手间成为保安们一向严防死守的焦点，每天至少检查三遍，重大活动更是一直派人守着，杜绝一切狗仔、摄像机、无人机等偷拍的可能。

"是我多心了吗？"布莱特忍不住问自己，"这样的建筑格局，这样的安保力度，按理说，出不了什么事情才对。"

话虽如此，他却还是不安，正打算出门，再把里里外外检查一遍，就听见小叔叔的声音响起："布莱特，你乔装改扮，偷偷溜到大洋国来，怎么也不通知我一声？"

布莱特僵了一下，却见亚伯·温菲尔德从外走进来，顺手带上门。

霎时间，原本空空荡荡的房间，竟让布莱特感觉说不出的逼仄。

这样恐怖的压力，完全来自面前这个男人。

"为什么不说话？"亚伯·温菲尔德轻笑道，"还是说，事到如今，你依旧想庇护你那表妹，隐藏她联合外人，试图杀死安德烈的事实？"

眼见假象被戳破，布莱特反而镇静下来："您和父亲究竟有什么谋划？"

亚伯轻轻一笑，答非所问："大哥如果知道他唯一的儿子都不信任他，那脸色，想必有趣得很。"

布莱特回避了关于父亲的事情，直直地看着自己从来都无法理解的小叔叔，神色凝重："您身份特殊，一向深居简出，这半年却先去中国，又来大洋国，区区一个锂硫电池，怎么可能让您做到这个地步？"

亚伯走到吧台，打开酒柜，浏览了一圈里面储藏的葡萄酒，嫌弃地拿了瓶最贵的，一边醒酒，一边漫不经心地说："如果我还留在国内，那些蠢蠢欲动的人又怎么敢乱来呢？只有我离开了，他们才敢相互勾连，踩进我布下的罗网。算算时间，伊莎贝拉应该也快到白鹰州了吧？"

"白鹰州？"布莱特只觉匪夷所思，"她不是应该留在夏宫，继续被禁足吗？"

这又不是什么三流小说，一国皇储可以微服私访。以伊莎贝拉的身份，哪怕她没被软禁之前，想要到白鹰州，理论上也应该先由斯图国官方与大洋国官方对接。漫长的流程走下来，没十天半个月压根行不通，更何况是现在这种情况？理论上，她连夏宫都出不得！

再说了，堂堂皇储这么大一个活人不见了，中央情报局难道是死的？居然没一个人对他汇报！还有，白鹰州到底有什么，值得伊莎贝拉冒这么大的风险，亲自前往？这到底是怎么回事！

布莱特百思不得其解，却听见亚伯问："这十二个包厢，分别都被哪些人包了？"

提到正事，布莱特也暂时先不管心中疑问，肃然道："以顺时针来计算，1 点钟方向为 1 号包厢，西蒙·路斯恩；6 号包厢是剧院主人的自留地，但这一次将票给了世界树公司的董事长，但丁；7 号包厢是艾伯特·马歇尔订了，邀请您、佐藤明和童素；8 号包厢，我以安德烈·卡佩洛的名义订了，但到时候，我们具体在哪个包厢，由您决定。"

"剩下的包厢呢？"

"3、4、5、9、11 五个包厢，分别是五大导演所订，12 号包厢由罗蕾莱集团的董事长罗伯特订下。2 号包厢里是军方一位已经退役的高级将领，威尔森。"

听到这里，亚伯笑了一下："西蒙·路斯恩不错啊，居然能请动他。"

"这位将领似乎没有什么特殊之处？"

"他这个人确实没什么功劳，有没有能力，我也不清楚。"亚伯回答，"他之所以能成为大洋国军方高级将领，主要是因为他的父亲、叔伯等人，曾是大洋国潜伏在第三帝国的间谍。在第三帝国战败前夕，为大洋国弄走第三帝国的科学家、军事设计资料等，立下汗马功劳。正因为这样，他们一家的档案被大洋国严密封锁。"

布莱特立刻抓住重点："既然这样，您又怎么知道呢？"

亚伯无所谓地说："斯图国的情报机构，尤其是皇家特务部门，比你想的强大。但这也说不准，万一他只是大洋国抛出来，用来钓我国特工的饵呢？正因为这样，我虽然早就知道他的身份，却从来不派潜伏在大洋国的我国特工去关注他。毕竟，大洋国军方那几个'根本就不存在'的部门，比起国土局更令人忌惮。"

布莱特沉默片刻，才道："大洋国真有'不存在的部门'？"

"其实就和我国的皇家特工差不多，我国的政治制度不透明，想要隐瞒许多事情轻而易举。大洋国就不一样了，他们各部门都要提前做好预算，向联邦政府索要拨款。哪怕是国土局和军方这种庞然大物，大部分机构也是透明的。但每个国家嘛，总有一些见不得光的事情，需要一些藏在暗处的部门去做。"

说到这里，亚伯顿了一顿，又道："更何况，他们当年拿了第三帝国那么多好东西、许多设计和构想，要是真放到公众面前，保证会被议员们喷得体无完肤，认为完全无法实现。但经过时间沉淀，最终事实会打那群蠢货议员的脸，告诉他们，不要用他们连大猩猩都不如的肤浅智慧，去揣测科学家的奇妙构想。"

布莱特没继续深究这个问题，只道："10 号包厢的主人是两位议员，一位曾是律师，多年前在里切尔影业担任法律顾问；另一位则是米切尔城一个高级中学的校董，这个中学就是叶莲娜之女瑟沙殒命的地方。"

亚伯轻轻一笑，仿佛觉得很有趣："布莱特，你觉得，这像不像暴风雪山庄？"

所谓的暴风雪山庄，是常用在推理类文学或影视作品中的一种模式，又称"孤岛模式"，是指一群人聚集在一个相对封闭的环境内，比如一个因为暴风雪而与世隔绝的山庄，由于特殊情况而无法与外界取得联络，所有人都暂时无法离开这个环境，并且在此期间，不断有人死亡，必须尽快抓到凶手，才能让凶杀停止的故事。

一般来说，这种模式非常喜欢强调一个点，那就是——每个参与进来的人，都与同一桩陈年旧案有干系。

布莱特眉头紧锁："我是否要去调查这两位议员的来意？"

"那倒不用，我们先去 7 号包厢，大家都已经到了。"亚伯一边说着，一边递给布莱特一杯葡萄酒。

布莱特迟疑了一下，还是接过酒杯，一饮而尽，然后跟着叔叔穿过走廊，来到 7 号包厢门口，就发现大开的包厢里，人声鼎沸，走进去一看，全是银幕上能看到的熟面孔，唯独不见童素。

与此同时，二楼，左侧，女洗手间。

童素站在镜子面前，佯作补妆，实际上慢吞吞地，一直不肯离开。

直到镜子中，出现另一张妆容精致的脸。

"奈赫贝特，好久不见。"

面对叫破她伪装的这人，童素丝毫没感觉到意外，平静道："英格拉小姐。"

英格拉抿唇一笑："你就不好奇我为什么知道你的身份？"

"'奈赫贝特'曾一路在沙漠中逃生，历经艰险，你有太多的机会能拿到她的DNA。"童素言辞滴水不漏，绝不留下任何把柄。

就算英格拉拿到了她的 DNA，能证明什么？

虽然大洋国那里有她父亲童子邦的 DNA，两相对比，可以确定"奈赫贝特"和童子邦系父女关系。甚至，因为童素来了大洋国，只要国土局想办法，还能拿到童素的DNA。但那又如何？

只要不是"奈赫贝特"本人当场被抓，或者在托卡帕夏皇宫留下了无可抵赖的证据，关于"奈赫贝特究竟是不是童素"的问题，就是一出罗生门式的闹剧，谁都没有决定性的证据。哪怕所有人都觉得"就是你"，那也不重要。反正，童素也不打算再用这个假身份了。

童素很确定，自己在托卡帕夏皇宫里面，最可能留下生物信息的地方就是雷奥将军的庭院，但那里已经彻底被炸毁，成了废墟。所以，她并不害怕英格拉的指控，不过目前看来，英格拉仿佛也没有敌意。

英格拉笑了一下，说："你口红色号不错，借我试一下。"

童素将口红递给她，就见她象征性地涂抹了两下，然后从手提包里翻出一支外壳差不多的口红："喏，还你。"然后便摇曳生姿，施施然走了。

童素掂了一下口红重量，沉默片刻，便走出洗手间，给守在外面的雪松使了个眼色，然后找到一旁的工作人员，柔声道："不好意思，我有点不舒服，请问能给我找个休息的房间吗？"

二楼的卫生间旁边，本身就配有母婴室、吸烟室、开水房、休息室，还有工作人员的办公间，等等。听见童素的要求，工作人员立刻将她扶到休息室。

等到工作人员离开了，童素给雪松使了个眼色，雪松立刻把门反锁，拿出仪器，上下左右检测了一圈，才说："没有监控器，没有监听。"

童素将英格拉给的"口红"拿出来，先拧开壳子，发现正面确实是口红的样子，又拆开底部，便发现"口红"的膏体只是薄薄一层，抽出里面的东西，是一个类似接收器那样的东西。

她拿出随身携带的超轻薄笔记本电脑，找到合适的孔，将此物插入，再打开音频，就听见低语响起。

童素眼疾手快，立刻按下录音。

"这是……"

"我刚才遇到了英格拉，她给我的。"童素回答，"如果我没猜错，她在某个包厢里放了一个手机，打开了通话键。"

虽然保镖会对包厢里是否有监控、监听做全面的检查，但作为日常用品之一的手机，谁也不会要求收缴。

雪松听了一下，不由皱眉："太模糊了，根本听不清。"

"声音有被东西阻挡的痕迹，应该是她偷偷塞在沙发里面，或者放在大包里面，避免引起其他人的注意。"童素一边说，一边开始利用软件，不断截取录音，并且给音频降噪，试图将人声清晰地提取出来。

经过童素反复努力，人声还是很模糊。

谈话的双方不仅用的是大洋语，而且带着很明显的地域口音，其中一个腔调颇为特殊，这让辨识的难度变得更大。

童素和雪松听了很久，大概也只听见"国土局""一片忙乱""自己都管不了""刘易斯""辞职""新局长"，等等。

不仅如此，音频很快也断了，大概是英格拉回到包厢，把手机关了。

"这些词汇太零散了。"雪松反复辨识后，还是觉得不行，"就目前的这几个词，根本没办法分辨，我们最好能将这几段音频发到安全部门，交由专业人士辨识。"

童素也是这么想的，立刻娴熟地先将音频重重加密，然后通过特殊渠道发送。

眼看时间也差不多，戏剧该开始了，估计拜访的导演们也应该回到自己的位置上了，童素刚要站起来，突然想到一件事："大洋国国土局现任的局长，是不是就叫刘易斯？"

"没错，他曾是军方高层将领，退役之后，赋闲在家。本任总统对国土局局长意见很大，强行将他提拔成副局长，等局长自杀后，他就顺理成章，成为新局长。"

童素沉吟片刻，又问："国土局局长，一般什么情况下才会辞职？"

"工作出现重大失误时。"雪松回答，"假如是因为个人徇私导致的问题，往往会被逼自杀，比如前任局长，国际上认为他是'提洛岛'的保护伞之一，如果他平安退休，对大洋国影响很差。可他身份特殊，绝不能被审问调查，只能一死了之。"

"飞机被恐怖分子劫持，撞击双子大厦这种震惊世界的恐怖袭击，应当算在重大失误之列吧？"

"那是自然。"

童素沉默不语。

历任国土局局长的人选，基本上都是退役的高级特工和高层将领，2号包厢的威尔森将军，显然也很符合这个标准。

童素不清楚大洋能源集团与大洋国军政两界勾结深到什么程度，但她清楚，既然老局长是"影之共济会"一方的，新上任的刘易斯应当不是。如果"影之共济会"想不被赶尽杀绝，艾伯特·马歇尔固然不能留，刘易斯最好也能下台。

假如发生一件事，恰好能够一石二鸟……

雪松还在疑惑童素为什么脸色越来越差，就听见童素冷不丁地问："以你的专业性，如果你要在米切尔剧院制造一起震惊世界的灾难，你会怎么做？"

时间倒退回几天前。

"以艾伯特·马歇尔身边的安保力度，想要杀他，根本不可能。"面对生父的要求，约翰·卡森干脆利落地说，"艾伯特·马歇尔身边保镖众多，并且不排除他随身穿防弹衣的可能。我想要举枪射击，就必须有拔枪的过程；想要用兵刃杀人，至少要靠近他。

但这两条，都不可能做到，除非——"

"除非什么？"

"除非，在一个他认为特别安全，从而没带多少保镖的场合，制造一起意外。"约翰漠然道，"杀一个人，目标很明确，事后调查起来也容易，尤其是针对艾伯特·马歇尔的刺杀，非常简单就能联系到您的身上。但如果是杀一群人，甚至制造一起恐怖袭击，就能将一滴水藏在大海里。类似的事情，在中国的诺亚集团超级工厂落成仪式上已经上演了，不是吗？迄今为止，中国政府乃至大洋国国土局的许多人都认为，这是恐怖组织对于中国的一次示威和挑衅，而没有想到，这只是一出个人恩怨的演绎。"

西蒙·路斯恩觉得约翰·卡森有点阴阳怪气，却不得不承认，约翰说得一点都不错，想要杀艾伯特·马歇尔，最好的办法，就是将袭击扩大化。

只不过，在大洋国本土玩恐怖袭击……

西蒙·路斯恩犹豫许久，最终拿起了一本老旧的笔记本。

在那场席卷世界的战争之中，西蒙·路斯恩的祖父慧眼识珠，帮助了许多犹太人不说，还秘密资助了大批身份不明的人逃逸，并且挥洒钱财，贿赂第三帝国的军官，赎出了很多政治犯。

老家主从来没想过挟恩以报，但这些人活下来，本身就会源源不断地反哺，帮助大洋能源集团。但现在，某些人情，可能到了不得不用的时候。

2号包厢。

英格拉关上手机，笑而不语。

威尔森将军站在落地窗边，看着脚下的舞台，平静地问："东西送出去了？"

"当然。"英格拉打开GPS装置，看见清晰的红点后，微微一笑，"多亏您刚才和西蒙·路斯恩谈话的时候将手机打开。越是真实的信息，就越会取信于她。哪怕接下来只有一丝继续收听的可能，她都不会放过，一定会将'口红'牢牢带在身上。这样一来，我们就始终能掌握她的定位。"

说到这里，英格拉停顿了一下，才问："不过，这份录音，他们肯定会发送到中国安全部门。以中国安全部门的技术，根据音频对比，分析出说话双方的身份只是时间问题。您刚才对西蒙·路斯恩说，为了成为新一任国土局局长，您会尽力帮他，一旦中国那边把证据递过来，您必定大受影响。"

"没关系。"威尔森回答，"'威尔森'可以饮弹自尽，而我，只需要继续退回地下堡垒就好。"

既然威尔森已经有了应对方案，英格拉也就不再多说。

就在这时，剧院所有的灯全部关闭，唯有一簇灯光，照在舞台正中央。

今天主演的第一场，《哈姆雷特》第三幕，正式开始。

十三

舞台之上，声光绚烂。

年轻英俊的王子哈姆雷特得知父亲死亡真相后，装疯卖傻，仿若癫狂，面对心爱姑娘奥菲利亚的关切和问询，却依旧只是吐出不明的呓语，用辛辣的言语和劝诫来遮掩他内心的痛苦与挣扎。

传统戏剧中，只有坐在正中心前几排的观众看清脸，后排观众都只能模糊看到人影，通过外放的大音箱听清声音。

"梦回莎士比亚"项目组则不然，本次全新的演出，吸纳了他们过去在密室逃脱项目中的经验，反哺到戏剧中。

三百六十度无死角的屏幕，如同梦境般瑰丽的灯光，配上演员精彩的演绎，具备深厚功底的台词，略显夸张的肢体和面部表情，令本次戏剧给人的感觉，仿佛亲临《哈姆雷特》的时空，人们与这位王子只隔着寥寥几米，仿佛伸出手，就能触碰到他，与他一起探讨"生存和死亡"的命题。

现场的打光，与其说是炫目，倒不如说是灯光师在炫技，配合着节目，进行着一场别开生面的"秀"。

这样的表现方式好与不好，姑且不论，但在二楼的 7 号包厢内，五位大导演面对这样的戏剧，倒是用眼神和低语交换一二思路，然后又频频望向坐在正中间的佐藤明。

如果此时，十二个包厢内装有摄像头，就会发现，3、4、5、6、8、9、11 全是空的，因为五大导演都赖在 7 号包厢，围在佐藤明身边不肯走。

包厢左边的吧台旁，安德烈·卡佩洛就像刚出笼的雏鸟，亦步亦趋地跟着亚伯·温菲尔德，一直不肯离开，两人一边喝着葡萄酒，一边看着前方宛如落地窗的全新屏幕。保镖打扮的布莱特·温菲尔德站在他们身边，反而在认真看剧。

而包厢右边的小几上，三台笔记本电脑的屏幕幽幽闪着光。

童素、艾伯特·马歇尔，还有"世界树"公司的创始人，欧洲首屈一指的黑客"但丁"，正以三角形跪坐在竹席上，手都放在键盘上，眼睛则盯着电脑屏幕，时不时拨个眼神出来看一眼剧情。

靠墙坐在一旁的李察欲言又止。他很想问，这三位是不是有什么毛病，明明只要压低声音说话就不会打扰到任何人，为什么面对面坐着，还需要用电脑交流？

这个问题，安德烈·卡佩洛也很想问，却又有点不敢，但视线总是频频往那边掠去。

"觉得很奇怪？"亚伯冷不丁地说，"安德烈，你从小身体弱，不能对着电脑，无法理解现在年轻人的世界。他们能在网上高谈阔论，口若悬河。但在现实里与其他人交际的时候，很多习惯用电子产品的人，面对陌生人会非常尴尬，根本不知道该说什么。"

安德烈·卡佩洛，也就是曾经的安妮脊背一凉，不敢再看。

他知道，这是亚伯在提醒他，注意身份。

亚伯曾经答应过安妮，只要她为他效力，就给她变换身份，并送她一场更大的荣华富贵。等"提洛岛"出事后，老侯爵一系被清算，安妮则已经做好了变性手术，并且有了全新的身份——安德烈。

安德烈是老侯爵的侄孙，他兄长的嫡长孙，老侯爵一脉出事后，这名青年就是名正言顺的爵位第一继承人。从小长在乡下，由于体弱多病，被长辈剥夺了玩电子产品的权利（网络痕迹不好造假，不能留下过多证据），性格温柔腼腆，不善言辞。

安妮曾经在童素手上吃过大亏，对她十分忌惮，警惕童素并不奇怪，但"安德烈·卡佩洛"理论上不应该认识童素，更不可能对她这么关注。

正因为如此，安德烈勉强笑了一下，好在室内光线昏暗，也无人注意，就听见他小声说："这就是传说中的，现实见了网友无话可说，只能双双打开游戏，一起厮杀？"

布莱特突然问："'赫卡忒'和'但丁'是好友？"

斯图国中央情报局对世界顶级黑客都视作重点关注对象，他们的生平履历、活动轨迹，只要能调查到的，全在中央情报局掌控之中。

布莱特只知道，欧洲两大黑客"但丁"和"毒蝎子"彼此有些看不对眼，却都已经洗白，有官面上的身份，行踪非常好监控；大洋国目前公认最强的黑客"米迦勒"似乎是国土局内部的人；世界黑客之王"铜棒"叫童子邦，与"赫卡忒"童素是父女关系，与"米迦勒"似乎有些渊源，又教出了弟子"拉"，后者是万象集团的新一代继承人岩窀，已经在三年以前和万象集团一同粉碎在云爆弹之中。

除了这些人之外，世界各地还隐藏着许多厉害的黑客和组织，比如中国安全部门内，一直有个叫"NULL"的黑客，不知道究竟是一个人，还是一个团队，却一直属于斯图国中央情报局重点关注的目标。

但无论哪种资料记载，都没有显示童素和但丁关系好。

亚伯淡笑了一下："哪怕一句话都没说过，那又怎么样？"

这句话似乎有些答非所问，布莱特却很快就懂了。

没错，就算童素和但丁一句话都没说过，可他们都是世界顶尖的黑客，这就注定，即便是不投缘，他们看待彼此的态度，也与其他人也不一样。

这就和选帝侯家族出身的人，面对其他三大家族的同辈，态度肯定与对待中小贵族，乃至平民不同，因为他们早就在心里画了个圈，用身份规定了三六九等，选帝侯家族就是同一个小圈子里的人。

换到黑客这里，也是一样。

安德烈为了掩盖方才的失态，强行解释："真好奇，他们究竟在说什么。"

亚伯望着但丁，轻轻一笑，恰好后者抬起头。

昏暗的室内，两人目光遥遥相对，似乎交换了什么信息，但很快，但丁就低下头，继续在聊天软件里打字："奇怪了，这个戏剧的打光，让我有点不舒服。"

童素抬起头，上下打量了但丁两眼："我真的不相信，这话居然是由你说出来的。"

她之所以这么说，只因但丁从性格到打扮，用一个词就能精准概括：朋克。

这位世界上最知名医疗器械公司的老总，平日里的装扮，既不是西装革履、风度翩翩，也不是像艾伯特·马歇尔那样，T恤、沙滩裤、拖鞋，标准技术理工男。

相反，他梳着鸡冠一样的发型，发色是渐变的绿，从淡到发白的绿色慢慢过渡，最后变成了泛着荧光的深绿色，不管是远看还是近看都一言难尽。

更令人不适应的是，他双耳上密密麻麻，戴着十余个不同的耳环、耳钉，嘴唇和鼻子上也打了鼻钉、唇钉。黑色的皮衣上镶嵌着亮片，下垂着不规则的流苏，配上闪耀的链子，脚下的铆钉鞋闪闪发亮。

这样的装扮，应该出现在酒吧、夜店，甚至舞台上，可以是歌手、演员、行为艺术家，乃至负责打碟的DJ，又或者是流里流气的青年混混，唯独与"黑客"，还有"总裁"两个词相去甚远。

但这样新潮的装扮，其实挺符合童素对但丁的印象。

她一直觉得，但丁有点不着调，当年她才十六七岁的时候，在暗网遇到但丁，对方信誓旦旦说他是个医生，童素只能不断翻白眼。

当时的但丁游走在灰色地带，活跃于暗网之中，兼职捎客和情报贩子，属于给钱就办事，信誉度满满，不给钱嘴巴里没一句真话的那种人。暗网公认，除了正式签订契约的付费情报，但丁其他时候说出来的话，一个字也不能信。

结果但丁洗白上岸后，童素才知道，这家伙还真曾经是医学生，只是才读一年半就辍学了，改行当黑客。至于他为什么辍学，又为什么去暗网谋生，前因后果，但丁掩盖掉了，至少网络上查不到。虽然童素真要去查，肯定能知道，但她并没有这么强的探究欲，也不想多问，因为那必定是一段比较悲惨的往事。

艾伯特·马歇尔加入谈话："刚才没什么感觉，但丁先生一说，我也觉得有些不舒服。是光线变幻太强烈，导致眩晕吗？总之，有点不舒服。"

童素看了看艾伯特·马歇尔，又看了看但丁，微微支起身子，看向中央沙发上的五大导演和佐藤明，才打字："没有特殊的感觉，他们好像也没反应。"

"不知道为什么，演员的服饰，舞台的布景，还有这覆盖整个剧院，集中于舞台，但时不时扫过来的光，让我很不舒服。"但丁还是坚持意见，"我母亲曾经是一位服装设计师，可能因为我继承了她的天赋，对色彩的敏感度太高？"

童素对这个解释不能信服："我母亲还是一名画家呢，这么说，我完全没继承到她的艺术细胞？"

艾伯特·马歇尔说："倒不一定是色彩，你们发现没有，这个舞台的光效从头到尾，都是在用灯光营造一种空间感。"

但丁若有所思，童素对这方面完全不了解，认真求教："什么叫营造空间感？"

"传统戏剧，你们就算没看过，应该也知道。无论是在剧院，和电影院，观众的心态始终是——'我们与他们隔着一个银幕，乃至一个次元'，哪怕优秀的剧情能让观众沉浸式地体验，却也更多是情感上的共鸣，而不是全身心的浸入。

"但这个戏剧，利用声光效果取了巧，原理很复杂，你们可以理解为，它给人的感觉像你戴上 VR 眼镜，然后打游戏。虽然没到那种程度，可观众，尤其是一楼的观众，他们就算坐在剧院的位置上，也会觉得，他们好像处在宫廷里，与演员就只差几米，像旁观者，又像神灵。

"这种感觉让人是非常震撼，它会把人代入场景，而不是情感里。但这也有两个坏处：一是演员如果演不好，就会出戏，目前看来没这个问题；二就是，每个人对空间的接受能力是有差距的，尤其是这种利用声音、光线来进行视网膜等感官欺骗的技术，许多人会不适应，用个不恰当的比喻就是，晕 3D。"

艾伯特·马歇尔这么解说，童素也懂了。

就像很多第一人称的 3D 游戏里，玩家操纵主角上天入地的时候，镜头切换，好多玩家没办法适应，会觉得眼花甚至晕眩。还有人只要站在高处往下一看，就开始全身发麻，不断冒汗，腿都软了，乃至神思不属，大脑空白。

而这种目前还没有成熟到极致的声光技术运用到现实来营造空间感，就会因人的体质和接受能力不同，产生更明显的差异。

听见艾伯特·马歇尔的解释，但丁有些不解："难道我晕3D？不至于吧？我玩游戏的时候没露出这方面毛病啊！"

童素不动声色："你们稍等一下。"

她转过身，望向靠在墙边，懒洋洋一动不动的李察，低声问："李察先生，你有没有不舒服的地方？"

李察挑了挑眉，似笑非笑："自从戏剧开始后，这里的空间就让我觉得有点逼仄和压抑，算不算？"

童素若有所思，目光又落到一旁安静站着的雪松身上。

雪松也轻轻点头。

李察是大洋国警界曾经的希望之星，雪松是中国安全部门的特种精英，毫无疑问，他们都接受了严格的军事训练，空间感较一般人来说更为敏锐。既然他们都觉得声光效果让他们不舒服，那就很可能是空间感的问题了。但童素还是觉得有点不对劲。

她沉吟片刻，在聊天软件里打字："'梦回莎士比亚'这个密室逃脱，你们玩过吗？我记得是隶属同一家公司，是戏剧的衍生项目。"

"没有。"

"没玩过，但我记得，这家公司本身就属于温菲尔德家吧？"艾伯特·马歇尔说，"需要问一下温菲尔德先生吗？"

"我不觉得亚伯阁下像是会玩密室逃脱的人。"

"说得也是。"

童素对"梦回莎士比亚"密室逃脱的印象很深，毕竟两年前安妮·卡佩洛带人绑架她和爸爸，就是把他们关在项目组临时搭建的城堡里。

虽然当时项目没有开启，他们只是被关在水牢，但事后童素查过这个项目的资料，知道是一个风靡全球，以场景、声光、演员和构思取胜的节目，也确实像艾伯特·马歇尔说的那样，喜欢营造沉浸式的体验。

但童素真正想知道的是，这次的舞台光效，和往常是否不一样。

她飞快去网上查了一下资料，发现就是因为两年前安妮绑架她和爸爸，连带"梦回莎士比亚"项目组在中国出事，一部分演员和工作人员牺牲，还有许多人受伤，不得不退役，导致项目组大换血，名誉也受到很大损害，并且全球巡演只进行了一半就打断，赔付了后续的巨额违约金，伤筋动骨。

正因为如此，"梦回莎士比亚"这两年只有戏剧部门每天坚持早晚在斯图国大剧院上演两场戏剧，其他项目组都还在重新打磨、协调，大概是为了一鸣惊人，又或者密室逃脱的场地还没搭建好，所以才第一个推出新型戏剧，以博人眼球。

但这也代表着，除了参加彩排的工作人员和演员外，并没有人看过整场戏剧最终呈现的效果。

童素沉吟片刻，还是没轻举妄动。

"银盾"的保镖就在不远处，天知道这里有没有国土局的专业黑客，假如她此时贸然入侵摄像头，国土局一旦抓到证据，就有理由把她扣押，甚至对她提起公诉。

不到万不得已的情况下，童素不会冒险留下这么大的把柄。

所以，她只是继续在群里问："项目组玩得这么大，应该考虑过人的适应能力吧？假如有人没办法接受这么强烈的刺激，或者患有光癫痫，突然发病，怎么办？"

"剧院应该有医疗小组，应急方案，就是外头的交通不乐观。"但丁说，"我来的时候，看见这里四面八方，所有的主干道，全都堵住了。如果出了事，救护车没办法进来，私家车也没办法出去。"

听到这里，童素心里立刻提高了警觉："这么严重？不至于吧？"

那岂不是万一发生了事情，人群疏散都做不到？

"很有可能。"艾伯特·马歇尔调出了米切尔市的地形图，"米切尔市听上去像是陆地城市，实际上却是由几个靠海的岛组成，米切尔大剧院位于中心岛上，这个岛本身就很狭窄，却又容纳了最繁华的金融街道，最大的商场，最豪华的社区，最高档的写字楼等。所以在设计之初，街道就非常狭窄，只能容纳四辆私家车并排通过。"

虽然说是四车道，但如果算上来去，那就只有两车道了。

童素对米切尔市并不算熟悉，不过旁边就有土生土长的米切尔人，所以她先看了一眼李察，然后指了指屏幕。

李察毫无兴趣地过来，扫了两眼他们的聊天记录，示意童素能不能用她的电脑。

童素摇了摇头，艾伯特·马歇尔会意，马上暗示助理，再拿一台笔记本电脑过来，递给李察。

在童素的邀请下，李察加入他们的聊天："四车道不是关键，关键在于，中心岛出去的方式只有两种，那就是穿隧道和过桥。"

既然是"中心岛"，那么与其他区域自然有海水阻隔，要么开车从桥上过，要么就坐地铁。

许多并不居住在中心岛的上班族，他们上班是非常辛苦的，往往先开车到轨道列车站（可以理解为轻轨），坐 40 分钟到 1 小时，然后到特定的站台，花 15 分钟换地铁，地铁进中心岛 15 分钟。

"我不明白。"童素发问,"中心岛内没有医院吗?"

李察解释:"中心岛汇聚整个米切尔城最好的资源,距离我们最近的医院就是圣约翰医院的总部。全球各地每年来此求医的患者人山人海,而且圣约翰医院距离米切尔大剧院只有五条街,不到三公里。"

"既然这么近,为什么突然提到离岛?"

"因为中心岛就像一个被切开的鸡蛋,母亲河隔开了两边。我们想要去医院,就像离岛一样,要么穿隧道,要么过桥!"

由于地处海岸边缘,又不断向外扩张,导致从卫星上俯瞰,米切尔城的地形就像一根蔓藤上长着数个形状不规则的葫芦,岛屿和岛屿之间用跨海大桥与隧道相连。

中心岛位于米切尔市的正中,整座岛以母亲河为分界线,中心岛北面的"上城"面积较小,以住宅区、公园、医院、博物馆、纪念馆等为主;北面的"下城"面积比"上城"大了三倍不止,并且是世界上就业密度最高的地区。

童素仔细看地图,这才意识到,米切尔大剧院正门前那条四车道的狭窄通道,竟然长达 30 公里,位于中心岛中轴线上,且贯穿了整个中心岛。

这也就意味着,假如想要前往河对岸的圣约翰医院总部,最好的方法就是从这条路走,因为它直接关联着跨江大桥,不会有更近的方式。偏偏这条路几乎走不了,只能绕。

"各位请看地图,尤其注意米切尔大剧院附近的建筑。

"剧院的北边是最靠近母亲河的一排高楼大厦,那是大洋国乃至全世界金融的中心,大洋能源集团,各大银行、基金、保险、航运、铁路等公司的总部集中于此。米切尔证券交易所、米切尔期货交易所等,也全在这里,每天人来人往,车流如织。

"再看米切尔大剧院的西边,也就是它后门所在的街道,周围林立着近百座各式各样的剧院,每天都座无虚席。这条街道也是著名的'星光大道',出于利益的考虑,直接改成了步行街,两边都是明星的雕像乃至签名,车子根本无法进来。

"至于米切尔大剧院的东边,也就是中心大道的对面,那里是《大洋早报》、米切尔有线电视台以及梦工厂六大公司,还有无数知名杂志、媒体的总部,对了,市政府也在那边,每天穿梭的人流难以想象。

"最可怕的就是剧院的南边,仅仅隔着两个红绿灯的地方,就是号称'世界十字路口'的时代广场,除了纵向的中心大道允许车辆通行之外。横向的街道全都做成了步行街,两排都是奢侈品专柜。

"也就是说，米切尔大剧院东南西北四个方向，本身就有好几条步行街，能容纳车辆经过的地方就不多，车道又窄，由于历史古老，地上停车场都只有两三个，地下停车场一个没有，日常交通堵塞都是正常，加上今天来的时候，粉丝人山人海，将四周包围的盛况，你们也见到了。更何况，还有另一个更重要的因素。"

这行字刚一发出去，三条的信息同时在聊天群弹出：

"游客。"

"还有旅客。"

"游客太多。"

李察不自觉点了点头，手却没停下，飞快打字："没错，母亲河方圆五公里，本来就是世界各地游客的打卡胜地。今天米切尔大剧院外，那么多导演、明星的粉丝拉了横幅在应援，游客们看到这样的场景，难道不会好奇，也停下来等？

"而且，我还查到一个消息，就在今天，时代广场的十字路口，将会举行超过三十万人规模的反战游行。"

光凭他的描述，童素都觉得头皮发麻，忍不住问："这么多人！如果发生恐怖袭击怎么办？"

"那反而好办！"李察回答，"自从十几年前那次震惊世界的恐怖袭击后，大洋国就调整方案，你们应该有注意到，米切尔州是大洋国为数不多禁止持枪的州，市内尤其中心岛更是严格禁止携带枪支和易燃易爆物品，警方会随意抽查车辆，一旦发现违反相关条例，就会移交检方提起诉讼。"

"同时，如果米切尔市有枪击、火警、爆炸等异常事件发生，相应的预案会立刻启动，驻扎在这附近的消防队员和警力会第一时间出动，封锁与扼守交通要道，并紧急疏散人群。假如人群中出现恶意煽动、抵抗疏散，或者引发大规模踩踏事件的人员，警察有权力当场击毙，就算当场没被抓，事后也等着检方公诉吧！"

童素听到这里，不由陷入深思。

她先前和雪松讨论过，假如他们卷入了大洋国内部的斗争，南党想要让目前这个北党出身的国土局局长刘易斯下台，很有可能会制造一起恐怖袭击，今天的米切尔大剧院就是再好不过的目标。

但李察说的这番话，却让他们先前认为最有可能的几个设想——枪击、火灾和爆炸，概率相对变低了。

问题是，除此之外，还有什么行动，能够既造成很大影响，又制造巨大恐慌呢？

难道她猜错了，袭击并不是发生在米切尔大剧院？英格拉给她提示，也只是让她提防，只是她自己多心？

童素还在思考，沙发那边，佐藤明将衬衫的领口下拉一点，问左右的大导演们："暖气是不是开得有点高？"

听见佐藤明这么说，立刻有一位年纪蛮大的导演，童素听其他人尊称对方为"昆"，说28摄氏度确实有些高了，不如调成26摄氏度。

但又有人说，26摄氏度降了等于没降，不如调到16摄氏度，等觉得有点冷了，再调回去。

这只是一个小插曲，童素却眼皮一跳。

两年前，她和父亲之所以被人劫持，就是去商场吃饭，对方却提前对商场的中央空调动了手脚，确定他们所在的位置后，就将那间包房中空调吹出的风，由正常冷气变成了麻醉气体，等他们失去行动能力后，再从通风管道潜入。

难道这间包厢的空调也有问题？

童素侧过头，对着雪松指了指中央空调的方向。

雪松摇了摇头。

童素知道，雪松对识别这些有着丰富的经验，不由奇怪。

中央空调吹出来的暖气，居然是正常的，而不是混杂了奇怪的气体？难道是她多心？

这时，她眼角的余光留意到，"银盾"中那两个地位挺高，似乎是队长模样的人，与其他人说了几句后，默默离开房间，便示意雪松靠近，然后附耳低声说："你不要留在这间房了，带两个人离开，找个理由，随便什么都行，只要房间还有我们的人就够了。最好能跟着那两个人，看看他们去哪里。"

雪松闻言，便点了点头，指了两名安全部门的精英跟着自己，让其他人看好童素，然后，就见他缓缓退到门边，低声对"银盾"的人说："童小姐有些不舒服，希望我们能去找医疗部门拿点药。"

"银盾"当然不会为难中国友人，闻言就立刻给他们让道。

连续两拨人离开，自然引起了布莱特的注意，他刚要有所行动，亚伯却轻轻按住了他的肩膀："专心看剧。"

"……好。"

十四

第六感这种东西，听上去很玄，看不见，摸不着，说不清，道不明，没办法证明它真的存在，也没办法证明它不存在。但谁都无法否认，对某些人来说，危机到来之前，哪怕什么预兆都没有，他们还是会隐隐有所察觉，并莫名地烦躁。

就比如詹姆斯和约翰。

他们曾在最危险的亚马孙丛林穿行，在最严酷的撒哈拉沙漠逃亡，在凶险海岛险些丧命，在冰川之地艰难求生。

多年来游走于生死边缘的经历，让他们有了对危险的本能直觉，就像猛兽潜伏在前方，你没办法看到它，可在它们靠近的时候，前方散发的簌簌声、躁动声，或者不同寻常的寂静，种种动静堆积在一起，就会让你意识到，危机正在靠近。

绚烂的声光，就是那个"动"；28摄氏度的暖气温度，就是那个"静"。

"情况不对。"詹姆斯提了提衬衫的衣领，感觉全身的弦都紧绷起来了，"一定哪里有问题。"

约翰的目光落到一楼的某处，拉着搭档："看那边——"

詹姆斯定睛一看，发现好像是一楼有观众出了什么事，两人对视一眼，来到楼梯口，出示证件后，下了楼梯，才往那个方向走去，就看见安保人员急吼吼地过去，把人扶过来，并且安抚其他观众，最重要的是——尽量让他们不要举起手机，拍摄短视频。

"去医务室。"

二人异口同声，交换眼神，快步跟着安保人员来到医务室，剧组随行的医生认真检查了好一会儿，这才摘下听诊器，脸色十分不好："都说了患有光癫痫的人不可以来看演出，怎么明知故犯？"

所谓的"光癫痫"，就是癫痫病的一种，全称光敏性癫痫。

简单地说，这种病之所以被触发，主要是由于特定的基因缺陷，此类人群在突然受到过强的光线刺激时，部分神经元容易"短路"。这类人还可能受高反差色调、特定的几何图形、密集照明或是快速闪烁光源的刺激而发病。

光癫痫患者应该距离电视、游戏机、电脑屏幕最好三米以上，并且不能看太刺激视神经的画面、动图等。鉴于一旦癫痫病发作，情节严重甚至可能猝死，所以很多动画、游戏厂商都会在一开始标明，光癫痫患者慎入。

"梦回莎士比亚"系列的演出也一样。鉴于项目本身的重头戏之一就是大量华美灿烂的光线，对光敏性癫痫病人来说很可能造成刺激，早在卖票的时候，相关注意事项就已经标明。理论上来说，不应该有人冒着生命危险，明知故犯才。

这就和过敏是一个道理，你对花生酱过敏，难道你吃面包的时候还特意要抹花生酱吗？那岂不是拿性命开玩笑？

约翰无声地冷笑了一下，讥讽地说："侥幸心理。"

他的声音很轻，只有一旁的詹姆斯听见。

詹姆斯耸了耸肩，不知该说什么好。

医生并不管这些围观的人，神色严肃："他已经休克了，情况十分严重，建议立刻送医，进行全方位的诊疗，并打电话通知他的家人。"

话音刚落，匆匆赶来的剧院负责人立刻喊："不行，不能送去医院。"

医生睁大眼睛："光癫痫发作起来，最严重有可能致命！我们剧院只能处理简单的伤势，或者利用 AED（便携式心脏除颤器）进行心源性猝死临时抢救，根本治疗不好这么严重的问题。"

"但外面都是粉丝，每台手机就是一个活生生的自媒体，正对面更是《大洋早报》的总部！"负责人的声音简直像从牙缝里迸出，人也在不断擦汗，"几万人，甚至更多，围在外面，里三层外三层，我们出动了八百个保安维持秩序，还动用了那么多铁栏杆，才把人拦下来。假如这时候，急救车开过来，把人抬出去，天知道事情会传成什么样！焦急的粉丝能把人墙冲碎！唯恐天下不乱的媒体能写出一万个版本！让我们公司的股价大跌！说不定，我们后续的演出都有人在门口举牌抗议，到时候演出，还有密室逃脱没办法继续进行，谁来赔违约金？"

"可……"

"没什么可是的，这个患者虽然没有醒，但他也不一定会死，对不对？可如果我们现在拨打医院电话喊救护车，媒体一定会拍，粉丝们也不知道会做什么，万一他们以为出事的是他们的偶像，不听劝阻往里冲呢？你想过到那时，我们怎么维持秩序吗？想过我们公司的损失吗？"

医生觉得哪里不对，刚要开口辩解，负责人已经给这件事定了性："光癫痫并不是严重到一定会猝死的病，再说了，就算他死了，那又怎么样？是他自己不遵守警告，明明有病，还要来观看演出的！说不定我们还可以借机炒作一波，哪怕患者家属告我们，打起官司来，难道不是我们比他们更有把握？到时候，我们就说，我们根本不知道患者有光癫痫病史，把他当作普通昏迷治疗，不小心耽误了医疗进度就行。"

负责人话音未落，便有人跑来："快去现场，又有人晕倒了！"

听到这里，负责人脸绿了一下，却还是说："快，快把他们抬过来，对外都说他们过于激动而晕了。还有，可能是暖气太高了，不如这样，先换成冷气，16 摄氏度，等到场内温度冷了，再调上去。"

詹姆斯和约翰齐刷刷地皱眉。

观众接二连三地出事，他们意识到了事情的严重性。

"三十年前，一代歌王的演唱会，现场七万多歌迷，因见偶像情绪失控共晕倒了五千余人，还有32人死亡，其中大部分都是受到刺激而诱发心肌梗死，更有人因为跌倒被踩踏而死。而且，这还是在现场配备了两千多名医疗人员的情况下。"詹姆斯神色凝重，"但就算这样，演唱会还是坚持开完了。"

这场戏剧的观众，虽然远远没到七万这个数字，却也有五千人之多，但他们配备的医疗人员也只有二三十个，哪怕有 AED，也未必多顶用。

"那是因为歌王并不知道现场发生的惨剧，而知道的主办方并没有告诉歌王，反而让他专心演唱。"约翰冷笑，"归根到底，都是利益。"

过于刺激的声光效果，对普通人来说，可能只是头晕目眩，觉得不舒服，但对光癫痫患者，以及心脏不好的人来说，属于非常强烈的刺激。

而偏高的室温，则是另一重助推器。

假如这时候再冷热交替，简直就是自己找死。

本来吧，剧组已经做了提示，非要来凑热闹的患者，出了事也是自己的问题。可如果剧组故意不喊救护车，那就有问题了。

詹姆斯灵光一闪，突然想到一个可能，就示意约翰跟自己来。

两人七拐八拐来到办公室，詹姆斯提出借用一下空电脑，鉴于他们身上穿的制服，工作人员也非常客气，将一台闲置的电脑开了机，借给詹姆斯用，就见詹姆斯飞快登录国土局的内网，开始对比此次宾客的名单。

不消片刻，他就验证了自己的猜测："艾伯特·马歇尔有光癫痫病史！"

"怎么可能！"约翰虽然惊讶，却还记得周围有人，哪怕无人关注他们，也用非常小的声音说，"他有这种病，为什么还来？"

詹姆斯只道："我刚刚突然想到，马歇尔家世代从军，就算艾伯特·马歇尔喜欢搞科研，以马歇尔将军的性格，也会让独子在军队待一两年才对，偏偏艾伯特·马歇尔与军队没有任何交集，这里面一定有问题。"

"不是他不想参军，而是他有病史，体检过不了？"

詹姆斯指着国土局的一行记录："你看，这里显示，光敏性癫痫的发病率为2%，其中 7~19 岁者占10%，但年纪越小发病，理论上越容易治疗。艾伯特·马歇尔就是 7 岁的时候发病，服药了几年后，就再也没发作过。也就是说，他的病得到了极好的控制，发作的可能极低。"

约翰神色凝重："但这种病属于基因缺陷，或者脑部病变，就像潜伏在体内的不定时炸弹，谁也不知道什么时候会发作。所以，他根本过不了军方的体检，哪怕只是当个科研人员也不行，这才是他没有参军的真正原因。"

这是一场针对艾伯特·马歇尔的，精妙绝伦的刺杀！

詹姆斯刚要关闭电脑，回去找艾伯特·马歇尔，却看到前排的工作人员按着太阳穴，对同事说："好奇怪，我怎么有点不舒服。"

"是不是太累了？最近熬夜比较辛苦？"

"可能吧！感觉头好痛，恶心，想吐。"

这些本来就是熬夜过度的症状，不至于引起詹姆斯的注意，偏偏其他人也附和："是啊，我也不大舒服。"

"大家加班都很辛苦，熬过这几天就好。"

"其实演员更累，天天彩排，我们好歹是坐办公室，不像他们一样是体力活。"

"我觉得音效组最累，明明已经定好了音乐，结果昨天突然说什么，斯图国的音乐与大洋国的流行音乐略有差异，我们要更符合大洋国的国情，临时修改。我今天早上和音效组的同事打交道，他们眼眶都是红的。"

"是吗？我听说不是我们要改，是大洋国那边要改。"

"谁知道呢！"

短短几句话，不仅吸引了詹姆斯、约翰，还引起了在医务室以"拿药"之名徘徊，看见两人，立刻跟上，用"打开水"名义来办公室茶水间，实际上一直暗中观察两人的雪松的注意。

"音乐是临时改过的？办公室的人都觉得头晕、恶心、想吐？"

看见雪松发来的信息，童素下意识地望向旁边的艾伯特·马歇尔、但丁和李察，或多或少，神色都有些不好看，大概就属于那种，身体似乎有点不舒服，却又没有严重到必须去医院看的地步，说出来好像有点矫情，就各自忍耐。

奇怪了，为什么人人都觉得不大舒服，唯独她感觉不出来呢？

童素刚想输入："你们感觉如何？"谁知手一抖，竟然打错了一个字母。

霎时间，她就愣住了。她对键盘的熟悉堪比自己的肢体，压根不用看键盘，闭着眼睛都能敲对，怎么可能按错任何一个键盘？除非，她本身也不知不觉受了影响。

童素对声音、光线、空间感之类的知识不了解，但三年前与万象集团斗智斗勇，以及后续扮演"奈赫贝特"的经历，让她对一种东西知之甚深。那就是毒品。

童素非常清楚，停止吸毒之后，随之而来的戒断反应会有多可怕。

流鼻涕、瞳孔散大、体毛竖起、出汗、精神恍惚等都是小意思；腹痛、腹泻、全身酸痛、头晕、头痛、血压上升、心跳过速、脉搏加快、发热、失眠、焦虑、恐惧、紧张，乃至不自主的震颤、四肢抽筋、瞳孔扩大，严重时出现血压下降、虚脱、休克，都是可能的。

戒断反应的影响不只体会在身体上，还有精神上，它会干扰人的注意力、记忆力、判断力等，让人的思维变得木讷，迟钝，甚至记忆混乱乃至衰退。

"戒断反应虽然主要是躯体依赖，但也有一定精神依赖性的成分，而我们目前的状况，就和戒断反应有些相似。"童素在心里默默地说，"利用感官的刺激，对精神中枢起到刺激作用……不，不止，我们身体本身也出了问题，是声音共振的频率，导致身体被刺激到？类似次声波，但没有那么大的威力？"

黑客一般都是这样，虽然秉持严密的逻辑，但在某些层面，他们的脑洞甚至比科学家乃至小说家都开得大。

童素虽然不知道大洋国究竟有没有这种声波武器，可她本身就是一个墨菲定律的忠实信徒，什么事情都会往最坏的方向打算。

假定这场演出的光线和声音，本身都是一场阴谋，那他们根本避无可避。

画面能不去看，声音呢，能不听吗？就算堵住耳朵，那也没用，声波的传递不会因为你不去听，它就对你的身体没有影响，只要持续被攻击，还是会恶心、呕吐、四肢乏力，甚至走不动路。

想要缓解这种情况，当务之急，是将这场演出停下。

但有个问题。整个剧院的安保人员，大部分都来自"银盾"公司，这家公司都是由退伍军人乃至特工组成，业务能力世界顶尖，与国土局，还有大洋国军方都保持良好的关系。演出的声光被用来当作谋杀工具，他们是否知情？还是说，他们本身就是阴谋的帮凶，乃至策划者之一？

如果真是后者，贸然要求停止演出，反而会打草惊蛇。

想到这里，童素忍不住看了一眼屏幕。

舞台之上，哈姆雷特对着伶人殷殷叮嘱，让伶人务必按照他编写的剧本，演绎出老国王被妻子和弟弟联手所害的那一幕。

"他为什么要用这种方式，让真相展露在凶手面前呢？"吧台那边，安德烈·卡佩洛已经被浸入式的观剧体验所吸引，喃喃道，"哪怕这出戏在君王与群臣面前上演，但伶人只说朝代和国家不可考，群臣只当作一出戏剧，只有真正的凶手——哈姆雷特的叔叔和母亲知道，这就是他们害死老国王的情景。哈姆雷特好不容易装疯卖傻，打消两人的疑心，这样岂不是自爆了吗?"

"或许，他并不是装疯卖傻，而是沉浸在痛苦之中，无可自拔。"

听见布莱特这么说，安德烈朝这位年轻的选帝侯继承人看了过去，就发现布莱特有些出神:"对一个在心中认为父母完美无瑕的儿子来说，突然发现母亲不如自己所想象的那么坚贞，已经是难以言喻的打击，又知道自己视作天神般的父亲，竟然是那么凄惨地死去，这对一个年轻人来说，无异于世界的彻底颠覆。他在心中已经相信了父亲被叔叔和母亲害死的事情，但他还能克服人性的软弱，决定是否要复仇。因为他的叔叔并没有子嗣，他还是这个国家的继承人。所以，他才会说，生存，还是死亡，这是一个问题。"

安德烈总觉得布莱特这句话意有所指，但他不敢细问，只能抓住一开始的问题:"但复仇与生存，本就不矛盾。他可以积攒实力，等羽翼丰满之后，再杀死叔叔，为什么要那么急呢?"

"你不懂。"布莱特轻声道，"这一步是不能退的，如果退了，就算有朝一日，哈姆雷特能够手刃他的叔父。谁能说清楚，那时的他，究竟是为了复仇，还是为了争夺国王的宝座，以及至高无上的权力?"

复仇就是复仇，它是纯粹的，不沾半点杂质，熊熊燃烧的烈火。

一个想要复仇的人，蛰伏是因为不够强，而不是所谓的时机不到;打磨自己是为了变得更强，而不是为了谋取其他利益。

哈姆雷特既然有复仇的实力，所欠缺的，无非就是一点决心。

"这出哈姆雷特亲自安排的戏剧，既是为了观看国王和王后的反应，证实他们正是自己仇人的事实，也是哈姆雷特断绝自己后路的方式。他用这种方式，逼迫自己毫无选择，只剩下复仇一条路。"

布莱特说到此处，神色有些激动:"那些哗众取宠的评论家，就知道揪住一点所谓的'逻辑问题'大加批判，以显示自己的高明。殊不知对莎士比亚这样的文坛巨匠来说，他的一切安排，哪怕再怎么荒诞，都有用意所在。更何况，哈姆雷特的复仇，本就是这样纯粹而合理。"

年轻的王子，并不眷恋人间的荣华富贵，他断绝了自己的后路，所凭借的就是一腔孤勇。

安德烈完全被布莱特说服，忍不住叹道:"我觉得，莎翁对哈姆雷特未免太残忍了，为什么不能给他一个好结局呢?就像基督山伯爵，大仲马不也让伯爵复仇成功，最后带着巨额财富和爱人，潇洒离去了吗?"

"仇恨到尽头，其实什么也没有。"

听见亚伯开口，两人都转过头来，神情下意识变得紧张或严肃，就看见亚伯轻摇葡萄酒杯，微笑着说："大仇得报那一瞬的快乐后，便是无尽的空虚，因为你花费了大量的时间、经历，甚至大半人生，就为了耗在这些渣滓身上。甚至在这个过程中，你会失去很多，就像哈姆雷特，他失手错杀了重臣，并因此永远地失去了他的爱人，奥菲利亚。"

他明明在笑，思维却有些飘忽。

这一瞬，他好像回到了三十三年前的某一天，阳光正好，他在剧院后台玩耍，不经意走到道具间，看见了濒死的金发青年。

真是奇怪啊，明明那么可怕的事情，年仅8岁的他却没有惊恐地叫出来，而是偷偷地把父母单独拉了过来，指给他们看。

父亲蹲了下来，认真地问那名青年："请问，你需要什么帮助？"

"我正在被追杀，你们也帮不了我什么。"青年神色倦怠，仿佛精气神都被抽走，认命一般，"不离开这座城市，我就无法联系上同伴，彻底安全。你们现在就离开，装作不认识我，继续你们的演出。如果担心我牵连你们，我可以翻窗离开。"

母亲不安地牵着他，手心全是冷汗。

那时的他，并不知道"被整座城市追杀"意味着什么，只觉得这听起来好酷，比父亲导演的任何片子都酷，忍不住从母亲背后探个头出来，兴致勃勃地问："大哥哥，你是007吗？就是那个超级帅的詹姆斯·邦德？"

青年明明很累了，可看到他，还是温柔地笑了一下，说："算是吧！007是不会死的，所以我也不会死。"

然后，他轻声说："把孩子带走吧——"后半句话，青年没说。

曾经的亚伯不懂，但很多年后，他明白了，青年那句话的后半句是，"别让这个孩子亲眼看见一个人死在他面前"。

父亲和母亲明显听懂了青年的潜台词，母亲紧张地等待着，父亲想了好一会儿，才问："你能演《哈姆雷特》吗？"

不等青年回答，父亲就说："我不知道，也不想知道谁在抓你，但我知道，无论是谁，在搜索人的时候，都会更多地关注那些适合隐藏的地方，容易忽略最耀眼的舞台。刚好，戏剧的演员要穿厚厚的衣服，能遮掩你的伤口；戴厚重的假发，你的金发太亮眼，刚好能盖住；涂上浓重到根本看不出本人的妆容，也恰好能掩盖你的面目。唯一的问题就是，你的身体能支持长达几小时的演出，以及，你记得《哈姆雷特》的全台词，能表演好吗?"

青年被这个胆大包天,却又有一定可信性的计策打蒙了,片刻之后,才问:"你不知道我是什么人,为什么敢这样帮我?"

"曾经有个女孩在冰天雪地中向我求救,其他人都不让我伸手,觉得会惹上麻烦,可最后,我多了一个妹妹。"父亲微笑着说。

青年沉默片刻,才说:"我身上的麻烦,可比叶莲娜·伊万诺夫多一万倍。"

"但在被全程追捕,奄奄一息,只能躺着等死的情况下,还记挂着一个孩子心灵健康的人,本性一定正直又善良。"

正直,善良。三十三年过去了,这个世界上,还有谁会拿这两个词,形容斯图国的"铁血首相"?

亚伯笑了笑,什么也没说,将杯中的葡萄酒一饮而尽。

十五

目光落到舞台的那一刻,童素突然想到一个关键。这场阴谋,到底是谁策划的,又是为了杀谁?

如果按照她的猜测,以及英格拉提供的信息,这应该是"影之共济会"对新任大洋国国土局局长刘易斯发起的一次进攻。

既然如此,那么,首先就要保证,这次事件造成的影响,必须严重到足以让国土局局长下课。

如果要达成这一点,最好能满足以下三个条件:第一,伤亡严重,社会反应大;第二,证明国土局有严重失职行为;第三,最好还能间接把艾伯特·马歇尔给弄死,否则有这么个大金主在,刘易斯就很难倒台。

但目前声光效果所产生的后遗症,勉强可以用"意外"来解释,仅仅这种程度,难道"影之共济会"就能保证一定让刘易斯下台?

除非,负责此次安保工作的"银盾"总负责人全程参与此事,并且,这个人还是刘易斯的嫡系。

还有,用"光线"和"声音"这种不可控的武器杀人,且不说能不能弄死艾伯特·马歇尔,西蒙·路斯恩真是不怕死,为了洗清自己的嫌疑,居然也到了现场?声波无差别攻击,他就不怕自己也中招吗?

等等,如果这件事能解释成国土局对西蒙·路斯恩的暗杀,这才能彻底给刘易斯定罪，至少也能逼他下台。

准确地说，应该是反过来。国土局想要对西蒙·路斯恩动手，而西蒙·路斯恩知道后，认为这是一个一举能够清掉所有敌人的机会，反过来要杀艾伯特·马歇尔，并且清算刘易斯。

若非这么重大的利益，童素想不到别的理由，让大洋能源主席以身涉险。

这一点，詹姆斯和约翰同样想到了。

"假如'银盾'的负责人被收买了还好，'银盾'的高层是交叉制度，我们只要拿下他就行，怕就怕他没被收买，只以为自己接受了局长的任务。"詹姆斯神色凝重，"有些密令，不需要亲自见到局长，只要口令对了，就视作传达，必须执行。"

约翰点头："这是最有可能的解释，这么重要的安保任务，刘易斯局长不可能不派信任的人负责，而且，收买一个人容易，想要在这种大事上动手脚，不可能瞒过所有人。既然好几个关键人物都没表示，应该是他们都接收到了错误的情报。老局长扎根国土局这么多年，哪怕他死了，也有势力潜藏，反而容易下手。"

詹姆斯只觉心头压着大石："但这也代表着，我们不能轻举妄动，否则'银盾'的所有人，都会是我们的敌人。"

他们两人的特工身份是绝密，哪怕"银盾"的负责人都不知道，还只以为他们都是退伍军人、关系户，安排了个正副小队长身份。

但这也就意味着，他们没办法控制局势。

既然是绝密身份，肯定不能亮出来；普通国土局特工的证件，他们倒也有，可拿出来不顶用，人家不可能听。

究竟该怎么办？詹姆斯抬起头，看着二楼的十二个包厢，若有所思。

西蒙·路斯恩敢以身涉险，必有依仗。他凭什么确定，国土局的精密布置，非但杀不了他，还会搬起石头砸自己的脚，害死艾伯特·马歇尔？

同样的问题，萦绕在童素心中。

思忖许久后，童素的目光，落在布莱特身上。

布莱特虽然对容貌做了一定的伪装，而且此刻他还不忘"侍从"本分，亚伯和安德烈坐着，他站着，但他与这两人靠那么近，可以交流，姿态并不卑微，加上童素与布莱特在"狩猎女神号"上曾经共同经历过生死，对布莱特的身形步态颇为了解，两厢比对，大概猜出了对方的身份。

童素并不关心这位斯图国中央情报局局长、铁血首相独子为什么会出现在这里，但她清楚，虽然斯图国也不可信，可在如今的局势下，想要找个帮手，还只能找这家。

想到这里，童素打了一行："我去给你们拿三瓶气泡水，让你们缓一点。"然后就站了起来，往吧台那边走去。

路过吧台的时候，她还特意近距离看了安德烈一眼，看到安德烈下意识地避开她，但此人的喉结又很明显，背部、肩膀等宽度也颇为符合男性身体结构。

童素暗暗记下，然后暗中和布莱特比了个"一起出去"的手势，就拿托盘端着三瓶气泡水回到那边，给三人一人一瓶后，便道："我就不喝了，去看看我的保镖怎么还没回来，顺便去透个气，补个妆。"

然后，就见她从手袋里掏出"口红"，顺手出去了，两名保镖也随之跟上。

过了一会儿，布莱特也找了个理由，从房间里离开，却没有去洗手间，而是往8号包厢的方向走去，就看见童素等在那里。

布莱特礼貌地比了个"请"，打开8号包厢的房门，让童素和两名保镖进去，自己也跟上去，锁好门，就听见童素说："爵士阁下与我们同行的路上，我没有见到您，恕我冒昧，您是否凌晨一直留在剧院？"

知道童素猜到他身份却不揭穿，布莱特也彬彬有礼："鄙人受命保护卡佩洛阁下的安全，自然要详细检查剧院四处。"

"既然这样，我就明人不说暗话了。"童素直截了当，"这剧院被改建过好几次了，总会有一些东西，并没有披露在网上，我希望得到这些资料。还有，我希望能拿到包厢的预订顺序，以及，究竟是谁安排的包厢。"

布莱特微微皱眉："包厢？"

他虽然不明白童素为什么说这句话，脑海里却浮现起了十二个包厢的分布，然后就发现了不同寻常的地方。

以顺时针来计算，1点钟方向为1号包厢，西蒙·路斯恩；对称的7号包厢则是艾伯特·马歇尔，这两个生死仇家。

8号包厢，是布莱特以安德烈·卡佩洛的名义订的；2号包厢里是军方一位已经退役的高级将领，威尔森，根据亚伯的说法，这位威尔森将军的父辈和祖辈都是潜伏在第三帝国的间谍。斯图国与第三帝国血海深仇不共戴天，但那都是几十年前的事情了，不知道是否有什么渊源。

10号包厢里坐着两位议员，一位曾是律师，多年前在里切尔影业担任法律顾问；另一位则是米切尔城一个高级中学的校董，这个中学就是叶莲娜之女瑟沙殒命的地方。

而对应的5号包厢，则是五大导演里面年纪最大的一位，叫作"昆"。

巧的是，这位导演的第一部片子就是同为新人的乔·里切尔担任主演。两个没有任何作品的新人凑在一起，却诞生了横扫各大电影节奖项的奇迹；而叶莲娜第一部电影，也是乔·里切尔将这个小妹妹推荐给昆，昆力排众议，让当年只有十三岁的叶莲娜担任女主角，惊艳了全世界。

6号包厢是剧院主人的自留地，这一次却留给了但丁；对称的12号包厢是罗蕾莱集团的董事长罗伯特定下。

乍一眼看上去，都没什么问题。偏偏就在这时，他接到一则信息，粗粗扫两眼，神色立刻沉了下来。

童素意识到情况不对，立刻问："发生了什么？"

"下城大桥遭遇大型连环车祸，十六辆汽车相撞，死伤惨重，警方已经出动，封锁了上城大桥。"

所谓的下城大桥，在中心大道的最南端。这条路一堵，就等于往南开的车，全要堵在中心大道上。

"不好！"童素意识到不对。

假如没有这次车祸，剧院里面如果哪位重要人物，比如艾伯特·马歇尔，又比如佐藤明不舒服，还是能够以事态紧急为由，派保安疏散人群，并从圣约翰医院喊救护车，提前离开的，但现在不行了。

道路一堵，救护车也不可能过来！

"敌人已经开始第二步行动了，他们要把我们彻底封死在剧院！"

布莱特调出卫星地图，便发现，米切尔大剧院周围的所有道路，交通状况已经完全变成深红色。这代表相应的道路交通环境极差，基本堵到不能通行。

"查一下往北的路上，是不是也发生了重大事故。"童素冷静地指出关键，"对方既然布下了天罗地网，就不可能给我们通道逃生。"

布莱特眉头紧锁，快速浏览新闻："上城区域目前没有发生足以堵塞交通的重大案件。"

童素对此倒是不意外："不会是车祸，太雷同；也不可能是火警和爆炸，容易惊动警方和消防部门。应该是看上去寻常，哪怕国土局出面细究，可能都不会查出问题，但能在这时候制造重大道路障碍的情况。"

布莱特到底是专业出身，略加思索，已经找到："今天时代广场有个声势浩大，反对塔汗国战争的聚会，游行者有三十万人之多。"

童素皱眉："为什么是今天？"

话还没开口，体内突然涌起眩晕和呕吐感，布莱特深吸一口气，压下这种不适，继续道："因为这几天媒体一直炒热战争，所以每天时代广场都有反战游行，而且人数越来越多，明天说不定比今天人更多。"

童素有点惊讶："警察不管吗？"

她知道大洋国经常有社会组织聚会、抗议、游行，但这种大规模的人群聚集，警察难道不该做点什么？

布莱特摇头："警察可不想被扣上不尊重人权的帽子，如果没有上级命令下达，他们不会干涉任何聚会和游行。而且，就算是持枪的警察，看到漫山遍野的人群，也会本能恐惧，尽量避开乌泱泱的人潮。"

"如果演变成流血冲突呢？"

"米切尔全州禁枪，枪支基本带不进来，而且，就算在允许持枪的其他州，法律也明确禁止游行和聚会带枪。"布莱特回答，"只要不发生枪击案，对警察来说就可以接受，至于肢体暴力，没有哪次游行不发生，只是小事。"

童素听到这里，终于认可了布莱特的判断。

游行、聚会、冲突，看上去都不是什么大事，在大洋国甚至能说是经常，但在这种时候，以"万人"为规模的双方一旦冲突起来，确实能把路堵得水泄不通。

她正在思索，却看见布莱特拿手机的手不自觉颤抖了一下，便问："你也开始觉得不舒服？"

布莱特点了点头，说："还好，尚在忍受范围内，但我们必须快点离开。否则，眩晕、恶心、呕吐感会不断加深，进而影响到肢体和思维。届时，别说专业人士，就算是普通路人，说不定都能把我们撂倒。"

"还有佐藤大师。"童素忧虑，"他的身体经不起这种程度的刺激。"

话虽如此，但童素和布莱特交换一个眼神，都发现彼此神色的凝重。

敌人既然费尽周折，堵住了交通要道，就是不准他们出去，也不准外力快速来支援的意思。

更要命的是，人家现在是用温水煮青蛙的办法，无声无息地动手。

谁也不知道，如果他们因为身体不适，要求前往医院，或者停下演出，令敌人发现他们已经意识到了危险，对方会采取什么样的手段。

鱼死网破的代价，他们付不起。

"西蒙·路斯恩不至于有这样的实力，'影之共济会'也岌岌可危，能策划这一切，幕后究竟是谁？国土局，还是另有其人？小叔叔又在其中扮演了什么样的角色？还有父亲，是不是也参与其中？"

布莱特心中千头万绪，实在不知道父亲和叔叔都在打什么算盘。但无论如何，既然发现此地危险，他都不能让本国重要人物继续待着。

出于这种考虑，布莱特对童素说："我们不能轻举妄动，以免打草惊蛇，但也要积极开展自救。我会设法联络更多的人，看看能不能控制局面。你能否做个建模，将目前的情况输入，然后让计算机模拟分析，如果我们按照他们预想的反应，他们下一步会做什么？这是我的秘密邮箱，一旦有结果，你立刻发邮件给我，我手机能收到。"

"可以。"童素很干脆应下，然后拿出"口红"，"这个，你能不能帮我检查一下，里面是否有定位装置？"

布莱特拿出便携式仪器，略扫了几下，就点了点头："口红管内部藏有芯片，正在不断发射信号，极大概率是 GPS 信号。"

童素笑了一下，将口红放回身上，非但不担心自己身上带了定位器，而且看她的样子，就知道她一定想到了什么点子："'银盾'内部好像也有问题，我之前看见两个小队长模样的人半途溜出去，我就让人跟了上去。虽然不排除对方也是敌人的可能，但'银盾'内部势力驳杂，或许这是一个可利用的地方？"

剧院一楼。

伴随着剧情深入，伶人在国王和王后面前复刻老国王被害死的那一幕，许多观众的心都被揪紧了。

在这种精神高度集中的状况中，身体的不舒服，以及周围偶尔有人昏倒，他们都没有太过在意，已经全身心沉浸到剧情里。

站在医疗部门口，驻足远远观看舞台的布莱特和雪松，脸色极其难看。

两人核对过身份，又有在"提洛岛"合作的经验，交流过后，很快就意识到："我们的空间方向感正在被干扰。"

他们都接受过专业的飞行训练，明白当飞机上升到云层的时候，由于能见度太低，人在那种环境下会分不清上下左右、东南西北，如果没有仪表辅助，就连飞机究竟是在上升还是在下降都弄不清楚。

但开飞机好歹有 GPS 定位，有系统提示，米切尔大剧院就这么点大，被干扰之后，他们能怎么办？

"我们已经核对过了。"布莱特神色凝重，"关于整个剧院的结构，大洋国给我们两国的图纸一模一样。除了从正门走，没有其他逃生方法。"

以他的身份，说出这样的话，绝不只是简单的赌气，而是极有可能变现的事实。

雪松没有接这句话，只是提出重点："童小姐告知我，如有需要，佐藤大师可以随时配合装病。另外，但丁先生本来拟定，看完《哈姆雷特》后，就去圣约翰医院，探讨进一步合作，以及医疗器械的租赁和购买等问题。他可以随时联系圣约翰医院，让对方出动直升机，强行将人转移。"

布莱特扬了扬眉："圣约翰医院在米切尔市上空出动直升机，竟然不需要通过政府批准？"

"但丁先生说，圣约翰医院一年有三次'紧急出动直升机'的特权。这主要是因为政府行政效率低，如果要逐层批准，需要很长时间，会耽误事情。但事后圣约翰医院需要为自己的行为出示十分详细的报告，还很容易被议员以及媒体揪住把柄，所以他们已经很久没用这个权利，基本没几个人知道。"

布莱特一听就懂。

世界树公司是全球顶尖的医疗器械公司，与圣约翰医院有着深度合作，圣约翰医院许多高级实验室的器材，全部由世界树公司研发、维护。

其他人出事，圣约翰医院或许不会破例，可如果是但丁强烈要求，圣约翰医院一定会答应。

出于对敌人的警惕，布莱特多问了一句："圣约翰医院能保证一定出动直升机吗？"

"不一定，按照童小姐做的建模显示，对方有97%的概率在圣约翰医院也做了准备，只要这边紧急求救，那边肯定能得到消息。阻拦的概率为38%，稍微拖延的概率为47%，什么都不做的概率为15%。想要得到直升机的救援，只能联系在圣约翰医院极其信任，又很有话语权的人，强行施压，这件事才有可能成功。"

布莱特知道，童素让雪松转达这段话的意思，就是示意斯图国出力。

圣约翰医院的创始人本来就是斯图国的爵士，多年以来，这家大洋国顶尖的集团医院与斯图国高层的联系也十分紧密，甚至，许多斯图国的贵族本身就是圣约翰医院的股东之一。

既然是非常时刻，大家积极自救，就不要藏私了，有什么底牌都拿出来吧！

"我的身份暂时不能泄露，只能说小叔叔或者安德烈身体出现异常，然后用这个名义，向圣约翰医院施压。"布莱特一边说，一边皱眉，"等等，我怎么觉得舞台的位置好像有点变动？是我的空间方向感进一步变差了吗？"

雪松也有这样的感觉。

明明演员还是在本来的位置，可他总觉得不对劲。

这种细微的差异，普通人看不出来，哪怕是他们专业人士，也没察觉到太多，可就是凭着本能，意识到不对。

这时候，通信器再度响起。

雪松看到信息，先是错愕，旋即拿出一副全新的蓝牙耳机，递给布莱特："童小姐希望与您保持长期连线。"

布莱特犹豫了一下，还是接过，熟练拆开，戴好，就听见童素的声音响起："温菲尔德先生，我有解决问题的办法了。为了防止被人看出破绽，希望您能配合我的行动，但我暂时不能告诉您，我究竟要做什么。"

"我会有自己的判断，不会对您完全言听计从。"布莱特把丑话说在前头，"虽然我们要同心协力，但我们毕竟来自两个不同的国家。"

"明白，我会尽量不造成您的误会。"

下一刻，医疗部门传来此起彼伏的惊呼。

"快，快，带上全部的仪器去二楼！"

"罗伯特先生摔倒了！"

十六

无论哪方势力，做梦也想不到，第一个出事的，不是艾伯特·马歇尔，不是西蒙·路斯恩，甚至不是佐藤明，而是罗蕾莱集团的董事长——罗伯特！

经过医疗部门的诊断，本来所有人都以为仅仅是摔倒的罗伯特，竟然因为脑卒中，还没等到圣约翰医院的飞机来，就已经停止了呼吸！

罗伯特的名模女伴哭得梨花带雨："我真的不知道发生了什么，他突然问我，有没有看到奇怪的画面，他说看到了十四世纪的城堡，看见了穿着盔甲的战士，看见了衣衫华美的宫廷妇人，看见了很多光怪陆离的情景，他们在邀请他，成为其中的一员。不管我怎么拉，他都一直甩开我的手，一个劲想要冲到舞台上。"

罗伯特的私人保镖们也纷纷证明女伴所言不虚："BOSS 就像没意识到前面是玻璃屏幕一样，把头往屏幕上撞，一个劲撞，说想要突破束缚，回到那里。我们拼命拉，但不敢伤到先生，把他拖到门口。"

詹姆斯对约翰使了个眼色，从沙发上捻起一点粉末。

约翰会意。

罗伯特刚刚嗑了药。

大洋国本身就是个药物泛滥的国家，什么致幻剂啊、阿片类药物啊，乃至大麻，在很多州都合法，随便去个药店就能买到，都不需要处方。所以，经常有学生觉得读书压力太大，焦虑了给自己来点阿片类药物，派对上没事大家一起聚众抽大麻。

上流社会就玩得更嗨了，什么海洛因冰毒都是小意思，直接吸笑气的牛人也不是没有。

众所周知，毒品也好，致幻剂也好，嗑了之后，出现类似幻听幻视这样的情况，再正常不过。

但约翰还是觉得太巧："罗蕾莱集团本身就是世界上最大的医药集团，罗伯特好歹也是医学博士。他就算再怎么吸毒，剂量上总能控制吧？"

"你和瘾君子说这些？"詹姆斯显然很看不顺眼这些嗑药的家伙，但他犹豫了一下，问，"你还记得塔汗国时，但丁被绑架的事情吗？"

约翰反应很快："你觉得罗伯特的死，和但丁有关？"

"不知道，仅仅是一种感觉。"詹姆斯回答，"但丁很多次在公开活动上都批评过罗蕾莱集团，认为他们对阿片类药物的过度营销——只讲镇静方面的好处，而不讲副作用，导致阿片类药物的过度滥用，是一种为了利益，极其不负责任的表现。"

约翰低声道："可这种嘴仗，每天都有人在打，如果觉得罗伯特的死和但丁有关，那也太离谱了吧？我反而觉得李察可疑一点，他的父亲李维就是因为不肯出让睡眠研究的专利，才被罗蕾莱集团针对，搞得家破人亡。"

詹姆斯觉得约翰说的也有道理。

而这时，二楼已经像滚烫的油锅一样，炸开了。

罗伯特这种大人物的死，激起了其他人的恐惧，大家纷纷表示，自己要先走了，不想留在这个死人的地方。

正当情况本来就乱成一锅粥的时候，又有人喊："不好了，佐藤大师晕过去了！"

听见这个消息，童素二话不说，就往佐藤明所在的包厢赶。

走之前，她看了一眼站在角落里，双手插着口袋，平静地看着罗伯特的尸体，就好像在看一件家具的但丁，什么话也没说。

而她的思绪，则回到了大半个月前，自己收到那封邮件时，错愕地回复："谋杀？你要杀谁？"

"罗蕾莱集团董事长，罗伯特。"

"他是'杜尔迦'覆灭的元凶？"

"是的，他也是这次策划绑架我的幕后黑手。"

"你怎么知道的?"

通过但丁的解释，童素才知道，但丁和罗伯特早年有一段恩怨在。

但丁的母亲曾是一名药物研发员，供职于罗蕾莱集团，最后却在该集团的天台上跳楼自杀。

她用生命来控诉顶头上司罗伯特欺世盗名，多年来一直拿走她的科研成果，从而营造"富 N 代出身的科学与科研天才"顶级光环。

但随后，罗伯特就拿出但丁母亲勾引他的视频，以及勒索他的录音，还有他频繁给对方转账的记录，成功将舆论翻盘，把逝者钉在了一个"靠身体上位，三年就花了他九千万的贪婪女人"这样的定位上。

罗伯特虽然出身医疗世家，本身却是个庸才，但又不肯让世人知道，他只是个商人，而非科学家。

他看准了但丁之母才华惊人，又是单身母亲，有正在名校学医、学费高昂的儿子，以及罹患重病，医药费如天文数字的女儿要抚养，才卑劣无耻地，不光褫夺她的科研果实，还要掠夺她的身体。

目前罗蕾莱集团最赚钱的一款安定类药物，就来自但丁之母带领团队的改良。

但丁之母为罗蕾莱集团创造的财富，何止千亿，偏偏贪婪的掠夺者连吃带拿，夺走了一切，就连死者身后的名誉都不放过，导致但丁被蜂拥而至的媒体逼迫，不得不辍学，妹妹也很快死去。

他放弃了成为医生的理想，改名换姓，利用黑客技术，化身情报掮客，在暗网积攒金钱，收拢罗蕾莱集团的不法证据。

"这段经历，只有我前女友知道。'杜尔迦'覆灭的时候，他们应该是拿到了什么东西，然后买通了我的妻子，才导致我险些死去。"

"你给我的资料，让我明白，面对'影之共济会'这样的庞然大物，哪怕我已经拥有了如今的财富和地位，也解决不了他。"

"想要复仇，只能亲手杀了他！我查到了，他们家族有遗传的糖尿病，他也不例外，虽然只是 I 型。但我还是决定找机会，更改仪器的注射量，将他弄死！"

"哪怕这要让我被终身囚禁，乃至死去，并且赔上世界树集团的商业信誉，我也在所不惜！"

"但我怕这样还是杀不了他，所以，我需要你的协助，'赫卡忒'！我希望你能帮助我完成这样完美的谋杀，这不仅是我作为朋友的恳求，也是因为我明白，你不会停下对

'影之共济会'的追查！"

哪怕隔着屏幕，也能看到但丁燃烧的复仇之火。

童素接收资料后，一页页看完。

只见她坐在电脑面前许久，久到但丁催了好几次，问她还在不在屏幕前，才慢慢打一行字："我不会帮你杀人，但我也不会将这件事说出去。"

但丁估计已经猜到这个结果，并且知道，以童素的道德观，能让她说出"我不会说出去"，已经是最大限度的容忍了："抱歉，是我为难你了。"

趁着他没离开，童素打字："从文南国回来后，我一度精神很糟糕，出现幻视、幻听，还有各种症状，甚至很长一段时间，看见剧烈的光线，听见太响的声音，就会本能地痉挛、紧张，浑身冷汗。查询资料后才知道，脑部的病变、神经方面的问题，很多都是科学能够明白原理，但没办法治愈。"

她就像情绪很激动一样，打了非常多的字。

"有人因为糖尿病，失去了图像识别能力，将自己的妻子看作帽子，有人颞叶癫痫导致出现幻视或者幻听，却回忆起了记忆深处的童年，等等。

"医生还对我开玩笑，说幸好这是在中国，我没有吸食大麻、笑气的习惯，他给我看了常年吸毒的人大脑，确实很吓人。

"我至今都不知道，我的 PTSD 是否治愈了，但丁，你说我会变成疯子吗？"

但丁没有回答。

童素一边运指如飞，一面无表情地看着屏幕中的资料，上面是罗蕾莱集团董事长罗伯特的体检报告。

糖尿病；颅内血管有三根轻微堵塞，血流不畅。曾经脑卒中进过一次医院，引发过小型颞叶癫痫。

这种疾病，虽然比起光癫痫要稍微好一点，但童素曾经在"提洛岛"与罗伯特接触过，从对方身上的味道和状态，很清楚明白，对方吸毒。

如果吸毒之后，配上光怪陆离的氛围，以及足够多的刺激，同样致命。

不知过了多久，但丁回答："当一个疯子也没什么不好，疯狂的人，往往能够说出理智清醒的人所说不出来的话。"

而此刻，思绪拉回的童素，头也没回，推开门，快步离开凶案现场，前往佐藤明所在的包厢。

而她心中，有个声音在冷笑："看，但丁还是根据你的提示，将这一招完美地执行。"

"不是。"童素对自己说，"这是因为，国土局想要害死西蒙·路斯恩，而路斯恩知道艾伯特·马歇尔有光癫痫，将计就计。我在和但丁交流之前，根本就不知道艾伯特·马歇尔罹患这种疾病。"

"对，这一切只是凑巧，你也什么都没有做，你只是阐述了一下自己的不安和烦躁，是但丁自己灵机一动，然后与艾伯特·马歇尔商量出的结果。"

童素沉默。

内心深处，那个冷酷的声音，却喋喋不休。

"你应该明白，你并不是一个传统意义的好人，甚至不是一个足够有道德的人。你认可程序正义，但有些时候，你更认可结果正义的发生。"

"你和李察一样，都是那种必须用严密道德观，牢牢束缚起来的人。一旦你们开始质疑社会和制度的不同，就必须成为重点观察乃至监管对象。"

"够了，我并没有亲手杀人，我只是要给受害者一个公平！"

那个声音低声笑了起来，一锤定音：

"以你的天赋，想要杀人，根本不用刀。"

第八章 阴谋

一

布莱特和雪松赶到 7 号包厢门前时，发现医疗人员已经扛着器材，蜂拥而入。

亚伯·温菲尔德，安德烈·卡佩洛，还有五位导演则站在门口，有些焦虑，却又不敢进去。

布莱特目光一扫，觉得不对。童素和佐藤大师呢？但丁和李察又在哪儿？

不等他询问，剧院经理，还有"银盾"的负责人都已经匆匆赶来，急切地问："情况如何？"

第一个开口的，竟然是五大导演中年纪最大，脾气也最古怪的昆。

"马歇尔先生倒下时，大家都没反应过来。但丁先生第一个站出来，不允许马歇尔先生的助理碰触或者挪动他，他让我们都退出去，留给医疗人员和器械空间，并立刻喊来那些正在 6 号包厢休息的私人医生和护士，请他们进行初步诊断，等待剧组医护人员的到来。"

其他人也纷纷点头，七嘴八舌地说："佐藤大师站起来时，也出现眩晕症状，重新跌坐在沙发上。我们谁都不敢去碰，只能请'赫卡忒'小姐暂时留在房间里，我们离开，不干扰进来的医护人员。"

鉴于佐藤明对五大导演介绍童素时，用的是"一个至交好友的后裔"，五大导演按照西方的文化和逻辑，理解成了那种世世代代交好，互相给对方子女做教父教母，关系极其亲密的家族。

在西方，这种亲密家族出来的孩子，和自家孩子也差不多了。所以，佐藤明现在突发状况，五大导演的第一反应就是，不知道佐藤明是否有立遗嘱。无论如何，在这种特殊时候，他身边必须有一个亲人，或者没有利益关系的外人陪着，不仅能起到监督他人的作用，假如佐藤明有个万一，还能作为证人。

否则谁能保证，像佐藤明这种一生没有结婚，也没有子嗣，偏偏又手握一笔庞大财富的孤寡老人，他的助理、医生、律师等人不会联合起来伪造遗嘱，害死佐藤明，瓜分他死后留下来的利益？

但布莱特知道，佐藤明压根不会用现代电子产品，童素除了三年前前往万象集团，十几年没离开中国大陆，两个人理论上没有任何交集，她未必指挥得动佐藤明身边的人。

出于多种考虑，布莱特走到亚伯身边，压低声音，确保只有亚伯一人能听见："小叔叔，我进去看看情况。"

亚伯点头："你去看看有没有什么能帮上忙的地方，我们这些外行人就不进去了，堵在门口也不是办法，大家先到旁边包厢来吧！"

他都发话了，五大导演和安德烈当然只能跟着去8号包厢，倒是剧院经理和"银盾"的负责人，与布莱特、雪松等人一起，进了7号包厢，就看见整个包厢被分成两边，一边是剧院的医疗人员在紧张地检查艾伯特·马歇尔的情况，一边是佐藤明的私人医疗团队不安地进行初步体检。

"马歇尔先生有光敏性癫痫病史吗？或者其他癫痫病史。"

"没有。"

"家族祖上呢？至少三代以内，有没有癫痫病人？"

艾伯特·马歇尔的助理非常肯定："没有。"

"最近十年内，马歇尔先生的头部有没有遭受过重击？"

"没有。"

"体检呢？有没有基础疾病？比如高血压？低血糖？"

"先生每年都会进行极为细致，精准到包括基因疾病方面的体检，他的身体非常健康，没有筛查出任何问题。"

医生听见这几个回答，表情顿时凝重了起来。

助理不安地问："医生——"

"马歇尔先生目前发病的症状与癫痫非常相似。"医生回答，"癫痫病因复杂多样，包括遗传因素、脑部疾病、全身或系统性疾病等，根据病因的不同，临床治疗方案也截然不同。"

"马歇尔先生没有过往病史，每年体检十分精细，确定身体健康，却在此时突然昏迷，迟迟不醒。这种情况罕见，很可能与基因有关，癫痫的发病原理是大脑神经元突发性异常放电，导致短暂的大脑功能障碍，严重起来会危及性命。我们需要立刻把马歇尔先生送往最专业的医院，进行更详细的检查。"

剧院经理嗫嚅半晌，却不敢说出不急救的话来。

那些普通观众的病情，他敢捂，涉及艾伯特·马歇尔这种千亿富翁的安危，他要是敢拦，艾伯特·马歇尔的律师团能告到他倾家荡产，下半辈子在联邦监狱度过。

"现在立刻中止演出，不能继续下去了，你们想办法安抚观众。另外，我已经给圣约翰医院的董事长打电话了。"但丁挂断手机，告诉众人一个好消息，"圣约翰医院答应马上出动救护车。"

一直关心佐藤明身体状况的童素走了过来，小声说了一句："佐藤大师情况也不好，现在呼吸有些困难，虽然安上了临时氧气瓶，暂时缓解。但还是要送往医院，进一步地诊断和治疗。"

剧院经理听到两位大人物出事，身体都不自觉发抖，连连点头，恨不得小跑着去停止演出。

谁知此时，但丁的手机突然响起，来电人就是他刚刚通电话的圣约翰医院董事长。

但丁才听对方说一句，脸色就变了，声音也不自觉扬起："什么？连环车祸？堵车？那你们快和警方、消防联系，尽快疏通一条供急救车通行的道路出来！不光马歇尔先生，佐藤大师的身体也受到影响，场下还有其他无辜群众，需要尽快接受治疗！……道路疏通没办法？不归你们管？那行，直接出动救护直升机吧？费用记在我账上，所有的直升机一起过来，什么？用了？还在现场救援？"

童素拿出 iPad，搜了红十字会的标志，然后转过去给但丁看。

但丁看见图案，立刻会意："你们的直升机没了，没关系，我立刻找红十字会租借，你们安排人对接？什么？红十字会的直升机也被调去进行现场救援了？哪怕有空余的飞机，你们也接不了，医疗资源已经饱和？"

"怎么可能？"剧院经理满身冷汗，意识到事情的严重性，"圣约翰医院总部有上万名医护人员啊！"

一直站在角落，冷眼旁观的李察冷不丁冒出一句："圣约翰医院名气太大，求医的人太多，每天的医疗资源本身就在过负荷阶段，刚才是不是说附近发生了连环车祸？假如所有的伤者都往圣约翰医院送，那就更是不堪重负。你们知道车祸重伤者一旦急救起来，多少个科室要联动吗？"

"银盾"负责人紧急查了一下，脸色变了："车祸就发生在距离圣约翰医院四公里外的下城大桥上，十六辆汽车连环相撞，其中还包括一辆旅游大巴，伤者高达百名，重伤和死亡人数目前不详，只知道伤者正在陆续被送往最近的圣约翰医院。"

之所以是陆续，而不是全部，就在于可能有些人被卡在了车里，尚未被救出来。而这种伤者往往情况都很严重，基本一被救出来，就要往手术室里送。

所以，在交通不行的情况下，不光圣约翰医院，红十字会的医疗直升机都出动了，就是要争分夺秒，运输危重病人，和死神赛跑。

李察点头："车祸里抢救出来的伤者千奇百怪，有被烧伤的，有被异物刺进器官的，有大脑被挤压的，还有已经是半破碎状态的，你能想到的所有伤情以及连锁反应都可能出现。一百多个伤者里面，哪怕只有三五个重伤需要进抢救室，基本上医院所有的临床科室都要动起来。"

他本身就是警察出身，当然知道米切尔警方以及医院对车祸案有一套详细的处理方法，对于这种重大车祸，伤者绝不会送往普通医院，只会送往具有收纳能力的大医院。假如大医院接不下这么多人，那就把轻度患者转到相对差一点的医院。

按理说，一百多个伤者，应该分开送往三到五个大医院，因为就算是顶尖的医院，也容纳不了这么多伤者，尤其是在手术室数量有限的情况下。

只不过，鉴于米切尔市糟糕的陆上交通，以及圣约翰医院总院的高超医疗水平，警方已和圣约翰医院对接，确认他们的收纳能力足够后，为了抢时间，选择把所有伤者都往这个医院送。

圣约翰医院虽然是顶级大医院，但每天本身自己接待的病人就多，又碰到这种重大车祸，上上下下一百来号伤者，各有各的情况，能抽调的医生护士绝对全去处理这场紧急事件了，抽不开人手也正常。

童素皱了皱眉："你说的这些都是临床科室，但如果是癫痫病人，或者佐藤大师这种情况，一开始不应该只是做脑CT、心电图之类的检查吗？"

李察闻言便反问："那叫辅助科室，你以为重大车祸的患者都送过去了，他们能清闲？这种时候，只怕最忙的就是急诊科、手术室，还有他们了。"

但丁没理会这几个外行人的讨论，直截了当问电话那头的董事长："你们目前接到的车祸病人涉及脑部手术吗？"

圣约翰医院的董事长也是医学系出身，专业知识没丢，当然清楚，假如没有过往病史或者家族病史，一个成年人突发癫痫，一般有几种原因——头颅外伤、脑肿瘤、中枢神经系统感染性因素，以及基因缺陷。

无论哪种因素，都绕不开脑科。

董事长当然也不想得罪诺亚和世界树两大财团的老板，但他是真的没办法，一个劲叹气："车祸伤者中，目前已经有七个濒危病人，十一个危重病人，其中伤势最重的那位濒危病人，颅骨凹陷，心跳两次停止，全身多处器官严重破裂，血止不住。幸好维尔福医生刚好在我院开会，听到情况立刻决定接手主刀。除他之外，谁也不敢说，自己有概率能把患者从死神手里抢救回来。"

"维尔福？哈伊德·本·维尔福？那位医学界的'神之手'？他此刻也在圣约翰医院？"

"是的。但丁先生，本来我就想引荐您和哈伊德医生认识，关于您提出的最新医疗器械……"

后续客套的话，但丁也没怎么听，寒暄几句就挂掉电话，眉头紧锁。

"银盾"的负责人见状，立刻说："米切尔市的大医院不止这一家，我立刻通知其他医院，调动直升机，过来救援。"

虽然每家医院的直升机调用费都很贵，一小时就要支付上万大洋币，但这些钱对艾伯特·马歇尔来说不过是九牛一毛，哪怕账单先欠着，医院也会同意。更何况，在场有太多人乐意用区区几万大洋币，交换艾伯特·马歇尔的性命和因此而产生的情义！

"去哪儿都没用。"童素拿着iPad，神色冰冷，"我搜了一下，哈伊德·本·维尔福今天的行程是在圣约翰医院参加一个关于大脑神经元相关的会议，汇聚了大洋国乃至欧洲的顶级脑科专家。就算我们去其他大医院，顶级的专家都不在，万一医生水平不够，不敢下判断，或者做了错误的判断，怎么办？"

"银盾"的负责人听到这个理由，一时半会儿竟说不出什么反驳的话。

癫痫这种病，可大可小，可轻可重。要是艾伯特·马歇尔犯病的程度轻，找个水平普通的医生诊断，估计也没什么大问题；可如果情况严重，医生的判断又失误了，拖延了黄金救援时间，导致最坏的结果，谁来承担这个责任？

布莱特本身就对"银盾"不够信任，若换作他是童素，也不可能接受对方安排的直升机和医院，谁知道后续有什么陷阱？

可他不理解的是，他们一开始讨论的结果是不要打草惊蛇，为什么童素又突然弄得如此兴师动众？还是说，事情就有这么巧，艾伯特·马歇尔真的突然出事了？

毕竟，有这么多医生在，艾伯特·马歇尔想装晕的难度有点大，难不成就是因为这一点，才打乱了童素的计划？

布莱特正在思索，剧院经理已经犹豫半天，最后还是忍不住问："既然所有专家都在圣约翰医院参加会议，总有专家空下来没有做手术吧？我们能不能先带两位患者去其他医院，把基础检查做完，另一边直接派人去圣约翰医院，把空闲的专家请来？"

他不明白，这么简单一个问题，为什么这些做决定的人都想不到——既然是顶尖又权威的会议，自然是专家云集，圣约翰的手术室有那么多吗？不可能所有专家都在急救室做手术吧？怎么可能请不到人？

知道自己必须解释清楚这个问题，否则其他人会疑惑，但丁干脆利落地回答："圣约翰医院的手术室内部安装了无死角的高清摄像头，并配备了直播和转播功能。虽然平时不怎么用，但现在哈伊德所在的手术室，这两个功能肯定全都打开了，没做手术的医生全都守在外面看。其他医院听到消息，也会要求接入转播。哈伊德医生的手术结束之前，没有哪个顶级医生会愿意离开屏幕。"

剧院经理十分震惊，忍不住结结巴巴地说："这，这……艾伯特·马歇尔好歹是千亿的富翁……"

"钱与权在性命面前，又算得了什么？"但丁用一种很平淡的语气，讲出残酷的事实，"对这些世界顶尖的医生来说，金钱名利唾手可得。他们真正追求的，是技术的提升。能够亲眼看到哈伊德进行一场濒危病人援救手术的机会屈指可数，别说是千亿富翁出事，就算是大洋国总统，想让他们诊治，也得等看完直播后再说。"

在场的其他人对此也将信将疑，医生们却不自觉点头。

布莱特知道车祸的由来，不由暗暗心惊，佩服幕后谋划者的环环相扣，深谋远虑。

哈伊德·本·维尔福这位世界公认的"神之手"，生来双手就有六指。

对其他人来说，这或许是畸形，是怪胎，甚至在塔汗国这种地方，直接就说他是罪孽之子。但对外科医生来说，却是一个了不得的优势。

外科手术在很多危急时候，器械起不到应有作用，就需要直接上手，譬如徒手止血。所以，手指的长度和灵活度，对外科医生来说至关重要。

小拇指不灵活的问题，在过去百年以来，不知道困扰了多少外科医生。哈伊德生来六指，又长又灵活，简直是老天赏饭吃。更何况，他还是非常难得的全能型天才。

对绝大部分医生来说，终其一生能够专精一项就很了不起，是同行里的佼佼者，不愁没饭吃了。

事实上，资历靠熬，手术室里靠吼，解剖靠肌松，一遇到特殊情况就蒙的医生，才是这行的主流。

这也就导致，在医疗行业，病人都上手术台，腹都开了，结果发现和自己预设的情况不一样，又缝合腹部把病人送出去的事情，也屡见不鲜。

这也是李察刚才说，重大车祸患者会让整个医院动起来的原因。

一方面是因为濒危病人的生死，往往很依赖主刀医生的经验和技术，有时哪怕是医院的主治医师，都未必有资格主刀；二就是涉及的部分太多，烧伤要皮肤科、呼吸科、感染科等联动，外科手术就更不用说，心肝脾肺乃至大脑，哪里受伤都要找该科室的专家，有时候专家意见不一，那就更棘手了。

　　放到哈伊德身上，就没有这个问题。只要他在，他就是主刀医生，其他人，哪怕是圣约翰医院的副院长，也只能给他打下手。放到今天这种场合，或许连副手位置都捞不到，因为一堆大佬跟他抢，会为一个助手的位置打得头破血流。

　　而他假如能把这种级别的濒危病人救活，那么，他对病人采取的诊疗方案乃至手术细节，便会在很长一段时间内被医学界奉为经典，反复研究。

　　在哈伊德的手术没有结束之前，你想找一个不关注这场直播，愿意先提前为你诊治的顶尖脑科医生，几乎不可能！

　　一个真正的书法家，会在王羲之写《兰亭集序》的时候，不围在现场观看，反倒去为别人题字吗？一个资深的科学家，会在同行公开演示顶尖科研成果，以及复盘研究经过时，不认真观摩，还去给其他人做项目吗？

　　医生这一行的特殊性就决定了，真正站在金字塔顶端的人，永远是技术最强的人。

　　放在平常，这些医生可能还会被金钱打动，但这种时候，选了钱的医生，就算他敢接，你敢信吗？你当然不敢，你只想要最好的医生来为你诊断！

　　尤其是涉及脑科学的方案，第一和第二的医生，水准有可能是 10 和 1000 的差距，谁敢下这个决定，让第二名负责？

　　"那怎么办？"

二

　　此时，音乐和声光已经停下，演员也离开了舞台，一楼的观众们不知发生了什么事，交头接耳，嗡嗡声越发响亮。

　　威尔森将军所在的 2 号包厢内，听见私人秘书汇报对面 7 号包厢里发生的种种，西蒙·路斯恩眉头紧锁，心神不宁："你确定，先倒下的是艾伯特·马歇尔？他的助理也不知道他有癫痫病史？"

　　"回将军，是的。"

　　"这就奇怪了。"英格拉靠着柔软的真皮沙发，似笑非笑地拨着娇艳的美甲，头也不抬，"7 号包厢可不像我们这里，既关掉了扩音器，又启动了专用设备削弱声波影响，结果艾伯特·马歇尔只是倒下，却没有事，死的反而是罗蕾莱集团的董事长？还有目前濒危的佐藤明？难道我们拿到的体检报告有什么问题？"

　　西蒙·路斯恩也恰恰是因为这两件事，才开始疑神疑鬼。

他们虽然通过某些渠道，知道艾伯特·马歇尔有光癫痫病史，却没把刺激对方发病当作百分百成功的手段，只因艾伯特·马歇尔发病时年纪很小，而且治疗之后，再也没发作过。谁也不能保证，今天这种程度的光线刺激，就能把他弄发病。

要知道，他们的备用方案，是借此袭击年老体衰的佐藤明！

调到特定频率的音乐，足以确保绝大多数人听完之后，身体或轻或重出现不适。因为这些声音的频率与共振，会直接攻击到器官。但这些对普通人来说不过是头晕、乏力、想吐、思维略有些混乱的症状，对佐藤明来说，都是致命的杀招！

别说对佐藤明这样多项器官衰竭的老年人，就算是接受过专业训练的年轻军人，也未必扛得住。

他们早就买通了佐藤明身边的人，只要佐藤明一倒下，甚至都不必死，对方就会煽动情绪，指责艾伯特·马歇尔等人，不应该把佐藤明带来看这出戏剧。

佐藤明身边的保镖们虽然低调而沉默，看上去人畜无害，实际上大部分都是樱花国黑帮出身，推崇古板的武士道精神，思想大多十分极端，属于那种会因为自己失误切腹自尽的老派人士。

越是极端的人，一旦失控起来，就越是吓人。

假如救护车能及时赶到，他们还不会说什么，可如果医院的救援迟迟不能到位，他们的情绪就会高度紧绷。这种时候，一旦被熟人带了节奏，情绪激动的他们绝对会和艾伯特·马歇尔等人的保镖发生冲突。

只要再让一楼观众也乱起来，哪怕"银盾"的安保人员有八百名之多，场外就要去掉两百人，内场再分流一下人数，混战之中，根本不剩几个能保护二楼的贵宾们。届时，约翰，以及其他隐藏的杀手，便可浑水摸鱼。

等到国土局事后来调查，就能发现，这是国土局局长才能下达的绝密指令。

以刘易斯和艾伯特·马歇尔的关系，没人会觉得这是刘易斯为了杀这个子侄，谁都会觉得，这是国土局对西蒙·路斯恩的阴谋，只要南党再添油加醋一番，刘易斯非但保不住局长之位，就连总统的支持率都会下降。

偏偏艾伯特·马歇尔率先晕倒一事，打乱了他们全盘的计划。更没有人想到，最后出事的居然是罗蕾莱集团的董事长罗伯特！

对方罹患的小型颞叶癫痫，理论上是不会因为这次的布置出问题的！

"佐藤明的身体检查报告显示，他的多项器官都正在老化，为什么能撑这么久？还有，艾伯特·马歇尔的癫痫病史，是否是当年他为了逃避入伍，从而造假的伪装？实际上他根本没有光敏性癫痫？"

艾伯特·马歇尔对外界隐瞒自身病症，这是非常合理的，个人隐私，可以选择不公开。

西蒙·路斯恩之所以没拿这个当作把柄打击诺亚集团，就在于这对很多人来说并不算大问题，不能把艾伯特·马歇尔赶下台。但现在，他们开始怀疑，这是否一桩体检造假的丑闻了。

威尔森将军也觉得他们拿到的病理报告是不是有问题，沉吟片刻，问："艾伯特·马歇尔的光癫痫，是什么原因才患上的？母系遗传？"

之所以不问父亲，当然是因为马歇尔将军作为军方高层将领，不可能有这种遗传性的疾病。

"不是遗传，是出生时的意外。"英格拉回答，"艾伯特·马歇尔出生的时候，负责接生的医生是当时最有名的妇产科专家——维尔福夫人。但这位医术精湛的女性却因为过度疲惫，接生时出现判断失误，导致艾伯特·马歇尔生产过程中头颅受伤。虽然在婴儿期没有暴露毛病，但很显然，他的光癫痫来自出生时的透露产伤。"

英格拉顿了一顿，又说："维尔福家代代都是圣约翰医院的董事和优秀的医生，当年维尔福夫人出现这样的医疗事故，虽然圣约翰医院斡旋之下，把风波平息在院内，没有发酵到媒体。但维尔福夫人主动请辞，离开了临床岗位，从此只负责做学术研究和慈善。维尔福医生看见妻子在熟悉的环境会想起过往，就向圣约翰医院申请调离，本打算接受高校聘用，去大学教书。"

说到这里，英格拉笑了一下，望向西蒙·路斯恩，意味深长地说："圣约翰医院舍不得这两位大专家，就想了个补救的办法。

"维尔福医生本身就是遗传学的大行家，路斯恩家族因为代代近亲通婚，近百年来，出现了好几例罕见病患者，其他族人的身体或多或少也有些问题，所以，路斯恩家族几十年来频繁斥巨资投资各类实验室，希望能解决这一问题。其中，基因和遗传实验室的地点，没有建立在繁华的米切尔城，反而建立在冰天雪地，远离大洋国本土的白鹰州。

"圣约翰集团的董事会聘请维尔福医生成为白鹰州圣约翰医院的院长，在那里，他们夫妇可以专心进行自己的研究，不必担心经费不足。这样一来，就把两位顶尖医生留在了集团内部，而不是去大学校园教书。"

这话哪里是暗示，简直就是在明示了。

论医疗资源，天底下哪个地方比得过米切尔城？这里群英荟萃，也是世界医学的朝圣地，既然要建最高端最前沿的基因和遗传实验室，为什么要去那么荒凉的白鹰州？

原因很简单，因为那是一块飞地，远离大洋国本土，州政府高度自治，当地经济有五分之三靠石油，五分之一靠渔业，五分之一靠旅游业——其中一大部分是影视剧剧组取景。

丰富的石油资源，使得大洋能源集团几十年前就开始在白鹰州进行石油开采，从而在当地势力很大。

"提洛岛"曝光后，国际刑警已经挖了出来，白鹰州的港口，就是"提洛岛"人口贩卖环节中，非常关键的一个中转点。

路斯恩家族把最重要的实验室设立在这里，几乎就是明摆着告诉所有知情人，白鹰州的实验室涉及了违法的人体临床试验。

但这种事情，上层一向睁一只眼闭一只眼。毕竟，这些实验室一不招惹大洋国本国公民；二来实验如果有成果，权贵富翁第一个受益；三也没闹到公众层面；四则看在大洋能源集团的庞大势力上，知情人全都装傻充愣，没人会蠢到去曝光。

而且，路斯恩家族也是学习大洋国政府的。

要知道，白鹰州的 Geenna 监狱，很长一段时间内都是白鹰州重要的科研基地，那里汇聚全大洋国顶尖的反社会分子，对于研究各种心理学、遗传学等，十分有帮助。

很多暴力、冷血、反社会分子，天生某段基因就是残缺，加上这些重刑犯动辄几百年的刑期，很多又已经脱离了社会关系，怎么死都无所谓。

而白鹰州又是港口，一些非法的生物实验室，大洋国没有设在自己的国土内，而是设在公海的私人小岛中……

交通、地理、人文等因素综合起来，导致白鹰州成了大洋国一个非常重要的军事与科研，尤其是生物医药基地。

路斯恩家族的实验基地，在白鹰州绝对不是最大的那个。官方的才是。当然，他们不会承认。

威尔森将军听到这里，突然问："维尔福，这个姓氏好耳熟，'神之手'哈伊德是他们的儿子？"

"养子。"英格拉纠正，"维尔福夫人一直没生育，他们夫妇与兰登医生是同期校友，毕业后又成为同事。哈伊德天生六指，父母还是亲兄妹，兰登医生收留他后，想必是害怕近亲通婚导致哈伊德基因上的缺陷，才将他托付给维尔福夫妇。"

一方面，大洋国有更好的医疗资源，适合哈伊德成长；另一方面，跟在世界顶尖的遗传学和基因学专家身边，有利于检查哈伊德的身体状况。

威尔森将军不知在想什么，好一会儿，才抬头，看着西蒙·路斯恩："我记得，三十多年前，维尔福夫妇似乎经常去斯图国？"

西蒙·路斯恩斟酌片刻，最后还是选择在盟友面前坦承："维尔福家族的祖上，本来就是斯图国人，还是温菲尔德家族的一支。"

"哦？"

"他家祖上是一位温菲尔德家族嫡系的子弟，因为触犯了贵族婚姻法，爱上一位没落子爵的女儿，孩子备受欺凌，就漂洋过海来到大洋国淘金。"

威尔森将军有点惊讶："这件事，我怎么没听说？"

英格拉娇笑道："这么不光彩的事情，一般人也不会说出来吧？尤其是在这人人以血统为荣的上流社会，就算为了爱情十分勇敢，也禁不住旁人看傻瓜一样的眼神。"

西蒙·路斯恩耸了耸肩。他还是藏了一些话没有说。

维尔福家的先祖之所以来到大洋国，并且扎根于基因遗传学，有个很重要的原因，就是斯图国上层因为贵族婚姻法，导致内部一直近亲通婚，疾病频频，就连维尔福家族自身也经常有问题。虽然几代之后，他们和外界联姻，趋势得到缓解，但这始终是他们的研究方向。

这恰好与路斯恩家族的困境不谋而合。像路斯恩这样的家族，选择私家医生本身就是很慎重的事情，甚至是代代合作的关系，尤其是涉及与温菲尔德家族的联姻，更是慎之又慎。

维尔福家或许不是最好的选择，但在共同利益维系的情况下，他们是唯一的选择。

正因为如此，当初铁血首相的夫人，也就是西蒙·路斯恩的堂姐，嫁给铁血首相后好几年都没怀孕。维尔福夫妇每次去斯图国，就是秘密给她检查身体。

这个天大的秘密，西蒙并不希望二人知道，就换了个话题："伯爵那个叫布莱特的儿子，相貌、气质都与伯爵年轻时十分相似，下巴和嘴唇的轮廓，与我们家族的人简直一模一样，应当是他们夫妇的亲生子。反而是亚伯·温菲尔德……他的相貌，和我们家的人半点不像。"

威尔森将军咳了一声。两人意识到自己的话题跑偏，立刻露出肃然之色，齐齐望着威尔森将军，就听见对方说："事情太反常，我怀疑出现了变故。"

西蒙·路斯恩最怕听见这句话："为了堵住道路，逼迫樱花国人动手，并且阻挡救援的步伐，我们制造了大型车祸，拖住了以哈伊德为首的顶尖医生团。"

他一边说，一边看了一眼做工考究的手表："现在这个时间，时代广场那边也已经启动了，骚乱马上会蔓延到剧院门口。'银盾'必须派更多的安保人员维持秩序，只要再煽动内场动乱，就能按照计划进行！"

"不行。"威尔森将军持相反意见，"按照大数据计算，艾伯特·马歇尔先于佐藤明出事的概率低于5%，几乎可以不做考量。所以我们制订的大部分计划，都围绕'樱花国人认为佐藤明是唯一受害者'来进行。哪怕艾伯特·马歇尔先晕倒，在数据建模中，也没有但丁出来控场。"

西蒙·路斯恩全程参与了计划制订，闻言就无话可说。

确实，在他们计算的所有数据中，但丁都和这件事没关系，而但丁的性格也注定他不是多管闲事的人。

按照数据推演出的结果，他应该像亚伯和五大导演那样退到其他包厢等结果才对，难道他还有什么别的居心？

就在这时，有人来报："不好了，他们刚刚讨论出结果，向大医院租用直升机，飞往白鹰州。"

"什么？"西蒙·路斯恩豁然变色。

英格拉也十分惊讶，脱口而出："为什么是白鹰州？"

白鹰州的医疗条件，不说与米切尔市比，就算与大洋国其他十几个发达城市比，也稍有欠缺。而且，现在这种情况，千里迢迢跑去白鹰州？

"这是但丁的提议。"

"理由呢？"西蒙·路斯恩没办法相信自己的耳朵，"他用什么理由说服了艾伯特·马歇尔和佐藤明的团队？"

"但丁说，艾伯特·马歇尔目前看上去很像癫痫，又没有过往病史，有很大概率是脑部病变或者基因遗传，白鹰州的圣约翰医院拥有全世界顶尖的基因和遗传实验室，在这方面，医疗条件并不差米切尔市多少。"

西蒙·路斯恩无话可说。

白鹰州圣约翰医院的基因和遗传实验室，最大的投资方就是路斯恩家族。

这个实验室从来不缺钱，一旦世界树公司研究出了高精尖器械，白鹰州的圣约翰医院绝对第一时间买入，甚至比米切尔市的圣约翰医院都快。

正因为如此，这地方给但丁留下了深刻的印象，并不奇怪。

而且这个理由，确实很难反驳。对现代医疗来说，做检查，当然是越先进的器械越好。从这个点来说，白鹰州的圣约翰医院完全满足。而从医学技术的角度来说，白鹰州圣约翰医院的专攻方向，还恰好针对这两人的病症。

假如佐藤明没有自带私人医生，剧院没有医疗团队，这些理由说给外行人听，或许还能被无理取闹，胡搅蛮缠给搅和掉。偏偏目前7号包厢内，本身就是内行人居多，这三个理由比什么都能说服他们。

不是急着开刀的手术，需要高精度的仪器和顶尖的医生、最专业的团队进行诊断，在米切尔城的圣约翰医院被连环车祸牵制住，至少一两天内没办法解放出来的情况下，前往白鹰州的圣约翰医院先进行最周密的体检，确实是非常合适的选择。

至于为什么不在米切尔城等……哈伊德医生做完几十个小时连环手术，怎么可能不睡觉不休息？

既然都是对方的睡觉时间，那么对方在床上睡还是在飞机上睡，有差别吗？直接趁着哈伊德医生睡着，把他塞进直升机，让他回白鹰州就行了。

因为连环车祸和饱和医疗，米切尔城的高精度仪器都被占用，此时去白鹰州虽然耽误时间，但检查的流程能够更快更好，等于拿空间换时间，有什么不行？

"白鹰州，他们怎么会突然选白鹰州？"西蒙·路斯恩喃喃自语，"难道真的是巧合？"

"或许也不是巧合。"英格拉突然说。

发现威尔森将军和西蒙·路斯恩都望向自己，英格拉抛出一个可能："佐藤明这次不顾辛苦地万里出行，一是为了里切尔夫妇的案子，二就是想再看一眼叶莲娜·伊万诺夫。

"这位曾经的传奇影后目前也隐居在白鹰州，她精神状况极差，不适合长途远行。他们提出白鹰州为目标，佐藤明身边的人也会点头，除了医疗上的考虑，或许也有'哪怕明天就是佐藤明生命的尽头，至少促成他实现一个心愿'的成分。"

这一连串的巧合，让西蒙·路斯恩怒火中烧之余，还有点隐隐的恐惧乃至无力："难道我们做了这么多，就让他们轻描淡写地化解了？"

"这也没有办法。"英格拉做了个遗憾的表情，"米切尔市的大医院太多，我们不可能制造那么多大事件，占用掉所有的医院直升机。就算可以，凭他们的财力和人脉，想要租借直升机，轻而易举。"

西蒙·路斯恩却还是不死心："就算有直升机又怎么样？门外全被人堵着，直升机停在哪里？"

"假如直升机到来之前，'银盾'倾尽全力还不能清理出一个供直升机停留的地方，那就太刻意了，完全不符合我们的实力，事后也很容易被质疑。"威尔森将军气定神闲，"没关系，我们还有 Plan B。"

三

"银盾"负责人的通信器响起，他接通之后，略略听了几句，对身后的人不知吩咐了什么，只见许多人小跑着出去。

然后，他才大步流星地走上前，将通信器递给但丁："先生、'赫卡忒'小姐，2号包厢的威尔森将军听说了事情经过，想要与二位通话。"

但丁看了童素一眼，然后才接过通信器，直接打开扩音键："您好，我是但丁。"

"您好，我是威尔森。"通信器那头，传来彬彬有礼的醇厚男声，"听说二位正在寻求医用直升机，但米切尔市的医疗直升机本来就比较紧张，又碰到重大车祸，应该不好调。换作私人直升机，虽能载人，但我听闻佐藤先生和马歇尔先生的状态非常差，直升机内部空间太小，贸然将两位放入，或许会对他们的健康造成进一步的损害。"

"您的意思是……"

"我可以协助二位，调来两架军用运输直升机。"威尔森将军不紧不慢地说，"这样一来，医疗团队就能把现有的器械一起带进去，在运输机上也进行一定的检查和治疗，不用耽误太多时间。"

听到这里，童素与但丁交换了一个眼神，就听见但丁说："太好了！请问直升机什么时候能到？"

"五分钟。"听到这里，所有人都怀疑自己的耳朵出问题了。

五分钟？

哪怕直升机原地一起一落，也不止五分钟吧？

下一刻，他们就听见了巨大的哗然声！

发现面对自己的人们都睁大了眼睛，童素立刻转过身，就看见落地窗般的大屏幕上，清晰地浮现出一楼的动静——以舞台为中心，四面八方的椅子，不，应该说，四块布满座位的区域，走廊处竟升起金属挡板，然后以区域为单位，向着墙壁平移！

原本守在墙壁边缘的安保人员，因为刚刚"银盾"负责人派左右喊话，早已来到栏杆边缘，一边扶着栏杆，一边阻止观众们为了看新鲜，来到挡板边缘！

伴随着四面座位区域的挪开，所有人惊讶地发现，米切尔大剧院正下方，竟是一个以舞台为中心，四面座位为扇形的圆柱体！而舞台，则像一只沉睡的大蜘蛛，只露出外围的躯壳，真正的长腿都张牙舞爪，固定在圆柱体的墙壁上！

然后，所有人都看到，这些"长腿"正顺着轨道，慢慢往上升，将舞台"托举"起来！

此时，二楼的包厢，也开始缓缓旋转！

待到舞台升到与包厢天花板平行时，二楼也转了180度，就听见机栝卡住的声音，然后，从二楼每一个包厢的天花板上，都伸出一块和天花板一样宽，长度刚好能够到舞台，由金属制成，但正上方铺垫了磨砂纹路，可以供人行走的临时通道！

就在十二块木板卡住舞台后，舞台的地板就像一朵花一样，缓缓向斜上方绽放，假如从远处看过去，给人的感觉大概就像一个超大型的漏斗。

童素仰头看去，才发现天花板不知何时竟然像电梯大门一样，从中间缓缓打开，正午灿烂的阳光投下，给剧院带来耀眼的光明。

"二十多年前，那场在米切尔城发生，震惊世界的恐怖袭击，让军方意识到，在这样的大城市，我们的防御、救援和应急力量有多薄弱。为了避免类似的问题，我们对一些重要地方进行了改造，米切尔大剧院就是其中之一，它的地下，是一个临时的避难、应急和救援场地。主舞台的正下方，存放着两架大洋国顶尖的军用运输直升机。"

伴随着威尔森将军的话语，所有人都听见了螺旋桨轰鸣的声音，看见了直升机从下方升起。

"天啊！"此起彼伏的惊呼声，在剧院内部响起。

对军事稍微有些了解的人很快就认出来，这架配备纵列双引擎双螺旋桨结构的直升机，就是目前世界上最先进，甚至有"空中车厢"美誉的重型运输直升机，广泛运用于军事行动和大型灾难的救援中。

雪松走到童素身边，低声耳语："'空中车厢'内部结构很大，理论上可以容纳下超过70名的人员承载。但如果要把医疗器械也弄上去，再加上病人是平躺状态，除开飞行员外，其他能上去的人不会多于20个。"

童素大概估量了一下飞机的内部空间，就知道，佐藤明和艾伯特·马歇尔必须分开运输，一人进一架飞机。

一旦飞在高空中，那可就真是生死全系于飞行员一念间。

"这种飞机需要几个人开？"

"三个，飞行员，副驾驶，还有飞机工程师。"

"你能担任哪个？"

"飞行员和副驾驶。"

"搭载的通信设备呢？"

"接近3G。"

童素点了点头，声音很轻，却不容辩驳："待会儿，你当艾伯特·马歇尔那架飞机的副驾驶，我上佐藤明那架飞机。"

这种合情合理能支开雪松的机会，她绝不会放过。

雪松十分震惊："'夜神'？"

童素给出的理由堪称无懈可击："我觉得今天的事情透着蹊跷，我们必须一人上一架飞机，届时无论出了什么事情，都有能够做主的人，可以控制局势。"

雪松信了这个解释。

剧院下方会有直升机，这种事情实在太离谱了，由不得他不多想。

童素心里清楚，无论幕后黑手想要做什么，这么多势力云集，又在众目睽睽之下，只要对方不是搞明着刺杀这种操作，计划就脱不开一个重要因素，那就是——浑水摸鱼。

对方把他们关在剧院这个固定的空间里，不让救援来，也不让他们出去。再加上致命的声音，迷离的光线，升高的温度，很容易就能挑动人的负面情绪。

届时，会发生什么事，童素不知道；事情又会是什么走向，童素更不知道。但她知道，对任何一个制订计划的人来说，最讨厌的，莫过于"不可控"。

依照佐藤明和艾伯特·马歇尔的身体素质，至少有九成的概率，先倒下的是佐藤明；就算先倒下的是艾伯特·马歇尔，敌人应该有预备方案，本来很难脱离对方的掌控，因为大体变化，对方都有所预料并做了备案。

越是精心设计的阴谋，就越害怕失控。

童素代入自己，假如原本布置好的计划一而再、再而三出现疑点，作为幕后黑手，也会尽量将事情变得可控。

她原本以为真正的杀局会放在医院，或者其他什么地方，所以她要打乱敌人的步骤。但看到这两架飞机，她就知道，对方比她想得周全，准备的后手更多。

真正的决战场，有可能就在"空中车厢"。

想到这里，童素看向布莱特，指着"空中车厢"的头部，比了个"3"字。

布莱特会意，上前一步，以斯图国安保负责人的身份，彬彬有礼地问："威尔森将军，请问，飞行员的人选如何决定？"

对每个国家来说，能够平稳操纵"空中车厢"的飞行员，都属于非常宝贵的战略资源。无论童素还是布莱特都不信，米切尔剧院的地下基地能配备四个飞行员、两个飞行工程师，天天就守在这里。

果然，威尔森将军听见这个问题，犹豫了一下，才说："'银盾'中有很多退役的军人和特工……"

布莱特猜到会是这样，立刻道："抱歉，事关两位大贵族的安全，我们斯图国这边，希望能换成自己的副驾驶。"

他这个要求绝对不过分。

斯图国的贵族，都是有自己领土的诸侯，虽然在现代社会制度下，他们的军政财权削弱了很多，但如果斯图国四分五裂解体，他们就是一个个小国的王。更不要提选帝侯这种大贵族，领土面积并不逊色于很多国家。

这种敏感时候，斯图国怎么可能同意驾驶员都是大洋国的人？

雪松也站了出来："'赫卡忒'小姐是中国安全部门的重要顾问，我们也希望，能在飞机工程师的位置上旁观。"

这个要求也不算过分。

"空中车厢"本身就配备了大量的自动操作系统，虽然一旦遇到紧急意外情况，还是依赖于飞行员本身的临机应变，但人家也没说我们要飞行员的位置啊！

副驾驶负责查漏补缺，飞行工程师负责解决问题，当然大部分时候都没什么问题。

人家只是要在这两个位置上看着，以防万一。

毕竟，国家有别，米切尔剧院发生这种意外，人家信不过你们，实属正常。

威尔森将军面带诧异："几位也要上飞机？"

"当然。"但丁早就想好借口，"我们也有些头晕、呕吐、不舒服，这种症状说小也小，说大也大，当然是尽早做全身体检的好。反正去哪家医院都一样，白鹰州的圣约翰医院在基因遗传方面的筛查举世闻名，刚好也能顺便去做个体检。"

威尔森将军也没办法拒绝，只能点头："好的。"

"对了，我听说大洋能源集团的主席西蒙先生也在这里？"但丁笑了笑，又说，"不如一起上飞机？"

"这……"

"温菲尔德爵士和卡佩洛先生也打算离开。"但丁说，"反正飞机能装的人那么多，也不差几个，索性将二楼包厢的主要人物都带走，您觉得呢？"

威尔森沉默不语。

他已经看出来了，但丁、童素，还有斯图国这帮人嗅到了不对，可他们不清楚大洋国究竟想做什么，所以他们一边要转移到白鹰州，一边捆绑，防止意外。

假如自己不肯答应他们的条件，这帮人只怕会一直留在二楼包厢，不肯离开，或者只把佐藤明送走。

但如果佐藤明走了，事情就闹不起来。

可对艾伯特·马歇尔身边的人来说，除非西蒙·路斯恩和他们在一架飞机上，才能避免坠机的风险，否则，这架飞机，他们是无论如何也不会上去的！

经过协商之后，两架"空中车厢"的人选分配完毕。

直升机 A 负责运送艾伯特·马歇尔，飞行员来自"银盾"，副驾驶雪松，飞机工程师由约翰和詹姆斯暂代。

直升机 B 负责运送佐藤明，飞行员来自"银盾"，布莱特副驾驶，飞机工程师由中国安全部门的人兼任。

由于佐藤明的病情更差，需要带更多医护人员与器械，容不下几个闲人，所以经过商讨，只有童素、李察、亚伯·温菲尔德和昆导演上了飞机 B。

剩下的人，譬如但丁、四位导演、安德烈·卡佩洛、西蒙·路斯恩，乃至英格拉、威尔森将军等人，都在飞机 A 上。

两架直升机自剧院腾空而起，向白鹰州飞去。

四

十二小时后。

童素通过 GPS 定位，发现他们已经到达了白鹰州上空。

下一刻，飞机骤然颠簸。

机舱里的人如惊弓之鸟，立刻问："遇到气流了？"

"不是气流。"亚伯·温菲尔德望着窗外，"是冬季风暴。"

童素的神色，瞬间变了。

在另一架飞机上，飞行员和雪松同时做出精准判断："冬季风暴，风力超过 13 级，必须迫降！在这样的天气，直升机没法飞行！"

"不行！"詹姆斯脱口而出。

约翰补充："我们下方全都是冰川，太危险了！"

白鹰州白雪皑皑，大部分地区都是冰川冻土，虽然下面蕴藏丰富的石油和矿藏，却也有冰裂隙这样可怕到极点的东西。

这里的冰面并不是完全平整的，随着天气温度的变化，冰面融化和重塑的过程当中，冰面和冰面之间会产生许多深达一百多米的裂隙，而降雪会覆盖在这些裂隙上，让这些裂隙在视觉上隐形，难以被人发现。

这自然也就意味着，人很容易在冰面或者雪面上走着走着，如果不注意，以为前面还是冰层，然后就踩空掉下去。

"空中车厢"重达一吨多，一旦迫降的地方是冰裂隙，很有可能机毁人亡。

"不必担心！'空中车厢'有抓力，可以直接用飞机头部吸附在山腰！"

"但最近区域内的山峰都太过陡峭，全都是冰凌，只要飞机往下降，就有可能被磕碰到，很难找到合适的吸附区域！"

"而且，就算停下，我们怎么等救援？哪怕是白鹰州本地人，雪地车也不一定能开进这么险峻的地势里，还是要等风暴停了靠直升机！"

正当几人争执不下、意见无法统一时，雪松收到来自另一架飞机的信息："隔壁建议我们停在海上！"

"理由呢？"

"白鹰州有个剧组，租了一艘邮轮，正在海上拍戏。昆认识导演，李察认识里面一个演员，叫伊万·伊万诺夫。他们两个人都能确定，那艘邮轮目前还一直在公海，没有离开，里面一应设施俱全，并且能用最快的速度送我们到白鹰州。"

"邮轮位置。"

"马上就会发过来。"

拿到邮轮坐标后，飞行员皱眉："不行，太远了，现在风暴太过猛烈，我们必须紧急降落！"

"可隔壁一直在飞！"

"隔壁是隔壁，我们是我们！"飞行员态度非常坚决，"他们愿意冒险，那是因为佐藤明的病情等不及，他们必须去！可你去舱内问问，我们这里有几个人愿意！"

"那就再飞一段，只飞一段，尽量靠近海边！"

"不行，风太大了，必须迫降！"

"联系隔壁，紧急迫降，否则要机毁人亡！"

呼啸的狂风，在冰原上肆虐。

两架"空中车厢"迫于无奈，只能不断盘旋后，缓缓降落。

由于下方是险峻的山川，还可能藏着深不见底的冰裂隙，飞机不敢降得太远，几次试图吸附在稍微平整一点的山体之间，都宣告失败，磕磕碰碰。

最后，好不容易，才找到一块勉强合适的地方，凭着高超的驾驶技术，将头部吸附着山体，尾部则高高翘起，悬在半空之中。

童素把目光挪到伸出机体外的测量仪上，观察窗外的气温和风速：

"零下43.6摄氏度，风速159公里/小时，风力14级。"

"见鬼，这么低的温度。"众人冷得打哆嗦，但为了节约燃料，直升机内部的暖气也不能再高。

"能和邮轮那边联系上吗?"

"可以。"

"我们什么时候再度起飞?"

"不知道,至少要等风停了吧?"

童素一边回答昆导演的问题,一边看见机舱尾部打开,冷风狂烈地灌进来,不由皱眉:"现在不能出去,风力太大,人会被直接卷走。"

"但我们必须去检查机舱外部。"飞机工程师回答,"刚才停靠的时候,飞机磕碰到了山体,我们去查看机翼和尾翼,还有螺旋等地方。哪怕只是一颗铆钉松了,也是致命的灾难!在高空之上,任何误差都不能有!"

"你们不能晚一点再出去吗?现在太危险了!"

"我们的燃油不够!等不到风彻底停下,大概12级,我们就必须强行起飞!时间不等人,必须现在就去检修一遍!"

飞机工程师一边回答,一边戴上护目镜,防止雪盲,然后身上牢牢捆绑着绳子,防止自己被风卷走。

往外走之前,还不忘叮嘱:"所有人都搓热身子,如果什么地方出现冷到没有知觉,一定要及时地焐暖,不然冷久了血液里形成血栓会导致肢体僵死,要截肢才能救得回来。"

说罢,工程师顿了顿,自言自语:"我们停在背风处,风力应该小一点,希望没事。愿上帝保佑。"

然后,就一跃而出。

童素看到这一幕,对这位飞机工程师,总有种莫名的熟悉感,却一下想不起来究竟在哪里碰过面。

过了一会儿,她收到雪松的信息:"'夜神',我发现,我们这架飞机的工程师,其中有一个是詹姆斯·史密斯。"

"确定无误?"

"我和他多次交手,能够确定。"

"他现在出去检修飞机了吗?"

"是的,他和他那个叫约翰的搭档一起去了。"

童素沉默片刻,说:"你在驾驶舱,可以看到内部舱房动静吧?西蒙·路斯恩是什么反应?"

"非常平静。"

"这架飞机的救生道具都在哪里?"

"挂在舱内。"

"你告诉所有人,为了以防不测,让他们每个人把救生设备绑在身上。"

"好。"

结束对话后,童素说道:"现在风力太大,情况太恶劣,我们要以防万一。大家不如把防寒服、氧气面罩、降落伞和救生包都分一下,至少找准每一件在哪里,如果真发生意外,也不要手忙脚乱,造成哄抢。"

这个意见很好,没人反对,只是佐藤明的助理问:"佐藤先生……"

"老先生还能支持住吗?"

佐藤明尚存意识,虚弱地点了点头。

一小时后,风暴逐渐变弱,飞机再度启航。

但才飞没多久,自动驾驶系统突然开始报警。

"什么情况!"

"该死,可能还是刚才迫降的时候,机翼受损。"

"为什么刚才没检查出来?"

"天太黑,风太大,只是临时检查,不可能面面俱到!"

"能坚持吗?"

"不行,目前尚且不清楚什么问题,实在太远了,我们必须二次迫降!"

"可这一带下方都是冰裂隙,危险太大了!大家坚持住!再有十分钟,我们就能到达海洋上空了!"

"塔台呢?有没有回复和指导?"

"暂时还没联系上!"

飞行员也顾不上许多,按下通信器,对舱内所有人说:"全体人员请注意,飞机机体受损严重,必须迫降。"

"我正在将飞机往下降,等到距离海面 5000 米左右,就可以跳伞!"

听见"跳伞"的指令,顿时有人尖叫:"疯了吗?这么大的风,怎么跳伞!"

"飞机不是没有事情吗?为什么要跳伞!"

"不清楚,只是做好准备。"飞行员已经发现,飞机被人动过手脚,很有可能会在空中解体!只是不能告诉所有人,以免引起更大的恐慌,"目前的情况非常不妙,请大家做好跳伞的准备，快！"

"所有人，固定好自己！"

摇晃不停的飞机，令整个空间不停乱晃，还好每个人都用安全带固定，并且快速按住上方的按钮，瞬间就弹出了降落伞和氧气面罩，甚至旁边还备了厚厚的防寒服，以及两个分量不轻的救生包。

在机上乘务员的指导下，大家纷纷佩戴好氧气面罩。但很快，原本固定在飞机舱内的医疗器械，开始脱落！四处乱滚的医疗器械，给舱内的人造成了极大麻烦！

"迫降！能否迫降？"

"快了！已经到海边了！"

"高度正在降低！"

"5500米！"

"大家准备！"

除去飞行员和副驾驶还在驾驶舱，其他所有人都已经到了"空中车厢"的舱门口。

乘务人员争分夺秒，指挥众人如何高空跳伞，其中一个人第一个跳下去，给大家做示范。

"降落伞的配套包裹里有简易皮筏艇，重量轻，能耐很低的低温，瞬间膨胀后可用作海域临时降落点，皮筏艇承重不高，不要往上面放太沉的东西。

"记住，千万不要直接掉进水里！这里的水温太低了，没有接受过专业训练的人，一旦落水，会有生命危险。因为处在大海与陆地的交界，陆地太硬，加上还有一定风暴，着陆可能会出问题，尽量往海里跳。

"如果降落在陆地上，又受了伤，包裹里有帐篷和一些干粮，可以维持一周左右，简易皮筏艇翻过来就是小帐篷，并且带有定位系统，搜救人员会用尽全力搜寻你们。但我还是建议大家，尽量往海里跳！有皮筏艇在，不容易受伤！一旦在冰原受伤，很可能就是死路一条！至于佐藤先生……"

童素干脆利落："我背着老先生一起跳！"

"不行，你没接受过专业训练，又是女人，力气不够。"亚伯摇头，"将佐藤大师放到最后，布莱特会背着他跳！"

"等一下，降落伞不够！"

"怎么会不够！"

"刚才医疗器械乱飞，我的降落伞被划开一个口子，不能用了！"

"谁会双人跳伞？"

李察笑了一下，望向童素："一起来？"

童素定定地看着他，点头："好。"

三分钟后。

"空中车厢"距离海面的高度，降到5000米。

飞机后门在飞行员的指示下，缓缓打开。

冷风呼啸而来，全员背好跳伞包裹，备好氧气和呼吸面罩以及防寒设施，严阵以待。

飞机的颠簸越来越剧烈，已经到了快要脱离掌控的地步，站在风口的童素几乎被吹得脚底悬空，要抓稳把柄才能稳住身体。

李察和童素绑在一起，共用一个降落伞，就听见李察一边调整胸带，一边说："因为高空跳伞下面视野全白，风向变幻莫测，很难定位和找落点，你如果不能信任我，我们两个就要完蛋了。"

"那可真是遗憾，我没打算与你这样的人死在一起。"

"刚好，我也没打算死。"

他话音刚落，已经有队员首先跳伞，作为示范。

出舱，滑行，张开双臂，顷刻间就消失在了稠密的云层雾气里。

"这种能见度。"李察捏了捏正义女神挂坠，然后笑了一下，"确实是一项考验。"

跳伞开始。

童素和李察相视一笑，从舱口一跃而下，穿过厚厚的云层和冰雾，冷空气宛如千万片新开锋的单面刀片一样切过他们的心肺，冻得两人四肢麻痹。

伴随着他们的坠落，云层，雾气，海水，出现在视野之中。

童素什么也听不见了，触目所及的，就是一望无际的冰原与海洋。

就在这时，她隐隐感觉到了某种灼热与不祥。

童素下意识地抬起头，云层遮蔽了视线，但透过护目镜，还是能看见云端之上，燃起耀眼的火光。就像另一轮太阳。

霎时间，童素的心沉了下去。

有一架"空中车厢"爆炸了。

时间倒退回两个小时前，飞机遇到冬季风暴，第一次要求迫降时。

雪松坐在副驾驶位置上，看见隔壁飞机发来的信号显示同意迫降，并且希望降落地点以雪松所乘坐的飞机A为主导时，就意识到情况不对。

作为大洋国顶级重载运输机，"空中车厢"在设计之初就考虑到了极端天气、严酷环境等恶劣情况。

冬季风暴作为大洋国白鹰州最常见的自然灾害，频频给白鹰州政府带来严峻考验，每年都有人因此丧生，不得不向大洋国联邦政府求援。肩负救援与物资运送的往往就是"空中车厢"。

其他军用飞机或许不能在狂风暴雨中穿行，但对"空中车厢"来说，一级风暴带来的威胁，未必比冰川中若隐若现的冰裂隙严重。毕竟，此时正值深夜，能见度很低。哪怕"空中车厢"搭载了非常先进的红外感知系统，可冰裂隙本身就隐匿于冰川之下，上头覆盖了一层薄冰，"空中车厢"就算近地面飞行都不一定能探测到，何况是在千米高空之上？

隔壁飞机上，斯图国的人是副驾驶，飞机工程师则是雪松队里的精英，这点常识，他们应该知道才对。这也是先前隔壁执意要顶着冬季风暴再飞一段路的原因，为什么在风力没有增强的情况下，他们突然改变了主意？

雪松正在疑惑，就听见头盔自带的公麦里，传来布莱特的声音："虽然再飞半个小时就可以到达海面。但前方一路都是冰川，非常危险。附近却有雪山连绵，刚好可以利用'空中车厢'的吸附力，停在半山腰上。"

这个理由非常完美，雪松本来都接受了，却听见布莱特又加了一句："雪松中校，麻烦您在停靠之后，对飞机内的各位解释一下，避免大家不了解情况，过度惊慌。"

雪松瞳孔微缩。

他先前按照童素的指示，找布莱特对接，双方约定过，汇报情况尽可能简约，假如有两句话的意思重复，那么第二句话必定是反的。

"对飞机内的各位解释一下"和"避免大家不了解情况"，在某种意义上雷同了，但因为这两句话说法不一样，外人未必会注意到这点小细节。可落在雪松耳中，就是"需要了解情况"。

所谓的了解情况，究竟是什么？

将布莱特的话原封不动转述给舱内的人，比如但丁，还是让他自己注意观察周边情况？又或者二者皆有？这是布莱特的意思，还是童素的意思？

雪松心中涌过千般猜测，却没表现出异常，只是利落答应下。

他们两人的对话，两位飞行员也能听见，并不觉得这有什么奇怪，所以等飞机吸附在半山腰上后，雪松就说："我离开一下，去一趟舱内。"

飞机驾驶员身负重任，最好不要离开驾驶位，但副驾驶就没有这个讲究，比较灵活，所以飞行员点了点头，示意雪松可以暂离，并拿起通信器："飞行工程师，我将开放舱门，你们下去对机体检修。注意，外界温度已经到零下 43.6 摄氏度，注意保暖。一旦发现肢体不适，立刻回归。"

雪松听到这里，怔了一下，才说："另一架飞机上的工程师来自我们国家，他们对'空中车厢'并不够了解。"

"所以我们的人负责维护两架。"飞行员耸了耸肩，"如果你们认为有问题，可以让自己的人跟上。"

跟上去又有什么用！

中国曾经得到过两架"空中车厢"，了解这种飞机的全身结构，但就算清楚知道，也没办法原样复刻，更别说量产。关键点之一就在于我国自主研发的发动机，与大洋国相比，还是落后不少。虽然我国拼命追赶，已经有了很大突破，可面对这种大洋国顶尖军工产物，还是力有未逮。

这也代表着，假如飞机工程师趁着维修的机会，对飞机动什么手脚，安全部门的飞机工程师也未必看得出来。尤其是现在外面漆黑一片，狂风暴雪，在这么低的能见度下作业已经很艰难，何况是洞悉自己不熟悉的东西？

雪松没再说什么，曲着身子翻到舱内，告诉众人他们因为冬季风暴，以及前方的地理情况，不得不停下。

但丁果然是一等一的聪明人，听到这里，第一反应就是："负责接我们的邮轮，明知道这边有冬季风暴下，还会过来吗？"

昆导演补充了一句："他们租借的邮轮，我大概清楚，是一艘十几万吨的远洋邮轮。"

雪松摇头："民用邮轮，就算吨位扛得住目前的风暴，船长和水手团队也不敢拿一船人的性命开玩笑，肯定要等风小了再来。"

西蒙·路斯恩提问："我们为什么不直接飞往白鹰州的首都海港城，而要先从海上绕弯？"

"因为天气恶劣，我们又是临时过来。所以首先要避开民航的航线，避免造成更大的问题，又要避开糟糕的天气带。"威尔森将军解释，"而且，我们目前并没有绕太大弯，一直是直线飞行。白鹰州本身的地形就像一只白头鹰，海港在鹰嘴处，而我们目前所处的位置，大概是胸脯处。无论从哪个理由来考虑，这都是最短的距离。"

昆导演忍不住又问："难道就只有这一艘邮轮能接我们？白鹰州本地的渔船呢？货轮呢？游艇呢？通通都不行？"

威尔森将军心平气和地说："白鹰州十一月初开始禁渔，来往的船只就都是旅游与货运船只，有固定航线，不会轻易因为你而改道。只有《人鱼》剧组，距离海岸不到二十公里，又配备了足够多的医疗设备。假如风暴一直没有停下，或者稍微停了片刻又起，去邮轮是我们最好的选择。"

西蒙·路斯恩抓住关键："你们刚刚不是说，邮轮看见这么强烈的冬季风暴，不会过来吗？"

一直静观其变的英格拉听到这里，轻笑了一下："哪怕是民用邮轮，吨位也能扛住目前的冬季风暴，只是船长和水手经验不丰富，不敢过来而已，但他们不敢不来。等我们接管了那艘邮轮，自然能在风暴中穿行。到时候，'空中车厢'不管是在水面滑行支援，还是暂时飞离风暴区，都可以酌情而定。"

听到这句"不敢不来"，众人如释重负。

雪松观察四周，就发现威尔森将军和西蒙·路斯恩已经开始闭目养神，似乎对周围的事情毫无兴趣，医疗团队围着昏迷的艾伯特·马歇尔，昆导演正和其他人小声说着什么，但丁望向窗外，神色莫测。

顺着但丁的视线，雪松往外看去。黑暗和风雪之中，只有飞机工程师帽子上的照明灯，是唯一的光亮。

虽然风在呼啸，可由于两人就在外面检修，距离很近，声音隐隐能透着风飘进来，雪松听到寥寥数语，神色一怔。

五年前，他曾在东南亚边境时，听过这个声音！还有三年前，藏地边境，他与一个强敌在高原上交手时，也听过这个声音！不会错的，这就是大洋国传奇特工，詹姆斯·史密斯真正说话的声音！

雪松立刻用加密信息的方式，通过专用的通信工具，告诉童素。

看到童素让他们把救生道具绑在身上，雪松心中一沉。

"夜神"认为，飞机会因为人为的缘故出事吗？

雪松见识过童素的决断能力，思忖片刻，便决定听从对方，然后琢磨着如何找话题切入。他不好直接说万一飞机有事之类，在场估计大部分人都不乐意听，故他目光转了一圈，落到但丁身上，突然说："但丁先生，你的脸色有些苍白，是否缺氧？"

然后，他佯作关切地问："'空中车厢'号上，应该配备有足够多的氧气面罩，但若非关键时候，绝不能浪费。"

但丁意识到雪松的用意，立刻完美打了个配合："民航里氧气面罩是一座一个，'空中车厢'呢？"

威尔森将军回答："'空中车厢'按照搭载人数，配备了相应的救生包。"

"那不如先发给大家吧！或者放在能拿到的地方。"但丁立刻道，"万一出了什么事，也能节省时间。"

威尔森将军指了一下每个位置头上的按钮："救生包就在里面，按下就行。"

雪松点了点头，心中下了决定——无论发生什么意外，自己一定要背着艾伯特·马歇尔跳伞，尽最大可能确保这位的安全。

五

与此同时，白鹰州。

首府海港城郊外，一座庄园屹立在山崖上，眺望着清冷的码头。

当地人都知道，这栋建筑是二十多年前所建，据说是一位贵妇人身体不好，到白鹰州静养。

这理由实在太荒谬了，当地居民没有几个信的——白鹰州靠近北极，天寒地冻，一年十二个月有八个月在下雪，还有四个多月的极夜。旅客来这里是为了寻欢作乐，商人为了买卖为了赚钱，谁会来这里静养？

这么有钱，去南部海湾，去北欧，去东南亚等度假胜地不好吗？

但很快又有传言，说这位贵妇人患的是罕见病，全世界只有白鹰州的圣约翰医院有针对性的研究所。

据说这种病很可怕，而这位贵妇人很有钱。她的律师直接去医院，买断式雇用了医院十几个最好的护工，甚至不惜帮护工解决家庭方面的种种问题，就为了让护工没有后顾之忧地住在庄园内，当地人就释然了。

某些罕见病，全世界也没几个人得，所以没几家医疗机构会去研究，因为就算有了突破，相应的药物也无法批量生产，成本和价格都居高不下。没那么大的市场，回不了本。更不要说罕见病的临床试验，你能找到几个对象？

所以，白鹰州的圣约翰医院，在研究方面才会这么出名。

因为对药物研发来说，很多罕见病临床找不到病人，就只能拖延。可如果病人"自愿"使用还没有获批对人体使用的药物，那就不一样了。

这种行为在很多地方是违法的，但在白鹰州，它合法，只是不合乎道德。

当地居民猜到这件事后，对贵妇人就没那么好奇了。

更何况，庄园时时刻刻都在巡逻的持枪保镖，以及一些不知好歹的盗贼、抢匪的鲜血和性命，已经证明了庄园安保力度的强大。

但这一天，庄园却来了一批不速之客。

无死角的监控被录像覆盖，显示庄园毫无问题；因为恶劣天气，在各自房间取暖的保安与厨师们，纷纷陷入睡眠，闯入的人个个全副武装，防弹衣、防弹头盔、特制手套，全身上下被裹得严严实实，确保不泄露任何生物信息。

为首者显然用了变声器，发出奇怪的中性声音："搜，庄园的任何一个地方都不能放过！"

这人一边说着，一边大步流星地走到主卧，看到被注射安定药物、躺在床上的女主人，端详了片刻，才略有些感慨："时间真是公平。"

昔日在银幕上风华绝代的叶莲娜·伊万诺夫，如今也不过五十多岁，假如保养得当，或许看上去能如三四十岁。

可眼前的叶莲娜，全身虽然干净整洁，整个人却无比憔悴，眼角、脖颈都布满细纹，若是仔细看就能发现，她的头发早白了大半，只是用染发剂染过，才能维持本来的颜色，新长出的发根却隐隐泛着银光，彰显着岁月对美人的一视同仁。

叶莲娜最心腹的女护工被黑衣人捆着，压在墙角，瑟瑟发抖："请……请您……不……不要伤害……"

首领嗤之以鼻："钱都收了，人也引进来了，这时候装好人，不觉得无聊吗？"

女护工眼泪都快掉下来了。

她是所有护工的负责人，深得伊万信任，等同于这座庄园的半个女管家，甚至拥有出入庄园的门禁钥匙。但也正是因为这把钥匙，才引来了饿狼。

她的丈夫欠了赌债，如果没钱还，就要被砍断手脚。女护工知道伊万对赌博的人一向严苛，一旦知道他们这些人沾了赌瘾，绝对要辞退。又察觉伊万的生父不是那么简单，他们这些被开除的人要是敢对叶莲娜胡说八道，估计会死得很难看，而且她们被管很严，也没有手机，拍不了照，就战战兢兢，不敢告诉伊万。

债主催丈夫，丈夫催她，她心急火燎又没办法，某日收拾女主人的首饰盒时，突然鬼迷心窍，偷偷拿了女主人根本不用的一件首饰给丈夫去还债。

本以为女主人半疯，压根不会注意这些细节，谁知直接被人堵个正着，才知一切都是这群不法分子在背后授意，就是为了让她里应外合，潜入庄园。

女护工眼界不深，不知道这群人言谈举止，处处透着军方特工的专业素养，甚至胜过了伊万雇用的精英安保人员。只觉得他们宛如虎豹豺狼，不怀好意，但对女主人的首饰、古董等又不屑一顾，翻箱倒柜在找地窖、密室、保险箱。

"BOSS，不好了，威尔森将军传来消息，亚伯·温菲尔德和安德烈·卡佩洛，正在乘坐直升机前往白鹰州。"

黑衣人首领，即乔装改扮的伊莎贝拉皱眉："他们怎么会来这里？米切尔大剧院没得手？"

手下不敢说话，只敢把威尔森将军的原话复述一遍。

伊莎贝拉秉性多疑，压根不相信什么"先晕过去的是艾伯特·马歇尔""混乱没有引起""但丁坚持要来"等原因。

这可是大洋国，军方想要秘密杀人，居然还会失败？

伊莎贝拉的第一反应就是——大洋国军方要撕毁盟约？

还有，为什么是白鹰州？

但丁那套理论，愚弄其他人还可以，伊莎贝拉却一个字不信。

她之所以冒险逃离皇宫，前来白鹰州，就是因为一件事——她收到消息，梅涅公爵密会三大主教，说她遗传了外祖母的疯病，不能成为皇帝。

梅涅公爵举了很多例子，比如她的外祖母，前代温菲尔德伯爵夫人的种种失控举动，还有她的生母，前任皇储妃几次公开场合的歇斯底里，以及对女官们的暴虐。以此来证明她精神不稳定，不堪为君王之选。

并且，梅涅公爵还宣称，伊莎贝拉为了掩盖事实，杀死了温菲尔德家族的远亲——维尔福夫妇。

伊莎贝拉非常紧张。虽然她可以辩论，说外祖母的疯狂，是因为受到外祖父的冷落，最终走向自毁；而母亲的疯狂，则是因为发现了从小就崇拜的皇储哥哥，居然是一个恋童癖变态，大受打击之下没办法接受现实。但有个问题，她回避不了，那就是，她自己也没办法确定，她的外祖母是不是真没病。

路斯恩家族代代有基因病，这已经是上流社会人尽皆知的事情。

而且，她无法反驳梅涅公爵"杀人灭口"的指控。

因为知道白鹰州圣约翰医院的前任院长维尔福夫妇对路斯恩家族的基因病有很深研究，加上因为与温菲尔德家族的姻亲关系，确实每年都回斯图国，对她外祖母，还有舅母进行过长期治疗。为了避免这两个人被人收买、胡说八道，几年前，她派人制造事故，害死了这对医学权威夫妇。

这件事是她瞒着亚伯·温菲尔德做的，那位皇家特工首领知道后，非但没有生气，反而漫不经心地笑了，说："人总要为自己的愚蠢付出代价。"

伊莎贝拉之前没明白，现在却明白了。

她的外祖母究竟有没有疯病，现在已经彻底是个谜团了，毕竟人早已入土，而且她外祖母那一脉，除了伯爵、布莱特和她之外，就没别的后裔。除了她之外，伯爵和布莱特都是男人，很健康。

众所周知，疯病往往都是基因缺陷，而且很多时候，只有一种性别会遗传到——母女相传的概率很高。

现在的伊莎贝拉，既不能证明自己的外祖母有病，也不能证明她没病。但她杀害维尔福夫妇之事，却是板上钉钉。一旦这件事被翻出来，谁都会说，如果你不是做贼心虚，为什么平白无故对这两位下手？这不是等于搬起石头砸自己的脚吗？

"维尔福夫妇最好的朋友是兰登医生，为了斩草除根，我当年将计就计，利用刺杀马歇尔将军的机会，顺便把兰登医生也杀了。"伊莎贝拉目露凶光，心中盘算，"但我没有想到，维尔福夫人居然和'杜尔迦'这个组织也有联系，我夺走'杜尔迦'的时候，明明查过她们所有的社会关系，为什么就漏算了那个该死的基金会？"

原来，想要梳理这一切纷乱如麻线索的绳结，还要从乔·里切尔的妻子凯瑟琳创办的奥菲利亚基金会说起。

奥菲利亚慈善基金会，在大洋国多如繁星的各类公益慈善项目中，名气并不算很大，但因为持续了三十余年，每年募集到的善款也有上千万，其中至少七成都来自两到三个固定捐款人。

最初的二十年，这个捐款人是黑客组织"杜尔迦"，最近十年，则是世界树的总裁但丁。

伊莎贝拉夺走"杜尔迦"的时候，自然查过这家基金会。只不过，"杜尔迦"本身就是一个带有一定"劫富济贫"或者说"黑吃黑"性质的组织，每年捣毁非法组织，解救妇女儿童，把灰色财产大笔捐出，奥菲利亚慈善基金会只不过是她们固定的一个捐款点，类似受益的组织还有十几个，都是纯粹做慈善，不涉及洗钱、偷税漏税等，对伊莎贝拉来说毫无利用价值，她就把这些定向捐款给取消了。但她做梦也没有想到，"杜尔迦"中，曾经有一个与创始人理念不合，从而出走的高层，那就是维尔福医生的妹妹，一位同样毕业于米切尔大学的高才生。

很长一段时间内，这位维尔福女士都是叶莲娜·伊万诺夫的私人心理医生。

"杜尔迦"的异常让维尔福女士察觉到了不妥，她敏锐地意识到，"杜尔迦"的高层出现了重大变故。维尔福女士对"杜尔迦"内部一部分高层的真实身份有所猜测，密切关注她们现实动向后，加以调查，将目标锁定在斯图国大贵族身上。

或许是出于对权贵的不信任，又或者是出于她真的发现了什么，反正最后的结果是，等到维尔福夫妇死后，伊莎贝拉如愿通过收买副院长路易，删除了所有关于外祖母、母亲负面的体检报告。但最近，根据她在"公爵"那边的内线传回的情报，"公爵"通过某种渠道，收到一封秘密邮件，里面拥有海量资料，发件人是维尔福女士。但这位女性，早在六年前就已经自杀身亡，据说是因为重度抑郁，导致轻生，只不过这个结论，非常多的人都不信。

作为大洋国顶尖的心理医生之一，维尔福女士手上掌握的秘密可谓车载斗量，在活着的时候，出于职业道德的考虑，她不会吐露只言片语。伊莎贝拉从前并不觉得一个已死之人与自己有什么关系。但现在，"公爵"既然已经拿到证据，就证明她之前确实有疏漏的地方。

伊莎贝拉抽丝剥茧，终于发现问题所在，她必须找到"公爵"收到的那封邮件的备份，知道"公爵"手上具体有多少情报，才能对症下药。

没错，备份。

对黑客来说，随手将数据备份，已经是像呼吸一样的本能了。

维尔福女士死后，由于死因受到怀疑，大洋国国土局介入调查，却发现对方电脑干干净净，只有病历。但这种"干净"，对一个前黑客来说，本来就是最大的不正常。尤其是那封延迟六年才让"公爵"收到的邮件，更让伊莎贝拉确定，维尔福女士一定留下了备份。

皇室智囊团研究了维尔福女士生前接触过的所有人，派私家侦探秘密潜入了对方前夫、前男友、子女等的办公室、住处、银行保险柜等，采用威逼利诱等各种方式，无所不用其极地调查，均一无所获，最终将目标定在了叶莲娜的隐居之所。却没想到，在那儿也没翻出来。

想到这里，伊莎贝拉就非常暴躁，只见她睨着女护工，冷冷道："我只给你一次机会，你仔细想想，还有什么地方，对叶莲娜很重要？"

女护工战战兢兢，努力回忆，就在这时，属下又对伊莎贝拉耳语了几句。

伊莎贝拉愣了一下，才说："她？现在要来见我？已经在庄园外了？她这时候不应该在'空中车厢'上吗？"

看见属下答不上，伊莎贝拉挥了挥手："算了，人都已经到了，让她进来。"

不消片刻，一道靓丽的身影翩然而至，竟是本该出现在"空中车厢"上的英格拉！

"冒昧前来，实在失礼。"英格拉唇角含笑，礼貌打招呼，"当时在米切尔大剧院，听见情况有变，将军命令特工假扮成我，让我则乘坐军方专机，用最快速度赶过来。"

伊莎贝拉一听就皱眉："究竟发生了什么事？"

"这是我们想问殿下的。"英格拉收敛了笑意，完全不在意周围的人立刻将枪口对准了她，神色严肃，"您应当知道，叶莲娜身份特殊，为何要在我们双方诚心合作的时候，做出这么敏感的举动。"

伊莎贝拉哼了一声，却知道这件事是自己不占理。

以伊莎贝拉的身份和情报来源，自然清楚，叶莲娜与现在大洋国军方参联会主席曾有过一段刻骨铭心的爱情，并孕育了一个儿子，伊万·伊万诺夫。

哪怕这对老情人已经撕破脸，到底还有一个共同的儿子在。伊莎贝拉带人闯入叶莲娜的住所搜查东西，还是由不得让人不多心。谁能保证这座别墅里面，没有参联会主席留下来的一些东西呢？

但既然英格拉亲自来问了，就代表这件事还有斡旋余地。

到底是在人家的地盘上，自己又处于弱势，伊莎贝拉便道："叶莲娜之前的主治医师维尔福女士，曾经是'杜尔迦'组织的一员，窃取了我国重要机密。她有一份备份文件，根据我们收到的情报，应该藏在叶莲娜家。"

听到这里，英格拉还没说话，女护工先惊呼了起来。

伊莎贝拉一看反应，顿觉不对："你叫什么？"

"维尔福女士……"女护工结结巴巴地说，"她，她的东西，少爷都让我们烧掉了……"

不是扔掉，而是烧掉？

"为什么？"

女护工摇了摇头，表示不知道原因。

英格拉叹了一声，有些无奈："我明白了，你们之所以认为，维尔福女士会把东西藏在叶莲娜的家里，是因为维尔福女士本来是个异性恋，交往过好几任男友，并且结婚生过子。但她在治疗叶莲娜的过程中，迷恋上了这位绝世佳人，违反了自己的职业道德，主动辞职。后来罹患抑郁症，选择轻生。所以你们觉得，假如她要藏东西，一定会藏在这里？"

"难道我们的情报有误？"

"大部分没问题，只有一个关键点不对。"英格拉叹道，"她不是主动辞职的。"

伊莎贝拉一怔，旋即就明白："她是被伊万·伊万诺夫辞退的？"

英格拉露出厌恶之色："维尔福女士利用自己在心理学上的优势，操纵叶莲娜女士的情感，离间叶莲娜和伊万本就脆弱的母子之情，甚至利用瑟沙的死，强化这一因素。导致叶莲娜一看到伊万就会病情发作，伊万只有扮作女子，才能见到母亲。

"久而久之，叶莲娜的精神和记忆都出现混乱，她以为自己死去的孩子是伊万，活下来的那个是瑟沙。"

伊莎贝拉皱眉："所以，伊万在梦工厂拍电影的时候，经常以女装示人，并不是心理上有障碍，而是扮作瑟沙，让母亲在银幕上看到自己，以为女儿也成为明星？"

英格拉又是一声叹："不，这也是维尔福女士犯下的罪。她通过精神强化、暗示等手段，让伊万也陷入了精神混乱，执着地认为，妹妹的灵魂在自己体内依旧存活。维尔福女士想要通过这种手段，把伊万弄成精神病，让参联会主席认为叶莲娜不适合照顾儿子，从而带走伊万。"

"这样一来，她就可以独占叶莲娜。"

伊莎贝拉冷笑一声，暗道活该。

维尔福女士想必是观察了很久，确认叶莲娜母子与参联会主席没有任何生活、经济等各项往来，甚至周围的人里面，也没有谁是私家侦探，一直关注着他们母子，才敢这样肆无忌惮地行事。

但她不知道，对参联会主席这样身份地位的人来说，想要关注一个人，根本不需要在她的附近出现。

参联会主席或许对叶莲娜已经失去了旧情，可他绝不会容忍有人这么去害他的儿子。更何况，参联会主席与叶莲娜之间的恩恩怨怨，很难说清。

无论维尔福女士做得再怎么隐蔽，这件事一旦揭穿，伊万就算是真的精神有问题，也能全身而退，至于她本人……

"也就是说，维尔福的死，不是自杀。而在她死前，军方派人去清过她的电脑？"

"当然。"

伊莎贝拉沉默了。她不清楚那份资料有没有落到大洋国军方手里，甚至有可能，所谓的"延迟发送邮件"都是假的，"公爵"手里的信息就来自大洋国军方。

当然，也有可能维尔福女士自知罪行败露，活不了多久，把备份藏到别的地方。

既然不是叶莲娜家，那么唯一的可能，就只有白鹰州的圣约翰医院了。

无论哪种情况，她现在都不能得罪参联会主席。

所以，伊莎贝拉看了英格拉两眼，才道："你这次来，只是为了和我说这件事？"

"当然不止，除了为您的行为善后以外，将军临时有个请求。"英格拉缓缓道，"按理说，'空中车厢'从米切尔大剧院出来后，应该直接往圣约翰医院飞。但中国和斯图国的人，还有但丁，偏偏以'风太大，白鹰州是极夜，可见度太低'等为借口，中途联系上了正在白鹰州附近公海拍摄《人鱼》的剧组，要求接应他们。"

伊莎贝拉嗤笑："呵，看来他们也信不过你们。"

英格拉耸了耸肩："我看但丁的意思，在哈伊德没回来之前，他很大概率不会把人往圣约翰医院送。"

"他又不是艾伯特·马歇尔和佐藤明的什么人，当然不用在意他们的死活。"伊莎贝拉装作不经意地问，"他们这样拖时间，究竟是在等谁？哈伊德？"

英格拉叹息："白鹰州这边有好几个我国重要军事基地，还在进行重载火箭、可控核聚变等的设计和研究，与诺亚集团都有深度合作。诺亚集团已经联系了他们，希望他们能派出医疗团队，去白鹰州圣约翰医院帮忙，已经有两三个团队到了。"

伊莎贝拉目光闪动："你的意思是，不能让他们活着到达圣约翰医院？否则，我们想杀的人，就没办法死掉？"

"是的。"

"这简单，我记得《人鱼》剧组是在一艘邮轮上拍摄的，哪怕剧组接应，只要让那艘船沉没在海里，不就一了百了？"

说到这里，伊莎贝拉心中暗恨。

她做梦也没想到，"狩猎女神号"都已经进了暴风眼，还能侥幸活着出来。

那个童素，三番两次破坏她的计划，这一次，就让童素彻底死在这里吧！

"很不幸，伊万也在剧组里，还有好几个我国高官、富豪的子女，都在其中客串，一旦他们出事，哪怕是总统先生，也要为之头疼。"英格拉说出来意，"所以，将军希望，您能和手下们扮作海盗，拖住这艘船，让他们在公海范围，不要进入领海。"

伊莎贝拉没说答应，也没说不答应，只是反问："那你们呢？"

英格拉微微一笑："我们不信三千英尺的高空爆炸，有人能侥幸逃命；我们也不信，在漆黑的夜里，零下 30 摄氏度的气温中，只要救援延迟，还有多少人能活。"

六

巨大的火球，在夜空炸开，犹如绚烂的烟花，却带来死亡的气息。

伴随爆炸而来的，便是无数碎片，随着重力加速度，呼啸着往下跌落。

童素和李察落到水面上后，第一时间打开快速充气的简易皮筏艇，坐在上面，只觉得狂风肆虐，小小一艘皮筏艇，随时都有倾覆的危险。

"幸好我们没有被砸中。"童素略有些担忧，"当时爆炸的时候，我们来不及细看，可现在想想，爆炸的应该是另一架飞机。"

李察摇头："我们这架也一样。"

童素先是一怔，然后就反应过来，外面风这么大，那么多没经验的人跳伞，是死是活只能看命，确实不同寻常。

如果不是万不得已，就算飞行员提出这个要求，布莱特也会反对。

"不过——"李察冷不丁地说，"我感觉你对爆炸，似乎早有猜测，你不怕？还是说，你有接应的人？"

童素似笑非笑："你猜？"

李察懂了："这算透露国家机密吗？"

"当然不算。"童素回答，"你还记得'提洛岛'的那条船'狩猎女神号'吗？"

"记得，拥有方是孔雀国的辛格家族。"

"'提洛岛'之后，我查了辛格家族名下的全部企业，以及船只近半个世纪以来的航线，发现他们很多船只销往白鹰州，用来'捕鱼'。为了查清这件事与'提洛岛'有没有关系，我委托其他人出面，帮我买了一家捕鱼场。"

这也是中国安全部门当时为童子邦身份做的第三重掩饰。

童子邦前来白鹰州，主要是为了调查大洋国的秘密军事基地对中国是否有明确的不利倾向，而他用的身份，就是一个来自樱花国，叫"佐藤"的鱼贩子。

但因为童子邦需要留在白鹰州，而大部分鱼贩子过了开渔时间就会走，所以童子邦的第二重身份，是一个涉及白鹰州部分灰色地带的人。

假如这个身份还被大洋国国土局查出来，那么"佐藤"还有第三重身份，就是接受了童素委托，帮忙调查"提洛岛"后续的暗网"赏金猎人"。

三重身份叠加，大洋国国土局差不多已经能信了。

若不是前来大洋国之前，与爸爸联络上了，惊喜发现爸爸就在白鹰州，童素为何明知飞机可能会爆炸，还敢上来？

不过是算到了幕后黑手未必敢同归于尽，也未必是想全杀他们，或杀，或抓，都有可能。所以，跳伞之后，才是决战的开始罢了。

"既然你们早有准备，艾伯特·马歇尔的昏迷，也在意料之中？"

"那个是临时安排的。"童素回答，"但丁做了件比较蠢的事情，不过他随身携带了一个东西，本打算万一出了事，就用在自己身上的，现在贡献给了马歇尔先生。"

但丁当然知道，他对罗伯特的报复行动，有一定概率被国土局戳穿。

正因为如此，他带了世界树公司研发的新型科技成果，但丁也没详细说原理，好像与心理暗示，还有脑电波等有关。

反正那个一次性仪器最后作用的结果就是，人会陷入昏迷状态，靠外界的电力刺激等，一时半会没办法醒来，持续时间是 12 至 48 小时不等。

但丁本打算，假如他被国土局抓了，就在关键时候给自己来一下，然后他的律师就能以保外就医的理由，把他弄出来。

"12 个小时快到了，他能醒吗？"

"不清楚。"童素回答，"看他的运气了。"

李察点了点头，打开了随身的急救生存包，清点物资。

急救生存包里有两个包裹，一个装着驱虫剂、抗生素、唇膏、盐、抗感染片、止泻片、止痛片、绷带、肥皂等，另一个包里面则有蜡烛、鱼钩、糖果、巧克力、小手电筒、防水火柴、打火石等。

就见李察拆开第二个包裹，拿出巧克力，掰了一半给童素。

童素平静接过，问："你觉得我们要多久才能等到救援。"

"放心。"李察微笑道，"如果不出意外，我们一定是能活最久的那个。"

他一边说着，一边拿起了鱼钩和鱼线："我可是钓鱼的好手。"

说到这里，他似乎听到了什么动静，做出倾听的模样，认真听了好一会儿，才说："我们得把皮筏艇划过去，那边有动静。"

他本以为童素不会支持，毕竟在这么极端的天气里，哪怕他们都穿了救生包里特制的防护服，也要尽可能保持体力少消耗。出乎他意料的是，童素立刻就答应了。

黑暗之中，李察没注意到，童素的手放到绑在腰间的包里，拿出了英格拉给的口红。她似乎是想扔掉这个带有定位器，又来自敌人手里的东西，但犹豫了一下，还是打开了开关，默默戴上蓝牙耳机，并把口红揣到口袋里，希望能听到接收器那边的声音。

李察打开了帽子上的 LED 安全灯，对童素说："我不确定电池能持续多久，你的先不要开，等我的没电了，不能亮了再说。白鹰州现在是极夜，而且船只救援和陆地救援不一样。就算有 GPS，像邮轮那样的大型船只也只能开到一个打开的范围，然后放小艇下去救。我们的灯光只有急救包里的小手电筒，和帽子上的 LED 灯，必须省着用，但也必须一直开。不管先来救援的人是谁，我们开着灯，有亮光，他们就能更早看到我们。"

童素认可这一判断，两人轮流划动皮筏艇旁边的简易船桨，过了十几分钟，就看到前方有 LED 灯的光芒，就像黑夜中的萤火虫那么显眼。再划了几分钟，两人惊讶地看见，有个人躺在一个皮筏艇上。

李察看了一下皮筏艇的载重，和大概面积，靠近之后，小心翼翼地跨了过去，粗略检查后，对童素说："是安德烈·卡佩洛先生！他应该是在降落的过程中被飞机碎片击中了腹部，身上好多血。但他还是凭着毅力，打开了 LED 灯和皮筏艇。幸好皮筏艇落水就直接膨胀，否则他必死无疑。"

童素第一反应是："那你刚才听到的声音是什么？"

"不知道，可能是大型碎片落到海里。"李察眉头紧锁，"他的防寒服，腹部已经被血浸透了。但现在这种情况，我不能解开他的防护服，去找伤口。"

童素将两个皮筏艇并在一起，却还是留在原本的皮筏艇上，只是说："血止不住，他根本不可能坚持多久。"

"这种天气，一旦解开防护服，他会因为失温，几分钟就死掉。"李察的声音低沉下去，"就算解开衣服，我也未必能找到出血点，假如只是外伤还好，如果是内部脏器破裂……"

"如果我们立刻获救呢？"

"除非在邮轮上，又有专业的外科团队和手术设备，否则都很危险。"李察回答，"其实在游轮上都不行，风太大了，邮轮会颠簸，而外科手术，第一要务就是稳。"

这点童素也能理解。万一做手术的时候，一个风浪打过来，船哪怕只是微微倾斜一下，手术刀就不知道戳哪里了，从救命直接变成了送命。

童素想了一下急救包里的相关工具，问："你能试试吗？"

李察肯定是学过临时急救的，就算是个半吊子，也比一条性命即将在自己面前逝去好吧？

"行吧！"李察拿出急救包中的小刀，还有抗生素、止血药等，又拿酒精擦了一下小刀，再拿打火机烘烤。

微弱的火苗在风中摇曳，很快就被吹灭。

李察也不再继续烘烤，踏到另一条皮筏艇上。

而就在这时，"濒危昏迷"的安德烈·卡佩洛却猛地抽出被"压在身下"的右手，露出雪亮的刀光！冰冷的刀锋穿透了防寒服，刺入李察的腹部！

李察还来不及反应，就看见安德烈·卡佩洛一个鲤鱼打挺坐起，利用起来的重力和惯性，并且用最大的力气，将李察推下了皮筏艇！

霎时间，原本平静的海面，传来响亮的落水声！就是李察刚刚听到的那种声音！

只见安德烈·卡佩洛一伸手，把李察的帽子揪下来，然后拿出一块金属板子，狠狠地往李察的头上拍去！

原本还在水上挣扎的李察，被这么一砸，就彻底沉了下去。

此时，童素已经用最快的速度，将皮筏艇往后划了五六米。

后退的过程中，看到安德烈·卡佩洛这一连串举动，童素也立刻明白了整件事的前因后果——他根本没有受伤，只是佯作不支，吸引人来探查，从而伺机抢夺他们头上有LED灯的帽子！

两艘充气式皮筏艇，漂浮在冰冷的海面。

安德烈帽子上LED照出的光，在夜色中具有极强的穿透力，就像黑暗中的灯塔。

只见这位刚刚杀人夺物的大贵族，极其自然地将手中的刀放到海水中清洗了一下，又藏回合适的地方，这才看着童素的方向，慢条斯理地说："我还以为，你会对我道德谴责一番。"

童素没说话。

安德烈观察了一下她的反应，居然笑了："也对，这才是你。"

"其实你没必要杀他。"童素突然说。

安德烈杀人夺灯，无非就是因为此时白鹰州正处于极夜，视野极差，救援不知道何时才来。而且天气过冷，需要尽量保存体力，不能大喊大叫。

这种情况下，LED灯就成了救命稻草，万一坏了，就可能与救援失之交臂。但每个救生包里只配备了一套防寒服，LED灯只有一盏，谁都不可能多拿。

与其他人的命相比，当然是自己的命更加宝贵。

极端情况下，人什么事情都做得出来，童素对此并不意外。

当然，她和李察都还是低估了人性的恶。一般来说，这种杀人抢夺物资的事情，只有在山穷水尽的时候，才会出现。安德烈却不同，他显然是从跳伞的那一刻，甚至更早，就已经想好了要这么做。

哪怕LED灯坏掉，或者电池在救援之前就耗尽的可能，不足百分之一。但他连这点风险都不愿冒，为此不惜杀人夺物，也出乎童素的意料。

安德烈听出了童素的潜台词，非但没生气，反而问她："你会拿自己的性命去做赌注吗？哪怕死亡率只有千万分之一？"

不等童素回答，他又说："忘记了，这话不该问你，你本身就是个喜欢拿性命去冒险的人。"

听见他这么说，童素顿了一下，才道："你变了很多。"

安德烈笑了一下，毫不避讳："你指哪方面？性别吗？"

童素的心顿时沉了下去。自从认出"安德烈"就是安妮后，童素就知道，这是个随时可能爆炸的定时炸弹。

斯图国的上层连同性恋都认为违背了教义，何况变性。安德烈·卡佩洛作为未来的选帝侯之一，要是被爆出这种丑闻，下场极有可能是被终身囚禁。

眼下他们位于海中，安德烈敢承认这件事，铁定是动了杀人灭口的心思。

只不过，李察真的死了吗？

童素飞快盘算该怎么脱困，突然发现皮筏艇震了一下。

她心中闪过一个念头，面上却不动声色："性别倒不是关键，关键在于，你从前给我的感觉，并不是那么果断的人。"

安德烈非常赞同："以前的我习惯了听从，直到我发现，温驯换不来尊严和地位，想要什么，还是要靠自己争取。"

说来也可笑，她对伊莎贝拉毕恭毕敬，从没有半点违逆，却被对方舍弃，如果不是因为她背叛了伊莎贝拉，转而投靠了亚伯，根本活不下来。而活下来的代价，就是帮助亚伯，暗杀她的祖父——卡佩洛侯爵。

虽然因为她的举动，"提洛岛"间接被毁，卡佩洛侯爵一系，包括她嫡亲的叔叔姑姑们，乃至父母，亲弟弟等，或被处死，或被幽禁，但这并不重要。重要的是，她获得了合理的身份，可以重新出现在太阳底下，并且拿到显赫的权势与地位。

想到这里，安德烈心平气和地说："在巨大利益的诱惑面前，无论是道德，还是法律，都没有那么强的约束力。"

童素沉吟片刻，才说："我认同你这句话，甚至明白你的做法，只不过——"

"只不过换作是你，绝不会为了谋生而去害人。"安德烈笑了，"如果是其他人这么对我说，我会认为他们站在道德制高点，只不过是撒谎。但我对你还算了解，你确实是这样的人，也不认为这是多高尚的品质。"

童素蹙眉不语。

看见她的神情，安德烈又笑了一下："你不用奇怪，为什么我对你说这么多，因为这些话压在我心里已经很久了，只是找不到应该和谁说。假如不是我们现在处于这样的场景，我也未必会和你说。"

听到这里，童素依旧很沉着："所以你打定主意，想要并且一定能杀我了？"

安德烈笑了笑，没有回答。

童素知道这就是默认的意思，思考了一会儿，才问："既然你想多和我说几句话，我也问一个问题——我们是听见了动静才往这边赶的，你刚才是不是已经杀了一个人？"

"准确地说，是杀了两个。"安德烈纠正，并且举起了一旁的金属板，"我刚才遇到了两个人，他们落水的地点很近，但被飞机碎片击中，奄奄一息。我看他们已经救不回来了，就收走了灯和皮筏艇。"

童素对安德烈的话术和无耻程度佩服得五体投地。

什么叫"收走"皮筏艇，什么叫救不回来，分明是看见人家重伤，就夺取物资，并把人推下水，把皮筏艇的气放出去，收藏好，就是为了以备不时之需。

但她终于也懂了一件事："你把他们推下水之前，还换了他们的衣服。所以，你假装受伤，才能瞒过李察。"

假如血迹是人为泼洒上去的，以李察的判断力，不可能看不出来。正因为安德烈衣服上的血迹，本身就是受害者在被飞机碎片撞击后产生的，不仅有血，还有烧焦的痕迹，李察才深信不疑。

"其实，换作别人，我未必会动手。"安德烈缓缓道，"我抢 LED 灯，是为了更长的求救时间。如果换作一个没受伤的成年男人，我又打不过，我不一定会杀人，只要双方轮流开 LED 灯就好。"

童素懂了："但你没想到，来的人是我们。李察伸手进去检查你的出血口时，你就知道会露馅，因为你并没有真正受伤。皮筏艇总共就这么大，你又抢走了那两人那么多东西，李察稍加观察，就会发现。"

"他已经发现了，只是我下手更快。"安德烈的目光陡然锐利起来，"我知道你不是坐以待毙的人，我愿意和你聊这么多，就是知道你必定有后招。现在，你把腰间的那个包扔过来，我就放你离开。"

安德烈对童素的心理阴影很深，他绝不相信童素明明猜到了自己要杀她，还什么都不做。所以，他表面装作若无其事，与童素闲聊，实际上也是借助这个机会，一直在留意童素的动作，就发现童素不着痕迹地把本来别在腰间的包，一点一点地往身后拨。

童素将手按在腰包上，微微一笑："你觉得，我会听你的吗？真把它交出去，我才是死无葬身之地吧？"

安德烈冷哼："难道你还带了枪吗？"

童素反问："你身上又有枪吗？"

安德烈不说话了。

飞机从米切尔市而来，那里全面禁枪，他们两个自然也不例外。就算是"银盾"的安保人员，身上配备的也只是麻醉枪、电棍、军刀等，不可能真的配备手枪维持秩序。

但以安德烈的身份，他身上一般会携带麻醉针，这是为了应对可能的绑架。

这种麻醉针往往藏在手表或者袖口里，如果是特别改良过，还能当防御武器用的"吹针"，弹射能力出众，穿刺能力强，对皮筏艇的威胁很大。

正因为如此，在两人的皮筏艇至少距离六米，安德烈手上又没枪，两人的防寒服还很厚的情况下，安德烈想要杀她，也只有摧毁皮筏艇这一种办法了。

童素已经猜到了安德烈的手段，安德烈也明白她猜到了自己想做什么，但童素那个包里有什么，却还是未知数。

这就等于打牌的时候，一个人已经亮了明牌，另一个人却有几张牌盖着，哪怕你知道王炸绝不在她手上，也还是会心存顾虑。

安德烈不清楚童素这一招是在诈他，还是真的另有依仗，便有些举棋不定。

但看见童素气定神闲的样子，他仿佛回到了两年前，明明童素是阶下囚，气势却还是压过了他，甚至逼得"安妮·卡佩洛"不得不"意外死亡"的事情，顿时下定了决心。不能给这个女人机会！

正当安德烈打算动手时，童素突然喊："我觉得，我们也不一定要鱼死网破，这样吧，为了表现我的诚意，我给你看个东西。"

说罢，童素从包里拿出英格拉给她的口红，然后竟把皮筏艇往安德烈的方向划了几步，然后往前一扔。

安德烈伸出手，准确无误地接到之后，拧开看了一下，又掂量了一下口红的分量，心中大概有数："里面装了什么？GPS？"

"没错，还有紧急通信器。"

安德烈挑了挑眉："中国军方制作的东西又怎么样，难道你们中国的舰队，还能开到白令海峡来？"

童素心道我可没承认这是中国军方做的，表面上却不显露半分："那倒不是，只是这个GPS定位，比起皮筏艇上附着的GPS信号，更容易被找到。"

说到这里，童素顿了一下，意味深长地说："我失踪了，中国安全部门会竭力去找，你失踪了，斯图国……"

剩下的话，她虽然没说完，但安德烈心知肚明。这也是他信不过自己身上GPS定位的原因。

他作为一个"平民小子"，空降了侯爵之位，多少人眼红嫉妒，想要他意外横死。这种情况下，他还真不确定，一旦知晓他出事，斯图国那边会不会倾尽全力救他。

而中国安全部门这么看重童素，甚至给她随身的口红都装GPS，这也让安德烈更加顾忌。

童素跳伞都不忘记随身把包带上，那个腰包里说不定还有别的东西，万一鱼死网破……

看见安德烈一直不说话，知道他态度有松动，童素趁热打铁："我们当作没有见过，互相驾驶皮筏艇离开，生死有命，如何？当然，作为交换，我需要一件防寒服，还有一个急救包。我知道，你手上还有两套，扔一套过来吧！"

安德烈深深地看了她一眼。假如童素不提要求，安德烈还会觉得她在虚张声势。但现在，童素居然理直气壮地要防寒服和急救包，这恰好踩在了安德烈能接受的边缘。

如果童素要 LED 灯，安德烈绝不会给，可防寒服这东西，本身就厚，皮筏艇上放不了那么多，而且安德烈也用不了三件。

至于童素为什么要这东西……安德烈想了一下，觉得可能是怕气温继续往下降，想要双重保暖，把它当毯子用。

虽然安德烈依旧非常想杀她，但还是求稳的心情占了上风，许久方缓缓点头："好，但急救包只能给你一个包裹，第二个不行。"

第二个包裹里面有糖，有巧克力，还有最重要的手电筒，在不知道需要多久才能等到救援的情况下，这些都是维系性命的好东西，他不会给。

第一个包裹里的药，想拿就拿走吧，安德烈用不了那么多。

童素接防寒服的时候，也很警惕，哪怕后退，也正面对着安德烈，一手按在腰包上，一手操纵皮筏艇，往背后退去。

大概退了两三百米，确定对方看不清，低声说话也很难听见后，童素才敲了敲皮筏艇的边缘，就看到李察冒了个头出来，浑身是水，低声骂了一句："真吓人。"

童素拉他上来，一边指着刚到手的防寒服，一边问："你受伤了没？"

"我避开了要害，只伤到了皮肉。"

李察快速脱下浑身沾满水的防寒服，换成干爽的，冷得龇牙咧嘴。

好在他受过专业训练，比起一般人更知道怎么应付这种情况，换作旁人，就算侥幸没死，在海里这么潜水几分钟，也要丢掉性命。

就见李察娴熟地拆开急救包，给自己抹药、包扎，换好衣服，一看就是经常受伤的熟练工。

确保自己现在体温恢复，没有太大危险后，李察才有心情问刚才的事情："我一上皮筏艇就觉得不对，留了个心眼。不过我敲皮筏艇，是让你和我里应外合，把他的皮筏艇搞翻，你怎么退了？"

"因为我觉得，顺手利用一下他，比杀了他更好。"

"哦？你就确定他会同意你的交易？他看起来很想杀你灭口。"

童素笑了一下，只是将目光投向西边，试图看到遥远的海岸线，缓缓道："他虽然看上去比以前果决了很多，但只是对别人狠而已，每次遇到他自己的事情，都会患得患失，这就是我和他能交易的基础。"

李察把玩着脖子上的正义女神像，淡淡道："这世界本来就是这样，对别人心狠手辣，不留情面的人多如繁星，能对自己狠的人，又有几个呢？"

七

与此同时，叶莲娜的住处。

英格拉若有所思："我以为，凭她的多疑，会把口红扔了，没想到居然还留着？"

电话那头的人低笑："毕竟，那东西还是个接收器，有'随时可能听到情报'这个理由吊着，她未必会扔。不过，确定没扔掉吗？"

"假如扔到海里，GPS 就会定住不动。目前，GPS 显示的点在匀速挪动，和皮筏艇的速度差不多，显然没扔。"

"既然这样，那就出动潜艇，直接抓人。"

"需要发她的照片吗？"

"不需要，任务有关的内容越简略越好，直接就说，GPS 所在点的人全都抓过来。"对方意味深长地说，"你要明白，你留下来的每一个字，每一句话，不知道什么时候就成为致命的证据。想要保护自己，也保护我们部门，最简单的方法就是，将一切模糊化。"

他们这样的部门想要抓人，不能像国土局那样，精准到这个人的年轻性别长相身高体重血型，而是要尽可能地模糊。这样一来，哪怕万一情报泄露出去，也能抵赖得一干二净。

英格拉确认一遍："不管多少人，只要在 GPS 所显示的点，全都抓到专用基地？"

"不管是谁，只要在附近，全抓到专用基地。我们不需要解释，外界会认为，这是海盗所为。"

英格拉挑了挑眉——这是打定主意，把黑锅给伊莎贝拉背？

很好，她喜欢！

"哪怕是亚伯·温菲尔德？"

"只要进了基地，世界上就不存在亚伯·温菲尔德。"

英格拉耸肩："好吧，愿上帝保佑他们。"

雪松的运气很不好。

他刚刚背着艾伯特·马歇尔跳伞没多久，"空中车厢"就爆炸了，随之而来的气流以及强风，把降落伞往西边吹去。

幸好雪松有丰富的跳伞经验，并且已经预估到了按照这个风速，他们有降落在陆地上的可能，所以早早做好了准备，

即便如此，在落地的那一瞬，雪松依旧一个闷哼。

他以自己为肉垫，护住了艾伯特·马歇尔，却觉得胸口闷闷的，初步估计，应该是有一根肋骨断了，希望没有刺伤肺叶。

正当雪松利用急救包，给自己做了一个简单处理，想要忍痛继续背起艾伯特·马歇尔的时候，忽然发现对方自己站了起来，低声说："谢谢。"

"马歇尔先生？"

"准备跳伞的时候，我就已经醒了。"艾伯特·马歇尔回答，"只是装作依旧昏迷，因为我不能落单，实在抱歉。中国军人，这份情谊，我记下来了。"

雪松欲言又止。

只见艾伯特·马歇尔略带歉意地说："诺亚集团在白鹰州也有一个实验基地，主要是为了检测材料和动力设备在极端天气下，是否还能正常运行。我醒来之后，已经发出急救信号，通知人过来接应，他们有 GPS 引导，很快就能到——"

雪松记得童素说过，如果她不在，自己必须全力保护艾伯特·马歇尔的安全，因为这涉及后续诺亚集团与中国的高度战略合作，具有至关重要的意义。所以他直起身板，肃容道："我们不适合在原地等待救援，海滩太危险，起浪的话会把身体打湿，将我们重新卷入冰冷的海洋里。"

艾伯特·马歇尔认可这一判断："但我们去哪里呢？陆地同样很危险，有着无法用肉眼判断的冰裂隙。"

雪松打开 LED 灯，眺望了一下周围，然后指着前方一个影子："附近有建筑，应该是一处临时停泊船只的码头，只是在禁渔期，从而没人居住。那里就算没人，也有我们需要的设备，我们先去那里，至少能够躲避风寒。"

"也对，说不定我们还能找到临时急救设备，不过，雪松中校，你的身体能撑住吗？"

"还行。"

雪松和艾伯特·马歇尔走到近前，才发现他们的判断错误。

这并不是一个小码头，而是一个石油运输码头，远处是绵延不绝的储油罐，屹立在

冰天雪地之上，然后再通过管道，与码头的邮轮对接。

"奇怪。"艾伯特·马歇尔不解，"这样一个码头，应该有很多人才对，为什么突然没人了？"

这个问题，雪松倒是知道一点，便道："可能与国际油价的变动有关。"

艾伯特·马歇尔笑了："原来是这样，现在由于塔汗国的内战，石油走势一路飙高，散户不肯卖，庄家知道锂硫电池发布会即将召开的事情，又不敢买。导致石油都压在罐子里，装在邮轮里，漂泊在公海上，等着期货交割日期，就等着散户接盘。交易少了，码头的工人当然也少，都回到城市休息去了。"

雪松平常并不多话，但由于觉得整件事不同寻常，他还是低声说："那也不至于一个人也没有，就算因为风暴不出门，至少也该开灯。"

"现在已经凌晨两点多了，即便这里有人，大部分也该睡了。另外，黑也不光是因为这个原因，或许是风暴摧毁了这里的电力系统呢？"

雪松摇了摇头。他还是觉得不对。

常年游走于生死边缘的人，对死亡的到来有一种近乎本能的预知，这个码头以及远处的炼油厂，还有生活的小镇，看上去似乎没有不妥，可处处给雪松一种不舒服的感觉，就好像刀尖已经到了头顶，随时会坠下。

雪松不明白，这里既然有个码头，为什么先前他们还要跳伞？

假如觉得强烈的冬季风暴会影响到航行，飞机掉头前往码头方向，直接降落，然后人暂时在码头歇息不就行了吗？哪怕码头没人，有建筑在，依旧可以遮风避雨。

"银盾"的飞行员不仅忽视这点，而且雪松当副驾驶的时候，雷达扫描图像居然都没注意到这里有个码头，导致他们必须跳伞。

这件事情，从头到尾都透着古怪。

码头说不定有问题。

雪松斟酌许久，突然发问："马歇尔先生，我们不能聚集在一起，是我先去探路，还是您去敲门？"

艾伯特·马歇尔奇怪："有什么区别？"

"如果我去探路，需要一两个小时摸清情况，您得找个安全位置，在那里等我，确认无误后，我会来找您；假如您去敲门，我会想办法跟在您后面。但如果对方猝不及防对您下杀手，我可能会来不及救援。"

艾伯特·马歇尔听到这里，就知道雪松在顾忌什么。

他怕这是一个废弃的石油码头，却被有心人拿来藏污纳垢。如果这是走私犯，或者人贩子的窝点，他们两个人过去，必死无疑。

码头不同寻常的黑暗，让雪松提高了警惕。

艾伯特·马歇尔刚要回答，就听见有人说："别去那里。"

雪松全身戒备，手已经按到军刀上，却看见一个人从礁石旁绕了过来，低声道："我刚才在那里转了一圈，石油的味儿很浓，还有石油泄漏的痕迹。那地方靠炼油厂太近，万一炼油厂爆炸，只能祈求上帝赐予奇迹。"

听到这个声音，雪松瞳孔皱缩："詹姆斯·史密斯?"

詹姆斯在安全距离外站定，保证不引起雪松的过度警惕，才对艾伯特·马歇尔说："国土局特工，代号，詹姆斯·史密斯，奉局长之命，保护艾伯特·马歇尔先生。"

艾伯特·马歇尔看到是詹姆斯，便松了口气，对雪松说："放心，自己人。"

雪松嘴上不说，心中却还是戒备非常。他可没忘记，这两架飞机就是詹姆斯和另一个人去调试的，飞机突然爆炸，詹姆斯嫌疑最大，他怎么能信?

詹姆斯也知道雪松不可能全然相信他，但他只需要艾伯特·马歇尔的信任就行，便道："我和同伴已经探过，距离这里三公里外，有一个废弃的气象观测站，比较适合暂时落脚。我的同伴正在那里调试柴油发电机，我在观测站找到了一辆雪地车，顺着马歇尔先生的 GPS 引导，特意赶过来。"

不等雪松拒绝，艾伯特·马歇尔直接拍板："既然这样，那我们就赶快去观测站落脚，等待救援。"

詹姆斯请两人上车，雪松百般不情愿，但看到艾伯特·马歇尔上去了，出于保护对方的考虑，只能硬着头皮跟上。

发动车子后，詹姆斯通知约翰："我已经找到马歇尔先生，你那边怎么样?"

"发电机里还有一点柴油，够撑一个小时。地下室发现了大型冰柜，里面有储备的鱼肉块，勉强可以用来炼油和食用，应该够。"

听见这个消息，三人心中都是一松，却不知道，卫星电话那头，约翰看着房间里的西蒙·路斯恩，低声问："他们没去码头，被詹姆斯找到，要来气象观测站，你的人准备好了吗?"

西蒙·路斯恩面沉似水："刚才的风暴切断了道路，我的人一时半会过不来。"

"码头那边……"

"他们不敢过来。"西蒙·路斯恩回答，"码头那边，他们熟悉路，一旦爆炸可以跳到海里，然后游一段路回去。这里距离码头有好几公里，路上很可能有冰裂隙。没几个人有詹姆斯·史密斯那么大的胆子，敢深夜开着个刚修好的雪地车就出门。"

约翰当机立断："你躲到地下室里，我喊了你再出来。"

"你打算怎么做？"

"我答应帮你解决麻烦，就一定会解决。既然硬的不行，那就来软的，在他们吃的东西里下药。"约翰平静道，"如果你在，詹姆斯会很警惕，你赶快下去，我打扫你来过的痕迹。然后给他们煮点东西，趁机下药。"

西蒙·路斯恩听到这里，目光闪动："成功概率多大？"

"詹姆斯不会防备我，唯一需要顾忌的，是中国安全部门那个中校。但只是一个人，我应该能应付。"

"既然这样，你控制局面后，一定要喊我。"西蒙·路斯恩眼中露出残忍的光，"艾伯特·马歇尔，由我亲自来杀。"

八

白鹰州，海岸边，废弃的气象观测站。

从雪地车上远远望去，就看到前方一点灯火，在黑暗之中格外醒目。

艾伯特·马歇尔露出激动的神色，显然是在冰天雪地里冻怕了，迫不及待地想要去享受暖气。

雪松一路上却一直拿着卫星电话，试图联络上童素和其他队员。

童素那边始终没有回音，其他队员倒是联系上不少，雪松逐一叮嘱，如果降落在海上就保存体力，等待救援；如果降落在陆上，就尽量找一个避风处，走路的时候注意先探路，防止冰裂隙。

他的动作当然瞒不过同行的两人，但大家都知道他是此次中国代表团里，安全部门派来的负责人，因此对他的举动并不觉得奇怪，也很体贴地没有多关注。

加上夜色与戴面罩防寒帽的遮掩，让人根本看不清表情，洞察能力最出色的詹姆斯又在前方驾车，看不到后方的情景，从而忽略了雪松收到一则回信时，短暂到只有一两秒的停顿，以及神情微微的诧异和不自然。

大概四十分钟的车程后，气象观测站出现在眼帘。

从雪地车下来之后，雪松不急着进去，先观察了一下环境。

这个气象观测站的建筑面积大概有一千平方米，总共分四栋建筑，观看格局，应该是科研楼、宿舍加办公楼、发电楼和车库，以及气象观测楼。

所有建筑的墙壁都是结实的集装板，墙壁两边的窗户四周都嵌有封条，但外面的积雪已经堆到了窗口处，根本不能打开。

目前而言，其他两栋的大门都被雪给堵住，包括窗户和大门边沿，已经被凝固的冰给封实了，想打开就要先清掉冰。只有宿舍楼，以及连在旁边的发电楼外的雪被临时铲开了，有部分已经化掉，想来是詹姆斯和约翰临时做的。

他们本来就是大洋国的人，比较清楚气象站的构造，稍微看一下，就能猜到雪地车放在哪里。

但雪松还是觉得，真有这么巧吗？

以詹姆斯和约翰两个人的效率，靠工具肯定没这么快铲开，冰雪急救包里的融雪药物分量应该不够，难道随身携带了相关的化学物品？

他们可是从米切尔城临时决定过来的，这概率有多大？

还是他们另外有什么图谋？这里面会不会有埋伏？

詹姆斯发现雪松没往前走，以为他对废弃气象站的安全问题心存疑虑，便开口解释："白鹰州的气象站，因为选址都在冰天雪地中，雪层会不断积累，在建站之初就会考虑到使用寿命年限，一般是十年。"

艾伯特·马歇尔也是个观察力极为敏锐的人，他略扫了两眼宿舍楼的环境，就说："这个观察站不像彻底到了使用期限啊！"

按理说，气象观察站一旦到了寿命尽头，就会把建筑全拆掉。反正本来就是建筑工地用的简易集装板，拆卸起来十分方便，不可能留下这么一个废弃不用的站点。

"哦，这是有特殊原因的。"詹姆斯回答，"这个气象观察站用到第七年的时候，周边地理环境出现了一些变动，原本探索好的道路上突然出现冰裂隙，差点造成人员伤亡。所以这个观察站就变成了备用站点，大洋国在远一点的地方建立了新的气象观察站。后来仪器设备都被转移走了，但临时搭的房子还在。"

雪松觉得这个理由不是很能站住脚，却也没多说什么。

毕竟，这个气象站建筑周围的积雪，如果不是经年累月，很难到这样的厚度。还有宿舍楼角落处的冰凌，以及因为开启了暖气，窗户边角处融化的水迹，等等，都表示这个气象站已经长久不用了，不像临时搭建出来或腾空人员后，用来诓骗他们的。

再说了，就算有问题，他们现在翻脸，岂不更是打草惊蛇。还是走一步看一步吧！

宿舍楼的一楼是办公大厅，留驻在这里的约翰·卡森已经将桌子挪开，堆到墙角，中间空出一块地方。

他不知道从哪个宿舍里找到了电磁炉和铁锅，还有一些真空包装的蔬菜、牛肉和午餐肉，拿雪水煮化，过滤之后，与食物放一起炖煮，已经开始弥漫香气。

看到三人进来，约翰一边折腾手里的发电机，一边头也不抬地说："防寒服别脱了，房间里温度还不高。另外把雪地车弄进房间来，免得在室外被冻住。"

詹姆斯点头，麻利工作："电能支持多久？"

雪松和艾伯特·马歇尔都来帮忙，三人一边收雪地车，一边听约翰说："我把大厅上下左右全堵住，只开这里的暖气，发电机内部的柴油大概够一个小时。不过，我在车库角落里，还找到了几罐汽油，已经搬了过来。"

听见他这么说，雪松下意识望向角落，发现确实有五罐汽油。

但光有汽油也没用啊！

"这里有汽油发动机吗？"

"没有，不过车库里有两辆废弃的皮卡，发动机还是好的。我刚才已经把发动机拆了下来，搬过来，接上线路，做个简易发动装置，手上这个就是。就是还没调试好，待会儿大家一起来帮忙，效率应该高一些。"

艾伯特·马歇尔听到这里，插了一句："汽油？功率不够吧？"

在这种极端天气，想要撑起一整栋建筑物的电力支持，汽油发动机的功率太低，很有可能带不动。

"不需要一整栋，只需要维持一楼的暖气。"约翰看了一眼手表，"我和詹姆斯在这里没找到安全绳，他是冒险出去的。你们运气好，风暴越来越弱，已经濒临平息，否则没有安全绳，人走在这种地方，容易被风刮跑吹散。假如待会继续有风暴来临，就算是白鹰州救援队，行动也会受到限制。"

听到这里，雪松微微皱眉："待会儿还有暴风雪？"

约翰耸了耸肩："谁知道呢，白鹰州这个鬼地方，常年风雪交加，风速甚至可以达到每秒40米。跳伞降落在陆地，需要提防的是冰裂隙。如果降落在海面，一旦狂风来袭，皮筏艇只能当救生圈用。"

雪松沉吟片刻，又问："《人鱼》那艘船呢？从公海回来了吗？"

"正在往回赶，救生艇的GPS信号已经全都发给他们了，他们会沿途一直打捞，并在条件允许的范围内，出动救生艇搜寻。"

艾伯特·马歇尔忍不住问："白鹰州难道就没有别的船了吗？"

如果再来一轮冬季风暴，降落在海上的人，很可能性命不保。

"已经是禁渔期，大部分船都离开了，剩下的船只都是运输船、储油船，还有邮轮，或者当地百姓自己的私人小船。小船扛不住风雪，大船起航要时间。这么大的风，除了军方，谁会出现？也只有指望还在公海上的船了。"

说到这里，约翰略微停顿，斟酌了言辞，才说："其实，就算其他大船来也没用，《人鱼》剧组因为明星多，配备了全套的医疗团队、救生设施。在安全和救援上花的钱占据了剧组一笔不菲的支出，其他大船，比如储油船这种，未必有足够好的救援条件。"

雪松知道约翰刚才为什么欲言又止。

实际上，白鹰州是有大船能够救援的，而且不止一艘。因为大洋国军方有一个完整编制的主力舰队驻扎在白鹰州的"鹰嘴"处，即白令海峡附近，还有一个巡逻舰队，最近刚好开到这边。

大洋国的舰队，除了作战部队外，还配备了勤务舰队。专门负责运输补给、海道测量、救生打捞等。以艾伯特·马歇尔和军方的良好关系，再加上军方高层威尔森也落难了，呼叫大洋国海军部队出动勤务舰队，本来一点问题都没有。如果他们落难的位置不是靠近白令海峡的话。

白令海峡地理位置极其重要，它的水道中心线既是白熊国和大洋国的交界线，又是亚洲和北美洲的洲界线，还是国际日期变更线。

而且，据考古学家分析，在距今 1 万年前的第四纪冰期时，海水低于海面 100～200 米，从而让海峡变成亚洲和北美洲间的"陆桥"，两洲的生物通过陆桥相互迁徙。美洲印第安人的祖先很可能就是一些亚洲来的猎人，跟着兽群到了北美洲之后定居。

这样特殊的地理位置，决定了白令海峡处于兵家必争之地，海峡东边的大洋国和西边的白熊国，至少有一个主力舰队驻扎在附近，并且对彼此的动静十分敏感。

假如大洋国这边出动舰队，哪怕仅仅是勤务舰，白熊国那边也会闻风而动。

说句不客气的，"空中车厢"半途爆炸，白熊国的卫星和雷达肯定监控到了，人家正在收集情报呢，大洋国这时候送上门去告诉他们，我们正在紧急救援重要的人？那白熊国会非常乐意同样派出船只，帮忙救人的。

万一艾伯特·马歇尔、西蒙·路斯恩，或者威尔森将军这样的人，没被大洋国舰队捞上来，反而被白熊国舰队打捞走。你说人家会不会承认，又会不会把人交还？

这就是大洋国军方为什么明明有舰队驻扎，派船来打捞很简单一件事，却偏偏要搞那么复杂，还要《人鱼》剧组从公海赶回来。归根到底，就是想把这个搞成民间行为，尽量麻痹白熊国舰队，不让他们那么快做出反应。

大洋国上层内部的考虑，雪松不想干涉，他只是心里有些焦急，加上肋骨断裂隐隐作痛，身体不大舒服，没心思吃东西，便道："先吃东西的话，万一中途没电了，做什么都不方便。还是先把发电机弄好，也不差这点时间。"

詹姆斯也赞同："约翰，这里还有无线电设备吗？有的话，一会儿，我去找找，修补一下说不定也能用。"

"办公楼没找到，科研楼和气象观测楼里面说不定有，但化冰扫雪太麻烦了，待会儿再去。"约翰说，"先解决电力，补充体力。"

雪松突然咳了几下，虽然他掩饰得很快，但以詹姆斯和约翰的眼力，还是发现他咳出了几丝血沫，而且语带痛苦，显然是受了不轻的伤。

詹姆斯脸色一变，快步走了过来："肋骨戳进肺叶了吗？"

"真戳进去早就不能动了。"雪松满不在乎，"肋骨应该断或者裂了一两根，不算大问题。"

詹姆斯对雪松的硬汉表现竖了个大拇指，约翰沉思了一下，说："那你别搬机器了，万一加重伤势，我们可没能力给你急救。"

"我也不能干坐着吧？"

"那你检查一下电路？这边的线路有点乱，我还没整理好。"

"好。"

雪松拿起工具，拆开一个开关，开始研究电力线路构成，发现这里的电力结构居然每层都独立，单独做了回路。这与一般气象站的电路结构并不相符。

联想起刚才收到的那则信息，雪松不由陷入深思。

"这个气象站的电路结构居然是一层层单独做的，而不是整体成一个回路，最大的可能，就是气象站不光地上，地下也有建筑。"雪松一边检查电路，一边思考，"为了掩盖真正的用电量，以及电路构成，才搞得这么复杂。"

假如只是挖一两层地下室出来，根本没必要遮遮掩掩。正因为如此，雪松判断，这个气象观测站地下藏着秘密的可能性极大。但想要仔细探查，不是那么简单的事情。

一个詹姆斯·史密斯就已经够难应付的了，那个约翰看上去与詹姆斯很熟悉，同样是国土局顶级特工的概率很大，雪松并不认为，自己在没人打配合的情况下，能够瞒过两位大洋国的王牌特工。

更重要的是，这个气象站下面可能有建筑的事情，詹姆斯和约翰知道吗？

雪松有些踟蹰。

他多年来在生死间摸爬滚打，有着类似大型野兽一般敏锐的直觉，所以他能感觉出来，詹姆斯·史密斯这个曾经与他交手好几次的老对手，对他并不存在任何恶意，甚至带了几分说不清道不明的善意。

而且，假如詹姆斯和约翰想要对雪松不利，现在夜黑风高，人迹罕至，又是在大洋国领土上，恰好是他们动手的好时机，但人家却什么都没做。

反倒是艾伯特·马歇尔，看上去颇为热情，实际上，雪松却一直不觉得这是艾伯特·马歇尔的真面目，心里默默对这位诺亚总裁敬而远之。

想到这里，雪松无声叹了口气。虽然只需要面对三个人，却都是顶级的人精，就算换作童素过来，也不一定有把握能瞒过，何况雪松并不擅长心理战术。

所以，短暂的沉默后，他还是说道："这个线路是不是有什么问题？每层楼都是独立的电路结构？"

詹姆斯一听就懂，却装作没听懂："地下室？确实有，我们就是在那里找到的冰柜。"

至于是不是有更深层，他半个字都不提。

约翰也很淡定地改装着发动机："这个气象站的电路本来就是这样的，也方便了我们。假如整栋楼电路都接通，汽油发动机的功率可能真的带不动！"

詹姆斯微微皱眉。

艾伯特·马歇尔的动作却比他们几个都快，这位世界知名的万亿富翁，同时也是一位顶尖的机械工程师，三下五除二就把汽车发动机改成了简易的汽油发电机，试了一下发电功能后，拍了拍身上的灰："可以了！"

接着他又过来帮约翰和詹姆斯折腾，很快也把另一台发电机改装好了。

四人商量后决定，两台发电机，一台使用，一台备用。

等发电机轰隆轰隆，开始制造电力后，四人围着铁锅坐下，约翰已经把几个盘子和刀叉拿了过来，说："没地方洗，我把雪水化了，煮了一锅热水，应该快开了。待会儿放到里面去冲一下，就当高温消毒。"

说着，他就指向了放在一旁的另一口铁锅，水已经烧开了，虽然略显浑浊，却嗞嗞冒着热气。

四人将盘子和刀叉都放到热水里过了一遍，一人盛了一盘热腾腾的食物，艾伯特·马歇尔饿得厉害，直接开吃。詹姆斯看了约翰一眼，微微顿了顿，却还是叉起一块牛肉，一边往嘴里放，一边对雪松开玩笑一般地说："我这个兄弟不常做饭，要是手艺不好，你吃不惯，可别笑话他。"

雪松本来警惕心就很高，听见詹姆斯这句话，虽然不清楚对方是不是在暗示着什么，却留了个心眼，连连摇头说不介意的同时，也选择了牛肉、午餐肉这种一整块的食物，而不是土豆、洋葱等糊糊一样的东西，表面上装作吃了，实际上借助防寒服宽大的衣领，不着痕迹地从里面衣服和防寒服中间漏下去。

虽然这会把两件衣服都弄脏，但与可能面临的风险相比却不值一提。

艾伯特·马歇尔就完全没这种提防心，很快将盘子扫光，还笑着感慨："巴别塔酒店的自助餐，一万八千大洋币，我也没觉得多好吃。倒是今天这些罐头、真空蔬菜、行军干粮炖的东西，让我觉得真是美味。"

詹姆斯听到这里就笑了："也就是你今天饿了，才会这么说。要是不饿的时候，让你生啃压缩饼干，你两口就吃不下了。"

艾伯特·马歇尔也觉得是这个道理，他揉了揉眼睛，带了点疲倦："今天发生的事情太多，我感觉吃饱后有点困了。这里有毯子吗？我想睡一会儿。"

约翰摇头："仅有的几床被子，已经被冻得和冰块一样了，根本不能用。虽然室内有暖气，但发电机不一定能维持，尽量别睡。"

"但我的眼皮都快打架了。"艾伯特·马歇尔的声音都带了点困意，"我蜷一会儿！"

说罢，他就挪到暖气出风口下方，双腿屈起，头埋进双腿里，把防寒帽戴上，开始睡觉。

片刻后，细小的呼噜声就响起。

雪松也装作有点疲倦的样子，打了个呵欠，同样靠到角落里，看上去就像很累，非常想睡，但又强撑着自己不能睡着的模样。

困意上涌的詹姆斯发现不对劲了，正要一跃而起，制住约翰，却被一根细小的麻醉针击中面部。

雪松下意识要站起来，却看见詹姆斯倒下时，对他使了个眼色。

不清楚詹姆斯究竟是什么意思，雪松决定装作中招了，看约翰要干什么。只见他做出一副勉力要站起来，却浑身无力的样子，然后约翰走了过来，一个手刀，直接劈中雪松，力道之大，显然是冲着把雪松打昏去的。

雪松早有准备，在约翰动手的那一刻，暗中掐着自己，用疼痛保持清醒，呼吸却维持在均匀的频率，佯作昏迷。

约翰大概是对自己的力道十分自信，也没多检查，看到在场三人一个睡着，一个被麻醉，一个昏过去后，便走到楼梯间处，消失无踪。

片刻之后，大厅里传来两个人的脚步声。

"他们都被你解决了？"

这个声音，雪松前不久刚听过，正是大洋能源集团的主席，西蒙·路斯恩！

"只是下了药，让他们昏迷。"约翰冷冷道，"想要做什么，就快点做吧！等把人杀了，直接扔到大海里，我们再把这里炸了，死无全尸，就彻底没了证据。"

"詹姆斯·史密斯可是你十几年的好兄弟，你也下得了手？"

雪松听见约翰沉默了许久，才用一种复杂的语气，缓缓道："我们这样的特工，如果不能成为国土局高级长官，余生都会很悲惨。而我与你的父子关系，还有雷奥将军是我舅舅的事情，根本瞒不了多久。如果你倒台了，我注定被猜忌，仕途不会前进。那样悲惨的未来，是我不希望看到的。"

假如约翰·卡森二话不说，就把詹姆斯卖了，西蒙·路斯恩只会觉得这是一个圈套。但看到事到临头，约翰流露出不舍，下手却没犹豫的模样，西蒙·路斯恩觉得虽然约翰的生母上不得台面，但这个儿子体内不愧流着路斯恩家族的血，嘴上和心里再怎么说重视感情，与巨大的利益相比，也绝对不会选错。

正因为如此，他就放下了心，满意地拍着这个私生子的肩膀，哈哈笑道："不错，约翰，你干得很好，我要给你奖励。"

霎时间，约翰只觉得肩膀剧痛，不可置信地看着自己的亲生父亲。

他试图推开对方的手，却发现力气剧烈流失，不知道是因为视线模糊，还是西蒙·路斯恩那张儒雅的脸，本身就因为兴奋而扭曲："这份奖励就是，送你去与你那个妓女母亲、小混混父亲，还有野心家舅舅团聚。"

九

"为什么？"出人意料地，原以为陷入昏睡的艾伯特·马歇尔睁开眼睛，平静地问，"他不是你的儿子吗？"

西蒙·路斯恩半点也不意外，反而十分镇定："你果然没中招。"

艾伯特·马歇尔摇了摇头，他的眼皮一直在打架，看得出来在和身体本能对抗，只有眼神依旧清明："我没信心能瞒过训练有素的国土局精英，在不清楚他们究竟抱着善意还是恶意的情况下，当然要顺着对方的节奏走。所以，刚才分给我的食物，我全都吃完了。只不过，当年我收到父亲的死讯后，曾经有过一段滥用药物的荒唐期，虽然后面戒了，不过对部分药物已经有了一定抗性。"

对一个充满困意的人，思维都开始有点涣散的人来说，想要保持清晰的逻辑可不是那么容易的事情，但艾伯特·马歇尔做到了："你看见现在的我，居然还不怕我根本没被药物影响。论年纪，论体能，你都不比我有优势，却还是这么有恃无恐，是不是代表这里还有你的人？"

西蒙·路斯恩露出淡淡的微笑："你是个聪明人，可惜，运气不好。"

艾伯特·马歇尔看见自己的猜测被证实，便道："我唯一想不明白的是，你为什么要杀你自己的儿子。"

不等西蒙·路斯恩回答，艾伯特·马歇尔又说："别误会，我并不认为你们之间有父子之情。我只是奇怪，你的三次婚姻给你带来了五个儿子、四个女儿。他们个个毕业于名校，不是在知名财团担任高管，就是创办自己的时尚品牌。但无论是你，还是我，心里都很清楚，你的九个婚生子，十几个私生子，还有那些逐渐长成的孙辈，虽然被精英教育从小喂养到大，可平庸的资质，以及过于优越的生活所养出来的，无法耐得住寂寞，缺少吃苦钻研的心性，决定了他们的上限远远比不上这位特工先生。"

艾伯特·马歇尔说得很直接，西蒙·路斯恩也不否认。

虽然外界尤其是媒体对他的子女们十分追捧，认为他们名校毕业，能力出色，颜值也高。但西蒙·路斯恩自己清楚，他的孩子，无论是婚生子，还是私生子，顶多也就是一般精英的水准，并没有能力驾驭大洋能源集团。

正因为如此，他早就在路斯恩家族的旁系中物色优秀的青年俊杰，逐一将女儿嫁给他们，他希望在精心培养的孙辈中能冒出入他法眼的人物。

路斯恩家族之所以能代代传承，保持今天的规模，就在于百年前，大洋国用坚船利炮叩开了樱花国的国门。路斯恩家族的成员去樱花国开拓业务时，将樱花国"婿养子"的习俗带了回来。

樱花国虽然男尊女卑极其严重，但许多贵族，还有武士阶级，以及近代的企业家们，反而更喜欢生女儿，因为儿子有可能没本事，可女婿却能从千千万万的人才里挑。

甚至有企业家直接放话，宁愿把继承权传给外人，也不能传给能力低的亲生儿子。

樱花国之所以有这种传统，就在于该国的贵族们看过太多嫡系子孙无能导致家业衰败的例子，对宗族观念极其严重的樱花国人来说，家族传承下去才是第一位的，所以他们一直有挑选德才兼备的养子来继承家业的习俗。

只不过，樱花国对"入赘改姓"这种事情接受良好，大洋国却不行。

为了防止家业被外人所夺，路斯恩家族变通了一下，将女婿的人选定在本族旁系之中，才有了"旁系成员可以与外人通婚，但主支成员的结婚对象只能在本族里挑选"的规矩确定下来。

当然，保住财富和地位的副作用，就是近亲通婚带来的基因缺陷和特殊病症，困扰了路斯恩家族的好几代人。

大概是胜券在握，又或许是为了慢慢折磨对手，西蒙·路斯恩就像一个慈和的长辈，看着年轻的生死仇敌："你是想问，为什么我宁愿一直物色女婿、孙女婿，都不愿意让约翰继承我的位置？是不是因为看不起他的出身？"

艾伯特·马歇尔点了点头："哪怕你不让他继承家业，只要我死在这里，对国土局来说，'空中车厢'爆炸加我意外身亡，属于重大安全事故，局长刘易斯一定会被弹劾。而没有了我的财力支持，我们见风使舵的总统先生不一定会保刘易斯，国土局很大概率要换一个新局长。"

说到这里，艾伯特·马歇尔的脸上浮现情真意切的好奇，显然是真的不理解西蒙·路斯恩的做法："当然，鉴于总统先生是北党人士，新局长也只会从北党中诞生，与你们南党无关。加上国土局前任局长的自杀，以及国土局内部的清洗，你们'影之共济会'留下的暗桩已经不多了。你不可能放弃国土局这块地盘，以你的财力和能力，还有这位特工先生的出众实力，想要将他推成国土局的高管，应当不用二十年。你为什么会放弃这么大的利益，也要杀他呢？"

西蒙·路斯恩耸了耸肩："虽然我很嫌弃约翰的生母，但如果他是一个心狠手辣，卑鄙狠毒，为了上位不择手段的人，我一定会公开承认这个儿子的身份，给他安排一个合适的母亲，将大洋能源集团交给他。"

艾伯特·马歇尔顿觉好笑："他人性尚存，不够狠毒，反而是错？"

"这要看他的人性对着谁了。"西蒙·路斯恩淡淡道，"如果是初恋女友，梦中情人，关在监牢里的养父，早年逝去的母亲，都没关系。可他心中唯一的人性，却给了他的兄弟，哪怕他们并没有血缘关系。"

艾伯特·马歇尔不置可否："兄弟？假如他真的把詹姆斯·史密斯当作兄弟，为什么会瞒着对方自己的身世？又为什么会和你联手，对我们下药？难道他不知道，你根本不可能让詹姆斯活下来吗？"

西蒙·路斯恩摇了摇头，一副"你还太年轻"的样子："我这个儿子有着非常强烈的野心，他从小挨饿受冻，尝尽了贫穷的滋味，所以拼命想向上爬。他在心里其实很嫉妒詹姆斯，因为对方身上的某些品质是他永远不可能拥有的。但人总是会向往阳光，詹姆斯待他亲如兄弟，他也一直记在心里。今天他为了利益，愿意与我合作，害死詹姆斯。将来他得势，一定会因为詹姆斯的死向我举起屠刀。"

他也曾经试过想要收服这个儿子，可他豢养的专业心理专家团队已经给出评估，约翰·卡森就是一头养不熟的狼。

血缘对他们两人来说，不过是一重利益的纽带，没有半点情感存在。

约翰·卡森想利用生父显赫的身份往上爬，西蒙·路斯恩也想借助这把好刀在暗中清除敌人，互利互惠，原本相安无事。直到艾伯特·马歇尔羽翼丰满，开始因为马歇尔将军之死，对"影之共济会"发起猛烈进攻，导致本来就对父亲兰登医生意外身故将信将疑的詹姆斯·史密斯被卷了进来，迫使约翰·卡森不得不站队。

按照心理专家对约翰·卡森的评估，对方有82%以上的概率，为了利益，对詹姆斯·史密斯下手。但同时，在手刃内心唯一认可的亲人后，他有高达97%的可能，为了减轻心中的负罪感，将责任都推到西蒙·路斯恩身上，决定杀了生父，一方面为自己赎罪，另一方面也为好兄弟报仇。

西蒙·路斯恩可不想辛辛苦苦养出一个这么难缠的敌人，还是早解决为好，顺便连同那些秘密，一起带到坟墓里去。

"既然话都说到这份上了，我还有一个问题。"艾伯特·马歇尔凝视着西蒙·路斯恩的眼睛，一字一句，问得十分认真，"兰登医生，究竟是无辜被卷入的路人，还是你们'影之共济会'同样想清除的目标？"

西蒙·路斯恩沉吟片刻，才说："杀他，是斯图国皇储伊莎贝拉的要求。"

艾伯特·马歇尔不信："你可以不回答这个问题，但不需要这么敷衍我。兰登医生与斯图国皇室、贵族没有任何交集，怎么会惊动皇储？"

西蒙·路斯恩笑而不语。

看到他这副模样，艾伯特·马歇尔掐了自己一下，用疼痛保持清醒，片刻之后也反应过来："兰登医生与白鹰州圣约翰医院的前任院长维尔福夫妇是至交好友，白鹰州圣约翰医院有你们路斯恩家族专属的遗传基因研究室，斯图国皇储的外祖母就姓路斯恩……我懂了，对这位皇储来说，哪怕只有万分之一的概率影响她登上皇位，她也不吝于痛下杀手。"

艾伯特·马歇尔突然想起一件事，若有所思："我记得，大洋国刚打下塔汗国时，当地叛军和恐袭层出不穷。最严重的一次，叛军甚至攻占了首都旁的塔克镇，大肆劫掠，并绑架了很多外籍人士当人质，勒索赎金，兰登医生也在其中。后来，我父亲领兵将叛军诛灭，救出这些人。其中兰登医生受伤最重，在ICU待了很多天。我父亲正是听说兰登医生病情稍微有所好转，即将清醒，决定去探望他时，在病房被炸弹袭击，从而身故。"

说到这里，艾伯特·马歇尔微微眯起眼："现在想一下，兰登医生为什么受伤那么重，十分蹊跷。选在这个时间点动手，也应该不是偶然。你们该不会严刑拷打他了吧？所以才不希望他醒来，说出真相？"

西蒙·路斯恩淡淡地笑了："如果不是为了杀马歇尔，我们根本不会让兰登活下来。"

艾伯特·马歇尔懂了："当年塔汗国局势那么恶劣，我父亲走到哪里，身边都跟着精兵亲卫。只有 ICU 病房，不能进过多的人，以免细菌感染，才给了你们可乘之机。"

想杀马歇尔将军，最好的地点就是在 ICU 病房内。但以马歇尔将军当年的身份，并不是每一个进 ICU 的病人，都值得他亲自探望。

塔汗国因为战争死难者无数，大洋国媒体压根不关心，军方更不会给任何眼神。只有兰登医生这种德高望重，又无辜受难的无国界医生，性命垂危，才会引起大洋国媒体，乃至社会各界的强烈关注，从而迫使马歇尔将军即便心中不情愿，可出于政治作秀的考虑，也不得不去。

这是一盘早已布置妥当，精妙至极也恶毒无比的，针对马歇尔将军的杀局。

终于弄清楚父亲当年的死亡真相，艾伯特·马歇尔长长地舒了一口气："谢谢你的坦诚，困扰我这么多年的谜团，终于解开了。"

虽然他早就猜到了父亲死亡的不同寻常，并花了多年时间，锁定幕后真凶，但不听对方清楚地说完前因后果，心里就一直有个结。

西蒙·路斯恩意识到艾伯特·马歇尔这句话有点不同寻常，还没来得及做出动作，一股巨大的力道袭来，生生将他掀翻！然后，就是痛到无法想象的一拳！

西蒙·路斯恩被这一拳打得大脑嗡嗡直叫，鼻子眼睛嘴巴都在流血，半边脸全歪了，根本听不到任何声音，只有强烈的耳鸣，眼前也一片模糊！

他努力睁开眼睛，想要看清楚，脖子却被死死扼住！

只见詹姆斯双目发红，不断喘着粗气，脖子和双手的青筋凸起，就像一头愤怒的公牛，力道之大，简直是要置面前的人于死地，艾伯特·马歇尔一扫刚才的困倦神情，站了起来，大喝："住手，别把他打死了！"

喊完之后，就见这位诺亚总裁利索地站起来，三步并作两步，跨到倒在地上的约翰旁边，半跪下来，扒开约翰身上的衣服，看到肩膀上细小的针孔，说："我知道路斯恩家族的核心成员随身都会携带特殊的毒药，能让人在一定时间内陷入类似冬眠的状态，这是为了防止他们被绑架后泄露重大机密。假如能在一定时间内获救，接受专门的治疗，如果不能……人毕竟不是冷血动物，还是会死的。"

詹姆斯牙齿咬得咯咯作响，却还是将注意力挪回来，低声道："国土局也有类似的药物，这玩意成分很复杂，只有制作的人才清楚该怎么弄。"

"不光为了解药，也为了我们的安全。"艾伯特·马歇尔非常冷静，"白鹰州是路斯恩家族的地盘，他信不过约翰，肯定已经调了人来。我们拿他当人质，说不定还有一丝活着离开的可能。假如现在杀了他，大家必死无疑。"

西蒙·路斯恩咳了一下，吐出被打落的牙齿，声音嘶哑，语气透着无与伦比的震惊："你们居然没事？"

詹姆斯狠狠勒住他的衣服："解药在哪里？"

明明狼狈得要命，可西蒙·路斯恩听见这句话，歪了的脸上却露出一丝胜利的微笑："大名鼎鼎的詹姆斯·史密斯，居然也会昏了头，问出这种让人笑掉大牙的问题，你以为是梦工厂大片吗？有毒药就一定有解药？我们还会随身携带？我说只有把他送到路斯恩家族专属的医院，才能治好，你敢吗？"

看到詹姆斯脸色铁青，西蒙·路斯恩知道，就算自己落在这些人手上，可他们还是不敢杀自己，方才有些紧张的心情立刻放松下来。

这位大洋能源集团主席的目光在艾伯特·马歇尔和詹姆斯·史密斯身上巡了一圈，便猜到大概："真没想到，他居然早就对你们透了底，并愿意和你们联手对付我。我的心理咨询团队一向测评精准，从来没有出过错，结果竟然栽倒在他的身上。只不过，他大概做梦也没想到，我会先对他动手吧？"

"他知道。"低沉的声音，在大厅里响起。居然是雪松。

看见三人齐刷刷地望向自己，雪松沉默片刻，才说："我刚才所处的位置，恰好能够看清他的一举一动。我很确定，在路斯恩先生对约翰先生动手的那一刻，以约翰先生的身手，完全能够反击。可他不仅没有动手，反而强行控制了身体本能，让自己被扎中。"

论格斗水平，雪松、詹姆斯和约翰都算世界一流，这种高手反应的速度，完全是只会健身的普通人没法比的。

西蒙·路斯恩或许以为自己出手很快了，但雪松把自己代入约翰所处的环境，能够确定，哪怕约翰毫无防备受到袭击，以他训练有素的本能，也会将西蒙·路斯恩打飞出去。

约翰硬生生被毒针扎中，唯一的解释就是，约翰早就知道生父会对自己下杀手，非但没有反击或者躲避，甚至主动迎上去。

雪松不明白，约翰图什么呢？

就连崇尚孝道的古人在说"父要子亡，子不得不亡"的时候，用词都充满着无奈。更何况这是现代社会，西蒙·路斯恩又不是什么感天动地的好父亲，约翰·卡森也不是愚孝的人，为什么会心甘情愿地去死？

短暂的沉默后，低低的笑声传了出来。

艾伯特·马歇尔和雪松惊讶地看着詹姆斯，就发现他跪在约翰的身边，又想提着对方的领子，又怕伤到对方一样，明明笑得眼泪都快出来了，声音却从齿缝中迸出："你他妈就是个胆小鬼，胆小鬼！成天喜欢想东想西，最他妈自以为是！"

空旷的大厅里，就回荡着詹姆斯的骂声："谁不把你当兄弟了，啊？是你先不把我当兄弟！你他妈都把西蒙·路斯恩是你亲爹告诉我了，我们还商量了怎么对付他，你居然还不敢面对你爸杀了我爸这件事！

"你亲爹和舅舅是谁重要吗？他们管过你吗？你当年瘦得一点肉都没有，就像骷髅架子披着一层皮，学校的免费早午餐比猪食都难吃，法棍能当棒球棍，熏肉硬到像钢板，全年级只有你一个人顿顿都不落。因为你根本就没钱吃饭，到了晚上和周末就要饿肚子，从周五晚上到周一早上都穷到只能喝白开水硬扛，甚至饿昏了被送到校医室，这时候，他们在哪儿？我他妈想让你吃饱饭，还要顾忌你的自尊心，假装自己沉迷计算机，文史成绩不好，让你给我补课，才敢请你吃东西。

"这么多年，我们什么困境没面对过，你好几次把我从生死边缘救出来。亏我还以为你长进了，结果妈的，骨子里居然还是那个胆小鬼！一遇到事情就逃避！唯一长进的地方，居然是他妈的不怕死了！"

詹姆斯破天荒地不顾形象，脏话连篇，声嘶力竭地骂到最后，竟带着几分哽咽："你他妈连死都不怕，还怕面对我吗？"

艾伯特·马歇尔轻声长叹，雪松心中五味杂陈。

他们不是约翰·卡森，不理解对方的心境，但从詹姆斯的只言片语，以及先前西蒙·路斯恩透露的一二内容中，也大概能猜到对方曾经的日子十分窘迫，在最为敏感的青少年时代，却一贫如洗。

穷并不可怕，但两人都明白，少年人最是天真，也最是残忍，而且很容易受周边人的影响。

一个穷到人尽皆知的同学，往往会面对十分极端的情况。要么就是大家都同情他，照顾他；要么就是大部分人都看不起他，排挤他，有意无意地欺负他。

鉴于西蒙·路斯恩刚才说了诸如"唯一的人性留给詹姆斯"之类的话，艾伯特·马歇尔和雪松都能猜到，约翰在学生时代的遭遇很大概率是后者，甚至会比想象中的更惨，他很可能是被群体校园霸凌的对象。

那时的詹姆斯，估计是唯一一个愿意关心他、对他好的人。

所以他们不是兄弟，胜似兄弟；虽无血缘关系，但对约翰来说，詹姆斯已经能算世界上唯一的亲人了。

雪松扪心自问，假如把自己放到约翰的处境，他敢冒着失去至亲的风险，告诉对方，我亲爹和舅舅就是害死你父亲的罪魁祸首吗？

越是亲近，就越容易患得患失，这是人的天性，无法避免。

对约翰来说，面对詹姆斯的审判，是比死亡还要恐怖一万倍的场面。他根本不能承受，还不如当一个受害者，死在亲爹手下。

但……雪松不着痕迹地看了艾伯特·马歇尔一眼，心中暗想，就算詹姆斯为了救约翰，愿意放过西蒙·路斯恩一马，这位诺亚总裁愿意吗？

艾伯特·马歇尔没过激的反应，究竟是形势比人强，这时候不好得罪詹姆斯，还是另有后手？

就在这时，大厅里响起了"嘀嘀嘀"的声音。

＋

雪松神色一凛，一个箭步冲到堆积杂物的角落："在那里——"

他动作极快，不用一分钟就扒出了一台正在运作的仪器，艾伯特·马歇尔跟过来一看，不由觉得奇怪："这是红外线热成像仪，气象站里还有这东西？而且为什么是检测周边五公里？难道是为了提防野生动物入侵？"

这也不是没可能。

当然，还有另一种可能——这个气象站的底下隐藏着一个核发射平台，所以气象站才要探测周围的情况，确保能第一时间掌握所有外来者的动向。

雪松面沉似水："这不是重点，马歇尔先生，你看这里——"

他指着图像的一角，艾伯特·马歇尔仔细分辨了一下，才道："这是……越野车？六辆，不对，五、六、七……十一辆越野车？"

雪松点头："看方向，是从之前那个运油码头过来的。"

艾伯特·马歇尔早就猜到了西蒙·路斯恩有增援，听到这点并不意外："看这阵仗，不像码头工人。"

雪松知道"影之共济会"其中一个产业就是经营人口与器官贩卖的"提洛岛"，白鹰州是他们重要的中转站之一，部分圣约翰医院的医生乃至董事甚至直接为富人提供活体器官选择的掮客服务，李察也是因为揭露了这件事才丢掉的大好前程。

所以，雪松怀疑，那个码头可能不只是运油码头那么简单，或许也是蛇头的交易站点之一。

但这些都只是猜测，雪松不能乱给西蒙·路斯恩这种身份的人扣帽子，便小心地提了一句："做好他们都是亡命之徒的准备。"

"我们肯定不能与他们正面交锋。"艾伯特·马歇尔下了判断，扭头问，"詹姆斯，我们如果坐雪地车跑，能跑掉吗？"

詹姆斯干脆利落地否定："不可能，雪地车的速度远远没有越野车快，而且我们不熟悉这片地区，夜黑风高，万一落到冰裂隙里，简直就是找死。"

"说到这个——"雪松拿起红外线探测仪旁边的一摞纸张，还有一个简单仪器，"气象站做的周边地图，以及相关数据，应该可以作为参考数据？"

艾伯特·马歇尔抽了一部分看了几眼："还有海边溶洞的示意图，哟，这里还用红笔钩了，这附近有几个隐蔽的溶洞。潮水涨起来的时候，洞口会被淹没；潮水退下去的时候，洞口才会显现。"

詹姆斯一听就知道，这些东西肯定是约翰趁他出去找人的时候，从办公区域翻出来的，还特意备注勾明，只是这家伙先前藏着不肯说，气得又低声咒骂了几句。

雪松继续翻着角落，发现还有个正在工作的气象记录仪，拿起来一看，上面有未来十二小时气象预测，再低头一看，发现气象记录仪下面压着好几卷安全绳。

艾伯特·马歇尔也看到了："哦，原来他早就知道，一小时内没有强风，才敢让你不带绳子出去啊！"

雪松忍不住看了一眼詹姆斯，发现这家伙气得面色铁青，不免有些同情，说了句公道话："也有可能是詹姆斯出去后，约翰才找到的。"

话一说完，雪松就意识到这样只会刺激到詹姆斯，就迅速转移话题："有潮水涨落记录吗？"

艾伯特·马歇尔已经快速浏览完了这些资料，说道："有，再过半小时就是涨潮。如果我们现在过去，算上绕开冰裂隙的时间，要十七到二十分钟。"

听到这里，哪怕是西蒙·路斯恩都明白了，约翰早就算好了。

假如他们先吃饭，然后按照现在这样激化矛盾，最后躲到溶洞里去。一方面是时间充裕；另一方面是追兵赶到的时候，洞口已经被潮水淹没，追兵未必能发现。就算发现，也不一定有潜水设备能够下去。

以西蒙·路斯恩的多疑，虽然躲了起来，却必定通过某种手段，比如保持通话的手机，监控大厅的动静。因为几人的意见都是先修发电机，约翰不能表现得太过，引起西蒙·路斯恩的警惕，这才浪费了一定的时间。

"那还磨蹭什么，我们立刻过去！"

"等一下！"雪松神色凝重，"我们得想办法从路斯恩的嘴里问出来，码头那边还有多少他的人——我刚刚收到队员消息，伊万·伊万诺夫不知道为什么，强行离开《人鱼》剧组所在的邮轮，带人开着一艘大型救生艇往海港城赶，沿途已经救下了包括但丁先生在内的好几个人。他们的船还有两个多小时就要靠近陆地，距离他们最近的码头，就是那个运油码头。"

"能让伊万改道吗？"

"不行，救生艇燃料不够，距离邮轮又太远，只能就近到那个码头。"雪松拿起气象仪给他们看，"这里显示，三小时后，又有新一轮的冬季风暴，海上必定会掀起惊涛骇浪。假如他们不能找到陆上建筑物为掩体，救生艇必翻无疑！"

艾伯特·马歇尔皱眉："以我对西蒙·路斯恩的判断，他应该会出动至少80%的人来对付我们，确保哪怕约翰背叛，也能将我们一网打尽，但码头一定会派人留守。只不过，我们距离码头太远，设备太差，人也太少，根本做不了什么。"

詹姆斯神色肃然："假如他们找不到我们，又知道接下来会有风暴，出于自身安全的考虑，很有可能立刻折返回去。哪怕伊万·伊万诺夫他们收到雪松中校的提示，也不可能对抗那么多人，只会落入他们手里，成为活生生的人质。"

"你的意思是……"

"我们要想办法，把这些追兵——彻底留在这里。"

"报，收到SOS求救信号。"

浓重的白熊式腔调，在舰桥响起。

白熊国北方舰队司令官谢尔盖上将的目光牢牢锁定雷达图，两道浓眉紧锁，一直在思考着什么，闻言便有点不耐烦地说："我刚刚已经说过，务必对'空中车厢'的幸存者竭力展开救援。"

"是的，长官。但这个SOS信号来自公海上的一艘邮轮，他们宣称自己被海盗攻击。假如我们要救援他们，就必须派遣战舰或者战斗机。"

听到白令海峡居然还有海盗，谢尔盖上将十分狐疑："哪国的邮轮？"

"邮轮隶属于孔雀国辛格财团，被大洋国梦工厂《人鱼》剧组租借。"

"我们的老对手呢？"

"目前没有动静。"

谢尔盖上将挑了挑眉："大洋国梦工厂租的邮轮在白令海被海盗袭击，太平洋舰队居然没有出动救援？"

这件事从头到尾就透着荒谬和诡异。

白令海峡附近始终驻扎着大洋国太平洋舰队的一个航母大队，还有白熊国北方舰队的主力核潜艇舰队，这两支海军舰队又分别是大洋国和白熊国海军最强的力量，怎么可能会有海盗想不开，敢在这地方乱来？

退一万步说，就算这里真有海盗，敢在大洋国附近，对大洋国的船只乱来，一向以"世界警察"自居的大洋国舰队居然不出动？

联想到刚刚白熊国卫星和雷达探测到的，大洋国有一架"空中车厢"在领海上空突然爆炸的事情，谢尔盖上将总觉得这里面有阴谋。

出于谨慎的考虑，他并不想轻举妄动，反正大洋国的人就算出事，和他们白熊国也没什么关系，还能当笑料嘲讽一下："只对漂到我国领海范围的幸存者进行救援。"

"可……"副官欲言又止，面对谢尔盖上将凌厉的目光，非但没有退下，斟酌片刻后，还是吞吞吐吐地说，"伊万·伊万诺夫也在那艘邮轮上。"

谢尔盖上将神色一变："他也在？"

"是的，长官，假如我们对伊万见死不救，被其他人知道——"

副官才说了一半，就在上将凌厉的目光下，被迫闭嘴。

谢尔盖上将只觉得牙酸。

伊万·伊万诺夫，这个名字在白熊国的平常程度，就和中国的李明差不多。但能被这两位提起的"伊万·伊万诺夫"，只有一个人，那就是叶莲娜·伊万诺夫的独生子，伊万。

作为世界知名的传奇女星，叶莲娜的身世早就被媒体深扒过很多次，据说她父母早逝，无依无靠，亲戚见她美貌，想要把她卖掉。她不顾危险，在零下十几摄氏度的天气穿着单衣出逃，撞上了当时刚好在白熊国首都巡演的乔·里切尔，后者冒险将她带回大洋国，才有了荧屏上的绝世佳人。

这很符合大洋国国民对白熊国妖魔化的认知和抹黑，影迷们对此津津乐道，白熊国却没打舆论战，捏着鼻子认下了，为什么？因为叶莲娜的身世，虽然没有这么寒酸，却也并不光彩。

这就要追溯到第三帝国覆灭的时候了。

那场席卷世界的战争，以白熊国和大洋国联手打进了第三帝国首都为重要转折点，最后第三帝国被瓜分成东西两部分，东部交由白熊国管辖。

叶莲娜的母亲是一位第三帝国的贵族女郎，在战乱中被迫与家人分开，流落到东部，与伊万诺夫将军相遇。

年龄差距和家国恩怨横隔在两人之间，令这位女郎成为将军的情妇之后，一直郁郁寡欢，最后满怀忧伤去世，唯一的女儿叶莲娜认为身边所有人都是害死母亲的仇人，这才想方设法逃跑。

大洋国知道叶莲娜的身世，一直暗中盯着她，不肯把人送回去。

本来吧，伊万诺夫将军再怎么舍不得这个女儿，也只是他们家内部的事情，与谢尔盖上将没有半点关系。但这位可敬的老将军，以及他的儿子们，全都死了，死在了三十多年前，死在了那场震惊世界的核泄漏中。只因他们要深入核电站腹地，杀死所有幸存的动物，不让携带海量辐射的它们向全世界扩散，并且将核废料就地掩埋。

白熊国用六十万军人的性命，令核泄漏没有进一步扩散，化解了这场有可能波及世界的危机。老将军主动请缨，带着儿子们全部葬送在了那里。而老将军的两个孙子，后来也作为战斗英雄，死在了边境冲突里。

伊万诺夫老将军最后的血脉，只剩下了这个流着一半仇人血统的女儿，以及一个性格古里古怪的外孙！

白熊国很看重"家庭"这个概念，又格外推崇军人，尤其崇拜战斗英雄。

伊万诺夫家族几代都为了国家而死，谢尔盖上将要是不知道伊万·伊万诺夫的消息，还能说一句不知者不罪，要是知道伊万·伊万诺夫面临危险，却不去救他，军中同僚都会对他唾弃有加。

"老将军一世英雄，他的外孙，居然天天穿着裙子在屏幕上扮女人，简直——"

谢尔盖上将牙齿咬得咯咯响，心道如果这是我的孩子，我能直接用马鞭打折这小子的腿，再把他扔到北冰洋里去喂鱼。

性格铁血的副官也对伊万·伊万诺夫的异装癖很看不惯，觉得十分丢人："一个身上流着四分之一第三帝国血液，二分之一大洋国血液的杂种……"

"老将军就只剩这个外孙！"

谢尔盖上将碰到这种事情，真是一点办法也没有，哪怕知道这有可能是大洋国设下的圈套，也要硬着头皮去救援："先出动航空中队，逼退海盗。假如他们不肯投降，就直接发动攻击！"

副官领命："是！"

"另外，让核潜艇一队启动，巡逻周边海域。"

"是！"

"还有，立刻通知国防本部，将事情前因后果交代清楚。"

他不能给政敌留下任何指责他的把柄，任何。

"是！"

十一

"这里有人，快点。"

"放绳索下去，快!"

紧锣密鼓的熟练救援，很快就将两个人拉了上来。

童素双脚刚刚踩上甲板，还没来得及站稳，就看见灯光之下，坐着一个穿着长裙，面色冰冷的美人。

这是童素第一次体会到，世界上有一种美，可以超越性别。

他的白色长发，就像是西伯利亚一望无际的冰原；而他冰蓝色的眼眸，就像北冰洋终年飘雪的天空。看着他，你不会觉得自己面前是一个人类，只会想到海妖、人鱼、精灵……反正就是幻想中的种族。只因除了极致的美貌外，在这个人的身上，你感觉不到任何属于人类的温暖，只有彻骨的冷。

童素觉得有点意思。

她看过詹姆斯·史密斯伪装出来的伊万·伊万诺夫，虽然对方当时用的身份是伊万混迹娱乐圈的身份"叶莲娜"，但这位特工惟妙惟肖的伪装，不光瞒过了里切尔影业的CEO亨利，也瞒过了"狩猎女神号"上那么多人，可见伊万·伊万诺夫在梦工厂穿女装的时候，确实就像詹姆斯表现出来的那样，慵懒、倦怠、风情万种。与眼前的伊万·伊万诺夫判若两人。

是因为正在演《人鱼》的关系吗？如果是真的，演员确实是个神奇的职业。还是说，眼前才是真正的伊万·伊万诺夫，而出现在所有人面前的，不过是伪装成"叶莲娜"的表象？或许，两种都有可能？

童素还在打量着伊万，就见对方眼皮都没抬，万分冷淡地说："把她扔下去。"

大洋语中的"他"和"她"是两个不同的单词，整艘船上只有童素一个女性，保镖们二话不说，就要上前。

一旁的布莱特见状，立刻挡在童素面前；但丁神色一变，下意识走了过来；刚被救上来的李察伸出手，做了个"停止"的动作："伊万，你冷静点。"

"《人鱼》剧组已经救起了佐藤大师和昆导演，据说，佐藤大师的情况不乐观。"伊万冷冰冰地说，"谁提议要去看戏剧？谁决定来白鹰州？"

李察叹气："伊万，我们是受害者，是人家要对我们下手，你怎么能把问题归咎到'赫卡忒'小姐身上？"

伊万冰蓝的眼眸中，只有化不开的冷意："李察，你转过身，问问你挡在身后的这个女人。她在上飞机之前，没猜到飞机会爆炸吗？"

"我很好奇。"不等李察回答，童素已经笑了起来，只见她饶有兴趣地打量着伊万，丝毫没有一旦说错话，就要被扔到海里的恐惧，"你的消息灵通程度，可不像一个普通的、因为缺钱进入娱乐圈的、二线、花瓶、演员。"

她把几个关键词说得很重，又特意断开，伊万当然听懂了，却没有回答。

李察清楚伊万是个什么样的人，他这个朋友外表有多美丽，内心就有多冷酷。为了防止童素进一步激怒伊万，李察上前几步，用低到只有两个人能听清的声音，说："你突然离开剧组，发生什么事了？"

伊万沉默了一瞬，才回答："有人闯入了我家。"

李察没有追问伊万究竟怎么知道这件事的，第一反应就是："伯母没事吧？"

伊万摇了摇头："没有，他们想找维尔福留下来的东西。"

李察皱眉。

他和伊万因为调查瑟沙之死这层关系，交情非常不错，所以李察大概清楚，伊万之所以把家搬到白鹰州，这里的圣约翰医院能治好叶莲娜只是理由之一。

关键在于，伊万和叶莲娜母子当年被维尔福女士用心理学操纵的时候，对方写了许多档案，录了许多视频。但在伊万让维尔福女士"自杀"后，这些东西却找不到了。

维尔福女士死得突然，而以对方生前狂妄自大的性格，不可能会销毁这些档案，这让他觉得对方铁定把它们藏起来了，那里面很多东西都是纸质文件。

所以，伊万查来查去，最后线索都归到白鹰州的圣约翰医院，他认为这里面应该有一个密室，藏着一些他想要的东西。

正巧，李察也有这个想法——白鹰州的圣约翰医院，应当是"提洛岛"曾经一处重要节点，绝对有地方藏着秘密的账本，记载着罪恶的交易记录。拿不到这个账本，就算他明知道部分高官议员有问题，也没有确凿的证据将这些人绳之以法。更何况，还有伊莎贝拉的身世之谜……

一切问题的焦点，都汇聚在白鹰州的圣约翰医院。但他们这几年来，用尽各种手段，想方设法探查，都没从白鹰州的圣约翰医院找到任何有价值的线索。

谁能想到，居然还有人为了维尔福女士留下来的东西，闯入伊万家。

李察小声问："他们知不知道——"

后半截话不用多说，伊万已经点头。

这就麻烦了。

能不顾及伊万生父也要出手，可见对方要么权势更煊赫，要么需要找的东西已经重要到不惜撕破脸皮的程度，必定是不达目的不罢休。就算伊万说自己也不知道，对方也不会信，伊万母子必定要陷入无休无止的危险中——除非伊万答应接受生父的某些要求，譬如，认祖归宗。

但以李察对伊万的了解，对方故意跑到娱乐圈去，还特意拗了个"异装癖"的人设，甚至外界传说他是跨性别者，不乏给亲爹脸上抹黑的成分。想也知道，这对父子的关系，说是恶劣到极致也不为过。

这也难怪，谁让瑟沙死得太惨了呢？

伊万的生父当然对瑟沙之死无动于衷，那是情人背叛他的证据。但对伊万来说，瑟沙是他亲妹妹。两人立场不同，也难怪分歧太大。

面对这种情况，李察沉吟片刻，提出解决方案："这几年来，我们收买了圣约翰医院的许多护士、护工、病人，找到了曾经的建筑人员，等等，花费大量的时间和金钱，调查出圣约翰医院每一层楼的高度，每一个房间的大小，每一扇墙的厚度，始终没有找到密室所在。那么就只剩两种情况，要么密室不存在，要么，我们用这种常规方法，绝对没办法找到这个地方，可见我们的思路一定有哪里被困住了。"

"你想说什么？"

"我身后那位'赫卡忒'小姐，不仅聪明才智不下于你我，而且还是个顶级黑客。何况你也应该看出来了，她骨子里实际上很冷漠，一般人敢拿别人的性命开玩笑，自己遇上事情了却患得患失。可她不一样，不管是自己的命，还是他人的命，她都没当一回事。我们不能找到的地方，她未必不能找到。"

伊万·伊万诺夫却没有被这番话语打动，冷冰冰地反问朋友："她凭什么帮我们？我又凭什么信她？"

李察刚要说什么，童素的声音从后面传来："告诉你们一件事，我们要有麻烦了。"

众人齐刷刷地看着她，就见童素扬起卫星电话："我刚刚和雪松联系上，他和艾伯特·马歇尔，还有两个国土局的特工，发现距离我们最近的那个码头，全埋伏了大洋能源集团的人，目前已经看到了十几辆越野车，以及满后备厢的枪支弹药。"

雪松实事求是，汇报是十一辆越野车，童素却玩了个心眼，没说具体数量。

十一辆和十九辆，都是十几辆，但在这种时候，能代表四五十个人，上百支枪，数万枚子弹的差距。

伊万身旁保镖队长模样的人立刻说："那只是个运油码头！住在那儿的都是普通石油工人，他们休假的时候会来海港城，我们偶尔会碰到！"

童素挑了挑眉："石油工人手上没枪?"

保镖队长卡壳了。

白鹰州这种地方,野生动物扎堆,时不时就来一头熊敲你家门。家家户户都备着手枪和猎枪,对付这些不速之客。

所以说,哪怕是石油工人,只要人够多,猎枪和子弹就够多。

"这些人可能表面上是石油工人,平时也正常干活,但暗处还有另一个身份,就是'提洛岛'的打手。"布莱特开口,"白鹰州是'提洛岛'的一个重要港口,而且很多人被秘密送到这里之后,就失踪了。他们不可能是通过正常船只,像旅客一样进来。通过邮轮或者货轮被偷渡过来,反而是一种普遍做法。"

"提洛岛"既然是斯图国皇室所设,布莱特破获这起案子后,斯图国内部肯定深入追查了,否则幽禁皇储师出无名。

白鹰州旁边的枫叶国,曾经就是斯图国的殖民地之一,而且独立得比较晚,迄今为止还没有百年。

正因为这份关系,导致枫叶国高层和斯图国高层之间有着千丝万缕的联系。所以布莱特很清楚,孔雀国还有枫叶国失踪的人,除了被贩卖掉的那部分外,真正的精英们,一部分运往了夏宫,另一部分运往了大洋国白鹰州。

只是这些涉及皇室的丑闻,他不能说,而且白鹰州的买主也很值得细究,布莱特怀疑大洋国不只是"影之共济会",或许军方还有更高层介入其中,他更不能透露,就只能说"提洛岛"的事情了。

伊万的保镖们面面相觑:"'提洛岛'?"

"还是让我来说吧!"童素正色道,"我是童素,大洋文名'赫卡忒'。这位是斯图国中央情报局的布莱特少校,另一位李察先生,你们想必还算熟悉。两年前,我国,还有斯图国、大洋国等几个国家,受国际刑警总署委托,联合调查一个跨越各大洲的世界级人口贩卖组织——'提洛岛'。"

对人贩子的痛恨,几乎是刻在任何一个有良知的人血脉里的,保镖们听见童素这么说,不由自主流露出厌恶之色,忍不住问:"然后呢?"

"我们捣毁了'提洛岛'的主要基地,但还在追查后续。白鹰州上的某些势力,或许与'提洛岛'有说不清的关系。"童素意味深长地看了伊万一眼,"具体是哪方我们尚不清楚,但一定在白鹰州,甚至在大洋国根深蒂固。否则,我们乘坐的'空中车厢'也不会突然爆炸,逼迫我们强行跳伞。"

她说的这些,当然没一句假话,不过是掐头去尾,加以拼凑罢了。这些话,骗得过不知情的保镖们，却骗不过伊万·伊万诺夫。但恰恰因为伊万的消息太灵通，知道的太多了，加上童素被救起来的时候，就已经发现不对——她目前所在的这艘船，并不是万吨邮轮，而是一艘比较大的，能容纳五十个人的普通救生船。

这样的船只当然扛不住白鹰州的大风大浪，但童素在跳伞之前大概知道《人鱼》剧组邮轮的方位，也知道他们的航速。等上船之后，又扫到了船头的GPS定位，大概心算了一下距离，就知道出发时间不对。

早在他们发送救援信号之前，伊万·伊万诺夫就带着这艘船，以及他的人，在往回赶了。而且这一路上，他并没有绕路去救任何人，无论布莱特还是其他人，基本都是在范围内遇上的，他才把人捞上来。童素和李察也不例外。

这就意味着，对伊万·伊万诺夫来说，他有更重要的事情急着要去做。

童素虽然猜不到究竟是什么事，但不妨碍她说一些似是而非的话，扰乱伊万·伊万诺夫的判断。

她在赌伊万的反应。

伊万冷哼了一声，看出了童素的小算盘。

他当然知道艾伯特·马歇尔和西蒙·路斯恩的仇怨，也知道就算码头全是大洋能源集团的人，也是去埋伏艾伯特·马歇尔的，和他们没什么关系。

但他本身就因为妹妹瑟沙的死，对一切和"石油"有关系的东西没有好感。

而且，大洋能源集团一直是白鹰州圣约翰医院最大的投资方之一，全程参与了医院一些建筑的设计和建造，这也是个突破口。

再有就是，伊万通过对自家的双重监控，已经弄清楚了入侵者是谁——斯图国皇储，伊莎贝拉·温菲尔德。

要说这位皇储能偷渡过来，斯图国那边是谁帮忙，姑且不去说，大洋国这边，若没有大洋能源集团搭手，伊万还真的不信。

这种情况下，阴差阳错，倒真让童素赌对了。

他们这艘船，确实不能出现在大洋能源集团控制的码头，否则就算西蒙·路斯恩没这想法，伊莎贝拉也会抓住他们——主要是他，想要逼问出所谓东西的所在。

当然，如果伊万知道伊莎贝拉的部分人已经暂时撤离，伪装成海盗偷袭《人鱼》剧组的船只，又是另一回事了。

但他留下来的特殊监控，只能看到画面，无法听见声音，所以他只看到伊莎贝拉等人撤离，却不清楚他们的具体行踪，有这种担心也不奇怪。

伊万心里清楚，他们这一船人，肯定没办法与码头那么多人对抗。而且他救下来的寥寥几个人里面，目前没有国土局的特工，能够联系上那边的，只有童素。

"你想怎么做？"

"他们几个，会把自己当作诱饵，将部分人引开。"童素缓缓道，"我们需要做的，就是悄无声息地登陆，然后把码头其他人制服，再赶去接应他们。"

伊万看了一眼仪表盘，冷冷道："我们还有两小时十七分，才能到达码头。"

"所以，他们必须拖住那些人至少两小时。"

"等等。"李察打断两人的对话，"我们不能换个地方停泊吗？非要他们这样冒险？原因呢？燃料不够？还是风暴？"

"都有。"

李察干脆利落地闭嘴。

伊万扯出一丝冰冷的笑："你的意思是，把我们的命寄托在他们几个能不能玩两小时捉迷藏上？"

童素反问："你有别的办法吗？"

伊万没回答。

布莱特注意一个细节很久了，终于开口询问："恕我冒昧，李察先生，为什么救生筏上还有一套浸水的防寒服，上面不仅有划伤，内部还有血迹？"

"哦，这个啊，那得感谢你们国家的人。为了抢帽子，差点把我弄死，幸好我反应快，否则小命真没了。"

听见李察这么说，布莱特心中有数了。假如动手的只是斯图国情报局的普通成员，李察就会指名道姓地说了，他没直接提名字，就代表那人身份敏感。

布莱特对亚伯·温菲尔德的手段有数，知道小叔叔一旦下手，断然不会留活口。李察还能活蹦乱跳，就证明动手的不是亚伯，那就只可能是安德烈·卡佩洛了。

他对这位选帝侯继承人并不了解，一听见对方是为了抢帽子，就猜到对方所想，不免有些厌恶，却还是说："你们大概多久之前分开的？"

"也没多久吧！十三到十五分钟之前。"

布莱特的目光，下意识滑到李察的手腕上。

李察耸了耸肩："别看，我没有戴表的习惯，只是一遇到事情，就习惯性地在脑内开始计算时间。"

一般人在特殊的环境下，对时间的感知度会出现变化，比如在黑暗中，一开始会觉得时间过得很慢，后来又会渐渐丧失对时间的感知，觉得时间过得很快，甚至根本不知道过了多久。但李察、布莱特这种人，都受过针对性的专业训练，所以，李察说的时间，很大概率是准的。

正因为如此，布莱特心中奇怪。

十三到十五分钟，按理说，安德烈应该划不了多远，为什么船只的灯光如此明亮，却没听见他呼救？

童素听懂了布莱特在问什么，心头微微一动。

理论上来说，安德烈·卡佩洛应该会看到他们这艘船，然后呼救才对。对方求生欲那么强，为了夺帽子不惜杀人，不可能这时候突然装矜持。

除非……

童素微微眯起眼。英格拉给她的那支口红，果真不怀好心啊！

童素大概猜到发生了什么，但无论英格拉还是安德烈，都不算什么好人，如果不是她应对得当，早在这两人手里死了无数回。她扔了个口红让对方去狗咬狗，完全没有心理负担，这时候就装作什么都不知道。

李察同样猜到了一些，不过让他去关心一个动手杀他的人，绝无可能，便也装聋作哑。

布莱特想过安德烈·卡佩洛被眼前这两人杀死的可能，所以刚才他在认真检查那套浸水的防寒服，以及观察童素和李察身上的衣服，然后排除了这两人的嫌疑。

看见两人都不愿多说，意识到这个话题确实不怎么愉快，而且布莱特对安德烈·卡佩洛这种行为也很厌恶，就不再多关注，转而问起另一件事："'赫卡忒'小姐，您和雪松中校联络的时候，说了我们这边都有谁吗？"

"说了。"

"雪松中校告诉马歇尔先生了吗？"

"还没。"

"能否请您拜托雪松中校，暂时不要说我们和伊万诺夫先生在一起，只说但丁先生被伊万诺夫先生救起，如何？算我欠各位一个人情。"

听见布莱特的请求，饶是童素、李察、伊万都是聪明人，也没明白原因。

但看到布莱特的态度很坚决，而且摆明了目前不想说，童素不由陷入思索。

虽然有些担心一旦听了对方的要求，是不是落入坑中，会害人害己。不过童素和布莱特好歹共同经历过"提洛岛"的生死磨难，对布莱特的人品还算有些了解，知道他是个言出必行的君子。

出于这种考虑，童素觉得让未来的温菲尔德伯爵欠自己一个人情也未尝不可，就决定相信自己的判断，点头答应。

而他们不知道，就在这一刻，距离他们不到一千米的水域，就在五分钟之前，一艘大洋国的核潜艇悄悄地浮到海面之下，就像一条即将捕猎的大鱼，放出的"捕鱼网"准确无误地定位了正上方一艘充气救生筏，网住了坐在上面的安德烈·卡佩洛。

同时，"渔网"上的尖刺以迅雷不及掩耳之势，穿透厚厚的衣服，扎进人体内，释放出微弱的麻痹电流。

安德烈·卡佩洛来不及反应，就昏了过去，救生筏直接侧翻。

哪怕最精准的卫星图像拍到画面，也只能看到，安德烈倒下去导致重力失衡，救生筏翻倒，他整个人坠入海中，再无声息。无人知晓，救生筏下的核潜艇就像张开巨口的大鱼，直接将他吞没。

"目标抓捕成功！"

"立刻撤离！白熊国的核潜艇就在附近！"

十二

二十分钟后，气象站。

办公与宿舍楼被前前后后团团围住，两个站在门口，身材魁梧，双手握枪的精壮男子用眼神示意彼此，默数"三、二、一"，然后用身体狠狠地撞开了大门，二话不说，就拿枪对准里面！

然后，他们就发现，大厅灯火通明，却处处凌乱，不见有人。

撞门男子打头，先走了进去，又有二十多人鱼贯而入，剩下的则依旧围在门口。

一名面色阴沉，长着一个醒目鹰钩鼻的男子缓缓走了进来。

房间角落里，微型监控器如实将画面传递，詹姆斯·史密斯看到此人，不由倒吸一口凉气，怀疑自己眼神出问题了。

雪松看见詹姆斯·史密斯都如临大敌，心生不祥预感："这个人是谁？"

"是个很可怕的情报老手。"詹姆斯·史密斯不想泄露军方丑闻，更不想让雪松知道自己的求学经过，克制着澎湃的内心，将恩师的身份一笔带过，着重强调，"此人非常厉害，我都不一定是他的对手。"

雪松一听就没有多问，谁料艾伯特·马歇尔凑过来看了一眼，立刻把料抖了个干净："原来是他！他不是已经死了吗？"

不等雪松继续问，艾伯特·马歇尔又说："这人确实很可怕，他和雷奥很长一段时间里是军中双子星，被称为'狮鹫'组合。后来雷奥去了正面战场，他则从事情报工作，代号'鹰爪'，令各国特工闻风丧胆。只不过，他以权谋私，罪行累累，手上犯了很多案子，还虐杀了十几个无辜的人，罪行累加被判了五百多年，关进了 Geenna。"

"几年前，他死在 Geenna 里，虽然都说是突发心脏病，但一直有传言说，他是被人报复，怎么现在又活了？看来是被大洋能源集团通过国土局的关系，私下捞了出来，当他们在白鹰州的看门狗了。"

艾伯特·马歇尔这番话虽然刻薄，却让雪松心中一凛。

因为狮子和鹰分别称雄于陆地和天空，所以古代西方人虚构了一种神话生物，长有狮子的躯体与利爪、鹰的头和翅膀，叫作"狮鹫"。

用"狮鹫"来形容这两人，证明他们的厉害程度。

很显然，这对曾经的双子星组合中，雷奥将军是"狮"，这个人就是"鹰"。

狮子胜在正面进攻，老鹰则胜在空中突袭，抓住了敌人就不放松。哪怕你最后逃跑了，被鹰爪扣住的地方，伤口也足以见骨，一辈子都好不了。

有这么一个人负责追踪，对现在的他们来说，应该是最坏的消息了。

果然，艾伯特·马歇尔下一句就是："雪松中校，你最好提醒一下伊万诺夫他们，'鹰爪'是个心思非常细，做事很缜密的人。就算他把大部分力量带出来，码头里面也一定藏着不弱的防备，甚至很有可能，他留了王牌在那边。"

雪松立刻告知童素，提醒他们小心。

而就在发这短短一个信息的工夫，"鹰爪"冷厉的目光环绕四周，蹲在地上，捻起一丝血迹，若有所思。

其他的人训练有素地搜查各处，很快就陆续传来汇报。

"报，二楼电力没有接通，非常寒冷。"

"报，三楼电力没有接通，已经检查完毕。"

"报，四楼的楼梯都已经被冰冻了，需要攀爬才能上去。为避免目标躲在那里，趁乱伏击，申请加派人手。"

"报，地下室搜寻过，没发现人。"

"报，队长，我们申请去搜查隔壁几栋楼。"

"鹰爪"却完全没认真听部下们的汇报，也没批准申请，他看着四周凌乱的痕迹，通过对脚印、撞击痕迹等描摹，已经大概还原出了当时的场景，就随手抓了一个部下，指着艾伯特·马歇尔曾经窝着的角落："你，坐到那里去。"

队员乖乖听命。

他又指向雪松靠下去的地方，示意另一个部下："你，从那边滑下去。"

最后，他指着詹姆斯·史密斯，还有约翰·卡森倒地的地方："你，还有你，躺这里，不对，朝这个方向！"

部下们似乎都很惧怕他，乖乖听命。

看着横七竖八或坐，或躺的部下，"鹰爪"已经复盘出事情的经过，只见他先指着队员 A 的位置，自言自语："药性发作后，艾伯特·马歇尔困了想睡觉，这个位置最暖和，所以他坐了过去。"

然后，他指着部下 B 的位置："另外一个人，根据 BOSS 的消息，应该是中国安全部门的人，他也有点困。但职业本能和警觉让他挑了另外一个位置——按照其他几人的座位来看，这是最好的狙击位，可以观察到每个人。"

再然后，他踱步到部下 C 和 D 躺下的附近："詹姆斯和约翰，他们两个坐在这个位置，距离插座比较近。他们中间应该放着一个电磁炉，但很快，詹姆斯倒了下去，约翰就带了 BOSS 上来。"

说到这里，他盯着地上的痕迹，有点拿不准了。按照他的观察和判断，应该是约翰带了 BOSS 上来后，BOSS 先对约翰动手，然后詹姆斯把西蒙打了一顿，这才能解释地上和墙上的血迹。

但这就没办法说通一个问题，难道约翰没对詹姆斯下手吗？

不可能！约翰这种特工，能被 BOSS 偷袭到，就证明他对这个亲生父亲非常信任，完全不设防，否则完全不可能。

"鹰爪"哪里想得到，约翰根本就是自己往西蒙·路斯恩的枪口上撞的，这种太小概率的事件，压根没在他考虑范围内，所以他调整了思路："不对，詹姆斯应该是中招了，但那个中国人没有。他信不过大洋国这些人，他没怎么吃东西。"

"但也不对，约翰难道看不出来吗？"

"鹰爪"反复观察痕迹，反复琢磨，最终给出了自己认为最有可能的答案："约翰看出来了，他想装作没发现。这样一来，那个中国人以为他没有防备，突然偷袭他的时候，他就反过来可以制住对方。"

同等身手下，想要制胜，有时候就是得靠这种出其不意。

"但他没有想到，BOSS 会对他动手，这让他来不及说。""鹰爪"越想越觉得这才是正确答案，"那个中国人想要制服 BOSS 实在太简单，然后通过某种方法，让詹姆斯和艾伯特·马歇尔清醒过来，恢复行动能力。这些血来自一个人，应该是 BOSS 的，很可能是盛怒的詹姆斯或者艾伯特·马歇尔暴打了 BOSS。"

"他们会去哪里呢？不可能是周围的几栋楼，他们枪支不够，这里的电力也不够。

哪怕手上有 BOSS 做人质，他们也不会蠢到这地步。"

"让我看看，他们带走了什么。""鹰爪"再度环视房间，发现他们带走了几个铁锅铁盆——应该是充作临时盾牌，还有安全绳。剩下的，就连红外线探测仪都留在这里。

"鹰爪"眯起眼睛，仔细在大厅巡视，突然发现一扇窗户与其他窗户不同。其他窗户的冰凌虽然大部分因为暖气而化开，但还有少许残留，唯有这个，一点冰凌都不剩。靠近一看，果然有被打开过的痕迹。

"鹰爪"发现这一点后，立刻绕到屋外，指着窗户斜下方的位置，果断地说："挖！"

部下才挖几下，他就立刻喊："停！"

然后，"鹰爪"就蹲了下来，在积雪之中，发现了一些纸灰。

"他们知道我们要来，这么紧张的时间里，不光烧了东西，还特意扬出窗外。十几二十分钟，足够积雪薄薄一层，将灰覆盖，又是这么黑的天色。假如来的不是我，就真被他们骗过去了。"

"鹰爪"的思路非常清晰："他们能在气象站拿到的纸质文件，最有用的大概就是气象预告。气象，风霜雨雪，大雾潮汐……"

提到"潮汐"时，"鹰爪"的话语突然顿住，扭头问部下："今晚什么时候涨潮？"

"鹰爪"的部下们常年居住在白鹰州，甚至很多就是当地土生土长的原住民，对天气与海浪潮汐的变化十分熟悉，很快就有人给出正确答案："差不多就在这半个小时内，就要涨潮了。"

"鹰爪"沉吟片刻，又问："附近海岸线地图有吗？"

"只有码头附近三公里内的。"

"气象站附近的呢？"

部下们你看看我，我看看你，最后都摇头："这边悬崖多，没有船只停泊，我们当地人也不会随便过来，记载很少。应该只有气象站、国家地理局、国土局、军方等部门，会有更详细的地图。"

"鹰爪"微微皱眉："气象记录……地图……这个气象站难道出事了？不可能啊！假如是意外出事，国土局一定会派人来调查，并且把资料都收走。如果是因为年久失修，积雪覆盖，导致气象站使用年限到了，气象站也会启动撤离程序，带走资料，拆掉房子。为什么这个气象站空无一人，却留有图纸资料，以及这么多还能使用的器具？"

一时间，他站在原地，竟有些踟蹰。

而另一边，雪地车上，詹姆斯的脸色绷得很紧。

他本来不想泄露国土局的一些情况，但眼下是生死困境，他们带着一个失去了行动能力的约翰，一个被打晕以免坏事的西蒙·路斯恩，假如对敌人的能力还是一无所知，只会任人宰割。

加上詹姆斯对雪松也颇为了解，知道这位中国军人秉性可靠，索性破罐子破摔，主动透露"鹰爪"的危险性："'鹰爪'曾是我和约翰的教官之一，负责教我们如何收集情报、追踪敌人、审讯犯人。他在这些方面有着出众的才华，哪怕是现在的我，也不敢说就已经胜过了他。"

艾伯特·马歇尔挑了挑眉："教官和学生？你们还有这层关系？很好，那就有交谈的余地了！假如用我、刘易斯和你教父的名义做担保，为他改名换姓，让他离开这里，他是否愿意与我们合作？"

詹姆斯神色有些沉郁："我不能确定，假如约翰醒着就好了，他是'鹰爪'最喜欢也是最优秀的学生。"

后半句话，他咽下去没说。他怀疑，"鹰爪"之所以能被偷梁换柱，私下从 Geenna 出来，也和约翰有着脱不开的干系。

艾伯特·马歇尔笑了一下："不确定？那就是还有商谈的余地了，没问题。我还要确定最后一件事——'鹰爪'当年的行为，是事出有因，还是遭人陷害？"

詹姆斯缄默不语。

艾伯特·马歇尔知道他终究还是顾忌雪松，便道："都这种时候了，还想什么国家之别？万一我们三个走散了，雪松中校因为错失情报，出了什么问题，难道你们大洋国国土局还能逃避责任？"

涉及恩师一家的隐私，尤其是师母的不幸遭遇，詹姆斯不愿吐露，便叹了口气："哎，我实在说不出口。"

艾伯特·马歇尔意味不明地笑了一下："不用说了，我已经猜到，雷奥将军的绰号叫'狂狮'，'鹰爪'霍克曾经的绰号则是'烈鹰'，都是性子桀骜的年轻人，又因为血统和经历的关系，雷奥痴迷和式文化，霍克则信仰他祖上那边的图腾。两个小小校官，融入不到他们的圈子里去，又出类拔萃到压过其他人的锋芒，当然会被针对。"

大洋国军方其实还算开明，海纳百川，并不介意军人的种族肤色，只要能力足够，战功赫赫，就能往上爬。目前大洋国的高级将领里，就有很多出身平民的将军。

但在展露自己的才华之前，首先得有舞台。雷奥和霍克在校官时代，曾经被人为打压，过了好几年消沉的日子。

雷奥不肯屈服，被调去边防部门，坐了很长一段时间的冷板凳，却意外遇到了潜入大洋国，被国土局缉拿的亚伯·温菲尔德，出于某种说不清的心态，放走了对方。亚伯为了报恩，暗使手段，促成西蒙·路斯恩关注到雷奥将军，设计把对方送去了战场，从此大放光芒，平步青云。

霍克则不然，他甘于平淡，选择去军事学校教书。后来因为被一些事情刺激到，他主动申请去了情报部门。

虽然特工、间谍听上去很酷，但论仕途的发展，还是正面战场更上一层楼。像霍克这样的校官愿意去，情报部门当然是举双手欢迎，也不会压制他的升迁。霍克抓了许多潜入大洋国的间谍，提前洞悉了好几次恐怖行动，爬得飞快，"烈鹰"被人渐渐淡忘，取而代之的是双手沾满鲜血的"鹰爪"。

等他升到一定高度后，就开始罗织罪状，报复昔日害过他的人。正因为如此，这反而成了大洋国内部一段不能说的黑历史。

"'鹰爪'霍克报复的那些人，从法律的层面来说，都是无罪的。"詹姆斯沉默半响，才说。

艾伯特·马歇尔闻言便道："这么说来，'霍克'是个很强硬也很极端的人啊！"

雪松也赞同这个看法。

想也知道，情报部门的高级长官如果铁了心要罗织罪状害一个人，究竟有多么简单。假如连他都做不到，那么就证明对方地位之高，势力之强，难以想象，就算证据确凿都能规避，所以霍克不惜自毁前程，也要亲自动手。

两人都没打听究竟发生了什么，才让一个本来一心教书的校官变成这副样子，艾伯特·马歇尔玩味地说："这样的人，为什么会替西蒙·路斯恩卖命？"

"先不讨论这个。"雪松出言打断两人，"我们之前的计划是，给他们留下一定线索，让他们知道我们往悬崖方向跑。但如果是'鹰爪'，我们制造的那些线索，会不会太拙劣，反而让他回援码头？"

说到这里，艾伯特·马歇尔和詹姆斯的神色都沉了下去："那就只能提醒伊万·伊万诺夫他们小心，我们也要随机应变了。"

气象站。

"头儿，发现雪地车留下的痕迹！"

"鹰爪"霍克蹲了下来，看见地上两排被浅浅积雪覆盖，但还是能瞧出方向的车痕，发现果不出他所料，看上去是往码头相反的方向跑去，实际上却能发现，车痕在不着痕迹地往悬崖方向偏移。

这位老练的前情报官员沉吟片刻，就问："这附近有没有什么关于山洞的传说？"

部下们你看看我，我看看你，都摇头。

这也和白鹰州的独特天气有关。换作其他地方的海岸，小孩子们早玩疯了，熟悉当地的每一个溶洞。但白鹰州太冷了，风太大了，人们往往都躲在室内不出来，距离住处五公里的地方有什么都未必熟悉，更不要说这种边缘地带。

"鹰爪"霍克的脸色顿时很难看。他已经从气象站搜出了西蒙·路斯恩的手机、手表、袖口等，很显然，具有丰富反侦察经验的詹姆斯早就猜到这位大洋能源主席身上有多少 GPS 定位装置，然后一股脑给扔了个干净。这让捕捉对方的行踪变得十分困难。

而且，留给他们的时间也不多。"空中车厢"爆炸势必惊动大洋国军方，太平洋舰队不能动，但白鹰州的军事基地可以动。现在出现，大概是顾及三小时后的强风暴天气。可等下一轮风暴过后，至少有两天不会有超过 10 级以上的大风。

也就是说，想要杀艾伯特·马歇尔，就必须在下一轮冬季风暴到来之前解决，否则大洋国军队出面，那就难了。

"你们不知道，就去问自己的父母，还有爷爷奶奶！那时候的科技没那么发达，总有人会探索这里！"

看到"鹰爪"发火，部下们噤若寒蝉，也不顾深夜来电会惊扰到长辈，纷纷打电话回去询问。

过了五六分钟，突然听见有人喊："头儿，我问到了！我爸是老渔民了，他说，这附近的悬崖上，有很多被海水冲刷腐蚀出来的低矮山洞，可以让一两个人进出。涨潮的时候，偶尔会有鱼留在里面，退潮时海水也不一定带走。如果他们实在打不到鱼，就会去那里碰运气。"

"他们不可能躲在这种洞里。""鹰爪"霍克否决得很干脆，"涨潮时，这些山洞都会被海水淹没，留在那里是等死。"

"是的，头儿，但我爸说，这附近还有一个山洞，具体位置他不清楚了，非常深，里面九曲十八弯。老一辈的人都说那是魔鬼的洞穴，否则为什么涨潮的时候，海水往里面灌，却没有把山洞淹了呢？"

"鹰爪"霍克皱眉："那应该是有地下暗河排水——这个洞穴，你能确定在哪里吗？"

部下咽了口唾沫："我，我不清楚，但我爸说了，就在一排低矮山崖的山洞之中，有个被蔓藤挡住的小口。"

"什么时候退潮？"

"还要一……一个多小时。"

"太慢了，如果只是山洞洞口出现呢？不需要潮水全部退去，只需要可以进人就行。"

"大概半个小时。"

"鹰爪"霍克环视着这群人，心里已经有了主意。那么多山洞，想要试出他们究竟在哪一个，肯定是要死人的，但无所谓。用人命堆这种事，不是第一次，也不是最后一次了。

与此同时，海港城，圣约翰医院。

白鹰州圣约翰医院目前的院长，是哈伊德·本·维尔福医生，但他不过是挂个名，真正的医院事务，全都交由副院长处理。而这两天，副院长也不在医院——他跟随哈伊德医生，一起去了米切尔城。

只不过，哈伊德是参加学术交流的，副院长则是与世界树公司的团队磋商最新医疗器械的引进。

正因为人不在，副院长办公室门窗紧闭，锁得很严实。

偏偏此时，一个黑衣人像敏捷而灵巧的猫，窜到副院长办公室门口，掏出一个回形针，稍微鼓捣了几下，房间的门就打开了。

这人进去后，并不急着进入密室，反而端详了一下悬挂在墙壁的油画，低低地笑了一声，然后轻轻将油画挪开，找到画框边缘的针孔摄像头后，目光落到办公桌上待机状态的电脑面前，又找到笔筒里还有一支伪装成钢笔的录音笔。

黑衣人见状，心想："这个副院长果然有秘密，电脑不关机，自动连接油画上的摄像头，录音笔也一直在工作。"

他用极快的速度，拷贝出了电脑里的全部资料，然后又修改了监控录像和录音，确保没人能发现问题后，悄无声息地离开，回到"天堂"酒吧旁边的旅馆，打开自己的笔记本电脑，输入暗网中的一个网址。

这位黑衣人，就是中国安全部门的顶级黑客专家——"NULL"！

"NULL"这边飞快地上传记录，而那边，中国安全部门立刻就收到资料，马上组织专家会议，开始讨论。

"NULL破译了童子邦留下的暗号。"会议用这句话做了开场白，"'NULL'与'铜棒'发现，大洋国很可能在白鹰州地下，或者濒临的海岛内部，兴建了很多极其绝密的军事或者研究基地。"

听到这里，专家们神色都变了："那封邮件是真的？大洋国真以全人类为假想敌，在白鹰州进行'如何高效率毁灭其他国家'的研究？"

"目前还没确定，但'NULL'在童子邦的协助，以及这些天木马软件陆续下载出来的一些资料，破译之后，认为白鹰州的基地有好几处，有些在附近的公海海岛上，而有一些在腹地内，应该建设在悬崖或者山腹内部，在海水之下。"

"基地的性质具体还不清楚。只是根据'NULL'从白鹰州圣约翰医院副院长那里拿到的数据显示，基地未必只研发大规模杀伤性武器，或许也包括生物病毒、基因编译等非法试验。"

专家们你看看我，我看看你，心情都很沉重。

夏正华突然想到一件事："悬崖……山洞……雪松是不是刚才汇报了消息，他们为了躲开追兵，就藏在那里？"

霎时间，所有人的脸色都变了。

第九章　父亲

一

清冷的月光洒在海面上，潮水拍打着礁石，形成泛着白沫的浪花。

山洞深处，雪松看着周围的环境，若有所思。

这个山洞看上去像是地下喀斯特地貌，先是因为海水侵蚀悬崖，形成了裂隙和落水洞，然后地下水向下运动时发生溶蚀，形成各种形态的管道和洞穴，并相互沟通或合并，形成统一的地下水位。等到地壳上升，地下水位将随河流下切而降低，洞穴就转变为干溶洞，最终成为地理奇观。

但这有点违背雪松的地理学常识。如果他没记错的话，这种深溶洞类型的喀斯特地貌，主要分布在热带和亚热带。

白鹰州这种高寒地带，哪怕因为地壳运动，会形成喀斯特地貌，但过于寒冷的天气，导致水的冻结时间长，或有冻土层存在，让水的流动及溶蚀作用都受到了极大的限制。不管地表还是地下，主要也是溶沟、小型孔洞、溶隙和喀斯特泉等，都比较浅而且小，不会这么沟壑万千，深邃纵横。

这里为什么会有一个违反地理学常识的东西存在？难道气象站建在这附近，就是为了探索这里的特殊地貌？

本能告诉雪松，不能深入，这种反常的地方，往往都蕴藏着危险。

詹姆斯和艾伯特·马歇尔显然也是同样的想法，几人进洞之后，只是稍微往深处走了一截，就没敢再继续走。

一方面是因为对未知的顾忌，一方面是为了保留体力——毕竟他们带着两个不能行动的人，走得越远，浪费的体力就越多；另一方面就是他们都发现，这里的地形极其复杂，犹如超大型的迷宫。

假如再往里面走，别说他们会迷失在里面，就是大洋国派上千个救生员来拉网式搜寻，想要找到人也需要一定的时间。这些时间，他们或许能拖，但约翰等不起了。

所以，躲对他们来说，只是第二选择。最好的办法，是利用地形，把这些追兵的性命统统留在这里，他们自己再从容出去。

雪松看了一眼卫星电话，然后望着詹姆斯，两人都摇了摇头。

从他们进洞开始，信号就被彻底屏蔽掉了，完全没有任何显示。不管是中国安全部门，还是大洋国国土局，他们都联系不上。

艾伯特·马歇尔看到两人在用眼神打哑谜，刚要张口说话，詹姆斯就做了个"嘘"的动作。

诺亚总裁反应也很快，立刻就想到，这种地方声音能传得很远。哪怕不被外面的人听见，如果惊动了溶洞里栖息的生物，也不是好事。

所以，他扬起手腕，露出手表，对着二人比了一下。

二人会意，看了一眼时间，发现距离他们潜入洞口，已经过去了四十分钟。

按照从气象局拿到的资料，这时候，潮水应该开始退了。

此时，他们也隐隐约约听见，外界好像传来人声，不由深吸了一口气。

真正的考验，现在才开始。

潮水拍打着礁石，为白鹰州的夜添上一份韵律。

突然，凄厉的尖叫声划破寂静。

"鹰爪"霍克准确无比地捕捉到发出声音的位置，拿起对讲机："C3小组，是否遭遇伏击？"

那边很快回答："我们带的绳子不够长，固定工具也不够，本来打算申请支援回来拿。吉姆说他是攀岩好手，不需要那么多辅助工具，系了绳子就直接往下爬，结果好像踩空摔下去了。"

霍克不动声色地评估对方的音色、口音，乃至语气起伏，确定是本人无误，才问："他掉到哪里了？礁石上，还是海里？"

"不确定，从这个位置看，应该是海中。"

"你在原地待命，C1、C2、C4小队立刻跳入海中，以十五分钟为期限，1、2小队在海中打捞，4小队负责探查礁石！其他人暂停巡逻，一半人拿手电筒对准C3小队的位置，务必从各个方向监视到那里的动静；另一半人负责监控其他地方，防止他们牺牲一个队员，撕开防线，别让任何一个目标有机会趁着夜色离开！"

部下们早就习惯了对"鹰爪"霍克言听计从，闻言立刻照做。

这些生长于白鹰州的精壮汉子，个个都十分擅长水性，三个小队六个人齐刷刷地脱了厚重的衣服，拿雪热身子后，扎个猛子就钻进海里。

大概过了十分钟，尸体就被他们从海里打捞上来。

霍克已经到了低矮的山崖边，蹲下身，给这具尸体做了初步的尸检。

没有枪伤，没有锐器刺中的伤口，没有被扼住脖颈导致窒息的痕迹，脚踝和手部也没有被人拉拽的迹象。无论从哪个角度来说，这看上去都是一次极其正常的坠崖。

夜色黑，看不清；山崖又长年累月被海浪冲刷，造成松动；白鹰州气候寒冷，土被冻住，滑不溜秋；攀登者没有系绳子，安全措施不够。种种因素加起来，确实有可能导致意外事故发生。但这真的只是巧合吗？

霍克转到死者脚边，脱下对方的靴子，看见靴底已经被尖锐的石头划破，将口子掰得更大一点，伸手进去摸，隐隐有一丝油腻感。

油？为了证明自己的判断，霍克直截了当地说："拿安全绳给我，我要亲自下去看看。"

"头儿，不行！"部下大惊失色，"假如吉姆是被伏击死的，对方很可能就藏在那个山洞里，您如果吊着绳索下去，就是天然的靶子！"

"对啊，头儿，您的安危才更重要！我来！"

"我视力更好，我来！"

部下们七嘴八舌，主动请缨，俨然一副要为霍克赴汤蹈火、在所不辞的模样。

霍克的语气却非常平静："假如我死了，你们立刻以这座山崖为圆心，一公里为半径，将附近的几个山崖全部控制住。然后把车上的炸弹拿出来，等到海水退潮后，直接把这几座山头炸开！拿绳子来！"

部下们没办法，只能照办，内心却对他更加敬重。

霍克将绳索牢牢地系在腰间，顺着滑下去，沿途慢慢检查，下滑了四十多米，突然见到一块凸出的石头上有亮晶晶的反光。

伸手一摸，十分油腻；凑到鼻子旁边一闻，橄榄油的味道。

霍克拉动三次绳子，上面的人收到暗号，立刻把他拉上去。

不等解下绳索，霍克便道："吉姆失足坠崖不是偶然，是詹姆斯在几个合适的落脚点涂了橄榄油。可见他们躲藏的地方哪怕不在这座山崖，应该也就在附近。"

如果给他们足够的时间能拿一条足够长的安全绳，又用辅助工具牢牢固定，吉姆或许不会死。但吉姆为了抢时间，又仗着自己是攀岩高手，安全设施没有做足，这才殒命。

可也正因为吉姆用性命争取到的时间，让霍克确定，他们来的速度足够快，留给对方的时间并不充足。

所以，就算这是用来迷惑他们的障眼法，真正的藏身之地不在这个山崖，也不可能太远。一是因为对方没有足够的交通工具，只有一辆雪地车；二是时间不够；当然，还有最重要的一点，对方带的累赘太多了。

艾伯特·马歇尔虽然也坚持健身运动，体格健壮。但在这种极端天气和特殊地理中，这种体格，不拖后腿就不错了。真正顶用的，只有詹姆斯，还有那个中国安全部门的军人。

假如他们愿意把约翰扔在气象站，只带西蒙·路斯恩一起走，那么分出一个身手矫健的练家子，设下埋伏，诱惑他们上钩，剩下两人则走相反的方向，利用交通工具逃跑，或许有可能达成。

但霍克事先就觉得，詹姆斯放弃约翰的概率很低，哪怕对方快死了。现在涂油的事件一出，霍克更加肯定了自己的看法。他们一定带上了约翰！

这就迫使他们绝对不能分兵。原因很简单，在这种极端恶劣的气候，以及后面有追兵的情况下，两个失去行动能力的人，必须由三个人轮流来背，保持体力，并留心周围情况，负责照应。否则，二背二，光是累就能累得够呛，不必再考虑其他，剩下那个人根本策应不了这么周全。

想到这里，霍克突然意识到一个问题——既然不能分兵，詹姆斯为什么还要浪费时间，设下陷阱？这不是提醒追兵，他们就在附近吗？假如没有这画蛇添足的一招，想要确定他们的大概位置，还要搜索好一阵子。除非……

霍克回忆了一下接下来几个小时的天气预报，很快就下达指示："通知码头上的人，设好埋伏，待会儿可能有船过来。这些人很重要，不能杀，务必活捉！"

部下不知道为什么话题突然跳到这里，有些蒙："船？"

霍克"嗯"了一声，没多做解释，心中却已经很肯定，与其说这个陷阱是针对他们这些追兵的阴谋，倒不如说是光明正大的阳谋！

詹姆斯就算一开始不知道此行是霍克率领，以詹姆斯的经验和智商也应该明白，被路斯恩家族豢养在这里的打手，无一例外，全是亡命之徒。

这种人一旦知道几个小时后飓风来临，究竟是会继续寻找老板，还是为了保住性命，折返回码头小镇，还用想吗？

想到这里，霍克无声地笑了。只见他从怀中掏出一支劣质香烟，叼在嘴里，却不打火。

他已经很多年不抽烟了，一开始是因为军校规矩，后来是职业习惯。哪怕已经不再是情报部门的一分子，可有些刻在骨子里的东西却没办法忘掉。

但他会随时随地带一包烟，偶尔怀念过去的时候，就拿一根出来，咬着过滤嘴，品尝烟草淡淡的苦味和香气。

詹姆斯或许不足够了解他这个曾经的老师，他却很了解自己最出色的两个学生。

约翰看似心狠手辣，冷酷无情，实际上却是个很重感情的人。他对亲人的爱远远胜过朋友；对朋友的爱又远远胜过对职责的看重。哪怕平常再怎么冷静乃至冷血，涉及重要之人的安危，就容易做出不理性的决定。

而詹姆斯看上去热情洋溢，不拘小节，霍克却知道，詹姆斯内心深处是个很讲原则、坚守底线的人。这些原则，有时候会让他显得迂腐，有时候会让他变得可笑，却也有时候，会让人觉得他无比冷酷。

比如，奉国土局的密令，私下调查他这个老师的所作所为，抓住他故意陷害他人，将对方全家虐杀的证据，然后将他送上军事法庭审判的时候。

所以，哪怕在军校的时候，大家都喜欢热情的詹姆斯，不喜欢无趣的约翰，霍克却刚好相反。两个学生之间，他更亲近约翰。

或许，从那时候开始，他就隐隐明白了——真心对约翰好是可以得到回报的，约翰会为了重要的人破例，乃至赴死；但真心对詹姆斯就不一定。甚至，当时的他，可能就对詹姆斯有了些许的畏惧之心，就像看着一个表面笑嘻嘻，实际上无所顾忌的狂徒。最终，他也落到了这个狂徒的手里。

作为老师，输给了学生，此乃天大的幸运，也是莫大的滑稽。

"明知道身边有艾伯特·马歇尔需要保护，又有约翰生死未卜的情况下，他，还有那个中国军人，包括马歇尔三人，居然还要设下陷阱，让我能大概定位他们所在的山崖，就是不希望我们因为待会儿的飓风折返，回到小镇上。"

霍克眯着眼睛，大脑就像高速运转的 CPU："可见对他们几个来说，码头那边可能被我们逮住的人更加重要。他不能让这些人落入我们的手中，这或许会成为西蒙·路斯恩脱罪的筹码。"

这位曾经的高级情报将领深谙大洋国政府和军方的处事作风，代入詹姆斯的角度，略加思考，已经得出结论："外国的贵宾吗？不对，这不值得牺牲马歇尔。"

一万个权贵，都抵不上一个马歇尔。

有意思，究竟是什么人，才能得到这种认可？

不过，还有一种可能。詹姆斯不希望他们回去支援码头那边，或许有更重要的事情。

按理说，霍克猜到这些后，应当立刻赶回去支援才对。但他并不想。"影之共济会"只是买了他这条命，却不意味着他就成了他们的狗，时时刻刻都要忠心耿耿为主人着想。

既然昔日的学生光明正大设下这场杀局，他若不欣然赴约，岂不是会被对方看轻？

"上次输给了你，这一次，我们再来比一局。"

这个山洞藏得非常隐蔽。

从外表看，它只是低矮山崖下一个被冲刷出来的小小洞口，只够一个妙龄少女蜷着身子缩在里面，墙壁上则长满了厚厚的青苔，还有蔓藤垂下。

正是因为这点，引起了搜索者的注意。

白鹰州这么冷的地方，地面寸草不生，哪怕是海边溶洞，也不至于草木生长得如此茂密吧？

搜索者掀开层层叠叠的蔓藤后，发现了一个隐蔽的洞口，黑黝黝的，就像蟒蛇的巨口，宛如怪物的肠子，阴冷又神秘，仿佛通往深渊的道路。

这个洞口实在太过狭窄，只能供人匍匐爬行前进。

"这真的不是什么爬行动物的巢穴吗？"看到同伴用红外线照相机拍摄出来的洞口照片，一群天不怕地不怕的恶徒只觉得毛骨悚然，"会不会我们爬进去，结果刚好撞到蛇窟？人的体温会把冬眠的蛇唤醒吗？"

霍克盯着照片，难得没对部下们展露出来的胆小嗤之以鼻。

按理说，以白鹰州的环境，不至于出现这么深，还可以藏人的洞穴。而且，气象站里面居然有这个山洞的详细资料，就更奇怪了。

从到达气象站开始，直觉就在对他报警，但以他丰富的经验，也没有看出猫腻究竟在哪里。如果只是怀疑，处处都是证据——可这都只是臆想的证据罢了。

作为经验丰富的前高级情报人员，霍克明白，直觉会欺骗自己，想要验证猜测，就只能亲身前往。

片刻的沉默后，他缓缓开口："我第一个进去。"

听见他这么说，立刻就有部下反对："头儿，我们刚才已经让您冒了一次险，现在您再要冲在前头，就是看不起我们了。"

"就是，哪有让教官去冒险的！"

还有人二话不说，就将衣服往两边一扒，展现自己雄壮的肱二头肌。

霍克见状，便道："老规矩。"

他一边说，一边从怀里掏了副扑克牌出来，慢条斯理地抽出一张"Joker"，扔回牌套里："这次连上我，大家来了54个人，吉姆已经没了，所以我只拿53张牌。谁抽到剩下那张Joker，谁就第一个进。"

部下们都认可这种抽取方式，按照顺序排队一个人抽了一张牌。

才抽到三分之一，就有人喊："头儿，我抽到Joker了。"

恰好是C3小组的另一名成员，死去的吉姆的搭档，一位编着脏辫的黑人。

霍克点了点对方的肩膀，说："把一号车后备厢里，那个红色的箱子拿出来。"

不消片刻，就有人把东西拿来，霍克打开箱子，里面齐刷刷一排半个成年男子拳头大小，长得像手榴弹的东西，他从里面拿出一个，对脏辫男说："用嘴巴咬着，不要撞击，等快到洞口的时候，把它抛出去，能做到吗？"

脏辫男嬉皮笑脸："如果失败了，脸会成为烂掉的西瓜吗？"

霍克板着脸："到时候你还有没有头都说不定。"

脏辫男做了个鬼脸："无头骑士，听上去也不错！"

其他人顿时哄笑，还有人怪叫着吹口哨："摩托车都不会开的骑士？这可不是都市传说，而是都市笑话合集！"

脏辫男愤愤地对这群家伙比了个中指，把"手榴弹"叼在嘴里，灵活地跳下山洞，开始攀爬。其他人跟在这人后面，陆续也爬进去。

当然，山崖上还留了十一个人留守，刚好看着所有的车子，并且随时与码头那边保持密切联系。

二

"佐藤先生，请问停在圣约翰酒店地下停车场三层，编号为A7－406停车位的黑色悍马是您的吗？"

酒店中的童子邦接到前台的电话，快速回忆了一下自己有没有停好车，是不是占了别人的停车位，确定都没有后，便语带疑惑地问："没错，怎么了？"

前台满怀歉意地回答："不好意思，本地的动物救助组织说，从您的汽车里听见了微弱的猫叫声，可能是流浪猫为了取暖钻到您车里的发动机附近了。能不能请您下去一趟，将车盖打开，方便救助流浪猫呢？"

听见前台这么说，童子邦二话不说，立刻便道："我马上就下来。"

不消片刻，童子邦就已经小跑着来到停车场，就看见保安站在一旁，几个拿着宠物箱、猫罐头的年轻人，或趴在地上，看流浪猫究竟在车子的哪个部位；或打开罐头，一边喵喵叫，试图诱捕。

"我是这辆车的车主。"童子邦一边用带着典型樱花国口音的大洋语喊着，一边按下了车钥匙，"需要开盖是吧？还有没有别的要做？"

保安看见车主来了，却没有放松警惕。

他记得这位出手大方，打赏小费不菲的客人——来自樱花国的商人。万一这群坏小伙是绑架犯，让有钱的客人在他们酒店失踪，那就不好了，得履行职责，一直看着才行。毕竟，这鬼地方可不太平。

为首的年轻人略带歉意地说："得打开了引擎盖才知道，听声音，好像是母猫带着小猫一起钻进去了，这种情况可能比较麻烦。如果它们一直不肯出来，恐怕得喊拖车来，要将您的车拖到修车厂，拆开底盘才行。"

童子邦满口答应："没关系。"

年轻人刚要感谢，同伴却拉了拉他的衣服，小声说："这辆车是租的——我们前年去公园露营的时候，我就租的这辆。"

听见同伴这么说，年轻人顿时愣住了。

虽说大洋国租车行业发达，也有各种针对租车的保险。但"为了救宠物而拆开引擎盖，乃至送去修理"这种情况，不管多完善的险种都会判定为"不被租车公司认可的自主维修费用"，需要车主自己承担。

年轻人想了一下组织囊中羞涩的经费，咬了咬牙，刚要说他们承担一切维修费用，童子邦已经笑着挥了挥手："我和我女儿都养过猫，都是捡来的流浪猫，它们温暖了我们的人生。你们今天救下的这窝小猫，将来也会陪伴别人，或许能帮到他们。这是有意义的事情，你们不用管修理费用，把经费花在更重要的事情上吧！"

听见童子邦这么说，年轻人都非常感谢："您真是个好人！"

然后，就开始分工合作了。

童子邦在一旁闲着没事，忽然发现一旁放着的宠物箱里，还有几只蜷缩着的，脏兮兮的猫，显然是他们刚刚捡到的流浪猫。

他在监狱的时候也养过猫，算是小半个专家，稍微瞧了几眼，就有点惊讶："好严重的口炎，眼睛也发炎了，得立刻去医院。"

年轻人一边趴在拆开的引擎盖上，试图拿猫罐头引诱母猫，一边回答童子邦的提问："天这么冷，又是现在这个点，宠物医院都已经下班了。"

童子邦顿时有些急："那这些猫怎么办？它们应该尽快被救治。"

"我就是有行医执照的兽医。"养宠物的人，往往很容易立刻就成为朋友，年轻人就是这样，对童子邦的印象很好，知无不言，言无不尽，"等把这窝小猫一起救出来，我们会带它们回到我们的驻地，统一治疗。"

童子邦皱了皱眉："这么冷的天，炎症又这么严重，万一耽误了，小猫可能要摘除眼球，那样不好找领养。这附近还有什么能治疗宠物的地方开着吗？我开车跑一趟，先把它们送过去——旁边那辆军绿色的悍马，也是我租的。"

年轻人们面面相觑。他们着实不想这么麻烦童子邦，但不能被领养的猫，宠物救助组织又负担不起的话，下场只有一个，那就是安乐死，他们也确实不愿看到这个场景。

偏偏在场唯一一个有执照的人，又不能和他先回去——引擎盖里的小猫，也很容易出事，需要他在场急救。

左右为难之际，保安忽然走向童子邦，低声道："先生，这附近有一家医院，我可以带您前去，但那家医院的收费比较昂贵，不知您是否介意？"

瞧见童子邦有点顾虑，估计是怕被宰，保安又说得更详细："这家医院主要是给周围的女性做整容和堕胎手术，偶尔也兼职一点其他东西。因为很多女性会豢养宠物，他们也顺便给猫猫狗狗做一些手术。"

童子邦听懂了——这就是一家黑医嘛！给妓女整容、堕胎，给帮派分子治疗才是主业，给动物做手术那叫副业中的副业，顺带而已。

意识到这一点后，他露出了很符合"一般人"的神情——踟蹰，退步。可看到宠物箱里奄奄一息的小猫，童子邦还是咬了咬牙："请告诉我地点。"

旋即，他就拿出钱包，抽出一张百元大钞，背对着年轻人们，递给保安："我想向您了解一下，相应的规矩。"

很显然，他一边顾忌自己的安危，一边也已经看出来了，介绍客人去那家医院，保安是有提成的。

保安娴熟地将钱收下，低声道："您只要说，是圣约翰酒店的黑皮介绍的客人就行。"

童子邦点了点头，又转过身对年轻人们说："刚才这位先生介绍了一家私人医院，说是能救治这些小猫，我先带他们前去。"

然后，他报出一串数字："这是我的联系方式，你们到了拖车厂，给我打个电话，说一下到底要怎么修，并告诉我一下修车厂的地址，小猫好了我就带过去。"

年轻人连忙记下电话，并保证他们不会联合修车厂坑童子邦。

保安却知道，这是不信任自己介绍的地方，留一重保证。如果年轻人们等不到童子邦，自然会报警，自己这个交谈过的保安，就是第一嫌疑人。

但保安并不畏惧，因为他介绍的真是一间合法的私人诊所——除了价格有点贵之外，一切都好说。

童子邦拎着宠物箱进了军绿色的悍马，发动油门，前往保安提供的地址。

圣约翰酒店就坐落在圣约翰医院旁边，同属一个集团，主要是给前来就医的人们提供住宿方便，而这家私立医院则在大概七公里外，最近的道路就是必须穿过红灯区。

童子邦开车经过的时候，发现这条路被堵住了，陆续有出租车停在店门口，身材曼妙的女郎款款下车，她们或穿着精致的礼服，或穿着各国的特色服饰，妆容精致，鬟发如云，唇色浓烈至极。

如果好几个女郎站在一起，那就更加热闹，在夜晚迷离灯光的照映下，眼神蒙眬而迷离，散发着醉人的香气。

而她们的手上，至少都拎着两三个袋子，若是细细看去，可以将全世界的奢侈品品牌都认清。

童子邦无声叹息。自古以来，越是繁华的港口，就越有发达的红灯区。更不要说白鹰州本来就是大洋国唯二性交易合法的州，相关的产业更是发达。

这就是当年，他想送女儿出来留学时，非要亲自过来看一遍的原因之一。因为他不清楚，多少钱才能保证女儿的留学生活。

对漂亮的女孩子来说，欲望和代价，或许只是一个念头的距离。

他心中涌动着极其复杂的思绪，随着车流，开到了路的尽头，来到了一家从外观看上去就十分豪华的医院。

童子邦乍一看就有一种强烈的即视感，等停了车，走进门后，恍然大悟——这地方，非常像高级酒店。

如果他去过美容院的话，就应该知道，他刚才的形容还不够准确，更精准的描述是，很像高档美容院。

一进门，就是温暖而舒适的灯光、恒定的温度，以及精致又能让人放松的装潢、真皮沙发与玻璃茶几，咖啡、柠檬茶、花茶等一应俱全。

前台的护士画着精致的妆容，无论面庞还是身材，都是一等一的美人，而且美得环肥燕瘦，各有千秋。

总而言之，这个地方，从外观到陈设，到护士，处处都透着"我很昂贵，我很精致"的气息，却又有一丝模糊的暧昧不清，让人会有一瞬间的恍惚和疑惑，这究竟是正规的医院，还是又一家主题扮演的红灯区。

瞧见童子邦拎着一个宠物箱进来，护士小姐笑容可掬，一点也没有对流浪猫的嫌弃："治疗宠物吗？请随我来。"

"你们这地方——"童子邦皱了皱眉，"治疗宠物和治疗人，应该要分开吧？"

假如一家医院，给动物做手术的设备，再给人做。毫无疑问，要被投诉到倾家荡产。哪怕是用一模一样的仪器和设备，那也要分两套设备，甚至两个区域，乃至两栋建筑才行。

护士小姐完美的笑容没变："这位客人，我们医院划分了两个区域，特定的人才能负责特定的区域，进出都要消毒，脱鞋。"

童子邦将信将疑跟着，发现流程确实如此的时候，这才定了下来。

他带着流浪猫在宠物医生那里做了初步检查，交了费用，然后问了一下洗手间在哪里，前往洗手间后，刚刚擦了把脸，洗了一下手，就瞧见一个人走了进来。

来人六十多岁的模样，乱糟糟的金发，白皙的肌肤，白大褂在他身上歪歪斜斜，显出一种不修边幅的落拓。

就见他望着童子邦，很平静地说："这里没有监控，跟我来。"

童子邦轻轻颔首，跟着白大褂穿过洗手间，来到一处会客室模样的地方——一路上竟然没碰到任何人。

"饮水机和咖啡机都在角落里，想喝自己倒。"白大褂一边说着，一边给自己倒了杯咖啡，往沙发上一坐，跷着二郎腿，用一种新奇至极的眼神，上下打量童子邦，啧啧称奇，"你这妆，画得不错啊！仅仅通过面部阴影和骨骼轮廓的改造，就能从典型的中国西南地区长相，变成樱花国京都地区的长相。"

"这种级别的化妆师，不是在影视圈，就是在特务机构。难道那个传言是真的，你被中国安全部门收编了？"

这个白大褂，居然一眼就看穿了童子邦的真实身份！

童子邦倒了半杯白开水，又加了半杯冰块，也舒服地坐到沙发上："我只是和中国安全部门达成了一定合作。"

白大褂十分好奇："这可不符合你的性格，出了什么事吗？"

"我女儿被人盯上了。"童子邦平静道，"危害我女儿安全的人，全都要死。"

这句话不带半点杀气，却是如此凛冽。

白大褂沉默片刻，才问："什么人？"

以他的性格，这句话的潜台词就是——需要我帮忙吗？

童子邦读懂了对方的好意，风轻云淡地回答："斯图国皇储，伊莎贝拉，还有，大洋能源集团主席，西蒙·路斯恩。"

白大褂的眼中闪过一丝复杂。

"我的女儿弄到了一份证据，斯图国皇储伊莎贝拉的身世不纯。"童子邦慢条斯理地说，"伊莎贝拉是公众人物，之所以这么多年一直没有被质疑血统，就是因为她的长相完美符合前皇储和皇储妃的组合。"

是的，童素从塔汗国拿到的资料，事无巨细地发给了童子邦。她已经没办法信过中国安全部门，但她不可能不信任自己的父亲。如果世界上只有一个人不会阻止她的疯狂，而是陪着她一起发这个疯，那就只可能是童子邦。

但她并不了解自己的父亲，这个代号为"铜棒"的男人，自然不可能清楚，对方掌握的秘密远远比她猜想的多，性格也远比外在表现的疯狂。

就见童子邦放下手中的冰水，微笑着说："斯图国虽然嘴上口口声声说着尊重教义，大贵族要求纯天然的长相，但大家都是公众人物，容易被点评长相，尤其是女性。小皇储从小接受微调，让她更端庄，更雍容，更符合大家心中的'公主'形象，并不算什么大事，只要不是削下巴、垫鼻子之类的大操作就行。而你，是哈伊德出现之前，世界上最好的外科医生，也是截至目前，世界上最好的整容医生。"

如果不是顶尖的整容医生，怎么能一眼就看穿精妙绝伦的化妆，洞悉童子邦的真实身份？

白大褂尴尬一笑，掩饰自己的不自然："我只是一介庸医，怎么可能参与到这么重要的事情里？"

童子邦意味深长地看着他："你说这话不心虚吗？别忘了，我们是怎么认识的。"

白大褂顿时有些尴尬。他和童子邦之所以相识，原因很简单——他是 Geenna 的狱医，童子邦则是 Geenna 监狱的囚犯。

重刑监狱的狱医，这本来也不是什么稀奇的身份。但童子邦能叫破他真实的身份，就代表童子邦已经查到了他的经历——曾经的传奇医生，现在的无名狱医。

任谁一想，也知道白大褂的人生经历有问题。

可白大褂也知道，童子邦是一个极其聪明的人，他不确定对方掌握了多少信息，是不是在诈自己，便还是不肯承认："我确实隐藏着秘密，也有难言之隐，但绝对不包括这种事情。皇室不缺好医生，并不需要最好的医生，他们选择一些人的前提，除了能力之外，更重要的还有信任。"

说到这里，他露出一丝焦急，似乎急着要证明自己的清白："如果我真的参与这么重要的秘密，我还能活着离开纽伦城？"

"这就是我来找你的另一个原因。"童子邦气定神闲地说，"因为你姓路斯恩，而你的母亲则是温菲尔德家族的近亲。"

"伊莎贝拉的身世就算是绝顶的机密，也瞒不过掌管中央情报局的铁血首相，只要他怀疑外甥女的身份，随便拿到她的生物信息，就可以进行鉴定。这只可能是皇室与温菲尔德家族共同的谋划，他们需要绝对可信的人。"

当年路斯恩家族的女子带着巨额嫁妆，嫁到温菲尔德家族的时候，她的亲兄弟也去了斯图国经商，借助温菲尔德家族的庞大势力，自然无往不利。

为了加强两家的联系，也为了在斯图国的经营更加顺利，这位前前代伯爵的小舅子，迎娶了温菲尔德家族的近亲——也就是从温菲尔德家族降下去的分支。

这对夫妇，便是"庸医"的父母。也就是说，"庸医"是铁血首相嫡亲的表兄弟，伊莎贝拉真正的"表舅"，比西蒙·路斯恩的身份名正言顺多了。

白大褂很久没听见别人提起身世，闻言不由叹了一声。

那些光鲜亮丽，仿佛都是上辈子的事情了。现在的他，不过是一个混迹红灯区，给妓女、嫖客、黑帮打手，乃至猫猫狗狗做手术的，庸医。

"你走吧！"漫长的沉默后，"庸医"叹道，"看在我们曾经是朋友的分上，我不揭穿你的身份，你也不要来烦我，就让我安静地在这里度过余生，好吗？"

"曾经伤害过我女儿的人，全都死了。"

童子邦并没有理会"庸医"的逐客令，反而用异常平静的语气，一个个清点：

"我被关进 Geenna 监狱后，我的大哥一家侵占了我的家，他们欺凌我的女儿，卖掉我妻子的手稿，甚至为了独吞我家的家产，那一点可怜的、微不足道的东西，联系人贩子，试图拐卖我的女儿。所以，他们必将经历最无常的人生——先一夜暴富，欣喜若狂；再欠上巨债，举家逃亡；又流落文南，受尽屈辱；最终深陷混乱，死无全尸。"

"庸医"眉头紧锁："我记得，这是你给德隆开的条件之一。"

童子邦没有回答，又道："德隆试图绑架我的女儿，借此来控制我。但他与他的儿子岩罕很快就得到了'提洛岛'的青眼，这不仅滋生了他们的野心，也让他的女婿开始恐惧地位被夺走，与岩罕陷入了永无休止的斗争，最终走向覆灭。"

"至于岩罕……"童子邦没有往下说。"庸医"却听得心惊肉跳。

他以前就知道这些消息，但他并没有觉得童子邦在这件事中，充当一个比"道具"更重要的角色。所有知情的人都觉得，童子邦身不由己。

贩毒集团控制了你，怎么可能轻易脱身呢？这很正常，不是吗？要不是你养了个好女儿，加上万象集团实在太狂妄，哪有那么容易脱身？

至于童家大哥的结局，那本来就是德隆收买人心的方法之一，他想让童子邦教导岩罕，自然要恩威并施，恩，就是帮童子邦复仇。

正因为如此，"庸医"心中惊疑不定，却佯装无事："你觉得这样就能骗过我？你在这其中出了什么力？"

童子邦凝视着"庸医"，漫不经心抛出一个问题："你认为，德隆怎么知道我在哪里？"

三

"庸医"怔住了，他本想回答拿钱收买，却又意识到一件事。

没错，以德隆的财力，确实可以收买议员，将童子邦保释出来。但童子邦是大洋国国土局重点盯梢的犯人，哪怕过去十年，已经松懈，却还是没那么轻易搞定。假如消息走漏，被大洋国国土局，比如刘易斯之流知道，肯定会阻止这件事成功。

德隆又不是大洋国的高层，对这些错综复杂的势力纠葛，不可能知道得非常清晰。在这种情况下，他究竟如何一步都不错，收买的人都是最合适的对象，硬生生帮他不惊动任何"相关人等"，就这么极其顺利地把童子邦保释了出来？如果德隆真要有这实力，还会迟迟打通不了大洋国的毒品网络，被羽蛇国一家独大？

"你——""庸医"犹豫半晌，还是忍不住问，"这是你的计划？"

童子邦沉默不语。

"我不明白。""庸医"不相信，"如果你有这样的本领，那你——那你根本就不会被抓住，你——"

"我的妻子死了。"童子邦突然开口，打断了"庸医"的质疑。

他的神色十分阴郁，不似平日的温和可亲："我在她的棺椁面前发誓，从此以后，女儿就是我的一切。

"我的女儿是个天才，是个超越我的天才，我很早就发现了这一点。我无比骄傲，却又不胜惶恐。这个世界，真的适合天才生存，而不是让天才夭折吗？

"我每天都在惶恐着，害怕她过于顺利，抵抗不住失败的打击；又怕她接连失败，消磨了心气。我愿意付出自己的性命去保护她，但有些事情，不是我愿意就能行。"

"庸医"不自觉地攥紧了白大褂，紧紧咬牙。

"你这个浑蛋。"他提了童子邦的衣领，双目通红，声音嘶哑，"你是故意的，故意对我说这些！"

童子邦没有反抗，只是望着他："你应当明白，这就是做父亲的心情。"

"庸医"痛苦地闭上了眼睛，松开了手。父亲，哈，是啊，父亲。他曾经也是一名父亲。他只有一个儿子。可他的儿子……

"他是被害死的。"童子邦的声音并不大，却像雷霆一样，在他耳边炸响。

"你的独生子，他拥有出众的才华，是路斯恩家族年轻一辈最优秀的子弟。他高大、聪明、英俊、善良、热心，待人彬彬有礼。他天赋极佳，被身边的所有人信赖，是天生的聚光灯，毋庸置疑的天之骄子。他唯一的错误，就是他冉冉升起的时候，西蒙·路斯恩正值盛年。"

大家族之间，也有明争暗斗。西蒙那一系，固然是毋庸置疑的最强；但斯图国的这一系，也不会比他们弱小多少。明明拥有相近的血缘，却因为出生地的不同，被人为分出了两个派系。

对温菲尔德家族来说，他们自然更乐意看到乃至扶持"庸医"的儿子成为路斯恩家族的家主。包括亲近这一系的路斯恩家族成员，也是一样。

虽然"庸医"对家业毫无兴趣，但他儿子的存在，就直接动摇了西蒙·路斯恩的地位，甚至可能威胁到对方的性命。试想一下，铁血首相难道真的不会为了扶持这位表兄弟之子上位，把西蒙·路斯恩干掉吗？

虽然差了一辈，但"庸医"之子的竞争对象，从来都不是他的同龄人，比如西蒙的那些废物儿子。他的竞争对象，有且只有一个：路斯恩家族的家主——西蒙。

"这就是顶尖天才的下场。哪怕他们没有做错任何事情，但他们就是太阳，是月亮，是启明星！只要他们活着，其他人就不可能放出任何光芒！"

"贪婪之辈不允许，凡俗之辈也不允许，丑陋之人对抗美丽的方式，就是重新书写美的定义！他们只允许让天才成为和他们一样丑陋而黯淡的石头，如果不愿意，就成为一瞬间划过的彗星与流星。我怎么能容许！"

童子邦的话语，仿若咆哮的雷霆。

"庸医"痛苦地闭上了眼睛。

他是最优秀的外科医生，他从死神手里抢下了因为车祸濒死的儿子，拯救了对方的性命，所有人都称赞他的神迹。唯有他的儿子，不愿睁开眼睛，看到现在的自己。

那是贯穿了大脑的洞穿伤，虽然被父亲的妙手所拯救，但无论怎么正骨、植皮，都无法改变的惨烈。

一半是正常的容颜，一半是歪曲的脸。

接受不了。无论如何都接受不了。

玻璃是镜子，金属是镜子，就连他人的瞳孔也是镜子。

镜子里的那个人，真的是自己吗？今后的人生，就要活在这样的丑陋里吗？

哪怕自我说服一万次，只要能活下来就已经很好了，父亲已经尽到了最大的努力，却依旧无法阻止天之骄子的自我厌弃。

他人的目光，哪怕带着善意，都像凌迟的酷刑。

骄傲的天才，选择了在火焰中死亡。宁愿被烈火烧得面目全非，也不愿留给世人丑陋的面庞。

正因为知晓儿子的心愿，在盛行土葬的国度，"庸医"却含着泪将儿子火化，墓碑上定格的照片，唯有当年神采飞扬的模样。

也正是因为儿子的死，曾经世界第一的外科医生，抛下了所有的骄傲，自嘲地称呼自己为"庸医"，成为一名曾经最看不上的整容医生。

如果自己拥有神乎其技的整容技术就好了。如果能将那孩子的容貌恢复如初，一切会不会……就不一样？

"我没有证据！""庸医"痛苦地大吼，"我没有任何证据，证明我儿子的死因，是西蒙·路斯恩所为！"

如果有的话，他早就拿着刀，和西蒙同归于尽，而不是躲在这里自暴自弃！

"我为他们做事，掌握了他们的很多秘密，唯独没有这一项！我没有任何证据！那或许只是个意外！"

所以，他只能憎恨自己。

"你为'提洛岛'和'影之共济会'做事，怎么可能拿到证据！"童子邦平静地说，"因为这件事，本来就不是西蒙·路斯恩做的，而是伊莎贝拉替他解决了这个难题。难道要斯图国皇室告诉你，此乃他们皇储所为？"

"庸医"的眼神变得比失去孩子的母狼还要可怕："你有证据？"

他并没有怀疑童子邦的话语。如果一件事情，斯图国皇室都查不到真相，那就只有两种可能，要么，这件事只不过是可悲的幻想；要么，这本就是皇室所为。

他也不是没有怀疑过皇室，却都按下了。因为没有道理。对皇室来说，无论哪个路斯恩，都是路斯恩，甚至，亲近斯图国的这一系上位，对他们而言更加有利。

但童子邦这么说，他立刻就信了。因为他也清楚，皇室和温菲尔德不是一条心，只要足够的利益，伊莎贝拉确实能出卖他的儿子。

"我有证据，但做证的那个人，你未必相信。"

听见童子邦这么说，"庸医"想到了什么，刚要说不可能，童子邦却又道："但我已经把伊莎贝拉给骗到此地了，你大可以自己问她。"

"庸医"心神巨震："怎么可能！老皇帝的病情——"

意识到说漏嘴了，他立刻闭嘴。童子邦神色已经变了："老皇帝的病情，难道比我想的还要严重？重到伊莎贝拉已经不能随时离开夏宫？你不是已经脱离宫廷很久了吗？你从哪里拿到的消息？"

"庸医"咬牙："你先告诉我，伊莎贝拉在哪里。"

两人僵持在原地。

大概过了十秒，童子邦突然看了一眼手表："我不能留在这里太久。"

"哈？"

"我是以'救助流浪猫'为名过来的，那几只猫的病情，我在路上看过，应该不需要治疗很久。"

"庸医"冷笑："这么巧？"

"当然不是。"童子邦淡淡道，"早在我查到你没跟着 Geenna 监狱一起离开的时候，就猜到白鹰州有天大的秘密，所以我一直在收集情报。早在来之前，白鹰州每个人的资料，就已经在——"

他指了指自己的脑袋："这里了。"

所以，他在确定"庸医"的所在后，就订下计划。

首先，入住地点必须是圣约翰酒店。作为这座城市最好的酒店，圣约翰酒店中理所当然地住着很多高级交际花，酒店的保安自然而然地，多半兼职做掮客生意。

这就代表童子邦伪装的身份，必须不差钱，才能支撑这种级别的消费，以及被掮客盯上，所以他才确定自己的形象为"樱花国商人佐藤"。

然后，他去 Geenna 监狱的旧址，打造一个"喜欢猫"的形象。这样一来，他顺便在曾经的监狱、现在的酒店里，买了些猫条、猫罐头，试图喂岛上的流浪猫，也很合理。

而这些东西没有喂完，被他带回车上，然后又没地方用，干脆喂了停车场的流浪猫，也很合理。

流浪猫被喂了几天后，自然会习惯这个区域，每天主动来找吃的。只要他每天将车开出去一圈，流浪猫往他引擎盖里钻，简直是太正常不过的一件事了。

为了控制情况，童子邦还黑进了地下车库的监控器，以及动物保护组织那位年轻人的车辆、电脑等设备，随时监测情况，一要流浪猫钻进去，二要年轻人们救助了受伤的猫，凑齐两个条件后，他就匿名打电话给动物保护组织，让对方尽快过来，说这个停车场有流浪猫，可能会被冻死，并且说大概区域。

具有丰富救助经验的年轻人们，自然会发现他的汽车里藏着猫。

至于当值的保安是谁，其实没有关系，因为童子邦已经发现，圣约翰医院的保安三分之二都兼职做捐客，并且他也故意在对方面前树立了冤大头形象，加上言语和肢体动作的暗示，他有九成把握，对方会上钩。

保安实在不说，动物保护组织里面也有女性成员知晓这个医院，她们也会说。

如此繁复而精妙的设计，如此困难的控制，就是为了确保，哪怕"庸医"出了事，国土局调查与"庸医"接触过的所有人，一时半会也难以排查到"佐藤先生"身上。

毕竟，无论是动物保护组织的年轻人们，还是前台小姐，又或者黑皮保安，所有人的口供都能表示，这只是一个意外、一个巧合。

至于"庸医"会不会把童子邦给卖了……以前或许有概率，但从童子邦说出"他有证据"的那一刻，"庸医"就绝不会出卖童子邦——哪怕赔上性命。

因为"庸医"很清楚童子邦的性格，如果自己被抓了，不招他出来，哪怕自己死了，童子邦也会帮自己报仇，偿还这段恩情。可如果自己把他卖了……

"庸医"的眼神不断闪烁，半晌后才道："我可以告诉你，我所知道的一切，但你必须将伊莎贝拉交到我手里，让我亲自来审！"

如果他的儿子真死在这个女人手上，他必定要让对方知道，一个医生施展刑罚，到底能残酷到什么程度！

"可以，但我有个条件。"童子邦平静道，"得有人在旁边守着，你不能把她弄死，她还有用。"

"庸医"眉头紧锁："什么用处？"

"不止你一个人想要对她复仇，就像不止一个人想对西蒙·路斯恩复仇一样。"童子邦淡淡回答，"而且，私刑处理她有什么用处？哪怕让她死得凄惨无比，皇室也会掩盖她的罪行。在社会层面，她依旧是高高在上的皇储，会得到人们的纪念、哀悼，就像前任皇储一样，民众根本不知道他是怎样的人渣，时间久了，甚至还有点怀念他。"

听见童子邦描述的情况，"庸医"想笑又笑不出来，只能露出一个小丑般痛苦又滑稽，还有些夸张的神情。

这时，童子邦的手机弹出一则提示。他拿起一看，神色顿时变了。

童素这孩子也太不谨慎了，他想了一万种对方合情合理来白鹰州的方式，却做梦也没想到是坐大洋国的军方飞机。

以大洋国的果断，炸掉这两架飞机，就为了绑架她一个人，绝对做得出来。更何况，还有艾伯特·马歇尔的布局……

虽说是随机应变，可他们这也太冒险了吧？

大洋国军方、"影之共济会"，还有伊莎贝拉……童子邦飞快在心中盘算了一圈事情有可能的走向，片刻后抬头问："白鹰州那个装载石油的码头，他们留在这里的看守，除了霍克还有谁？"

"庸医"已经麻木了："你居然知道霍克没死？投靠了他们？"

"十分简单的推理，只需要一点观察力和想象力。"童子邦答，"霍克当年也被关在 Geenna 监狱，平常身体看上去很健康，突然就和别人打架，关了禁闭，然后日益消瘦，再过几个月就死了，还是你宣布的死讯，你认为这种伎俩能逃过我的眼睛？"

如果不是这样，他才不会建议艾伯特·马歇尔，想要复仇的话，一定要把詹姆斯和约翰带上。对霍克来说，这两个徒弟就像磁石一样，能够吸引他的注意力，可以确保某些计划不偏移。

既然童素能给艾伯特·马歇尔发邮件，希望制造出国的机会，他为什么不可以联系艾伯特·马歇尔，提供对方需要的关键信息？

当然，童素并不知道这些。她在明，实施计划；他在暗，查漏补缺。让孩子自己去闯，暗中保护，防止出纰漏。这才是一个合格的父亲。

"没了。""庸医"回答，"霍克的性格，你应该知道，他不会容许任何人挑战他的权威，那些人都是他调教出来的士兵，缺失了关键的决断力。"

"他们的武器呢？有多少？"

"庸医"思考片刻，才道："我不能给你准确数字，可枪支弹药至少有一仓库，炸药应该也有不少。"

童子邦又问："大洋国在这里，是不是还有基地？"

"不止一个。"

童子邦的表情顿时变得很难看。

如果他是大洋国驻扎于此的将领，就会趁着童素等人船只靠岸的时候，设计让码头爆炸，然后宣布童素已经死亡。

如此紧张的情况下，童子邦很快就拿定了主意，望向"庸医"："朋友，我希望能得到你的帮助——我的女儿，卷入了前所未有的危机。我相信她能应付那些亡命之徒，前提是军方不要插手。如果我出手，或许能做到这一点，但那样动静太大了，会影响后续的全盘计划，包括对伊莎贝拉的袭击。

"根据我收到的消息，伊莎贝拉已经潜入了伊万诺夫庄园。我本来就不打算让他们成功离开，但现在计划可能要调整，让他们成功绑架叶莲娜，才是让大洋国这台行政效率一定程度上运转缓慢的机器，最快速度动起来的方法。"

说到这里，童子邦有点庆幸。刚好是今天，刚好是这个时间，他见到了"庸医"。

如果晚一点，他就被迫要出手；如果早一点，他将自己的筹码甩了出去，或者"庸医"的情绪没有那么激荡，对方不一定会全力帮忙。

偏偏就是在此刻，"庸医"刚刚听到消息，已经被仇恨吸引了全部的注意力。这时候，让对方做再危险的事情，对方都会毫不犹豫。

"庸医"沉吟片刻，才道："听你的意思是，希望利用我这条线，让叶莲娜失踪的消息传到军方手里，从而调虎离山，让他们无暇顾及其他区域的事情？你真不怕你女儿落到那些人手里？"

童子邦有一瞬的动摇，最后还是放弃了："我相信我的女儿，她虽然是天生的雏鹰，却也要经过血火的淬炼。有些事情，她必须亲身经历。否则就会像当年一样，我如果知道万象集团的毁灭，会给她带来不可逆转的心灵损伤……"

他顿了一顿，才道："可越是这样，我就越要历练她，她得自己挣扎出来，才能有所成长。"

"庸医"深深地看了童子邦一眼，五味杂陈，心中有很多话想说，最后却只化作一句："你是个好父亲。"

童子邦摇了摇头，用一种异常苍凉的语气，叹道："我的孩子是天底下最好的孩子，我却是天底下最差的父亲。"

四

溶洞内部，雪松看了一眼时间。距离他们离开气象站，已经过了105分钟。

按照伊万·伊万诺夫等人所在船只的航行速度，顶多再过1小时，他们就能到达码头小镇。而从山崖赶回码头小镇，至少需要40分钟。这样看来，他们似乎只要坚持20分钟就行。

但谁都知道不能这么算，他们必须给伊万·伊万诺夫等人控制码头小镇足够的时间，才能确保万无一失。

无论伊万那边是否会掉链子，他们这边绝对不能拖后腿。

就在这时，詹姆斯·史密斯走到雪松和艾伯特·马歇尔旁边，示意两人靠近，然后用最小的，但两人又能听清的声音，说："面前有两条岔道，待会儿我们逃跑的时候，我背着约翰走一条路，你们带着路斯恩走另一条路。"

不等两人询问，詹姆斯又道："'鹰爪'霍克是个控制欲很强，又睚眦必报的人。当年搜集他罪证，把他送进监狱的，就是我和约翰。"

那是特工"Z"传奇的开始——以自己的老师为踏脚石。

雪松和艾伯特·马歇尔听懂了詹姆斯的言下之意。

控制欲很强，就代表手下不能有任何出格的地方，必须对他言听计从。这样的人带出来的团队，执行力很强不假，可一旦离开了首领，就没那么可怕。

睚眦必报，就代表，假如救西蒙·路斯恩和杀詹姆斯·史密斯必须二选一，"鹰爪"霍克也会毫不犹豫地选择后者。

詹姆斯要和他们分开走，就是要拿自身当诱饵，吸引"鹰爪"霍克。

雪松和艾伯特·马歇尔也不矫情，立刻点头，表示自己知道了。

就在这时，他们听见了不远处隐隐约约的人声。

三人的神色都变得沉重了起来。追兵找到山洞了！

雪松比了个手势，问詹姆斯要不要对爬进来的第一个人进行斩首，詹姆斯点了点头，两人刚要行动，却听见约翰微弱的声音响起："不要去洞口，往里走。"

三人吓了一跳。谁都没想到，约翰竟然在这个时候醒了。

詹姆斯立刻将约翰背起，让对方的嘴巴靠着自己的耳朵，才能勉强听见约翰气若游丝的声音："往里走……霍克老师……他敢第一个进来，然后往这里扔炸弹……"

雪松和艾伯特·马歇尔面面相觑。那位"鹰爪"真的有这么疯狂？连地下溶洞的具体情况都不打量，就直接往里面扔炸弹？万一坍塌了呢，大家一起埋这里？

雪松和艾伯特·马歇尔不大相信约翰的判断，齐刷刷地望向詹姆斯。

要不是情况特殊，艾伯特·马歇尔就要直接开口问约翰是不是被毒针弄坏了脑子，居然会说出这么荒谬的话语。

詹姆斯却对自己的好搭档、好兄弟深信不疑。

虽然不知道约翰目前到底是什么情况，但凭着约翰这一句话，詹姆斯利落地放了堵门的想法，比了比手势，示意大家往通道深处走去。

雪松看了艾伯特·马歇尔一眼，征求他的意见。

诺亚总裁耸了耸肩，不愿意和詹姆斯起冲突，索性背起西蒙·路斯恩，用行动表示了自己的选择。

既然他们都改了主意，雪松也不坚持。

只见詹姆斯背着约翰，一马当先，前去探路，艾伯特·马歇尔带着仇人，走在相对安全的中间，雪松则拿着约翰的配枪，半侧着身子行走，给他们断后。

就在雪松第十五次回头的时候，不知为何，直觉让他比先前更快地转过头，没有像之前十四次那样，长时间去观察身后不远的入口。

下一秒，刺目的白光，照亮了小半个地下溶洞！

闪光弹！第一个爬进通道的人，居然随身携带了闪光弹！

饶是詹姆斯·史密斯，也不免在心里咒骂了一声。

那条通道如此狭窄，匍匐前进时，闪光弹很容易被磕碰到，直接炸开，要是最前面的人死了、瞎了，甚至直接燃烧起来，堵住了路，后面的人进不得，退也不得，一起被卡住事小，说不定没抓住他们，追兵先自己玩完。

更何况，谁也不知这黑暗深邃、沟壑纵横的地下溶洞中，沉睡着多少生物。闪光弹这么一亮，率先被惊起的就是洞穴上方悬挂的蝙蝠群！

有几个人会选择拿自己的命去冒险？偏偏霍克就这么干了！

蝙蝠群振动翅膀的声音，在溶洞深处响起。显然，原本栖息在洞穴深处，就连詹姆斯等人到来都没被打扰到的蝙蝠，被这么大动静惊动，马上要飞出来了。

约翰声音微弱，几不可闻："霍克老师……并不完全听从于大洋能源集团……他不会顾忌……路斯恩……"

艾伯特·马歇尔和詹姆斯交换了一个眼神。雪松心中一沉。这可真是一个糟糕的消息。

他们带着西蒙·路斯恩上路，就是想拿对方当作人质，必要的时候用来争取时间。但这一切都建立在霍克已经成为路斯恩家族的鹰犬上。假如"鹰爪"霍克根本就不在乎西蒙·路斯恩是否活着，那这个人质就成了累赘。

可这究竟是不是约翰的一面之词？若他的"重伤"，是和亲生父亲演的又一出双簧呢？

詹姆斯压根不用去看艾伯特·马歇尔和雪松的神情，就知道他们会有这样的想法，但他却百分百相信自己的兄弟。

只见他弓下身子，躲避蝙蝠，等到蝙蝠群从他们头顶飞过之后，他才压低声音，将话题转移："看周围。"

雪松曾经在西南边境执行过边防任务，对喀斯特地貌有着深刻的了解，闻言就低声说："钟乳形状不对，不是自然形成，而是人为弄断了一大截。但断面光滑平整，并非人力打磨，而是水流侵蚀。可见人工修整的痕迹，在很久以前。"

这个溶洞，起初或许是地壳变动之下的巧合，但更深的渠道，无疑是由人力挖出来的，只是不知道因为什么废弃，久而久之，又被岁月打磨，意外形成了这副样子。

艾伯特·马歇尔若有所思："难道和白鹰州土著的信仰有关？但这里天寒地冻，本身就没有什么原住民！"

白鹰州原本是白熊国的殖民地，但白鹰州旁边的枫叶国，当时却是斯图国的殖民地之一。

白熊国看到枫叶国国力日渐强盛，知道白鹰州迟早守不住，但又不希望这块土地被当时如日中天的斯图国夺走，让对方有资格在白令海峡分一杯羹。就在一百八十年前，把白鹰州卖给了当时实力不算强盛的大洋国。

当时的白鹰州只是一块冰天雪地、飞鸟绝迹的极寒之地，白熊国认为扼守住了白令海峡就行。

大洋国当时也没认真对待这片土地，不过是捡便宜罢了。谁能想到，这些年来，大洋国发展极其迅速，俨然成为世界第一强国。而这块荒凉的土地上，竟然拥有着世界上最丰富的石油矿藏。

直到挖掘出石油资源，白鹰州才真正被大洋国重视，然后正式建州。

没错，在之前长达一个世纪的时间里，这里都只是可怜的"白鹰地区"，没有政府，也没有驻军。

说实话，这片山崖所在的海域蜿蜒曲折，暗礁颇多，并不是优良的港口，也不靠近石油产地。所以码头和石油厂都不兴建在这里，平常更不可能有人来。骤然发现一个有人工开凿痕迹的洞穴，实在是一件极其古怪的事情。

但人活动的痕迹，不光代表着谜团，也代表着另一件事：这里肯定有地下暗河。

雪松和詹姆斯都有着丰富的野外生存经验，他们很清楚，无论这个溶洞为什么被开辟出来，只要是人活动的环境，那就要有一套相对完整的生态链。空气、淡水、食物，一个都不能少。

艾伯特·马歇尔看见詹姆斯和雪松都不说话，思考了一会儿，才轻声问："我们这样走，万一霍克找不到我们，折回码头怎么办？"

"放心。"詹姆斯停顿了一下，语气里有一种说不出的复杂，"我们能看出来的东西，不可能瞒过他。只要让他认为，我们在设法逃跑，他就一定会追过来。"

说罢，詹姆斯又加重了语气，带着他自己都不懂的情绪："一定。"

密集如同鼓点的枪声，在溶洞响起。

催泪瓦斯散发出来的刺鼻气味，让一群早有准备的亡命之徒自己都在不停地咳，但好在把被惊动的蝙蝠群处理干净了。

但接下来的寻路，让一群人犯了难。

"头儿，这里有三条岔路。"看到霍克也钻了进来，立刻有人说，"但我们没办法确定他们进了哪条路。"

霍克下意识低头，就发现脚下是浅浅一摊水，刚好没过脚踝。

是海水。涨潮的海水从洞口涌了进来，由于通道太过狭窄，注入溶洞只有十厘米左右，却让他们无法判断，对方究竟走了哪条路。

以詹姆斯和雪松的谨慎，自然不可能在墙壁上留下剐蹭、依靠的痕迹，让人能够追踪。哪怕是霍克在详细地搜查过后，也只发现他们曾经在一个略微凸出的平台上停靠——应该主要是让昏迷的那两人坐着或者躺着，他们站着。

但他们停了多久？什么时候离开的？更重要的是，他们有没有分开走？

霍克走到岔路口，观察许久，目光落在了岔路上方的钟乳上。

他自然能看出来，这些钟乳被强行砸断过，因为它们垂得太下来，已经挡住了洞口，假如不弄断，就会影响人的进出。但这些痕迹，都是很多年前的事情了。

霍克的心中，自然也浮现了和詹姆斯、雪松等人同样的疑问，可这些念头不过一闪，就被他压下。

时间不等人。假如这个地方是自然形成的还好，人工开凿的洞窟，天知道有没有别的逃生通道。现在最重要的，是追踪对方，不让他们逃跑。

出于这种考虑，霍克在三条岔路里，分别走了大概两分钟，折返之后，已经拿定了主意，将人分成两队："你们 21 个，走左边这条，剩下的与我走中间这条。"

部下们对他自然深信不疑，二话不说就要进去，霍克喊住他们。

"你们注意听周围的声音，遇到岔路，顺着有流水声的那条走。假如没有，那么就对比两条路的坡度，找更向下的那一条。"

说到这里，霍克的神色有点阴郁："我原本以为詹姆斯会守在门口，但他们却提前跑了，这不符合詹姆斯·史密斯的性格。他是一个喜欢险中求生，只要有一丝可能就要主动出击的人。眼下的不战而逃证明，要么他们的情况不好，不愿与我们发生冲突；要么他们已经找到了逃生通道，比如，地下暗河。你们小心一点，注意四周，不要被他们袭击。切记，哪怕再遇到岔道，选择一条往下走，不要再分散了。"

听见霍克这么说，部下们才知道头儿选路的玄机，却有些不服气："我们一共 42 个人，兵分两路，每队也有 21 个人。就算分开，一个队伍至少 10 个人，是他们的 3 倍，对付区区 3 个人，难道还怕他们？"

霍克眼神都没给他们一个，又取出一支烟，咬着烟嘴："3倍？就算你们抽10个最厉害的出来，对付詹姆斯·史密斯一个，都只有团灭的下场，何况身边还跟了一个中国安全部门的军人？"

部下们更不服气了，其中体格最为健壮，重达两百斤的肌肉壮汉拍着胸脯，声音能传出八百米远："詹姆斯·史密斯名声再大，也只有两只眼睛、两双手、两条腿，又不是怪物。还有中国人，黄皮猴子而已，只会玩弄小聪明，大腿还没有我的胳膊粗，我一只拳头就能打飞。"

霍克皮笑肉不笑："这可不是一个世纪以前了，现在的中国人——等你们碰到就知道了，轻视中国人，可是会跌跟头的。"

部下们不敢再反驳他，心里却憋着一股气，发誓等找到詹姆斯和中国人，一定要给他们一点厉害瞧瞧。

霍克对这些人的心思洞察得一清二楚，却没有说话，只是看着面前黑黢黢的岔路，心中竟是异样地平静。

这一刻，他想起了很多年前，他还是那个温和、谦逊的军校老师，收敛了一身桀骜意气，与未婚妻憧憬着平淡的生活。

突然某一天，班上来了两个转校生。这两个一看就是从正常高中转过来的少年，就像误入了狼群的羔羊，没办法适应军校弱肉强食的环境，无法融入群体中。

他的未婚妻是个善良的女人，看不下去两个少年被人排挤、只能抱团取暖，就经常请他们到家里来吃饭。

他也很喜欢这两个年轻人，虽然性格并不相似，可他们的相处，让他想起了自己和好友雷奥的少年岁月，便时常给他们开小灶。

直到那件事情发生……

几年后，他在阴冷血腥的秘密军事基地，与这两位青年重逢。这一次，他们又成了他的学生。而那个温柔美丽、心地善良的女人，早已经去了天堂。

明明已经过去了很多年，但她的音容笑貌浮现在眼前，与她相处的温馨日子，仿佛就在昨天。

五

进入最左边通道的队伍里，除了矿工帽发出的光亮，以及21人整齐划一的脚步声外，没有任何动静。

大概过了半个小时，有人受不了这份异样的寂静，瓮声瓮气地说："该死，这山洞怎么这么大？"

他的声音立刻回响在道路之中，形成了 3D 立体环绕的效果。

其他人纷纷皱眉，立刻有人斥责："闭嘴。"

说话的人也知道自己做错了事，但谁也想不到，只不过正常音量，在溶洞之中，竟然能像多重回声。这简直是给藏在暗中的人指路，告诉他们，快看，我们来了！

"你们也别怪他。"队伍里负责带路，也最老成的那人擦了把汗，低声道，"光线不好，道路又狭窄，这种环境下，对人的心理影响很大。人会逐渐变得焦躁、不安，潜意识里的恐惧，会让人本能试图与周围的人交流。"

虽然不过是走了半小时的路，体能消耗不算严重，但黑暗导致的距离感模糊，为了戒备一切突发情况，从头到尾都紧绷的精神，以及心理上逐渐增加的压力，对人的身体负荷状况来说，无疑在不停地加压。

这种情况下，心理状态最弱的人会率先防线崩溃，通过与其他人的交流，来获得心理上的安全感。

"你们说，那三个人是不是怪物？"又有人忍不住了，声音压得很低，"他们为什么能带着两个累赘，还能不被我们找到，甚至不发出声音？"

专业特工的心理素质，就有那么变态吗？先有霍克的否定，再有环境导致的心理状态下滑，无形的阴云，在 21 人心头弥漫。

他们没有注意到，在他们几次转弯、选路，耐心倾听周围的声音，以判断路程的时候，一个悄无声息像幽灵的影子，不远不近地跟随着他们。

"幽灵"的呼吸声很轻，轻到几乎听不清；心跳非常平稳；身体没有碰到墙壁，而唯一会暴露行踪的脚步声——由于距离洞口已经很远，路面的积水已经非常浅，甚至不能覆盖到鞋底，虽然每踩一下，还是会有水声。

但"幽灵"的步伐就是卡得刚刚好，脚步声与 21 人完美重叠，除非耳力特别好的人，又始终留心在听，才有可能发现一丝端倪。

奈何这些人中，并没有这样的高手。

当然，如果这些人走路的时候，分散得很开，不停地左顾右盼，探查四周，或许"幽灵"就没办法跟得他们像现在这么紧，因为随时可能被发现。

但这 21 个人对霍克太言听计从，牢牢记住了"不许分开"的叮嘱，又因为霍克的话语，哪怕嘴上不服，内心实际上对詹姆斯的实力颇为忌惮。加上他们从来没有感受过这种黑暗和狭窄的环境，心理压力逐渐变大，整个人逐渐被恐惧和紧张侵袭，所以人和人之间挨得比较紧，距离还不到半米，也不敢胡乱探查。

尤其到了岔路口，一群壮汉在观察道路的时候，更是背靠背围成圈，确保四面八方不会漏看任何一处，生怕有人从旁偷袭。这就给了"幽灵"跟踪和观察的余地。

"幽灵"跟了一段路，沿途也看见了同伴留下来的暗记，发现这21人按照霍克的指示，没听到水声就走地势低的那条路，前面的好几个路口都没走错。

但从一个岔路口开始，他们在两条路之间，选择了左边那条。"幽灵"却发现，右边那条路上，有同伴的标记。

他走进右边的路，凝神听了一下，过了好一会儿，才听见轻到几不可闻的水声。

很显然，他的同伴听见了这声音，而那21人因为过于紧张，没有留心，还是选择了地势低的道路。

"幽灵"见状，没有继续跟下去，而是顺着印记的指引，来到一处被爬山虎覆盖，不留神很难看到的凹陷处。

一到这里，就能听见不远处湍急的水流声。地下暗河近在咫尺。

"他们分路了。"

如同幽灵般的男人，正是雪松。

负责断后的他，并没有完全跟着詹姆斯等人走，而是走了一段后，就找了个地方藏了起来，等追兵过来后，他设法绕过追兵的探查，反而跟在了追兵后面，观察了一段路，然后根据事先约定好的暗记，找到了詹姆斯·史密斯和艾伯特·马歇尔。

只见雪松低声道："我们运气好，霍克没选这条路。他们的领队不专业，打头阵的人始终是自己，没有换人。"

在这种极端恶劣的环境里，带路者和断后者所承担的压力，要比中间队伍里的人大得多，尤其是带路者，精神高度紧绷，很容易风吹草动就疑神疑鬼。

领队想必是考虑到这一点，才始终走在最前。

但雪松观察到，领队的心理素质，其实也没比其他人稳健多少。

假如换作雪松，在这种时候必定惜字如金，因为主要注意力都集中在观察周围了。可这个领队为那个开口说话的人解释了那么一大串，本质上也是一种释放情绪的方式，证明他的情绪也没有表现出来的那么平静。

既然大家都是半斤八两，那么最好的方式就是，每到一个岔路口，需要选择的时候，更换带路和断后的人，让大家均摊这种压力，而不是全部负载到一个人身上。

假如不是队伍里最强的领队心态不稳，其他人能力不够，他们也不可能没听见地下暗河的水声。

听见雪松这么说，詹姆斯拿起手上被打磨得尖锐无比的石刺，望向雪松，神色平静："雪松中校，我知道你们中国安全部门的规矩，只有对恐怖分子、杀人犯、劫匪等，才会毫不留情地击毙。而我，是特工。"

艾伯特·马歇尔摸着下巴，饶有兴趣地看着这一幕："所以，哪怕我们处在这种境地，你也不会杀人？"

"是的。"雪松毫不犹豫，"我是军人，维和军人。"

军人的天职是保护国家和人民，所以，他会帮忙侦察敌情，甚至会出手帮他制服敌人，唯独不会杀人。

詹姆斯并不意外这个回答。

他尊重每一个有原则的人，并不会强迫雪松去杀人，他只是无比郑重地望着雪松："我把约翰的安危交给你了。"

雪松郑重承诺："只要我活着，就不会让人伤害到他。"

至于另一个人质西蒙·路斯恩，看好对方，自然也是顺带的任务，詹姆斯不说，雪松也会做。

詹姆斯将打磨好的石刺统统卷起，收进布包的那一刻，雪松和艾伯特·马歇尔都瞥见了布包里密密麻麻的各式刀片。

只见这位特工收好行装后，望向艾伯特·马歇尔。

诺亚总裁处在生死关头，居然还笑得出来："杀父仇人就在我面前，你看我有一丝一毫对他动手的迹象吗？"

詹姆斯心道，你本来就不会杀他。

艾伯特·马歇尔的复仇，不是夺走西蒙·路斯恩的性命，而是一点点地剥离对方引以为傲的一切，无论是财富，还是地位，又或者是声名。

这位白手起家的万亿富翁比谁都清楚，夺走亲生父亲性命的，并不在于西蒙·路斯恩的一道命令，而在于"影之共济会"这个庞大的利益集团。

"影之共济会"想要维系的，就是艾伯特·马歇尔想要摧毁的。所以，詹姆斯知道，艾伯特·马歇尔会帮他的。因为约翰那句——"霍克老师并不是听命于西蒙·路斯恩"。

这句话的潜台词是，霍克真正听从的那人，在"影之共济会"中，至少与西蒙·路斯恩平起平坐，而且深得这位大洋能源集团主席的信任。

"影之共济会"的核心成员中，老局长已经被逼自杀，西蒙·路斯恩沦为人质，伊莎贝拉被幽禁在夏宫，卡佩洛侯爵不仅死了，还身败名裂，直系后人都被剥夺继承权软禁起来，雷奥将军被刺身死。至于威尔森将军，不管他与这个组织有没有关系，经此一事，也免不了被军方问责，到时候就能水落石出。

但值得约翰在中毒濒死的情况下，拼尽全力也要这么说，就证明那位"影之共济会"的核心成员，并不是这些人中的任何一个。

这个人藏得很深。而且，参考其他核心成员的背景，此人的身份地位也绝对不会差到哪里去，一定是大洋国有头有脸的大人物。

艾伯特·马歇尔绝不可能让"影之共济会"还留下这么一个核心人物，这才是他明知西蒙·路斯恩可能威胁不到霍克，从人质变成累赘，还留下对方性命，带上仇人的根本原因！

这一点，在场几人都心知肚明。

面对詹姆斯略带压迫的目光，艾伯特·马歇尔淡淡地笑了："我说了，我是个普通人，杀人犯法的事情，我可不会做。但如果我随手做的一些小道具，被其他人拿来当作凶器……这也怪不到我身上，对吧！"

他一边说着，一边露出了身后密密麻麻的电线和各种电子零件。这些都是他在气象站里面找到的，装了整整一个背包——在雪松和詹姆斯焚烧材料，收集道具的时候，他也在寻找对自己有用的东西。

在旁人眼里，这些东西可能只有卖到废品站这一用处。但一个电路、材料、工程等学科的天才，又和一个精通各种杀人方式的特工配合，这些简陋的材料，须臾之间就能变成收割性命的利器！

六

黑暗之中，只有沉闷的脚步声，在通道里不断回响。

一道惨白色的光芒，由远及近。

队伍的气氛非常低沉，每个人都不敢说话。

直到有个人突然停住，后面的人没反应过来，撞上了他，刚要开骂，就听见停着的那个人激动地说："水声，你们听，有水声！"

本来打算呵斥的领队听了，立刻低喝："安静！"

寂静之中，隐隐约约的流水声，竟然像一首湍急澎湃的乐曲。

众人面露喜色，立刻加快脚步，谁料最前方的领队突然绊了一下，要不是扶着墙壁，险些就跌倒了。

所有人精神紧绷，以为受到袭击，领队也很警惕地看了一眼四周，再看了看脚下，摇了摇头："没事，只是鞋底湿了，路上又太滑，走得太急没注意。"

他们从洞口下来的时候，路面有积水残留，虽然穿的是特制的保暖防水长靴，蹚水过去不会被浸湿，但鞋底还是免不了沾上许多水痕。平常注意的时候还没什么，一旦走急了就有点不稳。

虽然领队这么说，可其他人还是观察到细节："地上也有好多青苔。"

"这证明我们距离地下暗河很近了，空气湿润，才会滋生出这些东西，大家走路的时候小心点。"

领队的提醒，众人记挂在心。可想到前方就是目的地，大家的脚步还是忍不住快了一点，偏偏地上的青苔越来越多，路越来越不好走。

不知是谁突然被什么东西绊倒，又好像是被什么尖锐物体扎中，总之脚滑了一下，身体没办法平衡，想要靠扶着墙壁支撑，谁知道墙壁也黏腻光滑，生长了青苔，手一下没抓稳，就往前栽下去。

他不倒不要紧，这一倒就像多米诺骨牌，连带着半队人全都扑通扑通，狠狠地磕倒在地上。

下一刻，领队身上就蹿起火苗！不等领队起来，火苗就以迅雷不及掩耳之势，蔓延到压在领队的人身上！

还能站着的人见状，吓了一跳，下意识地往后退，又认为自己应该救火，可身边没有水也没有灭火器。

就有人脱下衣服，想要拍打，却听见领队忍着痛苦，嘶吼道："是白磷！立刻捂住口鼻，往后退！"

"队长……"

"退，快退！"

队长声嘶力竭，让他们退后，但突然，有一个声音高喊："不，队长，我们不会放弃你的！"

听见这句话，一群人热血上头，就掩住口鼻，脱下衣服，冲上去，拼命拍打火苗，却发现火势越来越高！最后，整条通道，几乎成了火焰的海洋！

在一群人都往前冲的时候，只有一个稍微有点化学常识的人疯狂摇头，低声念着"疯了""都疯了"，就要往后跑。

才过一个转弯，就被人一个肘击，来不及哀号，下一秒就被闪烁着寒光的刀刃，悄无声息地抹了脖子，把尸体往火里推。

二十多分钟后，"鹰爪"霍克带着人匆匆赶到。

看见前方没有燃尽的火光，霍克神色一变，立刻示意所有人："拿水打湿口罩，捂住口鼻，所有人走旁边的路，快！"

众人连忙照办，一群人急匆匆地换了条路，过了十几分钟，才有人低声问："头儿，我们……"

"别想着救人了，活不了。"霍克沉着脸，不断思索，"气象站为什么会有白磷？难道是做实验要用到？"

该死，他对气象学一点都不了解，而且气象站的物资单还被烧掉了，这让他完全不清楚，詹姆斯等人究竟从气象站拿走了一些什么工具，又会采取什么样的措施。

"白磷？"众人你看看我，我看看你，不知道为什么，霍克能这么笃定，同伴们死于白磷制造出来的火灾。

霍克冷冷道："这个地下洞窟的温度，虽然比室外温暖不少，但具体温度，应该也在零摄氏度以下。再有，这里靠近地下暗河，空气又非常潮湿，并不是随便什么化学物品就可以点燃，引起火灾的。而且，化学物品大部分易燃易爆，不好保存，能被他们随身携带的化学物品，本就寥寥无几。如果不是白磷着火，他们是可以扑灭的，也不会一个都跑不掉。"

大部分可燃物，着火点都比较高，但白磷不同。白磷的着火点为 40 摄氏度，而摩擦或缓慢氧化而产生的热量，有可能使局部温度达到 44.1 摄氏度而燃烧。甚至，人的手指碰到，都有可能因为体温，让白磷燃烧起来。

正因为白磷的着火点这么低，又不溶于水，且比水的密度大，所以白磷往往会放入盛有冷水的广口试剂瓶中，并经常注意保持足够的水量。通过水的覆盖，既可以隔绝空气，又能防止白磷蒸气的逸出，同时还能保持白磷处于燃点之下。

这就是为什么，詹姆斯等人随身携带白磷，却没有出事——白鹰州的天气太冷了，雪水冷水简直不要太容易获得，室外温度零下三四十摄氏度，白磷怎么也不可能烧起来。

当然，这群人跑不掉的最大原因，还在于白磷有剧毒。人的皮肤被白磷灼伤面积达7% 以上时，可引起严重的急性溶血性贫血，以至死于急性肾功能衰竭。

不仅如此，长期吸入磷蒸气，可导致气管炎、肺炎及严重的骨骼损害。

白磷中毒的症状也很明显，就是呼吸有大蒜味，这也是领队为什么一发现是白磷着火，就叫其他人快点跑——通道太狭窄，他们距离地下暗河也挺远，手上没有器械，没办法扑灭火焰，拿衣服扑的结果很可能是火越来越大。

而且，被烧到的人，就算被送到医院，很大可能也没救了，这时候跑一个算一个才是上策。

有人双目通红，满含悲痛："领队难道没发现是白磷吗？"

"他发现了，但如果我没猜错，他应该是队伍里第一个被火焰覆盖，不能说话的人。"霍克的声音就像从齿缝蹦出，"一开始，就算火势再怎么大，也不可能封锁住所有人。但黑暗导致的心理负担太大，必须有人疏导，假如这个人出事，其他人就会本能地六神无主。这种时候，如果有人喊'跑'，所有人都会跟着跑；可如果有人喊，'快救人'……"

毫无疑问，其他人下意识地就会按照这句话去做。这也是"羊群效应"的变种。

当灾难来临时，只要有一个人做出了某种行为，哪怕再不理智，其他人在巨大的恐慌导致短暂失去冷静思考能力的时候，也会纷纷效仿。

听见霍克的说法，众人遍体生寒："敌人为什么会确定他们一定会冲上去救人？"

霍克冷冷道："你们认为，'救人'这句话，有多大概率是我们自己人喊的？"

众人悲痛之余，更觉得毛骨悚然："头儿，您的意思是，敌人一直跟在他们后面吗？可我们为什么没有发现？"

没错，霍克表面上说"兵分两路"，实际上并没有。他带人走了一小段路之后，就示意所有人不要说话，尽量不发出声音，原路返回，重新跟在前方队伍的后面，只是和他们保持半小时的距离。

这是基于霍克对詹姆斯性格判断做出的决定。

霍克在军校与特工时期都担任了詹姆斯和约翰的老师，非常清楚，詹姆斯是进攻型的性格。面对被几十个人围剿的困境，詹姆斯不会屈服，他会想尽一切办法，制造伏击的环境，反过来试图将敌人悉数歼灭。

正因为如此，霍克才要把队伍分开，实际上就是拿第一队人当钓鱼的饵。

按照霍克的估计，詹姆斯要对付一队，至少需要十几二十分钟。趁着这个被拖延的时间，他们二队可以快速赶到，打一个猝不及防。

但谁也没想到，第一队会团灭得这么快。

"他们撤离的时间不到二十分钟，又只有一辆雪地车，负重有限，不可能携带过多道具。"霍克压根没把死掉的那些人当回事，冷静思考，"白磷对他们来说，想必是杀手锏之一，不能胡乱使用。可詹姆斯不光用了，效果还这么好，这就代表，他们其实一直在关注着我们的行踪。"

白鹰州本来就没什么信号基站，全靠卫星电话通信，一旦狂风暴雨来了，信号还时有时无。到了地下溶洞，更是所有的信号都没了，就连无人机都用不了，只能依靠人力侦察。

霍克原本以为，詹姆斯没办法躲在暗处观察情况，原因很简单，因为约翰非但不能配合他，反而成了拖油瓶。扔下约翰来侦察，詹姆斯能放心好兄弟的安危？如果带着约翰，怎么可能不被发现？

要知道，他们两支队伍前后虽然差半小时的路，但对在黑暗中行走的他们来说，这段路其实不算太长。更不要说回声大，风吹草动很容易被注意到。除非有超高的隐匿和跟踪技巧，否则就算能躲过前面队伍的耳朵，也躲不过霍克的眼睛。

除非……霍克眯起眼睛，突然问："和他们一起的那个中国军人，什么来路？"

"好像说是中国安全部门。"

"不止吧？"霍克冷笑，"詹姆斯外表看上去很好说话，内心却非常自负。对于他看不上的人，他根本不会听对方的，只会要求对方服从自己的安排。而这一次，无论他是自己来侦察，还是对方来侦察，都证明他很信任对方的实力。这一点，中国安全部门的普通精英不可能做到，只会是和他打过交道的人。"

"与詹姆斯打过交道，又隶属于中国安全部门……"

霍克想到这里，冷不丁抬起头，问："中国究竟什么人来了大洋国？中国安全部门居然派了中校级别的人护航？"

部下们你看我，我看你，都不明白这个问题从何而来："啊？不是说只有一群物理学家吗？研究锂硫电池的？"

霍克眉头紧锁，一言不发。他并不直接受西蒙·路斯恩的领导，所以对这次的任务，也没详细问全貌，就知道是西蒙·路斯恩和约翰父子设局，刚好要杀艾伯特·马歇尔。但后者身边跟着詹姆斯·史密斯和一个中国军人罢了。但现在看起来，这里面的水非常深。

作为前大洋国军方负责情报的高级将领，霍克深知，以詹姆斯和约翰多年来立下的功勋，足够一个大校军衔。而能被他们尊重、认可实力的中国安全部门精英，不用想也知道，至少立过几次二等功，军衔起码也是中校往上走了，也有可能是上校。

无论在大洋国，还是在中国，这种实力和资历的人，基本都已经开始转岗了，很少有继续留在一线的。为什么这次中国派来的专家团队里面，安全部门竟然让一个至少中校级别的人随行，西蒙·路斯恩居然还不给提醒？

霍克的脸色十分阴沉，谁也不知道他究竟在想什么。

其他人吓得大气也不敢出，就看见霍克沉默半天后，突然说："走，我们去暗河附近看看!"

"头儿,周围……"

"放心,有我在,他们不会用这些小伎俩。"

七

湍急的水流声,越来越近。

走出洞口的那一刻,一条半瀑布式的暗河映入眼帘。

原来,由于洞窟的地势高低太过明显,导致暗河的地势东边高,西边低,加上错落的石头,就变成了几段阶梯。

霍克走到暗河附近,仰观地势,又尝了一下暗河水的咸淡,说:"这是冰川融化,通过山体内部缝隙流下来的雪水,形成暗河,通往大海。"

说罢,他沉吟片刻,扭头问:"谁水性好?"

"我!"

"我!"

众人争先恐后,竟没有一个不会水的。

霍克随便挑了两个人下去,简单探察一下暗河情况。

出于安全起见,下水之前,霍克用绳子把他们和其他人固定。

事实证明,这个决定很正确。

大概过了几分钟,两人就拼命拽着绳子,要求把他们拉上来,满脸都是心有余悸:"水流太急,如果没有绳子,我们早就被冲下去了!"

"河水太深,能够没过我们的头顶。河道里也有很多石块和泥沙,没有漂浮物支撑,被水流冲走的情况下,很容易磕到头,或者卷入漩涡、流沙里。"

"头儿,他们不可能从暗河里跑,这里水太急了。"

"是啊,再好的水性也不可能抵挡住这种冲击力,谁知道后面还有多少坡度,万一被冲下去,颈椎都要折断。"

"就是,我们沿着河道找,应该能找到他们。"

霍克沉吟片刻,突然问:"西蒙·路斯恩他们,是不是跳伞下来的?"

"是。"

"什么飞机?"

"他没说。"

"就算是私人飞机，也会内置救生包，除了降落伞外，还会有便携式充气救生皮筏艇。"霍克冷冷道，"假如詹姆斯等人降落在陆地上，你们认为，他们会把包里没用到的皮筏艇扔掉吗？"

众人纷纷摇头。哪怕再蠢的人也知道，这种时候，多一件交通工具，就多一份逃生契机。

詹姆斯等人没有一开始就用皮筏艇，那是因为不确定他们这些追击的人有没有带船，万一带了，皮筏艇在海上就是天然的靶子，躲都躲不掉。

霍克等人还真带了两艘折叠式的小艇来，只是这个洞口太窄，船运不进来。但考虑到洞窟内部不知道多深，存在有地下暗河的可能性，他们也没忘记携带充气皮筏艇，顺便把充气筒都带了。

所以，就见霍克指着暗河，冷冷道："这个暗河的水虽然急，但有皮筏艇在，就只是一次没有防护措施的漂流。你们认为，是詹姆斯·史密斯不敢冒这个险，还是艾伯特·马歇尔没有这个胆量？"

众人都不敢说话了。

假如暗河只是一条平静的河流，那么人在河道上走路的速度，指不定比用皮筏艇划船更快，消耗的体力更少。但现在，暗河高低错落，就像漂流场地，水流又这么急，就算跑起来，都不可能有坐船的速度快。

虽然认可霍克的判断，可这种没有安全措施的漂流，还是太让人胆战心惊，就有人小心翼翼地问："头儿，我们要不要分一半人出去，在河道搜寻？"

"不必了。"霍克直截了当地说，"如果是其他地方，可以分兵。就算有人出了事，也能通过对讲机的联系状况，很快得知。但这里没有任何信号，敌人能利用地势和工具，巧妙杀死 21 个人，你们有信心能逃过他布下的陷阱？"

想到熊熊燃烧的火焰，还有回荡的凄惨叫声，众人心有余悸，不敢再说什么，按照霍克的吩咐，把枪支牢牢塞在防水皮套里，固定在腰间，又快速给皮筏艇充气。

不消多时，21 人就分布在六个皮筏艇上，然后被水流推着，快速往下落！

很快，他们就发现，前方出现两艘皮筏艇的虚影，上面有人站着，看见他们来了，对方立刻卧倒！

"开枪！"霍克命令一下，其他人纷纷举枪，毫不犹豫地射击！

霎时间，纷乱的枪声，在暗河上空响起！

而就在这时，一马当先的皮筏艇，突然像被什么扎住一样，不断漏气！皮筏艇上的人栽了个人仰马翻，扑通扑通下饺子一样，掉入暗河。

这些人早知河道极深，又冷，哪怕会水，在如此湍急又冰冷的水流中也难以支撑，不是被冲走就是快速失温，所以第一反应就是去扒拉其他皮筏艇。

其他人看见同伴们落水，也第一时间伸手去救。

但就在这时，漂浮在水中的人，突然感觉到浑身上下剧痛，心脏抽搐，甚至连呼吸也变得困难，不自觉往下坠落。

抓住他们的人一开始还没反应过来，等发现自己也不舒服的时候，下意识要松开手，却被牢牢钩住，好几个人甚至直接被拖着，翻进了暗河里！

"不要碰水！"霍克神色一变，大喊，"河中有电网！"

由汽车发动机改造的两台简易汽油发动机，因为自身重量被牢牢压在河底。虽然因为被水泡着，渐渐失灵，但目前还在源源不断地为艾伯特·马歇尔临时制造出来的电网提供电力。

而在黑暗之中，一条绑满了尖锐石刺和刀片的绳索，默默地横在河面上，准确无误地割开了锋利的牛皮，制造了这起惨剧。

就在众人都手忙脚乱的时候，枪声响起！

"砰——砰——砰——"三声，竟然击中了两个人，一个胸口被洞穿，直接往河里倒去；另一个捂着大腿，立刻取出纱布来紧急包扎！

霍克却非常镇定，只见他打开了随身携带的箱子。箱子里整整齐齐地码着一排手榴弹。

放在之前，其他人肯定不愿意用，因为怕炸塌这个洞窟，自己也跟着陪葬。但见识到詹姆斯·史密斯设下的机关之后，幸存者都怕得不行，立刻拿起炸弹，纷纷往河道下方投掷！

霎时间，惊天动地的爆炸声不断响起！

与此同时，霍克声嘶力竭地高喊："靠岸！"

其他人纷纷驾着皮划艇，往岸边划去，准备上岸了再抛到河道边，包抄抓捕，霍克却没有动。

他看到前方就是一个坡，就在皮筏艇到了边缘，即将往下落的那一刻，脚下一用力，就像一只展翅高飞的鹰，透着烈火和硝烟，往前方跳去！然后，准确无误地，落到了前方的一艘皮筏艇上！

"嘎嗒"。骨头碎裂的声音响起。

"霍克老师。"另一艘皮筏艇上，詹姆斯·史密斯擦了擦脸上的黑烟，竟然笑了，"你要把西蒙·路斯恩踩死了。"

霍克早就发现自己脚下的触感不是皮筏艇，而是人体，甚至知道自己踩断的是西蒙·路斯恩的大腿骨，至少也是粉碎性残疾。

但那又怎么样呢？

霍克注意到，这两艘皮筏艇已经被碎弹片划破不少地方，正在不断往外漏气，却顽强地在河道里支撑，显然是下方被固定住了，不由眯着眼睛："你在这里等着我们来？"

"老师应该能猜到吧，逃跑不是我的选择。"詹姆斯·史密斯看了一眼脚边昏睡的朋友，平静地说，"这也是约翰的意思。"

霍克看见两艘皮筏艇上，自己这艘只有西蒙·路斯恩，对面那艘是詹姆斯和约翰，再想到刚才，他明明看到皮筏艇上站了三个人，便道："另外两个人呢，借着烟雾跑了？"

"老师可以猜猜，他们是刚刚跑掉的，还是一开始就不在呢？"

"那你呢，为什么不跑？"

"当然是因为老师在这里。"詹姆斯笑得十分温和，眼中却不带任何感情，"我们手上的道具已经用完了，不留下老师，我们几个或许都没办法活着出去！"

霍克也笑了："很好，我也要看看，自己的得意门生长进了没有！"

话语交错之间，两人都举起了手中的枪。不同的是，詹姆斯的枪口对准了霍克的要害，而霍克就像最敏捷的体操队员一样，灵活地歪着身子，砰砰两枪，打中了皮筏艇的关键处。

霎时间，皮筏艇就像戳破了的皮球，疯狂泄气！

詹姆斯却早有准备，趁着皮筏艇还没有彻底被摧毁，带着铁钩的绳索往对岸一抛，似乎有人拉了一下绳子，将另一端被绑着的约翰拉了过去！而他自己，明明落入水中，却没有被冲走！詹姆斯用绳索把自己也固定住了！

霍克见状，立刻意识到不对，果断跳水，便听见爆炸声自身后响起！

霎时间，血肉横飞。

"定时炸弹？"

"临时调配好的炸药，以及卡西欧手表。"詹姆斯·史密斯回答，"来自艾伯特·马歇尔。"

霍克皮笑肉不笑："很好，他这也算是为自己的父亲报了仇。"

只见他按了一下腰间的按钮，脚上出现了钩爪模样的东西，牢牢地定在河床上，让他也能不被水流冲走。

两头狮子彼此看了一眼，拔出身上的匕首，向对方扑去！

血腥气在河水中弥漫。

而这时候，其他人也赶到了附近河道，在两边搜索，时不时就听见呼喝声："人呢？"

"这里有个洞口！"

"没人！"

"人呢？人去哪里了？"

伴随着追兵的焦急，霍克与詹姆斯的搏斗已经到了最后关头，詹姆斯的匕首在霍克身上留下了十几道深可见骨的伤口，而霍克的匕首也捅进了詹姆斯的腹部，如果不出意外，应该扎到了左边的肝脏中！

这是一旦得不到及时医治，就必死无疑的致命伤！

正当霍克以为胜券在握的时候，突然看到詹姆斯微笑了一下，猛地觉得不大对——他的部下还有十几个，为什么这么久都没抓到其他人？

而就在这时，一双手臂，牢牢勒住了他的脖子。

霍克正要挣扎，却发现詹姆斯错愕地睁大了眼睛，不由分神了一霎，就看见一个黑影如同最灵活的鱼儿，快速游到詹姆斯身边，利落地割断了对方身上的绳子，顺便将人打晕，直接顺流而下。

而他耳边，也传来约翰的声音："老师，对不起。"

霍克用力一肘击，本就无力的约翰，慢慢沉入河底。

但此时，原本放在詹姆斯所在皮筏艇上，如今已落到河水深处的另一份定时炸药，由于浸水时间不长，还是成功引爆！

而固定住两艘皮筏艇的，原来，恰好就是那两个发动机！

谁也没想到，电网放在上流区域，而发动机，居然固定在距离至少几十米，高度也矮三四米的下游区域。

炸药在河底引爆，引起改装后的发动机连锁反应。下一刻，这两个发动机也双双引爆！

剧烈的震荡，让整个洞窟颤抖了起来，钟乳岩纷纷落下，众人慌不择路，四散奔逃，却唯独不敢靠近火光熊熊的水面。

而此时，三个人已经被水流冲击，穿过暗河，落到了海中。

就看见雪松和艾伯特·马歇尔尽力拉着昏迷的詹姆斯·史密斯，浮上了海面，又爬上了不远处的沙滩。

艾伯特·马歇尔看着詹姆斯腹部的刀，眉头紧锁："这把刀……"

"不能拔，拔了出血会更严重。"雪松沉声回答，就听见卫星电话里，传来童素的声音："雪松，雪松——"

"雪松收到！"

"你们停在原地不要动，大洋国军方的救援直升机，距离你们只有两公里。"

八

十二个小时后。

白鹰州，圣约翰医院。

手术室外，急促的脚步声，匆忙响起。

童素和李察等人狂奔到手术室外，看到全是不认识的人，立刻问："请问，正在做手术的是谁？"

对方回答："主刀的是哈伊德医生，刚才已经抢救完一个肝脏被利器刺穿的病人，现在哈伊德医生正在给那位佐藤老先生进行心脏搭桥手术。"

哈伊德来得这么快？

童素心中觉得不大对劲，身旁佐藤明的助理已经激动地说："佐藤先生的身体经不起心脏搭桥手术，这会要了他的命！"

佐藤明心脏部分的血管已经脆弱到支离破碎，不堪一击。这就导致常规的心内科手术，即心脏支架这种，对佐藤明来说，功效已经微乎其微了。

一方面是因为支架的作用到底有限，五到八年后，可能血管的其他部分又堵了；另一方面就是支架对血管和心脏到底有负荷，佐藤明作为百岁老人，不一定能承受住。

而心脏搭桥手术，那就更可怕了。假如将血管比作道路，血液是车流，血管堵塞就代表这条路堵了，血液过不去，不断冲击血管，导致血管越发脆弱。心脏支架是在这条路上放护栏和支架，强行把路撑开。而心脏搭桥就是建立几座高架桥，辅助血液的通行。

这就意味着，心脏搭桥的步骤是开胸，截取其他不太重要的血管，然后建立链路，最后把"高架桥"搭建起来。

由于是开胸手术，涉及体外循环，对主刀医生的技术和速度都是不小的挑战。

尤其是佐藤明年事已高，他吃得消吗？假如术后出现并发症，他承担得起吗？

樱花国的医学十分发达，尚且没有一家医院敢打包票说百分百成功，都要签死亡免责状，哈伊德医生就这么随便动刀？

"佐藤先生的委托人都不在这里，没有人签字，谁允许他做手术？如果有个万一……"

不等助理吼完，守在门口的人已经白了一眼，没好气地说："如果哈伊德医生都没办法做好这个手术，天底下也没人能做。病人虽然被及时抢救，情况却依旧很危险，立刻开胸做手术是唯一的选择！"

"可心脏血管那么细……"

"我们医院最出名的项目之一就是手外科，经常遇到手被机器截断的人，心脏的血管还会有手指上的细？你们外行就别在手术室门口喧哗了。"

佐藤明的助理还要争辩，童素却抬头看着手术室，若有所思。

片刻后，她问但丁："白鹰州的手术室，没有实况转播吗？"

"我们公司应该卖了相应的系统给他们，可能不是每个手术室都安装了？"但丁回答，"具体要等我查一查，你问这个干吗？"

童素没回答。她的思绪，回到了十二个小时前，他们漂泊在公海的时候，伊万·伊万诺夫忽然收到了一则讯息，立刻说："暂停一下。"

众人十分惊异，李察更是直接问："怎么了？"

伊万欲言又止。

李察与他颇为熟悉，一看就知道必定是伊万诺夫庄园出了问题，便走过去，低声道："是叶莲娜女士出事了吗？"

"有人入侵了我家。"伊万面沉似水，"大概在六个小时前。"

六个小时，那不刚好是他们在米切尔大剧院出事，准备飞往这边的时候吗？

李察低声问："既然你没第一时间发现，必定是庄园的监控被动了手脚，现在怎么样？监控恢复了吗？叶莲娜女士情况如何？"

伊万心烦意乱，声音却还是冷冰冰的："家里被洗劫一空，不仅妈妈，几个重要的仆人也都被带走了，其他人全死了。"

李察觉得很奇怪："既然这样，你怎么发现的？"

伊万诺夫庄园距离城区很远，安保很严密，能在里面工作的人全都签订了十分严格的保密协议。光这样还不保险，毕竟媒体就像无孔不入的苍蝇，不断追逐叶莲娜的新闻，愿意花几百万购买一张最新的照片。无论怎么严格的保密协议，都不可能让人赔那么多钱，背叛的价码实在太低。

正因为如此，叶莲娜这么多年都没传出任何新闻，李察十分怀疑，要么是那位参联会主席动了手脚，要么就是伊万对雇员们做了什么。但他没有去问。

"一位高级交际花昨夜收到了阔绰的嫖资，是一件昂贵的首饰，她拍照发到了社交媒体上，很快就被人认了出来，那是我母亲的首饰，全球独一无二。虽然她很快就删除了，消息还是很快传开。"

"而我，在所有社交媒体上，都购买了'叶莲娜·伊万诺夫'的关键词条，确保母亲的负面消息，我都能第一时间掌控。所以我在看到这个消息的那一刻，立刻通知了那个男人，让他派人去看看。"

虽然那件首饰对母亲来说不值一提，甚至连放到保险柜的资格都没有，因为母亲收到的好东西太多了。但再不珍贵，也不可能落到一个交际花手里。

这代表庄园的用人一定出了问题。哪怕只是最微小的，偷首饰出去卖钱，或者偷首饰送给女人，这也是极其不好的兆头，他绝不会继续雇用这样的人照料母亲。

结果却比他预想的更坏。

李察也不知道怎么安慰他，只能说："既然你的父亲知道，那他应该会调动力量，暂时不用担心。"

伊万面无表情地说："所以，我才说要暂停一下。"

伊万诺夫庄园被血洗，案子非同小可。哪怕只是普通人家，警察局局长接到电话也要立刻爬起来，开始调动警力，进行拉网式排查。这里有参联会主席介入，事态就更加升级。

所有警察被连夜喊起来，就近排查监控；机场封锁，暂时不让飞机离开；港口同理，一样封锁。也就是说，马上就会有警车过来，对石油码头进行管控。

李察一听就懂了——轮到对方头疼了。

黑帮之所以叫黑帮，就在于他们在黑色地带活动。

港口和走私就像一对双生子，红灯区与黑帮则是一枚硬币的两面，这也是这座城市的黑帮如此猖獗，警察却睁一只眼闭一只眼的原因——只要港口存在，他们就永远不可能将这些家伙剿灭。

既然如此，目前的黑帮分子们也颇为识趣，就保持这种平衡好了。

这就让普通人的安危不能得到保证。

但这都是建立在警方不愿意管的情况下。没有黑帮不怕警方的动作——他们不怕单一的某个警察，但他们怕他们的行为，让警方下了狠心，打算剿灭他们。

警方让你举起双手，假如你不这么干，警方有权直接清空弹夹。若你还敢还手射击，乃至打死警察，那么就直接定性为犯罪团伙乃至恐怖分子，警方有权展开天罗地网，对你进行抓捕。

倘若一群荷枪实弹的人，明着和警方对射，那就属于必杀的对象，特种部队都能派过来，否则大洋国的脸往哪里搁？

"只要等警察过来，我们就可以登陆码头——"李察思索片刻，摇头，"但这有个前提，码头上没有足以做主的对象。"

"应该没有。"童素听见了他们的对话，之前一直保持沉默，如今却道，"雪松那边提供的消息是，'鹰爪'霍克去抓他们了。霍克性格强硬，培养手下犹如驯狗，只要他们能拖着霍克，不让对方过来，这边应当没人敢冒着被一锅端的风险袭击警察，安全概率很高，我们可以赌一把，甚至可以借助警方的力量，直接调直升机来救援。"

话虽这么说，她心里却在想——这件事情出得这么及时，是不是有爸爸的手笔？

手术室门前，童素收拢飘忽的思绪，开始询问具体情况。

大洋国负责对接他们的人说话也很有分寸，能说的全都说了，不能说的一字不吐。

所以童素只知道，雪松和詹姆斯等人是第一批被送过来的，由于詹姆斯情况严重，哈伊德先给对方进行了部分肝脏切除手术，然后给雪松固定了断裂的肋骨，清除了细小的骨头碎片。

雪松的手术还没做完，佐藤明就被送过来——这位老人家被大洋国的巡逻船救下，情况十分严重。

当时，刚刚赶回圣约翰医院，用不到二十分钟就开腹并利落切除部分肝脏完毕的哈伊德判断雪松的身体素质良好，而且后续的缝合关腹是娴熟外科医生都能做的简单手术，甚至严格来说，雪松受的伤都不需要哈伊德主刀。所以，哈伊德就将这场手术的后半段交给其他医生，专心开始处理佐藤明的手术。

听见雪松还没离开手术室，童素也没多问，只是坐回位置上，对但丁说："没有转播系统，看不到手术室里的情景，还是有点焦急。"

但丁能够理解这种心情，安慰道："没事，就算有转播，大荧幕上也只会放伤处特写，你不学医，根本看不懂。"

童素勉强笑了一下，又环顾四周："我看这里的墙壁虽然被重新粉刷过，但还是透着老旧。白鹰州的圣约翰医院没钱吗，为什么急诊中心的建筑这么老，还一直不换？这里不是有很多知名研究所吗？"

但丁知道童素是个完全的外行，就对她科普："急诊中心也不是每个医院都有的，建筑规格、人员配置、相应设备包括救护车等，都要达到一定规格。白鹰州圣约翰医院的急诊中心，应该是大洋国第三个真正的急诊中心，也是第二个拥有 ICU 病房的急诊中心，在整个大洋国，这都是一项很了不起的成绩。"

童素似懂非懂："所以说，这家医院不缺钱？"

但丁摇头："医院哪有不缺钱的？越好的医院就越缺。真正能维持盈利的，大部分是地方上的医院，或者专精某一项目的私人医院。世界上顶尖的医疗机构，不亏得太狠就不错了。哪怕赚得再多，也比不上无底洞一般的花销。

"就拿医疗设备来说，我们公司最大的合作伙伴就是世界超一流的医院，然后就是专门服务富豪的私立医院，再往后才是普通的大医院，以及地方上的私立医院——哪怕他们的规模比私立医院大很多，病人也多很多，赚钱就更不用说。但在器材的更迭上，可能还不如私立医院。当然，这也是他们能赚钱的原因。"

童素稍微一想，就明白了这里面的逻辑。

普通的大医院，其实更偏向采用成熟的技术，所以往往不会更迭现有的设备。

设备一动，就代表成本上涨，病人的医疗费用也要上涨。病人能不能接受是一个问题，新技术能不能成功还是一个问题，万一治出了事故谁负责？

再说了，每年都有多如繁星的不成熟技术冒出来，谁知道这些技术是成功还是失败？一旦失败了，岂不是把钱往水里扔？

更不用说医生对器械的熟练度问题，让医生隔三岔五就去研究新术式、新设备，实际上是不科学的。

但凡好一点的医院，医生都是过负荷连轴转状态，光是看病人都看不过来，哪有那么多时间去学习和熟练新东西？对这些医院来说，等待新技术、新设备成熟了，推广了，普及了，自己再引进，才是最合算的做法，所以他们能赚到钱。

但对世界一流的医院来说，任何一项新技术出现，哪怕不够成熟，他们都必须跟进。因为顶尖医院之间本来就是十分残酷的科研军备竞赛，一旦不跟进，而几年后又证明这项技术成功了，实际上对这家医院来说就已经落后了。而这种落后往往会引起连锁反应，最后就是步步落后于人，掉出世界一流医院之林。

童素以前不知道这些医院之间的门道，闻言便凝神思索。

但丁却来了兴趣，继续科普："当然，世界超一流医院里，也有一家是赚钱的，也永远不会缺科研经费。那就是米切尔城的圣约翰医院，你知道为什么吗？"

童素思考了一下，笃定地说："因为它是全世界最好的医院。"

"没错！"但丁打了个响指，"世界第一的名气，对外，让无数有钱人，以及你想都想不到的各种特殊病人纷至沓来，只有最刁钻的病症和最有钱的人，才能让他们敞开大门；对内，吸引无数天才前赴后继，可以拼命剥削员工。哪怕是诺贝尔奖获得者，圣约翰医院给他们发放的年薪都不到 20 万大洋币，可能还比不上他们一次飞刀的钱。"

童素也是个对钱没什么欲望的人，听到这一现实，非但不觉得有什么不对，反而点了点头，十分认同："这很正常，与钱相比，当然是世界最前沿、最高精尖的技术，以及最特殊的病人更重要。如果我是外科医生，能让我留在米切尔市的圣约翰医院天天做手术，我愿意倒贴钱。"

但丁呵呵笑了起来："没错，不管医生还是病人，都是冲着世界第一的名气去的。哪怕是世界第二的医院，也不可能让诺贝尔奖获得者这么屈尊。所以米切尔市的圣约翰医院装直播和转播系统很有道理，因为他们的每一场手术都值得其他医院的医生学习。但白鹰州的圣约翰医院不一样，这是一家明显的瘸腿医院。"

童素听到这里，回想了一下自己刚刚上来时，瞥见的医院信息指引牌，略加思考，便道："这家医院擅长烧伤、冻伤、肝胆和心脏？"

"意思到了，但叫法不对。"但丁如数家珍，"准确地说是皮肤科、呼吸科、手外科、骨科、肝胆科，还有心外科。"

"可我听说，这家医院还擅长遗传学？"

"哈哈，那是因为前任院长是遗传学专家，在自己的医院推广自己熟悉的项目，本来就很正常，一个厉害的专家甚至能组建出一家全新的医院。"但丁早就习惯了这种事，见惯不怪，"遗传学研究虽然烧钱，但也是大热项目。白鹰州的圣约翰医院经营一天不如一天，董事会当然要开辟新项目。"

童素若有所思。

她没忘记，自己来白鹰州圣约翰医院的关键，是为了找一份关于斯图国皇储伊莎贝拉的资料，当然要多了解医院的方方面面。

有些细节，他们这些外行注意不到，只有内行才能发现不对劲。

童素很清楚，旁边这几个大洋国的人，看上去很好说话，实际上就是盯着他们的。至少要等雪松醒来，大洋国的人问完前因后果，又调查到他们没问题，他们才能自由行动，所以童素不急于一时，只是说："真没想到，白令海峡居然会有海盗。"

但丁知道她的言下之意，也配合她的话语，表达了自己的不知情："我也没想到，这里还有海盗，大洋国和白熊国最强的舰队都守在这里，他们图什么呢？不过也要谢谢这些海盗，如果不是他们惊动了两大舰队，纷纷派出直升机搜救，你又通过中国安全部门报警，说码头很可能就是强盗窝点，我们还不一定那么快就能获救。"

他们这些被伊万·伊万诺夫队伍救下来的人，在收到雪松提供的码头可能有危险，周边海域地图、气象预报，以及警方要介入的消息后，一方面，他们把救生艇的速度维持在"不那么快就能看到海岸线，但飓风来临前必须到达陆地"的情况；另一方面，他们通过各种渠道，发动自己的力量，联系大洋国军方。

而中国安全部门的协助，以及白熊国北方舰队直升机出动搜救，这两件事迫使大洋国的太平洋舰队不能装聋作哑，加上伊万诺夫庄园的事情，导致警方和军方都派出了直升机。具体情况如何，童素不清楚，反正等他们到达码头的时候，那里已经被军方控制了。

童素更担心的，实际上是雪松那边，不知道具体发生了什么。

但这也是中国安全部门要负责交涉的问题了。

她主要关心的还是——爸爸也在这里，他们父女能不能找机会见上一面呢？

就在童素和但丁闲聊的时候，刚刚被推出手术室的詹姆斯，正在会见一名特殊的客人。

"詹姆斯·史密斯，不，乔舒亚·兰登先生。"一个面容平庸，放到人堆里就找不出来的男子沉声道，"虽然您刚刚做完部分肝切除手术，麻药的症状还没有过去，思维可能不够清晰。但一个小时后，军方和国土局需要向您召开一场临时的紧急听证会，了解整件事情的前因后果。毕竟，这件事情涉及了中国和斯图国两个大国，一不留神就会发酵成为对我国不利的重大事件。

"我们应该庆幸，那位失踪的安德烈·卡佩洛先生，还没有举行真正的继承仪式。这让事情处理起来变得轻松很多，因为在我国失踪的只是一位斯图国的平民，而不是斯图国的选帝侯。"

詹姆斯听见安德烈·卡佩洛失踪了，不由皱了皱眉。

以他的职业素养，当然嗅到了其中不安的空气，以及阴谋的味道，但他并没有第一时间下判断，而是尽量让自己保持冷静的思维，平静地说："明白，我会将我所经历的一切，完整且客观地陈述出来。"

这个人点了点头，让詹姆斯好好休息，就离开了——当然，他也不准任何人进来，与詹姆斯联系。

詹姆斯知道，国土局肯定也会问艾伯特·马歇尔和雪松中校，但前者是亿万富翁，律师团随行；后者是中国的军人，大洋国不可能扣住对方，顶多也只是希望雪松能配合调查，稍微问一下，就要放人，所以重点是他这边的口供。

按理说，詹姆斯应该要事无巨细，一字不漏地说出来。但这位刚刚失去挚友的传奇特工仰卧在床上，双眼盯着洁白的飞机舱，心情非常沉重。

他原本的计划，就是打着与追兵们同归于尽的主意。

假如霍克不死，他们逃出去的概率实在太低，谁知，约翰不知道为什么说服了雪松中校，最后竟是那种结果。

詹姆斯面无表情，回忆着约翰勒住霍克的脖子，即将倒下时，对他做的口型。

"正义。法律。"这是约翰对詹姆斯最后的提醒。

毫无疑问，这是对霍克顶头上司的直接暗示。

"鹰爪"霍克最想要的是什么？是公正。

他以权谋私，并不是因为他本质上是那样的人，而是只有通过这种手段，他才能完成报复。但这也让"鹰爪"霍克沦落成了曾经自己最不齿的人。

这样的霍克，就算有人愿意救他，他也不会想出去的。

老鹰既忠贞，又桀骜不驯，失去了信念和挚爱，霍克宁愿一死，也不会苟活在世界上，并为其他人效力。这一点，在霍克追踪他们的时候，詹姆斯就已经确定了。

霍克并不在意手下的性命，也不在意自身的性命，对这位曾经的"烈鹰"来说，他的灵魂好像已经死了，活下来的只是执行任务的行尸走肉。能完成任务固然好，不能完成，死掉的话，也无所谓。

已经全然丧失生活希望的老鹰，为什么愿意活下来，甚至听命于人？只有一种可能——那个人对他有不可拒绝的恩情。

詹姆斯思来想去，最后认为，只有通过法律手段，堂堂正正地将霍克的仇人绳之以法，告诉全世界，他们是毋庸置疑的罪人。唯有如此，霍克才会愿意沦为鹰犬，苟且偷生。

"影之共济会"最后一位核心成员，一定和司法有关，会是谁呢？大法官？检察长？还是知名律师？想到最后一个可能，詹姆斯·史密斯的心突然跳了一下。

既然约翰知道对方的身份，为什么不肯直接告诉自己，还要这么拐弯抹角？

除非……约翰觉得，就算他说了，自己也不信。

这么反推过来，那个人说不定就在自己身边，甚至是自己深信不疑的人。

唯有如此，约翰才会不直说名字，而是用这种旁敲侧击的提醒方式，推动自己去查。

想到这里，詹姆斯·史密斯的心沉了下去。

盘点他身边的人，竟真有这么一个合适的人选——他父亲的挚友，他的教父，曾经的大洋国顶级律师，现在的大洋国副总统。乔治·约翰逊。

九

大洋国国土局确实没为难雪松。

西蒙·路斯恩的死，还有"鹰爪"霍克的突然出现，已经够他们忙好一阵子了。

更可怕的是，斯图国未来的选帝侯安德烈·卡佩洛失踪，而亚伯·温菲尔德当时在《人鱼》剧组的船上，则是被白熊国的北方舰队和大洋国的太平洋舰队共同解救。而那些"海盗"一看大事不妙，纷纷自杀，俨然是死士模样，再追溯一下船只出发地点，俨然就是那个码头小镇。

斯图国对这件事也非常重视，不仅特意派人把亚伯·温菲尔德和布莱特·温菲尔德接了回去，防止这两位大贵族出意外，马上还要派调查团来追踪后续。但丁也蹭了个顺风车，一起回到欧洲。

看在斯图国偏袒但丁的分上，都睁一只眼闭一只眼放过了，当然不会趁着这时候又扣押中国安全部门的人。再说了，大洋国为了撇清海盗与自家的关系，尚且焦头烂额。

好在伊万诺夫庄园的灭门惨案，让他们有了足够的借口。

你们看，海盗猖獗成这样，绑架了我们的大明星，时间就在你们出事的时候。所以你们真的是不走运，刚好撞上海盗犯罪，我们绝对会将他们缉拿归案！

鉴于此案干系太广，牵扯人员众多，国土局和军方都不相信本地警察，加上这件事牵扯到了边防——与军方有关，泄密——国土局的老本行，再加上警方，三方派来的人组成了专门的小组，调查此案。

对于童素等人，国土局一方面是人手真有点顾不过来，另一方面就是自己理亏，加上童素一直在"可信人员"的眼皮子底下，又老老实实待在病房里，顶多就在医院楼下溜达，国土局盯了几天，虽然没有放松观察，戒心却也消除了不少，原本时时刻刻"陪同"的尾巴已经不见了，仿佛默认他们是正常游客，不再关注。

童素知道暗里地肯定还有人在观察他们，所以，虽然很想联系父亲，她这几天却什么多余的事情都没做，除了每天固定去巡逻同伴们的病房，就是站在重症病房门口看佐藤明的情况，与佐藤明的助理和团队等人交流，看上去正常无比。

而她为什么没跟着艾伯特·马歇尔一起回米切尔市，参加诺亚集团的发布会，童素也给出了解释——雪松虽然身体恢复得很快，已经可以下床，但最好还是过几天，等确定没什么问题了，再离开也不迟。

这也就意味着，留给他们的时间，其实只有寥寥数天。

就在这时，童素收到李察的电话。伊万·伊万诺夫想要见她。

白鹰州首府，雷桑奇城。

圣约翰医院与州政府就隔一条街，州政府正对面，便是当地消费最高档，也最热闹的圣约翰酒店，以及酒店旁边的天堂酒吧。

老实说，天堂酒吧这个地点，让童素有点意外。她没想到伊万在家里出了这么大的事情后，还会挑选这么一个看上去像是用来放松的见面地点。

而当她走进酒吧的时候，下意识环视了一圈，目光十分正常，在所有人面前掠过，没有在任何人身上多停留一秒。就好像完全没有发现，酒吧的角落里，有自己的熟人，"NULL"。

但童素的心却悬了起来。意外的地点，意外的熟人……难道伊万发现了"NULL"的身份？

怀抱着这样的警惕心情，童素推开了包厢的门。

看见童素走进包厢，先不急着落座，而是观察周围环境，伊万不紧不慢地介绍："这家酒吧有我母亲的投资。"

言下之意，就是在这里谈事情绝对安全。

童素心中诧异，却没说什么，只是坐到伊万对面的沙发上，看见李察在一旁无聊地瘫着，一个冷若冰霜，一个懒懒散散，都没有开口的意思，索性单刀直入："你找我来，肯定不是为了闲聊，说吧，我们有什么能互利互惠的地方。"

伊万·伊万诺夫沉默不语。

李察笑了一下："我们的目标其实是一致的。"

"哦?"

"我们还原了入侵者的真面目，发现是斯图国皇储伊莎贝拉。"

童素挑了挑眉，没说话。

李察也很干脆利落："现在想想，在米切尔大剧院的时候，你主动提出来白鹰州，看上去像知道些什么。这是你的秘密，我们不打算问。为了表示诚意，我先说——我始终没有忘记圣约翰医院的嫌疑，需要找一份名单。"

童素笑了笑，却还是没表态。

李察看了伊万一眼，伊万·伊万诺夫才冷冰冰地开口："伊莎贝拉来我家的目的，应该与白鹰州圣约翰医院前任院长维尔福夫妇有关，他们的妹妹曾是我母亲的心理医生，并且非常迷恋我的母亲，通过某种手段与她有了短时间的恋爱关系。"

童素下意识露出一丝不满："这种人也能当心理医生？"

她曾经因为战争创伤的 PTSD，与安全部门顶级心理医生雪花一直有联系，也进行过深度心理治疗。鉴于她本身就是个讨厌被人探究的人，本能地抵抗治疗，甚至开始主动研究心理学。所以她知道，心理疾病患者的精神是非常脆弱的，心理医生对他们来说有着天然的优势，可以操纵、控制、利用他们。

这两段感情，无论基于什么原因开始，都违反了心理医生的职业道德。

伊万面无表情地说："所以，她死了。"

他没说对方怎么死的，童素下意识地以为是他的父亲动了手，也就没多问，只是说："伊莎贝拉认为维尔福夫妇手上有她的证据，一直没找到？然后认为那件东西到了他的妹妹手里？"

"这是最有可能的解释。"

证据……维尔福……遗传学……

难道伊莎贝拉想找的东西与自己想找的是同一份？也不是没有可能。不，应该说，这个可能性很大。

之前英格拉在塔汗国想找的，不就是这个东西吗？不仅英格拉，被伊莎贝拉控制的"杜尔迦"，也想找到它。

意识到这件事后，童素心如擂鼓，却装作若无其事地问："你们锁定了目标地点吗？"

"最可能的地点就是圣约翰医院，最可能知道情报的是副院长，哈伊德天天做手术，不管事，反而没有副院长可疑。"李察干脆利落地说，"这几年里，我们通过各种手段，查过所有我们怀疑的人。不客气地说，我们连副院长每天晚上去哪个情妇那里过夜，待了多久，做了什么都一清二楚，还是没有收获。"

"圣约翰医院内部呢？"

"早就里三层外三层地翻过了，停车场、地下室、水房、实验室……甚至连太平间，我都去找了好几次。"

"建筑结构图呢？"

"也拿到了，但没有收获。"

"给我看看。"

李察拿了个 U 盘过来，童素携带的是备用电脑，里面只有软件，没有资料，也不怕他们会在 U 盘里面植入木马，很干脆地插上去，就看到里面密密麻麻，上百个文件夹，全是不同的资料。

童素用一目十行的速度，认真将所有资料花了将近三个小时看完，这才揉了揉眼睛，沉吟了十几分钟，才问："我不大懂西方的生态，有个问题想咨询你们——斯图国大贵族的身体情况，应该是很私密的情报吧？这样的家族，包括管家、秘书、家庭医生等岗位，应该都是祖祖辈辈传下来的，才能确保忠诚？为什么维尔福夫妇会经常飞过去，为伯爵夫人进行治疗呢？"

　　伊万·伊万诺夫对维尔福夫妇调查得非常清楚，闻言便道："维尔福夫妇并不是以'治疗'的身份，前往斯图国的。"

　　"哦？"

　　"三十年前，前任皇储夫妇身亡后，老伯爵夫人因为痛失爱女，精神受到重大打击。伯爵以'母亲思念故友'为名，请了很多'故人之后'，但慢慢筛选后，只留下来了维尔福夫妇。"

　　"那他家从前的医生呢？"

　　"依旧在为温菲尔德家族工作。"

　　童素提出疑问："这种情况常见吗？"

　　伊万·伊万诺夫听懂了她的潜台词，很肯定地说："不常见，一般来说，把老夫人关在房间里，让她'忧思过度，不幸病逝'，才是正确的做法。"

　　听起来虽然很残忍，但这就是斯图国顶级贵族世家一贯的处事风格。

　　童素猜到这一点，又问："伯爵与维尔福夫妇以前有往来吗？"

　　"这就不清楚了，哪怕是斯图国中央情报局，也不可能拿到这么详尽的，关于温菲尔德伯爵的人情往来信息。"

　　话虽如此，但童素的逻辑基本已经盘顺了："无论'铁血首相'与维尔福夫妇的关系怎么样，至少在某些人眼里，维尔福夫妇手里有非常重要的东西。哪怕在维尔福夫妇死后，他们也不肯放过他们身边亲近的人，对吧？"

　　想到雪松对她描述的，在气象站时，西蒙·路斯恩承认的罪证，童素有理由相信，兰登医生就是受害人之一。

　　"确实是这样没错。"

　　"既然是这么重大的秘密，夫妻俩只会藏在认为最保密的地方。"

　　"他们的房产已经被挖地三尺，里三层外三层都找过，只剩下圣约翰医院了。"李察有些无奈，"你看资料就能发现，我们已经把圣约翰医院每次装修、粉刷、改动的数据都记录下来，认真比对，不断寻找，可一无所获。"

　　童素思考了一会儿，突然说："你们确定，所有的地方都翻过了吗？"

"当然。"

"手术室也里里外外，彻底搜查过吗？"

伊万和李察愣住了。

童素合上电脑，微微一笑："我刚才在想一个问题，维尔福如果只是做学术研究，为什么会和顶尖外科高手兰登医生关系那么要好？所以我查了一下米切尔大学圣约翰医院四十到五十年前的毕业名单，他们果然是一个科系乃至一个寝室的同窗。我又查了一下白鹰州的圣约翰医院，事实证明，这确实是一家瘸腿医院，留不住顶尖人才。"

这也是前几天和但丁聊天时，童素才意识到的问题。

雷桑奇城总共人口都不到 100 万，医院本来就没多少病人。就算有，也多半是常年喝酒导致肝胆问题，或者不小心被冻伤要截肢，又或者仪器操作不当，被卡断手指或者烧伤之类。既没有足够的手术量堆经验，又没有疑难杂症供研究，白鹰州的圣约翰医院，实际上留不住什么人才。

正如但丁所说，一个顶尖的医生能撑起一家医院，白鹰州的圣约翰医院之所以基因研究成果卓然，是因为前任院长是世界知名遗传学专家，有钱人会拼命往这里砸钱，想要解决特殊基因病的医药公司也会闻风而动。

只不过，遗传学的钱不能解决外科的问题，这里的外科医生还是少，而且能力不够。简单一点的问题还能解决，碰到复杂一点的病情，维尔福医生就要负责主刀做手术。

外科尚且如此，就更不要说妇产科了。

这里的妇产科就招不到几个医生，维尔福夫人还活着的时候，接生孩子的事情基本都是她来做。

医生进手术室，还有比这更天经地义的事情吗？

说到这里，童素看着李察和伊万，微笑着抛出一个问题："如果我没记错的话，手术室的电路系统是独立的，对吗？"

"圣约翰医院的急诊中心本来就是独立用电，手术室又是独立中的独立。"伊万·伊万诺夫面沉似水，"白鹰州本来就气候寒冷，一旦无法保持室温，就会活活把人冻死，所以对电力保障非常重视，急诊中心、手术室、ICU 三个地方，电力绝对都是单独的，而且有不止一套后备方案，就是害怕手术中途，以及维系病人生命的核心设备断电。"

童素打了个响指："没错，就是这样的固有思维，让大家陷入了瓶颈。无论是过度储存柴油，还是购买过多的发电机，又或者是过度用电，又有谁会觉得不对劲呢？"

"该死，我们居然疏忽了这么重要的细节！"李察也露出凝重之色，"除了电力系统外，为了防止污染，手术室的通风、排水等设施，也是单独做的独立供应。还有，手术室内部会配备淋浴间，这就给供水也提供了可能。假如在手术室里弄个隔间，或者楼中楼出来，我们确实没办法发现，因为这本来就是合理的！"

他们之前在圣约翰医院的探索，都找有没有地下室、密室、隔间等，却偏偏疏忽了手术室！

这也难怪。手术室是重地，医生护士进出都要全副武装，层层消毒，大门都是感应设备，不可能强行撬开，每天不用了必定严格封锁，进都进不去。

让熟悉的医生护士去看有没有异常，他们天天待惯了，未必能注意；不熟悉手术室的人，就更难注意了。

而且手术室这地方，水、电、设备，全都是独立的，想通过汇总数据，找变量和不同的方式来找毛病，八百年也别想找到。

伊万·伊万诺夫先前不信李察的推荐，现在眼中却闪烁一抹奇异的光芒："你为什么会想到手术室？"

"因为我觉得很奇怪。"童素直言不讳，"这里的手术室居然没有装直播系统。"

伊万反驳："他们没有必要装，这是一项额外的开支。"

童素摇了摇头："哈伊德医生除了每年固定要去塔汗国之外，也会留在白鹰州一两个月。假如副院长不是个笨蛋，他就应该去世界树公司采购最先进的直播系统，然后向各大医院索要转播费用。"

实力到哈伊德·本·维尔福这个档次的医生，从来都是病人找他，而不是他找病人。只要他每年留在白鹰州两个月，多的是世界各地的有钱病人来找他开刀，绝对少不了各式各样的疑难杂症。

想到他们在米切尔城的时候，哈伊德做开颅手术，全球专家都不肯走，就蹲着看直播和转播。再想想佐藤明做手术时，医护人员骄傲解说的样子，这要是白鹰州圣约翰医院买来直播系统，然后授权给各大医院转播，岂有不赚钱的道理？

这里的医院已经穷到引以为傲的急诊中心都显得很老旧了，可见除了遗传学实验室一枝独秀外，医院是真的没钱。既然如此，明摆着挣钱并且提升名望的好机会，为什么副院长却一声不吭？

看见李察和伊万神情几番变化，童素忍不住问："既然你们都认为副院长有问题，为什么不采用一些灰色手段？"

她不相信这两个人是什么善男信女，干不出把副院长绑架了，严刑拷打的事情。

"一开始，我们并不知道事情这么严重。"李察坦然道，"伊万以为维尔福顶多藏叶莲娜女士的不雅照片，假如副院长失踪惊动警方，引来媒体介入，最后反而会不可收拾；而我认为，副院长不过是'提洛岛'喽啰的一环，不好打草惊蛇。"

等他们或腾出手来，或意识到事情的严重性，已经晚了。

童素觉得这个理由很合适，刚要点头，突然脸色一变："等等，你们说，伊莎贝拉既然将叶莲娜女士身边的核心人员都抓走了，他们会不会拷打这些人，从而得出一定的情报，然后对副院长动手？"

说罢，她又摇头："不对，我刚才说错了，就算他们没有从叶莲娜女士那里得到消息，能让一个皇储冒险私下前来的事情，必定不算小。哪怕城里已经戒备得很厉害，但他们未必不敢对一切他们认为有可能的人动手！"

伊万和李察的脸色也变了。

他们之前都觉得，伊莎贝拉绑架了叶莲娜，将事情闹得那么大，这时候应该要想办法逃跑才对。但童素比他们更了解伊莎贝拉！

伊万都看到监控，知晓谁是动手的人了，大洋国高层会不知道？他们究竟是什么想法，谁能猜到？

可无论如何，伊莎贝拉的皇储身份都是免死金牌！正因为如此，这位皇储才有恃无恐。只要对方想，什么事情都能做得出来！

伊万也意识到这一点，立刻打电话问自己的属下："副院长在哪儿？你们最后一次看见他是什么时候？"

"少爷，副院长一直在医院值班，昨天晚上进去后，就再也没出来了。"

不好！伊万还没挂断电话，就听见外头喧嚣阵阵，推开窗户一看，冲天的火光映入眼帘，正是圣约翰医院方向！

十

童素和李察、伊万等人赶到医院门口的时候，就看到警方和消防已经开始紧急灭火，起火原因还不知道。

中国安全部门的精英们也和童素联系上了。

发现起火，他们二话没说，就在雪松的指挥下，一边扛着担架一边拉着医生，在医生指导下把佐藤明扛出来。

"圣约翰医院已经不安全了。"伊万·伊万诺夫的神色冷得就像不化的冰川，"把佐藤大师送到我家，我家配备了专业的ICU，一应措施俱全。"

李察赞同。

童素却说："等一下。"

"怎么了？"

"中国安全部门刚刚发来通知，暴风雪还有12个小时就要来袭。他们希望我们立刻离开白鹰州，无论是去米切尔城参加诺亚的发布会，还是回大陆都行。12小时后，白鹰州会被风暴覆盖，所有航班停止。"

李察有点惊讶："这么突然？"

童素点头："比预计的提早了两天。"

中国安全部门收到气象部门发来的提示，接下来的两三个月，雷桑奇城都是这种强冰雹加雷暴天气，航班就算有也会取消，何况已经停了的航班，绝不会重开。

如此一来，雷桑齐城就成为一座孤岛。

正因为如此，中国安全部门才紧急要求，让童素等人撤离。

李察反应很快："你的意思是，他们也收到了这个消息，马上就会离开？"

"白鹰州地广人稀，他们直接纵火，行迹很容易暴露。敢这么做，就是已经急到没办法了。"童素神色凝重，"不知道他们有没有搜查手术室，但如果错过这个抓他们的机会，就没有下次了。"

李察立刻看着伊万："你带佐藤大师回去，我们去抓人，军方和国土局那边……"

伊万·伊万诺夫承诺："我会打招呼，接下来6个小时，没有人会干预你们的行动。但只有6个小时，如果你们没能抓到人，你们在这段时间内干的所有事情，都可能被大洋国以相应的罪名起诉。"

"没问题。"

雪松也道："算我一个。"

"你的伤……"

"已经打了钢板，不碍事。"

童素想了一下，她毕竟不是中国安全部门的人，虽然雪松小队对她也是听从的，但到底不如雪松指挥方便，就点了点头，入侵全城的摄像头，开始查看实时监控。

虽然雷桑奇城监控本来就不多，冰雹雨雪天气又损坏了许多监控，零零碎碎地拼凑，却发现几辆车不断绕弯，最后往城外驶去。

"不好。"雪松一看就知道情况不妙，"风雪太大，又是极夜，能见度很低，而且城外车太少，我们跟踪很容易被发现。"

听见他这么说，李察笑了："让我来。"

他一边说着，一边从随身携带的行李箱中，娴熟地拿出了一个雨燕大小，纯白色的无人机，赞美道："无人机真是一项伟大的发明。"

童素一眼就认出来，这是世界第一的无人机公司——中国翱翔科技，今年九月份才在全球无人科技发布大会上推出的"静谧5号"，体积小，功能强，没声音，续航高，售价10800元人民币。目前只在中国有售，还没推向国际市场，不由挑了挑眉："你拒绝智能家居和蓝牙设备，就连手机都是最古老的诺基亚，只有电话和短信功能，却有一个月前，全球无人科技发布大会上才首次展示的新型无人机？"

李察略带得意地说："这可不是'静谧5号'，而是两年前推出的'静谧3号'，我把它拆卸改良了。"

童素对无人机也挺喜欢的，每次翱翔科技新出的无人机，她必定第一时间入手，家里的无人机摆了整整一面墙，听见李察这么说，她接过无人机，仔细看了两眼，发现刚才确实是自己误判，就更感兴趣了："'静谧3号'虽然外表和'静谧5号'相似，但功能不够齐全。这款无人机卖得不够好，有个非常关键的因素，就在于它近景不够出色，却支持夜视功能，擅长高空俯拍，远景浏览。"

众人纷纷表示叹服，不愧术业有专攻，李察想得周道。

李察操纵无人机，在狂风暴雨之中，艰难飞行。

跟着跟着，却突然发现不对。

"FUCK！什么情况！"

"怎么了！"

"你们看！"他将无人机拍摄到的画面调出来，童素和雪松凑上去一看，双双皱眉。

一辆车子突然停下，后面的没反应，撞了上来！发生了枪战！

短暂的战斗后，车队恢复秩序，他们扔了七八具尸体，其他人继续往城郊开！

雪松疑惑不解："什么情况？内讧？"

"我们还要跟上去吗？"

童素沉吟片刻，还是说："跟。"

两支车队保持二十里以上的距离，在能见度极低的暴风雪天气，后者像幽灵一样，默默跟着前者，看着他们驶入了郊外附近的一座工厂。

然后一群黑衣人下车，守住工厂，又有人从车里把一个昏迷的人——看身形明显是女性，抱出来。

这么明显的不合常理，保安却视若无睹。毫无疑问，他们都是一伙的。

"镜头能放大吗？"

"可以。"

"放到最清晰，我希望能看到她的脸。"

李察操纵着焦距，不断调整，最后落到被绑架的女子脸上。

童素见到清晰画面，不由倒吸一口冷气："是伊莎贝拉。"

"能看出这工厂是做什么的吗？"

"反正不是石油厂。"李察讲了个冷笑话。

倒是雪松，反复看过工厂的外形后，有些不确定地说："看这个样子，应该是海水净化淡水的工厂。雷桑奇在冰原上，地下都是石油。淡水资源稀少，光融化雪水满足不了这么多工人和家庭的需要，必须净化一部分海水变成淡水才行。"

童素试着入侵监控，却发现这个工厂完全屏蔽电磁设备，暂时侵入不进去。

"我们得有个人先进去，放好电磁干扰器，避免继续被屏蔽。"

"等等。"李察突然举手，"你决定救她？"

童素沉默片刻，才说："我的同伴都是军人。"

军人不能看到绑架而无动于衷，哪怕被绑架的人是一个双手沾满鲜血的罪人，那也应该先把人救下来，再上法庭。

只不过，这些是雪松他们的立场，对童素来说，她有自己的私心。

她并不希望伊莎贝拉籍籍无名地死在这里，那样的话，对方会以一个被迫害而死的，无辜纯洁的形象被铭记。

一想到这种可能，童素就觉得恶心反胃。

她不仅要阻止伊莎贝拉夺位的野心，还要揭穿伊莎贝拉的真面目，让对方身败名裂。

当然，还有一个原因就是，斯图国皇储不能死在大洋国。

一旦真的发生这种事，谁也不知道局势会往什么方向演变，万一最后变成强国之间的战争，会导致整个世界的浩劫。

李察的神色，慢慢地变了。

漫长的沉默后，他突然问："区别在于，您更相信公平，还是更相信正义？"

童素淡然一笑，平静道："公平？有人生下来就是王子，有人生下来却被丢弃；有人容貌姣好，有人丑陋不堪；有人只要看一遍书，就倒背如流；有人学一百遍，还是没办法掌握要点。这个世界上，又哪有绝对公平可言呢？"

"或许，能做到相对公平呢？"

"也只是某个方面，某个阶层罢了。"童素神情漠然，"就算是完美流水线中生产出来的道具，也有用在何处之分，何况是各不相同的人呢？对一个多样化的种族提公平，不正是天底下可笑的事情吗？"

李察瞧了童素一眼，眼中闪着异样的光："那如果不谈公平——"

童素冷酷地说："那就是天底下最可怕的事情。"

李察突然笑了："你看，这就是有意思的地方了。我们都不相信公平，但我们又都认为，世界需要公平。"

"不，还是有所区别的。"童素缓缓道，"你相信正义，而我，也不相信。"

李察那浮夸的笑容还挂在脸上，就像一张完美的假面："我怎么会相信正义呢？那是只属于强者的东西，不是吗？"

童素没反驳他的论调，因为她内心也是这么认为的，所以，她很好奇："那你的信仰，究竟是什么呢？"

李察反问："你呢？"

童素不假思索，脱口而出："毫无疑问，自由。"

"有趣。"李察笑了笑，才说，"我信命运。"

雪松终于听不下去两人从哲学谈到神学的小课堂了，而且他们的时间实在不多，所以他主动请缨："我去放电磁干扰器。"

"你伤势还没痊愈。"童素看着李察，潜台词很明显——这不该是你一个活蹦乱跳的人该干的活吗？

"我还有一项艰巨的工作。"李察努了努嘴，示意大家望向无人机显示的画面，"两公里外，有个大卡车，应该是装生活物资的。我去把锁打开，支援你一下。否则不好解决门口的保安。"

工厂门口。

保安和他的同伴绘声绘色地描绘他昨天遇到的陪酒女郎，他意有所指地拽了拽腰带，向感兴趣的同事保证："今晚下班之后……"

他的声音顿了下，困惑地望着疾驰而来的卡车："今天有生活物资运来吗？我怎么没印象……SHIT！SHIT！！！"

"轰！！！"卡车在呼啸的风声里冲向工厂，而就在快要撞到工厂围墙的时候，队员急速跳车，几个翻滚，安然无恙。

躲在卡车后头的雪松也趁机跳车，几个翻滚就潜入了工厂内部。

他熟练地将童素提供的设备贴到了电箱上，通过这个信号发射器，干扰了工厂的电磁设备，使之能与外界产生联系。

借助这个机会，童素立刻入侵了工厂内部网络。

整个工厂的结构，通过摄像头，立刻清晰地在童素面前展现。

"伊莎贝拉在地下一层，我看见她了！"

伴随着童素的声音，凌乱的脚步声从掩体外路过，一群雇佣兵向着工厂大门口跑去。

雪松从隐蔽点探头看了眼，先确认了他们的人数，接着看到了他们手里的枪，便知道这个工厂果然有问题。

三分钟后，雪松看到了厂房门口的守卫，以及厂房高处的监控探头。

"虽然我可以黑掉监控，但我发现守卫身上有呼叫器，万一他按下，你就会遭殃。而厂房里面也有守卫，正门突入不是一个好选择。"童素提供清晰的解决方案，"想办法爬到旁边辅楼的屋顶，然后跳到厂房屋顶的侧面，那是监控器的死角，目前也没有巡逻的人员，是盲区。"

雪松看了眼，屋顶和落脚点的垂直距离超过了五米，是一个他没有尝试过的距离。

给他的时间也不多。趁着没人往这里看，他必须尽快做完！

只见他后退几步，借助随身的攀缘工具，利落地翻上房顶，然后深吸一口气，助跑过后，快速一跃！

这一刻，童素的心也悬了起来。

只见雪松从辅楼凌空一跃，稳稳地落在落脚点上，同时手中的攀缘工具深深吸在厂房屋顶，保证他不会掉下去。

"翻到里面去。"童素说。

雪松听她的，从屋顶旁边的小窗户里翻进去，发现自己进了洗手间，然后听童素指示："地下一楼没有楼梯，只有电梯，电梯旁有一个人守着！但还有几个人在同一层楼的走廊里，如果你出现，他们肯定会注意到你。"

"附近有隐蔽点吗？"雪松深吸一口气，"我需要几秒钟盲点。"

童素思考了一下，才说："不行，没有，但我可以给你制造机会，你稍等一下。"

然后，她就开始夺取工厂监控系统的控制权！

下一刻，坐在监控室的人立刻站了起来："二楼东边，监控坏了！还有一楼西边！肯定是入侵者闯进来了！"

他借助对讲机，立刻发号施令："入侵者在二楼东部和一楼西部，速速前往！"

霎时间，原本一楼游荡的几个人，只有两个还留在原地，其他全部都去抓所谓的"入侵者"了。

而雪松从二楼西边，在童素的指导下，避开了所有的监控，来到了电梯间。

眼前的人背着他站，完全没发现他的存在，只见他工具一横，卡住目标的脖颈，然后稍微用力，把对方打晕！

看见另外两个人转过来，雪松毫不犹豫，拔枪射击！

砰砰砰砰！他完全不顾惜子弹，打了整整四枪，这两人中了麻醉弹，晕倒过去。

雪松这才打开电梯，走了下去。

地下一楼。

"门口好像出了点事。"看守昏睡女人的男人嚼着口香糖，看着手机说，"我们要去看看吗？"

他的同伴皱了皱眉："上面没有通知我们出去，说明场面没有脱离控制，出去找麻烦吗？"

"也是。"男人合上手机，"真见鬼，头儿到底在等什么？"

"别打听上头的事情。"他的同伴说，"之前的药劲快到时间了，给她补一针，别让她现在醒。"

他们明显没有把对方当作人看，提起她时用的都是讨论货物的口吻。

旁边的医生神情波澜不惊，显然不是第一次干这种事，点点头，拆了支针管，向着托盘上的药剂伸出手。

房间外陡然传来巨大震动，三个人差点没站稳，医生的手更是撞倒了药剂，几种药剂顿时混在一起。

等震动停下，其中一个男人立刻嚷嚷起来："怎么回事？不是说这地下一层经得起导弹袭击吗？"

"我去问问。"他的同伴说，对着医生摆摆手，"先把药给她打了。"

医生点了点头，刚要打针，突然，房间门口的扬声器响起，是彼得的声音："有点小问题，已经解决了。"

"那就好。"

"'货'没事吧？"

"没，睡得很死。"

"那你们按时换——"

话音未落，又是枪声响起。

"头儿？头儿？"三人有点急，连着喊了几句，听见没声音，最急的那个人直接开门，"我去看看。"

迎头而来的就是一枚麻醉弹！另外两人还没反应过来，麻醉弹已经毫不留情，击中了他们！

雪松看见情况得到控制，立刻问："接下来该怎么做？"

"你现在按我的指使，杀个回马枪，配合队员，把工厂里的人全都制服。"童素指挥，"我们这就过来打扫战场。"

李察靠在门边，居高临下地看着昏迷的女人，却隐隐觉得不对。

童素也意识到问题所在，走上去将女人翻了个身，拨开她的长发！

竟然不是伊莎贝拉，而是叶莲娜！

十一

净水厂。

"'夜神'，里里外外已经检查过了，没有其他人，但找到这个。"

童素关上电子邮箱，接过雪松递来的移动硬盘，用随身携带的电脑查看了一下，发现是一份非常庞大驳杂，涉及几十年的诊疗记录。

童素在其中翻找，就发现有两份病历，虽然没有用真名，但很大概率是两代温菲尔德伯爵夫人，病历很翔实记载她们精神上的问题。

看到这里，童素微微皱眉。倒不是说这份证据不行，而是童素在塔汗国遇到英格拉的时候，就一直在思考一个问题——英格拉的上线到底是谁？

外界都传言，英格拉与暗世界大名鼎鼎的军火贩子"公爵"有所勾连，但童素为了万象集团最后的覆灭，研究"公爵"已经将近三年了。

从"公爵"贩卖的军火之中，她确定，"公爵"麾下军工厂的生产能力，胜过东南亚、中欧那些军阀。这就意味着，必须有强大而完整的工业体系，才能支撑"公爵"军火的制造链。

所以，童素判断，"公爵"可能不是一个人，甚至不是一个团队，仅仅是一个身份。

表面拥有这个身份的人究竟是谁都不重要，关键在于，背后操纵它的势力是谁。

等到了塔汗国，暗中观察到英格拉实际上也觊觎着雷奥将军手上的秘密时，童素更加肯定了自己的猜测。

她主要的怀疑对象，一是斯图国官方或者梅涅公爵，二就是大洋国官方。

而与英格拉在米切尔大剧院重逢后，童素明明猜到口红里有追踪器，但还是冒险把这玩意留了下来，主要就是想试一下英格拉的上线是谁。

她将口红扔给安德烈·卡佩洛，也是深思熟虑过的。第一，当时那种环境，她不能继续再拿着敌人给的定位器了，指不定会出事。可随便扔到深海中，位置一动不动，敌人也会警惕。第二，安德烈·卡佩洛身份特殊，算是比较好的一个测试筹码。

假如英格拉的上线是斯图国那边的人，理论上，他们现在应该能在净水厂找到同样被绑架的安德烈·卡佩洛才是，既然没有，那么英格拉真正的上线来自大洋国的概率就大大增加了。

这时，就见雪松望向昏睡的叶莲娜，还是没明白这是怎么一回事："不是说伊莎贝拉绑架了叶莲娜女士吗？为什么叶莲娜女士会出现在这里？"

刚才那副类似内讧、黑吃黑的场景，又是怎么回事？

童素也不清楚前因后果，但叶莲娜这个样子明显也不能继续待在这里，谁知道这群人给她注射了什么鬼东西，便对雪松说："你们先带叶莲娜回到伊万诺夫宅，并留一部分人下来清理痕迹，我和李察再去一个地方。"

雪松面露忧色："'夜神'？"他不能跟去吗？李察始终不是中国安全部门的人，在中国本土还好，在大洋国这地方，"夜神"落单可不是什么好事。

童素摇了摇头："我打算重新回一趟圣约翰医院，李察和我假扮情侣一起去比较合适，他熟悉情况。"

说罢，瞧见雪松还是想跟着，她毅然道："将叶莲娜女士平安交到伊万先生手中，也是一项十分特殊且重要的任务，只有交给你，我才放心。"

话都说到这份上，雪松无法拒绝。

待到双方在净水厂分道扬镳后，坐在车上的李察瞧见面无表情的童素，嗤笑了一下："看来，你的日子也没那么好过。"

童素沉默不语。她知道李察已经看出来，她对中国安全部门的提防，以及她刚才找了无数理由，实际上就是为了冠冕堂皇地支开雪松等人。

但她无法否认。只因童素从这"恰到好处"的安排背后，窥见了几分父亲的手笔。

为什么他们追踪伊莎贝拉的时候，监控恰好被破坏得七零八落，又刚好留下几个其他人没办法第一时间入侵和恢复，以童素的手段却能立刻做到的？这是巧合，还是有人专门留给她的线索？

童素决定联系父亲。

但在此之前——她望向李察，不动声色地说："我想，我们需要分工合作。"

李察挑了挑眉："原因？"

"伊万之前说过的话给了我灵感，让我意识到，交际花，是这座城市的重要组成部分。"童素不紧不慢地说，"既然如此，除了圣约翰医院外，这个城市应该还有一种医院，专门针对女人的医院。"

皮肤科、呼吸科、手外科、骨科、肝胆科、心外科，这些都是圣约翰医院擅长的科室，却不是赚钱的科室。

李察不解："你是说，整容医院？我觉得这地方没这么大需求啊！"

就算红灯区的交际花众多，哪有天天整容的？

一个大手术下来，没有十天半个月不能恢复，这也就罢了，何况人全身上下也就那么些能整的部位，总不可能每个人都给自己全身来一套吧？

童素第一次发现李察这么不懂行，不由笑了笑："果然隔行如隔山，你难道不知道医疗美容吗？瘦脸针、水光针、除皱针、光子嫩肤、热玛吉、开眼角、溶脂术、刷果酸、泪沟填充、眼袋切除、埋线、拉皮……女人对变美的追求永无止境，但不是所有人都敢于尝试垫鼻削骨这种大手术，微整形才是大部分人最能接受的领域，也是最容易骗钱的领域。据我所知，很多美容机构与医疗美容机构是不分家的，也有相应的医疗器械，乃至手术设备。"

听见童素这么说，李察简直大开眼界。

然后，他忽然意识到一件事："副院长其中一个情妇就开了一家美容机构，但我先前一直以为，那是帮他洗钱，以及结好权贵夫人的地方。"

难道副院长把证据藏在那里？因为来来往往的都是女人，而男人天生对女人的轻视，以及女性生活的不够了解，容易让他们忽视这里？

就像他之前一样，他认真调查过这家美容机构，从账目到人员，查出了不少问题，但没有他需要的东西，他就只摸了两遍，没有再详细去探了。

现在一想，李察有点坐不住了，他得去那家美容院的手术室一趟。

至于童素要去哪里……

他既然猜到对方要支开他，也就不问，只是提醒："注意监控。"

童素点了点头："车你开走，三小时后，在这里会合。"

李察也没说什么，就见童素推开门，下了车，李察就踩了油门，轰隆一声，车子就风驰电掣地离开。

童素则从腰包里抽出一次性手套，缓缓戴上，并且将头发用帽子包好，口罩也整整齐齐地覆盖半张脸。

大概过了三分钟，一辆黑色悍马缓缓驶来，在童素面前停下。

笑容不自觉浮现到童素脸上，就见她飞快打开副驾驶座的车门，刚要钻进去，便听见司机说："坐后面。"

"哦。"童素有点不情愿，却还是乖乖坐到后排，关上车门后，却难掩自己的激动，"爸爸！"

司机，即童子邦，也忍不住笑了起来，却又要板着脸说教："你的举动太冒险了，让你找合适的借口，没让你玩这么刺激的活动。"

"我也没有办法啊！"童素在父亲面前，仿佛瞬间小了十岁，忍不住抱怨，"这盘棋局太过复杂，每个人都有自己的想法，我全靠猜，只能走一步看一步。"

童子邦皱着眉，不说话。

童素有点怕爸爸再责怪她，立刻转移话题："爸，你刚发邮件给我，说让我在这里等你，你要带我去哪儿啊！"

"见一位老熟人。"童子邦淡淡道，"他是我在监狱时的狱医，也是我的朋友，更能解答你的一些问题。"

童素有些惊讶，却没说什么。

童子邦驱车带她来到"庸医"的医院，一路驶入车库，而非在外面停靠，只因童子邦开的是"庸医"的车。

自然而然地，下车后，他们坐的也是专属的电梯。

等到父女二人进门，童素就看见一个落拓的白大褂，声音嘶哑："来了？"

"她招了吗？"

"我催眠了她，已经问出来了。""庸医"的双目中泛着血丝，表情却诡异地平静，"是她做的。她说，西蒙·路斯恩为我儿子的存在而困扰，却又不敢动手，怕被抓到证据。但她无所畏惧，只因她的身份比西蒙更高，而西蒙对她，远远比我儿子对她更有用。只因我儿子拒绝了她的示好，不愿成为她的情夫之一。"

童子邦听见后半段话，顿时有些唏嘘："竟然只是为这种理由……"

"是啊，就是为这种可笑的理由。""庸医"望着童子邦，似哭似笑，"因为他们生下来，所有人都围着他们转，所以他们就自以为自己是太阳？"

童子邦拍了拍"庸医"的肩膀，平静道："大概四千年前，我们中国有一位暴虐的君王，面对臣子的劝谏，很自豪地对臣子说，百姓跟我的关系，就是太阳和月亮的关系。月亮没有灭亡，太阳会灭亡吗？臣子有造反的心思，就将这句话告诉百姓，以试探百姓对君王的态度。然后百姓指着太阳咒骂道，若太阳什么时候会灭亡，我这个月亮愿意跟你同归于尽！

"时日曷丧，予及汝偕亡！

"这句话一直作为谚语，流传到现在。"

听见童子邦这么说，"庸医"也冷静下来："你说得没错，我应当冷静下来。"

说罢，他才望向童素，打量了她两眼后，又望向童子邦，十分中肯地评价："你的女儿眼睛和鼻子像你，嘴唇和脸形应当是像你太太吧？"

提及逝去的妻子，童子邦的神情很温柔，轻轻点了点头。

这时，房间里的整点报时响起。

"庸医"神色一沉："伊莎贝拉的失踪是大事，不一定能瞒很久，我尽快告诉你们一些信息。当年皇储和皇储妃遇难，皇储妃腹中的胎儿才八个月大，没能活下来。老皇帝怕绝嗣导致梅涅公爵成为储君，就对外宣布孩子太过弱小，住在婴儿保温箱，实际上寻访与皇储妃相貌相近的女性，让她们成为皇储的代孕工具。"

童素质疑道："但皇室成员不可能隐藏一年多吧？中间的照片怎么办？"

"用布莱特·温菲尔德的照片。"

"啊？"

"布莱特·温菲尔德就比'皇储'小一个多月，而且眉眼酷似铁血首相，也就是很像皇储妃，小孩子的五官还没长开，这样勉强糊弄过去，但这就造成了一个问题——"

"新皇储的长相，必须和布莱特相似，对吧？"童素已经意识到问题在哪里。

"庸医"点了点头："所以，当时代孕的孩子，不止伊莎贝拉一个。"

童子邦和童素面面相觑。

"那一年，至少有一百个女性生下了皇储的孩子，皇家特务机构将这些孩子的五官植入电脑，通过3D模拟和长相推算分析，模拟他们日后的长相，与前皇储、皇储妃，以及布莱特·温菲尔德的相似程度。

"伊莎贝拉是最像的那一个，虽然老皇帝十分不满，不希望新的皇储是女性，却也没办法，只能接受这个现实。她只需要轻微地整容，修缮一下眼睛和嘴唇，再加上多年的潜移默化，就能让大家慢慢接受'皇储长这样'的现实。无论是拿'她'小时候的照片来对比，还是拿'父母'的照片对比，都丝毫看不出整容的痕迹。"

不知为何，听见"庸医"这么说，童素只觉得毛骨悚然。

仿佛这一刻，人不是人，只是一件产品，一个工具。

她突然也理解了为什么斯图国皇室坚决不肯做试管婴儿、人工授精等，并不是他们抗拒先进，固守传统。仅仅是因为，如果这种"批量制造婴儿"的手段被曝光，皇室就失去了它的神圣性。

批量试管，批量受精，然后百里挑一，选出那个最合适的商品，再修缮一下它的根基和职业。没有民众会接受如此荒谬的现实。

童子邦也是这样的想法，却更加冷静："假如以一百个孩子来算，剩下的九十九个呢？他们在哪里？"

"不知道。""庸医"很干脆地说。

童素轻声问："会……全都被处理掉吗？"

"我觉得不会。""庸医"给出了令人惊讶的答案，"斯图国皇室成员为了防止被刺杀，历代都有制造'替身'的习惯。"

童子邦指出问题："为了不让'替身'取代真身，他们的血统必定不能相同。"

如果一个替身，DNA验证都能通过，那你凭什么说对方是替身？

"庸医"冷笑道："正常情况是这样的，但如果伊莎贝拉死了，梅涅公爵当皇储，老皇帝只怕没几天就要'被死亡'，或者天天被虐，就是死不掉。你认为这时候，老皇帝还管什么替身的风险吗？一号伊莎贝拉死了，就把二号伊莎贝拉推出来，站在台前的究竟是几号，真的重要吗？"

这也正是他能按捺住杀意，没有对伊莎贝拉动手的重要原因。

光是童子邦的话语，并不能让"庸医"克制。但如果杀了一个"伊莎贝拉"，又来一个"伊莎贝拉"，"庸医"却无法忍受。

哪怕他知道，皇座上已经不是真正的罪魁祸首，只是一个替身，可他也明白，什么才是导致他儿子死亡的真凶。

是权力。是利益。

"还有就是器官移植。""庸医"淡淡道，"老皇帝全身上下的器官早就换了几轮，但不能被外人知道，因为'皇帝不能做器官移植'，这也是违反神圣性的。一旦被发现，大主教们就会趁机发难。

"但法理不外乎人情，自然还有另一种做法——移植近亲的器官便不算亵渎，因为没有玷污神圣的血脉。可在这样的家庭，谁的器官又绝对健康，哪怕健康，又是否愿意献祭给垂垂老矣的大家长呢？

"一百个健康的身体，哪怕只有十分之一能成为器官的供体……""庸医"的冷笑声，在房间里回响。

老皇帝的疯狂、残忍与狠毒，虽然童素早就知晓，但每一次听见，都会为对方的灭绝人性而感到愤怒和可笑。

十二

"我该如何揭穿他们？"短暂的沉默后，童素抛出了另一个问题。

她确实要寻找证据，但她更清楚，在斯图国这样的国家，又是涉及帝位这么大的事情，有时候真相不重要，证据也不重要，重要的是那些大人物怎么想。

难道只有联系梅涅公爵，将至关重要的证据交给他这一条路吗？

利用一个选帝侯，去扳倒一个皇帝？

不知道为什么，这种只能局限在大人物的圈子里玩的游戏，让童素光是想一想，就觉得无比恶心。

但除了梅涅公爵，谁敢接这个烂摊子？就算他们敢，童素信吗？

亚伯·温菲尔德立场不明，布莱特·温菲尔德对家族一心一意。

更何况，哪怕童素信了他们，这两个人说的话，分量就一定有用吗？恐怕不是吧？

以亚伯的身份地位，他能知道的秘密绝对更多，可他都没有拿出证据，反而要这么弯弯绕绕……

不对！童素突然意识到一件事情！亚伯为什么那么急着赶回去？

一想到这里，童素急切地问："您隐居白鹰州的事情，亚伯·温菲尔德知道吗？"

"他当然知道。""庸医"回答，"我为了寻找杀死我儿子的凶手，帮皇家办了很多事情，其中就有留在这个中转站，以及 Geenna 监狱，搜寻合格的实验体。Geenna 监狱搬迁后，我不肯离开，这个诊所也有他帮忙的痕迹。"

也就是说，"庸医"掌握的那些证据，亚伯手上都有，才不屑一顾。

"糟了！"童素惊呼，"上当了！"

童子邦皱眉："你的意思是，你在塔汗国拿到的资料是假的？但就算雷奥将军收集到的情报有问题，'杜尔迦'这个组织……"

"'杜尔迦'的情报来自但丁和英格拉。"童素的脸色很不好看，"他们站在不同的立场，通过不同角度的阐述，勾勒出大概的真相。

"英格拉的上司究竟是谁，到现在我都没确定。一开始，我以为她是梅涅公爵的下属；后来，我猜测她是亚伯·温菲尔德的暗棋；再后来，我认为她为大洋国国土局或者军方效力。我曾以为第三重身份才是她真正的，也最重要的那个身份，如果不是呢？可这样一来……"

如果她现在的推测是真的，那就代表，但丁和英格拉也是一伙的。

童素倒不是不愿意猜疑但丁，虽然他们认识很久，可现实中也是第一次见面，品行如何，谁都不清楚。问题在于，童素无论回想多少遍都觉得，在塔汗国，如果没有自己，但丁必死无疑。

但丁真的是英格拉的同伙吗？那他到底疯到什么程度，用性命来取信童素？

童素左思右想，也不觉得自己重要到了这种程度。

可她也明白，恰恰是但丁如果不被她救出来就必死无疑，所以但丁说的话，她才会深信不疑——因为那是让但丁足以失去性命的危机。

同样，也正因为她在塔汗国险死还生，而且费尽千辛万苦，胜过了詹姆斯、约翰、英格拉等人，从绝密的地方，通过只有她自己知道的钥匙，才拿到了这份极其重要的机密，童素才不认为自己拿到的情报有问题。

但现在仔细一想，这些绝密的情报，作为皇家特务集团首脑的亚伯·温菲尔德，真的不知道吗？如果他早就知道，为什么不把证据交给梅涅公爵，而要这么大费周章，甚至从十几年前就设下陷阱？

"这个局不是针对我的，是针对伊莎贝拉！"霎时间，在场的三个聪明人，都已经明白了全部的事情，"他们不是要让我们相信，而是让伊莎贝拉相信！"

相信白鹰州这里，有足以动摇她皇储之位的证据！

"因为斯图国的皇位继承，是靠选帝！"最清楚斯图国政体的"庸医"，几乎嘶吼出声，"哪怕梅涅公爵拿出证据，但只要事情不公开，那就是几位选帝侯内部的秘密。他们当然会考虑传统被玷污，但他们更会考虑自己的利益！"

是有把柄落在他们手里，只能当个傀儡皇帝的伊莎贝拉上位好；还是性格强硬，并且父母之死与他们有点关系的梅涅公爵上位好，几乎是不用思考的选择题。

更何况，伊莎贝拉还有辩驳的余地。

其他孩子可以说是皇储的私生子，反正这种事在皇室很普遍，私生子也不可能有继承权，随便封一个爵士就打发了。证据更可以说是梅涅公爵的污蔑。

哪怕"庸医"做证，亚伯反水，但他们的身份……哪怕选帝侯出面指证，都不一定能成功，更何况他们。

亚伯不愿让事情进入这样的僵局，更不愿赌选帝侯们的良心——如果他们还有这东西的话。所以，他给伊莎贝拉布置了一个长达十几年的杀局！

削其部署，减其羽翼，这才是亚伯暴露"提洛岛"的原因——他要用最名正言顺的理由，削掉伊莎贝拉身边的所有人，把对方关到宫里！然后，再露出"底牌"！

此时的伊莎贝拉，已经没有任何足够信任的手下，何况这是她认为不能被任何人知道的秘密，一旦有被梅涅公爵掌握的风险，就算她被关在宫里，也必须暴露最后的力量，秘密前来！

正如亚伯不愿意赌选帝侯们的良心一样，伊莎贝拉也不愿赌选帝侯的良心。他们都要"百分之百"的优势！

只有伊莎贝拉这么做，亚伯才能清除老皇帝给伊莎贝拉在皇宫的最后力量，那些曾经不能被他掌握的力量！这就是亚伯为什么要急忙赶回去！

他花了十几年，终于把伊莎贝拉逼到了绝境！

亚伯的"底牌"并不是底牌，但伊莎贝拉为了对付这张"底牌"，用掉了真正的底牌！

这就像一盘国际象棋里，你为了吃人家的"后"，结果人家从容规避，却让你的"后"落入了他的陷阱！

从"提洛岛"开始，就是亚伯为整场复仇，奏响了终章的旋律！

"糟了！"童子邦神色凝重，"从亚伯到纽伦城算起，已经过了整整七天，足够他顺着伊莎贝拉暴露的力量，进行彻底的大清洗。"

等他清洗完毕，就是老皇帝身边再无人可用之时。到那时，皇宫就是他说了算。而他会做什么……

童素猛地想起："之前天气预报，还有十二个小时，白鹰州就被强风雪覆盖，航班全部停止。现在已经过了……已经过了五个小时！"

"庸医"脸色剧变："选帝仪式一旦开启，纽伦城就会被封闭！"

童子邦立刻问："是七大选帝侯和皇室继承人到了，才算选帝仪式开始进行，从而封城，还是先封城，等他们到？"

"庸医"毫不犹豫："皇帝一旦驾崩，纽伦城就要被封，只有通知七大选帝侯和皇室继承人的使者可以外出，也只有他们的使者可以进入，这是为了防止政变的古老做法。但现在通信这么发达，就是打一个电话的事情！"

"如果皇室继承人不在城中，也通知不到……"

"那她就自动失去竞选资格！"

"假如落败之后，新皇帝再拿出证据，表示她失踪的时间，实际上是去销毁她作为人造之子的证据……"

面对童素和童子邦的疑问，"庸医"一字一句，斩钉截铁："在斯图国这样的国家，皇帝的话语就是最有力的证据！"

同一时刻，斯图国国都，纽伦城郊，夏宫畔。

作为"皇帝最亲密的朋友"，温菲尔德家族世代与皇室毗邻而居，庄园就坐落在夏宫西侧，距离夏宫仅有不到一小时的车程。

斯图国国教三大主教之首，法尔兰大主教派遣的红衣使者，第一时间就到达了温菲尔德庄园。

他来通知一个不幸的消息：位于夏宫中的皇帝，在三十五分钟前驾崩。

法尔兰大主教按照古老的流程，派遣代表自己本人的红衣使者，手持特殊印信，通知其他六位选帝侯，即刻前往国都。

等全部选帝侯都到达后，次日黎明，选帝侯们便应立即前往使徒圣巴托罗纳教堂，在所有人面前，吟唱赞颂圣灵的弥撒曲，然后唱诵《约翰福音》，依次进入教堂，按照顺序，进行记名投票。

假如选帝侯对某位候选人有所不满，可以各抒己见，畅所欲言，但不能与其他选帝侯发生恶劣的言语，以及肢体上的冲突。

选帝仪式没有结束之前，任何选帝侯不得饮用一杯水、食用一口饼。

温菲尔德伯爵礼貌地接过信物，送走了使者。

这位斯图国一人之下，万人之上，有"铁血首相"之称，且一度掌握中央情报局的伯爵，并不像世人想的那样，是个军装硬汉。

相反，他相貌极其清癯文雅，风度翩翩，哪怕年近花甲，看上去却像四十岁出头，比起毛头小伙子，又多了三分岁月沉淀的儒雅，以及身居高位，生杀予夺的气势。

等人一走，原本站在一旁，还算镇定的布莱特就急了："父亲，现在不能封城，伊莎贝拉还没有回来！私人通信也没法接通，我甚至不知道她去了哪里！"

这无疑是最糟糕的消息。

一旦皇帝确认死亡，选帝仪式就将开始。

三大主教之首的法尔兰大主教，不仅要向六位选帝侯派出红衣使者，邀请他们进行选帝仪式，也将会向斯图国所有贵族派出使者，邀请他们见证神圣而荣耀的皇帝更迭——之所以不请各国领导人来观礼，主要是涉及宗教信仰和传统仪式问题，所以各国只是致电祝贺即可。

二就是封城。选帝仪式一旦开始，只有一种人可以从城外进来，那就是七大选帝侯以及他们的随从——人数不得超过两百，其中持枪者不得超过五十。

纽伦城若是封锁，除了选帝侯外，哪怕是斯图国的贵族，假如没及时进城，都要被关在门外。偷偷潜入的人，一律当作心怀不轨之徒，本国人以叛国罪处置；外国人以间谍罪判刑。

不仅如此，在纽伦城被封期间，任何犯罪行为，一旦被抓获，都将遭受到比平常严厉百倍的惩罚。譬如平常偷个不值钱的东西，最多进监狱几个月。但在选帝仪式期间，哪怕只是做出了"偷窃"这个行为，纵然一无所获，对不起，监牢里待一辈子吧！

这也正是布莱特焦急的地方。

假如伊莎贝拉不能在明天晚上七点之前赶回纽伦城，她就彻底失去了竞选皇帝的资格。要是偷偷摸摸潜入，若被抓到，更将身败名裂。

哪怕有皇室血脉，也逃不脱幽禁一辈子的结局。

温菲尔德伯爵将视线从窗外收回来，不紧不慢地问："布莱特，你想怎么做？"

"安德烈·卡佩洛失踪，卡佩洛侯爵的位置尚且空缺，七大选帝侯缺一不可，我们可以用这个理由拖……"不知为何，布莱特说不下去了。

对于儿子的建议，铁血首相没同意，也没反对，只是问："亚伯，你怎么看？"

圣洁如同天使长的男子轻描淡写地说："伊莎贝拉偷偷溜出夏宫，若是错失仪式，与我们有什么关系？"

"我也这么认为。"伯爵轻轻颔首，语气平淡，却有摄人心魄的力量。

"父亲，叔父，你们在说什么啊！"布莱特皱眉，"如果没有伊莎贝拉，那就是梅涅公爵……"

"有何不可？"

布莱特眉头紧锁："本代梅涅公爵与皇室仇深似海，老皇帝杀了他的父亲，把年幼的他关到修道院，试图摧毁他的精神和意志。他是在那种环境之中尚且能够保持坚毅心志，夺回属于自己的权力和地位，心思和手腕都强悍到如同魔神般的人物。假如让他成为皇帝，我们温菲尔德家族必将遭到灭顶之灾！"

亚伯嗤笑道："温菲尔德家族重要，还是斯图国重要？"

布莱特无法回答。

"我国早在那次席卷世界的大战中，与第三帝国打得两败俱伤，铁路、公路都遭到巨大的破坏，更不用说其他基础设施。大洋国给我国提供海量无息贷款援助，一方面是要用我国来遏制白熊国，另一方面，也少不了路斯恩家族的游说。"

亚伯说话的时候，身体姿势没有丝毫的动作改变，却让布莱特有一种对方正在慢慢逼近的感觉："你以为，大洋能源集团为什么左右大洋国政坛，帮助我国？老伯爵和大哥又为什么能成为皇帝的左膀右臂，帝国首相？两代伯爵夫人的位置真是值钱，哪怕坐在这个位置上的是疯子、傻子也无所谓。至少，为了这个国家，他们都把自己的婚姻卖了个好价钱，对不对？"

布莱特无法回答。哪怕早就知道家族上两代都是政治联姻，但血淋淋的真相被戳穿，还是令他不知该说什么好。

他知道自己没有天真的资格。但他也不想变得如此世俗而残忍。

亚伯面带笑意，用轻柔的声音，吐出冰冷的话语："这个男人以身作则，就是为了告诉你，想要承载一个国家的重担，就必须成为一部冰冷而精密的机器。

"你不可以有任何私人情感，无论是对死亡的恐惧，还是对幸福的追求。为了国家，你可以宽恕任何人，哪怕对方是个十恶不赦、活该下地狱的渣滓；为了国家，你必须杀死任何人，哪怕对方是个道德毫无瑕疵，足以上天堂的圣徒。这是作为一个父亲，他对你最大的希望，乃至祈求。"

布莱特怔怔地看着伯爵，见对方神色平静无波，就知道这番话，伯爵是完全认同的。

他听见自己的声音，轻到像梦呓，颤抖着问："为了国家，连您也可以杀吗？"

他听见伯爵的回答，在这黑暗和混沌的世界，清晰到就像唯一一束光："为了国家，连我也可以杀。"

第十章　选择

一

整容医院的特殊房间内，气氛令人不安地沉默。

童素想到了自己一路以来的经历——"提洛岛"的斗智斗勇和穿越风暴、诺亚超级工厂的极限救援、塔汗国的千里追寻，乃至现在的一路寻觅……最后事实却告诉她，其实你不努力也可以。

或者说，你的努力，没有任何意义。

不需要童素拼尽全力地潜入，"提洛岛"也必定会暴露；不需要童素竭尽所能地搜寻，证据早已在亚伯手里。

童素忽然就理解了亚伯对她超乎寻常的宽容——那甚至可以说是一种纵容。

因为无论是亚伯，又或者他背后的其他人，他们以"'赫卡忒'如果做到了这件事，当然更好，但没做到也无伤大雅"为前提来安排计划、布置阴谋。

童素认为自己是个非常重要的角色——她那么努力，那么拼命，拯救了一船人，拯救了一工厂的人，拿到了致命的证据。但在这致命的棋局里，都是不值一提的问题。

亚伯的规划里，并不缺她这么一个人。她是一个有则锦上添花，没有也并不要紧的角色。

童素赌上一切的决心，就像挑战风车的堂吉诃德，又像一个试图推动火车的人。无论有没有他的行为，列车在该开动的时候也都会开动。亚伯的计划也是如此。

童素自嘲地笑了起来，却比哭还要难看。

童子邦意识到女儿的自尊心严重受挫，轻叹着拍了拍她的肩膀，声音很温柔："至少你救下了那么多人。"

"庸医"撇了撇嘴，却也安慰了一句："那群浑蛋不把普通人的命当一回事，但每个人的背后都至少是一个家庭。"

童素沉郁地点了点头，心中却翻涌着一团火。不甘心，她实在是不甘心！

可不甘心又有什么用呢？正如"庸医"所说，在斯图国这样的国家，皇帝的话语就是最有力的证据。换而言之，对错不重要，真假更不重要，只有皇帝的立场和态度才最重要。

亚伯手握证据多年，一直没扔出去，不是因为别的，正是因为他没有办法换掉皇帝！

"我不能接受。"童素的眼眶红了，"我不能接受这样的结局。"

哪怕她知道，作为条件交换，梅涅公爵登基之后，肯定会将前皇储和伊莎贝拉的罪行稍做处理后公布，就算伊莎贝拉回去也不会有好结局，最可能的结果就是被秘密处死或者永久幽禁。

童素却不甘心啊！这个世间难道就不存在正义和公理，必须罪人的政敌上位，才能让冤情被血洗？

一个独裁者倒了，换另一个独裁者，区别真的很大吗？

"不该是这样的——"她无法控制内心的痛苦，甚至滋生出难以言喻的绝望，"不该是这样的！"

"那就让事情不要这样。"童子邦忽然说。

童素惊讶地望着自己的父亲，就见童子邦的眉头不知何时，竟然已经有了几道深深的皱纹，让他显得有些沉重："就算最终结果不可挽回，但我们也应当做点什么。至于能否成功，另外再说。"

"你疯了？""庸医"不可置信，"这是斯图国的问题，正因为他们是如此古老，又拥有罗马的大义，才如此冥顽不灵，甚至能苟延残喘下去。当年工业革命，还有两次世界大战，各地风起云涌的民族起义，都没有让他们真正转型。反而是大贵族在里面获得了最大的利益，何况现在？"

"我明白。"童子邦沉声道，"就像当年的樱花国，如果不是第二次世界大战战败后，被大洋国派驻的将军全面改造，留下来的也会是这样的畸形体。"

皇室高高在上，贵族统治臣民，士族和军人拥有特权，商人和工厂主赚得盆满钵满，最苦的只有百姓。

樱花国和斯图国唯一的不同，就是在席卷世界的战争中，樱花国沦为了战败国，而斯图国是毋庸置疑的战胜国。

"战争都解决不了的问题，你怎么解决？""庸医"面红耳赤，就像一个疯子，"皇室是斯图国最大的地主，四大选帝侯家族牢牢占据全国一半以上的土地，国教还是一直推行他们的保守主义——他们的大教堂至今都没有电灯，还是点蜡烛！

"这种封建的、保守的，又强大的、顽固的力量，你怎么处理？你不过是一个黑客，哪怕是全世界顶尖的黑客，也只是黑客而已！"

童子邦却十分平静："有些事情，哪怕做不到，却必须有人去做。"

"庸医"的满腔怒火就像被清泉平息，他沉默许久，方道："怎么做？我全力配合。"

"首先，我要知道亚伯的身世。"童素突然回答，"他是否真的是老皇帝的私生子，这具有决定性的影响。"

童子邦皱眉："你的意思是，亚伯·温菲尔德可能不想扶植梅涅公爵上位，假如他手中有假的'伊莎贝拉'，然后他成为皇夫，名正言顺地摄政……"

"我就是这个意思。"童素回答，"如果他真是老皇帝的私生子，那么就算他的妻子过世，只要继承人出生，那么大贵族们并不介意他成为皇帝一段时间。但如果他不是，他就一直是在帮自己的子嗣摄政，这实际上染指了铁血首相的权力。"

这是两种不同的情况，必须具体分析。

"庸医"回忆了一下，才说："这事很复杂，亚伯·温菲尔德是老皇帝的私生子没错，但现在的亚伯并不是本来的亚伯。"

"什么？"童家父女面面相觑。

"庸医"左右踱步，有点紧张："原本的亚伯实际上是天生的白化病患者，所以他生下来发丝就纯白如雪，老皇帝非常不喜欢这个孩子，他们国家你懂的，虽然已经现代化了，不至于认为这种孩子就是恶魔之子，可还是觉得这是自己被诅咒了的证据。

"但后来，亚伯换了人——我确定不是本人，因为对方脸上有动刀的痕迹，肯定整过容，可究竟是谁我看不出来。铁血首相应该知情，可他为什么对这个'亚伯'这么好，他们兄弟究竟是什么关系，我也不知道。"

动过刀。整过容。现在四十一岁。三十三年前。八岁……八岁……"提洛岛"……前皇储特殊的癖好……

突然间，一个鬼使神差的念头，出现在童素脑海。

就见她盯着"庸医"，一字一句地问："如果卡瓦哈尔·里切尔八岁的时候就开始整容，能不能整成亚伯·温菲尔德目前的样子？"

"庸医"浑身一个激灵。他几乎是颤抖着拿出手机，搜出当年卡瓦哈尔·里切尔的长相，飞快模拟对比之后，瞳孔骤缩："可以！""卡瓦哈尔的脸型，尤其是骨相，本来就非常完美，根本不怎么需要动刀。为了更贴合斯图国的特征，他的嘴唇变薄，下巴稍微尖锐了一些，鼻子也缩小了一点，眉毛则比较细……天啊，就是这些微不足道的变化——"

"庸医"不愧是世界上顶尖的外科医生和整容医生，光是用眼睛丈量，就确定了童素的猜测为真！

童素的脸色却更差了。如果亚伯·温菲尔德是老皇帝的私生子，事情其实还好办，复仇归复仇，大贵族之间的政治生态，虽然让童素恶心，却始终保持一个平衡。但亚伯是卡瓦哈尔·里切尔！

明明拥有巨星父母，自身天赋也无比耀眼，显而易见拥有极其远大的前途，却因为过于美貌，八岁被"提洛岛"掳走，被前皇储玩弄，并且家破人亡的卡瓦哈尔！

他的复仇真的会保持在一定限度内吗？还是犹如核弹一样，自身被摧毁的同时，也要让身边的一切全部跟着毁灭，灾难绵延几十年甚至几百年？

"我必须得去。"童素喃喃，"去阻止他。"

虽然不知道应该怎么阻止，又能怎么阻止。但她必须阻止卡瓦哈尔的疯狂。

"庸医"眉头紧锁："我虽然知道皇宫的某条暗道，但在没有人引导的情况下，你根本就不可能进去。"

关键时候，童素却非常冷静："李察。"

"哈？""庸医"挑眉，"那是谁？"

童素早就怀疑李察有问题，尤其是"提洛岛"的"真假李察"，十分古怪，就像一曲乐章中最不和谐的那个音符。

但现在想明白亚伯的计划后，她就已经明白，那个李察很大可能是亚伯假扮的，因为亚伯只有人在现场，才能最大限度地确保计划顺利——"提洛岛"暴露，不沉，被国际刑警缉捕；而伊莎贝拉、西蒙等人成功逃脱。

只有这样，才能促使伊莎贝拉失去权力，让对方进一步疯狂。

就像杀鸡一样，先慢慢剪掉对方的羽翼，再开水去毛，慢慢炮制。

但那个在台下与玩家们对决的"李察"是亚伯吗？童素倾向不是。因为布莱特扮作了棕发女郎。

布莱特进"提洛岛"是亚伯计划中至关重要的一环，只有布莱特这位首相独子差点死了，铁血首相于公于私，才能发动囚禁伊莎贝拉的计划，否则有这位首相庇护，伊莎贝拉不一定会被关起来。

这个情报，亚伯不可能不知道，甚至布莱特进入"提洛岛"，都很可能是亚伯诱导的。

既然如此，亚伯很大概率不会当"玩家"，因为布莱特熟悉他这个小叔叔，万一暴露就不好玩了。而且，以亚伯的性格，他应该也不耐烦给人表演。所以，台下的李察是真李察，但在被关到房间后，人就已经换了。

再联想到塔汗国之行，李察也扮演非常重要的角色，以及童素对但丁的怀疑，再串起艾伯特·马歇尔，童素觉得，他们几个一定有某种特殊联系，说不定就是一个组织的成员，彼此分工合作。

听见童素说出自己的分析，童子邦还没说话，"庸医"已经扬眉："他们有联系，那又怎么样？这个叫李察的男人，有什么道理帮你？"

"我不要让他帮我。"童素斩钉截铁，"我要让他不得不与我合作。"

"庸医"还在疑惑，童子邦低声道："这太危险了。"

然后，他望向"庸医"，向这位好友解释："伊莎贝拉是上好的诱饵。"

"庸医"顿时明白了！

伊莎贝拉闯入伊万·伊万诺夫家的事情，大洋国军方已经知道了，他们或许也很迷惑，这位斯图国皇储为什么会突然出现在此地。

但无论如何，一国皇储在未经允许更没有通报的情况下，擅自出现在他国境内，而且干下如此骇人听闻的恶行，这件事情都太敏感了。

这才是白鹰州此时的风声这么紧的原因——大洋国在找伊莎贝拉。

所谓的暴风雪封锁境内，不过是借口，这次的航班停这么及时，绝对有大洋国不想任何交通设备出去的原因！

"亚伯肯定不希望伊莎贝拉回去，这最有利于选帝。"童素低声道，"但我有布莱特的联系方式，他和亚伯难道是一条心？"

"庸医"皱眉："但你通知布莱特也有风险，首先这只是你的猜测，你并不能确定布莱特的反应；另外，将这件事情告诉李察，对方最有可能的做法是将你和伊莎贝拉都杀死在这里，确保万无一失。"

既然是精心筹备这么久的复仇，怎么可能坐视最后一步失败？

"所以不能直接告诉李察，而是要间接告诉。"童子邦接话，"要让李察先意识到，必须送伊莎贝拉出去，才可能通知斯图国那边，进而间接协助我们离开；这就代表我们必须在合适的时间，让大洋国知道这件事，并且要误导他们追错方向，等他们查到我们的时候，已经追不上我们了——这需要精妙的时间计算，以及巧妙的误导，打一个极其合适的时间差，才能同时欺骗两边。"

"庸医"为这两父女的胆大而震惊，却不得不佩服，认为这个思路有可行性——虽然只有万分之一的执行成功率："就算你们真能做到这么不可思议的事情，可你们准备怎么离开白鹰州？如果按你们说的，官方不会放走任何人，那么航运和空运肯定已经被官方堵死了，汽车在这样的天气出门就是自找死路！

"如果换作平时，我或许能搞到路子，但现在就剩七个小时了！暴风雪一来，哪怕是直升机也可能会失去信号！这种时候再冒险往外跑，傻子都知道你不对劲！"

童素毫不犹豫："必须在暴风雪来临前走，而且不能只有我们走，得大量的人离开，才能浑水摸鱼。"

童子邦回答："因为圣约翰医院的火灾，以及暴风雪即将到来，确实有一些在此疗养的达官贵人、名流富翁离开。"

"但不够，人太少了。"童素沉吟片刻，道，"不知道《人鱼2》里面有没有需要暴风雪才能拍的戏，如果没有，剧组的成员也会离开。"

她实际上有句话没说，如果佐藤明要走，那些导演也会跟着走，这也是一股不能忽视的能量。

但佐藤明已经帮她冒了一次险，导致刚刚做完心脏搭桥手术，而且病房还差点被火灾波及，目前送到伊万那里照料，对佐藤明来说是最好的解决办法，童素并不想再因为自己的私心，折腾这位百岁老人，所以干脆提都不提。

"庸医"嗤笑道："你当剧组有这么敬业？哪怕导演想干，演员、摄影师、道具师……谁敢冒这种风险？你们在电影里看到的极端风雪天气，不是后期合成，就是人工降雪，谁给你上演真实，出了人命，剧组得不偿失。"

"这次暴风雪预告发布得很紧急，剧组成员如果要离开，应该会购买最近的航班。"童子邦缓缓道，"如果他们买不到足够的票呢？"

"庸医"耸肩："他们可以包机。"

童子邦认为这是关键："我不认为他们会缺钱，但这么短的时间内，如何临时加航班，把他们都送出去？"

"可以找伊万诺夫家的小子。""庸医"理所当然地回答，"他是白鹰航空的股东，应当是他父亲赠予他的礼物。"

听见"庸医"的回答，童家父女都有些吃惊——伊万·伊万诺夫手上的产业居然这么多？

瞧见二人神情，"庸医"摊了摊手："总会有一些消息灵通的小报记者知道叶莲娜住在这里，他们迫切地想要得到一手信息。想要知晓他们的行踪，最好的办法就是成为航空公司的股东，这样就理所当然地可以查阅乘客名单。"

童素若有所思："这么说来，《人鱼》剧组租赁的邮轮……"

"那倒不是，本地的造船业并不发达，仅仅是一个中转的港口。""庸医"否认了童素的猜测，提出自己的想法，"但我认为，这是他的父亲并不希望他沾一些不该沾染的地方，这里的码头，一向是黑帮的势力范围。"

童素斟酌地说："您认为，大洋国对这些黑帮是什么态度？"

"庸医"陷入沉思。

童子邦却很干脆利落："黑帮就是黑暗中的老鼠，哪怕帮大人物们做了再多的脏活累活也见不得台面。"

"如果碰到这种级别的搜查呢？"童素又问，"大洋国目前的策略，很明显是外紧内松，借助这次不同寻常的暴风雪，将所有的交通封锁。让白鹰州形成一个大型的孤岛，然后再慢慢调查。假如只是本地警方介入，我不认为他们有那么大的能量，但现在最高警署和军方都已经介入。他们如果碰到这些黑帮，又会是什么态度？"

"庸医"思忖片刻，才道："黑帮的幕后人物们绝对不愿舍弃这份财富，可他们也在意自己的性命。他们会将一名信任的子嗣或者兄弟留下，自己则带着家人和财产逃离。这样就算留下的人被抓住了，也有足够的金钱来请律师、打官司。"

"没错。"童素回答，"所以，这几个小时，机场应该很忙。"

"庸医"点了点头，却道："但机场也是调查最严密的地方。"

"私人机场呢？"

"拥有私人飞机的人，如果要离开，要向塔台申请，避免航线冲突，大洋国军方可能会要求他们提供视频和身份信息识别。""庸医"想了想，道，"可这种时候，他们未必会同意私人飞机离开。"

原因很简单，除非他们能到对方家里去搜查，逐一确定无误，否则伊莎贝拉就有可能借助这种方式逃跑。

"红十字会呢？"童子邦突然问，"或者圣约翰医院的飞机。"

"庸医"皱眉："他们会派人检查。"

"那就让他们检查。"童子邦斩钉截铁，旋即望向童素，"你现在联系布莱特和伊万·伊万诺夫，让他们两个联络，你想办法带伊莎贝拉去斯图国。但为了控制对方——"

童子邦望向"庸医"。

"庸医"神色冷峻："我已经给她打了足够的麻醉药，她醒不过来。"

"这样还不够。"童子邦回答，"需要录制一些视频素材，才能确保布莱特不会接到人质之后，立刻翻脸痛下杀手。"

说罢，他就对童素说："你先联系伊万，告诉他，他母亲的疯狂并不是偶然。我怀疑，她是自己让自己疯掉的，因为只有这样，她才能活下来。"

童素十分惊讶："爸爸？"

童子邦低声道："我以前看见过一些东西，全都存了下来，本来不想让你知道，现在——"他拉童素到一边，低声耳语，用加密的方式说了一个地址，"你先不要去看，除非万不得已，或者我死了，才能打开。"

童素点了点头，又问："我如何取信伊万呢？"

"就说，他母亲的疯狂，与当年第三帝国一个神秘的计划有关。"童子邦淡淡道，然后就示意童素，"你联系伊万，让他亲自开车过来接你，还有伊莎贝拉。我们先去处理一些事情，至于后面的事情，你不要管，你只需要带着伊莎贝拉去斯图国就行。"

说到这里，童子邦轻抚童素的头发，叹道："无论是否能阻止亚伯——我都希望你能够活下来。"

童素无法做出承诺。

童子邦也没说什么，只道："至于你身边跟着的那些人，雪松中校，对吧？我这里也刚好需要他。"

言下之意，就是调走雪松的事情，童素不必管，他会处理。

看见爸爸没有继续说的意思，童素也没问，父女俩立刻分头行动。

二

与此同时，大洋国，国土局。

"你的伤势恢复得不错，已经能下地了，不愧是'神之手'哈伊德做的手术。"医生检查完之后，大加称赞，"以你的身体素质，还有几天，就能够恢复得和平常差不多。"

詹姆斯有气无力地笑了一下，没说什么。

就在这时，刘易斯带人推开病房大门，走了进来。

医生见状，立刻带着护士离开，就见刘易斯派人把大门封锁，房间里只留两个人："绝密任务。"

詹姆斯一口回绝："我状态不好，怕会影响到任务执行，换别人。"

"这个任务，只有你能接。"

看到詹姆斯还是半死不活的样子，刘易斯加重语气："这是命令。"

"我要国土局不追究约翰过去的所作所为，并且以英雄的身份，追授他军衔，并在烈士陵墓里给他立碑。"

"可以。"刘易斯满口答应。

詹姆斯本来只是试探着提要求，看见刘易斯态度这么果断，神色一沉，知道这个任务必定极为凶险："什么任务？"

"刺杀布莱特·温菲尔德。"

"为什么？"

"没有为什么，这是上头传达的命令。"

詹姆斯面露讥讽："因为我和布莱特有所接触，他可能会降低戒心？"

"确实有这方面的考量。"

"我用什么理由接近他？"

"就在半小时前，斯图国老皇帝驾崩，选帝仪式开始。但我们也刚刚从白鹰州的'海盗'那里审讯出重要情报，经过拼凑与比对，我们判断，斯图国皇储伊莎贝拉很可能秘密潜入了白鹰州。"

"你们需要时间搜捕、抓住她，所以，选帝仪式不能这么快举行？"

刘易斯没有回答。

詹姆斯嗤笑一声，仿佛自言自语："为什么是布莱特·温菲尔德？"

就在这时，有人敲门。

"进来。"

"局长，白鹰州传回的消息——圣约翰医院的火灾，实际上是遭到恐怖袭击，我们清点完了事故现场，在手术室中发现了一个隐藏密室，只有两个标准双开门衣柜大小。里面存储的东西已经不见，但我们根据遗留下来的生物信息化验，确定入侵者来自斯图国！"

刘易斯神色一凛："他们在找东西，并且已经找到……立刻彻底封锁白鹰州所有的运输渠道，包括但不限于空运、海运和陆路！务必保证一只苍蝇都没法飞出去！"

"是！"

"不，不能做那么强硬，否则议员们会抗议。这样，设法让道路交通出点问题，比如百姓因为抢购东西而堵车。尽量让所有人不能到达机场，再将机场设置红外线，带上猎犬，挨个检查！"

一小时后，天堂酒吧。

络绎不绝的客人蜂拥而至，却不像平常那样，点一杯酒，慢慢品尝，而是一口气买一箱好酒回去。

这也是白鹰州人的习惯了。

谁也不知道超强的暴风雪会持续多久，极端气候下，万一断水、断电，油和酒就是最重要的东西，能保持温度、维持热量。所以家家户户的房子都有地下室囤着柴油发电机，人们蜂拥至超市抢购物品，酒水卖光了就来酒吧买。

伴随着大门被推开，寒风涌入，室内门口悬挂的风铃声叮咚叮咚，来人一进来就大喊："先给我来一杯朗姆酒，再给我留两箱朗姆酒，待会儿我直接带走，这鬼天气，冷死了！"

听见这熟悉的声音、熟悉的话语，酒保立刻打招呼："山姆，你来了？好几天没看见你了。"

"别提了，晦气。"山姆摘下帽子，坐在吧台边，对老朋友们说，"我不是有个叔叔吗，他的儿子，就是我的堂兄弟，小吉姆，前几天居然发现死在海边了，据说还卷进了什么恶性案件。警方把我喊过去，盘问了一天一夜，天啊，我可是在州政府工作，按时纳税，从来不拖欠信用卡账单的良好公民，居然被这些警察当作犯人对待！"

知道山姆底细的女招待们听了，顿时挤眉弄眼起来，抿着嘴，忍着让自己不笑。

当谁不知道呢，山姆的爸爸和他的叔叔，早年都是这边工厂的打手——白鹰州地广人稀，类似伐木、采矿之类的活，经常招不到人，工厂主就会从孔雀国、东南亚、非洲等地方哄骗便宜的工人过来，也就是俗称的"劳务派遣"。

工人来了发现上当受骗，一没有回家的船票，二被打手看管，三是这里工资虽然低，工作也繁重，条件恶劣，但比家乡打工能拿到手的钱还是高不少，也就老老实实认了，留着干活。

这种打手与黑帮的界限实际上很模糊，山姆是运气好，他母亲的姐妹虽然为了生计，成为应召女郎，但所处的妓院十分高档，经常有达官贵人出入，这名女性便顺理成章地认识了不少上流人士，最终成为州政府一位高官的情妇，由于能说会道，精明能干，帮对方打理一些见不得光的产业，顺带提携了姐姐一家。

所以，山姆特别瞧不起那些堂兄弟，觉得自己已经成了上等人，而他们还是下等人，耻于和他们为伍。

但他这种撇开穷亲戚的行为，以及他令女人厌恶的品行，让女招待们看他都很不顺眼，有他的笑话自然不会错过。

天堂酒吧这些女招待自然不知道，山姆的堂兄弟吉姆就是参与袭击艾伯特·马歇尔等人的一员，也是被詹姆斯·史密斯在悬崖上布置的陷阱坑死，失足跌入海中，第一个死亡的打手。

大洋国国土局收到詹姆斯·史密斯提供的情报后，开始顺藤摸瓜，将相关人员，包括他们的家属一个个进行审问。

山姆的父亲、叔叔，还有他的小姨，甚至小姨攀上的高官，都是这个链条上的一员。

偏偏山姆傻人有傻福，他小姨看不上他的能力，从不让他参与这些事情，就让他在州政府混日子；而他看不起这些堂兄弟，平常也不和他们走动。这就导致，他所有的亲戚要么被调查，要么被暗中盯着，只有他，稀里糊涂地就出来了，啥事都没有。

山姆察觉到女招待们对他无声的嘲笑，但鉴于人家啥都没说，正要气呼呼地离开，酒吧的门被推开，乌泱泱一大堆人走进来，反而把山姆挤到一边。

山姆定睛一看，全都是亚裔面孔，用山姆不懂的语言交流着什么，顿时有了发泄口，大声嚷嚷："为什么这么高雅的酒吧，可以放黄皮猴子进来？"

酒保的脸立刻拉了下来，表情非常严肃地警告："山姆先生，请注意您的言行，不要对其他人做出侮辱性的行为。"

女招待们更是撇撇嘴，十分不屑。

当谁不知道呢，山姆就是欺软怕硬——他不敢骂女性和黑人，怕被人拍视频传到网上，因政治不正确影响到他的前途；也不敢挑衅健壮的白人，就拿看上去有些瘦弱的亚裔出气。因为在白鹰州，亚裔除了游客之外，往往就是底层工人。

而这时，山姆的话也被游客中懂大洋语的人翻译了，顿时整个旅游团都怒了，气氛剑拔弩张，甚至有人开始撸袖子。

酒吧经理怕两边打起来，立刻大声宣布："各位，我请大家喝酒！"

然后，就给女招待们使眼色，让她们快点去倒啤酒。

被这么一打岔，气氛勉强缓和了下来。

导游也是亚裔，却在本地待了很多年，与酒吧经理和酒保都很熟，看见风波平息，就走到吧台这边，低声道："这是我接的一个中国旅游团，暂时在你们这里坐一会儿。"

酒保熟练给他调了一杯酒，问："你们现在不应该去机场吗？一个多小时车程，现在不走来得及吗？"

一提起这件事，导游就十分不满："狗屎的政府和警察，不知道搞什么鬼，突然把好几条路给封住了，我们约好的大巴只能绕路过来，现在还没赶到。也不知道会不会错过飞机，游客们都不开心。"

"万一被困在这里，确实不大好。"酒保附和，"如果像多年前那样，极端天气持续一两个月，游客们的体验会非常糟糕。"

话音刚落，又有人推门而入。

山姆抬头看了一眼，不由嘟哝："怎么又是一只黄皮猴子。"

偏偏他这么说的时候，来人竟像什么疾病发作一样，突然倒下！

霎时间，所有人都惊住了！尤其是混迹在旅客中的"NULL"，面罩下的脸色更是一变——这位倒下的人，不是别人，正是要与他会合的童子邦！

与此同时，伊万诺夫宅。

伊万·伊万诺夫倒车入库之后，冷着脸对童素说："希望我们的交易有效。"

童素神色凛冽："当然。"

伊万没说什么，二人推开车门后，又打开后座，就见伊万扛起被毯子裹得严严实实的伊莎贝拉，走到电梯口。

雪松早已收到童素的信息，等在那里。

瞧见伊万扛着一个女子模样的人，雪松心中就是一凛，又见童素对他使眼色，他没问什么，等独处之时，才焦急道："'夜神'，那就是……"

"伊莎贝拉。"童素按照童子邦的吩咐，低声道，"这件事很复杂，简单来说——这位皇储是被我爸爸救下的。"

"'铜棒'先生？那——"

"我爸好像有些事情，托付我紧急将她转移。"童素露出真实的不解，因为她确实不知道童子邦打算怎么唱这出戏，但她又加了半句，"伊莎贝拉昏迷之前，已经联系上了布莱特·温菲尔德。"

雪松十分疑惑："可伊万诺夫先生……"

"不知道他们之间达成了什么秘密协议。"童素神色凝重，"布莱特居然说，伊万会送我们离开。"

雪松还没来得及进一步问，秘密频道就已经收到紧急通信！高层直线！

他才看一眼，就霍然色变。

"NULL"所带领的小队，本来打算以"旅游团提前回国"的名义，紧急撤离，但大洋国好像不愿意放人。虽然他们不能明着让所有的航班一架都不飞，却可以借助道路拥堵等方式拖延！

如果"NULL"被卡在这里不能走，情况就糟糕了！

而且，童子邦进入"天堂酒吧"，与众人会合，打算一起走的时候，居然进门就莫名昏倒了，目前正在圣约翰医院接受治疗！

高层特意提醒，第一条是机密任务；第二条是特殊事件，让雪松不要告诉童素，以免她情绪失控！

但雪松刚刚知道，是童子邦救下了伊莎贝拉！所有的关键情报都在童子邦手中，他却忽然晕倒了！其中必然有什么原因！

军人的使命大过一切，哪怕心中默念了一句对不起童素，雪松只字不发，只说："抱歉，机密任务。"

童素没说什么，转身离去。

雪松立刻向高层汇报情况——因为在伊万诺夫宅，他态度也非常谨慎而隐晦，就像高层发给他的信息一样，都是加密后的语言！

安全部门那边，听见这一连串的变故，所有人都面面相觑。

事情变化得太快，令他们猝不及防。

但专家们的思路转得很快："伊万·伊万诺夫要将伊莎贝拉送走，这件事情我们就当不知道，可大洋国这么大的阵仗，他们不可能轻易送人离开，只能浑水摸鱼！"

"也就是说，他们需要大量在这种时候挤兑离开的人，一方面是让机场的检查变得必须十分快速而高效，容易忽略细节；另一方面就是，越多的飞机，大洋国就越难追踪！"

"可以趁着这个机会，把我们的人送走！大洋国重点寻找的对象是女性，而我们的队伍里面，大部分为男性。哪怕是女性，族裔和面容与伊莎贝拉也截然不同，很容易就能过关！"

"但！"高层话锋一转，"'NULL'的身份十分特殊，与其他队员都是单向联系，只有你，雪松，亲自过去，他才能确认无误，跟你离开。以及，还有几个队员，身份也不寻常。如果万不得已，就算将你的队员换下去，也要让他们离开！"

"你就这么对童素，还有伊万·伊万诺夫说，一些中国游客滞留在这里，求助了华人协会。协会希望能够包机，将这些乘客运回来。"

雪松接下命令，又道："可'夜神'对伊莎贝拉的态度——"

他可不认为，童素会让伊莎贝拉轻松回去。

专家们却压根不认为这是什么大事："童素是聪明人，伊万都定下来的事情，她能怎么办？而且涉及同胞们的转移，她怎么就不能按捺住她的情绪？"

雪松不这么看。但他到底是军人，高层都这么说了，他也没有办法，只能领命行事。

而等他去找童素的时候，发现李察也回来了。

"回来的路上，我已经简单地看了一下，这份证据里的所有病患，应该都是高官、名流、显贵，所以，他们的病历都只是代号，并没有真实的记载。就算拿到这份证据，理论上也不能对号入座。"

"但听你们的说法，哪怕有证据，也——"

李察眼角的余光瞥见雪松到来，立刻转换话头："足够亚伯布置，如果我想得不错……等等，你们看手机！"

众人不约而同拿起手机，头版头条就是临时插播的紧急新闻——斯图国老皇帝驾崩！这么快！

童素眉头紧锁，问："历史上有没有选帝侯缺一个的情况下，成功举行选帝仪式的？"

李察知道她说的是生死未卜的安德烈·卡佩洛，便道："历史上确实有选帝仪式时，选帝侯出问题的情况，比如选帝侯突然在路上病死等。这种情况下，如果他定好的继承人也来了，就临时举行仪式，确定地位。如果没来，那就直接六票投，依旧要四票才能胜出。"

"假如没有四票呢？"

"关在教堂里，继续投，只给粗粮饼和清水，直到投出来为止。"

童素沉吟片刻，又问："按照斯图国这种情况，安全部门认为，斯图国是临时册封一个卡佩洛侯爵的概率大，还是直接六位选帝侯投票的概率大？"

"安全部门不能保证预测的准确性，但，第一个猜测的概率在18%，第二个猜测的概率为63%。"

"这次的皇帝候选人，除了伊莎贝拉和梅涅公爵之外，还有谁？"

"旁系里面还有三到五个继承人用来当备选。但鉴于老皇帝已经把自己的兄弟姐妹连同后裔杀得差不多了，真要挑皇室继承人，得往老皇帝的叔伯兄弟后裔里面去找，距离皇室的血缘已经非常远，并且很多都是没接受过皇室教育的素人，理论上不具备任何爆冷的可能。"

童素伸手打断了一下："也就是说，这几个人是拿来凑数的，对吧？说起来，我一直不解，梅涅公爵作为选帝侯之一，可以自己选自己吗？难道他不该把爵位传给别人，然后自己再当这个候选人？"

伊万·伊万诺夫对历史学十分熟悉，闻言就补充说明："历史上也出现过这种案例，当时的梅涅公爵也投过自己，虽然他因为票数不够没有被选中，但他的那一票依旧神圣合法而且有效。"

伊万·伊万诺夫根本不关心斯图国谁当皇帝，他就在意自己母亲究竟为什么疯。可他心里清楚，伊莎贝拉是必定要被送出白鹰州的。一方面是童子邦和他的交易，另一方面也是伊万自己不愿意。

就像塔汗国酋长的长子被大洋国"收留"，从此成为不定时炸弹，间接导致了阿卡帕夏皇宫的惨剧。但对那位长子来说，他的日子却很好过，在大洋国花天酒地。

伊莎贝拉也一样。哪怕梅涅公爵当了皇帝，伊莎贝拉落到大洋国手里，只会被当作座上宾对待，说不定还能搞得斯图国分裂。只有将伊莎贝拉送回去，她才会更惨——自己人，往往对自己人更狠。

这位斯图国皇储贸然闯入他家，绑架他的母亲，杀死了所有熟悉的用人，这笔账，他还没算呢！所以，他很快就下了决断。

"我可以帮助你们离开白鹰州，但她怎么办？"伊万唯一苦恼的就是这个问题，"你们怎么逃过大洋国的安检？"

"你们觉得，拿我和叶莲娜当借口怎么样？"

三

苍老声音传来的那一刻，所有人都是一惊，就看到叶莲娜搀扶着佐藤明，一步一步地走了进来。

这是童素第一次见到叶莲娜真人。

银幕上美艳不可方物的传奇影后，哪怕人到中年，也依旧美到无法直视。而她眉眼间的纯净无邪，却更让人心折。

假如说她的儿子就像海妖塞壬，在暴风雨中歌唱，摧毁船只，拖水手进冰冷的深海；她就像阿瓦隆的精灵、仙女，历经世事，依旧不染尘埃。

对于这样无瑕的美丽，有人会怜爱珍惜，但也有人会不择手段想要得到。

伊万眉头紧锁，显然对眼前这一幕无法理解——母亲怎么会和佐藤大师一起过来？

他顾不上和母亲打招呼，立刻去调监控，就发现佐藤明被送进来的时候，房间里的叶莲娜听见动静，好奇地打开房门看了一眼。然后趁着他们来商讨事情时，默默去了佐藤明所在的病房，坐在这位老者的身边。

佐藤明的助手等人看到这一幕，急得团团转，想来找伊万。结果伊万正在和童素等人谈事情，没有理他们。

而佐藤明醒了之后，看到叶莲娜，问伊万等人在那里，然后让叶莲娜扶着下床，说要来见他们。

伊万还在思索的工夫，童素已经快步走了上去，眉头紧锁："佐藤老先生，我们不想惊动您——"

佐藤明身体虚弱，声音有气无力，眼神却非常清明："白鹰州太冷了，本来就不适合我疗养，圣约翰医院又遭遇恐怖袭击，我这时候想要离开，伊万包机送我，难道不是最合适的理由？也因为我身体不好，只能睡在病床上，想要走特殊的红十字会渠道，难道不行？"

话虽如此，但佐藤明才做心脏搭桥手术几天，正是要静养的时候。童素就算想到这个理由都不会说，谁能想到佐藤明自己提出来了。

看见童素蹙眉不语，佐藤明反而微笑了起来："你不用自责，米切尔大剧院的袭击，也有一半是冲着我来的。"

"什么？"

"樱花国内部，军国主义之心依旧没死，只是被大洋国扼制。但中国发展得越来越快，假如不把樱花国这只饿虎放出来，东亚地区，谁又能和沉睡的巨龙争锋呢？所以啊，右翼势力越来越抬头的今天，我这个曾经被追捧的左翼反战作家，就不应该继续活着。"

房间里顿时沉默了下来，只有佐藤明苍老的声音，在这里回响："我早就知道，樱花国政府和军方里面，都有很多人恨不得我死。我这个讨人嫌的老头子，之所以苟延残喘活下来，就是希望有朝一日，可以知道乔和凯瑟琳的死亡真相，可以找到卡瓦哈尔的下落。活，要见人；死，要见尸。"

童素有些不忍："里切尔夫妇的独子……"

她有点说不下去了。她该如何告诉一个满怀期待的老人，那个孩子早在三十多年前就已经落入斯图国前皇储的手里，虽然活了下来，可亚伯·温菲尔德……

"那个孩子——"佐藤明叹了一声，摇了摇头，神色坚毅，"不必多说什么，伊万，你联系哈伊德医生，用我当借口，把大家送走吧！我要走，昆他们就会跟着离开，还有你的剧组成员。而这个口子一开，其他想要走，又找说情的人，自然会很多。麻烦你了。"

伊万·伊万诺夫心有不忍："您没必要做到这份上，我可以收钱，强行为其他人做事，顶多声名不好听，但我名声够差了。而且，做儿子的不懂事，当父亲的可以摆平。

给他添一点麻烦，我很乐意。"

佐藤明摇头："只有涉及了我这种轻不得、重不得的人，他们安检才不可能太严密。而且，我也不想留在这里，我并不喜欢这个国家，我只喜欢这里的人民，还有全世界的人民，所有的人民。"

既然佐藤明都这么说了，他们也只能答应下来。

这时，佐藤明又道："叶莲娜打算和我一起离开，她身份特殊，全副武装，也很合理。她刚才对我说，她每年冬天都要去温暖的地方。"

伊万惊诧地看着母亲——母亲的神志恢复清醒了吗？

叶莲娜纯洁无辜地望着他。

伊万没再说什么，只是心中一沉，期待再次落空。

李察十分谨慎："我们的目的地是？"

"去东南亚，普赛岛附近的一座岛屿，那也是我的产业。"伊万·伊万诺夫回答，"每年冬天，我都会带母亲去那里度假。"

所以，他说要带叶莲娜离开，其他人还真不会太过怀疑，因为每年都这样。

"普赛岛好像是斯图国的领地——"

"这也是布莱特约定的地方，该岛的总督是他老师，也就是斯图国洛林贝格元帅的旁系成员，对这样靠身份血统上来的官员，被元帅看重的布莱特拥有绝对的威慑力。"

童素沉吟道："我留下来，如果我在，飞机可能会被详查，不给你们添麻烦。"

当然，这话是故意说给雪松听的。

雪松刚要说包机的事情，佐藤明说："童小姐，请你单独留下来，我和叶莲娜有几句话要对你说。"

此言一出，众人都很狐疑。主要是叶莲娜这状态……她有什么话，要对童素说？她又不认识童素。

但出于对佐藤明的尊敬，没人留下来旁听，房间里只有佐藤明、叶莲娜和童素在，就听见佐藤明缓缓道："我听说，塔汗国情况微妙。你认为，如果梅涅公爵上位，在塔汗国开战的概率有多大？"

这个问题，中国安全部门当然分析过，童素也认真想过。

面对老者睿智的目光，她沉默片刻，才说："高达 95%。"

"理由呢？"

"梅涅公爵性格刚毅，不甘做傀儡皇帝，与铁血首相必有权力争夺。而且斯图国内部的矛盾十分激烈，贵族与官僚形成的特权阶级，垄断了大部分资源。国家越来越富强，但老百姓越来越穷，令国内的舆论十分不满。一场对外的、胜利的战争，是转移国内矛盾，塑造新皇帝威望的最好方式。"

"那你觉得，这个皇帝的人选，好，还是不好？"

童素不知道佐藤明为什么这么问，但她非常直接地说出了自己的看法："不算很好，可没得选。斯图国的人当年都没能推翻帝制，现在想推翻就更难了。如果必须要一个皇帝，那梅涅公爵……"

"梅涅公爵，真的会比伊莎贝拉更合适吗？"佐藤明缓缓问。

童素怔住了。

佐藤明示意童素坐下来，心平气和地说："伊莎贝拉性格自大而怯懦，她若成为皇帝，在这么多把柄在手的情况下，只会进一步被人架空。皇室与内阁斗争，很多时候就会无暇他顾，只用在内耗上。如此一来，倒霉的只会是被他们选中的人，波及的人，无辜殃及的人。

"你刚才也说了，梅涅公爵性格刚毅，一旦成为皇帝，必定对外发动战争。无论他究竟是往第三帝国方向，还是塔汗国方向，又或者其他的方向，一旦这种地缘政治的危机爆发，对全世界的秩序和格局都是挑战。"

说到这里，佐藤明顿了一下，老迈到可怕的脸上，是深深的凝重，就见他将问题重新问了一遍："你真的认为，梅涅公爵上位，会比伊莎贝拉更加合适吗？"

童素彻底愣住了。她本该想到这个问题，但她刻意回避了。

因为只要一想，她就明白——佐藤明的话语是有道理的，伊莎贝拉看似张狂，实则软弱。她敢欺负弱小，敢进行恐怖袭击，但真的要挑起战争，她没有那个胆子。

战争是一把双刃剑，一旦用不好，独裁者就会身败名裂，性命不存。

伊莎贝拉并不是一个合格的君主，她想要得到权力却并不想承担代价，她最看重的是人上人的地位，是骄奢淫逸的享乐，而不是对这个国家有什么责任。

但梅涅公爵不同，这位公爵若是成了皇帝，必定会想要以战争来转移国内的尖锐矛盾——难道他还能改自己的革吗？

没错，伊莎贝拉是个垃圾、人渣、畜生。可讽刺的是，这样一个人坐在皇位上，只是对自己的国民，以及被她伤害的人不利，但对整个世界，她能造成的伤害，绝不会比"更有能力"的梅涅公爵更大。

童素无法回答。

佐藤明轻叹一声，温柔地说："我们樱花国，几乎每个村子里都有这样的传说，曾经山上有一个鬼怪或者神明，需要每年献祭一个童女，村里才能风调雨顺，太太平平。

几乎每个村子都选择了献祭，每个。"

"但也有例外不是吗？"童素反驳，"妥协只会带来灭亡，所以必须反抗。贵国最出名的神话，八岐大蛇，不就是年年要吃一个孩子，吃到最后一个的时候，被须佐之男给斩杀了吗？斩蛇用的宝剑，便是贵国三大神器之首的天丛云剑。证明贵国也是推崇反抗的精神，而非永无止境的妥协。"

佐藤明叹道："是啊，但那是因为他们碰到了神明，须佐之男可是三贵子之一，是天照命和月读命的亲弟弟，亦是至高的神明。希腊神话中也有同样的故事，大英雄赫拉克勒斯，他是宙斯之子，吃着赫拉的乳汁长大，雅典娜给予他加持，众神的目光聚焦到他身上，为他的事迹而喝彩。"

"但宙斯与赫拉也有亲生子，宙斯之子更是遍布天地，却再也没有第二个大英雄。"童素渐渐清醒，目光坚定，"您或许认为，只有神明才能对抗妖魔，因为他们都具备非凡的血统与伟力。可我认为，赫拉克勒斯之所以能成为大英雄，并不仅仅是因为他的出身与能力，而是因为他历尽艰难险阻，通过了十二项绝无可能完成的试炼。他不是生下来的英雄，而是自己选择成为英雄。"

虽然她不知道自己能做什么，但狂跳的心却唤醒了童年的梦想。

就像曾在电视机里看到的"被选中的孩子"，又或者是"成为光的英雄"，她也曾经像所有孩子一样，梦想着成为超人、成为奥特曼、成为那些故事中的主角，为了拯救世界，哪怕仅仅是为了拯救一个孩子，去跟邪恶战斗。哪怕要赔上性命。

"我曾经很愤怒，真的很愤怒，因为感觉到了自己被愚弄，以及自作聪明。"童素轻声道，"我不认为自己拯救他人的事情有意义，只因我的动机不够纯粹，只是追踪的时候顺带救人，而不是真正发自内心——"

不是为了偏执的正义，也不是为了自尊心。

童素突然意识到，摆在自己面前的，虽然是一场冰冷的算计、荒谬的骗局，乃至穷尽一生可能都做不到的事情。但也是一个机会。圆梦的机会。

那是最初、最纯真，也最清澈的梦想。

"我想要……拯救其他人。为什么非要在伊莎贝拉和梅涅之间选择呢？一个烂人就比一个强人更适合当皇帝？一个强人就比一个烂人更有资格摧毁国际的秩序？我不知道我该怎么选择，但我知道我想要做什么。"

想要拯救他人。想要成为某个人的英雄。至死也绝不后退的英雄。

童素忽然站起来，深深对佐藤明鞠了一躬："谢谢您的指点，我已经想明白了，我现在——现在有些迫不及待了！"

她的声音是如此轻盈，面容一扫先前的沉重，甚至有些雀跃了起来。

佐藤明遍布苍老皱纹的面孔，突然舒展开来。

只见他侧过头，望向叶莲娜，语气温和："你看这个孩子，是不是很像乔年轻的时候？"

叶莲娜静静地看着童素，不发一言，就像最纯洁的精灵。

佐藤明轻声道："对了，塔汗国出事的时候，她也在场。五大酋长的死，她亲眼见证。假如瑟沙知道害她的人都死了，在天之灵，想必也会安息吧！"

童素顿时警觉起来。佐藤明为什么会知道这件事？

雷奥将军就算与佐藤明有什么关系，当时情况复杂，瞬息万变，哪怕雷奥将军每天都要和佐藤明通电话，当时也是绝对来不及说的，何况并没有。

没等童素想清楚，叶莲娜就摘下耳环，静静地递给她。

童素下意识接过，就看见这对耳环中，左边的那枚非常精巧的人鱼雕塑，不过一个指节的宽度，却雕刻了一个美轮美奂的人鱼少女。右边的那枚，虽然也是人鱼，却是死后或者怪物化的形象，人类的身躯腐烂而恐怖，鱼类的身躯露出森森白骨。

佐藤明也没说什么，叶莲娜更是仿佛失去了语言功能一样，轻巧地回到佐藤明身旁，凝望着童素。

倒是伊万回来后，看到这对耳环，说了一句："这是我母亲出演《人鱼》和《九相图》获得巨大成功后，电影公司联合安托瓦集团制作的高端周边之一，全球限量 999 份，剩下那一份，商家送给了我母亲，她一直很喜欢。"

童素总觉得有点疑惑："瑟沙很喜欢这对耳环吗？"

"瑟沙……"伊万沉默片刻，才说，"瑟沙只喜欢左耳的美丽人鱼，对右耳的腐烂海妖没有兴趣。"

那就奇怪了，为什么叶莲娜会将这副耳环送给她？

四

距离暴风雪来袭，还有五个小时。

虽然中国安全部门已经通知"NULL"必须紧急撤离，雪松会来接应，但"NULL"知道童子邦的事情后，立刻意识到现在不能走。至少要调查清楚童子邦的事情再走。

童子邦究竟是从何处找到的伊莎贝拉？为什么他优先通知童素，而不是通知自己？难道说自己内部这边有问题吗？

很显然，中国安全部门也有这样的猜测，才通知"NULL"单独和雪松联系——他们已经不信任跟随"NULL"来的所有人了。

但就算回去查，错过了最佳时间，又能查到什么？出于这样的考虑，哪怕知道时间非常紧急，"NULL"还是决定冒险一探。

他进入他和童子邦私下建立的秘密网站，查看童子邦的留言——这是他们联系的方式，每过六个小时，都必须将自己的状态写在这里，以便对方能够掌握情况。

童子邦最后一条留言写于两个小时前，说自己因为一些意外，经过验证，见到了熟人，曾经在监狱里的狱医，代号"庸医"。他着重标明，"庸医"就是当年确定"鹰爪"霍克死亡的那位医生。正因为如此，他觉得其中有蹊跷，决定一探。

会是这个人吗？怎么去呢？

"NULL"仔细揣摩童子邦留下的线索，神色忽然一凝——有了。

十分钟后。

山姆扯了扯领口，觉得酒吧的空气太污浊了，有心离开，可想到接下来十几天暴风雪都只能在家里度过，不能去红灯区找应召女郎，就觉得浑身不自在。但一口气包一位女郎这么久吧，他又没这么多钱。

一想到这里，山姆就无精打采，色眯眯的目光却一直在女招待们的胸口和臀部巡逻。

旅游团那边，伴随着时间一点点地流逝，客人们明显焦躁起来，原本安静的酒吧里也有些鼓噪。

就在这时，有一位女士焦急地走到吧台旁边，用结结巴巴的大洋语，连比带画地询问经理："我的女儿似乎发烧了，请问你们有没有退烧药？"

经理为难地说："很抱歉，我们店不提供药物。"

"那怎么办？"女士心急如焚，"外面的店基本上都关门了吧？还有药店开门吗？"

事实上，这家酒吧也马上就要打烊了，单纯是因为后厨在清点食物，分发给员工们，避免他们需要去超市买，才耽误了时间。

立刻有人附和："你们店没有药吗？我们愿意花钱买！"

"没错，高价！看这个小女孩，脸都烧红了！再这样拖下去，万一人傻了怎么办！"

酒吧经理还是很为难："请各位及时将患者送往医院，圣约翰医院就在附近，现在去还来得及。"

"可我刚刚打电话问过了，圣约翰医院说他们除了住院部之外，急诊通道已经关闭，预约的就诊都要往后延期。"女士都快急哭了，习惯性就用上了母语，"他们现在不收病人了！不收了！"

酒吧经理没有听懂。

这时，有个男子站出来，用流利的大洋语，说："你们是否认识私人医生，住在附近的，我们带着孩子紧急去一趟，不会错过飞机的。"

说罢，他咳了几声，似乎刚才在外面也被风雪浸染，有些不适。

山姆的目光落在男子的手上，眼睛滴溜溜转了起来。

酒吧经理还是摇头。

男子咬了咬牙，对女士说："抱着孩子，我开车送你去圣约翰医院，总会有办法的，不可能所有医生都已经离开。"

女士点点头，另外一对年轻情侣也主动举手，要求帮忙。

天堂酒吧，地下停车场。

几人从电梯里出来，为首的男子刚走到自己租的越野车旁，就听见后面有人急急地喊："女士们，先生们，请停一下。"

男子没理会，直接坐进车里，打算发动汽车，看到一个斑秃的胖子急匆匆追来，这才摇下车窗，有点疑惑："你……喀喀……你喊……喀喀……"

短短几个词，他却咳得撕心裂肺。显然，走到室外，被冷风一吹，他的病情又加重了几分。

至于泪眼婆娑的女士手上抱着的小女孩，更是小脸通红。

山姆一看，更觉得有戏，便满脸堆笑："我听见各位需要医生，不瞒您说，我这里有点门路，就是这个费用嘛——"只见他搓了搓大拇指和食指，摆出一副"你懂的"的模样。

男子，也就是"NULL"上上下下打量了山姆一会儿，才带了点迟疑地说："你是说私人医生吗？"

雷桑奇城本来人口就不多，大医院只有圣约翰医院一所，除非人命关天或者紧急手术，其他医生都是预约制，档期排到两三个月后。比较昂贵而高档的私人诊所甚至家庭私人医生，又都是会员制，必须熟人介绍才行，没有门路根本别想见到。

山姆知道自己这一身穿着打扮，不像能请得起私人医生的人，就嘿嘿笑了一下，带了点诏媚地说："当然不是，您听过地下诊所吗？"

"NULL"皱眉："黑诊所？不去！"然后就要摇起车窗。

坐在副驾驶座上的女士欲言又止。

"等等！"山姆情急之下，把手往车窗里伸，幸好"NULL"按停止键按得快，否则玻璃就要夹住山姆肥厚的手掌，"当然不是您想的那种，什么打了麻药醒来，就发现少了一个肾的黑诊所。我们国家看一次医生这么贵，又要排队那么久，总有一些有需求，但是钱又不够的人，对吧？"

"NULL"一听，更担心了："你的意思是，无证行医？"

山姆堆满肥肉的脸上就露出一丝狡黠的笑："虽然没有执照，但普通病还是能看的，关键是有药。什么抗生素，消炎药，玻尿酸，水光针，应有尽有，包您满意。您也不希望这么可爱的孩子，发烧转成肺炎吧？万一烧坏了脑袋呢？"

女士眼中露出祈求，低声道："陈先生……"

"NULL"还是没说话，脸上却露出犹豫之色。

山姆见状，又道："您别担心，我可是正经的州政府职员，随便去酒吧一打听，人人都知道。就是最近嘛，这个手头有点紧，嘿嘿。"

"NULL"想了一下，才说："那你在前面开车带路吧！我们开两辆车跟着你。"

说罢，对情侣使了眼色。情侣会意，立刻说去找自己的车跟着，实际上拔腿就跑，回去找人打听。

山姆知道"NULL"的用意，心道你一个外国人，能找的对象无非就是酒保、旅社老板等，他们当然能证明我山姆的身份，但我本来就不害人，只是想坑几个钱而已，酒保等与我都是熟人，怎么会随便拆穿呢？

我只是想宰你们一笔钱，听说能出来旅游的黄种人都是本国的有钱人，如果能包几个应召女郎陪着自己，这个暴风雪假期可以无限放下去。

故他非常干脆地点了点头，比了个"OK"的手势，哼着歌来到自己的车上，却不知道"NULL"从后视镜里看到他远去的背影，心里也松了一口气。

成了。不枉他提交需求给中国安全部门，希望得到配合——虽然这样有暴露他身份风险的嫌疑，但其他几个"好心人"也有混淆的余地。

这个山姆的资料，"NULL"已经研究得很透彻。

山姆此人，恰如世间千千万万的平常人一样，喜欢喝酒、看球，拿钱去炒股、买基金，赚少亏多；没事小赌几把，但不敢玩大；对老婆孩子不错，但也会偷偷摸摸去红灯区。工作的时候喜欢偷懒耍滑，却从来没出过大问题。

"NULL"先前拿山姆当突破口，主要是因为山姆属于政府雇员里最会摸鱼的那种，经常找借口来天堂酒吧买杯酒，顺便连接 Wi-Fi 看一下黄色视频，因为他是关系户，别人睁一只眼闭一只眼，没那么严格。

童子邦也确实控制了山姆的手机，把它当作跳板，对州政府网络下手。

但"NULL"要调查童子邦出事前所在的医院时，就发现山姆又刚好可以用到。

山姆最近金钱亏空有点厉害——他买了原油期货，亏了一大笔钱；前段时间又在赌场损失不少。而且这家伙好色如命，三天不去红灯区就心痒，所以"NULL"判断，这家伙非常需要钱。

恰好，山姆和童子邦之前待着的医院有往来——他隔三岔五就会去那里开助兴的药。这简直是天然的鱼饵。虽然冒险了一点，事后很容易被察觉出不对，但只要能及时撤退，扔掉这个身份不用，那就值得试一试。

怀着这样的想法，"NULL"开车跟着山姆，来到酷似美容院的私家诊所面前，众人下了车，推开门，就看到前台的护士小姐们已经换上了平常穿的衣服，拎着包，一副正准备下班的样子，看见山姆来了，便问："什么事？"

"这个可怜的小女孩发烧了，医院和药店都关门了，想来这里开点药。"山姆挤眉弄眼，"'庸医'在吗？"

女士露出震惊之色："'庸医'？"

"别紧张，那只是他的代号。"山姆连忙解释。

抱着小孩的女士，以及还是跟来的两位好心人将信将疑——代号是"庸医"的医生，能靠谱吗？

情侣中的女性低声对男朋友说："这装潢真是诊所，不是美容院？"

"哎呀，冷静，冷静。"山姆挤眉弄眼地说，"雷桑奇城的性别比例不是很均匀，男多女少。这个，有市场就有需求你们懂吧？反过来，有需求也有市场。实不相瞒，这条街大半都是……喀喀。平常户主和客人们有个头疼脑热，都是到这里拿药。但也不是每天都有病人来，所以就要开展其他业务创收。"

众人这才明白自己到的是红灯区里的诊所，脸色青一阵，白一阵。

山姆看见这些人闷声不语，就跑到护士小姐旁边，熟练摸了一把对方的屁股，趁着对方还没给自己巴掌的时候，低声说："这几个亚洲人中，最有钱的就是那个戴着兜帽的，别看他身体这么瘦弱，一副痨病鬼的样子，身上的衣服也没有LOGO，灰扑扑地不起眼。可他手上那块表，我见过上司戴的假货，据说都要十几万大洋币。假如是正品，可以卖到八位数。还有他的皮带、领带，都是安托瓦集团的特别款，如果是正品，光这两样东西也要几十万。

"他随身携带的笔记本电脑，手机，都是全球最新款；租的车子，也是车行最喜欢推荐给冤大头的。顺便，我还打听了一下，他最近在天堂酒吧的消费，几百几千一杯的酒，他点起来都不眨眼。假如他不是外国人，在这里没门路，这事就轮不到我来帮忙了。"

护士小姐闻言，怒气尽消。

她们这些护士，不仅按小时计算工资，而且能拉来新的客人，都有提成可以拿。一盒一百粒的对乙酰氨基酚，在寻常药店，只要10大洋币左右。但在他们这里，稍微包装一下，给病人用了，直接能翻几十倍的价格。

当然，他们这些灰色地带的人，最重要的就是练眼力，什么人可以敲诈，什么人只能正经做生意，那是半点都不能判断错的，否则可能就要没命。

虽然山姆没办法判断"NULL"身上的东西究竟是真货还是假货，但看"NULL"的消费水平，山姆胆子小，不敢真把事情搞大，便提醒："不要太过啊！"

护士小姐对这位秃顶财神抛了个媚眼，嫣然一笑："放心，不会少你那份。"

山姆嘿嘿一笑："那我能与你约会吗？"

媚眼立刻就变成白眼："做梦！"

护士小姐进去后，没过多久就走了出来，开始签单："你们走运了，老板给大家都放了假，所有医生都离开了。但老板本人住在这里，他技术很好，心地也很善良，听见你们有问题，愿意亲自给你们看。"

女士连连点头，十分感激。

情侣女更觉得不对，和男朋友咬耳朵："我怎么觉得这是骗子的套路啊！"

情侣男也感觉好坑，坐立不安，却又不好阻止明显已经急昏了头的女士，便道："再看看，再看看。"

几人虽然不是家属，却跟着女士一起到了诊室。

"庸医"五十多岁，面容和善，一边拿出听诊器，一边对"NULL"说："来，脱衣服，让我听一下。"

女士愣了一下，情侣更是面露怀疑。

这真的是医生？谁生病都不知道？

女士连连道："医生，我女儿——"

"哦，抱歉，我习惯性先看更重的病人。""庸医"回答，谁也不知道他这是不是强行给自己解释，就见他对女孩稍做诊断后，龙飞凤舞地写了处方单，让女士找护士小姐去交钱、拿药，然后就转向"NULL"："你也过来诊断一下。"

"NULL"不想接受，却又不想让事情闹大，心想如果抽血我就拒绝，就让他听诊一下好了，便坐到"庸医"面前。

女士则千恩万谢，将孩子托付给情侣后，赶快去了。

情侣女推了推男朋友："我看这位女士大洋语不大好，你跟着去吧！"情侣男就跟了过去。

"NULL"则被"庸医"进行量体温听心音等一系列基础体检后，只听对方问："你是不是从没来过这么冷的地方？"

"是的。"

"你家属有没有哮喘病史？"

"NULL"愣了一下，不由想到了过去，片刻后才点了点头，说了真话："我母亲常年生活在空气质量不好的地方，支气管有问题，但我从来没有哮喘病史。"

"这很正常，哮喘多和基因有关，你不发病不代表没有。只是你发病的条件比较苛刻，需要待在这么冷的地方。以前你住的地方气温和气候都没这么恶劣，当然没有。""庸医"刷刷刷写单子，"还有，你抽烟，肺的问题也不小。"

"那医生，我这情况……"

"最好能去正规医院做雾化吸入治疗，我这里只能给你开消炎药、抗生素，还有一部分化痰的药物，当然，还可以开点地塞米松，减轻水肿，就是这个价钱嘛——"

"庸医"把单子递过来："你看一下。"

"NULL"拿来看了一眼，只觉得全天下医生写字都一样，不管哪种语言，基本都是波浪线，除了他们自己之外没人看得懂。但阿拉伯数字，再怎么龙飞凤舞也有基本形状在那里，所以"NULL"直接去看价格，然后不可置信地抬头："总共才几盒药物，你收我8万？别以为我不知道，大洋国的药品非常便宜，一两块就能买一盒。"

"那种都是非处方药，以先生您现在的情况，只能用处方药来缓解，药店买的没用。""庸医"还是那副笑眯眯的模样，"8万也不贵了，您要是去圣约翰医院，先排队三个月，然后开单子，化验。经手您的每个医生、每个护士、每台仪器，都是单独算钱的。最后，除了吸入雾化外，其他药物，绝对和我这里开的一分不差，但全套流程下来，也要两三万。我给您节省了至少三个月的时间，还有这么多流程，难道不值五万吗？"

"NULL"觉得太离谱了，简直太离谱了。

"庸医"身经百战，一看他神色就知道，眼前这个病人能拿出这么多钱，但他觉得被宰了，心有不甘，不愿意拿，却也笑眯眯不说话。

"NULL"说："我先去个洗手间。"就离开了诊室。

"NULL"一离开，山姆立刻开口："医生啊，你看你祖上也有中国血统，这位陈先生勉强能算你的同胞，你就打个折吧！"

"庸医"似笑非笑："我祖上有八国血统，都打折的话，我这诊所就开不下去了。"

山姆就拉着"庸医"，附耳道："你可别把肥羊直接吓走了，万一他回国之后，越想越气，把你举报了呢？"

"我本来就不打算干了。"

听见"庸医"这么说，山姆愣了："发生了什么事？"

"谁知道呢？最近风声不大对，我打算宰完这只肥羊，也去机场，到外国避一阵子风头再说。"

山姆忍不住说："你这老东西，说不定就是你坑了顾客，人家投诉举报，抓的就是你！"

话虽如此，他也只是开玩笑，因为知道"庸医"滑溜，必定不可能沾手这些事。

"谁知道呢？""庸医"目光闪烁，笑而不语。

两人都不清楚，就是这短短几分钟时间，"NULL"在山姆手机中植入的木马程序已经发挥作用，成功入侵了该诊所的路由器，已经通过 Wi-Fi 和蓝牙，控制了"庸医"、前台以及护士们的手机。

进了洗手间，"NULL"就打开手机，开始监听。

听到山姆与"庸医"的对话，"NULL"神色一肃。"庸医"打算逃跑？

五

"NULL"思忖片刻，还是决定，先按兵不动。

"庸医"就算逃跑，也不可能现在就把手机扔了，只要他是下了飞机再换的手机，"NULL"都有办法掌握他的行踪。

但他现在不能当这个冤大头，否则太奇怪了，因此回到诊室，他板着脸说："我不付钱，不同意。"

"庸医"还是笑眯眯："那我就不给您提醒了哦！"

"NULL"恰到好处地露出疑惑："什么提醒？"

"庸医"笑而不语。

"NULL"佯作咬了咬牙的样子，犹豫许久，才下定决心："如果你坑我，我就打电话举报你！"然后，他就刷卡付钱。

实际上，"NULL"本来就打算付这个钱——转账的银行卡，也是重要线索。

"庸医"看到支付成功，微微一笑，回答："回去做个病理活检，针对肺部的，不能拖，你就知道这八万值不值了。"

"NULL"神色一凛，下意识摸向胸口。明明去年体检的时候都没有任何问题，才过一年，难道就有什么大病吗？不可能吧！

"庸医"就用了一下听诊器，就能发现问题？

"NULL"还是觉得"庸医"是江湖骗子的套路，在敲诈自己，却装作疑神疑鬼的样子，跟着几人开车回去，路上戴着蓝牙耳机，似乎为了不打扰女孩休息，在听车载音乐，实际上则是监听"庸医"的手机。

过了一会儿，就听见"庸医"在和一个刚来的女病人对话："医生，你这里真的不给做手术吗？我就想给双眼皮取个线，之前做的双眼皮太难看了，想把里面埋的线给拆了。"

"抱歉，暴风雪将至，本诊所歇业。"

"可医生，听说你们这边的整容又快又好，我每天对着镜子看自己的双眼皮，都快被丑死了，姐妹们也在笑我，手术做了比没做还丑，客人们也是，说我不好看。早知道这样，我还不如贴双眼皮贴呢！"

这个女郎的心思也很好猜，无非是想借着这个机会，做完手术，刚好休养，等暴风雪结束继续去上班，不需要耽误时间。所以和"庸医"软磨硬泡，希望对方能帮自己紧急做这个手术，甚至表示愿意写责任书。

"NULL"将这段对话拉回去，反复听了几遍，然后将耳机放下，若有所思。

"庸医"不是重刑监狱的狱医吗？为什么不跟着监狱离开，反而要留在这里，开一家地下诊所，来做整容手术？而且听女郎的口气，整容手术做得还很好？

"NULL"想到一件事，突然调出中国安全部门发给他的资料。

就在几个小时前，白鹰州圣约翰医院遭到爆炸袭击，手术区域是重灾区，已经看不到原本的痕迹。但由于"NULL"已经入侵了白鹰州的政府网，拿到了第一手资料，知道爆炸实际上来自圣约翰医院手术室中的一个密室。

他没有童素手中的资料，只是凭着理性推断，究竟是密室有问题，还是说，整个手术区域都有问题？只不过，因为密室的存在太突兀，大家都灯下黑，只顾研究密室，没注意到正常的手术区域？

"NULL"又查了白鹰州圣约翰医院的资料，发现这家医院的急诊中心建得非常早，是全大洋国第三个急诊中心，也是第二个拥有 ICU 病房的急诊中心——毫无疑问，排名第一的都是米切尔城圣约翰医院。

童素之前和圣约翰医院的人聊天时，也听见说过这个消息。但她当时只想到"这家医院是不是不缺钱"上，虽然本能觉得有点不对劲，可到底还是外行，没有深想。

"NULL"却突然意识到——雷桑奇城并没有这么多病人，而且白鹰州远离大洋国本土，不可能会像米切尔城的圣约翰医院一样，源源不断有别的城市乃至别州的病人被转诊送过来。

既然如此，这里的圣约翰医院哪里用得着这么大的急诊中心？他们又是哪来的这么多钱？

除非，他们有不为人知的创收项目。比如，整容。

"NULL"又查了一下，发现白鹰州圣约翰医院的皮肤科、烧伤科、呼吸科等都很有名，而与烧伤科配套的，就是修复中心。

虽然外界对此的认知是，白鹰州工厂挺多，以前时不时就出事，爆炸啊、机器切割等，不一而足，所以这些科室强不奇怪。毕竟其他科室不行，还是瘸腿医院，但"NULL"却看出了不一样的东西。

"世界顶尖的皮肤科，加上实力极强的修复中心，已经有成立医美整容中心的基础了。"

医美是这些年的大热门之一，而且是公认的蓝海市场，但整容很早就有了。只不过以前都是给烧伤、被泼硫酸、车祸等患者准备的。

一家医美医院，或许做不好，甚至根本没办法做整容手术。但像白鹰州圣约翰医院这种，是完全有条件、有能力，可以做大型整容手术的。

那么问题来了。

整容，并不是一件需要遮遮掩掩的事情，现在基本上所有大型医院都有专门的医美部、整容科，甚至还会成立专属的整容修复中心，每天都过着数着钞票美滋滋的日子，收入可以与口腔医生并驾齐驱。

白鹰州圣约翰医院既然那么早就有这种能力，还专门成立了一个急诊中心，连 ICU 病房都有，为什么还要偷偷摸摸地做整容手术？完全可以光明正大地做，甚至独立出来，专门成立一个创收科室。

全世界多的是爱美如命又有钱的人，愿意专程坐飞机过来，只求把自己变得更漂亮。东亚的高丽国，整容不就成了闻名世界的产业链吗？

除非，圣约翰医院的整容项目，并不怎么光彩。比如，他们服务的对象，不是普通人，而是通缉犯。

"NULL"认为，这个可能性很大。

既然"提洛岛"和"影之共济会"都把白鹰州视为重要据点，圣约翰医院又是关键地方，假如只是器官移植、人口倒卖等，哪怕再加上基因研究，也配不上它的"重要性"。但如果能帮着通缉犯改头换面，那就对上了。

试想一下，假如以"工厂爆炸，工人重度烧伤"的名义，把病人送进来，以为是工人，实际上是通缉犯。然后顺理成章地植皮、整容，对方就获得了全新的身份，不需要再遮遮掩掩，可以得到新的人生。

也就是最近一二十年，DNA 鉴定技术发达了，要在以前，整容加出国，基本就没有再被追查到的可能。

"大洋国国土局之所以调查这些地下诊所的医生，应该是找到了霍克部下们的尸体，发现了蛛丝马迹。"

"NULL"做出这样的推测，却很快推翻了自己的结论："不，大洋国应该最先查的是霍克为什么能从监狱里出来。既然国土局对此不知情，那么就代表监狱里应该还有一个'霍克'才对。"

没错，这才是正确的。"霍克"想要假死，就必须买通医生，而"庸医"本来就是狱医。这或许才是对方留在白鹰州的原因！整容！

什么整容见不得光？除了给逃犯换一张脸外，还有一种整容，更为致命，那就是把一个人完完全全地，整成另外一个人的样子。

但这样还不够。想要模仿甚至"变成"另一个人，除了长相之外，身高、体重、声音、体态等，都要丝毫不差。

而这些还不过是外在，真正决定一个人行为举止的，还是他的内在性格与价值观、逻辑等。假如只是外表相似，只有其形，而不得其神。唯有真正去了解这个人，揣摩对方遇到事情之后会怎么想，怎么做，通过心理学将这个人剖析得淋漓尽致，一览无余，才能照葫芦画瓢。

"不对，还是不对。""NULL"左右踱步，"就算是这样，朝夕相处的亲人、朋友，也会发现异常。"

除非，这个被替换掉的人，身边压根没有亲朋好友在。或者换种说法，此人来到了一个远离家人和熟人的环境，周围都是陌生人。所以，就算他言谈举止稍微和平常有一丁点不一样，其他人都不足够熟悉他，也不会发现异常。

想到白鹰州圣约翰医院的急诊中心成立那么早，私下整容估计不止一两起，还有这份如果打成文件，可以摞得老高的资料，"NULL"不由拧眉。

现在DNA鉴定这么发达，就算能完全顶替另一个人，只要去验DNA，不就全都露馅了吗？

"NULL"想到这里，又摇头："不对，平常没人会随便去做DNA鉴定，只要血液类型等对得上号就行。DNA鉴定技术反而是一把利刃，能够保证冒名顶替者的把柄，永远捏在制造他的人手上。"

想到这里，"NULL"眉头皱得更紧。能够请得动维尔福家出面治疗的人，一定非富即贵。什么样的地方，才会封闭至极，让这么多出身不凡的人远离亲朋好友，至少要待上一长串时间？

防御森严到堪比国家重要机关的州政府网络，军方在此研究足以覆灭人类的军事武器等流言，隐藏在医院的整容一条龙……

是军方！

大洋国在这里有秘密军事基地，而且很可能已经混进了大量"影之共济会"的人！

不仅如此，根据"NULL"从中国安全部门收到的信息——雪松的汇报中写了，约翰·卡森临死前说，"影之共济会"还有一个核心人物活着。

眼下大洋国正对"影之共济会"穷追猛打，以国土局的能力，查出此人不过是时间问题。在这种局势下，这个人会不会借助这张最后的底牌，想要做什么？

等等，坏了！"NULL"突然意识到一件事！

刚才那位女士和"发烧"的小女孩，并不是母女，而是中国安全部门协助他的成员之一，尤其是那个小女孩，实际上并不是真的孩子，而是特型演员！

毕竟，大部分人都不会怀疑小孩子，借用这个身份，更加便利。

但"庸医"如果是这种级别的整容医生，不可能发现不了真小孩和假小孩之间的区别！

他暴露了！

"国际象棋中，有一种耍赖的下棋方式——我知道自己下不过你，于是我不断送死，然后把自己的棋子不断挡住你的棋子。最后你看，你我所有的子都不能动，只有王能在外面乱跑，算作和棋。"

几个小时前，童子邦慢悠悠地对"庸医"说。

"庸医"反问："谁是棋子？"

"你是棋子，我是棋子，我们都是棋子。"童子邦平静地回答，"为了最终的胜利，我们都应该有这样的觉悟。"

"庸医"无法理解面前这个温和的男人究竟在想些什么，他甚至觉得面前的朋友很陌生。

不是监狱中那个沉默的囚犯，也不是他设想中穷困潦倒，或者回归家庭幸福的模样。他从对方身上，感受到了一股永不熄灭的火焰。

这是一股难以想象的生命能量，令他振聋发聩，心神都为之所夺，不由自主地听从他的命令："你说。"

童子邦双手交叠，冷静回答："我的女儿已经告诉我，他们在净水厂发起了一场袭击，救下了叶莲娜，而他们跟踪的工具是翱翔科技的无人机，最新款，才发售不到一个月。"

"庸医"会意："净水厂的事情隐藏不了多久，一旦大洋国发现，只要调出卫星一看，就能反过来追踪。虽然我相信他们在车辆上做了手脚，大洋国一时半会儿查不到，但翱翔科技最新款的无人机，这个标志太显眼了，白鹰州并没有几个人拥有，而亚裔就会成为第一优先被怀疑的对象。"

说到这里，"庸医"挑了挑眉："我以为，你不会出卖你的同胞。"

如果童子邦不爱国，他就不会十年内在监狱一言不发。

正因为如此，童子邦的行为，才让"庸医"觉得判若两人。

"请注意你的措辞，这并不是一种出卖，而是互利互惠的合作关系。"童子邦冷静回答，"我给予他们足够的信息，协助他们逃跑，作为回报，他们需要帮我转移一下大洋国的注意力。正如哪怕我出事，他们会优先撤退，而不是管我的生死一样。比起国家，我女儿的安危，乃至她的理想更加重要，她是棋局中的'王'。"

"和棋的棋局，如'不动宝石花'，就算王可以随便走动，也无伤大雅，改变不了局面。"

"但现实不是棋局，我的女儿也不一样。"

说起童素的时候，童子邦的脸上和眼中都没有焕发光彩，不像炫耀孩子的家长，他只是理所当然地这么笃信着：我的女儿，就是"王"。

"庸医"心中涌现难以言喻的嫉妒，却又问："你打算怎么做？"

"净水厂是他们的根据地，这件事情，我早就知道。所以我来这里的时候，询问过净水厂的价格，并且开了一个很高的价码，被他们拒绝了。"童子邦冷静回答，"这只是一手伏笔，没想到现在派上了用场。"

"只要大洋国发现净水厂的问题，就会调查到我不同寻常的开价，以及匪夷所思的被拒绝。然后我从你的诊所离开后，在众目睽睽之下晕倒，你就脱不了干系。"

"庸医"咬牙切齿："你这个——"

"然后，你就要将自己遇到的'不同寻常'，全部说出来，时间是——"童子邦看了一眼手表，"四个小时后，可以吗？"

"……好！"

"那么，待会儿你的诊所，将会迎来一位特殊的客人，到时候你就知道了。"

"喂，就算是晕倒，他们也能把你弄醒。""庸医"喊住他，"你怎么能保证你完全不露馅？万一你被验血，乐子就大了。"

童子邦平静地说："你怎么知道，我在大洋国那里的资料，就是我本人的呢？"

"庸医"意识到了某种不对："你……你背后……"

"以后有机会告诉你。"童子邦站了起来，与他挥手告别，"如果我还能醒来的话。"

六

天空是灰色的，云层低垂，风还没有开始吹动。紧接着，风开始变得越来越强烈，许多雪花在空气中飘荡。风越来越大，雪花也变得越来越密集。很快，暴风雪变成了一场几乎不可抵挡的狂风暴雪。

狂风暴雪中，能见度极低，只有几米之远。风声呼啸，刺骨的风吹过，寒气直透人骨。雪花像刀刃一样刺痛着皮肤，几乎让人感觉不到自己的手脚。

寒风凛冽，呼啸着掠过城市中的街道和建筑，如同凶猛的野兽在咆哮。窗户狠狠地震动着，门被冻结的雪覆盖，使得室内温度急剧下降。人们都蜷缩在被窝中，期待暴风雪过去。

"天啊！"机场上滞留的人们张嘴惊呼，"看远处！"

一棵树，居然被连根拔起！

但比天气更沉重的，是刘易斯的心情。为了找到伊莎贝拉，他亲自来到白鹰州，又借助天时地利人和，坐镇这里，却没有在机场找到对方！

净水厂的现场告诉他，这次有三股势力加入：伊莎贝拉带着手下、袭击伊莎贝拉的人以及最后突击净水厂的人。

足足三股势力，就像来到了豪宅的野狗，在美丽的花园圈地撒尿，大洋国国土局却一无所知！这简直是在往刘易斯的脸上扇巴掌！可想而知，多少封弹劾会落到总统阁下的办公桌上！

"翱翔科技的无人机，中国人。"刘易斯反复踱步，回想，"但在场的中国人都检查过了，并没有'庸医'提到的侏儒女儿。"

他们已经逃走了吗，还是没有来机场？

刘易斯思忖片刻，还是倾向于他们用了什么手法，提前登机，便道："出动军机，拦下之前的航班！"

"这——"

"秘密通知机组，以燃料不足的名义返航，实际上告诉他们，飞机上可能有恐怖分子，让机组成员保持冷静。"

"好！"

看见手下离去，刘易斯总觉得自己漏了什么，一时半会儿却想不起来。

突然，他灵光一闪，叫住手下："除了机场之外，还有没有私人客机、直升机起飞？"

手下忙道："只有两架，是伊万·伊万诺夫先生的私人专机，伊万先生要送自己的母亲和佐藤大师去普赛岛休息。因为圣约翰医院手术室爆炸，有几个急需手术的患者也要被转移走。"

刘易斯的目光犹如鹰隼一样锐利："你们都检查过了？"

"全都检查过了，也验证过身份。"

"那个'赫卡忒'，还有李察在其中吗？"

"他们都不在。"

"机组成员呢？也检查过吗？"

"这……"手下意识到失误，"没有。"

"立刻派人去圣约翰医院，还有伊万诺夫宅。"刘易斯二话不说，直接下令，"一是要拿到所有机组成员的名单，二是务必见到他们本人，如果没有，那就直接派军机追！这两架客机，说不定就有问题！"

"是！"

"等等！"刘易斯又问，"之前的飞机，机组成员你们也都检查过了？"

"……抱歉，我们只有一开始验证过一遍，登机的时候就没有再次查验了！"

"立刻检查机场所有的角落！哪里都不能放过！"

白茫茫的雪花似乎把所有的能见度都吞噬了，客机在黑暗中穿行，只能看到前方雪花的模糊影像。

驾驶舱内，李察拼命调整飞机的高度和速度，以避免遇到冰山或其他障碍物。

雪花被机翼的气流卷起，摇晃着飞机，伴随着咆哮的引擎声和控制面的嗡嗡声，场景异常紧张。

在客舱内，几位刚刚从圣约翰医院被高价请来，专门负责照顾佐藤明的护士和护工们惊恐地注视着窗外的风景，听到雪花和风的声音，甚至感觉到了飞机在摇晃。有的人握着座椅扶手，有的人默念祷文，有的人则在哭泣，机舱内的气氛异常紧张。

佐藤明已经支撑不住，躺在医护床上，安静睡去。叶莲娜凝视着窗外，神色是那么地纯洁而宁静。

突然间，机舱里传来了一声剧烈的颠簸，伴随着一个巨大的轰鸣声。客机好像撞到了什么，几个护士尖叫起来。

伊万·伊万诺夫稳住身体，打开驾驶室的门，就见李察一边检查飞机的仪表，确认飞机没有受到损坏，一边拼命让直升机保持平稳。但是飞机仍然在飞行中颠簸着。

暴风雪太强烈了，让李察的视线变得模糊不清。他依靠仪器来导航，但很快发现它们也受到了暴风雪的干扰，只能尽可能地保持飞行高度，保持在合适的高度上以避免撞上山脉。此外，他还需要不断地调整飞行器的方向，以避免被大风吹得偏离轨道。

童素坐在李察身旁，紧盯着仪表盘，保持着冷静和沉着，时不时地望向李察，关注着他的每一个动作。她看到他汗流浃背，但他依然保持着专注和稳定。

伊万注意到，他们的燃料正在迅速消耗。

但这种时候，不管是童素还是伊万都不会打扰李察，因为他们清楚，如果这架飞机上，只有一个人能让他们安全穿越暴风雪，那只能是李察。

他们不知道自己已经穿越了多长时间，但时间已经变得相对无关紧要了。现在他们的主要任务是在恶劣的天气中生存，并在暴风雪中找到通往普赛岛的正确路线。

随着时间的推移，他们的燃料开始快速耗尽，这使得他们感到更加紧迫。

就在这时，仪器上显示，后方出现了一架速度极快的飞机！

"是大洋国的军机！"

偏偏这时，李察沉声道："前方雷云汇集，无法辨别方向！再往前开，我们可能会进入雷暴地带，随时都有可能出事！"

童素还没开口，伊万已经问："能转向吗？"

"不行，转移方向除了北冰洋之外，就是大洋国领海。他们会追上来，我们这种小型飞机，随时能够被逼得强行降落。只有从白令海峡，然后到白熊国或者中国的领海附近，对方的战斗机才不能侵犯领空。"

童素非常果断："继续开！假如我们返航，你们认为，大洋国会放过我们这些知情人吗？我们最好的结局，也是在大洋国被关一辈子，或者，无声无息，就这么消失！"

　　然后，她直接命令："伊万，回到自己的位置上！让所有人都固定好！"

　　与此同时，大洋国国土局。

　　跟随这架客机的，是大洋国的战斗无人机。

　　瞧见飞机没有停下的意思，一个劲往前冲，刘易斯眉头紧锁："这种情况都要往外跑，能拦截下来吗？"

　　"红十字会那架飞机，已经返航，但这一架——"

　　"天啊！他们冲进了雷云带！"

　　"抱歉，我们不能再冲了，无人机的信号会在雷云中失灵！"

　　"通知太平洋舰队，让他们驻扎在东南亚的飞机起飞，想办法将这架飞机拦截在公海，或者我们的岛屿上。"刘易斯命令，"不能让他们进入别的国家领海，这架飞机，肯定有问题！"

　　轰隆。剧烈的惊雷声，在机舱炸响。

　　整个飞机都颠簸了一下，就听见有人嘶吼："飞机碰到电流了！"

　　"不要害怕，放电杆可以把电流传导出去。"

　　话音未落，又是连续的"轰隆""轰隆""轰隆"！密集的雷电，让飞机陷入极端的混乱。

　　驾驶舱里面，李察和童素的视野几乎为零，仪表盘也开始各种闪烁，疯狂乱转，这是被雷云影响的标志。

　　而就在这时，刺目的雷光，击中了飞机！伴随着一声巨响，直升机猛烈地摇晃着，就像是被一只大手摇晃一样。童素和李察都失去了平衡，直升机开始旋转起来。

　　下一刻，驾驶舱的挡风玻璃，发出"喀啦"的碎裂声！

　　童素和李察眼疾手快，立刻牢牢固定好氧气罩！

　　随着"啪"的声音响起，驾驶舱的玻璃，碎裂了一大块！

　　碎玻璃被狂风席卷，漫天飞舞。呼啸的冷空气，灌入驾驶舱，随之而来的，就是几乎要将人卷走的狂风，以及剧烈的低温！

　　李察和童素的双手，哪怕被手套保护，也几乎冻结成冰。狂风还不断撕扯着他们，想要把他们卷出驾驶舱！

　　与此同时，机舱内。

"机身，机身！"雷光电光交错时，有人眼尖看到，"机翼那里有个大洞！"

下一刻，飞机就往一边歪去！

"天啊，我们失去了平衡！"

"机翼毁掉了吗？"

"都闭嘴！"伊万被吵得心烦意乱，大声吼道，"所有人，把氧气罩备好，随时准备戴上。我们空难都过来了，不过一次雷暴云，有什么大惊小怪的，相信他们！"

雷云带中，一架只能载二十人的飞机艰难穿行。

如果卫星能透过厚重的乌云，看到这架飞机的外形，就会发现它已经从起飞时的簇新，变成如今的破破烂烂。

机翼的一侧上是一个巨大的洞，机身坑坑洼洼，都是被雷击的痕迹，放电杆已经损毁了部分，就连螺旋桨都掉了一个。更不要说驾驶舱和机舱的玻璃，破碎了好几块。

驾驶舱的所有表盘，全部都失灵了，不显示任何信息。

这样的飞机，本来应该进工厂检修，甚至直接宣布报废。可它还是艰难地对抗着雷云，凭着驾驶员对空间的辨识能力，无比艰难，却又没有大错地，挣扎着在雷云带穿行。

"前方的云薄了。"李察语速很快，"但我没办法辨别方向，不知道自己到底开往哪里，说不定我们开回头了。"

"不要乌鸦嘴。"

"轰隆！"剧烈的雷声，再度响起。

零点，普赛岛。

总督汗流浃背。

他也是大元帅的嫡系，对布莱特·温菲尔德阁下颇为熟悉，却从来没看见过对方脸色难看到这种程度。

"从现在开始，到凌晨3点，这里被我接管。你在办公室，不可以出去，所有指示，我会下达给你。"布莱特用冰冷的声音，发号施令，"对外表现，必须一切如常，我从来没到过这里，明白吗？"

"是！"

"你立刻派人守住机场，待会儿会有一架客机过来，你安排人手，做出他们被转移到岛上的假象。就算大洋国太平洋舰队的人过来质询，你也要咬死，这是一架客机，乘客是来这里休养的，明白吗？"

"我这就打电话，安排人手！"

总督不敢违逆，立刻下令。

"把他的电话缴了。"

"布莱特阁下！"

"普赛岛靠近关岛，你和驻扎在这里的大洋国军方高官关系莫逆，我是清楚的。"布莱特面色如冰，哪怕对待恩师的弟子，也绝不手软，"你接下来打的每一个电话，我说什么，你就说什么，一个多余的字都不能说。否则我会以叛国罪为名，直接击毙你。"

总督汗出如浆，双腿都软了，牙齿打战，却什么话都不敢说。

纽伦城内，温菲尔德庄园。

亚伯的手机中突然收到一条特殊信息，来自伊莎贝拉。

"我即将在凌晨1至2点，到达普赛岛，请派可信的人来接应我，并通知当地总督：一、让他用私人飞机送我回去；二、我身边跟随的人，都是试图绑架我的犯罪分子，不必经过审判程序，当场处死；三、我将于十分钟后，发给你另一条信息，你拿着它去找布莱特。

"注：这些人身手很利落，我偷拍了他们的视频。你将他们的相貌都截取下来，处理清晰，一同带给总督。一旦有人逃跑，立刻发布通缉令，格杀勿论。"

附录是一个小视频。

亚伯压根没有点开播放，嘴角噙着冰冷的笑意，发了一条回复："法尔兰主教叛变，陛下尚存一息。我将于秘密据点迎接殿下到来，通过密道，送殿下入宫，与陛下会面，以戳穿法尔兰主教与温菲尔德伯爵的阴谋。"

然后，他面无表情地等了十分钟。

下一条信息，发了过来。

"我将于明天早上5至6点，到达普赛岛，身边的人已不可信！请叔叔和兄长速来救我！"

亚伯笑了一下，先打开电脑，调到一个秘密频道，发出一条指令，然后提着通信设备，去敲铁血首相的门，把求救信递了过去，嘴角微扬："如何？"

"不能让她回来。"

"可你的儿子布莱特离开了哦！"亚伯双手抱胸，似笑非笑，"这种时候，还要去迎接伪皇……兄长，我可以对你的独生子动手了吗？"

他将"独生子"一词，咬得特别重。

铁血首相沉默不语。

亚伯微微一笑，扬长而去。

白鹰州。溶洞深处。

谁也不曾想到，这个所谓的"有人工痕迹的天然溶洞"下方，竟然是一个超级现代化的军事与科研基地。

英格拉站在ICU外，饶有兴趣："'鹰爪'霍克，还有约翰·卡森，全身重度烧伤达到98%以上，多处器官衰竭，和当时的我很像啊！他们还有救吗？"

"'鹰爪'霍克有救，约翰·卡森不一定，他体内的神经系统，还有肌肉，都被毒素干扰，能不能救下来，还需要看他的运气。"海因里希淡淡道。

"军方那边怎么说，想把他们做成'处刑人'吗？"

"他们确实有这个意思。"

"你的想法呢？"

"西蒙·路斯恩死了，大洋能源集团群龙无首。假如约翰·卡森愿意加入我们，他将是继承这个庞大财富帝国的最佳人选。"

"确实是个不错的主意。对了，安德烈·卡佩洛已经招了，说他就是从前的安妮·卡佩洛。"

"这点不用他招，我们早就知道了。"

"对他怎么处理？需要给亚伯面子吗？"

"亚伯已经提供了解决方案。"

听见海因里希淡淡吐露的只言片语，英格拉嫣然一笑："我还以为，他对布莱特·温菲尔德会手下留情。"

"他的复仇之火，本就希望将斯图国皇室，乃至整个斯图国燃烧殆尽。"海因里希平静道，"让这个千年帝国，从内部开始，彻底崩毁。"

童素已经听不见声音了。

接连不断的雷击，以及机舱发出的剧烈声响，一开始让人耳鸣，最后就直接令人陷入了短暂的失聪状态。

大家闭上眼睛，不去看刺目的雷光，以防伤害眼睛。

但驾驶员不行。李察和童素开到后面，基本上已经是凭感觉在开了。半个小时的路程，就像半个世纪那么漫长。

雷声渐渐减弱。

仪表盘上，出现微弱的红点。

"是其他飞机的信号！"

李察鼻孔都流出了鲜血，看上去极为怪异，他却压根顾不上擦："能不能确定是什么型号的战机！"

"不管是什么型号，我们都必须往前走，这飞机马上就要散架了！"

乌云散去，一束光投射进来。

映入眼帘的，是战斗机上的大洋国国旗。

七

"再回雷暴区！"几乎是下意识地，童素就做出了判断！

"我们必须从雷暴区中找出一条生路来！"

李察口鼻流血，显然已经到了极限，却还是将飞机一歪，重新回到雷暴区域，往另一个方向穿行。

但由于雷暴边缘不是十分强烈，战斗机竟然追了过来，并且发射了一枚警告信号弹。

此时，客机方面也接到了军方的通信，被要求他们立刻跟随战斗机，前往大洋国的领海，进行迫降！

李察却不为所动，只是吼道："仪表盘彻底失灵了，你辅助我！我怕失去方向感！"

"好！"

当飞机进入雷暴区时，天空变得漆黑，一道道闪电照亮了周围的云层，飞机开始颠簸起伏。

乘客们被猛烈的颠簸震得不断颤抖，有些人开始尖叫着，有些则紧闭双眼默默祈祷。

李察的额头已经被汗水浸湿，他紧握着方向盘，试图保持飞机的平衡。

雷声轰鸣，仿佛在耳边炸开。

突然，一道巨大的闪电划破天空，仿佛将飞机笼罩在一个巨大的电球中。

乘客们发出一声惊恐的尖叫，飞行员的心也狠狠地颤抖了一下。

后方的战斗直升机，与塔台的通信近乎断绝，军方的飞行员犹豫再三，还是继续追击！

　　但在这片黑暗和狂风肆虐的环境中，飞行员想要保持安全都非常困难，他们不断调整飞机的高度和方向，希望能够摆脱这场可怕的雷暴。随着雷电不断在飞机周围闪烁，飞机变得更加难以控制。一只鸟儿突然撞进了军用直升机的引擎中，飞机开始失去高度。

　　而前方的小型客机，则犹如灵巧的鸟儿，不断避开雷暴，将后方的战斗机远远甩下！

　　可就在这时，燃油发出警报，油量已经所剩无几！他们必须迫降！

　　"已经快到了！"哪怕如此关键时刻，童素依旧冷静计算着飞机的速度，以及大概方位，从而折算出他们所在的位置，"我们很快就可以迫降——直接到普赛岛！"

　　李察心中却还是焦虑不已。虽然他已经想尽办法节约燃油，但是这场突发事件的时间已经超出了他的预期。下方不是平原，而是一片蓝色的海洋，如果不尽快找到适合的迫降点，可能会付出惨重的代价。

　　在飞行员的不懈努力下，直升机还是缓缓地失去了高度，越来越靠近海面。

　　海风猛烈地吹拂着机体，发出呼呼的响声，仿佛要将飞机给吞噬掉。

　　在这样的环境下，任何的一个小错误都可能导致飞机的坠毁。

　　李察的心情早已跌宕起伏，身体已经被汗水浸透，他迫不及待地希望能够找到一个稳定的着陆点。

　　突然，一片红色的岩石峭壁出现在他的眼前，他下意识地调整了一下飞机的方向，尽可能地将它的速度减缓，准备降落在峭壁上。然而，在最后的几秒钟里，飞机的引擎声变得更加刺耳，似乎还在挣扎着支撑着。

　　童素和李察都知道，飞机的燃油已经耗尽，只有凭借惯性才能在峭壁上平稳着陆。

　　飞机的齿轮与峭壁擦撞出一串火花，整个机体剧烈晃动，李察的头被向前方猛地甩了一下，只觉天旋地转。但是在最后的一瞬间，飞机成功地停了下来，即使它现在已经成了一堆铁骨架，可它的乘客都还安然无恙。

　　"抱歉，他们迫降到了普赛岛旁边的一座小岛上，那里已经属于斯图国的领海，我们的战斗机不能前去。"

　　国土局内，刘易斯神色阴沉："为什么他们可以在雷云中穿行，你却将人跟丢，我们最优秀的战士，就是这样的能力吗？"

　　红十字会的飞机中，没有他们要找的人。其他拦截回来的飞机里，同样没有。人只可能在那架飞机里，却落到斯图国手上！天罗地网之中，人还能跑！

"我们简直就像狗一样被溜着玩！"刘易斯怒道，"先是说亚裔有问题，盯着机场所有的亚裔，忽略了伊万那边的飞机。又没有拦住这架客机，让他们上演了雷云风暴大穿行！全世界都要嘲笑我们的无能！"

部下噤若寒蝉，却也觉得憋屈。

本来人都在他们手上，结果生生跑了，还是他们自己人做的，简直不知该说什么好。

问题是，他们还审判不了伊万·伊万诺夫。军事法庭是肯定不能上的，毕竟伊万不是军人。民事法庭，伊万也上不了啊！

伊万只要不承认伊莎贝拉在他的飞机上，一切行为都是正常流程，大洋国国土局有什么理由起诉他？

这空子钻得，国土局简直想吐血。

"普赛岛那边的情况呢？斯图国的东南亚总督，与我国关系不是不错吗？"

"普赛岛总督府和飞机场都戒严了，应该是级别非常高的人过来了。目前斯图国有这种能量的人，要么在夏宫，要么已经在我们的情报中露过脸，只有布莱特·温菲尔德不知所终。"

刘易斯叹道："如果是他在普赛岛布防，看来人是到不了我们手上了。"

说到这里，刘易斯忍不住望向斯图国的方向。

亚伯·温菲尔德与大洋国国土局做了交易，只要大洋国帮忙杀死布莱特·温菲尔德，他就把塔汗国重新送给大洋国。

电话录音、邮件画押，都做不得假。

联想到亚伯·温菲尔德很可能是老皇帝私生子的事情，国土局认为，这位心机深沉的皇家特工就是要挑拨铁血首相和梅涅公爵斗争，从而自身上位。再联想到伊莎贝拉被身边的人背叛，他成皇帝的可能性大大增加。既然事已至此，大洋国为什么不合作呢？

"通知詹姆斯，不要去纽伦城了，改道普赛岛。"

普赛岛，总督府。

詹姆斯按照刘易斯的指示，扮作除草工人，戴着一顶巨大的、遮住半边脸的遮阳帽，正在停机坪旁边的草坪修剪草坪。

他腰间挂着一个简易工具包，实际上却是大洋国国土战略资源局特意改造的折叠冲锋枪，只要飞机停下，有人下来，就能在不到一分钟的时间里，连续打出几十发子弹。

而他携带的弹夹，足足有两百发。

杀光在场所有人后，他会潜入来时的密道，偷偷潜逃。

詹姆斯已经计算过，飞机落地，距离他所在的位置，不会超过三十米。这么近的距离，差不多等同于在人来人往的广场里，架一挺机关枪扫射，打不中人才没道理。

一小时前，布莱特带着人离开了。想必是去接皇储伊莎贝拉了。这是绝佳的刺杀机会。

詹姆斯打算连同总督一起杀，原因很简单——如果布莱特被刺杀了，总督必定会戒严普赛岛，那时候就是天罗地网，自己根本逃不出去。但如果布莱特和总督都死了，伊莎贝拉的第一反应也是立刻回纽伦城竞争皇位，而不是寻找凶手。这就令他有了足够的可乘之机。

汽车声由远及近，在总督大楼门前停下。总督立刻迎接了出来。

詹姆斯眯起了眼睛。

布莱特先从副驾驶上下了车，然后走到后车厢，打开了车门。

说时迟，那时快，二话不说，持枪扫射！第一时间，就有几个人倒下！

被袭击的也不是普通人，布莱特听见枪声，第一时间就是寻找掩体，汽车就成了最好的选择！

詹姆斯用最快的速度打完一排弹夹，立马装上第二发，再度举枪射击！

可就在这不到 0.5 秒换弹夹的时间中，他突然看见了一个熟悉的身影，扣下扳机的手，不自觉慢了一拍！

这个疏漏，敏锐地被布莱特和李察捕捉到，分散躲在三个位置的人不约而同举瞄准詹姆斯，举枪射击！

詹姆斯一个打滚，规避掉了两颗子弹，却还是被一颗打中右腿！来不及躲避，李察已经像猎豹一样，敏捷地冲了出去，与詹姆斯扭打在一起。

布莱特却没动。他觉得情况不对，第一时间望向伊莎贝拉，就看到自己的属下中有人背着伊莎贝拉，然后拉响了手雷！

"卧倒！"布莱特一边高喊，一边拉着一旁的童素趴下。

"轰隆！"手雷爆炸的声音响起！

一片烟尘和狼藉之后，布莱特起来，就发现伊莎贝拉，还有自己的几个部下已经不知所终，其他部下则因为袭击，或多或少都受了伤。

布莱特脸色铁青。他身边的护卫都是精挑细选的心腹，这些人背叛他，只可能是三个人指使——父亲、叔叔，还有他的老师、大元帅洛林贝格伯爵。

伊莎贝拉究竟联系上了谁，救援这么迅速和及时？

"总督阁下——"突然，惊呼声传来！只见总督的大腿血流不止，很有可能是被击中了股动脉！

童素做梦也没想到，真正的兵荒马乱，居然是从见到了布莱特，来到总督大楼那一刻开始。

总督中枪急救，佐藤明也被送进重症监护室疗养。伊莎贝拉则在神秘人的挟持下，坐着直升机一溜烟跑了。这令童素十分疑惑。伊莎贝拉手下还有人？还是亚伯·温菲尔德还有什么算计？

正因为如此，她找到了布莱特："我们不能再拖下去了，必须赶快回到纽伦城，我觉得这件事——"她欲言又止。

虽然猜测亚伯·温菲尔德的真实身份，但告诉布莱特，对方会相信吗？还不如引导布莱特，让他觉得这件事情有蹊跷来得好。

布莱特也意识到情况并不如自己所想，而且他抓到的刺客居然是詹姆斯·史密斯，这也大大超乎他的预料。

詹姆斯所行，必定是大洋国国土局在背后指使。但国土局为什么知道他的行踪，又为什么要杀他？是小叔叔吗？

布莱特满腔疑问，打算找亚伯问清楚，而童素——虽然他并不想带她前去，但想到小叔叔好像很看重童素，加上这本来就是他们的交易条约之一，布莱特也就点了头。

李察也要去。出乎意料的是，伊万不去。

"我对斯图国皇室不感兴趣。"伊万守在病床前，犹如亘古不化的雪，冰蓝的眼中只有沉静，"记得我们的约定。"

童素点头："我已经设置了定时邮件，如果我没办法活着回来，你也能知道消息。"

就在这时，乖乖坐在病床上的叶莲娜，忽然用樱花国的语言，念道："园园精舍之钟声，奏诸行无常之响。桫椤双树之花色，表盛者必衰之兆。"

伊万怔住了。母亲自从疯了之后，就很少说话，怎么今天忽然……而且还不是用大洋语、白熊语，而是樱花语？是佐藤明说了什么吗？

他仔细聆听了一下，发现好像是上飞机之前，佐藤明念叨的句子，但他不懂意思，就问童素："你能听懂吗？"

童素点头："这是樱花国古典文学双璧之一的《平家物语》开篇诗，在樱花国的传唱度很高，其知名度类似我国的《三国演义》。"

就像看过三国演义的人，都知道那首开篇诗词"滚滚长江东逝水，浪花淘尽英雄，是非成败转头空。青山依旧在，几度夕阳红，白发渔樵江渚上，惯看秋月春风，一壶浊酒喜相逢，古今多少事，都付笑谈中"一样。读过《平家物语》的人，也都听过这首诗。

"叶莲娜女士念的，只是这首诗的上半首，下半首是——骄者难久，恰如春宵一梦；猛者遂灭，好似风前之尘。"童素娓娓道，"桓武平氏一族曾是樱花国最有权势的家族，在平清盛的手里达到极盛，他也成为樱花国历史上第一个军事独裁者，但在他死后，全族须臾间就覆灭，男的被杀被流，无一幸免，四十多个女眷投靠亲戚，凄苦度日。从权倾天下、不可一世，到凄凉结局，前后也不过三十余载。

"作者借助平清盛女儿之口，总结平氏的遭遇，认为这都起因于相国（平清盛）掌握一天四海，不畏天皇，下不恤万民；流刑死罪，任意施行；对世对人，肆行无忌。常言所说，父祖作孽，报在子孙，这是毫厘不爽的。物极必反、盛者必衰，加上樱花国崇佛，佛教认为世事无常，今日皇子王孙，明日凋零为泥，才有这样的感慨。"

伊万似有所悟，半晌才道："这或许是佐藤老先生的祝福。"

童素轻轻颔首："我也希望。"

三十余载，物极必反、盛者必衰……佐藤老先生，是不是知道些什么？

罢了，一场故事，终有结局。她将亲自去见证。如果可以，她想书写新的结局。

与此同时，大洋国。

"鹰爪"霍克缓缓张开眼睛，看着天花板上的白炽灯，思维有些模糊。这是天堂吗？像他这种手染鲜血的刽子手，也能上天堂吗？

片刻的混沌后，霍克的思维就渐渐清醒了，同时意识到了自己的处境——他没有死，被人救了！

"不要轻举妄动。"轻柔的女声，自前方响起，"你全身烧伤达45%，已经进行了植皮手术。现在新皮在成长阶段，乱碰触有可能触发伤口感染。"

霍克神色一凛："你是谁？"

对方轻轻一笑："我是谁不重要，假如你还想保住你那好学生的命，就乖乖躺着，等伤势好转，不要乱动。"

"学生……约翰？"

对方却没再说话，转身离开。

霍克心乱如麻，看着眼前形同囚室的单间，发了一会儿呆，最终长长叹了一口气。

英格拉与霍克对话完毕后，摇曳地走回办公室，就看到海因里希端着一杯咖啡，站在窗口，威尔森则刚刚挂掉电话，看到她来了，便朝着她点了点头，才对海因里希开口："军方那边出面，说要提走安德烈·卡佩洛。"

海因里希唇角勾起一丝若有若无的笑意："是军方想要人，还是'影之共济会'想要做殊死一搏呢？"

"都有，他们的'完美替身计划'执行了这么久，如果现在不用，难道还等着将来被逐一拆穿？"英格拉一边说着，一边走到咖啡机边，给自己和威尔森泡了两杯咖啡，"倒是我们的'公主殿下'，算算时间，'铜棒'也该差不多了。"

海因里希微微一笑："那就让我们共同举杯，一起欣赏这一出精彩绝伦的棋局，即将上演最出色的戏剧！"

英格拉觉得有趣："你觉得这出戏剧叫什么名字好？尼伯龙根之歌？阿喀琉斯之踵？皇帝之死？"

"毫无疑问，《哈姆雷特》。"

"哦，又是哈姆雷特？"

"当然，新时代的哈姆雷特。"海因里希品了一口香醇的咖啡，将杯子放下，犹如咏叹般地吟诵，"生存还是死亡，这是一个问题。"

八

十六个小时后，夏宫，内廷。

这间不算宽敞的房间里，当中放着一把纯金铸造的椅子，上头铭刻双头鹰，即斯图皇室的家徽。

左边四把椅子，背面分别刻着四大选帝侯的家徽；右边三把椅子，十分古朴，属于三位大主教。

"洛林贝格伯爵。"法尔兰大主教眉目低垂，悲天悯人，"你邀请其余选帝侯进入夏宫，又派兵封锁这里，究竟为何？"

"当然是揭穿你们的阴谋！"帝国大元帅洛林贝格怒不可遏，"伊莎贝拉，带陛下出来！"

垂着的天鹅绒，被缓缓掀开。伊莎贝拉扶着垂垂老矣的皇帝，出现在众人面前，艰难地坐上了金灿灿的宝座。

坐在下首的两位主教，以及新任卡佩洛侯爵，齐齐色变。但他们四面望去，就看见梅涅公爵淡定端坐，温菲尔德伯爵神色平静，法尔兰大主教依旧是那副悲悯的面容，就慢慢镇定下来。

大元帅怒视法尔兰大主教，气得浑身发抖："皇帝还没有死，你就宣布选帝仪式开始，居心为何？哦！我不该这么说，因为你在皇帝的药里动了手脚，你认为他已经死了！却没想到，他只是进入了假死状态，还能抢救回来吧？"

法尔兰大主教在胸口画了一个十字，不回答。

"还有你！"大元帅又指着温菲尔德伯爵，怒道，"你把伊莎贝拉困在大洋国，关在冰天雪地里，就是不想让她参加选帝仪式吧？你难道真像外界说的，想要长长久久把持朝政，当摄政王吗？"

温菲尔德伯爵神色不变，望着皇帝，轻叹道："你不该出现的。"

大元帅怒极反笑："威廉·温菲尔德！这就是你的态度？"

伯爵就像完全听不到大元帅的指责，神色淡淡："你若不出现，还能以一个皇帝的身份死去，给你一场体面的葬礼。但你既然出现了，我们就来算算账吧！"

"温菲尔德伯爵。"法尔兰大主教突然出声，"不如让我先说。"

伯爵礼貌地做了个"请"的手势，就见法尔兰大主教望向大元帅，平静道："大元帅说我在皇帝的'药'里动了手脚，可知那些药是什么药？"

大元帅因为管辖军权的原因，为了避嫌，来夏宫的次数不多，对皇帝的情况也不好打听。听见法尔兰这么说，他也不是笨人，就收起怒容，思索不定，坐回自己的位置上。

"十四年前，皇帝被诊断出了阿尔茨海默病，濒临疯狂。他重新组建'提洛岛'，让伊莎贝拉和卡佩洛侯爵为他搜罗那些穷途末路的精英，用他们的脑子来研究；一边拉拢罗蕾莱集团，借助他们的掩护，让卡佩洛侯爵大肆招揽对脑神经、脑细胞、大脑等领域有研究和建树的科学家。

"一直在研究单脑睡眠的门特教授拒绝人体实验，卡佩洛侯爵见小小一个教授居然敢拒绝皇帝，又觉得对方并不是什么特殊人才，可以用来杀鸡儆猴。门特无妻无子，只有一个教子李维，卡佩洛就用门特和李维的妻儿性命威胁，逼迫李维窃取门特的研究资料，卖给竞争对手。

"李维无奈照做，还不能揭露事实，只能认罪，把门特气得中风。侯爵向皇帝汇报，皇帝还嫌不够，侯爵又暗中派人拔了门特的氧气管，让教授缺氧而死。不仅如此，他们还把李维骗上'提洛岛'，大脑被用来做研究材料，器官移植给需要的富豪。"

大元帅听到这里，就差拍案而起，怒骂皇帝和侯爵的手段太下作了。

两位大主教胸口画十字，为门特教授祈祷。

法尔兰大主教神色平静，却能让所有人体会到他的哀伤："门特是我的亲弟弟，第三帝国掀起席卷世界的大战时，我们两个失散了。当时，我已经十四岁，他才不到两岁，根本不记事，以为自己就是养父母的亲儿子。我不愿破坏他的幸福，让他知道父母惨死的真相，就没有打扰。从生到死，他都不知道有我这么一个哥哥。"

两位大主教闻言，不由露出哀悯之色。他们都知道，法尔兰早将一生献给了主，无妻无子，无亲无友。谁知道唯一的弟弟，还有等同于亲儿子的教子，竟然也死得这么惨。

将心比心，如果是他们，可能也无法克制对皇帝的憎恨。

"下面就由我来说吧！"温菲尔德伯爵淡淡道，"三十二年前，我刚刚继承爵位，凭着一腔热血，追查当年的'提洛岛'，就是那个为了满足前皇储恋童癖，由卡佩洛侯爵成立的罪恶机构，却不知道这正好中了皇帝的下怀。当我只带一个护卫，乔装改扮去探查的时候，当地总督、警署以及我的护卫，对我展开了不死不休的搜捕和追杀。如果不是一个小男孩的父亲机智，让我扮作'哈姆雷特'，在追兵的面前，演完了一场话剧，拖了足够长的时间，我也不能等到前代公爵派来的救援。"

大元帅气得脸都歪了，怒拍椅子的扶手："这么大的事情，你为什么不告诉我？"

三十二年前，伯爵也就二十岁出头，什么都不懂的小年轻，能对皇权产生什么威胁？无非是皇帝忌惮他们实力太大，加上伯爵家又一脉单传，伯爵一旦死了，到底过继哪一支当新伯爵，还不是皇帝说了算？这样一来，温菲尔德家族就成了皇帝的掌中之物。

大元帅一想到自己屡次遭受的刺杀，也开始思索，这是不是皇帝的阴谋？

"我本来想告诉你，但前代公爵救我之后，我发现了一件事。"伯爵平静道，"他想让梅涅领独立，成为一个国家。"

大元帅怔住了。算一算时间，三十二年前，刚好是西伯利亚那个红色帝国被和平演变，解体为十数个国家的时候。哪怕现在白熊国还是很强势，但和当年一比，远远不算什么。

四大贵族虽然都有自己的领地，可梅涅领是自治度最高的一个，整个半岛的军政财权都在梅涅公爵手里，中央无权干涉，历代公爵也不在中枢内阁任职。

这样的梅涅领想要独立，真的不奇怪，而且很大可能成功。

大元帅的表情变幻莫测："你不告诉我，就是因为如果我知道了，老公爵再一唆使，我很可能也想让洛林贝格领独立？"

伯爵低低地"嗯"了一声，讥讽道："可他以为，我是怕了他。"

大元帅不知道该说什么好。

讲道理，如果是当初那种情况，他又年少气盛，老公爵振臂一呼，温菲尔德伯爵再投赞成票，并说出自己被皇帝谋杀的事情，大元帅十有八九也会想要领地独立。

他们的领地分散在帝国各地，一旦他们独立了，那周围零零碎碎的很多贵族领地就只能选边站了。偌大斯图国，只怕立刻就要四分五裂，中枢能直接掌握的领土，能剩一半都不错了。

梅涅公爵一动不动地坐在首位，宁静到就像一座雕像，仿佛伯爵和大元帅说的不是他的父亲，而是其他人的故事。

"为了考验我的'忠诚'，两个月之后，我看见救我的那个男孩子，出现在皇储的寝宫。当时，他只有八岁。"

知道下面会发生什么的三位大主教，齐齐画十字祈祷。

"每当我看见这个孩子饱受折磨的身体，满怀仇恨的眼光，我都想把他送走，可惜我被皇帝盯得太紧，什么都做不到。但我知道，他的父母也是世界知名人物，动用一切资源找他。所以国际刑警查到'提洛岛'的时候，我没阻拦，也没帮忙。我甚至制造机会，希望国际刑警能救出他。偏偏这时候，他还交给我一个任务——让我谋杀前代梅涅公爵。"

大元帅霍地站了起来："你做了？"

伯爵点头。

大元帅直接一拳就砸了上去："你疯了？我们几个发过誓，代代选帝侯都亲如兄弟！他就像我们的大哥一样，从来都顺着我们，照顾我们。他哪里对你不好，你要这样对他！"

伯爵一点都不反抗，任由他打，打到嘴角流血，眼睛青紫，才说："他要独立。"

大元帅突然像抽去了所有精气神一样，松开手，颓然跌回位置上，不说话。

伯爵站了起来，掸了掸身上的灰尘，哪怕面带伤痕，气势却依旧强到像一个高高在上的君王，望着老迈佝偻的皇帝，不屑道："你让我借前代公爵弟弟的手，一举杀死他们一家三口，偏偏前代公爵的独子幸存，洛林贝格还第一时间赶了过去，把孩子接到自己家。所以，你又要我谋划宫廷袭击，葬送这位名正言顺的公爵继承人，却没想到被你的蠢货儿子给破坏了。"

大元帅突然想到一件事，惊骇道："难道当年……是你安排的？"

伯爵望向梅涅公爵，迎上对方宁静幽深的黑眸时，仿佛看见了熟悉的面孔，心中绞痛，却道："我很后悔给你造成了那么多年的阴影，也不祈求你的原谅。但在那种情况下，我只有这么一种既保住你性命，又保住你地位的方法。"

公爵没有说话。谁也看不出来，在他如同古井般平静的神情背后，究竟是什么心情。

前代公爵一死，皇储就对公爵的独子下手，这犯了众怒。

没有一个贵族希望自己死了，后裔居然被这么对待，所以抱团对皇储群起而攻之。

皇帝本来是想让投靠自己的前代公爵之弟继承爵位，但被这么一弄，最后只能宣布选帝侯和爵位都是前代公爵之子继承。

当然，皇帝还是要了花样，说小公爵体弱，需要休养，把对方关进了修道院，由叔叔代管领地。

谁也不知道在修道院中，小公爵到底受到了怎样的折磨，唯一能肯定的就是，皇帝的做法就是想彻底摧毁小公爵的心智，想要把对方变成疯子。

"因为这件事，你又开始怀疑我的忠诚。哦，不对，你从来就没停止过怀疑，只是加重了而已。"伯爵凝视着皇帝那令人作呕的面容，缓缓道，"但你突然发现，自己只有一个儿子，如果我真心要害他，那可怎么办？就算杀了我，又能挽回什么？所以你绞尽脑汁，安排种种浪漫巧合，让我不谙世事的妹妹珍妮芙迷恋上那个人渣，铁了心要嫁给他。你让他们装一对和睦夫妻，朝夕不离，就是怕我对皇储下手。

"这样你还嫌不够，一面试图剥夺我中央情报局负责人的身份，假装给我升职，让我不到三十岁就成为帝国首相，一面试图再度暗杀我。但我还是杀了他，连同我妹妹一起。"

皇帝听到这里，浑浊的眼中迸射愤怒的光。若不是无法说话，甚至连举手都没有，此刻的皇帝，必定会愤怒地将身边能扔的一切东西，砸向温菲尔德伯爵。

大元帅只觉得伯爵疯了，这个童年好友完全不认识了："为什么？你那么疼爱珍妮芙！你为了一个人渣，把亲妹妹也赔上吗？"

"因为她已经不是我妹妹了！"伯爵忽然怒吼，"我让她看到了皇储迫害男童的事实，让她知道皇储这么多年所做的恶。可只要皇储三两句轻佻的甜言蜜语，就把她哄了回去，甚至还向皇帝通风报信，汇报我的行踪，害我差点死于皇帝安排的爆炸！"

短暂的暴怒后，伯爵又平静了下来，轻轻地笑了起来："他们两个死的时候，我就在现场，我看着刹车失灵，撞向山壁，看着车辆漏油，看着他们夫妇绝望的眼神。谁知道这时候，珍妮芙突然落泪了，她说，哥哥，我知道自己对不起你，但孩子是无辜的，你能不能把孩子带走，哪怕送到贫民家里也行，只要让他平安长大。"

"我看向她的身下，由于剧烈的冲击，一个脐带都没剪的婴儿躺在那里。是个男孩。"

老皇帝不断震动，其他人也面面相觑。

一位大主教终于忍不住："那个男孩在哪里？伊莎贝拉又是谁？"

大元帅也坐不住了："不可能，皇储和皇储妃死亡之后，从现场侦测到验尸，我全程在场，我能保证皇储妃体内有个死去的胎儿。"

"等等，这么说的话，伊莎贝拉是怎么来的！"

大元帅头疼地揉了揉太阳穴。他终于明白，当年为什么善后的事情是他来干，而不是伯爵，显然是皇帝怀疑伯爵，只是伯爵做得天衣无缝，真没找到证据而已。

"试管婴儿，是试管婴儿。"大元帅只觉得匪夷所思，"所以你当年提议，对外宣称，皇储妃怀的是双胞胎，死了一个，另一个就是伊莎贝拉。事情是真的，就是孩子被你换了，是吗？"

真的成了假的，假的成了真的。

伯爵摇了摇头，平静道："老皇帝不接受这个事实，在皇室血脉将要断绝，仇人要上位的关键时刻，他违背了教义，选择将前皇储遗留下来的精子，用来做试管婴儿。他做了一百个试管婴儿，伊莎贝拉是最像布莱特的那个。因为当年，他伪称那个孩子没死，用布莱特来当掩护，对外界公布。"

但老皇帝绝对不会知道，这个"假孙子"，实际上就是他的真孙子。

三大主教齐刷刷露出惊骇的表情。

对极度保守的斯图国来说，普通百姓可以去做试管婴儿，但皇家绝对不行！试管婴儿违反教义，没有任何继承权！

这时，就见伯爵望向伊莎贝拉："你安静得有些不同寻常。"

伊莎贝拉绽放娇艳的微笑："我堵不住您的嘴，也拦不住法尔兰大主教，更阻挡不住梅涅公爵。无论谁说出这件事，我的身份就有了永恒的污点——你们敢说出来，手上必定就有证据。"

她像是自嘲一般，摇了摇头："可笑，我还一直被您误导，以为能够影响我登上皇位的，实际上是两代伯爵夫人的精神证明。为此，我杀了维尔福夫妇，又冒险前往白鹰州，差点回不来，却没想到，从一开始，我就不配继承这个皇位。幸好，我从来就没相信过任何人，也准备了后招。"

大元帅觉得不对："伊莎贝拉，你骗我带兵包围夏宫，究竟想要做什么？"

"时间，差不多了。"

听见伊莎贝拉答非所问，大元帅刚要上前揪住伊莎贝拉，却发现天旋地转，竟是眼前发黑，膝盖一软，跪倒在柔软的地毯中。

其他几位选帝侯也或多或少流露疲态。

"你在茶水中下了药？"

"不光是茶水，还有房间里的空气清新剂，我换成了稀释过的剧毒杀虫剂。"伊莎贝拉笑得很甜美，却带着毒素，"皇室的特工最擅长变装和模仿，我只是借你们的尸体一用，不需要几个小时，七位选帝侯就会召集所有皇室继承人，一起出现在圣巴托罗纳大教堂，经过选帝仪式后，推举我为女皇。"

伊莎贝拉一边说，一边松开了手。老皇帝因惯性往后跌去，重重撞在冰冷的黄金椅背上，浑浊的眼中流露一丝痛楚，但没有人理会。

只见伊莎贝拉从腰间掏出了枪。

"舅舅，不，我们没有血缘关系了，我应该喊您，温菲尔德首相，我很佩服你吸入了这么多毒药，还能坚持站着。但幸好祖先流传下来的规矩，进入内廷的人，无论是谁，都不可以带枪。"她笑得非常美，"我已经猜到了那个男婴是谁，是布莱特哥哥，对吗？"

铁血首相沉默不语。

"难怪，这一切就能解释通了。他明明是您的独子，长得也和您很像，可您对他无比严苛，甚至很多时候，我感觉您根本就不想看见他，才把他送到洛林贝格元帅那里去历练。原来，您那么努力地培养他，是为了培养一个合格的皇帝，但您实际上憎恨着他，憎恨着他罪恶的出身，肮脏的血液！

"您的如意算盘不会得逞的，亚伯阁下为了温菲尔德伯爵的位置，已经联合大洋国，决定要刺杀布莱特！"

下一刻，惊天动地的爆炸声响起。

"什么声音！"

"你做了什么！"

"不是我做了什么，是亚伯。"伊莎贝拉不紧不慢地说，"他早就在温菲尔德庄园的各处埋了炸药，现在……"

伊莎贝拉缓缓一笑："看，烟花，多灿烂。"

洛林贝格大元帅牙齿咬得咯咯作响："你不是喜欢布莱特吗？他还救了你，还违反原则包庇过你！如果不是他，'提洛岛'……"

"没错，我确实喜欢他。我希望他成为我的皇夫，我的亲王。温菲尔德的血脉，永远和皇室一起流传，绽放不朽的光芒。"伊莎贝拉保持甜美的微笑，胜利者的高傲和矜持展现得淋漓尽致，"但前提条件是，他不能成为我的竞争者。阻挡我路的人，必须，死！"

说罢，伊莎贝拉拿枪指着铁血首相："话说得太多了，该送各位上路了，就从亲爱的舅舅开始吧！"

"砰——"刺目的血花，在胸口绽开。

伊莎贝拉不可置信地看着刺痛的左胸口，就看见伯爵身体一软，跪倒在地上，右胸也晕开血色。

布莱特站在密道的门口，神色冰冷，握着枪的右手，没有一丝颤抖。

但见他毫不犹豫，"砰、砰、砰、砰、砰"，再往伊莎贝拉身上补了五枪，把子弹全部用光。

"布……莱……特……"伊莎贝拉金色的长发，凌乱地铺在地上，浸染了斑斑血迹。

她蔚蓝的眼睛睁得很大，用尽最后的力气，看着布莱特，却见布莱特将手中的枪一扔，三步并作两步，含泪跑过来，跪在伯爵旁边，双手用力握紧伯爵的肩膀，无比紧张地检查伯爵身上的伤势，急急道："没有伤到重要器官，但还是不排除大出血的可能……我马上就叫医疗队来！"

伯爵右手抚上布莱特的面颊，目光中带了一丝哀悯。

"父亲，你不要说话，我马上就喊人！"

只见伯爵左手按住布莱特的肩膀，朝着其他六位选帝侯看了一眼，吃力地说："这就是我妹妹，前皇储妃珍妮芙的儿子，皇室唯一的直系血脉。我将他从妹妹体内取出的那一刻，全程拍摄了视频，并留下了胎发，作为那个'已死之子'，保存在皇室的保险柜里。你们可以验证DNA，证明他的身份，绝不是试管之子，而是货真价实的皇子。"

布莱特眼中含泪，声音颤抖："我不是他们的儿子，我只是您的儿子！"

"好孩子。"

什么冰冷的东西，被伯爵塞进了布莱特的右手心。

"你要记得，任何欺辱国家和皇室尊严的人，都必须让他们付出血的代价。"

布莱特还没回过神，就见伯爵将塞进布莱特右手的东西抬起来，直直地顶着自己的心口。

这是伊莎贝拉落下的枪！

布莱特意识到父亲要做什么，拼命挣扎，伯爵却用最大的力气，压着布莱特按下大拇指："现在是我给你上的……最后一课。"

"砰——"枪声响起。子弹穿透了伯爵的心脏。

冰冷的枪械,从布莱特和伯爵共同握着的手心滑落。

伯爵倒在了地上,被岁月厚待的俊美面庞上,露出平静而释然的微笑。

九

"啪、啪、啪——"单调的掌声,在寂静的内廷响起。

亚伯掀开天鹅绒帘子,走了出来,神情夸张:"这可真是一出绝妙的戏剧,一出哈姆雷特式的悲歌。"

他一边说着,一边走到布莱特的身边,看着已经失神的布莱特,捏着对方的下巴,冷笑道:"他想让我放过你,你说呢?"

"你杀了我吧!"布莱特无意识地回答。

亲手杀死父亲这件事,让他濒临崩溃,大脑一片空白,已经没有工夫去想别的事情了。

"自杀的人是懦夫,只能下地狱。被杀的人却被审判,按照生前所做事情的善恶多寡,决定究竟是去地狱还是天堂。他不愿当懦夫,就让你履行作为皇室遗孤的职责,杀死仇人。"

亚伯语速很快,颇为激动,手中的针剂却准确无误,扎入布莱特的肌肉,瞬间就让对方失去了力气:"简直太恶劣了,对不对?"

说着,他就捡起伊莎贝拉的枪,看样子准备再给伯爵的尸体来两下。

布莱特虽然对外界的感知有点混沌,但对伯爵的一切事情反应都很快,立刻制住亚伯,湛蓝的眼睛露出一丝杀气,简直就像捕猎时的猛兽:"你要做什么?"

"内廷的两条密道,原本都是双向的,但我在你们来的时候,刚好改了一下。密道只要关上,就不可能重新打开,房间也是,已经锁死了。"亚伯轻快地笑了起来,"顺便提一句,在我的建议下,伊莎贝拉往这里面搬了几十斤 TNT,空气中也一直弥漫着毒气,你们很快就要一起死啦!"

瞧见布莱特的神情,亚伯故作夸张:"怎么,你该不会以为,你带着两位客人偷偷潜入纽伦城,又通过温菲尔德家族的秘密通道进入皇宫,我会不知道吧?"

布莱特望着堂叔那张熟悉又陌生的面孔,被注入的肌肉松弛剂已经发挥作用,令他浑身无力:"你要杀的是我,放他们走。"

亚伯突然像疯子一样,大笑了起来。

只见他拎起布莱特，咬牙切齿："你该死，是因为你身上流淌着罪恶的血；其他人该死，是因为他们对罪恶视而不见！我在皇宫生不如死的那几年，有谁不知道我的存在？啊？法尔兰不知道？但在他弟弟门特被害死之前，他有做过什么？洛林贝格不知道？但在他故友的独子差点受害之前，他从来没为这件事打过皇储哪怕一拳。卡佩洛就更不用说，皇室忠犬，罪恶的帮凶。还有你们两个大主教！就算当年你们没混到这位置上，难道你们没听过传闻，不知道皇储的癖好？"

他冰冷的目光逐一扫过所有人，每个人都不自觉地低下了头。

除了公爵。

公爵的坐姿比刚才靠后了不少，可见也受了药物的影响，神情却还是那样冷冷淡淡，没有变化，让人琢磨不透他在想什么。

明明生死攸关的时刻，他却依旧虔诚到像在教堂做礼拜。

亚伯将布莱特像甩垃圾一样，重重往旁边一摔，冷笑道："事情不落到自己身上，你们永远不知道疼。"

"人若立志遵着他的旨意行，就必晓得这教训或是出于神，或是我凭着自己说的。"法尔兰大主教一边在胸口画十字，一边虔诚地念着《约翰福音》，"人凭着自己说，是求自己的荣耀；唯有求那差他来者的荣耀，这人是真的，在他心里没有不义。"

亚伯冷冷道："尊贵的大主教，您觉得自己是哪种呢？"

"我违背了主的教诲，乃是不义之人。"法尔兰大主教眉目低垂，"我有罪。"

然后，他大声背诵起了《约翰福音》，其他两位大主教见状，也跟着背诵了起来。

却见法尔兰大主教的声音越来越微弱，刺目的鲜血，从他唇边流下。另外两位大主教见状，知晓法尔兰大主教服毒自尽了，不约而同在胸口画十字，轻声念道："阿门。"

亚伯嗤笑道，"主如果存在，为何我父母躬行善举，我一心救人，反而没有好报？此人——"

他指着皇帝，满是嘲讽："此人一身恶行，却能身居至尊，寿数绵长？"

不知触动了哪根弦，他又将布莱特拎起，恶狠狠拿枪顶着对方的脑袋："威廉·温菲尔德杀了他那个叫亚伯的间谍堂弟后，让我顶替，说这样就能把温菲尔德家族给我，呸！谁稀罕？要不是看在这个身份还有利用价值，可以两边获取情报的分上，我根本就不会踏进他家一步！

"他问我要不要改名，我说不要，亚伯，这个名字多合适啊！该隐是'有所得'，亚伯是'虚空'，就像我这个人一样，没有自己的身份，没有自己的姓名，就连相貌，也因为经年累月给老皇帝试药，毁于一旦。我身上什么都是假的，什么都没有！因为威廉·温菲尔德，我失去了父母，失去了家，他想把他家补偿给我，想当我的亲人！这简直是天大的笑话！"

布莱特努力睁开眼睛，用尽全身的力气，吐出真挚的话语："父亲他，一直，一直，一直都将你当作亲人，我也——"

"你胡说！"

"大哥哥！"李察终于忍不住，从密道里走了出来，望着陌生的"大哥哥"，不知该说什么好。最后，他只是定定地看着亚伯，轻声道："大哥哥，跟我回家吧！"

察觉到亚伯拽着自己的手有一瞬松开，为了不激怒对方，布莱特不敢反抗，却还是说出了藏在心底的话语："你其实一直可以有新的家，可以有哥哥，有侄子，有弟弟，有母亲，有妹妹……你早就有那么多了，只是你自己始终活在过去，不肯走出来。"

"闭嘴！"亚伯毫不留情给了布莱特一下，然后眯起眼睛，看向李察出来的方向："既然都听我说了，密道关了就重开不了，你还敢出来？原来如此，密道大门那边，还有一个同伴吧！'赫卡忒'小姐，请出来吧！还是说，我要喊你真正的名字，童素？"

童素却不上当："李察，你先把伊莎贝拉的尸体背过来，再拿几个有棱有角的东西过来，把门给卡住。"

李察看了看亚伯，又看了看童素所在的方向，再看了看房间里，除了尸体之外，确实没有任何能搬的东西——除了七位选帝侯的椅子。

他咬了咬牙，越过亚伯，吭哧吭哧背起伊莎贝拉，真的把对方的尸体卡在门上，确定门没法关好，童素才从密道出来，面对着亚伯，站定。

亚伯对童素很明显地另眼相看，看见她出现，便愉快地笑了起来："'赫卡忒'小姐，你觉得，他们该不该杀？"

童素不知为何，总觉得亚伯这句话另有所指，暗藏陷阱。

她琢磨了一下，没发现不对，便道："我不知他们过往品性，以及是否为国家付出，无法评价。"

亚伯眯起眼睛："在你看来，一个人只要对国家付出够多，哪怕作了恶，也应该原谅和宽恕？"

童素感觉这个问题有点耳熟，好像德隆也曾经问过。

当时她怎么回答的来着？

德隆确实给文南国的百姓带来了部分福利，但后来万象集团的存在，其实阻碍了当地乃至整个国家的发展。想到这里，童素犹豫了一下，还是决定按照心中的想法，如实回答："在我看来，功是功，过是过。但如果一个人真能对世界未来的发展，产生深远的、正面多过负面的影响，那他一旦犯下过错，我觉得并不是不能原谅的。"

人无完人。童素扪心自问，她虽然没做过什么坏事，却也没干过太多好事。年少轻狂的时候，游走在法律边缘也不是一两回了，现在为国家做事，许多手段真要算起来，那也是违背了其他国家法律的。

自己尚且如此，如何苛责他人？

亚伯咧开嘴笑了。该如何形容这个诡异的笑容呢？大概就像小丑那样吧！

孩子般天真纯粹的兴趣和好奇，混杂着这世间最黑暗、最沉重的恶意。

"也就是说，你不打算替你母亲报仇？"

童素心头剧震，却很快就冷静下来："请不要随便挑拨离间，我的母亲因疾病去世，医护人员都很尽力，我并没有憎恨他们。"

"是吗？"亚伯眼光中闪动着满满的恶意，"假如你的母亲真是因病去世，为什么你的父亲那么着急，想把你送到大洋国去？哪怕不暴露他'铜棒'的身份，光靠他是EAST计划的核心研究员，难道国内没有好的教育提供给他女儿吗？顶尖精英团队带出来的天才，真的比不上大洋国的寄宿学校？还是说你的父亲连这点判断力都没有，盲目迷信大洋国的教育质量？"

一边说着，亚伯一边向前走了一步，童素竟下意识地往后退，甚至想捂住耳朵，不听对方接下来说的话。但那灌耳的魔音，还是一字不差，刻进她的脑海乃至灵魂。

"你母亲离世、父亲失踪后，你堂伯一家是不是疯狂卖掉了你家几乎所有的东西，就连手稿都没留下？你难道不好奇吗？珍贵的古董有商人会收，这些纸张顶多当个废纸卖，为什么还有人要？"

"够了，够了！"童素不想听了，但她没办法克制自己不去想。对聪明人来说，只要一个线头，就能圈起无数疑点。

自从父亲昏迷，她想把父亲送到大洋国接受治疗，夏部长却否定了，原因是父亲曾经是EAST计划的研究员时，童素就特意查询了这个计划，以及父亲的生平，十分不理解，导师、同事都是国内顶尖的精英，她在国内明明也可以接受最好的教育，为什么父亲还会想把她送出国呢？

但夏部长解释过，说父亲和研究团队的方向、理念冲突，从而退出计划，没有那些资源了，这个解释还算合理，童素便没多想。

可现在想想，这一切真的正常吗？为什么母亲一死，父亲就想把她送去大洋国的寄宿学校，为了实地考察教学和宿舍质量，还特意跑去大洋国，结果被关进重刑监狱十年？为什么父亲被德隆带去文南国之后，堂伯一家就被德隆绑去了文南？

"你是个聪明的女人，早就应该知道，人类的悲喜并不相通！"亚伯步步紧逼，似悲似喜，"你们家的悲剧，和我家一样！"

童素猛地抬头。

里切尔一家的悲剧，并不在于他救了温菲尔德伯爵，也不在于皇储是个恋童癖，而是像蚂蚁一样，对待碾压过来的权力，只能匍匐。

亚伯突然这么说，难道寓意着……

不不不，不可能。中国又不是斯图国这种地方，她又平平安安长到这么大，这只是对方的攻心之计而已，一定是假的。

童素恢复冷静，眼神变得清明："你调查我调查得很仔细，但仅凭你三言两语就想击垮我，不可能。"

亚伯又咧开嘴一笑："你不相信？很正常！因为你的仇人，并没有我的仇人这么高高在上。但你不妨去查一下，你就读之江大学的时候，为什么你父亲最好的朋友，等离子体物理的权威专家程学明，刚好去马普学会交流？而且一去就是四年？一般交流有没有这么久？

"你的数学成绩那么好，为什么没有一个教授建议你考研，考博，出国深造？他们可不知道你的黑客身份，不知道你对出国留学的警惕，理当提出这个建议才对！但有人提过吗？有人给你写过推荐信？有人鼓励你往学术方面发展吗？

"为什么你无所事事，打发大学时光，只是旁听了几节物理课的时候，就有形形色色的人出现在你面前，不怕你的冷脸，簇拥着你，最后把你哄去开公司，做生意？"

童素毛骨悚然。

亚伯·温菲尔德，不，卡瓦哈尔·里切尔，对她的了解，已经到了知道太多连她自己都不知道，或者快忘记事情的程度。就好像她的成长过程中，一直有一双眼睛在盯着她，记录她的一言一行，一举一动。

看见童素的脸色彻底变了，亚伯露出胜利的笑容，只见他身子不自然地歪了一下，恰好躲过大元帅的袭击！

大元帅一扑落空，差点撞到对面的一位大主教，勉强支持摇摇晃晃的身子，却还是站都站不稳。

只见这位年近花甲却依旧身材健壮，脾气火暴的男子怒吼："别说这么多，先和我比一场！我要你给威廉偿命！"

"哎呀，看样子，毒药快挥发完了。"亚伯就像失去了玩性一样，"我走了，你们就在这里，等着被活活炸死吧！"

布莱特虚弱的声音，轻轻响起："你没装炸药，只是骗我们的。你不会让父亲的尸身被炸得七零八落，让他死无全尸。"

亚伯的神色，突然变了。

童素站得最近，看得最清，发现那是一种心事被说中的恼羞成怒。

"他之所以跳出来，在我们面前说这么一大堆，其实……喀喀……"布莱特以手握拳，挡住嘴巴，咳了几下，才继续道，"只是因为他不想要亚伯·温菲尔德这个身份，不想要父亲赠予给他的一切，包括选帝侯和爵位。"

亚伯铁青着脸，二话不说，就往李察所在的密道走去，仿佛一秒都不愿多待。

李察下意识拦在密道口，亚伯危险地眯起眼："你要阻拦我？"

"喀喀……让，让他走。"

"就算你不说，我也会让的！"李察高声澄清，然后看着亚伯，认真地说："其实，我只想说，我愿意成为你的家人。但你恐怕并不需要，因为你实际上，已经有家了。虽然没有血缘关系，也夹杂着很多爱与恨，可你并不孤单。"

说完这句话，李察让开，任凭亚伯扬长而去。

童素鬼使神差地望向梅涅公爵，就见公爵凝视着伯爵脸上定格的、永恒的微笑，竟露出了一丝……羡慕？

除了童素外，没人看见这一幕。

童素揉了揉眼睛，怀疑自己看错了，再看过去，公爵还是一如既往地宁静，谁也不知道他在想什么。

大元帅被布莱特放跑亚伯的行为气得眼前发黑，要不是没有力气，他估计就要直接指着鼻子骂了："布莱特，你为什么——"

肌肉松弛剂的效果慢慢过去，布莱特勉强从地上直起身子，坐了起来，握着父亲已经冰冷的手，凝视着父亲临终时的微笑，眼眶发热，内心却比任何一刻都要清晰，明了："他不想要父亲赠予他的爵位、领地和庄园，因为他真正想要的，这么多年里，父亲已经全都给他了。"

＋

接下来的事情，童素和李察没参与。

布莱特暂时把他们安置在皇宫里，童素却要求见詹姆斯一面——由于害怕将詹姆斯留在普赛岛，对方会趁乱逃跑，布莱特打包把詹姆斯一起带回来了，关在温菲尔德庄园里，现在又索性提到了皇宫。

两人回到住所的时候，李察突然说："刚才的事情，将会成为陪伴我进坟墓的秘密。"

"你说了也无所谓。"童素知道李察说的是亚伯揭露她隐私的那段，却非常冷淡地回应，"没人会信。"

"但我看你的表情，不像是不相信的样子，所以——"

李察话还没说完，就看见童素加快脚步。他无奈地摇了摇头，也跟了上去。

推开门，看见詹姆斯被五花大绑，捆在椅子上。再看一眼房间，除了进来这扇门，连窗户都没有，更别提通风管道之类钻人的地方。

难怪屋内不留人，估计也是怕詹姆斯身手太好，挟持人质吧？

童素在詹姆斯五米远的地方站定，发现对方看过来，认真打量这个人的面容，想到这可能是一张假脸，就没兴趣了，只问："9月15日，诺亚亚洲超级工厂，你是不是扮作了那个高瘦保镖？"

"是。"

"你认识那个杀手？"

詹姆斯沉默不语。

知道这代表"答案正确，但不能明说"，童素猜到对方可能是约翰。

想到约翰的复杂身世和经历，以及以死赎罪的痛苦，再想到真正的罪魁祸首，童素没说什么，只道："谢谢你当时帮了我们。"

"这是我欠你的。"詹姆斯神色低落，"如果不是我，'铜棒'先生当年也不会被抓。我真没想到我的电脑已经被国土局监控了，'铜棒'先生说要来大洋国一趟的事情，就这么被他们发现了。"

詹姆斯想到过去，不断叹气："假如是现在的我，肯定不会犯这种低级失误。但当时我才上高中，又是野生天才，你懂的，那种自大自负，觉得自己世界第一厉害，从来没想过国土局掌握了我的情报，顺便拿我钓鱼。"

童素本想问"我爸说过他为什么要去大洋国吗"，但想到父亲应该不会对詹姆斯说这些，加上隔墙有耳，她就没问，只是礼貌地点了点头："谢谢。"

"这就要走吗？不再聊两句吗？"

詹姆斯早就嗅到了童素身上的硝烟味和血腥味，听她这么说，顿时来了精神，心中盘算得飞快，嘴上打算多套几句话。

谁知童素看都不看他一眼，直接关门走人。

一天之后，官方通告出来了。

伊莎贝拉·温菲尔德，其实不是皇室后裔，前皇储和皇储妃的儿子被老皇帝交付给铁血首相充作自己的儿子，秘密养大，只为保护真正皇孙的安全。

在皇帝死后，法尔兰主教公布皇室继承人候选，因为伊莎贝拉并不是婚生子，违反教义，不受法律保护，所以不在继承人之列。

伊莎贝拉绝望之下，丧心病狂，袭击了法尔兰大主教，并想杀死真正的皇孙，并且炸毁了温菲尔德庄园。帝国首相，威廉·温菲尔德伯爵为了保护皇孙，不幸牺牲。法尔兰大主教伤势过重，不治身亡。

由于这种狸猫换太子的故事太过传奇，民众对此议论纷纷，各色小报编派了无数桥段，什么样的都有，选帝仪式却照常举行。

毫无疑问，布莱特全票当选，为布莱特三世。

斯图国历史上的布莱特一世、二世都是明君贤王，百姓对三世也抱有颇高的期待。

也就在这个时候，李察和童素接到了布莱特三世的请柬，邀请他们去夏宫一叙。

两人在宫廷使者的邀请下，来到夏宫，就看见布莱特穿着一身纯白的礼服，已经等在那里。

"不好意思，冒昧请你们前来。"布莱特三世温声道，"其实我有点紧张，但有些话对谁说都不好，反正二位也看过我最狼狈的样子，我就任性了一次。"

李察满头黑线："陛下，你这番话听起来很像变态要杀人灭口的前奏啊！"

布莱特不好意思地笑了起来。

童素则有些惊讶："您的变化好大。"

以前的布莱特，虽然温文尔雅，彬彬有礼，但还是给人一种距离感。现在，他却变得温和、宁静、沉着了许多，仿佛一个可亲可靠，值得相信的朋友。短短几天，竟能让一个人的性格发生这么大的改变吗？

布莱特知道童素在说什么，他犹豫了一下，还是说："父亲执政二十年，一直比较严肃，不苟言笑，明明相貌文雅，却天天被人喊铁血首相，我觉得民众需要一点新气象，应该会期待看到一个比较温和的君王。"

"铁血是说手腕，不是说气质啊！"李察又忍不住吐槽道，"你为什么紧张？今天又不是您的加冕典礼。"

布莱特又笑了一下："因为我待会儿要把父亲的棺椁送去圣巴托罗纳大教堂安葬。"

童素还没意识到有哪里不对，李察却惊了："圣巴托罗纳大教堂可是斯图国历代皇帝棺椁安眠的地方，就连太后和皇后都没资格躺，你把伯爵葬进去？"

布莱特姿态温和，却十分坚定："我一直认为，高贵来自品德和所做的事情，而非出身与血统。父亲执政二十年，国泰民安，百姓日子蒸蒸向上，贵族比起从前收敛了不少。我想，先王们在天堂见到他，也不会怪罪我的做法。"

童素对这些不看重，李察则被说服了，随口问："那老皇帝和伊莎贝拉呢？"

"伊莎贝拉葬在夏宫专门关押皇室成员的秘密牢房'白枫塔'中。"布莱特平静道，"至于老皇帝，刚好这几天，我与大元帅一起检查了宫廷所有密道，发现内廷的另一条密道，通往白枫塔，塔内多惨无人道，你们只需要知道大元帅发誓一年都不吃肉就行了。总之，在把实验室销毁和封存之后，我打算把老迈混沌，走路都需要人搀扶的老皇帝放进去，然后才把实验室永久封上。"

斯图国的人信奉死后有灵魂，童素想到伊莎贝拉最不希望政治斗争失败，像从前的疯女皇一样被囚禁在白枫塔，结果却被葬在石塔，等于灵魂永远被囚禁在那里。

布莱特却很平静："老皇帝以为他假死成功，能引出所有野心家，一网打尽。却没想到，这一切早就在叔叔的算计之中。对老皇帝来说，活下来未必是好事，没有人会在看过白枫塔的罪恶后，还原谅他的罪行。"

"那个实验室……"童素思考了很久，才问，"我能去看看吗？"

"最训练有素的军人，看到那种人间地狱，都夜不能寐，你确定要去吗？"

童素毅然点头："假如我和爸爸不是运气好，也早就成为白枫塔下的实验品。我追逐'提洛岛'这么久，也是为了这一天。那些死去的人不该被遗忘，就算名册不能传世，我也希望用自己的眼睛和大脑记录下来。"

"过几天吧！等我们把档案都整理出来，就带你去看。"

仔细想想，邮轮上惊心动魄的一夜，距离现在也就几个月，却物是人非，童素心中唏嘘，却也不愿多提伊莎贝拉和老皇帝，只是说："我一直以为斯图国国教有点古板，却没想到，圣巴托罗纳大教堂愿意将首相下葬。"

"他们当然不肯。"布莱特神色温和，"幸好，死无全尸的人、自杀的人，都无法在圣巴托罗纳大教堂安眠。而父亲，死于谋杀。"

童素和李察不知道该说什么好。他们当然知道，伯爵强行按着布莱特的手，让儿子亲手杀死自己，对布莱特而言，究竟是多么残忍的一件事。可恰恰由于伯爵不是自杀，布莱特才有理由说服选帝侯们，将伯爵葬入圣巴托罗纳大教堂。

"其实，你也别想那么多。"李察干巴巴地说，"伯爵是为了你好，他杀皇帝杀皇储，私下扣着皇孙当亲儿子养，就算有正当理由，做法都挺过分。如果只因为这些人本来就该死，他又抚养你长大，就能继续安享尊荣，那皇室的权威就会荡然无存，以后肯定会有野心家效仿，这个先例不能开。"

布莱特当然知道这个道理，也明白伯爵从做下这些事开始，就没打算善终。可他宁愿一辈子不当皇帝，也只想换回父亲活着。只可惜，现在想这么多也没用了。

布莱特决定不去想那些伤感的事情，他微笑着站了起来，说："二位愿意和我一起，去见父亲最后一面吗?"

童素和李察不约而同地点头，也跟着站了起来。

布莱特见他们是在茶厅，穿过长廊，走了大概二十分钟，来到一处庭院，却发现这个雾霾遍布的国家，今天竟然阳光正好，均匀地洒在树枝和草坪上，打上一层碎金色。

深黑的棺木、金色的十字架，在暖阳的照耀下，散发淡淡的光晕。

梅涅公爵胸口别着一朵白色的玫瑰，手持一束白百合花，站在棺椁前，静静哀悼。

童素这是第一次认真打量公爵正脸，发现他和自己记忆中的"公爵"没有半点符合之处。一个黑发黑眸，一个棕发蓝眼;一个是典型的欧式或者古罗马贵族面容，一个看上去就像斯拉夫人。哪怕对着画像甚至照片，也没有谁会认为这是同一个人。

但只有亲眼见过，才能察觉到，他们站立的姿态，通身的气质，种种微妙又难以用语言形容的地方，都是那么相似。

他就是"公爵"。寻寻觅觅这么久，终于见到对方，童素却没有第一时间开口。

看见布莱特走向公爵，她和李察还很默契地退了一步，不去听他们到底谈论什么。

布莱特走到公爵身边，站定，两人一同看着棺椁上熠熠生辉的十字架，就听见布莱特轻声说："谢谢你，让父亲实现了梦想。"

伯爵之所以能执政二十年，不客气地说，有梅涅公爵的一份功劳。

假如公爵真一心想要复仇，只凭公爵的地位、资源和智谋、手腕，哪怕不依靠他国，也能掀起万丈狂澜。一旦引入外国势力，更是难以收场。

但公爵只是将皇帝逼入夏宫，时不时恐吓皇帝一下，并没有做多余的事情，反而成就了伯爵。

"为这个国家而生，为这个国家而死，这是他应得的荣耀。"

布莱特本来还有些紧张，听到公爵的话，瞬间释然了："你不恨他。"

父亲，您听到了吗?公爵不原谅您，是因为他从来都没恨过您。

"色欲、享乐、贪婪、懒惰、暴怒、嫉妒、傲慢，还有平庸和无常。这样的死因，人世间比比皆是，不必追究原因，也没什么稀奇。"

公爵声线平稳，带着令人醺然欲醉的宁静。

布莱特觉得公爵的想法很神奇。

听公爵的意思，他完全不恨伯爵，哪怕对方杀了他的父母，起因是前代公爵想分裂这个国家，他父亲死于贪婪，很平常。

但伯爵就不一样了，伯爵一生恪守心中原则，为了斯图国的稳定和光明未来，挚友可杀，亲妹可杀，皇帝皇储亦可杀。

公爵认为伯爵这样很好，甚至还默不作声地帮忙，令伯爵更能顺畅地行走在这条殉道之路上，最终获得圆满的结局。

布莱特本来想笑着调侃一句，说"你这种思想很危险"之类，父亲灵魂若能看到，也能欣慰，儿子并没有沉浸在悲伤之中。但想到父亲如果真能看到，听见这句话，说不定又会开始担忧，觉得公爵很危险，布莱特就没说什么。

两个人并肩站着，久久无话。

等到整点的钟声响起，公爵向棺椁鞠了一躬，将手中的白百合花束放下。

站直之后，他从胸口取下娇艳欲滴、纯白无瑕的白玫瑰，平静道："有人托我带的。"

布莱特又笑了："我以为他会夜深人静的时候，偷偷摸摸一个人来。"

他一边说着，一边将白玫瑰接过，别在自己的胸口，有点无奈："早知道这样，我今天应该穿一身黑礼服。"

"现在去换也来得及。"

"不换了，就这样吧！"布莱特调整了一下白玫瑰的位置，努力让它更显眼，"只要他能看到就行。"

十一

公爵迎着阳光，走向长廊。

童素看了李察一眼。

李察非常机智："我走，我走远点。"然后就用最快的速度和最小的动静溜了。

公爵在童素面前停下脚步，就见童素微微欠身，礼貌道："公爵阁下，再次见面，不胜荣幸。"

"第四次。"

童素没想到，自己什么试探都没做，公爵就这么承认了！

原本准备好的千言万语，就这么梗在喉咙里。

最后，她只是问："公爵阁下，黑暗世界的'公爵'，是你吗？"

"那只是一个符号，由我国经营，对中东地区倾销武器，制造战火。大洋国偶尔也会冒用这个名号，做同样的事情。"

"万象集团，德隆葬礼上，我见到的'公爵'，是您吗？"

"是我。"

"公爵阁下，您为何出现在文南国？"

"听见你去了万象集团，特意见你一面。"

这个答案，完全出乎童素的意料。她下意识就觉得公爵是在骗她，但仔细想想，要骗也找个合理的理由啊！公爵又不是轻浮浪子，随便对一个女人就甜言蜜语。

童素对内廷对峙时，公爵全程一言不发，安静观赏，就连表情都只有望向伯爵尸体时有变化的从容姿态印象很深。

她敢打包票，当时公布的那些秘密，公爵估计全都知道，甚至还参与了不少。可人家就是能以旁观者、局外人的身份，坐在那里纹丝不动。剔除掉所有荒谬的可能，剩下来的竟然是……公爵说的是真话？

童素微微蹙眉，觉得匪夷所思："阁下和我在文南国之前见过？"

"用眼睛看，用耳朵听，如果是这个标准，不曾见过。"

这话就更玄乎了。

假如眼前的不是梅涅公爵，童素一定以为自己碰到了故弄玄虚的神棍。

她想了一下，决定还是直接问事情好了："请问，万象集团总部的爆炸，是您所为吗？"

虽然这么问很突兀，也很直接，但不知道为什么，童素就是感觉，公爵一定会回答。

果然，公爵依旧用沉稳而平缓的语调，回答道："云爆弹是我提供，炸毁则是 Demon 的决定。"

"为什么？"童素的声音尖锐起来，"为了掩盖总部底下非法实验室的罪行吗？"

公爵静静地看着童素，就像一个大人在看无理取闹的孩子。

童素原本愤怒的心情，就这么渐渐平静下来。

"万象集团总部并没有非法人体实验室。"公爵给出了一个童素意想不到的答案，"Demon 也不是任何人的部下。"

没有非法实验室？童素快速地回想，发现这件事是伊莎贝拉告诉她的。那个女人说话，有几分真实？

但公爵的回答，也不一定可信，所以童素追问："Demon 为什么要炸掉那里？"

"快塌了。"

聆听公爵说话，就像打开一瓶香醇的美酒，还未品尝，就已经要醉了。

童素现在就觉得自己脑子一定是不清醒，否则怎么听不清话？快塌了是什么意思？难道那么高的山还会塌？

谁料公爵下一句就是："万象集团多年开凿山峰，密道星罗棋布，山底俨然一座空壳。圣湖之水反复倒灌冲刷，地下暗河汹涌澎湃，山峰随时有倾塌下沉的危险。文南国政府地质局的水平有限，无法洞察危机。一旦占据此地，看到此处依山傍水，地势险要，必将打造成军事堡垒、科研基地。"

童素懂 Demon 的逻辑了。

万象集团总部所在的山，已经像被蛀虫凿空的大树，下方还在不断被水流侵蚀，很可能有一天就因为这种土拨鼠打洞的行为，直接垮塌。

那么问题来了，究竟被砸死的是万象集团这些毒贩、雇佣兵、蛇头好呢，还是砸死将来会搬到这里的科研人员、军人乃至普通百姓好呢？

童素有点不信这个理由，但她知道自己再问也得不到答案。

公爵已经给了她答案，她不信，那是她的事情，公爵没必要再解释。

不知为何，她觉得很可笑。三年多来，每一次梦里都是天降硫火，山脉倾塌，湖水倒灌，生灵一瞬之间蒸发的人间地狱。苦苦追寻，只是为了找到罪魁祸首，给受害者一个交代。结果现在告诉她，那么惨烈的爆炸，起因竟是山峰本来就快塌了？

她不知该说什么好，最后只化作一句："Demon 为什么会留在万象集团？"

"为了守护一件至宝。"

"什么至宝？"

"这个问题，我不能回答。"公爵从神情到声音，都没有任何波澜起伏，"你还没有做好准备。"

"哈？"

"宇宙是巨大的黑暗海洋，人类乘坐一叶扁舟，在狂风暴雨中挣扎。"公爵凝视着童素，竟有些温和，"知道得越多，距离疯狂和死亡就越近。"

童素皱眉："类似的话语，我在小说中经常看到，但现实中还没人提。难道您想告诉我，这个世界上真有超自然力量，或者不可名状的恐怖？"

"并不需要那些外物。"公爵轻轻抬起手,指了指胸口,"当你直面它的时候,就能明白,何为痛苦,何为绝望。"

说罢,公爵重新迈起步伐,越过童素。

童素下意识想要拦住对方,却看见公爵侧过身,乌黑的眼珠中,倒映着她的面容:"被巨大谎言所包裹的人生,从梦中醒来,未必就是幸运。"

像是某种诅咒,又像某种谶言般的话语,令童素伸出的手僵在原处,半晌说不出话。

而这时,公爵的目光越过童素,望向缓缓走来的布莱特与李察。

童素敏感地注意到,布莱特与梅涅公爵之间,流动着某种异常的气氛。

他们是达成了什么协议吗,还是没达成什么协议?

瞧见气氛不对,李察微笑着开口,试图打岔:"你们刚才在聊什么?"

童素正在思考该怎么回答,公爵忽然道:"布莱特陛下,您认为,为王者最重要的三个要素是什么?"

布莱特停顿了一下。

李察和童素交换了一个眼神,都有些紧张。

他们意识到,这个问题非常重要,恐怕直接决定了梅涅公爵将如何对待这位新皇。

布莱特当然也察觉到这一点,认真思考过后,郑重回答:"我认为,为王的三要素是领导能力、决策能力和谋略。"

瞧见梅涅公爵没什么表示,布莱特进一步阐述自己的理论和主张:"领导能力是指能够有效地领导和激励人民,使其朝着共同的目标努力。决策能力是指能够在关键时刻做出明智而果断的决策,以应对突发事件和挑战。而谋略则是指在战争、外交和政治等领域中,能够制定出长远的战略和计划,并在实践中不断调整和改进,以取得胜利和成功。这三个要素缺一不可,相互支持、相互促进,才能成为一位优秀的王者。"

梅涅公爵没说是,也没说否,只是望向李察:"李察先生呢?"

李察惊了一下,没想到这个问题还能轮到自己。

但不知为何,梅涅公爵就是有这样的威慑力,让李察也认真起来,仔细思索后,回答:"我认为是权威、智慧和寿命。布莱特说的领导能力,我很赞同,但我认为是'权威'而非'领导'的原因,就在于王者其实要保持一定的神秘感,权力带来的威严,我很喜欢这个词语,古老的东方在遣词造句上,就是有这样精妙绝伦的能力。智慧,这当然是为王者必不可缺的能力。一个庸人成为王者,只会害苦他的百姓。寿命,或者说健康也很重要。虽说一个活得太长的君王,往往会在老年的时候昏聩无能。但如果君王寿命太过短暂，政权一直更迭，很容易陷入动荡。"

梅涅公爵望向童素。

童素却没有直接回答，而是反问："我想知道您的答案，以及，您还问过谁这样的问题，他们的答案是什么？"

梅涅公爵平静道："这是亚伯与我的交易内容之一——假如他死了，或者他暂时离开这个宫廷，我便以此来考问新皇。"

旋即，他望向布莱特："你想知道威廉和亚伯的答案吗？"

布莱特毫不犹豫："请务必告诉我！"

"威廉的答案是，领导能力、智慧和公正。"

竟然只有一个答案与父亲一样吗？

布莱特有些迫切："父亲还说了什么？"

"领导能力是王者最基本的素质，因为只有具备领导能力，才能引导人民走向繁荣稳定的未来。一个具备领导能力的王者，应该具有谋略、决断力和果断的执行力，能够在政治、经济、外交等方面制定正确的决策和政策，推动国家的发展。"梅涅公爵不疾不徐地重复铁血首相昔日的话语。

就不知道这到底来自现场的聆听，还是亚伯的转达。

布莱特听罢，心道，原来我认为的三要素，都被父亲归纳到领导能力中了吗？父亲的要求真高，我还有所不及。

"其次，智慧也是王者必备的素质之一。王者需要有广博的知识和高超的智慧，能够深入了解国家的内外部状况，及时发现和解决问题。此外，王者还应该有开阔的视野和创新的思维，能够引领国家不断前进，保持国家在竞争中的优势。这都是'智慧'的必备属性。最后，公正性也是王者必须具备的素质之一。作为一个国家的领导者，王者需要公正地对待所有人民，遵循法律和道德准则，保障人民的权益和利益。只有具有公正性的王者才能够获得人民的信任和支持，推动国家的繁荣稳定。"

布莱特长嘘一口气："谢谢，我明白了。"

"亚伯却持有完全相反的观点。"梅涅公爵淡淡道，"亚伯认为，为王的三要素是贪婪、暴力和器量。

"知晓一个人的贪婪，就能利用并驾驭对方；知晓一个民族的贪婪，就能掌握前所未有的强大力量；知晓一个国家的贪婪，就能明白他们的弱点所在。贪欲是人类前进的阶梯，也是永远无法摆脱的劣根性。

"而极致的、强大的，让人无可违逆，又喜怒无常、神秘莫测的暴力，能塑造不可亲近、不可违逆的恐怖感，因而使得统治稳固。当然，暴力往往会反噬君王，就如同白熊国，当你依赖宫廷禁军发动政变，成为皇帝后，从此历代皇帝就要生活在被弑君的担忧之中，变本加厉地使用暴力。

"至于器量……都说君王最重要的在于识人之明，可就算他们知晓这个人的能力乃至心性，想要放权给对方，又放多少权力给对方，也需要足够的胆略。狭窄的心胸不足以匹配优秀的臣子，恩威并施方能显现君王的器量。"

得。童素已经肯定了，亚伯如果当皇帝，肯定百分百是暴君。

但她也不得不承认，亚伯对人性的洞悉已经到了登峰造极的程度，如果都是当皇帝，亚伯手下的臣子估计最难熬。因为他们将面临一个永远不够信任他们，又精明到极点，能够洞悉他们所有小聪明的君主。

李察听到这里也很感兴趣了，忍不住问："公爵阁下，您的答案呢？"

"领导力、决策力和执行力。"梅涅公爵淡淡道，"领导力是一个王者必须具备的最重要的品质之一。包括对人员的管理、指导和激励，以及展现出正确的理念、道德。决策力——在关键时刻做出正确的决策，可以带领国家走向胜利。一个优秀的王者应该具备权衡利弊、善于分析、冷静思考的能力。有了正确的决策，王者还必须能够迅速有效地执行，才能达成既定的目标。这些要素在王者身上的表现，将决定一个国家的兴衰和国家民族的命运。"

说罢，梅涅公爵望向童素。

李察和布莱特也看了过来，他们都很好奇童素的答案。

童素沉默片刻，才说："我有点抵触回答这个问题，因为我不是很能接受新时代还有'君王'这种设定。"

布莱特有些尴尬地别过脸，梅涅公爵不动如山。

李察饶有兴趣地说："假设一下，假设——"

"也可以不是君王。"梅涅公爵突然道。

听见他这么说，布莱特有些惊讶，李察挑了挑眉，童素下意识看了过去，就瞧见梅涅公爵面带悲悯："高贵不来自血脉，而来自灵魂。耶稣的门徒有税吏，也有渔夫，他们都不是执政者的血脉，但他们的崇高，得以让灵魂升上天国。

"百姓总是混沌、愚昧、麻木的，需要有普罗米修斯盗取天火，传递给人类——那便是文明之火、智慧之火，也是希望之火。能够引领人类前进的盗火者与传火者，便是文明的君王。"

童素思考片刻，忽然道："无论哪个国家、哪个宗教的典籍中，都有着圣人的存在。

生而知晓众生苦难，自出生开始，就没做过任何一件伤害他人的事，不图回报地帮助他人，哪怕献上自己的一切。这是最纯洁也最无私、最崇高也最无瑕的纯善，所以我认为，善良是君王的必备要素，可以不是圣人般的纯善，但底色必须是善良。这就是我认为的要素之一：善良。"

然后，她的目光在三人身上转了一圈，方道："听说贵国国教之中，有东方三贤人遵循星星的指引找到了耶稣诞生的地方，并献上了黄金、乳香和没药。"

梅涅公爵轻轻颔首，虔诚道："黄金代表着耶稣的君王地位，乳香代表着他的神性，没药代表着他的人性和牺牲。"

"既然圣子都需要洞晓世间一切真理的贤人参拜，由此可见，智慧是必不可少的要素之一。但绝非世人理解的小聪明、小手段，而是掌握真理之钥，能够明辨万物的大智慧。所以，我认为的要素之二，便是智慧。至于要素之三——"童素凝视着远方，轻声道，"我想了很多，谋略、勇气、胆魄、正义、牺牲、公正……世间的美德有这么多种，究竟最后应当选择哪种呢？但最后，我恍然大悟，那正是最虚幻也最缥缈，无数人苦苦寻觅，相信又不相信的事物——爱。

"世间八十亿人，又有谁能掌握真理，又有谁真的心怀至善？但至少每个人都能做到'爱'，对亲人之爱，对朋友之爱，对家国之爱，对文明之爱……再平凡的人，也可以拥有爱。哪怕是被主流认为不务正业的游戏，正因为一代又一代玩家的热爱，令硬件行业不断进化，最后显卡、芯片行业的爆发，最后催生出人工智能的果实。

"这就是我的答案。爱让每个人都有可能成为君王。"

布莱特眼中异彩连连，李察神色有点飘忽，不知道在想什么，梅涅公爵若有所思。

就见童素望向梅涅公爵，轻声道："我知道，我的答案或许最缥缈，亚伯的答案在这功利的社会，或许才最有效。但我很可怜他。他的父亲和母亲是多么善良的人，哪怕历尽艰难也不曾改变。我知道，他变成这样不是他的错，但——"

童素回想起宫廷政变时的一幕幕，忍不住望向天空，这样就可以掩盖自己微红的眼眶："他当然可以报仇，可他或许能拥有更好的人生。"

皇帝是垃圾，前皇储是垃圾，伊莎贝拉是垃圾。这些大贵族，更是个个心怀鬼胎，没几个是好人。亚伯为了对抗他们，变得冷血残忍，这点无可厚非。

但在这个过程中，亚伯却选择了最糟糕的那一条路——可能他自己都没有发现，在这个肮脏皇室中，用阴谋诡计的毒汁泡大的他，已经成为宫廷能养出来的，浑身都流着脓的，集大成的怪物。

他的人生已经没有了正向的东西，只有权术、阴谋和憎恨。就好像他的善良已经被宫廷吞噬、咀嚼，最后吐出名为"亚伯·温菲尔德"的残渣。

"他或许杀了他们。但他也成了他们。"

善良是一种力量，仇恨也是。

"虽然知道作为外人，我不该说什么，但——"童素望向梅涅公爵，轻叹了一声，说，"我能感受到，他对我稀薄的善意。"

虽然这份善意，脆弱到就像晨间的朝露，分不清到底是因为亚伯自以为是的"同病相怜"，还是居高临下的，对同为聪明人的她的极度欣赏。但童素感受到了。

她不会因为这份善意过于微薄就不放在心上，相反，正因为亚伯对她、对李察，乃至对铁血首相的善良，都让童素感觉，亚伯的人性没有彻底缺失。

他并没有真正疯狂。

"说来好笑，我是抱着拯救世界的想法来的，但现在想想——"童素失笑着摇了摇头，"我拯救不了世界，也拯救不了他。真正拯救世界，也拯救他的，是他的家人，是首相阁下，还有佐藤老先生对他的爱。"

是的，童素已经明白，佐藤明为什么反复吟诵着《平家物语》的开篇诗。

斯图国的体制决定了，哪怕亚伯是罪魁祸首，可布莱特已经成为皇帝，温菲尔德家族的直系——不管亚伯有没有血统，但他是外界唯一认可的继承人。大家再怎么不忿，也要捏着鼻子同意，否则就会引起动荡。

以布莱特对亚伯的愧疚，还有亚伯的个人能力，以及梅涅公爵暧昧的立场，亚伯真有可能做到像平清盛一样权倾天下。

但亚伯心中没有爱。他对君王无爱，对臣子无爱，对百姓无爱，对国家更无爱。若他摄政，只会像他自己描述的那样，用贪婪来诱导臣民，用暴力来支配臣民，用胆略来驾驭臣民。

童素毫不怀疑，亚伯在生前，至少在他没有老迈昏花前，一直都能是大人物，就像平清盛没死之前，无人敢于违抗，不像后世被属下叛变的织田信长。

因为没人玩得过他。至少童素觉得，布莱特不能。

但《平家物语》的作者，还有佐藤明，都很熟悉中国历史，他们都在自己的作品中，举以中国的史实为例证，举出秦之赵高，汉之王莽，梁之朱异，唐之安禄山等，说他们都有过一个鼎盛时期，当其得意之时，"不守先王法度，穷极奢华，不听净谏，不悟天下将乱的征兆，不恤民间的疾苦"，所以必然导致灭亡的结果。

这是皇室得到的下场，却也是佐藤明不想看到的，有可能属于亚伯·温菲尔德的未来。

"遭遇海难的船员，分不清人和鱼的界限。吃了人鱼肉的人，也会变成人鱼，被他人所食。无论首相还是佐藤老先生，都希望他依旧是人，而不是人鱼。如果您能联系到亚伯，让他再去看一遍《平家物语》吧！"童素毫不犹豫地说，"如果不想看，也别忘记，他还有一个亲人在世界上。"

说罢，童素望向李察，翻了个白眼："当然，也有可能是两个。"

肃穆的葬礼，持续了整整三天。

尘埃落定当晚，圣巴托罗纳教堂，墓葬区。

一个鬼鬼祟祟的身影，避过修士们和守夜人，来到新堆砌的坟冢前。

银色的长发在夜空之中，无比耀眼。就像天使降临人间。

亚伯·温菲尔德看见新修的墓葬，脚步下意识轻快了几分，就像以前无数次需要铁血首相退让时那样，轻快又不高兴地低声抱怨："李察真是太过分了，在几个选帝侯面前那么说我，平白让我被看笑话。

"'赫卡忒'就更气人了，我好心指点她，不要忘记母亲的死，稀里糊涂地这样过，她倒反过来教训我。还在布莱特和李察面前，这让我多没面子啊！

"还有，布莱特那小子，我真恨不得把他杀了，只要看见他就来气，天生就是来和我作对的！我都托梅涅带花去祭奠你了，布莱特居然把这朵花别在他自己的胸口，而不是放在你的棺椁前。"

话音刚落，他突然愣住了。一朵白玫瑰，牢牢粘在坟冢上。

"这小子，真是……！"亚伯直接把粘着白玫瑰的胶带撕了，将已经有点蔫巴的白玫瑰揣到上衣口袋里，看上去在笑，眼里却有了泪，"那个，让你演哈姆雷特是我不对。但你也不要演了一次哈姆雷特，一辈子在戏里出不去吧？

"明明知道我们的兄友弟恭，我对你的依赖都是装的，就是要坑你，用来取信老皇帝。为什么要一次次上钩，一次次心甘情愿被我这么伤害，认为这样就能弥补我，感化我吗？太傻了，简直太傻了。

"你是傻子，我也是。明明打算杀了布莱特的，我却没有出全力，反而睁一只眼闭一只眼，任凭那小子回来，还继承了皇位。算了，就当我坑你这么多年的回报，我们扯平了。从此以后，你不欠我，我也不欠你。你在你的天国被天使环绕，享受至善至美的生活，回到你的主身边。而我呢，肯定死后是下地狱的，你就不必惦记了。

"那就这样，我走了！再也不来了！这次来都是被布莱特坑的，说不定还有梅涅的份。同一招可骗不到我第二次，没有下次了！我说真话，绝对，绝对，绝对没有下次了。"

他一边发着言不由衷的誓，一边从怀里取出视若珍宝、牢牢藏着的礼物，轻轻放下。

"我不知道死后是不是真有地狱天堂，还是像其他宗教说的那样，人可以轮回转世。你肯定是相信前者的，但我宁愿是后者。如果真的可以轮回，下辈子，你别再把所有责任往身上揽，偶尔也为自己活一次吧！大哥哥。"

守墓人听见动静，匆匆赶来，却没看到半个人影。

唯有温菲尔德伯爵的墓前，放着一捧尚存着体温的白色玫瑰花。

第十一章　伏击

一

"佐藤老先生，见字如晤。我前些日子得知了一个惊天的秘密，卡瓦哈尔·里切尔还活在世界上，他已经忘记了八岁之前的记忆，过得很好。"

钢笔将这行字画掉，又重新写。

"如果卡瓦哈尔还活在世界上，您——"

又把字画掉。

陆续的涂抹，让这页纸已经不能看了。

童素将纸张扔到碎纸机中。

算了，不写信了。归根到底，要亚伯自己愿意才行。他如果肯认佐藤明，亲自去一趟，比什么都有用。

否则这边亚伯躲着不肯承认，那边佐藤明就算知道了又如何？徒增希望，只会让人更加失望。百岁老人了，还是别经历太多大起大落吧！

敲门声响起。

"请进。"

李察一推开门，看到碎纸机咔咔作响，不由调侃："难得看你没有摆弄电子设备。"

"我也没有宅到那种程度。"童素冷淡地回答。

李察自然知道他们两个之间已经撕开那层若有若无的和平面纱，从先前彼此猜疑、相互试探，到现在的立场相悖，但他却还是嬉皮笑脸："你之前那番话，我转述给亚伯了。"

童素冷笑一声："如果我是布莱特，就火速搬去行宫居住。"

他们两个目前约等于半软禁状态，以童素的黑客技术，尚且有所顾虑，忍住好奇心和探知欲，没有在这时候登录自己与父亲的秘密网站，看看父亲目前的情况——她对父亲究竟怎么给自己善后，还一无所知。

又或者查看童子邦要给伊万的那份证据，获悉当年的故事。毕竟当时太过匆忙，没有来得及自己先看一遍。

童素不信李察不知道他们的处境，在这种情况下，不熟悉也不喜欢电子设备的李察，居然能把童素说的话告诉不知道人在何处的亚伯？

他通过什么手段？电子？还是索性就有人能帮忙带话？或者亚伯秘密回来，他们见了面？无论哪种，仔细想想，都觉得恐怖到了极点。

与其说夏宫被亚伯的势力渗透成了筛子，倒不如说，老皇帝和伊莎贝拉死后，亚伯才更像是夏宫真正的主人。

虽然"亚伯·温菲尔德"是假的，但这么多年下来，假的也成了真的。

童素代入一下布莱特的视角，只觉得如果自己是他，只怕一个晚上都睡不着，立刻就要搬到行宫去住——越荒凉越破败越少人越好，宁愿自己新弄一套班底，也好过在老人里大浪淘沙，分辨他们的立场。

这么想想，童素突然有点理解"皇帝"的视角。你根本不知道谁可信，谁可用。诌媚有可能是手段，忠诚有可能是矫饰。谁都像忠心耿耿，谁都像不怀好意。猜忌和多疑就像一对恶魔的羽翼，扎根在君王的灵魂里。

李察耸了耸肩，刚要说什么，却听见走廊传来脚步声，侧过头望去，就见一位身穿军装，神色坚毅的女士，以及几个同样一看就是军人的随从，在他面前站定，又向童素的方向转身，利落行了个军礼，说话铿锵有力："玛丽·约克，奉陛下之命，邀请二位贵客前去共进下午茶。"

童素和李察对视一眼，没说什么，跟随玛丽·约克出门，沿途发现，原本如花蝴蝶一样穿梭的使女们不见了，穿着笔挺制服，守卫在各处的宫廷侍卫们也少了很多，几处关键要道，都是军人在站岗。

偌大的夏宫，竟然显得有些冷清寥落。

李察笑了一下，望向童素。童素无声叹息。

果然，布莱特也信不过宫中的人，启用了自己的班底。或许，再过一段时间，他就会成为一个合格的"皇帝"。

这令童素的脚步逐渐放缓，不自觉望着近处的繁花盛景。哪怕是冬日，夏宫依旧鲜花盛开，永远不会凋零。因为一旦任何一株花朵有了枯萎的迹象，宫廷花匠立刻就会将它们舍弃，从温室大棚中移栽更加娇艳、美丽的花朵。

不知为何，童素竟有些恐惧。

华美锦绣的夏宫，就好像是一个深不见底的沼泽，它吞下去了每个人的善良与坚守，化作了让人深陷的污泥。

"怎么了？"看到童素停下，李察疑惑地问。

"不，没什么。"童素摇了摇头，随玛丽·约克来到一座小花园。

花园中竖着一个遮阳篷，下面放着一个小茶桌、三把茶椅，上好的红茶与宫廷糕点摆在茶桌上。

身穿便服的布莱特坐在茶椅上，翻看着文件，见他们来了，随手将文件放下，起身迎接，面带微笑："姑母，辛苦了。"

玛丽·约克的面容十分严肃："陛下，您应当称呼我为约克爵士，或者约克中校。"

布莱特有点无奈："好的，我记住了。"

玛丽·约克这才端正地行了一礼，恭敬退下。

李察饶有兴趣地看着这一幕，完全没有自己是个二五仔，身份十分尴尬的认知："我以为当了皇帝就能无拘无束，怎么好像是个人都能管你？"

"你现在看到的还好，等宫廷书记官，还有贴身仆从等到任，才叫辛苦，就连用餐都不能随心所欲，要按照规矩来。"布莱特一边说，一边请二人坐下，"这段时间宫廷人事变动有点大，你们不要随便跟着生面孔走，玛丽姑母的祖父与我的曾祖父是亲兄弟，在中央情报局的时候也对我照顾良多，是可以信赖的人。"

童素心中一沉，表面上却不动声色："我以为我们马上就可以回国？"

布莱特收敛了温和的笑容，略带郑重地说："这就是我此次请二位前来的用意——我希望你们能留在斯图国，我将授予你们荣誉爵位，希望你们能帮助我。"

不等童素说什么，李察已经懒洋洋地回答："很抱歉，我的立场实在有点尴尬，万一亚伯回来，我在感情上必定倾向于他。所以我没法接受你的邀请，还不如回到我的侦探所，继续当给人抓猫找狗的无聊侦探。"

布莱特对李察这种打开天窗说亮话的行为十分赞赏，也对他剖白："你是法尔兰大主教唯一的继承人，如果愿意成为教士，十年之内必定成为红衣枢机。"

国教内部也有派系之分，大主教的子侄先天就比别人爬得快，尤其是法尔兰大主教人缘好，学生多，继承人又只有这么一个。只要李察愿意加入国教，等待他的就将是平步青云的通天大道。

瞧见李察不为所动，布莱特又诚恳地说："这是一份关于未来十年后的投资。"

言下之意，便不是要你现在站队。

没错，一旦涉及亚伯的事情，李察肯定帮亚伯。但布莱特是这么想的，如果亚伯愿意回来，他与亚伯之间要么有一战，要么就能谈出个结果，不会有拖时间的可能。

假如他输了也就算了，肯定没办法活到十年后。可要是其他的情况，那投资李察就稳赚不赔，这等于他十年乃至二十年后，他可能有一个偏向他的大主教、选帝侯。

李察却还是耸了耸肩："我虽然也是国教的信徒，但绝对不是很虔诚的那种。前几天教廷通知我去拿法尔兰大主教的一些遗物，我也没什么真实感。我直说吧，我对门特教授的印象都停留在小时候，很模糊了，法尔兰大主教——"

他顿了一下，才理所当然地点了点头："对我而言，他是完全陌生的人。现在说，因为我是他亲弟弟的教子之子，是唯一能继承他财富和地位的人。这就像一个梦一样，而我很难把这个梦当真。"

"所以，还是算了。"李察摊了摊手，"法尔兰大主教的继承人这个身份带给我最大的好处，大概就是'政治'上的考量被加分了。不出意外的话，国际刑警那边应当会取消我的停职。"

童素随口道："但你的身份基本也明牌了，以后大概只能转入明面，甚至只能坐办公室，没办法前往一线了。"

李察顿时垮下脸："能不能别提这种可能？"

"这就是你身份带来的利和弊呀！"童素完全不给面子，"当然也有解法，你可以尽快生个孩子，从小送到国教去，继承大主教的衣钵。然后再三对上层打报告，表示要去一线，说不定有可能哦！"

"这也太悲惨了吧！如果弗朗索瓦老爹真这么对我，我只能请他喝涮咖啡机的水了。"

李察耍宝的时候，童素心中却觉得奇怪。不对劲。

单从布莱特削减宫廷侍女和侍卫，改用军人就知道，他对原本夏宫里的人，无疑是信不过的。

而那个负责接引他们的玛丽·约克，身份也很特殊。约克是斯图国的主城之一，能以这个城市之名为姓氏的，都是皇族偏远旁支，因为血脉太远而被改了姓氏，勉强能算半个皇室"自己人"。

布莱特将对方称作"姑母"，虽然很可能是一种拉近关系的方式，两人的亲缘关系实际上很远了。但看这位约克中校身上的军服以及军衔便能发现，对方是中央情报局的高官，直属布莱特管辖的范围，算是他嫡系中的嫡系。

再联想一下如今斯图国的局势，就知道布莱特这个新皇，虽然不至于是光杆司令，却也没那么好过。

四大贵族中，一向和皇室走得近的卡佩洛侯爵之位空缺，亚伯这个名义上的新温菲尔德伯爵又不知所终，下一任内阁首相还不知道花落谁家。

没有了首相与卡佩洛的制衡，梅涅半岛又远在政治中心外，洛林贝格大元帅的实力空前高涨。再加上斯图国惯例，皇帝的结婚对象只能从四大贵族中挑。温菲尔德绝嗣，远亲的身份太低不够格；梅涅公爵未婚，叔叔一家也被他弄死了；卡佩洛老侯爵获罪，导致三代都是庶民，新侯爵就算即位，估计也会被贵族们挑说是乡下人；如此一来，新皇后在洛林贝格家族中挑选的概率极大，而这个家族在中枢的实力也会空前高涨。

虽然布莱特从小就接受大元帅的教导，两人亦师亦友，情分极好，大元帅对他的喜爱甚至胜过自己的儿子们。但大元帅还能活几年？家族与情分之间，大元帅又会怎么选？

至于国教，那就更微妙了。皇权、神权，在漫长而血腥的斗争后，终于勉强迎来了和谐，一直处于合作中带对立的状态。他们乐意看皇帝求助于他们，当然不会主动帮忙。

正因为如此，布莱特希望李察留下来可以理解——李察的身份天生就能继承法尔兰大主教遗留下来的政治遗产，只要布莱特继续扶持李察在国教中站稳脚跟，就等于他在国教多了一张牌。

自己留下来有什么用？

李察虽是混血儿，但生在大洋国，母亲是白人，父亲与法尔兰大主教关系匪浅，又和大洋国警方、国际刑警关系莫逆，勉强还能得到斯图国高层的认同。而自己，亚裔、黄种人、女性，无信仰。

虽然这都是网络上"政治正确"的加分项，但在斯图国的政坛，尤其是高层政坛，全是踩雷点。想也知道，以保守著称的斯图国高层不可能接纳自己。布莱特为什么做这种无用功？

童素隐隐觉得事情有点不大对，可思来想去，都不知道自己身上究竟有什么能利用的地方。

这时，有人快步走过来，附耳到布莱特身边，说了几句。

大概是因为刚刚被李察拒绝，估计童素也会拒绝，布莱特打算暂时换个话题，又或者是换一种攻心方式。

就见他彬彬有礼地发出邀请："夏宫的地下设施，也就是'提洛岛'真正的核心所在，已经清理完毕，我带你们过去吧！"

斯图国，中央情报局，底下三层。

这是特殊牢房的所在地，采用全隔音材料制作，哪怕两个犯人距离不超过一米，但只要隔着墙壁，就完全听不见对方的声音。

牢房里摆放着一张焊死在墙壁和水泥地上的不锈钢单人床，旁边是一个同样不能挪动的不锈钢餐桌。牢房一角则是一个单独开辟出来的小型卫生间，非常狭窄，只有一个盥洗池，一个马桶。

詹姆斯穿着一件单薄的囚衣，躺在略显狭窄的床上，正在闭目养神。

他被关进来的时候，化妆、假发等，就已经全被卸掉了，全身上下包括牙齿都一颗颗被检查过，藏在身上各处的金属、刀片、钢丝乃至烈性毒药，全部被收走。

而这间牢房看似简单，实则360度无死角地监控，就连他上卫生间都不放过。像便于拆卸的马桶圈，或者能够捆成长条，并且不利于监控的床单被套，等等，全都没有，反正用中央空调控制了温度，不会有着凉的风险。每天送来的食物也只有三明治、汉堡等，直接拿手抓着吃，不给叉子勺子。

不仅如此，詹姆斯还发现，这些食物里加了一定量的肌肉松弛药物。如果他尝试不吃完，第二天的剂量就会加重，确保按照他的食量，吃下去之后，他的状态在能够正常生活，但没有办法爆发起来伤人的程度。

即便在这种方方面面措施都已经做到极限的情况下，一旦发现他有疑似自杀的举止，就立刻启动设备，喷出强力催眠气体，保证能把人及时抢救过来。

这样的阵仗，往往为那些掌握着极大秘密，不能让他们死的犯人而设。

詹姆斯本以为，自己会被严刑拷打，逼迫说出大洋国绝密情报，谁知他被关在这里已经七天了，除了每天饭菜会从小口子里自动送进来外，其他什么动静也没有。

这很不正常。难道斯图国的选帝仪式出了什么大变动？登上皇位的究竟是谁？伊莎贝拉？梅涅公爵？还是亚伯·温菲尔德？

詹姆斯心中正盘算着这些念头，就看见牢门打开。

一位气场强大的女性带着几个人走了进来，冷着脸："将他带走。"

詹姆斯没有反抗，乖乖任凭几人把自己双手铐住，往外走去，心中却有了计量。

这个女人，大洋国国土局的资料里有记录，玛丽·约克，祖父是老皇帝的远房堂弟，全家早逝，自幼寄养在宫廷。

她年纪比前皇储小十几岁，本来有可能成为前皇储这个恋童癖的狩猎目标，但因为温菲尔德伯爵的保护，以及斯图国宫廷默认她会成为未来伯爵夫人的事实，从而逃过一劫。

十六岁的时候，伯爵结婚，她拒绝参加伯爵的婚礼，剪掉头发去参军。现在是斯图国中央情报局行动处处长。主持处理了好几次大案要案，大洋国在斯图国的间谍据点被这个雷厉风行的女人端了三个，是一个非常难缠的对象。

布莱特·温菲尔德空降中央情报局局长时，虽然有身世的加成，表面上大家肯定没有不服气。但如果没有这个女人的辅佐，也很容易被下面的人架空。

众所周知，玛丽·约克是铁血首相嫡系中的嫡系，既然今天她出现在这里，那就证明最后斗争胜利的对象是温菲尔德伯爵一系？

那自己刺杀布莱特的行为……詹姆斯的心沉了下去。

这时，玛丽·约克停了下来，指着前方的房间："把他打理干净，然后去觐见陛下。"

她一声令下，几个军人就把詹姆斯推搡进去，不等詹姆斯反应，里面已经有许多专业的人等着。

就见一个人拿着喷头，给他冲澡；一个人用浴球给他拼命搓；还有人拿着刮胡刀，把他七天没打理的胡子仔细刮好。用最快的速度洗完、吹干后，又给他拿了全套剪裁得体，明显按着他尺码做的礼服。

不到半个小时，原本有点邋遢落拓的囚犯，就已经变成了上流社会的贵公子。

玛丽·约克看着高大英俊的詹姆斯，眼中露出一丝显而易见的厌恶，却没说什么，只是示意将詹姆斯继续铐起来，双眼蒙起，由人带路。

詹姆斯明显感觉自己上了车，但无从辨别方向，更没办法记录位置。

车子开了四五十分钟，中途十分安静，车辆没有颠簸，也没有外界的声音传来，不清楚究竟是车子的质量好，还是沿途本身就没有车辆和人群。包括车辆中途的停顿，也分不清到底是红绿灯，还是故布疑阵。

等到车辆最后一次停下，詹姆斯的眼罩被掀开，他不着痕迹地打量了四周一眼，发现是一个乍一眼看过去，感觉像医院的地方。而他们停靠的位置，有点像专门运输物资的通道。

全副武装的军人守在门口，看到玛丽·约克，立刻行了个军礼。玛丽也还了一个标准的军礼。

詹姆斯注意到，押送自己的其他人都没进门，而是直接把他换到这边的军人手上。但看这栋建筑中，值勤军人的衣服，同样应该隶属于中央情报局。

奇怪，不至于啊！按理说，皇帝身边跟着的应该是皇家卫队，或者是皇家特工，为什么反而用中央情报局的人呢？难道铁血首相自己登基了？

这个念头在詹姆斯心中盘旋，却在几分钟后推翻，因为玛丽·约克带着他来到一个十字路口，看见三个人站在那里，立刻行礼："陛下，臣已将人带到。"

二

陛下？

眼前这三人，詹姆斯都认识，童素，李察，还有布莱特·温菲尔德。

詹姆斯的目光在布莱特和李察中游移了一下，很快锁定布莱特。

他愿意接受这个命令的时候，可没想到会是现在这种情况。

真不知道涉及斯图国的新皇，国土局的高层会不会出尔反尔，不仅把他给卖了，还不肯履行承诺，洗刷约翰的名誉。

詹姆斯心中转过千百个念头，却无比镇定和沉静，礼貌对布莱特打了个招呼，像老朋友一样若无其事地说："恭喜。"完全看不出来，上次见面，他还想置对方于死地。

布莱特也没有任何愠怒的迹象，两个人就像"提洛岛"合作时那样自然："约克中校，辛苦了，请将这位朋友身上的枷锁解开，然后和其他人都退下吧！"

任何一个人都能看得出来，玛丽·约克听到这则命令后，显而易见地震惊和不情愿，这令她的动作都有些迟疑，却还是听命。

趁着这个时间，童素扫了詹姆斯两眼。她还是第一次见到这位大洋国传奇特工的真容，与资料上的"乔舒亚·兰登"外貌有七分相似，但气质截然不同。

乔舒亚·兰登作为詹姆斯原本的身份，由于收入高，名气大，长得帅，颇有些流连花丛中，情场老手花花公子的模样，却不讨人厌。

但真正的"詹姆斯·史密斯"，褪去了轻浮的假象，就像一柄冷冽的刀剑。你一看到这个男人，就会被他忧郁而锋利的气质吸引，认为他一定是个充满故事，又像谜团的男人，危险，却让人想靠近。

明明都是黑发蓝眼，轮廓长相都没怎么变，但截然不同的气质，让他这两重身份就像两个截然不同的人，就连相似的相貌，都只有同时熟悉他两重身份的人才能看出来，而且更不可能分辨出就是同一个。

不靠整容，只靠气质和神态，就能把自己完全打造成另一个人，这就是顶级特工的变装本领吗？

童素还在打量詹姆斯，枷锁已经解开，就见詹姆斯活动了一下手腕，随后望向布莱特，露出复杂的神情："真没想到……"

布莱特笑了一下："这是一个很长的故事，待会儿再说。"

詹姆斯只能点头。他深知，现在已经不是自己的生死问题，而是大洋国和斯图国的关系可能出现重大变故——刺杀重臣之子和刺杀皇帝，罪名完全不能相提并论。

哪怕斯图国拿这件事去质问大洋国，大洋国也只能吃哑巴亏，一边不承认，一边在暗处秘密与斯图国商谈，给予一定补偿，尽量避免进一步激化矛盾。

布莱特明明可以借机捞到好处，却没这么做，反而显得如此落落大方。那就证明，对他来说，詹姆斯身上必定有更大的利益可图。詹姆斯提高了警惕。

就听见布莱特说："如果没有二位，我早就和'狩猎女神号'一起，被飓风撕碎，沉入印度洋海底深处。今天邀请二位前来，也只是想让二位亲眼看看'提洛岛'最核心的地方，也算有个交代。"

说罢，他就示意前方守门的军人，将大门打开，然后不疾不徐地走了进去。

童素和詹姆斯随之跟上，穿过门扉，进入核心走廊，就发现这地方真是像极了医院——一间间纯白的病房，里面都是各式各样的仪器、手术床，无论道路、墙壁还是床上都一尘不染。再往前走，就要坐电梯往下，又像极了生物医药研究所。

世界上最昂贵、最先进的医疗器械，都能在这里看到。假如有任何一个从事相关研究的人员来到这里，看到这些梦寐以求的顶级仪器能被随便使用，一定会觉得这里是天堂。

"再往前走一些，就是标本存放处。"布莱特停下脚步，低声道，"李察先生，我们就不过去了。"

李察听懂了他的意思——自己父亲的标本，就在那里。

他本想迈开步子，却发现双腿犹如灌了铅，无比沉重。

童素、布莱特和詹姆斯都静静地看着。

就见李察的脚步越来越快，越来越快，最后几乎是冲刺一般，跑到了门边，却在快要迈进的时候，突然停了下来，不敢往前。

童素心中一叹，示意另外两人和自己随便走进一间房，不去看李察。

三人相顾无言，不知道应该说什么。

过了好半天，童素才问："标本包括骨骼吗？"

布莱特犹豫了一瞬，才说："只有少部分人的骨骼才会被留下来，大部分人都已经被烧成了灰。"

童素的嗓子有些干涩："那他们的骨灰——"

"被烧掉之后就存放到了一个房间。"布莱特努力压制情绪，却还是听得出声音里的低落、沮丧、痛苦和愤怒，"受害者在这里没有名字，只有编号。虽然有档案记录了编号对应的每一个人，但骨灰盒上没有标注。"

哪怕早就猜到是这样，童素也觉得无比讽刺："档案记录每个人的真实身份和姓名，是为了一旦碰到'特殊材料'，就把他们的家人都抓回来吗？"

布莱特长叹一声，心情无比沉重，却还是没有回避这个问题："是。"

童素看着眼前价值连城的医疗设备，干净整洁的房间，仿佛能透过一片纯白，看见无数人的哭号和血泪。或许，他们根本没有哭的机会。在这里，他们不再是人，仅仅是一件件材料。

亚伯·温菲尔德，也曾来到过这里吗？还是说，他曾在这里住过很长一段时间？

"这都是我血缘上亲祖父的罪，我无从辩驳。"布莱特轻声道，"但他对于自己的子嗣同样残忍，他会专门派人去挑选所谓的'优质女性'，然后，要么设法把她们弄上'提洛岛'，要么直接设法让她们'失踪'，然后这些女性就成为他的代理孕母。因为他觉得，研究直系血亲的大脑构造，或许能更好地解决这个问题。"

童素听"庸医"说过那一百个试管婴儿的故事，但听布莱特这语气，可能涉及的孩子不止一百个，还有更多。比如老皇帝用自己的精子试管出的孩子。

布莱特的情绪十分复杂："后来他觉得，孩童长成太慢了，不如研究现成的孩子。哪怕科学家们已经对他解释过无数次，人的大脑生下来开始就那么大，不会因为年龄增长而增加，他也强制把自己那个白化病的私生子弄过来进行实验。因为他本就不想让一个又特殊，又病弱的孩子活在世界上。"

那就是原本的"亚伯·温菲尔德"。

亲生儿子，因为生来的病症呈现妖异外貌，被视作恶魔和无能之人，不被允许存活。毫不相干的亚伯，却凭借能力出众，并且能去铁血首相那里当间谍，所以被强迫整成这副特殊的样子，权倾天下。

童素只觉得一阵阵酸水从胃里翻涌，让她恶心得想吐。

每一次都是这样，在她以为自己认识到人类下限的时候，人类总会用行动告诉她，这个物种永远没有下限可言。

但看见布莱特复杂的神色时，童素忽然意识到，这份真相对布莱特来说也无比残忍——因为铁血首相必定参与其中。

铁血首相早就打定了主意，想要将一切补偿给卡瓦哈尔，那么第一条件就是卡瓦哈尔需要有一个合适的身份。这不是随便就能解决的事情，需要皇室的背书，教会的默认。最好的做法，无非顶替另外一个人的身份。

铁血首相让卡瓦哈尔"成为"了亚伯，老皇帝知情。但他认为，亚伯本就是他派出去的间谍，憎恨首相，忠于自己。首相被情感蒙蔽，一心要补偿亚伯，自然更让老皇帝满意，便自然装作不知，反而不断给亚伯添砖加瓦，拔高对方的身份。

在这场权力博弈中，老皇帝要收拢君权，伯爵要限制皇权，亚伯要复仇。而真正的亚伯，只是千千万万牺牲品里面的一个。

首相的温情，大部分给了亚伯，少部分给了布莱特。可这位首相，同样会为了实现目标，残酷地牺牲其他人——哪怕是完全无辜的人。

布莱特对老皇帝毫无感情，可以肆无忌惮地揭对方的老底。但提到铁血首相的时候，他却变得小心而谨慎，不愿意让人知道他半点不好。或许人就是这样吧，涉及至亲，很难做到理智和客观。

童素心情复杂，詹姆斯则不知想到了什么，有些出神，却听见布莱特说："兰登先生，出门往左拐，第一间房间，或许有您想要的东西。"

知道这是布莱特要支开自己，詹姆斯点了点头，往他说的地方快步走去。

布莱特也很快收拾好心情，对童素说："'赫卡忒'小姐，请随我来。"

布莱特带着童素来到一间房子，映入眼帘的竟是童子邦和童素1∶1的等比全身像，惟妙惟肖，就连神态都模仿得很相似。

再看另一边的照片墙，密密麻麻，竟然全都是童家父女的偷拍，令童素下意识起了鸡皮疙瘩，只觉毛骨悚然："这是什么？"

"绝对替身计划。"

快速浏览了一遍布莱特递过来的文书，童素才真正知道绑架案的前因后果。

第三帝国如日中天时，曾经有非常多奇思妙想，以及灭绝人性的研究。

后来，这些科学家被大洋国、斯图国和白熊国瓜分，也将许多科研资料带到了这几个国家。比如斯图国，除了关于可控核聚变的仿星器的概念蓝本外，还有针对脑域开发，以及寿命延续等方面的研究。

斯图国老皇帝对后面这两种非常感兴趣，尤其是他诊断出患阿尔茨海默病之后，就越发疯狂。但作为困扰世界医学多年的难题，阿尔茨海默病并不会这么简单。所以就算是拿这么多人进行非法临床试验，还是没有太大进展。

十五年前，皇家医学院的院长面对老皇帝的屠刀，为求自保，说了一句，拿普通人的大脑研究或许没用，需要那些天才的大脑。

潘多拉的盒子，彻底开启。

尤其是九年前，当他们得到一份特殊的大脑，研究进展突飞猛进时，就更将这个奉为金科玉律。

"那份大脑就来自李察的父亲，李维。"

童素听到这里，才明白为什么，以亚伯和李察的关系，也没能把李察父亲的骨灰交给对方。

很明显，李维除了被移植的器官之外，其他各方面都还保存在这里，包括但不限于身体组织、大脑、骨骼，等等。

作为最重要的实验材料，哪怕亚伯已经深得老皇帝信任，但在对方还没彻底失去控制权的时候，亚伯也做不了什么。

从李维之后，"提洛岛"更以捕获天才为目标。他们抓了非常多的天才，但都没有取得应有成绩，直到从圣约翰医院的数据库里，拿到了一份详细检查报告。被体检的人，名叫岩罕。

但万象集团当时雄踞文南，俨然国中之国，就算以斯图国皇室之力，也没那么轻易把对方唯一继承人给抓了。而且万象集团暗中有大洋国的助力，用来对付亲近中国的文南国政府，斯图国皇室不好太明着干预，只能挑动万象集团造反。

"梅涅公爵洞悉了这一计划，决定干预此事。"布莱特缓缓道，"原本万象集团应该在两年以后造反，但他设局，提前激化矛盾。万象集团野心膨胀，急功近利，为了聚拢更多钱财，试图在中国贩毒。接下来的事情，你都知道了。"

"提洛岛"捕捉岩罕的行动功亏一篑，转而将目标锁定为童家父女，那些密密麻麻的偷拍，就是这时候他们通过各种渠道弄到的。

安妮·卡佩洛失手后，斯图国皇室并没有放弃。

中国安全部门给童家父女弄了替身，在一些场合活动，用来吸引别有用心的人。

斯图国皇室这边不知情，以为替身就真的是童家父女，一边更隐蔽地盯梢；一边找到身高、体态和童家父女非常相似的人，通过数次整容，最后调整成他们的模样。

鉴于皇室本身对制造替身就有非常丰富的经验，技术水准也很高，唯一的难处大概就是不了解童家父女，只能学到形，不能学到神。

"专家判断，说你们就算留在安全部门，但只要不成为高官要员，就不可能永远这么高强度接受保护，总有下手的时候。"布莱特苦笑着说，"只不过，人虽然已经整容了，但神态不够像。亚伯一直说，最好能言谈举止和你们相似，能多拖延几天，所以针对你们的计划就一直没有执行，直到'提洛岛'案发。现在想来，他应该有别的想法——他对你的看重有些不同寻常。"

童素直截了当地问："那些人在哪里？"

布莱特平静道："亚伯临走之前，将你的替身都杀了，'铜棒'先生的替身则全部带走了。"

童素难以置信："为什么？"

无论是杀死她的替身，还是带走爸爸的替身，都令人匪夷所思。亚伯的葫芦里卖的什么药？

布莱特摇头："我不知道。"

童素疑惑："不可能吧？你手上没线索？"

她一边说着，一边低头，翻文件上的整容记录表。

虽然每个医生的字都差不多，龙飞凤舞到根本看不清，但童素还是注意到，其中一个字迹，只出现过一次，但放在最下面。也就是说，这些整容的方案计划，很多医生一起研究，最后让这个人过目签字。很显然，这才是部门主管，或者说核心人物。

这个人的签名是——路斯恩。

看到这里，童素皱了皱眉，问："他是谁？"

"不知道。"布莱特回答得很干脆，"这个医生很神秘，只有寥寥几次出现过，真名不知，唯有一个代号，叫作'庸医'。"

童素心中骇然。"庸医"？就是她在白鹰州见到的那个"庸医"吗？

哪怕心底掀起惊涛骇浪，童素面上依旧不动声色地问："'庸医'？为什么叫这个名字？"

"我问过相关的人，他们说，这人之所以叫'庸医'，是因为他觉得自己一身医术无用，不能治病救人，就只来做削骨换皮的小事。"

童素不相信这些传言。一个能在斯图国皇室这种高度机密地方来去自如，所有整容方案都过他手的医生，怎么可能只是区区"庸医"？

但既然布莱特都这么说了，要么是对方真不知道，要么是他不愿意告诉自己，无论哪种，童素都问不出答案。

还是直接问爸爸比较好。

布莱特瞧见童素的神情，就知道她不信，不由叹道："我也非常想找出这个人，他不仅是整容方面的负责人，甚至还是这个研究院的主要负责人之一，但我搜遍医学界的权威，都没有合适的目标。"

童素意识到问题的严重性。

一个医学大拿，不可能从天上掉下来，斯图国皇室都没办法找到这人，那就只有另一种可能，即，对方与其他大国的秘密机构关系极深。比如，大洋国。

难道布莱特留下詹姆斯，就是为了问这件事吗？

等等！童素突然意识到一件事："替身……难道不是先拿身边的人试验？"

布莱特苦笑："这就是我希望你留下来的关键之一，我不确定，身边多少人，还是不是原来的那人。"

童素听到这里，顿觉毛骨悚然。

她迟疑片刻，才说："不能 DNA 鉴定吗？"

布莱特更加无奈了："你觉得，如果皇室已经用替身换掉了一些人，那么留档的资料还是真的吗？"

"他们的亲人呢？族人呢？ DNA 比对一下就出来了吧？"

布莱特叹气："皇家喜欢用死士，最好能是孤儿，如果不是，就把对方的家人牢牢控制在手心，但——"

童素疑惑："但什么？"

"小叔叔临走的时候，把这部分资料也带走了。"

童素顿时懂了。

亚伯内心里还是憎恨斯图国皇室，他虽然因为铁血首相的死，勉强放弃了对皇室的赶尽杀绝，留了布莱特的性命，但这不意味着他放下仇恨。想让他留下资料，间接帮布莱特无缝接收这些势力，无异于天方夜谭。

所以，他的做法就变成了——我不杀你，但我也不保护你。或者更进一步，"我知道别人要来杀你，可我不告诉你，甚至给你的调查之路增添一些阻碍"。

亚伯的态度很明确，你当皇帝，我默认了，我不害你。但你能不能坐稳皇位，就看你自己了。

童素意识到问题的严重性："所以，陛下根本没办法确定，身边这些人究竟有没有被替换掉，究竟又忠于谁？"

布莱特再度苦笑着点头："长久将中央情报局的人调来也不是办法，这样军方的势力会坐大，斯图国的国政若是真让军方把持，必是灾难。"

这点童素非常认同，但她还是奇怪："陛下想留我做什么呢？做大数据分析系统，然后比对过去所有监控，看人有没有被替换？"

而她心里，则更加警惕。爸爸……"庸医"……其中是不是有什么关系？

还有，既然"庸医"在这个计划中如此重要，童素就决不能露馅，让布莱特发现自己见过"庸医"。

这将是一张底牌，说不定何时就能生效。

三

布莱特刚要回答，便看见詹姆斯拖着沉重的步伐，缓缓走了出来。

虽然詹姆斯还是表现得非常平静，仿佛什么都没有发生，但童素还是注意到，詹姆斯周身的气息有点沉郁。

那个房间里，究竟放了什么东西？

童素知道这两人有事要谈，便道："我随便去旁边逛逛。"

她刚打算离开，詹姆斯却喊住童素，说："'赫卡忒'小姐，你也可以留下来旁听。"

布莱特见状，不由望向詹姆斯，淡淡道："你看上去并不意外。"

詹姆斯不卑不亢："已经猜到了。"

他从地窟被救出来后，只要一闭上眼睛，脑海中就是约翰临死之前，告诉他的那些信息。

"影之共济会"还有最后一名核心成员没有发现，那个人才是"鹰爪"霍克真正的上司，是检察官，或者律师。

詹姆斯并不怀疑挚友的遗言，他只是反复在想，以约翰的能力，是否查到了最后这人的身份？假如查到了，他为什么不说？是不能说，还是认为，就算说了，詹姆斯也未必会信？

从那时，詹姆斯心中就已经隐隐有预感，甚至是答案了。

所以，面对布莱特，这位顶级特工也表现得十分平静，反而将问题抛回来："你觉得'最后一人'是乔治·约翰逊的概率有多大？"

童素微微皱眉。"影之共济会"最后一个没暴露的核心成员，竟然就是詹姆斯的教父，大洋国副总统，乔治·约翰逊！

布莱特很干脆："按照目前掌握的资料来看，七成。"

霎时间，三人都沉默了。

半晌，童素才说："大洋国的大选是不是要开始了？我记得这任总统的支持率好像并不高？"

"他行事比较极端，支持者和反对者都很多。"詹姆斯回答，"当然，这些都只是表象，关键在于，他扶持互联网新贵，打击传统军工能源集团。西蒙·路斯恩的死，'影之共济会'的覆灭，让大洋国的门阀和精英们兔死狐悲。更不要说他为了底层白人的选票，与国内的政治正确导向为敌，我对他的连任不乐观。"

对于自己国家的弊病，詹姆斯一向看得很清。

大洋国看似民主，实则是精英治国，老牌财阀没有像樱花国、高丽国等那么张扬，却暗中罗织成细网，覆盖了大洋国的方方面面。

结社文化，又刚好是大洋国和斯图国都喜欢的。

别看"影之共济会"搞出了这么大动静，这么多烂摊子，其他财阀手中的脏事烂账，就未必比"影之共济会"少。

大洋国目前的总统，本身就不是传统精英阶层出身，行事还十分张扬，与整个大洋国精英政治的文化相背离，上次大选就是爆冷中举的。执政三年多，把南党得罪光了不说，就连自己所属的北党，内部也一大堆对他不满的人，能否连任还真不好说。

"总统目前最大的支持者，就是艾伯特·马歇尔。"童素缓缓道，"锂硫电池取得重大突破，目前正在召开新闻发布会，许多相关产业都要腾飞，诺亚集团已经成为全球最具价值的公司，艾伯特·马歇尔本身在国内也有着崇高的声誉。有这么强有力的支持者，难道总统还没办法连任？"

詹姆斯摇头，也不吝于说出本国的一些内部消息。反正吧，这些消息，斯图国中央情报局和中国安全部门都知道，也不算他泄密："艾伯特·马歇尔之所以支持总统，实际上是利益交换——总统拼命找前任国土局局长的麻烦，促使刘易斯架空乃至取代局长，方便他对付'影之共济会'。

"事实上，总统和艾伯特·马歇尔政见极其不和，总统对艾伯特·马歇尔将第三所超级工厂设置在中国的举动尤其不满，认为这是在给中国人提供工作岗位。他用了一些不光彩的手段，试图逼迫诺亚集团将工厂挪回大洋国，艾伯特·马歇尔都没有理会。"

还有一句话，詹姆斯没说。他无法确定，"影之共济会"要袭击诺亚集团在中国超级工厂的事情，大洋国国土局是否提早就知情。

以总统的性格，为了逼迫诺亚集团撤厂，很有可能就算知道，也会睁一只眼闭一只眼。至少在恐怖袭击发生后，大洋国媒体带节奏，认为中国不够安全，希望诺亚集团能把超级工厂撤离，为本国提供更多工作岗位的舆论发酵，绝对有总统的手笔。

如今艾伯特·马歇尔距离复仇结束只有一步之遥，是否会支持大洋国现在这位总统连任，还真不好说。

众所周知，在大洋国，总统权力很大，副总统约等于半个吉祥物，一般轮不到他们来决定某些事情。

假如乔治·约翰逊的身份被坐实，面对大洋国国土局，他是没有反抗能力的。

尤其在大洋国现任总统连任岌岌可危的情况下，对总统来说，换一个合作对象，或许比保下他更有利。

"人在穷途末路的时候，为了自保，有可能做任何事情。"布莱特缓缓道，"我不吝以最坏的想法，来揣测'影之共济会'的余党。"

狗急了尚且跳墙，何况人呢？

詹姆斯眉头紧锁，半晌才说："以大洋国目前的情况，副总统想要攫取实权，除非总统死在任上。"

但谋杀大洋国总统，谈何容易？那么多恐怖组织，还有一些极端国家的情报机关，天天想着怎么刺杀大洋国总统，有几个成功的？

退一万步来说，就算刺杀成功，大洋国国土局肯定也要掘地三尺，把凶手找出来。

以现在的科技和刑侦技术，真没有什么蛛丝马迹能够逃过国土局的眼睛，乔治·约翰逊只要被锁定有嫌疑，就不可能成为总统——大洋国早就有应急预案，假如副总统不行，还可以国务卿顶。

再说了，大选马上就要开始，哪怕总统没了，选举还是要继续举行的。

纵观大洋国历史，两百多年来，只有一次没有大选，直接连任，就是第三帝国、樱花国等国家发起的，席卷世界的大战时。因为战时应急需要，时任总统直接连任。

问题是，以现在的国际形势，还会有这种级别的战争？

等等！

詹姆斯神色一凛："塔汗国的战火已经燃起，白熊国的边境也屡有摩擦。如果地缘政治危机重启，局部战争开启……确实能够做到。"

虽然他说得很隐晦，没有进一步点名，童素却看了布莱特一眼。

布莱特只能叹气。

斯图国国内的矛盾也很激烈，如果要转移——

就在这时，李察突然急匆匆地跑过来，看到童素，眼睛一亮："把你的耳环给我用一下，快！"

耳环？

童素先是一怔，然后从随身携带的腰包里翻出一个首饰盒，里面是叶莲娜送她的那对耳环："这个？"

李察打开首饰盒，盯着里面立着的两尊人鱼雕像许久，才望向布莱特和詹姆斯，神色微沉："我发现了一个东西，你们随我来。"

布莱特颇为惊讶。斯图国中央情报局已经彻底把这里清过好几遍了，那些不能被知道的东西全都带走了，留下来的都是要销毁的，或者无足轻重的，怎么还会有漏网之鱼？

三人跟着李察，来到一处房间。

还没有进门，就闻到了福尔马林的味道；刚刚进去，映入眼帘的就是一座放在玻璃展览柜里的人体骨骼标本。再往旁边看，则是各式各样的标本，众星捧月般的大脑，泡在福尔马林里的眼球……

猜到这些都来自李察的父亲，三人站在骨骼标本面前，默默低头，鞠了一躬。

李察看上去心情已经平复了，他飞快地走到角落打开的箱子里面，拿出一样东西："你们来看，这尊雕像。"

三人走过去，就发现李察拿出的是一个双面人鱼雕像挂坠，一面是精致绝伦的人鱼，另一半则是腐朽溃烂的人面和鱼身，两个人鱼背对背，通过腰线连接在一起，就像一对绝不分开的连体婴。

童素对比了一下叶莲娜给她的耳环，再对比这个挂坠，发现耳环和挂坠只有分开和连接的区别，就连大小比例都一模一样，不由问："这箱东西是令尊的遗物吗？"

李察也不确定："箱子里其他几件东西，手表、领带夹、袖口，我都有印象，但这条吊坠，我从来没见过。"

童素提醒了一句："会不会是别人放错了？"

在"提洛岛"，除了研究人员和皇室特工外，其他人都是实验材料，就连姓名都未必能保得住，遗物忙中出错也是有可能的吧？

"箱子上面贴了封条，标记是衔尾蛇。"李察早就已经全面检查过了，"封条泛黄，应该有五年以上时间，甚至更长。看封条的破损痕迹，贴上去就没动，最近才打开。"

说到这里，他顿了一顿，才说："我没和你们说过，我与亚伯的渊源。

"那是我很小时候的事情了，一个雨夜，我爸妈以为开车撞到了人，结果捡到了他。他看见我妈就一直叫妈妈，还说不能去医院。我爸妈就偷偷把他带回家，不知道为什么，我不大敢靠近他。我原来一直都以为是因为他满身的伤痕，现在仔细想想，大概小孩子都有小动物一样的本能吧？没有任何道理，就是觉得这个人很危险。"

童素立刻回忆卡瓦哈尔与李察两人母亲的长相，发现她们确实有点相似。都是金发碧眼，都身材高挑，气质干练而知性，都十分貌美，而且，都叫凯瑟琳。

大概是听见李察父亲呼唤妻子的名字，触动了某种藏在深处的记忆，忍不住念出了心底那声妈妈。

李察头枕着双手，双目放空，望着绘制圣母像浮雕的天花板，叹道："很多年以后，知道他的身份，我就在想，哪怕被我爸妈救了，以他的性格，应该能下床走路后，就偷偷离开才对，为什么会在我家留将近一月？

"我不愿将他往坏处想，但我想了很久，都觉得他很可能打算养好伤之后，杀我们全家灭口。直到某一天，我发现他能从床上坐起来时，躲在门边，小心翼翼说了一句，大哥哥，你要快点好起来啊！

"他的表情一瞬间变得很复杂。没过两天，他就从我们家消失了。我不知道是不是我记忆模糊了，毕竟都是二十年前的事情了，但心里总觉得放不下。刚才，我忍不住问老管家，'大哥哥'这个称呼，对亚伯是不是有什么特殊的意义。老管家沉默了很久，没有回答。"

但有些时候，沉默，本身就是一种回答。

"他在我家休息的时候，没事就捧着我家里的《哈姆雷特》，一遍遍地翻。我以前不知道为什么，现在……"李察摇了摇头，叹道，"其实我有点奇怪，大哥哥八岁落难，十一岁被伯爵救出来，为什么二十岁出头的时候会那么狼狈落拓，出现在大洋国？"

"这个很好解释吧？"童素想到自己曾经的遭遇，感同身受，"对于心理遭受创伤的人，最好的办法，大概就是把他放到一个完全陌生，不会触景思情的地方，重新开始。何况那段时间，皇帝没有放权，又遭逢丧子之痛。他本来就怀疑伯爵，估计这下盯得更紧，伯爵当然不能把卡瓦哈尔留在斯图国。"

李察叹气："但对大哥哥来说，这个天底下，没有任何一个地方是不会让他回想到过去的吧？除非他一辈子不看电视，不上网，不去影像店，才有可能听不到别人提起他父母的名字，看不到父母留下来的影像。"

童素也有点唏嘘："所以，铁血首相曾经给过他机会，放下仇恨，选择去做一个平凡的人，但他最后还是选择了复仇？"

"这很正常。"李察、布莱特和詹姆斯异口同声，然后看了彼此一眼，都明白，如果换他们在亚伯的处境中，他们也会做一样的决定。

童素将话题扯回来："然后呢？"

"亚伯知道我父亲的事情后，就算他没办法阻止，也不可能会糟蹋我爸的遗物。"李察非常笃定地说，"所以，这一定是我爸的东西，至少他们认为是我爸的。"

这就解释了为什么这玩意没被瓜分、售卖，或者扔掉。

衔尾蛇是斯图国皇家炼金协会的标志之一，也是"提洛岛"总部暗中的负责机构，有这份封条在，工作人员绝不敢贸然打开。

而对接手这件事的斯图国中央情报局工作人员来说，他们认为这些都是李维的遗物，确定没问题后，就上报给布莱特。

因为雕像本身没问题，所以他们发现不了里面的玄机。

就连李察，假如不是知道叶莲娜送给童素耳环这件事，也不会立刻就察觉到不对。

童素猜到这可能涉及父亲要告诉伊万的那个秘密，却佯作不知，试图故意带歪他们的注意力："会不会是令尊在'提洛岛'上赢回来的？所以被当作他的随身物品，放到了他的遗物箱里？"

詹姆斯觉得这个可能性虽然有，但感觉不大对劲。

就见他盯着这个雕像，有些不确定："这个雕像的造型，我好像在哪里见过。"

布莱特立刻喊人过来，进行专业鉴定，很快得出答案——不是现代工艺制品，具体时间还需要更复杂的鉴定，初步估算，制成时间不少于两百年。

詹姆斯沉吟片刻，才说："这个雕像……你们觉不觉得哪里奇怪？"

布莱特没看出端倪，李察也摇了摇头。

童素觉得自己如果不说几句，很不符合自己平常的性格，容易被看出端倪。何况她也不认为，一个能够让叶莲娜疯癫半世，让李维随身携带的秘密，这么容易就能被发现。

她的大脑就像计算机一样，飞快把自己历来看过的所有美人鱼，不管是雕像还是图片全都拉出来对比了一遍，再综合各地神话传说，思考了好一会儿，才下了结论："这应该是樱花国的古董。"

"你做出这个判断的基础是什么？"李察太过重视自己父亲留下来的任何东西，尤其他心中升起新的怀疑，认为父亲当年的事情或许还有隐情。

人鱼雕像或许是很重要的线索，他不能误判。

童素干脆利落地回答："人鱼的传说在世界各国流传，在中国，侧重于鲛人落泪成珠，还有人鱼膏制作长明灯。在西方，《海的女儿》人尽皆知。但这些都是相对无害，甚至可以说是梦幻的。所以，这些国家的人鱼雕像，应该都是美丽到带点童话色彩的。

"只有在樱花国，因为融合了东西方双重文化，又掺杂了本土特有的民俗传说。他们的人鱼，美丽、凶残、强大，吃了人鱼肉可以长生不老，却会招来噩运。樱花国的人渴望长生不老，害怕死后腐烂；却又恐惧无常的命运，才会有这种双面人鱼的创作。这个耳环的出处，来自《人鱼》电影，原著《海之梦》不就是佐藤大师融合民间传说与反战思想，才创作出来的吗？"

《海之梦》大名鼎鼎，在场的四人当然都看过，讲述的是海难幸存者描述他们见到人鱼，被人鱼所救才活下来。结果最后发现他们并没有见到人鱼，实际上是同类相残，靠着杀人吃肉活下来的血腥故事。

佐藤明见证过战争，所以一直不理解，为何平时在他眼里都很正常的同胞，到了战场上却会变成灭绝人性的屠夫。

他认为，战争也是一种极端环境，会催生人心中的野兽，才有了这个变异版本的人鱼故事。

童素的说法听上去很有道理，却没办法说服李察。

"这只是你的联想，缺乏有力证据。"

童素上手摸过雕像之后，却更肯定自己的思路："我确定它是樱花国的产物，你们看，这两个腐烂的人鱼头上，全都披了一层薄纱，遮住了头发和部分面容。"

三人确实发现了头纱，但都没意识到这有什么问题，就听见李察说："难道不是雕像太过狰狞，怕吓到别人，所以才这么艺术创作？"

因为雷奥将军和佐藤明，童素对樱花国文化下过苦功，什么名人名言，名书名画，还有民间传说，全都倒背如流，便对他们解释道："樱花国的传统文化中认为，人死后怨气会化成鬼，尤以女子为最。而'鬼'的标志，就是头发之中长出一个角，所以'鬼'化为人之后，要么施展幻术，要么披上头纱，留着浓密的长发，将角挡住。"

"你们摸一下这两件东西，吊坠的腐烂人鱼，头上有微微凸起，耳环上却没有。可见耳环只是抄了造型，却无其中神韵。"

布莱特沉声道："我已经派人去查这副耳环的设计者，当年的大奖赛，主办方要邮寄冠军奖金，不可能查不到。"

这本来就不是什么绝密消息，很快，中央情报局就给出结果——耳环的设计者是一名已故的女研究员，曾经就职于罗蕾莱集团，后来跳楼自杀。而她有一个儿子，名叫但丁！

霎时间，童素的脸色就变了！她想到塔汗国之行时，罗蕾莱集团董事长罗伯特对但丁丧心病狂的刺杀！以及但丁对罗伯特的反杀。

童素先前一直以为，前者是因为世界树集团不断在挖罗蕾莱集团的墙角，动摇到了罗伯特的地位；后者则是因为但丁对罗伯特的新仇旧恨，血亲复仇。但现在看来，他们之间难道有更深的矛盾？更大的纠葛？

还有，这一切又和"庸医"、叶莲娜，乃至爸爸，究竟有什么关系？爸爸当年的入狱，真的是偶然吗？还是他当真看到了什么了不得的东西？

瞧见童素脸色不好，布莱特宽慰道："不用着急，我请人邀请但丁先生前来皇宫一聚，有什么话说清楚就行。"

童素点了点头。

幸好布莱特等人都以为她听见但丁的消息才脸色不好，没人想到她已经见过"庸医"，怀疑的是爸爸的问题。

冷静，务必冷静。

布莱特也没想到还能拿到这么个情报，决定再让人将所有地方彻底搜查一遍，便道："我们先离开吧！等有什么消息，再通知你们。"

詹姆斯低声问："那些人的骨灰……"

布莱特轻叹一声，说出了他的决定："能够辨认身份的骨灰和残骸，我们将会送往他们的家乡。皇家在约克领有一处庄园，我已经命人将那里推平，改建成墓地。所有无名的骨灰，全部葬在那里。"

他顿了一顿，又说："至于'提洛岛'的工作人员和研究人员，大部分都将以反人类罪的名义，受到法律的严惩，剩下那部分，我们斯图国内部会处理。他们的研究结果，我们也会通过皇家医学院，对世界公开。"

童素对这个处理没有什么意见，詹姆斯也一样，却听见李察说："那个公墓，把我父亲的遗物也葬在那里吧！"

众人听出他的言下之意，不由纷纷望向他，就看见李察眼眶有点红，却勉强挤出一个笑："我刚才想过了，既然我爸爸的大脑能给脑科学研究带来突破，不如就由我继续捐献给国际医学，还有这些标本，都捐掉吧！"

短暂的沉默后，童素向李察鞠了一躬。詹姆斯紧随其后。

布莱特轻轻点头："我保证，从今往后，所有斯图国的医学生，都会知道李维先生为科学发展做出的伟大贡献。"

李察没有说话。

四人走出大门的那一刻，布莱特对等在门口的玛丽·约克说："封锁吧！"

"是！"

摆放在四周的仪器开始启动，浇筑金属和水泥，彻底封存整个地下室。

地下室最深处，一具棺木慢慢被水泥覆盖。哪怕千百年后，白枫塔倒塌，地基被挖开，棺木重现，也没有任何身份标志、衣物资料等能告诉他人，这具棺木的主人伊莎贝拉，为了不成为政治斗争的失败者，不被关在白枫塔，做了多少努力，害了多少性命。

而在地下室的另一处，一个三百平方米的大房间里，老皇帝痴痴地坐着，吐露着谁都不知道的呓语。

这间房子曾经堆满了无数死难者的骨灰盒，现在都被搬迁走，葬入公墓。只有罪魁祸首，将永远留在这里。

四

离开地底后，童素心乱如麻，李察也有点魂不守舍。

布莱特瞧出他们状态不好，加上有些事情要与詹姆斯密谈，就请人将童素和李察送回去，又将詹姆斯请到另一个地方，他则站在原地，停留了一下。

玛丽·约克低声提醒："陛下，皇后的人选只能在四大贵族中诞生。"

"玛丽姑母，你想到哪里去了，我只是觉得很奇怪。"布莱特喃喃，"我承认这位'赫卡忒'小姐有勇有谋，她的智慧远远比她的容貌闪耀，确实是世间难得一见的优秀女性。但小叔叔和梅涅公爵对她的关注不合常理。昨天梅涅公爵对我说，小叔叔希望约这位'赫卡忒'小姐在宫外一见，我同意了。谁知公爵接下来又说，他想收这位小姐当教女。"

玛丽·约克听见前半句，已经不断皱眉，听见后半句，简直怀疑自己耳朵出了问题！

一个黄种人、异教徒，居然能成为斯图国的选帝侯。梅涅公爵不是疯了，就是别有居心！

她固执地提醒："正因为如此，才更要加倍提防，说不定她暗中就与梅涅公爵有所联系。"

布莱特也觉得非常奇怪："梅涅公爵应该知晓，就算他强行收'赫卡忒'小姐当教女，也必将遭到贵族阶级铺天盖地的反对，就算手续全都合法，在如此汹涌的反对浪潮下，她也不一定能顺利继承公爵之位。"

开国皇室嫡系血脉，罗马帝国最后的光辉之一，不传承下去，反而收亚裔女性为教女，斯图国得吵翻天，百姓都能上街游行。

玛丽·约克忍不住说："难道公爵在用这种方式表达他并无竞争皇位之意？"

布莱特才没有这么天真。

"传承千年的家族，选帝侯的位置，都能拿出来当诱饵，我怀疑其中还有更深层次的秘密。"布莱特喃喃自语，"如果与'赫卡忒'小姐无关，那么就与她的父亲'铜棒'有关了。"

他也是这样的想法，难道当年"铜棒"在互联网上如入无人之境的时候，真看到了一些不得了的东西？

童素帮了他，他确实很感激，但这与他对"铜棒"出手不矛盾——梅涅公爵的举止太反常，由不得他不多想。

"对了，查到'庸医'的下落了吗？"

他刚才面对童素和李察等人时说了谎——他手上还是掌握了一定的线索！

玛丽神色凝重："目前所有的线索都表明，'庸医'最后一站的落脚点是大洋国的Geenna 监狱，而后就下落不明。"

"这样啊！"布莱特也不意外，"小叔叔果然没有给我留太多机会，看来我只能想办法逼迫'影之共济会'自己狗急跳墙了。"

玛丽大惊："陛下，您何等尊贵，千万不要以身犯险。"

布莱特摇头："不这么做，怎么将敌人一网打尽？与其等待敌人出击，不如我们直接设局。现在，让我们去和这位副总统的教子，大洋国国土局的明星，好好聊聊吧！"

次日，纽伦城，温菲尔德大剧院。

由于老皇帝过世，斯图国一个月内禁止大型场所举办文艺、娱乐活动，原本车水马龙的大剧院也闭门谢客。

但这一天，大剧院的顶层包厢，迎来了特殊的客人。

"早上好。"亚伯·温菲尔德端着一杯红茶，悠闲地坐在包厢的沙发上，含笑道，"我该叫你童素，还是'赫卡忒'？"

"童素"二字，是无比标准的中文。

童素随手关上门，很自然地坐在亚伯对面的沙发上，端起桌上的骨瓷金边茶壶，给自己倒了一杯茶："有什么区别吗？都是我。"

"当然不同。"亚伯微笑着说，"在西方，人们笃信名字拥有某种神秘的力量，恶魔一旦被人类知晓名字，就会被人类控制；女巫能够通过名字，对他人施加诅咒。能够更改自己名字的，都是强大无比的存在，比如路西法，比如伏地魔。

"在遥远的东方，人们同样迷信名字具备强大的力量。樱花国的妖怪不能告知人类真名，否则就会被束缚。而在你们的国家，写下名字用来诅咒他人，名为'厌胜''巫蛊'的行为，更是掀起一场又一场的动荡。

"不同的地域，却同样衍生出对'名字'的恐惧，从而发展出名为'巫术''魔法'这些统一被贬斥'妖术'的能力，是不是很有趣？"

童素陷入思考。她当然不认为亚伯会信任这些超自然的传言，但亚伯既然以此做开场白，显然这是一个很重要的切入点。

亚伯对人性的洞悉鞭辟入里，而他也不信任那些美好的东西。所以他的论点一定是悲观的，让人不快的。

童素并不想迎合亚伯，但在某些观点上，她与亚伯又十分相似。

正因为如此，斟酌思考过后，童素还是很坦然地回答："巫术也好，魔法也罢，都来自未知和恐惧。所以，你叫我童素也好，'赫卡忒'也好，都没关系。"

"但我倒持有不同的观点。"亚伯微微一笑，"与其说是巫术、魔法、妖术，倒不如说，这是魔术，或者说，幻术。"

"幻术？"

"是的，一种既可怕又富有刺激的幻觉——来自权力的幻觉。"

童素思忖片刻，才有些不确定地问："你的意思是，指认他人为女巫，让一些人获得了主宰他人生死的权力，这样吗？"

但这和"幻术"又有什么关系呢？

"不是一些人。"亚伯缓缓道，"是所有人。"

童素意识到，他们的谈话触及了一个她基本不熟悉的领域。

她十分诚恳地放下茶杯，虚心求教："能说得具体一点吗？"

亚伯含笑道："你听过马尔萨斯人口陷阱吗？"

童素摇了摇头。

"18世纪著名人口学家和经济学家马尔萨斯认为，人口增长率是一个以指数方式增长的函数，而粮食生产则是一个线性增长函数。因此，当人口增长率超过粮食生产的增长率时，就会导致人口数量超过粮食供应能力，从而引发饥荒、疾病和人口减少。

"在这个过程中，人口数量的下降会导致粮食生产的增长率恢复到与人口增长率相当的水平，使人口数量回到一个能够维持生存的平衡状态，这就是大名鼎鼎的'马尔萨斯人口陷阱'。"

"增量被抹平的情况下，必定是对存量的争夺，从而走向零和博弈。"

亚伯轻轻颔首："与马尔萨斯同时代的，还有一位名叫李嘉图的经济学家，他提出了'李嘉图定律'，即，随着人口的增长，农业生产需要利用更边缘的土地，因此土地的边际效益逐渐降低。

"同时，土地的数量是固定的，且地主可以随着市场需求而提高租金。因此，土地租金将随着时间的推移逐渐占据社会财富的更大份额，这种现象被称为地租征收的过程。

"李嘉图认为，由于土地供给是固定的，地租将成为土地使用者的主要收入来源，而劳动和资本的利润将逐渐减少，最终导致经济崩溃。"

童素沉吟片刻，才道："听上去有些熟悉，在我们国家，历代王朝的灭亡，基本都与大规模的土地兼并脱不了关系。"

"不止中国，哪个国家都一样。"亚伯缓缓道，"所以，经济史学家把18世纪之前的世界称作马尔萨斯世界，即受'马尔萨斯－李嘉图'定律支配的世界，这个世界最大的特征就是不存在任何可持续性的指数增长，处处都是残酷的生存竞争和零和博弈。这也让这个世界的面貌，在长达几千年的时间里，从来没有真正变过。

"这么说吧，贵国在两千年前有一个伟大的朝代：汉。一个汉朝人如果穿越到贵国倒数第二个封建朝代明朝，他很快就能适应。但一个五十年前的人穿越到了现在，他将无所适从。"

听见亚伯这么说，童素第一反应是不可置信："为什么前者能适应？"

"为什么不能呢？"亚伯反问，"住的同样是茅草房，用的同样是旱厕，走的同样是泥巴路。过的同样是日出而作，日落而息的生活；吃的同样是最差的东西，能维持半饱就已经是好年景。

"语言不通不是问题，自古十里不同音。没有户籍也不是太大问题，每逢灾年，流民遍地。平均寿命更不是问题，三十五岁而已。如果是读书人，那就更简单了。文字的发展只会越发简易，典籍虽然越来越多，但万变不离孔子、论语。能识文断字在哪里都不会被饿死，想要进一步发展，才需要靠自己的钻营。无论如何，他们都不可能不适应——因为在工业革命以前，世界的逻辑本身就是一成不变的。

"斯图国的GDP，从11世纪到18世纪，几乎是一条水平线。偶尔的波澜起伏，都是因为战争、饥荒或者瘟疫。正因为如此，所有伟大的古代文明里，那些犹如星辰般的哲人们才会悲哀地认为，这个世界处于某种停滞或循环当中，直到末日的来临，一切被摧毁殆尽。在中国，它被称作王朝周期。在埃及，人们迷信神话重演，人将有来世，才会制作木乃伊。阿兹特克人坚信世界已经重置了五次，为了延续古老的太阳，不断采用血腥的人祭。古希腊人认为下个时代永远比这个时代更坏；佛教的教义里，纵然释尊也会湮灭，未来属于魔王波旬；新约的启示录里描绘着末日的场景；穆圣认为末日终将来临。

"如果这时候，有人对他们说，未来会被打破。他们并不会欣喜，只会排斥和警惕，用看疯子的眼神看着你。哪怕你亲眼让他们看见蒸汽机，他们的反应也不是接受，而是更加恐惧——对未知人物和未知力量，以及伴随而来凶险的恐惧。统治者担心失去权力，被统治者担心日子过得更糟。"

童素听入了神，喃喃道："就像19世纪的卢德运动，以及愤怒的工人们砸毁纺车和织机。"

"是的，也像今天，人们对人工智能的不理解、排斥和怀疑。"亚伯淡淡道。

童素轻叹一声，却知道，亚伯说了那么多，只是铺垫和前奏。他阐述清楚了人们的恐惧心理，但没说为何这是幻术般的权力。这应该就是接下来的内容了，所以童素主动提问："为何您认为，'幻术'是针对所有人的，来自权力的幻觉？"

亚伯反问："你是之江省湖滨市出生，对吗？"

童素点头。

"250年前到260年前这个区间，在你的家乡发生过一起惊天动地的案件，是世界史学界研究18世纪时期，中国社会群体心态最宝贵的素材之一。"

听见亚伯这么说，童素飞快换算了一下，立刻得出答案："乾隆皇帝中期……抱歉，我不清楚这段历史，我只知道他对外的开拓，以及对内大兴文字狱。"

这让她有些无地自容。明明是自己家乡发生的事情，却需要亚伯这样一个外国人来点明。

"这个案件的开头实际上很简单，在故事的开始，一个流言在你的家乡不胫而走——据说，一些游方和尚懂得一种名为'叫魂'的妖术，只要叫出对方的名字，再剪走对方的发辫来作法，就可以窃取他们的灵魂为自己所用。又有传言说，他们尤其喜欢对男童下手，所以之江地区，尤其是湖滨和周边重镇，人人自危。"

童素第一反应就是："清朝？剪辫子？这……"

这也难怪会成为全国性的大案，简直就是在清帝的雷点上蹦迪了。

亚伯微微一笑："哪怕是两百年后的你，听见这种事情，第一反应都是皇帝必然会十分警惕，可想而知当地官员们的心情。他们是知识分子，是当时的精英，当然不相信这些'妖术'的存在。而他们更不希望事情闹大，对自己的仕途不利。

"加上当时的之江高级官员们经过仔细调查，发现那些游方和尚之所以承认自己的罪行，实际上是被县衙的小吏勒索，游方和尚无法支付勒索金，衙役便趁机坐实了'叫魂'的罪名将其逮捕，县令出于对衙役的信任，在审判过程中使用刑讯逼供手段将这些游方和尚屈打成招，承认自己使用了妖术。所以当地的高级官员采取了最符合他们身份的做法——将犯人释放，表示妖术都是无稽之谈。内部则狠狠打了衙役一顿板子，这件事就这么过去。"

童素深思片刻，才问："这件事背后……真的没有什么类似白莲教之类的势力在唆使？”

亚伯摇头：“没有，案件的最初，仅仅是两座寺庙为了争夺香火，其中一间诬陷另外一间从而放出的谣言。官府查清之后，将嫌疑人释放，明明已经辟谣，却让这个谣言被越来越多的人所知。”

童素有点不知该说什么。

在她的固有印象里，清代的官员大部分都是贪婪、昏庸、无能的，什么屈打成招，卖官鬻爵，堪称丑态毕露。所以她没想到，这起大案的丑陋，最开始起源于民间，而官府在其中的形象居然没有那么糟糕。不得不说，这是莫大的讽刺。

但她也意识到两个问题：“为什么官府已经辟谣了，百姓仍旧不信，反而让妖术的传言越演越烈？既然是两座寺庙之间的纷争，涉及的应该是本地的僧人才对，为什么倒霉的是外来的游方和尚？”

“这就要从之江省说起。”亚伯含笑道，“当时的中国，由于雍正皇帝‘摊丁入亩’的税制改革，以及土豆、玉米、马铃薯等高产作物的种植，帝国人口首次在统计史上突破了一亿人，有学者估计，在 18 世纪中国的人口翻了一番，即从开国的六千万，变成了一亿两千万，这是一个很恐怖的数字。”

童素点了点头。

暴涨的人口，对任何国家来说都是极高的压力，必须通过战争、饥荒或者瘟疫，死掉足够多的人，才能缓解。这就是亚伯刚才提到的“马尔萨斯 – 李嘉图”定律。

“人口的暴涨，带来经济的繁荣，商业也兴盛起来，其中以江南地区的丝织业最出名。当时全国三分之一，甚至更多的赋税来自南方，比如你的家乡。高度商业化的市场网络，城市通过手工场、雇工等商业组织，和周边的农村地区也紧密相连，而随着商业的发展，信息流通速度也与封闭的其他地区不可同日而语。上到全国性事件的消息见闻，下到各路小道消息，都会随着商品和商队的流动传播到社会的各个角落中去。越是生活在高度商业化、市场化、信息流通极快的社会，越能感受到生存的压力、贫富差距的日益扩大，以及对社会阶层向下流动的恐慌。”

童素隐隐摸到脉络，目光闪烁：“盛极而衰……或许清朝在这时候，已经开始逐渐走入马尔萨斯人口陷阱。”

“正是如此。”亚伯缓缓点头，“这就能解答你刚才提到的两个问题。”

“为什么百姓不相信官府，因为官府在百姓心中，本身就是腐败的代名词，已经失去了公正性。加上官府审理这件案子的效率，远远没有办法与江南地区的信息传递速度相比，尤其案件涉及了百姓自身最切实的恐惧——妖术‘戕害’的对象是男童，而在农业社会，男性无疑是家庭中的重要劳动力，承载着更多希望。

"为什么倒霉的是外来的和尚，因为生产力的提升和人口的不断增加导致大批劳动力闲置，而贫富差距的拉大，会导致劳动力大面积朝富裕地区迁徙，从而让社会贫富差距进一步增大。外来人口的大量涌入，又是地区不安定的因素之一。

"两百五十年前，清朝江南地区本地的百姓认为，外来的百姓会和他们抢夺工作机会，让自己丢掉工作，阶层下滑。他们自然而然会诋毁对方，而道德上的污蔑就是最常见也最难自证的一种，他们会说对方品行不好，坑蒙拐骗，社会上的坏事都是这些人所为，应当将他们驱逐出去。这样的理论，是否与今日，全球最富庶的大洋国，本土的白人们却开始疯狂抵触非法移民的论调如出一辙？"

童素听着亚伯娓娓的阐述，竟有一种触目惊心之感。

两百五十年前，还处在农业社会，黎明前夕的昨天；两百五十年后，第四次产业革命都已经到来的今天；居然像是镜子的投影。

这是否表示，他们目前所处的社会，也结束了增量时代，走入了存量陷阱？

五

童素心中掀起惊涛骇浪。

但她没有打断亚伯的叙述，而是冷静地分析："百姓的心理，您已经阐述得很清楚了。官员这边，我也大概有所猜测——县令相信衙役对游方和尚屈打成招后的结论，因为县令只是想尽快结案，但之江的高级官员则更多会为政治前途考虑。他们意识到了'妖术'和'剪辫'的敏感程度，一旦自己治下出现'反清复明'的组织，仕途必定堪忧。所以这件事必须大事化小，小事化了。审出的结果实际上只和百姓有关，对他们来说已经是最佳的策略。即便不是这个结果，在高级官员经手后，也会是这个结果。"

童素说到这里，突然有点惊讶："等等，那这么说的话，乾隆皇帝岂不是对这件事一无所知？"

想也知道，如果乾隆皇帝知道，必定是要大查特查的，地方官员肯定也要被申斥，乃至贬谪。所以最好的结果，居然是把案件做成百姓之间的纠纷，不让皇帝知道？虽然这本来也只是百姓之间的纠纷，但……总觉得有点不可思议？

亚伯轻轻颔首："他们本来差点成功了，如果不是'叫魂'事件也传到了隔壁的鲁地——因为有骗子发现了其中的可乘之机，趁机榨取百姓钱财，从而让鲁地的总督，抱歉，你们应该是叫巡抚，知道了这件事，向乾隆皇帝送上了密折。"

"等一下。"童素十分疑惑，"为什么他会递折子？"

这种大案，没理由之江高级官员就是大事化小，鲁地高级官员就是上达天听，后者不合常理。

亚伯微笑道："这就是博弈论中很有趣的一环了。清代的高级官员都有秘密向皇帝上书的权力，而'叫魂'的案子已经不只在之江，而是蔓延到了鲁地。那么鲁地的最高长官就会思考，万一这桩案子进一步蔓延到其他地区怎么办？万一这桩案子背后真涉及谋反大案怎么办？

"不可能所有的地方高级官员都不约而同地隐瞒皇帝，如果案子涉及的区域越多，性质越严重，知晓的人就越多，波及的范围也会越广。皇帝总有一天会知道，区别只是谁告诉他。而且越多的官员隐瞒皇帝，出卖同僚的代价和好处也就越大。鲁地巡抚决定抢占这个先机，秘密将此事上奏乾隆皇帝，以表自己的忠心。

"乾隆皇帝勃然大怒之余，也感受到了深深的恐惧。他的思路也和高级官员们一样，'剪辫子'这件事触碰到了满族统治者敏感的神经，某种意义上这意味着对满族统治合法性的否定，乾隆皇帝笃定其中一定有着惊天阴谋，看不见的势力在密谋推翻他的统治，就犹如那个名为'明'的幽魂一直挥之不去。

"而这件事的策源地江南地区竟然敢将如此重大的事件隐瞒不报，这让乾隆皇帝感觉自己对于官僚体系的控制力被削弱和动摇，这对一个'皇帝'来说是极大的不利。再者，中国的历代统治者一直很排斥和尚与道士，因为这涉及了皇权与神权的争夺。皇帝自称受命于天，是上天之子，并不喜欢有任何人跟他们抢夺关于神明的解释权。农耕社会的固有属性，也让国家自上而下都排斥流民，百姓、官员乃至高高在上的皇帝，都认为社会流民，无家无业，本身确实也是社会的不安定因素，平常寻衅滋事，造反冲在最前。

"多重原因之下，乾隆皇帝决心要将这起案件扩大化。于是，全国上下开始了清剿'妖党'的活动，而官员们对此非常抵触——他们没有抵抗皇帝的意思，只是日常的渎职和掩饰。因为谁都不希望自己治下的地方出现那么多的'妖人'，以证明自己的无能。但皇帝强硬的意志，却让谈妖色变的百姓们一边战战兢兢，惶恐不已；一边欢呼雀跃，为此疯狂。"

童素不由喃喃："这会造成悲剧。"

"但在悲剧之前，是盛大的幻术。"亚伯似笑非笑，"在帝制的国家，绝大多数人没有接近政治权力的机会，也就不能以此通过各自的利益相较去竞争社会资源，政治始终是少部分人才能进行的游戏。

"对普通臣民来说，仅仅是组成团体去追求特殊的社会利益便构成了政治上的风险。而权力，永远只对权力的来源负责。这就导致对帝制国家的百姓来说，权力只存在于幻觉之中，他们决定不了任何事情，只能无能地、徒劳地，却又拼命地挣扎，想要确保自己不落下去。

"但'叫魂'一案，却带来了一种极端特殊的情况——当国家清剿异己时，无权无势者就能抓住那飘浮的权力，使他们得以改善自己的状况或打击自己的敌人。以'叫魂'罪名来恶意中伤他人，成了普通人的一种突然可得的权力。这是一把上了膛的武器，任何人都可以用它来清算宿怨或谋取私利。

"研究这起大案的历史学专著中，做出了如下评价——在这个权力对普通民众来说向来稀缺的社会里，对任何受到横暴的族人或贪婪的债主逼迫的人来说，这一权力为他们提供了某种解脱。对害怕受到迫害的人，它提供了一块盾牌。对想得到好处的人，它提供了奖赏。对妒忌者，它是一种补偿。对恶棍，它是一种力量。对虐待狂，它则是一种乐趣。缺乏一种可行的替代制度的情况下，统治者就可以操纵民众的恐惧，将之转变为可怕的力量。没有什么能够伫立其间，以阻挡这种疯狂。"

童素沉默半晌，才问："您认为现在的斯图国，依旧是这样吗？"

她已经发现，亚伯非常了解中国的历史——至少是清代史。一个非历史学的学者，却花这么大的功夫去钻研一个陌生国家的历史，哪怕其中部分论调是拾人牙慧，是书中学者的想法，但亚伯能够倒背如流，并发表感想，证明这一块，他至少已经入门了。而且，童素觉得，亚伯之所以说清朝的历史，不是因为他只懂清朝的历史。

马尔萨斯人口陷阱并不局限于一个国家，亚伯先前也说了斯图国近千年来的GDP，证明他肯定不是只看几段。他说清朝，大概是觉得童素是中国人，说她祖国的历史，最容易让她有代入感，让她能够认同。这让童素调整了自己对亚伯的偏见。

亚伯或许性格上有所缺失，但在学识上，他不仅是天生的天才，也是帝国精英们用知识投喂出来的怪物。

"有相似，却也不完全相似，毕竟斯图国已经迈过了马尔萨斯人口陷阱，从农业社会步入工业社会。对目前的斯图国来说，产能过剩和消费低迷，才是最大的问题。哪怕参考大萧条的前例，但很多事情是大洋国能做到，而斯图国做不到的，这并不是能力问题，而是立场和抉择的问题。

"而官僚与皇帝的拉锯，是斯图国和清朝极端相似的地方，也是帝制国家的通病。哪怕像乾隆皇帝这样精明到极点的皇帝，也不可避免地陷入与官僚的漫长拉锯。纵然知晓欺瞒皇帝下场会非常惨烈，官僚们还是习惯性、群体性地渎职，'一个伟大者无法抗衡多数卑劣者'，这就是帝制国家的思考方式。哪怕将他们全部换掉也无济于事，臃肿的官僚机构那迟缓的、常规化的工作方式，完全无法应对一个庞大帝国突如其来的危机，更不要提适应崭新的时代。"

"偏偏社会的竞争日益激烈，贫富分化严重，经济增长放缓，导致社会分裂和紧张情绪加剧。在这种情况下，每个人的成功都伴随着其他人的失败，因此人与人之间的关系变得更加紧张和对抗性，呈现出一种'冤冤相报'式的恶意，对他人充满戾气。尤其在斯图国这种百姓几乎没有什么向上走渠道的地方，就更加剧烈而明显。"

童素神色复杂，半晌才问："我十分好奇，你是否想过自己成为斯图国的皇帝？"

"当然。"亚伯毫不犹豫地说，"我很多次想过，甚至规划了足够合适的路径，皇夫——摄政王——皇帝，但我最终放弃了。

"对统治者来说，他们的眼界已经胜过两百年前，知道技术和效率的重要性。可他们更知道，技术带着影响分配、改造社会关系技术带着影响分配、改造社会关系。

"依旧拿贵国的清朝来举例，清朝晚期的统治者已经见识了列国的强大，看到了铁路的效率，却毅然决然选择放弃修建铁路。这并非因为他们无知，而是他们清楚列出了修建铁路的利弊——花天价的钱财，政府没钱，如果向民间借贷，还不上会激起民怨；需要一直维护，成本太高，不一定能收回，现在靠人力也挺好；一旦落成，原本的纤夫漕运就要失业，社会动荡；而叛军也能通过铁路，原本几个月的道路，现在几天就到达。

"从维护皇权的角度，这绝对是一个正确的决定，因为三十年后，正是'保路运动'敲响了清王朝的丧钟。但对一个国家而言，错过了三十年，便被隔壁的樱花国赶超、追上，乃至酝酿出日后的惨烈战争。

"可同样的故事，直至今日，还在世界各国不断上演。旧时代的统治者在效率与稳定之间会毫不犹豫地选择稳定，新时代的统治者……"亚伯嘲讽道，"他们或许拥有足够的眼界，但又有几个能抵御人性的贪婪和卑劣？

"如果我成为皇帝，在权力的稳定与国家的发展之间做出取舍——我并不想考验自己的人性。因为我不是圣人，也不想成为罪人。"

他想过一千种、一万种收拾官僚的方式，犹如"叫魂"一般的清洗行动就是想法之一，但最后都选择了放弃。

历史证明，这样做的弊端与好处相比，实在是一天一地。

童素沉默片刻，才道："这不是我印象中的你。"

"确实不是。"亚伯顿了一下，思绪有些缥缈，"我对这个国家并没有足够的责任心，但我经常看见——看见他殚精竭虑。他意识到了国家的弊端，但只能当个小修小补的裱糊匠，因为他没办法背叛自己的阶级。

"斯图国的问题，不在于一个皇帝，百位贵族领主都在这个循环里。明明已经进入了工业社会，但他们还是农业社会牧场主的模式，过度渴求土地。

"他的做法是希望换一位冷血精明的皇帝，让官僚匍匐在皇帝的威严下，就像清朝的官员面对乾隆皇帝一样战战兢兢，虽然他们还是不断地蒙蔽、渎职、拖延，但他们都无法对抗乾隆皇帝的权力和寿命，通过这种皇帝与臣子之间的不断博弈，从而勉强维持住了盛世的外衣。我却不这么想。"

童素终于搞明白了亚伯在宫廷政变的时候想做什么——他压根就不信任一个"实权君主"能够改变这个国家，何况斯图国的"皇帝"不止一位，选帝侯们在自己的领地上同样拥有君王般的权力。所以他要把这些人都杀了。

童素认可"再优秀的皇帝都无法改变这个国家"的论点，但对亚伯的行为不置可否："你认为把皇帝和七位选帝侯都杀死，就能让国家变好吗?"

"当然不会，但如此剧烈的变故，一定会给斯图国带来巨大的冲击。"亚伯理所当然地回答，"这个国家会在内部矛盾和外部干预中四分五裂，但有什么不好呢? 纵观历史就知道，斯图国的矛盾已经尖锐至此，唯一的解决办法就只有一个——对内发动残酷的大清洗，挑动民众的情绪，让国家陷入癫狂和恐惧;对外挑起战争，撕碎世界来之不易的和平与文明，带给世界疯狂和死亡。难道你认为，让梅涅登基，向海峡对岸的塔汗国宣战，会比斯图国支离破碎更好吗?"

童素无言以对。这也是佐藤明曾经问过她的问题。她两个都不想选，亚伯亦然。

"旧的碎了，才能来新的。变革或许无法带来好结果，不变却一定会越来越差。亚伯忽然道，"这就是我非常佩服令尊的地方。"

"我爸爸?"

亚伯叹道:"他真是一个前所未有的天才，在三十年前就已经想到，未来是人工智能的时代，也是能源的时代，而这二者相辅相成，缺一不可。"

这一点，童素倒是非常赞同。人工智能的爆发，除了要攻坚技术和硬件上的难关外，最重要的一点就是能源。算力越强的计算机，所需要消耗的电力就越大。

如果是类似电影中"天网"之类的设定，以目前世界的电力产出，基本没法支撑"天网"那么庞大的消耗。可控核聚变是唯一的出路。

父亲三十年前就想到了这一点，确实很了不起。

"但可惜，他就快要死了。"

六

白鹰州的暴风雪肆虐了整整三天之后，宣告结束。

童子邦第一时间就被运回中国大陆。国内顶级的脑神经专家们齐聚一堂，展开会诊，却一筹莫展。

他们对童子邦做了无数检测，包括但不限于 CT、动态监护等，检查的结果就是没问题。可童子邦偏偏醒不过来。

这时候，更坏的消息传来。童素回来了。这不是关键，关键在于，夏宫那边传了信息，说梅涅公爵希望收童素当教女，也就是说童素目前已经算斯图国的重要人物，一旦出了事，就会影响到两国外交关系。

中国安全部门的专家们顿时蒙了。

本来吧，斯图国的皇位斗争，各大国就很关注，想知道究竟是皇储伊莎贝拉上位，还是梅涅公爵登基。这两个人有着截然不同的政治理念和执政风格，各国要根据斯图国新皇的性格，做出一定部署调整。谁能想到，晴天霹雳一个大雷砸下，布莱特三世称帝。

各国的情报部门直接蒙了。

布莱特三世并不像伊莎贝拉和梅涅公爵那样，一直在公众面前出现，还备受间谍们关注，性格分析记录都能装一个柜子。

这位铁血首相的独子很小就接受严格的军事训练，后来又加入斯图国中央情报局，各国手上关于他的资料非常少，而且还真真假假，虚实难辨，谁也不知道这位斯图国新皇的真实性格、政治立场，甚至连他怎么上位的都不知道。

虽然斯图国官方放出来的情报是，布莱特才是真正前皇储和皇储妃的儿子，伊莎贝拉不过是个假皇储，但各大国压根不会信这套官方说辞，一致认为，伊莎贝拉不是皇室血脉，不过是斯图国为了甩掉"提洛岛""影之共济会"等与皇室的关系，才特意放出来的虚假消息。

现在各国情报机构都削尖了脑袋想要打听宫变当天，夏宫究竟发生了什么事。

开玩笑，六位选帝侯就进宫了几个小时，然后没了一个铁血首相，一个主教之首，顺带原本的皇储也死了，新皇帝登基，梅涅公爵还没意见。然后新皇要把铁血首相安葬到圣巴托罗纳大教堂，国教也不反对……这里面的信息含量太大，弯弯绕绕，代表的政治意义太多，不拿到一手消息，谁都不能保证自己的分析准确。

中国安全部门本来没打算掺和这趟浑水，偏偏童素搅和进了这件事里，甚至有可能是知道最多的人之一。现在还这么……特殊，中国安全部门头都大了。

梅涅公爵为什么忽然来这一出？没道理啊！八竿子打不着！

他们召集国际关系，以及斯图国研究的专家，碰头开了很多次会，大家都在琢磨，布莱特三世到底是什么意思？他对童素是善意还是恶意？他对中国又是什么态度？

斯图国这样的国家，皇帝的好恶甚至能够影响到国家未来的走向，在谁都摸不清新皇真实性格的情况下，获得对方的善意，实际上就已经占据了先机。

一群专家思来想去，大开脑洞，最后琢磨出一个可能——虽然梅涅公爵不认识童素，但新皇布莱特三世和童素在"提洛岛"是见过面的，还同生共死过！

众所周知，吊桥效应最容易引发恋情。难道童素和布莱特三世是恋人？这是新皇打算和她结婚的前置操作？否则梅涅公爵莫名其妙收教女，这怎么都说不过去，公爵自己都没孩子，难道百年后将家业都给一个外国人？

问题，如果是这样的话，那个跟着她来，自称被亚伯要求保护童素的李察又是什么情况啊！没听说童素的情感关系这么混乱啊！

专家们推敲许久，还是觉得这个可能最接近真相，把夏正华、应龙等人搞得无比纠结，都不知道该用什么态度对待童素了。

这种事情又不好直接问，对吧？中国安全部门现在十分纠结，却又不知道该怎么办，最后决定若无其事，先这样吧！观望一下再说。

童素赶到医院的第一时间，就见了哈伊德医生。

先前在白鹰州，面对国土局设下的天罗地网，雪松最后找到了哈伊德医生，在对方的协助下，他们中的一半，包括"NULL"在内，获得了"正式身份"，混进最后那几波航班走了。而被"庸医"指认的母女等人，则躲在圣约翰医院里面，混过了这几天。

如今白鹰州解封，哈伊德医生也在中国安全部门的邀请下，对童子邦进行会诊，如今他见到童素，第一句话就是："童先生的情况非常特殊，我有一个猜测，需要得到您的证实。"

说到这里，他沉默了大概一分钟。这一分钟，对童素而言，却比一个世纪还要漫长。

童素心急如焚，度秒如年，却不敢催促，只能等哈伊德开口："类似的病例，我曾经见过一起——病人不是因为外力陷入的休眠，而是内因。"

"内因？"

"虽然我的结论有点匪夷所思，但——"哈伊德医生斟酌了一下措辞，才问，"你知道'雨人'吗？"

童素摇头。

"你可以理解为自闭症儿童，准确地说，他们从出生到 3 岁，由于一种至今不明原因的脑部发育异常，导致他们会拥有某种超越常人的特殊才能，但日常生活不能自理，甚至没办法拥有逻辑和感情。"

哈伊德医生顿了一下，又问："你知道超忆症吗？"

这个童素还真听过。

超忆症是一种极为罕见的医学异象，属于无选择记忆的分支，临床表现为大脑拥有自动记忆系统。有超忆症的人利用左额叶（通常这个区域是用来处理语言的）和大脑后方的后头区（通常用来储存图片记忆）储存长期记忆。所有这些似乎都是在潜意识下发生的。具有超忆症的人，没有遗忘的能力。能把自己亲身经历的事情，记得一清二楚，能具体到任何一个细节。

"病人的情况，有点像是从超忆症患者，变成了'雨人'。"哈伊德可能也觉得这个结论匪夷所思，"但又不完全对，因为他并没有失去生活自理能力，只是那种无意识的记忆存储能力被封印起来了。"

童素只觉得自己在听玄幻故事："哈伊德医生，您说的是科学吗？"

哈伊德倒是很坦率："这个世界上本来就有很多无法用科学解释或者确定的东西，尤其是在脑域方面。有人因为糖尿病，失去了图像识别能力，将自己的妻子看作帽子，有人颞叶癫痫导致出现幻视或者幻听，却回忆起了记忆深处的童年，类似的例子不胜枚举。你仔细回想一下，你的父亲是否曾经有超忆症症状？"

童素不知道。

"我不知道该怎么描述病人的情况，他的大脑就像一台电脑，精密地储存着出生以来的所有事情。然后有一天，这个电脑，有可能是运算过载导致电脑老旧，也就是机体和大脑不协调，也有可能是主人认为有必要，这些资料就被藏了起来，放在了还没有开发的脑域，你可以理解为做了一个隐藏备份？"

哈伊德竭力想把童子邦的症状说明白："你可以理解为他的大脑已经被格式化，至少 C 盘被格过一次，然后里面又塞了很多东西。结果突然有一天，那些备份的资料被挪回 C 盘，但现有的资料还在，C 盘容量就这么大，强行把资料全部塞进去后，会是什么结果？"

"程序错误，逻辑冲突。"童素喃喃。

"没错，这就是他醒不过来的原因。"

童素急了："您之前见过的那个病例呢？对方怎么样了？"

"他的情况和你父亲不大一样。"哈伊德回答，"他刚好相反，生下来是'雨人'。但因为一场车祸，他父母双亡，却把他牢牢护在怀中。目睹这一切的他，他的大脑产生了一些奇妙的变化，先是能像海豚一样，只用单脑休息。后来不知道什么原因，处理信息的语言和记忆的器官也随之改变，成为超忆症患者。"

"您还能联系到他吗？"

哈伊德摇了摇头："其实这个病人，我也没亲眼见过，只不过这则病例很特殊，被我养父详细记录了下来，那已经是半个世纪之前的事情了。"

"病人的名字呢，您还记得吗？"

"当然记得，大洋国米切尔城，一个叫李维的少年。但他的情况与令尊有所不同，他是天生的裂脑人，大脑两个半球两个意识并没有融合，所以记忆力尤为惊人。"

什么！半个世纪前，少年，李维，那不很可能就是李察的父亲吗？那个人鱼雕像，会不会就与这件事情有关？

童素沉吟片刻，问："以您的能力，也没办法让我父亲苏醒，对吗？"

哈伊德轻轻颔首，并告诉童素一个极坏的消息："他的脑干还处于正常工作状态，但对外界的反应逐步变弱。不到三个月，他就会变成植物人。我不能确定究竟是再过六个月，还是三年，反正不会超过这个时间，便会真正的脑死亡。"

"为什么！正常的植物人，不是只要一直照料，可以存活十几年的吗？"

"我能理解你作为家属的焦急，但——"哈伊德比了一个打架的手势，"程序错误，逻辑冲突，并且不停循环，这本身对电脑来说就是一种损坏过程，而且不可逆，人脑自然也不例外。"

童素自己就是这方面的专家，当然知道哈伊德说得没错。

冲突和过载，本来就是损坏硬件的有效方法。

但她还是不死心："我的父亲真的没救了吗？"

哈伊德沉吟片刻，才说："如果以我知道的医疗水准，基本是判了死刑。但有些地方的医疗和研究，我并不清楚进度，所以——"

童素先是一怔，然后就明白，这是说非法人体实验。

"哪里有——"

她才提个开头，哈伊德医生就做了个"嘘"的动作："我之所以知道，是因为有人拿类似的案例问过我，我一听进度，就知道他们肯定做了大量非法临床试验。但为了我的性命着想，我并没有打听对方究竟为谁服务，更不会告诉你问我的人是谁。"

说到这里，哈伊德话锋一转。他显然对童子邦的病情有非常强烈的研究欲，主动提出："虽然我没有什么把握，可你父亲的病症是医学史上又一个经典案例，假如你愿意，可以把他送到大洋国米切尔城的圣约翰医院。我会动用我的影响力，号召全世界的医学专家一起，对他进行研究，或许有治疗他的办法。"

看到童素没回答，哈伊德又说："我知道，你和中国安全部门关系很深，但中国安全部门并不能请动全世界所有脑神经方面的专家，全天候围着你的父亲打转。就算这个案例能引起大部分专家的兴趣，我又出面牵头，他们也不一定能在中国大陆停留很久。当然，我也不可能一直留在中国。"

童素知道，哈伊德说的是大实话。许多国际顶尖的医学专家，他们不是不能来中国，可一是时间凑不到一块，二是不能停留太久。

大洋国的米切尔城却不一样。那里是全世界的医学圣地，汇聚了全天下最好的医生，假如哈伊德真把童子邦当作经典案例研究，他能召集到的专家，提供的治疗条件，未必逊色于中国大陆。

"谢谢，请让我考虑一下。"

话虽如此，童素却在思考一个问题：爸爸的突然昏倒，应该不是偶然，而是他准备的"后手"。也就是说，情况未必有哈伊德说的这么严重。

解开问题的关键，是不是"庸医"？但"庸医"应该去哪里找？

东南亚，普赛道。

"庸医"舒舒服服地窝在度假别墅的沙发里，享受阳光的沐浴，忽然听见门外有脚步声传来。

他警惕地跳了起来，拿起手边的枪，寻找合适的掩体，却见房门推开后，是他认识的、熟悉而特殊的访客。

厚厚的防寒帽下面，银白的发丝胜过冬天的冰雪。

看到来人，"庸医"神情严肃起来："你今天来找我，是想让我给你整容？"

亚伯含笑道："我已经不想在脸上动刀子了，今天特意来找你，是希望拜托你一件事——有一个全身烧伤高达98%的病人，希望你出手。"

全身烧伤98%，放到哪个大医院都是需要联动好几个科室开会做方案，连轴转抢救，一点一点做手术的重症。但放到"庸医"这里，他却皱了皱眉："光是这点，还不足以让你来吧！不用和我绕弯，直说，是需要像英格拉那样，恢复到和她从前的长相？"

"不是。"亚伯微微一笑，拿出一张照片，"整成这样。"

"庸医"接过照片，才看了一眼，立刻气得发抖："亚伯·温菲尔德，请你出去，立刻！我这里再也不欢迎你，永久拒绝！"

照片上是一个非常英俊的青年，金发就像阳光荟萃，面容宛如天神降临。他神采飞扬，恰是每个女孩梦中的模样。却也是"庸医"心中一生的痛。

这已经动到"庸医"的底线了。

亚伯毫不怀疑，面前这个长相慈祥，看起来乐呵呵，笑眯眯，对什么都不在意的老头，绝对起了杀心。但他却一点都不慌，反而抛出诱饵："你难道就不想让约翰再活一次吗？"

"活？""庸医"露出痛苦之色，"他已经死了，自杀死去的人，就算生前无罪，也不能上天堂，只能下地狱。"

"但你可以让他再活一次。"

"我只是医生，不是上帝！""庸医"激动地大喊，旋即又露出颓然之色，"假如信仰魔鬼，可以让约翰复生，我也愿意。但我不曾见到魔鬼，约翰也从来不曾来到我的梦里。大概只有死去，我才能在地狱之中，与约翰重逢。"

"不，你可以。"亚伯·温菲尔德的外表就像圣洁的天使，话语却堪比最会做交易的魔鬼，"你可以让约翰复生，只需要一点小小的技巧。"

"庸医"心中一动："比如？"

"比如，将一个优秀的，全身烧伤的青年，整成约翰长大后的模样，再对他的记忆进行一些小小的修改。最后，将他推到台前，完成约翰生前的梦想。"亚伯噙着一丝神秘的微笑，"成为大洋能源集团的主席。"

"庸医"沉默不语。

亚伯也不逼他，心中却是胜券在握的笃定。

他会同意的。亚伯心想。

"庸医"身世复杂，确实是毋庸置疑的天才，年少时曾发过豪言壮语，天下没有他治不好的病。

哪怕在专家云集的白枫塔下，"提洛岛"中心，"庸医"也一直是许多项目的负责人。他起代号"庸医"，虽是自谦，实则自负到了极点。

当时的"庸医"，唯一不曾涉足的就是整容部分，因为他觉得这玩意真是太简单，太没有挑战性了，区区换皮削骨，他不屑。

谁能想到，他的独子遭遇车祸，重度烧伤。

虽然"庸医"妙手回春，抢回独子的性命，但十三四岁的孩子没办法接受自己曾经完美无瑕的容颜，经过反复植皮、整容手术后，还是那么不像常人，最终选择了自杀。从那之后，"庸医"报复式地开始研究整容，可又有什么用？死去的人，再也回不来了。

"那个人……"过了好半天，"庸医"才艰涩地问，"你想让我整容的那个人，是谁？"

"西蒙·路斯恩的私生子，雷奥将军的外甥，霍克的弟子，大洋国传奇特工组合'Z'的另一人，约翰·卡森。"

"原来是他，确实非常优秀，也可以通过路斯恩家族的 DNA 鉴定。"

亚伯并不着急，更不催促，因为他知道，"庸医"会答应的。

哪怕是神明也有弱点，抗拒不了诱惑，何况是凡人？

"庸医"毕生之痛，莫过于太过自负，间接导致儿子的死。他比谁都希望那个孩子能够活过来，实现梦想，风光无限。哪怕是自欺欺人，他也愿意。

更何况，"庸医"也是私生子，对于约翰的遭遇，也该有所共鸣。

"你……""庸医"沉默许久，才说，"你们想要他成为大洋能源集团的主席？难道'那个计划'，已经开始启动？"

亚伯笑而不语。

"我明白了，'提洛岛''影之共济会'，既是你们复仇的工具，也是你们推到台前的祭品。""庸医"喃喃。

他看着面前的银发男子，想起多年前，站在他面前的倔强少年。

是他的儿子约翰，还是给他留下深刻印象的卡瓦哈尔？"庸医"记不清了。但如果能让"约翰·路斯恩"重新来到世上……

片刻后，亚伯离开了诊所，坐上车后排，就听见驾驶座的英格拉问："他答应了？"

"他不可能拒绝。"说罢，他就示意，"安静。"

然后，他拨通了一个电话："可以让那家人出动了。"

七

中国，之江省，之江第一医院。

一个穿着夹克衫，戴着墨镜、鸭舌帽的男子，探头探脑地来到特护病房区。

服务台的护士见状，立刻拦住他："您好，请问你找谁？"

"我，我找我三伯。"男子支支吾吾地说，"听说三伯病了，我来探望他，你们就让我过去吧！"

话还没说完，他就要借助体格，强行往里面越。

"哎，你还没说清楚，你到底要探望谁——"

护士拼命拦着他，与男子推搡，在楼道巡逻的保安听到声音，立刻赶来，把青年按住："不许动！"

由于动静太大，一位文质彬彬的中年男子推开病房的门，出来看了一眼，谁知道鸭舌帽青年见状，立刻像见到了救兵一样，高喊："程伯伯，是我啊！童子邦是我三伯，我叫童天赐，三伯母过世的时候，我们还见过的！"

护士和保安见状，便有些迟疑，保安下意识松了力道，就看见青年立刻挣脱束缚，拔腿就跑，还没靠近"程先生"，便被随之出来的一个军人利落摁住，双手反扭，喊保安："把这个人移交医院保卫科，待会儿有人来调查。"

这名军人不是别人，正是中国安全部门的应龙上校。

保安吓了一跳，连忙把人带走。

程先生和应龙回到病房，就看见童素站在床边，椅子让给一个坐在病床边，头发花白，面上沟壑纵横，手上都是老人斑，但精神依旧矍铄，只是眼眶有些红的老者。

老者听见动静，轻声问："家明啊，外面是谁在喧哗？怎么好像在喊你？"

"不认识的人，说是子邦的侄儿。"

这位被称作"程先生"的中年男子，正是目前国内等离子体物理界首屈一指的专家，之江大学物理院院长，程家明。

程家明修养极好，并不说人是非，但熟悉他的人还是能听出来，提及童子邦的亲戚们时，他字里行间的冷漠和厌恶。

张学农一听就懂，看着病床上消瘦苍白的童子邦，再看看一旁，这几天瘦了好几斤的童素，不由叹了一声："哎，要是知道子邦的亲戚都是那副样子，我当年就应该强行出面，让我的儿子儿媳，或者家明你们两口子收养童素！"

他一生带过无数研究生、博士生，可最喜欢的两个弟子，就是程家明和童子邦。这两个徒弟都是寒门学子出身，但不同的是，程家明的父母虽然贫穷，却淳朴、善良。童子邦的父母却截然相反，恨不得榨干儿子身上的每一份资源。

本来童子邦和苏纨结婚，张学农还为自己这个学生高兴，苏家是书香世家，苏家夫妇任教的美院距离之江大学非常近，谁能知道，后面会发生那么多不幸的事情。

程家明也只能叹气。

当年苏纨过世，童子邦失踪，张学农和程家明本来都想收养童素。但当时，童素的爷爷还活着，人家执意要拿抚养权，除非张学农利用自己的身份，强行破坏规则，否则就无计可施。但谁也没想到，童爷爷拿到抚养权没多久就过世了，童素的家产都落到了她大伯一家手上，而这一家豺狼心性，只贪图钱财，根本不把童素当人。

那时中国的 EAST 研发正好进入关键阶段，张、程这对师徒忙得吃饭都顾不上，天天住在研究院，夜以继日攻克难关。等到他们收到消息，事情已经尘埃落定，童素自己能养活自己，而且性格变得十分孤僻，抵触外人，程家明试图联系她，但都得不到回音，也只能算了。

待到童素考到了之江大学，中国的 ESAT 因为取得了巨大发展，张、程又被请到莱茵国，进行学术访问和学术研究，一走就是五年，一来二去，刚好错过。

好不容易等到童子邦回国的消息，童素却患上 PTSD，童子邦关心女儿的病情，压根顾不上其他，这么兜兜转转，不断蹉跎，就到了如今。

一想到自己已经九十多岁，不知道还有多少年可以活，再看看得意弟子半生坎坷，张学农就有点坐不住，问一旁的中年人："夏部长，子邦这个样子，到底能不能治好？假如……假如真……"

他说不下去了。

童素忽然道："夏宫那边，说这几天还有专家会过来看爸爸的情况。还有，亚伯说，斯图国皇家物理研究院里有两台已经停用的仿星器，一台已经预定交付给斯图国皇家大学做研究，另一台闲在那里也不是办法。"

张学农精神一振："我们可以将另外一台停用的仿星器买回来！不要怕对方报价高，哪怕是九位数，只要斯图国愿意卖，我们都愿意接受！其他条件也可以谈！"

老人家说到激动处，不断咳了起来。

程家明见状，连忙去搀扶老师。

夏正华看到张学农年纪这么大，真怕他有个好歹，也上前去扶。两人连哄带劝，好不容易才让老爷子答应回家。

待到程家明开车送张学农回住处，夏正华才折回来，来到医院保卫科的办公室，看到新出炉的调查档案，第一句就是："还真是童先生的侄子？"

应龙已经派人问清楚了："堂侄子。童先生父母早逝，由大伯一家收养，他们家号称对童先生视如己出，实际上却连读书的钱都不给他，全靠好心的班主任垫，据说童先生小时候还天天挨打，被堂兄弟欺负，所以童先生婚后从来没有回过家乡。"

夏正华有些奇怪："可我记得童素的抚养权是给了她大伯？"

堂亲怎么可能拿到孤女的抚养权？他还以为是亲兄弟呢！

应龙回答："所谓的大伯，就是童先生的大堂哥童子安。当年童先生失踪，留下

'夜神'一人孤苦无依，母亲苏家那边最远的也是表亲。当时童子安的母亲还在世，她又是童先生的大伯母，又能算童先生的养母，法院可能是出于这个考虑，将'夜神'的抚养权判给了这位女性，谁知道她小儿子刚好出车祸，她照顾小儿子没来湖滨，大儿子一家却拖家带口来了。"

说到这里，也有些感慨，这父女俩是什么运气，都被所谓的大伯伤害，对方还是亲父子，简直造孽。

当然，应龙有句话没说，能教出这种儿子的母亲，就算活着，童素的待遇也好不到哪里去。

"童先生的父辈，总共三兄弟，次子去了文南国，童先生是独子，剩下几个兄弟姐妹都是他大伯所生。大堂哥童子安一家已经死在文南国；二堂姐童子丽被卖去当童养媳，多年前就已经病故，没留下一儿半女；三堂弟童子健早夭；四堂妹童子华丈夫早逝，现在跟着女儿女婿定居樱花国；小堂弟叫童子康，夫妇腿脚都有些不便，与当地其他一些同样的人合伙，在县城开办网吧，生了三个女儿才得来一个儿子，就是这个童天赐。"

夏正华一听就懂。连生三个女儿才生出的儿子，名字还叫天赐，这还有什么可说的？

夏正华曾经在西南边陲待过，知道那边的部分地区，一是重男轻女的风气非常严重，二是地头蛇很多。尤其在县城里做生意，想要不被地痞流氓敲诈，要么上面得有人，要么你们自己不好惹。童天赐的父母就属于后者。

地痞流氓顶多敲诈敲诈普通人，真碰上残疾人，反而要退避三舍。否则人家每天换一两个人往你家门口一坐，小混混的日子也不好过。

这种抱团取暖的生活方式，夏正华不做评价，他只是代入当地的思维，若有所思地问："童家这一代的男丁，是不是只有这个童天赐了？"

应龙点了点头，又好气，又好笑地说："我们的人问他为什么来，他理直气壮地说，三堂伯没有儿子，只有他这个堂侄子，当然应该由他来送终。"

什么送终，是眼巴巴盯着人家的财产，想要过来抢吧！

夏正华对这种封建糟粕不予置评，第一反应就是让这家伙滚蛋，但他颇为纳闷："他怎么知道子邦的病情？还能打听到这家医院？"

应龙早就意识到这个问题，重点询问了，闻言便道："三年前，艾伯特·马歇尔送童先生'太空飞梭号'的新闻上了头条，媒体写了童先生父女的部分生平。虽然没有贴照片，但童子康还是能认出兄长，就拖家带口赶去认亲，结果连小区大门都没能进。"

夏正华想起一件事："我记得子邦回国之后，特意买了套房子搬进去，是不是就因为这件事？"

应龙点了点头。

童子邦刚回国时，本来是住童素买的公寓。但这公寓一来是小了，父女两人住不方便；二来就是小区停车库满了，放不下"太空飞梭号"，就算勉强停靠，也要天天被人山人海打卡围观，隐私性不够好；三来就是童子康夫妇跑来认亲，童子邦不见他们，他们就在大厅撒泼打滚不肯走。童子邦看着心烦，索性买了套高档住宅，挡住这些是是非非。

夏正华一听童子邦的态度，就知道他并不想和所谓的亲戚有联系，更加疑惑："既然没有联系，子邦的病情，这个童天赐究竟是怎么知道的？"

应龙低声道："是安全部门有人提议，说如果童子邦情况不好，童素又回不来，至少让他见一见兄弟姐妹。至少葬礼上，有个摔盆哭灵的。"

夏正华没好气："传统思想，愚昧！"

应龙有些无奈："这也是他们的一片好意，但就是——唉，谁能知道'铜棒'先生的侄子，居然能不要脸到这种程度？"

夏正华沉吟片刻，问："童子康的要求是什么？只想看一下堂哥？"

"他目前是这么说的。"

夏正华想了一下童子康的经历，觉得这个人虽然人品上贪婪、功利了一些，但也不是大奸大恶之人。专门招聘残疾人当工作人员，虽然大部分是为了应付当地的地痞流氓，却也间接做了好事，提供了工作岗位。

到底是童子邦的小弟，血浓于水，再说了，只是看一眼，旁边有人盯着，应该也翻不出大风浪，便道："那就让他看一眼吧！"

"行，那我就和他们定好时间，到时候我全程盯着，要问'夜神'一声吗？"

"童素肯定要在场，但那个童……就刚才那个人，不准让他来，省得他说出什么不中听的话，把童素惹怒。"

一个半小时后。

一对腿脚不便，挂着拐棍的中年夫妇，在派出所连连鞠躬，对着干警们道歉："对不起，实在对不起——"

干警见到这对夫妻，也觉得他们可怜，不免教育了几句："你们要管好自己的儿子啊，不要让他三番两次往医院的特护病房跑。医院保卫科都已经放过他一次了，他居然还大半夜想要混进去。"

"对不起，这孩子也是无心。"童子康一个劲叹气，"是我，都是我不好，听说三哥病重，总想要再见他一面，却又有点没脸。孩子孝顺，想帮我完成心愿，谁能想到他居然这么不懂事，就这么横冲直撞。"

干警叹了一声，示意他们可以领人离开，就看到童子康期期艾艾地说："警察同志，我是真的想见我三哥一面，快二十年了——"

他低着头，做了个抹泪的动作，再抬起来的时候，除了眼眶有点微红，看不出他是否有流泪的痕迹。

干警不知道说什么好，便道："我帮你问一下吧！"

"谢谢警察同志，谢谢警察同志。"

看到童子康夫妇千恩万谢地带着儿子离开，干警回到办公室的时候，免不得对同事说："孩子教不好，父母真是受罪，你看刚才那两口子，真是……"

同事听到这里，不由嗤笑："你当他们真老实本分呢？我可听到那个童天赐叫嚣了，说什么他三堂伯家里就一个女儿，没有男丁，万贯家财都该是他的。这种思想，不是从小就被灌输，还能是凭空长出来的不成？"

干警愣了一下，摇了摇头，也就不再说什么，只是将童子康夫妇的要求上报出去。

而另一边，出租车里，童天赐一上车就要说什么，却看到父亲冷冷睨了他一眼，吓得他立刻不敢开口了。

奇了怪了，童天赐在心里想。老爹平常也是个和气的人，为啥我就怕他怕得要死呢？

明明小时候，老爹脾气更暴躁，对老妈和我非打即骂，我也敢和他顶嘴，没有现在这么怕啊！难道是因为当时有爷爷奶奶护着，现在没？

这个念头在童天赐心中不过一闪而过，他也没细想，等回到他们订好的民宿，又开始嬉皮笑脸："爸、妈，我……"

"闭嘴！"

瞧见父亲似乎生气了，童天赐噤若寒蝉，就看见童母打圆场："看你一身臭味，快去洗澡。"

童天赐乖乖去了，中途手机响了，发现是微信群里那些狐朋狗友们在@他：

"童少，见到你那个亿万富翁的三堂伯了没有？"

"怎么可能见到，他传说中的堂姐可不得把他赶出来！"

"这怎么行，万贯家产呢！我们童少爷怎么能不分到一点？"

微信群里刷了几百条信息，有试探的，有调侃的，但更多是酸溜溜的，以及阴阳怪气。

童天赐看到这里，顿时不服，回道："我那传说中的堂姐，人都不知道去哪里了，就让我三堂伯一个人孤零零躺医院。说不定我三堂伯醒来后，看见我在床头鞍前马后伺候，一高兴，就把遗产全给我了呢！"

"那我们就提前恭喜童少爷了，亿万富翁啊！"

"瞧你美得，天还没黑呢！少做梦了！"

"嘿，你就不怕你后妈生个儿子，和你分家产？"

"说不定亲妈再找回来，给后面的儿女也要分一点呢！"

微信群里又是一片阴阳怪气，童天赐气得差点想把手机砸了，愤愤地扔到一旁，拿出换洗衣物，一边淋浴，一边想着心事。

三堂伯家里出事的时候，他还很小，稀里糊涂的，父母也没和他说，似乎有些讳莫如深，提都不提。

还是前几年，诺亚集团总裁艾伯特·马歇尔送给"铜棒"以及"赫卡式"父女"太空飞梭号"屡屡上新闻，爸妈看到后，突然觉得那个大名鼎鼎的传奇黑客，长得好像失联许久的三堂哥。加上爸妈对童素这个名字隐约有印象，又上网查了一下当年的官司判决，发现真的就是这两人！

童天赐惊呆了，没想到自己家里还有这么酷炫的一门亲戚，立刻缠着父母问，才知道，当年三堂伯失踪，留下堂姐童素一个人。奶奶被大伯撺掇，去打官司，夺家产。本来吧，奶奶拿到了童素的监护权，应该拖家带口，拉着两个儿子家一起去的。但当时童子康恰好出了车祸，一条腿粉碎性骨折，哪怕续上了也没办法像正常人，导致脾气很暴躁，动辄打骂。他老婆受不了委屈，就找了个夜黑风高的晚上溜了。奶奶就留下来照顾儿孙，没能去之江，只是经常写信问大儿子要钱。

童子康就是靠着这些钱，开了家网吧，只招残疾人当网管，当地政府一开始觉得这是好项目，加以扶持，童子康就又开了几家连锁网吧。虽然不至于说成为当地一霸，但还真没多少地痞流氓敢惹。

他现在的妻子就因为罹患小儿麻痹，不良于行，去网吧应聘当收银员。两人处出了感情，就在一起的，因为童子康还没离婚，所以也没领结婚证。

后来大伯一家扯上了官司，还坐了牢。童奶奶不懂法，怕大儿子牵连自己，对他们一家提都不提，大伯的儿女灰溜溜回来还被她打出门去。

童天赐那时候还小，就连亲妈印象都没多少了，更不可能记得这些事情。

他只是被狐朋狗友这么调侃一下，原本满满的信心也有些胆怯——大伯做了那样的事情，三堂伯这么多年都不和他们联系，可见是不认他们这些亲戚，他们一门心思找上去，三堂伯真的会把遗产给他们吗？

童天赐在忐忑不安的时候，却不知道自己的父母坐在沙发上，一扫眼中的贪婪，眼神变得极其平静，还带着一丝幽深和捉摸不定。

只见童母比着哑语手势，意思是："身高、体重，这些基础数据，都已经拿到了，就差看一眼童子邦的现状，记录下他现在的模样。童天赐这小子无能，三番两次都没拍到，我们出面，是否会被怀疑？"

童子康也回她哑语："放心，安全部门顶多查一下我们的履历，以及最近的行踪，发现没有问题，就不会深入追查下去。"

"他们应该不会验证我们的 DNA 吧？"

"天赐被派出所带走了，DNA 肯定验过，他是童子康的孩子，毋庸置疑。他对我们态度不变，只要不出事，安全部门就不会怀疑我们，更不会莫名其妙派人来验证我们的DNA。在他们眼里，我们只是无足轻重的小卒子。"

比画到这里，两人都意味深长地笑了起来。谁能想到，早在十几年前，他们就已经替换掉童子康夫妇，来到这里了呢？

虽然不明白上面为什么让他们顶替这么一对无能的夫妇，一晃就是这么久，久到他们自己都差点以为，自己只是县城中一对开办网吧的残疾夫妻了。但现在，他们才知道，什么叫作养兵千日，用兵一时。完美替身计划，替的不仅是大人物，也有小人物。

就在这时，他们收到中国安全部门的信息——明天晚上八点整，准许他们见童子邦半小时。

八

童素不想看到所谓的亲人。对她来说，父亲这边的亲人，全都是不好的回忆。

既然中国安全部门派人守着父亲，童素也不想和所谓的亲戚絮叨，索性约了诺亚集团锂硫电池发布会的时间让他们过来，自己则坐在楼下的花园里拿手机看发布会。

一杯咖啡递了过来。是这几天十分悠闲，一直乱逛的李察。

童素端着咖啡，却没有喝，而是说："本来这时候，我该在大洋国，参加诺亚集团的发布会。"

李察耸了耸肩："布莱特陛下会同意你回国，我跟着，是因为你家碰到特殊情况，但绝不会同意我们去其他国家。"

童素叹了口气，不说话。她已经看出来了，亚伯不会当皇帝，但也不想放弃，估计还有后续，而且他们都希望她能加入，帮助自己。

童素有点不想沾。

"我听见他们瞎传的八卦了。"李察觉得很好玩，"布莱特陛下对你有点执着，但他看你的眼神绝对不是男人看女人的状态，我很好奇为什么。"

童素就算有猜测也不会和李察说，何况她没有，便道："我也很好奇，我自认为身上没有秘密，思来想去，也只有我爸爸'铜棒'曾经的遭遇，但这说不通。"

李察不明白童素为什么如此笃定："难道'铜棒'先生就不能拿到什么秘密资料？始终藏着？"

童素早就猜到可能有人会问这种问题，已经排练得当，此时就用一种"没想到你也会异想天开"的表情看了李察一眼，才没好气地说："这种一张图纸，一份地图，一位孤胆英雄，就能左右全世界命运的事情，梦工厂都已经觉得落伍，不这么拍电影了。

"我爸就算拿到过什么绝密资料又有什么用？如果是政治，二三十年前的老皇历，现在就算放出来，造成的动荡也未必很大；如果是科技，那就更搞笑了。全球化发展到今天，基本所有高精尖技术都依赖于跨国合作，最高端的机械和设计，就算拿到图纸又怎么样，没有足够的工业实力，根本就做不出来。如果说布莱特是企业家，想要越过技术壁垒，或者搞个商业间谍，我还能理解，但他是斯图国的皇帝，我的加入与否，完全影响不了大局。"

李察想想，觉得也是，便安慰道："你这样瞎猜也得不到答案，时间总会告诉你，最终的结果。"

童素摇了摇头，扫了一眼电视，突然怔住。

李察疑惑地看去，发现是大洋国金宫的一名新闻发言人正在说话。

不到一分钟，这则新闻就过了。童素却拿着 iPad 查这名发言人的资料——简·布朗，32 岁，米切尔大学新闻系毕业，曾在《大洋早报》当过记者，采访过总统和副总统，从而与总统建立了良好的关系，三年前总统当选后，就邀请她成为新闻发言人。

当然，伴随着搜出来的，还有各种桃色新闻。第一条就是许多人言之凿凿，说她和总统有一腿。

李察不解："怎么了？"

"这个女人——"童素欲言又止，半晌才道，"虽然长相没见过，她的身材、步态，还有说话的神情，给我一种很熟悉的感觉。"

李察不觉得这是什么大事："你扫新闻的时候见过？"

"不对。"童素摇头，非常果断，"我肯定在其他地方见过她，就是最近一两年，而且印象颇深，否则我不可能记的是这些细节，而不是脸。"

她一边说着，大脑一边就像计算机一样，快速回放两年间见过的所有人。

片刻之后，童素神色大变："'提洛岛'！"

"这个女人，就是你和布莱特在'提洛岛'时，碰到的那个长发女！"

李察以手扶额："我都说了，我没上'提洛岛'，你们看到的那个李察真的不是我，我当时只是将身份借给了亚伯。"一边说着，一边对她眨了眨眼睛。

童素就懂了，李察这是对她承认了，但嘴上不能说，就顺着话道："抱歉，一下子不记得这回事了，我去要一下'提洛岛'玩家们的资料。"

"你不用要，我这里有。"李察拿了个 U 盘，"弗朗索瓦老爹之前留给我的，你拿着看吧！"

童素打开资料，快速浏览，她在一份档案面前停下。恰是"提洛岛"中，曾经与李察同一个小队的长发女。

"詹妮弗·霍姆斯，37 岁……我在监控里看也就三十岁出头，保养很好啊！米切尔大学毕业，曾经是罗蕾莱集团的研究员，后来自己创办一家基因检测公司——两年前开始，公司就被指控涉嫌商业欺诈，原定今年开庭起诉……"

童素一边念，一边看具体的商业项目，稍微扫了几眼就懂了："难怪要冒险去'提洛岛'，高端基因检测，宣称能预防癌症……这样的欺诈，一旦指控成立，在大洋国至少是五年的牢狱之灾。"

李察笑了："不止。"

"啊？"

"她做的是高端基因检测项目，针对达官贵人，而非普通人。"李察回答，"你看她公司的辉煌履历——明星、政要、富商……很多人都被诊断出罹患癌症的概率高，甚至有人切除了自己的部分器官。如果这时候告诉他们，你本来没事，是被骗了，你会怎么想？"

童素毫不犹豫："自然是要让这个骗子受到惩罚。"

李察点头："她的罪证如果真坐实了，就算法律只是判她几年，她也不可能在监狱中活下来。"

童素蹙眉："她从'提洛岛'出来后，应该被国际刑警总署送还给大洋国那边，等待开庭吧？为什么会摇身一变，成为金宫的新闻发言人？"

联想到布莱特先前说的"完美替身计划"，还有"影之共济会"的最后一人就是大洋国副总统乔治·约翰逊的事情，童素隐隐觉得有哪儿不对。

但如果她的判断是正确的，简·布朗就是冒名顶替的詹妮弗·霍姆斯，"完美替身计划"为什么会选中她？

"提洛岛"覆灭到现在也就不足半年，这点时间，整容恢复期都不一定过，为什么突然来这一出？

李察神色一沉："在大洋国，副总统实际上是个挂件、吉祥物，只有一种情况能掌权——总统在任上病故。"

联系简·布朗与总统的绯闻，童素也觉得不妙："你的意思是，他们狗急跳墙，要刺杀总统？"

"不排除这个可能。"

"但为什么是这个女人？"童素喃喃，"她比起特工，优势在哪里？或者说，她身上藏有什么秘密？"

童素再详细看了一遍詹妮弗的履历，突然意识到问题所在，示意李察："你看，詹妮弗曾经在罗蕾莱集团就职的部门和小组——"

李察记性也很好，立刻回想起刚才的内容："多年前，但丁的母亲也是在这个小组。"

说到这里，两人面面相觑。

半晌后，童素才说："得把这件事告诉布莱特。"

李察拿起了手机："现在就说。"

整个下半年，世界局势风起云涌，变幻莫测，让百姓看了好一通热闹。

先是九月份，斥资数百亿的莫比乌斯亚洲超级工厂宣布落成，谁知突发意外，全球直播现场变成血肉收割场。虽然直播很快就被掐断，但后续的死伤公告出来，还是触目惊心，也导致中国和大洋国贸易战的序幕拉开。

大洋国从政客到媒体，疯狂抨击中国安全措施不力，导致意外袭击；中国不甘示弱，认为出事的是数控系统，全程由大洋国人掌控。

双方国内皆是舆情汹汹，大洋国总统率先宣布，对中国进行贸易制裁；中国毫不退让，立刻宣布贸易反制。

贸易战背景下，什么都在跌，只有国际原油，价格坚挺，疯狂上涨。

十一月，斯图国皇帝驾崩，铁血首相过世，法尔兰大主教过世，皇储伊莎贝拉死得莫名其妙，曾经的温菲尔德伯爵之子布莱特才是真皇孙，加冕为帝，为布莱特三世。

围绕这个事实，各色小报妙笔生花，凭空虚构了一个又一个或曲折离奇，或爱恨缠绵，或黑暗血腥的宫廷斗争故事。就连正经报纸也忍不住，为了销量，暗指某些皇室秘闻。倒是许多少女，看见不到三十岁，年轻英俊，未婚单身的新皇帝，纷纷做起了灰姑娘嫁入皇室的美梦。

全球报纸聚焦布莱特三世，连篇累牍报道新皇帝的一切，恨不得钻到夏宫里安装二十四小时摄像机。

斯图国的政治动荡才过几天，艾伯特·马歇尔向世界宣布，集团与中国之江大学合作研发的硫锂电池专利技术已经获得生产审批，正式开始投入量产。

一石激起千层浪。

手机厂商，设备厂商，电动汽车厂商，无人机厂商……但凡和锂电池有关的行业，都迅速掀起产业变革。

国际原油期货价格应声下跌，仅仅用了三天就跌破历史新低，然后每天都在刷新油价最低纪录，最夸张的一次，一度跌到了负 39.8 大洋币一桶。无数试图抄底的期货玩家宣告破产，甚至背负巨债，只能销声匿迹，或者一死了之。

石油输出国组织见势不妙，加大原油开采力度。

大洋国也是石油重要输出国，一看国际油价跌成这样，你们还增产？立刻义正词严地宣布，你们应该减产！

石油输出国组织却压根不听，反而开足马力——现在卖，虽然价格低，好歹还能卖得掉；等到锂电池普及，石油的需求量会大大减少。

双方你来我往，互不相让，又是一场精彩纷呈，持续多天的口水仗。

而作为最大石油输出国的塔汗国，因为油价的大跌，国内的矛盾全面爆发，原本还算虚与委蛇的两派，正式宣战！

中东的战火，吸引了全世界的目光。谁都知道，这背后少不了大洋国和斯图国的功劳！

或许是为了调停，也或许是新皇帝有不一样的想法，布莱特三世邀请大洋国总统前往夏宫会谈。时间就在 12 月 20 日，世界各国首脑会议的前两天。

12 月 20 日。

斯图国多雾霾，今天也不出意外，天空灰蒙蒙一片，能见度小于五公里。

淅淅沥沥的雨点，开始落下。

"立刻联系气象局，什么情况？"玛丽·约克皱眉，"之前的气象预测中，没说一点半的时候会下雨。"

本来就是雾霾天气，能见度又这么低，雨水非但没办法冲散雾霾，甚至让能见度进一步降低。这简直是地狱难度的安保经历！

"气象局反馈，说这只是阵雨，很快就结束。"

听上去似乎是个不错的消息，但老天却并不尽如人意。

短短二十分钟，雨越下越大，最后简直就像天漏了个口子，往地面倾倒水流。震耳欲聋的雷声，于天空炸响。一道又一道的闪电，肆无忌惮地彰显存在感。

明明只是下午一点五十分，天却阴沉得像是傍晚六点，乌云密布，狂风大作，暴雨倾盆，电闪雷鸣。

一年三百六十五天，纽伦城都未必会出现这么恶劣的天气，却恰好在今天这个最重要的时刻赶上了。

"再去问气象局，这雨什么时候能停！"

"气象局回复，这是突发天气，应当会持续 35 至 50 分钟。"

那不正是会晤开始的时间吗？

"各国元首的专机呢？有没有因为恶劣天气，会延迟抵达的？"

"回复，一切良好，将按时抵达。"

玛丽·约克眉头紧锁，还没说什么，就瞧见一群军人走了进来，为首的那个棕发中年男子蓄着几缕小胡子，神态骄矜："约克中校，不，应该恭喜，您现在是上校了。"

玛丽·约克行了个军礼："洛林贝格中将。"

原来，来者正是大元帅的长子，未来的洛林贝格公爵，现在的陆军中将。

就见这位中将的目光在所有人身上掠了一眼，居高临下地问："你们的安保做得怎么样了？"

玛丽·约克不卑不亢："您没有权限知晓。"

洛林贝格中将的神情有一瞬十分阴鸷，皮笑肉不笑地说："我还没恭喜中央情报局，终于能够插手宫廷内务。"

玛丽·约克依旧彬彬有礼："永远忠于陛下。"

洛林贝格中将突然哈哈地笑了起来："当然，永远忠于陛下。"然后，他就扬长而去。

便有人十分疑惑，与旁边的人咬耳朵："这位将军在搞什么？来这里就为了耀武扬威？"

"应该是为了皇后人选。"知情人低声道,"按照目前斯图国的情况,皇后只能在洛林贝格与卡佩洛家族中诞生,中将的长女十五岁了,除了年纪、辈分与布莱特不够匹配以外,一切都合适,而对这样的大家族来说,年纪、辈分是最不重要的。"

"我觉得布莱特不会让军方的势力继续坐大,元气大伤的卡佩洛家族才是好选择。所以他这是没办法对布莱特撒气,就对他的心腹示威?但这样的口舌之争有意义吗?"

"我听说陛下喜欢一个亚洲女人,让公爵收她当教女呢!"

叽叽喳喳,窃窃私语。

玛丽·约克清了清嗓子。众人不敢再议论,立刻专注屏幕前。

下午,两点整。

大洋国总统专机,"空军一号",缓缓降落。

机场方面,完全没有任何摄像头,并已经被大洋国国土局全面接管。

舱门打开,栈桥对接,大洋国七十岁的总统和他的第五任太太,手挽手的甜蜜劲,看上去就像一对正在热恋的情侣。

"空军一号"的面前,停着五辆一模一样的防弹装甲车。这就是总统的专属座驾,"陆军一号"。

"陆军一号",并不是某一辆车的称呼,而是总统座驾的代指。

事实上,大洋国总共有近百辆从车身到车窗到轮胎,都用特殊材料打造的防弹装甲车,里面配置有枪械、救生用具、应急物品等。

大洋国国防部和国土战略资源局特意测试过,哪怕是便携式导弹袭来,"陆军一号"都能扛住多轮袭击。至于寻常子弹,更是别想穿透任何一个部位,哪怕是最脆弱的轮胎。

每一次大洋国总统出访,安保人员都会提前将五辆"陆军一号"送达机场,总统从飞机上下来后,立刻随机抽签,乘坐其中一辆,保镖们则乘上另外四辆车。

这么做,一是为了避免总统经常坐一辆车,会被人留下记号,干脆每次都随机;二就是更容易混淆视线,遇到袭击,也更好对付。

五辆车就位后,其他的安保人员,以及随行的工作人员,例如翻译、秘书等,也坐上剩余的十五辆装甲车,组成车队的头和尾。至于剩下的机组成员,则在维护着飞机。

二十辆车子以均匀的速度,开出机场,迎着狂风暴雨,驶向夏宫。

没人注意到,他们走后,机场还是戒严,有一人大步流星,走进了飞机,并对留守人员出示了自己的证件。

九

路面非常平缓，也早就清理干净，方圆几里都没有车辆和建筑物。

不到十分钟，车速就渐渐放缓。

前方两公里就是夏宫。

正在闭目养神的大洋国总统，忽然听见车内嘀嘀作响，一旁的妻子花容失色："亲爱的，快看上面！"

总统抬头，就看到前方空中，乌压压的"云朵"直直飞来，犹如暴风雨中的海燕。

但在这种时候，周围领空都已经清理，怎么会有东西！

总统大惊失色："我们怎么办？"

司机倒是很镇定："不必担心，道路两侧有斯图国的士兵。"

与此同时，夏宫，军事指挥部。

"侦测高速飞行物！没有热量反应！"

"能见度太低，无法比对。"

"放大照片，清晰模型，是……是数百架无人机！"

"怎么可能！我们封锁了二十公里内的领空，市面上现有的无人机，最多以 25 公里每小时的速度，匀速飞行，只能飞不到半小时！无人机怎么可能这么快！"

李察听到这里，磨了磨牙齿，高声喊了一句："这是两天前，中国翱翔科技新发售的'蜂鸟 7 号'，搭载的是全新的锂空气电池！速度和续航时间，从前的根本没法比！"

也只有他这个无人机发烧友，会注意到这种事情。

但他的提醒，也只是湮没在呼喊中。

"这些无人机正以 120 公里每小时飞来，根据测算，还有 5 分钟，就会与大洋国总统的车辆相撞！"

"这些无人机的 GPS 定位呢？能否干扰？"

"不行，它们的 GPS 已经被锁死，芯片被剥离。预设好了航程，直奔目的地，无人机内部……内部疑似填充炸药，机身上缠绕高压缆线！"

"试着将它们打下来！"

"是！"

就见夏宫门前的侍卫，还有道路两侧的军人们，用最快速度拿起了一旁放着的手持式便携防空导弹。

大洋国装甲车上的士兵，也掀开天窗，拿出了狙击枪。

"打——"

下一秒，火力全开！

数百架无人机如同逆着暴风雨，呼啸而来的白隼，以同归于尽之势，向大洋国总统的座驾直坠而去！

也就在这一刻，礼炮之声，随之响起！

乌云深沉，阴霾遍布，狂风暴雨的苍穹上，朵朵烟花升起，白烟在空中弥漫。

事情的顺利进行，令士兵们面露喜色。

玛丽·约克却觉得不大对劲。这么低的距离，完全就在便携防空导弹的距离范围内。这玩意连低空飞行的战斗机都能打下来，袭击的人想不开吗？预料不到这一点？

而下一秒，她就看见，大洋国总统的车队中，轰的一声，一辆位于中间的"陆军一号"被导弹击中，瞬间燃起了大火！

霎时间，所有人都大惊失色！哪怕周围的士兵立刻按住袭击者，却也来不及！即便是总统的车驾，也没有办法在这么近的距离，防御住这种级别的火力袭击！

"砰！"下一秒，车辆爆炸！

情况比预想的更糟！

被击落的无人机，虽然大部分都在空中爆炸，却有不少碎片，化作或大或小的火球，坠落到地面上，导致道路不够通畅。

而中间这辆车的起火和爆炸，导致后面的车辆也无法通行，甚至前后的两辆车都被剧烈的冲击波及！

一时间，大洋国的车队全部停了下来。

装甲车上，翻译、助理等人惊慌失措，哭成一团。特工们却快速拿出消防器械，冲了下去。

而另一边，夏宫也派出消防队，紧急救援！

但就在这时，人群中却出现了一个令人难以想象的身影——原本应该被继续关押的詹姆斯竟然带人走了过来，从装甲车里揪出"简·布朗"，出示证件。

"大洋国国土局，你被逮捕了。"

"简·布朗"瞳孔骤缩，来不及反应，就被詹姆斯打昏过去。

而在夏宫一间富丽堂皇的屋子里，大洋国总统听见汇报，火冒三丈："Shit，狗屎，乔治，这个乔治！"

他就像发怒的野兽一样，不断行走，除了紧张，就是后怕。

布莱特三世坐在一旁，温文尔雅地说："这也不怪您，谁能想到，一国副总统，竟然会和我国的叛国组织联系？"

大洋国总统没好气地心想，那能叫叛国组织吗？那是前皇储的残余势力。你们国家政治斗争的事情，害得我差点没命。

"陛下，您也太冒险了。"大洋国总统忍不住说，"我的飞机都已经飞了一半，您才和我通话。"

布莱特彬彬有礼："抱歉，我们也是刚查出来。"

骗鬼呢！大洋国总统不傻，稍微一想就知道，如果布莱特这通电话打在他上飞机之前，别说特工们不会让他去，总统自己也不敢以身犯险。

偏偏这通电话打在"空军一号"已经飞了一半的时候。

折返，打草惊蛇。只能继续前进。

总统先生和夫人以"小睡"为名，进了房间，特工们化好装，装成二人——大洋国对总统的随行保护中，永远配备类似的人选，而总统夫则伪装成机组人员，等其他成员离开后，由詹姆斯领头，布莱特在中央情报局抽调的绝对亲信负责，将总统夫妇提前一步，秘密护送到夏宫。

这不，就成功引出了在斯图国军方内部的叛徒。

意识到自己被这么利用，大洋国总统憋着一股气，却又不能说什么。他只是任期将至的总统，对方却是一世的皇帝。

但作为抗议，大洋国总统还是说："队伍受袭，原定的议程，我们晚一点再开，先暂时休息，如何？我还要联系刘易斯，让他即刻派人去逮捕乔治·约翰逊！"

布莱特自然满怀歉意："今晚，由我宴请各位。"

"陛下，无人机的藏匿地点已经找到。"玛丽·约克单膝跪地，满脸沉重，"臣明明已经派人彻查过所有地方，各国安保机构也编入混杂其中，理论上不应该有任何疏忽……是臣失职了！"

刚刚会见完大洋国总统，一身正装没卸的布莱特神色沉静，听着汇报。

梅涅公爵、洛林贝格大元帅一左一右坐在下首两侧。

公爵依旧是那副无喜无悲的样子，看不出情绪波动；大元帅神色凝重，布莱特则吩咐左右："暂时将约克爵士收押，交由中央情报局和军方情报处联合调查。"

立刻有侍卫上来，给玛丽·约克除去军帽，戴上手套。

玛丽·约克没有挣扎，平静地伸出双手。虽然陛下早就定计，要引蛇出洞，但没有查出无人机，确实是她的失职。为了稳定人心，赏罚分明，她也必须接受调查。

但在这么关键的时刻，自己离开……玛丽担忧地看了布莱特一眼，然后沉默着被侍卫押解离开。

布莱特则望向大元帅："虽然我已经安抚了大洋国总统，但叛国残党，依旧不肯死心，希望您能助我一臂之力。"

大元帅知道，这就是将审查任务交给自己的意思，不由郑重点头。

居然敢谋划这样的袭击，简直大逆不道！

斯图国的叛徒，由他们来抓，大洋国那边，必须给他们一个交代！

就在这时，有侍从快步走过，附耳对布莱特说了几句。

布莱特神色凝重："乔治·约翰逊失踪了。"

大元帅坐直了身子："这个组织不就只剩下他一个人了吗？谁通知的他？詹姆斯·史密斯？"

"不可能。"布莱特下意识反驳，"他全程都接受监控，根本无法联系旁人。"

大元帅觉得很离谱："那他还有什么渠道？为什么能准确得知我们的消息，选择逃亡？陛下通知大洋国后，刘易斯不是派人监控他吗？"

梅涅公爵突然开口："乔治·约翰逊，不仅当过大洋能源集团的法律顾问，也当过罗蕾莱集团的法律顾问。"

布莱特神色一凛："我先前一直以为，他能加入'影之共济会'是因为他与西蒙·路斯恩的关系，难道不是？"

"他会逃往哪里？"

"普赛岛。"梅涅平静地说，"让童素去普赛岛，见佐藤明。"

"为什么？"

"佐藤明手上有一份十分关键的证据，那就是'提洛岛'的起因。"

东南亚，普赛岛。

佐藤明坐在床头，看着落地窗外无垠的大海，却想起了家乡的树木、花朵，潺潺的流水声，不由道："再过一段时间，我们就回国去吧！"

助理有些担心："您前段时间被折腾得不轻，又才做开胸手术没多久，再经历长途飞行……"

佐藤明摇了摇头："我想念故乡，想去看看孩子们了。"

他一生未婚，口中的"孩子们"自然不会是他自己的子嗣。

这位世界知名的反战作家，将祖上的大部分财产，以及自己的稿费，全都捐给了孤儿院、学校。一开始是因为战争，太多孩子流离失所，如果没人帮助，他们活不下去。后来，就成了一种习惯。

迄今为止，光是"佐藤基金会"，就已经资助了十几万名家境贫困的孩子，让他们能完成自己的学业，更不要提历年来对各大孤儿院和学校的捐赠。

助理跟随佐藤明多年，对佐藤明的品性非常景仰，但想到一些人给他的指示，助理忍不住再劝："您真的不能再颠簸了，过段时间再回去吧！"

樱花国曾经很需要这位作家。

世界大战结束后，作为战败国之一，饱受战争创伤的各国对樱花国的态度非常不友好，尤其是樱花国皇室战犯都被保下，仅仅是丢掉皇室名头，但还是高官厚禄，享尽富贵，更是遭到世界舆论的激烈抨击。

如果不是以佐藤明为首的一批左翼人士积极反战，反思，做公益，让大家觉得，虽然这个国家一部分人无药可救，但还是有很多为历史道歉、忏悔的人，樱花国在国际上的风评也不会渐渐好起来。

甚至，一开始，中国和樱花国的交往、破冰，都有赖于这些充满愧疚的左翼人士积极推动。

但时代变了。经历过当年那场残酷战争的人已经陆续亡故，年轻一代无法感同身受，对自己国家的处境非常不满。

政客们需要年轻人手上的选票，需要民族情绪高涨，需要……他们需要很多很多，唯独不再需要对历史忏悔的人。

佐藤明在世界文坛的地位太过崇高，只要这位老人家活着，就像一面旗帜，上面绣着"反战"和"反思"，这令樱花国的许多政客们非常不满。

这个时代的樱花国，不应该再有佐藤明这样的作家。

助理本来是带着任务来的，高层指示他，尽量不要让佐藤明出席公共活动，尤其不要在民众情绪高涨的时候，出来发表反战言论。假如没办法劝动，必要的时候，甚至可以对佐藤明下手。

但这些年来，佐藤明高尚的品格深深折服了助理。助理深知，就算自己不忍动手，一旦樱花国的高层起了杀心，也会派别人前来。

为了保住这位老人家的性命，他只能反复劝说对方静养，甚至不惜经常搞点小动作，让佐藤明进医院。

看见助理眼中的担心，佐藤明轻轻一叹，点了点头。

助理如释重负，知道这位大师喜欢独处，便深深鞠了一躬："您有事按铃，我就在隔壁。"然后就礼貌退下。

佐藤明轻轻点了点头。

谁知助理刚刚转过身，还未掩门，就被吸满了乙醚的纱布迷昏。

下一秒，一个神秘人挟持助理闯进了屋内。

就见他直接将门反锁，拿枪指着助理，冷冷道："老头子，你如果想要这个人的命，还有你的命，就快快交代。几十年前，你们樱花国从第三帝国手上拿到的东西。"

佐藤明有点浑浊的眼珠望向来人——鸭舌帽、络腮胡，看不清长相。

就见这位年岁过百的老人颤巍巍地说："这位先生，如果要钱，我可以给您，请不要伤害他。"

"少废话！我只要那份东西！"对方声音很低，接近咆哮。

"我不懂您说的意思……"

偷袭者看见佐藤明故意装糊涂，不由冷笑。

第三帝国的狂妄和野心，让他们想要征服世界，包括但不限于天空、大地、海洋乃至星空，以及困扰人类的生老病死几大难题。

才华横溢又疯狂到极点的科学家们，研发了导弹，构思了仿星器的蓝图，进行了灭绝人性的人体实验。甚至，为了验证人种之间的差异，第三帝国还联合樱花国搞了一些非人类的研究，譬如人体改造等。

这些绝密的研究资料，很大一部分都伴随着科学家被大洋国、白熊国和斯图国瓜分，流到了这三个国家。剩下一部分，则被第三帝国的部分科学家提前销毁掉了。

只有极少一部分人知道，第三帝国所做的每一项实验，每一份研究资料，实际上都有备份，统一放到了一个极为绝密的基地。

那个基地究竟在哪里，只有一个人知道，就是第三帝国最绝密特工机构"处刑人"的负责人，也是"处刑人"本人。

没错，现在大洋国军方"处刑人"，实际上是第三帝国的复刻品。不同的是，大洋国的"处刑人"以 A 到 Z，总共 26 个字母为代号，人数众多；而第三帝国的"处刑人"只有一位，机构里的其他人都服务于他。这个人是活着的杀戮机器，只听从于第三帝国最高元首的命令，其他人都指挥不动他。

第三帝国覆灭前夕，"处刑人"被放进刚刚研发出来，没试验过效果的生理机能冷冻舱，被冷冻了起来。这个冷冻舱落到了大洋国手里，但大洋国迟迟不敢打开，就怕暴力拆解会出问题，把"处刑人"也弄死。而冷冻舱的研究资料，下落到了哪里，却不为人知。

各国因此查了很久，"影之共济会"也在追查，最后查到一条线索——这个绝密科研机构的负责人有一个女儿，因为第三帝国首都陷落，被白熊国的军人掳走，最后成了伊万诺夫将军的禁脔。

她唯一的孩子，就是叶莲娜·伊万诺夫！

"她的母亲一死，她就逃出家门，一看就有问题！我们本以为她将东西自己藏着，可怎么都找不到；后来认为她给了义兄乔·里切尔，用尽手段，甚至把他儿子抓了，也没问出下落。后来，我们抓了她的女儿，在她面前折磨至死，她也没有说半句！只是彻底疯掉了而已！久而久之，我们都以为，她可能真的没有这个东西。"

"但你这个老东西，快死了都要去见她！"偷袭者的神色变得狰狞，"东西，绝对在你那里！"

＋

面对狰狞的敌人，佐藤明仍旧是迷惑不解的样子："什么东西？"

"老家伙，你还在装傻！"偷袭者大怒，拿枪指着佐藤明，"钥匙，第三帝国，冷冻舱的开启钥匙！"

"我不明白。"

佐藤明只觉得匪夷所思："第三帝国都是八十年前的事情了，当时有冷冻舱吗？那里面又放着什么？你……该不会是疗养院的患者吧？"

说到最后，他不仅觉得偷袭者可能是住在这间疗养院的精神病，甚至开始怀疑面前这把枪的真实性。会不会是玩具？

偷袭者面部扭曲至极："当年轴心国同盟秘密做的疯狂实验，全部资料都储存在一个绝密基地里，基地的所在与开启方式，只有一个人知道。那个人被冰冻了起来，冷冻舱无法打开，我现在需要解封的钥匙，或者说资料！"

佐藤明仿佛听见了天方夜谭，摇了摇头，越发觉得此人是疯子："就算是三流的科幻小说，也不会写这样的故事。

"时代在发展，科学在进步，八十年前的第三帝国，怎么可能有这么先进的技术？"

偷袭者原本也不信。但他切切实实地知道，大洋国一直在秘密研究那个冷冻舱，以及罗蕾莱集团对基因的研究，由不得他不信！

或许这个世界上，就是有很多常理无法解释的东西。如果按照逻辑来推断，谁能想到，伟大的艾萨克·牛顿，已经是快四百年前的人？倘若这个世界真的那么讲"道理"，爱因斯坦又为何诞生？

他现在已经穷途末路，只有掌握那个大国都在拼命追逐的秘密，才有可能换得自己的一线生机！偏偏这个老东西还在装聋作哑，磨磨叽叽！

如果不是顾虑到对方年纪太大，又刚刚做完心脏搭桥手术没几天，很容易死，他真想往对方的脚上打两枪。

问题在于，这老东西现在变成了东方的瓷器，打不得，摔不得，又无儿无女，无牵无挂，根本动摇不了他。

偷袭者再度拿枪顶着助理："你不要他的命了吗？这可是跟了你二十年的心腹，为你鞍前马后，比亲儿子都好不少。"

佐藤明平静地说："所以，我的遗嘱里，分了一百万大洋币的遗产给他。"

偷袭者咆哮："他要是死在你前面，就是你的罪行！"

"我确实不愿看到这样的场景。"佐藤明满脸灰败，"可你不能强求我给你一个不知道的东西。你们有没有想过，这么多年，你们根本找不到，不是因为这些人不给，而是他们根本没有这东西？"

说到这里，他忍不住用中文感慨："莫须有，莫须有啊！"

"怎么可能！"偷袭者大怒，"如果不为那件东西，你为什么快死了还要瞎折腾，先去米切尔城，再去白鹰州？"

佐藤明无奈解释："正因为快死了，才想见如同自己孙女的叶莲娜最后一面。"

"闭嘴，你一定有！如果不在意你这条性命，你大可以不交！那我就先杀了这个助理，再杀了你！"

就在这时，房门砰的一声，直接被撞开！

偷袭者第一反应就是从佐藤明的床角冲到床头，举起了枪！

十几个全副武装的特种兵战士，同时冲了进来，齐刷刷举起了枪！

偷袭者望向窗外，发现疗养院已经被重装卡车包围，斯图国驻扎于普赛岛的战术特种部队已经将这座疗养院团团围了起来。

不仅如此，甚至有消防车开进来，搭起了云梯。这云梯一是为了防止犯人点火，二便是能让狙击手得以上升到足够的高度，好将他一举击毙！

而在这时，头戴战术头盔，身穿防弹衣的两男一女走了进来。

偷袭者瞳孔骤缩："乔舒亚……"

詹姆斯蔚蓝色的眼眸，就像沉静的大海，看似风平浪静，实则深不见底。

就听他略带沙哑的声音响起："教父。"

偷袭者持枪的手微微发抖，却还是拿着佐藤明当盾牌。

"是我将刘易斯局长的私人联系方式，告诉了斯图国的皇帝陛下。"詹姆斯凝视着自己的教父，平静地说。

乔治·约翰逊突然有种巨大的恐慌感。

詹姆斯之所以会落入布莱特三世的手中，只因大洋国国土局被亚伯·温菲尔德欺骗，以为对方的目的是得到伯爵之位，所以要铲除掉这个竞争对手。正因为如此，大洋国国土局对詹姆斯下达命令，希望他刺杀当时还是铁血首相之子的布莱特·温菲尔德。

以詹姆斯的性格，本来不一定会接受这个任务，毕竟他和布莱特曾在"提洛岛"上并肩作战，经历生死，有点惺惺相惜。但当时詹姆斯刚刚从地下溶洞出来，知晓了好兄弟约翰·卡森的背叛，又经历了约翰手刃生父西蒙·路斯恩的场景，迫切需要恢复约翰的名义，便以"国土局不追究约翰过去的所作所为，且以英雄的身份，追授他军衔，并在烈士陵墓里给他立碑"为条件，答应了这场很可能有去无回的刺杀。

而约翰·卡森之所以会沦为叛徒、奸细，直接的导火索就是——乔治·约翰逊曾经是大洋能源集团的法律顾问，与西蒙·路斯恩颇为熟悉。

他见到教子身边的朋友，长得很像西蒙年轻时候，就对西蒙提了一句。

乔治·约翰逊之所以这么做，当然有私心——他想成为人上人，想加入那个集团，想成为他们扶持的对象，就必须与他们拥有共同的秘密，还有共同的利益。

对约翰的引荐，确实成为他与"影之共济会"越走越近，最终加入的契机。却也正因为约翰的死，导致他在最高峰的时候幻想破灭！摧毁这一切的对象，正是他犹如亲儿子般的教子！这岂非绝妙的讽刺？

不知为何，这一刻，乔治·约翰逊的脑海中，突然浮现《哈姆雷特》的一句台词：一只麻雀的生死都是命运预先注定的。

这就是主的安排吗？神意难测，神威浩荡。那我乔治·约翰逊，在主的剧本里，究竟是什么角色？

努力挣扎，却又毁于一旦的一生。是面目可憎的反派，还是滑稽可笑的小丑呢？

乔治·约翰逊突然万念俱灰，将枪口掉转向自己。

"砰！"

詹姆斯同时抬手。霎时间，乔治·约翰逊的右手被子弹击中，鲜血淋漓，再也握不住手中的枪，也没办法扣动扳机！

詹姆斯和布莱特派的斯图国军官，已经一左一右扑了上去！

乔治·约翰逊绝望地说："让我自杀，我不想去天堂见你的父亲！我对不起他！"

"你根本上不了天堂。"詹姆斯咬牙，"但也不要想着现在就能下地狱，你需要在人间忏悔，赎罪！"

就见军官拿出手铐，将乔治·约翰逊死死锁住，又塞了个口枷，防止对方咬舌自杀："带走！"

伊万冰蓝的眼睛凝视着乔治·约翰逊，却没有动静。

童素则走到佐藤明身边，摘下头盔，先看了一眼心电图，发现体征还算良好，才松了一口气："佐藤爷爷，您没受到惊吓吧？"

佐藤明笑着摇了摇头，望向自己的助理。

军官行礼："请放心，我们会对他进行妥善治理。"说着，让人将助理抬走。

童素欲言又止。她觉得这时候问不大好，感觉会让这位老人伤心。但知道自己现在不问，随行的军官，估计也会问，而且态度更粗暴，就轻声道："佐藤先生，刚才这人说的事情……"

佐藤明摇了摇头："我真不知道他在说什么。"

童素不大相信。

佐藤明和伊万听见瑟沙真正的死因时太平静了，完全不像不知情——后者已经收到了童素给的证据。

但童素自己却依旧没时间看，因为她原本的电子设备都被收缴了，新电子设备都是斯图国和中国安全部门给的，她一个都不放心。

只不过，梅涅公爵为什么确信东西在佐藤明手里，而不是爸爸手里？又确定他会给自己？难道这东西一式两份？佐藤明和爸爸各持有一份？爸爸又在这里面扮演什么角色？

童素只觉心中疑团越来越多，表面上却还是假装想要得到资料的模样，轻声追问："您出身樱花国贵胄之家，是否无意中拿过什么资料？又或者，叶莲娜真的没给您什么吗？"

佐藤明还是摇头："我虽然真正的姓氏为藤原，可家中早就不行了，除了祖上传下来的豪宅外，其他一无所有，只能靠贩卖文字为生。何况这么多年，我起居坐卧都需要人照顾，要是真藏了什么东西，只要买通我身边的人，也能里三层外三层翻好几遍吧？"

佐藤明居住的地方又不是什么军事重地，梅涅公爵若想找，难道还找不到？

叶莲娜的住处也是一样的情况。

现在想想，伊万的父亲与叶莲娜的相遇，到底是浪漫的意外，还是前者居心叵测，想从叶莲娜手中拿到东西？

童素觉得自己这么逼问一个老人，心中十分愧疚，看见佐藤明的被子有些凌乱，就为他披好，顺口说："但他们似乎觉得东西可能在您那里，否则为什么那么多将领里面，他们独独挑中您教导过的雷奥将军？"

她话音刚落，就发现佐藤明的指尖在她手背挠了一下。

佐藤明神色不变，叹道："雷奥，唉，雷奥……"

童素不动声色，还是装作信了佐藤明的话语，对军官说："佐藤大师似乎并不知道，我觉得我可以离开了。"

军官将信将疑，却还是劝阻："您不如多和佐藤大师聊几句。"

说着，就示意其他人撤离，自己也离开。

童素就拉了张椅子坐下，却背着所有人的时候，指了指身上，比了个"嘘声"的口型，表示有人监听。

佐藤明就像絮叨家常一样，问："刚才那个人想找我要的，究竟是什么东西？他一会儿第三帝国，一会儿冷冻舱，把我听糊涂了。"

"我也不知道。"童素叹道，"第三帝国当年做了很多惨无人道的实验，光是解密出来的部分就已经令人瞠目结舌。比如军事方面，就因此诞生了核武器，已经算走到一种极致了。剩下的，要么就是对星辰大海的探索，要么就是对人体奥秘的研究吧？或许就像历朝历代的统治者追求的那样，青春永驻，长生不死。"

"永生啊！"佐藤明看着拍打沙滩的浪花，感慨道，"这让我想到了故乡的人鱼传说。"

人类吃下人鱼肉，就会得到悠久的寿命，永驻的青春，同时也带来可怕的诅咒。只因吃过人鱼肉的人，就会被转化成新的人鱼。为了长生不死，永葆青春，疯狂去追逐人鱼。却也在得到的那一刻，开始被人猎杀的一生。这就是人鱼带来的"永生"诅咒。

童素记得这个故事："您还把它修改之后，拍成电影，大家都说这是残酷童话，世界上没有人鱼，只有吃了人的人。"

佐藤明轻叹道："我并不是要揭露世界的黑暗，也不是要抨击人类的恶行，我只是在思考，或者说困惑。为什么一个人在家里能是好儿子、好丈夫、好父亲，上了战场，却可以化身为最恐怖的恶魔？人类的贪婪和恶毒，是否永远能胜过他们的道德和良心？"

童素无法回答这个问题。

佐藤明也不需要她回答，只是絮叨家常："你家里还有几个人？"

"没有几个了。"童素苦笑，"我母亲和外公外婆早逝，母系这边不见别的亲戚，父亲那边很早也和亲戚断了往来。"

"一门值得走动的亲戚也没有吗？"

童素想了想，说："我爸爸倒是说过，我有个姑姑，叫童子华，目前跟着女儿女婿在樱花国定居。但我家情况特殊，我爸爸前几年才回国，然后就碰上一些事情，无法出国，我也一样，没办法去探望。"

"他们住在哪里？"

"京都。"

"那等我回去，正式给你发一封邀请，让你能走正规渠道过来，顺便也可以看看亲戚。"佐藤明追忆过往，"还可以来我家里看看，那是你外高祖父曾经住过的地方，我可以请你喝樱花国最好的抹茶，一边品茶，一边感受樱花国的庭院和流水之美。"

童素总觉得佐藤明意有所指。联想起塔汗国的雷奥将军，在沙漠之中也要弄个和式庭院，再弄个水琴窟当机关，童素心想，难道佐藤明在暗示，他家的水琴窟中也有玄机？

一时间，她心中闪过千头万绪，却还是装作若无其事的样子："感谢您的好意，如果太麻烦，也可以请我小姑姑回国内。但我父亲家那边的亲戚，据说关系很差，大概她也没什么想回来看的吧？"

"唯一可能的，也就是我爸爸，可——"

爸爸为什么还不醒呢？

十一

斯图国，夏宫。

自从玛丽·约克被调查后，宫内的防卫，一半还是由中央情报局负责，另一半则交给陆军，由洛林贝格中将调配。

瞧见来电，洛林贝格中将神色不由大变。

只见他快步走回自己的房间里，将手机切到隐藏的系统，信号也调到专门的频道，这才拨通视频电话，就看见屏幕那头，亚伯·温菲尔德露出了温柔而圣洁，却让知道他真实身份的任何一个人都下意识毛骨悚然，心里直冒寒气的微笑："恭喜我们的大阴谋家，成功把自己逼上了死路。"

洛林贝格中将心中一沉，表面却不相信："你堂堂新的温菲尔德伯爵，却到现在为止都不敢在正式场合露面，俨然丧家之犬，居然还敢来恐吓我？"

亚伯似笑非笑："你听过东方一句话吗，叫作'螳螂在捕猎蝉，没想到黄雀在后头'。你认为自己做得天衣无缝，袭击大洋国总统，借机导致玛丽·约克被看押，试图通过这种方式来攫取宫廷护卫权。但你的行为，实际上已经突破了大洋国财阀与斯图国贵族，包括其他国家认可的底线。

"大家或许会要一个被内阁架空的皇室，但绝不会要一个被军方架空的皇室。军政府主导的斯图国，足以让全世界的大人物们都寝食难安。"

洛林贝格中将的神色顿时阴晴不定起来，嘴上却还是不服："大洋国这个总统，执政三年多，南北两党都被他得罪光了。现在艾伯特·马歇尔也不站在他背后，他一旦下台就要面临牢狱之灾，我对此人动手，为何不行？"

"因为他还是大洋国总统。"亚伯·温菲尔德含笑道，"哪怕是一条狗，只要在'总统'这个位置上坐着，就代表大洋国的脸面。"

洛林贝格中将心中惴惴，但还是死撑着架子："第一，布莱特没有调查到我参与了这件事。第二，就算他查到，也不可能会把我交出去，这会寒了其他臣子的心，只可能主动替我隐瞒。"

亚伯似笑非笑："没错，他作为皇帝，当然不会对你下手。可他的宽仁却会成为你父亲心中的一根刺。难道你认为，你威严正直的父亲对你没有意见？又或者，朝廷中的贵族大臣们没有虎视眈眈地盯着你，试图寻找你的错处，将你拉下马？还是说，你的两个弟弟不会借机生事？"

说到这里，前斯图国皇室特工首领不无怜悯地说："我劝你直接自尽，还能保持一点身为贵族的体面。不要像卡佩洛那样，拖着不肯死，被伊莎贝拉亲自动手杀掉，抛出去当替罪羊，还要累及子孙。"

洛林贝格中将不想承认自己前几天还得以自豪的举动，实际上是自作聪明。但亚伯刚才一番话，却令他心中波澜渐起。

皇帝的宽仁，针对的是"洛林贝格"，而不是他本人。父亲性格刚正不阿，本身就在长子和徒弟之间摇摆，假如皇帝为了保住他，对大洋国出让了一些利益，洛林贝格中将毫不怀疑，老爷子会亲手把自己这个儿子打个半残，然后宣布他突患疾病，从而更改继承人。

二弟平庸，三弟轻浮，但那不重要。只要有皇帝的庇护，洛林贝格家族就算没有一个厉害的家主，也能太平无忧。

电光石火之间，洛林贝格中将就露出阴狠的神色："你突然联系我，应当不是为了恐吓我吧？既然我们还有彼此能够利用的地方，就不要拐弯抹角，直接说吧，你和我的筹码分别是什么！"

"爽快！"亚伯·温菲尔德轻轻击掌，"我希望你能让大元帅稍微安分一点。"

洛林贝格中将大惊："你要我对父亲动手？"

"听说大元帅心脏不好，需要静养，万一受到刺激，就容易出问题。如果你能让大元帅在病床上躺一个月，无暇多顾，我就把'完美替身计划'的名单交给你，并且把你的弟弟，还有老侯爵的次子，统统卷进这件事里。

"你想让自己的女儿当皇后，最大的对手就是老侯爵的次子——如果皇帝愿意赦免他们这一系，他就是卡佩洛家族的第一顺位继承人，而且，他也有女儿。"

"我还可以把你的愚蠢行为包裹得天衣无缝。"亚伯·温菲尔德就像最会做交易的恶魔，每一句话都足以诱惑人迈向地狱，"将窃取本国机密的间谍抓住，表示之前对大洋国总统的袭击，都是和对方合谋。虽然有卖国之嫌，却都是为了取信于他们，才能人赃并获。这样一来，你就不是众人心中的罪人，而是这个国家的英雄，君王心中的功臣，如何？"

洛林贝格中将虽然心动，却还是有些怀疑："这对你有什么好处？"

亚伯笑而不语。

洛林贝格中将厌恶他这种故作高深莫测的模样，对亚伯的话语也一个字都不信。

亚伯·温菲尔德就是这种人，说谎都不打草稿，字字句句都能骗过测谎仪。真要相信对方说出来的话，怎么死的都不知道。但他确实不能错过这个良机，哪怕明知亚伯抛出恶魔的果实，也必须吞下。否则，洛林贝格中将毫不怀疑，就算父亲对他这个长子还有那么一分偏爱和维护，他的两个"好"弟弟为了爵位，也会不遗余力。

只见他烦躁地扯了扯衣领，觉得房间里的暖气开太高了："你需要我做到什么地步？直接说吧，我全力配合。"

这通电话打完后，英格拉才嗤笑："洛林贝格大元帅也算是个人杰，儿子却一个比一个草包，一个比一个废物。"

亚伯含笑道："老元帅是在战火中长大的人，又经历了冷战的疯狂时代，自然能称得上是精英。"

"既然如此，我们的计划里，就差最关键的一环了。"英格拉一边发动车子，一边说，"你有多大的把握，能让'赫卡忒'加入我们？"

“这个世界上，只有一个人能够做到这一点。”

英格拉反应很快：“‘铜棒’，她的父亲。”

“没错。”亚伯打了个响指，“早在多年前，佐藤明就已经将‘钥匙’交给了我，梅涅现在将这件事扔出去，只是为了刺激童素而已。对聪明人来说，怀疑，往往才最致命。当她对现在的世界充满质疑，乃至憎恨的时候，就会明白我们要做多么伟大的事情。”

说到这里，他顿了一顿，问：“‘网吧’拿到‘铜棒’现在的照片了吗?”

代号“网吧”的人，就是假的童子康。

“中国安全部门不准拍，但‘网吧’根据记忆，画出来了。”英格拉递给他一张传真纸，上面病人的模样栩栩如生。

假如不说这是画出来的，谁都会以为，这是一张照片。

“童子康的体形呢?”

“比‘铜棒’还瘦一点，但可以补回来，偶尔一点不协调的地方，可以通过手术来给他修正。”

“那就照着这张图，给他整容吧!”

英格拉欲言又止。

“有话直说。”

“恕我直言。”英格拉酝酿了一下，才略带一丝担忧地说，“你和梅涅的计划假如成功了，‘赫卡忒’的性命可能会不保。”

“那又怎么样?”亚伯带着几分冷淡和漫不经心，“不能在这种袭击中活下来的人，有什么资格加入我们?”

英格拉沉默片刻，没说什么，只是点了点头，来到一处与其说是牢房，倒不如说是病房的房间外。

病房非常单调，里面只有一张床，床的四角都是束缚带，比较常见于精神病院，用来捆住病人，防止他们暴起伤人伤己。

躺在床上的人，乍一眼看过去，与童子邦有八分相似。这才是童子邦真正的幼弟，童子康。只不过，童子康似乎有些呆呆的，听见房门推开的声音，他明明醒着，却一动也不动，麻木地看着天空。

“他已经退化得和白痴差不多了。”不知何时，威尔森出现在英格拉身后，用一种平淡到毫无起伏的口吻，说，“当然，这并不重要，只要他和‘铜棒’相貌保持在95分以上的相似程度，能够瞒过敛容师。让中国安全部门的所有人都看到，‘铜棒’被推进了火葬场，这就够了。"

英格拉只觉得毛骨悚然。她看到资料，童子康十几年前就已经被抓过来，而他所谓"跑掉"的妻子，早就化作黄土一抔。

英格拉本以为，化作童子康潜伏的特工背负重大任务，谁能想到，对方存在的作用，只是传递画面，以及，让所有人都以为，童子康还活着。仅此而已。

"'高塔'究竟是谁？"英格拉忍不住了，"你们都说，他是结社的灵魂，如果没有他，就不会有公爵的加入、Demon 的解冻和苏醒，以及结社的重建。可从我加入结社开始，其他成员我都至少见过一面，只有他，从来不曾露面。他为什么执着于'铜棒'父女，又为什么早在十几年前就准备好了这个偷梁换柱的计划？难道他算到，'铜棒'有一天会回到家乡吗？"

威尔森意味深长地看着英格拉："这世界上大部分人，都不过是庸庸碌碌的凡人，而有一部分超越时代的天才，在某些方面，堪称神。'高塔'就是这样的存在，再过一段时间，你就可以看到真正的他。"

"什么时候？"

"谁知道呢？"威尔森眼中迸出慑人的光，"我们只需要执行'高塔'预留下来的命令——'铜棒'将死于计划发动的那一天，即，12 月 22 日。也就是，世界各国首脑聚会的那一日。"

12 月 21 日，凌晨，普赛岛，停机坪。

"皇帝陛下特意批准，您可以继续回到中国。"军官一板一眼地说，"但因为这次的事情，我们必须全程随行。"

负责人解释得很尽心，童素却有点神游天外。

三个小时前，中国那边传来消息，不知道为什么，童子邦的病情突然急速恶化，脑电波已经越来越微弱，估计只能再撑几天。

童素压根没想到，自己只是出来一趟，就遇到这样的变故，心急如焚，恨不得立刻插上翅膀飞回国内，来到父亲身边。

为防止有人暗杀或者绑架童素，斯图国派了皇室特工护送。但同样，也是为了监视童素，不让她说出不利于斯图国的事情，斯图国与中国安全部门谈好的条件是，童素可以去探望父亲，却必须全程在斯图国军官的监控下。并且，探视完了就必须回到斯图国。

童素接受了这样的不平等条件。

这时，随行的军官低声道："'赫卡忒'小姐，陛下还让我告诉您一件事。"

"梅涅公爵希望收您为教女。"

童素怔住了。

半晌，她才低声问："公爵阁下为何要收我当教女？"

军官比她还惊讶："您不知道？"

童素摇头。

军官大概得了布莱特吩咐，在这方面知无不言，言无不尽，便道："根据公爵阁下的说法，是曾经受过您长辈的恩惠。"

童素还能不知道自己有哪些长辈吗？无论哪个，都不可能与梅涅公爵这种位高权重的大人物扯上关系啊！

但梅涅公爵的表现也不似作伪。更何况，如果公爵想要收她当教女，确实能解释布莱特对她的态度为什么这么好——他等于少了个皇位直接竞争对手，多了个抱团取暖对象。

这令童素陷入疑惑。

我的长辈之中，唯一可能与梅涅公爵产生关系的人，大概就只有爸爸了。童素默默在心中想，可爸爸如果真和公爵有旧，为什么又会被万象集团关五年呢？以公爵的能力，想要救出爸爸，并不费力吧？还有，爸爸的突然昏迷，以及现在的病情突然恶化，感觉都充满蹊跷，爸爸的昏迷不应该在他计划之中吗？这才是我之前不算特别着急的原因，可现在……是爸爸原本的计划，还是生了什么变故？爸爸身上，似乎有很多秘密。

童素心乱如麻。

就在这时，童素感觉斯图国给她的手机振动，便拿了出来。

是位于夏宫的李察发来的信息，接连好几条——童素从中国去普赛岛的时候，李察也踏上了前往纽伦城的飞机。好像是说夏宫有什么会议，亚伯不想去，就委托李察代自己参加。现在应该刚刚到夏宫，具体时间不会超过 12 个小时。

"宫里出事了。具体什么事情不明，但皇帝和公爵、大元帅所在的楼宇已经被戒严。询问相关人员，他们都说不知道。"

过了一会儿，李察又发了一条信息。

"斯图国给了回应，大元帅突发疾病，中央情报局过度警惕，以为是被人刺杀。刚才已经查清了嫌疑，确定大元帅无事。"

童素蹙眉不语。不知道为什么，她心跳得很快，总有一种不祥的预感，便问："你能联系到布莱特陛下吗？"

"我试试。"

再过了一会儿，童素的电话直接响了——卫星通信。

是亚伯打过来的。

童素十分疑惑，将电话接通，就听见亚伯轻快的声音响起："'赫卡忒'小姐，你知道为什么我国在千年之前就能建起白枫塔，并且弄那么深的地下密道吗？"

"因为纽伦城就建立在火山旁——火山灰对人体有害，但稍做加工，就是非常好的建筑材料，尤其适用于地下、水中及潮湿环境的混凝土工程。"童素说着人尽皆知的常识。

纽伦城之所以得名，不就是因为纽伦（斯图语中的"红龙"）火山吗？

斯图国皇室认为自身受到红龙庇护，当然要依龙背而眠。

连绵的群山，就是红龙的身躯；山下建起的白枫塔、红枫行宫和夏宫，还有延伸出去的纽伦城，就是被红龙庇护的地方。再说了，如果不是因为处在火山边缘，又哪来这么美的风光？

当然，斯图国的许多贵族私下腹诽，认为皇室定都这里的原因，很大概率在于这里有大大小小上千个天然温泉。

在古代那种木柴是极其珍贵生存资源的情况下，虽然皇室也不至于洗不起热水澡，但只有天然的温泉，才能满足皇帝的穷奢极欲。

童素一边说着，一边顺手查了一下，发现纽伦火山是一座休眠火山，理论上不会有什么威胁。

但她再仔细查休眠火山和活火山的区别，发现迄今为止，关于休眠火山的界定都很模糊，科学界还在争论不休，甚至这个中间带是否真的存在都两说。

这时，她就听见亚伯微笑着问："那么，你想看见红色的巨龙吗？"

说罢，就挂断了电话！

童素二话不说，拨了回去！再也打不通！

童素顿时坐不住了，立刻联系布莱特说："我希望联系贵国火山方面的专家，召开一个相关会议。"

"纽伦火山在什么条件下才会喷发？"

火山专家们听见童素的问题，非常认真地解释："根据我们的分析、研究，过去一万年间，纽伦火山的喷发次数为 32 次，斯图国历史文件记载有且仅有两次。第一次是爆炸式地柱状喷发，造成了千年前所谓的'诅咒之地'，也导致周边几十年都毫无人烟；

第二次则是宁静式地喷发，大量炽热的熔岩从火山口宁静溢出，顺着山坡缓缓流动，好像煮沸了的米汤从饭锅里沸泻出来一样。"

童素听到这里就懂了，为什么第二次纽伦城能有人幸存。

假如是喷发柱式的火山爆发，山脚下的人根本没法躲，基本不可能活人。但只是岩浆流下来那就不一样了，只要跑得快或者运气好，活下来的概率很大。

童素是个有点极端强迫症的人，她在见专家之前已经做了很多功课，强行背下来了许多知识，所以听见专家们这么说，就问："两次喷发情况截然不同，难道是纽伦火山内部的岩浆库变小了？"

专家们也不能确定："鉴于纽伦火山上一次喷发还在六百年前，没有具体资料，但根据近百年来我国观测到的情况，纽伦火山的爆发指数在 VEI＝6 级，喷发量应当在 50 立方千米左右。"

童素知道，爆发指数和喷发量之间有换算公式。

VEI＝6 级别的火山，虽然比不上大洋国黄石火山这种 VEI＝8 级别，一旦喷发，半个大洋国乃至全球都可能受影响的超级火山，但也不可小觑。要知道，最近一次 VEI＝4 级别火山的喷发，喷发量为 1 立方千米，已经相当于一次 8.5 级别的地震。

假如从这个角度来考虑，纽伦城简直就是坐在火药桶上。

但童素更清楚，没有人会随便拿自己的命来开玩笑，尤其是"皇帝"这种生物。

纽伦城一直没有迁都的打算，就证明纽伦火山至少这一两百年内，应当没有爆发的势头，甚至都已经成了"休眠火山"。

童素有点不死心，又问："真的没有特殊情况，可以在非常短的时间内，比如一小时，引爆火山吗？"

火山专家严肃地纠正童素的外行猜想："一座火山爆发之前，往往会有数个月，甚至数年的准备期。鉴于纽伦火山并不处于板块的俯冲带或碰撞带，所以它爆发只有一种情况，即，地球内部温度和密度不均匀，在地幔内部形成地幔对流或地幔柱。

"当高温物质上升到地球浅部时，由于压力减小而发生部分熔融。在外力作用下，这些熔融物质汇聚在一起并在地球的浅部形成岩浆囊。当岩浆囊的压力大于地层的压力时，岩浆就会沿着断层或薄弱的地方冲破地壳，造成火山爆发。"

这段话过于学术了，童素自己翻译了一下就是：岩浆进入地壳层后，经过数次喷发，在地壳内积攒压力，最后内压高过外压，就会爆发。简单来说，可以理解为超大型的高压锅爆炸。

"我国的火山研究机构总部就坐落在纽伦火山的另一侧，始终有人监测火山情况。"

火山专家又说，"假如纽伦火山有任何异动，我们立刻就能发现。"他虽然没把下半句话说完，童素也知道，斯图国肯定顺便派兵驻守了纽伦火山，防止有人搞事情。想要瞒过军队，还有卫星，搬运炸药进去都不可能，何况是引爆火山。

按理说，听见专家的解释，任何人应当都对纽伦火山的安全状况放心了，毕竟历任皇帝也都询问过这个问题，最终也不继续没事人一样留在火山脚下的皇宫吗？

但童素还是不放弃，又问："我希望各位能设想一种最极端的场景——在什么情况下，安静了六百年的纽伦火山，会在一瞬间直接喷发。不是宁静式的岩浆涓流，而是爆炸式喷发柱。"

火山专家们面面相觑。

他们不明白童素为何执意要做出这种假设，但他们到底是极其专业的人士，讨论了不到十分钟，就给出解释："假如能在纽伦火山的最深处，也是地壳最薄弱的地带，埋上至少 15 枚，不，20 枚 2500 万吨当量的洲际导弹，同时引爆，理论上可以给予地壳足够的压力，令休眠的岩浆库火化，完成爆炸式喷发。"

"只能从内部引爆，对吧？"

"当然。"火山专家耸了耸肩，"朱庇特之盾可以防御来自天空的一切袭击，任何洲际导弹都只能在天空被击落。"

听到这里，布莱特的脸色微微一变。

会议结束后，他斟酌再三，又拨了童素的电话："红枫行宫地下，有一个高度机密的所在，存放着斯图国当年从第三帝国劫掠而来的许多绝密资料，还有皇室的很多秘辛。这些资料都属于不能外传的机密，皇室宁可将它们毁掉，也不可能让人得到。所以，除了森严的守备之外，还留有强大而复杂的自毁装置。一旦被启动，就会引爆纽伦火山，利用 VEI＝6 级火山的喷发，摧毁整座纽伦城。"

他顿了一顿，有点不确定："你认为，亚伯会选择这里吗？"

童素立刻问："什么情况下，自毁装置才会启动？"

"皇帝、皇后、七位选帝侯，分别掌握一把钥匙。"布莱特沉声道，"只有超过或者等于六人以上投票，才会彻底毁掉。"

"这些钥匙都在谁手里？"

"皇帝、皇后两把，在我手上，其他——"

布莱特神色微变："其他所有，我都不能确定……糟了，大元帅突然生病……我立刻前去拜访大元帅和两位大主教！"

童素又道："把李察控制起来！"

"感谢提醒。"

"我突然想到一件事。"童素又道，"您曾经说，夏宫内部和地下都有非常多条密道，曾经的安妮·卡佩洛，现在的安德烈·卡佩洛，掌握的情报不会比您少。"

布莱特确定："上次我们已经提起过这件事。"

童素点头："那么，您对大洋国军方的交涉，以及对乔治·约翰逊的审讯中，他们是否提到了安德烈·卡佩洛的下落？"

布莱特叹气："这也是令我疑惑的地方——他们坚决不承认安德烈在他们手里，但谁也不清楚，这究竟是推脱之词，还是事实。"

国家与国家之间，就是这么尔虞我诈。对大洋国来说，如果能捏住一个选帝侯，绝对是稳赚不赔的买卖。

童素心想果然如此，又问："您对'完美替身'的寻找和清洗，到了什么程度？"

布莱特没有详细说明，只是含糊道："尚且不足。"

听到这里，童素由衷建议："世界各国首脑会议，能否推迟，或者换一个地方举办？"

布莱特沉默片刻，才道："我们不能因为亚伯一个似是而非的电话，加上你的推测，而更改这么重要的行程。一方面是没有任何证据。类似的恐吓，每场这种级别的会议都会接到很多，不可能因为一两句话就更改。另一方面，对各国而言，如果知道斯图国内部的局势已经成了这样，你也应该明白，情况或许会更糟糕。"

童素突然懂了亚伯的算计！如果只是斯图国的高层们出事，斯图国自然会四分五裂地解体。但如果全世界的首脑都出事了呢？

世界各国自顾不暇，没有那么多精力插手斯图国的政治，而只要亚伯不死——其他选帝侯目前都在纽伦城，只有他下落不明。

他大可以扶植傀儡皇帝，然后对斯图国进行他想要的改革。君主立宪，以及真正的内阁，而非从前的大贵族内阁。这才是亚伯真正的目的！

漫长的复仇结束后，亚伯·温菲尔德真正承认了这个身份，选择继承另一位亲人，兄长威廉·温菲尔德的遗志，彻底改变这个国家！哪怕是破而后立！

这时候去纽伦城，必死无疑！

童素侧过脸，望向窗外。夜色似水，静谧无比。

她的脑海中，却浮现出刻骨铭心的一幕——醒目的蘑菇云，山体崩塌，湖水倒灌。人类科技的最后，酿成了难以形容的天灾。那是这三年来，始终萦绕在她脑海中，出现在她记忆里，永远无法忘怀的场景。

再想到布莱特一直在帮助她，没有伤害她的意思，虽然让人全程监视她，但那是为了国家利益，至少他没有阻止她回去看父亲，她纠结再三，终于做了一个令她自己都吃惊的决定："我来帮您！"

"'赫卡忒'小姐？"

"亚伯打这通电话给我，就代表他将选择权交到了我的手里。这是他对我下的战书！"

她仿佛能看到亚伯似笑非笑的神情，略带笑意的声音——你说我是无爱无血之人，我也承认自己无法对抗人性，从而变成如今的样子。

但你呢？你可以吗？如果明知是必死的结局，你敢来吗？

"爸爸……爸爸应该能撑过这一天！爸爸肯定能理解我的决定。三年前，我没能阻止。三年后，哪怕只有万分之一的概率，我也不能让同样的场景重演！而且，这也是我自己的愿望。我想要……成为英雄。"

第十二章 棋局

一

"假如牺牲你一人，拯救一万人的性命，你愿意吗？"

"这个嘛，得看这一万个人是谁。如果是我重要的人，或者稚龄孩童，别说一万人，就算让我一命换一命，我也愿意。"

"假如牺牲你一个人，能拯救一千万人的性命，你的答案是否会变？"

"别开玩笑了，一个人根本承担不了这样的重量，也没有任何人有资格与另外一千万人一起，被放到天平两端来比较。"

说罢，黑发碧眼的男子饶有兴趣地回答："不过听你这么一说，我倒是有个很有趣的想法。如果你把问题改成，如果牺牲我一人，能够带走一万人。不，哪怕只是一百人，我都很有兴趣尝试。当然，附加条件是，这些人的名单，要我自己来填。"

12 月 21 日，早上 7 点 29 分。

阴郁的细雨伴随着细小的冰碴，笼罩着纽伦城。

自诩绅士们的纽伦城中产阶级男性，依旧保持着看报的习惯，坐在餐桌旁边，在咖啡和培根的香气陪伴下，翻阅着今天的报纸。

女士们则打开收音机或者电视机，一边播放新闻、音乐等，一边检查孩子们上学前的准备，顺手摸了一把在旁边蹭来蹭去的小狗。

无论报纸，还是电视新闻，又或者移动端的门户网站、汽车或收音机中的广播，头版头条和最重要的内容，都是世界各国首脑聚会中的各个议题，包括但不限于政治、经济、军事、民生……

虽然这已经接近高密度的信息轰炸，很多人还是更习惯性地先翻开娱乐或者体育板块，津津有味地看着女明星的花边新闻。

这本来是一个再平常不过的早晨。

七点半的钟声敲响。

突然，无论播放新闻还是音乐的广播，全都传来"嗞嗞"的声音；电视机则开始模糊不清，出现了久违的"雪花点"；各大门户网站的首页，全部被黑。

下一刻，广播中出来机械而怪异的提问；电视机画面被切换；所有网站的页面，黑色背景上，是一行血红的大字——

"假如牺牲你一人，拯救一万人的性命，你愿意吗？"

"我的上帝。"此起彼伏的惊呼声，在很多家庭响起，男女主人们惊呼不已，"这是谁在恶作剧？"

"阴谋，一定是阴谋。"

小孩子们倒是很兴奋："哇，这很酷！"

下一秒，又一行血红的字出现——"如果牺牲你一人，可以让你指定一万人和你一起死，你愿意吗？"

"天啊！"

"快把电视关掉，关掉！"

"怎么会这样！"

"你们看手机，居然出现了投票！"

社交媒体上，也立刻有人分享："只要点击屏幕，就会跳转到一个界面，就是这两个问题的问卷调查！没有投票，只能写回答。而且好奇怪，这两个问题只能回答一个，选了第一题就不能选第二题。"

"太酷了，真是太酷了，这是哪个黑客组织？"

"等等，你们不觉得这很邪恶，很怪异吗？我是说，为什么我国的电视新闻和门户网站同一时间能被操控？今天又不是愚人节！"

"我说，大家忘记我们国家刚刚发生了什么吗？新皇帝的登基！身世居然这么离奇！他真的是皇室的后裔吗？"

最后这条评论，在短短十分钟之内获得了超过二十万点赞。

各种阴谋论在社交网络上紧急扩散，吸引了全世界的目光。

许多好奇的年轻人更是打开了问卷调查，五花八门地填答案，然后截图发到自己的社交账号上。

"我写了愿意，条件是一万个人里面，必须有我的父母、妻子和孩子，任何一人都行，我愿意用生命交换他们活下来。"

"我才不愿意拯救所有人，我选了第二个。如果我有这个机会，我会毫不犹豫让那些霸凌我的家伙和我一起下地狱!"

"我觉得第二个回答很有趣,我想带走那些罪犯。老实说,我对某些国家没有死刑非常不满,罪大恶极的人渣居然可以舒舒服服在监牢里待到死去!"

"我回答了第一个问题,如果给我抚恤金我就愿意。我很需要钱,哪怕一个人给我一百块,也是一百万,我的母亲就能继续透析。"

"我选第一个,但我的答案是,我愿意牺牲自己救这一万个人,可如果他们不感激我,而是污蔑我,抨击我,那么我希望他们随之死去。这很公平,不是吗?"

"我两个都没选,我没那么伟大,不想做英雄,如果我死了,我的孩子怎么办?但我也不想杀人,虽然生气的时候想着这个人怎么不去死,但我做不到,我连杀鸡都不敢,我承认我是个胆小鬼。"

这个话题下面,很快就有了近百万条回复。

不仅有纽伦城的居民,还有全球各地的网民来凑热闹。

之所以没有更多,是因为问卷调查页面仅仅存在了十分钟,就直接消失。

然后,官方紧急插播临时新闻,宣布这是一个名为"杜尔迦"的黑客恐怖组织行为。

网上立刻有人科普,这个"杜尔迦"胆大包天,诺亚集团在亚洲的超级工厂也是他们所为,等等。

大家的关注点就转移到"杜尔迦"身上,他们为什么要做这种事情,又怎么做到,等等等等。

互联网时代就是这样,信息传播来得快,消散得也快。八点零五分的时候,关于问卷调查的热度已经逐渐退去,人们上班的上班,上学的上学。

经历过这场互联网热潮的人们尚且如此,对没经历的人来说,这更是十分平常的一天。

但在帝国的权力中枢,新皇布莱特三世的脸色却非常不好看。

就见他放下电话,对一直盯着屏幕,不知思考什么的童素说:"就在刚才,通信管理局局长,以及局内数字网络办公处的处长双双饮弹自尽。前者是温菲尔德家族的远亲,据说是老皇帝的私生子,曾当过我父亲的秘书,母亲和姐姐都是老皇帝的情妇。后者是卡佩洛家族的旁系,姐妹和妻子都是前皇储的情人。"

"你们斯图国的内阁,干脆改名叫皇族内阁算了。"童素忍不住吐槽,心道亚伯拿大清和斯图国来比果然是有道理的。实在很难想象,在两三百年间,其他国家已经走过这么多弯路,踩过这么多坑的情况下,还有国家能把所有坑全部踩一遍的。

同样被大家嘲笑是封建帝制，中东一些国家的皇室就很聪明，用钱收买国民，全国上下躺在能源上数着钱过日子，脏活累活都是外来劳工做。像塔汗国这种酋长通吃，不肯给国民发福利的，国内矛盾就十分尖锐。

童素本来以为塔汗国的政治生态就已经很夸张，但人家好歹是五大酋长互相制衡，没想到斯图国更进一步，这是连贵族阶层也懒得维护啊！

要知道，斯图国的贵族虽说不多，只有数百个家族，但枝叶繁茂，近万族人肯定是有的。贵族们当然也不乏混吃等死的，可稍微有点上进心的，都是盯着政坛这些位置，希望能让家族更上一层楼。

结果看一下内阁构成，几个核心位置被选帝侯家族占了就算了，选帝侯与皇室分享皇权，大家捏着鼻子忍了，地位比不过；几个专业度特别高的岗位，被铁血首相任命了平民出身的专家们，大家也勉为其难忍了，能力比不过。何况我们可以和他们联姻啊！让他们改我们的姓，这就是我们自己人了。

能延续下来的贵族，没有真正顽固不化的，都特别懂得灵活变通。婚姻竞争不过别的家族，那也是自认倒霉。反正平民天才只要能爬到这个位置的，不可能不迎娶贵族女性，等同于锅烂在肉里，都是自家人。

但剩下那些既没有特别重要，也不需要特别专业的混子岗位，你们都不肯分出来，非要用自己的私生子，还有情人的儿子啊，小舅子啊来填，这就有点犯贵族们的众怒了。

想当年大清就是搞了个"皇族内阁"出来，一口气把民族（满人、汉人）、地方（革命党、立宪派）、中央（北洋出身的武将、科举出身的文官）统统得罪了个干净，堪称效果拔群，直接敲响了清王朝的丧钟。

斯图国这种政治生态，居然熬这么多年没出事，只能说每次都赶上了工业革命，加上两次世界大战都是胜利国，才造就了这种奇迹。

布莱特没听懂童素的梗，却也知道她在抨击内阁成员的组成不合理，不由叹道："我父亲很想改，大力提拔平民出身的人才，结果——"

"他们都被贵族网罗？"意识到布莱特不想说完，童素替他补上后半句。

布莱特叹息："是的。"

"这很正常啊！"童素经过那天和亚伯的谈话，这些天又看了很多社会学和历史学的书籍，也有了一些自己的领悟，"你们的国家，内阁都是皇族内阁，就不要提民主自由了，只不过是对外的标榜而已。对内，你能告诉我，斯图国的百姓究竟是属于这个国家的公民，还是皇帝治下的臣民吗？"

布莱特只能叹息。

童素却没有放过他，而是继续说："既然都是臣民了，那就不要谈什么个人尊严。

"在这个国家，只有权力才能保持个人的财产，只有贵族的身份最保值，就不要怪大家削尖了脑袋往里面钻。这不是他们的错，而是在这个国家，他们只能变成这样。"

"我们国家有句古话，叫作'橘子生在河水的南边就是橘树，生在河水的北边就是另一种树'，看上去叶子一样，实际上果子的味道完全不同，一个甜一个苦。这是果子的问题，还是土地的问题？"

布莱特毫不犹豫："当然是土地的问题，所以——"

他沉默片刻，才道："'赫卡忒'小姐，您带来了小叔叔的意思，其实我很高兴，他对这个国家怀有责任感。我也愿意发表声明，让国家实现君主立宪制度，自己成为一个宪政皇帝，将权力移交。

"我认同他的观点，这样才能让国家更好。我也知道宪政改革必定流血，任何国家都不可能例外，尤其在我们斯图国，既得利益者的权力太大。我希望小叔叔能帮助我，和我一起，而不是搞这种前所未有、史无前例的恐怖袭击。"

偏偏斯图国这边还不能承认，焦头烂额应对各国发来的问询。

童素叹了口气，也没继续责怪布莱特，而是调转话题："所以，亚伯究竟怎么才能完成这次袭击？"

她刚下飞机，还没来得及喝口水，就听到洛林贝格元帅失踪了、李察也神秘失踪了的消息，皇室正在紧急排查所有暗道。但地下四通八达，就和蜘蛛网一样，还有很多没有图纸就不知道的暗门，还要封锁消息，不能让在行宫的各国代表团队知晓。

童素最快速度赶到行宫，刚从布莱特手中拿到地上和地下设施的全地图，那边纽伦城的电视新闻和数字媒体就都炸了，简直一刻都不得停。

布莱特也知道时间紧张，便干脆利落地说："从你对我打那通电话开始，我就逐一去确定钥匙的所在。

"皇帝、皇后的两把都还在我手上。四大家族中，温菲尔德的钥匙不知所终；卡佩洛的钥匙伴随着安德烈，就是安妮的消失，也不见踪影；梅涅和洛林贝格的钥匙还在。三大主教中，法尔兰主教的钥匙由圣巴托罗纳大教堂保管，另外两位大主教的钥匙也在他们自己手里。"

也就是说，目前只遗失了两把，还在安全的范围内。

童素心里吐槽了一句，地下迷宫的钥匙也是你们几家管，还说不是皇族内阁。但她也不想扯那么多，直接问出最关心的问题："钥匙，到底是什么？"

如果只是字面意思的钥匙，理论上应该和"投票权"有点扯不到一块，而且这种金属制品，感觉很容易被仿照复刻。如果是类似"管理员权限"之类的电子认证设备，那么认证程序是怎样的？后台不能修改吗？

布莱特苦笑："半个世纪以前，钥匙就只是真正的钥匙而已，形状不同，质地不同，需要非常复杂的程序，才能将锁打开，从而进入金库大门。"

童素不解："非要凑齐九把？"

布莱特摇头："不，那个锁设计得非常巧妙，只要随意六把钥匙凑在一起，就能将这把锁给打开。"

童素又提出疑问："库房的大门很坚固？导弹能炸穿吗？"

布莱特表示："只有云爆弹或更强的弹药，才能将金库大门炸开，但地下设施内部的安检十分森严，理论上这些东西带不进去，只有金库里面才有。"

童素对他的自信有点不是很赞同："你确定？"

如果情况真危急到六把钥匙都不归他们的程度，带进类似手持式导弹、火箭筒之类的东西，未必很难吧？

布莱特对这一点还算有信心："继位之后，我第一时间派军方与情报局联手，清点了纽伦城各处的武器库、弹药库，没有发现相应的失踪乃至报损。并且，自从选帝仪式开始，到登基后的全城戒严，并没有被撤销。"

童素"哦"了一下，示意他继续。

布莱特叹气："科技时代后，古老钥匙虽然还保留，但库房大门又加了一重设备，只有经过瞳孔和虹膜双重验证，才能录入识别。"

童素有点好奇："像贵国这样，几十年都没有皇后的情况，属于皇后的那一把钥匙由谁保管呢？皇储？"

她实际上挺疑惑的，为什么是交给皇后，或者亲王，就是皇夫，而非太后，或者皇储呢？

布莱特向她解释："这与我国的宗教有关，能被立为皇后的，不仅出身四大家族，信仰的也是国教。但皇储不一定，他们有可能会受到新思想的影响，并不信仰国教，历史上因为教义信仰也屡屡发生惨案。"

童素点头，表示自己懂了。

布莱特刚才已经去检查过系统，叹道："由于皇后在制作这套系统的时候就长久空缺，所以九个权限中，实际上只激活了八个。"

"那么投票权呢？"童素追问，"还是三分之二吗？"

九个人的三分之二，限定了必须六人投票。

八个人的三分之二，可就只需要五个人了。

布莱特头疼："不知道。"

童素奇道："程序设计的时候，应该写死了啊！究竟是三分之二，还是强制要求六票，一开始就定了。"

布莱特低声道："这份文件，我也找不到了。"

童素顿时有些同情。她有点不明白斯图国皇室怎么能搞成这样，让亚伯·温菲尔德拿到了这么大的权力，导致布莱特接班的时候，简直就是个瘸腿皇帝。

当然，也有可能某些事情，伊莎贝拉知道，布莱特不知道。毕竟前者才是当作皇储培养的，后者只是个臣子。

老皇帝和伊莎贝拉的突兀死去，导致皇室的权力交替出现了断层，加上皇家特工这个本来只效忠于皇帝——无论位置上是谁的组织，首领居然包藏祸心，拿走了所有资料，搞成这样也不奇怪。

瞧见童素的神情，布莱特大概猜到她在想什么，不由苦笑："我偶尔也会想，父亲是不是失察了。但转念又会想，或许，这就是父亲的愿望。他因为皇权毁掉半生，自然希望不断打压皇权，说不定希望我继位之后，手中权力不够大，却又有自保的能力，从而与臣子们妥协，和平地转化为真正的君主立宪。"

童素安慰他："或许，铁血首相阁下只是没办法做选择，在那个关头，他只能保下你，不能要求更多，而他也将一切交给了命运。如果亚伯愿意继承伯爵之位，与你合作，对国家有利。如果亚伯还是要复仇，消耗皇室的实力，对国家或许同样有利。"

布莱特长叹一声："你说得很有道理。"

对父亲来说，国家才是第一位的。他敬佩这样的父亲，却不得不处理如今父亲留下来的难题，故他神情就严肃了起来，郑重无比地说："'赫卡忒'小姐，非常感谢您愿意折返回来帮我。为了报答您的帮助，我愿意交付我的信任。"

说罢，他将一把钥匙，以及一张身份卡，放在了桌上。

"这就是九把钥匙中，代表'皇帝'的那一把。这张身份卡，则是只有皇帝才能持有的'鹰卡'，拿着它，您可以畅通无阻地进入相关区域，任何人都将无条件听从您的号令。"

童素挑眉："皇帝？"

她本来以为，布莱特会给她代表"皇后"的那一把，谁知道布莱特给的却是代表自己的"皇帝"。

布莱特礼貌地说："如果拿另一把给您，或许会引起误会，影响到您的声誉。而拿着我的身份卡，无论外人怎么解读，您都代表着'钦差大臣'。"

童素也想到了这层，觉得布莱特确实是个挺细心周到的人，便轻轻点头："多谢。"

布莱特又道："为了让地下区域的负责人将您认个脸熟，请您先与我走一趟，见一见几位将军，以免更多麻烦。"

童素点了点头。

他们都不知道，几个小时前，童素飞机刚刚到达夏宫的时候，洛林贝格中将正面临人生中更大的问题。就见他死死握住电话，面色狰狞，想要对电话那边咆哮，却又压低声音："你明明说过，只要让我父亲暂时生病……"

"没错，我之前确实答应了你。"亚伯含笑道，"但你做得不够好——李察被布莱特关起来了，是我派人才将他救出。作为惩罚，我将大元帅带走，这很合理。"

洛林贝格中将怒道："皇帝的行为不是我能掌握的！"

意识到音量太高，哪怕在无人的书房，他吼完之后也下意识环顾左右，又压低了声音："我怎么知道皇帝是怎么想的！我爸一生病，他莫名其妙就把李察给关起来了，这种突发事件不能考虑进去！"

亚伯却压根不理会，只是慢条斯理地说："作为补救计划，你还得做一件事。"

洛林贝格中将怒道："你有完没完！"

亚伯却很镇定："如果你对令尊动手的事情传了出去……"

洛林贝格中将恨得牙痒痒，却还是说："你想要我做什么？"

"很简单。"亚伯微笑道，"明天的世界各国首脑会议时，你将所有兵力都集中在场馆，尽量忽略后山等地区。"

洛林贝格中将立刻反对："不行，从安保要求来说，后山等地肯定要派人。"

"从昨晚到明早，才会有拉网式排查，其他情况下，一般都交给红外线、无人机等现代科技处理。"亚伯·温菲尔德对皇家的事务了如指掌，洛林贝格将军的托词自然没办法骗过他，"皇室的侍卫不足，就算加上中央情报局和军方的力量，也不足以彻底封锁整座红枫行宫，必须有轻有重。你可以做到的，对吧？"

洛林贝格中将的神色阴晴不定，最终还是无奈地点了点头，说道："好，我就再听你一次。"

亚伯微微一笑："我保证，这是最后一次。"

二

八点半。

红枫行宫，大洋国使团所居住的城堡内。

出于对各国首脑的尊重，城堡只有外围主干道路设有监控，并由斯图国的军人负责把守；每一处城堡或公馆的内部，摄像头全都拆了，而且交由各国自己的安保机构负责。

别说防卫人员，就连厨子、医生都是各国自带团队，只有统一去开会的时候，才是红枫行宫的皇家厨师负责膳食。

这种高度机密性，城堡的书房内，正在进行一场绝对不能被外人听见的对话。

"安德烈·卡佩洛话语的真实性，究竟有多少！"大洋国总统铁青着脸，任谁都看得出来，这位老头儿正处于发飙的边缘，"是他告诉我们，这座城堡曾经属于卡佩洛家族，里面直通皇家秘密研究所的密道。"

屏幕那头，大洋国"不存在的将军"海因里希神色淡定，望向总统旁边的精英女性："英格拉，你也没有找到地道？"

这位继长发女之后，又一次顶着"简·布朗"身份的女性，居然是英格拉！

英格拉可以凭借一些简陋的仪器，以及自身的计算能力，找到大部分密室、地道的出入口；也能在没有 GPS 定位，也没有星象等可以辨认方向的情况下，走出一模一样、无比复杂的蜂巢迷宫。这就是当年，她在塔汗国的时候轻易就能辨认方向的原因。

这一次，她也是带着秘密任务来的。

听见海因里希的问话，英格拉当着总统的面，遗憾表示："我发现了五条地道，都已经从里面被锁死，并且设置了特殊金属门。一旦打开，斯图国那边就能收到相应提示。"

显而易见，斯图国早就提前把这些密道给封了。

"还有，一个小时前的事情。"英格拉似笑非笑，"我们很难确定，这究竟是斯图国新皇帝真的没办法控制臣子——毕竟新的温菲尔德伯爵至今都没有出席任何公共场合，而内阁首相之位空悬，还是斯图国皇帝在制造事件，借机清除异己，人员的更迭，更加大了我们这次行动的困难程度。"

大洋国总统的脸色变得更加难看，他想要咆哮，却刻意压低声音："艾伯特·马歇尔背叛了我！他拒绝给我提供竞选经费！没有他的钱，今年的大选，我失败的概率更大！而我为了支持率，已经得罪了太多人，一旦我下台，肯定会遭到他们的清算！

"还有，乔治·约翰逊那个狗娘养的杂种搞出来的事情——他居然敢卷入参联会主席的私生女之死！还有其他种种阴谋，甚至要谋杀我！他是我任命的副总统，他的所作所为，导致我受到了极大的影响。我必须连任，必须在第二期任上发动战争，来讨军方的欢心，才有可能下台后不进监狱！"

海因里希知道，这是总统借助他，向军方表态。

他表现得十分平静，安抚对方："我会向同僚们转达您的善意，前提是此次的计划必须完成——趁着斯图国皇室难得的中空期，夺走他们曾经从第三帝国拿到的东西，补全我们最后缺失的资料。"

英格拉耸了耸肩："可是密道被封死了。"

海因里希却道："不是还有一条'最后通道'吗？"

英格拉神色微变："那条通道，需要安德烈·卡佩洛的瞳孔和虹膜识别。"

"放心，他已经被秘密带了过去。"海因里希回答，"不计代价，将东西拿到，如果任务失败——"

英格拉毫不犹豫："我们绝不会活着回来。"

12月22日，早上9点整。

红枫行宫中，会议已经开始。

安德烈·卡佩洛则在英格拉为首的大洋国国土局十名特工的监管，以及洛林贝格中将的刻意放水下，避开安保防线，来到一处比较偏僻的温泉前。

只见安德烈开启机关，温泉水瞬间被漩涡吸走。然后，安德烈走到池边，按照顺序扭动温泉池壁的石子装饰。不消片刻，就出现一个内嵌式的把手，用力拉开后，一个可供一人弯腰进入的通道出现。

英格拉刚要上前，安德烈却摇头："必须我走在最前头。"

"这和我们的协议不符。"英格拉艳丽的容颜上露出一抹冷酷，手中的枪械已经对准安德烈，随时可以取他性命，"假如你故意将我们困在机关里，用来向斯图国投诚，我们将毫无反抗之力。"

安德烈叹了一声："你们不是在我体内植入了微型炸弹吗？既然都随时可以夺走我的性命，又为什么还这么小心翼翼？"

"说出你必须走在前面的原因。"

"地下秘所的所有军人，全部都进行了催眠和洗脑改造，你把他们理解为科幻作品中那种见到入侵者就杀的机器人也没问题。"安德烈耸了耸肩，"他们就像是循着气味的猎犬，只能靠指令行事的机器，只会亦步亦趋。只有你们跟在我后面，装作他们，才能瞒过其他的工作人员。"

英格拉流露怀疑之色："你之前说过，地下秘所没有研究人员。"

安德烈叹气："你们以为，斯图国是怎么藏地下秘所的？专门做一个地下室？错了！从白枫塔，到红枫行宫，再到夏宫，整个地下都是一片发达的网络，四通八达。可以通车，也可以通行。如果没有专门的人带路，你们根本分不清哪个建筑物才是秘所。就像走在市中心里，都是高楼大厦，你们压根不知道哪间房特殊一样。"

把一滴水藏起来的最好方式，就是将它藏在大海里，斯图国皇室显然深谙这个道理。当然，这也和纽伦城本身就在火山附近，火山灰是天然的地下室建筑材料，所以这个国家一直有修建地下室的习俗有关。只是皇室搞得大了一点，把相关区域的地下弄得和地上差不多繁华。

英格拉收了手枪："确认完毕。"

安德烈这才发现，英格拉手中拿着的根本不是枪械，而是改造成这个样子的测谎仪，心道大洋国的特工就是多疑，明明他早就受不住大洋国的拷问，什么都说了，他们也一清二楚，却还是装作不知道，最后还来试探一下。

人在屋檐下，不得不低头，安德烈也没说什么，就看见英格拉交给他一样东西："戴上这个耳机，只要用非常轻的声音，就可以交流。"

安德烈点了点头，将耳机戴上，看见其余十人也齐刷刷把耳机戴上，便一同前往地下。

正如安德烈所说的那样，斯图国这块的地下区域，乍一眼看过去，就和发达一点的地上城市没什么区别，同样有交通设施，有建筑物，等等。而这里的人辨认身份，根本不是通过相貌，而是通过验证识别。

你可以大摇大摆走在路上，但你进入每一个走廊，每一个建筑物，全都要输入身份验证。一旦错误，周围的激光枪就会直接把人打个对穿。哪怕身手敏捷，侥幸跑掉，面对无处不在的天罗地网，被抓捕也只是时间问题。

安德烈曾经跟着伊莎贝拉来过这里，记得路线，又差一点成为卡佩洛侯爵，相关身份，亚伯·温菲尔德已经帮他注册了。

秘所的权限不可以删，只能等人死亡，所以，安德烈可以打开秘所的大门。

只不过，这个情报，因为亚伯·温菲尔德的离开，以及伊莎贝拉的死，布莱特等人尚且不知道——他们只能看到多少人拥有权限，只是这些人都是代号，没有真名，包括布莱特本人也不例外，所以无从确认。

在安德烈的带领下，英格拉等人袭击了一支外围的巡逻队伍，剥离了他们身上的装备和器械，全部换上，并且夺了一辆运输车。

运输车上，车载电台正在播放："大型项目"梦回莎士比亚"系列全球巡演非常成功……下面插播广告……安托瓦集团新研发的口红……世界树公司倾情奉献，家用医疗监护仪，便携式 AED，专门针对心脏病患者……"

安德烈嘟哝着"地下居然还有这玩意"，把电台关掉，下一秒，英格拉又将它打开："既然这个东西开着，我们就不要关它。任何一个小细节都不能疏忽！"

"行吧，你说了算！"

安德烈撇了撇嘴，不说什么，心却怦怦直跳。他当然知道，这里的任何车辆，虽然有电台这个功能，但都只是收听命令，从来不会听娱乐项目。

任何不同寻常，都足以令人警惕。更何况，电台的每一条新闻或者广告，其中的关键词，都让安德烈·卡佩洛想起了改变"安妮"命运的那个任务——前往中国，绑架童家父女。

这是童素传递给"安妮"的信号。安德烈·卡佩洛的内心前所未有地活跃了起来。

他虽然不知道联络上童素会怎么样，甚至不知道为什么童素能控制这些车辆的电台，但他知道，童素一定在监控每一辆车。

虽然电台的收听只关闭了一瞬，但安德烈赌，童素能够立刻发现。

没过两分钟，他的耳机里，传来了一个他做梦也忘不了的冰冷女声："安德烈·卡佩洛阁下，我已经收到了你的合作意向，请保持冷静，不要被你身边的人发现异常。"

三

安德烈内心做着剧烈的挣扎。

他习惯对弱者狰狞凶恶，对强者无条件服从。

无论是从前的伊莎贝拉、老侯爵、亚伯，还是现在的大洋国，都是他无力抗衡的对象。他听从于他们的指令，从来没想过反抗。

但童素和他不一样。童素对上庞然大物的时候，哪怕濒临绝境，也没有放弃寻找破绽和漏洞，几次在险境中都活了下来，并直接或间接地对"影之共济会"的覆灭做了不可估量的贡献。而安德烈和童素的几次交锋，每次都以安德烈自以为胜利，实际上一败涂地而告终。

第一次失败，他丢掉了"安妮·卡佩洛"的身份；第二次失败，卡佩洛家族这一支都因此被废；第三次失败，"安德烈·卡佩洛"落入大洋国国土局手里，但国土局并没有因为他的身份，给他贵宾待遇，反而将错就错，把他当作犯人，加以审讯。逼问出这么多机密后，甚至还逼迫他涉险。

安德烈根本不敢去想，他如果协助大洋国国土局达成目的之后，会发生什么。国土局会兑现承诺，给予他优待吗，还是干脆杀人灭口？又或者将他当作不要的棋子，送回斯图国，任由皇帝处置？

他已经从高高在上的大贵族，变成了一个很可能没有未来的人。童素则是罪魁祸首之一。

安德烈内心对童素既敬畏，又憎恨，发现童素洞悉他行踪的第一时间，就想要将这个消息告诉身边的国土局特工们。但求生的本能压过了内心的怒火，他忍不住盘算，万一英格拉等人知道前面是天罗地网，究竟会怎么做。是带他逃跑呢，还是干脆鱼死网破？这群人一旦撤离，带上他的可能性有多少？

正当他举棋不定的时候，童素的话语再度响起："我开始问问题，每当我说中了，你就眨三次眼。"

眨眼？她可以通过车辆上的某样东西，看到车内的情景？

等等，既然已经知道他们在哪一辆车，为什么她不现在就派人来抓他们？是另有所图，还是真的想救他？

安德烈心乱如麻，童素却没给他冷静思考的机会，很快就开始问："你的性命掌握在他们手上？"

第一个问题，就让安德烈的心跳了起来。

对呀，这个女人既然要寻求我的帮助，那肯定要解决我体内的炸弹问题。出于这种考虑，他拼命眨眼，又有点患得患失，怕自己因为刚才的思考，错过了时间，童素没看见。

但很快，他就知道自己多虑了，因为童素的询问一个接一个。

"毒品？"

没有动静。

"特殊药物？"

没有动静。

"炸弹？"

安德烈眨了三次眼。

"他们安了炸弹在你体内？"

继续眨眼。

"引爆装置在你旁边的人手里？"

眨眼。

"你知道引爆装置的操控者是谁？"

没有动静。

"你不知道引爆装置在谁手里，但只要你表现出异常，或者他们面临险境，他们就会拿你当人质，甚至直接杀了你？"

眨眼。

"他们想让你带路，前往只有皇室和选帝侯才能去的秘所？"

安德烈有些犹豫。

他现在还没真正带人前往秘所，只是进了地下区域，哪怕落到斯图国手里，还能凭着卡佩洛的嫡系血脉赦免死罪。但如果他承认带这些大洋国特工去秘所，那就是板上钉钉的死罪。纵然侥幸不死，录音加录像，也会成为他永远的软肋。

可童素的下一句话，就吓得安德烈差点跳了起来。

"你是否知道，他们真正的目标是引爆纽伦火山？"

安德烈剧烈地颤抖了一下。

英格拉投以怀疑的目光。

安德烈知道自己的表现会让这些特工疑惑，从反光镜中看见自己面色发白，就装出一副更谨慎惜命的样子："下个路口左拐——布朗小姐，我们真的要去秘所吗？我可以带你们去别的地方，这座地下区域还有好多秘密研究室……"

冰冷的枪口抵上了他的腰间，安德烈立刻闭嘴，额头上的汗却越来越多。

好险，幸好这些特工轻视他这个"养尊处优的贵族"，他佯装懦弱，英格拉只说了一句"少废话，照着做"，让他侥幸瞒过去了。

"看你的反应，你知道秘所地下埋着炸药的事情。

"你是否在想，不可能的，一旦引爆纽伦火山，纽伦城都要被毁灭，一千万人的性命，幕后黑手无论是谁，都难逃全世界的愤怒？"

这正是安德烈的想法。

大洋国这群人把他弄过来，不是为了窃取斯图国的机密吗？怎么变成了引爆火山？

要知道，纽伦城作为斯图国的国都，去年公布的常住人口是 1029 万，今年只会更多，假如再算上周边的城市，怕是要逼近 1050 万。

假如纽伦火山爆发，纽伦城难逃一劫，周边城市也要损伤惨重。一千多万人的性命啊！谁能担这个责任？

下一刻，他就听见了童素的轻笑声，仿佛在嘲笑他，错估了人类的下限。

"一千万人而已，对自私自利的人来说，那不过是个数字。你看上去有点不服？那我问你，一旦纽伦城成为废墟，哪个国家最能从中获利？"

安德烈眼皮一跳，懂了童素的潜台词。

斯图国目前面临前所未有的真空期，是唯一能做手脚的好机会，而且斯图国的体制与大洋国不一样。死一个总统，对大洋国来说，损失并不大，反而是开战的借口。但死一个皇帝，对斯图国来说影响就很大了。

更何况，这是斯图国的国都。哪怕是大洋国，米切尔城要是这么来一下，也是天崩地裂。

要知道，大洋国和斯图国在塔汗国的问题上寸步不让，斯图国更是已经秘密资助塔汗国内的反叛军，乃至现在公然分裂塔汗国的酋长。

大洋国当然非常不高兴，要反击，但大洋国内的反战情绪很激烈，都觉得驻军这么多年，年年被恐怖袭击，死掉自家子弟兵，消耗纳税人那么多钱，看不到成效，甚至适得其反，导致大洋国百姓一个劲游行反战。

恰逢大选将近，政客们为了选票，也不得不高举反战大旗，但这不符合大洋国军方，以及军火集团们的利益。

斯图国这边恰恰相反，皇帝决定的事情，民众游行归游行，改变不了什么。

如果能以一场世界级的灾难，催化战争……

死掉一千万人而已，假如能换来大洋国继续保持唯一超级大国的地位，安德烈相信，以大洋国政府的行事风格，这是他们能做出来的事情。

因为紧张和恐惧所引起的慌乱，让安德烈根本分不清这究竟是恐怖的真实，还是童素的谎言。他甚至无法分辨自己内心真实的想法。童素却清楚。他会答应的。

安德烈·卡佩洛是一个为了多一丁点活下来的可能，就不惜下手杀人的狠角色。这样的人，最珍惜的，就是自己的性命。为了活下来，他愿意听从任何人的命令。

正因为如此，童素压根不给安德烈思考的时间，又飞快地问：

"遥控类型的炸弹，必须在有信号的地方才能使用。地下区域中，彻底屏蔽信号的地方总共有九个，分布在不同区域。我现在需要知道，你给大洋国的地图精确到什么程度——直接给地图？"

没动静。

"描述路线？"

眨眼。

"你能精准记得自己走过的每条路？"

没动静。

"他们通过一些方法，让你回忆？"

眨眼。

"他们问了你不止一遍？"

眨眼。

"最终国土局手上的路线图，只有一份？"

没动静。

"好几份？"

也没动静。

"你对路线记得很模糊，所以给了国土局好几种路线的可能？"

眨眼。

这也在童素意料之中。安德烈本就不是什么刚烈的人，落到大洋国国土局手上，为了活命，什么都能说，不可能保留秘密。

声纹、指纹、虹膜，还有钥匙，以国土局的能力，这些都能通过高科技道具模仿、欺骗。假如真有地图在手，国土局的特工自己就能设法潜入。冒险放一个拖油瓶安德烈过来，只可能是有不得已的原因。

除了大洋国没拿到具体位置外，童素想不到别的解释。

安德烈来秘所的次数本就不多，而且以他当时的身份，不可能步行，都是乘车。地下区域的建筑物又多雷同，除非安德烈刻意去记周围的所有建筑和通道，否则一般人来过就忘，顶多有个大概印象，哪里会精准记得秘所的真正位置？

大洋国国土局就算手段通天，能做的也仅仅是不断让安德烈回忆当时的细节，比如车开了多久转弯，或者有没有标志性建筑等。

人的记忆很玄妙，有时候连自己都能骗。

国土局想必是反复询问了安德烈非常多次，因为安德烈的记忆模糊，回忆这段经过的时候，充满疑惑和不确定。加上身份验证等问题，导致他们想要找到真正的秘所，只能依靠安德烈带路。

说不定，就连进入此地的入口，安德烈都不一定能精准定位，必须亲临现场，仔细回忆，才能找到具体地点。

童素犹如最精准的电脑,一边对安德烈提出问题,得到"是"或者"否"的回复之后,快速进行运算和思考;一边勾勒出整个地下区域的地图,以及每栋建筑的高度、外观,每个路口的形状,等等。

而现在,童素看见秘所更远的地方,大概 1.5 公里外,还有另一个机密区域,心里顿时有了主意。

只见她一边在电脑上圈出两个目前离秘所还有大概 20 分钟车程的十字路口,一个在路口的左端画了一根线,一个在左右都画了线,一边对安德烈说:"既然国土局手上有地图,那就只能让他们进秘所。关门抓人,可比玩捉迷藏游戏简单多了。"

然后,她暂时关闭通信器,指着刚才圈出的点,对左右说:"立刻在这两个路口,按照我画线的位置摆放 3D 投影仪,或者其他视觉欺骗设备,或者直接弄个挡板之类也行。总之,务必要让两端的建筑看上去连了起来,像一栋完整的建筑!"

身旁立刻站出两位军人,行礼之后,小跑着离开。

若是外人突然闯入这里,定觉得很惊悚。明明在场有那么多人,却只有童素一人说话的声音,也好像只有她一个活人。其他的军人既是沉默的护卫,也是忠诚的执行者,与其说是最优秀的军人,倒不如说是最合格的机器人。

"机器人"的效率很高。12 分钟后,童素就从仪器上看见,这两个路口已经被"封"住了。准确地说,它们现在的模样,不像能通过行人和车辆,而像冰冷的钢筋水泥墙,或者金属大门。

假如在城市里,这种视觉欺骗很难成功,因为城市的路口有红绿灯,有人行道,有绿化带,而且周边的建筑也不一样,都是非常醒目的辨识标志。但斯图国地下区域,周围的建筑都差不多,基本都是板房。统一制式,拆卸方便,门窗一模一样。涂装也都清一色是白的。

如果说真要有什么区别,大概就是这些板房宽度有绵延长一公里,也有几十米的。高度也有区别,但由于这片地下区域总体高度有限,所以路面上的高度不会超过三层,至于再往底下挖了多少层就不知道了。

而路口,不知道是原本规划设计,还是板房更改,有宽有窄。最宽的地方可以容纳四车并行,最窄的地方只有单车道。

不过,对地下区域的人来说,这点无所谓。因为他们工作所在的区域,基本都有相应配套的宿舍、食堂等,都不用离开这栋楼。会在道路上行驶的,只有车辆。加上地下区域的车也不多,所以车子都开很快,英格拉等人为了装得像样,自然也不能放缓速度。

电脑已经计算出来，安德烈乘坐的那辆车，车速在 75 码到 90 码之间起伏。这速度不能算快，但对视觉欺骗已经足够了。

在地下区域，初来乍到的人哪怕拿着地图，也只能依靠对路口的计算，更何况，英格拉等人手上的地图还不够精准。而 75 码的速度，路过一个 2 至 3 米宽的路口，基本就是一掠而过。

这种情况下，极其逼真的投影设备，说不定能骗过这些训练有素特工的眼睛。

就算有人怀疑也没关系。第一，他们正处于风吹草动就会很紧张的状态，并且第一要务是前往秘所，假如只是一两个人的怀疑，不足以让他们冒险下来探查。第二，童素已经告诉安德烈，要让他们进秘所，关门打狗。所以，安德烈本身必定是极其迫切想要进入秘所的人。而安德烈对秘所的记忆本来就不怎么清晰，哪怕被引导到了错误的道路上。只要他觉得是，其他人又没去过，加上童素误导他们要去的那个地方，本身就距离秘所比较近，也同样隔绝信号，很大概率能引人上钩。

当然，也有这些人发现投影不对的可能。

按理说，童素既然知道他们有问题，应该直接派人把他们逮捕，根本就不需要这么大费周折。但童素有别的考量。她怕这支队伍只是诱饵。

"假如我是制订计划的人，就会让安德烈·卡佩洛所在的队伍负责制造混乱，因为安德烈的特殊身份，一旦暴露，自然很容易引起过度关注，从而给真正动手的人创造机会。"童素心想，"当然，我不会告诉安德烈所在的小队，他们只是诱饵，而是同样任务交给他们。如果他们能完成任务，也算双重保险。"

而现在，童素要做的就是将安德烈等人诱到另一处地方，把他们抓获或者击毙。

假如能拿到他们身上的联络设备当然最好，拿不到也没关系。

童素早就已经吩咐下去，等她令下，就会有一支专业的队伍，假装大洋国的特工已经渗透进来，在秘所制造混乱，引得另一支潜伏的队伍动手！

四

"指纹验证——通过。虹膜验证——通过。密码验证开启——请输入密钥——通过。"

接连十几道烦琐的验证程序后，秘所的大门缓缓打开，安德烈搂着英格拉，装作纨绔子弟带着情人来视察的模样，走了进去，其他人紧随其后。

他们才走几步，就发现自己所在的地方是一个圆形走廊，往下望去，则是一台巨大的，充满冰冷又华丽科技感的仪器。

科研人员穿梭其中，没有人往他们这支陌生队伍投以过多关注。

队伍里有人认了出来："这是强子对撞机，还有粒子加速器，奇怪，为什么红枫行宫下方会有这玩意？"

托大洋国阴谋论盛行的福，英格拉对上层官僚能做出什么都不觉得奇怪，所以她看似与安德烈耳鬓厮磨，实则威胁道："带我们去核心区。"

英格拉知道，他们的任务是要获得一些斯图国从第三帝国搜刮到的，极其机密的资料，与生物、物理学的研究息息相关。至于这些资料到底用什么介质来存储，又放在哪里，英格拉并不能确定。

对她来说，看到强子对撞机这种超级昂贵，也十分珍贵的器械时，就已经相信了他们来到的地方是正确的，至少已经接近关键地带了。接下来要做的，就是去核心区域，将所有数据都拷贝下来。

安德烈听从童素的指示，带了点紧张地说："抱歉，这里道路太复杂，我并不记得正确的路。"

"你不是说，他们看身份不看人吗？以你的身份，难道不能进核心区域？"

"话是这么说，可风险很大。"安德烈回答，"想要进核心区域，一定要和相关负责人打交道。这些基础科研人员不认识我们，也不会过问。但核心区的负责人往往直接和皇帝、首相对接，我不一定有办法瞒过。"

他要是拍胸脯保证，英格拉还未必信他。但这种关键时候打退堂鼓的反应，却令他说出来的话多了几分可信度。所以，英格拉和同伴们交换一个眼神，找到洗手间，干脆利落地把安德烈绑起来，嘴巴堵住，然后开始化妆。

不消片刻，队伍中一个面貌平平无奇的小哥，就变成了"安德烈"第二。

安德烈惊悚地发现，这个人不光身高、体态和他差不多，就连鞋码都一模一样大，说起话来，声音也一般无二，包括一些安德烈本人特有的，自己都没注意到的发声腔调和细节都惟妙惟肖。

不仅如此，此人的指头上都套了薄如蝉翼的特殊指纹膜，瞳孔也用特殊道具修饰过，确保能骗过指纹、虹膜等验证。

看见安德烈惊恐的眼神，英格拉举着枪，冷冷道："为了你的小命着想，你最好配合我们。听着，按下耳机右边的小开关，假如发现什么不对，就直接低声说，用来提醒你的扮演者，明白吗？"

安德烈乖乖点头，无害得就像一只白兔，心中却腹诽，你们认为"绝对安全"的耳机，早就被那个叫"赫卡忒"的女人入侵了。

想到这里，他心里突然闪过一个念头。大洋国国土局的研发技术那么差劲吗？还是他不了解黑客？"赫卡忒"为什么能做到那么短的时间内定点入侵他的蓝牙耳机？这不是国土局的专用款吗？这里面是不是有什么问题？他是不是被坑了？

由于安德烈不懂黑客技术，所以这个想法就如稍纵即逝的火花，只在他脑海盘旋了一瞬，就立刻消失。

只见特工们不知道在安德烈脸上涂抹了什么，很快就将他打扮成另一个人，混在队伍里面，然后就看到"安德烈"娴熟地搂着英格拉，随手拉着一个科研人员，上演了一出"我奉命前来，需要见你们的负责人"的戏码。

科研人员还真被唬住了，闻言便指了一个方向："负责人不在这层，需要通过升降电梯去9楼。"

"安德烈"故意反问："今天有几个负责人在？"

他们当然不知道秘所的负责人究竟有几个，究竟是什么身份，但像这种机构，不可能让一个人大权独揽，能说得上话的人至少应该两个。

科研人员没察觉到这是在套话，老老实实地说："所长这几天都去'上面'做交流了，两位副所长倒是在。"

毫无疑问，他口中的"上面"，就是地面上。

至于什么交流，这些特工也大概猜到了——斯图国皇家大学这几天刚好在召开物理学的交流会，全世界物理学界的顶级牛人都蜂拥而至。

听说像中国团队还是带着任务来的，私下在和高层秘密接洽，想要重金购买一些先进仪器，皇帝也有意向卖。

这可和前代首相的策略不一样。铁血首相虽然在政治上偏向中国，可在高科技的封锁上面也是丝毫不手软，根本不可能将核心技术开源，设备也不肯卖。

特工们虽然冷漠寡言，私下里也有人类的好奇心和八卦欲望，心想难道那个传言是真的？皇帝爱上了中国女人？这也太匪夷所思了。

反倒是物理学家们不为所动。能够主持涉及强子对撞机、粒子加速器这种顶尖项目的负责人，都是物理学界大名鼎鼎的存在，不可能会放弃这种和同行们交流的诱惑。而且，这种专家身份特殊，皇帝需要他们的智慧和技术，当然不会像关犯人一样把人关着。

不得不说，所长不在的消息，令英格拉等人振奋起来。

只有安德烈在细细琢磨，心道，两场重要会议——虽然分属不同层面，但同时召开。一个给了他们潜入的机会，另一个刚好把最熟悉情况的所长调走，这究竟是巧合，还是有意的安排？

假如是后者，情况不大对啊！

他们不是特意被"赫卡忒"骗到这个秘所来的吗？理论上来说，如果他们没来，所长在不在，根本不会有影响。除非那个科研人员说的话是假的，这就是"赫卡忒"布置给他们的陷阱！

安德烈并不会怀疑国土局特工对谎言的甄别能力，但如果那个科研人员，甚至这个秘所的绝大部分人都以为所长真的不在，去上面交流了呢？

那样一来，无论他们拉住谁，用什么方式询问，都会得到同样的答案，并深信不疑。因为他们从别人口中问出的，本来就是"真相"，只不过是对方认为的真相而已。

安德烈一想到国土局特工们费尽心机，以为套出了话，结果很有可能一直在按童素安排好的剧本走，便有些不寒而栗。

他原本还在琢磨到底要不要信童素，现在却噤若寒蝉，老老实实跟着走，不敢反抗童素的指令。

一行人走上升降电梯，安德烈注意到，这种特殊电梯，只需要通过虹膜、指纹和声纹验证，并不需要经过烦琐的权限密码核验。

想来也对，秘所里的工作人员，大部分权限都不高，只能在自己的一亩三分地上活动，验证当然不需要那么烦琐，提供给他们使用的电梯也不会那么麻烦。而四大贵族手上的权限，足以打开地下城市的大部分门，程序自然更加累赘。

安德烈还在胡乱琢磨，电梯已经停稳。

电梯门打开的那一刻，便有皇家特工持枪守在门口，犹如机器人一般，用冷漠到毫无情感的声音说："身份验证、密令。"

"安德烈"出示了一枚纹章，在仪器上刷了一下，然后输入一串口令密码，英格拉同样如此操作。

就听见仪器响起：

"皇家特工，代号，'野百合'，验证通过。"

"皇家特工，代号，'紫鸢尾'，验证通过。"

安德烈瞳孔骤缩。皇家特工的身份验证……大洋国怎么可能拿到这么机密的东西？就算他们意外抓到斯图国的皇家特工，拿到身份纹章，也不可能知道对应的代码才对！除非是亚伯阁下早有预谋，安排妥当，或者这几个人干脆就是亚伯阁下的线人、暗子！

但如果是这样，外面那几扇大门根本就不用安德烈来打开，他们靠着皇家特工的身份就能刷开才对！

霎时间，豆大的汗珠从安德烈额头冒下。他意识到，自己陷入了一个很糟糕的境地。

国土局不可能没有想过，"安德烈的身份验证无法刷开任何一扇门"的可能，那样一来，这支队伍就直接暴露了。

在手上还有更稳妥方法的时候，却偏偏要选择冒险。这只能证明，"一旦任务失败造成的混乱"，对大洋国来说，也在算计之内。

他们这支队伍只是诱饵！真正执行任务的队伍，潜伏得更深！说不定就是秘所内部的人！

想到这一点后，安德烈全身都被冷汗浸湿，他下意识地按了按蓝牙耳机，仿佛那是自己唯一的救命稻草，然后就听见了一个高傲而冰冷的声音响起："发生了什么事？居然劳动你们小队出面？"

安德烈抬起头，就看见一个戴着金属面具的高挑女子在特工的保护下，站在他们不远处，眼中只有狐疑和打量。

英格拉注意到，这位女子的胸前挂着一个衔尾蛇的纹章，代表此人是斯图国皇家炼金协会的一员，而这个协会的会长，就是亚伯·温菲尔德。

莫非，皇家炼金协会这个所谓的"镀金部门""神棍部门"，实际上就是秘所表面身份的掩护？

英格拉暗暗记下这件事，心想如果能活着回去，必定要对国土局上报。

至于女子口中的"你们小队"，就是皇家特工最特殊的一支部队。

很少有人知道，大部分皇家特工都是以字母加数字为代号，只有最精锐也最隐秘的一支队伍，以花名为代号。

据说，这支队伍里的每个人都拥有光鲜亮丽的身份当掩护，很多都是贵族、富翁、艺术家，让人完全联想不到杀手身上。但他们不出手则已，一出手必定是惊天动地，是仅次于大洋国"处刑人"的神秘暴力机构。

有传言说，前代梅涅公爵夫妇之所以遇难，就是他们出手。

"安德烈"不敢小觑这位貌似秘所副所长的神秘女子，故意含糊地说："上面出了一些事情，他国间谍混了进来。"

女子沉吟片刻，才说："研究所这边很安全，没有出现异常。"

"我们接到上级命令，必须检查每一个可疑地方，不放过任何一个可疑之人。"

看见"安德烈"和英格拉这么坚持，女子思索了一下，便道："你们身后的所有人，需要进行二轮身份核验。你们进行搜查的同时，我需要全程陪同。你们搜查结束后，人不能离开，必须留在这里，等待所长归来，向皇帝陛下汇报。"

不等二人反应，女子已经抛出了无可置疑的理由："伪皇储多年经营，残留下一二势力，先前在广播电视和数字媒体上故意掀起风雨，陛下认为他们还有更大的图谋。我必须更加谨慎地验证，哪怕是你们。"

这也在英格拉等人的预料之中。甚至可以说，高挑女子提出全程陪同，本就是一件喜出望外的事情。

以英格拉的敏锐洞察，一眼就能看出，这名高挑女子身边的特工们对她言听计从，而她对斯图国皇家特工的了解也非同一般。假如在其他国家，还有"英雄不问出身"的可能，但以斯图国的惯例，皇家特工，还有中央情报局的高官们，本身就大多和皇室、四大贵族沾亲带故。

这名女子听声音这么年轻，姿态如此傲慢，地位还这么高，很可能也像玛丽·约克一样，是皇室中人。

他们本身就不熟悉这里，如果能劫持一个副所长级别，又有皇室身份的人，不光能问出许多东西，而且还可以在必要的时候，让皇家特工投鼠忌器。

英格拉等人就连"暗杀小队"的身份徽章都能拿到，普通皇家特工的自然也不例外，众人的身份验证很容易就通过了，女子见状便点了点头，问道："你们打算怎么检查？"

"不能有大动静，怕惊动了心怀不轨的人。"英格拉回答，"最好是你将人一个个叫过来，我们挨个查验。"

"安德烈"附和："如果能像平常工作一样，不引起对方的警惕心，当然最好。"

高挑女子思索了一下，点了点头，认可这个方案。

她刚要开口，腰间的通信器突然响起警报声。

霎时间，女子的脸色就变了："核心区被入侵？"

下一刻，女子立刻发号施令："开启橙色警戒，所有员工，除特殊人员外，立刻停留在原地，如有违抗，将被激光枪击毙！"

"是！"

伴随着她的话语，不消片刻，墙壁上密密麻麻出现无数洞口，就像原本闭合的蜂巢突然开启一般，红外线热成像遍布秘所的每一个角落，激光枪的枪口确保哪怕一只蚊子飞过，也能被彻底洞穿。

"安德烈"和英格拉等人心头巨震。

安德烈能联想到的事情，他们这些身经百战的特工当然更能，更不要说，英格拉早就接到了命令，他们这支队伍既是执行者，也是诱饵。

所以，听见核心区域有了动静，他们的第一反应就是——潜伏在秘所的另一支小队动手了！

但在这么严密的防御下，就算他们入侵成功，又能跑掉吗？

这种时候，他们应该给对方创造机会！

正因为如此，英格拉先是试探："能否立刻将人击毙?!"

"不行。"高挑女子深吸一口气，就看见她拿出平板模样的东西一边操作，一边说，"核心区域出于安全考虑，没有安装激光枪。但我已经封锁了通往核心区的所有交通道路，现在开始，电梯停运，楼梯封闭，外面的通道遍布红外线和激光枪。他们能够活动的区域，已经被压缩到最小。"

英格拉心中一沉，知道情况对同伴很不妙。如果换作在地上，就算电梯停了，还有楼梯可以走。但在这个地下城市，尤其在秘所之中，所有的楼梯间都是金属密码大门，只要锁上，就不存在被暴力打开的可能。

既然这样，那就只有一种办法了——等到与同伴会合后，制造混乱，伺机将这个高挑女人手上的控制器抢过来！如有必要，可以直接引爆安德烈·卡佩洛体内的炸弹！既然同伴已经得手，这个人的作用就彻底没了！

英格拉是个极其果决的人，几乎是做下决定的那一瞬，就按下了自己随身携带的炸弹遥控器按钮！

巨大的"轰隆"声在电梯口响起，将整个电梯都震了起来。下一秒，伴随的就是炫目的闪光弹，以及密密麻麻的枪声！

旋即，先是这个研究所，然后是整个地下城市，刺耳的警报声直接拉响，代表着"发生意外，请所有人紧急避难"！

而此时，不光这处研究所，还有其他几个研究所，尤其是原本的核心秘所，有一些忙着"避难"的人，正在交换眼神，以及用通信器传递着隐晦的信息：

"爆炸发生在第三研究所九楼办公室附近的楼梯口！"

"应该是诱饵小队动手了！"

"我们的机会来了！"

在慌乱的避难队伍中，他们就像水中的游鱼一样，表面混迹在避难的人群之间，实则寻找机会，去接触他们的目标。

同一时间里，行动的队伍，大大小小，竟然有十几支。但他们没有注意到，就在他们行动的同时，犹如机器人一般只会服从命令的军队，也开始行动起来。这些逆流而上，浑水摸鱼的人，恰恰就是最明显的猎物！

"我们中计了！"

枪林弹雨之中，且战且退的英格拉突然醒悟过来："根本没有那么多红外线，以及激光枪！那个女人骗了我们！"

但她领悟到这件事时，已经太晚了！

一行人倒下大半，仅剩的几个还被逼到死角，前后左右，只有前方一条通道，此时金属门直接合上，就像把他们缩在一个小箱子里一样。

金属门背后的屏幕里，则出现高挑女子的身影，只见对方好整以暇地摘下面具，露出属于童素的面容，微笑道："感谢这位队长小姐，如果没有您的精心配合，我确实没办法将这群隐藏在暗中的老鼠一网打尽。"

英格拉本就是聪明人，虽然时间很短，但已经明白他们的失误在哪里。

根本没有什么核心区入侵这回事！

他们这支队伍早就被盯上了，但隐藏在黑暗中的同伴们，以眼前这位女子为首的斯图国特工部门却没有找到。

为了一网打尽，对方要引蛇出洞，最好的办法就是制造混乱。

可如果混乱由斯图国自己来做，未必能起到足够的效果，因为对方并不知道他们的联络方式，也不知道他们彼此的暗号。万一制造混乱，却没达到应有的效果，对方也是要担责任的！

也有可能，哪怕是地下区域的负责人，也不一定有权限在没发生事情的时候，提前开启橙色警戒。毕竟，真正的警报声响起，是爆炸发生后！

对方所做的一切，都是逼他们先出手！什么核心区入侵，什么红外线激光枪封锁，都是骗人的！

童素故意把他们骗到这个区域，又刻意营造这种迫切感，根本不给他们太多的思考时间，让他们的第一反应就是"制造混乱，掩护同伴"，从而真正把他们的同伴诱出来！

核心区被入侵是假的，可当她引爆安德烈·卡佩洛体内的生物炸弹，开始袭击众人时，就变成了真的！

他们输了，彻底地输了！

想明白这一点后，英格拉不愿对敌人吐露太多情报，刚要选择引爆最后的一颗手榴弹，试图用这种方法来彻底摧毁自己和同伴们的尸体。那样的话，就算能找到残留的

DNA，却到底没有尸体那么证据确凿。

但下一秒，她就发现，墙壁四角一直在喷出无色气体，这是一种高强度的麻醉剂，只要吸入就四肢酸软、无力，就连动弹的力气都没了。而小房间内过于湿润的空气，以及特殊的环境，也导致炸弹根本无法引爆。

童素微微一笑："你怎么能死呢？只有你活着，才是最完美的证人，大洋国国土局的特工，闯入斯图国绝密基地。只要你活着，斯图国就有一万种方法，把你逼出来。哦，你们还有一桩罪名——绑架、胁迫并残忍地杀害卡佩洛侯爵的继承人，安德烈阁下，这也是重罪中的重罪。"

英格拉恨不得啐童素一脸。

她知道，想要进行摧毁尸体式的自杀已经不可能了，便露出坚毅之色，狠狠咬碎了牙齿——她的一颗牙中，装有氰化钾。

但她很快就发现，麻醉剂让她连这个动作都做不了。就连死都不能够吗？

童素压根不在乎他们的举动，只是低头，装置屏幕上被密密麻麻的消息刷屏。

"A区入侵者，被爆炸炸死。"

"D区入侵者，引爆炸弹，自杀。"

"第一研究所发生爆炸，疑似入侵者所为。"

等等等等。

可当验证通过后，接下来的消息，就全都变了。

"P区入侵者，已被捕获。"

"H区入侵者，已被捕获。"

童素神色微松。结束了吗？

就在这时，走廊两边的屏幕忽然闪烁！

童素猛地抬头，就见所有屏幕上，齐刷刷出现一个清晰的直播画面——一位鬓发花白的老者被双手反绑，吊在一个不知道是什么所在的地方。而老者下方不远处，就是一个巨大的熔炉！

童素神色变得凝重起来。

这位老者不是别人，正是洛林贝格大元帅！

五

面对这突如其来的变故，童素脸色一沉。

随即，屏幕上的画面切换，变成了亚伯·温菲尔德，就听他用标志性的，略带空灵感的声音，笑着说："输了啊，英格拉。"

"切。"英格拉面露不悦，"你啊，将我也算计进来了吗？"

亚伯微笑着表示："'赫卡忒'小姐掌握的情报远远没有我们掌握的多，为了对决的公平，第一轮游戏，双方都不够知情才是最佳选择。"

然后，他望向童素："恭喜您，'赫卡忒'小姐，赢得了卡佩洛家族的钥匙。"

童素听出亚伯的潜台词，不由冷笑："一个组织的是吧？"

英格拉略带歉意："抱歉，多有隐瞒。"

亚伯却不以为意："'赫卡忒'小姐不是早就猜到了吗？"

童素确实大概有所猜测，见状便挑了挑眉："还有谁是你们组织的成员？李察？但丁？伊万？马歇尔？梅涅公爵？"

亚伯笑而不语。

"我不理解。"童素冷冷道，"你们这个组织的成员，是有什么高低上下之分吗？我和布莱特陛下确认过，梅涅公爵在三十分钟前都没有离开行宫，而今天的纽伦堡已经禁止了一切航班出行，也就是说，如果火山爆发，公爵根本不可能离开。抛开失踪的李察不算，公爵、英格拉，已经有两名组织成员在此。你的计划，也要把他们都牺牲掉吗？"

"当然不是。"亚伯纠正童素的错误看法，"我们三人的目标不一样，英格拉是为了带一些假资料出去，以便我们更好地掌控大洋国的某些关键部门；而我，是特意来对'赫卡忒'小姐进行考核。但今天的计划，是梅涅制订的。"

童素不可置信："他要摧毁这座城市？他失去理智了吗？他自己可也在行宫，人没走啊！"

等等！童素想到了早上那莫名其妙的投票，不由嘶吼："你们该不会拿网友出于好玩填的选项，来当最后的答案了吧？"

想也知道，面对网上这种不负责任的投票，大家嘻嘻哈哈，或者宣泄情绪，必定是负面的结果大于正面的结果。

这不能作数！

面对童素的愤怒，亚伯轻描淡写地回答："这座城市的人应该庆幸，梅涅是个虔诚的教徒。他笃信着人类生来就带着原罪，但不义如索多玛，一旦有十个义人，也能获得主的赦免。"

童素惊疑不定："所以，结果呢？投票的结果是什么？"

亚伯似笑非笑："到时候，你就会知道。"

童素咬了咬牙，强迫自己冷静下来："你们手上有几枚钥匙？"

亚伯微微一笑："卡佩洛、洛林贝格、法尔兰、梅涅，还有，温菲尔德。"

童素进一步提问："只有五枚？"

"哎呀，被发现了。"亚伯轻快回答，"法尔兰大主教死后，另外两位主教为了争夺首席的位置，明争暗斗。所以，当我们寻找合适的人，向他们提出'租借'一下钥匙的时候……"

亚伯眨了眨眼睛："你猜，几个人答应了。"

童素知道，这就是对手上有可能有七枚钥匙的意思，冷着脸回答："按照你刚才的顺序，这一轮，我们的赌注应该是洛林贝格家族的钥匙了，谁来和我比？"

"我。"

童素惊讶转身，看见那个穿着皮夹克、皮裤和铆钉鞋、戴着耳钉的男人，既觉得意料之外，又觉得在情理之中。

但丁。

童素沉默片刻，缓缓道："你也是这个组织的一员？"

但丁平静地回应："不止，我还是第一个向组织推荐，吸纳你加入的成员。"

童素只觉得可笑："我还要感激你的赏识吗？"

虽然不知道他们口中的"组织"究竟叫什么，纲领又是什么，但就冲着他们一系列的所作所为，"影之共济会"和他们组织相比，那就是小水沟和马里亚纳海沟的差距。

但丁很平静地说："就算你通过考核，也可以拒绝加入我们。而我们还是会将你视作同胞，一应情报共享，就像李察一样。"

"哦？李察不是你们组织的成员？"

"他拒绝了。"

童素冷笑一声，只觉得自己身边根本没有可信的人。

但她还是想要弄明白一些问题，便双手抱胸，凝视着但丁，很不客气地问："塔汗国那一次，是不是我们没有救你，你也不会没命？"

"不一定。"但丁毫不犹豫地回答，"虽然李察被亚伯委托前去，英格拉也在秘密协助我，但他们当时确实都卷入麻烦里——只有真实，才最为可信。如果没有你介入，我只有三成可能活下来。"

童素只觉得讽刺："我还要感谢你对我的信任吗？"

但丁却很坦然："没必要，我们是朋友。"

童素面露讽刺，声音上扬："朋友？"

"是的，我们当然是朋友。"但丁毫不犹豫地回答，"哪怕过去的人生里，我们只交谈过寥寥数次，但这并不影响我们的友谊。我相信，如果我向你求救，你一定会帮助我；就像你遇到困难，我也会帮助你一般。这也是我早在七年前，就向组织引荐你的原因。"

童素听见"七年前"这个时间点，顿时觉得不可思议："你在七年前就觉得我遇到了困难？你在说什么笑话！"

七年前的她，才踏出大学校园没两年，创办的"素数科技有限公司"已经在国内的信息安全界打响了名声，业绩就能做到两亿，还在持续增长。这还是童素不想过负荷工作的结果。

而在私人财产方面，光是对比特币的投资，就让她轻松实现了财务自由。那时的她，青春洋溢，意气风发，正是尽情挥洒天赋的时候，又哪里来的"遇到困难"一说！

明明是三年多以前，万象集团的岩罕策划"7·17"恐怖袭击开始，她的人生才变得如此不同！但丁凭什么说她七年前就有麻烦！

面对情绪激动的童素，但丁的脸色也难看了起来："你是我见过最出色的天才，可你将自己出众的天赋用在了什么地方？网络安全？信息安全？那算是什么东西！不过是做着互联网时代高级维修工的角色，陷入人与人、国与国的明争暗斗之中，空耗青春年华，无法将你的才能发挥万一！你为什么不去钻研数学？为什么不去钻研物理？为什么不去研究人工智能？为什么不去做更多对人类更有意义的事情！"

童素怔住了。

但丁却没有停下来，反而咆哮般地说："国家、民族、肤色、种族……这些争斗，究竟有什么意义！上帝畏惧巴别塔，就用不同的语言将人类隔离，从此人类深陷于纷争之中，战火从未停息！哪怕人类步入现代社会，也依旧是如此地贪婪、丑陋、盲目而痴愚。如果人人都有足够的理性，战火为何会再度燃起！请你告诉我，主宰如今世界的，究竟是古老的仇恨，还是现代的问题！"

童素无法回答。她怔怔地看着激动的但丁，一向高速运转的大脑，竟有一瞬的空茫。唯有但丁的声音，犹如惊雷一般，在耳边炸醒。

"你知道地球现存的石油还可以使用多少年吗？你知道世界气温在逐步上升吗？你知道人类试图探索宇宙，需要花多少代价吗？你知道各国国会的那些傻×高层，一听见'探索太空'这种花费巨大，但很难带来多少回报的项目，向他们要钱有多难吗？

"他们每年花费巨大的开支在国防、在军事、在战争、在金融、在地产、在互联网……在一切可以快速为自己带来利益和回报的东西上，他们觉得这是应该的、合理的、合法的，他们就像寄生在地球上的癌细胞，只知道无限地分裂和繁殖，不断消耗地球上的资源，却吝于向太空进行更深的探索！地球还能支撑多久，你告诉我，地球还能在这种癌细胞的过度繁殖和滥用资源中坚持多久！"

童素突然觉得支撑着自己全身的力气被抽离，踉跄地往后退了两步，下意识抓着一旁的扶手，这才站稳。

他说的是对的。心底有一个声音响起，反复对童素说。

我的才华，我的天赋，我的人生，不应该浪费在创办公司，去做什么信息安全，防火墙改造上。最好的年华里，我为什么没有去研究数学，研究物理，研究生物，研究人工智能，研究这些能给未来带来巨大改变，拥有无限可能的学科？我……这些年，到底都在做些什么……

瞧见童素的面色一瞬间变得惨白而灰败，站都站不稳的样子，但丁意识到自己说得有些过火。

他深吸了一口气，却还是无法压抑他内心澎湃的情绪："但这不是你的错！你被故意引导了！"

童素猛地抬头："你们到底知道些什么！"

亚伯·温菲尔德也曾说过同样的话语！

"你父亲的老师'张'是中国等离子体物理的领军人物之一，你父亲的同窗也是国内在这一学科的领军人物，你就读的还是他的母校，居然都没有人引导你走向科研，难道你不觉得奇怪吗？"

但丁双手紧紧握拳，青筋直冒："诺亚集团在锂硫电池的研究上，拥有好几个可选择的伙伴，最终还是选择了中国之江大学的物理实验室，你知道为什么吗？因为光有猜测不行，需要有证据来证明自己的猜测。"

"证据……"童素忍不住问，"什么证据？"

"可控核聚变。"但丁回答，"托卡马克、仿星器，两大方向，但当时的中国没有足够的资金，必须选择一条。

"托卡马克对工业技术和精度的要求相对较低，所以大部分人倾向于托卡马克，只有你的父亲是最坚定不移的反对派，要求研发仿星器！"

童素不信只是这个原因："可到如今为止，都没有人能证明这两条路线谁对谁错，而且对当时的中国来说，选择托卡马克是没有办法的办法，目前中国在托卡马克的研发上也取得了不错的成果。"

但丁露出不屑的冷笑："如果我告诉你，我们对仿星器的研究，也出现了重大突破呢？我们已经成功点火！"

"这不可能！"童素立刻反驳，"可控核聚变是世界性的项目，任何科研理论和技术上的突破都将由全世界共享，成功点火是跨世纪的震撼消息，不可能听不到任何风声！"

"你确定吗？究竟是没有风声，还是你不在业内，从而听不到风声呢？"

"我很确定，没有实验室会不公开这跨越式的成功！"

但丁不屑道："当然有别的原因，但这不影响你消息的闭塞性。"

童素的心沉了下去："所以，你们认为，我的大学生涯有人在引导和操纵，他们不希望我走科研这条路，因为会勾起很多人不愉快的回忆？"

但丁的神色变得阴冷起来，仿佛想到了什么不愉快的事情，半晌才道："如果只是不愉快，他们顶多给你小鞋穿，不至于做这么绝。但如果仿星器被证明才是唯一正确的解，这些年中国投到托卡马克上的人力、物力，还有天价的财力，以及围绕着这个项目，近亲繁殖出来的研究所、科研组……哈，你不会天真地以为，全世界共享的项目，就没有国家之间的明争暗斗吧？这些顶尖大国可都憋着一股劲，因为他们比谁都清楚，谁先掌握了成熟的可控核聚变技术，谁就把这个世界的霸权与全人类的未来攥在了手里。"

童素咬了咬牙："你说的这些，我会查证，但这好像与你的行为没有关系。"

但丁还没来得及回答，就听见轻笑声响起，屏幕那边的亚伯似乎很愉快："'赫卡忒'小姐，你还没有回过神来吗？"

童素已经从方才极端的情绪中脱离，用一种超乎想象的速度冷静下来："虽然我刚才被情绪左右，但我并不是那种别人说什么，我就会信什么的人。就你们组织目前的行为来看，与'崇高理想'可扯不上半点关系。

"我承认，这个国家需要改变，也必须流血。

"但你们完全在倒果为因！"童素一想到这里，就盯着亚伯，怒斥道，"你在偷换概念，玩弄逻辑！

"你相信天堂是有的，是可以实现的。但在天堂与现实之间，隔着一座海，一座血海。你决定先实现这血海。"

亚伯鼓掌："这句话来形容我们就错了。我们并不是要故意实现血海——组织的崇高理想，与组织成员的复仇愿望并不矛盾。或者说，正因为有着共同的理想和憎恨，我们才能聚集起来。

"正如但丁所说，如果将这颗星球比作一位巨人，人类就是它体内的癌细胞，而诸如'影之共济会'这种，占据大量资源，却不事生产，只知道吃喝玩乐，争权夺利，为了攫取并维持权力，可以牺牲一切的东西……"

亚伯明明在笑，眼中却只有冷意："他们真的配称为人吗？"

童素知道，亚伯在用言语煽动她的情绪。引发共鸣，获得认同，从而拉近关系，这是优秀的政治家和骗子都轻车熟路的事情。但在这一刻，她确确实实地认为，亚伯的观点没有错。

"坐在什么位置上，就应该肩负起相应的责任。"童素冷静地阐述自己的观点，"让无能之人坐上不属于自己的位置，就会造成破坏，位置越高，破坏就越大。"

"不错！"亚伯高声道，"蛮族摧毁了罗马，野蛮摧毁了文明，从而让欧洲迎来了漫长的黑暗中世纪。哪怕斯图国以罗马正统后裔自居，却也一度沉沦在蒙昧中无法自拔，甚至到了现在，他们还在维护血统，古老而可笑的血统。"

童素当然也不认可人生来就有三六九等的说法，但她也要公平地说一句："斯图国的帝制之所以存在至今，正是因为皇室是罗马唯一的后裔，这是一面旗帜，唯一有权将欧洲统一的旗帜，所以斯图国的人就算再怎么不满，也不至于将皇室彻底放弃。"

"所以，'赫卡忒'小姐，你又陷入那种狭隘的、民族和国家的思维中去了。"亚伯就像一个耐心的师长，温柔地教导，"出身哪个国家，是哪里的人，或许在这个星球上十分重要，但到了宇宙，大家不都是人类吗？到那时，国籍重要吗？肤色重要吗？阶级重要吗？

"人类探索宇宙的过程中，如果遇到了外星的种族，难道还要让对方学会我们的几百种语言吗？不，到那时候，只会有一个种族，那就是地球人！只会有一种语言，那就是地球通用语！其他都是方言！"

童素下意识地说了句："抱歉，是我狭隘了。"

"这不是你的问题。"亚伯同样回答，"是现在的教育，不能把我们从这些问题中脱离出去。事实上，我们的组织之所以成立，也与仇恨有着关系。因为我们的敌人太过强大，强大到他们一旦发现我们，可以轻易将我们毁灭——从肉体，到名誉。他们可以折磨我们，杀死我们，可以污蔑我们是叛国之人，可以栽赃我们十恶不赦……我们想要复仇，就必须与攫取了国家权力的他们，乃至一个国家来对抗，而这国家或许就是我们自己的祖国。从那一刻，我们就成了无家可归之人。

"或许，人类只有落到这种处境，才能真正摆脱狭隘的偏见与古老的仇恨，真正站在一个更高的视角来思考问题。斯图国的问题，真的仅仅是斯图国的问题吗？宪政确实能将斯图国推进一大步，但我们想要的，不是一个斯图国变好，而是全世界变得更好。在复仇的同时，我们还要利用他们的权力、地位和财富，尽量地推动科技进步，做对人类有益的事情，直到复仇的火焰将他们燃尽，那时候——"

亚伯微微一笑，轻描淡写地说出最后一句："我们已将他们取而代之。"

六

霎时间，童素明白了很多事情。

她忍不住望向但丁："世界树公司是'提洛岛'的合作伙伴？"

"不全是。"但丁平静回答，"说是皇室直系公司比较合适。"

"让我来解释吧！"亚伯微笑着说，"'提洛岛'的游戏，从经费到奖励，都不是什么大数字，真正烧钱的项目在夏宫之下，对脑神经科学的过度研发。"

这一点，童素能够理解。哪怕"提洛岛"再怎么纸醉金迷，一年一度，一次都未必能花掉十亿大洋币，对斯图国皇室来说是毛毛雨。但科研就不一样了。越是高精尖的科研，就越是烧钱的无底洞，几百几千亿砸下去，都未必有成果。

"钱是没办法凭空变出来的，就算是印钞也要央行同意，何况这也太引人注目了，所以我提议，将夏宫下，那些研究出来的'副产品'，或者说对老皇帝没用的东西，申请技术专利，放到市场上去流通。再说了，那么多顶尖科研人员，一个接一个神秘失踪也很麻烦，倒不如有明面上的研究员身份当掩护。"

说到这里，亚伯眼中闪过一丝略带讽刺的笑意："对这种虫豸般的上位者来说，最合适的手下，就是能给他赚钱，又给他解决一堆麻烦，让他能安心享乐，却又永远没办法推翻他的手下。不得不说，我在这一点上干得不错，不是吗？"

童素明白了："你们研发出来的药物，就卖给罗蕾莱集团处理；研发出来的医疗器械，就交给世界树集团。"

这就是世界树集团崛起的真正秘密。

人们都以为，但丁本身是个科研天才，成功而幸运地在做了黑客、财务自由后，捡起老本行，买了一家医疗器械实验室，还真鼓捣出了成果，然后一发不可收拾，各种并购，买研究所、实验室，也源源不断有新的器械产出。实际上，真相却是这么残酷。

世界树集团，不过是老皇帝怕死，召集这么多人进行科研时，为了弥补巨大的财政消耗，拿科研副产品出来售卖的空壳公司而已。

明白这一点后，童素立刻问："所以，但丁的妻子……"

"皇家特工。"

"世界树集团对罗蕾莱集团的挖角……"

"我告诉一些人，罗伯特的胃口太大了，既然世界树集团已经做得这么大，为什么不干脆把我们研发出来的药物，一并交给世界树集团做。并且将这个消息，添油加醋，过度放风给了罗伯特。"

亚伯面带笑意，就像说着什么轻松愉快的事情："罗伯特不傻，当然知道，他掌握的秘密太多，如果不能继续坐在罗蕾莱集团主席的位置上，只有'自杀'的下场。他以为我们动摇的原因，是但丁对他的憎恨，情急之下就动了杀手。但这恰恰是他的催命符。"

童素懂了："你们是要那些科研人员。"

"答对了。"亚伯轻快地说，"两家公司上层，知道内情的科研人员不在少数，如果不策划一场惊天动地的袭击，怎么让大家信服呢？"

童素望向但丁："所以，你们是真的有仇，不是因为利益？"

但丁点了点头："他攫取我母亲的学术成果，害死了我的母亲，还要摧毁她的名誉，让她含恨死去，也没办法洗刷身后名。"

亚伯耸了耸肩："这份仇恨，也是我说服老皇帝用他的原因。"

童素冷笑："你'说服'老皇帝？"

她现在很怀疑，老皇帝究竟还有多少神志清醒，这些年来，又有多少命令，是亚伯和公爵打着老皇帝名号的决定。

就像这座地下设施中的强子对撞机——老皇帝真会在这么机密的地方，设置这么贵重的东西吗？不见得。说不定这就是亚伯，以及他背后组织的计划之一。

看组织对地下设施的控制程度，童素觉得这个猜测比较可能。

但这并不让童素觉得愤怒，相反，她甚至有种发自内心的感激。

即便亚伯是出于稳定地位，又或者是废物利用的目的策划这一切，而那些死在地下科研机构的人也特别可怜。可从这里流传出去的全新药物和新医疗器械，真真切切地拯救了很多人。非常多的人。

如果研发出来后，因为对老皇帝无用，就废弃不用，那才真正对不起那些人的牺牲。

与"影之共济会"控制了"杜尔迦"之后，拿这个势力暗中作恶，而不是继续拯救妇女儿童相比，亚伯背后的组织利用"影之共济会"的势力，私下做一些能够推动人类科学发展，或者社会进步，让百姓过得更好的事情，后者更在童素的接受范围之内。

正因为如此，她沉默片刻，才说："先说这一轮比赛规则吧！"

"很简单。"但丁平静地说，"我们比救人。"

"怎么救？"

"'杜尔迦'，这个组织，与你，与我，都有联系。"但丁神色庄肃，"她们以拯救妇女和女童为使命，我们应该将它重新捡起。"

童素郑重点头："没问题。"

看见童素二话不说就答应了，但丁才露出见面以来的第一个笑容，说："跟我来。"

他似乎很熟悉这里的地形，带着童素坐着专用电梯，来到一处机房——童素注意到，他刷的身份卡权限很高，说不定就是洛林贝格家族所有。

房间里有台开着的电脑，是暗网的直播。

童素一看，脸色就变了。这是……

"虐杀直播。"但丁的语气十分平静，只有熟悉他的人能够听出，这是海啸已然在海底震荡，表面却平静如昨的大海；是岩浆已在池中汹涌，出口却没有任何迹象的火山。

"混乱的东欧，有不少类似的组织出没，他们绑架女性，将她们贩卖到红灯区，又或者去某个小岛，培养成为性奴，甚至还会有专门的色情虐杀直播。美丽的女人，幼小的孩子，被性侵，被虐待，被羞辱，被肢解，被凌迟……这样的直播在暗网居高不下，能够获得超高的热度和打赏，所以有非常多的犯罪分子前赴后继，就像下水道的肮脏虫子，根本杀不尽。

"我们已经锁定，这个直播间背后应该是东欧某个国家政府的高层，但我们一没有证据，二没有具体目标。只要你能从直播中找出他们的真实身份，我们就能把人救出，并且捣毁这个组织。哪怕他们背后是该国总统，我们也能让对方被处以绞刑。就因为我这个废物一直没找到，所以才将它出成对你的考题。"

童素看着屏幕上的画面，目眦欲裂，气得浑身发抖，恨不得冲进屏幕，把这些畜生给杀了。

但她很快就听见但丁的下一句："这场比试，你只有三十分钟的时间，三十分钟后，熔炉开启，绑住大元帅的铁链也会不断往下放，十分钟就会落入熔炉中。当然，以他的身体素质，大概不到五分钟，就会因为高温和脱水，引发心脏疾病，彻底死过去吧？"

童素不认为这个组织会无的放矢："这和大元帅有什么关系？他在背后支持这个组织？"

但丁冷冷道："他还算是个正派人，但他的三个儿子，都曾经去过这个组织经营的红灯区，不止一次享受过性奴和雏妓的服务。他的长子参与过斯图国对该国的武器销售，以及私下的政治献金募集，而这些武器和资金又反过来成为该国政府能够继续统治，并且奴役百姓的道具。他的幼子甚至还参与过一次虐杀，这难道不能算他这个当父亲的过失？

"我之所以改名'但丁'，就是我相信这个世间有天堂，也有地狱。但在这些人渣下地狱受苦之前，我必须让他们体验何谓活着的地狱——这是他们对那些可怜人做的事情，我只不过是让他们重新体验了一遍而已。"

童素皱眉："那你们为什么不绑架他的小儿子？"

根据但丁目前的描述，老元帅罪不至死，但他的幼子死不足惜。

"全部绑架，难度太高。"但丁坦坦荡荡地说，"元帅一旦死了，他的儿子们为了继承权，彼此争斗，狗咬狗，更加容易，而且有趣。"

童素不置可否："就为这个，杀掉不至于死的人？"

但丁意味深长地说："当然，你可以救下他——只要你三十分钟内找到证据。"

与此同时，地上，红枫行宫。

元首会议告一段落后，由于过度集中精力，布莱特有些头晕，还有点莫名的心神不宁。

侍从低声询问，他是否要小憩片刻，毕竟，半小时后，这位皇帝还将邀请各位元首参加皇室午宴。

布莱特拒绝了这份好意，问："'赫卡忒'小姐那边有消息吗？"

"一切如常。"

那可能是他多心了。

"各部长会议进行如何？给我看看他们的相关议题。"

侍从立刻抱着一沓文件过来，先将目录页递给他。

布莱特草草地看了几眼，突然在其中一页停住——《关于"提洛岛"的后续处理事宜》。

"提洛岛"被查获后，由于事关重大，据点牵扯到了几十个国家，加上涉及好几个国家高层的声誉，被各国联手压了下来，媒体没有得到半点风声，始终在秘密处理。虽然布莱特之前为了处理卡佩洛侯爵的死，以及伊莎贝拉的所作所为，只能将这件事交给了玛丽·约克，却隔三岔五就要关注一下。反倒是这段时间，意外接踵而至，他有将近一个月没工夫管了。

看来各国的高层已经商讨得差不多了……布莱特这么想着，就对侍从说："我想看看这份资料。"

毕竟，他也经历过"提洛岛"，对那些熟面孔的结局，总是有点好奇。

侍从照办，很快相关资料就都到了布莱特面前。

布莱特随手翻着，最后在一页停住——那是"提洛岛"第一关时，曾经和他在一个队伍的大背头。这个人是东欧一座教堂的神父，名叫马里奇。

在东欧一些比较混乱的国家，教堂往往兼具福利院、慈善机构的作用，而这位神父被人指控贩卖儿童，并且与当地的少女失踪案有关。正因为涉及跨国人口贩卖，案子严重，却又没有到里切夫夫妇之案的程度，所以国际刑警就接手了，而不像亨利被发还给大洋国，由国土局负责。

布莱特皱了皱眉，耐着性子看，就发现大背头马里奇神父承认了自己的罪行，并为了减轻罪责，交代了他的上线——是他母亲那边的一个远房亲戚，他说自己回家探亲时，被这个亲戚盯上，逼迫他犯下罪行，从而入伙。

但国际刑警去抓的时候，却人去楼空。想要进一步调查，却得不到当地政府支持。

"怎么又是这种情况……"布莱特喃喃。

侍从不敢说话。

布莱特也不需要对方回答，因为这位皇帝已经意识到，只要市场还存在一天，人口贩卖就不会结束。

"提洛岛"关闭的那十几年，类似的罪恶，并没有减少。倒下了一个"提洛岛"，还有千千万万个。

"应当尽量制止这种事情的发生。"布莱特心想，"下午的会议上，我可以找机会对各国元首提议，强化国际刑警组织的权力，或者组建一个特殊的，拥有超高执法权的部门，否则得不到各国强有力配合的国际刑警组织，就会像面对'提洛岛'时那样，牺牲了许多同僚，却迟迟没有正义来到。"

不可否认，他也有自己的私心。

从朋友的角度来说，他希望留下李察和童素。从皇帝的角度来说，这样的人才，就算不能为他所用，他也不希望对方始终在为别的国家效力。

布莱特感觉，李察和童素都挺喜欢查案子，救人。如果能成立这样的一个机构，自己还有和他们说说话的机会，天长日久，未必不能笼络到人。否则作为君主，就太寂寞了。

布莱特这么想着，就拿出一张便笺，写了大概提纲，递给侍从："以这上面的东西为核心，你们帮我写份发言稿吧！"

七

"求求你，求求你——不要——痛——好痛——"

屏幕上的求救声，从尖厉变得虚弱，最后奄奄一息。

戴着耳机的童素，面无表情地看着直播。

这些做虐杀直播的渣滓非常谨慎——视频中只能看见女方伤痕累累的赤裸身体，绝望的面孔，崩溃的表情。而侵犯她，凌虐她的男人们，却穿得严严实实，脸上也戴着黑色的口罩，喉间还绑着变声器。不仅如此，他们基本不出现完整的身体，往往只是一点身子，可见对镜头十分敏感。

但童素也知道，但丁为什么选择这两场直播。因为这两场直播都有打赏功能，而且，还都有"外人"在。

大概就像洛林贝格大元帅的小儿子一样，对这种活动很好奇，前来参加的"嘉宾"，他们并没有足够的谨慎。哪怕他们同样戴着变声器，却还是很清楚能听出不同。

童素同步打开了音频分析软件，不放过视频中的任何一点细微的声音。

时间过去了十五分钟。什么情报都没收集到。童素心里有些急了。

她看了一眼被悬挂在熔炉上的大元帅，沉吟片刻，又查了一下但丁给她的这个账号，发现里面有一千比特币，过往打赏记录还不少。显然，但丁为了钓鱼，也是下了血本。

童素知道必须寻求改变，心中对那个可怜的姑娘说了声"对不起"，然后直接就花一百个比特币，买了一个"火箭"——可以全屏滚动的那种。

然后，她刻意打出一行有点暴躁和不耐烦的文字："翻来覆去就是这点花样，没意思，你们照顾新人没问题，我们这些老人就活该看这种无聊的东西?"

她这句话故意说得很含糊。新人，可以说是加入虐杀的新人，也可以说是新来看视频的新人。

童素之所以敢这么说，也是深思熟虑过的——她只有三十分钟，想要找到契机，就必须推动变化。时机不一定要等，也可以自己制造。而且，人的精神和快感都是有阈值，承受力会逐步提高的，就像一个胆子很小的人，一开始不敢看恐怖片，看多了就能一边看一边啃鸡爪，基本不会被吓到；吸毒的人，一旦吸了纯度更高的就不可逆一样。

她认为，类似的抱怨，不止一个老人说过——她之前看弹幕，也看到寥寥数语。只是没人这么豪气，扔一百个比特币，也就是几百万大洋币，就为了抱怨一句。

对方在后台应该能看到这个账号的过往记录——老客户，出手大方，碰到感兴趣的就会打赏，不拘泥于虐杀视频，还有各种奇怪视频等，对账号主人能发出这样的台词，自然深信不疑。

而且，发弹幕抱怨的人，或许会走。但花了这么多钱抱怨的人，那就是"想走又有点不想"的状态了。

能不能维护住"大客户"，就看这一波。

更何况，被童素这么一带节奏，其他弹幕也发话了："确实，来来回回就是这么点东西，没意思。"

"什么蛇啊，狗啊，老虎啊，我全都看过了，唉，不好玩。"

"我也觉得。"

"这事看多了，也就那样。"

如此等等。

童素一看节奏到位，又花了一百比特币，发了句："现场的人都是废物吗？想不出好点子？五分钟，再没新意就撤了。"

这话一说，视频里立刻传来一声"@#￥%……&＊"的咒骂。

很显然，来参加的"客人"刚玩得开心，却被童素这么骂进去，非常不爽。能被招待的人，本身也都是权贵，自然受不了这个气，就骂开了，旁边立马有人去劝。

童素再花了两百比特币，刷了两条："我听见有人骂我？算了，你们也就这德行，没什么好看的，看你们可怜，给你们打赏五百比特币，别让那女孩死了。下次我想起来看的时候，就找这个女孩，看看你们能有什么新招。"

说着，真的又砸了五百比特币。

弹幕看热闹不嫌事大，纷纷表示，大佬出手豪爽，大佬阔绰。

直播那边果然更嘈杂了，应当是客人不爽了，非要和弹幕"大佬"比个高低，而直播方有点不想得罪这个大主顾，在说和。

随后，直播被卡断。然后画面上出现道歉，表示他们团队会再接再厉。

童素的表情比恶鬼还要狰狞——再接再厉？我花九百比特币，不仅是为了保住那女孩的命，我还要你们的命！

录入的音频，开始不断分析。但由于直播本身就又带变声器，又有干扰，导致收音非常模糊，哪怕童素不断调整清晰度，却依旧听不大清。

还有五分钟!

童素盯着屏幕,十指搭在键盘上,全神贯注地一遍又一遍快进听着音频,犹如凝固的化石。

这时,她听到了一个单词!碉堡!

童素立刻往回拉了五秒,重新听,发现内容是:"你们……我……碉堡……"

她再处理这句话的清晰度,并且反复滚动这几句,终于听清:"如果不是你们邀请,谁愿意下这种破碉堡,空气浑浊得要命!"

而一个像是话事人的男子,则回答道:"……这些碉堡才是我们天然的掩护……"

碉堡!东欧哪个国家有碉堡!

童素立刻望向但丁:"你们锁定的是哪几个国家!"

但丁报了五个国家的名字。

童素一查,发现其中一个叫"伊比亚"的小国,因为国内多山地和丘陵,非常适合打游击战,所以为了抗击敌人入侵,打造了非常多的碉堡!

"就是这里!"童素说,"伊比亚!"

但丁听完她的解释,摇头:"没有说服力,伊比亚只是碉堡特别多,它周边的几个国家当年战争的时候也修建了一些碉堡,同样可以当作掩护,仅仅两句话,不能当作证据,因为你没办法证明视频里的碉堡很多。而这个女孩也不是在伊比亚旅游时失踪的,相反,她失踪地点距离伊比亚至少有数百公里。"

而这时,距离三十分钟倒计时,只剩下最后一分钟!

童素非常坚定:"我认为就是伊比亚!"

"证据呢?"

"直觉!"

"那不行!"但丁斩钉截铁,"我们的机会只有一次,如果不成功,他们就会将基地转移走,这些可怜的女孩子就真的要死了。"

童素重新戴回耳机,再度仔细听,并且调出伊比亚人说话的腔调,觉得确实很像。但还是那句话,没有证据。

15 秒、14 秒、13 秒……就在还剩最后 5 秒的时候,童素突然灵光一闪,大喊:"你少给了我一份材料。"

但丁疑惑:"什么?"

"我要国际刑警组织对'提洛岛'的全部笔供!"童素突然道,"这次的比试不算,我要求加时。"

但丁望向大屏幕的亚伯,亚伯含笑道:"笔供可以给,但绳索不能停,我们加最后十分钟——我会先停止放绳索,等你开始看资料后,绳索重新往下放,到大元帅被扔进熔炉之前,只要你能找到证据,都算你赢。"

五分钟后,这个在暗网的账号里,被扔了一大堆资料。

童素把资料解包后,把这些资料设定成幻灯片播放,128 倍的速度后,深吸一口气,点了点头。

绳索缓缓下放。

童素强行记忆所有的文件内容,快到根本来不及想。

还有八分钟。童素额头沁出冷汗。

虽然亚伯说给十分钟,她可没忘记,以大元帅的身体,可能五分钟就坚持不住。

在哪里,究竟在哪里。

刚才一闪而过的灵感,明明有记录……

那个说话的声音,不,应该说,发音的方式,或者说类似的口音……她听过,她一定听过。

而她接触最多的,就是"提洛岛"。

是谁,到底是谁……

还有六分钟。

童素浑身紧绷,大脑高速集中。

就在这时,她突然按了暂停!然后,就见她鼠标往上滚动,回翻了几页,落在一个大背头男子身上——神父,马里奇。

是了,就是这个人。"提洛岛"的时候,他和李察、布莱特一个队伍,童素听过他说话的腔调。虽然变声器能修改声音,但一些发音方式,还有特殊的尾音、转音等,这种类似地方口音的东西,是不会变的。

童素立刻去看对方的国籍,以及目前居住地,脸色却是一灰。不是伊比亚。为什么不是伊比亚?难道她猜错了?

这时,绳索已经下降了一半!

童素抬头看了一眼,重度昏迷的大元帅,脸上已经出现不自然的色彩,超清晰的荧幕,甚至能拍到他汗出如浆的画面。

会死的,他马上就会死的!她只能眼睁睁看着一个无辜的人死去吗?

童素掐了一下手心,突然扫到一行:"他的上线是他的远房亲戚,母亲那边的——啊,他家里是伊比亚人,四十年前逃难来到目前的国家!他曾经回到过家乡,看这行记录，他回乡时失踪了三天。人们找到他时，发现他失足摔到了一座碉堡中，伤痕累累，他解释自己探险时发现了意外……找到他的，就是他的那个远房亲戚，他的上线！"

"不会错的，这个组织就在伊比亚！马里奇神父与这个话事人说话的腔调和口音，非常相似。"

伴随着她的话语，绳索急速上升！

童素望向屏幕，就看见亚伯带了点遗憾地笑了起来："好可惜，只要再拖二十秒，老家伙就没救了。或许这就是他的幸运。我们愿意相信你一次，这个组织的总部就在伊比亚。恭喜你，'赫卡忒'小姐。你通过了第二局。"

八

洛林贝格家族的钥匙，被但丁交到童素手里。

她却没有半点松口气的意思，反而望着亚伯，冷静地说："我不相信以你们组织的实力，查不出这个犯罪集团所在。"

这个测试唯一的难点，实际上就在"三十分钟"上，而这是他们人为给童素设置的障碍，不是他们自己会面对的阻碍。

但丁说自己找不出这个犯罪集团的下落，童素一个字都不信。只要他们每一期直播都看，以他们的本事，不断抽丝剥茧，总会发现端倪。

犯罪，不可能不留痕迹。完美犯罪，根本就不存在于这个世界上。

"事实上，我们只查了这个组织十三天而已。"亚伯含笑道。

但丁的神色有些阴郁："这个世界的黑暗面，从来都不曾消失，只要人类还有着践踏同类的需求，类似的事情就会一再发生。"

说到这里，他低眉敛目，犹如吟咏一般，低声道："私欲既怀了胎，就生出罪来。罪既长成，就生出死来。"

童素知道，这是《圣经》中的句子，讲述着人类的先天之罪。

关于人性本善与人性本恶的辩论，两千年前，在东方与西方的土地上，诞生了两种截然不同的结果。

在东方，儒家的"性本善"战胜了法家的"性本恶"，成为东方王朝乃至文化的立身之本。而在西方，人们坚信，世人都犯了罪——只因人生来便有私欲，私欲则会滋生原罪。

童素虽然不信教，也不信"原罪说"，但她同样不信"人之初，性本善"的观点。

正如但丁所说，有光的地方就有黑暗，他们能除掉一个"提洛岛"，甚至五个、十个"提洛岛"，可那又如何？类似的空缺，很快就会被补上。

一想到这样的事情永远会发生，童素的心中就有说不出的情绪，就见她沉默了半响，才说："你们……"

童素顿了一顿，轻声问："铲除了多少个类似的组织？"

"五百七十四个。"亚伯给出了准确的回答，"十八年前，我们的组织草创，就开始致力于类似的行为。当然，我们都很小心地掩饰自己，尽量让旁人以为是黑吃黑。"

童素不知道在想什么，片刻后又问："那万象集团的覆灭……"

"是我们推动的。"但丁干脆利落地说，"文南国的万象集团、羽蛇国的七家族同盟，都是这个世界上的毒瘤。他们与太多势力盘根错节，干系太深，想要彻底铲除，只能借力打力，利用斯图国皇室对特殊实验品的渴求，完成这一步。"

童素的身体不自然地颤抖了一下。

她心中有很多话想说，最后却只化作一句："因为你们的计划，死了很多人，非常多，就连天空——"

不必闭上眼睛，只要稍稍回想，脑海中就浮现遮天蔽日的蘑菇云。

"这是必要的牺牲。"但丁理所当然地回答，"万象集团的 WX 系列高纯度毒品，一旦能够大规模量产，并投放到市场，将会产生不可估量的影响。更重要的是，这种毒品的配方在很多国家，可以作为药品被审批通过，就像杜冷丁一样。

"德隆本身也是'提洛岛'的贵宾之一，轻易就能搭上罗蕾莱集团，而以后者的利欲熏心，他们会将这个当作'治疗焦虑''提神醒脑'的药物使用。类似的事情，罗蕾莱集团做过不止一次，大洋国如今的药物泛滥成瘾，甚至危及校园，差学生嗑药找乐子，好学生嗑药来提振自己的精神，花更多时间来学习，罗蕾莱集团'功不可没'。"

童素当然也非常痛恨毒品，但她认为但丁的话不够真实。

她假扮"奈赫贝特"的时候，做过全套的功课，自然知道，大洋国药物泛滥不假，可在剂量方面控制还算得当。

毕竟，那些政客、议员、专家，虽然收钱办事，一边媒体鼓吹，一边政策通过，但总有聪明人知道，不能竭泽而渔。而且，大洋国的审查机构也在摩拳擦掌，就等着罗蕾莱集团这种大肥羊越线，然后狠狠地宰一笔。

但丁平静道："没错，剂量，他们确实控制了剂量，医生开具的处方之中，绝对不会超过安全的剂量。但你如果尝过 WX 系列毒品的稀释版本，就是所谓'剂量安全'的版本之后就明白，这不过是一纸空文。只要尝过它，人们就会本能地追逐这种轻飘飘的快乐，无法挣脱。但人的阈值是有上限的，总有一天，'安全的剂量'无法满足他们的需求，他们就会用各种方式去寻找更多，或者更纯的药。

"我们拿超级计算机做过数据模拟，除非你只吃一次，从此再也不碰；只要沾了第二次，能够挣脱这种新型毒品的概率，低到不足百万分之一。更不用说，万象集团和罗蕾莱集团的规划，是让人们把它当维生素来吃。"

童素找不到什么证据来反驳但丁，但同样，因为没有证据，谁都不能佐证但丁说的话没有错。

这个组织越是想要证明他们的"正义性"，童素就越是怀疑。只因他们目前阶段的所作所为，并不能称得上是光明磊落，甚至显得非常冰冷残酷——他们会理所当然地为了目标，牺牲一部分人，一部分无辜的人。

虽说"慈不掌兵"，没有牺牲就换不来足够的回报，这属于能够理解的范畴，但这种完全把自己凌驾于他人之上，认为自己有资格决定乃至主宰他人命运的价值观，与童素的三观不大一致。

亚伯也看出了这一点，不由微笑道："你和李察还真是相似。"

童素皱了皱眉："相似？"

"明明都有着这么优秀的资质，以及足够憎恨的理由，却都不够认同我们。"亚伯微笑着拿起了一张纸，上面绘制着地图，"去这个地方吧！车子已经给你准备好了，就停在大门口。"

但丁则坐到电脑面前，飞快敲击键盘，头也不抬："我就不跟你过去了，我立刻联系手下，将搜索重点放在伊比亚。"

童素没说什么，按照亚伯的描述，前往走廊尽头。

她注意到，哪怕她离开了这个房间，又朝走廊走去，原本跟着她的那些人，也始终没有出现。等离开这栋楼，驱车前往亚伯指定的地点时，沿途中，童素也没看到一个人。

这很反常。是他们背后的生物芯片起作用，让他们失去了行动能力？又或者，亚伯、公爵等人，已经把他们控制起来了？童素得不到答案。

但她知道，下面发生这么大的事情，上面却没有任何动静，派兵援助也好，或者干脆利落地攻击也好，什么都没发生。

看亚伯成竹在胸的样子，就知道红枫行宫中，会议一切如常。

斯图国的皇家力量，到底被这个组织渗透成了什么样啊！

光是想到这一点，童素就对这个迄今为止连名字都没有透露的组织感到头皮发麻，不同于"影之共济会"那令人愤怒的强大,这个组织给她的感觉,就像黑洞一样,神秘、危险,充满着未知。也充满着吸引力。

怀着这样的想法,童素来到亚伯指定的地点,却在下车后愣了一下。居然是这座地下建筑里,唯一的教堂。

童素深吸一口气,推开大门,就发现里面站着两位身穿灰袍、面容消瘦、双目紧闭的修士。

听见声音,他们并没有睁开眼睛,反倒朝着童素行了一礼,转身引路。

在灰袍修士的带领下,来到礼拜堂,就见李察坐在礼拜堂最后一排的椅子上,百无聊赖地摩挲着自己的项链吊坠。

瞧见童素来了,他懒洋洋地举起手:"哟,你来了?"

童素坐在过道另一边的椅子上,平静地说:"赌什么?"

"塔罗牌,规则书在这里。"李察递给童素一张纸,"主持人是公爵,这位阁下还在告解室,需要等一会儿,你刚好可以熟悉一下规则。"

童素却没有第一时间接这张纸,只是问:"你看过规则了吗?"

李察笑了一下:"当然没有,如果我提前看了,岂不是作弊?"

他都这么说了,童素自然更不会接。

就见她话锋一转,聊起了似乎不相干的事情:"我刚刚进来的时候,负责接引我的两位灰袍修士是什么身份?"

鉴于对方一直没睁眼,童素有点奇怪——难不成这两位修士都是盲人吗?

"哦,你说这个啊!"李察将吊坠塞回去,坐直了身子,"你是东方人,可能不大了解斯图国的国教,以为国教就是单纯的一个宗教。实际上,由于对《圣经》中部分教义的解释不同,以及要遵守的教规也不同,国教实际上分了非常多的分支流派,好像有一两万种来着?当然,他们都是神虔诚的子民,只要不否定国教的正统地位,国教都不会干预。

"公爵信奉的是其中非常冷门的一支,具体我也不清楚,好像是推崇极致的苦修,每天只吃一块粗糙的饼,喝一杯水,还要尽量不听、不看、不说。"

童素长了见识:"听上去有点像我们那边佛教的律宗加闭口禅。"

"差不多就这么回事吧?天下的苦修士都大同小异。"李察回答。

童素回想了一下自己对梅涅公爵的印象,总觉得公爵不像苦修士,却没说什么,只是上下打量了李察几眼,很不客气地说:"我以为你会离开。"

"怎么说呢!"李察叹了一声,"我好像做错了事情。"

"哦?"

"今天早上,第二个问题,实际上是计划开始前,我和亚伯聊天时,我胡说的话。"李察将长腿架在前方的椅背上,神色有些空茫,"真没想到,亚伯会把它当最后的考题,其实我那时——"

话到嘴边,他突然咽下。当时的心情是什么,他已经想不明白了。

只是从知道父亲死亡的那一刻开始,又或者从调查清楚了很多事情,却没办法还受害者一个公道开始,他心中的理念就开始崩塌。

"你知道吗?"李察突然说,"我看见很多事情的时候,已经既不会愤怒,也不会悲伤,只是非常冷静地计算和思考。考虑如何复仇,替受害者复仇。"

他就像一个心理医生一样,无比冷静地剖析着自己:"我知道自己为什么会有这样的心理。因为我无法求得'完全正义',但我又不接受程序正义,所以我安慰自己,这份残缺的正义,是世道不公之下,不得已而为之的最终手段。但在内心深处,我又明白,我并非神祇,不能断案。如果一味追求结果正义,追求我心中的正义,只会走入极端。哪怕程序正义很多时候让人不快,能让很多人逃脱制裁。但它能避免非常多的冤假错案。我在这两种情绪中摇摆,没办法进,也没办法退。"

说到这里,李察自嘲一笑:"如果当年我学了法律,估计人就废了。因为我既没办法当法官,也没办法当律师。当检察官的话,大概没过多久就莫名暴毙了吧?"

童素沉默片刻,才道:"或许,你只是想当英雄。"

"英雄吗?也许吧!"李察摩挲着正义女神的项链吊坠,神色十分复杂,"有时候我在想,如果世界真的被天网支配,是不是一件幸福的事情?因为这代表世间将完全没有冤假错案,人们不担心哪天因为意外,比如自己的脑袋被大人物盯上,就莫名死去。"

"但天网的世界也没有自由。"童素非常果断,"我宁愿去死,也不要活在那种世界。"

李察耸了耸肩:"看来你很适合亚伯的理念。"

童素轻声道:"方才我遇到了亚伯和但丁,他们对我说了一些话……"

李察失笑:"亚伯这个人,天生就拥有蛊惑旁人的能力,掌控局势的冷静,以及言辞犀利的雄辩。如果走上演艺道路,必定是世界级的巨星;若从政,大概就是那种一演说就能获得超高支持率的政客;假如成立宗教,或许也能得到很多拥趸。他说话,你听一半就行,如果真信了,就是他的傀儡了。"

"我知道他擅长蛊惑,但他也博闻强识,上次我就明白了,他对社会运行的认知要远远胜过我，而且……"童素轻声道，"他们说中了我的内心。"

对过去的人生，她本来没什么懊悔之处。只能说，虽然谈不上好，却也谈不上坏。

她没有因为少时的悲惨遭遇，走上反社会的道路；却也因为无人指引，没找对方向，只是凭借出众的天赋，成了那个"看上去比较优秀"的人。但丁的话语，却击穿了她自以为是的伪装。

"我突然发现，自己是个没有理想，也没有目标的人。"童素的声音有点轻，既有点像期待，又有点像恐惧，"我找不到心中的方向，又怕自己利用能力作恶。学着像正常人一样，读书，开公司，但他们可以从这些事情中获得幸福和喜悦，我却一直感受不到特别的快乐，不知道自己究竟该做什么，整天就没日没夜地打游戏，却无法填补内心的空虚。"

说到这里，童素顿了一顿，又道："如果对其他人说，他们或许会觉得我很矫情，或许无法理解，但你能懂那种感觉吧？"

李察枕着双手，也陷入思绪中："是的，感觉自己像是大海中的一座孤岛，想要找到一片陆地。真的找到了，却发现和自己完全不是一样的形状，为了融入，强行让自己变成陆地的样子，又不怎么乐意。"

对他们这种智商极高，某方面能力出类拔萃的人来说，想要钻规则的空子，触犯法律却又让自己不受制裁，实在太过容易。旁人汲汲营营，追求一生都未必能得到的金钱、权力、地位，对他们而言，却唾手可得。

别看李察天天吊儿郎当，开个侦探所没人来，入不敷出快饿死。如果他真想要做出一番事业，米切尔城的黑道老大几年之内就要换人。

太轻易得到，就不会珍惜。

"我一开始也没发现自己这么不正常，直到'7·17'恐怖袭击，我以特邀专家的身份，参与对万象集团的追查，我发现自己——"童素难以描述，甚至很难回想起，洞悉自我本性的那一刻。她究竟是什么心情，"无论多么危险和血腥的场景，带给我的却只有兴奋，没有半点恐惧。"

李察瞥了童素一眼，懒懒道："你知道吗？光凭这句话，大洋国某特殊机构就会把你记入一个特殊档案，认为你反社会的可能会是正常人的一万倍以上。"

童素早就给自己做过无数次心理测试了，假如她是正常状态去见心理医生，做一对一咨询，估计能被发现不对。偏偏安全部门给她安排心理医生的时候，刚好是她患PTSD的时候。

心理医生认为她的心理创伤来自看到了战争和死亡，无法拯救无辜人的痛苦。这种状况经常在消防员、军人等身上发生，尤其是眼睁睁看着有人在面前死去，自己却无能为力，会让当事人非常自责。

由于这是比较正常的一种创伤可能，所以她在心理医生那边反反复复接受咨询，对方都没发现她的不正常。

"我的PTSD，很大一部分并不是来自无法拯救无辜者的愤怒，虽然我一直反复告诉自己，那就是真相，我要为他们报仇。但内心深处，却有个声音告诉我，不是的，你只是无法忍受，以为自己战胜了岩罕，救回了父亲，最后却发现一直有人在幕后操纵全局，你成了对方手中的一枚棋子。"

童素也不知道为什么，竟然会和李察说这么多，他们明明不算能互相信任的关系，现在甚至可以说是敌对了。但好像骨子里就有一种莫名的熟悉，知道其他人未必能懂你，有可能会恐惧你，可这个人一定不会，因为你们是同类人。

九

李察果然能懂："骄傲被践踏，尊严被羞辱，这比什么都不能接受。"

童素点头："所以，心理医生用'你已经很努力了，那些人的死亡与你无关'之类的话术，无法对我起到任何作用，因为我的病因就不是这个。知道这是在浪费时间，我就单方面中断了心理治疗，安全部门认为我PTSD恶化，被我抵触接近，也没有打扰。但只有我自己知道，我渴望找到，除了真相之外，还有能让我人生不是这么一潭死水的事情；我期待得到的，除了正义之外，还有危险带来的刺激。"

李察随口道："你这种情况，我见过很多。"

"啊？"

"很多富家子弟第一次吸毒的时候，就是因为人生太无聊了，没有乐子。"李察淡淡道，"所以，他们吸毒、飙车、赌博……用尽一切办法，无论合法或者不合法，就为了刺激多巴胺和腺上激素的分泌。"

童素苦笑了一下："那我觉得我还是有点不一样的，我不是想找乐子，而是——"

"而是你没找到理想和目标。"李察接上。

童素点了点头。

"伯爵死去的时候，我看见了公爵的表情，他很羡慕。"童素轻轻地说，"我其实也很羡慕伯爵，甚至有点嫉妒。"

从一开始就坚定了理想，永远行走在这条道路上没有偏移，最终凤愿达成，心满意足地死去，这是多么令人钦羡的人生啊！

哪怕知道踏上理想之路，注定会成为殉道者，极有可能不得善终。但是否只有这样璀璨的人生，才能证明自己真正活过？

但在羡慕之余，她又有点害怕。假如她找到了人生的路标，会不会也成为伯爵那样，为了理想，一切拦路石都可以除去的人呢？

李察很认真地问："所以呢，你找到方向了吗？"

"原本的初步计划，大概是去修个数学博士学位。"童素脱口而出，"物理学博士也行，感觉走科研这条路不错，但——"

一路以来的所见所闻，让她意识到，一个人的力量过于渺小。一个伟大者，无法抗衡众多卑下者。这是臣子们与皇帝对抗的逻辑，也是人类社会运转的规律。

"他们真的是在帮我——"童素轻声道，"但丁也好，亚伯也好，艾伯特，还有公爵，甚至英格拉，都或多或少对我投注了善意，为什么呢？"

李察没有回答。

童素却想到一件事："说起来，佐藤明先生和叶莲娜女士是不是这个组织的成员？"

她实际上是想问，爸爸和这个组织有没有什么关系？

李察摇头："伊万才是正式成员，其他两位都不是。"

童素莫名松了一口气，却又有些失落。

片刻后，她又问："但我看其他人的样子，都把你当正式成员啊！"

李察叹气："他们始终觉得我会加入，这让我挺苦恼的。"

"你拒绝他们的根本原因是？"

"怎么说呢？他们的绝大部分理念，或者说百分之九十以上，非常对我胃口。"李察有点苦恼，"我只是没下定决心，因为我实际上是一个……嗯，还算尊重规则的人。"

"然后？"

"他们想要成为制定规则的人。"说到这里，李察叹道，"如果他们仅仅是想要复仇，或者改变斯图国、君主立宪，我都可以接受，甚至帮忙。但他们组织的理念有点大，大到怎么说呢，让我觉得有点不真切，所以我一直在犹豫。"

"能说说究竟是什么吗？"

李察耸了耸肩："当然，在他们看来，如果将地球比作一个巨人，人类就像地球上的癌细胞，不光肆意浪费资源，还因为种族、肤色、国家等，彼此仇恨，不断内耗，这本身就是最大的罪恶。

"人类本身并无错误，生存也好，繁衍也好，对地球所做的一切，都不过是出于生物想要活下去的本能。可人之所以区别其他动物，就在于人类的智慧之光，在历史的长河中熠熠生辉。这份智慧造就了文明，却也让人类成为癌细胞一样的存在。

"癌细胞本身是没有错误的，它只有存活和分裂的本能罢了。但它能够无限分裂，不断吞噬其他细胞的营养，并且擅长伪装，灭杀不尽，就会夺走宿主的性命。

"他们不满人类分裂成这么多个国家，不满人类彼此对立、敌视，不满人类不断消耗地球上的资源，也不满很多地方，人类按照血统和出身分成三六九等，永远没办法消弭黑暗与罪恶的世界。'人类的目标应当是宇宙，但如果人类还保持现有的社会制度，就算勉强能迈向太空，也不过是在浪费机会'，这是他们的原话。"

童素心中掀起惊涛骇浪。她很难描述这一刻自己的心情。但在心底深处，有个声音告诉她，找到了，真的找到了！这就是她生命中一直缺失的，愿意为之奋斗一生的理想！带领人类离开地球，前往宇宙！

宇宙，多么浪漫，又多么值得遐想，何等令人悠然神往。

"宇宙啊！"童素喃喃。

"没错，宇宙。"李察也有些失神，"亚伯对我描绘过那幅场景——在月球，在火星，在冥王星，在更远的星系中，一个个人类创建的基地里。白皮肤、黄皮肤、黑皮肤的小孩快乐地玩耍，大家说着一样的语言，没有国籍、肤色和种族之别，只有一个个平等的个体，人类的地位以智慧和才能，而非血统和出身来决定。最受人尊敬的，不是议长的儿子，而是最杰出的科学家。"

童素并不觉得这是多么离谱的幻想。相反，如果人类真的踏足太空，在重力、空气等都截然不同的环境中，必然不可能将现有的制度套过去。

就拿生育和教育来说。一旦人类先在外太空建造基地，并且诞下第一批出生在外太空的孩子，真能像地球上一样，按照小学、中学，又或是语言、数学、物理等来教吗？不可能的。没有那么多师资，没有那么多力量，也没有那么多学生。只可能是类似古代私塾制度的教法，将年龄相差不超过几岁的孩子们都聚集在一起，因材施教。

其他的规则和制度也一样，会有很大的改变。

"就算这样，上流社会的孩子，也会占据极大的先发优势。"童素明白了这个组织的顾虑，"他们担心，这些人会借助自己对信息的灵通、渠道的垄断，以及对利益的无穷追逐，形成全新的托拉斯，甚至更可怕的怪物，对吗？"

李察露出讥讽之色："这不是必然的事情吗？资本的天性是增值，喜欢躺着赚钱，而非开拓进取；而对当权者来说，保持权力才是他们认为最迫切的事情。民众容易被媒体煽动，越是信息容易获取的互联网时代，就有越多人放弃了思考……摆在结社面前的，都是十分现实的问题。"

童素沉默片刻，才道："他们认为自己是人类的救世主吗？"

"虽然你的态度告诉我，你这句话是在嘲讽，但我确实这么认为。"李察心平气和地说，"他们不仅有这个心气，还有这个能力。"

说罢，他的神色有些惆怅："救世主有什么不好，这个世界始终需要英雄，救世主……总要有人来做啊！"

童素听出他语气的不对，有些疑惑地望着他。

李察望着教堂宏伟的穹顶，低声道："我的父亲，就是这个组织的一员——虽然加入组织的时候，他已经来到了地下研究所。他甚至没有见过除了亚伯之外，其他的任何成员，也没有参与组织的事务一天，但所有人都认同了他。"

童素回想李察在地下研究所时的表现，感觉他当时不像演的，不由奇道："你先前不知道？"

"是我爸爸的叮嘱。"李察神色空茫，"他对亚伯说，只有'提洛岛'，以及背后的斯图国皇室，这些罪人下了地狱，才能告诉我。你相信吗？命运选中了他，也选中了你。"

听见李察这么说，童素觉得十分奇怪。

她想起了伊莎贝拉对岩罕，还有他们这对父女的执着，忍不住问："我与令尊身上，究竟有什么共通之处？"

李察刚要回答，梅涅公爵已从告解室走了出来。

二人站了起来，李察顺手拿起身边的纸张，共同向公爵走去。

公爵平静地向二人点了点头，眉目虔诚："'赫卡忒'小姐、李察先生，这个世界不存在救世主，因为一切都在主的注视之下。我们不过是主的牧羊人罢了。"

童素嗅到了公爵身上隐约的血腥味，心道难道他刚刚杀了人？沾了血？还是什么情况？

只见她目光闪动："牧羊人……众生为羔羊，世间的牧羊人，理论上只有教皇，也就是斯图国的皇帝。但如果扩充一下，三大主教，以及大洋国的九位大法官，也勉强能算是。你们把自己的位置抬得如此之高吗？"

梅涅公爵听见了童素略带尖锐的言辞，却没有动怒，反而无比平静："距离主更近的，并非俗世之中处在某个位置的人，而是更能聆听主的教诲，执行主的意志之人。"

童素还要说什么，李察已经将纸张摊开，对童素说："我们一起看吧！"

知道这就是在打圆场的意思，童素也没继续说下去，转而低头和李察一同看规则：

"命运塔罗。"

大阿卡纳塔罗牌，按照编号，每张代表相应积分。正位正分，逆位负分。第一次抽卡为"现在"，由双方各自抽取，分数高的一方取胜，获得法尔兰大主教的钥匙。押上选手本身持有的钥匙为筹码，可增加抽卡机会。第一次增加为"过去"，由双方互换抽卡。第二次增加为"未来"，由主持人负责抽卡。第"0"位愚者牌，无正逆之别，可互换双方积分。

十

"开什么玩笑！"童素不能接受，"这不成了纯比运气的游戏吗？"

李察也觉得奇怪："如果我没记错的话，'赫卡忒'小姐手上已经有三枚钥匙了吧？这局可是赛点局哦！纯比运气真的好吗？"

梅涅公爵平静回答："'赫卡忒'小姐擅长数字和记忆；李察先生武艺超群。"

言下之意就是，如果要相对的公平，只能比运气。

童素和李察面面相觑。这个理由，他们还真没办法反驳。

童素的记忆力和计算能力太过变态，一旦涉及类似的项目，就如同超级计算机和普通计算机的较量，性能差了十万八千里，完全不能比。

李察的体能和武艺同理，"提洛岛"上已经表现得淋漓尽致，除非雪松、詹姆斯、布莱特等经受过严苛训练的军中精英前来，才能与他比拼一番，其他人都很悬。

"但这也太荒谬了，运气——"童素忍不住说，"光靠运气，怎么可能……"

公爵的神色依旧虔诚而宁静："这是我选择的游戏，如果主不忍看这一城百姓死去，就必定会让'赫卡忒'小姐获得胜利。"

童素心头无名火起："所以这一城百姓的生死，都要寄托在我的运气上？你看我像运气很好的人吗？"

如果运气好，她应该有一个幸福的家庭，不至于小小年纪就失去母亲，又与父亲分离多年，好不容易找回来，却卷入这些莫名其妙乱七八糟的事情，被迫再次和父亲聚少离多，乃至现在，父亲性命垂危，她还没有回去。

亲情如此，友情和爱情就更不用说。

以前稍微熟悉一点如学长杜明礼，目前背着"别有用心"的嫌疑，她还没来得及确定；没说过几次话的但丁，倒是真的拿她当朋友，结果就自认为她的人生被毁掉了，然后把她推荐到这个结社，就有一堆人跑过来对她各种考验。

爱情也是，因为万象集团的事件，对"NULL"稍微有点好感，就因为后者太忙，以及父亲的不够支持，慢慢变淡。

"无论我们怎样去筹划，最终结局还是由神来安排的。"梅涅公爵缓缓道。

随即，他望向童素，意味深长地说："主是公平的，掌握命运的人永远站在天平的两端，被命运掌握的人，仅仅只明白主赐给他命运。"

童素无言以对。

梅涅公爵虽然没直接回答这个问题，但话语间的意思已经表露得很明白了——他认为童素运气很好，因为她拥有掌握命运的能力。

李察则有点无奈："公爵阁下，您这两句话……我差点就以为是亚伯叮嘱说的了，只有他这么喜欢用《哈姆雷特》的台词来回答。"

公爵平静道："这也是我最喜欢的作品。"

生存或死亡，这本就是个问题。

李察叹气："行吧!"

然后，他侧过身，对童素说："'赫卡忒'小姐，我手上有三枚钥匙，分别来自三位大主教。也就是说，我有多余的两次翻牌机会。"

童素面无表情地说："我有三枚，皇帝，卡佩洛，洛林贝格，但游戏好像规定只能抽两次?"

梅涅公爵平静地说："不，'赫卡忒'小姐，你只能增加两次机会。"

童素立刻懂了："他手上属于法尔兰大主教的钥匙，以及我手上属于'皇帝'的钥匙，就是第一轮初始筹码?"

公爵缓缓颔首。

"这还真是……"童素磨牙，"让人十分不快啊!"

李察耸了耸肩："就让我们用运气决一胜负吧!"

童素还是很难接受这样的题目，却知道没办法，便只能点头。

梅涅公爵从口袋中拿出一副塔罗牌，在布道的讲台上摊开——从背面看，根本无法看清是正位还是逆位。

李察做了个"女士优先"的动作。

童素上前，翻开一张。

7，战车。逆位。

童素的脸色顿时很不好看。

李察却有点惊讶——战车? 这难道不是梅涅公爵在组织里的代号吗?

是的，这个组织的成员全都以塔罗牌的某一张为代号，也就是说，最多就是 22 个席位，不会增加人手。

李察心里还在嘀咕，顺手上前抽了一张，翻开。

11，正义。逆位。

李察怔住了。他本来是想保送童素进下一轮的——虽然亚伯给他听了他父亲李维的遗言，让他很受触动，也愿意过来当这个"守关者"。但不得不说，害死这么多人，有违他的原则，所以他本打算混一波就走。

但 22 张牌里，直接抽到逆位的正义，让他一扫刚才的态度，变得前所未有地踟蹰了起来。

正义……他人生恪守的准则，以及他父亲在这个组织里的代号，都是"正义"。

现在的自己，正义逆位。难道自己打算保送童素的想法是错误的吗？

再想到童素抽到的"战车"，恰好是梅涅公爵的代号，而此次丧心病狂的行动，组织里半数人不够认同，只是因为他们认为如果公爵复仇成功，这一行为也能改变世界的秩序，加上能当作测试的契机，所以最后勉强通过。

难道有这么邪门？真这么灵验？平时不信这些占卜的李察，在这一刻，也有些纠结了。

就见他的神色阴晴不定，犹豫半晌，从怀中取出一把钥匙："我要再抽一次！抽象征'过去'的塔罗牌！"

梅涅公爵望向童素。

童素在剩下的 20 张牌里犹豫了好一会儿，这才翻开一张——正位的命运之轮，10。

李察的脸色更难看了。

命运之轮，这是伊万·伊万诺夫在组织里的代号。组织内部的成员，与李察的"过去"有关的，只有两个人，卡瓦哈尔，还有伊万，而伊万对李察来说更重要一些。

没有人知道，李察查出圣约翰医院那桩大案时，差一点就被人整死了。虽然外界都传言，说什么他的师长很看好他，帮忙斡旋等，但李察心里清楚，是伊万帮助了他。

而李察这几年，除了追踪这桩案件，以及父亲失踪之外，就是帮伊万调查妹妹瑟沙之死的罪魁祸首。包括上"提洛岛"，也一半是因为亚伯，一半是因为伊万。

难道就真的这么灵？

他表情凝重的同时，童素的心情也沉了下去。李察的分数，变成 -1 分了，而自己还是 -7 分。

童素迫不得已，只能取出洛林贝格家的钥匙，拍到布道台上，望向李察。

李察随手翻开最近的一张牌。

正位，皇帝。4 分。

"这个牌真的有点准，对不对？"李察忍不住说，"过去这几年，你生命中发生的所有变化，都与'皇帝'脱不了干系。"

他之所以没联想到组织，完全是因为组织里"皇帝"的代号还空着，并没有人。

童素也觉得有点邪门。

她人生的改变，开始于万象集团在中国之江省湖滨市制造的"7·17"恐怖袭击，而袭击的原因是之江省警方抓到了万象集团的核心成员，对方明知中国禁毒严厉还冒死潜入的原因，则是万象集团与文南国政府交战，没有足够资金了。也就是说，事情的起因，开始于德隆与岩罕的皇帝梦。

而在万象集团覆灭后，他们父女本来平安过着自己的日子，却又因为斯图国皇室对他们的觊觎，卷入了这个旋涡里。

这就是塔罗牌为她占卜的"过去"，实在准确无比。

但惊疑归惊疑，童素现在的分数，还是 −3 分。

这种时候，已经没有回头路了。如果输掉，就代表自己的手上又只有一把钥匙，无论如何都不能改变现状。只能赌，赌最后一张是正位的大牌！

童素取出了卡佩洛家族的钥匙——明明非常轻的重量，但这一刻，却重逾千斤！

就在童素打算将钥匙放到布道台的时候，李察突然说："等一下。"

童素惊讶地看着李察，就见李察神色一凛，似乎做了一个很重要的决定，先将最后的钥匙拍了上去："我先抽。我想知道，自己的未来是什么样子。"

梅涅公爵随意地翻开一张牌。

0，愚者。

霎时间，童素的脸色变得惨白，李察也睁大了眼睛。

谁也没有预料到，居然是这个结果！

在这一轮游戏中，愚者牌的功能是——可以互换双方积分！

注意，是可以，而不是"一定"。也就是说，只要抽到愚者牌，就能决定生死！

道理很简单，因为这张牌可用，也可不用。如果自己的积分本来就比对方高，当然不必换，自己赢定了；如果自己的积分比对方低，那就直接换过来，还是赢。

这就是"愚者"，塔罗牌中最神秘，也最重要的一张牌。

梅涅公爵瞧见这副场景，面露悲悯："这便是主的意志。"说着，便要将塔罗牌收起来。

"等等！"童素忽然喊住，"我还有最后一次机会！"

李察浑身一激灵："难道你——"

没错，这样的局面，确实还有一次逆转的机会。那就是抽到2号牌，女祭司。而且必须是正位。唯有如此，童素的积分才能也变成−1，两人宣判平局。

但22张牌中，已经翻开了5张，还剩下17张，并且还有正位和逆位的分别，这概率太低了！

"既然我还有一次机会，就不能判定我现在已经输了。"童素目光灼灼，斩钉截铁，"假如这个世界上真的有神，祂必然不会看见这么多人被化为灰烬。就算祂不在意，女祭司不是与神明沟通的人吗？必定会将这份心意传达到上天。如果这个世界上没有神，那也无所谓。

"不是说这张牌代表我的未来吗？普罗米修斯可以盗窃火种，传给人类，我也可以假传神明的意志，同样带给人类一些东西。"

童素用无比坚决的态度，说着亵渎神明的言论。她的眼中似乎有着火光在闪烁，整个人透着难以想象的坚毅与决心："翻开吧！就翻你右手盖住的那张牌！"

梅涅公爵注视了童素三秒，最终还是将这张牌翻开。

正位。女祭司。

十一

礼拜堂内，一片死寂。

不知过了多久，一直摩挲着项链吊坠，神色不定的李察才小心翼翼地问："这副牌……有什么与众不同之处吗？比如受过诅咒？有什么不祥的，或者灵异的传说？"

童素翻了个白眼："我不信你看不出来，这就是一副刚拆开的新牌。"

李察的表情却还是很复杂。他一向不信命运，认为所谓的占卜和语言都是江湖骗子、宗教神棍的伎俩，只要他想，可以找到一百种方法来拆穿。但刚刚发生的事情，还是太邪门了，超乎他的想象。

假如所有塔罗牌都是由梅涅公爵抽取，李察还不至于这么惊疑不定，顶多觉得这是公爵作弊。可三轮抽牌，分别由他、童素和公爵抽取，尤其是童素抽最后一张牌的时候，没有给公爵任何自主权，直接指定了距离公爵最近的那张牌，虽然这很不符合定好的规矩，却极大程度降低了被要手脚的可能性。

难道这世间真有准确至极的占卜？还是说，所谓的神明当真存在，无形地注视着每个人的命运？

梅涅公爵凝视着手中的"女祭司"，平静而深邃的眼中，因为激动和欣喜，不自觉涌出了泪花，声音也有些颤抖："主啊，这就是您的意志吗？"

李察表情复杂。他并不是虔诚的信徒，就连慈善都很少做——他更相信通过自己的双手和脑袋拯救他人，改变对方的命运，而不是虚无缥缈的神明。但这一刻，他陷入了前所未有的迷茫。

如果这当真是神明的授意，逆位的正义代表着什么？是他不该帮助这个组织，还是他作为警察和侦探所做的事情，实际上是错误且虚假的正义？

出于这种心情，李察脱口而出："所以，投票的结果，难道是选择第一个问题，回答愿意救人的人更多吗？"

童素也很好奇。

三人之中，反倒是方才最笃定的童素，实际上不相信神的存在。

她之所以这么赌，一方面是实在没有办法，另一方面就源于她在接受心理治疗时，自学的心理学技巧。

亚伯·温菲尔德说得很明白了，梅涅公爵想要复仇，复仇的对象不仅是皇室，还有其他各国政要——当年煽动前代梅涅公爵夫妇试图独立，在这件事情里面搅浑水的国家非常多，不止大洋国，还有白熊国等。

一个分裂的斯图国，对他们势力辐射的范围，如欧洲、非洲等，都是极为有利的。

但公爵本人也清楚知道，无风不起浪。如果他的父母没有生出野心，妄图分裂国家，也不至于有后续的事情。更何况，如今世界各国的首脑，与当年做出决定的，未必都是同一批人。

再有，就是纽伦城的民众——在公爵，乃至这个组织心中，他们并没有"故意杀死民众"的意思，而是将这些牺牲理解为"更改世界秩序必须付出的代价"。但就算以他们的丧心病狂，涉及千万人的性命，还是会有所踟蹰。

这就是为什么这个组织明明计划好了一切，却还要搞一次投票。

他们必须证明，民众是愚昧的、可笑的、自私的；人性是肮脏的、丑陋的、卑劣的，才能从容不迫地为一千万人送葬。

正因为这种复杂的心态，公爵在看见李察抽出"愚者"牌，尘埃落定，纽伦城即将陪葬的时候，内心有剧烈的挣扎，稍微表现在动作上，被童素捕捉到。

这就是为什么，她等到公爵开始做"收牌"这个动作，才突然喊。

如果公爵真知道每张牌是什么，那么他下意识去摸的第一张牌，就是唯一能化解死局的"女祭司"。

当然，这一切都建立在"运气"和"猜测"上。如果公爵不知道每张牌的花纹，如果女祭司是逆位，无数种可能，都会导向最坏的结果。

但要让童素承认这个世界上有神明，是神决定了这一切，她坚决不认，顶多是一成的心理博弈，外加十成的运气。如果承认神的存在，人的努力又算得了什么！

既然神已经决定了众生的命运，为什么还要苦苦挣扎呢？

不过，她不会与梅涅公爵这种虔诚的教徒去争论，只是说："所以我们算是平局？钥匙怎么处理？"

梅涅公爵默默念完了一长串的祝祷词，才望向童素，平静地说："各自持有。"

李察神色微变。

就见他沉吟片刻，才道："我想和亚伯联系。"

说罢，他扭头望向童素："我想知道投票的结果。"

公爵做了个"请"的动作，李察示意童素跟着自己过来。

二人离开礼拜堂，在灰衣修士的指引下，来到一旁的小房间里，就看见桌上放着一台电脑，亚伯已经等在那里。

"我们平局了。"李察开门见山地说，"两位大主教的钥匙，我归还给你，法尔兰大主教这一枚，我可以给'赫卡忒'小姐吗？"

"我知道，你们只设计了三场赌局，一旦'赫卡忒'小姐输了任何一场，就没办法凑到四枚钥匙，无法阻止你们。但你们先前并没有考虑到平局的情况，而'赫卡忒'小姐刚才的智慧和勇气也折服了我，如果这个世界上真的有命运，那她必定是被命运选择的那一个，既然她希望拯救所有人，我请求你们再给她一次机会。我愿意将我手上全部的钥匙，换取一次重来的机会。"

说到这里，李察犹豫片刻，又道："我愿意正式加入结社。"

亚伯就像望着一个不懂事的孩子，心平气和地说："我们早就认同了你是正式成员，却也接受你一直将自己当作预备成员的决定，只因你的理想天平还在摇摆，没有彻底认可我们的理念。这是我们对你的尊重，与你的父亲没有任何关系。如果你不够认同我们，只是想与我们谈条件，将另一件事和这件事捆绑在一起，我们会非常伤心。"

李察沉默片刻，才说："我……"

亚伯做了个"嘘"的动作："刚刚收到的消息，布莱特打算联合各国，在国际刑警中成立一个权力极大的新部门。因为'提洛岛'事件在前，'影之共济会'在后，虽然政治掮客机构自古以来都不少见，但这两件事一旦摆到台面上来说，就会令人非常尴尬，尤其这还是新皇帝布莱特三世的提议。

"不出意外，这个提议应当能够推行——虽然大家是卖给新皇帝一个面子，尤其对中国、白熊国和大洋国来说，斯图国新皇的政治倾向非常重要。而这个机构从组建到诞生，乃至往后的每一步，各国的尔虞我诈、利益交换都将如影随形，但无可否认，这是国际刑警权力扩张的一大步。"

李察神色一变，就听见亚伯缓缓道："所以，不必这么急着做决定。你讨厌当侦探，喜欢当警察。你渴望成为英雄，或者正义的化身，无私地去拯救其他人，这与我们结社的理念，实际上稍微有点冲突。我们并不喜欢也不崇拜个人英雄，我们所要做的，是引领这个时代。"

童素忍不住问："怎么引领？"

亚伯微笑道："掌握两个国家：大洋国和斯图国。这两个国家，一个拥有世界上最发达的科技、最优秀的人才；一个拥有欧洲大陆最正统的名分，号召力无与伦比。

"在大洋国，我们要渗透进两党，至少操纵其中一党，并且控制军方。在斯图国，我们要实行宪政，让这个国家变得更文明、更现代，从而彻底将欧洲以罗马的名义整合起来。"

童素的脸色顿时变了。

罗马。斯图国最大的王牌，始终是欧洲人心心念念的罗马。

"你终于明白了。"亚伯含笑道，"有时候，退是为了进。"

"君主虽然失去了独裁的权力，但保留下来了更多看似无用，实则威力无穷的东西。就像你们的清朝皇帝退位，让你们后来的政府继承了当时的全部土地，从而让后来的领土摩擦，都有了合适的法理。而斯图国君主的退位，反而让欧洲在千年的分裂后，再次拥有了弥合的可能。

"人与人、国家与国家之间的隔阂，让大家缺乏对彼此的尊重和信任，涉及国家和种族之别，人们的第一反应并不是拥抱，而是猜疑。自己的利益稍有损害，就采取'以牙还牙，以眼还眼'的方式来解决矛盾和冲突。这种报复行为不仅仅是针对个人，也可能涉及整个群体、社区或国家，从而建立冤冤相报的社会模型。这也是我们聚集在一起，想要改变的事情！彻底摒弃掉这些古老的仇恨、偏见和歧视，创造一个效率最大化，朝着宇宙大步前进的未来！第一步，就从欧洲开启！"

哪怕此时立场相对，童素也忍不住心生向往，下意识喃喃："但罗马只是一面招牌、一个筹码，它分量很重，却没办法让欧洲其他国家跟随你们一起，你们要怎么做呢？"

"当然是依靠科技。"亚伯给出了童素从没想到的答案。

"科技……"

"是的，科技，即将到来的第四次产业革命。"亚伯回答，"现代社会的雏形，诞生于文艺复兴，人人生而平等，虽然身体还要受到物质的束缚，但灵魂已经被解放。人们知道了强力并不能造就权力，以及，人们仅有义务服从合法的权力。向强力屈服，只是出于形势的必要，而非主观自愿，顶多算一种出于谨慎而采取的行为而已。"

童素听到这里，喃喃："这是卢梭的话。"

"没错，卢梭开启了一个全新的时代，一个从黑暗而蒙昧中诞生的新时代。"亚伯第一次露出敬佩的神情，旋即张开了双臂，"正因为如此，在现代社会，哪怕是中东那些残暴无比的统治者，又或者是樱花国的皇室，也不敢再自称君权神授，由上天赐予，而是宣称自己的权力来自人民的授予。

"但人民是可以被愚弄，被管制，被驯化的。不用鞭子和镣铐，只要用言语，配合上环境，就能达到同样的效果。这就是为什么对于未来社会的雏形，那么多科幻小说包括作品都十分悲观，赛博朋克从来都不是空洞的幻想，而是立足于卑劣人性之上，极有可能发生的极端现实。想要改变这一切，只能依靠全新的、前所未有的科技。这就是为什么，这座地下基地完全被我们控制住。"

童素难以置信："你的意思是，你们掌握了能够完全控制他人的科技吗？这难道不违反你们说的灵魂平等吗？"

"当然不是。"亚伯回答，"这座地下基地的科研人员，已经在刚才的紧急事态中躲入安全屋，我们会将他们送走；而这座基地的军事人员，都接受了一定的手术。"

就见他一边说着，一边敲了敲自己右边的大脑。

童素很难分清亚伯这一举，究竟表示右脑，还是只用了他的惯用手，但她因为父亲的特殊病例，对脑神经这块做过一定了解，闻言便瞳孔骤缩："皇家对大脑的研究已经有了突破，只是不为人知？你们隐藏了关键的医学信息？"

亚伯含笑点头："这一点，还要感谢李维先生的牺牲。"

童素猛地看向李察。

李察沉默片刻，才说："我爸爸是天生的裂脑人，这也是当年，门特教授为什么对他关注备至——他不仅是门特教授的学生、助手、教子、同事、合作伙伴，也是最特殊的那个试验品。"

十二

裂脑人，就是先天没有胼胝体的人。

胼胝体是高等哺乳动物大脑中的一个重要白质带，它就像桥梁一样，连接左右两个大脑半球。

众所周知，大部分神经细胞的功能，在出生时就已经锁死了，而如果人的左脑半区一些区域受损，人就会变得不会说话或者不能写字。所以很长一段时间里，脑科学界都流传着一种观点，那就是"左脑优势论"。

科学家们认为左脑支撑起了整个大脑的功能，右脑不过是个挂件，而那时候他们对胼胝体的理解，就有点类似于电脑主机的机箱外壳，只是个防止大脑下坠，无足轻重的玩意。直到脑科学界的超级天才罗杰·斯佩里通过无数次科学实验，最终确定——左右脑两个半球，实际上都能够"独立思考"和控制全身的行为，它们可以各自拥有不同的记忆，产生不同的习惯。

不仅如此，斯佩里后续还得出结论，虽然人类的左右半脑都有语言和思维功能，但人脑两半球在功能上不够对称，左半球偏重于抽象思维、符号解释和精细分析，擅长说、写和运算，右半球偏重于空间、知觉和情感等功能，对空间的识别，对音乐、艺术、情绪的感知，以及想象力和创造力方面优于左半球。

简而言之，大脑左半球习惯做逐步分析，右半球偏向于整体直观，既独立又互补。

如果将胼胝体切断，就会造成非常古怪的现象——人的左半边身体和右半边身体在打架，它们会做出完全相反的事情，甚至出现"心口不一"的现象。

由此可以得出结论——我们的左右两半身体其实属于两套截然不同独立的意志，但我们目前之所以只拥有一个意识，就因为胼胝体连接着两个脑半球的思想，负责协调二者的功能，将二者融合。

所谓的裂脑人，就是将这两个意识又重新独立出来了。

童素在了解父亲疾病的时候，知道这个世界上先天的裂脑人可谓少之又少，十年也未必出一个，大部分都是后天的结果——因为 20 世纪，针对重度癫痫的治疗中，就有一种手术是开颅切掉胼胝体，然后生死有命。

截至目前，先天缺失胼胝体的病例，患者基本都拥有高于常人的智力和语言能力。但由于这种例子真的太少。与这种十亿分之一都未必有的概率相比，也算稀罕的熊猫血型，简直就像烂大街的货色，完全不值一提。

不过李察这么说，童素也理解了，为什么门特教授对李维如此看重——所有针对大脑的研究都绕不开胼胝体，先天的裂脑人绝对是最优秀的研究素材。

"我爸……实际上不是一开始就死掉的……"李察竭力用平静的言语，说着锥心刺骨的事实，"被抓到夏宫地下后，他是活得最久的那个，因为他实在太特殊了，医生们对他爱如珍宝。同批的人都死掉了，他依旧活着。哪怕很多次的研究，以及一次次的开颅手术，还有并发感染，让他十分痛苦，他依旧顽强地活着。"

说到最后，李察的声音都有些哽咽。他以为自己不会落泪，不会伤心，但得知父亲忍受着痛苦、坚持活下去的时候，涌入内心的是锥心之痛。

亚伯是可以救李维的，只是需要冒险，并且付出极大的代价，说不定先前一切的努力都要付诸东流。但亚伯·温菲尔德是愿意的，因为李维夫妇救过他的性命。只是李维自己拒绝了。

"他不是为了活下去而坚持，仅仅是因为，他意识到，在亚伯的主导下，这个团队在做多么有意义的事情。"李察紧紧抓着正义女神的项链吊坠，轻声道，"虽然他们的临床试验惨无人道，可这是世界上最优秀的科研团队，只要方向没有跑偏，那他们就能做出世界上最有意义的事情。"

童素喉头滚动，半晌才说："最后……成功了吗……"

"成功了。"亚伯·温菲尔德给出了极其肯定的回复，"李维的高度配合，以及他本身高超的智商，对每一次实验的精准描述，让脑科学在几年之内产生了极其重大的突破，也让所有人意识到了，对实验品来说，不仅需要先天的特殊，也需要后天的高智商。你找一个受教育程度很低的人，对他进行类似实验，你只能拿到数据，而对类似的实验来说，实验体本身的反馈也不可小觑。"

童素喃喃："这就是'提洛岛'后来越来越偏向寻找高智商玩家的原因……"

然后，她望向亚伯："岩罕和我的大脑，有什么特殊之处吗？"

爸爸的大脑，她已经知道了，确实与常人不同，否则也不会拥有"超忆症"这种事情。

伊莎贝拉既然这么执着于他们几个人，那就应该不是"家族遗传"之类的问题，而是他们的大脑确确实实与众不同。只是因为血脉，才显得诡异。

"因为他就读大洋国的大学，并且在圣约翰医院做过详细的体检，我们拿到了他的大脑数据。"亚伯回答，"他的下丘脑生来就不同。"

童素没详细问究竟是什么不同，只道："我的体检报告，你们也有吗？"

亚伯知道童素想问什么，便道："所有公立或私立医院的系统，对我们来说都轻而易举，但你没有做过详细的大脑体检，我们自然拿不到数据。我想，你在中国安全部门，应该没有做过这么详细的检查吧？"

童素摇了摇头，却指出："伊莎贝拉绑架我，在我与中国安全部门走得更近之前。"

"这个啊！那不过是我们想要把你钓出来，离开中国大陆，从而哄骗伊莎贝拉的方法罢了。"亚伯毫无羞耻和愧疚之心，就这么坦坦荡荡地说，"对外行来说，与其告诉他们科学，不如告诉他们血脉和基因。这是他们认知范围内可以理解，并且乐于接受的东西，何况这本身也不能证伪。你的父亲，还有远方堂兄，大脑都出现了变异，你也是公认的天才，没有具体的报告，谁敢保证你没问题？"

但你实际上完全误导了伊莎贝拉！你让她将我当作了最重要的目标！

童素本想这么说，却意识到，亚伯正是要达到这样的目的——对爸爸来说，他自己成为目标，并不一定让他紧张，但女儿被人盯上，他就会全神戒备。

而对当时的童素来说，敌人盯上了自己，无疑是一种挑衅，会促使着她为了防御，进行过度反击。

"所以，你们的试验……"

"结果已经有了雏形，我们让人工智能踏出了最关键的一步，能够模仿人类的神经网络，也对脑科学进行反哺，制造出了真正的生物芯片。"

说到这里，亚伯嘲弄一笑："明明前者才是人类史上迄今为止可能最有效率的工具，是未来每个人人手一块的辅助大脑，就像今天的智能手机！皇家却对后者欣喜若狂，认为这能加强他们的统治！哪怕植入的代价是要折损寿命！皇室想要绝对的忠诚，所以驻扎地下基地的军人们，不仅体内种植了生物芯片，尉官以上更是全部执行了裂脑手术，以摧毁他们的部分认知和意识为代价，塑造沉默而忠诚的战士。"

童素听得极其反胃，一个劲犯恶心，却理解了这个组织到底怎么控制局势，为何一瞬之间人就全部不见。

既然皇室已经有这个技术，能够通过"裂脑手术"，将人的意识分离，然后进行一定程度的人格重塑，就代表亚伯等人可以唤醒这些人另一个独立出来的意识——因为他们的意识已经被分裂了。

而对这个组织来说，他们只要能控制住尉官乃至更高级别的将领，而他们指挥部下，以及其他人前去避难，在恐慌和紧张状态下，是完全有可能实现的。

童素也明白了，为何李察想要帮助她，却必须征求亚伯的意见。

在不知道如何让这些人"切换意识"的情况下，整个地下基地，实际上已经变成了这个组织的一言堂！

"究竟要怎么样，你才答应重开赌局？"李察眉头紧锁，"真的没有办法了吗？"

"当然有。"亚伯微微一笑，"让我们来看结果吧！不算其他城市的网友，只算纽伦城一地。今天早上，所有参与问卷调查的人。只要选择第一个的人，多过第二个人，哪怕只是多一个，就能重开一局。这是梅涅的决定。"

童素和李察面面相觑。

他们都不会说"万一你作弊"之类的话语，因为亚伯既然都说到这份上了，必然不可能玩这些小把戏。

但他们都很担心。因为目前互联网上的风气，他们都清楚，情绪的宣泄永远是最热门的主题。又有几个人会在这种看似玩笑的抉择中，选择真正的善意？

计票结果公布。纽伦城中，有93213人参加了这次的问卷调查，甚至没占全城人口的百分之一。其中，35081人选择了第一个回答。

虽然有各种各样的限定，比如这一万个人里必须有亲朋好友，有重要科学家，有孩子，或者他们希望拿到抚恤金，希望被纪念，等等，但他们都选择了愿意救人。又有6897份无效回答，虽然选择了某个答案，却摇摆不定。剩下51235的人，都选择宣泄自己的恨意。

"将近1.5倍的差距。"亚伯含笑道，"很遗憾，你们没有机会了。这就是最终的结局。"

李察牙齿咬得咯咯作响，童素突然说："还没有。"

亚伯玩味地问："哦？"

"人类的权衡取舍，往往都是因为价值。"童素平静地望着亚伯，坦然地说，"比如我，对你们组织而言就比较特殊，所以我认为自己在你们这里有特权，没问题吧？"

亚伯含笑点头："当然。"

童素睨了李察一眼。

李察意识到她想说什么，也笑了起来，对亚伯做了个"没办法"的表情："我也在你们这里有特权哦！"

旋即，童素干脆利落地说："所以，我们两个人的价值能抵两万个人的价值，我们两个人的决定能充当两万个人的决定，而我选一，我愿意救人。"

李察懒洋洋伸手："我跟。"

"所以，结果翻转过来，我们还有一次机会，有什么问题吗？"

这句话看上去有点不讲道理，却很符合这个组织的逻辑。

基于智商也好，共同的遭遇也罢。无论出于什么理由，童素得到的结果便是亚伯的原话"组织里近半数的人很欣赏你"，而这句话也并不是谎言，艾伯特、伊万、英格拉等人的态度都表明了这一点。

他们不希望她死。而对她的态度，大概处于一种"你迟早会加入我们"的笃定，就像他们对李察的无限纵容一样。正因为如此，童素决定用自己的特权，再赌一把！

亚伯停滞了一瞬，旋即大笑了起来："'赫卡忒'小姐，我真的太欣赏你了！"

然后，他话锋一转："可你真的要赌这一局吗？"

童素面无表情："在'狩猎女神号'上的时候，我看着下方的游戏，没有任何感觉，只是厌恶'提洛岛'，厌恶'影之共济会'，厌恶这种不拿人命当人命的纸醉金迷，不明白为什么会有'提洛岛'这样的地方，又为什么会有人明明知道上船是九死一生，还要心甘情愿踏足这里。我觉得他们是脑子不好，利欲熏心。但现在，我明白了，对输掉所有筹码，一无所有的赌徒来说，能够奉上的，也只有这条性命。"

亚伯微笑着摇头："不，我不是这个意思，而是——你先前不是在普赛岛准备回国，并且联了中国安全部门吗？"

童素疑惑："然后？"

斯图国要送她回去探望濒危的父亲，这种不在航班内的陌生飞机入境，自然要提前与中国官方打招呼。

"没什么，只不过有人担心'父女亲情唤醒弥留植物人'的筹码，已经决定对你父亲动手。"

童素如遭雷击。

亚伯似笑非笑："如果你现在回去，说不定还赶得及见自己的父亲最后一面。"

说罢，他身体微微前倾。如果他现实在这里，这必定是一个充满压迫感的动作，一如他紫色的眼眸："你确定，真的要赌这一局？"

"我说，你研究过我的性格吧？"童素冷冷道，"你知道，对我来说，一千万人的性命，未必及得上我父亲。"

亚伯微笑点头。

"但那是建立在双方的生命放在同一个天平上的时候。"童素的神色变得无比冰冷，"而现在，我有可能救这一千万人，你却问我，要不要回去看我父亲？

"假如我活下来，敢对我爸爸动手的人，我会全部杀光，不惜一切代价，也不会管所谓的法律。可现在，请继续我们的赌局。我已经压上了这条命，由你们来坐庄，请你们派出足够的选手，与我进行这决定全世界命运的一局！"

十三

最后一局，乃是棋局。毫无疑问，自然是国际象棋。

对弈者：童素，梅涅公爵。

面对这个安排，童素点了点头，没有抗议，只是问："我执黑还是白?"

亚伯微微一笑："作为这一局的发起者，您必须执黑棋。"

童素深吸了一口气，接受了对方的安排。

国际象棋中，白棋先行。一般来说，弈棋类游戏，先手的那个都会有一定优势，国际象棋也不例外。当然，仅限于双方实力差不多的情况下。

童素对国际象棋的了解，仅限于对规则的了解，以及速记上千张棋谱，对各种经典棋局都了如指掌。

她从没测过自己真正的棋力，从而有些焦虑，甚至有些后悔。假如湖滨市的医院里，亚伯与艾伯特向她询问国际象棋的时候，她提高了警觉，专门花时间去研究，也不会如此被动。

但谁能想到，决定命运的场景，最终是一盘棋局?

"为什么?"童素忍不住问了出来，"为什么是国际象棋?"

听见她的疑问，主持人微笑着看向了童素的对手，后者则非常平静地说："我很喜欢国际象棋，不仅因为需要计算，更在于它的核心之一，就是'弃'。"

童素低声道："弃子，是为了更好地吃子。"

这也很符合这个组织的风格。

"也是为了打破僵局，获得领先局面。"对方示意侍从摆好棋盘，自己则凝视着童素，不疾不徐的语气，甚至带了点谆谆教导的意思，"对手若不肯吃子，便会被牵制;若是吃了这枚弃子，我方就能成功打开棋盘的格局。虽然国际象棋的开局繁复，中盘变化万千，核心却没有变。如何让自己获得先手，占据优势，最终取得胜利。"

话语之间，棋子已经摆好。

然后，就见对方问："慢、快，还是超快?"

这是让童素决定，棋局的时间长短。

童素挑了挑眉，反问："还能选慢棋?"

据她所知，慢棋一盘至少要六个小时，甚至更长，时间哪里能等人?

对方却宽宏地说："可以。"

这令童素的心沉了下去。

六个小时……他居然能确保自己控制局势，长达六个小时……这是一个极其不好的消息。时间拖得太长，容易生出变数，何况在这里也没有求援的人……

快棋一盘差不多一两个小时，超快棋半个小时就能结束。

超快肯定不能选，童素不够熟悉国际象棋的变化，没有足够的思考和回忆时间，约等于在拿所有人的性命开玩笑。但慢棋时间太久，让童素有点举棋不定。

她不知道对方是否还有别的计划，只觉得他应该不会让自己拖这么久，便抿了抿唇，说："我选快棋。"

对方礼貌征询："20＋10？"

童素知道，第一个"20"指的是自己有20分钟的保留用时，即思考和下棋时间；"10"则是每下一步棋后，都可以加10秒的保留用时。

比如，童素下第一步棋，从想到下用了30秒，这时候保留时间就显示还有19分30秒。但因为她已经下了一步，所以又会加10秒，变成19分40秒。一旦谁的保留时间先用完，而棋局还没有决定胜负，那么消耗掉所有保留时间的人，就会被直接判负。

童素计算了一下，如果走到非常极限的话，这盘棋局大概要一小时十五分钟。

她想了想自己调取大脑信息的速度，点了点头："可以。"

对方对主持人点了点头。

"那么，计时开始。"

就见敌人二话不说，第一手——白棋的兵走到e4。

童素眉头一皱。作为资深背棋谱选手，她也比较清楚，白棋选择第一步走e4，这是王兵开局，目的是开放王翼子力线路，为下一步走d4，占领中心做铺垫。一旦占据中心，就等于己方的子力被进一步解放。

而应对这种开局，黑棋有好几种解题思路，但最经典，也最合理的解法，就是"西西里防御"。简单来说，就是一种黑棋不顺着白棋的节奏走，而要主动寻求变数，才能应对白棋的策略。

正因为如此，童素很果断选择这一开局，下了c5，全过程耗时不足3秒。

而她的心中却飞快闪过无数棋谱，以及布局思路。

"西西里防御"号称国际象棋中最复杂的开局，要求对弈双方具有一定的国际象棋理论素养。而且，这种开局对棋力和算力的要求都很高。

因为它的变种千变万化，这让棋手必须精准计算到接下来的每一步，一旦走错，基本没有补救机会。哪怕只是走子顺序的颠倒，也会导致局面的极度恶化，甚至奠定输赢。

这么短的思考时间，这么复杂的局面，光凭对棋谱的记忆，我真的能赢下这盘棋吗？童素质疑自己。

就在这时，她看见对方走了第二步——Nf3（将位于g1的白"马"，挪到了f3的位置，N为马的缩写）。这是非常经典也常见的应对思路。

童素深吸了一口气。过度的压力，反而逼出了她的凶性。千张棋谱，就是她的底气！

既然你要来考验我是吧，那我就玩个大的，选择进攻性最强、最激烈的打法！

就见童素二话不说，直接走了"Nc6"！

西西里防御之龙式，加速变例！

"国际刑警总署中，新增加一个部门？"

午餐时间结束后，各国首脑会议继续进行，随行而来的诸位官员，也准备着自己要参加的会议。偏偏这时候，斯图国委婉通知各国，希望能在原本拟定好的会议议题里面，再加一项新的。

各国立刻紧急召见随行的专家团们，临时单独开会，很快就分析清楚了布莱特三世的用意："这位陛下希望，国际刑警总署中，成立一个极其特殊的部门。"

众所周知，国际刑警总署的最高权力机关"全体大会"，由各成员国委派代表组成，一般来说都是各国公安、警察部门的负责人。也就是说，国际刑警实际上与各国警方打交道比较多。

"但看布莱特三世的意思，这个部门应该由各国的秘密警察，或者说国防，总之类似的部门出人，财政拨款也是通过这些机构来走。而且，这个部门的警察，应当配备两套通行证，一套是用来伪装的国际刑警通用证件，一套是本部门的证件，享有高级秘密警察级别的权限。"

"这个部门平时'不存在'也不启用，只有当某些案件可能涉及政治、军事、宗教或种族因素，又被判断可能对世界局势造成重大威胁的时候，才会开始真正运转。也就是说，只查世界性的惊天大案。"

"考虑到各国之间的壁垒，以及大案一旦延误，有可能造成不可估量的影响，布莱特三世希望各国安全与情报部门的重要人物能常驻这个机构，确保一旦案情启动，不至于因为对接不通畅而延误。"

听见专家们的分析，各国高层反应不一。有抵触的，有觉得这是好事的，还有思考布莱特到底是什么用意的。

中国安全部门那边，此次刚好随行的应龙少校，则对同样前来参加会议的夏正华附耳道："夏部长，出事了。"

"怎么了？"

"童子邦的生命体征开始不断下降！"应龙深吸一口气，"医生正在紧急抢救！"

而中国，湖滨市。

"'货'已经到了。"童子康低声道，"该轮到我们执行。将目标——安全转移。"

　　童素与梅涅公爵的棋局，已经到了白热化阶段。

　　在童素提出"以命赌最后一局"的邀约后，梅涅公爵以"对弈一盘国际象棋"做出了回应。

　　双方从第一步开始，就不约而同地采取了极其凶猛且迅速的进攻！

　　但很快，童素就意识到问题的严重性。

　　公爵落子太快了！而且，无论她走哪一步，公爵的下一步应对，童素只要稍微回忆，都能找到对应的精彩棋谱。最后的结局，无一例外，都是白子赢，黑子输！

　　童素的动作停了下来，冷汗沁上额头。

　　虽然这盘棋才走几步，但他们的脑海中都已经推演出万千变化——如何牵制、如何诱敌、如何吃子、如何获取优势。如果对方下了这一步，我接下来应当怎么走，对方又会怎么走，等等等等。

　　对国际象棋来说，他们每一步谋算的，都不只是下一步的落子，而是整盘的输赢！

　　而童素出众的记忆力，在这盘对弈中，已经失去了最大的用武之地！

　　只因她记得的棋谱，多半都是国际象棋史上非常经典或者有代表性的对弈，而棋力高超的公爵同样知道，并且能很快做出最完美的应对。

　　赢不了。再这样下去，根本不可能赢。

　　童素知道，自己与其说是会下棋，倒不如说是会背和算，就像 AI，根据现有的数据库，即脑海中的经典棋局，不断推演。

　　但她的棋谱库存量，绝不可能有人工智能多，必定会出现大量的盲区和死角。

　　如果继续按照棋谱下，她这边倒是没问题，但公爵不可能这么配合！

　　除非是白子必胜的棋局，公爵才可能陪她打谱；她一旦试图走最终黑棋胜的经典棋局，公爵立刻就会做出应对！

　　该怎么办？

　　冷静下来，童素，冷静下来。童素的大脑飞速运转，不断在思考，究竟怎样才能改变这种必输的局面？

　　这时，公爵将白子的"后"挪到了 h4！

　　童素愣了一下，觉得这盘棋好像在哪里见过。

　　就见她斟酌片刻，试探性地将黑子的"后"走到了 a5。

不出几秒，公爵就将自己的"后"，挪到 f6。

童素心脏狂跳，内心在高呼——居然是这盘棋局！国际象棋史上，最不可思议的"弃后"局！

在棋局前期，就放弃了国际象棋中威力最强的"后"，迎来了辉煌的胜利，这就是第一代被人称作"魔术师"的高超棋手，在顶尖的比赛里创造的，被称为"不可思议"并"不朽"的伟大棋局！

与此同时，童素的全身已经被冷汗浸湿。如果是这盘棋的话，她更不可能赢。

正因为这一局太过经典和出乎意料，被很多国际象棋爱好者津津乐道，各种解说与复盘层出不穷，尤其进入互联网时代后，更是有人拿计算机来复盘模拟，最终得出的答案都是——当这一步走出来后，黑子的赢面已经非常小，哪怕不出现任何失误，应对得当，最后也会演变成和棋。

而且，这还是最理想的情况，完全建立在黑棋绝不出错，每一步都应对得当的基础上。

童素没有背下这一盘的所有变种，以及应对方式，当然不觉得自己会完全不出错。

她也不会天真到觉得公爵会出大错——对公爵这种棋力出众的人来说，同时执黑和白，模拟双方，复盘这种经典棋局，就是平时的日常。

对于这一局的变种，公爵肯定比她更清楚。

如果对手不出问题，最好的结果也是和棋……但对现在的情况来说，和棋就代表输！

怎么办，究竟该怎么办？

如此关键的时刻，童素原本高速运转的大脑突然像死机了一样，只是卡在一个界面上，那就是三年前，万象集团覆灭的场景。

遮天蔽日的蘑菇云，倒塌的山峰，汹涌的湖水，炽热的温度。还有一瞬间就被汽化，死无全尸的人们。哪怕已经过去了一千多天，依旧清晰到就像昨天。

童素的身体晃动了几下，往前栽去，公爵伸手扶住她的肩膀，李察也一个箭步冲了过来，探查了一下她的呼吸和脉搏，就看见她满脸都是汗，体温稍微偏高，便道："她的情况有点不对。"

"我没事。"童素稍稍恢复意识，发现汗水不断顺着额头流下，差点进了眼睛，便摇了摇头，"可能是刚才用脑过度，有点支撑不住，有糖吗？"

李察摇头。

公爵则望向一旁的计时器，平静表示："你刚才晕眩了将近一分钟，由于先前你经历了三场赌局，消耗太大，可以不算时间。"

"不了，还是算进去吧！"童素的脸色有些苍白，却还是虚弱地笑了笑，"给我额外加时间，反倒成了不公平的决斗。"

而她的心里，却在呐喊，时间，对，时间！只要将公爵的思考时间彻底消耗掉，他就输了！这是唯一的赢面！

童素瞄了一眼两人的剩余时间，发现自己还剩 15 分 45 秒，公爵更夸张，剩了 18 分 22 秒，可见公爵对这一局的熟悉程度。

居然还有这么久……

如果按照原本的棋谱和变种走，二十多手就能结束，白子赢定了。就算按变种走，童素也不认为能消耗公爵多久——他太熟悉这一个开局的所有变化了，无论哪种。

不能用棋盘的变化，那就要另辟蹊径。言语干扰？可以试试！棋局如人生，对弈便是计算和攻心。哪怕下棋不能赢，只要在更高的维度赢了，那就没问题！

言语的干扰，不仅可以消耗公爵的时间，说不定还可以利用心理战，逼迫公爵弃子！

该选择什么为突破点呢？

童素本想询问前代公爵夫妇的死亡，但仔细想想，却又觉得不行——这一局非常快，总共也就二三十步，童素能够用来聊天的时间少得可怜，基本就是他们两人的思考时间加起来，如果公爵不愿和她聊天，那就更短了。

必须一击致命才行。

多少年的仇恨，早就从烈火淬炼成坚冰，不可能动摇他们的意志。

既然公爵是个虔诚的信徒，如此笃信上帝的存在，认为一切都是上帝的意志，命运已经被安排，应该选择这个当作切入点！

童素知道，这很冒险。因为一个人拥有"信念"的时候，往往是他最强的时候。但最强，也意味着一旦崩塌，就是最致命的弱点！关键时刻，只能这么选择！

童素下定决心后，便快速回忆了一遍亚伯、艾伯特、李察、但丁、英格拉、公爵等这个组织中，她目前知道的所有人对她说过的所有话语，最后决定拿一件事当作突破口——这个组织的理念是带人前往宇宙，这确实很吸引人。但公爵是个狂信徒啊！他真的愿意离开这片生养他的土地吗？还有，对教徒来说，"宇宙"是不是不大符合《圣经》描述？他们是怎么认知星海的呢？

童素根据棋谱，依旧选择先让马打一将，趁着公爵还没回击，即在公爵的思考时间内时，装作好奇地问："公爵阁下对'宇宙'是怎么看？"

公爵用洞悉一切的深邃眼眸，平静地看了童素一眼。仅此一眼，童素就知道，对方已经发现了自己的小伎俩，顿时有些紧张。如果公爵不肯回应，闷头下完这盘棋，她一点办法都没有。

但公爵还是一边吃掉童素刚才挪动的马，一边回答："迦南。"

知道这是《圣经》中，先知摩西在上帝的指引下，带人逃离埃及的典故，童素大概猜到了公爵的立场。

"应许之地吗？"童素轻声道，"难道您认为，你们的组织里有伟大如先知摩西吗？还是说，您觉得自己就是摩西？"

"我只是雅各布。"公爵语气淡淡。

童素意识到，自己的话题找对了。

公爵知道童素试图在拖时间，但鉴于童素还没走下一步，目前消耗的是童素的思考时间，他不介意陪她说几句。这没有问题。

但刚才明明消耗的是公爵的时间，公爵却愿意回答"迦南"这个问题，这就很值得玩味了。

而且，童素还想到了另一件事。公爵既然是个虔诚的信徒，那么一举一动，自然都要在他自己认为的"符合教义"的规范内，否则他就要自我惩罚。

这也是童素通过先前的血腥味猜出来的——她靠近公爵的时候，闻到了血腥味，走到距离告解室就几米之遥的布道台，反而没闻到。可见这血腥味，由公爵身上传出。

公爵既然笃信苦修，尽量不说话，那么他今天说这么多话，就是触犯了他认为的教义，很大概率事先给自己施加了惩罚。譬如鞭打，或者自虐等。

多说话，乃至多听、多看，都等于违反苦修的教义。

就算这样，对童素刚才的问题，公爵还是选择了回答。这就证明，对公爵来说，涉及神学的问题，他有很大概率会回答，甚至是诚实地回答，因为他不会欺瞒自己的主。

还有，雅各布这个名字也不一般——耶稣的十二门徒中，就有一人叫作雅各布！不仅如此，雅各布还是第一个为耶稣殉道的门徒！

根据教会中的记载，雅各布在殉道之前，喜乐盈溢，毫无畏惧。引他到审判台的人因看到此景，深受感动而公开承认自己是基督徒。

两人一同被带去赴死的路上，那人要求雅各布赦免他，雅各布考虑了一下，回答说，"平安归于您"并亲吻他，然后他们同时被斩首。

前代梅涅公爵用"雅各布"来给独子命名，期待不可谓不高。

联想公爵先前在"命运塔罗"里认为一切都是主的意志，而不是运气的行为，再想想他现在自以为殉道式的举动，童素大胆联想——公爵会不会认为自己就是再世的圣雅各布，要当殉道第一人？

但这逻辑不对，因为李维死在了公爵之前！

还是说，公爵对"次序"没有这么看重，或者对李维有别的定义，但自己的行为还是要符合"雅各布"的定义？

无论是哪一种猜测，童素已经意识到，想要让公爵认输，就必须否定公爵死在此处的行为是"殉道"！

如果童素没记错的话，他们的教义里，自杀者是不能上天堂的，为了复仇杀了这么多人，更是罪无可恕。倘若不是"殉道"，公爵死后无论如何都不能上天堂，只能去地狱受苦。而这是公爵绝对没有办法容忍的！

正因为如此，童素并没有继续下棋，反而看了一眼自己剩下的思考时间——12分钟。

就见她将指尖按在位于 e7 的兵上，明明随时可以吃掉对方的"后"，却十分平静："为了获取最终的胜利，就连最重要的'后'也可以随便舍弃，这是否就是您的人生态度？为了达成目的，甚至不惜下地狱？"

童素一边说着，一边用"兵"吃掉了公爵的"后"，吞下了这致命的诱饵。

公爵有些意外。他本以为童素不会按照原本的棋谱走，吃掉这个"后"，只因对这盘棋局有了解的人都知道，白子弃后的策略就是为了破王城。

在这盘棋局目前的走势中，黑棋出子严重落后，后翼完全没展开，无法协防王翼，而白棋双象瞄准王翼，后续双车等轻子可以快速调到王翼猛攻，黑棋落入下风，只能被动防守，可选择余地不多。

就算应对得当，最多也是和棋。也就是说，走这一步，在当前的局势下，就等于判了死刑。为什么童素还会这么走？

难道她以为，光和自己聊天，就能拖掉自己所有的思考时间吗？

还是说，在计算机高度发展的今天，这盘棋局又有了新的解法？哪怕黑子吃掉白子的后，也能反败为胜的那种？

这令公爵慎重起来。

童素见公爵第一次陷入长时间的思考，就知道这一步走对了。

公爵太过了解这盘棋的所有变种，是优势，也是劣势。

如果他和别人下这一局，就不会顾虑这么多，见招拆招即可，对棋局的过度了解，自然是优势。

偏偏他也很清楚童素，知道她非常聪明，哪怕在最危难的时候也能找到出路，对国际象棋不精通，只会背棋谱，而且很懂计算机。

甚至，他还懂得童素的心魔何在，明白她非常想救这一座城市的人。

正因为如此，他才会奇怪——没有人会在这种致命的情况下，反而选择走一条已经被认证必输无疑的路，除非有新的解法。

看见公爵陷入思考，两三分钟后，右手刚刚抬起来，童素心里说了句"抱歉，胜之不武"，又开口说道："此雅各布，并非彼雅各布。大雅各布是人子的门徒，也不像犹大一样犯下弥天大错，无论怎样，他都升到天国里去，而您呢？将地球当作埃及，如今的秩序当作对世人的奴役，宇宙当作应许的流奶与蜜之地，自然没有问题。但就算是上帝惩罚埃及人，也是亲自出手杀了他们的长子，而没有命令摩西出手。"

梅涅公爵过了十几秒，方缓缓道："主令摩西显现神迹，将杖变作蛇，法老却认为邪术能行这神迹，纵然邪术之蛇被吞没也不畏惧。正如这世界，将光做暗，将暗做光。美德被当作痴愚，功利被视作上进。正因为如此，才要将水化作血，以震慑世人。"

童素注意到，梅涅公爵说话的语速很慢，而且并没有立刻接话，有个停顿。由此可见，他的回答并不是一蹴而就，而是经过思考。

而他在计算棋局的时候，反倒被迫切换回答她的问题，实际上是对脑力，以及思维的极大消耗。

这招有用！现在就消耗掉了公爵整整4分钟！公爵的思考时间，已经降到了15分钟以下。

童素知道自己选对了方向，又尽量放缓语速，用平静而笃定的语气，指出关键事实："文南国的时候，天崩地裂，但对其他地方的百姓来说，不过是茶余饭后的谈资而已。你的所作所为，除了能造成千万个家庭的痛苦之外，真的能警醒世人吗？

"哪怕是法老面临九灾，却依旧不肯妥协，放希伯来人离开埃及，只因法老舍不得任何一个奴隶，埃及人也不想放希伯来人，他们需要地位更低的人来衬托自己的优越感。而当时的希伯来人自己也不愿意离开富庶的埃及，哪怕上帝许诺他们丰饶之地，他们却害怕路上的荆棘。

"最终，上帝以平等的姿态解决了问题——凡在埃及地，从坐宝座的法老直到磨子后的婢女所有的长子，以及一切头生的牲畜，都必死。埃及人，从法老到奴婢，因为惧怕希伯来人的神，这才答应。"

梅涅公爵听懂了童素的意思——她觉得自己即将做的事情只是无用功，除了激化矛盾与仇恨，造成杀戮之外，什么都做不到。

既得利益者因为贪婪，不会反省和放弃；损失利益的人，因为愚昧和无知，同样不会放弃。这个世界依旧被古老的仇恨所支配，主导世界的，被人们所铭记的，是人为制造的仇恨，而非能够带人前进的文明。

但如果真是如此，这样的世界就算毁灭，也不可惜吧？

正因为如此，他的神色十分平静："世间遍布背信弃义、贪婪自私的人，这个世界已经被恶德所占据，即将被天罚所毁灭。资源的日渐枯竭，核的不断运用，就是末日的征兆。若再添上你所说的罪行，便是人间的索多玛。我的同伴们自会寻觅如罗得一般的义人，将他们带离这个注定毁灭的世界，前往新的家园。"

说罢，他不再回答童素的问题，目光又聚焦到棋局之上。

此时，公爵的思考时间还剩 12 分钟，与童素一致！

随后，又是 5 分钟的流逝。

公爵将刚才挪动的马，重新跳了回去。这就代表，他在经过冷静而缜密的思考后，选择了"以不变应万变"的方式！

既然不知道你下一步究竟打算干什么，我就跟着原本的棋谱走，一方面来说，这种走法本身就是最优解，另一方面，你棋力不如我，只要你变了，我就能找到解法，省得浪费时间在这里空想。

十四

童素心中一沉。本以为可以多拖一下，结果却只消耗了公爵 11 分钟，对方还剩下 7 分钟——比童素少 5 分钟。这已经很失败了。

因为公爵刚才思考完毕，他已经做了决定，童素已经很难制造第二个这么好的机会了。

童素一边思考自己下一步该怎么走，一边飞快想着，还有什么事情能作为切入口。

很快，她就想到一件事："对了，如果我没回来，贵组织打算几点发动攻击？以你们的性格，应该会有一个特殊的时间点？"

童素之所以这么问，也是有讲究的。根据她对亚伯、但丁、艾伯特乃至伊万行为的复盘，可以清晰发现，这个组织的成员就像一群领地意识很强的大型猛兽，虽然会互相合作，但在碰上自己的复仇目标时，其他人一般都不干预，任由最关键的那一人行事。

李察暴露国际刑警的身份，也要踏上"提洛岛"；艾伯特以自身为诱饵，逼迫"影之共济会"发动恐怖袭击；但丁在塔汗国差点赔上性命，以换取对罗伯特的"绝杀"；

还有亚伯和英格拉的种种做法……

童素相信，一些情况下，他们应该有不需要冒险的解法。但他们都冒险了。这不可能是偶然。

虽然用"仪式感"来解释有点奇怪，但童素理解为，他们心中燃烧着永不熄灭的仇恨，不仅要摧毁敌人，也让他们有一些自毁倾向。

为了防止组织成员真的出事，组织必须让他们的情绪宣泄出来。每个人都必须畅快淋漓，才能不压抑出问题。

所以，童素觉得，如果这个组织是这种行事作风，他们应该会让公爵定一个引爆时间才对。而那个时间对公爵来说，必定有刻骨铭心的意义。

"下午3点03分。"公爵平静地说，"3点整，是我们家族的祷告时间。"

对梅涅公爵一脉，以及皇室这种最最古老而保守的宗教家庭来说，晨祷、礼拜等的时间，都定得很死，一旦人没来就出事了。

从3点发现父母没到，到前往书房看到父母的遗体，总共就3分钟。

"抱歉。"童素低声道。

她猜到有可能是这种事情，却故意让公爵说了出来，就是试图扰乱公爵的心境。

"没关系。"公爵依旧是淡然的态度，"涉及千万人的生死，你还遵守棋盘的规矩，已经足够。"

尊重棋局的人，必然也会被他尊重。

"现在是2点55分，公爵阁下认为，我们能在5分钟之内结束这盘棋吗？"

"或许能。"梅涅公爵很平静，"即便超过时间，也没关系。"

他只是想凑这个时间，并不是一旦超过就不行。

童素停下动作，微笑着说："那我们就等一等吧！"

公爵还没有反应，李察则有点惊讶："喂，'赫卡忒'，你——"

"我的思考时间还剩10分钟，可以耽误5分钟。"童素心平气和地回答，"我这些天留在纽伦城，注意到，每到整点时间，不管是皇宫还是城里，钟声都会准时响起，几点就敲击几下。包括这座基地也一样，应当是提醒教徒们时间到了？"

这是在塔汗国学来的经验，尊重他人的宗教习俗，不能有半点疏忽。

公爵平静道："确是如此。"

李察不明白童素想说什么，但他发现童素一直在诱导公爵说话。

事关这么多人的生死，先前一直观棋不语的他，此时也帮腔附和："但现在社会，不遵守也没关系。实际上，除了极端保守的家庭，大部分人都只是把这当闹钟看，反倒是游客比较爱凑热闹。哪怕是皇室，事急从权也是可行的。"

他这是提醒童素，如果童素以为3点整，公爵就必须做祷告，浪费思考时间，那就大错特错了。偶尔一两次的便宜行事，不成问题。

"我知道，但我刚才收到了神明的启示。"童素轻描淡写地抛出了石破天惊的说法。

梅涅公爵瞳孔微张，神情变得冷峻："'赫卡忒'小姐，我知你不信主，但你不可亵渎主的威名。"

很显然，他觉得童素在说谎。

童素凝视着梅涅公爵，一字一句，斩钉截铁："这个世间真有神明，祂确实降下了神迹。祂让亚伯先生在艰难的试药过程中，没有死去，反而博得了足够的机遇。祂让李维先生的殉道变得有足够的价值，对人类的科技有了推动的作用。祂让我抽中了那张牌——正位的女祭司。所以，我才能坐在这里，与阁下对弈。"

梅涅公爵见童素不似作伪，一直如同古井般的神情，终于出现波动："'赫卡忒'小姐认为，主并不眷顾于我？"

"不，恰恰相反。"童素回答，"祂眷顾着你，也愿意宽恕你，但祂更希望你不要走到错误的方向。若是为了复仇，就坦坦荡荡。若是想要殉道，李维先生已经做了榜样——他没有损害任何一个人，唯一伤害到的，只有自己而已。"

梅涅公爵神色微变。

童素知道他不信，毕竟她先前表现得也不虔诚，但她有办法让他信。

就见她笑了一下，解下自己的手表，放到公爵面前——这是她来到地下区域之前，为了确定时间，特意戴着的。

"公爵阁下，不如我们赌一把——当手表走到3点整的时候，地下基地的钟声并不会响起，它会晚3秒。哪怕你精心凑准了时间，主也会让它变得不够准确。这就是主的回答。"

梅涅公爵拿起童素的手表，与自己的手表核对了一下，发现二者是准确的、一致的，就点了点头："好。"

地下基地的时间校对无比精准，一分都不会错。

时间嘀嘀嗒嗒地往前走。2点59分，一秒，两秒……十秒，十一秒……当秒针转了一整圈，与"0"重合时，钟声并没有响起。

梅涅公爵第一次露出震惊的表情，就见童素微微一笑，拿起黑棋的"车"，往前走了一步。

就在棋子落下的那一刻，也就是3点03分。

钟声响起。咚。咚。咚。悠扬的钟声，敲响了3次。

"不可能！"公爵第一次失去了冷静，"这怎么可能！"

童素摊了摊手："刚才您也核对过时间，确实一致。至于这座地下基地的系统……我有没有动手脚，贵组织应当比我清楚。"

公爵也明白这一点，但他无法理解。

他试图拿起棋子，却发现自己的手不自觉在颤抖，双眼模糊，想要流泪——主啊！难道我真的做错了吗？

明明童素还在按照棋谱下棋，但他机械式将子落下那一刻，却仿佛重逾千斤。

甚至，这一刻，公爵的大脑一片混乱，已经没办法正常思考。

但高超的棋力，几乎形成肌肉记忆，让童素无论怎么走，他都能凭着近乎是本能的反应，用稍微有点迟滞的动作，机械而木然地下着棋子。

此时的梅涅公爵，与其说是人，倒不如说是一台下棋的机器。

童素算了一下，发现梅涅公爵每次落子大概要用30到40秒，而每一步都能加10秒的保留用时。也就是说，还需要下20多步。

有点困难啊！

她也没有办法，只能选择用她记忆中，这个棋谱最长的变种，并且用极快的速度，公爵一落子，她就直接下。

趁着公爵没办法思考，凭着本能行动，她不能让公爵缓过来！

时间一分一秒地过去。棋盘之上，黑子也逐渐一败涂地。

在一旁看着的李察，心都快悬起了——黑棋的落败已经注定，下一步，白棋就能直接将军！

公爵的手指，已经拿起了棋子。就在棋子即将落下，正要"将军"之时，刺耳的提示音响起！

公爵的思考时间，归零。

"是吗？雅各布，你输了啊！主的意志……吗？"

亚伯笑了一下，挂断了电话。

英格拉和但丁听见这个消息，不知道为什么，竟有些松了口气。

旋即，英格拉就担心起来："我们花了这么多功夫，结果却是这样……后续怎么办？斯图国是我们全部计划的核心，如果没办法拿到斯图国，我们的后续如何推进？"

他们本来的计划，是离开纽伦城的亚伯扶植伊莎贝拉的"替身"登基，然后进行宪政改组。

当时老皇帝为前皇储制作了一百个试管婴儿，伊莎贝拉只是其中最幸运的那个，才被推到台前。剩下的虽然死得七七八八，却还有几个活下来，作为替身隐藏在幕后，全被亚伯控制在手里。

那些被PUA到毫无自我的替身，可比布莱特好操纵多了。

亚伯微笑道："看来，我真得回去当这个内阁首相了。"

说罢，他就改变了主意："算了，还是让雅各布当吧，在公开场合亮相，说一些场面话，接受记者们的采访，实在太过无趣。我比较喜欢玩弄权术，制造恐惧。"

反正斯图国的变革，肯定要人头滚滚，足够他折腾。

英格拉挑眉："你确定布莱特愿意放下手中的权力，实行君主立宪？"

"他当然愿意，因为他是个好人，想要为皇室赎罪。"亚伯回答，"而他也明白，斯图国到了不得不变的时候。退，是为了更好地进。"

但丁关注的重点则不一样："为什么刚好差三秒？"

"因为地下基地的时间，本身就比标准时间晚三秒。"亚伯回答，"时间是一个参照物，越是高处流速就越快，越是低处流速就越慢。所以天上的卫星系统，与地面上的钟表不一样，地下基地的时间系统也一样。"

但丁恍然大悟："他们两个的手表是地上时间，与地下不一致，自然快一点，她就是利用了这一点。"

亚伯笑了笑："雅各布对物理不够精通，被她糊弄过去了。"

英格拉挑眉："李察一定是知道的，他帮忙打了掩护吧？"

毫无疑问，这是自然的。

英格拉耸了耸肩，没说什么，只是问："所以我们现在要做什么，撤？"

"不，等。"

等？等谁？

英格拉满腔狐疑之时，亚伯的手机再度响起，接通后，就听见李察在电话那头尴尬地说："那个，'赫卡忒'有事要问你。"

下一秒，童素的声音传来："我只有一个问题——你们组织的名字是什么？"

亚伯露出了发自内心的喜悦笑容。

他知道，这一刻，先前所做的一切，都变成了最有意义的事情。

"Akashic。我们组织的名字是，Akashic。"

"以太（Akashic）吗？不错的名字。"童素自言自语了一句，又问，"你们组织有多少个人？"

"组织以大阿卡纳塔罗牌为代号，不设愚者，剩下21张席位中，目前只有两张牌空着。皇帝，以及，女祭司。"

听见他的回答，哪怕不信神明如童素，也涌现出一股"命中注定"之感。

"我选——女祭司。"

李察对"皇帝"这个称号则有点不喜欢，便道："很多国家有个传统——警员死后，警号封存。除非直系亲属也成为警察，能够继承警号，否则就永不启用。虽然我爸不是警察，但我现在想继承他的愿望。"

"当然，'正义'这张牌，本来就属于你们父子。"

童素凝视亚伯，问："你的代号是什么？"

"巫术、魔术、妖术，归根到底，不过是来自权力的幻觉。"亚伯含笑道，"因此，我的代号自然是——魔术师。"

12月24日，下午3点整。

为期三天的世界各国首脑会议进行到最后一环，作为主办方的斯图国新皇布莱特三世，将在各国元首，以及全球媒体的直播下，发布他成为皇帝后的第一场演讲。

按照斯图国的惯例，这可以理解为一份斯图国的"国情咨文"。

在许多人的翘首以盼中，布莱特三世身着皇室礼服，走上演讲台，对着话筒，直接脱稿，开始演说：

"尊敬的各位国家元首、各位使节、女士们、先生们：今天，我站在这里，作为斯图国的皇帝，代表我们的国家和人民，感到无比荣幸和自豪。我们生活在充满挑战和变革的时代，地缘政治的紧张局势、全球经济的不稳定、贫困国家和地区的粮食危机以及女童教育权力等问题，都需要我们共同面对和解决。和平与团结是我们共同的愿望，是我们这个星球所有人类的共同目标。

"我在此呼吁：一、坦诚面对过去，吸取历史教训，尊重彼此的文化与传统，倾听不同声音，寻求共同点，化解分歧。让我们敞开胸怀，拥抱变革与创新，为我们的子孙后代创造一个更加美好的未来。二、推动实现公平的税收和贸易制度，为国际经济健康稳定发展创造良好条件。关注贫困国家和地区的粮食危机，为全球粮食安全提供有力保障。三、重视女童教育权利问题，为每一个女孩提供平等的受教育机会，让她们拥有更美好的未来。

"为此，我提议成立'国际犯罪打击与公共安全联盟'（ICPSA），与国际刑警部门紧密合作，专门针对跨国犯罪集团，包括但不限于贩毒、贩卖人口等的铲除。

"另外，我还想宣布一个重要的决定。作为斯图国的皇帝，我认为，国家的未来取决于其国民的智慧与力量。为了更好地为国家的发展服务，我决定重组内阁，将国家的大权交给内阁，担任立宪君主，与全体国民共同为国家的繁荣与稳定而努力。

"最后，我要向全世界发出一个呼声：让我们团结起来，为地球上的每一个角落、每一个民族、每一个人，共同创造一个美好、公平、繁荣的未来。我们共同的努力，将成为人类历史上最宏伟、最光辉的篇章。谢谢大家。"

布莱特三世的演讲，如同山呼海啸一般，瞬间在全世界传开。

"斯图国要君主立宪！"

"布莱特三世要交还权力给内阁！"

这个消息，堪称惊天动地！包括红枫行宫的各国首脑在内，也全都被布莱特三世的宣言打了个措手不及。

先前的多场会议中，布莱特三世一直在促成"ICPSA"这个组织的建立，压根没提过君主立宪这回事！但如果斯图国真的一力推行……世界的格局，又要变了！

"童小姐，很抱歉，您的父亲于 12 月 23 日上午 8 点 16 分去世……"

"真遗憾。"

"真可惜。"

"真可怜。"

"不知道为什么耽误了时间，没有及时赶回来。"

"就差一个小时，飞机 9 点钟到的，坐车过来……"

虽然没人这么说，但每个人的眼神中都透露出这样的信息。

手机屏幕亮起，是来自应龙上校的电话，应当是来告知她葬礼的事宜，童素却没有接听的意思。

不是爸爸。病床上的遗体，不是爸爸。

虽然一模一样，无人察觉出问题，但童素就是如此笃定。这大概就是某种父女冥冥之间的默契。

爸爸去了哪里？

回到家的童素，第一时间打开了电脑——想要知道爸爸的秘密，她必须看爸爸发给了伊万什么信息。

到底是什么秘密，串联起了父亲、"庸医"、李察、叶莲娜和佐藤明？

进入秘密网站，点击文件，打开。童素怔住了。空的，竟然是空的。怎么可能！

如果是空白文件，为什么伊万没有反应？就好像他真的收到了一份证据，知道了某些秘密！

童素按住了键盘，乱码在文件上飞快地刷新。屏幕的亮光照映着她苍白的面庞，没有任何表情。

这时，邮箱弹出一封新邮件。发件人——佐藤明。

尾　声

"'赫卡忒'消失了。"

李察反手带上剧院顶层包厢的大门，第一句："她参加完父亲的葬礼后，还和我聊了几句，说佐藤老先生邀请她去樱花国，看外高祖父曾经生活过的院落，却在到达樱花国之后，神秘失踪。我不希望这是即将成立的 ICPSA 第一批要接的案子之一。"

亚伯不承认，也不否认，只是望向戏台，微笑道："她离开的前一天，我们就是看的这出戏。"

《俄狄浦斯王》。

李察挑了挑眉："我还以为是《哈姆雷特》。"

亚伯慢悠悠地回答："复仇的故事已经结束，该到下一首曲目。"

"俄狄浦斯，杀父娶母？"李察反问，"有何特殊？"

童素父母双亡，又是女性，俄狄浦斯的故事就算再流传一千年，再传唱一万遍，也和她没什么关系吧？但听亚伯的意思，童素是心有所感，主动消失？为什么？

"人类必将面临死亡。"当时，童素凝视着戏台，轻声对亚伯道，"降生不可阻止，必须与母亲的子宫分离。死亡注定来临，犹如某种宿命。对母亲的过度依恋，是对烦恼、无忧无虑的向往。不想经历创伤，不想面对分离，退行到最后，便回归到生命的本质——母亲的子宫里。但在这个过程之前，必须经历一环，即对父亲代表的威权的反叛。

"你的儿子必将杀死你。这命运般的诅咒，高高在上如神王，也依旧会恐惧到吞掉自己的孩子，试图阻止命运的降临。命运本身却不可逆。"

总有年轻的人，会不断对这个世界的权威发出挑战，无论胜与败。这本身就是一种反叛。文明则在这源源不断的叛逆中，向前推进。

"故事的最终，俄狄浦斯刺瞎了双眼，自我流放。这样的他，虽颠沛流离，双目已盲，却终于能不被表象所欺。当然，我不是要自我流放，而是很好奇——《俄狄浦斯王》开启了人自我认知和自我探索的哲学时代，代表着人类由野蛮走向文明。这个时代的《俄狄浦斯王》又在哪儿呢？我要去寻找这个答案。"